# 빌헬름 마이스터의 수업시대

Wilhelm Meisters Lehrjahre

# 빌헬름 마이스터의 수업시대

Wilhelm Meisters Lehrjahre

요한 볼프강 폰 괴테 지음 | 임우영 옮김

# 차례

## 일러두기

1. 본문의 주석은 모두 옮긴이 주이다.
2. 본문의 줄표(—)는 대화를 나타내거나 생각이나 주제가 바뀔 때를 표시한 것으로, 원문의 위치를 그대로 따랐다.
3. 외래어는 국립국어원의 외래어 표기법을 따라 표기하였다.

# 1권

# 1장

연극 공연은 아주 길게 이어졌다. 바르바라 할멈은 몇 번이나 창가로 가서 딸랑거리는 마차 소리가 들리지나 않는지 귀를 기울였다. 할멈은 아름다운 여주인 마리아네를 기다리고 있었는데, 마리아네는 오늘 연극의 에필로그에서 젊은 장교복을 입고 관객들의 넋을 빼놓았을 것이다. 바르바라 할멈은 평소에 마리아네를 위해 그저 조촐하게 저녁상을 차려야 했을 때보다 훨씬 초조하게 그녀를 기다렸다. 젊고 부유한 사업가인 노르베르크가 비록 멀리 떨어져 있어도 자기 애인을 생각하고 있음을 보여 주기 위해 우편 마차로 보냈던 소포 상자로 마리아네를 깜짝 놀라게 해 주고 싶었다.

바르바라는 나이가 많은 하녀지만 마리아네가 가장 믿을 수 있는 사람으로 조언도 해 주고, 중간에서 사람들을 마리아네와 연결해 주는 사람이자, 집에서 봉인된 편지를 열 수 있는 권한을 가진 가정부이기도 했다. 그래서 아낌없이 선물을 보내는 마리아네의 젊은 애인의 호의를 마리아네가 생각하는 것보다 훨씬 소중하게 여겼던 할멈은 오늘 저녁에 자기 호기심을 그만큼 더 억누를 수 없었다. 할멈은 소포 안에 마리아네에게 보내는 고운 모슬린[1] 한 필과 요즘 유행하는 리본들, 그리고 자기에게 보낸 면직물 한 필과 목도리들, 그리고 돌돌 만 지폐가 들어 있는 것을 보고 얼마나 감사하고 기쁜 마음으로 이곳에 없는 노르베르크를 떠올렸던가! 그래서 할멈은 마리아네도 노르베르크를 매우 고맙게 생각해야 한다는 것, 마리아네는 노르베르크에게 신세를 지고 있으며 노르베르크는 분명 마리아네의 마음이 변하지 않기를 기대하리라는 것을 그녀에게 상기시켜 주기로 마음먹었다.

반쯤 말린 리본들의 색깔로 더욱 돋보이는 모슬린 천은 마치 크리스마스 선물처럼 작은 탁자 위에 놓여 있었는데, 촛불들의 위치가 이 선물을 더욱 빛나게 해 주었다. 모든 정리가 다 끝났을 때 바르바라 할멈은 마리아네가 계단을 올라오는 소리가 들리자마자 그쪽으로 급히 달려갔다. 그러나 평소와는 달리, 장교복을 입은 마리아네가 할멈이 반갑게 맞이하며 쓰다듬어 주는 것에 아랑곳하지 않고 스쳐 지나가 서둘러 방으로 들어가자, 할멈은 너무 놀라서 뒤로 물러섰다. 마리아네는 깃털 달린 모자와 대검을 탁자 위에 던지고 불안하게 이리저리 걸어 다니면서 멋지게 불이 붙어 있는 촛불에는 눈길도 주지 않았다.

"무슨 일이 있어요, 마리아네?" 하고 할멈이 놀란 듯이 큰 소리로 말했다. "아이고, 아가씨, 무슨 일 있어요? 여기 이 선물들 좀 봐요! 아

1 모슬린(Mousselin)은 곱게 짜서 가볍고 매끈하며 반투명한 직물이다.

가씨의 그 자상한 친구분 말고 누가 이런 걸 보내 줄 수 있겠어요? 노르베르크 씨가 아가씨에게 잠옷 만들라고 모슬린 한 필을 보냈어요. 그리고 곧 이리로 직접 온다는군요. 내 생각에 그분은 예전보다 더 열정적으로 베푸시는 것 같아요."

할멈이 몸을 돌려서 노르베르크가 자신에게도 보내 준 선물들을 꺼내 보이려고 했을 때 마리아네는 선물에서 시선을 돌리면서 열을 올리며 큰 소리로 말했다. "치워 버리세요! 치워 버려요! 오늘은 이 모든 것에 대해 아무 말도 듣지 않을래요. 지금까지 할멈이 바라는 대로, 할멈이 그렇다고 하면 그대로 따랐어요! 노르베르크 씨가 돌아오면 나는 다시 그이의 사람이 되고, 할멈의 사람이 되니, 그때 나를 갖고 할멈이 하고 싶은 대로 해요. 하지만 그때까지는 내 마음대로 할 거예요. 그리고 할멈이 천 개의 혀를 갖고 있다고 해도 내 결심을 꺾지는 못할 거예요. 나를 사랑하고 또 내가 사랑하는 사람에게 이런 내 전부를 바치겠어요. 그런 얼굴 하지 마세요! 난 이 열정에 나를 맡길 거예요, 이 열정이 영원히 지속될 듯이 말이에요."

할멈은 마리아네와 말다툼을 이어 가다가 감정이 격해져 분통을 터뜨렸다. 그러자 마리아네는 할멈에게 달려들어 멱살을 꽉 붙잡았다. 할멈은 지나치게 크게 웃으며 말했다. "내 목숨을 안전하게 부지하려면 이 아가씨가 빨리 긴 드레스를 다시 입도록 마련해 주어야겠네요. 어서 그 옷을 벗어요! 날렵한 젊은 귀족 복장으로 방금 내게 못되게 굴었던 일을 아가씨 옷을 입고서 내게 용서를 빌길 바라요. 재킷도 벗어 버리고 모두 다 벗어요. 그건 불편한 옷이에요. 그리고 내가 보아하니 아가씨한테는 위험해요. 계급장이 아가씨를 들뜨게 만드니까."

할멈이 마리아네에게 손을 대자 마리아네는 몸을 돌리며 말했다.

"그렇게 서두르지 않아도 돼요! 오늘 아직 찾아올 손님이 있어요."

"상황이 안 좋은데, 설마 그 젊고 다정하기는 하지만 돈 없는 상인의 아들은 아니겠죠?" 하고 할멈이 대꾸했다. — "바로 그 사람이에요." 하고 마리아네가 대답했다.

"관대함이 아가씨를 지배하는 열정이 되려는 것처럼 보이는군요." 하고 할멈이 조롱하듯 대꾸했다. "아가씨는 미숙한 애송이들이나, 돈 없는 사람들을 아주 열성적으로 받아 주는구려. 사심 없이 베푸는 여자로 떠받들어지는 것도 분명 황홀하긴 하겠지만."

"마음대로 조롱하세요. 나는 그이를 사랑해요! 그 사람을 사랑해요! 이 말을 이처럼 기쁜 마음으로 말해 보는 것은 처음이에요! 이것이 바로 열정이에요. 나는 그토록 자주 이런 열정에 대해 생각했었지만, 열정이 뭔지 아무것도 몰랐어요. 그래요. 나는 그 사람의 목에 매달릴 거예요! 영원히 붙들고 싶은 것처럼 그이를 꽉 껴안을 거예요. 그이에게 내 사랑을 모두 보여 주고 그이의 사랑을 전부 즐길 거예요."

"적당히 하세요!" 하고 할멈이 냉정하게 말했다. "적당히 해요! 아가씨의 기쁨을 이 한마디로 중단시켜야겠어요. 노르베르크 씨가 와요! 보름 뒤에 노르베르크 씨가 와요! 여기 선물에 동봉한 편지가 있어요."

"아침 해가 내 남자를 빼앗아 가야 한다 해도 나는 이 사실을 감출 거예요. 2주 뒤라고요! 얼마나 긴 시간인가요. 14일 뒤에는 무슨 일이든 일어날 수 있고, 무슨 일인들 내가 바꿀 수 없겠어요!"

빌헬름이 들어왔다. 마리아네가 얼마나 명랑하게 빌헬름을 향해 날아가듯 달려갔는지! 빌헬름은 또 얼마나 기쁜 마음으로 붉은 장교복을 입은 마리아네를 껴안았는지! 하얀색 공단 조끼를 입은 마리아네를 얼마나 꽉 품에 안았는지! 누가 감히 여기 이 장면을 묘사할 수 있으며,

두 연인의 행복을 말하는 것이 여기 두 사람 말고 누구에게 어울리겠는가! 할멈은 투덜대며 물러났으니, 우리도 할멈과 함께 사라져서 행복한 두 사람만 남겨 두도록 한다.

## 2장

다음 날 아침에 빌헬름이 자기 어머니에게 인사를 드렸을 때 어머니는 아버지 기분이 매우 나쁘고, 그리고 곧 빌헬름이 매일 연극 공연을 보러 가는 일을 금지할 거라고 알려 주었다. "비록 나도 가끔 연극 보러 가기 좋아한다만" 하고 어머니가 말을 이어 갔다. "네가 이런 즐거움에 너무 지나치게 몰입해서 우리 가정의 평화를 깨뜨리는 것 같아 종종 연극을 미워하고 싶어지는구나. 아버지는 항상 연극이 무슨 쓸모가 있냐고 계속 말씀하신단다. 어떻게 자기 시간을 그렇게 낭비할 수 있느냐고 말이다."

"저도 이미 아버지한테 그런 말씀을 들어야 했어요." 하고 빌헬름이 대답했다. "아버지께 너무 성급하게 대답했을지도 모르겠어요. 그러나 어머니 제발! 우리 돈주머니에 당장 돈이 들어오지 않는 것, 바로 우리 재산이 되지 않는 것은 모두 아무 소용이 없나요? 우리 옛날 집에 공간이 충분하지 않았나요? 그런데 새로 집을 지을 필요가 있었나요? 아버지는 방들을 장식하느라 매년 자기 사업에서 얻은 이득의 상당 부분을 사용하지 않았나요? 이 비단으로 만든 벽지들, 이 영국제 가구들 또한 아무 소용없는 것 아닌가요? 우리는 조금 더 수수한 것으로 만족할 수는 없을까요? 적어도 줄무늬 벽지를 바른 이 벽들, 수백 번 반복되는 꽃무늬, 소용돌이와 작은 바구니 무늬, 사람 모양 무늬는 제게 싫은 느낌을 준다고 솔직히 말씀드립니다. 이런 것들은 기껏해야 우리 극장의 커튼처럼 보입니다. 그러나 극장의 커튼 앞에 앉아 있을 때는 얼마나 다르게 느껴지는지요! 그 앞에서 오랫동안 기다려야 함에도 사람들은 그 커튼이 걷힐 것을 알고 있으니까요. 그리고 우리는 우리를 즐겁게 해 주고, 계몽시켜 주고, 우리를 고양시키는 다양한 것들을 보게 됩니다."

"하지만 적당히 해라." 하고 어머니가 말했다. "아버지도 저녁에 즐겁게 지내려고 하시지만, 연극 관람이 너를 산만하게 만든다고 생각하신단다. 그래서 아버지 기분이 나빠지시면 결국엔 내가 그 책임을 지게 돼. 12년 전에 크리스마스 선물로 내가 너희들에게 준 그놈의 인형극 때문에 얼마나 자주 비난을 받아야 했는지 몰라. 맨 처음 너희들이 연극을 좋아하게 된 것이 바로 그 인형극 때문이라고 말이야!"

"그 인형극을 욕하지는 마세요. 어머니의 사랑과 배려를 후회하실 필요는 없어요. 제가 텅 빈 새 집에서 처음으로 만족스럽게 즐겼던 순간들이었으니까요. 지금도 그때의 인형극이 눈에 선합니다. 평소처럼 선물을 받은 뒤 다른 방과 연결된 문 앞에 우리를 앉혔을 때 얼마나 이상한 생각이 들었는지 지금도 떠오릅니다. 문이 열렸지만, 평소처럼 들어가고 나가기 위한 문이 아니었어요. 입구는 뜻밖에도 화려한 인형극 무대로 채워져 있었죠. 거기에는 무대의 틀이 세워져 있었는데 신비감을 자아내는 커튼으로 가려져 있었어요. 처음에 우리는 멀리 떨어져 서 있었지만, 반쯤 투명한 커튼 뒤에 감춰진 반짝거리고 쩔그럭거리는 것이 무엇인지 보고 싶은 호기심은 점점 더 커졌죠. 사람들은 아이들에게 각자가 앉을 의자를 지정해 주면서 참을성 있게 기다리라고 했어요."

“그리고 우리는 모두 아무 말 없이 앉아 있었어요. 휘파람으로 신호를 주자 막이 위로 말려 올라가더니 사원 안으로 아주 빨갛게 칠한 전망이 보였죠. 대사제 사무엘이 왕자 요나단과 함께 나타났고, 그 두 사람이 주고받는 이상야릇한 목소리는 최고의 존경심을 불러일으켰죠. 그리고 잠시 후에 사울 왕이 등장했는데, 자신과 자기편 사람들에게 도전했던 육중한 갑옷으로 무장한 거인 전사 골리앗의 무례한 행동에 크게 당혹해했죠. 그래서 이사이의 아들 다윗이 난쟁이 모습으로 목동 지팡이를 들고, 목동 가방을 메고 고무줄 새총을 들고 뛰어나왔을 때 나는 얼마나 기뻤는지 모릅니다. 그때 다윗이 이렇게 말했죠. ‘위대하신 왕이시여! 전하, 전하! 저 골리앗 때문에 누구도 용기를 잃어서는 안 됩니다. 전하께서 허락만 하신다면 제가 나가서 저 엄청난 거인과 맞서 싸우겠습니다.’ — 1막은 이렇게 끝나고, 관객들은 계속해서 어떤 일이 일어날지 매우 보고 싶어했습니다. 모두 음악이 빨리 끝나길 바랐었죠. 마침내 커튼이 다시 위로 올라갔습니다. 다윗이 저 괴물 같은 거인의 살덩이를 하늘 아래 새들과 들판 위의 동물들에게 내맡기겠다고 하자, 블레셋 사람 골리앗은 강하게 반발하면서 두 발을 바닥에 크게 굴렀지만, 결국 통나무처럼 쓰러져 인형극 전체에 결정적인 멋진 장면을 보여주었죠. 그 후 처녀들은 ‘사울 왕은 천 명을 물리쳤지만, 다윗은 만 명을 쓰러뜨렸네!’ 하고 노래했죠. 그 거인의 머리는 작은 승리자 앞에 놓이게 되고, 이 승리자가 아름다운 공주를 아내로 맞았을 때 저는 너무나 기뻐했지만, 그 행복한 왕자 다윗을 그렇게 난쟁이로 만든 것이 언짢았습니다. 거인 골리앗과 작은 소년 다윗이라고 생각해서 두 사람을 정말 그런 특징대로 만든 것이 잘못이지는 않았지만 말이죠. 부탁인데 어머니, 그 인형들을 어디에 치워 놓으셨죠? 최근에 한 친구에게 어린 시절의 인형극 놀이를 이야기해 주었더니 대단히 좋아하기에 그 인형을 보여 주겠다고 약속했거든요."

"네가 그 일들을 그렇게 생생하게 기억하는 것도 이상하지 않다. 네가 그 놀이에 곧장 제일 큰 관심을 보였으니 말이다. 넌 내게서 그 작은 책을 훔쳐다가 모두 외워 버렸지. 나는 그 사실을 네가 어느 저녁에 밀랍으로 골리앗과 다윗을 만들어서 서로에게 열변을 토하게 하는 것을 보고 처음 알아차렸지. 너는 거인에게 마지막 일격을 가했고, 밀랍으로 만든 손잡이가 달린 큰 핀 위에 제대로 만들어지지 않은 채 꽂혀 있던 골리앗의 머리를 작은 다윗의 손에 붙였지. 나는 그때 너의 훌륭한 기억력과 열정적인 대사에 엄마로서 정말 기쁨을 느꼈단다. 그래서 나무로 만든 꼭두각시들을 네게 바로 넘겨주기로 작정했지. 그때는 그 일로 여러 성가신 때가 오리라고는 생각지 않았단다."

"후회하지 마세요." 하고 빌헬름이 대답했다. "그런 장난들로 우리가 즐거운 시간을 많이 보냈으니까요."

빌헬름은 그렇게 말하고 열쇠를 달라고 해서 서둘러 인형들을 찾아냈다. 그러자 이 인형들이 살아 있는 듯이 보였던 그 시절을 떠올리며 생각에 잠겼는데, 그때는 목소리를 생동감 있게 내면서 손가락을 움직여 자신이 인형들을 살아 움직이게 만든다고 여겼었다. 빌헬름은 이 인형들을 자기 방으로 가져가서 조심스럽게 보관했다.

# 3장

사람들이 일반적으로 주장하듯, 첫사랑이 언젠가 마음으로 느낄 수 있는 가장 아름다운 것이라면, 우리는 우리 주인공이 세 배는 행복하다고 말해야 한다. 이 비할 나위 없는 순간들을 충분히 즐기는 기쁨이 빌헬름에게 허용되었으니 말이다. 단지 소수의 사람만이 이러한 기쁨을 누릴 수 있는 특별한 총애를 받게 된다. 반면에 대부분의 사람들은 젊은 시절의 감정 때문에 큰 시련을 겪게 되고, 기대에 못 미치게 즐긴 뒤에는 이런 시련을 느끼며 자신들이 가장 바라는 것을 체념해야 한다. 그러면 자신들의 눈에 최고의 행복으로 아른거리는 것을 영원히 그리워하지 않을 수 없다.

매력적인 여인에 대한 빌헬름의 욕망은 상상력의 날개를 달고 날아올랐다. 짧은 교제 후 빌헬름은 그 여인의 애정을 얻었고, 자신이 너무나 사랑하고 심지어 숭배하는 여인을 갖게 되었다. 숭배라고까지 말하는 것은 그 여인을 처음 보았을 때 무대 위에서 조명을 유리하게 받으며 나타난 데다가 무대에 대한 빌헬름의 열정이 한 여성과의 첫사랑과 연결되어 있었기 때문이었다. 빌헬름의 청춘은 활발한 문학 창작으로 고양되고 유지되어 빌헬름이 풍성한 기쁨을 누릴 수 있게 해 주었다. 또한 사랑하는 여인의 상황이 그녀의 행동에 분위기를 더해 주어 빌헬름의 감정을 상당히 끌어올려 주었다. 자기 애인이 혹시 자신의 과거 남자관계를 알고 싶어 하지는 않을까 하는 두려움에 근심하고 부끄러워하는 사랑스러운 모습이 그녀의 온몸으로 퍼졌다. 빌헬름에 대한 마리아네의 열정은 강렬해졌고, 그 불안한 마음조차 깊은 애정을 더해 주는 듯이 보였으니, 빌헬름의 팔에 안겨 있는 마리아네는 가장 사랑스러운 여성이었다.

빌헬름은 난생 처음으로 황홀한 기쁨에서 깨어나서 자신의 생활과 상황을 되돌아보았을 때 모든 것이 새롭게 보였다. 자신이 의무적으로 해야 하는 일은 더 신성해졌고, 취미 생활은 더 활기를 띠었으며, 지식은 더 분명해지고, 재능은 더욱 강력해져 결심은 더욱 단호해진 듯이 생각되었다. 그래서 아버지의 꾸중을 피하고 어머니를 안심시키며 마리아네의 사랑을 방해받지 않고 즐기기 위한 장치를 마련하는 것은 그렇게 어렵지 않았다. 낮에는 정확하게 가게 일을 수행했고, 평소에 연극을 보러 가던 것을 포기했으며, 저녁에는 즐겁게 식사했고, 모두 잠자리에 들면 빌헬름은 망토로 몸을 감싸고 정원 쪽으로 몰래 살금살금 걸어가서, 가슴에는 희극에 나오는 연인들의 대명사인 랭도르와 레안더[2]를 떠올리며 연인에게로 멈추지 않고 급히 달려갔다.

빌헬름이 어느 날 저녁 꾸러미 하나를 앞에 내놓았을 때 바르바라 할멈은 좋은 선물일 거라고 기대하며 유심히 꾸러미를 쳐다보았고, 마리아네는 "무얼 가져오셨어요?" 하고 물었다. "못 알아맞힐 겁니다." 하고 빌헬름이 대답했다.

풀어 놓은 꾸러미에 한 뼘 길이의 인형 더미가 뒤죽박죽 섞여 있는 것이 보였을 때 마리아네는 무척 신기하게 여겼고, 바르바라 할멈은 깜짝 놀랐다. 빌헬름이 복잡한 여러 줄을 서로 연결하고 각 인형을 열심히 보여 주자 마리아네는 크게 웃었다. 할멈은 언짢은 표정으로 옆으로

2 랭도르(Lindor)와 레안더(Leander)는 프랑스의 가극과 희극에 남자 연인 역으로 자주 등장하는 대표적인 인물들이다. 랭도르는 기타를 치는 연인 역으로 등장하고, 레안더는 그리스 신화에 나오는 헤로와 레안드로스를 암시하듯, 위험을 무릅쓰고 연인을 몰래 찾아간다. 그래서 빌헬름은 자신의 상황과 비슷한 이 두 인물을 떠올렸다.

가만히 물러섰다.

아무리 작은 물건이라도 두 연인이 즐기기에는 충분한 법이다. 그래서 우리의 친구들은 이날 저녁을 매우 즐겁게 보냈다. 두 사람은 작은 인형들을 살펴보고 각 인물을 자세히 관찰하며 웃음을 쏟아 냈다. 마리아네는 사울 왕이 검은 비로드로 만든 옷을 입고 황금색 왕관을 쓰고 있는 것이 마음에 들지 않아서, 사울 왕이 너무 무뚝뚝하고 옹졸한 사람처럼 보인다고 말했다. 그리고 요나단의 매끄러운 턱과 노랗고 빨간 옷과 터번이 훨씬 마음에 든다고 했다. 만약 자기가 이 요나단의 줄을 이리저리 돌리는 법을 안다면 인사를 시키고 사랑을 고백하게 하겠다고도 했다. 이와는 달리 빌헬름은 예언자 사무엘의 흉갑을 칭찬했고, 그리고 보기에 따라 색이 변하는 사제복을 할머니의 낡은 옷으로 만들었다고 설명해 주었지만, 마리아네는 조금의 관심도 보이려고 하지 않았다. 마리아네는 다윗은 너무 작고, 골리앗은 너무 크다면서 자신이 좋아하는 요나단에게만 관심을 두었다. 마리아네는 요나단을 그리도 귀여운 듯이 다루고 쓰다듬다가 마침내 그 애무가 인형에서 우리의 친구 빌헬름에게로 이어졌다. 그래서 이번에도 다시 아주 사소한 놀이가 행복한 시간의 시작이 되었다.

두 사람은 거리에서 들리는 시끄러운 소리 때문에 사랑스러운 꿈의 달콤함에서 깨어났다. 마리아네는 바르바라 할멈을 불렀는데, 할멈은 무대 의상 중에서 변형이 가능한 옷들을 다음 작품에 쓸 수 있도록 열심히 수선하고 있었다. 할멈은 옆집 이탈리아 지하 술집에서 갓 도착한 신선한 굴을 곁들여 샴페인을 아낌없이 퍼마시던 쾌활한 젊은이들 무리가 막 비틀거리며 나왔다고 알려 주었다.

"우리가 더 일찍 그런 생각을 하지 못해 유감이네요." 하고 마리아네가 말했다. “우리도 뭔가를 즐겼어야 했는데 말이에요.”

“아직 그럴 시간은 있어요.” 하고 빌헬름이 대답하면서 할멈에게 루이 금화[3] 한 개를 건네주었다. “우리가 바라는 걸 좀 사다 주세요. 할멈도 함께 즐깁시다.”

할멈이 재빨리 움직였더니, 순식간에 식탁에는 구색이 잘 갖춰진 음식이 두 연인 앞에 예쁘게 차려져 있었다. 할멈도 그 식탁에 앉았고, 세 사람은 먹고 마시면서 즐겁게 시간을 보냈다.

이런 경우 즐거운 담소가 빠지는 법이 없다. 마리아네는 자기가 좋아하는 요나단 인형을 다시 끄집어냈고, 할멈은 대화를 빌헬름이 가장 좋아하는 주제로 바꿀 줄 알았다. “마이스터 씨가 크리스마스이브 때 처음으로 인형극을 공연했다고 한번 우리한테 이야기해 주셨어요.” 하고 할멈이 말했다. “그 이야기를 정말 즐겁게 들었어요. 그런데 그 이야기는 발레 이야기가 시작되었을 때 막 중단되었거든요. 이제 우리는 그렇게도 훌륭하게 활약했던 멋진 인형극 인물들을 알고 있네요.”

“그래요. 그때 어떤 기분이 들었는지 우리에게 계속 이야기해 주세요.” 하고 마리아네가 말했다.

“정말 멋진 느낌이었어요, 마리아네.” 하고 빌헬름이 대답했다. “우리가 어린 시절과 그때 악의 없이 저지른 실수를 생각해 볼 때, 특히 우리가 상당히 큰 행복감에 다다랐던 순간에 그런 실수를 했다면, 그때의 시선으로 우리 자신과 지금까지 걸어왔던 길을 되돌아볼 수 있을 겁니다. 과거에 자주 괴로워하며 이겨 내기 어렵다고 여겼던 여러 가지 어려움을 지금 와서 느긋하게 생각해 보면 아주 기분이 좋습니다. 지금

3 루이 금화(Louisdor)는 1640년에서 1795년까지 발행된 프랑스의 금화다.

성장한 상태에서 과거에 아직 성장하지 않았을 때를 비교해 보는 것 말입니다. 그래서 지금, 이 순간에 당신과 함께 내 과거에 대해 말하고 있는 것이 이루 말할 수 없이 행복하게 느껴집니다. 왜냐하면 나는 앞으로 우리가 함께 손을 잡고 돌아다닐 수 있는 매력적인 들판을 바라보고 있기 때문입니다."

"발레는 어떻게 되었어요?" 하고 할멈이 빌헬름의 말에 끼어들었다. "모든 게 계획했던 대로 잘 진행되었는지 염려되는데요."

"그건 말이죠."라고 빌헬름이 대답했다. "아주 잘 진행되었습니다! 그때 남녀 흑인 무어족 사람들, 남자 목동들과 여자 목동들, 남녀 난쟁이들이 이상하게 뛰어오르는 모습들이 살아오는 내내 희미한 기억들로 남아 있게 되었습니다. 그런데 커튼이 내려왔고, 문은 모두 닫혀 버렸습니다. 그래서 우리 아이들은 정신을 차리지 못하고 술에 취해 비틀거리듯 서둘러 자러 갔습니다. 지금도 분명하게 생각나는 것은 내가 잠들 수가 없었고, 뭔가를 아직 더 이야기하고 싶었으며, 질문하고 싶은 것이 아직 더 많이 남아 있었다는 겁니다. 그래서 우리를 재우러 왔던 하녀를 나가게 하고 싶지 않았다는 겁니다.

다음 날 아침에 안타깝게도 마술 상자와도 같던 인형극 무대가 다시 사라졌고, 무대를 가리고 있던 신비했던 천도 떼어 내 사라져 사람들이 그 문으로 이 방 저 방으로 들락거렸으며, 그 많던 모험담들도 흔적 없이 사라져 버렸습니다. 동생들은 장난감을 갖고 이리저리 뛰어다녔고, 나 혼자 여기저기를 몰래 걸어 다녀 보았습니다. 어제만 해도 그렇게 많은 마술이 벌어졌던 곳이 단지 두 문기둥이었을 뿐이었다는 사실이 믿을 수 없었습니다. 아, 잃어버린 여인을 찾는 사람도 그 순간의 나보다 더 불행할 수 없을 겁니다."

빌헬름이 마리아네에게 던지는 기쁨에 취한 눈빛에는 언젠가 이런 상황에 부딪히더라도 두려워하지 않겠다는 확신이 담겨 있었다.

## 4장

“그때부터 내 유일한 소원은 그 인형극을 다시 보는 것이었습니다.” 하고 빌헬름이 계속 말했다. “내가 어머니를 성가시게 조르자, 어머니는 적당한 때에 아버지를 설득하려고 시도했었죠. 그러나 어머니의 노력은 허사로 돌아갔습니다. 아버지는 흔하지 않은 즐거움만이 가치가 있다고 주장하시면서, 아이들이나 나이가 든 어머니나 자신에게 매일 일어나는 좋은 일을 소중하게 여길 줄 모른다고 하셨습니다.

그런데 그때 인형 극장을 세우고 몰래 지도했던 사람이 인형극을 다시 공연하고 싶어 하지 않았다면 우리는 다음 크리스마스 때까지 오래 기다려야 했을지도 모릅니다. 그 사람은 인형극이 끝나면 최근에 완성된 어릿광대 극도 연출하고 싶어 했습니다.

그 사람은 포병대에 근무하는 젊은 사람이었는데, 많은 재능을 가지고 있었고, 특히 기계를 다루는 일에 능숙해서 집을 지을 때 아버지를 위해 중요한 도움을 많이 주었던 적이 있었습니다. 그래서 아버지로부터 많은 선물도 받게 되었었지요. 그래서 단출한 가족이 크리스마스 파티를 할 때 고마움을 표시하고 싶었고, 자신에게 은혜를 베푼 사람의 집에 자기가 한가한 시간에 짜 맞추고 자르고 색칠해서 완벽하게 만든 인형 극장을 선물했던 것입니다. 그 젊은 사람은 하인 한 명의 도움을 받아 직접 인형들을 조작했고, 목소리를 변조해 가며 여러 인물 역할을 해냈었습니다. 그 사람이 아버지를 설득하는 일은 어렵지 않았고, 아버지는 그동안 확신에 차서 자기 자식들에게 허락하시지 않았던 것을 그 젊은 친구에게는 호의적으로 허락해 주었습니다. 어쨌든 인형 극장은 다시 세워졌고, 이웃 아이 몇 명도 초대해서 인형극이 다시 상연되었습니다.

내가 예상치 못하게 이 인형극을 처음 보았을 때는 기쁘고 놀랐지만, 두 번째로 볼 기회가 생기자 인형극에 주의를 집중해서 탐구해 보려는 욕망이 컸습니다. 이제 인형극을 어떻게 조정하는지가 내 관심사였습니다. 인형들이 스스로 말하지 않는다는 사실을 나는 인형극을 처음 보았을 때도 이미 생각하고 있었습니다. 그리고 인형들이 스스로 움직이지 않는다는 것도 추측은 했었습니다. 그러나 왜 그 모든 것이 그렇게 마음에 들고 어떻게 인형들이 직접 말하고 움직이는 것처럼 보였는지, 그리고 조명과 공연하는 사람들이 과연 어디에 있는 것인지, 이러한 수수께끼들로 내 마음은 더욱 안절부절못했습니다. 그럴수록 이런 마법에 걸린 사람들 사이에 있고 싶었고 또한 이런 마법을 거는 사람들과도 함께 있고 싶었으며, 손을 숨기고 인형극을 직접 해 보고 싶다가도 그 인형극을 보는 관객으로 환상적인 기쁨을 즐기고도 싶었습니다.

인형극이 끝나자, 짧은 막후극을 준비하기 시작했습니다. 구경하던 아이들은 일어나서 서로 이야기하고 있었습니다. 나는 문 쪽으로 바짝 다가가서 방 안쪽에서 달그락거리는 소리를 들었는데 사람들이 열심히 정리하고 있다고 생각했습니다. 그래서 아래를 막고 있던 양탄자를 들어 올려서 탁자 다리 사이로 들여다보았습니다. 어머니가 그걸 눈치채시고 나를 잡아당겼습니다. 하지만 나는 그만 너무 많은 것을 보고 말았었죠. 아군들과 적들, 사울 왕과 골리앗, 그리고 인형이라는 인형은 뭐할 것 없이 모두 서랍 달린 상자 안에 집어 넣고 있는 것을 말입니다. 그래서 반쯤 충족된 내 호기심은 신선한 힘을 얻게 되었습니다. 이와 동시에 너무나 놀랍게도 그 신성한 곳에서 포병 장교가 아주 바쁘게 움직이고 있는 것을 보았습니다. 그때부터 어릿광대 인형의 신발 뒤창이 바닥에 부딪히며 달가닥거려도 나를 즐겁게 해 주지 못했습니다. 나는 깊은 생각 속에 잠겼고, 무대 뒤 모습을 보고 난 뒤에는 마음이 이전보다 오히려 훨씬 편해졌지만, 다른 한편으로는 더 불안해졌습니다. 뭔가를 알게 되고 나니 비로소 내가 아무것도 모른다는 생각이 들었습니다. 내 생각이 옳았습니다. 인형극에서 가장 중요한 인형과 사람과의 관계를 내가 모르고 있기 때문이었습니다."

## 5장

"잘 지어지고 정돈된 집의 아이들에게는 마치 생쥐와도 같은 감각이 있습니다." 하고 빌헬름이 말을 이어 갔다. "아이들은 금지된 군것질거리에 닿을 수 있는 모든 틈이나 구멍을 눈여겨보게 됩니다. 아이들은 그런 은밀하고도 즐거운 두려움을 느끼며 금지된 군것질거리를 먹는데, 이런 두려움은 어린 시절에 느꼈던 행복의 대부분을 차지합니다.

만약 어떤 문에 열쇠가 꽂혀 있으면 저는 동생들보다 먼저 주의 깊게 봐 놓았습니다. 그리고 몇 주일 몇 달 동안 그 닫힌 문 앞을 지나가야 했고, 어머니가 뭔가를 꺼내 오시기 위해 그 신성한 곳을 열면 가끔 몰래 그 안을 들여다보았을 뿐이었습니다. 내 마음에 담고 다녔던 이 닫힌 문에 대한 경외심이 커지면 커질수록, 집안 살림을 하던 여자들이 부주의한 순간을 포착해 더욱 빠르게 그 순간을 이용했던 것입니다.

쉽게 짐작할 수 있듯이 모든 문 중에서 내 관심이 가장 쏠렸던 문은 바로 식료품 저장실의 문들이었습니다. 어머니가 가끔 뭔가를 꺼내는 걸 도와 달라며 나를 그 안으로 들어오라고 부르실 때의 기분에 비길 만큼 불안한 예감을 동반한 삶의 기쁨을 느꼈던 적은 별로 없었습니다. 그럴 때는 마른 자두 몇 개를 어머니가 착하다고 주시거나 내가 교묘하게 슬쩍 주머니에 넣었습니다. 겹겹이 쌓여 있던 귀중한 물건들은 내 상상력을 완전히 사로잡았고, 그리고 그렇게 여러 가지 향신료가 뒤섞여 발산하는 그 이상한 냄새조차 내 입맛을 당기는 효과를 발휘해서 그 근처에 있을 때마다 거기서 발산되는 냄새를 즐기는 기회를 놓치지 않았습니다. 어느 일요일 아침에 이 진기한 열쇠가 문에 꽂혀 있었는데, 어머니는 교회 종소리에 너무 급히 서둘러 나가셨고, 온 집안은 주일이라 쥐 죽은 듯이 조용했습니다. 나는 이 사실을 알아차리자마자 그 앞을 몇 번 천천히 지나가 보았고, 마침내 조용히 조심스럽게 다가가서 문을 열었습니다. 그러자 바로 한 걸음 앞에 그토록 오랫동안 바라왔던 행복이 다가와 있음을 느꼈습니다. 나는 무엇을 골라서 갖고 가야 할지 망설이는 눈빛으로 재빨리 상자들과 자루들, 통들과 유리병들을 들여다보다가, 결국 많이 남아 있던 말린 자두를 집으려다 실수로 말린 사과도 몇 개를 집었습니다. 게다가 절여 놓은 귤껍질도 욕심부리지 않고 적당히 집었습니다. 이 전리품을 가지고 다시 미끄러지듯 뒷걸음을 치려고 했을 때 나란히 놓여 있는 상자 몇 개가 눈에 들어 왔고, 그중에 한 상자에서 인형의 실들이 나와 있었습니다. 상자 위쪽에 작은 고리가 달려 있기는 했지만 잘못 잠근 빗장 사이로 실들이 삐져나와 있었던 것입니다. 나는 야단맞을지도 모른다고 생각하면서도 그 상자로 다가갔습니다. 지상에서는 맛볼 수 없는 황홀한 느낌으로 나를 기쁘게 해주었던 주인공들이 그 상자 안에 차곡차곡 담겨 있는 세계를 발견했습니다! 나는 맨 위에 있는 인형들을 들어 올려서 자세히 관찰하고는 제일 밑에 있는 인형들을 끄집어내려고 했지만, 그만 힘없는 실들을 엉클어뜨리고 말았습니다. 그러자 나는 불안과 걱정에 사로잡혀서는, 바로 옆 부엌에서 요리하는 아주머니가 움직이는 소리가 몇 번 들리자 할 수 있는 한 모든 것을 눌러 합쳐서 상자에 밀어 넣고서 상자 위에 있던 '희극. 다윗과 골리앗'이라고 적힌 작은 책 한 권만 옷 속에 감췄고, 그 전리품을 가지고 조용히 계단을 올라가 다락방으로 탈출했습니다.

그때부터 나는 남의 눈을 피해 혼자서 시간을 보낼 때마다 인형극 대본을 반복해서 읽고 외웠고, 인형들을 내 손가락으로 살아 있는 듯이 움직일 수 있다고 하더라도 어떻게 하면 멋지게 보일지를 머릿속으로 상상해 보았습니다. 그러다 보니 내가 다윗과 골리앗이 되는 생각을 해 보기도 했고, 다락방이나 마구간, 정원의 구석진 곳이라면 어디든 가서 어떤 상황이든 그 인형극 대사를 완전히 외웠고, 모든 역할을 해 보면서 익혀 버렸습니다. 단지 내가 대부분 주인공 역할만 하려 했고, 하인과 같은 나머지 인물들은 생각 속에서 함께 연기하도록 했습니다. 그래서 다윗이 오만한 거인 골리앗에게 도전하는 용감한 대사들이 밤낮으로 내 머리에 남아 있어서 종종 혼잣말로 중얼거리기도 했지만, 아버지 외에는 아무도 신경 쓰지 않았습니다. 아버지는 가끔 그렇게 외쳐 대는 소리를 들으시고는 몇 번 듣지 않고서도 그렇게 여러 가지 대사를 기억할 수 있는 자기 아들의 기억력을 속으로 흐뭇하게 생각하셨습니다.

이런 일로 나는 점점 더 대담해져서 어느 날 저녁에 이 인형극 대부분을 어머니 앞에서 암송했는데, 이때 밀랍 덩어리로 만든 인형을 몇 개 준비했습니다. 어머니가 눈치채시고 내게 따지시길래 내가 실토했습니다.

이렇게 탄로 난 일은 다행히도 포병 장교가 이 비밀을 내게 털어놓아도 좋다는 바람을 표시했던 시기에 일어났습니다. 어머니는 즉시 포병 장교에게 자기 아들의 예상치 못한 재능에 대해 알려 주셨고, 그러자 포병 장교는 평소에 비어 있는 맨 위층의 두 방을 넘겨받아서 한 방에는 관객들을 앉게 하고 다른 방에는 배우들이 들어가게 해서, 문 입구를 다시 무대로 채울 수 있었습니다. 아버지는 친구처럼 지내는 포병 장교에게 이 모든 것을 하도록 허락하셨는데, 아버지 자신은 어른들이 아이들을 얼마나 사랑하는지 아이들이 꼭 눈치채게 할 필요는 없다는 원칙으로 그냥 너그럽게 눈감아 주시는 듯이 보였습니다. 그러나 아버지는 아이들이 항상 뭔가를 닥치는 대로 붙잡으려고 손을 너무 멀리 뻗지만, 어른들은 아이들이 즐거워할 때 그 만족감이 너무 과도하거나 오만해지지 않도록 근엄하게 대하면서 아이들의 즐거움을 가끔은 망쳐야 할 때도 있어야 한다고 생각하셨습니다."

## 6장

"포병 장교는 그때부터 인형 극장을 세우고 나머지 것들을 마련했습니다. 나는 그 장교가 일주일 동안 여러 번 보통 때와는 다른 시간에 집에 오는 것을 알아차리고는 그 의도를 추측해 봤습니다. 토요일이 되기 전에는 준비 중인 어떤 일에도 관여해서는 안 된다고 느껴지자 내 열망은 믿을 수 없을 정도로 커졌습니다. 마침내 고대하던 그날이 되었습니다. 저녁 5시에 내 지도자가 오더니 나를 데리고 함께 올라갔습니다. 나는 기쁨에 몸을 떨면서 방으로 들어가 받침대 양쪽에 인형들이 등장하는 순서에 따라 매달려 있는 것을 보았습니다. 나는 유심히 그 인형들을 관찰하고는 무대를 위에서 내려다보게 해 주는 디딤대 위로 올라섰습니다. 그랬더니 내가 작은 인형들의 세계 위에 두둥실 떠 있는 것 같았습니다. 엄숙한 마음 없이는 아래로 조그만 무대를 내려다볼 수 없었는데, 이 전체가 밖에서 보면 대단히 멋진 영향력을 발휘한다는 기억과 거기에 어떤 비밀이 숨어 있는지 이제 잘 알고 있다는 느낌이 나를 사로잡았기 때문이었습니다. 우리는 연습을 해 보았고, 그리고 인형극은 멋지게 진행되었습니다.

아이들을 초대했던 다음 날에도 우리는 훌륭하게 해냈습니다. 단지 내가 인형을 조정하는 데 너무 열중하다 그만 조작하던 요나단을 떨어뜨려 손을 밑으로 뻗어 주어 올려야만 했던 일만 제외하면 말입니다. 환상을 엄청나게 깨뜨려 버린 이 돌발적으로 벌어진 일이 커다란 웃음을 자아내어 내 마음을 말할 수 없이 아프게 했습니다. 그러나 이런 실수가 아버지한테는 매우 반가운 듯이 보였습니다. 아버지는 신중하게 그런 재능을 가진 아들을 보는 커다란 즐거움을 드러내지 않고 계시다가 인형극이 끝나자마자 바로 이 실수를 지적하시면서 이런저런 실수만 없었더라면 정말 멋졌을 거라고 말씀하셨습니다.

그 말은 내 마음을 아프게 했고, 나는 저녁 내내 우울했습니다. 그러나 다음 날 아침 푹 자고 나서 불쾌했던 생각을 다시 잊어버렸고, 그 실수를 제외하고는 멋지게 공연했다는 생각에 행복한 느낌이 들었습니다. 거기에 관객들의 박수도 추가되었습니다. 모든 관객이 이야기하기를, 비록 포병 장교가 의도적으로 우락부락한 목소리와 고운 목소리를 아주 능숙하게 냈지만, 대부분 너무 부자연스럽고 지나치게 뻣뻣하게 말했고, 이에 반해 처음 해 보는 사람은 자신이 맡은 다윗과 골리앗 대사를 멋지게 해냈다는 것이었습니다. 특히 어머니는 내가 골리앗에게 도전하고 사울 왕 앞에서는 자신을 겸손한 승리자로 소개한 솔직한 말투를 칭찬하셨습니다.

너무나 기쁘게도 인형 극장은 계속해서 그대로 있었고, 그리고 방에 불을 때지 않아도 견딜 수 있는 봄이 왔을 때 나는 쉬는 시간이나 노는 시간에 다락방에서 이런저런 인형들을 갖고 실컷 놀았습니다. 종종 내 동생들과 친구들을 다락방으로 초대했고, 아이들이 오려고 하지 않으면 혼자 그곳에 있었습니다. 내 상상력은 그 작은 인형극의 세계를 품고 있었고, 이 세계는 곧 다른 모습으로 변하게 되었습니다.

무대와 인형이 그 작품에 맞춰 만들어진 첫 번째 작품을 몇 차례 공연하자마자 곧 재미가 없어졌습니다. 그 대신에 할아버지의 책 중에서 《독일 연극 무대》[4]라는 책과 다양한 이탈리아 오페라를 독일어로 번역한 대본을 우연히 발견하게 되었는데, 그 책들에 몰두해서 매번 처음에는 인물들을 대충 파악해서 더 고민하지 않고 바로 그 작품을 인형극으로 공연해 보기 시작했습니다. 이때 검은 비로드 옷을 입은 사울 왕 인형이 샤우미그렘[5]과 카토[6] 그리고 다리우스[7] 역을 맡아야 했습니다. 그

4 《독일 연극 무대(Teutsche Schaubühne)》는 요한 크리스토프 고트셰트(Johann Christoph Gottsched, 1700~1766)가 1740년부터 1745년까지 모범적이라고 여겨지는 드라마 작품을 여섯 권으로 모아 펴낸 책이다.

5 샤우미그렘(Chaumigrem)은 하인리히 안젤름 폰 치글러(Heinrich Anselm von Ziegler)와 클리프하우젠(Klipphausen)이 쓴 《아시아의 바니제 또는 처참하지만 용감한 도시 페구(Die asiatische Banise oder Blutiges und mutiges Pegu)》(1689)에 나오는 악한 전제군주다. 이 소설은 미얀마의 페구(Pegu)라는 도시의 여왕 바니제를 둘러싸고 영웅 발라신(Balacin)과 전제군주 샤우미그렘 사이에 벌어지는 피비린내 나는 전쟁을 다루고 있다.

러면서 주목할 만한 것은 이 작품들을 한 번도 완전하게는 공연해 보지 못하고, 대부분 칼로 찔러 죽이는 장면이 나오는 5막만을 공연했다는 사실입니다.

또한 오페라가 다양한 변화를 보여 주고 여러 연애 사건을 담고 있어 당연히 내게는 다른 무엇보다 매력적이었습니다. 오페라에서 폭풍치는 바다와 구름에서 내려오는 신들을 보았고, 특히 나를 행복하게 해주었던 것은 천둥과 번개였습니다. 직접 마분지와 물감과 종이를 가지고 멋지게 어두운 밤을 만들어 냈으며, 번개도 무시무시하게 보일 정도였지만 천둥만은 항상 성공하지 못했습니다. 하지만 그것은 그렇게 중요하지 않았습니다. 또한 오페라에서는 내가 좋아하는 다윗과 골리앗을 이용할 기회가 더 많았는데, 이런 일은 본격적인 일반 드라마에서는 전혀 가능하지 않았습니다. 날이 갈수록 내가 이렇게 다양한 기쁨을 즐겼던 이 좁은 장소에 점점 더 애착이 가는 느낌을 받았습니다. 그냥 넘어갈 수 없는 것은 식료품 창고에서 꺼내 온 인형들에게서 났던 냄새가 그 즐거움에 적지 않게 작용했다는 사실입니다.

인형 극장의 장식물들은 이제 상당히 완전한 모습을 갖추게 되었고, 어린 시절부터 컴퍼스를 좀 다룰 줄 알았던 것과, 그리고 종이를 잘라 그림들을 그려 넣는 재주가 있었던 것이 이제는 무척 도움이 되었습

---

6 고대 로마의 정치가였던 카토(Marcus Porcius Cato, 기원전 95년~46년)는 고트셰트의 비극《죽어 가는 카토(Sterbender Cato)》(1731)에 나오는 주인공으로, 카이사르와 대적하여 공화정을 수호한 것으로 유명하고, 당시 부패가 만연한 로마의 정치 상황에서 완고하고 올곧으며 청렴결백한 인물이었다.

7 다리우스(Darius) 1세(기원전 550년경 ~ 기원전 486년경)는 페르시아 아케메네스 제국의 세 번째 왕으로 제국을 전성기에 올려 놓았고, 그리스 일부와 이집트를 차지했다. 제국은 그의 죽음과 아들인 크세르크세스 1세가 즉위한 직후 발생한 그리스-페르시아 전쟁과 함께 쇠락하기 시작하였다. 프리드리히 레베고트 피첼(Friedrich Lebegott Pitschel, 1714~1785)의 드라마《다리우스》(1752)에 나오는 주인공이기도 하다.

니다. 그러나 등장인물들이 많은 큰 작품은 배우가 모자라 종종 공연을 못 하기도 했으며 이럴 때 나는 더 마음이 아팠습니다.

여동생들이 인형들의 옷을 입히고 벗기는 것을 보고, 나도 인형들에게 벗기고 입히기 쉬운 옷들을 차츰차츰 만들어 주자는 생각이 들었습니다. 그러니까 인형들의 몸에서 천 조각들을 분리해서 그 조각들을 가능한 한 잘 맞추면 돈도 약간 절약할 수 있었고, 그리고 새로운 끈이나 화려한 장식품도 샀으며, 비단으로 된 반짝이는 천 조각을 얻으려 아이들과 함께 부탁하러 다니기도 했습니다. 그러자 점차 연극 의상실이 만들어지게 되었습니다. 그중에서도 특히 크리놀린을 넣어 부풀게 한 부인용 치마들도 빼놓지 않고 만들었습니다.

이제 정말 아주 큰 규모의 연극을 상연하기 위한 의상들이 갖추어졌습니다. 그리고 이제야 비로소 공연다운 공연이 차례차례 이어지리라 기대했을지도 모르지만, 어린이들에게 흔히 일어나는 그런 일이 내게도 벌어졌습니다. 아이들은 큰 계획들을 세우고 많은 준비를 해서 몇 번 시도해 보지만, 완성된 것은 하나도 없기 마련입니다. 이런 오류에 대해 나 자신을 탓해야 합니다. 내가 제일 즐거워했던 순간은 발명할 때나 상상력을 발휘할 때뿐이었습니다. 이 작품이나 저 작품은 어떤 한 장면 때문에 내 관심을 불러일으켰고, 당장 이 장면을 위한 새로운 의상을 만들게 했습니다. 이렇게 인형들의 의상을 마련하다 보니 원래 인형들이 입고 있던 의상들이 뒤죽박죽 섞이게 되고 어디에 두었는지 잊어버리게 되었습니다. 그래서 첫 작품조차 더는 제대로 상연할 수 없을 지경에 이르렀습니다. 나는 상상력에 의지해서 끊임없이 시험해 보고 준비하면서 허공에 성(城)들을 수없이 지어 보았지만, 그 작은 건물의 기초를 내가 부숴 버렸다는 사실을 깨닫지는 못했습니다."

이 이야기를 하는 동안 마리아네는 졸음을 감추려고 빌헬름에게 아주 다정하게 대했다. 한편으로 빌헬름이 자신이 겪은 일을 재미있게 이야기하는 듯 보였지만, 이는 마리아네에게는 너무 단순한 일에 불과했고, 그런 일에 대한 빌헬름의 성찰은 너무 진지했다. 마리아네는 자기 발을 애인의 발 위에 정답게 올리고, 자신이 유심히 듣고 있고 애인의 말에 동의하는 척하는 신호를 보냈다. 마리아네는 빌헬름의 술잔을 들고 마셨고, 빌헬름은 자기 이야기에서 한마디도 마리아네가 놓치지 않았다고 확신했다. 조금 있다가 빌헬름이 큰 소리로 말했다. “이제 당신 차례요. 마리아네. 당신이 어렸을 때 처음 느꼈던 기쁨도 내게 이야기해 줘요. 우리가 항상 현재의 일에 너무 바쁘다 보니, 서로 과거에 어떻게 살았는지에는 관심을 가질 수 없었소. 당신이 어떤 환경에서 자랐는지 내게 말해 줘요. 당신에게 기억나는 최초의 생생한 인상들은 어떤 것들인지를.”

만약 바르바라 할멈이 바로 도와주지 않았다면 마리아네는 크게 당황했을지도 몰랐다. 약삭빠른 할멈이 이렇게 말했다. “우리가 예전에 일어났던 일에 일일이 세심한 주의를 기울여 그렇게 재미있게 이야기할 게 있다고 생각하세요? 만약 무언가 있다고 해도 그걸 그렇게 재미있게 이야기할 줄은 몰라요.”

“뭐 그럴 필요까지 있나요!” 하고 빌헬름이 말했다. “나는 이 다정하고, 착하고, 귀여운 여인이 너무 사랑스러워서, 이 사람 없이 보냈던 내 삶의 매 순간이 싫어질 정도요. 최소한 내가 상상력을 동원해서 지나간 당신의 삶에 참여할 수 있게 해 주시오! 내게 다 이야기해 주시오, 나도 당신에게 다 이야기하리다. 가능하다면 우리 자신을 속여서라도 사랑 때문에 흥미를 잃고 뒷전으로 밀려난 그때의 시간을 다시 찾으려고 노력해 봅시다."

"그렇게 열렬히 원하신다면 우리가 그 요구에 응할 수도 있지요." 하고 할멈이 말했다. "어떻게 해서 당신이 연극을 점점 좋아하게 되었는지 우리한테 먼저 이야기해 주세요. 어떻게 연습했고, 이제 훌륭한 배우로 여겨질 정도로 어떻게 운 좋게 성장해 왔는지 말이에요. 그러는 동안 분명히 즐거웠던 일들도 없지는 않았겠죠. 우리가 자러 갈지도 모른다는 걱정은 할 필요가 없어요. 술도 아직 한 병 더 있어요. 우리가 이렇게 편안하고 만족스럽게 함께 앉아 있을 기회가 또 있을지 누가 알겠어요?"

마리아네는 슬픈 눈빛으로 할멈을 쳐다보았지만, 빌헬름은 그 눈빛을 알아차리지 못하고 자기 이야기를 계속했다.

## 7장

"친구들이 점점 많이 모여들기 시작하자 아이들과 노느라 혼자서 조용히 즐기던 것은 뒷전으로 밀려났습니다. 나는 연극 놀이를 하면서 어쩔 수 없이 다른 아이들과 번갈아 가며 한 번은 사냥꾼이 되었다가, 한 번은 군인이나 기마병이 되기도 했습니다. 하지만 다른 아이들보다 항상 잘하는 것이 있었는데, 필요한 도구들을 능숙하게 만들어 줄 수 있었습니다. 그래서 칼들은 대부분 내 공방에서 나왔고, 나는 칼집을 아름답게 장식하고 금색으로 칠했으며, 그동안 감추어져 있던 본능적인 감각으로 우리 군인들을 고대풍으로 바꿔 놓을 때까지는 조금도 쉬지 않았습니다. 종이 다발로 장식한 투구나 방패도 만들었고, 심지어 갑옷도 제작했습니다. 이는 마치 재단사처럼 집에서 일하는 사람들의 몫으로 보이기도 했으며, 바느질하는 여인들의 바늘 몇 개 정도는 너끈이 부러뜨릴 만한 일이었습니다.

내가 보기에 어린 친구들 일부는 이제 잘 무장되었고, 별로 중요하지 않은 나머지 친구들도 부족하나마 차츰차츰 의상을 갖추게 되었습니다. 그러다 보니 전체적으로 근사한 부대가 되었습니다. 우리는 마당과 정원을 행진했고, 용감하게 칼로 방패와 머리를 서로 내리쳤습니다. 몇 번 다툼도 발생했으나 곧 해결되었습니다.

다른 친구들이 아주 재미있어했던 이 놀이를 몇 번 하고 나니 나는 곧 흥미를 잃어버렸습니다. 많은 아이가 무장한 모습을 바라보니 얼마 전부터 옛날 소설 읽기에 빠져 있던 내 머리를 가득 채운 기사들이 생각나 자극받지 않을 수 없었습니다.

우연히 손에 넣게 된 코펜이 번역한 《해방된 예루살렘》[8]은 갈팡질팡하던 내 생각이 마침내 분명한 방향을 잡게 해 주었습니다. 시로 된 이 작품의 전부를 읽을 수는 없었지만 몇몇 구절을 외울 수는 있었는데, 그 장면들이 언제나 내 머리에 떠돌았습니다. 특히 내 마음을 사로잡았던 것은 클로린다[9]의 모든 일거수일투족이었습니다. 대단히 침착한 이 여장부는 막 싹트기 시작한 내 영혼에 마술사 아르미다[10]가 거짓으로 지어내던 매력보다 더 깊은 인상을 주었습니다. 비록 아르미다의

---

8 《해방된 예루살렘(Das befreite Jerusalem)》은 이탈리아의 시인 토르콰토 타소(Torquato Tasso)가 1557년에 완성한 서사시로 1차 십자군 원정 때 성지 예루살렘을 정복한 이야기를 다루고 있다. 이 작품은 18세기에 교양 도서에 속했다. 첫 번째 독일어 번역본은 요한 프리드리히 코펜(Johann Friedrich Koppen)에 의해 1744년에 출판되었다.

9 기독교 기사 탄크레드(Tankred)가 사랑한 이교도 여인으로 남모르게 탄크레드와 맞서 싸우다 총을 맞고 죽어 가면서 그로부터 세례를 받는다.

10 아르미다(Armida)는 이교도 여자 마술사로 그녀의 마술 정원으로 유명하다.

마술 정원도 무시할 수는 없었지만 말입니다.

하지만 내가 수백 번씩이나 저녁마다 우리 집의 합각머리 사이에 달린 발코니 위를 거닐면서 주변을 바라볼 때면, 넘어가는 석양의 사라지는 빛은 지평선에 떠 있고, 그리고 별들이 모습을 드러내고, 구석마다 밤이 깊이 몰려오며, 귀뚜라미의 울음소리가 엄숙한 고요함을 뚫고 들어올 때면, 탄크레드와 클로린다 사이의 처참한 대결 이야기를 혼자 읊조렸습니다.

내가 아무리 기독교 편이라 해도, 클로린다가 적군의 거대한 탑에 불을 지를 때, 나는 이 이교도 여자의 편에 서 있었습니다. 그리고 이제 탄크레드가 밤에 적군이라고 착각한 클로린다를 만나지만, 어둠에 둘러싸여 서로 누군지 모르고 다투기 시작해서 이윽고 맹렬하게 싸우는 대목을 나는 눈물을 펑펑 흘리지 않고는 결코 읊을 수 없었습니다.

> 그러나 클로린다의 운명이 이제 한계에 다다라,
> 그녀가 죽어야 할 운명의 시간이 다가왔노라.

이 불행한 애인은 그녀의 가슴에 칼을 꽂고, 쓰러지는 여자의 투구를 벗겼을 때야 비로소 자기 연인이었음을 알아보고 세례를 주기 위해 몸을 떨면서 물을 떠 옵니다.

그러나 마법에 걸린 숲에서 탄크레드의 칼이 나무를 내리치자, 칼을 맞은 곳에서 피가 흐르고, 어떤 목소리가 귀에 이렇게 울렸습니다. '너는 여기서도 클로린다에게 상처를 입히고, 어디서나 자기도 모르게 자신이 사랑하는 사람에게 상처를 입히는 운명을 타고났다!'

이 이야기가 상상력을 사로잡아 시에서 읽었던 것이 머릿속에서 어렴풋이 하나의 전체적인 형상을 갖추자, 나는 이 작품을 상연해 보려는 생각에 빠지게 되었습니다. 나는 탄크레드와 리날도[11] 역을 맡고 싶었고, 게다가 내가 이미 만들어 놓은 갑옷 두 벌이 준비되어 있었습니다. 어두운 회색 종이와 비늘로 만들어진 갑옷은 근엄한 탄크레드에게, 그리고 은박지와 금박지로 만든 다른 갑옷은 멋진 리날도에게 입히려고 했습니다. 나는 상상력을 활발하게 발휘해서 친구들에게 모든 것을 다 이야기해 주었고, 친구들은 그 이야기에 정말 기뻐했지만, 이 작품을 모두 상연할 것이며, 그것도 자신들의 손으로 상연해야 한다는 사실을 제대로 이해하지 못할 뿐이었습니다.

이런 우려를 나는 아주 간단하게 해결했습니다. 당장 바로 이웃에 사는 친구 집의 방 두 개를 활용할 생각이었지만, 그 집의 나이 많은 아주머니가 방들을 절대 내놓지 않을지도 모른다는 사실은 계산하지 못했습니다. 무대도 마찬가지였는데, 들보가 보이는 다락방에 무대를 설치하고 접히는 스페인 가리개[12]를 나눠 측면에 세우고, 뒷배경에는 커다란 천을 걸어야 한다는 것 말고는 나도 분명하게 생각나는 것이 없었습니다. 이 모든 것을 어디서 조달할 것인지는 깊이 생각조차 하지도 않았습니다.

우리는 무대 위에 숲을 만드는 데에 좋은 정보를 하나 얻었는데, 옛날 어느 집의 하인 출신으로 지금은 삼림 대장으로 일하는 아저씨에게 어린 자작나무 가지와 가문비나무 가지를 가져다주면 좋겠다고 잘 말씀드렸더니, 우리가 기대했던 것보다 더 빨리 보내 주었습니다. 그러나

---

**11** 리날도(Rinaldo)는 아르미다의 사랑의 노예가 된다.

**12** "접히는 스페인 가리개(die geteilen spanischen Wände)"는 주로 옷을 갈아입기 위해 세워 놓는 두 폭의 병풍으로 방구석에 두는 가구이다.

나무들이 채 바짝 마르기도 전에 이제 작품을 어떻게 공연해야 할지 우리는 크게 당황했고 어찌할 바를 몰랐습니다. 그런데 좋은 생각은 떠오르지 않았고, 공연할 장소도 무대나 커튼도 없었습니다. 스페인 가리개가 아이들이 유일하게 가지고 있던 것이었습니다.

곤경에 처한 이 상황에서 우리는 다시 포병 장교를 찾아가 앞으로 공연될 작품이 멋질 것이라며 자세히 설명해 주었습니다. 비록 그 장교가 우리의 부탁을 제대로 이해하지는 못했어도 도움을 주었는데, 조그만 방에다 자기 집과 이웃집에서 눈에 띄는 탁자들을 가져와 나란히 붙이고 그 위에 벽을 세웠으며, 녹색 커튼으로 뒷면에 배경도 만들었습니다. 그리고 나무들을 가지런히 줄지어 세웠습니다.

그러는 사이에 저녁이 되자 촛불이 켜졌고 소년과 소녀들이 자기 자리에 앉았습니다. 이제 공연을 시작해야 했는데, 배우들이 모두 의상을 차려입고는 있었지만, 각자 무슨 말을 해야 하는지 모른다는 사실을 처음으로 깨달았습니다. 내가 맡은 일에 몰두하고 열을 내어 아이디어를 짜내다 보니, 나도 각자 언제 무슨 말을 해야 하는지 알려 주는 것을 까맣게 잊고 있었습니다. 열심히 공연을 준비하는 중에도 나머지 아이들에게 이런 생각이 떠오르지 않았던 것입니다. 나는 아이들이 내가 정해 준 인물의 세계로 들어가 그 역할에 몰입해서, 그렇게 쉽게 연기를 하고 그렇게 쉽게 행동하고 그렇게 쉽게 말할 수 있으리라고 생각했습니다. 아이들은 모두 어리둥절한 듯이 서서 무엇부터 먼저 해야 할지 서로에게 물어보았습니다. 그리고 처음부터 탄크레드 역을 맡으려고 생각했었던 나는 혼자 등장해서 영웅시 중에서 몇 구절을 암송하기 시작했습니다. 그러나 영웅시 대목은 이야기 부분으로 너무 일찍 넘어갔고, 마침내 내가 맡은 인물이 내 대사에서 삼인칭 인물로 나왔을 뿐만 아니라, 이제 상대역으로 등장해야 하는 고드프루아[13]도 무대에 나오려고 하지 않았기 때문에 나는 관객들이 크게 웃는 가운데 다시 들어와야만 했습니다. 이것은 내 마음을 매우 아프게 했던 사고였습니다. 그 공연 시도는 실패했지만, 관객들은 거기에 앉아 뭔가를 보고 싶어 했습니다. 그리고 우리는 의상을 입고 있어서 나는 용기를 내어 다윗과 골리앗을 공연할 결심을 했습니다. 아이들 가운데 몇 명은 이전에 나와 함께 인형극을 공연한 적이 있었고, 모두 그 인형극을 자주 보았습니다. 그래서 배역을 나누고, 각자 최선을 다하기로 약속했습니다. 키가 작고 조금 우습게 생긴 아이는 극 중 공백이 생기면 어릿광대로 등장해 익살극으로 그 공백을 메우기 위해 얼굴에 검은 수염을 그렸는데, 이런 준비는 연극의 진지함에 어긋나는 만큼 나는 그렇게 하는 것을 대단히 꺼렸습니다. 하지만 이번과 같은 곤란한 상황을 벗어나기만 하면, 앞으로는 아주 신중하게 생각해 보지 않고서는 결코 어떤 작품도 무모하게 상연하지 않겠노라고 맹세했습니다."

## 8장

졸려 죽을 것 같던 마리아네는 애인에게 기대고 있었고, 애인은 마리아네를 꼭 껴안으며 이야기를 계속했다. 그러는 사이에 할멈은 남아 있던 포도주를 조심스럽게 즐기며 마셨다.

---

13 고드프루아 드 부용(Godefroy de Bouillon)은 타소의 서사시 《해방된 예루살렘》에 나오는 기독교군 대장이다.

"존재하지도 않는 작품을 상연하려고 시도하다 내 친구들과 겪었던 당혹감은 곧 잊어버렸습니다. 내가 읽은 모든 소설, 사람들이 내게 가르쳐 준 모든 이야기를 연극으로 상연해 보려는 내 열정을 그렇게 다루기 힘든 소재조차 막지는 못했습니다. 단순한 이야기인 채로도 재미있다면 모두 연극으로 상연되었을 때 틀림없이 훨씬 더 큰 효과를 발휘한다는 확신이 들었습니다. 그래서 모든 것을 내 눈앞에 두고 보려고 했고, 모든 것을 무대 위에서 공연하려고 했습니다. 학교에서 세계사 수업을 할 때 어떤 인물이 독특한 방법으로 칼에 찔려 죽었거나 독살을 당했는지 세심하게 표시해 두었다가, 내 상상력을 동원해 드라마의 발단과 갈등을 건너뛰고 재미있는 마지막 5막으로 서둘러 갔습니다. 그렇게 실제로 몇몇 작품을 마지막부터 거꾸로 써 본 적도 있지만, 어느 작품도 처음까지 가본 적은 없었습니다.

그 무렵 나는 자발적으로, 다른 한편으로는 연극을 공연하는 데 맛을 들인 좋은 친구들의 부추김에 힘입어 우연히 내 손에 들어온 연극 작품들을 닥치는 대로 끝까지 다 읽었습니다. 모든 작품이 우리 마음에 들었고, 다양한 작품을 번갈아 읽으며 우리는 만족스럽게 행복한 시절을 보냈습니다. 그러나 아깝게도 내 판단은 다른 쪽으로 기울어져 버렸습니다. 개중 관객들의 마음에 들 것이라 기대했던 몇몇 작품들은 특히 내 마음에 더 들었습니다. 이런 기분 좋은 착각에 빠지지 않고 끝까지 읽었던 작품은 별로 없었습니다. 상상력을 풍부하게 발휘해서 모든 인물의 입장에서 생각할 수 있었기 때문에, 모든 역할 또한 연기할 수 있다고 믿는 유혹에 빠지게 되었습니다. 그래서 역할을 배분할 때 보통은 나에게 전혀 어울리지도 않았던 역할을 고르기도 했고, 게다가 어느 정도 할 만하다고 여겨지면 두세 개의 역할을 맡았습니다.

아이들이 놀 때는 어떤 것으로도 무엇이든 만들어 낼 줄 압니다. 지팡이는 소총이 되고, 나무 막대기는 칼이 되며, 작은 꾸러미라도 인형이 되고, 어떤 구석이라도 오두막이 됩니다. 이런 의미에서 우리만의 극장 무대도 발전해 갔습니다. 우리는 자신들의 능력도 전혀 모르면서 무슨 일이든 시도해 보았고, 적절한 배역이라는 개념을 깨닫지도 못하고 누구나 자기가 연기하는 대로 자기를 그런 인물로 봐 줄 것이라고 확신했습니다. 그런데 모든 일이 그럭저럭 진행되어서 내게 기억날 만한 어리석은 짓조차 이야기할 것이 없을 정도입니다. 처음에 우리는 남자만 등장하는 몇 작품을 끝까지 공연했고, 그러고 나서 우리 가운데 몇 명을 여성으로 변장시켰다가 마침내는 누이들을 연극에 함께 끌어들였습니다. 몇몇 집에서는 이런 놀이가 유익한 일이라 여기고 연극을 보여 주기 위해 사람들도 초대했습니다. 우리의 포병 장교도 그때 우리의 기대를 저버리지 않고, 우리가 어떻게 걸어 나오고 들어가며 대사와 손짓이나 몸짓을 어떻게 해야 하는지 가르쳐 주었습니다. 하지만 포병 장교는 자신의 노력에 비해 대부분 고맙다는 말을 별로 듣지 못했습니다. 연극에서의 요령들은 우리가 그 사람보다 더 잘 알고 있다고 생각했기 때문입니다.

우리는 곧 비극으로 눈길을 돌렸습니다. 왜냐하면 희극을 완벽하게 공연하는 것보다 비극 작품을 쓰고 공연하기가 더 쉽다는 말을 자주 들어 왔고 우리도 그렇게 생각했기 때문입니다. 비극을 처음 시도해 보았을 때 완전히 우리의 발전을 도모할 수 있다고 느꼈습니다. 귀족의 고귀함과 탁월한 인격을 뻣뻣하게 잘난 체하는 언동으로 접근해 보았는데, 우리는 완전히 뭐라도 된 것만 같았습니다. 그러나 우리가 정말 행복했을 때는 발을 쾅쾅 구르고, 분노와 회의에 차서 바닥에 풀썩 쓰러져도 될 때뿐이었습니다.

소년들과 소녀들은 이 놀이를 하면서 그렇게 오래 함께하지는 않았습니다. 자연스럽게 감정이 싹터서 그 모임이 이런저런 작은 사랑 이야기로 나누어지기 시작했는데, 대체로 희극 속에 희극 같은 장면이 벌어졌기 때문입니다. 사이가 좋은 짝들은 무대 뒤에서 아주 다정하게 서로 손을 꼭 잡고 행복에 겨워 정신을 차리지 못했는데, 리본으로 장식하고 얼굴을 예쁘게 분장하면 서로에게 정말이지 이상적으로 보였기 때문입니다. 반면에 그렇지 못한 의기소침한 경쟁자들은 질투심에 마음이 상해서 반발심과 남이 잘못되기를 바라는 마음으로 온갖 못된 짓을 다 저질렀습니다.

이 무렵 했던 연극들은 제대로 이해하지 못한 채로 지도하는 사람도 없이 공연되었지만, 그래도 우리한테 이익이 없지는 않았습니다. 우리는 기억력과 몸동작을 훈련했고, 말을 하거나 몸을 움직이는 데 어린 시절에 습득할 수 있는 것보다 더한 세련미를 얻게 되었습니다. 그러나 나로서는 그때가 특별한 시기였는데, 내 마음은 온통 연극에 쏠려 있어서 연극 작품을 읽고 쓰고 공연하는 것보다 더 큰 행복은 찾지 못했습니다.

학교에서 선생님들의 가르침도 계속되었습니다. 나더러 상인이 되라고 하면서 우리 이웃집 사무실로 보냈습니다. 그러나 그 당시에 내 마음은 천한 직업이라고 여겼던 모든 것에서 더 완강하게 멀어져 갈 뿐이었습니다. 나는 행복함과 만족감을 찾을 수 있는 연극 무대에 내 모든 활동을 완전히 바치려고 했습니다.

아직도 내 서류들 속에 틀림없이 들어 있을 어떤 시가 아직도 기억나는데, 그 시에서 비극의 여신인 멜포메네와 내가 상업을 의인화했던 다른 여신이 가치 있는 '나'라는 사람에 관해 정말 맹렬하게 말다툼을 법입니다. 착상이 평범해서 이 시가 어떤 가치가 있는지는 기억이 나지 않습니다. 하지만 그 시를 지배하고 있는 두려움, 혐오감, 사랑과 열정 때문에라도 여기 두 사람이 한번 읽어 보기 바랍니다. 내가 상업을 늙은 주부로 의인화하여 얼마나 세심하게 묘사했는지 모릅니다. 허리띠를 맨 치마에, 옆에는 열쇠를 차고, 코에 안경을 얹고, 언제나 부지런하고, 항상 안절부절못하고, 잔소리하기 좋아하고 검소하며, 소심하면서도 사람을 귀찮게 하는 늙은 주부를 말입니다. 이 여자의 회초리 아래 몸을 숙이고 그녀가 보는 앞에서 땀을 흘리며 노예처럼 자기 하루의 일과를 수행하며 먹고살아야 하는 사람의 처지를 얼마나 비참하게 묘사했는지 말입니다!

이와는 대조적으로 비극의 여신은 완전히 다르게 등장했습니다! 근심에 찬 사람의 마음에 그 여신이 어떤 모습으로 나타나는지 아십니까! 여신의 행동과 태도에서 자유의 딸임을 알아볼 수 있을 만큼 멋지게 그려졌지요! 여신이 느끼는 감정 자체에는 거만하지 않은 품위가 있었고, 옷도 그 여신에게 어울렸고, 억지로 당기지 않아도 신체 부위를 모두 덮었으며, 주름이 많이 진 옷은 수없이 울려오는 메아리처럼 여신을 계속 매력적으로 움직이게 했습니다. 얼마나 대비가 됩니까! 내 마음이 어느 쪽에 쏠렸는지 쉽게 알아차릴 수 있을 겁니다. 또한 다른 이들이 내 뮤즈의 여신을 알아보도록 하는 일도 잊지 않았습니다. 옛날 작가들로부터 넘겨받은 왕관과 비수, 목걸이와 가면을 이 시에서 그 여신에게 부여해 주었지요. 두 여신의 다툼은 치열했고, 두 사람의 말투도 극심한 대조를 이루었는데, 14살 때는 보통 흑과 백을 정말 아주 가깝게 나란히 그리는 것이 예사이니까 말입니다. 늙은 주부는 바늘 하나라도 소중히 간직할 여자에 어울리는 말투였고. 그리고 다른 여자는 마치 왕국이라도 내줄 듯한 말투로 말했지요. 나는 늙은 여신의 경고와 위협을 거부하게 되었고, 그러자 약속된 많은 재산도 이미 내게 등을 돌리고 있다는 생각이 들었습니다. 나는 상속권을 박탈당하고 벌거벗은 채 뮤즈 여신에게 몸을 맡겼고, 뮤즈 여신은 내게 자기 황금 베일을 던져 벌거벗은 나를 덮어 주었습니다."

빌헬름은 마리아네를 꼭 껴안으며 말했다. "오 내 사랑, 그보다 더 사랑스럽고 완전히 다른 여신이 와서 내가 더 굳게 결심할 수 있도록 도와주고, 내가 가는 길에 함께할 거라고 생각할 수 있었다면, 내가 쓴 시는 얼마나 더 좋은 방향으로 전환했을 것이며, 그 결말이 얼마나 얼마나 재미있게 되었을까요! 그러나 내가 당신의 품에 안겨 생각하는 것은 시가 아니라, 진실이자 삶이니, 우리는 이 달콤한 행복감을 느끼면서 즐기도록 합시다!"

빌헬름이 팔에 힘을 주어 꼭 껴안고 목소리가 활기에 차서 커지자, 마리아네는 잠이 달아났다. 그리고 빌헬름을 다정하게 쓰다듬으며 자신의 당혹감을 숨겼다. 왜냐하면 마리아네는 졸려서 빌헬름이 하는 이야기의 마지막 부분을 한마디도 듣지 못했기 때문인데, 우리의 주인공이 앞으로 자신이 특별히 좋아하는 이야기를 할 때는 좀 더 주의 깊게 들어 주는 사람을 만나게 되기를 바라는 바이다.

## 9장

그리하여 빌헬름은 밤마다 은밀한 사랑을 즐기며 보냈고, 낮에는 새롭고 행복한 시간을 기대하며 보냈다. 마리아네를 향한 열망과 희망에 빌헬름의 마음이 강하게 끌렸던 그 무렵에 이미 빌헬름은 새로운 활력을 느꼈고, 다른 사람이 되어 가기 시작하는 것 같았다. 이제 빌헬름은 마리아네와 하나가 되었으며, 자신의 욕구를 충족시키는 것은 기분 좋은 습관이 되어 버렸다. 마음은 열정의 대상을 고귀하게 생각하려고 노력했고, 정신은 사랑하는 여성을 자신과 함께 높이 들어 올리려고 했다. 마리아네와 잠시 따로 떨어져 있을 때도 그녀 생각에 사로잡혔다. 이전에는 마리아네가 단순히 중요한 정도의 존재였다면, 이제는 없어서는 안 될 존재가 되었다. 인간의 정이라는 모든 끈으로 마리아네와 묶여 있었기 때문이었다. 빌헬름이 맑은 정신으로 생각해 보면 마리아네가 자기 영혼의 절반, 아니 절반 이상을 차지한다고 느껴졌다. 그래서 마리아네가 한없이 고마웠고 또한 모든 것을 바쳤다.

마리아네도 한동안 자신을 속일 수 있어서 빌헬름이 생생하게 느끼는 행복감을 함께 나눌 수 있었다. 아, 양심의 가책이라는 차가운 손이 때때로 그녀의 가슴을 스치지만 않았더라도 좋았을 것을! 마리아네는 빌헬름의 품에 안겨 있을 때 그런 양심의 가책에 대한 확신이 들지 않았다. 그 사랑의 날개 밑에 있을 때는 말이다. 그러나 마리아네가 다시 혼자 있게 되고, 그의 열정으로 자신이 높이 올라갔던 허망한 구름에서 빠져나와 아래로 떨어지며 자신이 처한 상황을 인식하게 되면 너무 후회스러웠다. 자신이 천박하고 복잡한 관계를 맺으며 자신의 처지를 착각하거나 그런 상황을 차라리 몰랐을 때는 무분별하게 살아가는 것이 오히려 자신에겐 도움이 되었다. 그때는 자신이 겪었던 일들이 하나하나 분리된 것처럼 보였다. 만족감과 불쾌감이 서로 교대로 찾아왔고, 굴욕감은 허영심으로 그리고 자신의 부족함은 종종 일시적 과도함으로 채워졌었다. 마리아네는 자신의 어쩔 수 없는 행동과 습관을 생활

규칙이라고 변명하며 자신을 기만할 수 있었다. 그리고 그렇게 생각하는 한, 시간이 갈수록 그리고 날이 갈수록 모든 불쾌한 느낌을 떨쳐 버릴 수 있었다. 그러나 이 불쌍한 여자는 지금까지 순간순간 더 나은 세계로 옮겨 왔다고 느꼈고, 마치 위에서 아래를 바라보듯, 빛과 기쁨에 충만한 그녀의 삶에서 황량하고 타락했던 과거의 삶을 내려다보았다. 그리고 이런 욕망이 있으면서도 남자에게 사랑과 존경을 동시에 불러일으키지 못하는 여자는 얼마나 가련한 존재인지를 느꼈다. 그러나 외적으로나 내적으로 자신이 조금도 나아지지 않았다는 생각이 들었다. 이제 자신이 위로받을 수 있는 것은 아무것도 없었다. 자신을 되돌아보며 찾아보아도 생각은 텅 비어 있었고, 마음은 의지할 데가 없었다. 자신의 처지가 가련하면 가련할수록 애착은 더 열렬하게 애인에게로 확고하게 기울어졌다. 그 애인을 잃을 위험이 날이 갈수록 더 가까이 다가오는 만큼 사랑의 열정은 날이 갈수록 커져만 갔다.

이와는 반대로 빌헬름의 마음은 드높은 영역 위를 떠돌고 있었고, 또한 새로운 세계가 그에게 열려 있었다. 그것도 행복한 전망에 가득 차서 말이다. 처음에 과도했던 기쁨이 약간 사그라지자마자 지금까지 자신의 마음을 어둡게 파 뒤집어 놓았던 것들이 밝게 모습을 드러냈다. "마리아네는 내 사람이야! 내게 자신을 바쳤어! 그렇게 사랑받고 모두가 탐내고 흠모하는 그 여자가 몸과 마음을 바쳐 내게 헌신했다고. 그러나 은혜도 모르는 놈에게 자신을 맡기지는 않았어." 빌헬름은 서 있거나 걸어갈 때면 이렇게 혼자서 중얼거렸고, 그의 가슴은 계속 벅차올랐다. 그리고 아주 고상한 생각들을 온통 거창한 말로 혼자 중얼거렸다. 운명이 마리아네를 통해 자신에게 내미는 분명한 손짓을 알아본다고 생각했다. 자신이 그렇게 오랫동안 도망가고 싶어 했던, 꽉 막히고 지루한 시민 계급의 삶에서 빠져나오라는 손짓을 말이다. 아버지 집에서 나와 가족들과 헤어지는 일은 빌헬름에게 별로 어렵지 않아 보였다. 빌헬름은 아직 젊고 세상에 처음 발을 내디뎌 그 넓은 세상에서 행복과 만족을 찾아 뛰어다닐 용기는 사랑으로 인해 더욱 커졌다. 연극이 자신의 운명이라는 사실이 이제 더 분명해졌고, 자신이 목표로 세웠던 숭고한 목적지가 좀 더 가까이 다가온 듯이 보였다. 그러면서 마리아네와 결혼하려고 했다. 그리고 자아도취적이긴 하지만 겸손하게 생각해 보더라도 자신을 훌륭한 배우라고 여겼고, 다양하게 한숨짓는 소리를 들어 왔던 미래의 '민족 극장'[14]의 창시자라고 생각했다. 빌헬름의 마음 가장 깊숙한 구석에서 지금까지 잠자고 있었던 모든 것이 꿈틀거리기 시작했다. 빌헬름은 온갖 생각을 거듭해서 안개를 배경으로 한 사랑의 색으로 그림을 그렸고, 그 그림에는 물론 형상들이 엄청나게 뒤섞여 물 흐르듯 움직이고 있었지만, 전체적으로는 그래서 더욱 매력적으로 작용했다.

## 10장

빌헬름은 이제 집에 앉아서 자기가 쓴 원고들을 뒤적거리며 여행을 떠날 준비를 하고 있었다. 이제껏 직업과 관련된 모든 것을 치워 두고,

14 "민족 극장(das Nationaltheater)"은 한 민족의 특성을 보여 줄 수 있는 작품을 공연하는 극장을 말한다. 독일에서는 1768년 함부르크에 최초의 민족 극장이 개설되었고, 레싱(Lessing)은 그 극장의 드라마투르크로 활동하면서 쓴 글을 모아 《함부르크 연극론(Hamburgische Dramaturgie)》이라는 귀중한 자료를 남겼다. 그러니까 빌헬름이 "민족 극장의 창시자"가 되겠다고 말하는 시점은 함부르크에 민족 극장이 설립되기 이전으로 보아야 한다.

세상을 돌아다닐 때 기분을 나쁘게 할 만한 모든 기억에서 벗어나고 싶었다. 단지 자기 취향에 맞는 작품들, 시인들이나 비평가들의 책들은 친한 친구들처럼 골라 놓은 책들 사이에 놓았다. 지금까지 예술 비평가들의 책은 거의 도움이 되지 않았기 때문에, 자기가 갖고 있던 이런 책들을 다시 대충 훑어보았는데 심지어 이론 서적들은 대부분 아직 뜯지도 않은 상태임을 발견하고는 읽어 보고 싶은 욕구가 새롭게 되살아났다. 빌헬름은 이런 책들을 꼭 읽어야 한다는 확신에 차서 그 가운데 많은 책을 샀었으나, 아무리 열심히 읽어도 한 권을 반 정도까지도 집중해서 읽을 수가 없었다.

반면에 본보기가 되는 작품들에는 그럴수록 더 열심히 매달렸고, 잘 알고 있는 모든 종류의 책들은 직접 읽어 보려고 했었다.

베르너가 들어왔고, 자기가 잘 아는 책들을 빌헬름이 열심히 정리하는 모습을 보자 이렇게 말했다. "벌써 또 원고들을 들여다보고 있나? 자네가 이 작품이나 저 작품이나 완성할 생각이 없다고 난 확신해! 그 원고들을 들여다보고 또 들여다보다가 기껏해야 뭔가 새로운 작품을 시작하게 되겠지."

"완성한다는 것이 배우는 사람에게 중요한 일은 아니지. 연습하고 익히면 충분하지."

"그러나 할 수만 있으면 완성해야지."

"하지만 어떤 젊은이가 뭔가 자신이 서툰 작업을 시도했음을 곧 알아차리고 작업을 멈춘다거나, 아무런 가치도 없는 것에 수고와 시간을 낭비하고 싶어 하지 않는다면 그 젊은이에게 큰 희망을 품을 수는 없는지 문제를 제기할 수는 있겠지."

"뭔가를 완성하는 것이 자네에게 한 번도 중요한 일이 아니었다는 것을 나도 잘 알고 있네. 절반까지 오기도 전에 자네는 언제나 싫증을 냈지. 자네가 우리 인형 극장의 단장이었을 때 그렇게나 자주 난쟁이 같은 인형들에게 입힐 새로운 옷과 새로운 무대 장치들을 만들지 않았나! 한번은 이 비극, 한번은 저 비극이 공연되었지만, 기껏해야 자네는 모든 내용이 꽤 잡다하게 뒤섞여 서로 찌르고 하는 마지막 5막만 보여주었지."

"자네가 그 시절을 이야기하니까 하는 말인데, 우리가 인형에 맞춰 딱 맞게 꿰매어 놓은 옷들을 벗기고, 많았지만 별 쓸모는 없었던 의상들을 만들어 내는 사치를 부렸던 것이 누구 때문이었나? 언제나 유행하는 리본을 팔아먹고, 내가 좋아하는 일을 부추겨 이용해서 이득을 볼 줄 알았던 사람이 바로 자네 아니었나?"

베르너는 웃으며 말했다. "마치 전쟁 때 무기를 공급하는 사람처럼 자네들의 연극 원정에서 내가 이득을 보았다는 것을 언제나 즐거운 마음으로 기억하고 있지. 자네들이 《해방된 예루살렘》을 준비하고 있을 때 나는 비슷한 경우의 옛날 베니스 상인들처럼 상당한 이득을 보았지. 다른 사람의 멍청한 짓에서 이득을 보는 것보다 세상에서 더 합당한 일은 없다고 생각하네."

"사람들의 멍청함을 치료하는 것이 더 고상한 즐거움일지도 모르겠네."

"내가 알기로는 그런 일은 쓸데없는 노력일 수도 있네. 한 사람이 현명해지고 부자가 되게 하려면 뭔가가 필요한데, 대부분은 다른 사람들이 손해를 봄으로써 그렇게 된다네."

"여기에 바로 〈갈림길에 선 젊은이〉라는 시가 있네." 하고 빌헬름이 대답하면서 남아 있던 서류들에서 원고 묶음 하나를 꺼냈다. "다른 것은 몰라도 이 시는 완성된 것이네."

"그만두게, 불에 던져 버리게나!" 하고 베르너가 대답했다. "그 착상은 조금도 칭찬할 만한 가치가 없네. 예전에 이미 그 시 때문에 내 기분이 무척 상했으니까. 게다가 자네 아버님의 노여움을 자초했었지. 적절한 시일지는 모르지만, 생각하는 방식이 근본적으로 틀렸네. 자네가 상업을 의인화했던 쪼그라들고 가련한 늙은 주부[15]를 아직도 잘 기억하고 있지. 어느 초라한 잡화점에서 그 이미지를 따왔겠지만, 그 당시에 자네는 상업에 대한 개념이 없었네. 누구의 정신이 진정한 상인의 정신보다 더 넓고, 더 넓을 수 있는지 나는 모르겠네. 우리가 사업을 해 나가는 상업의 질서는 우리에게 사업의 윤곽을 잡아 주지 않는가! 이 질서는 세부적인 상황으로 인해 혼란에 빠질 필요 없이 언제나 전체를 조망할 수 있도록 해 주네. 복식 부기는 상인에게 얼마나 이득을 주는지 모르네! 이것이야말로 인간의 정신이 발명한 가장 훌륭한 것 가운데 하나지. 그래서 훌륭한 가장이라면 누구나 자신의 살림살이에도 이 복식 부기를 도입해야 할 것이네."

"미안하지만" 하고 빌헬름이 미소를 지으며 말했다. "자네는 형식에서 출발해서 그것이 중요한 듯이 말하지 않나. 그러면서 자네 같은 사람들은 더하고 빼고 하며 인생의 원래 총합계는 대체로 잊어버리지."

"여보게, 자네는 상업에서 형식과 일이 하나일 뿐, 하나가 없으면 나머지 하나도 존재하지 않는다는 사실을 유감스럽게도 보지 못하는

---

15 원문에서는 시빌(Sibylle)이라고 나오는데, 시빌은 고대 그리스와 로마 신화에 나오는 예언하는 여자를 말하지만, 여기서는 '원숙한 나이의 품위 있는 여자'라는 의미로 쓰였다. (1권 8장 참조)

군. 질서와 정확함은 절약해서 소득을 얻는 즐거움도 커지게 하지. 집안 살림을 잘하지 못하는 사람은 어둠 속에 있는 듯 분명하지 못해서 갚아야 하는 빚이 모두 얼마인지 합산조차 못 한다네. 반대로, 집안 살림을 잘하는 사람에겐 날마다 불어나는 재산의 총계를 내 보는 것보다 더 기분 좋은 일은 없지. 갑자기 사고가 발생해서 기분이 상해도 당황하지 않고, 자신이 거둬들인 이윤을 즉시 다른 저울판 위에 올려놓아야 한다는 사실을 알기 때문이지. 만약 자네가 우리 사업의 진정한 참맛을 한 번이라도 맛본다면, 자네의 여러 총명한 능력을 자유롭게 발휘할 수 있다고 나는 확신하네."

"내가 계획하고 있는 이번 여행으로 다르게 생각할 가능성도 있지."

"물론이지! 자네가 영원히 우리 사람이 되기 위해선 대규모 사업을 직접 눈으로 볼 필요가 있네. 그래서 자네가 여행에서 돌아오면 온갖 종류의 화물 운송과 큰 이윤을 남길 투자를 통해 세상에서 필연적으로 순환하고 있는 돈과 복지 일부를 끌어모을 줄 아는 사람들과 흔쾌히 함께하게 될 것일세. 세계 방방곡곡의 원자재나 가공된 제품에 눈길을 돌려서, 그 제품들이 어떤 방식으로 생활필수품이 되는지를 잘 보게나! 한순간에 사람들이 가장 많이 찾는 물건이 되기도 하고, 곧 부족해지거나 구하기 힘든 것을 모두 알아내서, 그걸 구하려는 누구에게나 쉽고 신속하게 마련해 주기도 하고, 신중하게 비축해 두어 상품들이 이렇게 큰 규모로 순환될 때마다 이윤을 얻는 상인들의 세심함은 얼마나 기분 좋고 머리를 써야 하는 일 아닌가! 내가 생각하기에 이런 것은 머리가 있는 사람이라면 누구에게나 큰 기쁨을 줄 것일세."

빌헬름도 베르너의 말에 이의가 없어 보였다. 그러자 베르너가 계속 말을 이어 갔다. "자네가 큰 상업 도시 몇 군데만 둘러보고 나면 분명히 자네 마음이 거기에 사로잡히게 될 걸세. 많은 사람이 열심히 일하는 모습과 여러 물건이 어디서 와서 어디로 실려 가는지 보게 되면, 분명히 즐거운 마음으로 그 물건들이 자네 손을 거쳐 돌아다니는 것처럼 느끼게 될 것일세. 아주 사소한 물건들이라도 자네는 상업 전체와 연결해서 보게 되고, 그 물건들을 하찮게 여기지 않을 것일세. 왜냐하면 이 모든 것이 순환을 증가시키고, 이 순환으로부터 자네가 삶에 필요한 양식을 얻기 때문이지."

빌헬름과 함께 지내 오면서 올바른 이해력을 기르게 된 베르너는 뜻을 크게 품으면서 자신의 직업과 사업을 생각하는 데 익숙해졌다. 그리고 평소에는 사려 깊고 소중한 친구 빌헬름보다 훨씬 올바르게 처신한다고 늘 믿고 있었다. 베르너가 보기에, 빌헬름은 세상에서 가장 비현실적인 일에 큰 가치와 온 영혼의 무게를 두는 것처럼 보였다. 그래서 이런 잘못된 열광은 극복되어야만 하며, 이렇게 착한 사람을 올바른 길로 이끌 수 있어야 한다고 이따금 생각했다. 베르너는 이런 희망으로 말을 계속 이어 나갔다. "세상의 위대한 사람들은 세상을 장악해서 지나치게 풍족하고 화려하게 살고 있네. 아주 작은 지역까지 이미 차지해서 모든 재산을 굳건히 지키고 있지. 관공서들과 시민들이 일로 벌어들이는 것은 얼마 되지 않네. 그러니 장사하는 것보다 더 정당하게 소득을 얻고, 더 적절하게 세상을 정복하는 것이 또 어디 있겠나? 이 세상의 제후들이 강과 길과 항구들을 차지해서 배와 사람이 통과하고 지나가는 것으로부터 엄청난 이익을 취하고 있는데, 우리가 기꺼이 기회를 포착하고 열심히 활동해서 한편으론 사람들에게 꼭 필요하거나, 아니면 우쭐해 하기 위해 없어서는 안 될 그런 품목들로부터 이윤을 남겨서는 안 되는가? 그리고 내가 자네한테 확언하건대, 만약 자네가 오직 작가적 상상력을 발휘하려고만 한다면, 자네는 이겨 내기 어려운 승리의 여신인 내 여신을 과감하게 자네의 여신과 대결시킬 수도 있을 걸세. 내 여신은 물론 칼 대신에 평화의 상징인 올리브 나뭇가지로 싸우겠지. 이 여신은 단도나 쇠사슬을 전혀 모르지만, 그래도 왕관을 자기가 사랑하는 사람들에게 수여하겠지. 자네 여신을 멸시해서 하는 말이 아니라, 그 왕관들은 샘에서 퍼 올린 순금과 바다 저 밑바닥에서 늘 부지런히 일하는 자신의 하인들이 건져 올린 진주들로 반짝인다네."

빌헬름은 이 공격에 기분이 약간 언짢았지만, 베르너도 자신이 하는 질책을 침착하게 들어 주던 것을 기억하고 자신의 예민한 감정을 감추었다. 게다가 베르너는 누가 자기 직업을 최고라고 생각하는 말을 기꺼이 들어 줄 정도로 아주 공정했다. 다만 자신이 열정을 가지고 헌신했던 일에 대해서 다른 사람들도 아무런 이의를 달지 않고 그대로 내버려두어야 했다.

"사람들의 일에 따뜻한 관심을 보이는 자네에게 과연 어떤 광경이 펼쳐질지!" 하고 베르너가 크게 말했다. "만약 과감하게 사업하는 사람들을 따라다니는 행운이 그들에게 베풀어지는 모습을 눈앞에서 보게 된다면 말일세! 고기를 가득 잡고 일찍 돌아오는 배가 항해를 성공적으로 마치고 도착하는 모습을 바라보는 것보다 더 매력적인 것이 있겠는가! 그동안 배에 갇혀 있던 선원들이 땅에 뛰어내려서는 타고 갈 마차가 당도하기도 전에 다시 자유를 만끽하면서, 마실 수 없는 바닷물에서 잡아 온 고기들을 믿음직한 땅에 맡기는 모습을 기쁘게 바라보는 친척과 지인, 관련자뿐 아니라 낯선 구경꾼까지 어찌 기뻐하지 않겠는가! 여보게, 이득이란 단순히 숫자로만 우리에게 나타나는 것이 아니네. 행복은 살아 있는 사람들의 여신이네. 그리고 그 여신의 은혜를 제대로 느끼기 위해서는 살아가면서 정말 열심히 노력하고, 진정 감각적으로 만끽하는 사람들을 만나 봐야 하네."

# 11장

이제 우리는 이 두 친구의 아버지들에 대해 더 자세하게 알아볼 시간이 되었다. 두 아버지의 사고방식은 완전히 달랐지만, 상업을 제일 고귀한 일로 여기고, 이익을 가져다줄 수 있는 투자에 가장 주의를 기울인다는 점에서 두 사람의 생각은 일치했다. 빌헬름의 아버지는 자신의 아버지가 돌아가시자마자 집에 있던 그림들, 스케치들, 동판화들과 골동품들을 현금으로 바꾸었고, 집을 최신 유행에 따라 완전히 개조하고 가구를 들여놓았으며, 남은 재산을 온갖 가능한 방법으로 유용하게 활용했다. 재산의 상당한 부분을 베르너의 아버지 사업에 투자했고, 활동적인 사업가로 유명했던 베르너의 아버지가 투자하는 사업들은 대체로 운 좋게 성공을 거두었다. 그러나 빌헬름 아버지의 가장 큰 바람은 자신에게는 없는 상인의 자질을 아들이 갖게 하고, 자신이 가장 중요하게 여기는 재산을 자기 자식들에게 남겨 주는 것이었다. 비록 화려한 것, 눈에 띄는 것에 애착을 느꼈으나, 이런 것들은 그 자체로 가치도 있고 오래 지탱할 수 있어야 했다. 자기 집에 있는 모든 것은 견고하고 육중한 것이어야 했고, 저장품은 풍족해야 했으며, 은그릇은 무거워야 했고, 식기 세트는 비싼 것이어야 했다. 반면에 손님은 거의 없었다. 손님을 초대한 식사는 늘 축제 수준이어서, 비용뿐만 아니라 불편함 때문에라도 자주 그렇게 할 수 없었기 때문이었다. 집안의 살림살이는 차분하고 단조로워서, 그 안에서 무언가가 움직이고 바뀐다 한들 그건 모두 누구에게도 즐거움을 주지 못하는 바로 그런 것이었다.

베르너의 아버지는 어둠침침한 집에서 이와는 완전히 반대되는 삶을 살았다. 좁은 사무실의 아주 오래된 책상에서 자기 일을 끝내고 나서는 푸짐한 식사를 했고 가능하면 비교적 좋은 술을 마시려고 했다. 또한 좋은 것을 혼자서 즐길 수는 없어 자기 가족들 외에도 언제나 친구들과 자기 집안과 인연이 있는 다른 사람들도 식사에 초대해야 했다. 식탁 의자는 대단히 오래된 것이었지만 날마다 거기에 앉을 사람들을 초대했다. 맛있는 음식은 손님들의 관심을 끌었지만, 어느 누구도 그 음식이 평범한 식기에 담겨 있다는 사실은 알아차리지 못했다. 그 집의 지하 창고에 포도주가 많지는 않았으나 한 병을 다 마시고 나면 대부분 더 나은 포도주로 대체되었다.

두 아버지는 그렇게 살았고, 비교적 자주 만나 사업에 대해 논의하곤 했는데, 때마침 오늘 빌헬름을 사업상의 용무로 출장을 보내기로 합의했다.

빌헬름의 아버지가 말했다. "우리 애도 세상을 둘러보고, 동시에 낯선 곳에서 우리 사업을 해 봤으면 좋겠습니다. 젊은 사람에게 자기 삶에 정해진 운명을 가르쳐 주는 것보다 더 유익한 것은 없습니다. 댁의 아드님도 출장을 성공적으로 마치고 돌아와서 일을 저렇게 잘 처리하고 있지 않습니까. 그러나 저희 아들은 어떻게 해 나갈지 정말 궁금합니다. 댁의 아드님보다 저희 아들이 수업료를 더 많이 내야 하지 않을지 염려는 됩니다."

자기 아들과 그 능력에 대해 잘 알고 있던 빌헬름의 아버지는 이렇게 말하며 친구가 이의를 제기하면서 젊은 아들의 뛰어난 재능을 칭찬해 줄 것으로 기대했지만 이내 실망하고 말았다. 실무적인 일에서 자신이 확인해 본 사람 이외에는 아무도 신뢰하지 않는 베르너의 아버지는 냉정하게 대답했다. "모든 시도를 해 봐야 합니다. 우리가 아드님을 똑같은 방식으로 보낼 수 있습니다. 아드님이 따라야 할 지시 사항을 드리지요. 여러 빚도 받아 와야 하고, 옛 단골들을 다시 고객으로 만들고, 새로운 단골도 만들어야 합니다. 최근 말씀드린 투자를 촉진하는 데 도움을 줄 수도 있겠지요. 이런 일은 현장에서 정확한 정보를 수집하지 않고는 제대로 되는 일이 거의 없으니까요."

"준비를 잘해서 가능하면 빨리 출발시켜야겠습니다. 이번 출장에 적합한 말을 어디서 구하죠?" 하고 빌헬름의 아버지가 말했다.

"멀리서 찾지 않아도 될 겁니다. H.시에 사는 상인이 우리에게 줄 빚이 약간 있는데, 그 점을 제외하면 좋은 사람입니다. 그 사람이 내게 말 한 마리를 빚 대신에 받겠냐고 제의한 적이 있었고, 우리 아들도 그 말을 알고 있습니다. 꽤 괜찮은 말이라고 합니다."

"그러면 우리 아들더러 직접 가서 데려오라고 해야겠습니다. 우편마차를 타고 거기로 가면 모레면 제때 다시 여기에 도착하겠군요. 우리는 그사이에 여행 가방과 편지들을 준비해 놓으면 되겠습니다. 그러면 우리 아들이 다음 주 초에 출발할 수 있겠군요."

두 아버지는 빌헬름을 불러서 결정된 바를 알려 주었다. 자기 계획을 수행할 자금이 수중에 보이고, 자신이 관여하지 않아도 기회가 마련된 이 마당에, 누가 빌헬름보다 더 기쁠 수 있겠는가! 그의 열정은 너무나 커졌고, 지금까지 살아오면서 느꼈던 압박에서 벗어나 새롭고 더 고귀한 길을 따라가려고 하는 것이며 따라서 지금 자신이 완전히 옳게 행동하고 있다는 확신이 전적으로 들었다. 그래서 양심의 가책이 조금도 들지 않았고, 마음속에 어떤 근심도 느껴지지 않았다. 심지어 가족을 이렇게 속이는 것이 오히려 엄숙하게 여겨지기도 했다. 빌헬름은 부모님과 친척들이 결국에는 칭찬하고 축복하게 될 것을 확신했으며, 모든 것이 맞아떨어지는 이런 상황들이 자신을 인도하는 어느 운명의 여신이 보내는 손짓이라고 생각했다.

밤까지, 애인을 다시 만날 시간까지가 빌헬름에게 너무 길게 느껴졌다! 빌헬름은 자기 방에 앉아서 여행 계획에 대해 곰곰이 생각해 보았다. 마치 옥에 갇혀 있는 솜씨 좋은 도둑이나 마술사가 가끔 자기가 빠져나갈 수 있다고, 심지어 눈이 나쁜 간수들이 생각하는 것보다 빠른 시간에 빠져나갈 수 있다는 확신을 품으려고 꼭 묶인 사슬에서 가끔 발을 빼 보듯이 말이다.

마침내 밤을 알리는 종이 울렸다. 빌헬름은 집에서 나와 모든 압박감을 떨쳐 버리고 인적이 드문 골목을 걸어갔다. 넓은 광장에서 빌헬름은 하늘을 향해 손을 들어 올렸는데 모든 일이 해결되어 자신의 통제하에 있는 듯 느껴졌다. 모든 압박감에서도 벗어났다. 이제 애인의 팔에 안겨 있는 자신을 상상했고, 그러고 나서 그녀와 함께 다시 눈부시게 빛나는 무대 위에 있는 장면이 떠올랐다. 빌헬름은 희망에 차서 공중에 떠 있는 기분이었다. 다만 가끔 야경꾼이 외치는 소리가 자신이 이 지상을 거닐고 있음을 생각나게 해 주었다.

애인 마리아네가 계단까지 나와 빌헬름을 맞이했는데 얼마나 아름답고 사랑스러웠는지! 새로 만든 하얀 잠옷을 입고 마리아네가 빌헬름을 맞이하자, 마리아네가 지금까지 이렇게 매력적으로 보인 적이 없었다는 생각이 들었다. 마리아네는 지금 이곳에 없는 애인이 보내 준 선물을 이곳에 있는 애인의 품에 안겨 처음으로 선보이는 것이었고, 자연스럽게 몸에 배인 또 나중에 터득한 기술을 모두 동원해 참된 열정을 담아 자기 애인인 빌헬름을 애무해 주었다. 빌헬름이 행복했는지, 황홀했는지 새삼 물어보아 무엇하겠는가.

빌헬름은 지금까지 일어났던 일을 마리아네에게 알려 주었고, 자신의 계획과 자신이 바라는 것들을 대략 이야기해 주었다. 빌헬름은 일단 지낼 만한 곳을 찾아보고 그 후 마리아네를 데리러 오려고 하며, 그때 마리아네가 자기 청혼을 거절하지 않기를 기대한다고 했다. 이 가엾은 여인은 그러나 아무 말 없이 눈물을 감추고 애인을 품 안에 끌어당겼다. 애인이 말하지 않는 것을 가장 좋은 의미로 해석한다고 하더라도, 그래도 한마디 대답을 빌헬름은 바랐을지도 몰랐다. 빌헬름이 마리아네에게 아주 조심스럽고 다정하게 자신이 아버지가 될 거라 생각해도 되겠느냐고 물었을 때는 특히 그랬다. 그러나 이 질문에 대해서도 마리아네는 한숨을 쉬고 키스를 한 번 해 주는 것으로 대답할 뿐이었다.

## 12장

다음 날 아침에 마리아네는 잠에서 깨어났지만 또다시 슬퍼질 따름이었다. 너무 외로웠고 햇살을 보고 싶지도 않았다. 그래서 침대에 누워 울기만 했다. 바르바라 할멈은 마리아네 곁에 앉아서 그녀를 달래고 위로하려고 했으나 상심한 마음은 그렇게 쉽게 달래지지 않았다. 이 가련한 젊은 여자가 인생의 마지막 순간처럼 기다리고 있던 때가 이제 가까이 다가왔는데, 이런 불안한 상황에서 정상적인 상태에 있을 수 있는 사람이 어디 있겠는가? 사랑하는 사람은 떠났고, 만나도 마음이 편치 않은 연인은 곧 찾아오겠다고 하는데, 쉽게 일어날 수도 있는 일이지만, 이 두 사람이 한번 만나게 된다면 엄청나게 불행한 일이 벌어지게 될 것이다.

"진정해요, 아가씨." 하고 할멈이 말했다. "나를 생각해서라도 그 예쁜 눈에 눈물을 흘리지 말아요! 애인 두 명이 있는 것이 그렇게 큰 불행일까요? 아가씨가 한 애인에게만 애정을 보여 줄 수 있다고 해도, 최소한 다른 애인에게도 고마워해야 해요. 그 애인도 아가씨를 배려하는 방식을 보면 분명히 아가씨의 친구로 불릴 자격이 있거든요."

그 말에 마리아네는 눈물을 흘리면서 대답했다. "내가 사랑하는 빌헬름은 우리의 이별이 임박했음을 어렴풋이 예감하고 있어요. 우리가 그렇게 조심스럽게 숨기려고 했던 것을 빌헬름의 꿈이 알려 줘 버렸어요. 빌헬름이 내 곁에서 편안히 잠을 자고 있었는데, 갑자기 빌헬름이 알아들을 수 없는 말로 불안해하며 중얼거리는 소리를 들었어요. 저는 불안해져서 그 사람을 깨웠어요. 아! 얼마나 사랑스럽고, 얼마나 다정하고, 얼마나 열렬하게 나를 껴안아 주었는지 몰라요! 그리고 이렇게 말했죠. '오, 마리아네! 얼마나 끔찍한 상황에서 당신이 나를 끄집어 내 주었는지 모르오! 그 지옥 같은 곳에서 나를 구해 준 당신에게 어떻게 고마움을 표해야 할지 모르겠소!' 그리고 계속 이렇게 말했죠. '내가 당신에게서 멀리 떨어져 나도 모르는 지방에 있는 꿈을 꾸었소. 그런데 당신의 모습이 내 눈앞에 아른거렸소. 아름다운 언덕 위에 있는 당신을 보았는데, 태양이 그곳 전체를 비추고 있었소. 당신이 얼마나 매력적으로 보이던지! 그러나 그 모습은 오래가지 않았고, 당신 모습이 아래로 미끄러져 내려가는 것을 보았소. 계속해서 아래로 말이요. 나는 당신 쪽으로 팔을 뻗어 보았지만, 멀어서 당신에게 닿지 않았소. 당신의 모습이 계속 아래로 내려가더니 언덕 기슭에 넓게 펼쳐진 어느 큰 호수에 가까이 다가갔는데, 호수라기보다 차라리 늪이라고 해야 옳을 것이오. 갑자기 어떤 남자가 당신에게 팔을 내밀었고, 당신을 위로 끌어 올리려고 하는 것처럼 보였소. 그런데 당신을 옆으로 이끌더니 자기 쪽으로 끌어당기는 듯했소. 내가 당신에게 닿을 수 없었기에 크게 소리를 쳐서 당신에게 조심하라고 알려 주려고 했었소. 나는 당신에게 걸어가려고 했지만 땅이 내 발을 꼭 붙들고 있는 것 같았소. 그래도 걸어갈 수는 있었지만, 물이 나를 가로막았고, 내가 외치는 소리조차 답답한 가슴에 막혀 버리고 말았소.' — 그 가련한 사람은 이렇게 이야기하더니 내 가슴에 안겨 꿈에서 놀랐던 마음을 다시 진정시키고, 끔찍했던 꿈을 행복한 현실로 쫓아 버린 것을 보게 되어 행복하다고 했었죠."

할멈은 가능한 한 무미건조한 이야기로 마리아네의 소설 같은 이야기를 평범한 삶의 영역으로 끌어내리려고 했다. 그러면서 새잡이들이 잘 쓰는 좋은 방법을 이용했는데, 새들이 그물 안으로 빨리 그리고 자주 들어오기를 바라면서 휘파람 소리를 짧게 내어 그 새들의 소리를 흉내 내는 방법이었다. 할멈은 빌헬름을 좋게 평가하고, 외모와 눈 그리고 마리아네에 대한 사랑을 칭찬했다. 가련한 마리아네는 그 말을 좋아하며 듣고 있다가 일어나서 옷을 갈아입고는 좀 진정된 듯이 보였다. "아가씨" 하고 할멈이 기분 좋게 들으라는 듯 말했다. "나는 아가씨를 슬프게 만들고 싶지 않고 감정을 상하게 하고 싶지도 않아요. 아가씨의 행복을 빼앗고 싶은 생각도 없답니다. 내 의도를 오해하시면 안 됩니다. 언제나 나 자신보다 아가씨를 더 걱정했었다는 사실을 잊어버렸나요? 아가씨가 원하는 것을 내게 말하기만 하세요. 우리가 어떻게 해야 할지 미리 한번 생각해 봅시다."

"내가 뭘 바랄 수 있겠어요?" 하고 마리아네가 대답했다. "나는 불행해요. 평생 불행할 거예요. 나를 사랑하는 사람을 나는 사랑하는데, 그 사람과 내가 헤어져야 한다는 것을 알고 있지만, 이 사실을 어떻게 견뎌낼 수 있을지는 모르겠어요. 노르베르크 씨가 온다고 하는데, 우리가 살아가는 모든 게 그분 덕이어서 그분 없이는 살 수도 없어요. 빌헬름 씨는 돈벌이가 너무 없어서 나를 위해 아무것도 해 줄 수가 없어요."

"그래요. 그 사람은 불운하게도 마음밖에는 없는 그런 연인들 같은 사람이죠. 바로 그런 사람들은 요구하는 것도 가장 많아요."

"비웃지 마세요! 불쌍한 그 사람은 집을 나와서 극단에 들어가면서 내게 청혼할 생각을 하고 있어요."

"우리는 빈손이 이미 넷이나 있는데요."

"나는 선택하지 못하겠어요." 하고 마리아네가 말을 이어 갔다. "할멈이 결정하세요! 나를 이 사람에게 떠밀든 저 사람에게 떠밀든 하세요. 그래도 한 가지만은 알고 있어야 해요. 아무래도 우리 두 사람을 더욱 묶어 줄 담보물 하나를 내 몸에 갖고 있다는 사실을 말이에요. 그걸 잘 생각하고 결정하세요. 내가 누구를 버려야 할지, 내가 누구를 따라야 할지를 말이에요."

할멈은 한동안 말이 없다가 이렇게 말했다. "젊은 사람들은 항상 극단적인 것들 사이에서 흔들린다니까! 우리에게 즐거움을 주는 것 또 이익이 되는 것을 모두 연결하는 것보다 더 자연스러운 건 없다고 생각해요. 아가씨가 한 사람을 사랑한다면, 다른 사람이 돈을 내게 할 수도 있지요. 그건 우리가 얼마나 지혜롭게 이 두 사람을 서로 만나지 않도록 하느냐에 달렸어요."

"할멈이 원하는 대로 하세요. 나는 아무 생각도 할 수 없어요. 그래도 하라는 대로 따를게요."

"자기 극단 단원들의 품행을 자랑스러워하는 단장의 고집을 우리가 구실로 삼을 수 있으면 유리해요. 두 애인이 은밀하고도 조심스럽게 처신하는 데 이미 익숙해져 있으니, 시간과 기회는 내가 마련하겠어요. 아가씨는 내가 일러 주는 대로 연기를 해야 해요. 어떤 상황이 우리를 도와줄지 누가 알겠어요. 빌헬름 씨가 먼 데 있는 지금 노르베르크 씨가 오기만 한다면 좋으련만! 한 사람의 팔에 안겨 다른 사람을 생각하는 것을 누가 막겠어요? 아가씨가 아들을 얻게 되는 행운을 빌어요. 그 아이는 부유한 아버지를 만나야 해요."

마리아네는 이런 생각에 아주 잠깐 마음이 가벼워졌다. 그러나 자신의 처지가 자기 감정이나 확신과 조화를 이룰 수는 없었다. 이 고통스러운 상황을 잊고 싶을 뿐이었으나 수많은 사소한 사정이 매 순간 생각났다.

## 13장

빌헬름은 그런 사이에 짧은 출장 여행을 마치고 돌아왔다. 찾아갔던 사업 동료가 집에 없었기 때문에 그 부인에게 추천장을 건네주었다. 그러나 그 부인은 빌헬름의 질문에 제대로 확답을 주지 못할 정도로 격한 감정에 사로잡혀 있었고, 집안 전체도 대단히 어수선했다.

하지만 얼마 있지 않아서 그 부인은 빌헬름에게 (감출 수 있는 일도 아니었지만) 자기 의붓딸이 어느 배우와 도망갔다고 털어놓았다. 이 배우는 최근 조그만 극단에서 나와 그곳에 머물면서 프랑스어를 가르쳤다고 했다. 딸의 아버지는 괴롭기도 하고 화가 나서 달아난 두 사람을 붙잡기 위해 관청으로 달려갔다는 것이었다. 그 부인은 그 딸을 심하게 욕했고 그 애인을 헐뜯어서 두 사람에게 칭찬할 만한 것은 하나도 남아 있지 않을 정도였다. 그리고 이런 일로 집안이 당한 수치를 장황하게 한탄했다. 그러나 빌헬름은 적지 않게 당황했는데, 자신이 은밀하게 추진하고 있던 마리아네와 떠날 계획이 마치 예언 능력이 있는 것 같은 이 부인을 통해 미리 비난받고 처벌받는 듯이 느껴졌기 때문이었다. 그러나 빌헬름은 그 딸의 아버지가 마음속 깊이 느끼는 고통에 더 큰 관심을 보이지 않을 수 없었다. 아버지는 관청에서 돌아와서 말없이 슬픔에 잠겨 더듬거리며 관청에 다녀온 이야기를 부인에게 해 주었고, 편지를 읽어 본 후 빌헬름에게 넘겨줄 그 말을 끌고 오라고 하면서도 심란하고 혼란스러운 자기 마음을 감출 수 없었다.

이런 상황에서 빌헬름은 즉시 말에 올라타 마음 편히 있을 수 없는 그 집에서 떠나려고 했다. 그런데 그 아버지는 자기가 그토록 많은 신세를 지고 있는 집안의 아들을 아무런 대접도 하지 않은 채 자기 집에서 하룻밤도 묵게 하지 않고는 보내려고 하지 않았다.

우리의 친구 빌헬름은 암울한 분위기에서 저녁을 먹고 편치 못한 마음으로 밤을 보냈다. 그리고 아침 일찍 서둘러 가능한 한 빨리 그 집을 떠났다. 그 집 사람들은 무심코 한 말이지만 그들이 한 이야기와 말에 빌헬름의 마음은 아주 괴로웠었다.

빌헬름이 천천히 말을 타고 생각에 잠겨 길을 가고 있었을 때 무장을 한 많은 사람이 갑자기 들판을 가로질러 오는 것이 보였다. 그 사람들이 입고 있는 넓고 긴 재킷이나 커다란 옷소매, 격식에 맞지 않는 모자들 그리고 볼품없는 무기들, 그 걸음걸이와 외모에서 풍기는 편안한 행동으로 미루어 보아 이 지방 민병대 병력임을 곧 알 수 있었다. 이들은 큰 떡갈나무 아래에 멈춰 서더니, 소총을 내려놓고 파이프 담배를 피우기 위해 그 옆에 편안하게 자리를 잡았다. 빌헬름은 그 사람들이 있는 곳에 머물러 있으면서 말을 타고 온 젊은 사람과 대화를 나누었다. 빌헬름은 자신이 너무나 잘 알고 있는 이야기를 또 한 번 들어야 했는데, 더군다나 젊은 두 남녀에게나 그 여자의 부모에게도 별로 달갑지 않은 말까지 곁들어 들어야 했다. 또한 작은 이웃 도시에서 붙잡혀 감금된 그 젊은 두 남녀를 정식으로 넘겨받기 위해 이 사람들이 이곳으로 왔다고 했다. 얼마 후 멀리서 마차 한 대가 오는 것이 보였고, 그 마차를 일반 시민들이 에워싸고 감시하며 오는 모습이 무섭다기보다는 우스꽝스러웠다. 털털한 성격의 시청 서기가 말을 타고 먼저 와서 상대방인 법원 서기와 (빌헬름과 대화를 나누었던 젊은 사람이 바로 그 사람이었다) 마을 경계선에서 이상한 동작으로 아주 격식을 갖춰 인사를 나누었는데, 마치 한 명은 원 안에 있고, 다른 한 명은 원 밖에 있는 유령과 마술사가 밤에 위험한 마술을 행하는 장면 같았다.

그 말을 듣고 있던 사람들의 관심은 그사이 마차에 쏠리게 되었다. 사람들은 불쌍한 그 두 사람을 동정의 시선으로 바라보았는데, 두 사람은 두 개의 건초 더미 위에 나란히 앉아 다정하게 서로를 응시하고 있었고, 주위에 서 있는 사람들은 거의 신경 쓰지 않는 것 같았다. 사람들은 우연히 일어난 사고로 두 사람을 바로 옆 마을에서 이렇게 망측스럽게 데리고 올 수밖에 없었는데, 처음에 그 아름다운 여자를 데리고 오던 낡은 마차가 도중에 축이 부러져 버렸기 때문이었다. 그 여자는 그 기회에 자기 남자 친구와 마차를 같이 타고 가게 해 달라고 간청했다. 사람들은 그 남자 친구를 중범죄자라고 확신하고 그곳까지 무거운 쇠사슬로 묶은 채 마차와 나란히 걸어오게 했다. 쇠사슬은 물론 이 다정한 두 사람을 흥미롭게 바라보도록 하는 데 작지 않은 역할을 했는데, 특히 젊은 남자가 몇 번이고 그녀의 손에 입을 맞추며 아주 조심스럽게 쇠사슬을 움직였기 때문이었다.

“우린 아주 불행해요!” 하고 그 여자가 주위 사람들에게 크게 외쳤다. “하지만 우리는 사람들이 바라보는 것만큼 죄를 짓지는 않았어요. 그래서 아무리 잔인한 사람들이라 해도 우리의 진정한 사랑을 용서해 줄 겁니다. 자식들의 행복에는 완전히 소홀했던 부모님들이 자식들에게 기쁨을 주는 사람의 품에서 그 자식들을 거칠게 빼앗아 가죠. 오랫동안 슬픈 나날을 보낸 자식들에게 겨우 기쁨이 찾아왔는데도 말입니다!”

그러는 사이에 주위 사람들은 다양하게 동정의 뜻을 나타냈지만, 법원에서 나온 사람들이 인수인계 절차를 모두 마치자 마차는 다시 움직였다. 이 연인들의 운명에 크게 동정심을 느꼈던 빌헬름은 이 일행이 도착하기 전에 판사와 안면을 터놓기 위해 서둘러 발길을 옮겼다. 그러나 빌헬름이 관청에 막 도착했을 때 그곳은 도망간 사람들을 맞을 준비를 하느라 모두 분주하게 움직이고 있었으며, 그 법원 서기가 빌헬름을 맞이하면서 일이 모두 어떻게 진행되었는지 장황하게 이야기했고, 특히 어제 유대인과 교환한 말(馬)을 칭찬하느라 다른 대화를 나누지 못했다.

사람들은 그 불행한 두 사람을 작은 문을 통해 관청 건물과 연결되는 바깥 정원에 먼저 내려 주고는 조용히 건물 안으로 데리고 들어갔다. 법원 서기는 그 불행한 두 사람을 보호해 주려는 이런 조처에 대해 빌헬름으로부터 진심 어린 칭찬을 받았다. 비록 그 서기가 그렇게 함으로써 관청 앞에 모여 있던 사람들을 놀려 먹고, 수치심을 느끼는 여자를 구경하려던 재미마저 그 사람들에게서 빼앗고자 했어도 말이다.

판사는 이번 사건을 별로 달가워하지 않았는데, 이런 특수한 사건을 심리하면서 대개 이런저런 잘못된 판결을 했었고, 그리고 아무리 최선을 다했어도 대부분 군주로부터 거친 질책이 내려왔기 때문이었다. 판사는 무거운 발걸음으로 법정에 들어갔고, 빌헬름과 법원 서기 그리고 명망 있는 시민 몇 명이 따라 들어갔다.

맨 먼저 그 아름다운 처녀가 불려 나왔는데, 거만한 기색이라곤 하나도 없이 매우 침착하면서도 당당한 모습으로 들어왔다. 그 처녀가 입고 있는 옷차림새나 처신하는 모습은 어느 정도 그녀가 체면에 신경 쓰고 있음을 보여 주었다. 그 처녀는 또한 묻지도 않았는데 자신의 상황에 대해 어느 정도 예의를 갖춰 말하기 시작했다.

법원 서기가 접은 종이 위에 펜을 들고 그 처녀에게 조용히 하라고 명령했다. 법관은 태연하게 앉아서 법원 서기를 쳐다보고 헛기침을 하더니 그 가련한 처녀에게 이름은 무엇이며 나이가 어떻게 되는지 물었다.

"판사님께 부탁드립니다." 하고 그 처녀가 대답했다. "판사님이 제 이름과 나이를 물으시니 정말 이상하게 생각됩니다. 판사님은 제 이름과 나이를 잘 알고 계시잖아요. 제 나이가 판사님의 첫째 아드님과 같은 것도 아시잖아요. 판사님께서 저에 대해 알고 싶으시거나 아셔야 할 것을 주저하지 않고 말씀드리겠습니다.

아빠가 재혼하신 후로 저는 집에서 보살핌을 잘 받지 못했습니다. 몇 번 좋은 남자와 결혼할 수도 있었습니다. 만약 새엄마가 지참금 마련이 두려워 혼담을 깨뜨리지만 않았더라면 말입니다. 그런데 저는 젊은 멜리나 씨를 알게 되었고, 그이를 사랑하지 않을 수 없게 되었습니다. 그러나 우리가 함께하는 데는 장애물이 많을 것으로 예상했고, 우리는 집에서는 허락받지 못할 것 같은 행복을 넓은 세상에서 찾기로 했습니다. 저는 집에서 제 물건 외에 아무것도 가지고 나오지 않았습니다. 저희는 도둑질이나 강도질을 하고 도망간 것이 아닙니다. 그리고 제 애인이 쇠사슬과 끈에 묶여 이리저리 끌려다닐 정도로 큰 죄를 지은 것도 아닙니다. 전하께서는 항상 정당하시므로 이렇게 가혹하게 대하는 것을 용인하지 않으실 겁니다. 설사 우리가 벌을 받는다고 해도 이런 식으로는 아니에요."

그러자 나이 지긋한 판사가 두 번 세 번 당혹감을 감추지 못했다. 전하와 귀족들이 그의 머리 주위에서 웅성거리는 듯했고, 처녀의 청산유수와 같은 답변으로 조서를 기록하려던 판사의 계획에 완전히 차질을 빚고 말았다. 그리고 그 처녀가 다시 반복되는 법적 질문을 계속 거부하면서, 자신이 방금 말했던 사실을 줄기차게 고수하자 그 당혹감은 더 커졌다.

"저는 범죄자가 아니에요." 하고 그 처녀가 말했다. "저를 치욕적으로 지푸라기 더미 위에 앉혀서 여기로 데려왔어요. 우리에게 명예를 돌려주시는 것이 더 정당한 처사입니다."

법원 서기는 그런 사이에 계속 그 처녀의 말을 받아쓰면서 판사에게 귓속말로 심리를 계속 진행하고 공식적인 기록은 나중에 작성하는 것이 좋겠다고 했다.

나이 든 판사는 다시 용기를 내어 사무적이고 상투적인 무미건조한 문구로 사랑의 달콤한 비밀에 대해 캐묻기 시작했다.

빌헬름의 얼굴이 빨갛게 달아올랐고, 우아한 그 처녀 죄수의 두 뺨도 마찬가지로 부끄럼에 매력적인 색으로 예쁘게 물들었다. 그 처녀는 말문이 막혀 가만히 있다가 마침내 당혹감 자체가 오히려 용기를 끌어

올려 준 듯이 큰 소리로 말했다.

"저 자신에게 불리한 말을 해야 함에도 진실을 말할 만큼 제가 강할 거라고 판사님은 확신하시는 겁니까? 그 이야기로 제가 명예를 되찾을 수 있을지 망설여지고 말을 더듬거리게 되는데도 말이에요? 그래요, 저는 이분의 애정과 진심을 확신하는 순간에 제 남편 될 사람이라고 생각했어요. 저는 이분에게 사랑이 원하는 것 모두, 그리고 이분의 진심을 알게 된 제 마음이 거절할 수 없는 것 모두를 기꺼이 드렸어요. 이제 판사님은 저를 원하시는 대로 처리하세요. 제가 한순간 고백하길 망설였던 이유는 저의 진술로 인해 이분께 나쁜 결과가 미칠지도 모른다는 두려움 때문이었습니다."

빌헬름은 이 고백을 듣고 처녀의 이런 마음씨에 대해 어떤 고귀한 생각이 들었다. 그러나 법원 관리들은 이 처녀를 뻔뻔하고 헤픈 여자라고 여겼으며, 거기 있던 시민들은 그런 일이 자신의 가정에서 벌어지지 않았거나 세상에 알려지지 않은 것을 하느님께 감사했다.

빌헬름은 그 순간 마리아네를 법정 앞에 세우는 생각을 해 보았다. 마리아네가 더 아름답게 말하면서 더한 진심에서 정직함이 우러나오고, 더 고결한 마음에서 고백이 우러나오는 상상을 말이다. 그러자 빌헬름은 두 사람을 돕고 싶은 강한 열정에 사로잡혔다. 빌헬름은 이러한 마음을 숨기지 못하고, 망설이고 있는 판사에게 이제 모든 사실이 어느 정도 분명해졌고, 더 심문할 필요가 없게 되었으니 이 사건을 여기서 종결했으면 좋겠다고 은밀하게 부탁했다.

이러한 부탁이 큰 도움이 되어 그 처녀를 법정에서 내보내고, 그 대신 청년의 포박을 문 앞에서 풀어 주고 법정으로 들어오게 했다. 이 청년은 자기 운명에 대해 깊이 생각에 잠긴 듯했고, 비교적 신중하게 대답했다. 그리고 청년이 그렇게 용감하고 솔직하게 말하지는 못했지만, 대신에 그 진술은 단호하고 논리 정연해서 좋은 인상을 주었다.

그러자 심문이 끝났다. 이번에도 지난번 처녀의 심문과 모든 면에서 일치했고, 단지 이 청년이 처녀를 보호하기 위해 처녀가 고백했던 사실을 완강하게 부인하자, 결국 처녀를 직접 출두하게 했다. 그러자 우리의 친구인 빌헬름의 마음을 완전히 빼앗은 장면이 두 사람 사이에서 벌어졌다.

소설이나 드라마에서나 벌어지곤 하는 장면을 빌헬름은 여기 곤혹스러운 법정에서 목격했는데, 서로를 아껴 주려는 생각에서 언쟁이 벌어지면서, 불행 속에서도 강한 사랑의 힘을 보게 되었다.

빌헬름은 혼잣말로 이렇게 말했다. "도대체 이럴 수가 있을까? 사람들은 애정을 수줍어하며 태양이나 사람들의 눈앞에서 숨기고, 아무도 없는 한적한 곳에서 몰래 즐기려고 하는데 말이다. 그 애정이 고약하게도 얼떨결에 드러나게 되었는데, 허풍을 떨며 미쳐 날뛰는 어떤 다른 열정보다 더 대담하고 강하고 용기 있게 나타나다니!"

전체 심리가 상당히 빨리 끝나 빌헬름은 다행이라고 생각했다. 두 사람은 그런대로 가벼운 금고형을 받았고, 만약 가능했다면 빌헬름이 이 여자를 직접 그날 저녁에 그녀의 부모님 집으로 데려다줄 수도 있었다. 왜냐하면 빌헬름은 이 사건의 중재자가 되어, 두 연인을 정말 행복하고 바람직하게 결합해 주려고 굳게 마음먹었기 때문이었다. 빌헬름은 법원 판사에게 멜리나와 단둘이 이야기하게 해 달라고 요청했더니 어렵지 않게 허락해 주었다.

# 14장

새로 알게 된 두 사람의 대화는 곧 속마음을 털어놓으면서 활발하게 이어졌다. 빌헬름이 의기소침해진 젊은이에게 자신과 그 여자 부모의 관계를 밝히고 스스로 중재자가 되겠다고 자청하면서 결과가 매우 희망적이라고까지 말하자 감옥에 갇혀 암울하고 근심에 가득 차 있던 사람은 기분이 밝아졌고, 이미 자유의 몸이 되어 장인 장모가 될 사람들과도 화해한 듯이 느껴져 앞으로의 생계와 직업에 관해 이야기하게 되었다.

"그 점에 대해선 걱정하지 않아도 될 겁니다." 하고 빌헬름이 대꾸했다. "내가 보기에 그 두 가지 모두 당신은 천성적으로 타고난 듯해서 당신이 선택했던 직업으로 성공할 것 같습니다. 적당한 체구, 감미로운 목소리, 다감한 마음! 배우로서 이보다 더 잘 갖추고 있을 수 있을까요? 몇 군데에서 내 추천장이 당신에게 도움이 될 수 있으면 나로서도 큰 기쁨일 겁니다."

"진심으로 감사합니다." 하고 멜리나가 대답했다. "그런데 그 기회는 거의 이용하지 못할 것 같습니다. 왜냐하면 다시 연극 무대로 되돌아갈 생각이 없기 때문입니다."

"그것은 아주 잘못하시는 겁니다!" 하고 빌헬름이 잠시 놀란 마음을 진정시키고 말했다. 이 배우가 아내가 될 젊은 여자와 석방되자마자 바로 연극 무대를 찾아가게 되리라고 생각했기 때문이었다. 빌헬름에게 그것은 개구리가 물을 찾듯 자연스럽고도 필연적으로 보였다. 그 점을 빌헬름은 한순간도 의심하지 않았지만, 지금 놀랍게도 정반대되는 말을 들어야만 했다.

"그렇습니다. 더는 연극 무대로 되돌아가지 않기로 마음먹었습니다. 만약 자리를 구할 수만 있다면 오히려 어떤 자리라도 괜찮으니 공무원으로 일해 보려고 생각했습니다."

"그것은 아주 특별한 결심이지만, 나는 동의할 수가 없습니다. 자신이 선택했던 직업을 특별한 이유 없이 바꾸는 것은 결코 바람직하지 못하기 때문입니다. 당신에게 많은 편안함과 아주 매력적인 미래를 줄 수 있는 직업은 배우 외에 아무것도 없다고 생각합니다."

"선생님은 한 번도 배우인 적이 없어 보이시네요." 하고 그 남자가 대꾸했다.

그 말을 듣고 빌헬름이 말했다. "여보세요. 자신이 처해 있는 상황에 만족하는 경우는 드뭅니다! 그래서 항상 옆에 있는 사람의 상황이 더 좋아 보이지만, 그 사람도 마찬가지로 그 상황에서 빠져나가길 바라고 있죠."

"그렇지만 한 가지 차이는 있습니다." 하고 멜리나가 대답했다. "나쁜 것과 더 나쁜 것 사이에 말이죠. 조급함이 아니라 경험이 저를 그렇게 말하게 만듭니다. 그건 아마도 세상에서 어느 쪽이 더 궁색하게, 더 불안하게, 더 힘겹게 작은 빵 조각 하나 얻느냐는 문제가 아닐까요? 어느 집 문 앞에서 구걸하는 것이나 마찬가지니까요. 동료의 시기나 극단 감독의 편애, 관객들의 변덕스러운 기분을 참아 내야 합니다! 정말이지 배우는 곰처럼 두툼한 털이 있어야 해요. 그 곰은 극단에서 사슬에 묶여 원숭이와 개들에게 끌려다니다가 백파이프 소리에 맞춰 아이들과 어중이떠중이들 앞에서 춤을 추라고 매를 맞게 되니까요."

빌헬름은 온갖 생각이 다 들었지만, 그것을 이 착한 사람에게 대놓고 말하고 싶지는 않았다. 그래서 조금 떨어져서 대화를 나누며 그 사람 주위를 돌아다녔다. 그러자 멜리나는 그럴수록 더 솔직하고 자세하게 속마음을 털어놓았다. — "박람회가 열리는 4주 동안 단장님이 한 곳에서 돈 몇 푼이라도 더 순환시킬 수 있는 허가를 받기 위해, 가는 곳마다 꼭 시청 간부의 발밑에 넙죽 엎드려야만 할까요! 우리 단장님은 좋은 분이기 때문에 평소 제게 불쾌하게 구시더라도 단장님을 종종 불쌍하게 여겼습니다. 좋은 배우는 단장님에게 많은 돈을 요구하고, 단장님은 그렇다고 형편없는 배우들을 내쫓을 수도 없고. 그리고 단장님이 소득과 지출을 어느 정도 맞춰 보려고 하면 관객들은 당장 비싸다며 가만히 있지 않죠. 극장은 텅 비고, 망하지 않으려면 손해 볼 걸 걱정하면서 공연해야 합니다. 그러나 선생님이 우리 두 사람을 보살펴 주겠다고 말씀하시니 부탁드립니다만, 제발 제 애인의 부모님과 진지하게 이야기해 주십시오! 나를 여기에 머물 수 있도록 돌봐 주시고, 간단한 서기나 징수원 자리라도 마련해 주시면 저는 행복하게 생각할 겁니다."

빌헬름은 몇 번 더 말을 주고받은 다음, 내일 아침 일찍 그 부모님을 만나 보고 해결할 수 있는 일이 있는지 알아보겠다고 약속하고 헤어졌다. 빌헬름이 숙소로 돌아와 혼자가 되자 이런 말로 분통을 터뜨렸다. "불쌍한 멜리나, 그대의 가련함은 그대가 처한 상황이 아니라, 자신을 극복하지 못하는 그대 자신에게 있다! 세상에 어느 누가 가슴에 소명감도 품지 않은 채 어떤 기술이나 예술 또는 그 어떤 생업을 직업으로 삼고 살아갈 수 있으며, 그대와는 다르게 자신의 상황을 견디기 힘들어할 필요가 없겠는가? 한 가지 재능에 충실할 수 있는 소질을 타고난 사람이 바로 그 재능으로 자신의 존재감을 가장 잘 보여 주지 않는가! 이 세상에 힘들지 않은 일은 아무것도 없다! 오로지 마음의 충동, 의욕, 사랑만이 우리가 장애물을 극복하고 길을 뚫어서, 다른 사람들이 가엾게 애태우는 그 좁은 영역에서도 의기양양하게 만들어 준다. 그대에게 무대는 판자를 깔아 놓은 마루에 불과하다. 그래서 그대가 연기하는 것은 마치 학생이 숙제하는 것에 불과하겠지. 관객들이 보이는가. 그들은 평일인데도 찾아오지 않는가. 그대가 무대에 서는 일이 그대에겐 책상 뒤에 앉아 선이 그어진 장부를 정리하며 이윤을 기입하고 숨겨진 잔액을 계산하는 일과 물론 같을 수도 있겠지만 말이다. 그대는 함께 마음을 불태우며 함께 협력하는 전체를 느끼지 못하고 있다. 그 전체는 정신을 통해서만 생각할 수 있고 이해할 수 있고 실행할 수 있다. 그대는 그 사람들의 마음속에 더 좋은 불꽃이 살아 숨 쉰다는 사실을 느끼지 못한다. 그 불꽃은 새로운 힘을 얻지 못하거나 자극을 받지 못하면 일상의 욕구와 무관심으로 깊숙이 덮여 버리지만, 시간이 지나도 절대 꺼지지 않는다. 그대는 그 불꽃을 부풀게 할 영혼의 힘을 마음속에서 느끼지 못하고, 새로 깨어난 용기를 북돋우는 마음의 여유를 느끼지 못한다. 배고픔이 그대를 충동질하고, 불편하고 번거로운 일들이 그대는 싫다. 어떤 계층에 있어도 그런 방해물들이 숨어서 도사리고 있지만, 그런 적들을 즐거움과 태연함으로 극복할 수 있음을 그대는 깨닫지 못하고 있다. 보아하니 그대는 평범한 일자리의 경계선 안으로 들어가길 갈망하고 있다. 왜냐하면 정신과 용기를 요구하는 그런 일자리를 잘 수행하게 될지도 모른다고 생각하기 때문이다! 어떤 군인에게, 어떤 장관에게, 어떤 성직자에게 그대의 생각을 말해 보면, 그들도 똑같이 기대에 못 미치는 자신의 상황에 불평을 늘어놓을 수도 있을 것이다. 그렇다, 삶의 기쁨을 모두 저버리고, 죽을 운명을 타고난 인간의 삶과 존재는 아무 의미도 없으며 인간을 고뇌에 가득 차고 먼지처럼 헛된 존재라고 말했던 사람들조차 있지 않았던가? 인간이 활동하는 모습이 그대 안에 생생하게 떠오를 때, 그리고 그 활동에 활발하게 참여하려는 불꽃이 그대 가슴을 따뜻하게 데우는 것 같을 때, 그래서 마음속 깊은 밑바닥으로부터 들리는 목소리가 그대 몸 전체로 퍼지는 것 같고, 그대 목에서 나오는 소리와 그대 입술에서 흘러나오는 소리가 기분 좋게 들리는 것 같을 때, 그래서 그대 안에서 그대 자신이 충분히 느껴질 때, 그러면 그대는 다른 사람 안에서 그대 자신을 느낄 수 있는 장소와 기회를 확실히 찾아내게 되리라."

이렇게 말하고 생각하며 우리의 친구는 옷을 벗었고, 아주 편안한 마음으로 침대에 올라갔다. 그리고 내일 그 자격도 없는 사람을 대신해 자신이 무엇을 하게 될지 한 편의 소설을 쓰듯 머릿속으로 전개해 보았다. 기분 좋은 상상들이 빌헬름을 꿈나라로 아늑하게 데려다주었고, 거기서 상상과 자매지간인 꿈들이 팔을 벌리고 맞이해서, 잠자고 있는 우리 친구의 머리를 하늘의 천사와 함께 둘러쌌다.

빌헬름은 아침 일찍 깨어나서 앞서 말했던 중재하는 일에 대해 다시 한번 곰곰이 생각해 보았다. 빌헬름은 딸이 도망간 부모의 집으로 다시 돌아갔고, 그 집 사람들은 의아해하며 맞이했다. 빌헬름은 자신이 해야 할 말을 예의 바르게 했고, 어느 정도 예상했던 대로 곧 어려움에 봉착했다. 일이 일단 벌어지면, 특히 엄격하고 완고한 사람들은 이미 일어난 어쩔 수 없는 일조차 완강하게 거부하면서 점점 더 불쾌한 일을 벌이고는 하지만, 이와 반대로 대부분 사람의 마음에는 거부할 수 없는 힘이 작용해 정말 불가능해 보이던 일도 일단 일어나면 곧 일상적인 평범한 일로 자리 잡는다. 합의된 사항은 다음과 같다. 멜리나 씨는 딸과 결혼해도 좋지만, 딸은 행동이 불손했기 때문에 혼수품을 받지 못한다. 그리고 숙모의 유산은 약간의 이자를 쳐서 몇 년간 아버지 손에 맡기겠다고 약속한다. 두 번째 사항은 멜리나에게 평범한 일자리를 마련해 주는 것이었기 때문에 더 큰 어려움이 있었다. 부모는 행실이 나쁜 자식을 눈앞에서 보려 하지 않았고, 떠돌아다니던 놈이 교구의 고위직 목사와도 친척 관계인 명망 있는 집안과 운 좋게 인연을 맺기는 했지만 같이 지내면서 가까워지고 싶지는 않았다. 그리고 그 제후의 관청에서 그런 사람에게 한자리를 믿고 맡기리라는 희망도 거의 가질 수 없었다. 여자의 부모도 강하게 반대했고, 빌헬름은 자신이 대수롭지 않게 평가하는 그 사람이 극장으로 되돌아가는 것을 바라지 않았고, 또 그런 행복을 누릴 자격조차 없다고 확신하고 있었기 때문에 제발 그렇게 되게 해 달라고 온갖 반론을 펴며 열심히 부탁해 보았지만 아무런 성과도 거둘 수 없었다. 빌헬름이 그 부모가 반대하는 은밀한 이유를 알았더라면 그 처녀의 부모를 설득하려고 그렇게 힘들게 노력하지 않았을지도 몰랐다. 왜냐하면 아버지는 딸을 기꺼이 집에 데리고 있고 싶었지만, 자기 아내가 먼저 이 청년에게 눈길을 던졌다는 이유로 그 청년을 미워했다. 그리고 새엄마도 연적이었던 전처의 딸이 행복해하는 모습을 눈 뜨고는 볼 수 없었다. 그래서 멜리나는 며칠 후 자기 의지와는 반대로, 세상을 보고 싶어 하고 또 세상에 자신을 보여 주고 싶은 마음이 더 커진 어린 신부와 함께 어느 극단에서라도 일자리를 찾기 위해 떠나야 했다.

## 15장

행복한 청춘이여! 첫사랑에 굶주린 행복한 시절이여! 이런 사람은 어린아이처럼 메아리 소리에 몇 시간이라도 즐거워하고, 메아리와 대화하는 수고를 혼자 떠맡으면서도 매우 만족하며 즐겁게 지낸다. 눈에 보이지도 않는 상대방이 자기가 외친 말의 마지막 음절만이라도 반복해 주면 말이다.

빌헬름도 마리아네에 열정을 느끼던 초기에, 그러나 특히 후기에 그러했는데, 마리아네에게 자신의 감정을 완전히 쏟아부었고, 그럼으로써 자기가 마리아네가 주는 동냥으로 연명해 가는 거지라고 생각되었다. 그리고 어떤 지역이라도 태양에 비칠 때는 더 매력적으로, 아니 그래야만 매력적으로 보이듯이, 마리아네를 감싸고 있는 것, 마리아네가 손을 대는 것 모두 빌헬름의 눈에는 아름답고 거룩하게 보였다.

빌헬름은 얼마나 자주 단장에게 특별히 허락해 달라고 간청해서 극장 무대 배경 뒤에 서 있었던가! 그러면 멀리 관람석에서 바라보던 신비로움은 없었지만, 더 강력한 사랑의 마법이 그때야 비로소 작용하기 시작했다. 빌헬름은 무대를 비추는 지저분한 이동용 조명 수레 옆에서 몇 시간이고 서 있을 수 있었고, 싸구려 양초 램프가 내는 연기를 들이마시며 애인을 바라보았으며, 마리아네가 다시 등장해 자기를 다정하게 바라볼 때는 너무도 기쁜 나머지 정신을 차리지 못하고 각목이나 들보 구조물에 바싹 붙어 있으면서도 천국에 있는 느낌이었다. 속이 솜으로 가득 채워진 어린 양들이나 태피터 천으로 만든 인공 폭포, 마분지로 만든 장미 나무들 그리고 평면에 불과한 초가집도 문학에 등장하는 가장 사랑스러운 고대 전원 풍경을 떠올리게 했다. 더군다나 가까이에서는 밉게만 보이던 여자 무희들이 그렇게 싫지는 않았다. 왜냐하면 그 무희들이 무대 위에서 자기 애인과 함께 서 있었기 때문이었다. 그리고 사랑하는 마음은 장미 덩굴이나 작은 은매화 숲과 달빛조차 살아 움직이게 해 줄 뿐만 아니라, 대팻밥이나 종잇조각으로 만든 것조차도 살아 있는 것처럼 보이게 할 수 있는 것이 틀림없었다. 사랑은 가장 맛없고 구역질이 나는 국물도 구미가 당기게 하는 그렇게 강력한 조미료다.

빌헬름이 평소에 마리아네의 방에 있거나 적당한 기회에 직접 만났을 때도 그런대로 마음에 드는 상황을 만들기 위해서도 그런 조미료가 물론 필요했다.

점잖은 시민 계급의 가정에서 교육을 받고 자라 정리와 청결은 기본이었고, 그런 분위기에서 빌헬름은 숨을 쉬며 살아왔다. 아버지가 화려한 것을 좋아하는 성향을 일부 물려받아서 어린 시절부터 자신의 작은 왕국이라고 생각해 왔던 자기 방을 근사하게 꾸며 놓을 줄 알았다. 침대 커튼에 술을 달아서 크게 주름이 지게 끌어 올려놓아 왕의 침대라는 생각이 들도록 만들어 놓았고, 방 가운데 양탄자를 깔았으며, 탁자 위에는 더 훌륭한 융단도 장만했다. 책과 가구들이 조화를 잘 이루도록 거의 기계적으로 꽂고 배치했기 때문에, 네덜란드 화가가 여러 점의 정물화를 그릴 수 있을 정도였다. 또한 하얀 모자는 마치 터번을 반듯하게 묶은 듯이 썼고, 잠옷의 넓은 소매는 근동 지방의 의상처럼 짧게 재단하게 했다. 그러나 그것에 대해서는 넓은 소매가 글을 쓰는 데에 방해가 된다는 이유를 댔다. 저녁에 혼자 있고 방해받을 염려가 없을 때는 보통 비단 끈을 몸에 두르고 있었고, 옛날 무기고에서 슬쩍 들고나온 단도를 가끔 허리띠에 차고는 비극에서 자기가 맡은 인물들의 대사를 외우고 연습했다. 심지어 바로 그런 느낌으로 양탄자 위에 무릎을 꿇은 채 기도하기도 했었다.

빌헬름은 어린 시절 배우들이 무척이나 행복하리라고 생각했다. 배우들이 왕처럼 근엄한 여러 옷과 갑옷과 무기를 가지고 끊임없이 고귀한 행동을 연습하는 모습을 보았던 것이다. 그리고 그렇게 고귀하게 행동하는 정신은 여러 상황이나 생각과 열정에서 세상이 만들어 낸 가장 멋지고 화려한 것을 보여 주는 거울이라고 여겼다. 그래서 빌헬름은 배우들의 가정생활도 일련의 우아한 행동과 활동의 일부로, 극장에서 보이는 모습은 그 최고의 정점으로 보았다. 마치 은이 제련소의 용광로에 오랫동안 떠돌아다니다가 마침내 작업하는 사람의 눈앞에 아름다운 색으로 마침내 모든 낯선 불순물이 제거된 듯 나타나는 것처럼 말이다.

빌헬름이 연인의 집에서 자기 눈을 감싸고 있는 행복한 안개 사이로 탁자나 의자들, 바닥을 눈여겨보았을 땐 처음에는 얼마나 놀라서 멈칫했는지 모른다. 마리아네가 급하게 대충 화장하고 옷을 입고 가짜 보석으로 만든 장식물을 달고 나간 흔적들이 물고기의 반짝이는 비늘을 벗겨 놓은 것처럼 아주 어지럽게 널브러져 있었다. 청결하게 만들어 주는 도구인 빗과 비누, 수건도 마찬가지로 그 용도의 흔적이 남아 있었고, 악보, 신발, 갈아입은 속옷과 조화, 필통, 머리핀, 작은 화장품 통들, 리본들, 밀짚모자들은 다른 것들 옆에 아무렇지도 않게 놓여 이 모든 것이 분(粉)과 먼지라는 공통 요소와 함께 어우러져 있었다. 하지만 빌헬름은 대개 마리아네가 있을 때는 다른 것에는 아무런 관심이 없었고, 마리아네의 물건이거나 그녀가 만졌던 모든 것이 오히려 사랑스러웠기 때문에, 그렇게 정리가 되지 않고 어지럽게 살아가는 모습에서 자신의 호사스럽고 정돈된 상태에서는 결코 느끼지 못했던 매력을 발견했다. 빌헬름이 피아노 쪽으로 가려고 하면 거기 있는 코르셋을 치웠고, 좀 앉으려 하면 침대에 치마들을 올려놓았다. 사람들이 평소에는 다른 사람에게 예의상 감추곤 하는 여러 자연스러운 모습들을 마리아네는 감추려 하지 않고 아무렇지도 않은 듯 솔직하게 내보일 때, 이런 사실들이 빌헬름에겐 말하자면 마리아네와 매 순간 좀 더 가까워진 듯이 느껴졌고, 그들 사이가 눈에 보이지 않는 끈으로 견고하게 묶이는 것 같았다.

빌헬름이 처음에 마리아네 집을 몇 번 찾아갔을 때 가끔 만났던 다른 배우들의 행동은 빌헬름의 생각과 쉽게 일치하지 않았다. 느긋한 가운데서도 바쁘게 살아가는 그 배우들은 자신들의 직업이나 삶의 목적에 대해 조금도 생각하지 않는 것 같았다. 빌헬름은 배우들이 어떤 작품의 문학적 가치에 대해 말하거나 옳든 그르든 그 점에 대해 평가하는 것을 한 번도 들은 적이 없었다. 그들에게는 언제나 "이 작품이 성공하게 될까? 인기를 얻을 작품인가? 얼마나 오래 공연하게 될까? 얼마나 자주 공연할 수 있을까?"라는 것만이 문제가 되었기 때문에, 이에 관한 질문과 의견들이 더 많았다. 그러고 나서는 보통 극단 단장에 관한 이야기가 시작되었는데, 단장이 배우들의 급료에 너무 인색하다거나, 특히 누구와 누구에게 부당하게 굴었다고 불평하다가, 이제 관객에 관한 이야기로 돌려서, 제대로 연기한 배우에게 박수로 보상해 주는 일이 드물다는 둥, 독일 연극이 날마다 점점 나아지고 있으며, 배우는 그 공로에 따라 점점 더 많은 존경을 받게 될 것이지만, 그래도 충분히 존경받을 수 없다는 둥 이야기를 나누었다. 그런 다음에 사람들은 커피숍이나 술집 같은 곳에서 무슨 일이 일어났는지, 어떤 동료가 빚이 얼마나 있는지, 그래서 얼마나 공제를 감수해야 하는지, 매주 받는 급료가 일정치 않다거나, 상대편의 계략에 관해 이야기하다가, 결국에는 항상 관객들로부터 마땅히 받아야 할 큰 관심이 다시 문제가 되었고, 연극이 한 민족과 세계를 교육하는 데 미치는 영향력도 빼먹지 않았다.

이런 모든 이야기를 들을 때 빌헬름의 마음은 이미 그 당시에도 편치 않았는데, 말을 타고 천천히 집으로 가면서 자신이 겪었던 여러 일을 생각하다 보면 다시 이런 이야기들이 떠올랐다. 한 처녀가 도망감으로써 훌륭한 시민 가정에, 심지어 작은 도시 전체에 불어닥쳤던 불안한 동요를 빌헬름은 자신의 눈으로 목격했다. 길 위에서 그리고 법원에서의 장면들, 멜리나의 신념과 그 밖에 일어났던 일들을 빌헬름은 다시 떠올렸고, 앞으로 활발하게 나아가려는 빌헬름의 마음을 어느 정도 조심스럽고 불안하게 만들었다. 빌헬름은 이 불안한 마음을 더 참을 수 없어서 말에 박차를 가해 급히 도시로 달려갔다.

그러나 그렇게 달려오는 길에서도 빌헬름은 새로운 불쾌한 일과 마주칠 뿐이었다. 빌헬름의 친구이자 장차 매부가 될 베르너가 뜻밖에도 진지하고 중요한 이야기를 꺼내기 위해 빌헬름을 기다리고 있었던 것이다.

베르너는 이미 여러 검증을 거쳐 자기 삶이 정해져 있는 사람 중 한 명이었다. 그런 사람들은 화가 날 원인이 있을 때도 눈에 띄게 버럭 화를 내지 않기 때문에 보통 냉정한 사람이라고 부르곤 한다. 또한 빌헬름과의 관계가 계속 불협화음을 내기도 했지만, 생각하는 방식이 서로 다르더라도 각자 상대방을 위해 자신이 그 다툼의 책임이 있다고 생각했기 때문에 그들의 우정은 점점 굳건해졌다. 베르너는 빌헬름의 뛰어난 재능이 유감스럽게도 가끔 궤도를 이탈할 때 자신이 거기에 고삐를 채고 재갈을 물리는 듯 보이는 것에 약간의 자부심을 느꼈다. 그리고 빌헬름도 이 사려 깊은 친구를 뜨거운 흥분 속으로 함께 끌어넣었을 때는 자주 멋진 승리감을 느끼기도 했다. 그래서 한 사람이 다른 사람에게 익숙해지도록 연습했고, 매일 서로를 보는 것에도 익숙해졌다. 서로를 이해한다는 것은 불가능하기에 일단 만나서 상의하고자 하는 열망이 점점 커졌다고 해야 할지도 모른다. 그러나 근본적으로 두 사람은 좋은 사람들이었기 때문에, 나란히 그리고 함께 하나의 목표를 향해 걸어갈 수 있었지만, 왜 상대를 자기 생각으로 끌어들일 수 없는지는 결코 이해할 수 없었다.

베르너는 얼마 전부터 빌헬름의 가게 방문이 뜸해지고, 좋아하는 분야에 관해 말할 때도 멍한 듯 짧게 중단해 버리고는 엉뚱한 생각을 더는 활발하게 전개하지 않는다는 사실을 알아차렸다. 엉뚱한 생각을 활발히 전개한다는 것은 물론 빌헬름의 마음이 편하고 친구와 함께 있으면 안정과 만족을 찾는다는 사실을 가장 분명하게 알려 주는 것이었다. 꼼꼼하고 신중했던 베르너는 처음엔 자신의 행동에서 잘못이 있는지 찾아보았으나, 마침내 시내에서 떠도는 몇 가지 소문들로 정확한 단서를 발견했고, 빌헬름의 몇 차례 부주의한 행동이 겹치면서 더욱 확신하게 되었다. 베르너가 조사해 본 결과 놀랍게도 다음과 같은 사실을 곧 알아냈다. 즉, 빌헬름이 얼마 전부터 어느 여배우의 집을 공공연하게 찾아가고 있고, 극장에서 이 여배우와 대화를 나누었으며, 그 여자를 집으로 데려다준다는 것이었다. 만약 베르너에게 이 두 사람이 밤에도 만난다는 사실이 알려졌다면 베르너는 절망적이었을 것이다. 왜냐하면 베르너는 마리아네가 남자를 유혹하는 여자고, 다분히 자기 친구 빌헬름의 돈을 빼먹고 있으며, 그러면서도 아주 파렴치하게도 또 다른 애인으로부터 생활비를 받고 있다는 말을 들었기 때문이다.

베르너는 자신의 추측에 어느 정도 확신이 들자마자 빌헬름을 공격할 결심을 했고, 온갖 채비를 갖춰 완전히 준비를 마쳤을 때는 빌헬름이 불쾌하고 언짢은 마음으로 막 여행에서 돌아오는 길이었다.

베르너는 그날 저녁 빌헬름에게 처음에는 침착하게 그리고는 우정에서 우러난 좋은 마음으로 간절하고 진지하게 자기가 알고 있는 모든 사실을 말해 주었다. 도덕적으로는 흠이 없는 일이지만 침착한 사람들조차 남의 불행을 보고 기뻐하는 마음으로 사랑하는 사람에게 한껏 베푸는 그런 모든 쓴맛을 친구에게 맛보게 해 주었다. 그러나 누구나 예상할 수 있듯이 베르너는 별로 성과를 거두지 못했다. 빌헬름은 심적 동요를 느끼면서도 대단한 확신을 가지고 대답했다. "자네는 그 여자를 몰라! 겉으로 보이는 것은 그 여자에게 유리하지 않을지도 모르지. 그러나 나는 내 사랑만큼이나 그녀가 내게 변치 않는 마음과 정절을 가지고 있다고 확신하고 있네."

베르너는 자신이 마리아네를 비난하는 말이 사실이라고 주장하면서 증거와 증인들을 내놓겠다고 나섰다. 빌헬름은 그 제안을 거절하고 충격을 받은 듯 언짢은 기분으로 사라져 버렸다. 마치 서툰 치과 의사가 꽉 박혀 있는 손상된 치아를 붙잡고 아무 소용없이 흔들어 볼 때 느끼는 기분으로 말이다.

빌헬름이 가장 불쾌하게 느꼈던 것은 마리아네의 아름다운 모습이 처음에는 여행에서 느낀 우울한 기분으로 인해, 그런 다음에는 베르너의 비우호적인 언동에 의해 자기 마음속에서 흐려져 거의 흉하게 일그러져 버린 일이다. 빌헬름은 그런 모습을 자기 머릿속에서 다시 깨끗하고 아름답게 만들어 놓을 가장 확실한 방법을 취하려고 밤에 익숙한 길로 마리아네에게로 급히 달려갔다. 마리아네는 대단히 반가워하며 빌헬름을 맞이했다. 왜냐하면 빌헬름이 여행에서 돌아왔을 때 말을 타고 그 집을 지나쳐 가서 오늘 밤 그가 오기를 기다리고 있었기 때문이었다. 그리하여 빌헬름의 마음에 있던 모든 의심이 곧 사라지게 되었다는 것을 어렵지 않게 생각할 수 있다. 게다가 마리아네의 애정 어린 행동은 빌헬름의 신뢰를 되살아나게 했고, 그래서 빌헬름은 세상 사람들이 얼마나 심하게 그리고 자기 친구인 베르너가 마리아네에게 얼마나 나쁜 죄를 짓고 있는지 이야기해 주었다.

여러 대화를 활기차게 주고받다가 두 사람이 처음 만났던 시절의 이야기로 넘어갔는데, 이때를 추억하는 것은 여전히 두 연인의 가장 즐거운 일 가운데 하나로 남아 있었다. 우리를 사랑의 미로라는 정원에 데려다주는 첫걸음은 우리를 들뜨게 만들고, 그때의 첫 희망들은 너무나 매력적으로 느껴져서 사람들은 그런 생각들을 기억에 다시 불러 내기를 좋아한다. 각자가 상대방보다 먼저 자신은 옛날에 사심 없이 사랑했었다고 우위를 점하려고 하지만, 각자 이 경쟁에서 이기기보다 차라리 지고 싶어 한다.

빌헬름은 마리아네가 이미 자주 들었던 말을 또다시 했는데, 마리아네가 곧 빌헬름의 관심을 연극에서 그녀 자신에게로 향하게 했으며, 마리아네의 모습과 연기 그리고 목소리가 그의 마음을 사로잡아서 결국에는 그녀가 출연하는 작품만 보았다고 했다. 결국에는 극장으로 몰래 들어가서 마리아네에게 들키지 않은 채 그녀 옆에 자주 서 있었다고도 했다. 그런 후 마리아네에게 호감을 표시하며 말을 나누기 시작할 기회를 발견한 행복했던 밤을 황홀해하며 말했다.

이에 대해 마리아네는 자신이 빌헬름을 오랫동안 알아차리지 못했다고 인정하고 싶지 않아, 자신은 산책할 때 빌헬름을 이미 본 적이 있다고 주장하면서 증거로 빌헬름이 그날 입었던 옷을 자세히 묘사했다. 그리고 그때 빌헬름이 누구보다도 자기 마음에 들어서 알고 지냈으면 하고 바랐다고 주장했다.

빌헬름은 그 모든 말을 얼마나 즐겁게 믿었는지 모른다! 또한 빌헬름이 자기에게 가까이 다가왔을 때, 자기가 어떤 저항할 수 없는 힘으로 빌헬름에게 끌렸으며, 더 가까이에서 보고 아는 사이가 되려고 의도적으로 무대 사이로 걸어와 빌헬름 옆으로 왔지만, 빌헬름이 머뭇거림과 수줍음으로 어찌할 바를 모르자 자기가 마침내 직접 빌헬름에게 기회를 주어 레모네이드 한 잔을 가져와 달라고 간절히 부탁했었다고 하는 말을 빌헬름은 얼마나 기쁘게 곧이들었는지 모른다.

두 사람의 짧은 연애 소설의 사소한 장면마다 이런 애정 어린 경쟁을 벌이는 가운데 시간은 너무 빨리 지나갔고, 빌헬름은 이제 완전히 진정된 상태에서 자신이 마음먹고 있는 것을 즉각 실천에 옮기려는 굳은 결심을 하고 애인의 집을 나섰다.

# 16장

빌헬름이 여행을 떠나는 데 필요한 것은 아버지와 어머니가 마련해 주었으나 그 밖에 필요한 몇 가지가 부족해서 출발이 며칠 지연되었다. 빌헬름은 그 틈을 이용해 마리아네에게 편지를 써서, 마리아네가 지금까지 빌헬름과 이야기하기를 꺼렸던 일에 관해 말하려고 했다. 편지는 다음과 같았다.

"평소 같았으면 당신 품에 안겨 있을 밤의 사랑스러운 장막 속에 나는 앉아서 당신을 생각하며 편지를 씁니다. 그리고 내가 생각하고 추진하는 것은 모두 당신으로 인해 비롯된 것입니다. 오, 마리아네! 남자들 가운데 가장 행복한 나는 마치 새신랑 같습니다. 그 신랑은 어떤 새로운 세계가 자기 안에 또 자신을 통해 전개될지 불안한 예감에 사로잡혀서 결혼 잔치의 양탄자 위에 서 있어도 그의 생각은 예식이 진행되는 동안 욕망에 가득 찬 채 새 신부의 사랑스러운 소리가 속삭이듯 들려오는 신비스러운 커튼 앞에 가 있는 듯합니다.

당신을 한동안 보지 못한다는 아쉬움을 이겨 냈습니다. 당신과 영원히 함께 있을 생각으로, 완전히 당신의 사람이 되는 것으로 보상받는다는 희망으로 이겨 내기 쉬웠습니다! 내가 바라는 바를 되풀이해야 할까요? 그러나 당신이 내가 하는 말을 지금까지 이해하지 못하는 듯 보이니 여기서 다시 말할 필요가 있을 것 같습니다.

나는 변치 않는 마음이 담긴 나직한 목소리로 당신의 마음속에 우리의 영원한 결합에 동의할 열망이 있는지 자주 살펴보았습니다. 내 진심은 당신의 모든 것을 갖길 원하기에 감히 말하지는 못했지만 말입니다. 당신의 마음에도 그런 소망이 싹트고 있음이 틀림없으니 내 마음을 분명히 이해했을 겁니다. 키스할 때마다, 그 행복했던 밤에 당신에게 꼭 기대어 평안하게 휴식을 취하던 순간마다 내 마음을 알아차렸을 겁니다. 그때 나도 당신의 겸손한 마음을 알게 되었고, 그래서 그대를 사랑하는 내 마음이 얼마나 커져만 갔는지 모릅니다! 다른 여성 같았으면 불필요한 장밋빛 햇살을 비추면서 자기 애인이 마음먹은 결심을 무르익게 하고, 고백을 유도해 확실한 약속을 받아 내려고 인위적으로 행동했을지도 모르는 그때, 당신은 뒤로 물러나면서 당신 애인의 반쯤 열린 가슴을 다시 닫아 버리고 겉으로 보기에 무관심한 척 당신의 동의를 숨기려고만 합니다. 하지만 당신을 이해합니다! 내가 이런 태도에서 순결하고, 사심 없고, 애인만을 걱정하는 사랑을 알아보지 못한다면 얼마나 한심한 존재이겠습니까! 나를 믿고 안심하십시오! 우리는 한 몸이고, 우리가 서로를 위해 주며 살아간다면 두 사람 중에 누구도 떠나거나 잃어버리지 않을 겁니다.

이 손을 받아 주십시오! 이런 말이 불필요할지도 모르지만 엄숙하게 받아 주십시오. 우리는 사랑의 모든 기쁨을 느꼈지만, 영원히 지속되리라는 확고한 생각에는 새로운 축복이 내리는 법입니다. 어떻게 그렇게 되는지 묻지 마십시오. 걱정하지 마십시오! 운명이 사랑을 보살펴 줄 것이고, 사랑이 충분하면 그 축복은 더욱 확실해질 것입니다.

내 마음은 이미 부모님 집을 떠나서 당신 곁에 있습니다. 마치 내 영혼이 무대 위를 떠돌듯이 말입니다. 오, 사랑하는 여인이여! 나처럼 자신의 소망들을 엮도록 허락받은 사람이 또 어디에 있겠습니까? 그래서 내 눈에는 잠도 오지 않는 것 같고, 당신의 사랑과 당신의 행복이 마치 영원한 아침 여명처럼 내 눈앞에서 오르내립니다.

지금 벌떡 일어나 당신에게로 뛰어가서 당신의 동의를 억지로라도 받아 내고 내일 아침 일찍이라도 당장 세상으로 나가 내 목적지를 향해 달려가고 싶은 마음을 간신히 억누르고 있습니다. — 그렇게 하지 않고 참으려고 합니다. 분별없이 어리석고 무모한 발걸음을 내딛지 않으려 합니다. 내 계획은 이미 서 있으니 차분하게 실행에 옮기려 합니다.

극단의 단장 제를로[16]라는 사람을 알고 있는데, 바로 그 사람에게 가려고 합니다. 그 사람은 1년 전에 자기 극단 사람들에게 나처럼 연극에 대해 활력과 즐거움을 가지기를 자주 요구했었습니다. 그래서 그 사람은 나를 분명히 환영할 겁니다. 당신이 속한 극단에는 여러 가지 이유로 내가 들어가고 싶지 않고, 또 제를로 씨도 여기서 멀리 떨어진 곳에서 공연하고 있으니 내가 가는 곳을 일단 숨길 수 있기 때문입니다.

---

16 제를로(Serlo)라는 인물은 괴테가 함부르크의 극단장이자 배우였던 슈뢰더(Heinrich Ludwig Schröder, 1744~1816)를 염두에 두었던 것으로 보이는데, 빌헬름도 함부르크를 의미하는 약자인 'H.'라는 도시로 길을 떠난다.

그곳에서 곧 꽤 괜찮은 생활비를 벌 겁니다. 관객들의 상황도 살펴보며 극단 사람들을 사귀고 나서 당신을 데려오려고 합니다.

마리아네! 당신을 확실하게 얻기 위해 내가 얼마나 나 자신을 억제하고 있는지 당신은 알 겁니다. 왜냐하면 당신을 그렇게 오랫동안 보지 못한다는 사실과, 나 없이 넓은 세상에 던져질 당신의 처지를 너무 생생하게 떠올려선 안 되기 때문입니다. 무엇보다 내 마음을 안정시켜 주는 당신의 사랑을 다시 생각하면, 우리가 헤어지기 전에 내 부탁을 거부하지 말고 주례 목사님 앞에서 당신의 손을 내게 건네준다면, 나는 마음 편히 떠나게 될 것입니다. 그것은 우리에게 형식에 불과할 따름이지만, 아름다운 형식이자 지상의 사랑을 축복하기 위한 하늘의 축복입니다. 이웃 나라인 제국 기사령(騎士領)에서는 비밀리에 쉽게 진행됩니다.

우리 두 사람이 처음 살아갈 정도의 돈은 가지고 있습니다. 그 돈을 우리가 나누면 두 사람이 쓰기에 충분할 겁니다. 그리고 그 돈을 다 쓰기 전에 하늘이 계속 도와주실 겁니다.

그러니 마리아네! 나는 전혀 불안하지 않습니다. 이렇게 즐겁게 시작하면 행복한 결말을 분명히 맞이할 겁니다. 성실하게 살아간다면 세상에서 행복하게 살 수 있다는 것을 한 번도 의심해 본 적이 없습니다. 그리고 우리 두 사람을 위해, 더 많아질 가족을 위해 풍족한 생활비를 벌 용기도 있습니다. 많은 사람은 '세상이 고마워할 줄 모른다'고들 말합니다. 하지만 자신이 세상을 위해 제대로 뭔가를 할 줄 아는데 세상이 고마워할 줄 모르는 경우를 아직 본 적이 없습니다. 마침내 세상에 발을 내디디고, 사람들이 그렇게 오랫동안 듣기를 고대하는 것을 그들의 가슴에 대고 말한다는 생각에 내 마음은 온통 달아오릅니다. 멋지고 훌륭한 연극에 사로잡혀 있는 나로서는 아주 형편없는 배우들이 훌륭하고 멋진 말을 우리 가슴에 해 줄 수 있다고 자부하는 것을 보고 얼마나 불안한 생각이 수없이 스쳐 지나갔는지 모릅니다. 억지로 쥐어짜서 내는 목소리도 그것보다는 더 좋고 맑게 울릴 것입니다. 이런 녀석들의 미숙하고 서툰 연기는 죄를 짓는 파렴치한 행위입니다.

극장은 설교하는 교회와 종종 언쟁이 오고 가지만, 내 생각에 서로 싸워서는 안 됩니다. 양측의 매우 기품 있는 사람들에 의해 하느님과 자연이 찬양되기를 간절히 바랄 뿐입니다! 그것은 헛된 꿈이 아닙니다, 마리아네! 내가 당신 가슴에 안겨서 당신이 나를 사랑하고 있다고 느낄 수 있었듯이, 나도 멋진 생각에 사로잡혀서 말합니다 — 아니 말하지 않으렵니다. 하지만 우리가 언젠가 멋진 한 쌍의 배우로 사람들에게 나타나 그들의 마음을 열어 주고, 천국의 즐거움을 마련해 주게 되기를 나는 기대하려 합니다. 내가 당신 가슴에 안겨서 분명히 누렸던 그런 기쁨을 항상 천국 같다고 말해야 합니다. 왜냐하면 그 순간에 우리는 원래의 우리 자신에게서 떨어져 나와 우리 자신을 초월한 상태라고 느끼기 때문입니다.

편지를 끝마칠 수가 없습니다. 많은 말을 했지만, 당신과 관련된 말을 다 했는지 모르겠습니다. 내 마음속에 맴돌고 있는 바퀴의 움직임을 어떤 말로도 표현해 낼 수 없기 때문입니다.

그렇지만 이 편지를 읽어 주십시오, 마리아네! 이 편지를 다시 읽어 보니, 처음부터 말을 다시 시작해야 한다는 생각이 듭니다. 그래도 당신이 알아야 할 것들은 모두 들어 있습니다. 내가 곧 사랑의 달콤한 생각에 잠겨 즐겁게 당신 가슴으로 되돌아갈 때 당신을 위해 준비할 것들이 말입니다. 나는 마치 감옥에서 유심히 귀를 기울이며 자신의 쇠사슬을 자르고 있는 죄수처럼 여겨집니다. 아무 걱정 없이 주무시고 계신 부모님께 안녕히 주무시라는 말씀을 드립니다! — 잘 있어요, 마리아네! 이번에는 편지를 맺겠습니다. 두 번 세 번 눈이 감깁니다. 이미 밤이 깊었습니다."

## 17장

빌헬름이 이 편지를 곱게 접어 주머니에 넣고 마리아네를 그리워하고 있을 때 해는 아직 저물려고 하지 않았다. 빌헬름이 평소 습관과는 다르게 마리아네의 집으로 숨어들었을 때도 날은 거의 어두워지지 않았다. 빌헬름의 계획은 밤에 다시 오겠다고 알리고, 잠시 애인의 집에서 나가 있을 계획이었다. 그리고 나가기 전에 마리아네의 손에 편지를 꼭 쥐여 주고, 자기가 밤늦게 다시 돌아왔을 때 마리아네의 대답 즉 마리아네의 동의를 받거나 애무의 힘을 빌려 억지로라도 동의를 얻어 내려고 했다. 빌헬름은 마리아네의 팔로 달려갔지만, 그 품에서 마음의 평정을 찾을 수 없었다. 빌헬름의 감정이 너무 강렬해서 마리아네가 평소처럼 다정하게 반응하지 않는다는 사실을 처음에는 알아차리지도 못했다. 하지만 마리아네도 불안한 상황을 오래 숨길 수는 없어서 아파서 몸 상태가 좋지 않다는 핑계를 댔고, 머리가 아프다고 불평하면서 오늘 밤에 다시 오겠다는 빌헬름의 제안을 받아들이려 하지 않았다. 빌헬름은 별다른 나쁜 예감이 들지 않았기 때문에 마리아네를 더 압박하지는 않았지만, 마리아네에게 자기 편지를 전해 줄 때가 아니라고 느껴졌다. 그래서 빌헬름은 편지를 간직하고 있었는데, 마리아네의 여러 행동과 말이 빌헬름더러 가 달라고 정중하게 강요하는 것 같아 만족할 줄 모르는 사랑의 황홀감에 빠진 빌헬름은 마리아네의 목도리 하나를 낚아채 주머니에 쑤셔 넣고 마지못해 마리아네의 입술에 키스하고 문을 나섰다. 빌헬름은 몰래 집으로 돌아왔지만 오래 머물러 있을 수 없어 옷을 갈아입고 다시 밖으로 나갔다.

빌헬름이 거리를 이리저리 걸어 다니다가 어떤 여관을 찾고 있는 낯선 사람을 만났다. 빌헬름은 그 사람에게 그 여관까지 함께 가 주겠다고 했다. 그 낯선 사람은 거리의 이름과 두 사람이 그 앞을 지나가던 커다란 건물들의 소유주에 대해 그리고 도시의 경찰 시설을 몇 가지 물어보았다. 두 사람이 그 여관 문 앞에 도착했을 때는 여전히 아주 흥미로운 대화를 나누고 있었다. 그 낯선 사람은 자기를 안내해 준 빌헬름에게 여관으로 들어가서 펀치[17] 한 잔을 마시자고 자꾸 권했다. 또한 그 사람은 자기 이름과 출생지, 또한 자신이 여기에 오게 된 용무를 말해 주었으며, 빌헬름에게도 이름과 사는 곳을 자신에게 말해 달라고 부탁했다. 빌헬름은 자기 이름이나 사는 곳을 숨기지 않았다.

"그렇다면 훌륭한 미술품을 소장하셨던 노(老) 마이스터 씨의 손자분이 아니십니까?" 하고 낯선 사람이 물었다.

"예, 그렇습니다. 할아버지가 돌아가셨을 때 저는 열 살이었습니다. 그리고 저는 그 아름다운 미술 작품이 팔리는 것을 보면서 몹시 마음이 아팠습니다."

"부친께서는 그 미술 작품을 팔아서 큰돈을 쥐게 되셨지요."

"그걸 알고 계십니까?"

---

17 펀치(Punsch)는 럼주에 설탕과 레몬 또는 차를 탄 음료다.

"그렇습니다. 나는 그 보물들을 당신의 집에서 보았습니다. 할아버님께서는 그냥 수집가가 아니라 예술에 대한 조예도 깊으셨지요. 그분은 행복했던 젊은 시절에 이탈리아에 계셨고, 거기서 보물들을 갖고 돌아오셨지만, 지금은 돈을 아무리 많이 주고도 살 수 없을지도 모르는 것들입니다. 최고의 대가들이 그린 훌륭한 그림들도 소장하고 계셨습니다. 사람들이 그분이 소유하고 계셨던 스케치 작품들을 들여다보면 자기 눈을 거의 믿으려 하지 않았습니다. 대리석 조각 중에도 값을 매길 수 없는 조각들도 몇 개 있었습니다. 매우 유익한 교훈을 주는 청동조각 모음도 하나 갖고 계셨지요. 예술성과 역사성을 갖춘 주화도 모으셨습니다. 몇 점 되지 않지만 깎아서 만든 석물들도 온갖 찬탄을 불러일으켰습니다. 옛날 댁의 방들이나 비교적 큰 방들이 대칭적으로 지어지지는 않았지만, 이 미술품 전체가 잘 전시되어 있기도 했습니다."

"그러면 그 모든 예술품을 바닥에 내려서 포장할 때 우리 어린아이들의 상실감을 선생님께서는 충분히 짐작하실 수 있을 겁니다. 그때가 제 인생에서 처음으로 슬펐던 때였습니다. 어린 시절부터 우리를 즐겁게 해 주었고, 집이나 도시처럼 변하지 않는 것으로 여겼던 물건들이 차츰차츰 사라질 때 방들이 얼마나 텅 비어 보였는지 지금도 기억납니다."

"내가 틀리지 않는다면, 부친께서는 그 미술품을 판 자본으로 어느 이웃집 상점에 투자하셨고, 그 이웃분과 일종의 동업을 하셨지요?"

"네, 맞습니다. 그리고 두 분이 동업해서 투자하신 것이 상당한 성공을 거두어, 12년이 지난 지금 두 분의 재산이 대단히 늘어났고, 더욱 돈벌이에 열중하고 계십니다. 동업자인 베르너 씨는 아들이 하나 있는데, 이 아들은 이 분야에 저보다 훨씬 적합합니다."

"이 고장에서 할아버님의 예술품 전시실 같은 자랑거리가 없어진 것은 아쉽습니다. 나는 그 예술품들이 팔리기 바로 전에 보았는데, 이런 말을 해도 되는지 모르겠지만, 그 매매가 성사된 것이 나 때문입니다. 대단한 예술 애호가였던 어느 부유한 귀족이 그런 중요한 거래를 할 때 자신의 판단에만 맡길 수 없었는지 나를 이곳으로 보내서 내 의견을 말해 달라고 했습니다. 나는 엿새 동안 전시실을 자세히 살펴봤고, 칠 일째 되던 날 내 친구에게 요구한 금액 전체를 주저하지 말고 지급하라고 조언했습니다. 명랑한 소년이었던 선생은 그 당시 자주 내 주위에 있으면서 그림들의 주제를 내게 설명해 주었는데, 그 전시실을 정말 잘 설명해 주더군요."

"그때 오셨던 한 분이 지금도 기억납니다만, 선생님이 그분이신 것은 다시 알아보지 못했습니다."

"이미 오랜 시간이 지났고, 우리도 어느 정도 변했으니까요. 내가 제대로 기억하고 있다면 그 그림들 가운데 선생이 특히 좋아하는 그림이 있었는데, 그 그림 앞에서 나를 놓아주려고 하지 않았습니다."

"맞습니다. 어느 병든 왕자가 자기 아버지의 신부를 사랑해서 여위어 가는 이야기를 그린 것이었습니다."

"그렇지만 그 그림은 최고의 그림은 아니었습니다. 구도도 좋지 않았고 색채가 특별히 뛰어나지도 않았지요. 그리고 부자연스럽게 기교를 부려 만든 작품이었습니다."

"그 사실을 그땐 이해하지 못했고, 지금도 모릅니다. 그림에서 내가 느끼는 매력은 주제이지 기법이 아닙니다."

"그 당시에 할아버님께서는 다르게 생각하시는 것처럼 보였습니다. 사람들이 그림을 그린 대가의 업적을 경탄하던 뛰어난 작품들로 수집품 대부분이 이루어져 있었으니까요. 그 대가들은 자신들이 원했던 것을 묘사해 낼 수 있었습니다. 그 그림은 맨 바깥쪽 방에 걸려 있었는데, 할아버님이 그 그림을 별로 높이 평가하지 않으셨다는 표시였겠지요."

"우리 아이들은 늘 그 방에서 놀아도 되었고, 또한 내게 지워지지 않는 인상을 주었던 방이어서, 우리가 지금 그 그림 앞에 서 있다고 해도 제가 존중하는 선생님의 비판조차 그때 받은 그 인상을 지울 수는 없을 것 같습니다. 제 가슴은 얼마나 아팠는지 모릅니다. 우리가 자연으로부터 물려받은 가장 아름답고 달콤한 사랑의 충동을 마음속에 감춰야 하고, 자신과 다른 사람들을 뜨겁게 달궈 주고 활기를 불어넣어 주는 불꽃을 가슴속에 숨겨야만 하는 한 젊은이가 마음속 깊이 엄청난 고통으로 여위어 가는 것이 얼마나 내 마음을 아프게 했는지 모릅니다. 자기 마음은 이미 참되고 순수하게 열망하는 대상을 찾았지만, 다른 남자에게 헌신해야 하는 불행한 여인을 내가 얼마나 불쌍히 여겼는지 모릅니다!"

"이런 감정은 물론 예술 애호가가 위대한 대가의 작품들을 고찰하곤 하는 것과는 아주 거리가 멉니다. 그 전시실이 선생 집안의 재산으로 그대로 있었다면 차츰 그 작품들 자체에 대한 인식이 선생에게 열리게 되었을지도 모르지요. 그래서 선생도 항상 그 예술 작품에서 자신의 모습이나 자기가 좋아하는 것만을 보지는 않았을 겁니다."

"그 전시실을 판 것은 정말 그 당시에도 대단히 안타까웠고, 나이가 들어서도 여러 번 아쉬워했습니다. 그러나 저 생명력 없는 그림들이 그랬던 것보다 내 삶에 더 많은 영향을 미칠 어떤 특기나 재능을 계발하기 위해서 그렇게 팔릴 수밖에 없었다는 생각이 들 때면, 나는 기꺼이 만족하고, 나와 모든 사람의 최선을 끌어낼 줄 아는 운명을 존경하게 됩니다."

"사람들이 보통 자신의 간절한 애착을 더 높으신 분의 뜻으로 돌리곤 하는 나이의 젊은 분한테서 운명이라는 말을 유감스럽게도 다시 듣게 되는군요."

"그럼 선생님은 운명을 믿지 않으십니까? 우리 위에 군림하시면서 모든 일을 우리가 할 수 있는 최선으로 이끄시는 힘을 믿지 않으십니까?"

"여기서는 내 믿음이 문제가 아닙니다. 그리고 우리 모두 이해할 수 없는 일들에 대해 내가 어떻게 감사해야 할지 설명하는 곳도 아닙니다. 여기서는 단지 어떤 방식으로 생각하는 것이 우리에게 최선을 가져다주는지가 문제입니다. 이 세상의 구조는 필연과 우연으로 짜여 있고, 인간의 이성은 그 두 가지 사이에 서 있으면서 그 두 가지를 마음대로 조절할 줄 압니다. 이성은 필연을 자기 존재의 기본으로 취급하고, 우연을 조정하고, 관리하고, 이용할 줄 압니다. 그리고 이성이 흔들리지 않고 확고하기만 하면, 그 사람은 지상의 신이라 불릴 자격이 있습니다. 그러나 어린 시절부터 필연적인 것에서 어떤 자의적인 것을 발견하는 데 익숙하고, 우연한 것에도 일종의 이성적인 요소가 있다고 생각하고 싶어서 그것을 따르는 것을 종교로 생각하는 사람은 그냥 내버려둘 수 없습니다. 이런 행위는 자신의 사유 능력을 포기하고, 자신이 좋아하는 것들에게는 조건 없이 공간을 부여하는 것 이상이 아닐까요? 우리가 아무 생각 없이 돌아다니다가, 우리의 운명을 기분 좋은 우연한 일로 결정하고, 결국에는 그러한 삶의 결과에 신의 섭리라는 이름을 붙이면서 우리는 경건하다고 자부합니다."

"선생님은 사소한 계기로 어떤 길로 접어들게 되었는데, 그 길을 가다가 곧 기분 좋은 일과 마주치거나, 또 기대치도 않았던 일련의 우연한 일들로 마침내 선생님 자신은 거의 생각지도 못했던 바를 달성했던 경우가 한 번도 없으셨나요? 이것이 운명에 대한 순종과 그러한 인도에 대한 믿음을 불러일으키는 것이 아닐까요?"

"그런 생각으로는 어떤 처녀도 정조를 지킬 수 없고, 아무도 자기 돈을 지갑에 간직할 수 없을 겁니다. 두 가지를 잃어버릴 원인이 충분하니까요. 나는 무엇이 자신과 다른 사람에게 유용한지 알고 있는데, 자의적인 행동을 제한하려고 애쓰는 사람에 대해서만 기쁨을 느낄 수 있습니다. 예술가가 자연 그대로의 재료로 어떤 형상을 만들어 내려는 것 같이, 누구나 자신의 운명을 만들고 있습니다. 그러나 모든 일이 이러한 예술과 같아서, 우리는 그걸 조작할 타고난 능력만을 가지고서 이 능력을 배우고 수정해야 합니다."

이런저런 이야기가 두 사람 사이에 더 오갔고, 서로에게 특별히 확신을 준 것 같지 않은 상태에서 결국 헤어졌다. 하지만 두 사람은 다음 날 만날 장소를 정했다.

빌헬름은 여전히 여러 거리를 이리저리 걸어 다녔다. 클라리넷, 호른, 바순 소리가 들렸고, 그 소리에 가슴이 부풀어 올랐다. 떠돌이 악사들이 기분 좋은 세레나데를 연주하고 있었다. 빌헬름은 악사들에게 이야기해서 돈을 한 푼 주고 마리아네의 집 쪽으로 데리고 갔다. 큰 나무들이 마리아네의 집 앞 광장을 멋지게 꾸며 주었는데, 그 아래에서 빌헬름은 가수들을 세워 놓고 자신은 조금 떨어진 벤치에 앉아서 상쾌한 밤에 자기 주위를 속삭이듯 떠돌아다니는 음악 소리에 마음을 완전히 내맡겨 버렸다. 자신이 사랑스러운 별들 아래 몸을 쭉 뻗고 있으니 황금빛 꿈을 꾸고 있는 존재처럼 여겨졌다. — "마리아네도 이 플루트 소리를 듣고 있겠지." 하고 빌헬름은 속으로 생각했다. "누구의 생각이,

누구의 사랑이 밤에 이런 아름다운 소리를 내게 하는지 느끼겠지. 이렇게 떨어져 있어도 이 멜로디가 우리를 함께 묶어 주겠지. 우리가 멀리 떨어져 있어도 사랑의 감미로운 기분으로 함께 묶여 있듯이. 아, 사랑하는 두 마음은 마치 두 개의 나침판 같아서, 한 나침판이 움직이면 다른 나침판도 함께 움직여야 하지. 왜냐하면 두 나침판을 움직이게 하는 것은 하나이기 때문에. 두 나침판에 영향을 미치는 것은 하나의 힘이기 때문에. 그 품 안에 있으면서 그 사람과 헤어질 가능성을 내가 느낄 수 있겠는가? 그렇지만 나는 마리아네에게서 멀리 떠나게 될 것이고, 우리의 사랑을 지켜 줄 곳을 찾을 것이며, 그때 그 사람을 항상 내 곁에 두게 될 것이다.

내가 마리아네와 떨어져 있을 때 그 사람 생각에 잠겨 책이나 옷 또는 그 어떤 것을 만지면서 그녀의 손길을 느낀다고 상상하며 함께 있다는 착각에 얼마나 자주 빠졌던가. 그런 순간들을 회상하노라면 대낮의 햇빛조차 냉정한 관객의 눈처럼 피하게 되고, 그런 순간들을 즐기려는 신들조차 때 묻지 않은 행복감을 고통 없는 상태로 내버려두려고 떠날 결심을 할 만하리다! ― 회상해 본다고? ― 마치 우리의 감각을 천국의 끈에 묶어 놓고 마음의 모든 평정을 빼앗아 버리는 황홀한 술잔에 도취되어 무아지경을 기억 속에 다시 불러낼 수 있는 것처럼! ― 그리고 그 사람의 모습 ―" 빌헬름은 마리아네 생각에 빠져 있었고, 평온했던 마음은 욕망으로 바뀌어 나무를 붙잡고 자신의 뜨거운 뺨을 나무껍질에다 식혔다. 그리고 밤바람들이 순진한 가슴에서 요동치며 뿜어 나오는 한숨을 열심히 내쉬었다. 빌헬름은 가져온 마리아네의 목도리를 더듬어 찾아보았지만, 그 목도리를 이전에 입었던 옷에 넣어 두었다는 것을 깜빡 잊고 있었다. 빌헬름의 입술이 바짝 말라 왔고, 몸은 욕망에 떨렸다.

음악이 그치자 빌헬름은 지금까지 자신의 감정을 높이 끌어올려 주던 힘에서 벗어난 듯이 느껴졌다. 그 부드러운 음악 소리가 더는 자신의 감정을 채워 주거나 진정시켜 주지 않자 불안한 느낌이 커져만 갔다. 빌헬름은 마리아네의 집 문턱에 앉았고 마음은 많이 진정되었다. 문을 두드리는 놋쇠로 만든 고리에 입을 맞추었고, 마리아네의 발이 들어갔다 나오는 문턱에도 입을 맞추고 자기 가슴의 열로 그 문턱을 따뜻하게 데웠다. 그리고 한동안 아무 말 없이 앉아서 커튼 뒤에 하얀 잠옷을 입고 머리에 빨간 리본을 달고서 달콤한 꿈을 꾸고 있을 마리아네의 모습을 상상해 보았다. 그리고 자신이 마리아네와 아주 가까이 있다고 느껴져, 그 사람이 지금 자기 꿈을 꾸고 있는 것이 틀림없다는 생각이 들었다. 이런 생각들은 마치 황혼에 떠도는 선한 정령들을 보듯 기분 좋았지만, 평온한 마음과 욕망이 마음속에서 번갈아 나타났다. 사랑의 욕망이 섬뜩한 손으로 마음의 모든 현(絃)을 수천 배로 세게 뜯고 있었고, 머리 위에서 울리는 천체의 합창 소리도 빌헬름의 가슴에서 울리는 조용한 멜로디를 은밀히 엿듣기 위해 숨을 멈추고 있는 것 같았다.

빌헬름이 평소에 마리아네의 문을 열었던 집 열쇠를 갖고 있었다면 참지 못하고 사랑의 신성한 보금자리로 뛰어 들어갔을지도 몰랐다. 하지만 빌헬름은 마리아네의 집에서 서서히 물러나 반쯤 몽롱한 상태에서 나무 아래를 이리저리 돌아다녔다. 그러다 몇 번 집 쪽으로 다시 가다가 계속 뒤돌아섰고, 마침내 마음을 추스르고 돌아가다가 구석에서 다시 한번 뒤돌아 바라보았을 때 마리아네 집의 문이 열리면서 검은 형체가 나오는 것 같았다. 빌헬름이 그 형체를 똑똑하게 쳐다보기에는 너무 멀리 있었지만, 정신을 차리고 제대로 바라보기도 전에 그 형체는 이내 밤의 어둠 속으로 사라져 버렸다. 그러나 아주 멀리서 그 사람이 하얀색 집을 지나가는 것을 본 것 같았다. 빌헬름은 눈을 깜박이며 서 있었다. 그러나 용기를 내서 거기로 급히 뛰어가기도 전에 그 유령 같은 사람은 사라져 버렸다. 빌헬름이 그 유령을 따라가려면 어디로 가야 할까? 그것이 사람이었다면 그 사람은 어느 길로 갔을까?

마치 번개가 어느 구석진 곳을 비추지만, 앞에서 보았던 모습들과 어둠 속 길들이 어떻게 연결되어 있는지를 보려 해도 곧 눈이 부셔서 소용없듯이, 빌헬름의 눈앞도 바로 그런 상황이었고, 그의 마음도 그랬다. 엄청난 공포를 유발하는 한밤의 유령이라도 그다음에 정신을 차린 순간에는 놀란 마음이 만들어 낸 것으로 여겨지고, 그 끔찍했던 모습이 끝없이 마음속에 의문으로 남듯이, 빌헬름이 어느 주춧돌에 기댄 채 아침 여명도, 닭 울음소리에도 신경을 쓰지 않았을 때 그의 마음은 엄청나게 불안했다. 아침 일찍 일하는 사람들로 붐비기 시작하자 빌헬름은 쫓기듯 집으로 갔다.

빌헬름은 집에 도착해서 그 착각을 아주 적절한 근거를 대며 마음속에서 거의 떨쳐 버리려고 했지만, 이제는 마리아네의 집에서 나온 그 사람만 생각나서 밤의 너무나 아름다웠던 기분도 사라지고 말았다. 마음에 활력을 불어넣고, 다시 돌아온 믿음에 확실한 도장을 찍기 위해 이전에 입었던 옷 주머니에서 목도리를 꺼냈다. 그러자 목도리에서 쪽지가 하나 떨어지는 소리가 들렸고, 빌헬름은 입술에서 목도리를 떼고 그 쪽지를 주워서 읽어 보았다.

"이렇게 당신을 사랑하오, 어린 바보처럼! 어제는 어땠소? 오늘 밤 당신에게 가겠소. 내가 여기서 떠나면 당신도 괴로울 것으로 생각하오. 하지만 참으시오. 나도 그 박람회에 당신을 따라가리다. 잘 들으시오. 다시는 검정-초록-갈색 상의를 입은 모습을 내게 보이지 마시오. 당신이 그 옷을 입고 있으면 엔돌의 마녀[18]처럼 보인다오. 내가 당신에게 하얀 실내복을 보내 주지 않았소? 하얀 양을 내 팔에 안으려고 말이오. 당신의 쪽지는 항상 그 할멈을 통해 보내 주시오. 악마조차 그런 여자를 민첩한 심부름꾼으로 썼을 거요."

18 "엔돌의 무당(die Hexe von Endor)"은 블레셋 군과 전쟁을 앞두고 겁에 질린 사울의 명을 받아 죽은 사무엘의 혼백을 불러낸다. 〈사무엘 상〉 28장 참조.

# 2권

# 1장

우리 눈앞에서 왕성한 힘으로 어떤 목표를 성취하려고 노력하는 사람은 누구나 우리가 그 목적을 찬성하든 반대하든 우리의 관심을 불러일으킬 수는 있지만, 그 결과가 일단 결정 나면 우리는 당장 그 사람에게서 눈을 돌려 버린다. 끝나 버린 것, 끝난 상태에 있는 것이 특히 처음 시도할 때부터 나쁜 결말이 예견되었을 때는 우리의 주목을 조금도 끌 수 없다.

그런 까닭에 우리의 불행한 친구 빌헬름이 자기 희망과 소망이 뜻하지 않게 깨져 버린 것을 보고 참담하고 괴로운 처지에 빠진 모습을 우리 독자들에게 그렇게 자세하게 이야기하지 않으려 한다. 오히려 몇 년을 건너뛰어서, 빌헬름이 어느 정도 활동하며 즐거움을 느끼는 모습을 보길 우리가 기대할 수 있는 곳에서 빌헬름을 다시 찾아가기로 한다. 이에 앞서 다음의 이야기와 관련해 꼭 필요한 만큼만 아주 짧게 말하려고 한다.

페스트나 악성 열병은 자신들이 공격하는 몸이 건강하고 건장할수록 그 안에서 더 빨리 그리고 더 심하게 미쳐 날뛴다. 그래서 가련한 빌헬름도 불행한 운명에 압도당해 한순간에 몸과 마음 전체가 엉망이 되었다. 이것은 마치 불꽃놀이를 준비하는 중에 불이 붙은 것과 대략 비슷해서, 어떤 계획에 따라 순서대로 발사되어 공중에서 화려하게 번갈아 가며 불꽃무늬를 만들어야 할 폭약통이 억지로 뚫린 채 채워져 있어서 이제 순서 없이 위험하게 서로 뒤섞여 쉿 소리를 내며 미쳐 날뛰는 것과도 같았다. 그래서 빌헬름의 가슴도 행복과 희망, 즐거움과 기쁨, 현실적인 것과 꿈꾸던 것이 갑자기 수포가 되면서 뒤죽박죽이 되어 버렸다. 이런 어수선한 순간에 도와주러 달려온 친구는 움찔하게 되고, 그 일을 당한 사람은 감각이 마비되는 것이 오히려 낫다.

그 이후에 요란한 고통이 끝없이 반복되고, 의도적으로 새로 되풀이되는 것 같은 날들이 이어졌다. 하지만 이런 날들도 자연의 축복으로 여길 수 있다. 그런 시간에도 빌헬름은 자기 애인을 완전히 잃어버린 것은 아니었다. 그래서 빌헬름은 고통 속에서도 자기 마음에서 사라져 버린 행복을 다시 붙잡아 보고, 그런 가능성을 상상 속에서나마 재빨리 다시 붙잡아 영원히 사라져 버린 기쁨을 짧게나마 살려 보려고 지치지 않고 계속 시도했다. 비록 몸이 한동안 부패가 진행되고 있어도, 그 힘들이 이전의 용도대로 작용하지는 못해도 평소에는 활력을 주었던 여러 부분을 힘들여 파괴하는 데 작용하는 동안은 죽었다고 말할 수 없듯이 말이다. 그리고 이 힘들이 모두 소모되었을 때야 비로소, 그리고 전체가 무심한 먼지나 재로 분해된 것을 우리가 볼 때야 비로소 영원히 살아계시는 분의 숨결만이 소생시킬 수 있는 비참하고 텅 빈 죽음의 감정이 우리 마음속에 생기게 된다.

그렇게 신선하고, 온전하며 사랑스러웠던 사람 때문에 많은 것이 찢기고, 무너지고, 숨이 막힐 수 있었다. 그리고 청춘의 빨리 치유되는 힘조차 강렬한 고통에 새로운 양분과 격렬함을 공급했다. 이 충격은 빌헬름이라는 존재 전체를 뿌리째 흔들어 놓았었다. 이제 빌헬름이 신뢰하는 친구인 베르너는 어쩔 수 없이 괴물처럼 증오스러운 열정의 숨통을 가장 깊숙이 파고들어 끊어 놓기 위해 급히 불과 칼을 잡았다. 다행히도 기회가 주어져 베르너는 여러 증거를 손에 넣었는데, 얼마나 많은 사건과 이야기를 이용해야 할지 모를 정도였다. 베르너는 과감하고도 신속하게 한 걸음씩 그 일을 밀고 나갔고, 하다못해 거짓말을 해서 친구가 잠시라도 조금의 위안을 얻는 것조차 허락하지 않았으며, 빌헬름이 절망한 나머지 피해서 숨어 있는 곳에도 어김없이 나타났다. 그러자 자연은 자기가 좋아하는 사람을 파멸하게 내버려두고 싶지 않아서, 그 사람이 다른 방법으로 울분을 터뜨리도록 병에 걸리게 했을 정도였다.

빌헬름은 결국 심한 열병과 후유증을 앓았고 약을 먹어 보았지만, 과도한 긴장 때문인지 무기력증이 이어졌다. 이때 가족들의 수고, 형제자매들의 사랑은 환자가 부족한 것이 있거나 꼭 해야 할 일이 있을 때 느끼게 되는 법인데, 일련의 이런 일들은 빌헬름의 달라진 상태를 해소하는 데 많은 도움이 되었고 약간의 위안도 되었다. 빌헬름이 조금 나아졌을 때야 비로소, 다시 말하면 빌헬름의 힘이 완전히 소진되었을 때 비로소 말라빠진 불행의 고통스러운 나락을 놀라서 들여다보게 되었는데, 마치 화산이 분출하고 난 뒤 움푹 파인 분화구를 내려다보는 것 같았다.

빌헬름은 이제 자기 자신을 매우 가혹하게 비난하기 시작했다. 그렇게 큰 상실감을 맛본 후에도 자신이 어떻게 고통을 느끼지도 않고 평온하고 무심한 순간을 보낼 수 있느냐고 말이다. 빌헬름은 그런 자신의 마음을 경멸하면서 고통과 눈물로 위로를 받고 싶었다.

눈물과 고통을 자기 마음속에 다시 일깨우기 위해 빌헬름은 지난 시절 행복했던 장면들을 모두 기억에 떠올렸다. 그리고 아주 열심히 그 장면들을 마음대로 마음속에 그려 보면서 애써 그 속으로 빠져들려고 했다. 또 가능한 한 올라갈 수 있는 행복했던 순간까지 힘들여 올라가 보기도 하고, 지난날의 햇살이 다시 자기 몸에 활력을 주고 가슴을 부풀어 오르게 할 때면, 자신이 떨어졌던 끔찍했던 나락을 되돌아보고, 모든 것을 때려 부수는 그 심연을 즐기는 듯 눈길을 아래로 떨구고는 본능적으로 가장 쓰라린 고통을 억지로라도 느끼려 했다. 그러면 반복되는 섬뜩함에 가슴이 다시 찢어졌다. 왜냐하면 젊은 사람들은 감춰진 힘들이 많아서, 마치 잃어버린 것에 이제야 제대로 된 가치를 부여하려는 듯 실연에서 얻은 고통에 강제로 그렇게 많은 괴로움마저 더하게 되는데, 그건 자신들이 무엇을 낭비하는지 모르기 때문이다. 빌헬름은 이 손실이 자신이 살아가며 겪을 수 있는 유일한, 처음이자 마지막 일일 거라고 확신하고 있었기 때문에, 자신에게 이 고통이 마지막이라고 말해 주는 어떤 위안도 싫었다.

# 2장

이런 방법으로 자신을 괴롭히는 데 익숙해져서 빌헬름은 이제 사랑하는 여인 다음으로 그리고 사랑하는 여인과 함께 가장 큰 기쁨과 희망을 주었던 나머지 것에, 즉 작가와 배우로서의 자기 재능에 대해 모든 면에서 악의적인 비판을 퍼부었다. 자기 작품이 아무런 내면적 가치도 없이 전통적인 형식들을 어리석게 모방한 것으로 보였다. 타고난 자질이나 진실 그리고 열정이 없는 서툰 학생의 습작으로만 보려고 했다. 자신의 시들도 단조롭게 음절만 맞춘 것이며, 볼품없는 운율에 묶여 평범한 생각과 감정을 늘어놓고 있었다. 그래서 빌헬름은 이 방면에서 어쩌면 자신에게 아직 기운을 다시 줄 수도 있었던 모든 희망이나 의욕마저 잃어버리고 말았다.

배우로서의 재능도 더 나아진 것이 없었다. 이 오만함의 밑바닥에 깔린 허영심을 더 일찍 발견하지 못한 자신을 꾸짖었다. 자신의 동작, 걸음걸이, 움직임, 낭송은 조롱의 대상이었음이 틀림없었다. 자신이 보통 사람들보단 우위에 있다고 생각했던 모든 장점이나 업적을 스스로 단호하게 부인해 버렸고, 그럼으로써 말 못 할 회의가 최고조에 다다랐다. 왜냐하면 한 여인의 사랑을 체념한다는 것도 가혹한데, 예술의 여신과 관계를 끊어 버리고, 자신은 이 뮤즈 여신과의 유대에 영원히 합당치 않다고 스스로 선언하며, 우리의 몸이나 동작이나 목소리에 공개적으로 가장 가까이에서 울리는 가장 아름다운 박수갈채를 포기하는 느낌도 적지 않게 고통스럽기 때문이었다.

그래서 우리의 친구 빌헬름은 자신의 꿈을 완전히 포기함과 동시에 아주 열심히 상업에 몰두했다. 계산대에서나 거래처 그리고 가게에서 빌헬름만큼 더 열심히 일하는 사람이 없어 친구인 베르너도 놀라고 아버지도 대단히 만족할 정도였다. 문서 교환과 회계 그리고 빌헬름에게 맡겨진 일을 대단히 열심히 그리고 열정적으로 처리하고 완수했다. 우리가 천직으로 삼는 그런 일을 수행하는 사람은 일목요연하게 결과를 도출해 내며 열심히 일하는 것이 보람일 수 있겠지만, 물론 빌헬름은 그런 즐거운 마음으로 열심히 일하는 것은 아니었다. 오히려 최선의 결심을 하고 말없이 의무를 열심히 수행해 가는 것뿐이었다. 즉, 신념으로 키워지고 마음에서 우러나는 자부심으로 보상을 받는 결심이 아니라, 비록 가장 아름다운 확신이 자신에게 왕관을 건네준다 해도 종종 뚫고 나오는 한숨을 거의 억제할 수 없는 그런 결심이었다.

이런 식으로 빌헬름은 한동안 아주 열심히 계속 살아갔고, 저 가혹한 운명의 시련이 자신에게는 가장 유익한 것을 마련해 주었다고 확신하고 있었다. 비록 마음에 들지는 않았지만 그래도 삶을 살아가면서 제때 경고를 받았다고 깨닫게 된 것이 기뻤다. 그렇지 않았으면 젊은 시절의 오만함으로 저지른 잘못들로 인해 훗날에 더 가혹하게 대가를 치르게 되니 말이다. 왜냐하면 사람이란 자신이 가슴에 품고 있는 어리석은 생각을 버리고 가장 중요한 잘못을 인정하며 자신을 절망에 빠뜨리는 진실을 인정할 때까지는 보통 오랫동안 저항하기 때문이다.

그래서 빌헬름은 자신이 가장 좋아하는 생각들을 체념하기로 했으나 자신의 불행에 대해 완전히 확신하기에는 아직 어느 정도 시간이 필요했다. 그러나 마침내 사랑과 시를 쓰는 것이나 직접 연기하는 것을 설득력 있는 이유를 들어 자기 마음속에서 완전히 몰아내 버렸고, 자신이 어리석었던 모든 흔적과 그것을 생각나게 하는 것을 모두 완전히 지워 버릴 수 있는 용기를 가졌다. 그래서 어느 서늘한 저녁 벽난로에 불을 붙이고는 추억의 기념 상자를 꺼내 왔다. 그 안에는 의미 있는 순간에 마리아네로부터 받았거나 몰래 가져왔던 온갖 자질구레한 물건들이 들어 있었다. 마른 꽃들은 모두 마리아네의 머리에 꽂혀 있을 땐 아직 싱싱하게 피어 있던 때를 생각나게 해 주었고, 쪽지마다 마리아네가 자신을 집으로 초대했던 행복한 시간이 기억나게 했으며, 리본들은 빌헬름의 머리가 기대어 쉬던 사랑스러운 장소인 마리아네의 아름다운 가슴을 생각나게 했다. 빌헬름이 오래전에 사라졌다고 여겼던 이런 감정이 모두 이런 식으로 다시 꿈틀거리기 시작하지 않을 수 있겠는가? 연인과 헤어진 상태에서 자신이 잘 다스리고 있던 열정이 이 사소한 물건들을 앞에 두고 다시 강렬하게 타오르지 않을 수 있겠는가? 우리는 뚫고 들어오는 한 줄기 햇살이 우리에게 즐거웠던 시간의 기분 좋은 광채를 그려낼 때야 비로소 흐린 날이 얼마나 슬프고 불쾌했는지 알아차린다.

빌헬름은 그래서 꼼짝도 하지 않고 지금까지 오래 간직해 왔던 이 신성한 물건들이 하나씩 불꽃과 연기로 자기 앞에서 사라지는 것을 바라보았다. 몇 번은 망설이면서 멈추었는데, 마침내 진주 목걸이와 망사 목도리만 남았을 때는 자신이 어린 시절에 습작으로 쓴 시들로 꺼져 가는 불을 다시 살리려고 마음먹었다.

지금까지 빌헬름은 가장 어린 시절부터 펜에서 흘러나온 자기 정신이 발전해 온 증거물을 모두 정성스럽게 간직해 왔었다. 자신이 도망갈 때 가지고 가려고 짐을 꾸리면서 그 원고들을 다발로 묶어 가방 밑바닥에 두었었다. 그 원고를 푸는 지금 그것을 묶을 때와 얼마나 다른 기분이 들었을까!

우리가 어떤 특정한 사정으로 인해 봉인해 보낸 편지가 받아야 할 친구에게 가지 못하고 다시 우리에게 돌아온 뒤 얼마의 시간이 지난 후에 열어 보면 이상한 느낌이 엄습하게 되는데, 봉인한 것을 직접 뜯어내고 그사이에 마치 제삼자처럼 변한 자신과 이야기하듯 느껴지기 때문이다. 빌헬름이 첫 번째 뭉치를 풀고 원고들을 나누어서 불 속에 던져넣자 바로 엄청난 불길로 활활 타올랐을 때 이와 비슷한 감정이 우리의 친구에게도 엄습해 왔다. 이때 베르너가 들어와서 맹렬한 불꽃에 놀라며 무슨 일이 있느냐고 물었다.

"내가 재능을 타고나지 않은 분야를 진심으로 포기한다는 것을 증명해 보이고 있네." 하고 빌헬름이 말했다. 이 말을 하면서 두 번째 뭉치도 불 속에 던져넣었다. 베르너는 빌헬름을 말리려고 했으나 어쩔 수가 없었다.

"어째서 자네가 이렇게 극단적인 행동에 이르게 되었는지 난 모르겠네." 하고 베르너가 말했다. "출판도 되지 않은 이 원고들이 비록 훌륭한 작품은 아니라고 해도 도대체 왜 없애 버리려는 것인가?"

"왜냐하면 시란 훌륭하거나 아니면 존재하지도 말아야 하기 때문이네. 최고의 것을 해낼 재능이 없는 사람은 예술에서 손을 떼야 하고, 그런 유혹에 빠지지 않도록 진정 조심해야 하기 때문이네. 그러니까 누구에게나 자기가 보는 것을 모방해 보려는 막연한 욕구가 마음속에서 일어나지만, 이런 욕구가 우리가 하고자 하는 바를 이루어 낼 힘이 우리 자신 안에 있다고 증명해 주는 것은 전혀 아니네. 아이들을 한번 보게나. 아이들은 시내에 줄타기하는 사람이 올 때마다 긴 나무판이나 들보만 보면 위로 올라가서 균형을 잡아 보다가, 또 다른 자극을 받으면 곧 그와 비슷한 놀이로 다시 넘어가 버리지 않나. 우리 친구들 모임에서도 그런 모습을 자네는 알아차리지 못했나? 거장의 연주를 들을 때마다 당장 같은 악기를 배우기 시작하는 사람은 언제나 여럿 있다네. 그래서 얼마나 많은 사람이 이 길을 걸어가면서 헤매고 있는가! 자신의 바람이 잘못된 결정임을 자기 힘으로 곧 깨닫게 되는 사람은 그나마 운이 좋은 편이라네!"

베르너는 이의를 제기했다. 이야기는 활기를 띠었고, 빌헬름은 자신을 그렇게 자주 괴롭혀 왔던 그 근거들을 흥분하지 않고는 친구에게 반복해서 말할 수 없었다. 베르너는 어떤 재능을 결코 가장 완벽하게 수행하지 못하게 되리라는 이유로 어느 정도나마 가지고 있는 애착이나 재능마저 완전히 포기해 버리는 것은 분별 있는 행동이 아니라고 주장했다. 한가한 시간도 있는 법이니, 그런 방식으로 빈 시간을 보내면 차츰 뭔가를 이루어 낼 수 있으며, 우리와 다른 사람들에게 즐거움을 준다는 것이었다.

이 점에서 완전히 다른 의견을 가지고 있던 우리의 친구 빌헬름은 당장 베르너의 말을 가로막고 아주 힘차게 말했다.

"여보게 친구, 한 작품을 처음 구상할 때는 온 영혼을 가득 담아야 하는데, 하던 일을 중단해 가면서 겨우 마련한 시간을 끌어모아 창작하는 것이라 자네가 생각한다면 너무나 잘못 알고 있는 것이네. 아니야. 시인은 완전히 자신만을 위해, 완전히 자신이 사랑하는 대상 안에서 살아가야 하네. 시인은 하늘로부터 자신 안에 가장 소중한 재능을 부여받았고, 가슴에는 저절로 점점 커지는 보물을 간직하고 있지. 그래서 시인은 외부로부터 방해받지 않고 자신의 재능들과 함께 조용히 행복하게 살아야 하네. 이런 행복을 부자는 자기 주위에 쌓이는 재물이 가져다주길 헛되이 바라지. 행복과 즐거움을 찾아 달려가는 사람들을 보게나! 자신들의 소망, 노력, 돈을 쉬지 않고 좇아가지만, 무엇을 얻기 위해서인가? 시인은 자연으로부터 부여받은 것을 위해서, 세상을 즐기기 위해서, 다른 사람에게서 자신과 같은 감정을 느끼기 위해서, 자주 화합하지 못하는 많은 것과 조화롭게 함께 있기 위해서라네.

무엇이 사람들을 불안하게 만드는가? 자신의 개념을 대상과 연결할 수 없을 때, 즐거움이 자신들의 손에서 슬그머니 빠져나갈 때, 바라던 것이 너무 늦게 찾아올 때, 자신이 이룩하고 달성한 모든 것이 자기 가슴에 아무런 영향을 주지 못할 때가 아니겠는가. 욕망은 우리에게 그 영향력을 어렴풋이나마 느끼게 해 주는데 말일세. 운명이 시인을 마치 어떤 신처럼 모든 것을 초월하게 만들어 주었지. 시인은 뒤엉킨 열정과 가족과 나라가 무의미하게 움직이는 것도 보고, 설명하는 데 한마디가 부족해 풀리지 않는 오해의 수수께끼들이 이루 말할 수 없는 엄청난 혼란을 초래하는 것도 본다네. 시인은 각 인간의 운명에 의해 발생하는 슬픈 일과 기쁜 일을 함께 느낀다네. 세상 물정에 밝았던 사람이 큰 상처를 입고 사람을 쇠약하게 만드는 우울증에 걸려 남몰래 자신의 날들을 살아가거나, 즐거운 마음으로 자신의 운명을 거리낌 없이 맞이한다면, 쉽고 가볍게 움직이는 시인의 예민한 영혼은 밤에서 낮으로 움직이는 태양처럼 조용히 변하고, 시인이 타는 하프는 기쁨과 슬픔의 소리를 낸다네. 시인의 마음 밑바닥에서만 지혜의 꽃이 아름답게 피어오르고, 다른 사람들이 백일몽을 꾸거나 모든 감각이 만들어 낸 섬뜩한 생각으로 불안에 떨어도, 시인은 깨어 있는 사람으로서 인생을 꿈꾸며 살아간다네. 그리고 시인에게 가장 진기하게 일어나는 일은 과거의 일이 자신에게는 동시에 미래의 일인 것이라네. 그래서 시인은 교사이자 예언자, 신들과 인간의 친구라네. 어떤가! 자네는 시인이 하찮은 직업으로 내려가길 원하는가? 시인은 새와 같아서 세상 위를 날아다니며 높은 산봉 우리에 둥지를 틀고, 이 가지 저 가지를 가볍게 바꿔 앉으면서 꽃봉오리와 과일들을 먹도록 태어났는데, 황소처럼 쟁기를 끌어야겠는가? 아니면 개처럼 짐승들의 발자국에 익숙해지거나, 어쩌면 줄에 묶여 짖어대면서 농가를 지켜야겠는가?"

베르너가 경탄해 마지않으면서 빌헬름의 말을 들었다고 쉽게 생각할 수 있을 것이다. "사람들도" 하고 베르너가 빌헬름의 말에 끼어들었다. "새처럼 태어나, 실을 잣거나 짜지 않아도 아주 즐거운 삶을 즐기며 살아갈 수 있다면 얼마나 좋겠나! 그래서 만약 겨울이 다가오면 추위로부터 자신을 보호하기 위해 먹이가 부족하지 않은 먼 곳으로 쉽게 날아갈 수 있으면 말이지!"

"시인들도 그런 시절이 있었지. 존귀한 것들이 더 많이 인정받던 시절에는 말이야." 하고 빌헬름이 큰 소리로 말했다. "그리고 언제나 그렇게 살아가야 하지. 모든 것이 그들의 마음속 깊이 충분히 갖춰져 있어 외부로부터 필요한 것도 별로 없었지. 어떤 대상에도 꼭 맞는 아름다운 느낌과 멋진 이미지들을 달콤한 말과 멜로디로 전달하는 천부적 재능이 예로부터 세상을 매료시켰고, 그런 재능을 가진 사람들에게는 옛날부터 풍족하게 물려받은 소질이 있었네. 왕들의 궁전에서, 부자들의 식탁에서, 연인의 문 앞에서 사람들은 시인들의 노래에 귀 기울였고, 그 사이에 사람들의 귀와 영혼은 다른 모든 것에 닫혀 있었지. 그것은 마치 거닐고 있는 숲에서 꾀꼬리 소리가 대단한 감동을 주며 들려올 때면 행복하게 느껴지고 기뻐서 가만히 서 있게 되는 것과 같다네! 시인들은 세상에서 자신을 후하게 대접하는 곳을 찾았고, 낮아 보이는 자신들의 신분이 오히려 그만큼 더 그들을 우러러보게 해 주었지. 영웅은 시인들의 노래에 귀를 기울였고, 세상을 정복한 왕도 시인의 노래를 즐겼지. 만약 시인이 없다면 자신의 위대한 존재가 폭풍처럼 휙 지나가 버릴지도 모른다고 느꼈기 때문에 말일세. 사랑하는 사람은 시인의 생기 있는 입술이 자기를 묘사할 때 자신의 바람과 즐거움이 수천 배가 되고 또한 묘사하는 것과 자신이 일치하기를 바랐지. 부자조차 자신의 우상과도 같은 모든 재물을 자기 눈으로는 그렇게 소중하게 바라볼 수가 없었네, 시인의 번쩍이는 정신이 그 부자에게 그 재물들의 온갖 가치를 느끼게 해 주고 그 가치를 끌어올려 밝게 비추기 전에는 말일세. 그래, 예를 들어 신들을 만들어 우리를 그들에게로 끌어올리고, 그들을 이 지상에 있는 우리에게로 데리고 내려온 사람이 시인이 아니면 또 누구였겠는가?"

"여보게 친구." 하고 베르너가 잠시 생각에 잠겼다가 대답했다. "자네가 그렇게 열렬히 느끼고 있는 것을 억지로 자네 마음에서 몰아내려고 노력하는 모습을 보고 딱하게 생각했었네. 내가 대단히 잘못 생각하고 있을지도 모르지만, 자네가 그렇게 가혹한 체념의 대가로 지쳐 버리거나 한 가지 순수한 기쁨만으로 나머지 모든 즐거움을 포기해 버리기보다 어느 정도 자신과 타협하는 것이 더 낫지 않겠는가."

"자네에게 고백해도 되겠나, 친구?" 하고 빌헬름이 대답했다. "그리고 내가 이렇게 고백하더라도 나를 우습게 생각하지는 말게나. 내가 시인의 저 모습들을 아무리 피하려 해도 아직도 계속 나를 따라다니고, 그리고 내 마음을 들여다보면 옛날 욕망이 단단히, 심지어 예전보다 더 단단히 마음속에 달라붙어 있네. 불행한 내게 지금 무엇이 남아 있겠는가? 아, 내 정신의 팔들이 그렇게 일찍 잘려 나갈 것이라 누가 내게 미리 말해 주었더라면 좋았을 텐데. 그 팔들을 무한함 속으로 뻗어 보았고, 그때 어떤 멋진 것을 분명히 껴안을 수 있으리라 기대했는데. 누가 이런 사실을 미리 말해 주었다면 나는 절망에 빠졌을 것이네. 나 자신에 관해 심판이 내려진 지금, 저 뮤즈의 여신 대신에 내가 소망하는 곳으로 나를 데려다줄 그 여자도 잃어버린 지금, 이렇게 쓰라린 고통에 나를 내맡겨 버리는 것 외에 내게 또 무엇이 남아 있는가? 오, 친구여!" 빌헬름은 말을 계속 이어 갔다. "그 여자는 내가 은밀하게 문을 두드릴 때마다 밧줄 사다리가 매달려 있는 갈고리 같았다는 것을 부인할 수 없네. 모험을 좋아하는 사람은 위험해도 희망을 품고 공중에 떠 있다가 갈고리가 부러지면 자기가 바라던 것 아래에 박살이 나 누워 있게 되지. 이제 내게는 위로도 희망도 더는 없네!" 빌헬름은 벌떡 일어나면서 큰 소리로 말했다. "난 이 비참한 원고들을 하나도 남겨 놓지 않으려고 하네." 빌헬름은 또다시 노트 몇 권을 집어서 갈기갈기 찢어서 불에 내던졌다. 베르너는 빌헬름을 저지하려고 했지만 소용없었다. "내버려 두게!" 하고 빌헬름이 말했다. "이 형편없는 글들이 무슨 소용이 있단 말인가? 이 글들은 내가 발전하는 단계를 보여 주는 것도 아니고, 내게 용기를 불어넣어 주는 것도 아니네. 이 글들이 내가 삶을 다할 때까지 나를 괴롭히기 위해 남아 있어야 한단 말인가? 내 글들이 세상에 동정심과 공포를 불러일으키는 대신에[19] 세상의 비웃음거리가 되어야 한단 말인가? 불쌍한 내 신세! 불쌍한 내 운명! 곤궁에 처해서야 현명해지는 불쌍한 시인들의 탄식을 이제야 비로소 이해하겠네. 난 오랫동안 스스로 견고하다고, 그래서 상처를 입지 않는다고 생각했었네. 그런데 아! 이제 와 보니 이전에 입었던 심한 상처는 다시 정상적으로 아물 수도

---

19 '동정심(Mitleid)'과 '공포(Schauer)'는 당시 레싱(Lessing)이 주장하는 비극이 가져야 할 가장 중요한 요소로 여겨졌다.

다시 회복될 수도 없다는 것을 알게 되었네. 그리고 그 상처를 무덤까지 가지고 가야 한다고 느끼고 있네. 아니! 내가 살아가면서 그 고통이 하루라도 나를 피해 가서도 안 되고, 마침내 내 숨통을 조일 것이네. 그 여자 생각이 내 곁에 머물러 나와 함께 살아가다 죽어야 할 것일세. 그 값어치 없는 여자 생각이 말일세. — 아 친구여! 내 마음을 솔직하게 말해 보라고 하면, 그렇게 완전히 값어치 없는 여자는 분명 아니었네! 그 여자의 신분, 그 여자의 운명을 생각하면 나는 그녀를 수천 번이나 용서했다네. 난 너무 잔인했네. 자네도 자네의 차갑고 냉혹하고 무자비한 방식을 내게 가르쳐 주지 않았나. 자네는 혼란스러웠던 내 마음을 포로로 삼아, 내가 그 사람을 위해서나 나를 위해서 우리 두 사람에게 책임 있는 행동을 하려는 것을 막았었지. 내가 그 사람을 어떤 상황에 빠뜨렸는지 누가 알겠는가! 시간이 지나자 비로소 그 일이 내 양심에 걸리기 시작했네. 내가 그 여자를 그 어떠한 절망과 기댈 곳 없는 상황에 내팽개치고 왔다고 말일세. 그녀가 용서를 빌 수도 있지 않았을까? 그것은 불가능했을까? 얼마나 많은 오해가 세상을 혼란스럽게 만들고, 아주 큰 실수를 저지르고 용서해 달라고 애원하는 경우는 또 얼마나 많은가! — 얼마나 자주 그 사람 생각에 잠겨 있는지 아는가. 그 사람이 조용히 혼자 앉아 팔꿈치를 괴고 있는 모습을 말이네. — 그러면 그 여자는 말하지. '이것이 그이가 내게 맹세한 신뢰와 사랑이군! 우리를 아름답게 묶어 주었던 삶을 이렇게 과격하고도 급작스럽게 끝내는 것이 말이야!'" — 빌헬름이 눈물을 쏟으며 얼굴을 탁자 위에 대는 바람에 남겨 놓은 원고들이 눈물에 젖었다.

베르너는 무척 당황하며 서 있었다. 빌헬름이 이렇게 격정적으로 불타오르리라고는 전혀 예상치 못했었다. 몇 번 빌헬름의 말에 끼어들어 화재를 다른 곳으로 돌려 보려 했으나 허사였다! 베르너는 터져 나오는 빌헬름의 감정에 맞서지 않았다! 여기서도 오래 지속되던 친구의 우정이 다시 작용했다. 베르너는 빌헬름의 고통이 격렬하게 지나가도록 내버려두면서, 자신이 가만히 있는 방식으로 순수하고 진정한 동정을 표시했다. 그리고 이렇게 두 사람은 이날 밤을 보냈는데, 빌헬름은 여전히 남아 있는 고통스러운 감정 속으로 조용히 빠져들었고, 베르너는 그동안 좋은 충고와 간곡한 설득으로 빌헬름이 오래전에 이겨 내고 극복했다고 믿었던 격정이 새롭게 폭발한 것에 놀라움을 금치 못했다.

## 3장

이렇게 옛 상처가 재발한 후 빌헬름은 대체로 더욱 열심히 가게 일과 활동에 전념하려고 했고, 그렇게 하는 것이 그를 다시 유혹하려는 미로에서 벗어나는 최선의 방책이었다. 낯선 사람들을 대하는 좋은 태도와 아주 생기 있는 말로 거의 힘들이지 않고 서신을 주고받는 능력은 아버지와 동업자에게 점점 더 많은 희망을 주었고, 원인을 몰랐던 빌헬름의 병과 빌헬름이 일시적으로 쉬면서 자신들의 계획을 중단하게 되었던 일에 위안이 되었다. 두 사람은 다시 한번 빌헬름을 출장 보내기로 했다. 그래서 우리는 빌헬름이 말 위에 앉아, 뒤에 여행 가방을 싣고, 바깥 공기를 마시며 돌아다니면서 기분이 좋아진 상태로, 몇 가지 부탁받은 일을 처리해야 하는 산악 지대에 접근하고 있는 것을 보게 된다.

빌헬름은 천천히 아주 즐거운 마음으로 계곡과 산을 돌아다녔다. 밖으로 돌출되어 나온 바위들, 소리를 내며 흐르는 계곡물, 우거진 초목으로 뒤덮인 암벽들, 깊은 낭떠러지를 여기서 처음 보았지만, 어린 시절의 꿈에서 이미 이런 지역 주위를 떠돌아다녔었다. 빌헬름은 이런 광경을 보자 다시 어려지는 것 같았고, 그동안 참고 견뎠던 고통도 자신의 영혼에서 완전히 씻겨 나갔다. 그리고 매우 기쁜 마음으로 여러 시의 대목을 낭송했는데, 특히 이런 한적한 장소에 오면 자신의 기억에 무리를 지어 떠오르는 것은 바로《성실한 목동》[20] 대목들이었다. 또한 빌헬름은 자기가 쓴 시들에서 몇 구절이 기억나서 특별한 만족감을 느끼며 낭송했다. 자기 앞에 있는 세계를 온갖 과거의 형상들로 되살려 냈고, 미래로 발걸음을 내디딜 때마다 중요한 거래들과 진귀한 일들에 대한 예감으로 가득 찼다.

빌헬름 뒤에서 연이어 따라오던 많은 사람이 인사를 하며 지나쳐 산속으로 난 가파른 길로 급히 걸어갔을 때, 빌헬름은 그 사람들이 누군지 눈여겨보지도 못하고 걷는 것을 여러 번 중단했다. 마침내 이야기하기 좋아하는 어떤 사람이 빌헬름과 같이 걸어가면서 이렇게 많은 사람이 지나가고 있는 이유를 설명해 주었다.

"호흐도르프에서" 하며 그 사람이 말했다. "오늘 밤에 희극이 공연되기 때문에 주변 마을 사람들이 모두 모이는 겁니다."

"어떻게 이렇게 외딴 산속에서, 그리고 뚫고 지나가기도 힘든 숲에서 극단이 길을 찾아내 연극의 신전을 지을 수 있었나요? 그럼 나도 그들의 축제에 참여해도 될까요?" 하고 빌헬름이 대꾸했다.

"만약 이 연극을 누가 공연하는지 들으시면 더 놀라실 겁니다." 하

20 《성실한 목동(Pastor Fido)》은 조반니 바티스타 과리니(Giovanni Battista Guarini, 1538~1612)가 1585년에 쓴 드라마로 가장 사랑받은 전원 드라마였다.

고 그 사람이 말했다. "이곳에는 많은 사람을 먹여 살리는 큰 벽지 공장이 있습니다. 그 공장의 사장님으로 말하자면 사람들과 접촉하지 않고 살아가고 있는데, 공장 직원들이 겨울에 희극을 공연하게 하는 것 말고는 더 나은 일이 없다는 것을 압니다. 그 사장님은 직원들이 카드놀이하는 것을 허용하지 않고, 평소에도 상스러운 행동을 못 하게 합니다. 그래서 직원들이 긴긴 밤을 보내다가, 마침 오늘이 그 노인의 생일날이어서 특별 축하 행사를 거행하는 겁니다."

빌헬름은 하루를 묵기로 되어 있던 호흐도르프에 도착해서 그 공장 옆에서 말을 내렸는데, 그 공장의 주인도 채무자로 명단에 들어 있었다.

빌헬름이 그 공장주의 이름을 말하자 그 노인은 대단히 놀라면서 말했다. "아니, 선생은 내가 그렇게 많은 신세를 졌으면서도 아직도 빚을 지고 있는 그 마음씨 좋으신 분의 아드님이시죠? 내가 돈을 빨리 그리고 제때 갚지 못할 때는 나를 나쁜 사람이라고 생각할 수도 있었는데, 아버님은 많이 참고 기다려 주셨어요. 내가 진심을 보여 드리기에 때맞춰 잘 왔습니다."

그 노인은 부인을 오라고 불렀다. 부인은 젊은이를 보자 마찬가지로 기뻐했고, 빌헬름이 아버지를 닮았으며, 외부에서 온 사람들이 많아 빌헬름을 자기 집에 묵게 할 수 없어 대단히 아쉽다고 말했다.

용건은 분명하고도 신속하게 정리되었다. 빌헬름은 돌돌 말린 돈뭉치를 주머니에 집어넣었고, 다른 용건들도 이렇게 쉽게 처리되었으면 하고 바랐다.

공연할 시간이 다가오자 사람들은 산림 감독관이 오기만을 기다렸다. 마침내 산림 감독관이 도착해서 사냥꾼 몇 명과 함께 들어왔고 사람들은 대단히 정중하게 맞이했다.

사람들이 극장 안으로 안내되었다. 극장은 정원 바로 옆에 있는 헛간이었다. 극장 내부와 무대는 특별한 미적 감각이 느껴지지 않았음에도 불구하고 생기 있고 우아하게 꾸며져 있었다. 공장에서 일하는 칠장이 중 한 명이 드레스덴 왕실 오페라 극장에서 막일꾼으로 일했었는데, 숲과 거리 그리고 방을 물론 약간 투박하나마 설치해 놓았다. 그들은 작품을 유랑 극단에서 빌려 와 자신들의 방식으로 적당히 잘라서 만들었지만, 그런대로 재미있었다. 연적 두 명이 번갈아 가며 한 처녀를 후견인에게서 빼내려는 간계가 온갖 재미있는 상황을 만들어 냈다. 우리의 친구 빌헬름은 오랜 시간이 지난 후 다시 보는 첫 작품이어서, 여러 가지 면에서 주의 깊게 관찰해 보았다. 배우들의 동작은 많았지만, 인물들의 참다운 성격을 묘사하지는 못했다. 그래도 관객들은 마음에 들어 했고 또 즐거워했다. 모든 연극 예술의 시작도 그렇다. 교육받지 않은 사람은 뭔가가 일어나는 것을 보기만 해도 만족하지만, 교육받은 사람은 느끼려고 한다. 그래서 곰곰이 숙고해 보는 것은 상당히 교육받은 사람들에게만 즐거운 일이다.

빌헬름은 이런저런 면에서 본인이 배우들을 기꺼이 도와주었더라면 좋았을 텐데 하고 생각했다. 약간 부족했던 부분에 도움을 주었다면 더 나은 공연이 될 수도 있었기 때문이었다.

빌헬름은 말없이 연극을 관람하면서 점점 더 심해지는 담배 연기가 불쾌하게 느껴졌다. 산림 감독관은 연극이 시작하자마자 파이프에 불을 붙였고, 다른 사람들도 차차 이 자유를 즐기려고 담배를 꺼냈다. 게다가 산림 감독관의 커다란 개들이 고약하게도 무대로 뛰어들었는데, 개들을 밖에 묶어 두었지만, 곧 뒷문으로 들어오는 길을 찾아내 무대 위로 올라가 배우들에게 달려들었다가, 결국 오케스트라석을 훌쩍 뛰어넘어 일등석에 앉아 있던 자기 주인에게로 갔다.

에필로그로 노인에게 헌납하는 선물이 바쳐졌다. 노인이 신랑 옷을 입고 있을 때의 모습을 그린 초상화가 화환으로 장식되어 제단 같은 탁자 위에 놓여 있었고, 모든 배우가 아주 겸손한 자세로 노인에게 경의를 표했다. 제일 나이가 어린 아이가 하얀 옷을 입고 등장해 운문으로 축사를 낭독했는데, 그 노인의 가족들과 심지어 그때 산림 감독관마저 자기 자식들이 떠올라 눈물을 자아내게 할 만큼 감동적이었다. 이렇게 해서 연극 공연은 끝났고, 빌헬름은 무대로 올라가서 배우들을 가까이에서 보면서 그들의 연기를 칭찬해 주고 장래에 대한 몇 가지 충고를 해 주지 않을 수 없었다.

빌헬름은 나머지 용무들을 산악 지대의 크고 작은 마을에서 수행했으나 모든 일이 성공적으로 즐겁게 진행되지는 않았다. 몇몇 채무자는 연기해 달라고 부탁했고, 몇몇은 무례하게 나왔고, 몇몇은 빚을 부인하기도 했다. 빌헬름은 위임받은 대로 몇몇 사람을 고소해야 했고, 그래서 변호사를 찾아가 이 사건을 맡기고 법정에도 서야 했다. 그리고 이와 같은 불쾌한 일들이 더 많이 발생했다.

사람들이 빌헬름에게 예우를 갖춰 대하려 할 때도 마찬가지로 일이 잘 진행되지 않았다. 빌헬름에게 어느 정도 정보를 줄 수 있는 사람이나, 유용한 거래를 맺기를 기대할 만한 사람도 별로 찾지 못했다. 게다가 불운하게도 장마철이 갑자기 시작되었고, 이 지역을 말을 타고 여행하는 것은 참을 수 없는 불편함을 동반했기 때문에, 빌헬름은 다시 평지에 더 가까이 다가가면서 산기슭의 경치 좋고 비옥한 평지를 조용히 흐르는 강 옆에 작은 시골 도시가 햇빛에 밝게 빛나고 있는 것이 보이자 하늘에 감사했다. 빌헬름은 이곳에서 용무는 없었지만, 자신도 쉬면서 길이 나빠서 아주 고생한 말도 약간 쉬게 하려고 그곳에서 며칠 머무르기로 마음먹었다.

## 4장

빌헬름이 시장에 있는 어느 여관에 투숙하려고 갔을 때 그곳 분위기는 아주 즐거웠고, 어쨌든 대단히 활기에 차 있었다. 힘센 남자 한 명을 포함해서 줄 타는 광대, 곡예사들, 요술쟁이로 구성된 큰 규모의 곡예단이 처자식과 함께 여관으로 들어와 공연을 준비하면서 다른 사람들에게 심술궂은 장난을 쳤다. 그 사람들은 여관 주인과 다투기도 하고 자기들끼리 싸우기도 했다. 그리고 그들의 싸움이 견디기 힘든 지경에 이르면, 재미로 하는 말도 참기 어려울 정도가 되었다. 빌헬름은 이 여관에서 나갈지 아니면 머물지 망설이면서 여관 문 앞에 서서 광장에 구조물을 설치하기 시작하는 일꾼들을 바라보았다.

장미와 다른 꽃들을 팔려고 여기저기 돌아다니던 한 소녀가 빌헬름에게 바구니를 내밀었고, 빌헬름은 아름다운 꽃다발 하나를 사서 자기 취향대로 다르게 묶고는 만족스러운 듯 바라보았다. 바로 그때 광장 옆쪽에 있는 다른 여관의 창이 열리더니 몸매 좋은 한 여성이 창가에 나타났다. 빌헬름은 멀리 떨어져 있어도 그 여인의 얼굴에 기분 좋고 명랑한 생기가 돈다는 것을 알아차렸다. 금발 머리는 아무렇게나 풀어진 상태로 목덜미 주위에 늘어뜨려져 있었는데, 이 낯선 사람 쪽을 보고 있는 것 같았다. 그리고 얼마 후 미용사처럼 앞치마를 두르고 하얀 상의를 입은 젊은 사람이 그 건물 문에서 나와 빌헬름 쪽으로 걸어와서 인사를 하고 말했다. "창가에 계신 부인이 선생님께서 갖고 계신 아름다운 꽃의 일부를 자기에게 주고 싶으신지 여쭤보라고 하십니다." — "부인께서 이 꽃을 다 가지셔도 됩니다." 하고 빌헬름은 대답하면서 민첩한 심부름꾼에게 꽃다발을 건네주는 동시에 그 아름다운 여인에 대해 듣기 좋은 말을 했다. 그 여인도 다정하게 답례 인사로 화답하고는 창가에서 사라져 버렸다.

모르는 여인과의 모험 같은 이 멋진 만남을 생각하며 빌헬름이 자기 방으로 가려고 계단을 올라갔을 때 어린 여자아이가 계단을 뛰어 내려와 빌헬름의 관심을 불러일으켰다. 짧은 비단 조끼와 옆으로 길게 트인 스페인풍의 소매, 불룩하게 주름 잡힌 꼭 맞는 긴 바지가 그 아이에게 귀엽게 어울렸고, 검은 곱슬머리는 땋아서 머리에 감아 틀어 올렸다. 빌헬름은 그 소녀를 의아해하며 자세히 쳐다보았지만, 그 아이를 소년이라고 해야 할지 아니면 소녀라고 해야 할지 결정을 내릴 수가 없었다. 하지만 곧 소녀라고 단정하고, 아이가 지나갈 때 붙잡고는 "안녕" 하고 아침 인사를 하면서 비록 아이가 껑충껑충 뛰고 춤을 추는 곡예단의 일원이 틀림없다는 것을 쉽사리 눈치챌 수 있었지만 그래도 어느 집 아이냐고 물어보았다. 소녀는 검은 눈으로 날카롭게 빌헬름을 노려보더니 아무 대답도 하지 않고 빌헬름을 뿌리치고 부엌으로 뛰어 들어가 버렸다.

빌헬름이 계단을 올라가자 넓은 홀에는 두 명의 남자가 펜싱을 연습하고 있는 것이 보였다. 그들은 자신들의 능숙한 솜씨를 서로 시험해 보려는 듯이 보였다. 한 사람은 이 여관에 묵고 있는 곡예단 사람이 분명했고, 다른 사람의 외모는 그렇게 거칠어 보이지는 않았다. 빌헬름이 그들을 지켜보니 두 사람에게 갈채를 보낼 만했다. 얼마 후 검은 수염에 힘줄이 툭툭 불거진 검객이 시합장을 떠났고, 다른 사람이 빌헬름에게 아주 정중하게 펜싱 검을 내밀었다.

"선생님이 저에게 한 수 가르쳐 주시겠다면 감히 선생님과 몇 번 시합해 보고 싶습니다." 하고 그 사람이 말했다. 두 사람은 함께 시합했고, 비록 낯선 사람이 이곳에 막 도착한 사람보다 훨씬 월등하게 잘했으나 그래도 여전히 겸손하게 무엇보다 연습하는 것이 중요하다고 말했다. 그리고 빌헬름도 자신이 이전에 훌륭한 독일 펜싱 선생님에게 철저하게 교습받았다는 것을 실제로 보여 주었다.

두 사람의 대화는 가지각색의 곡예단 단원들이 시내에 자신들의 공연을 알리고 재주를 보고 싶어 하는 사람들의 열망을 자극하기 위해 여관을 나가면서 내는 떠들썩한 소리에 중단되었다. 맨 앞에 북을 치는 사람을 공연단장이 말을 타고 따라갔고, 그 뒤에 여자 무용수도 마찬가지로 비쩍 마른 말을 타고 자기 앞에 아이를 안고 있었는데, 그 아이는 리본과 화려한 장식품으로 요란하게 치장하고 있었다. 그다음으로 나머지 단원들이 걸어갔고, 가운데 몇 사람은 자신들의 어깨 위에 아주 과감한 자세를 취하고 있는 아이들을 올려놓고 가벼운 발걸음으로 편안하게 걸어갔다. 그중에서도 검은 머리에 우울한 표정을 한 그 어린 소녀의 모습이 또다시 빌헬름의 관심을 끌었다.

몰려드는 많은 사람 사이로 익살꾼이 우스꽝스럽게 이리저리 뛰어다니며 알아듣기 쉬운 농담을 하면서 소녀에게 뽀뽀도 해 주고 소년에게는 토닥거려 주기도 했고, 홍보 전단을 배부하며 오늘 저녁에 그 익살꾼을 더 자세히 보려는 거부하기 어려운 충동을 일깨우려고 하고 있었다.

인쇄된 홍보 전단에는 곡예단의 다양한 프로그램이 들어 있었는데,

특히 '나르치스 씨와 란트리네테 양'이 돋보였다. 연극의 주인공인 이 두 사람은 영리함을 발휘해 행렬을 따라가지 않음으로써 자신들을 훨씬 귀하게 보이도록 해서, 사람들로부터 더 큰 호기심을 자아냈다.

행렬이 지나가는 동안 아름다운 이웃집 여인도 창가에 다시 나타났고, 빌헬름은 기회를 놓치지 않고 펜싱을 같이했던 사람에게 그 여자에 관해 물어보았다. 이 사람을 당분간 라에르테스[21]라고 부르겠는데, 그는 빌헬름을 그 여자에게 함께 데려다주겠다고 나섰다. "나와 저 여자는 최근에 이곳 공연에 실패한 극단에서 떨어져 나온 사람들입니다." 하고 라에르테스는 미소를 지으며 말했다. "우리는 이곳에 매력을 느끼고 한동안 머무르면서 얼마 모아 두지 않은 우리 돈을 편안하게 써 보기로 마음먹었습니다. 그런데 친구 하나는 자기와 우리를 위한 일자리를 찾아보려고 떠났습니다."

라에르테스는 당장 새로 알게 된 빌헬름을 필리네의 방문 앞까지 데리고 가더니 자기는 바로 옆 가게에 사탕이 든 과자를 사러 갔다 올 테니 빌헬름더러 잠깐 서 있으라고 했다. 라에르테스는 돌아와서 말했다. "제가 선생께 이렇게 상냥한 여자를 소개해 드리는 것에 분명히 감사하게 될 겁니다."

그 여자는 굽이 높은 가벼운 슬리퍼를 신고 방에서 나와 두 사람을 맞이하러 걸어왔다. 하얀 실내복 위에 검은색 가운을 걸치고 있었는데, 그 실내복이 별로 깨끗하지 않았기 때문에 가정적이고 편안한 인상을

---

21 라에르테스(Laertes)는 셰익스피어의 비극 햄릿에서 재상 플로니어스의 아들인 레어티즈의 이름과 동일한 스펠링이다. 햄릿은 재상 플로니어스를 자신의 삼촌인 왕으로 잘못 알고 죽이고 재상의 아들 레어티즈는 왕의 꾐에 빠져 햄릿을 독을 바른 칼로 죽이려고 왕과 왕비 앞에서 펜싱 시합을 한다. 결국 햄릿과 레어티즈는 독을 바른 같은 칼에 맞아 둘 다 죽는데, 햄릿은 최후의 순간 그 칼로 왕을 죽인 후 숨을 거둔다.

주었고, 옷이 짧아서 아주 귀여운 발이 드러나 보였다.

"반갑습니다!" 하고 그 여자가 빌헬름에게 말했다. "그리고 아름다운 꽃도 감사합니다." 그 여자는 한 손에는 빌헬름의 손을 잡고 방으로 안내했고, 다른 손에는 꽃다발을 들고 가슴에 대고 있었다. 그들이 앉아서 별 의미 없는 대화를 나누고 있었을 때 그 여자는 흥미로운 주제로 대화의 방향을 돌릴 줄 알았고, 라에르테스가 구운 아몬드를 그 여자의 무릎에 가득 쏟아 주자 그 여자는 맛있게 먹기 시작했다. "보세요. 이 젊은 양반은 얼마나 아이 같은지 몰라요!" 하고 그 여자가 말했다. "저 사람은 내가 이런 군것질을 아주 좋아하는 사람이라고 선생님께 보여 주려는 듯한데, 저 사람이야말로 뭔가 맛있는 걸 안 먹고는 못 사는 사람입니다."

"우리 그냥 솔직하게 이야기하기로 합시다." 하고 라에르테스가 대답했다. "이런 점이나 여러 면에서 우리 즐거운 말동무나 됩시다. 예를 들어" 하고 라에르테스가 말했다. "오늘은 날씨도 아주 좋으니, 내 생각에 산책 삼아 마차를 타고 점심을 뮐레 식당에서 하면 어떻겠습니까." — "아주 좋아요." 하고 필리네가 말했다. "우리가 새로 알게 된 분에게 기분 전환도 시켜드려야지요." 라에르테스는 벌떡 일어나 나가버렸는데, 한 번도 걸어 다니는 법이 없기 때문이었다. 빌헬름은 여행으로 엉클어진 머리를 다듬으려고 잠시 자기 여관으로 돌아가려고 했다. "여기서도 하실 수 있어요!" 하고 필리네가 말하고 자신의 젊은 심부름꾼을 불렀고, 빌헬름에게 상의를 벗고 분가루를 털어 낼 덧옷을 걸치고 자기가 있는 자리에서 머리를 다듬게 하라고 아주 상냥하게 권했다. "꼭 시간을 낭비할 필요는 없잖아요." 하고 필리네가 말했다. "얼마나 오래 함께 있을지 모르니까요."

그 심부름꾼은 서투르다기보다 뻣뻣했고 마지못해서 하는 것처럼 최선을 다하지 않았다. 빌헬름의 머리를 잡아 뜯기나 해서 곧 끝날 것 같지 않았다. 필리네는 그런 무례한 행동을 몇 번 꾸짖었고, 끝내는 참지 못하고 그 사람을 옆으로 밀쳐 내고는 문밖으로 쫓아냈다. 필리네는 직접 맡아서 빌헬름의 머리를 힘들이지 않고 아주 우아하게 물결치게 했고, 서두르는 기색도 없이 자기가 빗겼던 이곳저곳이 마음에 들지 않아 매만졌다. 그러면서 필리네의 무릎이 빌헬름의 무릎에 닿고 꽃다발과 가슴이 빌헬름의 입술 가까이에 다가가는 것도 피할 수 없었다. 그래서 빌헬름은 여러 번 그 위로 키스하고 싶은 유혹에 빠지기도 했다.

빌헬름이 분을 털어 내는 작은 칼로 이마를 깨끗하게 정리하고 있을 때 필리네가 말했다. “그걸 넣어 가세요. 쓰실 때마다 저를 생각해 주세요.” 그것은 귀여운 칼이었다. 강철을 끼워 넣은 손잡이에 “나를 기억해 주세요”라는 정다운 말이 새겨져 있었다. 빌헬름은 그 칼을 주머니에 넣고 필리네에게 고맙다고 하고는 답례로 조그만 선물을 해도 되겠냐고 허락을 구했다.

이제 준비가 끝났다. 라에르테스가 마차를 몰고 왔다. 이제 아주 즐거운 나들이가 시작되었다. 필리네는 자기한테 구걸하는 거지들에게 모두 얼마씩 창밖으로 던져 주고는 명랑하고 다정하게 말해 주었다.

일행이 뮬레 식당에 도착해서 음식을 주문하자마자 식당 앞에서 음악 소리가 들려왔다. 광부들이 기타와 트라이앵글 소리에 맞춰 활기차고 찢어질 듯한 목소리로 여러 가지 즐거운 노래를 불렀다. 얼마 되지 않아 사람들이 몰려들어 광부들을 둘러싸고 원을 만들었고, 우리 일행은 그 광부들에게 창문으로 박수를 보내며 가볍게 고개를 숙여 인사했다. 광부들은 이렇게 관심을 얻자 원을 넓히고 자신들의 가장 중요한 공연을 준비하는 듯 보였다. 잠시 후 그중 한 명이 곡괭이를 들고 등장해서 다른 사람들이 노래 부르는 중간에 광산에서 채굴하는 모습을 보여 주었다.

그러자 얼마 지나지 않아 한 농부가 여러 사람 가운데서 나오더니, 위협적인 몸짓으로 그 광부더러 여기서 썩 꺼지라는 암시를 주었다. 우리 일행은 그 행동에 깜짝 놀랐지만, 그 사람이 입을 크게 벌리고 서창(敍唱)[22]으로 감히 자신의 영역에서 놀려고 한다며 꾸짖었을 때야 비로소 그 사람이 농부로 변장한 광부임을 알아차렸다. 그러나 곡괭이를 든 사람은 당황하지 않고, 자기가 이곳을 파낼 권리가 있다며 농부에게 광산 채굴에 대한 기초적 개념들을 들려주면서 농부를 가르치기 시작했다. 농부가 낯선 전문 용어들을 이해하지 못하고 온갖 멍청한 질문들을 쏟아 내자 구경꾼들은 자신들이 더 똑똑하다고 생각하며 마음껏 웃었다. 광부는 농부의 생각을 바로잡아 주려고 노력했는데, 만약 지하에 묻힌 보물들을 캐내게 되면 농부에게 쏟아질 이익을 마지막으로 설명해 주었다. 처음에는 광부를 쥐어박을 듯이 위협했던 농부는 점차 화를 가라앉혔고, 두 사람은 좋은 친구가 되어 헤어졌다. 특히 이 다툼에서 광부는 아주 의기양양하게 퇴장했다.

빌헬름이 식탁에 앉아 말했다. "이 짧은 대화에서 연극이 모든 계층에게 얼마나 유익할 수 있는지 가장 생생한 예로 보여 주고 있습니다. 만약 국가가 상업이나 기업 그리고 사업의 훌륭하고 칭찬할 만한 면을 존중하고 보호해야 한다는 관점을 연극으로 보여 준다면, 국가도 이로부터 많은 이득을 얻게 될 것이 틀림없습니다. 지금 우리는 사람들의

---

22 대사를 하듯 노래하는 형식을 말한다.

우스운 면만을 묘사하고 있고, 희극 작가는 어디서나 심술궂은 감독관처럼 시민들의 잘못만을 찾으려고 눈을 부릅뜨고 있고, 사람들에게 한 가지라도 싫은 소리를 할 수 있으면 즐거운 듯이 보입니다. 모든 계급이 자연스럽게 서로 영향을 주고받고 있음을 훑어 내면서, 유머 감각을 충분히 소유한 작가를 관리하는 것은 국가 지도자에게 즐겁고 가치 있는 일이 아닐까요? 이런 방식으로 아주 재미있고 동시에 유용한 드라마들이 구상될 수 있다고 나는 확신합니다."

"내가 떠돌아다녔던 곳 어디서나 느낄 수 있었던 바에 따르면" 하고 라에르테스가 말했다. "금지하고, 방해하고, 거절하는 것밖에 모른다는 겁니다. 그러니 요구하고, 장려하고, 보상해 주는 것은 거의 없습니다. 모든 것이 해로워질 때까지 세상을 내버려두고는 그런 뒤에 화를 내고 끼어들어 간섭합니다."

"국가나 정치가들 이야기라면 내게 하지 마세요." 하고 필리네가 말했다. "그 사람들이 가발을 쓰고 있는 것밖에는 생각나지 않아요. 누가 원하면 가발을 쓸 수는 있겠지만, 누가 가발을 쓰고 있으면 내 손가락이 경련을 일으켜서 그 존경할 만한 사람에게서 당장 벗겨 내고 방을 뛰어다니면서 그 대머리를 비웃어 주고 싶어진다니까요."

필리네는 활기찬 노래 몇 곡을 아주 멋지게 부르면서 대화를 중단시키고는 저녁에 줄타기 곡예 구경을 놓치고 싶지 않다며 빨리 돌아가자고 재촉했다. 돌아오는 길에도 필리네는 자유분방할 정도로 재미있게 거지들에게 아끼지 않고 베풀어 주었는데, 자기와 함께 마차를 타고 가는 사람들에게 돈이 떨어지자 한 소녀에게는 자기가 쓰고 있던 모자를 그리고 어느 늙은 여자에게는 자기 목도리를 마차의 창문으로 던져 주었다.

필리네는 다른 여관보다 자기 방 창문에서 바깥 공연을 더 잘 볼 수 있다고 하면서 두 사람을 자기 방으로 초대했다.

일행이 방에 도착해 광장을 보니 구조물이 설치되어 있었고, 매달아 놓은 양탄자 같은 천으로 배경이 장식되어 있었다. 뜀틀도 이미 설치되어 있었고, 기둥들에는 줄타기를 위한 줄이 매여 있었으며, 팽팽한 줄이 뜀틀 위에 묶여 있었다. 광장은 사람들로 꽉 차 있었고 창문들은 여러 계층의 구경꾼들이 차지하고 있었다.

어릿광대가 맨 먼저 관객들을 계속 웃게 만드는 몇 가지 바보스러운 행동으로 거기에 모인 사람들의 관심을 끌면서 좋은 분위기를 조성해 주었다. 몇몇 아이들은 몸을 아주 이상하게 비틀어 꼬아서 관객들을 놀라게도 하고 공포나 동정심을 자아내기도 했다. 빌헬름은 여관 계단에서 처음 보았을 때 관심을 불러일으켰던 아이가 간신히 이상한 자세를 만들어 내는 것을 보고는 깊은 동정심을 금할 수가 없었다. 그러나 곧 뜀틀을 하는 쾌활한 사람들이 생동감 넘치는 즐거움을 불러일으켰는데, 처음에는 혼자서 그다음에는 차례대로 마지막에는 모두 함께 앞으로 그리고 뒤로 공중회전을 했을 때는 모든 관객으로부터 큰 박수갈채와 환호성이 터져 나왔다.

그런 후 관객들의 관심은 완전히 다른 곳으로 쏠렸다. 아이들이 차례대로 줄을 타야 했는데, 가장 서툰 아이들이 맨 먼저 했지만, 이렇게 아이들이 연습함으로써 공연 시간도 연장하고 이 곡예의 어려움을 보여 주기 위함이었다. 몇 명의 남자 곡예사와 성인 여성들이 상당히 능숙하게 줄을 타는 것을 보여 주었지만, 아직은 '나르치스 씨'도 '란트리네테 양'도 차례가 아니었다.

이들도 마침내 일종의 텐트처럼 뒤에 펼쳐 놓은 붉은 커튼에서 나와 잘 가꾼 몸매와 화려하게 치장한 옷을 입고 지금까지 행복하게 잘 간직하고 있던 관객들의 희망을 충족시켜 주었다. 남자는 중간 정도의 키로 검은 눈에 단단하게 머리를 땋은 쾌활한 성격의 젊은 사람이었고, 여자도 이에 못지않게 체격이 좋고 튼튼했다. 두 사람은 차례대로 줄 위에서 가볍게 움직이면서 뛰어오르기와 기묘한 자세를 보여 주었다. 여자의 민첩함과 남자의 대담함, 그리고 재주의 정확함을 보여 주면서 두 사람이 발걸음을 옮기고 도약할 때마다 모든 사람을 점점 더 즐겁게 해 주었다. 두 사람의 단정한 몸가짐, 두 사람을 위해 노력하는 다른 단원들의 모습은 그들이 이 극단의 대장이자 곡예에 제일 능한 사람임을 보여 주는 듯했고, 누구나 두 사람의 이런 지위가 합당하다고 여겼다.

관객들의 열광적인 반응은 창문에 있던 관객들에게까지 전달되어, 부인들은 나르치스를, 남자들은 란트리네테를 꼼짝도 하지 않고 쳐다보았다. 서민 관중들은 환성을 질렀고, 좀 더 고상한 관객들도 박수갈채를 보내지 않을 수 없었으며, 사람들은 여전히 익살꾼을 보자마자 웃었다. 단원 중 몇 명이 돈을 거두러 주석 쟁반을 들고 많은 관객 사이를 뚫고 지나갈 때 몇몇 사람만이 몰래 빠져나갔다.

"참 잘된 공연이었습니다." 하고 빌헬름은 자기 옆 창문에 서 있던 필리네에게 말했다. "곡예단 사람들이 별것 아닌 곡예라도 차례대로 적절한 시간에 보여 주어, 적당하게 그것을 이용했다는 점에 감탄했습니다. 아이들의 서툰 재주와 가장 잘하는 사람의 가장 정교한 재주를 전체로 연결해서 우선 우리의 관심을 불러일으킨 다음에 아주 즐겁게 해 주었으니 말입니다."

필리네와 라에르테스가 나르치스와 란트리네테의 몸매와 능숙한 솜씨를 놓고 싸우면서 서로 조롱하는 동안 관중들은 점점 사라졌고 광장은 텅 비어 버렸다. 빌헬름은 그 이상한 아이가 길에서 놀고 있는 다른 아이들 옆에 서 있는 것을 보고 필리네에게 그 사실을 알려 주었더니, 필리네는 활기찬 성격대로 당장 그 아이더러 오라고 부르면서 손짓했다. 그러나 그 아이가 오려고 하지 않자 필리네는 노래를 부르면서 계단을 꿍꽝거리며 내려가 그 아이를 데리고 올라왔다.

"여기 수수께끼 같은 아이가 왔습니다." 하고 필리네는 아이를 문 안으로 끌고 들어오면서 큰 소리로 외쳤다. 그 아이는 마치 다시 밖으로 빠져나가려는 듯 문 앞에 멈춰 서 있었고, 오른손을 가슴 위에 왼손을 이마 위에 대고 허리를 아래로 깊숙이 숙였다. "무서워하지 마, 얘야." 하고 빌헬름이 그 아이에게로 다가가면서 말했다. 소녀는 빌헬름을 불안한 눈빛으로 바라보다가 몇 걸음 가까이 다가왔다.

"네 이름이 뭐니?" 하고 빌헬름이 물었다. — "사람들은 미뇽이라고 불러요." — "몇 살이니?" — "아무도 그걸 세지 않았어요." — "아버지는 누구셨지?" — "그 대장 악마는 죽었어요."

"야, 정말 기이하네요!" 하고 필리네가 말했다. 사람들은 소녀에게 몇 가지를 더 물어봤고 소녀는 떠듬떠듬 서툰 독일어로 그러나 이상하리만큼 엄숙한 태도로 대답했다. 그러면서 말할 때마다 손을 가슴과 머리에 갖다 대고 몸을 깊이 숙였다.

빌헬름은 그 아이에게서 눈을 떼지 못하고 계속 바라보았다. 빌헬름의 눈과 마음은 아이의 이상하기 짝이 없는 발육 상태에 어쩔 수 없이 끌려들어 갔다. 나이는 열둘이나 열세 살 정도로 보였고, 체격은 좋은 편이었으며, 팔과 다리는 더 왕성하게 자랄 것 같았으나 지금까지 발육이 억제되어 왔음을 알려 주고 있었다. 아이의 모습은 균형 잡혀 있지 않았지만, 사람들의 이목을 끌었다. 이마는 신비스러움이 감돌았고, 코는 대단히 예뻤으며 그리고 입은 나이에 비해 너무 꼭 다물고 있는 듯 보였고 가끔 입술을 한쪽으로 실룩거리기는 했지만, 천진난만하고 충분히 매력적이었다. 검게 그을린 갈색의 얼굴빛은 공연 때 분장으로 덮여 거의 드러나지 않았다. 그런 모습이 빌헬름에게는 아주 깊은 인상을 주었다. 빌헬름은 아이를 계속 바라보면서 아무 말도 하지 않았는데, 그렇게 관찰하다 보니 함께 있는 사람마저 잊고 있었다. 필리네가 그 아이에게 약간 남아 있던 과자를 건네주고 나가도 좋다는 신호를 주면서 빌헬름을 반쯤 꿈을 꾸고 있는 듯한 상태에서 깨어나게 했다. 그 아이는 이전처럼 꾸벅 절을 하고는 번개처럼 빠르게 문을 나갔다.

그날 밤 새로 알게 된 사람들과 헤어져야 할 시간이 다가오자, 다음 날에도 마차를 타고 드라이브하러 가자고 미리 약속했다. 그들은 다른 곳에서, 즉 이곳에서 인접한 수렵 별장에서 한 번 더 점심을 먹기로 했다. 빌헬름은 그날 저녁 여전히 필리네를 칭찬하는 말을 여러 번 했지만 이에 대해 라에르테스는 짧게 건성으로 반응할 따름이었다.

다음 날 아침에 두 사람이 다시 펜싱을 연습하고 나서 필리네의 여관으로 갔을 때 여관 앞에서 예약한 마차가 벌써 출발해 버리는 것을 보았다. 마차가 사라졌을 때 빌헬름은 얼마나 놀랐는지 모른다. 그리고 필리네를 여관에서 만나볼 수 없었을 때는 더욱 놀랐다. 사람들이 이야기하기를 필리네는 오늘 아침에 도착한 두세 명의 낯선 사람과 그 마차에 앉았고 그 사람들과 함께 마차를 타고 그대로 가 버렸다는 것이었다. 필리네와 함께 가며 즐거운 대화를 나눌 것으로 기대했던 우리의 친구는 자신의 불쾌감을 감출 수 없었다. 이와는 반대로 라에르테스는 웃음을 터뜨리며 말했다. "그래서 필리네가 내 마음에 듭니다! 완전히 그 여자다운 일이지요! 우리는 그냥 수렵 별장으로 걸어갑시다. 그 여자는 자기가 가고 싶은 곳으로 갔을 테니 그 때문에 우리가 산책할 기회를 놓치지 맙시다."

빌헬름이 걸어가면서 이런 일관성 없는 행동을 계속 비난하자 라에르테스가 말했다. "누가 자신의 성격에 계속해서 충실한 것을 나는 일관성이 없다고는 할 수 없습니다. 그 여자가 뭔가를 하려고 하거나 누구에게 뭔가를 약속한다면, 그것은 자신의 계획을 실행하고 자기 약속을 지키는 것이 자신에게 힘들지 않을 거라는 무언의 조건에서만 하는 것입니다. 그 여자는 나누어 주는 것을 좋아하지만, 사람들은 선물로 받은 것을 다시 되돌려 줄 각오가 항상 되어 있어야 합니다."

"참 묘한 성격입니다." 하고 빌헬름이 대답했다.

"이상하기 짝이 없는 성격이지만 위선자는 아닙니다. 그런 점 때문에 내가 그 사람을 좋아하는 겁니다. 심지어 내가 미워해야 할 많은 이유를 가진 여성의 특성을 그냥 그대로 내게 보여 주기 때문에 친구가 되었습니다. 그 여자는 여성의 원조인 진정한 이브로 보입니다. 모든 여성이 다 그렇지만 단지 그런 특성을 인정하려 하지 않을 뿐입니다."

여러 대화에서 라에르테스는 여성에 대한 자신의 증오를 아주 열심히 드러냈지만, 그 이유는 말하지 않았다. 이런 이야기를 나누면서 두 사람은 숲으로 들어왔고, 라에르테스의 말이 빌헬름 자신과 마리아네의 관계를 다시 생생하게 떠오르게 했기 때문에 빌헬름은 아주 언짢은 기분이었다. 두 사람은 어느 그늘진 샘물에서 멀지 않은 오래되고 멋진 나무 아래 돌 탁자 옆에 필리네가 혼자 앉아 있는 것을 보았다. 필리네는 두 사람을 향해 즐거운 노래를 불러 주었고, 라에르테스가 일행은 어떻게 되었느냐고 묻자 필리네는 이렇게 말했다. "그 사람들을 잘 놀려 줬죠. 그럴만해서 놀려 준 거예요. 이리로 오는 길에 그 사람들이 잘 베푸는지 시험해 봤는데 인색한 미식가들이었어요. 그래서 당장 그 사람들에게 벌을 주기로 작정했죠. 여기에 도착해서 그 사람들은 식당 웨이터에게 무슨 음식이 되느냐고 물었고, 웨이터는 청산유수로 거기서 되는 음식과 거기에 없는 음식까지 죽 늘어놓았죠. 나는 그 사람들이 당황하는 것을 보았고, 그 사람들은 서로 빤히 쳐다보더니 말을 더듬으며 가격을 물어보는 것이 아니겠어요. '무얼 그리 오래 생각하세요? 식사 준비는 여자의 일이니 내게 맡겨 주세요' 하고 내가 말했죠. 그래서 내가 말도 안 되는 점심을 주문하기 시작했는데, 몇 가지 음식은 심부름꾼을 시켜 이웃 마을에서 가지고 와야 하는 것도 있었죠. 웨이터에게 내가 자기 편이라는 표시로 몇 번 입을 실룩거렸더니 나를 열심히 도와주었어요. 그래서 굉장한 음식이 나오리라고 생각하도록 불안에 떨게 했더니 그 사람들은 결국 숲으로 산책하러 가기로 했는데, 아마도 돌아오지 않을 거예요. 나는 이미 15분 동안이나 마음껏 웃었지만, 그때 그 얼굴들을 생각할 때마다 웃게 될 거예요." 식사할 때 라에르테스는 이와 비슷한 경우가 생각났다. 세 사람은 재미있는 이야기들이나 오해했던 일들 또는 남을 속인 이야기를 하기 시작했다.

필리네가 아는 어떤 젊은 남자가 시내에서 책을 한 권 들고 숲을 지나 살금살금 다가와 세 사람 쪽으로 앉더니 아름다운 장소라며 감탄을 늘어놓았다. 그 사람은 사람들에게 샘물이 졸졸 흐르는 소리, 나뭇가지가 흔들리는 것, 그 사이로 새어 들어오는 빛들, 새들의 노래에 주목해 보라고 했다. 필리네가 뻐꾸기의 노래를 부르자 그 젊은 남자는 마음에 들지 않는 듯이 보였고 곧 떠나 버렸다.

"자연이니 경치니 하는 소리를 더는 듣고 싶지 않아요." 하고 필리네는 그 남자가 떠나자 말했다. "한쪽이 한껏 누리고 있는 즐거움을 그 앞에서 하나하나 열거하는 것보다 더 견디기 힘든 것도 없어요. 날씨가 좋으면 사람들은 산책하러 나가죠. 마치 음악이 연주되면 춤을 추듯이요. 그런데 그때 그 누가 한순간이라도 음악을 생각하고 좋은 날씨를 생각하겠어요? 우리의 관심을 끄는 것은 춤을 추는 사람이지 바이올린이 아니잖아요. 그리고 한 쌍의 푸른 눈이 한 쌍의 아름다운 검은 눈을 바라보는 것이 기쁘지 않겠어요. 그때 샘물이니 우물이니 오래되어 썩은 보리수나무가 다 무슨 소용이에요!" 필리네는 이렇게 말하고 자기 맞은편에 앉아 있던 빌헬름의 눈을 얼핏 쳐다보았는데, 빌헬름은 최소한 그 눈빛이 자기 마음의 문을 관통하는 것까지는 막을 수 없었다.

"옳은 말씀입니다." 하고 빌헬름이 약간 당황해하며 대답했다. "인간은 인간에게 가장 흥미로운 존재입니다. 인간은 인간에게만 관심을 가져야 할지도 모릅니다. 우리를 둘러싸고 있는 다른 모든 것은 우리가 그 안에서 살아가는 요소들일 뿐이거나 우리가 이용하는 도구들에 불과합니다. 우리가 그런 것들로 시간을 보내고 그런 일에 주의를 기울이고 관여하게 될수록 우리 자신의 가치에 대한 감각이나 사회에 대한 느낌도 그만큼 더 약해지게 됩니다. 정원이나 건물, 옷이나 장식물 또는 그 어떤 소유물에 큰 가치를 두는 사람일수록 덜 사교적이고 덜 호감을 불러일으키죠. 그런 사람들에게는 사람들이 눈에 보이지 않습니다. 사람들을 불러 모아서 즐겁게 해 줄 수 있는 사람은 극히 소수에 불과합니다. 이런 일을 우리가 극장에서도 보는 것이 아니겠습니까? 훌륭한 배우는 아무리 보잘것없고 서툰 무대 장식이라도 관객들이 그것을 곧 잊어버리게 만들지만, 반대로 가장 훌륭하게 지어진 무대는 오히려 훌륭한 배우들의 부족함을 뚜렷이 느끼게 해 줍니다."

식사를 마친 후 필리네는 수풀이 무성히 자란 그늘진 곳에 앉았다. 두 남자는 필리네를 위해 꽃을 많이 꺾어 와야 했다. 필리네는 그 꽃으로 풍성한 화관을 엮어 머리에 썼는데 믿을 수 없을 만큼 매력적으로 보였다. 꽃은 아직 화관을 하나 더 만들 수 있을 정도로 많이 남아 있어서 필리네는 또 하나를 엮었다. 그런 사이에 두 남자는 필리네 옆에 앉았다. 두 남자가 온갖 농담과 익살스러운 말을 하는 동안 두 번째 화관이 완성되자 필리네는 그 화관을 아주 우아한 동작으로 빌헬름의 머리에 씌워 주고는 화관이 제자리를 잡을 때까지 몇 번이고 위치를 고쳐 주었다. "보아하니 난 빈손으로 돌아갈 것 같네요." 하고 라에르테스가 말했다.

"천만에요. 전혀 불평하실 필요 없어요." 하고 필리네가 대답하더니 자기 머리에서 화관을 벗어 라에르테스 머리에 씌워 주었다.

"우리 두 사람이 연적이라면, 우리 중 당신이 누굴 더 좋아하는지 아주 격렬하게 싸우게 될지도 모르겠군요."

"그렇다면 두 분 모두 바보겠지요." 하고 필리네가 말하고 라에르테스 쪽으로 몸을 구부려 키스하려고 입을 내밀었다가 이내 몸을 돌려 빌헬름을 팔로 껴안고 입술에 강렬하게 키스해 주었다. "어떤 키스가 제일 맛있나요?" 하고 필리네가 놀리듯이 물었다.

"이상도 하지!" 하고 라에르테스가 말했다. "이런 일에는 쓴맛이 없어 보이네요."

"시기나 고집을 부리지 않고 누구나 즐기는 어떤 선물 같은 정도겠지요." 하고 필리네가 말했다. "난 한 시간 정도 춤도 추고 싶고, 그런 후에 곡예단을 꼭 다시 보러 갔으면 좋겠어요."

수렵관으로 돌아오니 음악이 연주되고 있었다. 춤을 잘 추는 필리네는 두 남자에게 활기를 불어넣었는데, 빌헬름도 서툴지는 않았으나 기교적인 면에서 훈련이 부족해서 두 사람이 가르쳐 주기 시작했다.

시간이 늦어져 곡예단의 줄타기꾼들은 이미 자신들의 재주를 보여 주고 있었다. 광장에는 구경꾼들이 많이 나와 있었고, 우리 일행이 마차에서 내렸을 때는 많은 사람이 빌헬름이 투숙하고 있던 여관의 문 쪽으로 몰려들어 눈에 띄게 소란스러웠다. 빌헬름은 무슨 일인지 보기 위해 그쪽으로 뛰어가서 군중을 헤치고 바라보니 놀랍게도 곡예단 단장이 빌헬름이 관심 있게 지켜보았던 그 아이의 머리채를 쥐고 여관에서 끌어내려고 하면서 회초리로 무지막지하게 그 어린 몸을 마구 때리고 있었다.

빌헬름은 번개처럼 그 남자에게 달려들어 멱살을 움켜잡고 미친 사람처럼 소리를 질렀다. "그 아이를 놓아줘. 그렇지 않으면 우리 둘 중 하나는 여기서 바로 죽을 줄 알아라!" 그리고 성난 사람에게서만 볼 수 있는 완력으로 그놈의 목을 꽉 붙잡자, 단장이 숨이 막혀 죽을 것 같은지 그 아이를 놓아주고는 공격하는 빌헬름을 상대로 자신을 방어하려고 애썼다. 아이에게 비록 동정을 느꼈지만 싸움에 뛰어들 엄두가 나지 않았던 몇몇 사람은 바로 이 줄타기꾼의 팔을 붙잡아 회초리를 빼앗았고, 많은 욕설을 퍼부으며 위협했다. 단장은 이제 자기 입을 무기로 삼을 수밖에 없다는 것을 깨닫고 무섭게 협박하며 욕을 퍼붓기 시작했다. 게으르고 아무짝도 쓸모없는 그 계집애가 자기 의무를 다하지 않으려 했고, 관객들에게 보여 주겠다고 약속한 달걀 춤을 추지 않겠다고 하니 자기가 그 애를 때려죽여도 아무도 말리지 말라는 것이었다. 단장은 군중 속에 숨은 아이를 찾기 위해 자신을 붙잡고 있는 사람들을 뿌리치려고 했다. 빌헬름이 다시 그 사람을 붙들고 소리쳤다. "네놈이 어디서 그 애를 훔쳐 왔는지 법정에서 밝혀질 때까지는 그 아이를 볼 수도 건드릴 수도 없어. 내가 네놈을 끝까지 가만 놔두지 않을 테니 나한테서 빠져

나갈 수 없을 거다." 빌헬름이 격분해서 아무 생각 없이 무심코 그냥 막연한 느낌이나 불현듯 떠오르는 영감으로 이렇게 말하자, 미쳐 날뛰던 그 남자는 갑자기 조용해지더니 이렇게 말했다. "이 쓸모없는 계집애로 내가 뭘 하겠어! 저 애 옷값이라도 내게 물어 준다면 당신이 그 애를 데리고 있어도 좋소. 오늘 저녁에 우리 합의를 봅시다." 그렇게 말하고 중단되었던 공연을 계속하러 급히 달려가 몇 가지 멋진 재주로 구경꾼들의 불안한 마음을 진정시켜 주었다.

주변이 조용해지자 빌헬름은 이제 그 아이를 찾아보았지만, 미뇽은 어디에도 없었다. 어떤 사람은 다락방에서 그 아이를 보았다고도 했고, 또 근처에 있는 이런저런 건물의 지붕에서 보았다는 사람도 있었다. 이곳저곳을 찾아보고 나서 마음을 가라앉히고 그 아이가 스스로 다시 나타날 때까지 기다리는 수밖에 없었다.

그 사이에 곡예사 나르치스가 여관으로 왔기에 빌헬름은 그 아이의 내력과 태생에 관해 물어보았다. 나르치스도 극단에 들어온 지 얼마 되지 않아 거기에 대해 아는 바가 없었고, 대신 자신의 이야기를 가벼운 마음으로 술술 말하기 시작했다. 빌헬름이 나르치스가 큰 박수갈채를 받은 것을 축하해 주었더니 그 칭찬에 대해 아주 무관심하게 이렇게 말했다. "사람들이 우리를 보고 웃어 주고 우리 재주를 감탄하는 데 익숙해져 있습니다. 그러나 아무리 대단한 박수갈채를 받아도 우리에겐 더 나아지는 것이 아무것도 없습니다. 단장은 우리에게 급여를 주고 극단을 잘 이끌어 나가는 것만 생각해야 합니다." 나르치스는 이렇게 말하며 작별 인사를 하고 급히 나가려고 했다.

어디를 그렇게 급하게 가려 하느냐는 물음에 그 젊은 사람은 미소를 지으며 자신의 몸매와 재능은 많은 관객의 박수갈채보다 좀 더 견실한 갈채를 얻었다고 터놓고 말했다. 자신을 더 자세하게 알기를 무척 바라는 몇 명의 여성들로부터 메시지를 전해 받았는데, 자신이 찾아가려는 곳은 자정이 되기 전까지는 그 만남이 끝날 것 같지 않다는 것이었다. 그리고 이어서 아주 솔직하게 자기 사랑의 모험담을 계속 이야기했고, 빌헬름이 그런 경솔함에 깜짝 놀라 듣지 않겠다고 하면서 정중하게 보내 주지 않았더라면, 그 사람은 여인들의 이름이나 거리 그리고 집까지 알려 주었을지도 몰랐다.

그러는 동안 라에르테스는 란트리네테와 이야기를 나누었는데 그 여자야말로 여성으로서 완벽하며 앞으로도 그럴 것으로 확신한다고 했다.

이제 그 아이 때문에 단장과 담판이 시작되었는데, 30탈러에 그 아이를 빌헬름에게 넘겨주고 그 대가로 검은 수염의 다혈질인 이 이탈리아 사람은 자신의 권리를 포기하기로 했다. 그러나 그 아이의 출생에 대해서는 대단히 뛰어난 솜씨로 '대장 악마'라고 불렀던 자기 형이 죽은 뒤 자신이 데리고 있다는 것 외에 더는 말하려 하지 않았다.

다음 날 아침은 대부분 그 아이를 찾으며 보냈다. 여관과 근처를 구석구석 뒤져보았지만 헛수고였다. 아이는 사라져 버렸고, 사람들은 그 아이가 물에 뛰어들었거나 자살했을지도 모른다고 걱정했다.

필리네의 매력도 빌헬름의 불안한 마음을 다른 데로 돌릴 수 없었다. 빌헬름은 생각에 잠겨 우울한 하루를 보냈다. 저녁에 곡예단의 뜀뛰기와 줄타기하는 사람들이 온 힘을 쏟아부으며 관객들에게 최선을 다하는 모습을 보여 주었으나 빌헬름을 밝고 즐겁게 할 수는 없었다.

주변 마을에서도 많은 사람이 몰려와 구경꾼의 숫자가 엄청나게 불어났고, 박수 소리는 눈덩이가 굴러가듯 점점 크게 울려 퍼졌다. 칼 위로 뛰기, 종이로 막아 놓은 통을 뛰어서 통과하기는 큰 인기를 끌었다. 떨어져 있는 두 의자 위에 머리와 발을 올려놓은 힘센 남자가 누워서 공중에 뜬 몸 위에 모루를 두고 건장한 대장장이 몇 명이 그 모루 위로 말의 편자를 두드려 완성하자, 모든 사람을 두려움과 경악과 놀라움으로 몰아넣었다.

소위 헤라클레스의 강한 힘이라는 곡예도 이 지역에서는 아직 한 번도 공연된 적이 없었는데, 첫 줄에 남자들이 서 있고 그 어깨 위에 남자들이 올라서고 또 그 위에 여자들과 소년들이 올라가서 결국 살아 있는 피라미드를 완성하면 맨 꼭대기에 한 아이가 물구나무를 서서 건물의 첨탑이나 풍향계처럼 장식했다. 이것으로 모든 공연이 만족스럽게 끝났다. 나르치스와 란트리네테는 다른 단원들이 어깨 위에 받치고 있는 가마에 앉아 도시의 여러 주요 거리를 지나갔고, 시민들은 크게 환성을 질렀다. 사람들은 그 사람들에게 리본이나 꽃다발 그리고 비단 손수건을 던지면서 얼굴을 보기 위해 몰려들었다. 모두가 두 사람을 쳐다보았고 또 두 사람이 그들을 한 번 쳐다봐 주면 그것에 행복해했다.

"어느 배우나, 어느 작가나, 심지어 어느 사람이나 고상한 말이나 훌륭한 행동으로 모든 사람에게 이런 감명을 불러일으킬 수 있다면 어찌 이를 자기 소망의 절정으로 여기지 않겠습니까? 만약 그 인간성에 어울리는 고귀하고 훌륭한 감정들을 마치 모든 사람을 전기에 감전시키듯 빨리 퍼뜨릴 수 있고, 이 사람들이 오늘 보여 준 곡예에서 그랬듯, 이런 황홀한 감정을 불러일으킬 수만 있다면 얼마나 멋지겠습니까! 또한 인간적인 것을 모두 함께 공감할 수 있게 해 주고, 행복과 불행, 현명함과 멍청함, 바보 같은 짓이나 멍청한 짓을 보여 주어 사람들의 마음을 불타오르게 하고, 흔들어 놓고, 그들의 꽉 막힌 가슴에 자유롭고 생생하며 순수한 감동을 불러일으킬 수 있다면 얼마나 좋겠습니까!" 빌헬름은 이렇게 말했지만, 필리네나 라에르테스가 이런 대화를 이어 나갈 기분이 아닌 것 같아 자신이 좋아하는 이런 생각을 하며 혼자 밤늦게까지 시내를 돌아다녔고, 선한 것, 고귀한 것, 훌륭한 것을 연극으로 구현해 보려던 자신의 오랜 소망을 다시 한번 무한한 상상력을 마음껏 활발하게 발휘해서 뒤좇아 가 보았다.

## 5장

다음 날 곡예단이 떠들썩한 소리를 내며 떠나자마자 미뇽이 곧 빌헬름과 라에르테스가 펜싱 연습을 하고 있던 홀에 나타났다. "어디에 숨어 있었니? 우리가 네 걱정을 많이 했단다." 하고 빌헬름이 다정하게 물었다. 그 아이는 아무 대답도 하지 않고 빌헬름을 빤히 쳐다보았다. "넌 이제 우리 사람이야. 우리가 너를 샀단 말이다." 하고 라에르테스가 큰 소리로 말했다. — "얼마를 주셨는데요?" 하고 그 아이는 아주 무뚝뚝하게 물었다. "백 두카텐[23]. 그 돈을 갚으면 넌 자유의 몸이 될 수 있어." 하고 라에르테스가 대답했다. — "아마도 큰돈이겠죠?" 하고 그 아이가 물었다. — "그래, 물론이지. 그러니 넌 착하게 행동해야 해." — "시중을 들겠어요." 하고 미뇽이 대답했다.

그때부터 미뇽은 여관의 심부름꾼이 두 사람을 위해 하는 일을 정

23 두카텐(Dukaten)은 13세기부터 19세기 중반까지 유럽에서 가장 중요하게 유통되던 베니스의 금화였다. 참고로 1두카텐의 금 함유량은 3.49g(1돈 3.75g)이다. 탈러(Taler)는 은화로 그 당시 중간 지위의 공무원 연봉이 600탈러였다.

확하게 알아차려 두었다가, 다음 날부터 심부름꾼이 방으로 들어오는 것을 허용하지 않았다. 미뇽은 모든 일을 혼자서 하려고 했고, 비록 느리고 때로는 도움이 되지 않았지만 정확하고도 세심하게 자기 일을 해 나갔다.

미뇽은 자주 물이 담긴 그릇 옆에 서서 얼굴을 아주 열심히 맹렬하게 씻었는데, 뺨을 너무 문질러서 거의 상처가 날 정도였다. 라에르테스가 그 모습을 보고 놀리면서 물어보았더니, 어떻게 해서라도 자기 뺨에서 연지를 지우려고 했던 것인데 너무 열심히 문질러서 생긴 빨개진 자국마저 잘 씻기지 않는 연지로 여기고 있음을 알게 되었다. 볼이 빨간 이유를 말해 주자 미뇽은 그러한 행동을 그만두었고, 다시 안정을 찾은 후에는 비록 불그스름함이 약간 남아 있긴 했지만 예쁜 갈색의 얼굴색이 나타났다.

필리네의 도발적인 매력과 미뇽이라는 신비한 존재로 인해 빌헬름이 스스로 인정할 수 있는 것보다 더 즐겁게 이 묘한 사람들과 여러 날을 보냈는데, 접할 기회가 그렇게 쉽게 찾아올 것 같지 않은 펜싱과 춤 연습을 열심히 하면서 그런 자신을 정당화했다.

어느 날 멜리나 부부가 그곳에 도착했을 때 빌헬름은 적지 않게 놀라면서도 어떤 의미에선 기쁘기도 했다. 이 부부는 반갑게 인사를 하고 바로 극단의 여단장과 나머지 배우들의 안부를 물어보았다. 여단장은 벌써 극단을 떠났고, 배우들은 몇 명을 제외하고 모두 뿔뿔이 흩어졌다는 말을 듣고는 크게 놀랐다.

이 젊은 부부는 우리도 알다시피 빌헬름의 도움으로 부부가 된 이후 출연 계약을 맺으려고 몇몇 곳을 둘러보았지만 하나도 찾지 못했고, 도중에 만났던 몇 사람이 좋은 극장 하나를 보았다는 말을 듣고 이 작은 도시로 오게 되었다고 했다.

두 사람이 필리네와 라에르테스에게 자신들을 소개했을 때, 멜리나 부인은 필리네의 마음에, 멜리나 씨는 활기찬 라에르테스의 마음에 조금도 들지 않았다. 두 사람은 새로 온 사람들이 빨리 다시 돌아가 주기를 바랐다. 빌헬름이 두 사람에게 이 부부가 좋은 사람들이라고 거듭 확인해 주었지만 호의적인 생각을 불러일으킬 수 없었다.

지금까지 사랑의 모험을 즐기던 세 사람의 즐거운 생활은 모임이 커짐으로써 여러모로 방해를 받았다. 멜리나는 필리네가 묵고 있는 바로 그 여관에 방을 얻었는데, 당장 여관비를 흥정하면서 깎아 달라고 졸라대기 시작했다. 멜리나는 더 싼 값으로 더 나은 방, 더 많은 음식, 더 신속한 서비스를 받으려고 했다. 얼마 안 가서 여관 주인과 웨이터는 기분 나쁜 표정을 지었다. 다른 사람 같았으면 즐겁게 지내기 위해 모든 것을 받아들이고 이미 먹어 치운 것을 길게 생각하지 않으려고 그냥 재빨리 지급해 버렸겠지만, 멜리나는 매번 음식값을 즉시 바로잡았고, 그래서 먹은 음식들을 항상 처음부터 다시 검토해 보아야만 했다. 그래서 필리네가 멜리나를 거리낌 없이 반추 동물이라고 부를 정도였다.

멜리나 부인은 쾌활한 필리네에게 더 미움을 샀다. 이 젊은 부인은 교양이 없는 것은 아니지만 영혼과 정신적인 표현이 매우 부족했다. 대사를 낭독하는 것은 나쁘지 않았으나 항상 낭독하고 싶어 했다. 그러나 그 낭독이 개별 구절만 강조하다 보니 전체적인 느낌이 표현되지 않음을 사람들은 곧 알아차렸다. 그렇지만 모든 사람에게 특히 남자들에게는 불쾌감을 주지는 않았다. 오히려 멜리나 부인과 만나는 사람들은 익숙해져서 그녀를 상당히 총명한 여자로 생각했다. 멜리나 부인은 한마디로 말해 다른 사람의 일을 자기 일처럼 느끼는 사람이라고 부르고 싶은 여자였다. 자기에게 어떤 친구의 관심이 중요하면 특별한 관심을 가지고 그 사람에게 듣기 좋은 말을 할 줄 알았고, 가능한 한 그 사람 머릿속으로 들어가 그 생각이 자기 이해력을 완전히 뛰어넘을 때는 즉시 황홀경에 빠진 듯 그 새로운 현상을 받아들일 줄도 알았다. 멜리나 부인은 말할 때와 침묵할 때를 알았고, 악의적인 마음은 없었으나 다른 사람의 약점이 될 만한 곳을 아주 조심스럽게 살피는 사람이었다.

## 6장

그 사이에 멜리나는 이전 극단이 쓰고 남은 것들을 자세하게 알아보았다. 무대 장식뿐만 아니라 의상들이 몇몇 상인들에게 담보로 잡혀 있었고, 어떤 공증인이 극단의 여단장으로부터 특정한 조건에 구매자가 있으면 마음대로 팔아도 된다는 위임장을 받아 놓은 상태였다. 멜리나는 그 물건들을 보고 싶어서 빌헬름을 데리고 갔다. 두 사람에게 무대 소품들이 있는 방을 열어 주었을 때 빌헬름은 그 물건들에 어떤 애정이 느껴졌지만 그걸 터놓고 말하지는 못했다. 무대 장식 소품들은 지저분하게 얼룩이 져 있고 상태가 너무 좋지 않았다. 특히 터키풍이나 이교도풍의 의상들, 풍자극의 오래된 남녀 의상들, 마술사나 유대인 또는 성직자들이 걸치는 외투들은 보기에 형편없었다. 그래도 빌헬름은 이 잡동사니 같은 물건들 옆에서 자기 삶에서 가장 행복한 순간을 보냈다는 느낌이 들었다. 만약 멜리나가 빌헬름의 마음속을 들여다볼 수 있었다면, 방치되어 있는 이 소품들이 훌륭한 전체가 되게끔 담보를 해제하고 손질해서 다시 사용할 수 있도록 빌헬름에게 일정 금액을 내놓으라고 더 열심히 졸라 댔을지도 몰랐다. 멜리나가 말했다. "내게 200탈러만 있어서 극단을 시작할 때 제일 먼저 필요한 이런 것들을 장만할 수 있다면 얼마나 행복한 사람일까! 그러면 곧바로 작은 극단을 하나 꾸려서 이 도시나 다른 지역에서 먹고 살 수 있을 텐데." 빌헬름은 아무 말이 없었고, 두 사람은 생각에 잠긴 채 보물들을 창고에 그대로 남겨두고 돌아왔다.

멜리나는 그때부터 어떻게 극단을 만들어서 수입을 올릴 수 있을지에 대한 계획과 제안밖에는 이야기하지 않았다. 멜리나는 필리네와 라에르테스의 흥미를 불러일으키려고 했고, 사람들은 빌헬름더러 돈을 내고 그 대신에 담보물을 잡으라고 제안했다. 하지만 빌헬름 자신은 이런 일로 이곳에 그렇게 오래 머물러서는 안 된다는 생각이 비로소 떠올랐다. 그래서 이런저런 이유를 들어 여행을 계속할 준비를 하려고 했다.

그러는 사이에 미뇽의 모습과 태도에 빌헬름은 점점 더 매력을 느꼈다. 그 아이가 하는 모든 행동에는 뭔가 특이한 점이 있었다. 계단을 걸어서 오르내리지 않고 뛰어서 오르내렸으며, 복도의 난간 위로 올라가서 걸어 다녔다. 그러다 어느새 옷장 위에 앉아서 한동안 조용히 머물러 있기도 했다. 또 미뇽이 각각의 사람에게 특별한 방법으로 인사한다는 것도 빌헬름은 알아차렸다. 빌헬름에게는 얼마 전부터 가슴 위로 두 팔을 교차시키고 인사했다. 며칠 동안 도통 한마디도 하지 않을 때도 있었고, 때때로 여러 가지 질문에 필요 이상으로 대답할 때도 있었는데, 프랑스어와 이탈리아어가 뒤섞인 독일어로 떠듬거리며 말했기 때문에 그 말이 농담인지 아니면 언어가 서툴러서 하는 말인지 사람들이 구분할 수 없을 정도로 언제나 이상야릇했다. 그 아이는 지칠 줄 모르고 시중을 들었고, 아침 일찍 해가 뜰 때 일어났다. 그 대신 저녁에는 조금 일찍 사라져서 작은 방에서, 그것도 맨바닥에서 잠을 잤는데, 침대나 짚단 위에서라도 자라는 그 어떤 말도 아이를 움직일 수 없었다. 빌헬름은 미뇽이 씻고 있을 때 본 적도 있었다. 모든 옷이 거의 두 겹 또는 세 겹 깁기는 했으나 깨끗했다. 빌헬름은 미뇽이 아침마다 아주 이른 시간에 미사에 참석하러 간다는 말을 들었다. 그래서 한번은 미뇽을 따라가 보았더니 성당 구석에 묵주를 들고 꿇어앉아 경건하게 기도하는 것이었다. 미뇽은 빌헬름을 알아차리지 못했고, 빌헬름은 집에 돌아오면서 미뇽의 이런 모습에 대해 여러 생각을 해 보았지만 확실한 것은 알아낼 수 없었다.

앞서 언급했던 연극 소품들의 담보를 해제하는 데 필요한 일정 금액을 내놓으라고 멜리나가 다시 조르자 빌헬름은 여행을 떠날 결심을 더욱 굳히게 되었다. 빌헬름은 오랫동안 자기 소식을 전하지 못했던 가족들에게 오늘 오는 우편 마차 편에 보낼 편지를 쓰려고 했다. 빌헬름은 당장 베르너에게 편지를 쓰기 시작했고, 자기 모험담을 자신도 모르게 여러 번 사실에서 벗어나 이미 상당히 써 내려갔을 때, 그 편지지 뒷면에 짜증스럽게도 멜리나 부인을 위해 자기 메모장에서 베껴 쓰기 시작했던 몇 구절이 적혀 있는 것을 알게 되었다. 어쩔 수 없이 빌헬름은 그 종이를 찢어 버리고 가족에게 자기 이야기를 쓰는 일을 다음 우편 마차가 오는 날로 미루었다.

# 7장

우리 일행은 다시 함께 지내게 되었다. 필리네는 말이 지나갈 때마다, 마차가 도착할 때마다 눈여겨보고 있다가 아주 활기차게 이렇게 외쳤다. “꼼꼼하신 우리 선생님! 제일 좋아하는 우리 선생님이 저기 오시네! 그 옆에 앉아 계신 분은 누굴까?” 필리네는 큰 소리로 외치면서 창밖으로 손을 흔들었고, 마차가 멈췄다.

낡아 빠진 회갈색 상의와 상태가 좋지 않은 바지로 미루어 보아 흔히 대학에서 썩고 있는 선생이라고 여겨야 할 초라하고 별 볼 일 없는 한 녀석이 마차에서 내려서 필리네에게 인사하려고 모자를 벗었는데 분을 너무 뿌렸을 뿐 아니라 지나치게 뻣뻣한 가발이 드러났다. 그러자 필리네는 그 사람에게 수없이 손으로 키스를 보냈다.

필리네가 몇몇 남자들을 사랑하고 그 남자들의 사랑을 즐기는 것에서 행복함을 느꼈던 만큼, 현재 사랑하지 않는 다른 남자들을 아주 가벼운 태도로 놀리며 가능한 한 자주 즐거움을 느낄 때도 적지 않았다.

필리네가 이 옛 친구를 맞이하며 낸 소동 때문에 뒤따라오는 다른 사람들에게는 주의가 덜 집중되었다. 하지만 빌헬름은 두 명의 여성과 함께 들어오는 나이가 지긋한 남자를 어디서 본 적이 있다는 생각이 들었다. 그리고 곧 그 세 사람 모두 몇 년 전에 자기가 살던 도시에서 공연했던 극단에서 여러 번 보았다는 사실이 떠올랐다. 두 딸은 그 후 크게 자랐지만, 노인은 별로 변하지 않았다. 이 노인은 대개 선량하지만 호통을 잘 치는 노인 역을 맡았었는데, 이런 인물은 독일 연극에서 빠지는 적이 없으며 일상생활에서도 드물지 않게 만날 수 있다. 좋은 일을 크게 허세 부리지 않고 해내는 것이 우리 독일 사람들의 특성이어서,

옳은 일을 섬세하고 우아하게 하는 방법도 있다는 것은 생각하지도 못하고, 오히려 반대로 생각해서 자신들이 가장 좋아하는 덕성을 심술궂은 성격으로 표현하는 오류에 쉽게 빠진다.

그런 역할을 이 배우는 완벽히 해냈고, 너무 빈번히 그리고 전적으로 맡다 보니 일상생활에서도 이와 비슷한 방식으로 행동하기에 이를 정도였다. 빌헬름은 그 남자가 무대에서 사랑하던 마리아네 옆에서 연기하는 것을 자주 본 것이 기억났기 때문에, 그 사람을 알아보자마자 마음이 크게 동요했다. 빌헬름은 그 남자의 호통치는 소리와 여러 역을 맡으며 보여 준 거친 성격과 마주쳐야 했던 마리아네가 아양을 떠는 목소리가 들리는 것만 같았다.

새로 도착한 사람들에게 활기차게 던진 첫 번째 질문은 다른 곳에서 일자리를 기대할 수 있냐는 것이었다. 그러나 아쉽게도 아니라는 대답이 돌아왔고, 사람들이 궁금해했던 극단들도 배우들이 다 찼으며, 게다가 몇몇 극단은 전쟁이 임박했기 때문에 해산할 우려도 있다는 것이었다.

호통치기가 전문인 그 노인은 딸들과 함께 불안한 심정에 장소를 바꿔 보려는 마음으로 유리한 계약도 포기하고, 오는 도중에 만난 그 '꼼꼼한 선생'과 함께 마차 한 대를 빌려 이곳으로 왔으나, 보아하니 이곳에서도 쉽지 않아 보인다고 했다.

다른 사람들이 자신의 처지에 대해 아주 열심히 이야기를 나누고 있을 때 빌헬름은 생각에 잠겨 있었다. 빌헬름은 그 노인과 단둘이 이야기하고 싶었으나, 마리아네에 대한 소식을 듣고 싶기도 하면서 또 두렵기도 해서 마음이 매우 불안한 상태였다.

새로 도착한 여자들이 건네는 상냥한 말도 빌헬름을 꿈에서 깨어나게 할 수 없었다. 그런데 갑자기 벌어진 말다툼이 빌헬름의 시선을 끌었다. 필리네의 시중을 들곤 하던 금발의 프리드리히가 식탁을 차리고 음식을 가져와야 했지만, 이번에는 완강하게 반항하는 것이었다. "나는 아가씨에게 시중을 들겠다고 약속했지, 다른 사람들에게 시중을 들겠다고는 하지 않았습니다." 하고 그 젊은 친구가 큰 소리로 외쳤다. 그렇게 되자 열띤 논쟁이 벌어졌다. 필리네는 프리드리히가 책임을 다해야 한다는 주장을 굽히지 않았고, 그 젊은 친구가 그렇게 하기를 단호하게 거부하자 그럼 당장 가고 싶은 데로 가라고 했다.

"당신한테서 떠나가지 못할 거 같으세요?"라고 프리드리히는 소리를 지르고는 거만한 태도로 사라지더니 보따리를 싸서 당장 여관에서 나가 버렸다. 그러자 필리네가 말했다. "미뇽, 네가 가서 우리가 필요한 것을 가져와라! 웨이터에게 그렇게 말하고 시중드는 것을 도와!"

미뇽은 빌헬름 앞으로 다가와서 간결한 말로 물었다. "해야 해요? 해도 돼요?" 빌헬름이 대답했다. "얘야, 아가씨가 말하는 대로 하거라."

미뇽은 모든 것을 다 마련해 와서 저녁 내내 아주 세심한 주의를 기울여 손님들의 시중을 들었다. 식사가 끝나자 빌헬름은 마침내 그 노인하고만 산책하는 데 성공했다. 빌헬름은 그 노인에게 지금까지 어떻게 지냈는지 여러 가지를 물어본 뒤 대화를 이전의 극단으로 돌렸고, 드디어 용기를 내어 마리아네에 관해 물어보았다.

"그 역겨운 여자에 대해 내게 아무 말도 하지 마세요!" 하고 노인이 큰 소리로 말했다. "난 그 여자를 생각하지 않기로 맹세했소." 빌헬름은 그 말에 깜짝 놀랐지만, 노인이 마리아네의 경박함과 음탕함을 언급하며 마리아네를 헐뜯는 말을 이어 갔을 때는 더욱 당황했다. 우리의 친구 빌헬름은 얼마나 대화를 중단하고 싶었겠는가! 그러나 빌헬름은 일단 이 별스러운 사람이 큰 소리로 꾸짖는 듯이 쏟아 내는 말을 참고 들어야 했다.

노인은 말을 이어 갔다. "내가 그 여자에게 호감을 느꼈던 것이 부끄럽습니다. 하지만 선생이 그 여자를 더 잘 알고 계신다면 나를 잘 이해할 수 있을 겁니다. 얌전하고, 순진하고, 착하고, 그렇게 호감을 불러일으키고, 여러모로 보아 상당히 괜찮은 여자였지요. 그런데 파렴치하고 배은망덕한 것이 그 여자의 본성일 거라고는 생각조차 못 했습니다."

빌헬름은 마리아네에 대해 가장 나쁜 말을 듣게 될 거라고 이미 각오하고 있었다. 그런데 놀랍게도 갑자기 그 노인의 어조가 부드러워지더니 끝내는 말문이 막히고 눈물을 닦기 위해 주머니에서 손수건을 꺼냈고 노인의 말은 결국 중단되고 말았다.

"왜 그러십니까?" 하고 빌헬름이 말했다. "왜 갑자기 감정이 거꾸로 바뀌신 겁니까? 저한테 숨기지 말고 말씀해 주세요. 저는 선생님이 생각하시는 것 이상으로 그 여자의 운명과 관계가 있습니다. 그러니 모두 말씀해 주세요."

"드릴 말씀이 별로 없습니다."라고 노인은 대답하고 다시 진지하지만 화난 어조로 말투를 바꾸었다. "내가 그 여자 때문에 감내했던 것을 절대 잊지 않을 겁니다." 하고 노인이 말을 계속 이어 갔다. "마리아네는 나에게 어느 정도 믿음이 있었고, 나도 마리아네를 내 딸처럼 사랑해 주었습니다. 내 아내가 아직 살아 있었기 때문에 그 할멈의 손에서 마리아네를 빼내서 우리 집에 받아들일 결심도 했었습니다. 그 할멈이 시키는 대로 내버려두면 좋은 일이 없을 것 같았으니까요. 하지만 내 아내가 죽자 그 계획도 수포가 되었습니다.

선생 고향에서 머물던 마지막 무렵, 그러니까 3년이 채 안 됐는데,

마리아네에게서 슬픈 기색이 눈에 띄는 것을 알아차렸습니다. 내가 이유를 물어보았지만 마리아네는 회피해 버렸습니다. 마침내 우리는 그곳을 떠나게 되었고, 마리아네는 나와 함께 마차를 타고 가게 되었습니다. 그리고 곧 마리아네는 임신했다는 사실을 내게 고백하면서도 우리 극단 단장에게 쫓겨날까 봐 대단히 두려워하고 있었습니다. 그러나 얼마 지나지 않아 단장이 그 사실을 알아채고 그렇지 않아도 6주밖에 남지 않은 계약을 바로 파기하고 마리아네가 요구할 수 있는 금액을 지불하고는 모두가 그렇게 하지 말라고 말렸음에도 불구하고 마리아네를 어느 작은 도시의 형편없는 여관에 남겨 두고 떠났습니다.

행실 나쁜 년들은 모두 잡아다 죽여야 해요!" 하고 노인은 화를 내며 소리쳤다. "특히 내 인생의 그렇게 많은 시간을 허비하게 했던 이 년은. 내가 자기를 얼마나 돌봐 주었는지, 자기를 위해 했던 일 하며, 자기를 위해 돈을 쓰고, 내가 집에 없을 때도 자기를 돌봐 주게 했던 일을 길게 이야기해 봤자 무슨 소용이 있겠습니까? 내가 언젠가 또다시 그런 년에게 조금의 관심이라도 쏟을 바에야 차라리 내 돈을 연못에나 던져 버리고, 비루먹은 개나 키우면서 시간을 보내고 싶습니다. 이게 뭐 하는 짓입니까? 처음에는 감사의 편지도 받았고, 마리아네가 머무는 몇몇 곳으로부터 소식도 받았는데, 결국엔 아무 소식도 없고, 심지어 해산할 때 내가 보내 준 돈에 고맙다는 말조차 없었습니다. 계집들의 속임수와 경솔함은 자신들에게는 편안한 삶을, 정직한 사내에게는 짜증나는 시간을 제공하는 아주 좋은 한 쌍이네요!"

# 8장

이런 이야기를 듣고 집으로 돌아온 빌헬름의 심정을 상상할 수 있으리라. 지난날의 빌헬름의 모든 상처가 다시 파헤쳐졌고, 마리아네가 자기 사랑을 받을 가치가 없지는 않았다는 느낌이 다시 생생하게 되살아났다. 그 노인의 관심에서나, 내키지는 않아도 해야만 했던 마리아네에 대한 칭찬에서 빌헬름은 마리아네가 충분히 사랑할 가치가 있는 여자라는 생각이 들었다. 그래, 격한 감정을 쏟아 냈던 그 영감의 심한 비난에서조차 빌헬름의 눈에는 마리아네를 깎아내릴 수 있을 만한 것이 하나도 들어 있지 않았다. 빌헬름 자신도 마리아네의 잘못에 함께 책임이 있다고 인정했기 때문이었다. 그리고 마지막에 마리아네가 연락을 끊은 것은 빌헬름이 보기에 그렇게 비난할 만한 것으로 보이지 않았다. 오히려 그런 사실에 대해 슬픈 생각만 들 뿐이었는데, 마리아네가 출산하고 어머니로서 의지할 곳 없이 세상을 떠돌아다니는 모습이, 다분히 빌헬름 자신의 아이일 아기를 데리고 세상을 배회하는 모습이 보이는 것 같았다. 그런 생각만 해도 빌헬름의 가슴은 찢어질 것만 같았다.

미뇽은 빌헬름을 기다리고 있다가 계단을 올라갈 때 불을 비춰 주었다. 미뇽이 촛불을 내려놓고는 오늘 저녁 빌헬름에게 곡예 하나를 보여 줄 수 있도록 허락해 달라고 부탁했다. 빌헬름은 그것이 어떤 곡예인지 몰랐기 때문에 차라리 못 하게 하고 싶었다. 그러나 빌헬름은 이 착한 아이의 어떤 것도 거절할 수 없었다. 잠시 후 미뇽이 나갔다가 다시 들어와 팔에 끼고 있던 양탄자를 바닥에 폈다. 빌헬름은 미뇽이 하는 대로 내버려두었다. 그다음에 촛불을 네 개 가져와서 양탄자의 각 모서리에 하나씩 세웠다. 그런 후 달걀이 든 바구니를 가져왔는데 미뇽이 하려는 것이 더욱 분명해졌다. 이제부터 정교하게 거리를 재어 양탄자 위를 이리저리 걸어 다니면서 달걀을 따로따로 떼어 놓았다. 그러고 나서 한 사람을 들어오라고 불렀는데 여관에서 시중을 들면서 바이올린을 연주하는 사람이었다. 그 사람은 악기를 들고 구석으로 갔고, 미뇽은 자기 눈을 수건으로 가리고 신호를 주고는 음악과 함께 태엽을 감아 놓은 톱니바퀴 장치처럼 움직이기 시작했는데, 캐스터네츠를 치면서 박자와 멜로디를 맞췄다.

민첩하고, 가볍고, 빠르고, 정확하게 미뇽은 춤을 이어 갔다. 그러면서 달걀들 사이에 한 치의 오차도 없이 그리고 자신 있게 발을 들여놓고 달걀들 옆을 디뎌서 매 순간 미뇽이 틀림없이 달걀을 밟거나 빠르게 몸을 돌리다가 다른 달걀을 차 버릴 것 같은 생각이 들 정도였다. 그러나 전혀 그렇지 않았다! 비록 미뇽이 좁고 넓은 보폭으로, 온갖 방법의 걸음걸이로, 심지어 뛰어오르기도 하고 마지막에는 반쯤 무릎을 꿇은 상태로 줄지어 있는 달걀들 사이를 지나갔지만 하나도 건드리지 않았다.

시계 장치처럼 쉬지 않고 미뇽은 자신의 발걸음을 옮겼고, 기묘한 음악은 항상 처음부터 새로 시작되고, 그리고 빠르게 움직이기 시작하는 춤을 반복할 때마다 새로운 추진력을 불어넣어 주었다. 빌헬름은 이 기이한 광경에 완전히 매료당하고 말았다. 근심 걱정도 잊었고, 사랑스러운 미뇽의 모든 움직임을 하나도 빠뜨리지 않고 바라보았으며, 그 춤에서 미뇽의 성격이 얼마나 잘 나타나는지 놀라기도 했다.

미뇽은 대단히 정확하고도 아주 멋지게, 간결하면서도 강렬하게, 부드러운 자세에서도 편하기보다는 엄숙하게 보였다. 빌헬름은 지금까지 미뇽에 대해 느꼈던 감정을 이 순간 한꺼번에 느꼈다. 이 버림받은 아이를 자기 양녀로 삼아서 품에 안고 아버지와 같은 사랑으로 그 아이의 마음에 삶의 기쁨을 일깨워 주고 싶은 마음이 간절해졌다.

춤이 끝났고, 미뇽은 달걀들을 발로 굴려서 하나도 깨뜨리지 않고 침착하게 빠짐없이 한곳에 모아 놓고 서더니 눈을 가린 천을 풀고 큰절을 하고는 곡예를 마쳤다.

빌헬름은 미뇽에게 자기가 보고 싶어 했던 그 춤을 뜻밖에도 너무 멋지게 보여 줘서 고맙다고 했다. 그리고 미뇽을 쓰다듬어 주며 수고했다고 칭찬하면서 새 옷을 한 벌 사 주겠다고 약속하자 미뇽이 흥분해서 바로 "아저씨와 같은 색으로요!" 하고 대답했다. 미뇽이 무슨 뜻으로 그렇게 말했는지 알지는 못했지만 그렇게 하겠다고 약속했다. 미뇽은 달걀을 모아서 들고 양탄자를 팔에 낀 채 더 시킬 일이 없느냐고 묻고는 문밖으로 잽싸게 사라졌다.

빌헬름이 악사로부터 알게 된 바에 따르면 미뇽이 얼마 전부터 자기가 유명한 판당고[24] 춤곡을 연주할 수 있을 때까지 노래를 불러 주면서 이 공연을 위해 애를 많이 썼다는 것이었다. 또한 미뇽이 자기한테 수고의 대가로 약간의 돈을 주겠다고 제안했으나 자기는 그 돈을 받고 싶지 않다고도 했다.

24 판당고(Fandango)는 캐스터네츠나 기타 등의 반주와 함께 추는 3/4 혹은 6/8 박자의 빠른 스페인 민속 무용이다.

# 9장

우리의 친구 빌헬름은 잠을 못 이루고 무서운 꿈에 시달리며 불안한 밤을 보냈는데, 꿈에 마리아네가 너무나 아름다운 모습으로 나타났다가도, 비참한 모습으로 나타나기도 했고, 아이를 팔에 안고 있다가도 그 아이를 빼앗긴 상태로 나타나기도 했다. 이렇게 제대로 잠들지 못한 밤이 지나고 아침 해가 떠오르자마자 미뇽이 재단사와 함께 빌헬름의 방으로 들어왔다. 미뇽은 회색 천과 파란색 비단을 가져와서 시내에서 남자아이들이 입고 있는 것 같은 새로 유행하는 파란 겹 소매와 리본이 달린 조끼, 선원용 바지를 갖고 싶다며 자기 나름대로 생각을 설명했다.

빌헬름은 마리아네를 잃고 난 뒤부터 밝은 색 옷을 입지 않았었다. 회색이나 어두운 색 옷에 익숙해졌고, 다만 하늘색 옷감으로 만든 작은 옷깃이 차분한 옷에 어느 정도 생기를 불어넣어 주었다. 미뇽은 빌헬름과 같은 색 옷을 입고 싶은 마음에 재단사를 졸라 댔고, 재단사는 곧 만들어서 가져오겠다고 약속했다.

빌헬름이 이날 라에르테스와 함께한 춤과 펜싱 연습은 썩 잘되지 않았다. 또한 두 사람은 멜리나가 찾아오는 바람에 곧 연습을 중단해야 했는데, 멜리나는 작품을 충분히 공연할 수 있는 소규모 극단이 모였다고 자세하게 설명하고는 또다시 빌헬름에게 극단을 창립할 얼마의 돈을 꾸어 달라고 요청했고, 빌헬름은 다시 한번 망설이며 결단을 내리지 못했다.

필리네와 젊은 여배우들이 곧이어 웃고 떠들면서 들어왔다. 이들은 항상 장소와 대상을 바꾸고 싶어 했기 때문에 이번에도 마차를 타고 나들이를 갈 생각을 하고 있었다. 날마다 다른 곳에서 식사하는 것이 이들이 최고로 바라는 일이었는데, 이번에는 뱃놀이를 하고 싶어 했다.

완만하게 굽이쳐 흐르는 강을 따라 내려갈 배는 그 '꼼꼼한 선생'이 벌써 예약해 놓았다. 필리네가 재촉하자 일행은 주저하지 않고 곧 배에 올라탔다.

모두 긴 의자에 자리를 잡고 앉자, "이제 무엇을 할까요?" 하고 필리네가 물었다.

"가장 짧게 할 만한 것은 즉흥극을 하는 것이겠지." 하고 라에르테스가 대답했다. "각자 자기 성격에 제일 잘 맞는 역할을 하나 정해서 얼마나 잘하는지 보기로 합시다."

"아주 좋습니다." 하고 빌헬름이 말했다. "자신을 위장하지 않고 모두 자기 뜻대로만 하는 모임에서는 품위와 만족이 오래 지속될 수 없고, 항상 자신을 위장하는 모임에서는 이런 일이 전혀 일어나지 않습니다. 그러니 우리는 처음부터 자신을 위장하는 것을 인정하고, 그런 후 가면을 쓰고 각자 하고 싶은 대로 솔직하게 행동하는 것도 나쁘지는 않을 것입니다."

"그렇습니다." 하고 라에르테스가 말했다. "그래야 여성들을 기분 좋게 대하게 되지요. 여성들은 절대로 자신들의 본모습을 보여 주지 않으니까요."

"그것은." 하고 멜리나 부인이 대꾸했다. "여성이 남성처럼 우쭐대지 않기 때문이죠. 남성은 자연이 만들어 놓은 그대로 이미 자신들이 항상 여성에게 호감을 사기에 충분하다고 착각합니다."

그러는 사이에 기분 좋은 관목 숲과 언덕들 사이, 정원들과 포도밭 사이를 지나갔고, 젊은 여자들 특히 멜리나 부인은 이 지역에 대한 자신들의 황홀한 기쁨을 나타냈다. 게다가 이와 비슷한 자연 풍경을 묘사하는 사랑스러운 시를 장엄하게 암송하기 시작했는데 필리네가 부인의 낭송을 중단시키고, 누구도 생명 없는 대상에 대해서는 언급하지 말자는 규칙을 건의하고는 오히려 즉흥 코미디를 하자는 제안을 열심히 설득해 통과시켰다. 호통치는 역을 잘하는 노인은 은퇴한 장교 역을, 라에르테스는 한가한 펜싱 사범 역을, '꼼꼼한 선생'은 유대인 역을 묘사하라고 했으며, 필리네 자신은 티롤 여자 역을 하려고 하니 나머지 사람은 스스로 자기 역을 선택하라고 맡겼다. 그리고 모두 시장으로 가는 배에 지금 막 함께 탄 서로 모르는 사람들이라고 가정하자고 했다.

필리네가 곧바로 유대인 역을 맡은 사람과 자기 역을 연기하기 시작하자 배 안의 분위기가 명랑해졌다.

배를 타고 오래 가지 않았을 때 사공이 일행의 허락을 얻어 강둑에서서 손짓하는 어떤 사람을 더 태우기 위해 배를 세웠다.

"우리한테 꼭 필요한 사람일지도 몰라요." 하고 필리네가 외쳤다. "여행하는 우리 일행 중에는 무임 승객 한 명이 없으니까요."

체격이 좋은 남자가 배에 올랐는데 옷차림새와 위엄 있는 표정으로 미루어 보아 성직자인 듯했다. 그 사람이 일행에게 인사를 하자 사람들은 나름대로 답례했고, 곧 그 사람에게 자신들이 즉흥 익살극을 하고 있다고 알려 주었다. 그러자 그 사람은 시골 목사 역을 맡아 모두가 놀랄 정도로 멋지게 그 역할을 해냈다. 훈계하기도 하고, 짧은 역사적 일화도 이야기했으며 몇 가지 약점도 보여 주었지만, 만만하게 보이는 사람은 아니었다.

그러는 동안 단 한 번이라도 자신의 역할에서 벗어났던 사람은 누구나 벌금을 내야 했다. 필리네는 벌금을 아주 꼼꼼하게 모았고, 특히 성직자처럼 보이는 사람에게는 나중에 벌금을 찾아갈 때는 많은 키스를 해 주어야 한다며 위협하기도 했다. 하지만 그 사람은 한 번도 벌금을 내지 않았다. 멜리나는 이와 반대로 완전히 탈탈 털렸는데, 셔츠의 단추, 혁대의 버클, 그리고 몸에서 떼어 갈 수 있는 것을 필리네가 다 가져갔다. 멜리나는 여행하는 영국인을 연기했지만 능숙하게 그 역을 해내지 못했기 때문이었다.

그러는 사이에 시간은 아주 즐겁게 흘러갔고, 각자 자신의 상상력과 위트를 최대한 발휘해 자기 역할을 유쾌하고 재미있는 익살로 꾸몄다. 그리하여 하루를 보내려고 했던 곳에 도착했고, 그 외모와 역할로 우리가 앞으로 성직자라고 부르려고 하는 사람과 빌헬름은 산책하면서 곧 흥미로운 대화로 빠져들었다.

"이런 연습은" 하고 잘 모르는 남자가 말했다. "배우들 사이에서, 심지어 친구들이나 아는 사람들 모임에서도 아주 유용하다고 생각합니다. 여러 인간을 자신에게서 끄집어내고 한 번 우회해서 다시 자신으로 돌아가게 하는 최고의 방법입니다. 모든 극단에서 가끔은 이런 식으로 반드시 연습해야 할 겁니다. 그리고 아직 쓰지도 않은 작품을 매달 상연한다면, 배우들은 물론 여러 번 연습 공연을 하면서 준비되어 있어야 하겠지만, 그러는 가운데 분명히 뭔가를 얻게 될 것입니다."

"즉흥극을" 하고 빌헬름이 대꾸했다. "아무런 준비 없이 즉석에서 연기하는 것만으로 만들어진 연극이라고 생각하면 안 됩니다. 오히려 계획과 줄거리와 장면 구분은 되어 있더라도 그 실행을 배우들에게 맡기는 연극으로 생각해야 합니다."

"매우 옳은 말씀입니다." 하고 그 남자가 말했다. "이런 연출법에 관해 말하자면 그런 연극은 배우들이 일단 실행만 하면 즉시 엄청난 성공을 거두게 될 것입니다. 대사로 공연하는 것이 아니라 — 물론 뛰어난 작가는 대사로 자기 작품을 멋지게 꾸며 냅니다만 — 제스처와 표정, 예술적 표현 수단들 등으로 공연하는 겁니다. 요컨대 요즘은 완전히 사라진 듯이 보이는 무언극이나 반(半)무언극과 같은 것입니다. 독일에도 몸으로 자신들이 생각하고 느끼는 것을 보여 주는 배우들이 있습니다. 이런 배우들은 침묵, 망설임, 눈짓, 몸의 섬세하고 우아한 움직임으로 대사를 준비하고, 대화가 없는 동안은 멋진 무언극으로 연극 전체와 연결할 줄도 압니다. 그러나 운 좋게 타고난 천부적 소질을 보충해 주고, 작가와 맞설 수 있는 실력을 길러 주는 연습은 극장을 찾는 사람들에게 위안을 줄 만큼 이루어지지 않고 있습니다."

"그러나 운 좋게 타고난 천부적 소질은" 하고 빌헬름이 대꾸했다. "다른 모든 예술가, 어쩌면 모든 사람의 경우와 마찬가지로 배우를 더 높은 목표로 이끌어 주는 처음이자 마지막인 것이 아닐까요?"

"처음이자 마지막인 것, 시작과 끝은 있을 수도 있고 유지될 수 있을지도 모릅니다. 그러나 그 중간에서 먼저 교육이, 더 정확하게 말해서 어린 시절의 교육이 그 사람을 제대로 이끌어 주지 않는다면 그 예술가는 여러 가지가 부족할 수도 있습니다. 천부적 재능을 가졌다고 생각되는 사람이 평범한 능력을 소유한 사람보다 더 불리할지도 모르고, 그런 사람이 잘못된 교육으로 더 쉽게 망가질 수도 있으며, 평범한 재능을 가진 사람보다 훨씬 잘못된 길로 내몰릴 수 있기 때문입니다."

"그러나" 하고 빌헬름이 대꾸했다. "천부적 재능을 가진 사람은 스스로 빠져나오지 않을까요? 자신이 입었던 상처를 스스로 치유하지 않을까요?"

"절대 그렇지 않습니다." 하고 그 남자가 대답했다. "아니면, 그렇게 되더라도 아쉬운 정도에 그치겠지요. 어린 시절에 받은 첫인상을 극복할 수 있다고 생각해서는 안 됩니다. 만약 천부적 재능을 가진 사람이 정말 자유롭게, 고귀하고 아름다운 것들에 둘러싸여 훌륭한 사람들과 어울리며 성장했다면, 나머지를 더 쉽게 이해하기 위해 제일 먼저 알아야 할 것들을 선생님들이 가르쳤을 테고, 그래서 꼭 기억해야 할 것을 배우고, 어떤 버릇을 고쳐야 할 필요 없이 장래의 좋은 일을 더 쉽고 편하게 할 수 있도록 기본을 교육받았다면, 그 사람은 어린 시절의 힘을 반항과 오류 속에 허비했던 다른 사람보다 더 순수하고, 더 완전하고, 더 행복한 삶을 살아갈 것입니다. 교육에 관한 말이나 글은 많습니다만, 다른 모든 것을 그 안에 담고 있는 이런 단순하지만 위대한 개념을 파악하고 실행에 옮길 수 있는 사람은 몇 사람밖에 보지 못했습니다."

"아마 그럴 수도 있을 겁니다." 하고 빌헬름이 말했다. "인간은 아주 편협해서 다른 사람을 자신과 똑같은 모습으로 교육하려고 하기 때문입니다. 운명은 자기 방식대로 각자를 가르치기 때문에 운명에 의지하는 사람들은 행복합니다."

"운명은" 하고 그 남자가 웃으면서 대꾸했다. "고귀하지만 비싼 궁정 교사이지요. 나 같으면 차라리 인간 선생님의 이성에 항상 의지할 겁니다. 운명의 지혜에 나도 전적으로 존경심을 품고 있으나, 운명은 우연한 일을 통해 작용하는데, 그 우연이라는 것이 아주 유연하지 못한 기관입니다. 왜냐하면 이 기관은 운명이 결정한 것을 정확하게 그대로 수행하는 경우가 드문 것 같기 때문입니다."

"선생님은 매우 묘한 생각을 하고 계시는 것 같습니다." 하고 빌헬름이 대꾸했다.

"전혀 그렇지 않습니다! 세상에서 일어나는 대부분의 일은 내 생각이 옳다는 것을 증명해 줍니다. 많은 일이 처음에는 큰 의미를 보여 주지만, 대부분은 뭔가 어리석은 일로 흘러가지 않습니까?"

"농담으로 받아들이시는군요."

"각 개인에게 일어나는 일도 마찬가지 아닙니까?" 하고 그 남자가 말을 이어 갔다. "운명이 어떤 사람을 훌륭한 배우로 정해 주었다고 가정해 봅시다. 왜 우리에게 훌륭한 배우들이 있어서는 안 되겠습니까? 그런데 불행하게도 우연한 일이 그 사람을 어린 시절에 인형극으로 끌어들였고, 그러면서 재미도 없는 것에 흥미를 느끼고 어리석은 짓도 괜찮아했을 뿐 아니라 심지어 재미있어하며 일찍 그만둘 수 없었습니다. 그래서 절대 사라지지 않는, 그리고 우리가 어느 정도의 애착에서 빠져나올 수 없는 어린 시절의 인상들을 잘못된 측면에서 받아들이지 않을 수 없습니다."

"어떻게 인형극 생각이 떠오르셨습니까?" 하고 빌헬름이 약간 놀라며 끼어들었다.

"그것은 그냥 예를 들어 보았을 뿐입니다. 그 예가 마음에 안 드시면 다른 예를 들어 봅시다. 운명이 어떤 사람을 위대한 화가로 정해 주었다고 가정해 봅시다. 그런데 우연한 일로 어린 시절에 더러운 오두막이나 헛간으로 내몰렸다면, 그런 사람의 정신이 언젠가 순결하고 고귀하며 자유로워질 수 있다고 생각하십니까? 그 사람이 어린 시절에 불결한 것을 더 즐거운 마음으로 만지면 만질수록, 그리고 그걸 자기 방식대로 고상하게 만들면 만들수록, 삶을 살아가다 유사한 경우를 겪을 때 더 엄청난 대가를 치르게 될 것입니다. 그 사람이 그걸 극복하려고 시도한 과정이 그 사람의 삶과 매우 긴밀하게 결합해 버렸기 때문입니다. 어린 나이에 보잘것없고 좋지 못한 사람들 사이에서 살았던 사람은 나중에 더 나은 사람들과 살게 된다고 하더라도 언제나 그전의 사람들에게로 되돌아가고 싶어지고, 그들에 대한 인상 또한 좀처럼 다시 맛볼 수 없는 어린 시절의 기쁨으로 남아 버립니다."

이런 대화를 나누는 사이에 둘은 나머지 일행들과 점점 더 멀어졌다. 필리네는 처음부터 바로 옆으로 물러났고, 다른 사람들은 옆길을 돌아 두 사람에게로 돌아왔다. 필리네는 벌칙으로 압수한 물건들을 꺼냈는데, 어떤 방법으로든 다시 돌려주어야 했다. 성직자 같던 낯선 남자는 아주 멋지게 꾸며 낸 이야기로 그리고 자발적으로 참여했기 때문에 모든 사람과 특히 여자들에게 아주 좋은 인상을 주었다. 이렇게 해서 한낮의 시간도 익살과 노래와 키스와 온갖 농담으로 아주 즐겁게 흘러갔다.

## 10장

사람들이 다시 여관으로 돌아가려고 했을 때 성직자 같은 사람을 찾아보았으나 사라져 버려 어디에서도 찾을 수 없었다.

"평소에 예의범절을 많이 따질 듯한 사람이 자신을 그렇게 다정하게 받아 주었던 사람들에게 작별 인사도 없이 가 버리다니 점잖지 못한 행동입니다." 하고 멜리나 부인이 말했다.

"내가 그 이상한 남자를 이전에 어디서 보지 않았나 하고 지금까지 내내 생각해 보다가, 헤어질 때 그 사람에게 막 물어보려고 했었습니다." 하고 라에르테스가 말했다.

"저도 마찬가지였습니다." 하고 빌헬름이 대꾸했다. "그 사람이 우리에게 자신이 누군지 더 자세하게 밝힐 때까지 저도 그 사람을 분명히 보내 주지 않으려 했습니다. 그 사람하고 어디선가 대화를 나누지 않았었는지 매우 헷갈렸으니까요."

"그렇게 생각하시면 두 분은 정말 잘못 생각하시는 거예요." 하고 필리네가 말했다. "그 사람이 아는 사람인 듯 느껴진 것은 어중이떠중이가 아니라 제대로 된 사람처럼 보였기 때문이에요."

"그게 무슨 말이요?" 하고 라에르테스가 말했다. "그럼, 우리가 제대로 된 사람처럼 보이지 않는단 말이요?"

"나는 내 말뜻을 이해하겠는데" 하고 필리네가 대답했다. "제 말을 이해하지 못하시겠다면 그렇게 놔두시죠. 어차피 내 말을 설명할 필요도 없을 테니까요."

두 대의 마차가 앞으로 왔다. 사람들은 마차를 예약해 놓았던 라에르테스의 세심함을 칭찬했다. 필리네는 빌헬름과 마주 보고 멜리나 부인 옆에 자리를 잡았고, 나머지 사람들은 되는 대로 자리를 잡고 앉았다. 라에르테스는 함께 끌고 온 빌헬름의 말을 타고 도시로 되돌아갔다.

필리네는 마차에 앉자마자 사랑스러운 노래들을 불렀고, 대화의 주제를 돌려서 운이 좋으면 드라마로도 만들 수 있는 이야기를 하자고 주장했다. 이렇게 재치 있게 화제를 돌림으로써 필리네는 젊은 친구 빌헬름을 아주 기분 좋게 만들어 주었다. 그리고 빌헬름은 풍부하게 비축하고 있던 생생하게 살아 있는 문학적 소재에서 막, 장면, 성격, 갈등을 모두 갖춘 완전한 드라마 한 편을 당장 구상해 냈다. 사람들은 거기에 아리아나 노래를 엮어 넣으면 좋겠다고 하면서 노래 가사를 만들었다. 이 모든 일에 뛰어들었던 필리네는 그 가사들에 곧 잘 알려진 멜로디들을 맞춰서 즉흥적으로 노래를 불렀다.

필리네는 그날 즐거운, 아니 매우 즐거운 하루를 보냈다. 온갖 농담으로 우리의 친구 빌헬름에게 활력을 불어넣어, 그런 기분을 오랫동안 맛보지 못했던 빌헬름도 즐거움을 느꼈다.

그 끔찍한 쪽지를 발견하고 마리아네 옆에서 멀리 떨어진 후, 머리 위로 떨어지는 올가미 같은 여성의 포옹을 조심하고, 정조를 지키지 않는 여성을 피하며, 자신의 고통, 자신의 애정, 자신의 달콤한 바람을 마음속에 감추기로 한 맹세를 빌헬름은 지금까지 변치 않고 지켜 왔었다. 이 맹세를 성실하게 양심껏 지켜 왔다는 사실은 빌헬름의 모든 활동에 남모르는 영양분을 공급해 주었는데, 그렇다고 해서 마음의 관심마저 보여 주지 않을 수는 없었기 때문에 어느 정도는 자기 마음을 성의 있게 전달하는 일도 필요하게 되었다. 그래서 빌헬름은 다시 처음 경험했던 청춘의 안개에 이끌려 이리저리 돌아다녔고, 눈은 모든 아름다운 대상을 즐거운 마음으로 바라보았으며, 사랑스러운 여성에 대한 빌헬름의 판단이 지금보다 더 관대한 적이 없었다. 이런 상태에 있는 빌헬름에게 그 당돌한 젊은 여자가 얼마나 위험했을지는 유감스럽게도 너무 쉽게 알 수 있다.

사람들은 여관으로 돌아와서 빌헬름의 방에 일행을 맞이할 모든 준비가 되어 있는 것을 보았다. 연극 낭독을 위한 의자들이 제자리에 놓여 있었고, 나중에 펀치 대접을 올려 둘 탁자도 가운데 있었다.

독일 기사극(騎士劇)이 그 당시에는 새로운 것이어서 관객들의 관심과 사랑을 받았다. 호통치기가 전문인 그 노인이 이런 종류의 연극 대본을 하나 가지고 왔는데, 그 대본을 읽기로 결정되었다. 사람들이 자리에 앉았고, 빌헬름은 그 대본을 들고 읽기 시작했다.

갑옷을 입은 기사들, 오래된 성들, 등장인물들의 충성심, 공정함, 정직함, 특히 독립성은 큰 갈채를 받았다. 낭독을 하는 사람은 최선을 다해 읽었고, 거기에 모여 있는 사람들은 흥분해서 어찌할 바를 몰랐다. 2막과 3막 사이에 펀치가 커다란 대접에 담겨 들어왔다. 작품 자체에서도 술을 마시고 축배를 드는 장면이 아주 많이 나왔기 때문에 그런 장면이 나올 때마다 사람들은 적극적으로 자신이 그 인물이 된 듯 똑같이 잔을 부딪치며 등장인물 중에 자신이 좋아하는 인물을 위해 건배했다.

모두가 아주 고귀한 민족정신에 불타올랐다. 이 독일 극단이 자신들의 특성에 맞게 자신들의 땅에서 문학적 정취를 즐기게 되어 얼마나 기뻤겠는가! 특히 둥근 천장과 지하실, 폐허가 된 성들, 이끼로 덮인 속이 텅 빈 나무들, 무엇보다도 집시들의 밤 장면과 비밀 법정 장면은 엄청난 효과를 발휘했다. 이제 남자 배우들은 각자 투구와 갑옷으로 무장하고 여자 배우들은 깃이 크고 높은 의상을 입고 관객들 앞에서 독일인의 특성을 보여 주리라 상상하고 있었다. 그래서 각자 그 작품이나 독일 역사에 나오는 이름을 따서 자기 이름으로 하려고 했고, 멜리나 부인은 앞으로 태어날 아들이나 딸에게 아델베르트나 메히틸테라는 이름으로만 세례를 받게 하겠다고 약속했다.

5막쯤 되자 박수 소리가 점점 더 커지고 요란해졌다. 그도 그럴 것이 마침내 주인공이 억압에서 벗어나 폭군을 처벌하자 너무나 기뻐하며 이렇게 행복했던 때는 없었다고 맹세할 정도였다. 술에 기분이 들뜬 멜리나는 가장 크게 떠들어 댔고, 두 번째 펀치를 비우고 나서 자정이 다가왔을 때 라에르테스는 이 술잔에 다시 입술을 대는 것은 누구에게도 어울리지 않는다고 단호하고도 씩씩하게 말하면서 자기 술잔을 뒤쪽에 나 있는 창문 너머 길 위로 던져 버렸다. 나머지 사람들도 라에르테스가 했던 대로 따라 했다. 서둘러 쫓아 들어온 여관 주인의 항의에도 아랑곳하지 않고 이런 축제를 벌이고 나서 성스럽지 못한 술로 다시 신성함이 더럽혀져서는 안 된다며 펀치를 담았던 대접을 산산조각 내고 말았다. 노인의 두 딸이 아주 단정치 못한 자세로 긴 의자에 누워 있었고, 가장 취하지 않아 보였던 필리네는 짓궂게도 더 시끄럽게 떠들어대라고 다른 사람들을 부추겼다. 멜리나 부인은 고상한 시 몇 편을 암송했고, 술에 취하면 좋지 않은 버릇이 나오는 그녀의 남편은 펀치를 잘못 만들었다고 투덜대기 시작하더니 자기 같았으면 파티를 완전히 다르게 잘 준비했을 거라며 큰소리를 쳤다. 그러자 마침내 라에르테스가 조용히 하라고 했지만, 멜리나가 점점 더 거칠게 떠들자 라에르테스는 길게 생각하지 않고 깨진 펀치 사발 조각을 멜리나의 머리에 던졌는데, 그 일로 인해 소동은 훨씬 더 커지고 말았다.

그런 사이에 순찰대가 와서 여관 안으로 들어가겠다고 요구했다. 그다지 술에 취하지 않았지만 대본 읽기로 매우 흥분되어 있었던 빌헬름은 여관 주인의 도움을 받아 돈을 건네주며 좋은 말로 순찰대를 진정시키고 곤경에 처한 극단 사람들을 집으로 돌려보내기에 여념이 없었다. 빌헬름은 자기 방으로 돌아와 잠을 이기지 못하고 불만에 가득 찬 채 옷도 갈아입지 않고 침대에 쓰러졌다. 그리고 다음 날 아침 눈을 떠서 흐릿한 눈으로 어제 벌여 놓은 난장판과 쓰레기 그리고 그렇게 재치 넘쳤고 활기찼으며 호의적이었던 문학 작품 낭독이 가져다준 좋지 않은 결과를 바라보았을 때의 불쾌한 느낌은 무엇과도 비교할 수 없었다.

# 11장

잠시 생각한 뒤 빌헬름은 바로 여관 주인을 오라고 불렀고 어젯밤에 입은 손해와 음식값을 자기한테 달아 놓게 했다. 또한 사람들이 말하길 라에르테스가 어제 빌헬름의 말을 타고 올 때 채찍질을 심하게 해서 거의 회복할 수 없을 정도로 쇠약해졌다는 말을 듣고 대단히 불쾌해졌다.

필리네가 자기 방 창문에서 손을 흔들며 보내는 인사는 그래도 빌헬름의 마음을 기분 좋게 해 주었고, 지난번에 분을 털어 내는 작은 칼을 받아 빚을 진 것도 있어서 필리네에게 줄 자그마한 선물을 사기 위해 당장 바로 옆에 있는 가게로 갔다. 그리고 빌헬름이 자기가 받은 선물에 비례하는 답례 선물로 제한을 두지 않았음을 여기서 밝혀 둔다. 빌헬름은 아주 귀여운 귀걸이 한 쌍만 산 것이 아니라, 거기다 모자와 목도리 그리고 처음 만난 날 필리네가 거지들에게 아낌없이 던져 주었던 몇 가지 작은 물건도 골랐다.

빌헬름이 선물들을 건네던 바로 그때 그걸 지켜보았던 멜리나 부인은 식사 전에 기회를 봐서 빌헬름에게 그 젊은 여성에게 느끼는 감정을 말해 보라고 아주 진지하게 요구했지만, 빌헬름은 자신이 이렇게 해명해야 할 행동은 조금도 하지 않았다는 생각이 들수록 더욱 어안이 벙벙했다. 빌헬름은 필리네의 품행을 모두 잘 알고 있으며, 그런 여자에게 자기 마음을 두는 것은 한 번도 생각한 적이 없다고 단호하게 맹세했다. 그리고 자신이 다정하고 정중하게 필리네를 대하는 것에 대해 할 수 있을 만큼 변명을 했지만, 멜리나 부인을 조금도 만족시키지 못했다. 오히려 멜리나 부인은 점점 더 기분이 나빠졌는데, 자신이 빌헬름에게서 일종의 호감을 얻기 위해 했던 듣기 좋은 말이, 활기차고 더 젊고 운 좋게도 천부적 재능을 갖춘 여자의 공격에서 빌헬름의 마음을 지켜 낼 만큼 충분하지 않다는 것을 깨달아야 했기 때문이었다.

사람들이 식사하러 왔을 때 멜리나도 마찬가지로 기분이 매우 좋지 않아 보였다. 멜리나는 아주 사소한 것에도 불쾌한 심기를 터뜨리기 시작했는데, 그때 여관 주인이 들어와 하프 타는 사람[25]이 와 있다고 알려 주었다. "그 연주와 노래에 여러분들은 분명히 즐거우실 겁니다." 하고 여관 주인이 말했다. "연주와 노래를 듣는 사람은 감탄해서 몇 푼이라도 쥐여 주지 않을 수 없으실 겁니다."

"그냥 보내 버리세요." 하고 멜리나가 대답했다. "그런 아마추어 가수의 노래를 들을 기분이 아닙니다. 어쨌든 우리 가운데도 푼돈을 쉽게 벌어들일 수 있는 가수들이 있거든요." 그 말을 하며 멜리나는 필리네를 기분 나쁘게 힐끔 곁눈질했다. 멜리나의 말뜻을 알아차린 필리네는 즉시 멜리나를 불쾌하게 만들 심산으로 그곳에 와 있다는 가수를 지켜 주려고 생각했다. 그래서 빌헬름 쪽으로 몸을 돌려 "그 사람 노래를 들어 보면 안 될까요?" 하고 말했다. "이 지긋지긋한 지루함에서 벗어나기 위해 우리가 뭐라도 해야 하지 않을까요!"

멜리나가 그 말에 대답하려는 듯했고, 그러면 말싸움이 더 심해질지도 몰랐다. 만일 빌헬름이 바로 그때 들어온 사람에게 인사하고 가까이 오라고 손짓하지 않았더라면 말이다.

이 이상한 손님의 모습은 일행 전체를 놀라게 했고, 누군가 그에게 질문을 하거나 다른 말을 걸 생각도 하기 전에 그는 자리를 차지하고

25 '하프 타는 사람(Harfenspieler)'은 소설에서 이름은 없고 그냥 '하프너(Harfner)'라고 불린다.

앉았다. 정수리에는 머리가 하나도 없었고 머리 주위에만 약간 회색빛 머리카락이 나 있었으며, 길고 하얀 눈썹 아래에 크고 푸른 눈이 빛나고 있었다. 잘생긴 코 주위에 적당한 길이의 하얀 턱수염이 이어져 있었지만, 호감이 가는 입술을 덮지는 않았다. 길고 진한 갈색의 옷이 가냘픈 그의 몸을 목에서 발끝까지 덮고 있었다. 그 사람은 자기 앞에 있던 하프로 전주곡을 연주하기 시작했다.

악기에서 흘러나오는 기분 좋은 음들은 일행을 곧 흥겹게 해 주었다.

"노래도 부르시나요, 어르신!" 하고 필리네가 말했다.

"우리 마음과 영혼을 동시에 즐겁게 할 감각적인 연주를 해 주세요." 하고 빌헬름이 말했다. "악기는 그저 목소리만을 반주해야 하지요. 말이나 의미도 없이 흘러가는 멜로디는 공중에 떠돌아다니는 나비들이나 아름답고 화려한 새들처럼 보여서, 무슨 일이 있어도 붙잡아 자기 것으로 만들고 싶어집니다. 노래는 그 반대로 어떤 창조적인 정신처럼 하늘로 날아올라, 우리 안에 잠재한 더 나은 자아가 그 정신을 따라다니라고 자극합니다."

그 노인은 빌헬름을 바라보았고, 그러고 나서 하늘을 바라보고는 하프를 몇 번 튕겨 보더니 노래 부르기 시작했다. 그 노래에는 노래에 대한 찬사가 담겨 있었는데, 가수들의 행복을 찬양하고 그런 가수들을 존경하라고 충고했다. 노인은 삶의 많은 경험과 진실을 담아 불러서, 마치 그 노래를 지금을 위해 그리고 이 기회를 위해 만든 것처럼 보였다. 빌헬름은 그 노인의 목을 껴안고 싶은 마음을 참을 수 없었지만, 큰 웃음거리가 될 것 같아 두려워서 다시 자기 의자에 앉았다. 그렇지 않아도 다른 사람들은 벌써 낮은 목소리로 몇 가지 어리석은 논평을 내놓으며 이 노인이 성직자이거나 유대인일지 모른다고 논쟁을 벌이고 있었기 때문이었다.

사람들이 그 노래 작사가가 누구냐고 물어보았으나 그 노인은 확실한 대답을 하지 않았다. 다만 자기가 노래를 많이 알고 있다는 것은 확실히 말할 수 있으니 일행들의 마음에 들길 바란다고 말할 뿐이었다. 사람들 대부분은 기쁘고 즐거워했으며, 심지어 멜리나까지도 나름대로 기분이 풀렸다. 사람들이 서로 잡담하며 농담을 주고받는 동안에 노인은 여러 사람과 어울려 사는 삶을 찬양하는 노래를 아주 재치 있게 부르기 시작했다. 단합과 서로를 위하는 마음을 기분 좋은 음조로 칭송했다. 반면에 노인이 단체 생활에서 악의에 차서 남과 등지고 살아가는 삶과, 생각이 짧아 품는 적개심 그리고 위험한 불화와 갈등을 유감스러워할 때면 노인의 노래는 갑자기 메마르고 거칠고 혼란스러워졌다. 그래서 노인이 밀려오는 멜로디의 날개 위에 올라서서, 평화를 심는 사람과 다시 정신을 되찾은 영혼들의 행복을 노래할 때 사람들은 자신들의 영혼을 묶고 있던 불편한 속박을 모두 다 훌훌 벗어던져 버렸다.

노인이 노래를 끝마치자마자 빌헬름은 큰 소리로 말했다. "당신이 누구든, 자비로운 수호신이 축복하며 생기를 주는 목소리로 우리에게 다가오는 당신은 내 존경과 감사를 받아 주시고, 우리 모두 당신을 감탄하고 있음을 느끼시고 당신이 필요한 것이 있다면 우리에게 마음 놓고 말하세요!"

노인은 아무 말 없이 자기 손가락으로 하프 줄을 쓰다듬더니 줄을 더 예리하게 뜯으며 노래했다.

"성문 밖에 무슨 소리 들리는가?
다리 위에 무슨 소리 나는가?

그 노래를 우리 귀에까지
이 넓은 홀에 울리게 하라!"
임금님 이렇게 말씀하시니, 시종이 달려갔네.
소년이 돌아오자 임금님이 말씀하셨네.
"그 노인을 들게 하라."

"고귀한 분들께 인사드립니다.
아름다운 숙녀분들도 인사받으십시오!
부유한 천국이군요! 별과 별이 나란히 서 있으니!
누가 그 별들의 이름을 알고 있나요?
홀은 온통 화려하고 호화찬란하지만
여러분의 눈을 감아 보세요. 지금 여기서
감탄하며 즐거워할 때가 아닙니다."

그 가수는 눈을 지그시 감고
소리 가득하게 울리도록 연주했고,
기사는 용감한 표정을 지으며
아름다운 여인을 가슴에 껴안았네.
노래가 마음에 든 임금님은
그 연주에 상을 내리기 위해
황금 목걸이를 가져오게 했네.

"저에게 황금 목걸이를 주지 마시고,
목걸이는 기사들에게나 주십시오.

저들의 용감한 얼굴 앞에서
적들의 창들이 부서지는 기사들에게!
목걸이는 전하께서 데리고 계신 수상에게 주십시오.
그래서 그가 다른 사람들의 짐을 지기 위해
그 황금의 짐도 지게 하십시오!

저는 나뭇가지에 사는
새가 노래하듯 노래 부르고,
목에서 밀려 나오는 노래가
충분히 받은 보상입니다.
혹 제가 청해도 된다면, 하나만 부탁드립니다.
제게 순금으로 된 술잔에
가장 좋은 포도주를 내려 주십시오!"

가수는 술잔을 갖다 대고 다 마셔 버렸네.
오 달콤한 청량제를 마심이로다!
"오 행복한 집안은 복 받을지어다,
이것이 조그만 선물인 집안은!
전하께서 행복하게 지내시면 저를 잊지 마시고,
제가 이 한 잔 술에 전하께 감사드리듯
하느님께 진심으로 감사하소서."

그 가수는 노래를 마치고 자신을 위해 따라 놓은 포도주 한 잔을 들고 즐거운 표정으로 포도주를 따라 준 사람을 향해 돌아서며 다 마셔 버렸다. 그러자 모여 있던 사람들은 모두 기뻐하며 손뼉을 치고 크게 환성을 질렀다. 이 술 한 잔으로 그 노인의 건강과 늙은 몸이 원기를 회복하길 축원했다. 노인이 사랑의 노래 몇 곡을 더 부르자 일행의 분위기가 점점 더 흥겨워졌다.

"영감님, '목동이 춤추려고 치장하네'[26]라는 멜로디를 연주할 수 있나요?" 하고 필리네가 물었다.

"네, 할 수 있습니다." 하고 노인이 대답했다. "노래를 부르는 데 반주를 원하신다면 저는 만반의 준비가 되어 있으니 맡겨만 주십시오."

필리네는 일어나 자세를 잡았다. 노인이 멜로디를 연주하기 시작하자 필리네가 노래를 불렀는데, 우리 독자들이 그 노래가 혹시 재미없거나 게다가 점잖지 못하다고 생각할지도 모르기 때문에 여기에 소개하지는 않겠다. 그러는 사이에 일행의 기분은 점점 명랑해져서 포도주를 몇 명 더 비워 버렸고, 그러자 매우 시끄러워지기 시작했다. 빌헬름은 이들이 즐기고 난 후의 좋지 않은 결과가 아직도 기억에 생생했기 때문에 그쯤 해서 중단시키려고 했고, 노인의 수고에 충분한 대가를 손에 쥐여 주었다. 다른 사람들도 조금씩 내놓으면서 노인에게 가서 편히 쉬라고 인사했고, 내일 저녁도 노인의 능숙한 연주와 노래로 다시 즐겁게 보내길 기대했다.

노인이 나가자 빌헬름이 필리네에게 말했다. "당신이 동작을 곁들여 불렀던 노래에 문학적이나 도덕적인 가치는 발견할 수 없다고 해도, 만약 언젠가 무대에서 그런 소박하고, 독창적이고, 애교스러운 역을 맡아 연기한다면 분명히 모두에게서 대단한 박수갈채를 받게 될 것입니다."

---

26 괴테의 《파우스트 1》 949~980행에 나오는 부활절 축제 때 부르는 농부들의 춤 노래 참조.

"그래요." 하고 필리네가 말했다. "얼음에 몸을 녹이면 틀림없이 정말 기분 좋은 느낌이 들 거예요."

"정말이지" 하고 빌헬름이 말했다. "그 노인은 여러 배우를 얼마나 부끄럽게 만드는지 모릅니다. 자신의 로만체[27]를 얼마나 정확하게 드라마처럼 표현했는지 알아차리셨습니까? 노인이 노래로 묘사하는 것이 무대 위에서 우리 경직된 배우들이 묘사하는 것보다 분명 더 생생하게 살아 숨 쉬는 것 같았습니다. 노인이 부르고 연주했던 여러 노래는 차라리 이야기체의 짧은 문학 작품으로 여겨야 할 겁니다. 그리고 이렇게 음악으로 하는 이야기는 감각적으로 우리가 바로 그 자리에 있다고 믿게 해줍니다."

"그 말은 옳지 않습니다." 하고 라에르테스가 말했다. "난 위대한 배우라거나 가수라고 자처하지는 않습니다. 그러나 이것만은 알고 있습니다. 음악은 몸의 움직임을 유도해서 그 움직임에 생동감을 불어넣어 주는 동시에 작곡가가 쓴 낭송조의 노래 그대로만 표현해야 한다는 한계를 정해 주지만, 내 경우는 완전히 다릅니다. 산문으로 된 드라마에서 그 모든 것을 내가 처음으로 만들어 내고, 박자나 낭송을 처음으로 고안해 내야 한다면 말입니다. 게다가 함께 연기하는 모든 배우가 내겐 방해물이 될 수도 있습니다."

"내가 아는 바로는" 하고 멜리나가 말했다. "노인이 한 가지 사실에서 우리를 부끄럽게 만들었습니다. 게다가 아주 중요한 점인데, 자신이 가진 재능의 장점을 이용하는 데서 나타납니다. 아마도 우리는 곧 어려

---

27 로만체(Romanze)는 민요풍의 짧은 에피소드가 들어간 노래로 스페인 문학에서 유래되었다. 발라드와 유사하지만, 내용은 더 명랑하다. 이 이유로 필리네가 부르려고 선택한 노래도 목동을 주제로 한 로만체다. 왜냐하면 로만체가 에로틱한 내용을 담은 사랑 이야기를 자주 다루기 때문이다.

운 상황에 빠져 음식을 얻으러 다닐지도 모르는데 그 노인은 우리 식사 시간을 자기와 함께 나누도록 만들었어요. 목적지에 도착하기 위해 우리에게 필요한 돈을 노래 한 곡으로 주머니에서 빼내 갈 줄도 알고 있어요. 자신과 다른 사람들이 먹고 살아갈 수 있는 돈을 낭비하는 게 상당히 즐거워 보이는군요."

이런 발언으로 대화는 즐거운 방향으로 흐르지 못했다. 빌헬름은 이런 비난이 자신을 겨냥하고 있어 약간 흥분해서 대답했고, 멜리나 역시 고상한 척하려고 노력하는 편이 아니라 마침내 자신의 불만을 상당히 딱딱한 어조로 늘어놓았다. "우리가 여기서 저당 잡힌 연극 도구와 의상을 본 지 벌써 2주가 되었습니다. 우리는 얼마 되지 않은 액수로 두 가지를 가질 수 있습니다. 그때는 그만큼 돈을 빌려줄 것 같은 희망이 보였는데, 지금은 그런 생각을 품고 있는 것 같지도 않아 보이네요. 그때 마음먹었다면 지금 일이 순조롭게 진행되고 있을지도 모릅니다. 여행을 떠나겠다는 계획도 아직 실행에 옮기지 않았고, 그렇다고 지금까지 돈을 절약한 것처럼 보이지도 않습니다. 어쨌든 늘 돈이 더 빨리 사라지게 할 기회만 찾는 사람들은 어디나 있는 법이니까요."

그 비난은 완전히 부당하지 않았기에 우리의 친구인 빌헬름에게 충격을 주었다. 빌헬름은 멜리나의 말에 열렬히 그리고 강렬하게 대꾸했으나, 곧 사람들은 자리에서 일어나 뿔뿔이 흩어지기 시작했다. 빌헬름도 나가려고 문을 붙잡고 서서 이렇게 까다롭고 고마워할 줄 모르는 사람들이 있는 곳에는 더 오래 머물고 싶지 않다고 생각했다. 빌헬름은 불쾌한 마음으로 급히 아래로 내려가 여관 문 앞에 있는 돌 벤치 위에 앉았다. 그리고 즐겁기도 했고 불쾌하기도 했기 때문에 자신이 평소보다 더 많이 취했다는 것도 모르고 있었다.

# 12장

빌헬름이 여러 가지 생각에 불편한 마음으로 앉아서 잠시 멍하니 앞만 바라보고 있을 때 필리네가 노래를 부르며 여관 문을 어슬렁거리며 빠져나와, 빌헬름 무릎 위에 앉았다고 해도 좋을 정도로 빌헬름 쪽으로 바짝 당겨 앉고는 빌헬름의 어깨에 기댔다. 그리고 빌헬름의 곱슬머리를 가지고 놀더니 쓰다듬어 주면서 세상에서 가장 듣기 좋은 말로 빌헬름더러 여기에 머물러 달라고, 이런 사람들 가운데 자기를 혼자 내버려두지 말아 달라고 부탁하면서 이들과 있으면 지루해서 꼭 죽을 것 같으며, 멜리나와는 한 지붕 아래서 더는 참고 지낼 수 없어 건너편으로 숙소를 옮겼다고 했다.

빌헬름은 필리네의 부탁을 거절하면서 자신은 더 오래 머물 수도 없고 머물러서도 안 된다고 이해시키려 했으나 헛수고였다. 필리네는 계속 부탁하며 물러서지 않았고, 심지어 예상치 못하게 빌헬름의 목을 껴안고 욕망을 아주 솔직하게 표현하며 키스해 주었다.

“미쳤어요, 필리네?” 하고 빌헬름이 큰 소리로 외치면서 떨어지려고 애썼다. “큰길에서 내가 전혀 받을 이유도 없는 키스를 하다니요! 놓아요. 나는 머물 수도 없고 머물지도 않을 겁니다.”

“그러면 내가 선생님을 꼭 붙잡고 있을 거예요.” 하고 필리네가 말했다. “그래서 제가 원하는 대로 하겠다고 약속하실 때까지 여기 이 길에서 키스할 거예요. 우스워 죽겠어요.” 하고 필리네가 계속 말했다. “이렇게 친밀한 척하면 사람들은 나를 분명히 결혼한 지 4주 된 선생님 부인으로 생각할 거예요. 그러고 이런 매력적인 장면을 남편들이 보면 자기 부인에게 나를 정말 유치하지만 솔직하게 애정을 표현하는 본보기라고 말하겠죠."

바로 그때 몇몇 사람이 지나갔는데, 필리네는 빌헬름을 아주 매력적으로 애무해 주었다. 빌헬름은 스캔들을 일으키지 않기 위해 부득이 참을성 많은 남편 역을 해야 했다. 필리네는 지나가는 사람들 뒤를 쳐다보면서 얼굴을 찡그렸다가 곧 완전히 신이 나서 온갖 망측한 짓을 해댔다. 빌헬름은 결국 오늘이나 내일, 아니면 모레까지는 머물겠다고 약속해야 했다.

그러자 "선생님은 정말 멍청이예요." 하고 필리네가 빌헬름을 놓아주면서 말했다. "당신한테 이렇게도 다정하게 굴다니 저도 바보예요." 필리네는 기분이 상한 듯 일어나 몇 걸음 걸어갔다가 미소를 지으며 돌아서서 큰 소리로 말했다. "제 생각에 제가 선생님에게 홀딱 반했나 봐요. 뭐라도 해야 해서 뜨개질하던 스타킹을 가지러 가려는 것뿐이니까 거기에 그대로 계세요. 돌 벤치에 앉아 있는 망부석 같은 남자를 다시 볼 수 있도록 말이에요."

이번만큼은 필리네가 빌헬름을 잘못 생각했다. 왜냐하면 필리네를 조심하려고 빌헬름이 그렇게 노력했음에도 불구하고, 만약 이번에 두 사람이 어떤 인적이 드문 정자에 있었더라면 필리네의 애무 공세에 빌헬름이 응답하지 않고 가만히 있기는 어려웠을지도 몰랐다.

필리네는 빌헬름을 은근한 눈빛으로 쳐다보고는 여관으로 들어갔다. 빌헬름은 필리네를 따라갈 의무는 없었다. 오히려 필리네의 행실이 빌헬름의 마음에 반감을 일으켰지만, 빌헬름은 자신도 모르게 필리네를 따라가기 위해 자리에서 일어섰다.

빌헬름이 막 문으로 들어가려 했을 때 멜리나가 오더니 상냥하게 말을 붙이면서 토론하다 몇 번 너무 심하게 말해서 미안하다며 사과했다. "나쁘게 생각하지 마세요." 하고 멜리나가 말을 이어 갔다. "내가 처한 상황에 너무 겁을 먹었던 모양입니다. 내 아내를, 그리고 곧 태어날 아이를 걱정하다 보니 당신처럼 하루하루를 편히 지내면서 기분 좋은 느낌을 즐기며 시간을 보낼 수가 없습니다. 잘 생각해 보시고, 만약 가능하시다면 내가 이곳에 있는 연극 도구를 가질 수 있도록 해 주십시오. 빚은 곧 갚겠고, 이 은혜를 영원히 잊지 않겠습니다."

뿌리칠 수 없는 애욕이 자신을 필리네에게로 끌어당기는 이 순간에 문턱 앞에 멈춰 선 자기 모습을 보고 싶지 않았던 빌헬름은 갑작스러운 제안에 정신이 없었고 선뜻 호의를 베풀려는 마음으로 이렇게 말했다. "그렇게 해서 당신이 행복하고 만족스럽다면 더 길게 생각하지 않겠습니다. 거기로 가셔서 모든 일을 적절하게 처리하세요. 돈은 오늘 저녁이나 내일 아침 일찍 준비해 놓겠습니다." 그러고 나서 빌헬름은 자기가 한 약속을 증명한다는 의미로 멜리나에게 손을 내밀었다. 그리고 멜리나가 급히 길을 건너 걸어가는 것을 보고 대단히 만족했다. 그러나 유감스럽게도 그 여관 안으로 들어가는 것은 또다시 더 불쾌한 일로 가로막히고 말았다.

젊은 남자가 등에 보따리를 지고 급히 길을 건너 빌헬름에게 다가왔는데, 그 사람이 프리드리히임을 바로 알아보았다.

"다시 돌아왔습니다!" 하고 프리드리히가 말하고는 크고 푸른 눈으로 기쁜 듯 모든 창문을 좌우로 그리고 아래위로 둘러보았다. "아가씨는 어디 있죠? 아가씨를 보지 않고는 세상에서 더는 버틸 수가 없더라고요!"

"위층에 있어요." 하고 바로 그때 그곳에 온 여관 주인이 대답했다. 그 젊은 친구는 계단을 몇 번 껑충껑충 뛰어 올라갔고, 빌헬름은 문턱에 뿌리를 내린 듯이 우두커니 서 있었다. 처음에는 프리드리히의 머리채를 잡고 계단 아래로 끌어내리고 싶었다. 그러다 엄청난 질투심이 맹렬하게 경련을 일으키며 갑자기 자신의 활력과 생각의 진로를 막아 버렸다. 그런 마비 상태에서 차츰 회복되자, 지금까지 살아오면서 한 번도 느낀 적이 없던 불안감과 불쾌감이 빌헬름을 엄습했다.

빌헬름이 자기 방으로 올라갔더니 미뇽이 열심히 글을 쓰고 있었다. 그 아이는 얼마 전부터 자기가 외우고 있는 모든 것을 아주 열심히 글로 쓰려고 노력했고, 자기 주인이자 친구인 빌헬름에게 자기가 쓴 것을 교정해 달라고 주었다. 미뇽은 지치지 않고 열심히 했고 이해도 잘했지만, 글씨는 여전히 고르지 못했고 줄도 비뚤었다. 그런 점에서도 미뇽의 몸과 정신이 서로 일치하지 않는 것 같았다. 빌헬름의 마음이 편안했을 때는 미뇽이 글쓰기에 보이는 관심이 그에게 큰 기쁨을 주었지만, 지금은 그 아이가 내미는 것에 별로 관심을 보이지 않았다. 미뇽은 이번에는 정말 잘 썼다고 생각했기 때문에 마음이 더욱 슬퍼졌다.

빌헬름은 불안한 마음에 여관 복도를 이리저리 돌아다니다가 곧 여관 입구로 갔다. 그때 어떤 사람이 말을 타고 앞으로 달려왔는데, 지긋한 나이에도 불구하고 잘생긴 외모에 아직 원기가 왕성해 보였다. 여관 주인이 급히 그 사람에게 달려가서 마치 아주 잘 아는 사람처럼 손을 내밀며 크게 외쳤다. "아이고 승마 교관님[28], 이렇게 다시 만나 뵙습니다."

"말에게 여물이나 먹이고 가려고요." 하고 그 낯선 사람이 말했다. "당장 장원(莊園)으로 건너가서 모든 일을 빨리 준비해 놓으라고 지시해

28 승마 교관(der Stallmeister)은 백작의 장원(莊園)에서 말과 마구간을 감독하는 사람으로 승마를 가르치고 말을 길들이는 일을 담당하는 직책이다. 그래서 우리말로는 '말 감독관', '마구간 감독', '승마 교관'으로 옮길 수 있다.

놓아야 합니다. 백작님이 내일 백작 부인과 함께 오셔서 * * * 왕자님을 극진히 대접하기 위해 한동안 그곳에 머무실 겁니다. 왕자님이 아마도 이 근처에 사령부를 설치하실 겁니다."

"교관님이 여기에 머물 수 없어 아쉽네요." 하고 여관 주인이 대답했다. "우리 여관에 좋은 극단이 있거든요." 마부가 달려와 교관이 타고 온 말을 받았다. 그리고 교관은 여관 주인과 문 앞에서 이야기하면서 옆으로 빌헬름을 쳐다보았다. 빌헬름은 두 사람이 자기를 두고 이야기하는 것을 알아차리고는 그 장소를 떠나 거리를 몇 군데 이리저리 돌아다녔다.

## 13장

마음이 불쾌하고 불안한 상태였던 빌헬름은 하프 연주를 들으며 불편한 심기를 달랠 수 있지 않을까 기대하고 그 노인을 찾아갈 생각이 들었다. 그래서 그 남자가 어디 묵고 있느냐고 물어보자 여기서 조금 떨어진 마을 구석에 있는 초라한 여관으로 가 보라는 말을 들었다. 그 여관에서 다락방까지 계단을 올라가니 어느 방에서 감미로운 하프 소리가 울려 나왔다. 심금을 울리며 탄식하는 하프 소리에 슬프고 근심에 찬 노래를 부르고 있었다. 빌헬름은 문까지 몰래 다가가 들어 보았다. 그 노인은 환상곡 같은 노래를 부르고 있었는데, 몇 소절은 노래하기도 하고 낭송하기도 하면서 계속 반복했다. 엿듣고 있던 빌헬름은 주의를 집중해 보았고 대충 다음과 같은 내용을 알아들을 수 있었다.

한 번도 눈물 젖은 빵을 먹어 보지 못한 사람,
한 번도 근심에 찬 밤을
침대 위에서 눈물 흘리며 앉아 있어 보지 못한 사람,
그 사람은 당신들을 모른다네, 하늘의 신들인 당신들을.

당신들은 우리를 삶으로 끌어들여,
가엾은 사람이 죄를 짓게 해 놓고
그 사람을 고통에 내맡겨 버리네,
모든 죄 지상에서 벌을 받기 때문에.

마음에서 우러나는 고통스러운 한탄이 노래를 듣는 사람의 마음에 깊이 밀려왔고, 노인은 눈물이 나서 가끔 노래를 계속 이어 가지 못하는 것 같기도 했다. 그러고 나서 다시 나직하게 떠듬거리는 목소리가 섞일 때까지 하프 소리만 들렸다. 빌헬름은 문기둥에 서 있었는데, 영혼에 깊은 감동이 울려 왔다. 낯선 사람의 슬픔이 빌헬름의 답답한 가슴을 열어 주었고, 그러자 빌헬름은 동정심을 금치 못했으며 심금을 울리는 노인의 탄식은 마침내 자기 눈에서 흘러나오는 눈물을 참을 수 없게 만들었고 또 참으려 하지도 않았다. 빌헬름의 마음을 누르고 있던 모든 고통이 동시에 녹아내렸다. 빌헬름은 그런 감정에 사로잡혀 문을 밀쳐 열고 들어가 노인 앞에 섰다. 앉을 자리라고는 초라한 방에 유일한 가재도구인 형편없는 침대뿐이었다.

"내 마음에 이런 감정을 불러일으켜 주시다니요, 영감님!" 하고 빌헬름이 말했다. "막힌 내 마음을 모두 뻥 뚫어 주셨습니다. 저는 신경 쓰지 마시고 계속하세요. 그래서 한 친구를 행복하게 만들어 주시면 영감님의 고통도 덜어지시겠지요." 노인은 일어서서 무슨 말을 하려고 했고, 빌헬름은 그것을 말렸다. 왜냐하면 점심때 노인이 말하고 싶어 하지 않는다는 사실을 알아차렸기 때문이었다. 빌헬름은 오히려 노인 곁으로 짚을 채워 넣어 만든 침대 위에 앉았다.

노인은 눈물을 닦아 내고 다정하게 미소를 지으며 물었다. "어째서 이곳까지 오셨습니까? 오늘 저녁에 다시 찾아뵐 생각이었는데요."

"여기가 더 조용하니" 하고 빌헬름이 대답했다. "무슨 노래든 영감님이 부르고 싶은 노래, 영감님의 처지에 맞는 노래를 불러 주세요. 여기에 내가 없는 듯이 불러만 주세요. 오늘은 잘하실 것 같네요. 아주 행복해 보이십니다. 고독 속에서 이렇게 편하게 즐기며 시간을 보내실 수 있고, 또한 영감님은 어디를 가나 낯선 사람이라, 마음속에서 가장 편한 친구를 발견하시니 말입니다." 노인은 하프 현을 바라보고 부드럽게 튕겨 본 뒤 목소리를 가다듬고 노래했다.

고독에 깊이 빠진 사람은
아! 곧 혼자가 되리니.
누구나 살아가고, 누구나 사랑해도,
그 사람 고통에 내맡겨 두오.

그래! 나를 고통에 내맡겨 두오!
그리고 내가 단 한 번이라도
정말 고독할 수 있다면,
그러면 혼자가 아니리라.

사랑에 빠진 사람이 가만히 다가와,
애인이 혼자 있는지 귀 기울이고.
낮이나 밤이나 몰래 찾아온다네,
고독한 나를 고통이,
고독한 나를 아픔이.
아, 나도 언젠가 한 번은
무덤 속에서 고독하게 될 텐데,
그땐 고통도 아픔도 나 혼자 두게 되리라!

우리가 너무 지루할지도 모르지만, 우리 친구가 이 괴상하고 낯선 노인과 우아하게 나누는 진기한 대화를 여기서 말하지 않을 수 없다. 젊은이가 노인에게 하는 모든 말에 노인은 공감을 표시하고 그대로 동의하며 대답했고, 이러한 동감은 비슷한 모든 감정을 활발하게 자극해 상상력의 영역을 활짝 열어 주었다.

교회와 떨어져 있으면서도 더 순수하고, 더 간절하면서도 더 재치 있게 자신들의 마음을 고양할 수 있다고 믿는 신앙심이 깊은 사람들의 모임에 가 봤던 사람이라면 이런 장면을 이해할 수 있을 것이다. 그런 사람은 성직자가 자기 설교에 어느 찬송가의 구절을 맞춰 넣는 것을 기억하게 될 것인데, 그 시구는 그 말을 하는 사람이 바라는 곳으로 영혼을 높이 날아오르게 한다. 그러면 교인들 가운데 다른 사람이 곧 다른 멜로디에 다른 찬송가에서 빼낸 구절을 붙이게 되고, 여기에다 다시 세 번째 사람이 세 번째 구절을 연결한다. 그럼으로써 구절들을 따온 찬송가들의 서로 비슷한 이념들이 비록 자극되기는 하지만, 각 구절은 새로운 결합으로 인해 새롭고도 독특한 것이 되어, 마치 즉석에서 만들어진 듯 보이게 된다. 잘 아는 이념들이 모여, 잘 아는 노래들이나 격언들로 이런 특별한 모임을 위한, 이 순간을 위한 독특하고도 완전한 노래 하나가 생겨나며, 이 노래를 즐김으로써 그 모임은 활기를 띠고 힘과 생기를 얻는 것이다. 이렇게 노인도 잘 알려진 노래들과 잘 모르는 구절들을 모아 가까운 감정들과 먼 감정들, 깨어 있는 감정들과 잠들어 있는 감정들, 기분 좋은 감정들과 고통스러운 감정들을 순환시켜 가며 자기를 찾아온 손님을 기쁘게 해 주었다. 이것이 우리 친구가 현재 처한 상황에서 기대할 수 있는 최선책이었다.

## 14장

빌헬름은 돌아오는 길에 정말로 자기 상황을 이전보다는 더 골똘히 생각해 보기 시작했고, 이 상황에서 벗어나고자 결심하고 여관에 도착했다. 그때 여관 주인이 바로 빌헬름에게 필리네가 백작의 승마 교관 마음을 사로잡았다고 은밀하게 털어놓았다. 교관은 장원에 가서 자신의 지시 사항을 전달한 후 급히 돌아와 위에 있는 필리네 방에서 맛있는 저녁 식사를 함께하고 있다는 것이었다.

바로 그때 멜리나가 공증인을 데리고 들어왔다. 사람들은 빌헬름의 방으로 함께 올라갔고, 빌헬름은 약간 망설이기는 했지만 자기 약속을 이행하면서 멜리나에게 어음으로 300탈러를 주었다. 멜리나는 그 어음을 바로 공증인에게 넘겨주고 그 대신 모든 연극 도구를 구매했다는 증서를 받고 나서 내일 아침 인수하기로 했다.

멜리나와 공증인이 나가자마자 빌헬름은 여관에서 깜짝 놀랄 만큼 크게 외치는 소리를 들었다. 어느 청년의 목소리가 들렸는데, 화를 내며 위협하는 그 목소리는 엄청나게 울부짖는 소리 사이사이로 터져 나왔다. 이 소리는 위에서 아래로 내려가면서 자기 방을 지나 여관 현관 쪽으로 급히 뛰어가는 것처럼 들렸다.

호기심에 이끌려 아래로 내려가 보니 필리네 시중을 들던 프리드리히가 미친 사람처럼 날뛰고 있는 것이 보였다. 녀석은 울고불고 이를 부득부득 갈며 발을 굴렀고, 주먹을 불끈 쥐고 위협하면서 화가 나고 불쾌해하며 매우 난폭하게 굴었다. 미뇽은 그 청년 맞은편에 서서 이상한 듯이 쳐다보고 있었고, 여관 주인은 이 일에 대해 대충 설명해 주었다.

이 젊은이는 돌아온 후 필리네가 자기를 반갑게 받아 주자 흡족해서 신나고 즐거워했고, 승마 교관이 필리네를 알게 되기 전까지는 노래를 부르며 뛰어다녔다고 했다. 그러나 승마 교관이 필리네와 가까워지자 소년과 애송이 사내 중간쯤 되는 이 녀석은 불쾌함을 나타내면서 문을 쾅 닫고 아래위로 뛰어다니기 시작했다. 필리네가 그 녀석에게 오늘 저녁 식사 시중을 들라는 임무를 주었는데, 그 녀석은 그 말에 더욱 투덜대며 당돌해졌다는 것이었다. 그래서 마침내 음식이 담긴 그릇을 식탁에 놓는 대신 서로 상당히 가까이 앉아 있던 필리네 양과 그 손님 사이에 부어 버렸다. 그러자 교관은 녀석의 따귀를 몇 대 세게 때리고는 그를 문밖으로 내던져 버렸다는 것이었다. 여관 주인은 완전히 엉망이 되어 버린 두 사람의 옷을 깨끗이 닦는 것을 도와주었다.

그 녀석은 자신의 복수극이 효과가 있었다는 말을 듣고는 여전히 눈물이 뺨으로 흘러내리는 상태에서 크게 웃기 시작했다. 힘이 더 센 교관이 그 녀석에게 다시 욕을 퍼붓기 시작할 때까지 그 녀석은 한동안 정말 즐거워했다. 그때 그 녀석은 또다시 고함을 지르며 위협하기 시작했다.

빌헬름은 그 광경을 보고 생각에 잠긴 채 부끄러움을 느끼며 서 있었는데, 가장 깊숙이 숨겨 놓았던 자기 마음이 강력하고도 과장된 모습으로 나타난 것처럼 보였기 때문이었다. 빌헬름도 체면을 차리기 위해 이성을 붙잡지 않았더라면 이겨 내기 어려운 질투심에 불이 붙어서 흥분하여 분풀이하고 싶었을지도 몰랐고, 남의 불행을 기뻐하는 마음으로 사랑하는 사람에겐 상처를 주고 사랑의 경쟁자에겐 도전장을 던졌을지도 몰랐다. 그리고 자신을 화나게 하려고 거기에 있는 것 같은 사람들을 모조리 해치워 버렸을지도 몰랐다.

라에르테스도 그곳으로 왔다가 이 이야기를 듣고는 격분한 그 녀석을 장난삼아 부추겼더니, 그 녀석은 승마 교관이 자기에게 사과해야 하며, 자기는 지금껏 모욕당하고 가만히 있은 적이 없으니, 만약 승마 교관이 거부한다면 복수할 방법을 찾아낼 거라고 장담했고 또 맹세했다.

라에르테스는 바로 이런 분야의 전문가였다. 라에르테스는 진지한 표정으로 승마 교관에게 그 녀석의 이름으로 결투를 신청하기 위해 위로 올라갔다.

"재미있군요." 하고 승마 교관이 말했다. "오늘 밤에 그런 재미난 일이 있을 거라곤 생각지도 못했소." 두 사람은 아래로 내려왔고, 필리네는 두 사람을 따라왔다. "여보게" 하고 승마 교관이 프리드리히에게 말했다. "자네 참 용감한 젊은이군. 나도 자네하고 칼로 싸우는 걸 거부하지 않겠네. 다만 우리 나이와 힘이 같지 않아 이 대결이 어차피 이상하게 보일 테니 다른 무기로 싸우는 대신에 결투용 칼을 사용할 것을 제안하네. 검집을 씌운 칼 끝에 분필을 바르고 다른 사람의 상의에 먼저 묻히거나 아니면 가장 많이 묻힌 사람을 승자로 하기로 하고, 진 사람이 이 도시에서 구할 수 있는 가장 좋은 포도주를 내놓기로 하지."

라에르테스는 이 제안을 받아들여도 좋겠다고 판단했다. 프리드리히도 자신의 사부로 여기는 라에르테스의 말에 따랐다. 결투용 칼을 가져왔고, 필리네는 앉아서 뜨개질하며 아주 편안한 마음으로 두 사람의 대결을 지켜보았다.

펜싱을 매우 잘했던 승마 교관은 상대방을 충분히 봐주면서 조심스럽게 다루었다. 그래서 자신의 옷에도 몇 번 분필이 묻게 했고, 두 사람은 서로 포옹하고 포도주를 가져오게 했다. 승마 교관은 프리드리히가 어디 출신이며 어떻게 살아왔는지 알고 싶어 했고, 프리드리히는 이미 자주 했었던 이야기를 해 주었는데, 이 이야기는 다른 기회에 우리 독자들에게 알려 줄 생각이다.

그러는 동안 이 대결을 지켜보며 빌헬름도 자기 자신의 감정을 가다듬을 수 있었다. 왜냐하면 승마 교관이 비록 검술에 있어서는 자기보다 훨씬 뛰어나다는 것을 알아차렸지만, 승마 교관을 상대로 이 가볍고 가느다란 칼, 아니 차라리 무사들이 쓰는 무겁고 큰 칼을 휘두르고 싶었다는 사실을 부인할 수 없었기 때문이었다. 하지만 빌헬름은 필리네에게 눈길 한 번 주지 않았고, 자신의 감정이 드러날지 모르는 그 어떤 표시도 보이지 않으려고 조심했다. 그래서 대결을 벌였던 두 사람을 위한 몇 차례 건배에 답례한 후 서둘러 자기 방으로 돌아왔다.

빌헬름은 자기 마음이 어떤 상황에서도 희망에 넘쳐 부풀어 올랐던 때가 기억났다. 그때는 아주 활기에 차서 마치 물속에서처럼 온갖 즐거움 속을 헤엄치고 다니는 듯했다. 그런데 최근에는 막연하게 어슬렁거리며 돌아다니는 신세가 되었고, 그러면서 예전에 마음껏 빨아 마셨던 것을 겨우 조금씩 홀짝거리며 맛보고 있음이 분명해졌다. 그러나 어떤 극복할 수 없는 욕구를 자연이 자신에게 정해 놓았는지, 이러한 욕구가 상황에 의해서 얼마나 큰 자극을 받는지, 반쯤은 충족되었는지, 그러나 그릇된 방향으로 끌려가지나 않았는지 분명하게 알 수 없었다.

이렇게 빌헬름이 자신의 상황을 성찰해 보면서 그 상황에서 빠져나올 방법을 골똘히 생각하는 바람에 오히려 아주 큰 혼란에 빠지는 것도 놀라운 일이 아니다. 라에르테스와의 우정 때문에, 필리네에게 끌리는 마음 때문에, 미뇽을 향한 동정심으로 인해 한 곳에 그리고 극단 사람들 속에 생각보다 너무 오래 붙잡혀 있었다고 하기에는 그 이유가 충분하지 않았다. 사실 빌헬름은 극단 사람들과 함께 있으면서 자기가 제일 좋아했던 연극에 대한 애착을 다시 품을 수 있었고, 남모르게 자기 소망들을 충족시킬 수 있었으며, 어떤 목적도 정하지 않은 채 자신이 지난날 꿈꾸던 것을 몰래 뒤따라갈 수 있었다. 빌헬름은 이런 상황에서 벗어나 당장 떠날 힘을 충분히 가지고 있다고 생각했다. 그런데 불과 얼마 전에 멜리나와 금전 거래를 맺었고, 수수께끼 같은 노인을 알게 되었는데, 그 노인의 정체를 밝혀 보고 싶은 엄청난 호기심을 느끼고 있었다. 하지만 오랫동안 이리저리 생각해 본 끝에 그 때문에 머뭇거리지는 않기로 했다. 아니 그렇게 결심했다고 생각했다. "나는 떠나야만 해." 하고 빌헬름은 큰 소리로 말했다. "나는 떠날 거야!" 빌헬름은 안락의자에 몸을 던졌지만 흥분이 가라앉지 않았다. 이때 미뇽이 들어와서 빌헬름의 머리를 말아 올려도 되겠냐고 물었다. 미뇽은 조용히 걸어 들어왔는데, 빌헬름이 오늘은 너무 일찍 나가 보라고 해서 미뇽의 마음을 매우 아프게 했다.

마음속으로 품어 왔던 사랑이, 남몰래 간직해 왔던 변치 않는 마음이 지금까지는 그 사랑과 마음을 받을 자격이 없었던 사람에게 적절한 시기에 마침내 다가와 드러나게 될 때보다 더 감동적인 것은 없다. 오랫동안 단단히 닫혀 있던 꽃봉오리가 무르익었고, 빌헬름의 마음은 이런 사실을 더 쉽게 느낄 수밖에 없었다. "주인님!" 하고 미뇽이 불렀다. "주인님이 불행하시면 미뇽은 어떻게 되죠?" — "귀여운 것." 하고 빌헬름이 말하면서 미뇽의 손을 잡았다. "너도 내 괴로운 고민거리 가운데 하나지. — 난 떠나야 한단다." 미뇽은 눈물을 억지로 참으려는 빌헬름의 반짝이는 눈을 바라보다가 급히 빌헬름 앞에 무릎을 꿇었다. 빌헬름은 미뇽의 손을 잡고 있었고, 미뇽은 머리를 빌헬름의 무릎에 대고 아무 말도 하지 않았다. 빌헬름은 미뇽의 머리를 다정하게 쓰다듬어 주었다. 미뇽은 한동안 가만히 있었다. 그러다 마침내 미뇽이 일종의 경련을 일으키는 것처럼 느껴졌는데, 처음에는 아주 조용히 진행되다가 온 사지로 퍼지면서 심해지는 것이었다. — "미뇽, 왜 그러니?" 하고 빌헬름이 큰 소리로 말했다. "어디가 아파?" — 미뇽은 작은 머리를 들더니 빌헬름을 바라보고는 고통을 참는 표정으로 갑자기 심장 쪽으로 급히 손을 갖다 댔다. 빌헬름이 미뇽을 일으켜 세웠지만, 미뇽은 빌헬름의 무릎 위로 쓰러졌다. 빌헬름은 미뇽을 꼭 안아 주며 키스해 주었다. 미뇽은 손도 잡지 않고 움직이지도 않은 채 아무 대답이 없었다. 자기 가슴을 꼭 움켜잡고서 갑자기 몸에 경련이 일어나는 듯한 동작과 함께 외마디 비명을 질렀다. 그러고는 벌떡 일어서더니 마치 모든 관절이 부러진 것 같이 빌헬름 앞에 풀썩 쓰러져 버렸다. 끔찍한 순간이었다. — "얘야!" 하고 빌헬름은 미뇽을 들어 올려 꼭 껴안으면서 "얘야, 어디가 아프니?" 하고 크게 외쳤다. — 경련은 계속 이어졌고 가슴에서 덜덜 떨리는 사지로 전달되었다. 미뇽은 빌헬름의 팔에 매달려 있기만 했다. 빌헬름은 미뇽을 자기 가슴에 끌어안고 눈물로 미뇽을 적셨다. 갑자기 미뇽은 다시 근육이 긴장되는 것처럼 보였는데 너무 아픈 육체적 고통을 참고 있는 것 같았다. 그러자 곧 새롭고 격렬한 움직임과 함께 미뇽의 모든 사지가 다시 생생하게 살아났고, 미뇽은 마치 튀어 오르는 용수철처럼 빌헬름의 목을 와락 끌어안았다. 그러면서 미뇽의 가슴 깊은 곳이 엄청나게 찢어져 상처가 난 듯했고, 그 순간에 미뇽의 감긴 눈에서 눈물이 홍수처럼 빌헬름의 가슴으로 흘러내렸다. 빌헬름은 미뇽을 꼭 껴안았다. 미뇽은 울었다. 어떤 사람의 혀도 이 눈물의 위력을 말로 다 표현할 수 없으리라. 울고 있는 미뇽의 긴 머리카락은 풀어져 축 늘어뜨려져 있었다. 미뇽이라는 존재 전체가 눈물의 개울로 끊임없이 녹아드는 것 같았다. 경직되었던 미뇽의 몸이 다시 조금씩 풀렸다. 미뇽의 깊은 속마음이 흘러나왔다. 빌헬름은 순간적으로 혼란스러웠는데, 미뇽이 자기 팔에서 완전히 녹아 없어져 아무것도 남아 있지 않을까 두려웠다. 빌헬름은 이제 미뇽을 점점 더 세게 껴안았다. — "얘야!" 하고 빌헬름이 불렀다. "얘야! 너는 내 아이다! 이 말이 너에게 위안이 될 수만 있다면 좋으련만! 넌 내 아이야! 내가 널 지켜 줄게! 너를 버리지 않을게!" — 미뇽의 눈물은 점점 더 많이 흘러내렸다. 마침내 미뇽이 일어났다. 부드럽고 기분 좋은 표정으로 미뇽의 얼굴은 빛났다. — "아버지!" 하고 미뇽이 외치면서 말했다. "아버지가 날 버리지 않겠다고 하셨죠! 내 아버지가 되겠다고 하셨죠! — 난 아버지 자식이에요!"

문 앞에서 하프 소리가 부드럽게 나기 시작했다. 노인은 온 마음을 다해 부르는 노래들을 친구에게 바치는 저녁 선물로 가져온 것이다. 그 친구는 자기 아이를 점점 더 팔에 꼭 안고서 이루 형언할 수 없는 너무도 순수한 행복감을 즐겼다.

# 3권

# 1장

당신은 아시나요, 그 나라를? 레몬꽃 피고
짙은 나뭇잎에 황금색 오렌지들 빛나며,
부드러운 바람은 파란 하늘에서 불어와,
미루나무 고요히, 월계수 높이 서 있는 곳,
당신은 혹시 그 나라를 아시나요?
그곳으로! 그곳으로
나의 연인이여, 당신과 함께 가고 싶어라!

당신은 아시나요, 그 집을?, 둥근 기둥들 지붕을 받치고,
홀은 환히 빛나고, 방은 희미하게 비치며,
대리석상들이 서서 나를 유심히 바라보는 집,

네게, 이 불쌍한 아이에게, 무슨 일 있었느냐고.
당신은 혹시 그 집을 아시나요?
그 집으로! 그 집으로
나의 보호자여, 당신과 함께 가고 싶어라!

당신은 아시나요, 그 산과 그 구름 속 오솔길을?
노새가 안개 속에서 길을 찾아 헤매고,
동굴 속에 오래 묵은 용들이 살고 있는,
깎아지른 바위 위로 폭포수 떨어지는 곳,
당신은 혹시 그 산을 아시나요?
그곳으로! 그곳으로
우리의 길이 나 있어요, 오 아버지, 우리 그곳으로 가요!

다음 날 아침 빌헬름이 여관에서 미뇽을 찾았더니 미뇽은 없었으나, 아침 일찍 멜리나와 나갔다는 말을 들었다. 멜리나가 연극 공연에 입을 의상들과 기타 무대 소도구들을 넘겨받기 위해 시간에 맞춰 출발했다는 것이었다.

몇 시간이 지난 뒤 빌헬름은 문밖에서 음악 소리를 들었다. 처음에는 하프 타는 노인이 벌써 다시 와 있다고 생각했다. 그러나 곧 치터[29] 소리임을 알게 되었고, 시작된 노랫소리가 미뇽의 목소리라는 것도 알아차렸다. 빌헬름이 문을 열어 주자 미뇽이 들어와서 노래를 불렀는데,

---

29 치터(Zither)는 하프와 비슷한 고대 그리스의 현악기로 대부분 한쪽이 활모양으로 굽었고, 가운데 울림 구멍이 있는, 평평하고 길쭉한 공명통 위로 현이 팽팽하게 매여 있는 현악기로 줄을 뜯어 소리를 내는 악기를 말한다. 라틴어로는 키타라(cithara, kithara)라고도 부른다.

그 노래가 바로 위에 적혀 있던 것이다.

비록 빌헬름이 가사를 모두 이해할 수는 없었지만, 멜로디와 감정 표현이 특히 마음에 들었다. 빌헬름은 노래를 반복해서 부르게 하고 내용을 설명해 달라고 했으며, 그 노래를 받아쓰고 독일어로도 번역했다. 그러나 원래 가사의 관용적 표현을 결코 모방할 수는 없었다. 비록 더듬더듬 말하는 독일어가 일관되게 이어지고 상관없는 것이 연결되면서 표현에 묻어 있는 어린애 같은 순진무구함이 사라져 버렸지만, 멜로디의 매력은 무엇과도 비교할 수 없었다.

미뇽은 구절마다 장엄하고 화려하게 시작했는데, 마치 뭔가 기묘한 것에 주의를 집중시키고, 뭔가 중요한 이야기를 하려는 듯이 보였다. 3절을 부를 때 노래는 더욱 몽롱하고 침울해졌다. "당신은 혹시 그 나라를 아시나요?"라는 구절은 아주 비밀스럽고 신중하게 표현했고, "그곳으로! 그곳으로"라는 대목에는 거부할 수 없는 동경이 담겨 있었으며, "우리 그곳으로 가요!"라는 대목은 미뇽이 반복할 때마다 때로는 애원하듯 간절하게, 때로는 재촉하듯 희망에 차 있는 듯이 들렸다.

미뇽이 이 노래를 다시 부르고 나서 잠시 가만히 있다가 빌헬름을 유심히 바라보더니 "그 나라를 아세요?" 하고 물었다. ― "아마도 이탈리아를 말하는 게 틀림없겠지." 하고 빌헬름이 대답했다. "그 노래는 어디서 배웠니?" ― "이탈리아에서요!" 하고 미뇽이 의미심장하게 말했다. "이탈리아로 가 보세요, 그리고 저를 데려가 주세요. 여기서는 얼어 죽겠어요." ― "얘야, 이탈리아에 가본 적 있었니?" 하고 빌헬름이 물었다. 그 아이는 아무 말이 없었고, 어떤 말도 그 아이에게서 끄집어 낼 수 없었다.

멜리나가 들어와서 치터를 살펴보더니 아주 잘 만들어졌다며 기뻐했다. 그 악기는 옛날 의상 목록에 기재되어 있던 것이었다. 미뇽이 오늘 아침에 간청해서 이 악기를 받아 왔고, 하프 타는 사람이 바로 그 악기에 줄을 매어 주었다. 그러자 아이는 이 기회에 지금까지 사람들이 몰랐던 재능을 발휘했던 것이다.

멜리나는 이미 의상들을 부속 액세서리와 함께 모두 인수했고, 일부 시의회 위원들은 멜리나에게 한동안 이곳에서 공연할 수 있도록 허락해 주겠다고 단번에 약속했다. 그래서 기쁜 마음으로 기분 좋은 표정을 지으며 지금 다시 돌아온 것이었다. 멜리나는 완전히 다른 사람이 된 듯이 보였는데, 모든 사람에게 부드럽고 정중했으며 예의 바르고 호감을 불러일으켰기 때문이었다. 멜리나는 지금까지 어려움을 겪으며 하는 일 없이 지냈던 극단 동료들이 이제부터 계약을 맺고 한동안 일할 수 있는 행운을 간절히 바라면서도, 자신에게 행운을 가져다준 이 훌륭한 배우들에게 처음에는 그 능력과 재능에 따라 보수를 줄 수 없음을 아쉬워했다. 왜냐하면 무엇보다도 빌헬름이 보여 주었던 만큼, 이 관대한 친구에게 빚을 갚아야 하기 때문이었다.

멜리나는 빌헬름에게 이렇게 말했다. “제가 극단을 관리하도록 도와주시면서 제게 보여 주신 우정은 말로 다 표현할 수가 없습니다. 당신을 만났을 때 저는 매우 난처한 처지에 있었습니다. 우리가 처음 만났을 때 제가 당신한테 얼마나 열렬히 연극에 대한 저의 혐오감을 내보였는지 기억하실 겁니다. 그러나 결혼하자마자 연극으로 얻을 많은 기쁨과 박수갈채에 희망을 걸고 있던 아내에 대한 사랑 때문에 극단에 취직자리를 찾아보아야 했습니다. 그러나 일자리를 찾지 못했습니다. 어쨌든 계속 일할 수 있는 자리는 없었습니다. 그 대신에 다행스럽게도 사업하는 몇 사람을 만났는데, 그 사람들은 때에 따라서 펜을 놀릴 줄 알고, 프랑스어도 하고, 계산 경험이 전혀 없지 않은 저 같은 사람을 바로 고용할 수 있었습니다. 그렇게 저는 한동안 잘 지냈습니다. 괜찮은 보수를 받았고 여러 가지 물건도 장만했습니다. 그리고 제 처지도 부끄러워할 것이 없었습니다. 그러나 제 은인들과 임시로 맺은 계약도 끝나 계속해서 먹고살 만한 수입은 생각할 수 없었습니다. 그리고 제 아내는 그럴수록 더 열렬히 무대에 서고 싶어 했습니다. 그러나 그 시점에 아내는 관객에게 칭찬받을 정도로 자신을 보여 줄 최적의 상태가 아니었습니다. 이런 상황에서 당신의 도움으로 제가 만들 극단이 저와 우리 극단 사람들의 좋은 시작이길 기대합니다. 그리고 앞으로 어떻게 되어 가든지 앞으로의 제 행운은 오로지 당신 덕분입니다."

빌헬름은 그 말을 만족스럽게 들어 주었다. 그리고 배우들도 모두 마찬가지로 새로운 극단 단장의 설명에 상당히 만족하며 이렇게 빨리 고용 계약의 서광이 비친다고 은근히 기뻐했다. 그리고 처음에는 적은 급료를 받고도 만족할 용의가 있었다. 왜냐하면 사람들 대부분은 이렇게 뜻밖에 제공된 것을 불과 얼마 전까지는 기대할 수 없었던 부수입으로 생각했기 때문이었다. 멜리나는 이런 단원들의 분위기를 이용하기 위해 교묘하게 한 사람씩 따로 만나 어떤 사람은 이런 방법으로 또 다른 사람은 다른 방법으로 설득할 줄 알았다. 빨리 계약을 맺고 싶어 했던 모두는 새로운 계약 조건에 대해 거의 생각해 보지 않았고, 6주 전에 해약을 통보하면 다시 자유롭게 떠날 수 있도록 미리 보장되어 있다고 확신했다.

이제 여러 조건이 적당한 문서 형태로 갖춰져야 했고, 멜리나는 맨 먼저 관객을 끌어모을 수 있는 작품들을 생각하고 있었다. 바로 그때 한 전령이 승마 교관에게 백작 일행이 도착한다고 알렸고, 승마 교관은 쉬라고 매어 둔 말들을 끌고 오라고 명령했다.

곧바로 높게 짐을 실은 마차가 들어왔다. 마부석에서 하인 두 명이 뛰어내렸고, 마차가 여관 앞에 멈추자 필리네는 본능적으로 맨 먼저 아주 잽싸게 움직여 여관 문 앞에 섰다.

"누구시죠?" 하고 백작 부인이 여관으로 들어오면서 말했다.

"여배우입니다. 마님의 시중을 들려고요." 하고 대답하면서, 그 교활한 여자는 한술 더 떠서 온순한 표정과 겸손한 몸짓으로 백작 부인의 치마에 입을 맞추었다.

자신들도 마찬가지로 배우라고 자처하는 몇몇 사람들이 주위에 서 있는 것을 본 백작은 극단의 규모와 극단이 마지막으로 머물던 곳 그리고 단장이 누군지 물었다. "프랑스 사람들이라면" 하고 백작이 부인에게 말했다. "왕자님께 예상치 않은 즐거움을 드릴 수 있을지도 모를 거요. 우리 성에서 왕자님이 제일 좋아하시는 오락거리를 만들어 드릴 수도 있고 말이지."

"중요한 것은" 하고 백작 부인이 말했다. "이 사람들이 유감스럽게도 모두 독일 사람들이라고 하더라도 왕자님이 우리 성에 머무시는 동안 성에서 공연하게 허락하느냐는 것이죠. 이 사람들도 어느 정도는 숙련이 되어 있겠지요. 많은 사람이 모이면 연극 공연보다 모두를 더 즐겁게 해 줄 수 있는 것은 없어요. 그리고 남작이 틀림없이 잘 다듬어 주시겠지요."

그런 말을 하면서 백작 일행은 계단을 올라갔고, 멜리나는 위에서 자신이 극단 단장이라고 소개했다. "극단 사람들을 불러 모아 주시오." 하고 백작이 말했다. "그리고 내가 극단 사람들을 파악할 수 있도록 소개해 주시오. 아울러 극단이 언제라도 공연할 수 있는 작품 목록을 보고 싶소."

멜리나는 깊숙이 절을 하고 급히 방에서 나왔다가 곧 극단 배우들과 함께 돌아왔다. 사람들은 엎치락뒤치락하며 앞으로 나와서 일부는 백작의 마음에 들려는 의욕만 앞서서 자신을 제대로 소개하지 못했고 다른 일부는 경솔하게 말하는 바람에 소개를 안 한 것만 못했다. 필리네는 매우 인자하고 다정한 백작 부인에게 최고의 경의를 표했다. 백작은 그러는 사이에 남은 극단 사람들을 유심히 살펴보았다. 각자에게 보통 어떤 역을 맡는지 물어보았고, 멜리나에게는 각자 자신이 잘하는 배역을 고수해야 한다고 말하자, 멜리나는 이런 요구를 비굴할 정도로 아주 공손하게 받아들였다.

그런 다음 백작은 각자에게 특별히 무얼 목표로 삼아 연구해야 하는지 그리고 자기 외모와 자세에서 무엇을 고쳐야 하는지 말해 주었고, 독일 배우들에게 항상 무엇이 부족한지 분명하게 지적해 주면서 자신의 뛰어난 식견을 보여 주었다. 그래서 박식한 전문가이자 저명한 예술 후원자인 백작 앞에 서 있던 단원들은 모두 숨도 감히 쉬지 못할 지경이었다.

"저기 구석에 있는 사람은 누굽니까?" 하고 백작이 물으면서 아직 소개받지 못한 한 사람을 쳐다보았다. 팔꿈치를 천 조각으로 덧대어 꿰맨 낡은 옷을 입은 깡마른 체형의 사람이 가까이 다가왔다. 백작의 관심을 끈 이 겸손한 사람은 머리에 초라한 가발을 쓰고 있었다.

우리가 앞의 2권에서 필리네가 좋아하는 사람으로 이미 알고 있는 이 남자는 융통성 없는 지나치게 꼼꼼한 인물이나 교사 또는 시인 역을 맡아 왔고, 대부분 누가 얻어맞거나 물을 뒤집어써야 할 때 그 역을 대신 떠맡곤 했다. 이 사람은 어느 정도 비굴하게 굴거나 웃기거나 겁이 많아 굽실거리는 인물 역에 익숙해져 있었고, 자기 역에 맞는 더듬거리는 말투가 보통 관객들의 웃음을 자아냈기 때문에 언제나 극단에서 필요한 일원으로 여겨졌다. 게다가 그는 매우 성실하고 누구에게나 친절했기 때문이기도 했다. 이 사람은 몸에 밴 자세로 백작에게 다가가서 그 앞에서 절을 하고, 무대에서 자신의 역을 표현하려던 방식대로 백작의 질문에 대답했다. 백작은 한동안 그가 마음에 드는 듯 관심 있게 그리고 신중하게 바라보더니 백작 부인에게 몸을 돌리며 말했다. "부인, 이 사람을 자세히 관찰해 보시오. 이 사람은 큰 배우이거나 그런 배우가 될 수 있다고 내가 보증하오." 그러자 그 사람이 진심으로 우스꽝스럽게 절을 해서, 백작은 아주 큰 소리로 웃지 않을 수 없었다. 그리고 백작이 말했다. "이 사람은 자기 장기를 멋지게 보여 주는군. 자기가 원하는 어떤 역도 소화해 낼 수 있다는 데 내가 내기를 걸지. 지금까지 이 사람을 더 잘 이용하지 못했던 것은 유감이야."

이런 파격적인 칭찬은 나머지 사람들의 마음을 매우 상하게 했지만, 멜리나만큼은 그런 느낌을 전혀 받지 않고 오히려 백작의 말에 전적으로 동의하면서 아주 공손한 표정으로 대꾸했다. "아 네, 저 사람이나 우리 대다수가 지금까지 이런 전문가분을 만나지 못해 이런 격려를 받지 못했는데, 백작님께 그런 격려를 받는 행운을 얻게 되었습니다."

"이들이 전체 단원인가?" 하고 백작이 물었다.

"단원 몇 명은 빠졌습니다." 하고 약삭빠른 멜리나가 대답했다. "우리가 지원만 받는다면 근처 극단에서 데려와서라도 곧 인원을 전부 채울 수 있습니다."

그 사이에 필리네는 백작 부인에게 말했다. "위층에 정말 멋진 젊은이가 한 명 더 있는데, 분명히 곧 주인공 연인 역에 적격임을 증명할 거예요."

"왜 그 사람은 볼 수 없는 거죠?" 하고 백작 부인이 대꾸했다.

"제가 데려오겠습니다." 하고 필리네가 말하고는 문밖으로 급히 뛰어나갔다.

필리네는 빌헬름이 아직 미뇽과 열심히 이야기하고 있는 것을 보고는 함께 밑으로 내려가자고 빌헬름을 구슬렸다. 빌헬름은 약간 내키지 않아 하며 필리네를 따라갔지만, 귀족들에 관한 말을 들을 때면 그 사람들을 좀 더 자세히 알고 싶은 욕망에 가득 차, 호기심이 발동하기도 했다. 빌헬름은 방으로 들어갔고, 자기를 향하고 있던 백작 부인과 바로 눈이 마주쳤다. 백작이 나머지 사람들과 열심히 이야기하고 있는 사이에 필리네는 빌헬름을 백작 부인에게 데리고 갔다. 빌헬름은 머리를 숙여 인사를 했고, 이 매력적인 백작 부인이 던지는 여러 가지 질문에 대답하면서 당황하기도 했다. 백작 부인의 미모, 젊음, 기품, 우아함, 고상한 태도는 빌헬름에게 매우 좋은 인상을 주었고, 백작 부인의 말씨와 몸짓에 어느 정도 수줍음이, 아니 이렇게 말해도 괜찮을지 모르지만 당혹함이 함께 나타났기 때문에 더욱 그런 인상을 주었다. 빌헬름은 백작에게도 소개되었지만, 백작은 빌헬름에게 별로 관심을 보이지 않고 백작 부인이 서 있던 창가로 걸어가서 무언가를 물어보려는 듯했다. 백작 부인의 의견이 백작의 의견과 완전히 일치했고, 심지어 부인이 백작에게 열심히 부탁해서 백작의 심정을 굳히려는 듯 보인다는 것을 알아차릴 수 있었다. 백작은 그런 후 곧 단원들에게 돌아와 말했다. "내가 지금 여기에 머물 수는 없지만 내 친구를 여러분한테 보낼 테니, 여러분이 적당한 조건을 제시하고 정말 열심히 하겠다면 여러분이 성에서 공연하는 것을 반대하지는 않겠소."

이 말에 모두들 큰 기쁨을 나타냈으며, 특히 필리네는 백작 부인의 손에 아주 열렬하게 입을 맞추었다.

"이봐요, 아가씨!" 하고 백작 부인이 말하면서 이 명랑한 처녀의 뺨을 토닥거려 주었다. "나한테 다시 와요. 내 약속을 꼭 지킬 거예요. 그렇지만 더 좋은 옷을 입고 와야 해요." 필리네가 의상에 들일 돈이 별로 없다고 양해를 구하자 백작 부인은 당장 자기 시녀에게 영국식 모자와 비단 목도리를 쉽게 꺼낼 수 있을 테니 갖고 올라오라고 지시했다. 그래서 백작 부인이 직접 필리네를 멋지게 치장해 주었고, 필리네는 여전히 겉으로 착하고 순진한 표정을 지으면서 아주 얌전한 태도로 행동했다.

백작은 부인에게 손을 내밀어 아래로 데리고 내려갔다. 백작 부인은 지나가면서 극단 사람들 전체에게 다정하게 인사했고, 빌헬름을 한 번 더 돌아보면서 매우 다정한 얼굴을 하며 말했다. "곧 다시 만나겠지요."

이런 행복한 희망이 극단 전체에 활기를 불어넣었다. 각자 자기 희망과 소원 그리고 헛된 상상들을 생각나는 대로 말했고, 자신이 연기하고 싶은 배역과 받고 싶은 박수갈채에 관해 이야기했다. 멜리나는 어떻게 하면 재빨리 몇 차례 공연하고 이 작은 도시의 주민들로부터 돈을 좀 벌어들여서 극단 사람들을 동시에 안심시킬 수 있을지 곰곰이 생각해 보고 있었다. 그러는 동안 다른 사람들은 평소에 받아 오던 것보다 더 나은 점심을 주문하기 위해 주방으로 갔다.

## 2장

며칠 뒤 남작이 왔다. 남작을 맞이하는 멜리나는 조금 두렵기도 했다. 백작이 남작을 전문가라고 알려 주었던 탓에, 남작이 즉각 이 작은 극단의 약한 부분을 발견하고 이 극단이 사실은 제대로 조직된 극단이 아니라, 한 작품조차 배역을 충분히 채울 수 없는 극단이라는 사실을 파악하게 되리라고 걱정했던 것이다. 그런데 남작이 아주 큰 열정으로 조국의 연극을 평가하고 어떤 배우나 어떤 극단이라도 환영하고 기뻐하는 사람임을 알고, 극단 단장뿐 아니라 단원 전체는 곧 모든 걱정에서 벗어나게 되었다. 남작은 격식을 갖추어 모든 단원에게 인사했고, 뜻하지 않게 독일 극단을 만나 자신과 연결되어 자기 친척의 성에서 조국의 연극 작품들을 소개할 수 있게 되어 행복하다고 말했다.

남작은 그런 후 곧바로 가방에서 노트를 꺼냈는데, 멜리나는 거기에 계약의 요점들이 적혀 있을 거라고 기대했으나 완전히 다른 것이었다. 남작은 이 희곡을 자신이 직접 완성했으며 단원들이 공연하는 것을 보길 바라는 작품이니 주의를 기울여 들어 달라고 부탁했다. 사람들은 기꺼이 둥글게 모여 앉았고, 이렇게 돈도 들이지 않고 자신들에게 꼭 필요한 사람의 호의를 확실하게 얻을 수 있다는 사실에 기뻐했다. 비록 그 노트의 두께로 보아 지나치게 오랜 시간이 걸리지 않을까 모두가 걱정했어도 말이다. 실제로도 그랬다. 그 드라마는 5막으로 만들어졌는데, 끝이 보이지 않는 종류의 작품이었다.

주인공은 고귀하고 고결하며 관대한 사람이면서도 동시에 오해를 받고 박해를 당하다가 마침내 적에게 승리한다. 만약 주인공이 적들을 그 자리에서 용서해 주지 않았더라면 문학적 정취가 담긴 매우 가혹한 정의의 심판이 내려졌을지도 몰랐다.

이 작품이 낭독되는 동안 듣는 사람은 모두 자기 자신에 대해 생각해 보고 얼마 전까지만 해도 굴욕감에 가까웠던 감정을 서서히 행복한 자기만족으로 끌어올리며, 거기서 미래를 우아하게 조망해 볼 충분한 여유도 가졌다. 그리고 작품에서 자기에게 적합한 역을 찾지 못한 사람들은 마음속으로 이 작품이 형편없다고 생각하며 남작을 서툰 작가라고 여겼다. 이와는 반대로 다른 사람들은 작가를 가능한 한 만족시켜 주기 위해 크게 칭찬해 주면서 자신들이 박수갈채를 받기를 원하는 대목을 주의 깊게 관찰해 나갔다.

금전적 문제는 빨리 해결되었다. 멜리나는 자신에게 유리하게 남작과 계약을 맺을 수 있었지만, 그 내용을 다른 단원들에게는 알려 주지 않았다.

멜리나는 남작에게 빌헬름이 아주 훌륭한 희곡 작가로서 자질을 갖췄고 배우로서도 나쁘지 않은 소질이 있다고 얼핏 말해 주었다. 남작은 즉시 빌헬름과 동료로서 인사를 나누었고, 빌헬름은 짧은 작품 몇 편을 꺼내서 보여 주었는데, 대부분의 작품을 불에 태워 버렸던 바로 그날 약간의 물건과 함께 우연히 살아남은 작품들이었다. 남작은 그 작품들뿐 아니라 빌헬름의 낭독도 칭찬했고, 빌헬름이 성으로 함께 오는 것을 주지의 사실로 받아들였으며, 헤어질 때 모든 사람에게 최고의 환대, 편안한 숙소, 좋은 음식, 박수갈채와 선물을 약속했다. 멜리나는 거기에다 하나 더 덧붙여서 일정한 용돈도 생긴다고 보장했다.

남작이 찾아와서 극단 사람들의 기분이 얼마나 좋아졌을지는 가히 상상이 갈 것이다. 걱정스럽고 궁색한 상황 대신에 갑자기 명예와 안락함을 눈앞에서 보게 된 것이었다. 사람들은 벌써부터 앞으로 받을 돈에 즐겁게 기대를 걸면서 주머니에 한 푼이라도 넣어 두는 것은 꼴불견이라고 생각했다.

그 사이에 빌헬름은 자신이 극단과 함께 성으로 가야 할지를 곰곰이 생각해 보기 시작했다. 그리고 그곳으로 가는 것이 여러 가지 의미에서 유익하다고 판단했다. 멜리나는 유리한 계약으로 자신의 빚을 최소한 일부라도 갚을 수 있기를 기대했다. 인간에 대한 이해를 목표로 삼았던 우리의 친구 빌헬름은 인생이나 자기 자신 그리고 예술에 관해 많은 정보를 얻을 수 있는 큰 세계를 더 자세히 알 기회를 놓치고 싶지 않았다. 그러면서도 자신이 아름다운 백작 부인에게 다시 가까이 다가가기를 얼마나 간절히 바라고 있는지를 자신에게 솔직히 털어놓고 싶지는 않았다. 오히려 빌헬름은 고귀하고 부유한 세계를 더 자세히 안다는 것이 자신에게 얼마나 큰 이익을 가져다주게 될지 자신에게 납득시키려고 노력했다. 그래서 백작, 백작 부인, 남작에 관해, 그리고 그들의 행동에서 나타나는 자신감, 평안함 그리고 우아함에 관해 곰곰이 생각해 보았다. 그래서 혼자 있게 되었을 때 아주 기뻐하며 이렇게 외쳤다.

"태어나자마자 하층 계급을 뛰어넘는 사람들은 세 배로 행복하다고 해야 마땅하다. 그 사람들은 많은 선량한 사람이 평생 애태우는 상황을 겪을 필요가 없고, 결코 그 상황에 초대받은 손님으로 머물러 있을 필요가 없다. 더 높은 관점에서 바라보는 그들의 시선이 옳고 보편적인 것이 되어야만 하니, 그들이 내딛는 삶의 발걸음은 얼마나 가벼운가! 우리 모두 인생이라는 배를 타고 건너가야 할 때, 우리는 자신을 위해 혼자 오랫동안 힘들여 헤엄쳐 가면서 순풍의 혜택을 별로 누리지도 못하고, 폭풍이 불면 곧 힘이 빠져 가라앉고 말지만, 그들은 말하자면 출생 때부터 배에 앉아 있어서 유리한 바람을 이용할 수도 있고 역풍이 끝나길 기다리기만 하면 된다. 타고난 재산은 그들이 얼마나 힘들지 않고 편하게 살도록 해 주는가! 그리고 상당한 자본을 바탕으로 사업은 또 얼마나 확실하게 번창해서, 시행착오를 겪더라도 바로 아무것도 할 수 없는 상황에 빠지지도 않는다! 현세적 재물의 가치와 무가치를 어린 시절부터 향유해 본 사람보다 누가 그 재물에 대해 더 잘 알 수 있으며, 새로운 삶을 시작할 힘이 아직 부족하지 않은 나이에 그렇게 많은 잘못을 스스로 확인해야 하는 사람보다 누가 더 일찍 자기 정신을 꼭 필요한 것, 유용한 것, 참다운 것으로 이끌 수 있겠는가!"

그래서 우리의 친구 빌헬름은 더 높은 신분의 사람들은 행복하다고, 또한 그런 사람들에게 가까이 다가가 이 우물에서 물을 길 수 있는 사람들도 다행이라고 외쳤다. 그리고 자신을 이런 계층으로 올라가 보도록 인도해 준 자신의 수호신을 찬양했다.

그러는 동안 멜리나는 백작의 요구와 자신의 확신에 따라 배우들에게 역을 어떻게 나눌지 각 배우에게 어떤 연기를 믿고 맡길지 오랫동안 머리가 아플 정도로 고민한 뒤 마침내 실행할 단계에 이르렀고 이 적은 인원으로도 배우들이 될 수 있는 한 이 역할 저 역할을 기꺼이 맡아 주겠다고 했을 때 매우 행복하지 않을 수 없었다. 그래서 라에르테스는 평소대로 애인 역을 맡았고, 필리네는 시녀 역을, 두 명의 젊은 여배우는 순진한 애인 역과 다정한 애인 역을 맡았다. 평소에 호통치는 역을 잘 맡았던 영감은 자기에게 딱 맞는 역을 맡았다. 멜리나 자신은 기사로 등장하려고 생각했으며, 멜리나 부인은 젊은 부인 역을 맡다가 다정한 어머니 역으로 바뀌어야 해서 매우 마음이 언짢았다. 그리고 최근 여러 작품에서는 융통성 없는 꼼꼼한 인물이나 시인이 등장하더라도 더는 쉽게 웃음거리로 만들지 않기 때문에, 백작이 총애한다고 알려진 사람은 이제 의회 의장이나 장관 역을 맡아야 했다. 이 역할들은 대개 악당으로 묘사되어 5막에서는 학대를 받기 때문이었다. 마찬가지로 멜리나도 여러 인기 있는 작품에서 시종이나 시종장 역을 맡아 전통적으로 거칠고 독선적인 독일 남자들에게 들어야 했던 상스러운 말들을 즐거운 마음으로 참고 받아들였다. 왜냐하면 이 기회에 멋지게 차려입을 수 있고 자신이 완벽하게 가지고 있다고 생각하는 궁정 신하의 모습을 연기해 보는 것이 허락되기 때문이었다.

얼마 지나지 않아 몇몇 지역에서 여러 배우가 모여들었고 특별한 테스트 없이 받아들여져서 특별한 조건 없이 극단에 들어오게 되었다.

멜리나는 빌헬름에게 몇 번 연인 역을 맡도록 설득해 보았지만 허사였다. 그래도 빌헬름은 좋은 의도로 공연과 관계되는 일을 맡았지만, 새로 극단을 떠맡은 멜리나는 빌헬름이 공연을 위해 애쓰는 것을 조금도 인정하지 않았다. 오히려 멜리나는 모든 일에 필요한 판단은 단장인 자신만 할 수 있다고 생각했다. 특히 작품을 짧게 자르는 일이 멜리나의 가장 즐거운 작업 가운데 하나였다. 멜리나는 어떤 작품이건 다른 요소는 전혀 고려하지 않고 적당한 공연 시간에 맞춰 잘라 버리는 일을 잘했다. 이것으로 멜리나는 많은 인기를 얻었고, 관객은 대단히 만족했다. 그래서 도시에서 가장 고급 취향인 사람들은 군주가 사는 도시의 연극도 자신들이 보는 연극보다 결코 더 훌륭하지는 않다고 주장했다.

## 3장

마침내 성으로 건너가야 할 시간이 다가왔다. 단원들 전체는 백작의 성으로 가기 위해 예약해 놓은 마차와 수레를 기다려야 했다. 벌써 사전에 누가 누구와 타고 가고, 어떻게 앉아 가야 하는지 큰 다툼이 벌어졌다. 드디어 타고 가는 순서와 누구와 함께 타고 갈 것인지 간신히 해결을 보고 결정이 내려졌지만 아쉽게도 아무 효과가 없었다. 정해진 시간에 기대했던 것보다 모자라는 수의 마차가 왔기 때문에 사람들은 순서나 자리를 다르게 조정해야 했다. 그렇게 늦지 않게 말을 타고 따라왔던 남작은, 왕자님이 생각했던 것보다 며칠 일찍 도착했을 뿐만 아니라, 예상치 않은 방문객들이 이미 그곳에 와 있어서 성이 엄청나게 바쁘게 돌아가고 있다고 설명했다. 그래서 자리가 매우 협소해졌기 때문에 이전에 극단 사람들을 위해 정해 놓은 것만큼 그렇게 좋은 숙소를 제공하지 못하게 되어 대단히 미안하다고 했다.

사람들은 가능한 대로 여러 마차로 나누어 탔다. 날씨가 견딜 만했고 마차로 몇 시간만 가면 되는 거리라 기분이 좋은 사람들은 마차가 돌아오길 기다리기보다 차라리 걸어서 가기로 했다. 마차 행렬이 기쁨의 환성을 지르며 출발했다. 처음으로 여관 주인에게 돈을 어떻게 지급할지 걱정도 하지 않고 말이다. 그들의 머릿속에서 백작의 성은 요정들이 사는 궁전 같았고, 자신들은 세상에서 가장 행복하고 즐거운 사람들이었으며, 각자 성으로 가는 동안 행운과 명예와 풍요로운 생활을 나름대로 생각하며 이날과 연결해 보았다.

예기치 않게 쏟아진 세찬 비도 이들의 기분을 망쳐 놓을 수는 없었다. 그러나 비는 점점 거세지며 그치지 않았고 그들 중 많은 사람은 상당히 불편해했다. 이윽고 밤이 되었고, 언덕에 보이는 백작의 성은 무엇보다 반가웠다. 성은 모든 층에 불을 밝히고 있어 창문을 하나하나 셀 수 있을 정도였다.

성에 가까이 다가가니 측면 건물의 모든 창에도 불이 켜진 것이 보였다. 각자 은밀히 어느 방이 자기 방이 되었으면 좋을지 생각해 보았지만, 대부분은 겸손하게 다락방 하나나 곁채에 있는 방 하나면 만족한다고 생각했다.

마을을 가로질러 여관을 지나가다 빌헬름이 거기서 내리려고 마차를 멈췄다. 그러나 여관 주인은 빌헬름에게 줄 수 있는 방이 정말 하나도 없다고 했다. 백작이 예상치 못한 손님들로 급히 여관 전체를 예약했고, 그래서 모든 방에 누가 어느 방을 쓸 것인지 이미 어제부터 분필로 분명하게 적혀 있다는 것이었다. 우리 친구는 내키지 않았어도 다른 단원들과 함께 성으로 타고 가는 수밖에 없었다.

측면 건물에 있는 주방의 화덕 옆에서는 요리사들이 부지런히 이리저리 움직이는 모습이 보였고, 사람들은 이 모습을 바라보는 것만으로도 벌써 기분이 좋아졌다. 하인들이 촛불을 들고 본관 계단을 급히 뛰어 내려왔다. 순진한 나그네들은 이 광경에 마음이 부풀어 올랐다. 이런 환영이 끔찍한 저주로 바뀌었을 때 그들은 얼마나 놀랐겠는가! 하인들은 마부들에게 여기까지 수레를 몰고 들어왔다며 욕설을 퍼부었다. 다시 방향을 돌려 나가서 옛 성으로 가야지, 여기는 이 손님들을 위한 공간이 아니라고 소리쳤다. 하인들은 온갖 조롱을 섞어 불친절하고 예기치 못했던 안내를 하면서, 그네들이 실수를 하는 바람에 사람들이 비로 두들겨 맞게 되었다고 큰 소리로 웃어 댔다. 비는 여전히 쏟아졌고, 하늘에는 별도 보이지 않았다. 단원들은 뒤편의 옛 성으로 가는 두 담 사이로 난 울퉁불퉁한 길을 줄지어 걸어갔다. 옛 성에는 백작의 아버지가 앞쪽으로 성을 지은 후로 사람이 살지 않았다. 마차들 일부는 성의 뜰에 그리고 일부는 둥근 아치가 길게 연결된 성문 통로 아래에 멈춰 섰고, 마을에서 임시로 고용한 마부들은 마차에서 말을 풀고는 말을 타고 마을로 돌아갔다.

그들을 맞이하러 아무도 나타나지 않자, 극단 사람들은 내려서 사람들을 불러도 보고 찾아도 보았지만 아무 소용이 없었다! 어두웠고 아무 소리도 들리지 않았다. 바람은 텅 빈 성문 통로로 불어왔고, 옛 탑과 뜰은 무시무시했다. 어둠 속에서 형체를 거의 구분할 수조차 없었다. 몸이 얼어 부들부들 떨렸고, 여자들은 무서워했으며, 아이들은 울기 시작하더니 시간이 갈수록 못 참고 더 칭얼거렸다. 극단 사람 중 아무도 이런 상황에 대한 마음의 준비가 되어 있지 않다 보니, 이렇게 급격히 행복이 불행으로 변하자 모두 완전히 평정심을 잃고 말았다.

매 순간 누군가 와서 문을 열어 주리라고 기대하고 있을 때, 한 번은 내리는 비에, 한 번은 몰아치는 폭풍에 속아 자신들이 바라던 성의 관리인 발걸음 소리가 들린다고 착각했다. 한동안 불평을 하면서도 아무것도 하지 못하고 거기에 머물러 있었다. 새 성으로 가서, 거기서 자신들의 처지를 알아줄 사람들에게 도움을 요청해야겠다는 생각이 누구에게도 떠오르지 않았다. 자신들의 친구인 남작이 어디에 있는지 알 수가 없어 사람들은 너무나 곤란한 상황에 빠져 있었다.

마침내 사람들이 왔는데, 그 목소리를 들어 보니 마차를 타고 온 사람 뒤에서 걸어오느라 뒤처진 사람들이었다. 그 사람들이 이야기하는 바에 따르면 남작이 말과 함께 넘어져 발에 심한 상처를 입었으며, 성에 와서 물어보니 매우 거친 말투로 이곳으로 가라고 했다는 것이었다.

단원들 전체가 큰 당혹감에 빠졌고, 어떻게 해야 할지 의논해 보았으나 결정을 내릴 수 없었다. 마침내 멀리서 불을 든 사람이 오는 것을 보고 한숨을 돌렸다. 그러나 나타난 사람이 누군지 서서히 밝혀지자 곧 이 상황에서 벗어난다는 희망은 다시 사라져 버렸다. 그 사람은 안면이 있는 백작의 승마 교관으로, 마부 한 명이 앞에서 불을 밝혀 주고 있었다. 교관은 더 가까이 다가와서 아주 열심히 필리네 양을 찾았다. 필리네가 여러 사람 무리에서 나타나자마자, 교관은 백작 부인의 시녀들이 자는 곳에 필리네 자리가 있으니 새 성으로 데려다주겠다고 매우 다급하게 권했다. 필리네는 오래 생각하지 않고 그 제안을 감사히 받아들이고는 교관의 팔을 잡았다. 그리고 다른 사람들에게 자기 가방을 부탁하고는 교관과 함께 가려고 했다. 그러나 사람들이 그들 앞을 가로막고 서서 교관에게 묻고, 부탁하고, 애원하자, 필리네와 이 자리를 빠져나가고만 싶었던 교관은 그제야 곧 성의 문을 열어 꼭 그들이 묵을 수 있도록 해 주겠다고 약속했다. 그러고 나서 곧 사람들은 교관의 촛불 빛이 사라지는 것을 보았다. 그리고 오랫동안 새로운 빛을 기대했으나 허사였는데, 그 빛은 그렇게 많이 기다리고, 욕하고, 불평한 후에야 마침내 나타나 약간의 위로와 희망으로 사람들에게 활기를 불어넣어 주었다.

마침내 한 늙은 하인이 옛 건물의 문을 열자, 사람들은 우르르 안으로 밀고 들어갔다. 이제 각자 자기 물건들을 챙겨서 안으로 옮기려고 애썼다. 짐과 사람들은 대부분 비에 흠뻑 젖어 있었다. 촛불 하나에 의지해 모두 아주 천천히 걸어갔다. 건물 안에서 부딪히기도 하고 넘어질 뻔도 했으며, 진짜 넘어지기도 했다. 그래서 촛불이 더 있어야 한다고 부탁했고, 불을 때 달라고 부탁하기도 했다. 말이 적은 하인은 겨우 촛불 하나만 거기에 남겨 놓고 가서는 다시 돌아오지 않았다.

이제 성을 이리저리 뒤져 보기 시작했다. 방들의 문은 모두 열려 있었고, 커다란 난로, 직물로 짠 벽지들, 아름다운 무늬의 바닥에는 지난날 이 성의 화려함이 아직 남아 있었지만, 다른 가구들은 하나도 발견할 수 없었다. 탁자나 의자는 없었고, 거울도 없었으며 엄청나게 큰 텅 빈 침대들만 몇 개 있을 뿐이었다. 모든 장식과 꼭 필요한 것들은 약탈당한 것만 같았다. 사람들은 젖은 가방과 옷을 넣은 자루 위에 앉기도 하고, 일부 피곤한 사람들은 마지못해 아예 바닥에 앉았다. 빌헬름은 계단 몇 개에 걸쳐 앉았고, 미뇽은 그 무릎 위에 앉았다. 그 아이는 불안해하며 어디가 아프냐는 빌헬름의 물음에 "배가 고파요!" 하고 대답했다. 아이의 배고픔을 달래 줄 것은 하나도 없었고, 다른 단원들도 갖고 있던 것을 다 먹어 버린 상태였다. 빌헬름은 이 불쌍한 아이에게 줄 것이 없어 그대로 내버려둘 수밖에 없었다. 이런 일이 벌어지는 동안 꼼짝도 하지 않고 말없이 생각에 잠겨 있었다. 그때 자기 생각을 관철해서 비록 꼭대기 층에 자기 숙소를 얻어야 했더라도 그 여관에서 내리지 못했던 것이 아주 기분 나쁘고 화가 났다.

나머지 사람들은 각자 자기 나름대로 행동했다. 몇몇은 오래된 커다란 장작더미를 큰 방의 벽난로에 넣고 큰 환성을 지르며 불을 붙였다. 그러나 불행하게도 그 벽난로는 장식에 불과해 벽난로 위쪽을 막아 버렸기 때문에 연기가 빠르게 밖으로 새어 나와 단숨에 온 방 안에 가득 차 버렸다. 그리고 마른 장작이 따닥따닥 소리를 내며 불꽃에 휩싸이면서 불꽃이 밖으로 새어 나왔다. 깨진 유리창으로 바람이 불어 들어와 불꽃이 이리저리 방향을 바꾸는 바람에 사람들은 성에 불이 붙지 않을까 두려워서 불붙은 장작을 하나하나 꺼내 발로 밟아 꺼야만 했다. 그랬더니 방 안이 연기로 가득 차 참을 수 없이 절망적인 상황에 빠지고 말았다.

빌헬름이 연기를 피해 멀리 떨어진 방으로 피했더니 미뇽이 곧 따라오면서 잘 차려입은 하인 한 사람을 데리고 왔다. 하인은 초가 두 개 켜져 훤하게 타고 있는 긴 초롱을 들고 있었다. 하인은 빌헬름 쪽으로 오더니 예쁜 도자기 접시에 담은 과자와 과일을 건네주면서 말했다. "이것은 저쪽 성에 있는 젊은 부인이 선생님께 드리라고 보내신 겁니다. 그리고 저쪽 모임으로 건너오라고 말씀드리라고 했습니다." 그리고 명랑한 표정으로 덧붙이길, "그 부인께서는 그곳이 너무 좋아 즐거움을 친구분과 함께 나누고 싶으시다는군요."

빌헬름은 이런 제안을 전혀 예상하지 못했다. 왜냐하면 돌 벤치 사건 이후로 필리네를 분명히 경멸하듯 대해 왔고, 그리고 필리네와 함께 하지 않기로 굳게 결심했기 때문이었다. 빌헬름은 과자들을 돌려보내려 했으나 미뇽의 애원하는 눈빛 때문에 그 과자를 받고 아이의 이름으로 감사의 말을 전해 달라고 할 수밖에 없었다. 초대는 딱 잘라 거절했다. 그리고 하인에게 도착한 일행을 돌봐 달라고 부탁하면서 남작이 어디 있는지 물어보았다. 남작은 침대에 누워 있으며, 자신이 알고 있는 바로는 어려운 상황을 겪고 있는 일행들을 돌봐 주라고 이미 다른 하인에게 지시했다는 것이었다.

하인은 가면서 촛불 중의 하나를 빌헬름에게 남겨 놓았다. 빌헬름은 촛대가 없어 촛불을 창문 선반에 붙여 놓아야 했는데, 자기가 보기에도 최소한 방의 네 벽이 환하게 밝아진 듯했다. 그러고 나서도 우리 일행의 휴식을 위한 준비가 활기를 띨 때까지는 아직 더 긴 시간이 걸렸다. 그 이후 촛불을 가져왔지만 심지를 자를 가위는 없었고, 그리고 의자 몇 개, 한 시간 후에 이불, 그 후에 베개가 왔으나 모두 젖어 있었다. 짚으로 채운 부대 자루들과 매트리스를 가져왔을 때는 이미 자정이 훨씬 넘은 시간이었다. 만약 이런 것들을 가장 먼저 갖다주었더라면 사람들에게 큰 환영을 받았을 것이다.

그 사이에 약간의 먹을 것과 마실 것도 들어왔는데, 음식이 아주 엉터리 같고 찌꺼기처럼 보였고 손님을 위해 특별히 신경 쓴 흔적도 없었지만, 사람들은 별다른 불평 없이 먹었다.

# 4장

밤에는 몇몇 경솔한 단원들의 버릇없고 오만불손한 행동으로 인해 편하지 못했고 불쾌감이 커졌다. 그들은 서로 놀리고 깨우고 돌아가며 장난을 쳤다. 다음 날이 밝았고 몇몇은 남작을 크게 원망했다. 남작이 자기들을 속였으며, 지금과는 완전히 다르게 모든 것이 준비가 잘 되어 있어 편하게 지낼 수 있는 곳으로 갈 거라는 환상을 심어 주었다는 것이었다. 그런데 놀랍게도 아침 일찍 백작이 직접 하인 몇 명과 함께 나타나 어떻게 지내는지 물어보아 조금은 위안이 되었다. 백작은 그들에게 얼마나 불쾌한 일이 벌어졌는지를 듣고 무척 화를 냈다. 그러자 남작이 부축받은 채 절뚝거리며 들어와 시종장에게 이번에 자신의 지시를 제대로 따르지 않은 것에 불만을 표시했고, 자신의 명예에 먹칠을 했다고 생각했다.

백작은 당장 자기가 보는 앞에서 손님들이 가능한 한 편하게 지낼 수 있도록 모든 것을 해 주라고 명령했다. 배우들이 왔다는 소문을 듣고 낯선 장교 몇 명이 찾아왔고, 백작은 그들이 있는 자리에서 전 단원에게 자신을 소개하라고 하면서 각자 자기 이름을 말할 때 말을 걸었다. 백작은 대화를 나누면서 농담도 몇 마디 곁들였기 때문에 모두 이 관대한 백작에 매료되었다. 드디어 빌헬름 차례가 되었고, 미뇽은 빌헬름 옆에 바짝 따라 나왔다. 빌헬름은 마음대로 그곳에 따라온 것에 대해 죄송하다며 될 수 있는 대로 정중하게 사과했다. 그러나 백작은 그와는 반대로 마치 빌헬름이 그곳에 와 있는 것을 이미 알고 있는 듯 받아들였다.

백작 옆에 서 있던 한 신사는 군복을 입지 않고 있어도 장교라고 여겨졌는데, 그는 특히 우리 친구와 말을 나누었고 다른 사람들보다 출중해 보였다. 크고 맑은 푸른 눈이 그의 훤한 이마 밑에서 빛났으며, 갈색 머리는 아무렇게나 빗어 올렸고, 중간 정도의 체격은 그가 씩씩하고 단호하고 확실한 성격의 소유자임을 말해 주고 있었다. 그 사람은 아주 활발하게 질문을 했는데, 자신이 묻는 모든 것을 알고 있는 듯 보였다.

빌헬름은 남작에게 그 사람에 관해 물어보았지만, 남작은 그를 그다지 좋게 말하지는 않았다. 그 남자는 군대에서 복무는 하지 않는 소령 계급으로 사실은 왕자의 총애를 받는 사람이라고 했다. 그래서 왕자의 가장 은밀한 일을 수행하고 있으며 왕자의 오른팔로 여겨지고 있다는 것이었다. 그 원인을 사람들은 아마 그 남자가 왕자의 서자(庶子)이기 때문일 거라고 말했다. 그래서 프랑스와 영국 그리고 이탈리아에서는 공사로 있었고, 어디를 가나 높이 평가받아서 우쭐해하는 것처럼 보인다고도 했다. 또한 독일 문학을 완전하게 알고 있다고 잘못 생각해서 독일 문학에 대해 제멋대로 온갖 조롱을 다 퍼붓는다는 것이었다. 그래서 남작 자신은 그 사람과 어떤 대화도 피하고 있으며, 빌헬름도 아마 그 사람과 거리를 두게 될 거라고 했다. 왜냐하면 그 사람은 결국 누구에게나 윽박지르기 때문이라고 했다. 그리고 사람들은 그를 야르노라고 부르는데 그 이름이 무슨 뜻인지 아무도 제대로 모른다는 것이었다.

빌헬름은 뭐라고 대답해야 할지 몰랐다. 비록 이 낯선 남자가 뭔가 차가움과 사람을 밀쳐 내는 느낌을 주기는 해도 어떤 끌림이 느껴졌기 때문이었다.

단원들은 성에서 나뉘어졌다. 멜리나는 단원들에게 이제부터 바르게 행동해야 하고, 여자들은 특히 성에서 지내야 하며, 각자 자기가 맡은 역과 연기에 관심과 애정을 쏟아야 한다고 엄명을 내렸다. 멜리나는 모든 문에 지침과 규칙을 붙여 놓았는데, 거기에는 벌금액도 들어 있었고, 규정을 위반한 사람은 각자 그 벌금을 공동 저금통에 넣어야 했다.

명령은 잘 지켜지지 않았다. 젊은 장교들이 들락거렸고, 여배우들과 아주 예의 없이 장난치며 농담을 주고받았고, 남자 배우들을 갖고 놀았으며, 결국 얼마 안 되는 규칙들이 그 뿌리가 내리기도 전에 망쳐지고 말았다. 그들은 방들을 오가면서 서로 붙잡으러 다녔고, 변장하고 숨바꼭질도 했다. 멜리나가 처음에는 몇 번 엄격하게 처리하려고 했지만 제멋대로 구는 온갖 짓들로 화가 머리끝까지 났고, 백작이 무대를 세울 자리를 찾기 위해 멜리나를 호출했을 때 그 못된 짓은 점점 더 심해졌다. 젊은 장교들은 온갖 천박한 장난만 생각해 냈고, 몇몇 배우들의 도움을 받아 더 상스러워져서 마치 옛 성 전체가 미쳐 날뛰는 무리에 의해 점령당한 것처럼 보였다. 그리고 그런 장난은 식사를 알리기 전까지는 끝나지 않았다.

백작은 멜리나를 큰 홀로 데리고 갔다. 그 홀은 아직 옛 성에 속해 있었으나 주랑(柱廊)으로 새 성과 붙어 있어 작은 극장으로 훌륭하게 사용할 수 있었다. 그곳에서 현명한 집주인인 백작은 무대를 어떻게 설치하면 좋을지 설명해 주었다.

이제 모든 일이 아주 급박하게 진행되었다. 무대가 세워졌고 가지고 온 짐에서 무대 장식으로 사용할 수 있는 것들을 이용해서 무대를 꾸몄다. 나머지 부분은 백작의 성에서 일하는 숙련된 사람 몇 명과 함께 완성했다. 빌헬름은 직접 그 일에 가담해, 뒤에 배경이 걸릴 자리를 잡고 왕자가 앉아 관람할 자리를 정하고, 아마포로 만든 무대 배경을 줄에 매다는 일을 도와주었다. 빌헬름은 이 모든 것이 서툴게 보이지 않도록 하기 위해 자기 일인 것처럼 아주 열심히 했다. 비교적 자주 그곳을 들렀던 백작은 이에 대단히 만족해하면서 그들이 실제로 일할 때 어떻게 해야 하는지를 가르쳐 주었고, 그때 모든 예술에 대한 엄청난 지식도 과시했다.

이제 연습 공연이 정말 진지하게 시작되었다. 매일 새로운 손님이 도착했고 단원들을 눈으로 직접 보고 싶어 했다. 극단 사람들이 낯선 이들에게 계속 방해받지 않았더라면 연습 공연을 위한 공간과 휴식을 충분히 가질 수 있었을 것이다.

## 5장

남작은 빌헬름을 백작 부인에게 특별히 따로 소개해 주겠다며 빌헬름을 며칠 동안 희망에 부풀게 했다. — 그러면서 남작은 이렇게 말했다. "내가 훌륭한 백작 부인께 선생과 선생의 기지와 감각이 넘치는 작품들에 대해 자주 말씀드렸더니, 선생과 말씀을 나누면서 선생이 이런 저런 작품을 읽어 주길 대단히 기대하고 계십니다. 그러니 건너오라는 연락을 침착하게 기다리고 계세요. 아침에 시간이 나기만 하면 선생을 분명히 부르실 테니 말입니다." 남작은 이렇게 말하고 에필로그로 공연할 몇몇 작품을 일러 주면서 빌헬름더러 백작 부인에게 특별히 좋은 인상을 남기려면 작품을 미리 읽어 보는 것이 좋겠다고 했다. 또 백작 부인은 그렇게 정신없이 바쁠 때 빌헬름이 도착했고 그래서 다른 단원들과 함께 옛 성에서 아무것도 없이 힘들게 지내야 했던 것을 매우 유감스러워했다고 남작은 전했다.

그 후 빌헬름은 아주 신중하게 이 고상한 상류 사회에 자신의 등장을 알릴 수 있는 작품을 읽어 보기 시작했다. "너는 지금까지 남몰래 너만을 위한 작품을 써 왔고, 단지 몇몇 친구들에게만 박수를 받았다. 그리고 한동안 너의 재능에 대해 완전히 좌절했었다. 그런데 네가 지금 올바른 길을 가고 있는지, 연극에 애정을 가질 만큼 많은 재능이 있는지 아직도 여전히 고민해야 한다. 예리한 귀를 가진 노련한 전문가들 앞에서, 환상이 일어나지 않는 작은 홀에서 하는 이번 시도는 다른 어떤 곳에서보다 훨씬 위험하다. 그러나 나는 뒤로 물러서고 싶지 않고, 이 즐거움을 예전의 기쁨에 더해 미래를 향한 희망으로 넓혀 보고 싶다." 하고 빌헬름은 혼자 중얼거렸다.

그런 후 몇몇 작품들을 검토하고 매우 주의 깊게 읽었으며, 이곳저곳을 수정하고는 언어나 표현을 세련되게 다듬기 위해 큰 소리로 낭독하기도 했다. 그러다 어느 날 아침 백작 부인에게 부인이 있는 곳으로 건너오라는 말을 듣게 되었을 때 자신이 가장 많이 연습해서 가장 자신 있다고 생각하는 작품을 가방에 넣었다.

남작은 백작 부인이 틀림없이 친한 친구 한 사람하고만 있을 거라고 말했다. 빌헬름이 방으로 들어가니 폰 C＊＊＊ 남작 부인이 아주 다정하게 맞아 주었고, 만나게 되어 기쁘다고 말하면서 백작 부인에게 빌헬름을 소개해 주었다. 백작 부인은 머리 손질을 받으면서 빌헬름을 다정한 말과 눈빛으로 맞이했다. 그런데 백작 부인이 앉은 의자 옆에 필리네가 무릎을 꿇고 온갖 우스갯소리를 하고 있었다. — "이 아름다운 아가씨가" 하고 남작 부인이 말했다. "우리에게 여러 노래를 불러 주었어요. 시작한 노래는 마저 불러요, 그래서 우리가 손해 볼 것은 없으니까요."

빌헬름은 짧은 노래를 아주 참을성 있게 들었고 낭독을 시작하기 전에 미용사가 나가 주길 바랐다. 사람들은 빌헬름에게 접시에 담긴 초콜릿을 권했고, 남작 부인은 직접 비스킷을 빌헬름에게 건넸다. 그러나 빌헬름은 그저 백작 부인이 흥미로워할 만한 무언가를 낭독하고 자신이 부인 마음에 들 수 있기를 간절히 바랐기 때문에 사람들이 권한 아침 식사를 즐길 수 없었다. 필리네도 빌헬름에게 방해만 될 뿐이었는데, 이전에도 필리네가 듣고 있으면 자주 불편함을 느끼곤 했었다. 빌헬름은 애타는 마음으로 미용사의 손을 주시하면서 빨리 머리 매만지는 작업이 끝나길 바랐다.

그 사이에 백작이 들어와 오늘 도착할 손님들과 하루 일정 그리고 그 밖에 처리하고 싶은 집안일을 이야기했다. 백작이 나가고 장교들 몇 명이 백작 부인에게 자신들은 식사가 시작되기 전에 떠나야 하니 문안 인사를 드려도 좋을지 허락을 구했다. 시종이 그사이 머리 손질을 마쳤고, 백작 부인은 그 장교들을 들어오게 했다.

남작 부인은 그러는 동안 우리 친구와 대화를 나누며 빌헬름에게 많은 관심을 보여 주려고 노력했는데, 빌헬름은 비록 약간 얼떨떨하기는 했지만, 그것을 영광으로 받아들였다. 빌헬름은 가끔 가방 안에 있는 원고를 만지작거리며 애타게 그 순간이 오길 기대했다. 그러나 인내심이 한계에 다다를 때까지 그 순간은 오지 않았고 어떤 화장품 장수가 들어왔다. 화장품 장수는 특유의 넉살을 떨며 여러 종이 포장과 상자 그리고 케이스를 주저 없이 일일이 열어서 상품 종류마다 꺼내 보여 주었다.

사람도 많아졌다. 남작 부인은 빌헬름을 쳐다보더니 백작 부인에게 나직이 말했다. 빌헬름은 그 의도를 알 수는 없었지만, 불안하게 한 시간 내내 기다린 후 방을 나오고 나서야 마침내 그것이 무슨 뜻이었는지를 알아차렸다. 빌헬름은 상의 주머니에서 예쁜 영국제 지갑을 발견했다. 남작 부인이 그 지갑을 빌헬름 몰래 슬쩍 집어넣었던 것이었다. 그리고 곧 백작 부인의 어린 흑인 시종이 따라와서 아주 예쁘게 수놓은 조끼를 누가 준 것인지 분명하게 말하지도 않고 빌헬름에게 갖다주었다.

## 6장

불쾌감과 고마움이 뒤섞여 빌헬름은 그날의 나머지를 완전히 망쳐 버렸다. 저녁 무렵 멜리나가 와서 백작이 왕자가 도착하면 경의를 표하기 위해 공연할 개막극에 대해 말하더라고 빌헬름에게 전해서 다시 할 일이 생길 때까지는 말이다. 즉, 그 작품에는 박애주의자인 지체 높은 주인공의 특성들이 구체적으로 들어 있어야 하며, 덕성을 함께 드러내서 왕자를 찬양하고 마지막에는 그의 흉상을 꽃과 월계관으로 장식해서, 아름다운 글씨체로 쓴 왕자의 이름이 군주의 관과 함께 훤히 빛나야 한다는 것이었다. 그래서 백작이 자신에게 이 작품을 위한 시를 쓰는 것과 부수적인 준비를 맡겼다고 했다. 그러면서 백작이 빌헬름에겐 이런 일이 쉬울 테니 멜리나를 도와주길 기대했다는 것이었다.

“그런 방식이라니요!” 하고 빌헬름은 불쾌한 듯 큰 소리로 말했다. “우리가 왕자님께 경의를 표할 수 있는 방법이 초상화나 아름다운 글씨체로 쓴 이름, 은유적인 형상들밖에 없단 말입니까? 내 생각에 왕자님은 완전히 다른 방식의 찬양을 받으셔야 마땅한데, 분별 있는 분께서 무대에 그려진 자신의 모습이나 기름 먹인 종이 위에 빛나고 있는 자기 이름을 본다고 과연 얼마나 기뻐하시겠습니까? 특히 우리가 가진 의상으로는 알레고리가 여러 모호한 의미나 농담으로 비치지나 않을지 매우 염려됩니다. 만약 그런 작품을 쓰거나 쓰게 할 생각이라면 나는 반대하지 않겠습니다만, 부디 나는 거기서 빼 주기 바랍니다."

멜리나는 이것은 백작이 대충 말했던 것뿐이고, 그 작품을 어떻게 준비할지는 자신들에게 완전히 맡기기로 했다며 변명했다. "그렇다면 기꺼이" 하고 빌헬름이 대답했다. "나도 이 고귀한 분을 즐겁게 해드리는 데 협력하지요. 그렇게 많은 존경을 받을 만한 왕족을 칭송하기 위해, 비록 더듬거리며 몇 마디 들려드리더라도 이런 기분 좋은 일에 내 예술적 재능을 발휘해 본 적은 아직 없습니다. 한번 생각해 보겠습니다. 잘하면 우리 작은 극단을 적어도 약간의 감동을 줄 수 있는 극단으로 만드는 데 성공할지도 모르겠습니다."

그 순간부터 빌헬름은 그 임무에 대해 열심히 생각해 보았다. 잠들기 전에 벌써 모든 구상이 상당히 정리되었고, 다음 날 아침 일찍 계획이 완성되었으며, 장면들의 초안이 잡혔다. 중요한 몇몇 부분과 노래 가사는 운문으로 종이에 써 놓았다.

빌헬름은 당장 정해진 일들을 남작과 상의하기 위해 아침에 급히 달려가서 자신의 계획을 내놓았다. 남작은 그 계획을 대단히 마음에 들어 했지만 약간 의아해했다. 어제 저녁에 백작이 완전히 다른 작품을 말하는 것을 들었고, 그 작품은 백작의 말에 따르면 운문으로 써야 한다고 했기 때문이었다.

"백작님이 멜리나에게 작품을 만들라고 말씀하신 것은 아마 그런 의도가 아닐 겁니다." 하고 빌헬름이 대답했다. "내가 착각한 것이 아니라면 백작님은 우리가 작업할 방향만 지시해 주고 싶으셨을 겁니다. 예술 애호가나 전문가는 예술가에게 자신이 바라는 것만 알려 주고, 작품을 만드는 일은 예술가에게 맡기는 법입니다."

"그렇지 않습니다." 하고 남작이 대답했다. "백작님은 자신이 말씀하신 그대로 작품이 상연되길 기대하십니다. 물론 선생의 작품이 백작님의 생각과 약간 비슷하기는 합니다만, 우리가 이 작품으로 밀고 나가서 백작님이 처음 생각하셨던 것을 포기하게 하려면 귀부인들을 끼워 넣어 일을 처리해야 합니다. 특히 남작 부인이 그런 일을 아주 능숙하게 처리하니, 선생 계획이 남작 부인의 마음에 드느냐가 문제일 겁니다. 만약 남작 부인이 선생 계획을 받아들이겠다면 그대로 진행해도 될 겁니다."

"우리는 어차피 귀부인들의 도움이 필요합니다." 하고 빌헬름이 말했다. "우리 단원들의 숫자나 의상이 공연하기에 부족할 것 같기 때문입니다. 시종과 시종장의 아이들이 성 이리저리를 뛰어다니던데 그 귀여운 아이들도 공연에 함께하면 좋을 듯합니다."

그런 후 빌헬름은 남작더러 귀부인들에게 자신의 계획을 전달해 달라고 부탁했다. 남작은 곧 돌아와서 귀부인들이 빌헬름과 직접 이야기를 나눠 보고 싶어 한다고 전했다. 오늘 저녁 남자들이 카드놀이를 하면, 어떤 장군이 도착하기 때문에 이 게임이 평소보다 더 진지해질 테니까, 귀부인들은 컨디션이 나쁘다는 핑계를 대고 방으로 들어오면, 빌헬름을 비밀 계단으로 안내할 테니 이 문제에 대해 잘 설명할 수 있다고 했다. 이런 비밀스러운 만남이 이번 일에 이중으로 매력을 준다며, 남작 부인은 특히 이런 식으로 만나는 것을 아이처럼 좋아하고 있고, 특히 백작의 뜻에 반하는 뭔가를 은밀하고도 교묘하게 감행한다는 사실을 즐긴다고 했다.

저녁 무렵 정해진 시간에 빌헬름은 데리러 온 사람을 따라 아주 조심스럽게 그곳으로 올라갔다. 남작 부인이 어느 작은 방에서 빌헬름을 맞이하는 태도는 이전에 행복했던 시절을 기억나게 했다. 남작 부인은 빌헬름을 백작 부인의 방으로 데려갔고, 이제 질문과 분석이 시작되었다. 빌헬름이 가능한 한 친절하고 열정적으로 자기 계획을 제시하자, 귀부인들은 그 계획에 완전히 매료되었다. 그래서 그 부인들에게도 그 계획을 짧게 알려 주는 것을 우리 독자들은 허락하리라 믿는다.

어느 시골을 배경으로 아이들이 춤을 추면서 작품이 시작된다. 그 춤은 어떤 놀이를 보여 주는데, 한 아이가 빙글빙글 돌다가 다른 아이의 자리를 빼앗는 놀이이다. 그러고 나서 아이들은 다른 아이들과 농담을 주고받다가, 마지막에는 계속 반복되는 윤무(輪舞)에 맞춰 노래를 부르고, 그때 늙은 하프 연주자가 미뇽과 함께 가까이 다가온다. 그러자 농촌 주민들이 호기심에 모여든다. 노인은 평화와 안정과 기쁨을 칭송하는 노래를 몇 곡 부르고, 이어서 미뇽이 달걀 춤을 춘다.

이렇게 소박하고 즐겁게 놀고 있을 때 군악대 소리가 그들을 방해한다. 군인들이 들이닥친다. 남자들은 저항해 보지만 제압당하고, 아가씨들은 도망가지만 붙잡힌다. 온통 뒤죽박죽 혼란스러워질 무렵 한 인물이 — 이 사람을 어떤 신분으로 할지 작가는 아직 정하지 못했다 — 마침내 다가와 사령관이 멀지 않은 곳에 있다는 소식을 전하면서 다시 평온을 되찾는다. 여기서 그 주인공은 아름다운 성격으로 그려지고, 군인들이 무장한 상태이지만 안전을 보장하며, 오만하게 폭력을 행사한 군인들에게는 자제를 요청한다. 그래서 관대한 사령관에게 경의를 표하기 위해 모두가 참여하는 축제가 열리게 된다.

귀부인들은 이 계획에 대단히 만족했지만, 백작의 기분을 즐겁게 해 주려면 작품에 은유적인 무언가가 꼭 들어 있어야 한다고 주장했다.

남작은 '군인들을 통솔하는 사람'을 '분란과 폭력의 수호신'으로 나타내고, 끝에 가서 지혜와 예술의 미네르바 여신을 반드시 등장시켜 분란과 폭력의 수호신을 사슬로 묶고, 여신이 주인공의 도착을 알리면서 주인공을 찬양하는 내용을 넣자고 제안했다. 남작 부인은 백작이 말해 준 계획이 약간 변경되어 상연될 거라고 백작을 설득하는 일을 떠맡았다. 그러나 남작 부인은 축하 공연의 막이 내릴 때 왕자의 흉상, 아름다운 글씨체로 쓴 이름, 왕자가 쓰는 관은 반드시 등장해야만 한다고, 그렇지 않으면 이 모든 협상이 아무 소용없게 될 것이라고 말했다.

미네르바의 입을 통해 주인공을 얼마나 고상하게 칭송할 것인지 이미 머릿속에 생각해 두었던 빌헬름은 오랫동안 부인의 의견을 거부하다가 결국 이 부분 만큼은 양보해 주었다. 그러나 매우 기분 좋은 압박으로 느껴졌다. 백작 부인의 아름다운 눈과 상냥한 태도가 빌헬름이 시인의 양심에는 어긋나더라도 가장 아름답고 가장 훌륭한 발상 그리고 그렇게도 바라던 작품의 조화로운 구성과 모든 멋진 세부 사항을 너무 쉽게 포기하도록 만들어 버렸다. 더 구체적으로 배역을 나눌 때도 귀부인들이 빌헬름도 꼭 함께 역을 맡아 줘야 한다고 특별히 주장하는 바람에 빌헬름은 똑같이 자신의 시민적 양심과도 심한 갈등을 겪었다.

라에르테스는 자기 배역으로 앞서 언급한 난폭한 전쟁의 신을 맡았다. 빌헬름은 시골 사람들의 인솔자 역을 맡아서 감정이 넘치는 아주 우아한 시구 몇 개를 읊어야 했는데, 한동안 거절을 했지만 결국 받아들였다. 특히 남작 부인이 빌헬름에게 성에서 공연되는 연극은 어차피 단순한 사교 모임 연극으로 생각하면 되고, 누가 자신에게 적절한 지도만 해 준다면 자신도 기꺼이 함께 연기해 보고 싶다고 말했을 때 빌헬름은 변명할 여지가 없었다. 그런 다음 귀부인들은 아주 다정하게 우리 친구를 보내 주었다. 남작 부인은 빌헬름을 정말 비길 데 없이 탁월한 사람이라고 말하고 작은 계단까지 바래다주면서 손을 꼭 잡고 잘 자라고 인사했다.

## 7장

귀부인들이 이 일에 보여 주는 적극적인 관심에 고무되고 또한 귀부인들에게 이야기함으로써 더욱 현실적으로 다가온 빌헬름의 계획은 매우 활발하게 진행되었다. 빌헬름은 그날 밤의 대부분과 다음 날 아침을 대화와 노래들을 아주 세심하게 시로 고치면서 보냈다.

그래서 막 아침 식사를 하던 사람들이 빌헬름과 이야기하고 싶다며 새 성으로 오라는 소식을 전했을 때 빌헬름은 거의 작업을 마친 상태였다. 빌헬름이 큰 홀로 들어가자 남작 부인이 제일 먼저 맞아 주면서 아침 인사를 건넨다는 구실로 빌헬름에게 "질문을 받으시면 작품에 대해서는 말씀하지 마세요." 하고 몰래 속삭였다.

"내가 왕자님께 경의를 표하려고 상연하려는 개막극을 선생이 정말 열심히 작업하고 있다고 듣고 있소." 하고 백작이 큰 소리로 말했다. "그 작품에 미네르바 같은 인물을 집어넣는다고 들었는데 나도 동의하오. 의상을 제대로 재현하기 위해 그 여신의 옷을 어떻게 입힐지 미리 생각 중이오. 그래서 도서관에서 미네르바 여신의 모습이 있는 모든 책을 갖다 놓으라고 했소."

바로 그때 시종 몇 명이 온갖 크기의 책을 가득 담은 커다란 바구니들을 들고 들어왔다.

몽포콩의 고대 사전[30], 고대의 석상들과 조각상 그리고 동전 전집, 신화에 관한 온갖 종류의 서적들을 펼쳐서 인물들을 비교해 보았다. 이것으로도 충분하지 않았다! 백작은 좋은 기억력으로 책의 표지에 나온 동판화나 장식 그림, 메달이나 그 밖의 모든 미네르바의 모습을 기억해 냈다. 그래서 시종들은 책들을 차례차례 도서관에서 가져와야 했고, 백작은 마침내 책 더미 속에 앉아 있게 될 정도였다. 백작은 미네르바 그림이 들어 있을 만한 책이 더 이상 떠오르지 않자 마침내 웃으며 말했다. "도서관 전체에 더는 미네르바가 없다고 장담하고 싶군. 이렇게 책들이 쌓여 있는데 이 책들의 수호신인 그 여신의 그림이 아예 없는 것은 처음 있는 일이야."

사람들은 이런 재치 있는 말에 즐거워했고, 특히 백작에게 항상 많은 책을 보내 주었던 야르노는 지나칠 정도로 웃었다. 그러자 백작이 빌헬름 쪽으로 몸을 돌려 말했다. "이제 선생이 어떤 여신을 생각하고 있는지가 중요합니다. 예술의 여신 미네르바요 아니면 전쟁의 여신 팔라스 아테네요?"[31]

"백작님, 이렇게 하면 가장 잘 어울리지 않겠습니까?" 하고 빌헬름이 대답했다. "그것을 정하지 않고 내버려두고, 신화에서도 이 여신이 두 인물로 나오니까 여기서도 두 가지 속성을 모두 나타내는 겁니다. 여신은 백성들을 안심시키기 위해 어떤 전사(戰士)가 오는 것을 알려 줍니다. 그리고 그 영웅을 칭송하면서 그의 인간성을 높이 끌어올리면서 폭

---

30 프랑스의 수도사인 베르나르 드 몽포콩(Bernard de Monfaucon, 1655~1741)이 열다섯 권으로 펴낸 《그림으로 보여 주는 고대 설명(L'Antiquite expliquée et representée en figures)》(1719~1724)을 말한다.

31 미네르바는 로마 신화에서는 예술을 관장하는 여신으로 나오는데, 그리스 신화에 나오는 전쟁과 승리의 여신인 팔라스 아테네(Pallas Athene)와 같은 인물이다.

력을 제거하고 백성들에게 평화와 안정을 다시 심어 주는 것입니다."

빌헬름이 혹시 비밀을 누설하지 않을지 불안해졌던 남작 부인은 백작 부인의 재단사를 그 사이로 끼워 넣었고, 이 재단사는 어떻게 하면 그런 고대 의상을 가장 잘 만들 수 있을지 자신의 의견을 말해야 했다. 가면을 만드는 작업을 했던 이 사람은 그 일을 아주 쉽게 하는 방법을 알고 있었다. 그리고 멜리나 부인이 산달이 가까워졌음에도 불구하고 이 처녀 여신 역을 맡았기 때문에 재단사는 멜리나 부인의 치수를 재라는 지시를 받았다. 또한 백작 부인은 하녀들이 약간 불만을 제기했으나 그 의상에 맞게 재단할 옷들을 옷장에서 가져오게 했다.

남작 부인은 아주 재치 있게 빌헬름을 다시 옆으로 살짝 밀어내면서 나머지 일은 자신이 곧 알아서 처리해 놓겠다고 알렸다. 부인은 백작의 성에 있는 교회에서 지휘하는 악장을 바로 빌헬름에게 보내, 꼭 필요한 경우에는 작곡을 하고 그 외에는 가지고 있는 악보 중에서 거기에 맞는 멜로디를 찾아보도록 했다. 이제 모든 일이 바라던 대로 흘러갔다. 백작은 더 이상 작품에 관해 확인해 보지 않고, 연극의 마지막 부분에 관객들을 놀라게 해 줄 왕자의 이름이 나타나는 무대 장식에 전념했다. 백작은 여행하면서 이렇게 큰 규모의 축하극을 여러 번 보았고, 많은 동판화와 스케치를 가지고 왔으며, 축하극에 필요한 것들을 아주 멋진 감각으로 제시할 줄도 알았다. 그래서 이런 백작의 착상과 무대 감독의 능숙함이 결합해 정말 기분 좋은 조명이 완성됐다.

그런 사이에 빌헬름은 작품을 완성해서 각자에게 역을 나눠 주고 자신도 역을 하나 떠맡았다. 그리고 춤에 대해서도 잘 알고 있던 악장은 발레 작품을 편곡했다. 이렇게 모든 일이 아주 잘 돌아가고 있었다.

단지 전혀 예상하지 못했던 장애물이 골탕을 먹였는데, 아주 성가신 문제가 생기려 하고 있었다. 빌헬름은 미뇽의 달걀 춤이 아주 큰 효과를 낼 거라며 크게 기대하고 있었지만, 미뇽이 춤을 추지 않겠다고 평소처럼 간단하게 말하면서, 이제 자기는 빌헬름의 사람이니 앞으로 어떤 무대 위에도 서지 않겠노라고 맹세했을 때 놀라지 않을 수 없었다. 빌헬름은 온갖 말로 설득해서 아이의 마음을 돌리려고 포기하지 않고 노력했으나, 아이는 격하게 울기 시작하면서 빌헬름의 발아래 쓰러져 "아버지, 아버지도 무대로 나가지 마세요." 하고 외쳤다. 빌헬름은 이 말에 신경 쓰지 않고 어떻게 하면 다른 변화를 주어 장면을 흥미롭게 만들 수 있을지 궁리하기 시작했다.

필리네는 시골 처녀들 가운데 하나를 맡았고 사람들이 윤무를 출 때 혼자 노래를 부르다가, 그 노래를 합창으로 부르도록 넘겨주는 역할이었는데 정말 즐거워하며 들떠 있었다. 연극 이외의 일도 완전히 자기가 바라는 대로 되었다. 특별히 자신만 쓰는 방도 있고, 백작 부인 곁에서 항상 익살스럽게 굴며 부인을 즐겁게 해 주고 매일 선물도 받았다. 이 작품을 위한 의상도 필리네에 맞게 만들었다. 그리고 필리네는 흉내를 잘 내는 가벼운 성격이었기 때문에 귀부인들을 상대하면서 자신에게 어울리는 예법을 금방 터득해 짧은 시간 안에 예의범절과 이에 맞는 품행을 완전히 갖추게 되었다. 승마 교관의 세심한 배려도 줄어들기보다 오히려 늘어났다. 장교들도 아주 저돌적으로 필리네에게 접근했고 필리네 자신도 그런 끼가 다분했기 때문에, 이번에는 다루기 힘든 여자를 연기하면서 적당히 우아하고 고상한 모습을 연습해 보자는 생각이 들었다. 그래서 도도하면서도 예의 바른 척 장교들을 대했고, 8일이 지나자 이 성에 사는 사람들의 모든 약점을 파악할 수 있었다. 만약 필리네가 어떤 의도를 가지고 행동했다면 자신의 행운을 너무도 쉽게 잡을 수 있었을 것이다. 그러나 여기서도 필리네는 단지 자신이 즐기기 위해, 또 재미있게 하루를 보내기 위해, 그리고 그런 짓을 해도 위험하지 않다는 것을 알아차리고는 주제넘은 짓을 해 보려고 자신의 장점을 이용했을 뿐이었다.

사람들이 각자의 역할을 다 익히자, 마지막 연습 공연을 하라는 명령이 내려졌다. 백작도 그 자리에 함께 참석하려 했기 때문에, 백작 부인은 백작이 그 작품을 어떻게 받아들일지 걱정하기 시작했다. 남작 부인은 빌헬름을 몰래 불러들였고, 사람들은 시간이 다가올수록 점점 더 당황하는 모습을 보였다. 왜냐하면 작품에는 이제 백작의 생각이 전혀 남아 있지 않았기 때문이었다. 때마침 방에 들어온 야르노에게 이런 비밀을 알려 주었는데, 이 작품을 정말 재미있어하며 귀부인들을 도와주겠노라고 자청하고 나섰다. "만약 부인께서 혼자 이 일을 해결하지 않으시면 곤란한 상황에 부닥치게 될지도 모르겠습니다. 하지만 내가 어떤 경우에도 버팀목이 되어 드리겠습니다." 남작 부인은 자기가 백작에게 작품을 항상 부분적으로만 그리고 두서없이 설명했으며, 백작도 개별적인 것에만 대비하고 있어 당연히 전체적으로는 자기 생각과 맞아떨어지리라 생각하고 있다고 말했다. "내가 오늘 저녁 연습 공연 때" 하고 남작 부인이 말했다. "백작님 옆에 앉아서 다른 생각을 하시게 할 작정이에요. 그래서 이미 무대 감독에게 공연이 끝난 다음 무대 장식을 정말 아름답게 꾸며 달라고 계획을 세워 두었지만, 그래도 아직 뭔가 부족한 부분이 약간은 남아 있어요."

"남작 부인만큼 부지런하고 현명한 사람이 필요한 궁전이 또 어디 없을까요." 하고 야르노가 말했다. "만약 부인의 방법이 통하지 않으면 내게 신호를 주세요. 그러면 내가 백작님을 연습 공연에서 빼내서, 미네르바가 등장해 조명으로 곧 도움을 받을 수 있을 때까지 다시 안으로 못 들어가시게 하겠습니다. 내가 며칠 전부터 백작님의 사촌과 관련된 일에 대해 할 말이 있는데 계속 이런저런 이유로 이야기를 미뤄 왔습니다. 이 이야기를 꺼내면 분명히 백작님의 정신이 분산될 겁니다. 비록 기분 좋은 방법은 아니지만 말입니다."

몇 가지 일로 백작은 연습 공연이 시작되었을 때 참석하지 못했고, 그러고 나서 남작 부인이 백작과 이야기를 나눴다. 야르노의 도움은 전혀 필요가 없었는데, 백작이 연습 공연을 보면서 충분히 야단치며 잘못을 지적하고 지시도 하면서 작품의 전체 구성을 완전히 잊고 있었기 때문이었다. 마지막 멜리나 부인의 대사가 백작의 생각대로였고, 조명이 좋은 효과를 보였기 때문에 백작은 대단히 만족했다. 하지만 모든 연습이 끝나고 사람들이 카드놀이를 하러 가서야 비로소 그 차이를 알아차린 듯 했다. 그래서 도대체 이 작품이 정말 자신이 착상한 것이 맞는지 생각해 보기 시작했다. 신호를 보내자 야르노가 뒤에 숨어 있다가 나타났고 저녁은 그렇게 지나갔다. 왕자가 정말 오고 있다는 소식이 들려왔고, 사람들은 이웃 마을에 전위 부대가 야영하는 곳을 확인하려고 몇 번 말을 타고 나갔다. 성은 온통 야단법석이었고, 시종들이 억지로 시중드는 탓에 우리 배우들은 제대로 대우 받지도 못하고, 누구도 특별히 그들을 생각해 주지도 않은 채 옛 성에서 기다리고 연습하면서 시간을 보내야 했다.

# 8장

마침내 왕자가 도착했다. 장군들과 참모들 그리고 나머지 수행원들도 동시에 도착했다. 많은 사람이 왕자를 예방하려고 또는 용무를 처리하려고 찾아와서 성은 마치 벌떼가 우글거리는 벌집 같았다. 모두가 멋진 왕자를 보려고 몰려들었고, 왕자가 상냥하고 겸손한 자세로 사람을 대하는 태도에 감탄했으며, 왕자가 이곳의 주인공이자 사령관인 동시에 대단히 호감을 불러일으키는 세련된 궁정 귀족임을 알고 놀라기도 했다.

성에 있던 사람들은 모두 백작의 지시에 따라 왕자가 도착했을 때 자기 자리를 지켜야 했고, 모든 배우는 눈에 띄지 말아야 했다. 왜냐하면 준비한 축제극을 왕자에게 깜짝 선물해 예상치 못한 즐거움을 주려고 했기 때문이다. 저녁이 되자 왕자를 큰 홀로 안내했는데, 홀의 벽지는 지난 세기의 직물로 만들어진 벽지였고, 조명도 아주 훌륭했다. 그런데 왕자는 자신을 칭송하기 위한 개막극은 고사하고 연극을 볼 마음의 준비조차 전혀 되어 있지 않은 듯 보였다. 모든 일이 아주 훌륭하게 진행되었고, 단원들은 연극이 끝난 후 불려 나와 왕자 앞에 자기 모습을 보여 주어야 했다. 왕자는 각각의 배우에게 매우 다정하게 뭔가를 물어보면서, 아주 친절하게 말을 건넸다. 특히 작가인 빌헬름도 앞으로 나가야 했는데, 마찬가지로 자기 몫의 박수를 받았다.

개막극이 끝난 후 아무도 특별하게 질문하는 사람은 없었다. 마치 그런 극을 전혀 공연한 적이 없는 것처럼 며칠이 흐른 후, 야르노만이 어느 기회에 매우 사려 깊게 빌헬름을 칭찬하면서 다음과 같은 말을 덧붙였다. “선생이 텅 빈 호두들과 함께 아무 가치도 없는 호두를 위해 연극을 하고 있으니 유감입니다." — 며칠 동안 빌헬름의 머리에 그 말이 맴돌았다. 그리고 그 말을 어떻게 해석해야 할지, 그리고 무슨 의미를 끄집어내야 할지 몰랐다.

그런 사이에 극단은 매일 저녁 가능한 한 자신들의 힘을 모두 발휘해 공연했고, 관객들의 관심을 자신들에게 끌 수 있도록 최선을 다했다. 받을 자격이 없는 박수였지만 그래도 이런 박수나마 극단 사람들에게 활기를 주었다. 그리고 이제 옛 성에서 지내면서, 많은 사람이 알고 보면 자기들 때문에 몰려들고 있으며, 많은 외부인이 자신들의 공연을 보러 줄지어 찾아온다고 정말로 믿기 시작했다. 그리고 모든 일이 자신들을 중심으로 돌아가며 자신들 덕분에 움직인다고 생각했다.

빌헬름만은 아주 불편한 심기로 이와 반대되는 현실을 알아차렸다. 비록 처음 몇 차례 공연할 때는 왕자가 시작부터 끝까지 자기 자리에 앉아서 아주 성실하게 공연이 끝나길 기다렸지만, 점차 적당한 핑계를 대고 나가려고 하는 것처럼 보였기 때문이었다. 빌헬름이 대화 중에 가장 이해심 많은 사람이라고 생각했던 사람들도, 그 맨 앞에 야르노가 있는데, 아주 잠시만 공연장에 머물러 있었고, 심지어 옆방에 앉아서 카드놀이를 하거나 사무적인 이야기를 나누는 것 같았다.

빌헬름은 자신이 꾸준히 노력했음에도 간절히 바라던 박수갈채를 받지 못하는 것에 기분이 상했다. 작품을 선정하고, 배역들의 대사를 정서하고, 잦은 연습 공연이나 그 밖에 어떤 일이라도 열심히 멜리나를 도와주었다. 멜리나도 자신의 역량이 부족함을 마음속으로 느끼고 있어서 마지막에는 빌헬름이 하는 대로 내버려두었다. 빌헬름은 자신의 역할들을 열심히 외웠고, 뜨거운 마음으로 활기차게 그리고 지금까지 스스로 닦아 왔던 얼마 되지 않은 연기 훈련이 허락하는 한 많은 품위를 담아 대사를 낭송했다.

남작이 계속 공연에 관여해서 나머지 단원들은 어떤 걱정도 하지 않았다. 남작은 단원들이 사람들에게 매우 큰 감명을 주고 있는데, 그것은 특히 자기 작품 가운데 하나를 공연했기 때문이라고 장담했다. 다만 왕자가 전적으로 프랑스 극에 애착을 두고 있는 것이 유감스럽다고 했다. 왕자의 일행 중 일부는, 그중에 특히 야르노가 제일 눈에 띄는데, 영국 무대의 괴물[32]을 특히 선호한다고 했다.

관객들은 배우들의 연기를 주목하지도 칭찬하지도 않았지만 반대로 배우들은 남녀 관객들에게 관심을 보였다. 이미 앞서 말했듯이 여배우들은 처음부터 젊은 장교들의 관심을 불러일으켰고, 그 결과 더 즐거워졌으며, 장교들의 마음을 사로잡는 일을 더 중요하게 생각했다. 하지만 그 이야기는 하지 않겠다. 단지 백작 부인은 날이 갈수록 빌헬름에게 끌렸고, 그래서 빌헬름의 마음에도 백작 부인을 향한 애정이 은밀하게 싹트기 시작했다. 백작 부인은 빌헬름이 무대 위에 있을 때 그에게서 눈을 뗄 수 없었고, 그러면 빌헬름도 곧 백작 부인 쪽만 보고 연기하고 대사를 낭송하는 듯이 보였다. 서로 눈이 마주치면 두 사람은 이루 말할 수 없이 즐거웠고, 순진한 두 사람의 마음은 더 강한 욕망을 키우거나 어떤 결과를 걱정하지 않은 채 그 즐거움에 자신들을 맡겨 버렸다.

마치 강을 사이에 둔 적군의 초소가 두 진영이 막 벌이려는 전투는 생각지도 않고 태평스럽고 즐겁게 서로 이야기를 나누는 듯이, 백작 부인은 가문이나 신분의 어마어마하게 큰 틈 너머로 빌헬름과 의미심장한 눈빛을 서로 주고받았다. 그리고 각자 자기 관점에서 자신의 감정에

32 영국의 극작가 셰익스피어를 두고 한 비유다.

몰두해도 괜찮다고 믿었다.

그런 사이에 남작 부인은 라에르테스를 골랐다. 라에르테스는 야무지고 쾌활한 젊은이로 보여 특히 남작 부인의 마음에 들었다. 여자를 아주 싫어하던 라에르테스도 스쳐 지나갈 사랑의 모험을 거부하지 않았다. 그리고 사실 이번에는 본의 아니게 남작 부인의 상냥함과 호감이 가는 성격에 사로잡혔을지도 몰랐다. 만약 남작이 우연히 라에르테스에게 남작 부인의 성향을 자세하게 알려 주면서 과연 득인지 실인지 알 수 없는 도움만 주지 않았더라도 말이다.

사정은 이렇다. 라에르테스가 한번은 큰 소리로 남작 부인을 칭찬하면서 부인을 모든 다른 여성들보다 더 좋아한다고 말하자, 남작이 "돌아가는 상황을 보아하니 친절한 우리 친구가 자기 마구간에 말을 또 한 마리 데리고 왔군요." 하고 말했기 때문이었다. 그리스 신화에 나오는 요부(妖婦) 키르케의 위험한 애무를 분명하게 암시하는 이 서툰 비유는 라에르테스의 기분을 굉장히 상하게 했고, 그래서 남작이 가차 없이 계속하는 말을 기분 나쁜 상태로 들을 수밖에 없었다.

"모르는 사람들은 모두 자기만 특별한 대우를 받고 있다고 기분 좋게 생각하지요. 자신이 그 첫 번째 사람이라고 말입니다. 그러나 그 사람은 엄청나게 착각하는 겁니다. 왜냐하면 우리 모두 한 번은 끌려다녔거든요. 어떤 남자든, 젊은이든 어린애든 그 사람이 누구더라도 한동안 그 사람에게 복종하고, 호감을 느끼고, 간절하게 그 사람의 마음을 얻으려고 노력하지 않을 수는 없을 겁니다."

마술을 부리는 어느 여인의 정원으로 막 발을 들이고 봄날을 맞이한 듯이 온갖 즐거운 생각에 사로잡힌 행복한 사람이 오로지 꾀꼬리가 부르는 노래에 귀 기울이고 있을 때, 먼저 이 마술에 걸린 사람이 뜻하지 않게 꿀꿀거리며 다가오는 것보다 그 행복한 사람의 기분을 망치는 것도 없다.

라에르테스는 그런 사실을 알고 나서 마음속으로 자신의 허영심에 미혹되어 어떤 여성을 비록 조금이라도 좋게 생각했다는 사실이 정말 부끄러웠다. 라에르테스는 그때 이후로 남작 부인에게 관심을 기울이지 않았고, 승마 교관과 가까이 지내면서 열심히 펜싱 연습을 하고 사냥을 나가기도 했다. 그러나 연습할 때나 공연할 때는 마치 이런 일이 부차적인 일인 것처럼 행동했다.

백작과 백작 부인은 가끔 아침에 단원 몇 명을 불렀는데, 그때는 언제나 필리네가 누리는 과분한 행운을 모두가 부러워했다. 백작은 꼼꼼한 인물을 잘 연기하는 배우를 아껴서 아침에 단장할 때 종종 몇 시간 동안 데리고 있었다. 이 사람은 점점 옷도 얻어 입고, 시계와 담뱃갑까지 선물 받았다.

그리고 단원 전체는 가끔 특히 식사가 끝난 뒤 지체 높은 사람들 앞으로 불려 가곤 했다. 단원들은 이것을 큰 영광으로 여겼고, 지체 높은 사람들이 같은 시간에 사냥꾼이나 시종들에게 여러 마리의 개를 데리고 들어오게 하고, 말들을 마당으로 끌고 나오게 하는 것은 알아차리지 못했다.

사람들은 빌헬름에게 적절한 기회를 봐서 왕자가 좋아하는 프랑스 작가 라신을 칭찬하면서 왕자의 호감을 사 보라고 했다. 어느 날 오후 기회가 왔다. 빌헬름도 함께 불려 갔을 때 왕자는 빌헬름에게 프랑스의 위대한 드라마들도 열심히 읽느냐고 물었고, 그 질문에 빌헬름은 왕자에게 아주 적극적으로 그렇다고 대답했다. 그러나 빌헬름은 왕자가 자신의 대답을 기다리지 않고 막 다른 사람 쪽으로 몸을 돌리려고 하는 것을 알아차리지 못했고, 오히려 왕자를 붙잡고 거의 왕자의 앞을 막아서다시피 하면서 자기는 프랑스 연극을 아주 높게 평가하며 위대한 작가들의 작품들도 매우 즐겁게 읽고 있다고 말했다. 특히 왕자가 라신과 같은 훌륭한 재능을 가진 작가들을 충분히 올바르게 평가하고 있다는 말을 듣고 정말 기뻤다고도 했다. 그러면서 빌헬름은 계속 말을 이었다. "훌륭하고 고상한 분들께서 자신들의 고귀한 신상을 멋지고 정확하게 묘사하는 작가를 높이 평가할 수밖에 없다는 것을 저는 잘 알고 있습니다. 제가 이런 말씀을 드려도 된다면, 코르네유는 위대한 인물을 묘사했고, 라신은 고귀한 사람을 그려 냈습니다. 저는 라신의 작품을 읽을 때 항상 그 작가를 상상할 수 있습니다. 그 작가가 화려한 궁전에 살면서 위대한 왕을 바로 눈앞에서 보고, 뛰어난 사람들과 교류하면서 직물로 짠 귀한 벽지 뒤에 감춰진 인간의 본성이라는 비밀 속을 뚫고 들어가는 모습을 말입니다. 라신의 《브리타니쿠스》나 《베레니스》을 자세히 살펴보면 정말이지 저 자신이 궁정에 있고, 이 작품들은 지상의 신들이 사는 이 집의 크고 작은 일을 제게 알려 주는 듯합니다. 그리고 아주 섬세한 감정을 가진 한 프랑스 사람을 통해 온 나라가 흠모하는 왕들과 수많은 사람이 부러워하는 궁정 사람들이 실수하고 고통을 당하는 자연스러운 모습을 보게 됩니다. 루이 14세가 라신의 작품을 더 이상 관람하지 않고 불만을 표해서 라신이 죽을 만큼 괴로워했다는 일화는 제게 그의 모든 작품을 푸는 열쇠입니다. 그렇게 훌륭한 재능을 가진 한 작가의 삶과 죽음이 왕의 눈에 달려 있다는 것은 있을 수도 없는 일입니다. 그러니 왕이나 제후의 박수를 받을 만한 작품을 쓰지 않을 수 없습니다."

야르노가 그쪽으로 와서 우리 친구의 말을 놀라워하며 듣고 있었다. 아무 대답도 하지 않고 친절한 눈빛으로 자신도 동의한다는 의사를 표시했던 왕자는 옆으로 몸을 돌렸다. 이런 상황에서 담소를 계속 이어 주제를 고갈시켜 버리는 것은 예의 바른 행동이 아니라는 사실을 아직 몰랐던 빌헬름은 왕자와 더 대화를 나누면서 자신이 아무 소득이나 느낌도 없이 자기가 좋아하는 작가의 작품을 읽지는 않았다고 말하고 싶었다.

"그렇다면 한 번도" 하고 야르노가 빌헬름을 옆으로 데려가며 말했다. "셰익스피어의 작품을 읽은 적이 없습니까?"

"없습니다." 하고 빌헬름이 말했다. "왜냐하면 그 작품들이 독일에 알려지게 된 후로 저는 연극을 모르고 살았으니까요. 그리고 지난 어린 시절에 취미로 좋아하며 열심히 놀았던 일을 우연히 다시 시작하게 된 것을 기뻐해야 할지 모르겠습니다. 셰익스피어 작품들에 관한 말을 모두 들었습니다만, 사실성과 미풍양속을 다 뛰어넘는 듯한 그 이상한 괴물 같은 작품을 좀 더 자세히 알고 싶은 호기심이 들지는 않았습니다."

"그렇다면 내가 선생한테 권하고 싶습니다." 하고 야르노가 말했다. "한번 시도해 보라고 말입니다. 특이한 것을 자기 눈으로 직접 보더라도 나쁠 일이 없을 테니까요. 내가 선생한테 몇 권을 빌려줄 테니, 모든 일 다 제쳐 두고 선생이 지내는 옛 성에서 혼자 이 낯선 세계를 비추는 '마법의 등불'을 들여다보세요. 제일 좋은 시간을 보낼 수 있을 겁니다. 선생이 시간을 허비하며 이 원숭이들을 더 인간처럼 보이려고 화장시키고, 이 개들에게 춤을 가르치는 것은 죄를 짓는 일이지요. 내가 한 가지만 말해 두는데, 드라마의 형식에 너무 거부감을 느끼지 마세요. 다른 것은 모두 선생의 감정에 맡기겠지만."

말들이 문 앞에 서 있었고, 그리고 야르노는 귀족 몇 명과 함께 사냥을 즐기기 위해 말에 올랐다. 빌헬름은 슬픈 마음으로 야르노의 뒷모습을 바라보았다. 비록 야르노가 다정한 편은 아니었지만, 자신에게 필요한 새로운 생각들을 던져 주었던 그 사람과 더 많은 이야기를 나누고 싶었기 때문이었다.

인간은 자신의 힘과 능력과 개념을 발전시켜 나가는 단계에서 가끔 당황스러운 상황을 맞이하는데, 그때 어떤 좋은 친구가 나타나 그 상황에서 쉽게 빠져나오도록 도와줄 수도 있다. 그래서 인간은 방랑자와 비슷하다. 방랑자는 자기가 묵는 숙소와 멀지 않은 곳에서 물에 빠지면 즉시 누군가가 그를 붙잡아 땅으로 끌어 올려 주어 몸을 한 번만 적시게 되겠지만, 그렇지 않으면 자신이 직접 맞은편 둑에서 자기가 정한 목적지를 향해 힘들고 먼 길로 돌아서 가야 한다.

빌헬름은 세상이 자기가 생각했던 것과 다르게 돌아간다고 느끼기 시작했다. 그리고 지체 높고 뛰어난 사람들의 소중하고 의미 있는 삶을 가까이에서 지켜보았고, 그들이 자신에게 그렇게 쉽게 단정한 태도를 보여 줄 수 있다는 사실에 놀랐다. 행군하고 있는 군대, 그 맨 앞에 있는 군주의 위용, 함께 활동하는 많은 장군, 몰려들어 존경을 표하는 사람들이 빌헬름의 상상력을 끌어올려 주었다. 이런 분위기 속에서 빌헬름은 약속한 책들을 받았고, 예상할 수 있듯이, 짧은 시간 안에 이 위대한 천재의 물결은 빌헬름을 사로잡아 앞을 내다볼 수 없는 바다로 끌고 갔으며, 거기서 곧 빌헬름은 완전히 흥분하고 어쩔 줄 몰라 하며 그 속으로 빠져들었다.

# 9장

남작과 우리 배우들의 관계는 배우들이 성에 머물게 된 이후로 몇 가지 변화를 겪었다. 처음에는 양쪽이 다 만족스러웠는데, 남작이 자신이 쓴 드라마로 사교 모임 극단을 활성화한 적은 있었으나 실제 배우들의 손으로 번듯한 공연에 이르게 된 자기 작품을 본 것은 이번이 처음이어서 기분이 매우 좋았기 때문이었다. 그래서 방물장수가 가끔 올 때마다 남작은 돈을 아끼지 않고 여배우들에게는 작은 선물을 사 주었고 남자 배우들에게는 샴페인 몇 병을 특별히 마련해 주곤 했다. 그 대신 배우들은 남작의 작품들을 위해 온갖 노력을 기울였으며, 빌헬름도 자기가 맡은 훌륭한 주인공의 대사를 철저하게 외우는 데 수고를 아끼지 않았다.

그러는 사이에 차츰 몇 가지 불미스러운 일도 끼어들었다. 남작이 극단 사람들 가운데 몇몇만을 특히 좋아하는 것이 날이 갈수록 눈에 띄었고, 그래서 그런 행동은 어쩔 수 없이 다른 사람들의 기분을 불쾌하게 만들었다. 남작은 자기가 총애하는 사람들만 전적으로 치켜세워 단원들 사이에 질투와 불화를 불러일으켰다. 그렇지 않아도 이런 문제가 발생하면 어찌할 바를 몰랐던 멜리나는 아주 곤란한 상황에 빠졌다. 칭찬받은 사람들은 고마워할 줄도 모르고 칭찬을 그냥 당연하게 받아들였고, 무시당한 사람들은 온갖 방법을 동원해 불쾌한 감정을 표출하면서 이런저런 방법으로 처음에는 아주 높이 존경하던 후견인이 자신들 사이에 있는 것을 불편하게 만들었다. 더욱이 누가 썼는지 모르는 시가 성에서 큰 동요를 일으켰을 때 남의 불행을 고소해하는 악의적인 즐거움은 적지 않게 컸다. 지금까지 사람들은 상당히 예의 바르게 남작과 배우들 간의 교류를 늘 비방해 왔고, 온갖 이야기로 남작을 화제에 올렸으며, 어떤 때는 이야기를 꾸며 내 남작을 재미있고 흥미로운 이야깃거리로 만들었다. 마침내 자신들도 작가라며 잘난 체하는 배우 몇 명과 남작 사이에 일종의 직업상 서로 시기하는 일이 벌어진다는 이야기가 떠돌기 시작했다. 앞서 언급했던 시가 원인을 제공했는데, 그 시는 다음과 같다.

가엾은 놈 나는, 남작 나리,
당신의 신분을 부러워하지요,
왕좌에 그렇게 가까운 당신의 자리,
그리고 많고 멋진 경작지,
당신 아버지의 견고한 성,
사냥터와 사냥총을.
가엾은 놈 나를, 남작 나리,
당신은 부러워하지요. 보아하니
자연은 어렸을 적부터 이미
나를 어머니처럼 대해 주니까요.
나는 쉽게 용기 내고 쉽게 생각하기에
비록 가난했지만, 불쌍한 바보는 되지 않았지요.

이제 내 생각에, 남작 나리님,
우리 두 사람 지금 그대로가 나을 것 같네요.
나리는 아버지의 아들로 남고,
나는 내 어머니의 자식으로 남는 것이.

우리 부러움과 미움 없이 살고,
다른 사람의 지위 탐내지 말아요,
나리는 문단에서 자리 탐하지 말고,
그리고 나는 귀족 모임에서 어떤 자리도.

몇 군데는 거의 읽기 어려운 글씨였고 여러 사람의 손으로 쓰인 이 시에 대한 의견은 매우 분분했다. 그러나 그 시를 쓴 사람이 누군지는 아무도 추측할 수 없었다. 그래서 사람들이 약간 고소하다며 즐거워하기 시작했을 때 빌헬름은 이런 짓을 강력하게 반대했다.

"우리 독일 사람들의" 하고 빌헬름이 큰 소리로 말했다. "뮤즈 여신들이 그렇게 오랫동안 멸시를 받아 오며 어려움을 겪었던 것은 당연한 일이었습니다. 우리가 어떤 방법으로든 우리나라 문학에 종사하려는 지위가 높은 사람들을 존중할 줄 모르기 때문입니다. 출생과 지위 그리고 재산은 천재적 재능, 취향과 별개가 아니며 이는 여러 나라의 총명한 인물들이 대부분 고귀한 지위를 가졌다는 사실로 증명됩니다. 지금까지 독일에서는 고귀한 가문에서 태어난 인물이 학문에 몰두하면 놀라운 일로 여겨졌으나 유명한 이름을 가진 사람이 예술과 학문에 애정을 보임으로써 더 유명해진 적은 거의 없습니다. 물론 몇몇 사람들이 어둠 속에서 떠올라 저 지평선 위로 이름 모르는 별처럼 나타난 적도 있지만, 항상 그런 일이 일어나지는 않을 겁니다. 내 생각이 틀리지 않다면 우리 민족의 우수한 사람들은 미래에 뮤즈 여신의 가장 아름다운 화관을 차지하기 위해 자신의 장점들을 활용하고 있습니다. 따라서 평민인 여러분이 뮤즈 여신들을 높이 평가할 줄 아는 귀족을 자주 조롱하고, 심지어 명예와 만족을 기대하는 높은 신분의 사람조차 경솔함과 절대 용인할 수 없는 악의로 이 귀족들을 위협하여 예술을 그만두게 하는 것을 보니 매우 불쾌합니다."

빌헬름의 마지막 말은 백작을 겨냥한 듯이 보였는데, 백작이 그 시를 정말 좋아한다는 말을 들었기 때문이었다. 백작은 항상 자기 방식대로 남작을 놀리곤 하면서도, 자기 친척인 남작을 어떻게 해서라도 괴롭혀 줄 기회를 늘 고대하고 있었다. 누가 이 시를 썼을지 제각각 추측은 했지만, 총명함이라면 누구에게도 뒤지지 않으려 했던 백작은 문득 어떤 생각이 들었고, 곧 그 생각이 맞는지 확인해 보고 싶었다. 즉, 이 시는 꼼꼼한 역을 잘 소화하는 사람이 쓸 수밖에 없으며, 그 사람은 아주 섬세한 감각을 가진 녀석인데, 백작은 오래전부터 그 사람한테서 뭔가 시적인 재능을 알아챘다는 것이었다. 백작은 자기 생각이 정말 재미있어 확인해 보려고 어느 날 아침에 그 배우를 불러들였다. 그 배우는 백작 부인과 남작 부인 그리고 야르노가 있는 자리에서 그 시를 자기 방식대로 백작 앞에서 낭독해야 했고, 그 대가로 많은 칭찬과 박수 그리고 선물을 받았다. 백작은 그 사람에게 이전에 쓴 다른 시들은 없는지 물었지만, 이 친구는 약삭빠르게 그 사실을 부인할 줄 알았다. 어쨌든 그 친구는 시인, 익살꾼이라는 명성을 얻었고, 남작의 총애를 받던 사람들의 눈에는 인물 풍자 작가 또는 못된 사람이라는 평을 들었다. 백작은 그 친구에게 점점 더 많은 박수갈채를 보냈고, 그러자 이 친구는 자신이 원하는 역을 맡고 싶어 했다. 그 불쌍한 친구는 결국 매우 교만해져서 거의 정신이 나간 듯 필리네처럼 새로 지은 성으로 방을 옮길 생각까지 하게 되었다. 만약 그런 일이 바로 실행되었다면 큰 사고를 막았을 수도 있었다. 왜냐하면 그 친구가 어느 날 저녁 늦게 옛 성으로 돌아올 때 어둡고 좁은 길에서 주변을 더듬다가 갑자기 습격을 당하고 말았기 때문이었다. 몇 사람이 그 친구를 꽉 붙들자 다른 사람들이 흠씬 두들겨 패기 시작했다. 그러고는 어둠 속에서 사정없이 때려서 그 친구는 하마터면 바닥에 누워 꼼짝도 못 할 뻔했다. 그러나 간신히 힘을 내서 동료들에게 기어갔는데 동료들은 무척 화가 난 척했지만, 속으로는 이 일을 은근히 기뻐했고, 그 친구가 호되게 실컷 두들겨 맞고 나서 입고 있던 새 갈색 상의가 마치 제분소 직공과 싸운 것처럼 완전히 하얗게 먼지투성이가 되도록 더럽혀진 것을 보고 거의 웃음을 참을 수 없었다.

백작은 이 소식을 듣고 몹시 화를 냈다. 백작은 이런 행위를 엄청난 범죄로 보았고, 성의 평화를 모독하는 행위로 간주해 자기 법률 담당자에게 아주 엄하게 벌을 내리라고 지시했다. 하얗게 먼지투성이가 된 상의를 중요한 증거물로 삼으라고도 했다. 성에서 파우더나 밀가루를 구할 수 있는 모든 경로를 추적해 보았으나 성과는 없었다.

남작은 자기 명예를 걸고 힘주어 말하길, 비록 이런 놀림이 매우 마음에 들지 않고 또한 백작님의 태도도 호의적이지 않지만, 그것을 감내해야 한다고 생각하며, 시인이든 아니면 풍자 작가이든 뭐든지 사람들이 그 사람을 부르고 싶을 대로 불러도 상관없지만, 그 사람이 당한 사고와 자신은 아무 상관이 없다고 했다.

성을 찾아온 손님들과 분주하게 돌아가는 성의 상황으로 곧 이 모든 일은 잊혔고, 운이 없던 그 친구는 잠시나마 남의 공적을 자신이 한 것인 양 으스대던 즐거움에 비싼 값을 치러야 했다.

우리 극단은 규칙적으로 저녁마다 공연을 계속했고, 대체로 아주 좋은 대우를 받았다. 그러나 대우가 좋아지면 좋아질수록 단원들은 점점 더 많이 요구하기 시작했다. 얼마 지나지 않아 음식, 술, 서빙, 숙소가 그들에겐 너무 당연한 일이 되어 버렸고, 그래서 극단의 편의를 봐주는 남작에게 자신들을 더 잘 돌봐 달라고, 그래서 원래 약속한 대로 자신들이 즐겁고 편하게 지낼 수 있도록 도와 달라며 귀찮게 굴었다. 그들의 불평은 점점 커졌고, 그들을 만족시키려는 친구의 노력은 점점 보람이 없어졌다.

그러는 사이 빌헬름은 연습할 때와 공연할 때 외에는 별로 모습을 드러내지 않았다. 가장 뒤편에 있는 방에 틀어박혀서 미뇽과 하프너[33]를 제외하고는 아무도 방으로 들이지 않고 지내면서 셰익스피어의 세계 속에서 살았다. 그래서 그 즐거움에 어찌할 바를 모른 채 그 외에는 아무것도 알지도 느끼지도 못했다.

사람들은 마술사에 대해 이야기한다. 마술사는 마법의 주문을 외워서 엄청나게 많은 온갖 형태의 유령들을 자신의 방으로 불러들인다. 주문은 너무나 강력해서 그 유령들이 곧 방을 가득 채우고, 마침내 작게 그려 놓은 원 안까지 밀고 들어와 마술사의 주위에 그리고 머리 위에 끊임없이 맴돌고 움직이면서 그 수가 늘어난다. 구석마다, 창문틀마다 자리를 차지해서 달걀 모양 유령들은 길쭉해지고 거인 모습을 한 유령은 버섯 모양으로 쭈그러든다. 그런데 불행히도 마술사가 이런 유령의 물결을 다시 썰물처럼 사라지게 하는 주문을 잊어버리고 말았다는 이야기다. — 이런 상태로 빌헬름은 앉아 있었고, 자기 안에서 엄청난 감동이 이는 가운데 지금까지 짐작도 예감도 못 했던 자신의 수많은 느낌과 능력들이 꿈틀거림을 느꼈다. 그 무엇도 빌헬름을 이런 상태에서 빠져나오게 할 수가 없었다. 그리고 밖에서 일어나는 일을 자신에게 전해

33 2권에 등장했던 하프를 연주하는 노인을 말한다.

주기 위해 찾아오려는 것도 대단히 불만스럽게 여겼다.

누가 와서 이런 소식을 전해 주었을 때도 빌헬름은 주의해서 듣지 않았다. 즉, 성에서 처벌이 있을 예정인데, 한 젊은이가 밤에 침입해 수상한 짓을 하다가 곤장을 맞았고, 가발을 만드는 사람의 상의까지 입고 있었기 때문에 십중팔구는 배우를 때렸던 자객들 사이에 함께 있었던 것 같다는 소식이었다. 또한 이 젊은이는 아주 완강하게 혐의를 부인하여 정식으로 처벌할 수는 없었으나, 며칠을 이곳 주위를 맴돌며 밤에는 물레방앗간에서 지내다가 결국 정원의 담에 사다리를 놓고 벽을 넘어왔기 때문에 이런 뜨내기를 징계하고 쫓아내려 한다는 이야기였다.

빌헬름은 이 사건 전체에 별다른 관심을 보이지 않았지만, 미뇽이 급히 달려와서 그 잡힌 사람이 승마 교관과 싸운 이후 단원들과 우리 눈에서 사라져 버렸던 프리드리히가 틀림없다고 말했다.

그 청년에게 관심이 있던 빌헬름이 급히 가 보니 성 안뜰에 이미 처벌할 준비가 되어 있었다. 왜냐하면 백작이 이런 일이 벌어져도 축제 행사처럼 격식을 갖춰 실행하는 것을 좋아했기 때문이었다. 그 청년이 끌려 나왔다. 빌헬름은 그 가운데로 들어가 자신이 그 젊은이를 알고 있고 우선 그 청년과 여러 가지 이야기를 해봐야 하니 일단 처벌을 중지해 달라고 부탁했다. 빌헬름은 자기 뜻을 관철하기 위해 노력했고, 마침내 범인과 단둘이 이야기하도록 허락을 받아 냈다. 이 젊은이는 어떤 배우를 습격해 폭행한 사건에 대해선 전혀 아는 바 없다고 맹세했다. 그리고 자신은 성 주위를 돌아다녔고 밤에 필리네를 찾기 위해 몰래 잠입했으며, 그녀의 방을 알아냈는데 만약 자신이 도중에 잡히지만 않았으면 분명히 그 방을 찾아냈을 거라고 했다.

빌헬름은 극단의 체면을 위해 이런 관계를 굳이 밝히고 싶지 않아 승마 교관에게 급히 달려가 교관이 이 성의 사람들을 잘 알고 있으니 이 사건을 중재해서 젊은이를 풀어 주게 해 달라고 부탁했다.

승마 교관은 빌헬름의 도움을 받아 짧은 이야기를 하나 만들어 냈다. 즉, 이 젊은이가 원래 극단에 속했다가 도망을 갔었고, 이제 다시 극단 생활에 적응할 테니 극단이 자신을 다시 받아 주길 바란다는 이야기였다. 그래서 젊은이가 밤중에 자신을 도와줄 사람들을 찾아가서 부탁하려는 의도였다고 말이다. 게다가 극단 사람들도 그 젊은이가 전에는 착실하게 행동했다고 증언해 주었고, 귀부인들도 거기에 가세하자 젊은이는 풀려났다.

빌헬름은 그 젊은이를 데리고 있게 되었는데, 그 젊은이는 빌헬름이 얼마 전부터 자기 식구처럼 대하고 있는 그 이상한 가족의 세 번째 사람이 되었다. 하프를 연주하는 노인과 미뇽은 그 젊은이를 다정하게 받아들였고, 그리고 세 사람은 모두 이제부터 자신들의 친구이자 보호자에게 빈틈없이 봉사하고, 그를 기분 좋게 해 주자고 한마음으로 단결했다.

## 10장

필리네는 귀부인들과 같이 있으면서 비위를 맞추는 법을 날이 갈수록 더 잘 터득했다. 세 여자만 모였다 하면 대부분 이런저런 남자들을 주제로 대화를 나누었고, 빌헬름도 여인들이 열심히 이야기하는 남자 중에서 빠지지 않았다. 영리한 필리네는 빌헬름이 백작 부인의 마음에 깊은 인상을 주었음을 바로 눈치챘다. 그래서 필리네는 빌헬름에 대해 아는 것 모르는 것을 모두 이야기했다. 그러나 빌헬름에게 단점으로 보일 수 있는 어떤 것도 발설하지 않으려고 조심했고, 그 대신 빌헬름의 고결하고 관대하게 잘 베푸는 심성, 특히 여성을 상대할 때의 예의 바른 행동을 칭찬했다. 필리네는 쏟아지는 그 밖의 모든 질문에 재치 있게 대답했고, 남작 부인은 아름다운 백작 부인의 관심이 커지는 것을 눈치채고는 이 사실을 알아낸 것을 무척 기뻐했다. 왜냐하면 자신과 여러 남자의 관계, 특히 최근에 야르노와의 관계를 백작 부인이 모를 리 없었고, 순결한 마음의 백작 부인이라면 자신의 그런 가벼운 처신을 반대하지 않을 리도 가볍게 꾸짖지 않을 리도 없었기 때문이었다.

이렇게 해서 남작 부인도 필리네도 빌헬름을 백작 부인에게 더 가까이 접근시키는 데 비상한 관심을 가지게 되었다. 그리고 필리네는 이것 외에도 기회가 있으면 다시 자신을 위한 일도 도모해서 이 젊은 남자의 잃어버린 호감을 가능한 한 되찾을 수 있기를 기대했다.

어느 날 백작이 사람들과 사냥을 나가 다음 날 아침에야 돌아올 예정이라는 걸 알고 남작 부인은 완전히 자신의 취향인 장난을 하나 생각해 냈다. 남작 부인은 변장을 좋아해서 한 번은 시골 처녀로, 한 번은 시중을 드는 사람으로, 한 번은 사냥꾼으로 변장해 사람들을 깜짝 놀라게 했다. 그럼으로써 남작 부인은 어디에나 있고 특히 사람들이 전혀 예상하지 못하는 곳에 나타나는 작은 요정처럼 보였다. 그래서 아무도 모르게 한동안 지체 높은 사람들에게 봉사하거나 그렇지 않으면 그런 사람들 사이에서 돌아다니다가 마침내 익살스럽게 자신의 본모습을 드러낼 때 무엇보다 기쁨을 느꼈다.

저녁 무렵에 남작 부인은 빌헬름을 자기 방으로 불렀는데, 그때 마침 할 일이 생겨서 필리네에게 빌헬름을 맞을 준비를 시켰다.

빌헬름이 방에 갔더니 남작 부인이 아닌 경박한 필리네가 있는 것을 보고 적지 않게 놀랐다. 필리네는 지금까지 연습했던 대로 어느 정도 예의 바르고 솔직하게 빌헬름을 대했고, 빌헬름도 자신을 정중한 태도로 대하기를 부탁했다.

우선 필리네는 대충 빌헬름을 따라다니는 행운이 있다고 농담조로 말하면서, 자신이 보기에 빌헬름이 여기까지 오게 된 것도 그 행운 덕이라고 했다.

그러고 나서 빌헬름이 지금까지 자신을 괴롭혔던 태도에 대해 기분 나쁘지 않을 정도로 질책하고는, 자신을 꾸짖고 책망하면서 빌헬름이 자신을 그렇게 대하는 것도 당연하다고 고백했다. 필리네는 자신의 상황을 자세히 설명하면서 모든 사실을 털어놓고, 그것은 이미 다 지나간 일이라고 했다. 그러면서 만약 빌헬름이 자신을 친절하게 대할 가치가 있도록 달라지지 못한다면 자기 자신을 경멸할 거라고 덧붙였다.

빌헬름은 그 말에 당황했다. 아주 경박하고 개과천선할 능력이 없는 사람들이 반성하면서 자기 잘못을 아주 진솔하게 고백하고 후회하는 태도를 이해하기에 빌헬름은 세상 경험이 너무 없었다. 이런 사람들에게는 엄청난 자연의 힘이 그들의 마음을 사로잡아 끌고 갔던 길에서 빠져나올 최소한의 힘도 없는데 말이다. 그렇다고 빌헬름이 사랑스럽기는 하나 도덕적으로는 죄가 많은 여자를 계속 퉁명스럽게 대할 수는 없었다. 그래서 빌헬름은 필리네와 대화를 나누면서 아름다운 백작 부인을 놀라게 하려고 생각해 낸 이상야릇한 변장에 대한 제안도 들었다.

빌헬름은 몇 가지 우려되는 점을 필리네에게 말했지만, 그 순간에 남작 부인이 들어와 빌헬름이 변장의 의도를 의심해 볼 시간도 주지 않고 바로 지금이 좋은 때라고 말하며 빌헬름을 끌고 갔다.

날은 어두워졌다. 남작 부인은 빌헬름을 백작의 옷이 걸려 있는 방으로 데려가서 입고 있던 상의를 벗게 하고 백작의 비단 잠옷 가운을 입히고는 빨간 리본이 달린 모자를 씌워 주었다. 그리고 백작의 서재로 데려가 큰 안락의자에 앉아 책을 들고 있으라고 하면서, 빌헬름 앞에 있던 아르간트 램프[34]에 불을 붙이고는 무슨 역할을 해야 할지를 가르쳐 주었다.

남작 부인이 말하길, 백작 부인에게 뜻밖에도 남편이 돌아왔고 백작의 기분이 좋지 않더라고 귀띔할 예정인데 그러면 아마 백작 부인이 와서 방을 몇 번 이리저리 걸어 다니다가 안락의자 팔걸이에 앉아서 빌헬름의 어깨에 팔을 얹고 몇 마디 할 것이라고 했다. 빌헬름은 가능한 한 오래 남편 역할을 잘해야 하지만, 끝내 발각되면 매우 정중하고 예의 바르게 행동해야 한다고도 이어 말했다.

빌헬름은 이 이상한 옷차림을 하고 매우 불안해하며 앉아 있었다. 이 제안을 듣고 빌헬름은 깜짝 놀랐지만, 이 일은 하고 말고를 생각해 볼 사이도 없이 급히 진행되었다. 빌헬름이 맡은 이 자리가 얼마나 위험한지 비로소 깨닫게 되었을 때는 남작 부인이 벌써 방에서 나가 버린 상태였다. 백작 부인의 미모와 젊고 우아한 매력이 자신에게 상당한 인상을 남겼다는 사실을 부인하지는 않았지만, 빌헬름은 성격상 여성에게 속없이 정중하게 구는 태도와는 거리가 멀었고, 또한 자신의 원칙이 위험한 일을 시도할 생각조차 허락하지 않았기 때문에, 이 순간 정말로 적지 않은 당혹감을 느꼈다. 빌헬름에게는 자신이 백작 부인의 마음에

---

**34** 아르간트 램프(die Argantische Lampe)는 프랑스에 살던 스위스 사람 에메 아르간트(Aime Argand)가 1783년 경에 개발한 금속 실린더가 달린 최신 기름 램프이다.

들지 않거나, 아니면 적당한 수준 이상으로 마음에 들 수 있다는 두려움이 똑같이 컸다.

언젠가 빌헬름의 마음을 자극했던 모든 여성의 매력이 상상 속에 다시 떠올랐다. 마리아네는 하얀 아침 가운을 입고 빌헬름에게 나타나 자신을 기억해 주길 애원했다. 필리네의 상냥한 애교, 아름다운 머릿결, 아양을 떠는 행동은 조금 전에 함께 있었으므로 아주 생생했다. 하지만 이 모든 상상은 고귀하고 꽃 피는 듯한 백작 부인을 생각할 때, 마치 베일 뒤로 멀리 물러나는 듯했다. 몇 분 뒤에 자기 목에 닿는 백작 부인의 팔을 느껴야 하고, 순수한 마음으로 쓰다듬는 것에 반응하라고 요구받았으니 말이다.

어떤 이상한 방법으로 이 당혹감에서 빠져나가게 될지 빌헬름은 물론 전혀 예감하지 못했다. 자기 뒤에 있던 문이 열리길래 우선 거울을 얼핏 들여다봤더니 백작이 손에 촛불을 들고 들어오는 것이 똑똑히 보여 빌헬름은 얼마나 놀랐는지, 게다가 두려움은 얼마나 컸는지 모른다. 그대로 앉아 있어야 할지, 일어나야 할지, 도망가야 할지, 사실을 털어놓아야 할지, 변명해야 할지 아니면 용서를 청해야 할지, 도대체 자신이 어떻게 해야 할지 망설이다 시간이 순식간에 지나갔다. 문에서 움직이지 않고 서 있던 백작은 뒤로 물러나면서 조용히 문을 닫았다. 그 순간 남작 부인이 옆에서 뛰어 들어오더니 등불을 끄고 빌헬름을 의자에서 잡아당기고는 잠옷 가운이 걸려 있던 방으로 끌고 갔다. 빌헬름은 재빨리 가운을 벗어서 바로 제자리에 다시 걸었다. 남작 부인은 빌헬름의 상의를 팔에 걸고 급히 빌헬름과 함께 여러 방과 복도 그리고 골방들을 지나 자기 방으로 달려갔다. 남작 부인이 숨을 돌리고 나서 빌헬름에게 하는 말이, 백작 부인에게 백작이 도착했다는 지어낸 소식을 알려 주려고 갔더니 백작 부인이 "이미 알고 있어요." 하고 대답하면서 "무슨 일이 일어난 모양이죠? 백작이 옆문으로 말을 타고 들어오는 것을 이미 보았어요." 하고 말하더라는 것이었다. 남작 부인은 깜짝 놀라서 당장 빌헬름을 데리고 나오기 위해 백작의 방으로 달려갔다는 것이었다.

"운이 없게도 부인께서 너무 늦게 오셨습니다!" 하고 빌헬름이 큰 소리로 말했다. "백작께서 방금 방에 오셨고, 제가 앉아 있는 것을 보셨습니다."

"당신을 알아보시던가요?"

"그건 모르겠습니다. 백작님은 제가 거울에 비친 것을 보셨고, 저도 그렇게 백작님을 보았습니다. 그것이 유령인지 아니면 자기 자신인지 알아보기도 전에 백작님은 벌써 뒤로 다시 물러나 문을 닫아 버리셨습니다."

그때 하인이 남작 부인을 부르러 와서 백작이 백작 부인과 함께 있다고 알려 주자 남작 부인은 더욱 당황했다. 무거운 마음으로 그곳으로 가 보니 백작이 아무 말 없이 생각에 잠겨 있는 것을 보았는데, 백작이 하는 말은 평소보다 온화하고 다정했다. 남작 부인은 어떻게 생각해야 할지 몰랐다. 사냥할 때 일어난 일과 백작이 예정보다 일찍 되돌아온 이유에 대해 말했지만 대화는 곧 끝나고 말았다. 백작은 아무 말도 하지 않았다. 특히 백작이 빌헬름에 관해 묻고는 빌헬름을 불러와서 그가 뭐라도 낭독해 줄 수 있다면 좋겠다고 했을 때 남작 부인은 이상하다고 생각하지 않을 수 없었다.

빌헬름은 남작 부인의 방에서 다시 옷을 입고 약간 휴식을 취하고 있다가 적지 않게 걱정하며 오라는 분부에 따라 그곳으로 갔다. 백작은 빌헬름에게 책을 한 권 주었고, 빌헬름은 상당히 가슴을 졸이며 모험

단편 소설을 읽었다. 빌헬름의 목소리는 약간 불안하게 떨리기도 했는데, 이런 목소리가 다행히도 이야기의 내용에 어울렸다. 백작은 몇 번 다정하게 칭찬하는 표시를 보였고, 마지막에 빌헬름을 돌려보낼 때는 특이한 표정을 지으며 책을 읽은 것을 칭찬해 주었다.

## 11장

빌헬름은 셰익스피어의 작품을 몇 편 읽자마자 나머지를 계속 읽어 나갈 수 없을 정도로 너무 강한 영향을 받았다. 그의 영혼은 온통 흥분의 도가니에 빠졌다. 빌헬름은 야르노와 이야기를 나눌 기회를 찾았고, 자신이 얻은 기쁨이 너무 커다란 나머지 그에게 감사한 마음을 충분히 전할 수도 없었다.

“이미 예상했습니다.” 하고 야르노가 말했다. “당신이 모든 작가 중에서도 가장 특이하고도 놀라운 작가의 탁월함을 느끼지 않을 수 없으리라고 말입니다.”

“그렇습니다.” 하고 빌헬름이 큰 소리로 말했다. “제가 기억하건대 지금까지 살아오면서 책이나 사람 그리고 어떤 사건도 선생님의 호의로 알게 된 이 훌륭한 작품들만큼 내게 그렇게 크게 영향을 주진 못했습니다. 그 작품들은 하늘이 보낸 천재의 작품처럼 보입니다. 그 천재가 인간들에게 자신을 아주 조심스럽게 소개하기 위해 다가오는 듯합니다. 이 작품들은 시가 아닙니다! 책을 펼치면 엄청난 운명의 책 앞에서 있는 듯이 느껴집니다. 그 책 속에는 격정적인 삶의 폭풍이 몰아치고 있어, 책장이 재빨리 이리저리 넘어가는 것 같습니다. 저는 그 강력함과 연약함에, 그 위력과 적막함에 금방 탄복했습니다. 그래서 정신이 다 나가 버려 빨리 진정하고 계속 읽을 수 있는 상태에 이르게 될 때를 학수고대할 뿐이었습니다."

"멋집니다." 하고 야르노가 말하면서 우리 친구에게 손을 내밀어 꽉 잡았다. "내가 바로 원했던 바입니다! 그리고 내가 기대하는 결과가 분명히 나타날 겁니다."

"현재 내 마음속에 일어나고 있는 것을 선생님께 모두 보여 드릴 수 있으면 얼마나 좋겠습니까!" 하고 빌헬름이 대답했다. "언젠가 인간과 인간의 운명에 대해 가졌던 모든 예감, 그리고 어린 시절부터 나 자신조차 모르게 나를 따라다녔던 모든 예감이 셰익스피어의 작품에서 충만하게 전개되는 것을 보았습니다. 마치 셰익스피어가 우리에게 모든 수수께끼를 풀어 주는 것 같았습니다. 비록 우리가 여기나 저기에 해답이 있다고 말할 수 없는데도 말입니다. 셰익스피어의 인물들은 본능적인 사람처럼 보이지만 모두가 다 그렇지는 않습니다. 아주 섬뜩하고 여러 인격이 뒤섞인 자연의 피조물들이 작품에서는 우리 앞에서 마치 그들이 시계인 것처럼 행동합니다. 그래서 그 시계의 틀과 시곗바늘을 크리스털로 만들어 놓은 것처럼 자신들의 운명에 따라 시간의 흐름을 알려 주고, 그리고 우리는 인물들을 작동시키는 톱니바퀴와 태엽 장치를 인식할 수 있습니다. 셰익스피어의 세계에서 이렇게 얼핏 보았던 것들이 다른 그 어떤 것보다 더 나를 매료시켜 실제 세계에서 더 빠른 발걸음을 앞으로 내딛게 하고, 그 인물들에게 드리워진 운명의 홍수 속으로 빠져들게 합니다. 언젠가 운이 좋다면 순수한 자연의 거대한 바다[35]에

35 "순수한 자연의 거대한 바다"는 셰익스피어의 위대한 작품들을 의미한다.

서 몇 잔을 떠서, 바로 저 위대한 영국의 극작가에게 바치듯 무대 위에서 우리 조국의 목마른 관객들에게 기꺼이 베풀어 주고자 합니다."

"선생이 그런 마음을 먹고 있는 것을 보니 얼마나 기쁜지 모르겠습니다." 하고 야르노가 대꾸하면서 감격한 젊은 친구의 어깨 위에 손을 얹었다. "활동적인 삶으로 나아가려는 결심을 포기하지 마십시오. 그리고 선생에게 주어진 좋은 시간을 과감하게 이용하려고 서두르십시오. 내가 선생에게 도움이 될 수 있다면 진심으로 도와드리겠습니다. 그런데 내가 한 가지 물어보지 않았는데, 선생은 어떻게 해서 이 극단으로 오게 되었나요? 이 극단에 선생은 태생적으로 어울릴 수도 없고 여기서 훈련을 받을 수도 없는데 말입니다. 나는 선생이 여기서 나가고 싶어 하길 간절히 바라고 또 그럴 것으로 보고 있습니다. 선생의 출신이나 집안 상황에 대해선 아무것도 모릅니다만, 혹시 내 말을 믿고 따르고 싶은지 한번 생각해 보십시오. 다만 선생한테 말할 수 있는 것은 우리가 지금 전시에 살고 있어 행운이 빠르게 변할 수도 있다는 겁니다. 만약 선생의 힘과 재능을 우리를 위해 바칠 수 있다면, 그리고 필요할 때 노고와 위험도 마다하지 않는다면 선생에게 당장이라도 한자리를 마련해 줄 수 있습니다. 그 자리를 차지하면 한동안 후회하지 않을 것입니다." 빌헬름은 자신의 고마운 마음을 어떻게 표현해야 할지 몰랐다. 그래서 자기 친구이자 후원자에게 자신이 살아온 이야기 전체를 기꺼이 해 주려고 했다.

두 사람은 이런 이야기를 나누면서 멀리 공원 안으로 사라지더니 공원을 가로질러 나 있는 큰길을 걸었다. 야르노가 잠시 멈춰서서 말했다. "내 제안을 잘 생각해 보시고 결심을 하시면 며칠 뒤에 대답을 주십시오. 그리고 선생의 이야기를 내게 털어놔 주세요. 단언하건대, 선생이 어찌 저런 사람들과 함께 어울릴 수 있었는지 지금까지 이해가 되지 않았습니다. 그리고 어떻게 선생이 그럭저럭 살아가려고 저런 떠돌아다니는 장돌뱅이 가수와 저 남자인지 여자인지 모르는 멍청한 아이에게 마음을 빼앗겨야 했는지를 생각하면 구역질이 나고 불쾌해집니다."

야르노가 말을 다 마치지 못했을 때 한 장교가 말을 타고 급히 달려왔다. 뒤에 마부가 예비로 말을 한 필 끌고 따라왔다. 야르노는 장교에게 큰 소리로 활기차게 인사했다. 장교는 말에서 뛰어내렸고, 두 사람은 포옹하고 서로 이야기를 나누었다. 그 사이에 빌헬름은 군인다운 야르노의 마지막 말에 깜짝 놀라서 생각에 잠긴 채 그 옆에 서 있었다. 야르노는 장교에게서 건네받은 몇 가지 서류를 대충 훑어보았고, 장교는 빌헬름에게로 다가와서 손을 내밀며 힘차게 말했다. "품위 있는 분과 함께 계신 곳에서 당신을 만나는군요. 친구분의 충고를 따르세요. 그리고 당신이 누군지도 모르는 저의 소망을 채워 주세요. 당신 일에 성심성의를 다해 도움이 되겠습니다." 장교는 이렇게 말하고 빌헬름을 힘차게 껴안았다. 그때 야르노가 다가오더니 장교에게 말했다. "지금 당장 함께 말을 타고 가는 것이 제일 좋겠소. 그래야 당신이 필요한 명령을 받을 수 있고 밤이 되기 전에 다시 말을 타고 떠날 수 있을 테니까 말이요." 두 사람은 그런 후 날렵하게 말에 올라타더니 자신에 대해 여러 가지 생각에 잠겨 있던 빌헬름을 남겨 두고 떠나 버렸다.

야르노의 마지막 말이 여전히 빌헬름의 귓가에 맴돌았다. 빌헬름은 순수하게 자신의 마음을 가져간 하프너와 미뇽이 자신이 그렇게 존경하는 사람에게 아주 심하게 멸시당하는 것을 참을 수 없었다. 일시적인 호기심과 상상을 자극하기는 했어도 누군지도 모르는 어떤 장교의 이상야릇한 포옹은 빌헬름에게 별다른 인상을 남기지 않았지만, 야르노의 말은 빌헬름의 마음을 찌르고 깊은 상처를 입혔다. 그래서 돌아가는 길에 자기 자신에게 비난을 쏟아 냈다. 야르노의 눈빛에서 보였고 그의 모든 표정이 말하는 그 냉혹한 차가움을 바로 그 순간 알아차리지 못하고 어찌 그냥 잊어버릴 수 있었냐고 자신을 책망했다. — "아니야." 하고 빌헬름이 큰 소리로 말했다. "야르노 넌 착각하고 있을 뿐이야. 무감각하고 세속적인 인간인 네가 내 친구가 될 수 있다고 말이다! 네가 내게 제안했던 모든 것은 이 불행한 사람들과 나를 연결하는 감정과 견줄 수가 없어. 그래도 너에게 기대해야 했던 것이 무엇인지를 내가 제때 알아차렸다는 게 얼마나 다행인가!" —

빌헬름은 자신을 마중 나오는 미뇽을 팔에 안고 큰 소리로 말했다. "아니다. 아무도 우리를 떼어 놓을 수 없다. 착한 아이야! 겉으로 보기에 영리하게 세상을 살아가는 처세술로 내가 너를 버리게 해서도, 너를 돌봐 주는 책임을 잊어버리게 해서도 안 된다."

빌헬름은 미뇽의 열렬한 애정 표현을 평소에는 거절하곤 했지만, 이 아이는 기대하지 않았던 빌헬름의 애정 어린 말에 기뻐하면서 그에게 꼭 매달렸고, 빌헬름은 간신히 아이를 떼어 냈다.

이때부터 빌헬름은 야르노의 행동에 더 많은 주의를 기울였는데, 모든 행동이 칭찬할 만한 것 같지는 않았다. 여러 가지 일이 벌어졌고 빌헬름은 그 일이 전혀 마음에 들지 않았다. 예를 들면 남작에 대한 시를 쓴 사람이 야르노라는 강한 의심이 들었다. 그 시로 인해 그 불쌍한 배우가 비싼 값을 치르기도 했는데 야르노는 도리어 빌헬름 앞에서 이 사건을 비웃었고, 우리 친구는 그런 행동이 속속들이 부패한 마음의 표시로 여겨졌다. 왜냐하면 무고한 한 사람을 고통스럽게 만들어 놓고도 명예 회복이나 보상을 생각하기는커녕 조롱하는 그런 행동보다 더 사악한 일은 없기 때문이었다! 빌헬름이었다면 얼마든지 그리고 기꺼이 그 불쌍한 사람의 명예를 회복시켜 주거나 보상해 주었을 것이다. 그리고 빌헬름은 묘하게도 우연히 그날 밤에 습격을 저지른 범인들의 흔적을 찾아냈다.

사람들은 몇 명의 젊은 장교들이 옛 성의 아래층 홀에서 남녀 배우 몇 명과 즐겁게 밤을 보낸다는 사실을 지금까지 빌헬름에게 계속 숨겨왔다. 어느 날 아침 빌헬름이 습관대로 아침 일찍 일어나서 우연히 홀로 들어갔을 때, 마침 젊은 장교들이 아주 이상하게 단장을 하고 있었다. 그 장교들은 물이 담긴 접시에 석회를 문질러서 그 회반죽을 솔에 묻혀 자신들의 조끼와 바지에 바르고는 그 옷을 벗지도 않고 아주 잽싸게 다시 깨끗하게 손질하는 것이었다. 그 행동을 이상하게 여겼던 우리 친구는 하얀 가루를 뒤집어쓰고 얼룩이 진 그 융통성 없는 역을 잘 맡는 배우가 입었던 상의가 떠올랐고, 남작의 친척 몇 명이 그 무리에 함께 있다는 사실을 들었을 때 의심은 더욱 커졌다.

빌헬름은 자신의 의심이 맞는지 더 자세히 알아보려고 젊은 장교 몇 명을 조촐한 아침 식사에 초대했다. 그들은 매우 쾌활하게 재미있는 이야기를 많이 했다. 그 가운데 한동안 징병관을 지낸 한 사람이 자기 대장의 술수와 활동을 칭찬하기에 여념이 없었는데, 그 대장은 어떤 사람이라도 자기 쪽으로 끌어들여서 자기 방식대로 속여 넘길 줄 안다는 것이었다. 좋은 집안에서 교육을 잘 받은 젊은 사람들이 괜찮은 대우를 받는다는 온갖 기만에 속아 넘어갔던 이야기를 자세하게 하면서, 신망받고 용감하며, 현명하고 관대한 장교가 자신을 높이 평가해 주고 끌어당겨 줄 거라며 처음에는 기뻐했던 어리석은 사람들을 몹시 비웃었다.

빌헬름은 아무것도 모르고 낭떠러지 끝에 가까이 다가갔었는데, 뜻하지 않게 그 절벽을 보여 준 자기 수호신에게 얼마나 감사했는지 모른다! 빌헬름은 이제 야르노가 그 징병관으로밖에 보이지 않았고, 그 낯선 장교의 포옹도 쉽게 설명되었다. 빌헬름은 이런 인간들의 신념에 혐오감을 느꼈고, 그 순간부터 군복을 입은 누구와도 만나는 것을 피했다. 그래서 군대가 계속 전진한다는 소식을 듣고 빌헬름은 매우 기뻤지만, 한편으로 아름다운 백작 부인의 곁을 아마도 영원히 떠나야 할지도 모른다는 생각에 걱정되었다.

## 12장

그러는 사이에 남작 부인은 근심과 충족되지 않은 호기심에 괴로워하며 며칠을 보냈다. 백작의 태도가 그 변장 사건 이후로 완전히 수수께끼처럼 변했기 때문이다. 백작이 지금까지 보여 주었던 모습은 완전히 사라졌고, 평소에 하던 농담도 하지 않았다. 백작이 극단 사람들이나 하인들에게 하는 요구도 매우 적어졌다. 백작의 꼼꼼함과 명령조의 태도는 거의 찾아볼 수 없었고, 오히려 백작은 말없이 생각에 잠겨 있었다. 그래도 백작은 다른 사람이 된 듯 쾌활해 보였다. 백작이 가끔 책을 읽어 달라고 했을 때는 대부분 진지하고도 종교적인 책들을 골랐고, 그러면 남작 부인은 겉으로 평온해 보이는 백작의 모습 뒤에 은밀한 원한이 숨어 있지 않을지, 백작이 우연히 마주한 몹쓸 짓에 복수하려고 남모를 계획을 숨기고 있지는 않을지 끊임없이 두려워하며 지냈다. 그래서 남작 부인은 야르노를 터놓고 지내는 친구로 만들어야겠다고 결심했는데, 남작 부인이 야르노와 관계를 맺었을 때는 이미 별로 숨길 것도 없는 상태라 더욱 모든 것을 터놓을 수 있었다. 야르노는 얼마 전부터 남작 부인의 확실한 친구가 되었지만, 두 사람은 영리해서 말 많은 주위 사람들에게는 자신들의 애정과 기쁨을 숨겼다. 그러나 이 새로운 연애 소설이 백작 부인의 눈만은 피해 가지 못했다. 그래서 남작 부인은 고귀한 영혼을 가진 백작 부인도 자신과 똑같은 처지로 만들어서 백작 부인이 자신에게 종종 보내던 무언의 비난을 모면해 보려고 했다.

남작 부인이 자기 친구에게 모든 것을 이야기하자 야르노는 웃으며 큰 소리로 말했다. "그 늙은 백작님이 분명히 자신을 보았다고 믿고 있다는 겁니다! 노인은 그 환상이 불행을, 심지어 죽음을 의미할지도 모른다고 생각해 두려워서 미개인처럼 온순해졌지요. 어떤 미개인도 빠져나가지 못했고, 앞으로도 빠져나가지 못할 죽음을 생각할 때처럼 말입니다. 그냥 가만히 계세요! 백작님은 더 오래 사실 테니, 우리는 이번 기회에 최소한 백작님을 자기 부인과 식솔들에게 더는 까다롭게 굴지 않는 사람으로 만들어 보지요."

두 사람은 적당한 기회가 오자 바로 백작 앞에서 예감이나 환상과 같은 것에 관해 이야기하기 시작했다. 야르노는 그런 것을 믿지 않는 사람인 척했고, 남작 부인도 마찬가지로 행동했다. 백작이 마침내 야르노와 따로 이야기하러 데려갈 정도로 두 사람은 자신들의 주장을 밀어붙였다. 백작은 야르노에게 자신이 미신을 믿는 것을 자책하면서 그런 일은 일어날 수 있고 또한 실제로 이미 자신에게 일어났음을 토로하며 야르노를 이해시키려고 했다. 야르노는 당황하고 그 말을 믿을 수 없다는 듯 굴다가 마침내 믿는 척했다. 그런 후 곧 밤이 되어 조용해지자 야르노는 남작 부인과 함께 세상 경험은 많지만 나약해진 백작이 허깨비를 보고 갑자기 자신의 나쁜 버릇을 고치게 되었다며 더욱 놀려 대면서도, 백작이 직면한 곤경 심지어 죽음조차 그렇게 태연자약하게 기다리고 있는 자세는 칭찬할 만하다고 했다.

"이런 환상을 보고서 자연스레 떠오르는 결말에 태연할 수만은 없을 거예요!" 걱정거리가 사라진 남작 부인의 목소리가 평소대로 쾌활하게 돌아왔다. 야르노는 남작 부인으로부터 후한 보상을 받았고, 두 사람은 백작을 더욱 온순하게 길들이고, 빌헬름을 향한 백작 부인의 애정을 더욱 자극해서 강해지게 만들 새로운 계획을 꾸몄다.

이러한 의도로 남작 부인은 백작 부인에게 이 모든 이야기를 들려주었고, 백작 부인은 처음에는 불쾌해했지만, 곧 깊은 생각에 잠겼으며, 조용할 때면 자신을 위해 마련되었던 빌헬름이 기다리고 있던 장면을 머릿속에 그려 보는 것 같았다.

그 무렵부터 사방에서 준비하는 것을 보니 부대가 곧 전진함과 동시에 왕자가 사령부를 옮기리라는 사실은 의심의 여지가 없었다. 게다가 백작도 동시에 이곳을 떠나 다시 시내로 돌아갈 거라고 했다. 그럼 우리 배우들의 운명도 쉽게 점칠 수 있다. 하지만 멜리나만은 그에 따른 방책을 세웠고, 다른 사람들은 단지 그 순간에 가능한 한 가장 즐거울 수 있는 것만 얻으려고 했다.

빌헬름은 그사이 자기 나름대로 바빴다. 백작 부인은 빌헬름에게 작품을 베껴 쓴 것을 달라고 부탁했고, 빌헬름은 이 사랑스러운 부인의 소원을 최고의 보상으로 생각했다.

자기 작품이 인쇄된 것을 아직 본 적이 없는 젊은 작가는 이런 경우에 자기 작품을 깨끗하고도 예쁘게 베껴 쓰려고 심혈을 기울인다. 이런 행동은 말하자면 저작 활동에서 황금기라고 할 수 있다. 아직 인쇄기가 그렇게도 많은 불필요한 글을 세상에 넘치도록 생산하기 전이라 우리는 아주 고귀한 사람들이 단지 가치 있는 정신적 산물만을 베껴 써 보관하던 그런 시대로 이동한 듯한 느낌이 든다. 그래서 어떤 원고가 세심하고 곱게 쓰이기만 하면 내용에 상관없이 그 원고는 가치 있는 정신적 산물이고, 전문가나 후원자가 소유하고 간직할 만하다는 잘못된 결론에 빠지기 쉽다.

곧 떠나야 하는 왕자에게 경의를 표하기 위해 큰 연회가 열렸다. 이웃 마을의 많은 귀부인이 초대되었고, 백작 부인은 늦지 않게 옷을 차려입었다. 이날 백작 부인은 평소에 늘 입던 것보다 더 화려한 드레스를 입었는데, 머리 모양과 장식에도 더 신경을 썼고, 자기가 가진 온갖 보석으로 치장했다. 남작 부인도 마찬가지로 화려한 스타일로 옷을 입으려고 최선을 다했다.

필리네는 두 부인이 손님들을 기다리는 동안 너무 지루해하는 것을 알아차리고 빌헬름을 부르자고 제안했다. 빌헬름이 완성된 원고도 넘겨주고 몇몇 부분이라도 읽어 주고 싶어 한다며 말이다. 빌헬름은 방에 들어서면서 화장으로 더 돋보이는 백작 부인의 우아한 모습에 놀랐다. 부인들의 요구에 원고를 읽었으나 정신을 집중하지 못한 탓에 제대로 읽지 못해서 듣고 있던 부인들이 그렇게 관대하지 않았다면 당장에 돌아가라고 했을지도 몰랐다.

빌헬름은 백작 부인을 쳐다볼 때마다 마치 눈앞에 짜릿한 전기 불꽃이 보이는 것 같았다. 낭독하면서 숨을 어디서 쉬어야 할지 모를 정도였다. 아름다운 백작 부인은 언제나 빌헬름의 마음을 사로잡았으나, 빌헬름은 지금보다 더 완벽한 모습을 본 적이 없다는 생각이 들었다. 빌헬름의 마음속에 엇갈리는 수많은 생각은 대략 다음과 같은 내용이었을 것이다.

"그렇게 많은 작가와 이른바 감성적인 사람들이 화려하게 옷을 입고 치장하는 것을 반대하고, 모든 계층의 여성이 본모습에 어울리는 수수한 옷차림만을 보려는 것은 얼마나 어리석은 짓인가. 못생겼거나 별로 아름답지 않은 여성이 별나고 호화로운 옷을 입은 것을 보면 우리는 그 화려한 옷을 욕하는데, 그때 우리가 불쾌한 이유가 그 불쌍한 옷 때문이 아니라고는 생각하지 않는다. 그러나 나는 세상의 모든 전문가를 여기에 모아 놓고 묻고 싶다, 이 주름, 이 리본과 레이스, 이 불룩한 옷소매, 말아 올린 머리, 반짝이는 보석들 가운데 무엇을 떼어 내고 싶은지 말이다. 그 사람들은 지금 이렇게 순순히 자연스럽게 다가오는 이 기분 좋은 인상을 깨뜨리는 것이 두렵지 않다는 말인가? 그렇다 이건 '자연스러운' 일이다! 만약 미네르바 여신이 완전히 무장하고 주피터의 머리에서 뛰어나왔다고 하더라도, 이 여신은 자신의 화려한 옷을 완전히 갖춰 입고 어느 꽃에서나 가벼운 발걸음으로 걸어 나오는 것처럼 보일 것이다."

빌헬름은 원고를 읽으면서 이런 인상을 영원히 마음에 새겨 두려는 듯 백작 부인을 자주 쳐다보았고, 평소 같으면 단어나 철자 하나라도 혼동했을 때 자신이 읽고 있는 작품 전체에 내키지 않는 오점을 남겼다고 생각할 수도 있었겠지만 이번에는 몇 번 틀리게 읽었어도 당황하지 않았다.

손님들이 도착했는지 밖이 소란스러워져 낭독은 끝났다. 남작 부인이 나갔고, 그러자 백작 부인은 아직 열려 있던 책상 서랍을 막 닫으려다 반지 상자를 집어서 반지 몇 개를 손가락에 끼웠다. "우리는 곧 헤어지게 되겠네요." 하고 백작 부인이 말했다. "좋은 친구로 기억하게 받아 주세요. 선생님이 잘 지내시길 무엇보다 간절히 바랍니다." 그리고 백작 부인은 반지 하나를 꺼냈는데, 수정 보석 아래에 머리카락으로 예쁘게 짠 방패가 보였고, 보석들이 박혀 있었다. 백작 부인은 그 반지를 빌헬름에게 건네주었다. 빌헬름은 그 반지를 받았을 때 무슨 말을 해야 할지 어떻게 해야 할지 몰라서 바닥에 뿌리를 내린 듯이 꼼짝도 하지 않고 서 있었다. 백작 부인은 책상 서랍을 닫고 소파에 앉았다.

"그럼 저는 빈손으로 나가야겠네요." 하고 필리네가 백작 부인의 오른손 가까이에 무릎을 꿇으며 말했다. "이 사람 좀 보세요. 필요 없을 때는 그렇게도 말을 많이 하더니 지금은 간단히 감사하다는 말도 못 하네요. 여보세요, 얼른 최소한 몸짓으로나마 마땅히 해야 할 일을 하세요. 아무 생각도 떠오르지 않으면, 적어도 저를 흉내라도 내세요."

필리네는 백작 부인의 오른손을 잡고 열렬하게 입을 맞추었다. 빌헬름도 급히 무릎을 꿇고 백작 부인의 왼손을 자기 입술에 갖다 댔다. 백작 부인은 당황하는 것처럼 보였지만 싫지는 않은 것 같았다.

"아!" 하고 필리네가 큰 소리로 말했다. "저도 지금까지 패물을 그렇게 많이 봐 왔지만, 이렇게 패물이 잘 어울리는 부인은 아직 뵙지 못했어요. 정말 멋진 팔찌예요! 그리고 이 손도 예뻐요! 목걸이는 또 얼마나 멋진지 몰라요! 그리고 이 가슴도!"

"그만해요, 아양 잘 떠는 아가씨." 하고 백작 부인이 말했다.

"이분이 백작님이신가요?" 하고 필리네가 백작 부인이 왼쪽에 달고 있던 값비싼 줄의 화려한 목걸이 메달을 가리키며 말했다.

"결혼할 때 그린 거예요." 하고 백작 부인이 대답했다.

"그 당시에 이렇게 젊으셨어요?" 하고 필리네가 물었다. "결혼하신 지 몇 년 되지 않았다고 알고 있는데요."

"화가가 젊어 보이게 그렸기 때문이죠." 하고 백작 부인이 대답했다.

"정말 잘 생기셨네요." 하고 필리네가 부인의 가슴에 손을 대며 말했다. "하지만 이 닫힌 케이스 안으로 다른 사람의 그림이 몰래 숨어들어온 적이 한 번도 없었나요?"

"못 하는 말이 없네, 필리네!" 하고 백작 부인이 큰 소리로 말했다. "귀여워해 주었더니. 그런 말은 두 번 다시 하지 말아요."

"이렇게 화를 내시면, 제가 잘못했네요." 하고 필리네가 말하고 벌떡 일어나 급히 문밖으로 나가 버렸다.

빌헬름은 그 예쁜 손을 아직 자기 두 손으로 잡고 있었다. 빌헬름은 너무 놀랍게도 자신의 이름 첫 글자가 빛나는 화려한 필체로 새겨진 팔찌를 뚫어지게 쳐다보았다.

"이 소중한 반지에 들어 있는 것이 정말 부인의 머리카락입니까?" 하고 빌헬름이 조심스럽게 물었다.

"그럼요." 하고 백작 부인이 반쯤 기어들어 가는 목소리로 대답하고는 생각을 가다듬고 빌헬름의 손을 잡으며 말했다. "이제 일어나세요. 안녕히 가세요!"

"여기에 우연치고는 너무 묘하게도 제 이름이 새겨져 있군요!" 하고 빌헬름이 큰 소리로 말하면서 팔찌를 가리켰다.

"어머나! 이것은 제 여자 친구의 이니셜이랍니다!"

"그것은 제 이름의 첫 글자들입니다. 저를 잊지 마세요. 부인의 모습도 제 마음에서 지워지지 않을 겁니다. 안녕히 계십시오. 그럼 가 보겠습니다!"

빌헬름은 백작 부인의 손에 입을 맞추고 일어나려고 했다. 그러나 마치 꿈에서 일이 아주 이상하게 전개되어 우리를 놀라게 하듯이, 빌헬름은 어떻게 일이 벌어졌는지 모르게 백작 부인을 자기 품에 안았고,

백작 부인의 입술이 빌헬름의 입술에 닿았다. 그리고 강렬한 키스는 두 사람에게 우리가 갓 따른 사랑의 술잔에서 처음 부풀어 오르는 거품을 마실 때만 느끼는 행복감을 주었다.

백작 부인은 빌헬름의 어깨에 머리를 대고 있었지만, 머리와 리본이 눌려 모양이 망가지는 것은 생각하지 않았다. 백작 부인은 팔로 빌헬름을 감쌌고, 빌헬름은 백작 부인을 강렬하게 자기 가슴에 몇 번이고 누르며 끌어안았다. 오, 이런 순간이 영원히 지속될 수 없다니! 그리고 이 짧은 순간에도 우리의 친구들인 두 사람을 방해하는 시기심 많은 운명이 얼마나 애통한지!

백작 부인이 갑자기 비명을 지르며 빌헬름에게서 떨어져 손을 자기 가슴에 대었을 때 빌헬름은 얼마나 놀랐고, 얼마나 아연실색하며 그 행복한 꿈에서 깨어났는지 모른다.

빌헬름은 백작 부인 앞에 마비된 듯 서 있었고, 백작 부인은 다른 손으로 눈을 가리고 잠시 가만히 있다가 큰 소리로 말했다. "가세요, 빨리 가 주세요!"

빌헬름은 계속 서 있었다.

"여기서 나가세요." 하고 백작 부인은 외치고는 손을 눈에서 떼고 말로 표현할 수 없는 눈빛으로 빌헬름을 바라보며 매우 사랑스러운 목소리로 덧붙여 말했다. "나를 사랑하신다면 여기서 나가 주세요!"

빌헬름은 방에서 나와 어디가 어딘지도 모르게 자기 방으로 돌아왔다.

불행한 사람들! 그 어떤 기이한 우연과 운명의 경고가 두 사람을 서로 갈라놓았던가?

# 4권

# 1장

라에르테스는 생각에 잠겨 창가에 서서 창턱에 팔을 받치고 벌판을 바라보고 있었다. 필리네가 큰 홀을 몰래 가로질러 와 라에르테스에게 기대면서 그의 진지한 얼굴을 놀려 댔다.

“그렇게 웃지 말아요.” 하고 라에르테스가 대답했다. “세월이 흘러가고, 모든 것이 변해 이렇게 끝나 간다는 게 싫어요. 보세요, 여기에 얼마 전만 해도 멋진 야영지가 있었고, 텐트들은 얼마나 다양하게 보였나요! 그 안은 또 얼마나 활기차던지! 이 지역 전체를 얼마나 세심하게 지키고 있었나요! 그런데 이제 모든 것이 갑자기 흔적도 없이 사라져 버렸어요. 짓밟힌 지푸라기와 땅을 파낸 화덕 구멍 흔적은 얼마 동안 남아 있겠지만, 모두 다시 쟁기로 갈아엎을 테고, 이 지역에 수천 명의 건장한 사람들이 있었다는 사실도 몇몇 늙은 사람들의 머리에서나 떠오르게 되겠지요."

필리네는 노래를 부르기 시작했고, 춤을 추기 위해 라에르테스를 홀 안으로 끌고 갔다. "자 우리가" 하고 필리네가 말했다. "그 시간을 뒤따라 쫓아갈 수는 없고, 시간은 이미 지나갔으니 적어도 우리 앞을 지나가는 아름다운 여신을 대하듯 그 시간을 즐겁고 우아하게 숭배하도록 해요."

두 사람이 몇 번 방향을 전환하자마자 멜리나 부인이 홀을 가로질러 왔다. 필리네는 심술궂게도 멜리나 부인에게도 춤을 추자고 권했고, 그러면서 임신으로 인해 바뀐 부인의 괴상한 몸매를 상기시키려 했다.

"임신한 여자는 더는 보지 않았으면 좋겠어요." 하고 필리네가 멜리나 부인의 등 뒤에서 말했다.

"그래도 여자들은 임신하고 싶어 할걸." 하고 라에르테스가 말했다.

"임신한 여자의 옷은 너무 보기 싫어요. 움직일 때마다 치마 앞쪽이 짧아져 길이가 맞지 않는 주름이 항상 먼저 앞서 나가는 것 봤어요? 저 여자는 임신 상태를 숨기는 방법도 모르고 그럴 재주도 없어요. 조금이라도 자신의 옷차림을 살펴보면 좋으련만."

"내버려둬요." 하고 라에르테스가 말했다. "때가 되면 다 해결될 테니."

"아이들이 나무에서 떨어진다면 얼마나 좋을까요." 하고 필리네가 큰 소리로 말했다.

남작이 들어와 아침 일찍 떠난 백작과 백작 부인을 대신해 다정한 인사를 전하면서 약간의 선물을 주었다. 그러고 나서 남작은 옆방에서 미뇽을 상대하고 있던 빌헬름에게 갔다. 미뇽은 매우 친절하고 나긋나긋한 태도로 빌헬름의 부모 형제들과 친척들에 관해 물어보았고, 그러면서 가족들에게 가끔 소식도 전해야 할 의무를 생각나게 해 주었다.

남작은 백작 부부의 작별 인사를 전하는 것 외에도 백작이 빌헬름을, 그리고 빌헬름의 활약과 작품들과 무대를 위한 여러 노력을 매우 만족스러워했다고 확언했다. 그러고 나서 그런 생각을 증명하듯 작은 주머니 하나를 꺼냈는데, 예쁘게 짠 주머니 천 틈새로 새 금화의 매혹적인 색깔이 내비쳤다. 빌헬름은 뒤로 물러나며 받길 거절했다.

"이 선물을 선생의 재능에 대한 보수로 생각하지 말고 선생이 바친 시간과 선생의 노력에 대한 감사의 표시로 생각하세요." 하고 남작이 말했다. "이런 재능이 명성과 사람들의 애정을 우리에게 마련해 준다면, 근면과 노력으로 동시에 우리의 욕구를 충족시킬 돈을 얻는다는 것은 당연한 일입니다. 우리는 완전히 정신적인 존재만은 아니니까요. 모든 물건을 얻을 수 있는 도시에 있다면 이 얼마 되지 않는 돈을 시계나 반지 또는 그 밖의 어떤 것으로 바꿔 드릴 수도 있었을 겁니다. 그러나 이제 마술 지팡이를 선생의 손에 직접 드리니, 선생이 제일 좋아하고 가장 필요한 귀중품을 장만하셔서 우리와의 추억으로 간직하십시오. 동시에 이 주머니도 소중하게 갖고 계십시오. 안에 든 것이 빛을 발하도록 귀부인들이 손수 짠 것입니다."

"제가 난처해서 이 선물을 받아야 할지 주저함을 용서해 주십시오." 하고 빌헬름이 대답했다. "이대로 선물을 받으면 제가 한 얼마 되지도 않았던 일이 의미가 없어지고, 행복했던 추억을 마음대로 떠올리지도 못할 겁니다. 돈이란 어떤 일을 마무리할 때는 좋은 수단이 되겠지만, 이 성의 추억 속에서 제가 완전히 사라지기를 원하지는 않습니다."

"이번 경우는 그렇지 않습니다." 하고 남작이 대답했다. "그렇지만 선생은 다정한 분이셔서, 백작님이 선생에게 자신이 완전히 빚을 졌다고 생각하게 하고 싶지는 않으시겠죠. 그분은 자신이 사려 깊고 정의롭다는 것을 아주 큰 명예로 내세우는 분입니다. 선생이 얼마나 수고했는지는 물론, 백작님의 계획을 위해 선생의 시간을 모두 바쳤다는 걸 백작님이 모를 리 있겠습니다. 게다가 백작님은 선생이 정해진 계획을 서둘러 준비하느라 선생의 돈을 아끼지 않고 쓴 것도 알고 계십니다. 백작님이 선생의 수고에 감사한다는 뜻에 선생이 기뻐했다고 내가 백작님께 확실하게 전할 수 없으면, 내가 어찌 백작님 앞에 다시 나타날 수 있겠습니까."

"저 자신만 생각하고, 저 자신의 감정만을 따라도 된다면" 하고 빌헬름이 대꾸했다. "모든 이유를 차치하고, 이 선물이 비록 아름답고 명예스럽지만 받기를 완강하게 거부할지도 모릅니다. 하지만 저를 곤란하게 만드는 이 순간에 이 선물이 제가 지금까지 제 가족들에게 느끼고 있던 부채감과, 그리고 말은 하지 않았지만 제게는 근심거리였던 곤란한 상황에서 저를 구해 준다는 사실을 부인하지는 않겠습니다. 제가 쓴 돈과 시간에 대해 가족들에게 설명해야 하는데 사실 그동안 돈과 시간을 아껴서 쓰지 못했습니다. 이제 백작님의 고결한 마음 덕분에 제 가족들에게 제가 갈 길에서 잠시 벗어났다가 이런 행운을 얻게 되었다는 소식을 자신 있게 전할 수 있게 되었습니다. 제 여린 양심이 선물을 받지 말고 사양하라고 타이르는 충고를 더 막중한 의무를 위해 희생하겠습니다. 그리고 제 아버지 앞에 용기 있게 나타날 수 있도록 여러분 앞에 부끄러워하며 서 있겠습니다."

"친구나 후원자에게 다른 선물을 받을 때는 고마워하고 기뻐하면서도, 돈을 받을 때는 왜 그렇게 묘하게 생각하고 주저하는지 이상합니다. 우리 본성에는 인간이 이토록 쉽게 주저하여 무엇이든 조심스럽게

품도록 하는 마음과 비슷한 특성이 많이 있겠지요."

"명예와 관계된 모든 일에도 마찬가지가 아닐까요?" 하고 빌헬름이 물었다.

"아, 그렇군요." 하고 남작이 대답했다. "그리고 여러 가지 편견들도 그렇죠. 잡초를 모두 뽑아 버리지 않는 것은, 혹 귀한 식물까지 동시에 마구 뽑아 버리지 않기 위해서지요. 하지만 개개인이 그런 일에 초연할 수 있고 또 초연해야 한다고 느낄 때 나는 항상 기쁩니다. 그래서 재기 발랄한 작가가 궁정 극장을 위해 몇 편의 작품을 완성해서 군주의 전폭적인 찬사를 받았던 이야기를 생각하면 흐뭇해집니다. 관대한 군주는 '이 작가에게 충분한 보상을 내려야겠어' 하고 말했답니다. '무슨 패물을 내려야 이 사람이 즐거워할지, 아니면 돈으로 받기를 거부하지나 않는지 알아보도록 하여라'라고 했답니다. 시인은 사신으로 간 궁정 관리에게 익살스럽게 말했답니다. '저는 그 자비로우신 마음에 정말 감사할 따름입니다. 황제께서 매일 우리에게 세금을 걷고 계시니, 폐하로부터 제가 돈을 받는 것을 왜 부끄러워해야 하겠습니까.'"

남작이 방을 나가자마자 빌헬름은 생각지도 않게 분에 넘치게 들어온 돈을 열심히 세어 보았다. 아름답게 번쩍이는 금화들이 예쁜 주머니에서 굴러 나올 때 빌헬름은 나이가 들어서야 느끼게 되는 황금의 가치가 처음으로 눈에 들어오는 것 같았다. 계산해 보니 꼭 멜리나가 빌려 간 돈을 곧 다시 갚겠다고 약속했으니 필리네가 처음 꽃다발을 달라고 했던 때만큼, 아니 그때보다 더 많은 현금을 가지고 있음을 알게 되었다. 빌헬름은 자신을 이끌고 또 함께 따라왔던 행운에 약간의 자부심을 느끼며 은근히 만족한 채로 자신의 재능에 대해 생각해 보았다. 이제 빌헬름은 확신을 가지고 가족들의 모든 걱정을 한 방에 날려 주고 지금까지의 자신의 행동을 가장 좋게 보이게 해 줄 편지를 쓰기 위해 펜을 들었다. 그러나 실제로 일어났던 이야기 대신, 단지 의미심장하고 불분명한 표현으로 자신에게 일어날 수 있었던 일을 미루어 짐작하게 했다. 금전적으로 양호한 상태, 자신의 재능 덕에 벌어들인 수입, 귀족들의 호의, 귀부인들의 총애, 폭 넓은 범위의 지인들, 자신의 육체적이고 정신적 능력 계발, 미래에 대한 희망으로 기묘하게 꾸며 낸 이야기를 만들어 냈는데, 신기루조차 이 이야기에 더 기이하게 얽혀 작용할 수 없을 정도였다.

이렇게 흥분된 상태에서 빌헬름은 편지를 봉하고 난 다음 오랫동안 혼잣말로 편지의 내용을 계속 요약해 보면서 왕성하게 활동하고 가치 있는 미래를 머릿속에 그려 보았다. 빌헬름은 많은 고귀한 군인이 보여준 모범에 자극받았고, 셰익스피어의 작품들로 새로운 세계를 열었으며, 아름다운 백작 부인의 입술에서 이루 형용할 수 없는 불꽃을 빨아 마셨었다. 이 모든 것은 어떤 효과라도 불러일으킬 수 있었으며 또한 불러일으켜야 했다.

승마 교관이 와서 모두 짐을 다 쌌는지 물어보았다. 멜리나를 제외하고 아무도 그럴 생각을 하지 못했다. 이제 서둘러 떠나야 했다. 백작은 단원 전체에게 며칠 걸리는 거리는 마차로 데려다주겠다고 약속했었다. 말들은 이미 준비되어 있어 오랫동안 그대로 둘 수는 없었다. 빌헬름은 자기 가방이 어디 있는지 물었고, 멜리나 부인이 그 가방에 자기 짐도 넣었다고 했다. 빌헬름이 빌려준 돈을 달라고 했더니, 멜리나가 그 돈을 아주 조심스럽게 가방 제일 밑에 넣어 두었다는 것이었다. "내 트렁크에도 아직 자리가 있어요." 하고 필리네가 말하고 빌헬름의 옷가지를 꾸려 넣었고, 다른 것은 미뇽에게 가져오라고 했다. 빌헬름은 내키지 않았지만 그렇게 하도록 내버려두어야 했다.

모두 짐을 꾸리고 준비를 하는 동안 멜리나가 말했다. "우리가 줄타기꾼이나 장돌림처럼 떠나야 하는 것이 불쾌합니다. 난 미뇽이 여자 옷을 입고 하프너는 당장 그 수염을 깎았으면 좋겠습니다." 미뇽은 빌헬름 옆에 꼭 달라붙으며 매우 강한 어조로 말했다. "저는 사내아이예요. 여자애가 되기 싫어요!" 노인은 아무 말도 없었다. 그러자 필리네가 이 기회에 자기를 돌봐 주던 백작의 이상한 버릇에 대해 익살맞게 몇 마디 덧붙여 말했다. "하프너가 수염을 깎으면" 하고 필리네가 말했다. "그 수염을 소중하게 리본으로 매어 간직할 수도 있어요. 세상 어디서든지 백작을 다시 만나자마자 그 수염을 당장 다시 붙일 수 있도록 말이에요. 오로지 그 수염 때문에 백작님의 호의를 얻었으니까요."

사람들이 필리네에게 꼬치꼬치 캐물으면서 이 이상한 발언에 대한 설명을 요구하자 필리네는 다음과 같이 들려주었다. "백작님은 배우가 일상생활에서도 자기 배역을 계속 연기해 나가며 동시에 자기 성격을 제대로 유지할 수 있다면 무대 위에서의 환상을 불러일으킬 때 큰 몫을 한다고 믿으시죠. 그래서 백작님은 꼼꼼한 성격을 잘 연기하는 배우에게 호의를 베푸셨으며 하프너가 저녁에 무대 위에서뿐 아니라 낮에도 계속 가짜 수염을 달고 있는 것이 정말 좋다고 생각하셨죠. 이런 맥락에서 가면이 자연스럽게 보이는 것도 대단히 좋아했습니다."

다른 사람들이 백작의 이런 착각과 이상한 생각을 비웃을 때 하프너가 빌헬름 옆으로 가서 작별 인사를 하고 제발 바로 떠나게 해 달라고 부탁했다. 빌헬름은 하프너를 설득하면서 자신이 어느 누구로부터라도 그를 지켜 줄 것이고, 아무도 하프너의 머리 한 가닥이라도 건드리지 못하게 할 것이며, 더구나 하프너의 의사를 묻지 않고 자르는 일은 더욱이 없을 거라고 약속했다.

노인은 매우 감동했고 이상한 불꽃이 노인의 눈동자 속에서 빛났다. "그런 이유로 떠나려는 것이 아닙니다." 하고 하프너가 큰 소리로 말했다. "이미 오래전부터 제가 당신 주위에 머물고 있는 것을 스스로 질책해 왔습니다. 불행이 제게 갑자기 들이닥치면 저와 어울리는 사람들에게 해를 입히기 때문에 저는 어디에도 머물러서는 안 됩니다. 저를 보내 주시지 않으면 당신이 무슨 일을 당하게 될지 모릅니다. 하지만 제게 아무것도 묻지 마십시오. 제 몸은 제 것이 아니고, 여기에 머물러 있을 수 없습니다."

"그렇다면 누구의 몸이란 말입니까? 누가 그런 힘을 당신에게 행사할 수 있단 말입니까?"

"선생님, 저의 끔찍한 비밀은 알려고 하지 마시고 저를 보내 주십시오! 저를 따라다니는 복수는 이 지상의 심판자가 내리는 것이 아닙니다. 저는 냉혹한 운명의 손아귀에 있습니다. 여기에 머물 수도 없고 머물러서도 안 됩니다."

"노인의 이런 상황을 보았는데 절대 떠나게 하지 않을 겁니다."

"제가 떠나길 망설이면 저의 은인이신 선생님께 큰 죄를 짓는 겁니다. 선생님 곁에서 저는 안전하지만, 선생님은 위험합니다. 선생님이 보호하고 있는 사람이 누군지 모르고 계십니다. 저는 죄 많은 사람이지만, 죄가 있다기보다 불행한 놈입니다. 저는 행복을 몰아내고, 제가 가까이 다가가면 좋은 일도 허사가 됩니다. 제 불행의 정령이 저를 천천히 쫓아다니는데, 제가 머리를 침대에 내려놓고 쉬려고 할 때가 되어서야 그 사실을 알아차릴 수 있어서, 그 정령에게 붙들리지 않으려면 저는 한곳에 머무르지 않고 항상 달아나야 합니다. 제가 선생님을 떠나는 것은 무엇보다도 제 감사의 표현입니다."

"이상한 분이시군요! 그렇다고 당신이 행복하길 바라는 내 희망만큼이나 커다란 당신을 신뢰하는 마음을 사라지게 할 수는 없습니다. 당신이 믿고 있는 미신 같은 비밀을 털어놓으라고 강요하지는 않겠습니다. 그러나 당신이 이상한 불행과 연결되어 있고 또한 그 징후 속에 살고 있다면 당신을 위로하고 활기를 주기 위해 이렇게 말하겠습니다. 내 행복에 동참해서 당신의 검은 정령과 나의 흰 수호신 중 어느 쪽이 강한지 두고 보자고 말입니다!"

빌헬름은 이 기회를 하프너에게 위로의 말을 많이 하는 계기로 삼았다. 왜냐하면 얼마 전부터 함께 다니는 이 이상한 노인이 우연이든 아니면 운명이든 큰 죄를 저지르고, 지금도 항상 그 기억을 끌고 다닌다고 생각했기 때문이었다. 불과 며칠 전에도 빌헬름은 하프너의 노래를 엿들었는데 다음과 같은 구절에 관심이 쏠렸었다.

그 눈에는 아침 햇살이 맑은
지평선을 불꽃으로 물들이지만,
그 죄 많은 머리 위에는 온
세상의 아름다운 모습이 부서지네.

노인은 자신의 생각을 계속 피력했지만, 빌헬름은 언제나 더 강하게 반론을 제기하면서 노인의 모든 말을 좋은 쪽으로 되돌리고 뒤집었다. 그리고 너무나도 믿음직하게 또 진심으로 위로의 말을 해 주어서 노인도 다시 생기를 얻었고 자신의 근심을 떨쳐 버린 듯이 보였다.

# 2장

멜리나는 작아도 부유한 도시에서 자신의 극단과 자리를 잡으려고 했다. 단원들은 백작이 마차로 데려다주기로 했던 마을에 도착해서 다른 마차와 말을 구해 타고 계속 가려고 했다. 멜리나가 이동을 책임졌는데, 자신의 버릇대로 매우 인색하게 굴었다. 반면에 빌헬름은 주머니에 있는 백작 부인이 준 아름다운 금화들을 완전히 마음대로 즐겁게 쓸 수 있다고 생각했다. 그러나 자기 가족에게 보냈던 근사한 출납 대조표에 그 돈을 이미 우쭐거리며 기재해 넣었다는 사실을 까마득히 잊고 있었다.

빌헬름은 셰익스피어를 자기 스승으로 삼는 것이 큰 기쁨이었고, 그래서 자신의 이름이 빌헬름[36]이라는 게 더욱 좋아졌다. 그리고 셰익스피어가 쓴 한 왕자[37]를 알게 되었는데, 이 왕자는 비천한 사람들과 심지어 한동안 나쁜 사람들과 함께 지냈다. 왕자는 고귀한 신분임에도 완전히 관능적 쾌락을 추구하는 젊은이들의 거칠고 불손한 행동과 어리석은 짓들을 보고 즐거워했다. 빌헬름은 자신의 현재 상태와 비교할 수 있는 이상형을 만나 가장 반가웠고, 극복할 수 없을 정도로 애착을 느껴 아주 쉽게 자기기만에 빠졌다.

빌헬름은 자기 옷차림이 어떤지 생각해 보기 시작했다. 그 결과 급할 때 코트처럼 걸칠 수 있는 짧은 조끼[38]가 떠돌아다니는 나그네에게는 아주 알맞은 복장이라는 생각이 들었다. 뜨개질로 짠 긴 바지와 끈

---

**36** 윌리엄 셰익스피어의 "윌리엄"이 독일 이름으로 빌헬름이다.
**37** 셰익스피어의《헨리 4세》에서 훗날 헨리 5세가 되는 왕자를 말한다.
**38** 셰익스피어 시대에 입던 의상이다.

으로 묶는 장화는 걸어 다니는 사람에게 딱 어울리는 옷차림처럼 보였다. 그리고 빌헬름은 몸에 두르는 아름다운 비단 띠를 하나 마련했는데, 처음에는 그 띠가 배를 따뜻하게 하기 위한 것이라는 구실을 댔다. 그 대신 목은 넥타이라는 사슬에서 해방되었고, 클로드 직물 끈 몇 개로 주름 장식을 만들어 셔츠에 묶었지만, 그 끈을 너무 넓게 잘라서 완전히 고대풍의 셔츠 깃처럼 보였다. 마리아네를 떠올릴 추억으로 남겨 놓은 예쁜 비단 목도리는 클로드 직물로 짠 옷깃 아래에 느슨하게 묶었다. 여러 색의 리본과 깃털 하나가 달린 둥근 모자는 치장 전체를 완벽하게 만들어 주었다.

여자들은 주저 없이 이 복장이 빌헬름에게 정말 잘 어울린다고 말했다. 필리네도 마치 그 복장에 홀딱 반한 체하면서 빌헬름이 자신의 이상에 더 가까워지기 위해 가차 없이 잘라 버린 아름다운 머리카락을 달라고 했다. 빌헬름은 필리네의 그 말을 나쁘게 받아들이지는 않았다. 빌헬름은 잘 베풀었기 때문에 해리 왕자처럼 다른 사람들을 대할 권리를 얻었고, 곧 여러 가지 재미있는 장난을 치고 또 부추기는 재미에 빠졌다. 사람들은 펜싱도 하고, 춤을 추고, 온갖 놀이를 고안해 냈으며, 그러다 괜찮은 포도주를 보면 신이 나서 엄청나게 마셨다. 이런 무질서한 생활 속에서 필리네는 퉁명스러운 빌헬름을 노리고 있었는데, 부디 빌헬름의 착한 수호신이 그를 잘 돌봐 주기를 바랄 따름이다.

극단 사람들이 특히 재미있게 즐기는 놀이는 주로 즉흥극이었다. 그들은 이 놀이를 하면서 지금까지 자신들을 돌봐 주었던 후견인과 은인을 흉내 내며 놀리기도 했다. 그들 가운데 몇몇은 고상한 사람들이 겉으로 보여 주는 특징적인 태도들을 잘 기억해 두었다가 훌륭하게 연기해 나머지 단원들에게 큰 박수갈채를 받았다. 필리네는 자기 경험의 비밀 창고에서 특히 그들에게 몇 번 받았던 사랑 고백을 꺼내 연기해 보였는데, 사람들은 우습고 고소해서 어찌할 바를 몰랐다.

빌헬름은 필리네의 배은망덕한 행동을 꾸짖었다. 그러나 사람들은 빌헬름의 말에 반론을 제기하면서 필리네가 그곳에서 받은 것을 충분히 갚았고, 자신들이 자랑스럽게 생각할 정도로 많은 공을 세운 사람들을 대하는 귀족들의 태도가 아주 좋지는 않았다고 주장했다. 그리고 귀족들이 얼마나 예의 없이 자신들을 대했으며, 얼마나 심하게 무시했는지 불평을 털어놓았다. 그러고는 귀족들을 조롱하고 놀리는 흉내 내기가 다시 시작되었고, 사람들은 부당한 대우를 받았다는 심정이 들어 점점 씁쓸해졌다.

그러자 빌헬름이 말했다. “저는 여러분의 말에 시기심이나 이기심이 드러나지 않기를 바랍니다. 그리고 여러분이 그런 사람들과 그들의 사정을 올바른 관점에서 평가하길 바랍니다. 태어나면서 인간 사회에서 높은 지위를 차지한다는 것은 이상야릇한 일입니다. 상속받은 재산이 그 사람의 삶에 완벽한 안락함을 가져다주었고, 내 생각을 이렇게 표현해도 된다면, 어렸을 때부터 인간에게 부수적으로 필요한 모든 것으로 풍족하게 둘러싸인 사람들은 대부분 재산을 무엇보다 중요하게 여기는 환경에 길들어 있습니다. 그래서 자연적으로 아름답게 갖추어지는 인간성에 대한 가치는 그 사람들에게 그렇게 명확하지 않습니다. 신분이 낮은 사람들을 대하는 태도뿐 아니라 귀족들 간에 서로를 대하는 태도도 겉으로 보이는 이익에 따라 맞춰져 있으며, 누구에게나 자신의 자격과 지위, 복장과 수행원을 자기 마음대로 내세우지만 단지 자신의 공로는 그렇게 하지 못합니다.”

이 말에 극단 사람들은 모두 엄청난 박수를 보냈다. 사람들은 공로가 있는 사람이 항상 뒤에 서 있는 풍경, 귀족 사회에서 자연스럽고 따뜻한 인간관계를 찾아볼 수 없다는 사실을 가증스럽게 생각했다. 특히 후자의 경우에 대해 너도나도 끝도 없이 한마디씩 했다.

빌헬름이 큰 소리로 말했다. "그런 사실을 비난하지 마시고 오히려 유감스럽게 생각하십시오! 우리가 최고라고 여기는 행복은 마음의 풍요로움에서 흘러나오기 때문에, 귀족들의 행복에 여러분은 어떤 숭고한 감정도 느끼지 못하는 겁니다. 가진 것이 별로 없거나 아무것도 가진 것이 없는 가련한 우리에게는 우정이라는 행복을 넘치도록 즐길 수 있는 행운이 주어져 있습니다. 우리는 우리가 사랑하는 사람들을 귀족들처럼 은혜를 베풀어서 감동케 할 수도 없고, 호의를 베풀어 후원할 수도 없으며, 선물로 행복하게 해 줄 수도 없습니다. 우리는 우리 자신밖에 가진 것이 없습니다. 우리는 이런 우리 존재 전체를 모두 바쳐야 합니다. 그리고 자신이 어떤 가치가 있으려면, 친구에게 우리 자신이 얼마나 큰 재산인지 영원한 확신을 심어 주어야 합니다. 이런 확신은 주는 사람과 받는 사람에게 얼마나 큰 행복이고, 얼마나 큰 즐거움입니까! 이 믿음이 변하지 않을 때 우리 마음을 얼마나 축복받은 상태로 만들어 줍니까! 이 믿음은 덧없는 인간의 삶에 아주 멋진 확신을 주고, 우리가 가진 재산 중에서 가장 중요한 자산이 됩니다."

미뇽은 빌헬름이 이 말을 하는 동안 가까이 다가와서 여린 팔로 빌헬름을 껴안고 작은 머리를 그의 가슴에 대고 계속 서 있었다. 빌헬름은 그 아이의 머리 위에 손을 얹고 말을 계속 이어 갔다. "위대한 사람은 다른 사람들의 마음을 얻기가 얼마나 쉽습니까! 얼마나 쉽게 다른 사람들의 마음을 자기 것으로 만듭니까! 편안하고 호감 가는 행동으로 그리고 어느 정도 인간적인 행동만으로도 놀라움을 일으키고, 한번 얻은 사람들의 마음을 꽉 붙잡을 수단을 얼마나 많이 가지고 있습니까! 그러나 우리에게 그런 일은 훨씬 드물게 일어나고, 모든 일이 더 힘들지만, 우리가 스스로 획득하고 해내는 것에 더 큰 가치를 두는 게 얼마나 자연스러운 일입니까! 자기가 모시는 주인을 위해 자신을 희생하는 충실한 하인들의 예는 얼마나 감동적입니까! 셰익스피어가 그런 예를 얼마나 훌륭하게 묘사했습니까! 나는 이 하인들의 충직한 마음은 더 위대한 사람처럼 되고자 하는 고귀한 영혼의 노력이라고 생각합니다. 하인은 지속적인 충성심과 사랑으로 자기 주인과 같아집니다. 그 주인이 평소에 그 하인을 그냥 돈을 주고 부리는 노예로만 생각하더라도 말입니다. 그렇습니다, 그런 덕성은 낮은 신분의 사람만을 위한 것입니다. 이 사람은 그런 덕성 없이는 일할 수 없고, 그런 덕성이 이 사람에게 잘 어울립니다. 도덕적 잘못을 돈으로 쉽게 용서받으려 하는 사람은 감사해야 할 때도 돈으로 쉽게 해결하려고 할 것입니다. 그렇습니다. 그런 의미에서 신분이 높은 사람은 친구를 얻을 수는 있지만, 누군가의 친구는 될 수 없다고 주장합니다."

미뇽은 빌헬름을 점점 더 세게 껴안았다.

"좋습니다." 하고 극단 사람 중 한 사람이 대꾸했다. "우리는 신분이 높은 사람들의 우정이 필요 없고, 그것을 한 번도 요구해 본 적도 없습니다. 단지 자신들이 보호하려는 예술이나 더 잘 이해했으면 좋겠어요. 우리가 아주 멋지게 공연해도 아무도 우리 공연을 귀 기울여 듣지 않았습니다. 모든 것이 완전히 편파적이었습니다. 마음에 드는 사람에게는 호의를 베풀었고, 마음에 들 만한 자격이 있는 사람에게는 호의를 베풀지 않았습니다. 멍청한 짓이나 밥맛없는 짓이 그렇게나 자주 관심과 박수를 끌어냈다는 것은 말이 안 됩니다."

"내가 생각하기에" 하고 빌헬름이 대답했다. "그것은 남의 불행을 기뻐하는 마음이자 비꼼입니다. 그래서 예술도 사랑과 마찬가지입니다. 예술가가 완벽한 무언가를 만들어 내려면 마음속 깊이 어떤 감정을 유지해야 하는데, 정신없이 살아가는 보통 사람들이 어떻게 그런 감정을 가질 수 있겠습니까. 그리고 그런 감정 자체는 예술가가 원하고 기대하는 만큼 그 작품에 관심을 보이는 사람에게 낯설어서도 안 됩니다. 여러분 제 말을 믿어 주세요. 재능도 덕성과 마찬가지입니다. 사람들은 그 재능과 덕성을 그 자체를 사랑하거나 아니면 완전히 포기해 버려야 합니다. 재능과 덕성 이 두 가지는 마치 위험한 비밀처럼 남몰래 수련할 수 있을 때 바로 인정받고 보상받을 겁니다."

"전문가가 우릴 찾아내기만을 기다리다가 굶어 죽을 수도 있죠." 하고 누가 구석에서 외쳤다.

"그렇지 않습니다." 하고 빌헬름이 대답했다. "사람이 살면서 움직이는 한 항상 자기 먹을 정도는 찾는 것을 나는 봐 왔습니다. 비록 아주 충분하지는 않더라도 말입니다. 그리고 여러분은 무슨 불평할 거리가 있습니까? 우리가 최악의 상황에 빠졌던 바로 그때 예상치 못하게 고용되어 잘 대접받지 않았습니까? 그리고 우리에게 부족한 것이 없는 지금, 연습이라도 해서 조금이라도 더 나아지려고 하고는 있습니까? 그런데 지금 연극과 상관도 없는 생각들을 하고 있고, 우리가 배운 것을 떠올릴 수 있는 것조차 어린 학생들처럼 모두 멀리하고 있습니다."

"정말이지 그건 사실이에요." 하고 필리네가 말했다. "그리고 무책임해요! 작품 하나를 골라 당장 연습이나 하죠. 각자 아주 많은 청중 앞에 서 있듯 최선을 다해 연습해야 합니다."

사람들은 길게 생각하지 않았고, 작품이 정해졌다. 그 작품은 지금은 볼 수 없지만, 그 당시에 독일에서 갈채를 받던 작품 가운데 하나였다. 몇몇이 휘파람을 불자 각자 재빨리 자기 역을 깊이 생각해 보았고, 시작되자 온 정신을 집중해서 작품을 처음부터 끝까지 연습했다. 연습은 정말이지 기대 이상이었다. 이렇게 성공적으로 잘해 본 적이 별로 없었던지라 사람들은 서로 박수를 보냈다.

연습을 마쳤을 때 모두는 이상한 만족감을 느꼈다. 한편으론 자신들이 시간을 즐겁게 보냈다는 만족감이었고, 다른 한편으론 각자 자기 자신에 대한 만족감이었다. 빌헬름은 그들에 대한 칭찬을 장황하게 늘어놓았고, 그들의 대화는 유쾌하고 즐거웠다.

"여러분은 아셔야 합니다." 하고 빌헬름이 큰 소리로 말했다. "우리가 이런 연습을 계속해 나가서, 대사를 외우고 연습하고 공연하는 일이 기계적으로 수행해야 하는 의무와 직업이라는 생각에 억눌리지만 않는다면 틀림없이 성공할 거라는 사실을 말입니다. 음악가들은 얼마나 더 많은 칭찬을 받아야 하는지 모릅니다! 스스로 얼마나 즐기는지 모릅니다! 함께 연습할 때 얼마나 정확한지 모릅니다! 자신들의 악기를 다른 악기들의 음에 맞추려고 얼마나 노력하고, 얼마나 정확하게 박자를 맞추며, 얼마나 미묘하게 음의 강약을 표현하는지 모릅니다! 누구도 다른 사람의 솔로 부분에 제멋대로 반주하면서 영광을 차지하려고 생각하지 않습니다. 각자 작곡가의 의도에 맞게 연주하려고 그리고 모두가 자신에게 부여된 것을 크든 작든 상관없이 잘 표현하려고 애씁니다. 우리도 그만큼 정확하고 그만큼 재치 있게 일을 해야 하지 않을까요? 우리가 하는 예술도 어떤 종류의 음악보다 더 섬세하지 않습니까. 인간의 가장 평범한 표현과 가장 희귀한 표현을 예술적 감각에 맞게 그리고 미적 감각을 충족시키면서 그려 내도록 부름을 받은 것 아닙니까? 우리가 되는 대로 연습하고, 공연할 때 기분 내키는 대로 요행에 맡기는 것보다 더 역겨운 것이 있을까요? 우리는 서로의 만족을 위해 호흡을 맞추며 마치 우리에게 보장된 듯한 관객들의 갈채를 소중히 여기는 것에 가장 큰 행복과 즐거움을 두어야 하지 않을까요. 왜 오케스트라의 지휘자가 연극 감독보다 더 정확할까요? 그것은 오케스트라 단원 모두가 외부 사람들의 귀에 거슬리는 실수를 부끄러워하기 때문입니다. 그러나 나는 내부 사람들의 귀에 무례하고 불쾌감을 주는, 용서할 수 있으면서도 용서할 수 없는 자기 실수를 인정하고 부끄러워하는 어느 배우도 본 적이 없습니다! 다만 나는 무대가 줄타기 밧줄처럼 좁아서 서툰 사람이 감히 그 위에 올라갈 시도조차 하지 않기를 바랍니다. 지금은 누구나 그 위에서 훌륭하게 연기할 능력이 있다고 느끼는 듯합니다."

극단원들은 이 말을 기분 좋게 받아들였는데, 바로 얼마 전에 함께 잘 연습했으므로 자신을 두고 하는 말일 수 없다고 확신하고 있었다. 오히려 모두 이런 뜻을 가지고 이번 여정에 그리고 앞으로도 함께한다면, 모여서 연습을 계속해 나가자고 의견의 일치를 보았다. 다만 이런 일은 유쾌한 기분과 자발적인 의지의 문제이기 때문에 단장이 관여할 부분은 아니라고 생각했다. 능력 있는 사람들 사이에서는 공화주의 형태가 제일 좋다는 의견이 받아들여졌고, 그들은 단장 자리도 돌아가며 맡아야 한다고 주장했다. 단장은 모두에 의해 뽑혀야 하며, 일종의 작은 평의회를 단장 옆에 항상 두어야 한다는 것이었다. 사람들은 이 제안에 너무 마음이 끌려서 즉시 실행에 옮기고 싶어 했다.

"나도 그런 생각에 반대하지 않습니다." 하고 멜리나가 말했다. "만약 여러분이 여행 중에 그렇게 시도하고 싶다면 말입니다. 우리가 다시 자리를 잡을 때까지 단장 직책도 기꺼이 내려놓겠습니다." 멜리나는 이

제 돈도 절약하고 극단 속 작은 공화국이나 임시 감독에게 여러 지출을 떠넘길 수 있다고 기대했다. 이제 사람들은 새로운 국가의 형태를 어떻게 하면 가장 잘 조직할 수 있을지 아주 활발하게 토론하기 시작했다.

"이건 떠돌아다니는 왕국입니다." 하고 라에르테스가 말했다. "우리는 최소한 국경 다툼은 하지 않을 겁니다."

사람들은 당장 일에 착수해서 빌헬름을 첫 번째 단장으로 선출했고, 평의원들도 임명되었다. 여성들은 평의회의 의석과 투표권을 얻었고, 단원들은 서로 제안한 평의회 규칙을 기각하기도 하고 승인하기도 했다. 이런 놀이를 하면서 시간은 가는 줄도 모르게 흘러갔고, 이렇게 즐겁게 시간을 보낸 적이 아직 한 번도 없었던 듯해, 사람들은 정말 뭔가 유용한 일을 했으며, 자신들이 창조한 새로운 형태의 극단이 조국의 무대 예술에 새로운 미래를 열어 놓았다고 믿었다.

## 3장

빌헬름은 극단 사람들이 기분 좋은 상태인 것을 보고, 함께 작품의 문학적 가치에 관해 이야기할 수 있겠다고 생각했다. 다음 날 사람들이 다시 모였을 때 빌헬름이 말했다. "배우가 어떤 작품을 단지 너무 피상적으로 평가하고 첫인상에 따라 판단해서 음미해 보지도 않고 자기 마음에 든다거나 들지 않는다고 결정하는 것은 옳지 않습니다. 이런 일은 관객이 감동과 즐거움을 원하지만 비평하려고는 하지 않을 때나 허용됩니다. 그 대신 배우는 그 작품에 대해 그리고 칭찬과 비난에 대한 근거를 설명할 수 있어야 합니다. 만약 그 배우가 작가의 의도를 이해하지 못하고 작가의 목적을 꿰뚫어 볼 줄 모른다면 어떻게 설명할 수 있겠습니까? 나도 한 작품을 한 배역으로 평가하거나 한 배역을 작품 전체와 관련지어 보지 않고 역할 그 자체로만 판단하는 실수를 저지릅니다. 그런 사실을 요즘 너무나 뼈저리게 깨달았기 때문에, 여러분이 내 말에 기꺼이 귀 기울여 주신다면 그 예를 들려 드리려고 합니다.

여러분도 성에서 낭독하며 비길 데 없는 큰 즐거움을 느꼈던 셰익스피어의《햄릿》을 알고 있을 겁니다. 우리는 그 작품을 상연하기로 마음먹었고, 그리고 나는 내가 무엇을 하고 있는지도 모른 채 왕자 역을 맡았습니다. 그때 나는 제일 강력한 대목들, 독백들, 그리고 영혼의 힘과 고양된 정신이 활발하고 자유롭게 움직이며 요동치는 마음으로 깊은 감정을 표현할 수 있는 장면들을 외우기 시작하고는 그 역할을 연구한다고 생각했습니다.

또한 무겁게 내리누르는 매우 우울한 기분을 마치 나 자신이 짊어진 듯 했고 그 짐에 눌려 여러 번 마음이 바뀌고 기이한 행동을 하게 되는 그 묘한 미로를 지나 내 주인공을 쫓아가면 내가 맡은 역의 인물을 제대로 파악하고 있는 거라 생각했습니다. 그래서 나는 대사를 열심히 외우고, 열심히 연습해서 점점 내가 주인공과 하나되고 있다고 믿었습니다.

그런데 계속해서 그렇게 할수록 작품 전체에 대한 감을 잡기가 점점 어려워졌습니다. 그래서 마침내 작품 전체를 개관하기는 거의 불가능해 보였습니다. 그때 이 작품을 처음부터 끝까지 차례대로 읽어 보았지만, 그래도 몇 가지 아쉬운 점이 눈에 띄었습니다. 한번은 인물의 성격 표현이 서로 모순되는 듯이 보였습니다. 그래서 내 역할 전체에 차이와 명암을 주어 연기할 수 있는 하나의 어조를 찾지 못해 절망했습니다. 이런 미로에서 오랜 노력이 허사로 돌아가는 듯했는데, 마침내 아주 특별한 방법으로 내 목적지에 가까이 갈 수 있다는 희망이 보였습니다.

햄릿의 아버지가 죽기 전에 햄릿의 성격이 드러난 흔적을 모두 찾아냈는데, 이 비극적인 사건과 상관없이, 또한 이어지는 끔찍한 사건에 상관없이 이 흥미로운 청년이 어떤 성격이었는지, 그리고 그런 사건이 없었다면 어떤 사람이 되었을지 알아차리게 되었습니다.

연약하고 고귀하게 태어난 왕궁의 꽃은 부왕의 직접적인 영향 아래에서 자랐습니다. 정의롭고 군주다운 품위란 무엇인지 생각했고, 스스로 높은 신분이라는 사실을 의식하고 있으면서도 착하고 예의 바른 감정이 햄릿의 마음에 동시에 자라났습니다. 햄릿은 왕자로 태어났고, 나라를 다스리길 원했습니다. 그것은 단지 선한 사람이 아무 방해도 받지 않고 선하게 살 수 있도록 하기 위해서였습니다. 잘생긴 얼굴에 타고난 품위와 남에게 호감을 주는 마음씨의 소유자인 햄릿은 젊은이들의 모범이자 세상의 기쁨이 되어야 했습니다.

오필리아를 향한 사랑도 어떤 별다른 열정은 없었으나 달콤한 욕망에 따른 조용한 예감이었습니다. 기사답게 열심히 무예를 연마하는 일도 전혀 자발적이지 않았습니다. 그의 의욕은 오히려 제삼자에게 하는 칭찬으로 다져지고 끌어올려졌습니다. 순수하고 따뜻한 햄릿은 정직한 사람들을 알아보았고, 정직한 사람이 흉금을 털어놓을 수 있는 친구에게서 즐기는 편안함을 높이 평가할 줄 알았습니다. 햄릿은 예술과 학문에서도 선한 것과 아름다운 것을 어느 정도까지는 인식하고 그 가치를 인정하는 법을 배웠습니다. 그러나 무미건조한 것은 싫었습니다. 그리고 자신의 온화한 마음에 증오심이 생기려고 하면, 쉽게 배반하고 음흉하고 보잘것없는 궁정 사람들을 경멸하고 비웃으며 그들을 가지고 놀았습니다. 성격은 침착하고 행동은 꾸밈이 없었으며, 빈둥거리며 지내기를 좋아하지 않았고, 그렇다고 어떤 일에 너무 지나치게 몰두하지도 않았습니다. 궁중에서도 계속 자유분방한 대학생처럼 어슬렁거리며 걸어 다니는 것처럼 보였고, 본성이 유쾌하다기보다는 기분이 즐거워서 좋은 말벗이 되어 주었으며, 남의 뜻에 잘 따르고, 겸손하며, 남을 잘 배려해 주어 눈에 거슬리는 일도 용서하고 잊어버릴 수 있었습니다. 하지만 정의롭고 착하고 예의 바른 햄릿은 참을 수 있는 한계를 넘어서는 사람과는 절대 타협할 수 없었습니다. 만약 우리가 이 작품을 다시 읽는다면 여러분은 내가 옳게 보고 있는지 판단할 수 있을 겁니다. 적어도 제 의견이 단연코 그 대목들을 들어 증명될 수 있으리라고 기대합니다."

사람들은 이 설명에 큰 박수갈채를 보냈고, 이제 햄릿이 사람을 대하는 방식을 아주 잘 설명할 수 있을 거라고 생각했다. 그리고 작가의 정신으로 파고 들어가는 이런 연구 방법을 기뻐했다. 그래서 모두 어떤 작품이라도 이런 방법으로 연구해서 작가의 의도를 알아보려고 마음먹었다.

## 4장

단원들은 그 마을에서 며칠밖에 머무르지 않았지만, 곧 극단의 몇몇 사람들에게 기분 나쁘지만은 않은 연애 사건이 발생하기도 했다. 특히 라에르테스는 근처에 상당한 토지를 가진 어느 부유한 부인에게 유혹을 받았어도 그 부인을 극도로 차갑게, 심지어 무례하게 대해서 필리네로부터 많은 조롱을 받아야 했다. 필리네는 그 기회를 이용해 우리의 친구 빌헬름에게 이 가엾은 젊은이가 모든 여성을 몹시 싫어하게 된 불행한 사랑 이야기를 들려주었다. “누가 그 젊은이를 비난하겠어요?” 하고 필리네가 큰 소리로 말했다. “자신을 괴롭혔고, 보통 남자들이 여자들에게서 두려워하는 모든 나쁜 짓을 아주 진하게 농축된 술로 만들어 꿀떡 삼키라고 건네준 여성을 미워한다고 말입니다. 생각해 보세요. 24시간 안에 그 청년은 정부(情夫)가 되고, 신랑이 되고, 남편이 되고, 간부가 되고, 환자가 되고, 홀아비[39]가 되었죠! 어떻게 한 남자에게 이보다 더 견디기 어려운 일이 일어날 수 있겠어요.”

라에르테스는 우습기도 하고 화가 나서 방을 뛰어나갔다. 그러자 필리네가 아주 사랑스러운 태도로 라에르테스가 열여덟의 청년으로 극단에 들어왔을 때 열네 살의 아리따운 처녀를 만난 이야기를 하기 시작했다. 그 처녀는 단장과 사이가 나빠진 자기 아버지와 막 떠나려던 참이었는데, 라에르테스가 곧바로 죽을 만큼 사랑에 빠져서, 처녀의 아버지를 머물게 하려고 가능한 설득을 다 해 보다가 마침내 처녀와 결혼하겠다고 약속했다는 것이었다. 신랑으로 즐거운 몇 시간을 보낸 후 라에르테스는 결혼식을 올렸고, 남편으로 행복한 하룻밤을 보냈는데, 다음 날 라에르테스가 연습 공연을 하고 있을 때, 그런 신분의 여인들이 늘 그렇듯 신부는 딴 남자를 불러들였다는 것이었다. 라에르테스가 아내를 향한 애정이 너무 커 지나치게 일찍 집으로 급히 돌아왔기 때문에 안타깝게도 자기 자리를 차지하고 있는 옛 정부를 보았고, 미친 듯이 격앙되어 앞뒤를 가리지 않고 그 정부와 아버지에게 대들었지만 상당

39 여기서는 아내가 죽었다기보다는 아내가 달아났다는 의미다.

한 상처를 입고 말았다. 아버지와 딸은 그날 밤에 떠나 버렸고, 결국 라에르테스는 또 한 번 상처를 입고 남겨지게 되었다는 것이었다. 불행하게도 라에르테스는 세상에서 가장 실력 없는 응급의에게 가게 되었고, 그래서 이 불쌍한 사람은 이가 검어지고 눈물을 뚝뚝 흘리고 나서야 이 사랑의 모험에서 벗어날 수 있었는데, 라에르테스는 하느님의 땅에 사는 가장 착한 젊은이였기 때문에 너무 불쌍하다고 했다. 그러면서 필리네는 이렇게 말했다. "특히 제가 유감스럽게 생각하는 것은 이 바보 같은 남자가 이제 여자들을 싫어한다는 거예요. 도대체 여자를 싫어하는 사람이 어떻게 세상을 살아갈 수 있겠어요?"

멜리나가 이제 이동 준비가 다 되어서 내일 아침 일찍 출발할 수 있다는 소식을 전하면서 필리네의 말을 중단시켰다. 그리고 사람들이 마차를 어떻게 타고 가야 할지 자리 배치표를 건네주었다.

"친절한 남자가 나를 무릎에 앉혀 준다면 비록 답답하고 불편하더라도 저는 만족하겠어요. 그 외에는 아무런 상관없어요." 하고 필리네가 말했다.

"그런 거야 상관없지." 하고 라에르테스가 가까이 다가오면서 말했다.

"불쾌하군!" 하고 빌헬름은 말하고 급히 나가 버렸다. 빌헬름은 자기 돈으로 멜리나가 없다고 했던 아주 편안한 마차를 빌렸고, 다시 자리를 배정했는데 사람들은 그제야 편안하게 출발할 수 있게 되었다고 기뻐했다. 그때 걱정스러운 소식이 날아들었는데, 극단이 가려는 길에 의용군이 출몰해서 그다지 좋은 일은 많이 기대할 수 없다는 것이었다.

비록 이 소식이 오락가락하면서도 모호했지만, 마을에서도 이 소문에 각별한 관심을 가지게 되었다. 군이 주둔한 위치를 보면 적군이 몰래 잠입하거나 아군이 그렇게 멀리 머물고 있을 가능성은 없어 보였다. 모두가 극단이 맞닥뜨릴 위험에 대해 정말 조심해야 한다며 다른 길을 찾자고 충고하기에 바빴다.

대부분 그런 말에 불안과 두려움을 느꼈고, 비상 상황에 대한 대책을 논의하기 위해 '새 공화제' 방식에 따라 구성원 전체 회의가 소집되었다. 사람들은 곤란한 상황을 피해서 그 마을에 머무르거나 아니면 다른 길을 택해야 한다는 데 의견의 일치를 보았다.

단지 빌헬름만이 두려움에 사로잡히지 않고, 그렇게 많이 숙고한 끝에 마련된 계획을 뜬소문만으로 포기하는 것을 창피하게 생각했다. 빌헬름은 오히려 사람들에게 용기를 내라고 격려했는데, 그 근거를 말하는 모습은 남자답고 확신에 차 있었다.

"아직 소문에 불과합니다." 하고 빌헬름이 말했다. "전쟁 때 그런 소문 중에서 실제로 일어나지 않은 일들이 얼마나 많습니까. 많은 사람은 이런 상황이 전혀 벌어질 가능성이 없으며 심지어 거의 불가능하다고 말합니다. 그래도 이런 중요한 일이 불확실한 소문에 영향을 받아야겠습니까? 우리 통행증에 적혀 있듯이 백작님이 우리에게 말씀해 주신 경로가 가장 짧은 길이고, 또한 그 경로로 가야 제일 나은 길을 찾을 겁니다. 그 길로 가면 도시가 나오고, 그곳에서 여러분은 아는 사람과 친구들을 만나 따뜻한 환대를 기대할 수도 있습니다. 멀리 우회해서 가도 도착할 수 있기야 합니다만, 우리가 얼마나 험난한 길로 빠지게 될지, 얼마나 먼 길로 돌아가야 할지 모릅니다. 연말쯤에는 도착할 수 있을지 확실하지도 않고, 또한 그동안 얼마나 많은 돈과 시간을 낭비하게 될까요!"

빌헬름이 여러 가지 유리한 점들을 계속해서 설명하자 사람들의 두려움은 줄어들었고 용기는 더 커졌다. 그리고 정규군의 규율에 대해 많은 이야기를 해 주었고, 낙오병들이나 떠돌아다니는 강도를 만나는 것은 말할 가치도 없는 일이라고 하면서 그런 위험조차도 유쾌하고 재미있는 일이라고 이야기해서 모든 사람의 기분이 밝아졌다.

라에르테스는 처음부터 빌헬름 편이었고, 자신은 망설이거나 물러서지 않을 것이라고 확실하게 말했다. 호통치는 역을 잘 맡는 노인은 잘 티가 나지는 않았지만 자기 나름대로 몇 번 동의한다는 표정을 지었으며, 필리네는 그들 모두를 비웃었다. 멜리나 부인은 산달이 가까웠음에도 불구하고 본래의 대담함을 잃지 않고 그 제안을 용감하다고 생각했고, 멜리나도 자신이 원래 찬성했었던 가장 가까운 길로 가면 많은 돈을 절약할 수 있다는 기대에 반대할 수 없었다. 그래서 모두가 진심으로 그 제안에 동의했다.

이제 사람들은 어떤 사태가 발생해도 자신들을 방어할 수 있는 준비를 하기 시작했다. 사냥할 때 쓰는 큰 칼도 사서 튼튼한 끈에 묶어 어깨 위로 맸다. 빌헬름은 그 외에도 총 두 자루를 허리춤에 찼고, 라에르테스는 이미 좋은 소총을 가지고 있었다. 그렇게 사람들은 아주 즐거운 마음으로 길을 떠났다.

이틀째 되는 날 이 지방의 지리를 잘 알고 있던 마부들은 숲이 울창한 산에서 빈터가 나오면 점심 휴식을 취하자고 제안했는데, 이 빈터는 날씨가 좋으면 사람들이 자주 들르기도 하거니와 다음 마을이 멀리 떨어져 있어 쉬었다 가는 것이 좋을 듯했기 때문이다.

날씨도 좋아서 모두 쉽게 그 제안에 동의했다. 빌헬름은 서둘러 앞장서 산길을 걸어갔는데, 이상하게 차려입은 모습이 그를 만나는 사람이라면 누구나 그를 수상하게 여기지 않을 수 없었다. 빌헬름은 빠르고 즐거운 발걸음으로 급히 숲을 올라갔다. 라에르테스는 빌헬름 뒤에서 휘파람을 불며 따라갔고, 여자들만 마차를 타고 근근이 앞으로 나아가고 있었다. 미뇽도 마찬가지로 그 옆에 걸어가면서 사냥용 칼을 차고 의기양양했는데, 그 칼은 일행이 무장할 때 미뇽이 달라는 걸 거절할 수 없어서 주었던 것이었다. 미뇽의 모자 주위에는 빌헬름이 마리아네를 기념해 남겨 두었던 진주 목걸이가 감겨 있었다. 극단을 떠났다 다시 돌아온 금발의 프리드리히는 라에르테스의 소총을 들고 있었고, 하프너는 평화로운 모습이었지만 허리띠에 긴 옷을 꽂아 넣어서 훨씬 편하게 걸었는데, 악기는 마차에 놓아두고 마디가 있는 지팡이를 짚고 있었다.

조금 힘들게 언덕을 오른 후 사람들은 마부가 말한 장소를 바로 알아보았는데, 멋진 너도밤나무들이 그곳을 에워싸고 그늘을 만들어 주었다. 완만하게 경사진 넓은 풀밭은 그곳에 머무르라고 초대하는 것 같았다. 물이 고여 있는 샘물은 원기를 북돋우는 아주 달콤한 청량제였으며, 반대편에 계곡들과 산등성이들 사이로 멀리 아름답고 희망에 가득 찬 풍경이 보였다. 그곳 골짜기에는 여러 마을과 물방아들이, 평야에는 작은 도시들이 있었다. 멀리서 시작되는 새로운 산들은 시야를 답답하지 않은 정도로 부드럽게 가려 주기만 하여 그 전망을 더욱 희망차게 해 주었다.

먼저 도착한 사람들은 그곳에 자리를 잡고 그늘에서 휴식을 취하면서 불을 지폈고, 노래를 부르며 바쁘게 일하면서 나머지 일행을 기다렸다. 일행들이 하나둘 도착해 그 장소와 아름다운 날씨 그리고 말할 수 없이 아름다운 주위의 경치에 이구동성으로 좋다고 했다.

# 5장

그들은 실내에서 재미있고 즐거운 시간을 함께 보내는 일이 많았으니, 탁 트인 하늘과 아름다운 경치로 인해 모두의 마음이 맑아지는 듯한 이곳에서 자연스럽게 훨씬 더 활기에 차 있었다. 모두가 서로 더 가깝게 느껴졌고, 이렇게 기분 좋은 곳에 머물며 평생을 보내고 싶어 했다. 사람들은 사냥꾼, 숯쟁이, 나무꾼처럼 이 행복한 곳에 자신을 꼭 붙들어 놓는 직업을 가진 사람들을 부러워했다. 그러나 무엇보다 집시들의 마음 편한 생활이 행복하다고 생각했다. 축복받은 듯 느긋하게 살아가면서 자연의 진기한 매력을 모두 즐길 권리를 부여받은 사람들을 부러워했고, 자신들도 그런 사람들과 어느 정도 닮았다며 즐거워했다.

그런 사이에 여자들은 감자를 삶고, 가지고 온 음식을 꺼내서 차리기 시작했다. 불에 냄비를 몇 개 올려놓고, 일행은 무리를 지어 나무나 숲 아래에 자리를 잡았다. 그들이 입고 있던 괴상한 옷과 여러 가지 무기들 때문에 어색해 보였다. 말들은 옆에서 먹이를 먹고 있었는데, 만약 마차를 숨겨 두기만 했어도 이 작은 무리의 사람들은 거의 환상에 가까울 정도로 낭만적으로 보였을 테다.

빌헬름은 한 번도 느껴 보지 못한 기쁨을 만끽했고, 여기에 이동하는 집단이 있으며 그 집단을 이끄는 사람이 자신이라는 사실을 되새겼다. 이런 생각으로 모든 사람과 대화를 나누면서 이 순간에 대한 환상을 가능한 한 문학적 정취 속에서 상상했다. 일행의 감정은 고조되었고, 사람들은 먹고 마시고 환성을 지르면서 이보다 더 행복한 순간은 여태까지 경험해 본 적이 없다고 되풀이했다.

이런 즐거움이 커진 지 얼마 지나지 않아 젊은이들은 몸을 움직여 볼 마음이 생겨났다. 빌헬름과 라에르테스는 가볍고 가느다란 연습용 칼을 잡고 이번에는 무대 위에서 하듯 연습하기 시작했다. 햄릿과 그 상대가 비극적인 최후를 맞는 결투 장면을 보여 주기 위함이었다. 두 친구는 이 중요한 장면에서는 여타 무대에서 하듯이 서투르게 여기저기 찌르기만 해서는 안 된다고 확신했다. 그래서 공연할 때 펜싱의 전문가도 인정할 만한 연기의 모범을 보여 주고자 했다. 다른 사람들이 그들 주위를 에워싸고 있는 가운데 두 사람은 열심히 정신을 집중해 칼을 들고 싸웠다. 두 사람이 일진일퇴를 거듭할 때마다 보고 있던 사람들의 관심이 커졌다.

그러다 갑자기 아주 가까운 숲에서 총성이 한 번 울리더니 그 후에 또 한 번 울렸다. 극단 사람들은 깜짝 놀라 뿔뿔이 흩어졌다. 곧 무장한 사람들이 짐을 실은 마차와 멀지 않은 곳에서 말들이 먹이를 먹고 있는 곳으로 몰려오는 것이 보였다.

여자들은 일제히 비명을 질렀고, 우리의 주인공들은 가느다란 연습용 칼을 버리고 권총을 들고 급히 도적들에게 달려가 강하게 위협하면서 왜 이런 짓을 하느냐고 꾸짖었다.

도적들이 극단 사람들에게 몇 번 소총을 쏘아 대응하자, 빌헬름도 고수머리의 도적에게 총을 발사했는데, 그 도적은 극단의 마차 위로 올라가 짐을 묶은 끈을 자르던 중이었다. 멋지게 명중해서 그 도적은 바로 아래로 굴러떨어졌다. 그리고 라에르테스도 총을 빗맞히지 않았다. 두 사람은 용감하게 옆에 차고 있던 총검을 뽑았다. 그때 도적 떼 일부가 아주 큰 소리로 욕을 퍼부으며 그들에게로 달려들었기 때문에, 두 사람은 그 도적 떼를 향해 몇 번 총을 쏘고 나서 번쩍이는 군도를 들고 뻔뻔한 도적 떼에 대항했다. 우리의 젊은 두 주인공은 용감하게 버티면서 나머지 동료들에게 용기를 내서 모두 함께 막아 내자고 격려했다. 그러나 빌헬름은 곧 눈앞이 흐릿해지면서 무슨 일이 벌어졌는지 모르게 의식을 잃었다. 빌헬름은 가슴과 어깨 사이에 총을 맞아 상처를 입었고, 내리치는 칼에 그의 모자가 두 동강이 났으며, 거의 두개골에 닿을 정도로 뚫고 들어와 감각이 마비되면서 쓰러져 버렸다. 그래서 이 습격의 불행한 결말은 그 후 다른 사람들의 입으로 들어야만 했다.

빌헬름이 다시 눈을 떴을 때 그는 아주 이상한 장소에 있었다. 어둠 때문에 흐릿하게 보이는 시야로 가장 먼저 알아볼 수 있었던 것은 자신을 들여다보고 있던 필리네의 얼굴이었다. 힘이 하나도 없다고 느껴졌고, 그래서 몸을 일으키려고 움직였을 때 자신이 필리네의 무릎에 안겨 있다는 것을 알고 그 무릎에 다시 쓰러져 눕고 말았다. 필리네는 잔디에 앉아서 자기 앞에 힘없이 쭉 뻗어 누워 있는 젊은이의 머리를 부드럽게 끌어안고서, 팔에 안고 있는 빌헬름이 편안하게 누워 있을 자리를 있는 힘을 다해 만들어 주었다. 미뇽은 헝클어지고 피 묻은 머리를 한 채 빌헬름의 발치에서 무릎을 꿇고 눈물을 펑펑 흘리며 발을 껴안고 있었다.

빌헬름은 피 묻은 자기 옷을 보고 더듬거리는 목소리로 자신이 어디에 있으며, 자신과 다른 사람에게 무슨 일이 벌어졌는지 물어보았다. 필리네는 그냥 편하게 있으라고 부탁했고, 다른 사람들은 모두 안전하며 빌헬름과 라에르테스를 제외하고는 아무도 다치지 않았다고 말했다. 그 이상은 말하지 않으려고 하면서, 빌헬름의 상처를 간신히 아무렇게나 급히 감아 놓았으니 빌헬름더러 안정을 취하라고 계속 간곡하게 부탁했다. 빌헬름은 미뇽에게 손을 뻗어 그 아이의 머리카락에 왜 피가 묻어 있는지 물어보았다. 빌헬름은 그 아이도 부상당했다고 생각했던 것이다.

필리네는 빌헬름을 안심시키려고 이렇게 이야기했다. 이 마음씨 고운 아이가 빌헬름이 부상당한 것을 보고 빨리 피를 멈추게 할 어떤 방법도 생각나지 않자, 머리 주위에 휘날리는 자기 머리카락으로 상처를 막으려 했다는 것이었다. 그러나 이것이 헛된 수고임을 알고 곧 포기해야 했으며, 그 후에 사람들이 스펀지 같은 해면과 이끼로 빌헬름의 상처를 지혈했고, 필리네가 거기에 감도록 목도리를 건네주었다고 했다.

빌헬름은 필리네가 아무런 손상 없이 잘 잠겨 있는 그녀의 가방에 등을 기대고 앉아 있는 것을 보고, 다른 사람들도 운 좋게 자기 물건들을 잘 지켜 냈는지 물어보았다. 필리네는 이 질문에 대한 대답으로 어깨를 으쓱이며, 깨어진 상자들과 부서진 가방들 그리고 갈기갈기 찢어진 배낭들과 자질구레한 작은 도구들이 여기저기에 많이 널브러진 풀밭을 바라보았다. 그곳에는 사람도 보이지 않았고, 이상하게도 우리가 언급했던 세 사람만이 외롭게 있었다.

이제 빌헬름은 자신이 알고 싶어 했던 것보다 더 많은 것을 알게 되었다. 다른 사람들은 더 저항할 수도 있었지만 그만 두려움에 사로잡혀 제압당했다. 일부는 달아났고, 일부는 놀라서 싸움을 바라보고만 있었다. 마부들은 자신들의 말을 지키려고 아주 용감하게 저항했지만, 제압당해서 포박되었고, 그러자 순식간에 놈들이 모든 것을 약탈해 가 버렸다. 겁에 질린 사람들은 생명의 위협이 사라지자마자 자신들이 잃어버린 재물에 대해 한탄하기 시작했고, 가능한 한 빨리 가장 가까운 마을로 경상을 입은 라에르테스를 데리고 가면서, 자기 물건 중에서 건질 수 있는 것만 몇 가지 가져갔다. 하프너는 부서진 자기 악기를 나무에 세워 놓고 외과 의사[40]를 찾으러 마을로 함께 서둘러 갔는데, 죽은 듯이 꼼짝도 하지 못해 남겨 두고 온 자신의 은인을 도와줄 방법을 찾기 위해서였다.

## 6장

습격을 당한 세 사람은 한동안 이상한 상태로 있었는데, 아무도 그들을 도와주러 달려오지 않았다. 저녁이 찾아왔고 곧 밤이 들이닥치려고 했다. 평상심을 유지하던 필리네도 불안해지기 시작했으며, 미뇽은 이리저리 뛰어다녀 보았지만 매 순간 초조함은 커져 갔다. 마침내 그들의 소원이 이루어져서 사람들이 다가왔을 때 세 사람은 다시 놀라움에 사로잡혔다. 자신들이 왔던 바로 그 길로 말을 탄 무리가 올라오고 있는 소리를 아주 똑똑히 들었던 것이다. 세 사람은 불청객들이 물건들을 더 가져가기 위해 다시 이곳으로 오고 있는 건 아닌지 두려웠다.

그러나 숲에서 나타난 것은 백마 탄 여자였다. 세 사람은 그 여자가 얼마나 반가웠는지 모른다. 그 여자는 나이가 든 남자와 기사 몇 명을 대동하고 있었고, 마부와 하인들 그리고 기병대가 그 뒤를 따르고 있었다.

필리네는 이 광경에 눈이 휘둥그레져 소리를 지르며 그 아름다운 아마존 여인[41]에게 막 도움을 간청하려고 했는데, 바로 그때 아마존 여

40 대학에서 정식으로 의학 교육을 받지 않은 의사로 당시에는 거의 이발사가 그 역할을 담당했다.

41 '아마존 여인(die Amazone)'은 남자 복장을 하고 말을 타고 있는 여자를 말한다. 이 '아마존 여인'은 뒤에 7장에서 나탈리에(Nathalie)로 등장한다.

인은 놀란 표정으로 이 이상한 세 사람에게 눈을 돌렸고, 당장 말을 돌려 달려와 멈췄다. 그 여인은 급히 부상당한 사람의 상태를 물어보았다. 그러나 그를 돌봐 주는 경박해 보이는 사마리아 여인[42]의 무릎에 누운 그의 모습이 그녀에겐 아주 괴상하게 여겨졌다.

"이분이 남편이세요?" 하고 그 여인이 필리네에게 물었다. "그냥 친한 친구입니다." 하고 필리네가 대답했는데, 이런 어조의 대답이 빌헬름의 마음에 매우 들지 않았다. 빌헬름의 눈은 그 여인의 부드럽고 고상하며 다소곳하고 동정 어린 표정을 뚫어지게 쳐다보았고 이보다 더 고상하고 사랑스러운 여인은 결코 본 적이 없다는 생각이 들었다. 품이 넓은 신사용 외투가 그녀의 자태를 감추고 있었다. 아마도 차가운 밤공기가 들어오는 것을 막기 위해 함께 왔던 어느 남자에게 그 옷을 빌려 입은 듯했다.

말을 탄 사람들도 그사이에 더 가까이 다가와 몇 명은 말에서 내렸고, 그 여인도 같이 내려 친절하게 관심을 보이며 이 여행객들이 겪은 습격 상황과 누워 있는 젊은이의 부상에 대해 모두 물어보았다. 그리고 재빨리 몸을 돌려 옆에 있던 나이 든 남자와 함께 자신들의 마차가 있는 쪽으로 갔는데, 마차들은 천천히 산에 올라와 이제야 숲의 빈터에 멈춰 섰다.

이 젊은 여인이 잠시 어느 마차의 문 앞에 서서 도착한 사람들과 이야기를 나누자 앉아 있던 사람들 가운데 한 남자가 내렸고, 여인은 그 사람을 부상당한 우리 주인공에게 데리고 왔다. 그 남자가 손에 들고

---

42 성경에서 예수가 우물가에서 만난 여인으로 '어려운 사람을 돕는 자비심 많은 여인'을 뜻하지만 여기서는 필리네를 말한다.

있던 작은 상자와 의료 기구가 든 가죽 가방을 보고 사람들은 그가 외과 의사임을 알아차렸다. 그의 태도는 사람의 마음을 끈다기보다 오히려 거칠었다. 하지만 그의 손은 날렵했고, 그의 도움은 반가웠다.

그 남자는 자세히 살펴보더니 생명의 위험은 없다고 말하면서, 붕대를 감아 줄 테니 환자를 가장 가까운 마을로 옮겨도 된다고 했다.

그 젊은 여인은 점점 더 걱정스러워하는 것 같았다. 그래서 몇 번 이리저리 걸어 다니더니 다시 한번 그 늙은 남자를 데리고 와서 말했다. "자세히 들여다보세요. 저분이 얼마나 심하게 다쳤는지 말예요. 저분은 우리 때문에[43] 고생하고 계세요!" 빌헬름은 그 말을 들었지만 그게 무슨 말인지 이해하지 못했다. 그 여인은 불안한 듯 왔다 갔다 했는데, 이 부상당한 사람을 보고 차마 그냥 두고 갈 수 없다는 것처럼 보였다. 그리고 사람들이 빌헬름에게 간신히 옷을 입혀 주기 시작하려던 때 자신이 거기에 있으면 불편해할지도 모른다고 걱정하는 것 같았다. 외과 의사가 막 왼쪽 소매를 잘랐을 때 늙은 남자가 다가와서 그 여자에게 진지한 어조로 이제 떠나야 한다고 말했다. 빌헬름은 그녀를 쳐다보았지만, 그녀의 눈빛에 마음이 끌려 자신에게 무슨 일이 일어나고 있는지 전혀 느끼지 못했다. 필리네는 그러는 동안 이 점잖은 젊은 귀부인의 손에 입을 맞추기 위해 일어섰다.

두 여자가 나란히 서 있을 때 빌헬름은 지금까지 이렇게 차이 나는 모습을 본 적이 없다는 생각이 들었다. 필리네가 이렇게 초라한 모습으로 보인 적은 없었다. 필리네가 저 고귀한 여성에게 가까이 다가가서도, 더욱이 그녀를 만져서도 안 된다고 생각했다.

---

43 도적들은 산에서 이 일행을 노리고 있었는데 실수로 극단 사람들을 습격한 것 같다.

그 젊은 귀부인이 필리네에게 이것저것 물어보았지만, 그 소리는 아주 어렴풋이 들렸다. 마침내 그 여인은 필리네를 아주 무관심하게 쳐다보다가 그 노인을 향해 몸을 돌려서, "숙부님 돈으로 제가 선심을 써도 될까요?" 하고 말했다. 그러고는 즉시 외투를 벗었는데, 부상당해 입을 옷이 없는 사람에게 주려는 의도로 그 외투를 벗었음이 틀림없었다. 어떻게든 도와주려는 그 눈빛에 지금까지 눈을 떼지 못하고 쳐다봤던 빌헬름은 외투가 벗겨지자 드러난 그 여인의 아름다운 몸매에 깜짝 놀랐다. 부인은 빌헬름에게 가까이 다가와 외투를 부드럽게 덮어 주었다. 빌헬름이 입을 열어 더듬거리며 감사의 말을 하려는 순간, 자기 옆에 있는 부인이 너무나 생생하게 느껴져 지친 자신에게 이상한 영향을 주었다. 갑자기 그녀의 머리가 광채에 휩싸여 있고, 그 광채가 점점 그녀 전체로 퍼져 가는 듯 보였다. 외과 의사는 빌헬름을 거칠게 다루면서 박혀 있는 총알을 찾아 빼냈다. 성녀와도 같은 그 젊은 귀부인은 의식이 희미해져 가는 환자의 눈에서 사라졌고, 빌헬름은 완전히 의식을 잃었다. 빌헬름의 의식이 다시 돌아왔을 때 말을 탄 사람들과 마차, 그 아름다운 여인 그리고 그 여인과 함께 왔던 사람들은 모두 사라지고 없었다.

## 7장

우리 친구에게 붕대를 감고 옷을 입히고 난 후 외과 의사는 서둘러 돌아갔고, 바로 그때 하프너가 농부들을 몇 명 데리고 왔다. 농부들은 꺾어 온 굵은 가지들과 잔가지들을 엮어 들것을 급히 만들어 부상당한 사람을 그 위에 싣고, 먼저 온 사람들이 남아 있으라고 했던 말을 탄 사냥꾼의 안내를 받으며 천천히 산길을 내려갔다. 하프너는 말없이 생각에 잠긴 채 부서진 악기를 들고 따라갔고, 나머지 사람들은 필리네의 무거운 가방을 끌고 내려갔다. 필리네는 보따리 하나를 들고 어슬렁거리며 따라갔다. 미뇽은 앞서 뛰어가기도 하고 옆에 있는 숲과 덤불 속을 뛰어가기도 하면서 실려 가고 있는 아픈 빌헬름을 애절하게 바라보았다.

빌헬름은 따뜻한 외투에 싸여 들것에 편안히 누워 있었다. 고운 양모에서 전기적으로 발생한 온기가 빌헬름의 몸에 전달되는 듯했고, 어쨌든 매우 아늑한 느낌에 빠져 있었다. 이 옷의 아름다운 주인이 빌헬름에게 강하게 영향을 미쳤던 것이다. 빌헬름의 눈에는 외투가 그녀의 어깨에서 벗겨지고, 아주 고귀한 여인이 광채에 휩싸여 자기 앞에 서 있던 모습이 아직도 아른거렸다. 그러자 그의 마음은 사라진 그 여인을 찾으러 바위를 뚫고 숲을 가로질러 급히 뒤쫓았다.

초저녁이 되어서야 일행은 마을에서 극단 사람 대부분이 묵고 있는 어느 여관 앞에 도착했다. 극단 사람들은 대체할 수 없는 잃어버린 물건들 때문에 큰 절망에 사로잡혀 한탄하고 있었다. 여관에서 유일하게 비어 있는 작은 방에 사람들이 가득 차 있었는데, 몇 명은 짚으로 깐 자리에 누워 있었고, 다른 사람들은 긴 의자에 앉아 있었으며, 몇 명은 난로 뒤로 밀려나 있었다. 그리고 멜리나 부인은 옆방에서 불안하게 해산을 기다리고 있었다. 습격으로 놀라서 예정보다 일찍 해산하게 되었지만, 젊어서 경험도 별로 없는 여관집 여주인의 도움으로는 큰 기대를 할 수 없었다.

새로 도착한 사람들이 방 안으로 들어와 자리를 잡으려 하자 모두 투덜대기 시작했다. 사람들은 심지어 빌헬름의 충고에 따라 특히 그가 이끄는 대로 그 위험한 길을 가다 이런 습격을 당했다고 주장하기도 했다. 그리고 이런 일이 벌어지게 된 책임을 빌헬름에게 씌웠고, 문에서 그가 들어오는 것을 막으면서 다른 숙소를 찾아야 할 것이라고 우겨 댔다. 필리네는 더욱 경멸적으로 대했고, 하프너와 미뇽도 필리네와 똑같은 일을 겪어야 했다.

아름다운 여주인에게 남겨진 사람들을 잘 돌보라고 간곡한 부탁을 받았던 사냥꾼은 이런 다툼을 오랫동안 참고 듣고 있을 수 없었다. 그래서 극단 사람들에게 달려들어 심한 욕을 퍼붓고 위협하면서 서로 당겨 앉아 새로 도착한 사람들에게 자리를 마련해 주라고 명령했다. 그랬더니 사람들은 이 말에 따르기 시작했고, 사냥꾼은 탁자를 구석으로 밀고 그 위에 빌헬름이 누울 자리를 마련했다. 필리네는 자기 가방을 탁자 옆에 두게 하고는 그 위에 앉았다. 모두가 될 수 있는 대로 바짝 붙어 앉았고, 사냥꾼은 이 부부[44]를 위한 더 편한 방을 마련할 수 없는지 알아보기 위해 나갔다.

사냥꾼이 나가자마자 다시 불만의 소리가 커지기 시작했고, 이 사람 저 사람의 비난이 이어졌다. 각자 자신이 빼앗긴 물건을 부풀려 이야기했고, 빌헬름의 무모함으로 많은 것을 빼앗겼다고 책망했으며, 우리 친구가 당한 부상을 고소해하는 것도 빼놓지 않았다. 그리고 필리네를 조롱하면서 그녀가 자기 가방을 구했던 방법을 파렴치한 행위로 몰아세우려 했다.

온갖 조롱과 빈정대는 말로 추측할 수 있었던 사실은, 일행이 모든

44 사냥꾼은 빌헬름과 필리네를 부부라고 착각했다.

것을 빼앗기고 싸움에서 지는 동안에 필리네가 도적 떼 두목의 환심을 사려고 애썼으며, 어떤 수완이나 어떤 친절을 베풀었는지 모르나, 두목이 필리네의 가방을 다시 내주게 했다는 것이었다. 사람들은 필리네가 한동안 보이지 않았다고도 했다. 필리네는 아무 대답도 하지 않고 자기 가방에 달린 커다란 자물쇠만 만지작댔는데, 자물쇠는 덜커덩거리며 필리네를 시기하는 사람들에게 그 가방이 바로 여기 있음을 알리는 동시에 필리네의 행운을 상기시켜 다른 사람들이 더욱 큰 절망감을 느끼도록 만들었다.

## 8장

빌헬름은 피를 많이 흘려 쇠약해졌지만 천사같이 나타난 여인이 도와준 후 간신히 진정되어 평온을 되찾았다. 그러나 단원들의 심하고 부당한 말에 끝내 불쾌감을 참을 수 없었다. 빌헬름이 아무런 대꾸도 하지 않자 불만에 찬 단원들의 말은 또다시 계속 이어졌다. 그러자 빌헬름은 마침내 몸을 일으켰고, 단원들의 친구이자 지도자인 자신을 불안하게 하는 무례한 행동에 한마디 해 줄 만큼은 충분한 힘이 생겼음을 느꼈다. 빌헬름은 붕대를 감은 머리를 들고 벽에 기댄 채 간신히 몸을 지탱하면서 다음과 같이 말했다.

"나는 자신의 물건을 잃고 가슴 아파하는 모든 분이 나를 가로막고 나를 밀쳐 내고 내게 모욕감을 주면서 불만을 표시할 수밖에 없음을 용서합니다. 내가 처음으로 여러분에게 도움을 기대할 수도 있었을 순간에 말입니다. 지금껏 내가 여러분을 위해 해 준 일들이나 여러분에게 베푼 호의에 대해서 여러분이 보여 주신 감사의 표시와 다정한 태도로 지금까지 충분히 보상을 받았다고 생각했습니다. 그러나 시간을 되돌려 내가 여러분께 무슨 짓을 했는지 반성해 보라고 내 마음을 부추기거나 강요하지는 마십시오. 이렇게 계산적으로 생각하는 것이 내게는 고통스러운 일입니다. 나는 우연히 여러분께 왔고, 내 마음이 여러분의 상황과 연극에 남몰래 끌려 나를 여러분 곁에 붙들어 놓았고, 여러분의 작업과 여러분이 즐기는 일에 동참했습니다. 그래서 별로 아는 것도 없지만 여러분을 위해 봉사했습니다. 지금 여러분이 우리가 당한 습격의 책임을 씁쓸하게도 내게 물으시지만, 처음 그 길로 가자는 제안은 다른 사람들한테서 나왔고, 그리고 나뿐만이 아니라 여러분 모두가 동의했다는 사실은 잊고들 있습니다. 만약 우리 여행이 순조롭게 진행되었다면, 각자 자신이 그 길로 가자고 권했고, 다른 길보다 그 길로 가자는 좋은 생각을 떠올렸다며 자랑했을지도 모릅니다. 그러면서 각자 우리가 신중하게 생각했다는 사실과 자신이 행사한 한 표를 즐겁게 기억하게 됐을지도 모르지요. 지금 여러분은 나에게만 책임을 묻고 있고, 그 책임을 내가 지라고 강요하고 있습니다. 나도 기꺼이 책임질 각오가 되어 있습니다. 만약 내 순수한 양심이 내게 책임이 없다고 하지 않는다면, 그리고 내가 그 책임을 여러분에게 물을 수 없다면 말입니다. 만약 여러분이 내 말에 할 말이 있다면 정식으로 말해 보십시오. 그러면 나도 나 자신을 변호하겠습니다. 만약 여러분이 더 명백한 근거를 내놓지 못하신다면 더는 말씀하지 마시고 나를 괴롭히지 마십시오. 지금 나는 안정이 절실하게 필요하기 때문입니다."

아무도 대답하지 않았지만, 그 대신에 젊은 처녀들이 울면서 자신들이 잃어버린 것을 다시 자세하게 이야기하기 시작했다. 멜리나는 완전히 자제력을 잃었는데, 물론 자신이 생각 이상으로 가장 많은 손실을 보았기 때문이었다. 그는 마치 미친 사람처럼 그 좁은 공간을 이리저리 돌아다니다가 머리를 벽에 대고 부딪치더니 욕을 하면서 엄청난 비난을 퍼부었다. 그때 여관집 여주인이 방에서 나와서 멜리나의 아내가 사산(死産)했다는 소식을 전해 주자 멜리나는 격한 감정을 마음대로 폭발시켰고, 모두 그와 함께 이구동성으로 울부짖고, 소리 지르고, 불만을 표출하며 혼란스럽게 떠들어 댔다.

빌헬름 역시 단원들의 상황에 연민 어린 동정이 가면서도 그들의 천박한 태도에 마음속까지 기분이 상해서 흥분되어 있었다. 몸은 허약했음에도 정신의 힘은 아주 생생했다. "내가 여러분을 정말 경멸하지 않을 수가 없습니다!" 하고 빌헬름이 큰 소리로 말했다. "여러분들의 처지가 아무리 비참해도 말입니다. 어떠한 불행을 당했어도 죄 없는 사람을 이런 식으로 함부로 비난할 권리는 없습니다. 이번의 잘못된 시도에 책임을 져야 한다면 나도 지금 내 몫의 책임을 지고 있습니다. 나도 상처를 입고 여기 누워 있으니까요. 단원들이 물건을 잃어버렸다지만 내가 제일 많이 잃어버렸습니다. 빼앗긴 의상들, 부서진 무대 장치들은 사실상 내 소유물이었고, 멜리나 씨, 당신이 내게 아직 갚지 않았으나, 당신에게 이에 대한 요구를 하지 않겠습니다."

"아무도 다시 보지 못할 것을 잘도 선물하셨네요." 하고 멜리나가 큰 소리로 말했다. "당신 돈은 내 아내의 트렁크 안에 있었고, 그것을 잃어버린 것은 당신 잘못입니다. 하지만, 아! 그것뿐이라면 좋으련만." — 멜리나는 또다시 발을 구르면서 소리를 지르기 시작했다. 멜리나가 성에서 시종과 아주 유리하게 거래해 백작의 의상실에서 가져온 멋진 옷들과 버클들, 시계들, 담뱃갑, 모자들을 누구나 기억하고 있었다. 비록 대수롭지는 않았지만 제각기 자기 물건들을 다시 생각했다. 사람들은 필리네의 가방을 불쾌한 듯이 쳐다보면서, 빌헬름이 이 아름다운 필리네와 가깝게 지내더니 그녀의 행운으로 자기가 가진 것을 지켰다며 아주 소용없는 일은 아니었다고 빌헬름에게 넌지시 비아냥거렸다.

"그럼 여러분이 굶고 있는데도 내가 내 것만 챙기게 될 거라고 믿으십니까?" 하고 빌헬름이 큰 소리로 말했다. "그리고 어려울 때 내가 여러분과 진정으로 함께하는 것이 이번이 처음입니까? 가방을 열어 보십시오. 내 것이 있다면 공동의 필요를 위해 내놓겠습니다."

"이건 내 가방이에요." 하고 필리네가 말했다. "그리고 내가 열고 싶을 때까지 열지 않을 거예요. 내가 보관해 놓은 선생님 옷 몇 벌은 정직한 유대인 상인에게 팔아도 몇 푼 되지도 않아요. 선생님 자신을 생각하세요. 치료에 드는 돈과 이 낯선 땅에서 선생님이 무슨 일을 겪을 수 있을지 말예요."

"필리네 씨는 내 것을 모두 내게 내놓게 될 겁니다. 조금만 가지고 있어도 우리가 이 어려운 상황을 빠져나갈 수 있습니다. 친구를 도와줄 수 있는 방법은 여러 가지가 있습니다. 하지만 그것이 꼭 짤랑거리는 돈일 필요는 없습니다. 내 짐 속에 있는 것은 불행을 당한 사람들을 위해 쓰려고 합니다. 만약 그 사람들이 다시 정신을 차리면, 자신들이 지금 보여 준 태도를 분명히 뉘우칠 겁니다. 정말입니다." 빌헬름은 말을 이어 갔다. "내가 느끼기에 여러분은 도움이 필요하고, 그래서 내가 할 수 있는 것을 여러분에게 해 드리려고 합니다. 내게 다시 한번 여러분의 신뢰를 보내 주시고, 이 순간부터 안심하시고 내가 약속하는 것을 받아 주세요! 모든 사람을 대신해서 누가 내 약속을 받으시겠습니까?"

이렇게 말하며 빌헬름은 손을 내밀고 외쳤다. "여러분께 약속드립니다. 나는 여러분 모두가 잃어버렸던 것보다 두 배, 세 배 더 많이 보상받을 때까지, 그리고 여러분이 현재 처해 있는 상황을, 누구의 잘못이든 상관없이, 완전히 잊어버리고 더 나은 상황을 맞이하기 전까지는 여러분을 피하지도 떠나지도 않을 겁니다."

빌헬름이 손을 여전히 내밀고 있었지만 아무도 잡으려 하지 않았다. "다시 한번 약속드립니다." 하고 빌헬름이 큰 소리로 말하고는 자기 베개 위에 쓰러졌다. 사람들은 아무 말도 하지 않았다. 부끄러워했지만 그렇다고 빌헬름의 말이 위로가 되지는 않았다. 그리고 필리네는 자기 가방 위에 앉아서 주머니에서 발견한 호두를 깠다.

## 9장

사냥꾼이 몇 사람과 함께 돌아와서 부상자를 옮겨 갈 채비를 했다. 사냥꾼은 이 고장의 목사에게 이 부부를 맡아 달라고 설득했던 것이다. 필리네의 가방도 함께 가져가게 했고, 그래서 필리네는 자연스럽게 따라갔다. 미뇽은 앞장서서 뛰어갔다. 환자가 목사관에 도착하자, 빌헬름에게는 오래전부터 손님이나 특별한 귀빈들을 예우할 때 써 왔던 널찍한 부부용 침대를 쓰라고 했다. 그제야 비로소 빌헬름의 상처가 터져서 피를 많이 흘렸음을 알았다. 그래서 붕대를 새로 감아야 했다. 빌헬름은 열이 났고, 필리네가 극진히 간호하다가 너무 피로에 지쳐서 하프너와 교대했다. 미뇽은 깨어 있으려고 굳게 마음먹었지만 구석에서 잠이 들고 말았다. 아침에 빌헬름이 약간 회복했을 때 그 사냥꾼에게 어제 자신들을 도와주러 왔던 사람들이 전운이 감도는 곳을 피해 평화가 찾아올 때까지 더 안전한 곳에서 머물려고 자신들이 살던 장원(莊園)을 떠났다는 사실을 들었다. 사냥꾼은 나이 많은 신사와 그의 여자 조카의 이름 그리고 그들이 우선 머물게 될 곳을 말해 주었다. 그러면서 그 젊은 여자가 자기더러 남겨 놓은 사람들을 잘 돌봐 주라고 엄하게 지시했다고 빌헬름에게 설명했다.

외과 의사가 방으로 들어오자 빌헬름은 사냥꾼에게 열심히 감사의 말을 쏟아붓다가 중단했다. 외과 의사는 빌헬름의 상처를 자세히 설명했고, 환자가 안정을 취하고 주의를 기울이면 금방 나을 거라고 장담했다.

사냥꾼이 떠나고 난 후 필리네는 사냥꾼이 자기에게 프랑스 금화 20개가 든 주머니를 남기고 갔고, 목사에게는 숙소 사용에 대한 사례금을 주었으며, 외과 의사 치료비도 옆에 놓고 갔다고 했다. 자신은 완전히 빌헬름의 아내로 여겨지고 있으며, 영원히 그런 자격으로 빌헬름 곁에서 자신을 소개할 테니 빌헬름이 다른 간호사를 찾아보는 것을 허락하지 않겠다고 했다.

"필리네 씨." 하고 빌헬름이 말했다. "우리가 사고를 겪고 나서 내가 필리네 씨에게 여러모로 많은 신세를 졌습니다. 그러나 필리네 씨에게 더 많은 빚을 지고 싶지는 않습니다. 필리네 씨가 곁에 있으면 내 마음이 편치 않습니다. 내가 어떻게 해야 필리네 씨에게 보답할 수 있을지 모르기 때문입니다. 그러니 필리네 씨가 가방에 보관하고 있는 내 물건을 꺼내 주시고, 일행들에게 가서 다른 숙소를 찾아보십시오. 그리고 내 작은 고마움의 표시로 금시계를 받아 주시고, 내게서 떠나 주십시오. 필리네 씨가 내 옆에 있으면 당신이 생각하는 것보다 훨씬 내 마음이 불편합니다."

빌헬름이 말을 끝내자 필리네는 빌헬름의 얼굴을 쳐다보며 웃었다. "선생님은 바보예요." 하고 필리네가 말했다. "뭘 잘못 알고 계시네요. 선생님에게 좋은 것이 무엇인지는 내가 더 잘 알고 있죠. 난 여기에 머물겠어요. 그리고 여기서 꼼짝도 하지 않겠어요. 남자들이 고마워하리라고 한 번도 기대해 본 적이 없어요. 그러니까 선생님의 감사도 마찬가지예요. 그리고 내가 선생님을 좋아한들 선생님과 무슨 상관이 있나요?"

필리네는 그대로 머물렀고, 얼마 지나지 않아 목사와 그 가족들의 호감을 샀다. 필리네는 항상 명랑하게 각각의 사람들에게 뭔가 선물을 주고 그 사람의 취향에 맞게 대화를 나눌 줄 알았다. 그러면서도 항상 자기가 하고 싶은 것을 했다. 빌헬름의 상태는 나빠지지 않았다. 외과의사는 경험이 많지는 않았으나 서툰 편도 아니어서 자연이 알아서 하도록 맡겨 버렸고, 환자는 곧 회복의 길로 들어섰다. 빌헬름은 빨리 회복해서 자신의 계획과 소망을 열심히 추구할 수 있게 되길 간절히 바랐다.

빌헬름의 마음에 지워지지 않는 인상을 주었던 그 사건이 끊임없이 기억에 되살아났다. 아름다운 아마존 여인이 말을 타고 숲에서 나타나는 것이 생생하게 떠올랐다. 그 여인은 빌헬름에게 가까이 다가와서 말에서 내려 이리저리 걸어 다니다가 빌헬름을 위해 애써 주었다. 입고 있던 옷이 그 여인의 어깨에서 벗겨지는 모습 그리고 그 여인의 얼굴, 그 여인의 몸매가 광채를 발하며 사라지는 장면이 눈앞에 아른거렸다. 빌헬름이 꾸는 청춘의 꿈은 모두 그 모습과 연결되어 있었다. 빌헬름은 이제 그 고귀하고 대담한 클로린데[45]를 자기 눈으로 직접 보았다고 생각했다. 병든 왕자 생각도 다시 떠올랐는데, 그의 병상에 아름답고 동정심 많은 공주가 말없이 얌전하게 다가오는 것이었다.

빌헬름은 몇 번인가 자신에게 이렇게 말했다. "청춘 시절에는 꿈에서처럼 미래에 닥칠 운명의 모습들이 떠돌아다니고, 우리의 선입견 없는 눈에 보이는 그 모습들은 선명한 예감으로 가득 차야 하지 않을까? 우리가 만나게 될 것들의 싹이 이미 운명의 손으로 뿌려져 언젠가 따려고 하는 열매들을 미리 맛보는 것이 가능해야 하지 않을까?"

빌헬름이 병상에 있으니 그때의 장면을 수천 번 반복해 볼 시간이 있었다. 그리고 감미로운 그 목소리를 천 번도 더 되새겨 보았다. 그 여인의 자비로운 손에 입을 맞추었던 필리네가 얼마나 부러웠는지 모른다. 그때 일어났던 일이 마치 꿈같았고, 그 여인이 나타났음을 확실히 증명하는 이 옷이 남아 있지 않았다면 동화처럼 꾸며 낸 이야기라고 여겼을지도 몰랐다.

그 옷을 아주 소중하게 여기는 행동과 그 옷을 입으려는 매우 강렬한 갈망은 서로 연결되어 있었다. 빌헬름은 회복해서 일어나자마자 그 옷을 걸치고는 혹시 얼룩이 묻거나 혹여 손상되지나 않을까 하루 종일 걱정했다.

---

45 클로린데(Chlorinde)는 이탈리아의 르네상스 시대 때 시인 타소(Tasso)가 쓴 《해방된 예루살렘》에 등장하는 여주인공이다. 여기서는 아마존 여인(Amazone) 모티프와 연결되어 있다.

# 10장

라에르테스가 빌헬름을 찾아왔다. 라에르테스는 위층 방에서 누워 있었기 때문에, 여관에서 극적인 광경이 벌어졌을 때는 그 자리에 없었다. 그리고 자기가 잃어버린 것에 대해서는 평소처럼 "그래 어쩌겠어?" 하며 마음을 달랬다. 라에르테스는 극단 사람들의 여러 가지 어리석은 특징들을 이야기했고, 특히 멜리나 부인에게 책임을 전가했는데, 그녀가 딸을 사산(死産)하고 슬퍼하는 것은 오로지 '메히틸데'라는 세례명을 지어 주는 옛날식 즐거움을 누릴 수 없었기 때문이라고 했다. 멜리나는 지금 많은 돈을 가지고 있으며, 심지어 그 당시에도 빌헬름을 꾀어서 빌려 간 선금이 전혀 필요 없었던 사실이 이제 밝혀졌다는 소식도 전해 주었다. 그래서 멜리나는 다음 우편 마차를 타고 떠나려 하며, 자신의 계획이 깨졌으니 빌헬름에게 그의 친구인 제를로[46] 단장에게 추천서를 써 달라고 요구해서 이제 그 극단에 자리를 잡으려 한다고 했다.

미뇽은 며칠 동안 정말 아무 말이 없었다. 사람들이 미뇽을 추궁하자 결국 자기 오른팔이 삐었다고 털어놓았다. "그건 네 무모한 행동 때문이야." 하고 필리네가 말하고는, 도적들과 싸울 때 이 아이가 빌헬름이 위험에 처한 것을 보고 그의 사냥칼을 빼서 도적들에게 씩씩하게 휘둘러 댔는데, 결국 어떤 놈이 아이의 팔을 잡아 옆으로 내동댕이쳐 버렸다고 이야기해 주었다. 사람들은 미뇽이 일찍 자신의 부상을 말하지 않은 것을 나무랐다. 하지만 미뇽이 자신을 계속 사내아이라고 여기고

46 제를로(Serlo)는 여기서 당시 함부르크에서 극단 단장이자 배우로 활동하던 프리드리히 루트비히 슈뢰더(Friedrich Ludwig Schröder, 1744~1816)를 모델로 한 것으로 보인다.

있던 외과 의사에게 자신의 성별이 발각되지 않기 위해 그렇게 했음을 사람들은 곧 알아차렸다. 그래서 다친 데를 치료해 주려고 애썼고, 미뇽은 팔을 목에 걸고 있어야 했다. 그러나 미뇽은 그렇게 해 준 것을 좋아하지 않았는데, 빌헬름을 간호하고 돌보는 일 대부분을 필리네에게 맡겨야 했기 때문이었다. 그러자 유쾌하고 '죄 많은' 필리네는 더욱 부지런하고 눈치 빠르게 움직였다.

어느 날 아침 빌헬름이 깨어났을 때 필리네와 이상하게도 가까이 함께 있다는 것을 알아차렸다. 빌헬름은 넓은 침대 위에서 잠자리가 편치 않은 상태로 완전히 뒤쪽으로 밀려나 있었고, 필리네는 앞쪽에 비스듬히 몸을 쭉 뻗고 누워 있었다. 필리네가 침대 위에 앉아서 책을 읽다가 잠이 든 것 같았다. 책은 그녀의 손에서 떨어져 있었고, 필리네는 뒤로 누워 있어서 머리가 아래쪽에서 빌헬름의 가슴 가까이에 안겨 있었다. 그리고 그 가슴 위로 필리네의 풀어진 금발 머리카락이 물결치듯 펼쳐져 있었다. 잠자리에서 흐트러진 모습이 어떤 의도나 술책보다 그녀의 매력을 더해 주었다. 그리고 어린아이 같은 평온함이 그녀의 얼굴 위에 맴돌고 있었다. 빌헬름은 필리네의 모습을 한동안 바라보았는데, 자기가 필리네를 보고 즐거워하고 있다는 사실에 자신을 책망해야 할 것 같았다. 그래서 빌헬름은 안정과 절제를 의무로 삼아야 하는 이 상태가 행복했을지 아니면 저주스러웠을지는 아무도 모를 일이다. 빌헬름이 필리네를 한동안 주의 깊게 쳐다보고 있을 때, 필리네가 움직이기 시작했다. 빌헬름은 눈을 살며시 감았지만, 필리네가 다시 몸단장을 하고 아침 식사를 물어보러 나가는 모습을 뒤에서 쳐다보지 않을 수 없었다.

극단의 배우들이 차례로 모두 빌헬름을 찾아와서 추천서나 여행 경비를 다소 무례하고 거칠게 요구했고, 필리네가 내켜 하지 않았음에도 받아 갔다. 필리네가 빌헬름에게 사냥꾼이 이 사람들에게도 상당한 금액을 주고 갔으니, 이들이 빌헬름을 우롱하고 있는 거라 말했지만 아무 소용이 없었다. 오히려 이 문제에 대해 두 사람이 심한 말다툼을 벌여서, 빌헬름은 필리네도 나머지 극단 사람들과 합류해서 제를로 극단에서 행운을 찾도록 하라고 이번만은 단호하게 우겨 댔다.

잠시 필리네는 침착함을 잃었지만, 곧 평정심을 되찾고 농담조로 말했다. "금발의 청년만 다시 내 곁에 있었어도 당신들 모두에게 신경도 쓰지 않았을 거예요." 필리네는 프리드리히를 두고 한 말인데, 이 금발의 청년은 숲에서 사건이 벌어진 후 사라져 다시 나타나지 않았다.

다음 날 아침에 미뇽이 침대로 와서 필리네가 어젯밤에 출발했으며 옆방에 놓아둔 빌헬름의 모든 짐을 아주 깔끔하게 정리해 놓았다는 소식을 전해 주었다.

빌헬름은 필리네의 부재가 느껴졌다. 필리네가 떠남으로써 충실하게 간호해 주던 사람, 쾌활한 말동무를 잃어버린 셈이었다. 빌헬름은 혼자 있는 것이 익숙하지 않았다. 그러나 미뇽이 곧 그 공백을 다시 채워 주었다.

경박하지만 아름다운 여인이 친절하게 간호하며 다친 빌헬름 곁에 있게 된 이후 어린 미뇽은 점점 밀려나서 혼자 조용히 지냈지만, 이제 자유롭게 움직일 수 있게 되자 세심함과 애정을 가지고 나타나서 열심히 빌헬름의 시중을 들고 명랑하게 돌봐 주었다.

# 11장

빌헬름은 매우 빠른 속도로 회복했고, 이제 며칠 있으면 떠날 수 있을 정도가 되었다. 빌헬름은 아무 계획 없이 돌아다니는 생활을 이어가고 싶지는 않았고, 앞으로는 목적에 맞게 길을 걸어가고 싶었다. 빌헬름은 우선 자기를 도와주었던 일행을 찾아내서 그날의 고마움을 전달하고 싶었고, 그러고 나서 자기 친구인 제를로 단장을 급히 찾아가 불행한 일을 당한 단원들을 최선을 다해 보살펴 달라고 부탁하고, 동시에 자신의 소개장을 내놓을 거래처 사람들을 방문해 자신이 맡은 일들을 수행하려고 했다. 빌헬름은 지금까지와 마찬가지로 행운이 앞으로도 자신을 도와주길 기원했으며, 기회가 마련되면 성공적인 투자로 손해 본 것을 메우고 빈 금고에 돈도 채워 넣을 수 있게 되길 바랐다.

자신을 구해 준 여인을 찾고 싶은 소망은 날이 갈수록 더 커져 갔다. 그래서 자신의 여행 경로를 정하기 위해 목사와 의논하러 찾아갔다. 목사는 지리와 통계학에 상당히 해박했으며, 훌륭한 책들과 지도들도 가지고 있었다. 두 사람은 그 고귀한 가족이 전쟁 중에 머물기로 선택했던 곳을 찾아보았고, 그 가족의 소식도 알아보았으나, 그 고장은 어떤 지리책에서도, 어떤 지도에서도 찾을 수 없었으며, 가문 계보도(系譜圖) 어디에도 그 가족에 관한 기록이 없었다.

빌헬름의 마음은 불안해졌다. 그리고 그의 근심이 알려지자, 하프너가 빌헬름에게 무슨 이유인지는 모르겠으나 사냥꾼이 실제 이름을 알려 주지 않은 이유가 있을 거라고 말했다.

그 아름다운 여인이 가까이 있으리라 믿었던 빌헬름은 하프너를 보내면 몇 가지 소식을 들을 수 있겠다고 기대했으나, 이런 기대도 어긋났다. 노인이 매우 열심히 수소문해 보았지만, 단서를 찾을 수 없었다. 그 당시에는 이 지역에서 군대가 서로 다른 방향으로 이동하는 일이 빈번했고, 예상치 못한 부대 행군도 불시에 진행되어 아무도 여행하는 일행에 신경을 쓰지 않았다. 그래서 소식을 알아보라고 보낸 노인은 유대인 염탐꾼으로 오해를 받지 않기 위해 되돌아와서 올리브 잎도 없이[47] 자기 주인이자 친구인 빌헬름 앞에 나타날 수밖에 없었다. 노인은 자신의 임무를 달성하려고 얼마나 노력했는지 극구 변명하면서 그 임무를 소홀히 처리했다는 의심에서 벗어나려고 애썼다. 그리고 모든 방법을 동원해 빌헬름의 우울한 마음을 진정시켜 주려고 노력했고, 자신이 그 사냥꾼에게서 들었던 말을 기억해 보면서 여러 추측을 해 보았는데, 그러다 마침내 빌헬름은 사라져 버린 아름다운 여인이 했던 몇 가지 수수께끼 같은 말들을 해석할 수 있었다.

도적단은 원래 이동하고 있던 자신들의 극단이 아니라 그 아름다운 여인 일행의 동정을 살피고 있었다. 그 사람들에게 당연히 많은 돈과 귀중품들이 있으리라고 추측했고, 그리고 이 일행의 이동 경로에 대해 상세한 정보를 갖고 있었음이 틀림없었다. 다만 이것이 의용단의 소행인지 아니면 낙오병들이나 도적단의 소행인지 알 수는 없었다. 어쨌든 이 훌륭하고 부유한 일행에게는 다행스럽게도 별 볼 일 없는 가난한 사람들이 먼저 그 장소로 왔고, 그 일행을 겨냥해 준비된 운명을 대신 떠맡은 것이다. 그 젊은 부인의 말이 이런 사실과 연관되어 있음을 빌헬름은 아직도 뚜렷이 기억하고 있었다. 신중한 수호신이 죽을 운명의 한

47 《구약 성서》〈모세〉 1권 8장 11절에 노아가 대홍수가 지나가자 땅의 상태를 정탐해 보기 위해 비둘기를 보냈는데, 비둘기가 올리브 잎을 물고 나타난 것을 비유한다. 여기서는 노인이 아무도 발견하지 못하고 돌아온 것을 의미한다.

여인을 구하기 위해 자기를 희생물로 정했다는 사실에 빌헬름은 기분이 좋아졌고 행복했지만, 그 대신 그 여인을 찾아내 다시 만날 수 있다는 희망이 적어도 그 순간에는 모두 사라져 버렸기 때문에 절망에 사로잡혀 있었다.

이런 빌헬름의 마음을 이상하게도 더욱 흥분시킨 것은 백작 부인과 누군지 모르는 그 아름다운 여인 사이에 닮은 점을 발견한 일이었다. 두 여인이 마치 자매처럼 닮았으며, 쌍둥이처럼 보여서 누가 동생이고 누가 언니라고 부를 수도 없을 정도였다.

사랑스러운 백작 부인에 대한 기억은 빌헬름에게 아주 달콤했다. 그래서 그 부인의 모습을 떠올리는 것만으로도 너무 행복했다. 그러나 이제 그 고귀한 아마존 여인의 모습이 바로 그 사이에 나타나 한 여인의 모습이 다른 여인의 모습으로 변해서 이 모습이나 저 모습을 꼭 붙들어 둘 수 없을 정도였다.

또한 두 여인의 필체가 닮았다는 것도 빌헬름으로서는 참으로 놀라운 일이었다! 빌헬름은 백작 부인이 손으로 쓴 매혹적인 시를 자신의 비망록에 간직하고 있었고, 아주 다정하고 세심하게 숙부의 안부를 묻는 쪽지 하나를 외투에서 발견했다.

빌헬름은 자신을 구해 준 여인이 이 쪽지를 썼으며, 쪽지는 여행 중에 어느 여관의 이 방에서 저 방으로 보내졌고, 숙부가 그것을 주머니에 집어넣었을 거라는 확신이 들었다. 빌헬름은 두 글씨를 맞대 보았다. 예쁘게 쓴 백작 부인의 글씨체는 전에도 빌헬름의 마음에 들었지만, 누군지 모르는 여인이 거침없이 써 내려간 비슷한 글씨체에서 분명하진 않으나 말로 표현할 수 없는 조화로움을 발견했다. 쪽지에 별다른 내용은 들어 있지 않았지만, 그 글씨를 보는 것만으로도 이전에 자기 앞에 서 있던 그 아름다운 여인의 모습을 보는 것처럼 빌헬름의 마음이 부풀어 오르는 듯했다.

빌헬름은 꿈을 꾸는 듯한 동경에 사로잡혀 있었는데, 바로 그때 미뇽과 하프너가 번갈아 가며 정말 마음에서 우러나는 감정으로 부르는 노래가 빌헬름의 감정과 얼마나 어울렸는지 모른다.

그리움 아는 사람만이
내 괴로움 알고 있다네!
그 모든 기쁨과
떨어져, 혼자서
창공을 바라보고
저 세상 그리워하네.
아! 나를 사랑하고 나를 아는 사람은
저 멀리에 있네!
머리는 어지럽고, 오장육부는
타들어 가네.
그리움 아는 사람만이
내 괴로움 알고 있다네!

## 12장

사랑스러운 수호신의 부드러운 유혹은 우리 친구를 어떤 길로 인도하는 대신에 지금까지 느꼈던 불안한 마음을 더욱 크게 키울 뿐이었다.

은밀한 격정이 그의 혈관으로 스며들어, 확실하고 또 불확실한 여인들이 마음속에서 서로 번갈아 나타나면서 끊임없이 욕망을 불러일으켰다. 그래서 빌헬름은 타고 떠날 말을 원하다가도, 날개[48]를 바라기도 했지만, 그것이 불가능해 보이자 자신이 도대체 어디로 가고자 하는지 비로소 생각하기 시작했다.

빌헬름이 겪는 운명의 실은 묘하게 헝클어져 있었고, 그는 그 묘한 매듭들이 풀리거나 끊어지는 모습을 보고 싶었다. 종종 말이 지나가는 소리나 마차가 굴러가는 소리가 들릴 때면 혹시 자신을 찾는 사람일지도 모른다는 희망으로 급히 창문을 내다봤다. 자신에게 뜻밖의 소식이나 확실하고도 기쁜 일을 전해 줄지도 모른다는 생각이 들었다. 빌헬름은 수많은 만약을 생각해 냈는데, 매부 베르너가 이 지방으로 와서 자신을 놀라게 해 준다거나, 마리아네가 혹시 나타날지도 모른다는 상상을 했다. 그래서 우편 마차의 나팔 소리가 들릴 때마다 빌헬름은 서둘러 창밖으로 달려갔다. 멜리나가 자기 운명에 대한 소식을 전해 주기를 바랐고, 그러나 무엇보다도 그 사냥꾼이 다시 와서 저 흠모하는 아름다운 여인이 있는 곳으로 자신을 데려다주길 바랐다.

하지만 이런 일들은 하나도 일어나지 않았다. 결국 빌헬름은 다시 혼자 외롭게 지낼 수밖에 없었다. 그리고 지난날을 되돌아보면서 곰곰이 생각하면 생각할수록 점점 자신이 당한 일이 불쾌하고 참을 수 없는 일이라는 생각이 들었다. 그 일은 자기가 일행을 이끌고 가다 습격을 당한 사건인데, 빌헬름은 생각할수록 불쾌했다. 불행하게도 습격을 당

48 이 말에는 여러 비유가 들어 있다. 날개를 달고 훨훨 날고 싶다는 의미도 있고, 날개 달린 말인 '페가수스(Pegasus)'를 바란다는 의미도 있는데, 이 날개 달린 말은 시인들의 천국인 파르나소스로 데려다주는 작가의 말(馬)을 의미하기도 한다.

한 그날 저녁에 단원들 앞에서 상당히 변명을 늘어놓기는 했지만, 자신의 책임을 부인할 수는 없었다. 오히려 우울한 순간에는 갑작스럽게 벌어진 그 사건 전체를 자신의 탓으로만 돌렸었다.

이기적인 생각은 우리의 미덕과 결점을 실제보다 훨씬 더 크게 보이게 하는 법이다. 빌헬름은 자신감에 차 있었고, 나머지 사람들의 의사를 자기 쪽으로 돌려서, 경험도 없이 대담하게 앞장서 갔다. 그러다 사람들은 자신들이 감당할 수 없는 위험에 맞닥트린 것이다. 크거나 소리 없는 비난들이 빌헬름에게 쏟아졌고, 견디기 어려운 손실을 본 후 잘못된 길로 안내를 받은 단원들에게 그 손해에 이자를 덧붙여 배상할 때까지 자기가 극단을 떠나지 않겠다고 약속했지만, 빌헬름은 모두가 당한 불행을 주제넘게 자기가 떠맡겠다고 했던 자신의 무모함을 또다시 책망하지 않을 수 없었다. 순간의 흥분과 충동으로 그런 약속을 했다고 자신을 책망하기도 했고, 자기가 좋은 마음으로 내밀었던 손을 아무도 잡지 않았지만, 그것마저 감히 용기를 내서 했던 맹세에 비하면 하찮은 형식적인 일에 불과했다고 느껴지기도 했다. 빌헬름은 사람들에게 도움이 되고 이롭게 해 줄 수 있는 수단을 곰곰이 생각해 보았고, 서둘러 제를로를 만나야 할 온갖 이유를 찾아냈다. 그래서 빌헬름은 짐을 꾸렸으며, 자기 몸이 완쾌될 때까지 기다리지도 않고, 또한 목사와 의사의 의견도 묻지 않고, 운명의 여신이 자신을 너무 오랫동안 붙들고 있었던 무위도식하는 생활에서 벗어나려고 미뇽 그리고 노인과 함께 서둘러 길을 떠났다.

# 13장

제를로는 팔을 벌려 빌헬름을 맞이하면서 멀리서부터 빌헬름을 향해 이렇게 외쳤다. "제가 당신을 보고 있는 겁니까? 당신을 다시 알아볼 수 있을까요? 조금도 아니 하나도 변하지 않았군요. 가장 고귀한 예술에 대한 당신의 사랑은 지금도 그렇게 강렬하고 생생합니까? 당신이 보낸 최근 편지들이 불러일으켰던 의구심조차 느껴지지 않는군요."

빌헬름은 당황하면서 자세한 설명을 부탁했다.

"당신이 나를 옛 친구가 아니라, 필요 없는 사람들을 마음 편히 맡겨도 되는 대단한 사람으로 취급하셨더군요. 우리의 운명은 관객들의 평가에 좌우됩니다. 그래서 당신이 소개한 멜리나 씨가 자기 단원들과 함께 우리 극단에 들어오기는 아마도 어렵지 않을까 염려됩니다."

빌헬름은 이 사람들을 옹호하고 싶었지만, 제를로는 그들을 냉혹하게 평가하기 시작했다. 그때 여자 한 명이 방으로 들어와 대화가 중단되자 빌헬름은 너무 기뻤다. 제를로는 즉시 그 여자를 자기 여동생 아우렐리아라고 소개했다. 아우렐리아는 빌헬름을 아주 다정하게 맞이해 주었고 기분 좋게 대화를 이끌어 가서, 재기발랄한 그녀의 얼굴에서 특별한 관심을 끌게 하는 근심의 흔적을 빌헬름은 단 한 번도 알아채지 못했다.[49]

빌헬름은 오랜만에 다시 자기 본연의 영역에 와 있었다. 지금까지는 대화를 나눌 때 그저 호의적으로 듣는 사람들만 있어 한편으로 아쉬운 마음이 있었다. 그러나 지금은 자신의 말을 완전히 이해할 뿐 아니

49 아우렐리아의 남편이 최근에 죽었기 때문에 "근심"이라고 했는데, 이 사실은 나중에 밝혀진다.

라 자신의 말에 교훈적으로 대응하는 예술가와 예술 전문가와 대화하는 행운을 얻었다. 세 사람은 얼마나 빠른 속도로 최근 작품들을 검토했는지! 얼마나 정확하게 그 작품들을 판단해 냈는지! 관객들의 비평이 타당한지 얼마나 잘 검토하고 평가할 줄 아는지! 또 얼마나 신속하게 서로 깨닫게 해 주었는지!

이제 빌헬름은 셰익스피어를 각별히 좋아했기 때문에, 대화를 이 작가에게로 돌리지 않을 수 없었다. 이 작가의 훌륭한 작품들은 독일에서 반드시 새 시대를 열게 될 것이라는 강렬한 희망을 피력하면서, 자신이 그토록 몰두하며 연구했던 《햄릿》을 끄집어냈다.

제를로는 가능하기만 했어도 그 작품을 오래전에 상연했을 것이라며, 자신은 폴로니어스 역을 맡고 싶다고 확실하게 말했다. 그러고 나서 미소를 지으며 "우선 왕자 역을 맡을 사람만 찾으면, 오필리아 역을 맡을 사람은 많지요." 하고 덧붙여 말했다.

아우렐리아가 오빠의 이 농담을 마음에 들지 않아 한다는 것을 빌헬름은 알아차리지 못했다. 오히려 빌헬름은 햄릿을 어떻게 연기하고 싶은지 자기 나름대로 장황하고 상세하게 설명했는데, 우리가 앞에서 보았던 빌헬름이 햄릿에 몰두했던 결과들을 두 사람에게 자세하게 열거하면서 자기 의견이 받아들여질 수 있도록 온갖 노력을 기울였다. 그러나 제를로는 빌헬름의 분석에 많은 의심이 들어서 마침내 이렇게 말했다. "좋습니다. 당신의 말에 전적으로 동의합니다. 그다음의 설명은 어떻게 하고 싶으십니까?"

"많은 것을요! 모든 것을요!" 하고 빌헬름이 대답했다. "내가 묘사했던 왕자를 생각해 보십시오. 아버지가 불의로 돌아가시고, 명예와 지배욕도 그의 마음에 활기를 주는 열정이 되지 못합니다. 햄릿은 자신이 왕의 아들이라는 사실 하나로 참고 견뎠습니다. 그러나 이제 비로소 왕과 신하 사이의 간격을 느끼지 않을 수 없습니다. 왕관을 쓸 권리는 세습되지 않았고, 부왕이 좀 더 오래 살았더라면 유일한 아들의 권리가 더 확고해졌을 테고 왕관을 쓸 희망도 확실해졌을지 모릅니다. 이와는 반대로 햄릿은 이제 숙부와 한 표면상의 약속은 있지만 아마도 영원히 쫓겨나게 되리라 생각합니다. 햄릿은 하느님의 은총과 재산도 없다고 느끼며, 어린 시절부터 자기 소유물이라고 여겼던 것들도 낯설어졌습니다. 이때부터 햄릿의 마음은 처음으로 슬퍼졌습니다. 이제 더는 자신이 귀족이 아니라고, 아니 그보다 못하다고 느껴졌습니다. 자신이 모든 사람의 하인이라고 자처하지만, 공손하지도 않고 자신을 낮추지도 않으면서, 아니 침울해지고 빈궁한 처지가 되고 맙니다.

햄릿은 지난날의 자기 상황을 단지 사라진 꿈처럼 바라봅니다. 숙부가 햄릿에게 용기를 불어넣고, 햄릿의 현재 처지를 다른 관점에서 보여 주려고 해도 헛수고였으며, 자신이 보잘것없는 존재라는 느낌이 햄릿에게서 절대 떠나지 않습니다.

햄릿이 얻어맞은 두 번째 충격은 그에게 더 깊은 상처를 주고 더 많은 굴욕을 안겨 줍니다. 바로 자기 어머니의 결혼입니다. 효심 깊고 정이 많은 아들에게 아버지가 돌아가셨을 때 어머니 한 분밖에 남아 있지 않았습니다. 햄릿은 남겨진 고귀한 어머니와 함께 돌아가신 저 훌륭한 아버지의 영웅적인 모습을 높이 기리고 싶었지만, 이런 어머니마저 잃어버렸는데, 그것은 어머니가 돌아가신 것보다 더 괴로웠습니다. 행실 바른 자식이 자기 부모로부터 기꺼이 물려받아 그렇게도 보여 드리고 싶었던 믿음직한 모습은 사라져 버립니다. 죽은 아버지로부터는 아무런 도움도 받지 못하고, 살아 있는 어머니에게 의지하지도 못합니다.

어머니도 여성이었고, 일반적으로 약하다고 부르는 바로 그 여성에 이제 자기 어머니도 포함되어 있습니다.

햄릿은 비로소 자신이 기가 죽어 있음을 느낍니다. 그리고 비로소 고아가 된 듯이 느껴집니다. 세상의 어떤 행복도 햄릿이 잃어버린 것을 다시 보상해 줄 수 없습니다. 햄릿은 천성적으로 우울하지도 깊이 생각에 잠기는 성격도 아니었기에, 슬픔과 생각에 잠기는 것은 그에게 무거운 짐이 됩니다. 이런 상황에서 우리는 햄릿이 등장하는 것을 봅니다. 내가 지금 뭔가를 과장하고 있다고 생각하지는 않습니다."

제를로는 자기 여동생을 바라보고 말했다. "내가 우리 친구에 대해 틀린 말은 하지 않았지? 이제 제대로 시작하셨으니 우리한테 해 줄 말씀이 아직 더 있으실 거고, 우릴 엄청나게 설득하려 하실 거야." 빌헬름은 절대로 설득하려는 것이 아니라 확신을 주려 한다고 단호하게 말했다. 그리고 잠시만 참고 더 들어 달라고 부탁했다.

"이 젊은이, 이 왕의 아들을 정말 잘 상상해 보십시오." 하고 빌헬름은 큰 소리로 말했다. "그의 처지를 눈앞에 생생하게 그려 내 보십시오. 그러고 나서 죽은 아버지의 유령이 나타난다는 말을 들었을 때의 장면을 잘 관찰해 보십시오. 존경하는 아버지의 유령이 직접 햄릿 앞에 나타나는 이 끔찍한 밤에 그 옆에 서 보십시오. 엄청난 놀라움이 햄릿을 사로잡고, 햄릿은 유령 형상에게 말을 걸고, 유령의 손짓을 보고 따라가서 듣습니다. — 숙부를 향한 끔찍한 저주가 그의 귀에 울리고, 복수를 요구하며, 간절하게 거듭 부탁합니다. '나를 기억하거라!' 하고 말입니다.

그런데 이제 유령이 사라지고 우리 앞에 누가 보입니까? 복수의 기회를 엿보는 젊은 주인공을 보고 계십니까? 왕자로 태어난 사람이 자신의 왕관을 찬탈한 자에게 복수하라고 요구받고 행복해하는 모습을 보고 계십니까? 아닙니다! 경악과 우울함이 고독한 햄릿을 엄습하고, 햄릿은 비웃는 악당들에게 분통을 터뜨리며 돌아가신 아버지를 잊지 않겠노라고 맹세합니다. 햄릿은 미소를 짓고 있는 악당들에게 화가 치밀어 오르지만, 의미심장한 한숨으로 끝맺습니다. '시간이 제멋대로 돌아가는구나! 이것을 바로잡기 위해 내가 태어났다니 이 얼마나 저주받은 운명인가!'

이 말에 햄릿의 행동 전체를 푸는 열쇠가 있다고 생각됩니다. 그리고 분명한 사실은 중대한 행동이 이것을 감당할 수 없는 한 영혼 위에 지워져 있음을 셰익스피어가 말하려고 했다는 것입니다. 그리고 나는 그런 의미가 작품 속에서 전반적으로 전개되고 있다고 생각합니다. 사랑스러운 꽃만을 심어야 하는 근사한 화분에 떡갈나무 한 그루가 심어지는데, 뿌리가 퍼지자 그 화분은 깨어지고 맙니다.

잘생기고, 순수하고, 고귀하고, 아주 도덕적인 존재가 자신을 영웅으로 만들어 줄 강인한 정신력이 없어, 짊어질 수도 내던져 버릴 수도 없는 무거운 짐 밑에서 파멸해 버립니다. 모든 의무가 그에게는 신성하지만, 이 의무만은 너무 어렵습니다. 불가능한 것이 그에게 요구되고 있지만, 그것 자체가 불가능한 것이 아니라, 햄릿에게는 불가능한 것입니다! 햄릿은 괴로움에 못 이겨 몸을 뒤틀고, 핑계를 대며 주저하고, 불안해서 앞으로 갔다 뒤로 갔다 해도 항상 기억하고 기억하다가 마침내 자신의 목적을 거의 잊어버리고 맙니다. 그러면서 한 번도 즐거운 마음을 되찾지 못하고 맙니다."

# 14장

다른 사람들이 방으로 계속해서 들어오자 대화는 중단되었다. 그 사람들은 베테랑 연주자들이었고, 제를로 집에서 일주일에 한 번 작은 연주회를 열려고 모인 것이었다. 제를로는 음악을 매우 좋아했고, 배우가 음악을 사랑하지 않고는 절대 자기 예술의 명확한 개념과 감정에 도달할 수 없다고 주장했다. 그래서 몸짓이 멜로디에 덧붙여지면, 훨씬 쉽고 어울리는 연기를 하게 되고, 아무리 평범한 역할이라도 자기 방식대로 아무 생각 없이 천편일률적으로 연기하는 것이 아니라, 박자에 따라 알맞게 적당한 변화를 주면서 연기한다고 생각하며 리듬을 맞추어야 한다는 것이었다.

아우렐리아는 여기서 벌어지는 모든 일에 별로 관심이 없는 듯이 보였다. 그래서 빌헬름을 결국 옆방으로 데리고 갔고, 창문으로 다가가서는 별이 촘촘한 하늘을 바라보며 빌헬름에게 말했다. "선생님은 우리에게 《햄릿》에 대해 몇 가지를 말씀하지 않고 남겨 두셨어요. 저는 서두르고 싶지는 않으니, 선생님이 저희에게 더 말씀해 주실 것을 오빠와 함께 들었으면 해요. 그렇지만 제게 오필리아에 관한 선생님의 생각을 들려주세요!"

"오필리아에 대해서는 할 말이 많지 않습니다." 하고 빌헬름이 대답했다. "대가의 손으로 대충 그렸는데도 그녀의 성격이 완성되었기 때문입니다. 오필리아의 성품은 전체적으로 성숙하고도 달콤한 감성에 젖어 있습니다. 그래서 오필리아는 햄릿에게 결혼을 요구할 자격이 있고, 그래서 왕자를 향한 그녀의 애정은 샘처럼 흘러나오고, 그 착한 마음을 완전히 자신의 감정에 내맡겨 버려, 아버지와 오빠는 염려스러워 두 사람에게 노골적으로 경고하게 되지요. 오필리아는 유복하게 살면서 문득 가슴에 꽃들이 만개하면 마음의 동요를 감출 수 없어 직접 자기 마음을 드러냅니다. 오필리아의 상상력은 햄릿에게 물들어 풍부해졌고, 조용한 겸손함은 욕망과 사랑을 발산합니다. 그래서 느긋한 기회의 여신이 이 작은 나무를 흔들기만 하면 과일이 떨어질 겁니다."

"그렇다면요." 하고 아우렐리아가 말했다. "만약 오필리아가 자신이 버림받고, 쫓겨나고, 자신의 사랑이 거부당했다고 생각하고, 미친 듯한 자기 애인의 마음에서 가장 멋지던 감정이 가장 심한 고통으로 바뀌는 것을 보게 되면 말예요, 햄릿이 그녀에게 사랑의 달콤한 잔 대신에 고통의 쓰디쓴 잔을 건네주게 되면요 —"

"오필리아의 가슴은 찢어지죠." 하고 빌헬름이 크게 외쳤다. "자기 존재라는 구조물 전체가 건물의 연결 고리에서 빠져나오고, 게다가 자기 아버지까지 돌아가시면서 아름다운 건물이 완전히 무너지게 됩니다."

빌헬름은 아우렐리아가 마지막 말을 어떤 표정으로 했는지 알아차리지 못했다. 빌헬름은 오필리아를 오로지 작품의 맥락과 완벽함에만 맞춰 이해했지, 아우렐리아가 완전히 다른 인상을 받았으며, 이 희곡이 주는 환상으로 인해 자기 마음속에 깊은 고통을 생생하게 느꼈음을 예상조차 못 했다.

아우렐리아는 계속해서 머리를 팔로 받치고 눈은 하늘로 향해 있었는데, 눈에는 눈물이 가득 고여 있었다. 오랫동안 참아 왔던 자신의 고통을 결국 더는 감추지 못했던 것이다. 아우렐리아는 그 모습을 보고 놀라서 서 있는 빌헬름의 두 손을 잡고 말했다. "용서하세요! 근심에 사로잡힌 제 마음을 용서해 주세요! 극단 사람들이 저를 끈으로 묶어 짓누르고 있어요. 무정한 오빠 앞에선 제 마음을 감추려고 노력해야 합니다. 선생님이 계시니까 묶였던 끈이 모두 풀어졌네요. 선생님!" 하고 말을 이어 갔다. "선생님을 바로 조금 전에 알게 되었는데 벌써 친근하게 느껴지네요!" 아우렐리아는 말을 거의 할 수 없어 빌헬름의 어깨에 기댔다. "저를 나쁘게 생각하진 마세요." 하고 아우렐리아가 훌쩍거리면서 말했다. "제가 선생님께 제 마음을 너무 일찍 열었다고 말이에요. 그리고 연약한 저를 보고 계신다고 말예요! 제 친구가 되어 주시고 그렇게 남아 주세요! 저는 그럴 자격이 됩니다." 빌헬름은 아우렐리아를 따뜻한 말로 달랬지만 아무 소용이 없었다! 눈물이 흘러내려 말문을 막았기 때문이었다.

그때 누가 문을 열었다. 달갑지 않은 제를로가 들어왔고, 너무 뜻밖에도 필리네도 들어왔는데, 제를로가 그녀의 손을 잡고 있었다. "당신 친구가 여기에 있어요." 하고 제를로가 필리네에게 말했다. "당신을 만나 선생도 아마도 기뻐할 겁니다."

"어떻게 여기서 당신을 만나게 되다니요." 하고 빌헬름이 놀라 큰 소리로 말했다. 필리네가 상냥하고 침착한 태도로 빌헬름에게 걸어가서 잘 왔다고 환영해 주면서 제를로의 호의를 칭찬했다. 제를로가 필리네를 실력은 없지만, 열심히 훈련하며 실력을 쌓게 되리라는 희망을 걸고 훌륭한 극단에 받아 주었다는 것이었다. 그러면서 빌헬름에게는 비록 친절하게 대해 주었지만 정중한 거리감은 유지했다.

필리네의 이런 꾸민 행동은 두 사람만 남자 더 오래가지는 않았다. 아우렐리아는 자신의 고통을 감추기 위해 나갔고, 그리고 제를로도 사람들이 불러서 나갔기 때문에, 필리네는 두 사람이 분명히 나갔는지 확인하려고 처음에는 문 쪽을 유심히 바라보았다. 그러고 나서 바보처럼 방 안을 껑충껑충 뛰어다니더니 바닥에 주저앉아 깔깔거리고 웃으며 숨이 막힐 지경이 되었다. 그러더니 벌떡 일어나서 우리 친구에게 아양을 떨면서, 자신이 현명하게 먼저 가서 이곳 상황도 탐색해 보고 자리도 잡을 수 있었다며 아주 즐거워했다.

"여기는 아주 복잡하게 돌아가고 있어요." 하고 필리네가 말했다. "딱 내가 좋아하는 대로 말예요, 아우렐리아는 어느 귀족과 연애를 했는데 불행하게 끝났어요. 그분은 분명히 멋진 남자가 틀림없을 텐데, 나도 직접 한번 보고 싶어요. 그분이 아우렐리아에게 어떤 기념품 하나를 남겼다는데, 아니면 내가 정말 잘못 생각하고 있는지도 모르지만요. 아우렐리아는 세 살쯤 된 아들과 같이 살아요. 그 아이는 해님처럼 예쁜데, 아빠가 정말 잘 생겼을 수도 있어요. 나는 평소에 아이들을 좋아하지 않지만, 이 아이는 정말 저를 기쁘게 해 주어요. 내가 계산을 해 봤죠. 남편의 죽음, 새로운 남자를 만난 것, 아이의 나이, 모두 딱 맞아떨어집니다.

그런데 그 남자가 떠나가 버렸죠. 1년 전부터 아우렐리아를 더 이상 보러 오지 않아요. 그래서 아우렐리아는 제정신이 아닐 정도로 슬픔에 잠겨 있는 거예요. 바보 같은 여자죠! — 아우렐리아의 오빠는 단원 중에 잘 대해 주는 여자 무용수 한 명, 친하게 지내는 여배우 한 명, 시내에도 찾아가는 몇 명이 있죠. 나도 이제 그 명단에 올라 있어요. 바보 같은 남자죠! — 다른 사람들에 대해서는" 하고 말하고 필리네는 문 쪽을 바라보았다. "내일 들려드릴게요. 그리고 선생님이 알고 있는 필리네에 관해서도 이야기해 줄게요. 제일 바보 같은 여자가 선생님한테 홀딱 반했어요!" 필리네는 이 말이 사실이라고 굳게 맹세했다가, 그 말은 정말 재미있다고 우겼다. 필리네는 빌헬름에게 아우렐리아와 사랑에 빠졌으면 좋겠다고 간절히 부탁했다. 그러면 쫓고 쫓기는 일이 비로소 시작될지도 모른다는 것이었다. "아우렐리아는 자신을 배신한 남자를 쫓아가고, 선생님은 아우렐리아를, 나는 선생님을, 그리고 아우렐리아의 오빠는 내 뒤를 쫓겠죠. 이런 일이 반년이 지나서도 즐거움을 주지 못하면 나는 이 얽히고설킨 소설을 위해 덧없는 사랑으로 묘사되는 첫 번째 에피소드로 죽어 버릴 거예요." 필리네는 빌헬름에게 이 일을 망치지 말고, 자신이 다른 사람들 앞에서 보이는 행동에 응해 주는 정도로 자신을 존중하는 모습을 보여 주었으면 좋겠다고 부탁했다.

## 15장

다음 날 아침에 빌헬름은 멜리나 부인을 찾아가야겠다고 생각했다. 하지만 멜리나 부인은 집에 없었다. 빌헬름이 이곳으로 온 다른 극단 사람들에 관해 물어보다가 필리네가 모두를 아침 식사에 초대했다는 사실을 알게 되었다. 빌헬름은 호기심에 그곳으로 서둘러 갔고, 그 사람들을 만났을 때 사람들은 모두 기분이 좋아졌고 위안을 받은 것 같았다. 현명한 필리네는 사람들을 불러 모아 코코아를 대접하면서 아직 희망이 없지는 않다는 사실을 인식시켜 주었다. 자기 영향력을 발휘해 제를로 단장에게 이렇게 유능한 사람들을 극단에 받아들이는 것이 얼마나 득이 되는 일이겠냐고 설득해 볼 생각이라고도 했다. 사람들은 필리네의 말을 주의 깊게 들으며 코코아를 한 잔 두 잔 맛있게 홀짝거리며 마셨다. 그래서 필리네가 못된 여자는 아니라는 생각이 들었고, 앞으로 필리네에 대해 좋은 말만 하기로 마음먹었다.

"필리네 씨는 정말 제를로가 우리 단원들을 받아 주리라고 생각해요?" 하고 빌헬름이 필리네와 단둘만 남게 되자 말했다. — "결코 그렇게 하지 않을 거예요." 하고 필리네가 대답했다. "나한테는 그게 중요하지 않아요. 저 사람들이 가능하면 빨리 떠나길 바랄 뿐이에요! 단지 라에르테스만은 붙들고 싶고, 나머지 사람은 차차 보내 버리도록 하죠."

그러면서 필리네는 빌헬름도 이제 더는 재능을 감출 필요 없이 제를로의 지도를 받으며 무대 위에 서게 될 것이라고 말을 돌렸다. 그러고는 이곳의 체계, 기호, 성향을 칭찬하는 데 여념이 없었다. 빌헬름에게 아양을 떨며 그의 재능을 기분 좋게 칭찬하는 바람에 빌헬름의 이해력이나 이성이 필리네의 제안에서 멀어지는 만큼 빌헬름의 마음과 환상은 이 제안에 가까이 다가갔다. 빌헬름은 끌리는 마음을 자기 자신에게도, 필리네에게도 숨기면서 불안한 하루를 보냈지만, 거래처에 가서 그곳에 있을 편지들을 가지고 올 마음은 들지 않았다. 가족들이 이즈음 불안해할 거라 생각하면서도 가족들의 근심과 비난을 자세하게 듣기가 두려웠기 때문이었고, 더욱이 그날 저녁에 상연되는 새로운 작품을 온전하고도 맘껏 즐기려고 기대했기 때문이었다.

제를로는 연습 공연할 때 빌헬름이 들어오는 것을 거부했다. "당신에게 우리의 민모습을 보여 주길 허락하기보다는, 우리의 가장 좋은 모습을 보여 드리고 싶습니다."

빌헬름도 그날 저녁에 대단히 만족해하며 공연을 보았다. 연극을 그렇게 완벽할 정도로 관람했던 것은 이번이 처음이었다. 전체 배우들의 뛰어난 재능과 좋은 소질, 연극에 대한 높은 이해력을 인정했으며, 비록 모두 똑같지는 않았지만 서로 의지하고 받쳐 주며 격려해 주어 작품 전체를 아주 치밀하고 정확하게 공연했다. 제를로가 전체의 핵심이라는 사실을 바로 느낄 수 있었고, 그리고 제를로의 연기는 자신의 장점이 잘 드러날 만큼 두각을 나타냈다. 즐거운 기분이나 적절하게 활기찬 모습, 상황에 맞는 정확한 감정을 모방하는 위대한 재능에 사람들은 제를로가 무대에 등장하거나 입을 열 때마다 감탄하지 않을 수 없었다. 제를로가 무대에 있음으로써 느껴지는 편안한 마음이 모든 관객에게로 퍼져 나가는 것처럼 보였고, 여러 역할을 섬세한 명암을 주어 쉽고도 적절하게 표현하는 재치 넘치는 연기는 지속적인 연습을 통해 체득한 비결을 숨길 수 있었기에 더욱 관객의 기쁨을 불러일으켰다.

아우렐리아도 오빠 못지않게 많은 박수갈채를 받았다. 오빠가 관객들을 흥겹고 즐겁게 해 줄 수 있었다면, 아우렐리아는 사람들의 감정을 뒤흔들어 놓았기 때문이었다.

기분 좋게 며칠을 보내고 난 후 어느 날 아우렐리아가 우리 친구에게 와 달라고 부탁했다. 빌헬름이 급히 아우렐리아에게 갔더니 그녀는 소파에 누워 있었다. 아우렐리아는 두통에 시달리는 것 같았고 몸 전체가 고열로 괴로워하고 있음을 숨길 수 없었다. 아우렐리아는 방으로 들어오는 사람을 보자 눈빛이 밝아졌다. “죄송합니다!” 하고 아우렐리아가 빌헬름에게 말했다. “선생님이 제게 불러일으키신 신뢰가 제 마음을 약하게 만들었어요. 지금까지는 저의 고통을 혼자서 간직할 수 있었어요. 심지어 그 고통이 제게 힘과 위안까지 주었죠. 어찌 된 일인지 저도 모르게 선생님이 제 입을 묶고 있던 끈을 풀어 주셨고, 본의 아니게 저 자신과 싸우고 있는 싸움에 끼어드시게 되었습니다.”

빌헬름은 아우렐리아에게 친절하고 정중하게 대답하면서, 아우렐리아가 고통스러워하던 모습이 계속 머릿속에 떠올라, 자신이 전적으로 친구가 되어 주겠다고 약속할 테니 자신을 믿고 속마음을 털어놓으라고 말했다.

빌헬름은 이 말을 하면서 아이 쪽으로 눈길을 돌렸다. 그 아이는 아우렐리아 앞 바닥에 앉아서 아무 장난감이나 가리지 않고 내던졌다. 필리네가 말해 준 대로 세 살 정도 되어 보였고, 빌헬름은 그 경솔한 여자가 우아하게 표현하는 경우가 드물었음에도 그 아이를 해님과 비교했던 것을 비로소 이해할 수 있었다. 커다란 눈과 통통한 얼굴 주위로 아주 아름다운 황금색 곱슬머리가 물결을 치고 있었고, 눈부시게 하얀 이마 위에 귀여운 검은 눈썹이 완만한 곡선을 이루고 있었으며, 뺨은 생기에 찬 건강한 피부색으로 빛나고 있었다. “제 곁으로 앉으세요.” 하고 아우렐리아가 말했다. “선생님은 행복해하는 아이를 놀란 듯 바라보시는군요. 맞아요. 저도 이 아이를 기쁜 마음으로 제 품에 안았고, 세심하게 보살피고 있답니다. 그러나 이 아이를 보면 또한 제 고통의 강도를 알게 됩니다. 그 고통으로 인해 하느님이 주신 이 선물의 가치조차 느낄 때가 드물기 때문이죠.

저 자신과 저의 기구한 운명에 대해 말씀드리는 점 용서해 주세요.” 라고 말하고 아우렐리아가 말을 이어 갔다. “왜냐하면 선생님이 저를 오해하시지 않는 것이 제게는 매우 중요하기 때문입니다. 잠시 제가 냉정을 되찾은 순간이 왔다는 생각이 들어 선생님께 오시라고 했던 거예요. 그런데 선생님이 여기 계시니까 제가 무슨 말씀을 드리려고 했는지 모르겠네요.

‘세상에서 버림받은 여자에 불과하다’라고 선생님은 말씀하시게 될 거예요. 선생님은 남자시니까 그렇게 생각하시겠죠. ‘저 여자는 죽음보다 더 확실하게 여자 위를 떠도는 남자의 배신이라는 피할 수 없는 불행을 당하고 저렇게 행동하는구나, 바보 같은 여자!'라고 말입니다. —오 선생님, 제 운명이 기구하면, 전 기꺼이 그런 기구한 불행을 견뎌 나가려 했습니다. 하지만 운명은 너무 가혹합니다. 제가 왜 그 운명을 선생님께 거울에 비춰 보여 드릴 수 없고, 왜 누군가를 시켜 선생님께 내 운명을 이야기해 달라고 부탁할 수가 없을까요! 오, 내가 차라리 유혹당했다가 갑작스럽게 버림을 받았다면 좋으련만. 그랬다면 절망적인 상황에서 위안이라도 얻을 수 있을 텐데 말입니다. 저는 이런 면에서 훨씬 더 나쁜 상황에 빠져 있습니다. 저 자신을 속였고, 잘못인지 알면서도 저 자신을 기만했던 겁니다. 이것은 결코 저 자신이 용서할 수 없는 일입니다."

"부인처럼 고귀한 감정을 가진 분이 그렇게까지 불행할 수는 없을 겁니다." 하고 친구가 대답했다.

"그렇다면 저의 이런 감정이 누구 탓인지 선생님은 아세요?" 하고 아우렐리아가 물었다. "한 소녀를 언젠가는 망쳐 놓고야 말 가장 나빴던 교육 때문이에요. 감각과 애정을 타락시키는 가장 나쁜 본보기 탓이죠.

어머니가 일찍 돌아가신 후 저는 성장기의 아름다운 시간을 어느 아주머니 집에서 보냈어요. 그분은 정숙함이라는 계율을 무시하는 것을 원칙으로 삼으셨죠. 닥치는 대로 애착을 느끼는 것에 자신을 내맡기고, 그 대상을 자기 마음대로 즐기면서 자기 자신을 잊어버릴 수만 있다면 그 대상을 지배하거나 그 대상의 노예가 되려고 하셨습니다.

순진무구한 우리 아이들의 깨끗하고 올바른 눈으로 남성에 대해 어떤 생각을 가질 수 있었겠습니까? 그분이 유혹해서 불러들이는 남성마다 얼마나 답답하고, 뻔뻔하고, 어색해하는지, 그리고 자신의 욕망을 충족시킨 남자들은 모두 얼마나 당당하고, 거만하고, 꼴불견이었는지 모릅니다. 그렇게 저는 몇 년 동안 그 아주머니가 정말 형편없는 남자들의 요구에 굴욕을 당하는 모습을 보았습니다. 아주머니가 어떤 만남을 꾹 참아 내야 하는지, 그리고 어떤 표정을 지으며 자신의 운명에 순응할 줄 아는지, 또한 어떤 방식으로 이런 치욕적인 굴레를 견딜 줄 아는지를 말입니다!

그렇게 저는 남성을 알게 되었습니다, 선생님. 그리고 웬만한 남자들조차 여자와 관계를 맺으면 자연이 느끼게 해 주었을지도 모르는 모든 좋은 감정도 버리려 한다는 것을 알아차렸을 때 얼마나 그 남자들을 증오했는지 모릅니다.

유감스럽게도 저는 그런 기회에 우리 여성의 삶이 어떤 것인지 많은 쓰라린 경험을 해야 했습니다. 그리고 정말이지 열여섯 살 소녀 때 지금의 저 자신보다 더 현명해졌습니다. 저 자신조차 이해하지 못하는 지금보다 말입니다. 우리가 어릴 때는 왜 그렇게 똑똑하죠! 점점 더 멍청해지려고 그렇게 영리한 것이겠죠!"

아이가 소란을 피우자 아우렐리아가 참지 못하고 종을 울렸더니 아이를 데려가려고 어떤 늙은 부인이 들어왔다. "아직도 이가 아프세요?" 하고 아우렐리아가 얼굴에 붕대를 감고 있던 그 늙은 부인에게 물었다. "참을 수 없을 정도예요." 하고 그 늙은 부인이 침울한 목소리로 대답하고는 따라가고 싶어 하는 아이를 안아서 데리고 나갔다.

아이가 나가자마자 아우렐리아는 서럽게 울기 시작했다. "저는 울면서 한탄할 수밖에 없어요." 하고 아우렐리아가 말했다. "가련한 벌레처럼 선생님 앞에 누워 있는 것이 부끄럽습니다. 저의 신중함은 이미 사라진 지 오래됐어요. 그래서 더 말씀드릴 수가 없습니다." 아우렐리아는 이야기를 멈추더니 말이 없었다. 빌헬름은 상투적인 말을 하고 싶지 않았고 그렇다고 특별히 할 말도 없어 그녀의 손을 잡고 한동안 바라보았다. 마침내 빌헬름은 당혹스러워서 앞에 있던 조그만 탁자 위 책을 발견하고 집어 들었는데, 그 책은 셰익스피어의 작품집으로, 《햄릿》이 펼쳐져 있었다.

그러자 제를로가 막 문을 열고 들어와 여동생의 안부를 묻고는 우리 친구가 손에 들고 있던 책을 쳐다보며 큰 소리로 말했다. "다시 당신의 《햄릿》에 빠져 있는 겁니까? 잘됐습니다! 몇 가지 의문점이 떠올랐는데, 당신이 그 작품에 그렇게 부여하고 싶어 하는 햄릿의 대표적인 명성이 그 의문점 때문에 매우 약해지려고 합니다. 햄릿의 복수 계획은 어떻게 되어갑니까? 이 연극의 주된 흥미가 3막으로 끝나고, 마지막 두 막은 그저 극 전체에 붙어 있다고 영국인들조차 인정했어요. 그래서 이 작품이 끝부분에서는 더 나아가려고도 더 물러서려고도 하지 않는 것은 사실입니다."

빌헬름이 대답했다. "그렇게 많은 명작을 내놓은 나라의 사람들조차 선입견이나 편협함으로 잘못 판단할 가능성이 매우 큽니다. 그렇다고 우리의 눈으로 직접 보고 정당하게 평가하는 것을 막을 수는 없습니다. 나는 이 작품에서의 계획을 비난할 생각은 전혀 없고, 오히려 이보다 더 위대한 계획을 생각해 낸 적은 없다고 생각합니다. 그렇습니다. 그 계획은 생각해 낸 것이 아니라, 있는 그대로입니다."

"그럼 그것을 어떻게 설명하고 싶으신 겁니까?" 하고 제를로가 물었다.

"나는 아무것도 설명하지 않겠습니다." 하고 빌헬름이 대답했다. "내 생각을 당신에게 소개하려는 것뿐입니다."

아우렐리아가 쿠션에서 몸을 일으켜 손으로 몸을 의지하고 우리 친구를 바라보았다. 빌헬름은 자기가 옳다는 확신을 가지고 계속 말을 이어 나갔다.

"우리가 어떤 주인공이 자발적으로 행동하고, 자기 마음이 명령하는 대로 사랑하고 미워하며, 무언가를 계획하고 실행하면서 모든 장애물을 제거해서 자신이 세운 큰 목표에 다다르는 모습을 보면 기분이 좋고 아주 즐거워집니다. 역사가들이나 시인들은 그런 당당한 운명을 인간이 차지할 수도 있다는 사실을 우리에게 이해시키려고 합니다. 그러나 이 작품은 우리에게 다른 가르침을 줍니다. 즉 주인공은 계획이 없지만, 작품은 계획대로 진행됩니다. 이 작품에서는 예를 들어 확고하고 끈질기게 짜여진 복수에 따라 악인이 처벌되지 않습니다. 아닙니다. 엄청난 사건이 벌어지고, 그 사건은 계속 결과를 낳으며 굴러가고, 무고한 사람들까지 끌어들입니다. 그리고 그 엄청난 사건에 반드시 따르는 파멸을 그 범인은 피해 가려는 듯이 보이지만 결국에는 그 낭떠러지 안으로 추락합니다. 그 길을 다행히 다 빠져나왔다고 생각했던 바로 그 순간에 말입니다. 끔찍한 만행은 악행이 무고한 사람이나 선한 행동에까지 영향을 미치며, 또한 선행은 선행을 누릴 자격도 없는 사람에게까지 베풀어집니다. 이 두 경우에 종종 그 원인 제공자들은 처벌이나 보상도 받지 못하게 됩니다. 이 작품에서는 얼마나 놀랍습니까! 연옥[50]에서는 그곳의 유령을 보내 복수할 것을 요구합니다만 아무 소용이 없습니다. 모든 상황이 한꺼번에 벌어지며 복수를 재촉하지만 헛수고입니

50 연옥(煉獄, das Fegefeuer)은 가톨릭교에서 죽은 이들이 하늘나라로 들어가기 전에 가볍고 용서받을 만한 죄를 뉘우치고 정화하는 장소를 말한다.

다! 지상에 사는 사람들이나 지하에 사는 사람들은 운명에 맡겨진 것만 은 해낼 수 없습니다. 이제 심판의 시간이 다가옵니다. 악한 자는 선한 자와 함께 쓰러집니다! 한 가문이 칼에 쓰러지게 되고, 다른 가문이 등장합니다."

잠시 사람들이 서로를 쳐다보고 나서 제를로가 말했다. "당신은 그 작가를 치켜세우면서도 하늘의 섭리에 대해선 별다른 찬사를 보내지 않는군요. 다른 사람들이 하늘의 섭리에 경의를 표하듯 당신은 다시 당신의 작가에게 경의를 표하기 위해 작가도 생각하지 못했던 최종 목표와 계획조차 작가의 공로로 떠넘기는 것 같군요."

## 16장

"질문이 하나 있어요." 하고 아우렐리아가 말했다. "저도 오필리아 역을 다시 곰곰이 생각해 보았어요. 그리고 만족하고 있고, 그럴 상황이 되면 감히 그 역에 도전해 볼 용기도 있습니다. 그런데 작가는 정신 나간 여자가 다른 노래를 부르게 해야 하지 않았을까요? 발라드에서 일부를 발췌할 수는 없을까요? 고귀한 처녀의 입에서 나오는 모호한 내용의 외설스럽고 진부한 노래[51]라니, 왜 그런 거죠? 말씀해 주세요."

"부인" 하고 빌헬름이 대답했다. "나는 거기서 한 치도 양보할 수 없습니다. 또한 이 이상한 노래에, 또한 이 부적절한 노래에는 엄청난 의미가 들어 있습니다. 연극이 시작되자마자 착한 처녀의 마음이 어디

51 《햄릿》4막 5장에서 오필리아가 왕비 앞에서 음란한 내용의 노래를 부른다.

에 쏠려 있는지를 우리는 압니다. 조용히 살아가고 있지만, 자신의 그리움과 욕망을 거의 숨기지 못합니다. 욕망의 소리가 은밀하게 그녀의 영혼에 울리자, 현명하지 못한 간호사처럼, 얼마나 자주 자신의 감정을 노래로 부르며 진정시키려고 했는지 모릅니다. 하지만 이 노래들은 자신의 감정을 더 일깨울 수밖에 없었습니다. 마침내 이제 자신을 억누르고 있던 모든 압박에서 벗어난 지금, 자기 가슴에 품고 있던 생각이 혀끝에서 뱅뱅 맴돌아 결국 자기 속마음을 털어놓게 됩니다. 오필리아는 순진무구하지만, 정신이 나간 상태로 왕과 왕비 앞에서 자기 몸을 허락했던 처녀나, 청년에게 몰래 다가가는 처녀의 노래 등 자신이 좋아하는 외설스러운 노래들이 반향되어 울리는 것을 즐거워합니다."

빌헬름이 아직 말을 끝내지 않았을 때 갑자기 눈앞에 이상한 장면이 벌어졌는데, 이런 상황을 도무지 이해할 수 없었다.

제를로가 어떤 의도인지 눈치채지 않게 몇 번 방을 이리저리 돌아다녔다. 그러다 갑자기 아우렐리아의 화장대 쪽으로 다가가서는 그 위에 놓여 있는 뭔가를 잽싸게 집어 들고는 문 쪽으로 급히 달려갔다. 아우렐리아는 오빠의 행동을 알아차리자마자 벌떡 일어서서 몸을 던져 막아서더니 믿을 수 없을 정도로 힘껏 오빠를 붙들면서 빼앗긴 물건의 한쪽 끝을 잽싸게 잡았다. 두 사람은 아주 끈질기게 뺏고 빼앗기지 않으려고 싸우면서, 아주 격렬하게 서로 몸을 비틀고 뒤틀기도 했다. 제를로는 웃었고, 아우렐리아는 흥분해 있었다. 빌헬름이 두 사람을 서로 떼어 놓고 진정시키려고 급히 달려가자, 갑자기 아우렐리아가 손에 날이 시퍼런 단도를 들고 옆으로 물러서는 것이 보였다. 그리고 제를로는 손에 들고 있던 칼집을 기분이 상해서 바닥에 던져 버렸다. 빌헬름은 깜짝 놀라 뒤로 물러섰고, 그의 말 없이 놀란 표정은 왜 두 사람이 이 이상한 부엌 도구를 두고 기묘한 싸움을 벌이는지 그 이유를 묻고 있는 듯이 보였다.

"선생이 우리 사이에 심판자가 되어 주셔야겠습니다." 하고 제를로가 말했다. "여동생이 저 날카로운 금속을 어디다 쓰겠습니까? 그 칼을 보여 달라고 해 보십시오. 이 비수는 여배우에게 어울리지 않습니다. 칼과 바늘처럼 뾰족하고 날카로운데! 무슨 장난입니까? 여동생처럼 다혈질적인 사람은 예기치 않게 자살하기도 합니다. 나는 그런 이상한 짓을 정말 싫어합니다. 이런 걸 진지하게 생각하는 건 미친 짓입니다. 그리고 저렇게 위험한 장난감은 질색입니다."

"비수를 되찾았어요." 하고 아우렐리아가 말하면서 반짝이는 칼날을 위로 들어 올렸다. "이 충실한 내 친구를 이제 더욱 잘 간직하겠어요. 용서해 다오. 내가 너에게 신경 써 주지 않았던 것을!" 하고 큰 소리로 말하며 그 칼에 입을 맞추었다.

제를로는 정말로 기분이 나빠지는 것 같았다. "오빠 마음대로 생각하세요." 아우렐리아가 계속 말했다. "내 소중한 부적이 이런 모양으로 만들어졌다는 걸 아시기나 하세요? 너무 힘들 때 그 칼이 옆에 있으면 얼마나 마음이 든든하고 도움이 되는지 아세요? 위험해 보이는 것은 모두 꼭 해롭다고만 생각해야 하나요?"

"저렇게 어처구니없게 말하다니 내가 미치겠어." 하고 제를로가 말하고는 화를 숨기고 방을 나갔다. 아우렐리아는 조심스럽게 칼을 칼집에 집어넣고 몸에 감췄다. 빌헬름이 이 이상한 다툼에 관해 몇 가지 질문을 꺼내자, 아우렐리아는 말을 가로막고 "오빠가 불쑥 끼어들어 중단시킨 우리 대화나 계속 이어 나가죠." 하고 말했다.

"오필리아에 대한 선생님의 묘사를 제가 받아들일 수밖에 없겠네요.” 하고 아우렐리아가 말했다. “저도 작가의 의도를 오해하고 싶지는 않아요. 단지 저는 그 의도에 공감하기보다는 그 의도가 유감스럽네요. 이제 선생님 덕분에 여러 번 생각해 볼 수 있었던 것을 말씀드리겠어요. 저는 선생님이 작품을 특히 드라마 작품을 제대로 평가하는 심오한 관점에 놀랐어요. 작품에 들어 있는 그 깊고 깊은 심연들이 선생님 눈을 피할 수 없고, 실제로 실행할 때의 아주 섬세한 모습들이 선생님께는 보인다는 것을 알았습니다. 선생님은 세상에서 그런 대상들을 본 적도 없으시면서도 이미지로 정확하게 사실을 파악하시네요. 세상 전체를 미리 감지하는 재능을 가지고 계셔서, 그 재능이 작품과 조화롭게 접촉하면서 자극받아 작용하는 것처럼 보입니다.” 하고 아우렐리아가 말을 이어 갔다. “그런데 정말이지 바깥의 무엇도 선생님 안으로는 들어가지 않네요. 선생님처럼 사람을 그렇게 송두리째 잘못 파악하는 사람을 거의 본 적이 없습니다. 이렇게 말하는 점 용서해 주세요. 선생님이 셰익스피어에 대해 설명하시는 것을 듣고 있자면, 선생님이 신들의 모임에서 어떻게 인간을 만들지 상의하는 것을 경청하다가 오신 듯 합니다. 그리고 선생님이 사람들을 대할 때를 보면 선생님의 모습은 최초로 창조된 덩치 큰 아이 같아 보입니다. 그 아이가 사자와 원숭이들, 양들과 코끼리들을 이상한 듯 놀라면서도 즐거운 마음으로 바라보고는, 동물들이 바로 거기에 있고, 그리고 움직이기 때문에 자기와 같은 사람으로 생각하고 순진하게 그 동물들에게도 말을 거는 것 같습니다.”

“저의 행동이 미숙할지도 모른다는 생각이, 부인.” 하고 빌헬름이 대답했다. “제게 여러 번 부담될 때가 있습니다. 그래서 제가 세상을 더 분명하게 볼 수 있도록 부인이 도와주신다면 감사하겠습니다. 저는 어릴 때부터 제 정신의 눈을 바깥보다는 내면으로 돌렸습니다. 그래서 사람을 어느 정도까지는 사귀어 왔지만, 제가 인간을 잘 알지도 이해하지도 못하는 것은 아주 당연한 일입니다."

"분명히" 하고 아우렐리아가 말했다. "선생님이 오빠에게 보낸 사람들에 대해 여러 가지 좋은 말씀을 하셨는데, 선생님의 편지와 그 사람들의 실력을 비교했을 때 저는 처음에 선생님이 우리를 놀리려 한다고 의심했습니다."

아우렐리아의 지적은 사실일 수도 있었다. 그리고 빌헬름도 자신이 가진 부족함을 기꺼이 인정하고 싶었지만, 그 지적에 뭔가 압박감과 심지어 모욕감도 함께 담겨 있는 듯해 그런 자신의 예민한 반응을 들키지 않으려고, 또한 마음속으로 이 비난의 진의를 찾아내려고 잠자코 생각을 가다듬었다.

"그렇다고 당황하실 필요는 없습니다." 하고 아우렐리아가 말했다. "우리는 언제든지 사람을 이해하는 밝은 혜안을 얻을 수 있지만, 넘치도록 따뜻한 마음은 아무도 우리에게 줄 수 없습니다. 선생님이 예술가가 될 운명이라면, 이런 어두운 점이나 순진함을 오래 간직하실 수도 있어요. 그것은 어린싹 위를 덮고 있는 예쁜 껍질입니다. 우리가 너무 일찍 그 껍질에서 벗어나는 것이 더 불행한 일이죠. 우리가 누구를 위해 일하는지 계속 모르고 있는 것도 분명히 좋습니다.

아! 제가 저 자신이 그리고 우리 독일 민족이 최고라고 생각하고 무대 위에 등장했을 때 저도 한때는 이런 행복한 상태였습니다. 제 상상 속에서 독일 민족이 어떤 존재였습니까! 독일 민족이 무엇이든 될 수 없었겠어요! 저는 작은 무대로 올라가 이런 민족 위에 서서 그들을 향해 대사를 읊어 나갔습니다. 일련의 조명들이 저를 그 민족과 나누어 놓았고, 연기를 내며 환하게 비치는 조명들이 제 앞에 있는 사람들을 분명하게 구분하지 못하게 방해했습니다. 많은 관객에게서 울려 퍼지는 박수 소리가 얼마나 반가웠는지, 많은 손이 합심해서 제게 선사하는 선물을 제가 얼마나 고맙게 받았는지 모릅니다! 저는 오랫동안 기분 좋은 환상에 빠졌습니다. 제가 관객들에게 감동을 주는 만큼 많은 관객이 다시 제게 감동을 주었습니다. 저는 저의 관객들과 가장 잘 이해하는 사이가 되어 완벽한 조화를 느낀다고, 또한 언제라도 우리 민족의 가장 고귀한 사람들, 최고의 사람들을 눈앞에 보고 있다고 믿게 되었습니다!

그러나 연극을 사랑하는 사람들의 관심을 끄는 것은 불행하게도 여배우의 재능과 연기 솜씨만이 아니었습니다. 그들은 젊고 활달한 여배우의 마음을 요구하기도 했습니다. 그래서 제가 자신들에게 느끼게 해주었던 감정을 직접 자신들과 함께 나누는 것도 제 의무라고 넌지시 말했습니다. 그러나 아쉽게도 그런 것은 제가 할 일이 아니었습니다. 저는 그들의 감정을 고양시키길 원했지, 그들의 마음이라 부르는 것에는 조금의 관심도 없었습니다. 그러자 모든 계층의 사람들이 나이와 성격에 상관없이 차례차례 저에게 부담을 주었습니다. 그래서 다른 정숙한 처녀처럼 제 방에만 틀어박혀 있으면 그런 고생을 덜 해도 된다는 사실이 제게 가장 짜증 나는 일이었습니다.

남자들은 대부분 제가 아주머니 집에서 익숙하게 봐 왔던 것처럼 행동했습니다. 이런 남자들이 자신의 독특한 개성이나 어리석은 행동으로 저를 즐겁게 해 주지 않았더라면, 이번에도 다시 남성이라는 존재는 제게 혐오감만 불러일으켰을지도 모릅니다. 제가 그들을 한번은 극장에서, 한번은 공공장소에서, 한번은 집에서 만나는 것을 피할 수 없었기에 남자들을 모두 자세하게 관찰하려고 마음먹었죠. 오빠도 적극적으로 그런 저를 도와주었습니다. 생각해 보세요. 능청맞은 상점 점원과 잘난 체하는 가게 아들, 계산에 능숙한 세상 물정에 밝은 남자부터 뻔뻔한 군인이나 민첩한 귀공자에 이르기까지 모든 남자가 차례차례 저를 찾아왔습니다. 그리고 각자 자기 방식대로 자기 소설을 이어 갈 생각이었죠. 그래서 제가 어쨌든 우리나라 사람들을 상당히 잘 알고 있다고 자부하더라도 선생님이 저를 용서해 주시겠죠.

이상하게 차려입은 대학생, 의기소침해 어쩔 줄 모르는 학자, 망설이는 걸음으로 왔다가 만족스럽게 돌아가는 성직자, 뻣뻣하지만 눈치 빠른 고위 공무원, 상스러운 시골 남작, 친절하면서도 교활하고 무미건조한 궁정 관리, 탈선을 감행하는 젊은 성직자, 냉정하고 빠르게 머리를 굴리며 활발하게 투기하는 상인, 이 모든 사람이 들락거리는 모습을 보았죠. 그런데 맹세코! 그들 중에서 저의 관심을 끌 수 있었던 사람은 몇 명 되지 않았습니다. 오히려 부담과 따분함을 주는 멍청이들이 개인적으로 박수를 보낼 때면 기분이 정말 상했습니다. 그런 박수를 많은 관객으로부터 한꺼번에 받을 때는 대체로 기분이 너무 좋았지만 말이죠.

저는 저의 연기에 제대로 된 칭찬을 기대했고, 제가 높이 평가하는 작가를 그들이 칭찬하길 바랐는데, 그 사람들은 다른 작가들에 대해 멍청한 평을 했고, 재미없는 작품을 언급하면서 제가 그 작품에서 연기하는 것을 보길 원했습니다. 그런 사람들 가운데 그래도 고귀하고, 재치 있고, 기지가 넘치는 경향이 여전히 남아 있는지 그리고 적당한 때가 오면 다시 나타나지 않을지 많은 사람의 말을 들어 보았지만, 그럴 낌새를 찾아볼 수 없었습니다. 배우가 대사를 잘못 말한다거나 사투리가 들리는 실수라도 저지르면 큰일이나 벌어진 듯 저를 붙들고 놓아주지 않았습니다. 결국 저는 어떻게 해야 할지 모르게 되었습니다. 그 사람들은 자신들이 너무 영리해서 다른 사람이 그들을 즐겁게 해 줄 수 없다고 생각했고, 오히려 저를 쓰다듬으며 저를 대단히 즐겁게 해 준다고 생각했습니다. 저는 이 모든 사람을 진심으로 경멸하기 시작했습니다. 그리고 우리 민족 전체가 제 곁에서 자신들을 더럽히려고 정말 고의로 이런 사람들을 대표로 보낸 건 아닐까 생각했습니다. 그들은 아주 꼴사나웠고, 엉망으로 키워졌으며, 교육도 제대로 못 받았고, 친절한 태도는 눈 닦고도 찾아볼 수 없었으며, 너무나 밥맛없었습니다. 제가 종종 저 자신에게 말하곤 했죠. '독일인들은 다른 민족에게 배우지 않으면 자기 신발 끈도 제대로 맬 수 없다!'라고 말이죠.

선생님은 제가 얼마나 눈이 멀었는지, 얼마나 우울한 심정으로 잘못 생각하고 있었는지, 그리고 어떻게 그것이 오래 지속되면서 제 병이 깊어졌는지 이제 아시겠지요. 저는 자살할 수도 있었지만, 다른 극단적인 상황을 생각했습니다. 저는 결혼을 했습니다, 아니 어쩔 수 없이 결혼했죠. 극단을 넘겨받은 오빠가 자신을 도와줄 수 있는 사람을 절실히 원했습니다. 오빠는 어느 젊은 남자를 선택했는데, 저도 그 사람이 싫지는 않았습니다. 그런데 우리 오빠가 가지고 있던 모든 면이 그 사람에게는 부족했습니다. 천부적 재능과 생활력, 명민함 그리고 민첩함은 없었습니다. 그러나 오빠가 가지지 못한 정상적인 생활에 대한 애착, 부지런함, 살림을 꾸려 나가고, 돈을 다루는 훌륭한 재능은 그 사람에게 모두 있었죠.

저도 모르는 사이에 그 남자는 제 남편이 되어 버렸습니다. 이유도 모르는 채 우리는 함께 살았죠. 어쨌든 우리 결혼 생활은 그런대로 잘 이어져 갔습니다. 돈도 많이 벌어들였는데, 우리 오빠의 활약 덕분이었죠. 그러면서 우리는 잘 지냈습니다. 그리고 이런 생활에는 제 남편의 공도 있었습니다. 저는 세상도 민족도 더 이상 생각하지 않았습니다.

세상과 함께 나눌 것이 아무것도 없었습니다. 그리고 우리 민족에 관한 생각도 사라졌습니다. 제가 무대에 등장하는 것은 살기 위함이었죠. 그리고 제가 입을 연 이유는 말하지 않으면 안 되기 때문에, 말하기 위해 무대에 나왔기 때문이었습니다.

하지만 그런 일을 아무렇게나 할 수 없으니 저는 본래 오로지 오빠가 시키는 대로만 해 왔었어요. 오빠에게는 관객들의 박수와 돈이 중요했죠. 오빠는 칭찬을 듣기 좋아하고 많은 돈이 필요했거든요. 저는 더 이상 저의 감정에 따라, 저의 확신에 따라 연기하지 않고 오빠가 시키는 대로 했죠. 그리고 오빠에 대한 고마움의 표시로 그렇게 연기했을 때 저는 만족스러웠습니다. 오빠는 관객의 모든 약점을 노렸습니다. 돈이 들어왔고, 오빠는 자기 마음대로 살 수 있었죠. 그리고 우리는 오빠와 잘 지냈습니다.

그러는 동안 저는 기계적으로 연기하는 매너리즘에 빠져 버렸습니다. 즐거움도 흥미도 없는 나날을 보냈고, 저의 결혼 생활은 아이가 생기지 않아 짧게 끝났습니다. 제 남편이 병을 얻어 눈에 띄게 허약해졌고, 남편을 돌보다 보니 세상의 모든 일에 무관심하게 사는 일도 중단되었습니다. 그 무렵에 저는 어떤 사람을 알게 되었고, 그 사람과 새로운 삶을 시작했습니다. 새롭지만 더 짧은 생활이었죠. 그 생활이 곧 끝나 버리게 될 테니까요."

아우렐리아는 한동안 아무 말 없이 침묵하고 있다가 말을 계속 이어 갔다. "갑자기 말하고 싶은 기분이 사라지네요. 그리고 입을 계속 열 용기가 나지 않습니다. 조금만 쉬게 해 주세요. 제 불행을 모두 자세하게 아실 때까지 나가시지는 마세요. 대신에 미뇽을 들어오라고 부르셔서 뭘 원하는지 들어 보세요."

그 아이는 아우렐리아가 말하는 동안 몇 번 방으로 들어왔다가 사람들이 자기가 들어오자 나직한 소리로 이야기하는 것을 듣고 다시 나가서 아무 말 없이 홀에 앉아 기다리고 있었다.

미뇽이 방으로 들어왔을 때 책을 한 권 가져왔다. 그 책은 형태나 표지로 봐서 작은 지도책임을 금방 알 수 있었다. 미뇽은 목사에게 갔다가 지도책들을 처음 보고 매우 놀라워하며 들여다보았고, 될 수 있는 대로 많이 질문하면서 많은 정보를 얻었다. 뭔가를 배우려는 미뇽의 욕구가 이 새로운 지식으로 더 강해진 것처럼 보였다. 미뇽은 빌헬름에게 그 책을 사 달라고 간절하게 애원했다. 자기가 그 책 장수에게 은으로 만든 커다란 버클을 맡겨 놓았고, 오늘 저녁은 이미 너무 늦어 버렸으니 내일 아침 일찍 그것을 되찾아 오고 싶다고 했다. 빌헬름은 그렇게 해 주겠다고 약속했다. 그랬더니 미뇽은 자기가 알고 있는 것을 말하기도 하고, 나름대로 아주 이상한 질문을 하기도 했다. 여기서도 미뇽이 아무리 노력해도 이해하는 데 아주 힘들어한다는 사실을 다시 알아차릴 수 있었다. 미뇽이 온갖 노력을 기울여 쓴 글씨도 이와 비슷했다. 미뇽은 아직도 여전히 더듬거리며 독일어로 말했지만, 노래를 부르려고 입을 열 때나 하프를 연주할 때만은 입이라는 유일한 신체 기관을 사용해 자신의 마음을 열고 전달할 수 있는 것 같았다.

우리가 지금 미뇽에 대해 말하고 있으니, 미뇽이 얼마 전부터 우리 친구를 여러 번 당황스럽게 했던 일을 언급해야겠다. 미뇽이 빌헬름에게 오거나 돌아갈 때는 아침 인사와 밤 인사를 하면서 빌헬름을 품에 꼭 안고 열정을 다해 빌헬름에게 입을 맞추었다. 그래서 이런 행동이 이제 막 싹트기 시작하는 미뇽의 마음에 격정을 불러일으키지나 않을지 빌헬름은 불안하고 걱정이 되었다. 미뇽의 행동에도 꿈틀거리는 생기가 날마다 늘어나는 듯이 보였고, 미뇽은 대체로 조용하게 끊임없이 움직였다. 끈을 손에 감는다거나, 수건을 이리저리 매만진다거나, 종이나 나무를 물어뜯지 않고는 가만히 있을 수 없었다. 미뇽이 무언가를 가지고 노는 이유는 모두 자기 마음속의 강렬한 동요를 다른 방향으로 돌리기 위함인 듯했다. 다만 종종 미뇽이 기분 좋을 때는 어린 펠릭스가 옆에 있을 때였는데, 미뇽은 그 아이와 매우 상냥하게 놀아 줄 줄 알았다.

아우렐리아는 얼마간 휴식을 취한 뒤에 자기 가슴에 그렇게 맺혀 있던 이야기를 빌헬름에게 다시 털어놓으려고 마음먹었는데, 이 아이가 계속 치근거리기에 이번에는 조바심이 나서 그만 나가 주었으면 좋겠다고 알아듣도록 말해 보았다. 그래도 소용이 없자 두 사람은 마침내 나가고 싶어 하지 않는 미뇽을 단호하게 내보낼 수밖에 없었다.

"지금 아니면 못 할 거예요." 하고 아우렐리아가 말했다. "선생님께 저의 나머지 이야기를 해 드려야겠어요. 다정하게 사랑했던 무정한 그분이 여기서 몇 마일 정도라도 떨어진 곳에 산다면 저는 선생님께 이렇게 말씀드렸을지도 모르겠어요. '말을 타고 가셔서 그분을 어떻게든 한 번 만나보세요. 그리고 선생님이 돌아오시면 저를 용서하시면서 불쌍히 여기실 거예요'라고 말이죠. 그분이 얼마나 매력적이고, 제가 그분을 얼마나 사랑했는지 지금은 말로밖에 할 수 없습니다.

몇 날 며칠을 남편을 돌보고 있어야 했던 바로 그 힘든 시기에 저는 그분을 알게 되었어요. 그분은 미국에서 돌아오는 길이었는데, 그곳에서 프랑스 사람들과 결속해 미합중국 국기 아래에서 두각을 나타내며 복무했었어요. 그분은 차분하고 예의 바르게 저를 만나 주셨고, 아주 친절하게 열린 마음으로 저 그리고 저의 처지와 제 연기에 대해 옛날부터 아는 사이처럼 관심을 가지고 분명하게 말씀해 주셨어요. 그래서 저는 처음으로 내 존재를 다른 사람의 존재 안에서 분명하게 다시 볼 수 있어 기뻤습니다. 그분의 평가는 옳았고, 어떤 부정적인 지적 없이 정확했으며, 무자비하지도 않았습니다. 그분의 마음이 변덕을 부려도 역시 마음에 들었죠. 그분은 여성들과 있으면서 행복을 느끼는 데 익숙한 듯이 보였고, 그 사실이 신경이 쓰이기는 했지만, 그분은 절대 사람들에게 아첨하거나 사람들을 강제로 밀어붙이지 않았습니다. 그래서 저는 걱정이 없었죠. 그분은 시내에서 교류하는 사람이 별로 없어서 대부분 말을 타고 주변에 사는 많은 지인을 찾아다니며 집안일을 처리했습니다. 돌아가는 길에는 저의 집에 들러 점점 병이 깊어 가는 제 남편을 따뜻한 마음으로 걱정하고 돌봐 주었고, 매우 유능한 의사를 불러 아픈 남편의 통증을 덜어 주었죠. 또한 저와 관계된 모든 일에 그분이 관여한 것처럼, 그분도 제가 그분의 중요한 일에 참여하게 해 주셨습니다. 자기가 종군했던 이야기와 군인이라는 신분에 뿌리칠 수 없는 애착을 느꼈던 이야기, 자기 집안 상황에 관한 이야기도 해 주셨습니다. 그리고 자신이 현재 전념하고 있는 일들도 제게 솔직하게 털어놓으셨습니다. 어쨌든 그분은 제게 아무것도 감추지 않았습니다. 자신의 가장 깊은 속마음을 제게 보여 주셨고, 자기 마음에 깊숙이 감춰 두었던 것까지 제가 들여다볼 수 있게 해 주다 보니, 저는 그분의 능력과 그분의 열정을 알게 되었습니다. 그렇게 따뜻하고 마음에 와닿는 만남을 저는 생전 처음 맛보았어요. 저 자신이 누군지 깊이 생각해 보기도 전에 그분에게 끌렸고, 그분에게 반하고 말았습니다.

그러는 사이에 저는 남편을 잃었습니다. 마치 남편과 결혼할 때처럼 뜻밖에 말입니다. 이제 극단을 꾸려 나가는 일이 완전히 저한테 맡겨졌습니다. 오빠는 무대 위에서는 더할 나위 없었지만 살림을 돌봐야 할 때는 아무 쓸모가 없었습니다. 저는 모든 일을 처리했고, 그러면서도 어느 때보다 더 열심히 제가 맡은 역을 연구했습니다. 그리고 다시 예전처럼 연기를 해 나갔습니다. 정말이지 완전히 다른 힘으로 새로운 삶을 살아가면서 말입니다. 그분에 의해서 그리고 그분을 위해서 그렇게 살았습니다만, 저의 소중한 친구가 연극을 보러 와 있다는 것을 알면 항상 최고의 연기가 되지 않았습니다. 그분이 몇 번 저의 연기를 몰래 엿보고 있다가 뜻하지 않게 제게 박수를 보낼 때면 제가 얼마나 기분이 좋았는지 모릅니다. 상상이 가실 겁니다.

확실히 저는 이상한 여자입니다! 제가 어떤 역을 연기할 때, 실제로는 항상 그분을 칭찬하고 그분의 명예를 위해 말하고 있는 듯했습니다. 왜냐하면 그것이 제 마음에 느껴지던 기분이었고, 대사는 어쨌든 되는 대로 할 수 있었으니까요. 그분이 청중 가운데 있다는 것을 알게 되면 억지로 힘을 주어 말하고 연기할 용기가 나지 않았습니다. 마치 제가 바로 그분 얼굴에 대고 내 사랑과 찬사를 보내고 싶지 않은 것처럼 말예요. 오히려 그분이 안 계시면 저는 자유롭게 연기했습니다. 침착하게, 말할 수 없는 만족감으로 최선을 다했습니다. 박수갈채는 저를 다시 기쁘게 해 주었고, 제가 관객을 즐겁게 해 주었을 때는 언제나 아래 관객석을 향해 "여러분, 이것은 모두 그분 덕택이에요!" 하고 동시에 외치고 싶었습니다.

정말 마치 기적처럼 저와 관객과의 관계, 모든 독일인과의 관계도 달라진 듯했습니다. 갑자기 우리 독일 민족이 저에게 매우 이익이라는 인상을 다시 받았죠. 그래서 제가 지금까지 눈이 멀었었다는 것에 놀랐습니다.

'얼마나 어리석었나' 하고 저는 종종 저 자신에게 말했죠. '너는 이전에 독일 민족을 그저 민족이라는 이유로 책망했을 때 말이야. 도대체 개개인들이 너에게 그렇게 흥미를 끌어야 하고 끌 수 있단 말인가? 천만에! 문제는 많은 소질과 힘과 능력이 대중에게 나누어져 있느냐다. 그래야 유리한 환경을 통해 계발되고, 특출한 인물을 통해 민족을 공동의 최종 목적으로 이끌 수 있다'라고 말이죠. 우리나라 사람들 가운데 눈에 띄는 독창력을 가진 사람을 별로 찾아볼 수 없다는 사실이, 그래서 그들이 갈 방향을 외부에서 받아들이는 것을 부끄러워하지 않아 기뻤고, 그런 지도자를 발견한 것이 기뻤습니다.

로타르[52]는 — 제 친구인 그분의 이름을 부르겠습니다 — 저에게 항상 독일 사람들의 용맹함을 소개해 주면서, 독일 민족이 제대로 이끌어지기만 한다면 세상에서 둘도 없는 대단한 민족이라는 것을 가르쳐 주었어요. 저는 이 민족의 첫 번째 특성을 한 번도 생각해 보지 않았던 자신이 부끄러워졌죠. 그분은 역사도 잘 알고 계셨고, 대부분 자기 시대에 업적이 많은 사람과 교류했습니다. 그분은 젊었지만, 자기 조국의 싹트고 있는 유망한 젊은이들과 많은 분야에서 묵묵히 작업하는 근면하고 활동적인 사람들을 눈여겨 지켜보고 있었습니다. 그분은 저에게 독일이 어떤 나라이고, 또한 어떤 나라가 될 수 있는지 깨닫게 해 주셨습니다. 그리고 저는 분장실로 몰려와 들어오려고 북적대는 무리를 보고 우리 민족을 평가한 것이 부끄러웠습니다. 그분은 진실하고, 재치 있고, 활력을 불어넣는 것이 제 분야에서 저의 의무라고 하셨습니다. 그런 말에 자극을 받아 제가 무대를 밟을 때마다 평범한 대목들이 제

52 나중에 화자는 이 인물을 7권에서 로타리오(Lothario)라고 부른다.

입에서 황금으로 변했습니다. 만일 어떤 작가가 그 당시에 저를 적절하게 도와주기만 했다면, 얼마나 멋진 성과를 거두었을지 모르겠습니다.

그렇게 젊은 과부는 몇 달을 살았습니다. 그분도 저 없이는 살 수 없었습니다. 그런 그분이 오지 않을 때는 저는 너무 우울했습니다. 그분은 제게 자신의 혈육인 멋진 누이가 보낸 편지들을 보여 주었고[53], 제 상황의 아주 세세한 부분까지 동정해 주셨습니다. 이보다 더 완벽한 마음의 일치는 결코 생각할 수 없었지만, 사랑이란 이름을 붙이지는 못했습니다. 그분은 갔다가는 왔고, 왔다가는 갔습니다. — 그리고 이제 선생님, 선생님도 가셔야 할 시간이 되었습니다."

## 17장

빌헬름은 더 이상 거래처 방문을 미룰 수 없었다. 빌헬름은 거래처에 자기 가족이 보낸 편지가 와 있으리라 짐작했고 적지 않게 당황하면서 그곳으로 갔다. 빌헬름은 그 편지에 반드시 들어 있을 자신을 향한 책망이 두려웠다. 자기 때문에 식구들이 곤란한 상황에 처해 있다는 소식을 아마 거래처에도 보냈을 것이다. 기사처럼 모험을 많이 하고 나서 학생 같은 모습으로 나타나기가 망설여졌다. 그래서 아주 대범하게 행동하여 자신의 당혹감을 감추려고 마음먹었다.

그런데 놀랍게도 모든 일이 만족스럽게 아주 잘 진행되어 무난하게

53 소설 후반부에 이 로타르(Lothar)의 여동생은 도적들의 습격 때 빌헬름을 구해 주었던 "아마존 여인(die Amazone)"으로 밝혀진다. 여기서 "멋진"이라고 한 것은 비록 빌헬름은 그 사실을 모르지만, 화자가 이 소설의 줄거리와 연결하고 있는 셈이다.

끝났다. 크고 활기차게 돌아가는 바쁜 가게에서는 빌헬름의 편지를 찾아볼 시간도 없어서, 빌헬름이 비교적 늦게 찾아온 것도 그저 그렇게 생각할 정도였다. 아버지의 편지와 친구인 베르너의 편지를 열어 보니 모두 매우 평범한 내용이었다. 아버지는 아들이 상세한 여행 일지를 쓰길 기대하면서, 헤어질 때 일지를 기록하라고 조심스럽게 권했고, 그렇게 할 수 있는 표로 만든 견본책을 함께 주었던 만큼, 처음에 소식이 없어도 상당히 안심하고 있었던 듯이 보였다. 다만 백작의 성에서 처음이자 마지막으로 보낸 편지의 수수께끼 같은 내용에는 불만을 제기했다. 베르너는 자신이 하던 대로 익살을 떨면서 그곳에서 일어난 우스운 이야기들을 들려주었고, 빌헬름이 이제부터 큰 상업 도시에서 사귀게 될 친구들이나 알게 된 사람들의 소식을 전해 달라고 부탁했다. 빌헬름은 이렇게 싼값에 쉽게 부담에서 벗어나 매우 기뻤다. 그래서 당장 매우 활기찬 답장을 몇 장 썼고, 바라는 대로 모든 지리적, 통계적, 상업적 소견을 담은 상세한 여행 일지를 보내겠다고 아버지에게 약속했다. 여행하면서 많은 일을 보았으니 그것을 모아서 상당한 분량의 노트 한 권은 쓸 수 있다고 생각했다. 그러나 빌헬름은 자신이 처한 상황이 아직 쓰지도 않았고 더욱이 외우지도 못한 연극을 상연하기 위해 미리 촛불을 켜 두고 관객을 불러들였던 때와 거의 같은 상황이라는 사실을 알아차리지 못했다. 그래서 본격적으로 여행 일지를 쓰려고 했을 때 느낌과 생각 그리고 가슴으로 겪은 경험들에 대해서는 이야기할 수 있었으나, 자신이 조금도 주의를 기울이지 않았던 외부의 대상들에 대해서는 아무 말도 할 수 없다는 사실을 그제야 깨닫게 되었다.

이렇게 당황하고 있을 때 친구인 라에르테스의 식견이 빌헬름에게 큰 도움이 되었다. 두 젊은 친구는 서로 비슷하지는 않아도 함께 지내는 것이 습관처럼 되었고, 라에르테스는 비록 결점투성이였어도 특이한 면을 가진 재미있는 사람이었다. 그는 명랑하고 즐거운 감각을 타고나서 자신의 처지에 대해 어떻게든 깊이 생각하지 않고 늙어 갈 수 있을지도 모를 사람이었다. 그러나 그의 불행과 아픈 상처가 이 젊은이의 순수한 감정을 빼앗았고, 그 대신 우리 존재의 덧없음과 토막 난 인생에 눈을 돌리게 되었다. 그럼으로써 외부 대상들을 생각하거나, 그 대상들에 대한 직접적인 인상을 말할 때 그저 내키는 대로 하는 일관성 없는 태도가 생겨난 것이다. 라에르테스는 혼자 있는 것을 좋아하지 않았고, 온갖 카페나 술집을 싸돌아다녔다. 그리고 숙소에 있을 때도 여행기가 제일 좋아하는, 심지어 유일하게 읽는 책이었다. 그는 이런 책들을 대여해 주는 큰 도서관을 찾아냈기 때문에 자신의 바람을 충족시킬 수 있었다. 그래서 곧 세상의 절반을 자신의 좋은 기억으로 떠올리게 되었다.

라에르테스는 자기 친구가 아버지에게 자신 있게 약속했던 보고서를 쓸 자료가 너무 부족하다는 상황을 알게 되자, 친구에게 용기를 불어넣어 줄 수 있었다. "자 우리 이 세상에 둘도 없는 예술 작품 하나를 만들어 봅시다." 하고 라에르테스가 말했다.

"독일은 이쪽 끝에서 다른 끝까지 사람들이 여행하며 샅샅이 돌아다니고, 여기를 지나가고 저기를 기어서 빠져나가며 쉬지 않고 돌아다니지 않았나요? 그리고 그런 독일 여행자는 모두 책을 써서 자신이 지출한 크고 작은 비용을 독자로부터 환급받을 수 있는 절묘한 장점이 있지 않습니까? 선생이 우리에게 오기 전까지의 여행 경로만 내게 말해 줘요. 다른 것은 내가 알고 있으니까요. 선생의 작업에 필요한 핵심 자료들이나 참고 자료들은 내가 찾아드리죠. 측량되어 있지 않은 면적과 세어 보지 않은 인구수도 우리가 등한시해서는 안 됩니다. 각 지방의 세입은 연감이나 통계표에서 얻는 것인데, 이 자료들은 알려진 바와 같이 가장 신뢰할 수 있는 문서들입니다. 그 자료들을 우리는 정치적 추론의 근거로 삼아 여러 정부를 살펴봐야만 합니다. 그리고 몇몇 제후들을 그 나라의 진정한 아버지로 기술하고, 다른 제후들에 대해 뭔가를 덧붙여 말한다면 우리의 말을 더욱 신뢰하게 될 것입니다. 그리고 우리가 유명한 사람들이 사는 곳을 지나가지 못할 때는 어느 여관에서 그 사람들을 만난 것처럼 해서, 우리에게 벌어진 일 중 아주 사소한 일인 것처럼 이야기해야죠. 순진한 처녀의 사랑 이야기를 아주 우아하게 엮어 넣는 것을 잊어서는 안 됩니다. 부모님을 기쁘게 해드려야 할 뿐만 아니라, 모든 서점에서 선생에게도 즐겁게 돈을 내놓을 그런 책을 만들어야 합니다."

두 사람은 일에 착수했고, 작업을 하면서 매우 즐거웠다. 그러는 동안 빌헬름은 저녁에 연극을 보거나 제를로나 아우렐리아와 만나는 생활을 더할 나위 없이 만족스러워했으며, 지금까지 너무 오랫동안 좁은 원 안에서만 맴돌았던 생각의 폭이 날마다 더 넓어지는 것을 느꼈다.

## 18장

빌헬름은 제를로의 경력을 조금씩 들었는데 아주 흥미로웠다. 이런 비범한 사람이 허물없이 자신의 비밀을 털어놓거나 이와 관련된 어떤 일에 대해 말하는 것은 그 사람의 스타일이 아니었기 때문이었다. 이렇게 말해도 된다면 제를로는 무대 위에서 태어나 젖을 빤 사람이었다.

아직 말도 못 하는 아이였을 때 무대에 등장하는 것만으로도 관객의 마음을 뒤흔들어 놓았는데, 그 당시에 이미 극작가도 이 자연스럽고 천진무구한 아이를 도구로 사용할 줄 알았다. 그래서 인기 있는 여러 연극에서 이 아이가 처음으로 "아버지"나 "어머니"라고 말했을 때 박수를 받는 것이 무슨 의미인지 알기도 전부터 제를로는 엄청난 박수갈채를 받았다. 사랑의 신 큐피드로 분장해서 들어 올리고 내리는 무대 장치를 타고 여러 번 벌벌 떨면서 내려오기도 했고, 알에서 어릿광대로 분장하고 나오기도 했으며, 어린 굴뚝 청소부로 등장해서 어렸을 때부터 아주 귀여운 장난을 치기도 했다.

그런데 유감스럽게도 제를로는 화려한 밤에 쏟아지던 갈채에 대한 비싼 대가를 치러야 했다. 제를로의 아버지는 아이들의 집중력을 자극하고 유지하게 하려면 때릴 수밖에 없다고 확신하고, 제를로가 어떤 역을 익히며 연습하면 적절한 때마다 제를로를 때렸다. 아이가 서툴러서가 아니라, 그럼으로써 더 정확하고도 정확한 연기를 오래 보여 줄 수 있도록 하기 위함이었다. 그래서 옛날에는 경계석을 세우고 주위에 서 있는 아이들의 뺨을 호되게 때려서, 아이들은 아주 늙은 나이가 되어도 그 장소를 여전히 기억한다. 제를로는 점점 자랐고, 특출한 능력으로 정신적 명민함과 육체적 노련미를 보여 주었으며, 동시에 연기 방식뿐 아니라 동작이나 표정에서도 뛰어난 유연성을 갖추었다. 제를로의 모방하는 재능은 상상을 초월했다. 소년 시절에 이미 모습이나 나이나 성격이 자기와는 서로 완전히 다른 인물들을 모방했는데, 사람들은 마치 그 사람들을 눈앞에서 보고 있다고 여길 정도였다. 그러면서 세상에 적응하는 재능도 없지 않아서, 제를로는 자신의 능력을 어느 정도 알게 되자마자 자연스럽게 아버지에게서 벗어나야 한다고 생각했다. 아들의 분별력이 늘어나고 연기도 능숙해지는 것에 비해, 아버지는 여전히 아이를 엄격하게 대했고 자신이 아들을 도와줘야 한다고 생각했다.

아버지에게서 벗어난 아들은 자유로운 세상에서 얼마나 행복했는지 모른다. 자신의 개구쟁이 같은 익살은 어디를 가더라도 잘 통했다. 운이 좋게도 제를로는 사육제 때 어느 수도원으로 가게 되었다. 그곳에서는 신부가 예배 행렬을 주관하면서 신부들의 가장무도회로 신자들을 즐겁게 해 주어야 했는데, 때마침 그 신부가 죽어서 제를로는 마치 돕기를 좋아하는 수호천사처럼 수도원에 나타났다. 그래서 제를로는 즉시 성모 마리아에게 수태를 알리는 가브리엘 천사 역을 떠맡았는데, 마리아로 분장한 처녀의 마음에도 들어서, 그 처녀는 가브리엘 천사에게 겉으로는 공손한 마음으로 속으로는 자랑스러운 마음으로 정중한 인사를 우아하게 받았다. 그러고 나서 제를로는 계속 여러 종교극에서 제일 중요한 역을 맡았지만, 마침내 구세주 역을 맡아 조롱당하고, 얻어맞고, 십자가에 못 박히게 될 때는 자신이 보잘것없는 인물이 아님을 알았다.

몇 명의 병졸도 이 기회에 자신들의 역을 매우 자연스럽게 해낼 수 있었다. 그래서 제를로는 병졸들에게 적절하게 앙갚음해 주려고 '최후의 심판' 장면에서 병졸들에게 아주 화려한 황제나 왕의 옷을 입히고, 그들이 자신들의 역에 매우 만족하면서 천국에서도 다른 사람들보다 먼저 가려고 걸음을 내딛던 바로 그 순간에 제를로 자신은 악마로 분장하고 나타나 그들을 부지깽이로 힘껏 마구 때리고는 무자비하게 뒤에 있는 구덩이 속으로 밀어 떨어뜨렸다. 그곳에서 갑자기 분출하는 불꽃이 병졸들을 매우 끔찍하게 맞이하는 것을 구경꾼들과 거지들이 보고 매우 즐거워했다.

제를로는 현명해서, 왕관을 쓰고 있던 사람들이 자신의 무례한 행동을 좋게 생각할 리 없고, 자신이 연극에서 고소인이자 형리라는 특권을 가진 직분이라는 것조차 고려해 주지 않으리라는 것을 알았다. 그래서 제를로는 '천년 왕국'이 시작되기 전에[54] 몰래 그곳을 빠져나와 이웃 도시에 있는 그 당시 "기쁨의 아이들"이라고 부르던 어느 극단으로 갔고 즉시 큰 환영을 받았다. 그들은 모두 사려 깊고, 재치 있고, 활기찬 사람들이었고, 우리 생계에 필요한 총합은 이성적으로 나누어서는 절대 분명하게 떨어지지 않고 언제나 이상한 나머지가 남는다는 사실을 잘 이해하고 있었다. 이 나머지는 거추장스러울 뿐 아니라 만약 전체로 나눈다면 위험해지는 것이어서, 그 사람들은 일정한 시기에 없애 버리려고 했다. 그래서 일주일에 하루는 정말 제대로 바보들이 되어 그날에는 그동안 자신이나 다른 사람들에게 어리석은 짓으로 보였던 행동을 비유적으로 연기해서 상대에게 벌을 주었다. 이 같은 방식은 도덕적인 사람이 날마다 자신을 성찰하고 자신에게 경고하고 처벌하곤 하는 일련의 수련보다 훨씬 거칠었지만, 더 재미있고 확실한 방법이었다. 왜냐하면 자신이 저지르기 쉬운 어리석은 짓을 부정하지 않으면서도 있는 그대로만 다루었기 때문이었다. 그렇지 않았다면 그런 어리석은 행동이 자기기만이라는 도움을 받아 가정 안에서도 주도권을 차지하게 되어, 어리석음을 오래전에 몰아냈다고 착각하는 이성을 자신도 모르게 노예로 만들었을 것이다. 이런 바보의 가면은 극단에서 돌아다녔고, 각

54 "천년 왕국(das tausendjährige Reich)"은 요한복음서 20장에 나오는데, 세상의 종말이 오면 그리스도가 천 년 동안 지상을 다스리게 된다는 내용이다. 여기서 이 종교극과 관련하여 성직자들이 출연해 마지막까지 그리스도의 구원사를 묘사할 것이기 때문에 제를로가 이 극이 끝나기 전에 제때 사라진다는 말이다.

자 자기 차례가 된 날에 그 가면을 자기 자신이나 다른 사람의 특징으로 특색 있게 장식할 수 있었다. 특히 사육제 기간에는 가장 자유로워서 대중을 즐겁게 하여 대중의 마음을 끌려는 성직자들의 노력과 경쟁했다. 미덕과 악덕, 학문과 예술, 세계 각 지역과 계절을 진지하고 비유적으로 보여 주는 가장행렬은 대중에게 많은 개념을 감각적으로 보여 주었고, 멀리 떨어져 있는 대상들을 생각하게 해 주었다. 그래서 이런 놀림은 소득이 없었던 것도 아니었는데, 다른 편에서 보여 준 종교적인 가면은 어리석은 미신을 더 굳게 심어 줄 뿐이었기 때문이었다.

젊은 제를로에게는 이런 것도 자신의 전문 분야였다. 그에게 창조력은 없었지만 눈앞에 있는 것을 이용해서 적절히 정리해 그럴듯하게 만드는 훌륭한 솜씨가 있었다. 제를로의 묘안과 모방하는 재능, 그리고 최소한 일주일에 한 번 자신의 은인에게조차 자유롭게 해 대는 날카로운 위트로 그는 극단 전체에 소중한, 아니 없어서는 안 되는 존재가 되었다.

하지만 곧 제를로의 초조한 마음은 그런 편안한 생활에서 벗어나 독일의 다른 지역으로 가도록 그를 재촉했고, 제를로는 거기서 다시 새로운 훈련을 쌓아야 했다. 제를로는 독일에서 교양은 있지만 종교적 문화가 빈약한 프로테스탄트 지역으로 갔는데, 프로테스탄트 지역은 선과 미를 존중했기 때문에 진실성은 풍부했지만, 종종 정신적인 것이 모자랐다. 그래서 자기 가면으로는 아무것도 더는 할 수 없어서, 사람들의 마음과 감정을 움직이려고 노력해야 했다. 제를로는 크고 작은 극단에 잠시 머물렀을 뿐이지만 이런 기회를 이용해서 작품들과 배우들의 특징을 전부 간파했다. 제를로는 그 당시 독일 극장을 지배하던 단조로움, 6각의 단장격(短長格)에서 멍청하게 마지막 음절을 빼고 울리는 음조, 부자연스럽고 피상적인 대화, 단도직입적인 도덕 설교자들의 무미건조함과 야비함을 곧 파악했다. 또한 관객에게 감동을 주는 것, 관객의 마음에 드는 것이 무엇인지를 알아냈다.

유행하는 작품들에서 맡은 한 가지 역뿐만 아니라 작품들 전체를 제를로는 쉽게 기억해 두었고, 동시에 박수갈채를 받는 배우의 독특한 어투도 기억해 두었다. 그래서 우연히 이곳저곳을 돌아다니고 있을 때 돈이 다 떨어지게 되자 혼자서 모든 작품을 특히 귀족의 저택에서나 여러 마을에서 공연하면 어디를 가더라도 당장 생계비와 숙소를 마련할 수 있겠다는 생각이 들었다. 어느 술집에서든, 어느 방이나 정원에서든 자신이 공연할 무대가 세워졌고, 장난기 섞인 진지함과 그럴듯한 열정으로 관객에게 상상력을 불어넣고 그들의 감각을 속여서 그들이 크게 뜨고 있는 눈앞에 오래된 옷장을 성으로, 부채를 단검으로 보이게 할 줄 알았다. 자신의 젊은 열정이 그들에게 부족한 깊은 감정을 보충해 주었고, 자신의 격정은 강력한 힘으로 보였으며, 상대를 기분 좋게 하는 말은 깊은 애정처럼 들렸다. 이미 연극을 잘 아는 사람들에게는 그들이 보고 들었던 것을 모두 기억나게 해 주었고, 나머지 사람들에게는 뭔가 멋진 것을 예감하게 하고, 그것을 더 자세하게 알고자 하는 열망을 자극하였다. 한 곳에서 효과가 있었던 것을 다른 곳에서도 반복하는 것도 잊지 않았다. 그래서 모든 사람을 똑같은 방법으로 즉석에서 놀릴 수 있었을 때 제를로는 진정으로 짓궂고 고약한 즐거움을 느꼈다.

활기차고, 자유롭고, 아무것에도 방해받지 않는 정신으로 제를로는 여러 역과 작품을 반복하면서 아주 빠르게 발전을 거듭해 나갔다. 그렇게 해서 곧 자신이 처음에 모방하기만 했던 본보기들보다 더 본래의 의미에 맞게 대사를 외우고 연기를 할 수 있었다. 그러다 보니 그의 연기는 점점 더 자연스러워졌지만, 허위로 꾸며 낸 것이라는 사실은 변함없었다. 제를로는 너무 기뻐서 정신이 없어 보였지만, 관객에게 감명을 주고 싶었다. 그리고 사람들의 마음에 점차 감동을 줄 수 있는 것이 자신의 가장 큰 자부심이었다. 한편으론 부득이하게, 한편으론 본능적으로, 자신이 하는 멋진 일을 어느 정도 절제하지 않을 수 없었으며 목소리와 몸짓의 효과적인 사용법을 배우게 되었는데, 이에 대해 제대로 이해하는 배우가 거의 없어 보였다.

제를로는 거칠고 불친절한 사람들조차 길들이고 자기에게 흥미를 갖게 하는 방법을 깨달았다. 가는 데마다 음식과 숙소에 만족했고, 자신에게 건네주는 선물을 감사하게 받았으며, 자기가 충분히 갖고 있다고 생각하는 돈을 가끔 거절하기도 했기 때문에, 사람들은 제를로에게 추천서를 써 주어 보내기도 했다. 이렇게 제를로는 오랫동안 귀족들의 저택을 두루 돌아다녔는데, 그곳에서 여러 즐거움을 선사하며 자신도 즐겼고, 또한 머물면서 아주 기분 좋고 점잖은 연애 사건도 없지는 않았다.

본래 차가운 성격 탓에 제를로는 아무도 사랑하지 않았으며, 자신의 눈에 장착된 분별력 탓에 그 누구에게도 신경을 쓸 수 없었다. 왜냐하면 언제나 겉으로 보이는 사람들의 독특한 성품만을 보고 자신이 모방할 자료로 수집해 두었기 때문이었다. 하지만 그러면서도 자신이 모든 사람의 마음에 들지 않았거나 어디를 가도 박수갈채를 불러일으키지 못할 때는 자존심이 극도로 상했다. 어떻게 박수갈채를 얻을 수 있을지 제를로는 점차 면밀하게 주의를 기울였고, 자신의 감각을 더욱 세련되게 다듬어서 연기를 할 때뿐만 아니라 일상생활에서도 다른 사람들을 기분 좋게 해 줄 수밖에 없었다. 자신의 기질, 자신의 재능, 자신의 생활 방식이 서로 작용하여 자기도 모르게 완벽한 배우로 탄생한 것이었다. 더 나아가 자신의 낭독과 암송 그리고 동작은 이상하게 보이지만 완전히 자연스러운 작용과 반작용을 통해 그리고 통찰력과 연습으로 높은 수준의 진실함, 자유로움, 솔직함에 다다랐다. 그러는 사이에 제를로는 생활과 인간관계에서는 점점 더 비밀스럽고, 인위적이고, 심지어 가식적이고 불안한 사람이 되는 듯했다.

제를로의 운명을 결정지었던 사건들과 연애사에 관해서는 다음 기회에 언급할지도 모르겠다. 여기서는 이것만 말해 두기로 한다. 즉, 제를로가 나중에 성공한 사람으로 확실하게 명성도 얻고 비록 확실하지는 않았지만 그래도 아주 좋은 위치를 차지한 상태에서 대화를 나눌 때 아주 교묘한 방법으로 아이러니하게 또 조롱하듯 궤변가처럼 말해서 진지한 대화를 깨뜨리는 데 익숙해져 있다는 사실이다. 특히 빌헬름이 자주 그렇게 하듯 일반적이고 이론적인 대화를 시작하려고 하면 이러한 수법을 사용했다. 그렇지만 두 사람은 함께 있는 것을 매우 좋아했는데, 서로 생각하는 방식이 달라 대화가 활기를 띨 수밖에 없었기 때문이었다. 빌헬름은 자신이 이해했던 개념에서 모든 이야기를 전개하려고 했고, 예술을 하나의 맥락에서 다루려고 했다. 명백한 법칙들을 정해서 무엇이 옳고 아름답고 선한 것이며, 무엇이 박수갈채를 받을 만한 것인지를 규정하려고 했다. 어쨌든 빌헬름은 이 모든 문제를 매우 진지하게 다루었지만, 제를로는 이에 반해 이런 문제를 아주 가볍게 다루었고, 어떤 문제든 한 번도 바로 대답하지 않고 이야기나 익살로 아주 멋지고 재미있게 설명하여 사람들에게 즐거움을 주며 가르쳐 주었다.

# 19장

빌헬름이 이처럼 매우 즐겁게 시간을 보내고 있는 동안에 멜리나와 나머지 극단 사람들은 점점 더 짜증나는 상태가 되었다. 그들은 빌헬름에게 마치 나쁜 유령들처럼 보였고, 빌헬름 앞에 나타날 때뿐 아니라 불쾌한 표정으로 심하게 말해서 짜증 나는 순간을 연출했다. 제를로는 그들에게 임시 배역조차 한 번도 맡기지 않았고, 게다가 계약에 대한 희망조차 주지 않았다. 그러면서도 차차 그들 전체의 실력을 파악했다. 배우들이 제를로와 사교적인 모임을 가질 때마다 대본을 읽어 보라고 시키고 가끔 자신도 함께 읽곤 했다. 제를로는 오랫동안 공연되지 않았으나 공연할 가치가 있는 작품들부터 시작했지만 대부분 일부만 읽었다. 그래서 첫 번째 읽기가 끝난 후 자신이 기억에 남는 부분들을 반복하게 해서 배우들의 통찰력을 끌어올리고 핵심을 올바르게 파악하는 자신감을 크게 심어 주었다. 종잡을 수 없고, 정제되지 않은 천재보다 조금은 부족하지만 제대로 이해하는 사람이 다른 사람들을 만족시킬 수 있듯이, 제를로는 의도하지 않고 그들에게 가르쳐 준 명석한 통찰력으로 중간 정도의 재능을 가진 사람들이 경탄할 만한 능력을 발휘하도록 끌어올렸다.

여러 시를 읽게 한 일이나 좋은 낭독에서 발생하는 리듬은 그들의 마음에 매력적인 감정을 불러일으키고 또 키워 주었고, 이는 단원들의 능력이 성장하는 데 적지 않은 역할을 했다. 다른 극단에서는 그러는 대신에 누구나 다 할 수 있는 산문을 벌써 낭독하기 시작했던 것이다.

그 기회에 제를로는 새로운 배우들도 모두 알게 되었고, 그들의 수준이 어느 정도인지 그리고 어느 정도의 배우가 될 수 있는지를 판단했으며, 지금 당면한 자기 극단을 개혁할 때 이들의 재능을 즉시 활용하기로 남몰래 마음먹고 있었다. 그러나 이 일을 한동안 그대로 내버려두었고, 그들을 위한 빌헬름의 모든 요청을 관심 없다는 듯 어깨를 추켜올리며 거절했지만, 적당한 시기를 봐서 자기 젊은 친구에게 빌헬름도 무대에 오르는 조건으로 나머지 사람들과 계약하겠다고 제안했다.

"이 사람들을 지금 한꺼번에 함께 받아들일 수 있다면, 당신이 지금까지 내게 그들에 대해 했던 말처럼 분명히 쓸모없지는 않다는 말이겠죠." 하고 빌헬름이 제를로에게 대답했다. "내 생각에 그들의 재능은 내가 없어도 틀림없이 같을 것입니다."

그러자 제를로는 절대로 비밀로 한다는 조건을 달고 자기 처지를 빌헬름에게 털어놓았다. 즉 자기 극단에서 첫 번째 연인 역을 맡는 주인공 배우가 이번에 계약을 갱신하면서 몸값을 올리려 하고 있지만, 자신은 그 요구를 들어줄 생각이 없으며, 특히 그 배우에 대한 관객의 호감이 예전처럼 크지 않다고 했다. 그래서 이 배우를 내보내면 그를 따르던 사람 전체가 따라가 버리게 되니, 그러면 극단은 몇몇 훌륭한, 그리고 중간 정도 수준의 배우들도 잃게 된다고 했다. 그 대신에 그는 빌헬름과 라에르테스, 호통치는 역을 잘하는 영감, 멜리나 부인까지 얻었으면 좋겠다고 빌헬름에게 솔직하게 말했다. 게다가 융통성 없는 역을 잘하는 저 불쌍한 배우에게 유대인이나 장관 또는 악역을 맡기면 대단한 박수갈채를 받을 것이라고 장담했다.

빌헬름은 그 제안을 지지하며 들었지만 불안한 마음이 없지는 않았다. 그래서 심호흡을 한 후에 몇 가지만 말하려고 이렇게 대답했다. "우리한테서 발견하고 우리에게 기대하는 좋은 점만을 아주 호의적으로 말씀하시는데, 당신의 예리한 감각을 비껴갈 수 없는 우리의 약점들은 어떻습니까?"

"그런 약점들을 곧 열심히 연습하고 곰곰이 생각해서 강점으로 만들려고 합니다." 하고 제를로가 대답했다. "모두 아직 미숙하고 서툰 사람들뿐이지만, 희망이 없는 분은 하나도 없습니다. 내가 판단하는 한 이 가운데 부자연스럽고 뻣뻣한 사람은 한 명도 없습니다. 목석같은 사람들만은 어쩔 수 없으나, 대부분 거만함이나 무지함 또는 우울증 탓에 고집이 세서 유연하지 못할 뿐이지요."

제를로는 그러면서 자신이 맺을 수 있고 맺으려고 하는 계약의 조건들에 대해 몇 마디 더 설명했고, 빌헬름에게 빨리 결정해 달라고 부탁하고는, 적지 않게 불안해하는 빌헬름을 혼자 두고 나가 버렸다.

라에르테스와 함께 구성하며 허구로 꾸며 낸 여행일지를 이상한 장난처럼 작업하면서 빌헬름은 현실과 일상생활을 이전보다 더 눈여겨보게 되었다. 빌헬름은 이제 아버지가 자신에게 여행일지를 쓰라고 그렇게 열심히 추천했던 의도를 이해했다. 그렇게 많은 영업 활동과 생활 필수품의 중심인물이 되어 유럽 대륙의 저 깊은 산골짜기와 숲에 이르기까지 생활과 활동을 전파하는 데 도움이 되는 것이 얼마나 즐겁고 유익한지 처음 느꼈다. 라에르테스는 끊임없이 빌헬름을 데리고 다니면서, 여행 중인 이 활발한 상업 도시가 모든 물자가 흘러들어 왔다 다시 흘러 나가는 커다란 중심지라는 명확한 개념을 빌헬름에게 심어 주었다. 빌헬름이 이런 종류의 활동을 보고 정말 즐거웠던 것은 이번이 처음이었다. 이런 상태에서 제를로는 빌헬름에게 제안했고, 그것은 자신의 바람, 자신의 애착, 타고난 재능에 대한 신뢰와, 의지할 곳 없는 극단원에 대한 자신의 의무감을 다시 생각하게 해 주었다.

"자 이제" 하고 빌헬름은 자신에게 말했다. "젊은 시절에 내게 나타났던 두 여신[55] 사이에서 나는 다시 갈림길에 서 있다. 한 여신은 그 당시처럼 더는 그렇게 궁색해 보이지 않고, 다른 여신은 그렇게 화려해 보이지 않는다. 그중 한 여신이나 다른 여신을 좇아가는 것은 마음속에 일종의 천직이라고 느껴지고, 두 쪽을 다 따라가려는 외적 유혹도 상당히 강하다. 네가 결정하기는 불가능해 보인다. 외부에서 어떤 현명한 사람이 너의 선택을 결정해 준다면 좋을 텐데. 그러나 너 자신을 제대로 생각해 본다면 상업이나 이득 및 소유에 대한 너의 애착을 불러일으키는 듯 보이는 것은 단지 외적인 상황에 불과하다. 그러나 네 마음의 욕구는 네 안에 있는 '선한 것'과 '아름다운 것'을 추구하려고 잠자고 있는 욕망과 소질을 키우고 있다. 그 욕망과 소질은 육체적으로나 정신적으로 점점 더 계발하고 기를 수 있는 것이리라. 그런데 내가 관여하지도 않았는데 이곳으로, 내 모든 바람의 목적지로 나를 이끌어 준 운명을 존중하지 않아도 된단 말인가? 일찍이 생각했고 마음먹었던 모든 것이 지금 우연히 내가 개입하지도 않았는데도 일어나지 않는가? 인간은 자신이 가슴속에 그렇게 오랫동안 품고 간직해 온 희망과 바람을 아주 잘 알고 있다고 생각하겠지만, 그러한 것들과 막상 마주치거나 마치 그렇게 하라는 듯 강요를 받게 되면, 그 사람은 그 일이 자신의 희망과 바람이라는 사실을 깨닫지 못하고 그 앞에서 피해 버리고 만다. 내가 마리아네로부터 떠나왔던 그 불행한 밤이 있기 전에는 꿈만 꾸었던 모든 일이 바로 내 앞에 벌어지고 나를 위해 마련되어 있다. 이곳으로 내가 달아나려고 했고. 그래서 나는 서서히 여기까지 이끌려 왔다. 나는 제를로에게서 피난처를 찾으려 했고, 제를로는 이제 나를 얻고자 초보

55 1권 8장에 나오는 예술의 여신과 상업의 여신을 말한다.

자인 내가 결코 기대할 수 없었던 조건들을 제시하고 있다. 내가 연극에 사로잡혔던 것은 마리아네를 향한 사랑에 불과했던가? 아니면 나를 그녀에게 매달리게 했던 것이 연극이라는 예술을 향한 사랑이었던가? 연극에 대한 저 갈망과 연극으로의 저 탈출구가, 시민 사회라는 상황에서는 허락되지 않은 삶을 계속 살아가길 원하면서도 갈 길을 찾지 못해 불안해하던 사람을 위한 것이었나? 아니면 그 다른 모든 삶이 더 순수하고 더 어울렸던가? 무엇이 그 당시에 네 마음을 움직여 네 생각을 바꿨단 말인가? 너는 오히려 지금까지 너의 계획을 자신도 모르게 추구해 왔던 것은 아닌가? 이 마지막 발걸음에 다른 의도가 없기 때문에, 그리고 네가 엄숙하게 내뱉은 말을 지킬 수 있는 동시에 고상한 방법으로 무거운 책임에서 벗어날 수 있어서 지금 이 발걸음에 오히려 더 동의할 수 있지 않은가?"

빌헬름의 마음속에 그리고 상상 속에 움직이던 서로 대립하는 생각들이 모두 아주 활발하게 번갈아 가며 떠올랐다. 미뇽을 곁에 둘 수 있고, 하프너를 쫓아낼 필요가 없다고 한 말도 저울질할 때 적지 않은 무게로 작용했지만, 평소처럼 아우렐리아를 찾아갔을 때 저울판은 여전히 흔들리고 있었다.

## 20장

아우렐리아는 긴 소파에 누워 있었고, 말이 없는 듯이 보였다. "아직도 내일 연기를 하실 수 있다고 생각하십니까?" 하고 빌헬름이 물었다. "물론이죠." 하고 아우렐리아가 활기차게 대답했다. "아시다시피,

문제가 될 것이 하나도 없잖아요. — 일 층 관람석의 박수갈채를 막을 방법만 알고 있다면 좋으련만! 그들은 좋은 뜻으로 그렇게 하지만 그건 저를 죽일 거예요. 그저께 제 가슴이 찢어질 것만 같다는 생각이 들었어요! 예전에는 스스로 만족하기만 하면 오랫동안 작품을 연구하고 준비하면서 잘 견딜 수 있었는데도 말예요. 그러고 나서 완벽하게 성공했다는 신호가 사방에서 울려오면 기뻤죠. 그러나 지금은 제가 하고자 하는 말을 하지 않고, 제가 원하는 방식으로 말하지도 않습니다. 저는 정신이 없고 혼란스러워요. 그러나 제 연기는 더 강한 인상을 남기고, 박수 소리는 더 커지죠. 그러면 저는 이렇게 생각합니다. '무엇이 당신들을 황홀하게 하는지 알고나 있으면 좋으련만! 침울하고, 격렬하며, 불확실한 음색이 당신들의 마음을 뒤흔들어 억지로 감탄을 불러일으키고, 그래서 그것이 당신들이 총애하는 그 불행한 여자의 고통에서 나오는 소리라는 것을 느끼지 못하고 있어요' 하고 말이죠.

오늘 아침 일찍부터 대본을 익혔고, 지금도 반복하며 시도하고 있어요. 저는 지금 피곤하고 지쳤어요. 내일 처음부터 다시 시작해 보고 내일 저녁에는 공연해야죠. 제 몸을 질질 끌고 다니다가 침대에서 일어나는 것도 귀찮고, 침대에 눕는 것도 짜증이 나죠. 이 모든 생각이 제 머리에 계속 맴돌고 있어요. 그러면 제 앞에 괜찮은 위안들이 나타나지만, 모두 내던져 버리고 저주한답니다. 저는 이제 고분고분하지 않을 거예요. 꼭 해야 하는 일에 굴복하지 않을 거예요, — 저를 망가뜨리는 일이 왜 무조건 해야 하는 일입니까? 그렇지 않을 수도 있잖아요! 제가 독일 여자인 값을 치러야 하나 봐요. 모든 일을 너무 진지하게 생각해 자신을 힘들게 하는 것이 바로 독일인의 성격이니까요."

"오, 부인." 하고 빌헬름이 대답했다. "자신에게 끊임없이 상처를 입히는 그 칼을 가는 일을 그만두실 수만 있다면 좋으련만! 그 방법밖에는 남은 것이 없나요? 부인의 젊음, 그 자태, 그 건강, 그리고 부인의 재능은 아무것도 아니란 말입니까? 부인이 아무런 잘못도 없는데 한 가지 재산을 잃었다고 해서 다른 나머지 재산 모두를 던져 버려야만 합니까? 그게 꼭 필요한 일인가요?"

아우렐리아는 한동안 말이 없다가 벌떡 몸을 일으키고 말했다. "그것이 시간 낭비라는 것을 저도 잘 알고 있어요, 사랑은 바로 시간 낭비에 불과합니다! 제가 무엇을 하지 않을 수 있었을까요? 아니 하지 않아야 했을까요? 이제 모든 것이 그냥 쓸모없게 되어 버렸어요. 저는 사랑에 빠진 불쌍한 여자예요. 단지 사랑에 빠졌을 뿐이에요! 저에게 연민을 가져 주세요. 맹세코 저는 불쌍한 여자예요!"

아우렐리아는 생각에 잠기더니 잠시 후 격정적으로 말했다. "남자들은 모든 여인이 자신들의 목에 매달리는 것에 익숙해 있죠. 아니에요. 남자들은 그걸 느낄 수 없어요. 자신의 감정을 존중할 줄 아는 여성의 가치를 느낄 수 있는 남자는 없어요. 모든 성스러운 천사와 깨끗하고 선량한 마음을 불러일으키는 거룩한 그림들 앞에서 맹세하는데, 사랑하는 남자에게 자신을 헌신하는 여성의 마음보다 더 숭고한 것은 없답니다! 우리가 여성이라고 불릴 자격이 있을 때 우리는 차갑고, 아주 당당하고, 신중하며, 현명해진답니다. 그런데 우리가 사랑을 하자마자, 상대의 사랑을 얻으려고 바라는 순간, 이 모든 장점을 남자들의 발아래 던져 버리고 만답니다. 오, 저라는 존재를 다 알면서도 자발적으로 던져 버렸습니다! 그러나 이제 저도 회의에 잠기려 합니다. 의도적으로라도 회의에 잠기려고 합니다. 제 몸에 벌을 받지 않은 피가 한 방울도 없어야 하고, 제게 고통을 느끼게 하지 않으려는 힘줄이 하나도 없어야 합니다. 그냥 비웃어 주세요. 제가 연극을 하듯 열정을 허비하는 것을 그냥 웃어 주세요!"

빌헬름은 전혀 웃을 기분이 아니었다. 오히려 아우렐리아의 반쯤은 자연스럽지만 반쯤은 자초한 엄청나게 힘든 상황이 자신의 마음을 너무 괴롭힐 뿐이었고, 고문을 당하는 듯한 그녀의 불행을 함께 고통스러워했다. 머리가 혼란해졌고, 이상하게도 피가 달아올라 요동치는 듯했다.

아우렐리아는 일어나서 방을 이리저리 걸어 다녔다. "제가 왜 그 사람을 사랑해선 안 되는지를" 하고 아우렐리아가 말했다. "저 자신에게 다 말해 봅니다. 저도 그 사람이 그럴 가치가 없다는 것을 잘 알고 있어요. 저의 이런 감정을 이런저런 데로 돌려 보기도 하고, 되는대로 일에 전념해 보기도 합니다. 제가 굳이 출연할 필요가 없음에도 불구하고 그냥 역을 맡기도 하고, 한번 해 봐서 속속들이 잘 알고 있는 역들을 더 열심히 세부적인 부분까지 연습하고 있고, 연습하고 또 연습해 봅니다. — 선생님, 허물없이 말씀드리지만, 제 감정을 억지로 저 자신에게서 떨쳐 버리는 게 얼마나 끔찍한 일입니까! 이성을 유지하려니 고통스럽고, 제 머리는 너무 터질 것만 같습니다. 그래서 제가 미치지 않으려고 오히려 그 사람을 사랑한다는 감정에 저 자신을 맡겨 버립니다. — 그래요. 저는 그분을 사랑합니다! 그분을 사랑합니다!" 하고 아우렐리아가 눈물을 쏟으며 말했다. "그분을 사랑합니다! 그래서 이대로 죽으렵니다!"

빌헬름은 아우렐리아의 손을 잡고 자신을 스스로 괴롭히지 말라고 아주 간곡하게 부탁하며 말했다. "아, 인간에게는 불가능한 일뿐만 아니라 가능한 일도 몇 가지는 마음대로 되지 않는다는 것이 얼마나 이상합니까. 부인은 자신을 행복하게 만들어 줄 수 있었던 성실한 남자를 만날 운명이 아니었습니다. 저는 제 인생의 모든 행복을 한 불행한 여자에게 꽉 묶어야 할 그런 운명이었습니다. 그런데 그 여자에 대한 내 믿음이 너무 무거워 그녀를 갈대처럼 땅에 쓰러뜨리고 말았죠. 심지어 아마 꺾어 버렸을지도 모릅니다."

빌헬름은 마리아네와의 이야기를 아우렐리아에게 이미 털어놓았었고, 그래서 방금 자신이 한 말에 지금 그 이야기를 연결할 수 있었다. 아우렐리아는 빌헬름의 눈을 빤히 바라보며 물었다. "선생님은 여성을 한 번도 속인 적이 없다고 말씀하실 수 있으세요? 건성으로 친절을 베풀고, 뻔뻔하게 약속하면서 마음을 꾀어내려고 맹세하며 그 여자의 마음을 감언이설로 얻으려 하신 적이 없었다고 말씀하실 수 있느냐 말예요?"

"저는 그렇다고 할 수 있습니다." 하고 빌헬름이 대답했다. "자랑거리는 아니지만 제 삶은 아주 단순했습니다. 그래서 그런 시도를 해 볼 유혹에 빠진 적이 거의 없었습니다. 그리고 아름답고, 고귀한 부인이 처한 쓰라린 상황을 제가 보고 있으니 제게는 그런 행동에 대한 경고가 아니겠습니까! 지금 제 마음과 똑같은 저의 맹세를 믿어 주십시오. 부인이 제 가슴에 부어 주신 뭉클한 마음으로 이 맹세는 말이 되고 형태를 갖추어 바로 그 순간을 통해 신성해질 것입니다. 저는 일시적으로 끌리는 어떤 마음에도 굴복하지 않을 겁니다. 그리고 제 가슴에 품고 있는 진지한 감정들을 간직할 겁니다. 그래서 내 인생 전체를 바칠 수 없는 그 어떤 여성도 제 입에서 사랑의 고백을 들을 수 없을 겁니다!"

아우렐리아는 흥분한 듯이 빌헬름을 거칠고 냉담한 표정으로 쳐다보고는 빌헬름이 손을 내밀자 몇 걸음 뒤로 물러났다. "그건 아무 의미도 없어요!" 하고 아우렐리아가 말했다. "여자의 눈물도 어느 정도는 마찬가지예요. 그렇다고 바닷물이 더 많아지지는 않으니까요. 하지만" 하고 아우렐리아가 말을 이어 갔다. "수많은 물방울 가운데 하나라도 살아남는다면 그래도 의미는 있겠죠. 수많은 남자 가운데 진실한 남자 하나쯤은 찾을 수 있겠죠. 선생님이 방금 무슨 맹세를 하셨는지 알고 계시죠?"

"알고 있습니다." 하고 빌헬름이 미소를 지으며 대답하고 손을 내밀었다.

"저도 그러시리라 생각해요." 하고 아우렐리아가 대답하며 오른손을 약간 움직였고, 빌헬름은 아우렐리아가 자기 손을 잡을 줄 알았다. 그러나 아우렐리아는 재빨리 주머니에 손을 넣어 번개처럼 비수를 꺼내 뾰족하고 날카로운 쪽으로 빠르게 빌헬름의 손바닥을 그었다. 빌헬름이 손을 잽싸게 뺐지만 이미 피가 밑으로 떨어졌다.

"당신네 남자들을 깨닫게 하려면 분명하게 표시해 놓아야 해요." 하고 아우렐리아가 과도할 정도로 쾌활하게 말했다. 하지만 곧 다급하고 바쁘게 움직이기 시작했다. 아우렐리아는 자기 손수건을 들고 막 흘러나오는 피를 막으려고 빌헬름의 손을 감았다. "죄송합니다, 반쯤 정신이 나갔어요." 하고 아우렐리아가 말했다. "그러나 이 핏방울들을 너무 유감스럽게 생각하지는 마세요. 제 마음이 달래져서 다시 제정신으로 돌아왔어요. 제가 무릎을 꿇고 용서를 빌게요. 제가 선생님 손을 치료해 드리는 위안만은 허락해 주세요."

아우렐리아는 급히 약장으로 가서 붕대와 몇 가지 의료 기구를 가지고 와 지혈을 하고 상처를 세심하게 들여다보았다. 상처는 엄지손가락 밑에서 손바닥을 지나 생명선을 나누어 놓으면서 새끼손가락 밑까지 이어져 있었다. 아우렐리아는 말없이 상처를 감싸면서 심각한 생각에 잠겨 있었다. 빌헬름이 몇 번 물었다. "부인, 어떻게 친구에게 이렇게 상처를 입히실 수 있습니까?"

"조용히 하세요." 하고 아우렐리아가 손가락을 입에 갖다 대며 말했다. "쉿!"

# 5권

# 1장

이렇게 빌헬름은 옛 두 상처에다 또다시 막 세 번째 상처를 입었는데 적지 않은 불편을 겪었다. 아우렐리아는 빌헬름이 외과 의사의 치료를 받겠다는 것을 받아들이려 하지 않고 온갖 이상한 말과 의식(儀式)을 하고 격언들을 들려주며 직접 붕대를 감아 주어서 빌헬름을 매우 곤혹스러운 상황에 빠뜨렸다. 빌헬름뿐만 아니라 아우렐리아 주위에 있던 사람들은 모두 아우렐리아의 안절부절못하는 이상한 행동으로 괴로워하고 있었지만, 어린 펠릭스보다 더 괴로워하는 사람은 없었다. 이 활달한 아이는 그런 압박감을 참지 못하고 아우렐리아가 잔소리하고 꾸짖을수록 점점 더 버릇없이 굴었다.

이 어린 소년은 사람들이 나쁜 습관이라고 부르곤 하는 특정한 버릇들을 하기 좋아했는데, 아우렐리아는 이런 버릇을 관대히 넘길 생각이 추호도 없었다. 예를 들어 펠릭스는 유리컵에 따라서 마시기보다 병째로 마시길 좋아했고, 접시에 담아 먹기보다 냄비째 먹는 음식을 더 맛있어하는 것 같았다. 아우렐리아는 이러한 부적절한 행동을 그냥 넘어가지 않았다. 펠릭스가 문을 열어 놓거나 쾅 닫을 때, 또는 무엇을 시켰는데 그 자리에서 움직이지 않거나 거친 태도로 뛰어나가면 펠릭스는 언제나 크게 꾸중을 들어야 했지만 그렇다고 나아지는 모습을 보여 주지는 않았다. 오히려 아우렐리아에 대한 애정이 날이 갈수록 더 사라지는 듯이 보였고, 아우렐리아를 어머니라고 부를 때의 어조에도 애정이 하나도 담겨 있지 않았다. 반면에 그 아이는 자기가 하고자 하는 것을 모두 허락하는 나이 많은 유모에게 매달렸다.

그러나 이 유모도 얼마 전부터 병에 걸려 집에서 나와 조용한 거처로 가야만 했는데, 미뇽이 펠릭스에게 자상한 수호신처럼 나타나지 않았더라면 펠릭스는 완전히 혼자라고 생각했을지도 몰랐다. 두 아이는 서로 아주 다정하게 이야기했다. 미뇽은 펠릭스에게 짧은 노래들을 가르쳐 주었고, 기억력이 좋은 펠릭스는 종종 듣는 사람들이 놀랄 정도로 그 노래들을 외워서 불렀다. 또한 미뇽은 펠릭스에게 지도를 설명해 주려고 했는데, 지도를 언제나 아주 열심히 들여다보기는 했지만, 그 지도들을 잘 다루지는 못했다. 왜냐하면 미뇽은 원래 여러 나라에 대해 추운지 더운지 말고는 특별한 관심이 없어 보였기 때문이었다. 그래서 북극과 남극에 관해, 그곳의 어마어마한 얼음에 관해, 그리고 그곳에서 더 많이 멀어질수록 점점 더 따뜻해지는 사실에 관해 미뇽은 아주 잘 설명할 줄 알았다. 누가 여행을 간다고 하면, 미뇽은 그 사람에게 남쪽으로 가는지 아니면 북쪽으로 가는지만 물어보았고, 자기가 가지고 있던 작은 지도에서 그 경로를 찾아보려고 노력했다. 특히 빌헬름이 여행에 관해 이야기하면 정신을 집중했다가, 화제가 넘어가면 언제나 곧 슬퍼하는 것 같았다. 어떤 배역을 맡아보라던가 아니면 연극이 공연될 때 극장에 가보자고 하는 제안조차 미뇽은 크게 반기지 않는 듯했지만, 송가나 노래들을 즐겁게 열심히 외워서 진지하고도 장엄한 내용의 시를 뜻밖에도 마치 즉흥적으로 하듯 암송할 때는 모든 사람의 감탄을 자아냈다.

재능이 싹트는 흔적을 잘 찾아내는 제를로는 미뇽을 격려해 주었고, 제를로가 가장 마음에 든 것은 우아하고 다양하면서도 가끔 경쾌하기조차 한 미뇽의 노래였다. 바로 그런 이유로 하프를 타는 노인도 제를로의 호의를 얻었다.

자기 자신은 음악에 재능이 없고 어떤 악기도 다룰 줄 모르는 제를로는 음악의 가치를 높이 평가했고, 어떤 다른 것과도 비교할 수 없는 음악의 즐거움을 가능하면 자주 맛보려고 했다. 그래서 일주일에 한 번 음악회를 열었는데, 미뇽과 하프너, 그리고 바이올린을 서투르지 않게 연주하는 라에르테스로 기묘한 작은 실내 악단이 만들어졌다.

제를로는 이렇게 말하곤 했다. “인간은 가장 저속한 것과 어울리는 경향이 있어서, 정신과 감각은 아름다운 것과 완전한 것이 주는 인상에 너무 쉽게 무뎌집니다. 그래서 그것을 느끼는 능력을 모든 방법을 동원해서라도 스스로 유지해야 합니다. 누구도 그런 즐거움을 완전히 포기할 수 없기 때문입니다. 그리고 어리석고 무미건조하더라도 새롭기만 하면 많은 사람이 만족하는 원인은 단지 좋은 것을 즐기는 습관이 들지 않았기 때문입니다. 따라서 매일 최소한 짧은 노래 한 곡이라도 들어야 하고, 좋은 시 한 편이라도 읽고, 훌륭한 그림 하나라도 보고, 또한 할 수만 있다면 분별 있는 말 몇 마디라도 해야 합니다.”

제를로의 아주 자연스러운 이런 생각으로 인해 주위에 있던 사람들에게도 유쾌하고 즐거운 일이 벌어질 수밖에 없었다. 이런 만족스러운 상황이 벌어지는 가운데 어느 날 빌헬름에게 검은 인장으로 봉인된 편지 한 통이 전해졌다. 베르너의 인장은 슬픈 소식임을 암시했고, 단 몇 마디로 아버지의 죽음을 알리는 것을 보았을 때 빌헬름은 적지 않게 놀랐다. 아버지는 뜻밖에도 짧게 앓으시다가 세상을 떠났으며, 집안일을 완벽하게 정리해 놓고 가셨다는 것이었다.

이 예상치 못한 소식에 빌헬름은 매우 깊은 충격을 받았다. 사람들은 친구나 친척들이 우리와 함께 지상의 삶을 누리는 동안은 그들을 무감각하고 소홀하게 대하다가, 이 아름다운 관계가 어쨌든 이번처럼 끊어지면 그제야 등한시한 과거를 후회한다는 사실이 깊이 느껴졌다. 훌륭하신 아버지가 세상에서 별로 사랑했던 것도 없었고 별로 즐겼던 것도 없다고 생각하며 그분이 일찍 돌아가셨다는 고통을 덜 수 있었다.

이제 빌헬름은 곧 자신의 처지를 생각했다. 그러자 적지 않게 불안했다. 인간은 자신의 기질에 대해 느끼거나 생각할 준비가 되어 있지 않은 상태에서 외부 상황에 의해 자기에게 큰 변화가 일어날 때보다 더 위험한 상황에 놓일 수는 없다. 그러면 아무 준비가 안 된 상태에서 삶의 새로운 단계가 시작된다. 그리고 새로운 상황에 대비할 훈련을 아직 받지 않았다는 사실을 깨닫지 못할수록 더 큰 모순만 생길 뿐이다.

빌헬름은 자기 자신과도 의견의 일치를 볼 수 없는 순간에 자유로워졌다는 생각이 들었다. 생각은 고귀했고, 의도는 순수했으며, 결심은 비난받을 것 같지 않았다. 그래서 이 모든 것을 어느 정도 자신 있게 자신에게 고백할 수 있었다. 다만 자신에게 경험이 부족하다는 사실을 깨달을 기회가 많았음에도, 다른 사람들의 경험과 그들이 이 경험에서 확신하며 이끌어 내는 결과에 과도한 가치를 두는 바람에 점점 더 혼란에 빠지기만 했다. 빌헬름은 여러 책이나 대화에 나올 수 있는 기억에 남는 사실들을 모두 간직해서 모아 두면 자신에게 부족한 것을 얻을 수 있다고 생각했다. 그래서 다른 사람들과 자기의 생각이나 아이디어를 써 놓았고, 심지어 흥미 있는 대화 전체를 기록해 두기도 했다. 그러나 아쉽게도 이런 방법은 올바른 사실만큼이나 잘못된 사실도 고집하게 되었고, 하나의 이상에 너무 오래 매달리다 보니 한 가지 금언에 집착하기도 했다. 그러면서 자신의 자연스러운 사고방식과 행동 방식을 버리고 자주 다른 사람들의 등불을 북극성처럼 따랐다. 아우렐리아의 쓰디쓴 괴로움과 친구인 라에르테스의 인간을 향한 차가운 멸시는 빌헬름의 판단을 필요 이상으로 더 자주 사로잡았다. 그러나 빌헬름에게 야르노보다 더 위험한 사람은 없었다. 현재 진행되는 상황을 파악하는 야르노의 영리한 이해력은 올바르고도 엄정한 판단을 내렸지만, 동시에 이런 개별적인 판단을 일종의 피상적인 말로 하는 결함이 있었다. 이성적으로 하는 말들은 실제로는 딱 한 번 가장 확실한 경우에만 적용되고, 다른 경우에는 적절하지 않기 때문이었다.

그래서 빌헬름은 자기 내면과 일치를 보려고 노력하면서도 그 건전한 일치에서 점점 더 멀어져 갔다. 그리고 이렇게 마음이 혼란하다 보니 모든 준비를 자신의 열정에 유리하게 사용하는 것이 훨씬 더 쉬워졌지만, 한편으로 자신이 무엇을 해야 할지 더욱 혼란스러워졌다.

제를로는 사망 통지서를 자신에게 유리하게 이용했다. 실제로도 자기 극단을 새로이 정비할 필요가 날이 갈수록 점점 더 커졌다. 여러 단원은 각자 자신을 없어서는 안 될 존재로 여기고 날이 갈수록 언짢게 구는 마당에, 제를로는 별로 그렇게 하고 싶지는 않지만, 예전 계약을 갱신해 주거나 혹은 자기 바람대로 된다면 극단을 완전히 새로운 모습으로 구성해야 했다.

제를로는 빌헬름에게 직접 독촉하지 않고 아우렐리아와 필리네를 자극했다. 그리고 계약을 고대하고 있던 나머지 사람들도 우리의 친구를 가만히 내버려두지 않아서, 빌헬름은 상당히 당혹스러운 상태로 갈림길에 서게 되었다. 완전히 정반대되는 뜻으로 쓴 베르너의 편지가 빌헬름이 마침내 결심하도록 밀어붙이리라고 누가 생각이라도 했겠는가. 그래서 그 편지의 앞부분만 생략하고, 나머지 부분은 약간 수정해서 소개한다.

## 2장

"— 그래서 누구나 어떤 경우에도 자기 직업을 수행하며 활동하는 모습을 보여 주는 것은 아마도 당연한 일이었고 또한 당연한 일이어야 하네. 훌륭하신 아버님이 돌아가시고 15분이 채 되기도 전에 벌써 집안에 아버님이 뜻하시던 대로 되는 일이 없었네. 친구들과 지인들 그리고 친척들이 몰려들었고, 특히 이런 기회에 뭐 좀 얻어 가려는 온갖 종류의 사람들도 있었네. 누구는 뭔가를 가져오고, 누구는 가져가고, 누구는 정산하고, 누구는 장부를 작성하고 계산하기도 했네. 일부는 포도주와 과자를 가지러 가고, 다른 사람들은 마시고 먹었네. 그러나 상복을 고르는 부인들보다 더 진지하면서도 바쁜 사람들은 없었네.

그러니 여보게, 나도 이 기회에 내 이익을 생각해서 자네 여동생을 많이 도와주고 적극적으로 일했다고 자네가 나를 책망하지는 않겠지.

그리고 여동생에게 양가 아버님들이 너무 쓸데없이 길게 지연시켜 왔던 결합을 적당한 때를 봐서 되도록 빨리 추진하는 것이 우리 두 사람의 일이라고 설득했다네.

그러나 크고 텅 빈 집을 우리가 차지하려 한다고는 제발 생각하지 말아 주게. 우리는 생각보단 훨씬 겸손하고 이성적이야. 우리 계획을 한번 들어 보게. 자네 여동생이 결혼하고 나면 바로 우리 집으로 들어갈 것이고, 게다가 자네 어머님도 함께 모시고 갈 생각이야.

'그게 어떻게 가능한가?' 하고 자네가 말하겠지. '신혼집에 너희 두 사람 공간도 거의 없을 텐데.' 친구야, 그것이 바로 재주라네. 실용적으로 배치하면 모든 것이 가능해지네. 그러니 공간에 대한 욕심만 부리지 않으면 얼마나 많은 공간을 찾을 수 있는지 자네는 믿지 못할 걸세. 그 큰 집은 좋은 기회가 나타나는 즉시 팔아 버릴 작정이네. 거기서 나온 돈으로 백 배의 이자가 생기게 할 것이네.

자네도 내 생각에 동의하리라 기대하네. 그리고 자네 아버님이나 할아버님이 취미로 모으신 아무 수익도 없는 골동품들을 자네가 하나도 물려받지 않았으면 좋겠네. 할아버님은 아무 관심도 끌지 못하는 많은 예술 작품을 당신 최고의 행복으로 삼으셨지만, 아무도, 내가 감히 말하네만 아무도 그 작품들을 할아버님과 함께 즐길 수는 없었네. 아버님도 호화로운 가구를 들여놓고 사셨지만, 아무에게도 함께 호사스러움을 즐기게 하시지는 않았네. 그래서 우리는 이것들을 할아버님, 아버님과는 다르게 처리하려고 하는데, 자네도 동의할 것으로 기대하네.

사실 우리 집 전체에서 내 책상 옆자리 외에는 내 공간은 없네. 그리고 앞으로 아기 침대를 놓을 곳조차 아직 보이지 않는 실정이지만, 그 대신 집 밖의 공간은 한층 넓은 편이지. 남편을 위한 카페들과 클럽이 있고, 아내를 위한 여러 산책길도 있으며 마차를 타고 드라이브도 다녀올 수 있지. 그리고 두 사람을 위해서는 교외에 좋은 유원지들도 있다네. 그 외에도 가장 큰 장점은 우리의 둥근 식탁이 완전히 차서 아버지는 친구들을 볼 수 없게 된 것이네. 그 친구들은 아버지가 더 잘 대접해 주려고 노력하면 할수록 그런 아버지를 더 경솔하고 부정적으로 트집 잡는 사람들이거든.

집안에 쓸데없는 것은 하나라도 두어서는 안 돼! 가구나 살림 도구가 너무 많아서도 안 되고, 마차나 말도 필요 없네! 돈 외에는 아무것도. 그러고 나서 마음에 드는 일을 매일 분별 있게 하면 되지. 옷장도 필요 없네. 언제나 가장 좋고 가장 최근에 산 옷을 몸에 걸치고 있으면 되니까. 남자는 상의를 해어질 때까지 입어도 되고, 여자는 옷이 유행에 뒤떨어지면 그저 팔아 버리면 되지. 오래된 잡동사니를 가지고 있는 것보다 더 견디기 힘든 것도 없네. 누가 내게 귀중한 보석을 선물로 주겠다고 하면서 매일 손가락에 끼고 있어야 한다는 조건을 달면 나는 받지 않을지도 모르네. 어떻게 그런 죽은 자본을 기쁨으로 생각할 수 있겠나? 그러니까 나의 즐거운 신앙고백은 이렇다네. 자기 일을 수행하고, 돈을 벌고, 가족들과 즐겁게 살며, 그 밖의 세상에 대해서는 자신이 이용할 수 있는 이상으로 관심을 두지 말라.

그러면 자네는 이렇게 말하겠지. '그렇게 나무랄 데 없는 너희들의 계획에서 나를 어떻게 하겠다고 생각했나? 아버지 집을 판다면 너희들 집에 최소한의 공간도 없다는데, 나는 어디서 지내란 말인가?'

그건 물론 중요한 일이네. 여보게, 그 점에 대해서는 자네를 도울 수 있을 것일세, 그전에 자네가 시간을 잘 활용한 것을 충분히 칭찬한 다음에 말이네.

어떻게 그렇게 짧은 시간에 유용하고 흥미 있는 대상들에 정통한 사람이 되기 시작했는지 말해 주게. 내가 자네 능력을 잘 알고는 있지만, 자네가 그런 걸 눈여겨보리라고 또한 그렇게 부지런하리라고는 기대하지 못했었는데 말이야. 자네 일기는 자네가 여행하면서 어떤 이득을 얻었는지 우리에게 확신을 주었네. 철과 구리를 생산하고 가공하는 제련소에 대한 설명은 훌륭하고, 이 일에 대한 많은 통찰력을 보여 주고 있네. 나도 예전에 그곳을 가보았지만 내 보고서를 그것과 비교하면 아주 서투르게 보인다네. 직조 공장에 관한 편지도 매우 유익했고, 경쟁 업체에 대한 논평도 아주 적절했네. 몇 군데 자네가 덧셈에서 실수를 저질렀는데, 그런 실수는 그냥 넘어가도 될 만하다네.

그러나 나와 우리 아버지가 가장 많이 그리고 최고로 기뻐하는 것은 경작에 관한 자네의 철저한 이해라네. 특히 경작지 개량에 대해서 말이네. 우리는 압류 상태에 있는 비옥한 지역의 두 큰 토지를 사들이려고 하고 있네. 그래서 집을 팔아서 나온 돈의 일부를 거기에 쓰려고 한다네. 남은 돈 일부는 빌려주고, 그리고 나머지는 그대로 둘 수도 있네. 우리는 자네를 믿고 있는데, 거기로 가서 토지 개량을 책임져 주게나. 그러면 두말할 필요 없이 토지는 몇 년 후 가격이 3분의 1 정도 오를 걸세. 그러면 그 토지를 다시 팔아서 더 큰 토지를 찾아서 개량하고 다시 매각하려는데, 자네가 이런 일에 딱 적합한 사람이네. 우리도 집에서 펜을 들고 빈둥거리고 있지만은 않겠네. 그래서 우리의 처지를 곧 남들이 부러워할 만큼 바꿔 놓으려 한다네.

그럼 잘 지내게! 여행하면서 인생을 즐기고, 자네에게 즐겁고 유익하다 생각되는 곳으로 옮겨 다니게나. 반년 동안은 자네가 필요하지 않으니, 마음대로 세상을 구석구석 둘러볼 수 있네. 현명한 사람은 여행하면서 가장 좋은 교양을 얻는 법이니까. 잘 지내게, 자네와 이렇게 가까운 인척이 되어 기쁘고, 이제부터 일하는 마음에서도 자네와 뜻이 맞게 되어 기쁘다네."

이렇게 편지를 썼을 뿐만 아니라, 경제적인 영악함도 많이 들어 있어 여러모로 빌헬름의 마음에 들지 않았다. 편지에 자신이 허구로 꾸며낸 통계, 기술, 농업에 관한 지식이 들어 있다는 칭찬은 빌헬름에게는 무언의 비난으로 생각되었고, 또한 시민 생활의 행복에 대해 매부가 그린 이상적인 모습은 빌헬름에게 조금의 자극도 주지 못했다. 오히려 빌헬름의 마음에 은근히 반항심을 불러일으켜 과격하게 정반대 쪽으로 쏠렸다. 빌헬름은 자신이 쌓길 원하던 교양을 무대에서만 성취할 수 있다고 확신했다. 그래서 베르너가 그 사실도 모르고 더 완강하게 빌헬름의 계획에 반대하면 할수록, 자신의 결심은 더 굳어지는 것 같았다. 이 일에 관해 빌헬름은 자기 반론의 근거들을 모두 종합했고, 영리한 베르너에게 유리하게 말할 근거가 있다고 생각할수록 더욱 자신의 의견이 옳다는 생각이 들었다. 그래서 답장이 만들어졌는데, 마찬가지로 여기에 싣는다.

## 3장

"자네가 편지를 참 잘 썼더군. 너무 분별 있고 영리해서 더 덧붙일 말이 없을 정도네. 그러나 내가 이렇게 말해도 자네는 날 용서해 주겠지. 사람이란 그런 것과는 정반대로 생각하고, 주장하고 실행하더라도 옳을 수도 있다고 말이네. 자네의 생활 방식대로 살고 사고방식대로 생각하는 것은 무제한의 소유와 쉽고 편하게 살아가는 삶을 목표로 삼고 있네. 그래서 말할 것도 없이, 그런 일에서는 내 마음을 끄는 무엇도 찾을 수 없네.

우선 자네에게 유감스럽지만 고백해야겠네. 내 일기는 아버지를 기쁘게 해드리려고 고민하다가 어느 친구의 도움으로 여러 책에서 자료를 모아서 쓴 것이네. 일기에 들어 있는 내용들과 이런 종류의 더 많은 사실을 나도 잘 알고 있기는 하지만, 전혀 특별한 지식을 가지고 있지도 않고, 그런 일에 관계하고 싶지도 않네. 내 마음속이 쇠 찌꺼기로 가득 차 있다면, 좋은 철을 생산하는 것이 다 무슨 소용이 있겠나? 내 마음과 의견이 일치하지 않는데, 농장 토지를 개량하는 것이 무어란 말인가?

자네에게 한마디로 말하자면 현재 이대로 있는 나 자신을 수련하는 것이 어렴풋하나마 어린 시절부터 내 소망이었고 내 목표였네. 아직도 이런 생각을 품고 있는데, 단지 그것을 가능하게 해 줄 수 있는 수단이 좀 더 명확해졌다는 것이지. 나는 자네 생각보다 더 많이 세상을 봐 왔고, 자네 상상보다 더 잘 세상을 이용해 왔네. 그러니 자네 뜻에 완전히 맞지 않더라도 이제 내가 하는 말에 주의를 기울여 주게나.

내가 만약 귀족이라면, 우리의 논쟁은 당장 끝났을지도 모르네. 그러나 나는 시민 계급에 속하는 사람일 뿐이니 내가 가야 할 길을 선택해야 한다네. 그래서 자네가 이런 나를 잘 이해해 주기 바라네. 외국에서는 어떨지 잘 모르지만, 독일에서는 귀족에게만 정해진, 일반적인, 말하자면 개인적인 교양 수련이 가능하지. 일개의 시민은 공을 세울 수 있고, 꼭 필요하다면 정신의 교양을 쌓을 수 있네. 그러나 아무리 어떻게 해 보아도 자신의 개성은 사라지게 되지. 반면에 상류층 사람들과 교류하는 귀족에게는 고상한 예의범절을 갖춘 행동이 의무가 되고, 귀족은 방문이나 대문에 갇혀 있지 않으니, 이러한 예의범절은 자유로운 예절이 된다네. 귀족은 궁정에서나 군대에서 자신의 모습과 자신의 인품으로 활동해야 하니, 그런 것들을 중요하게 생각하고 또한 자신이 그런 것들을 중요하게 생각한다는 인상을 보여 줄 이유가 있지. 귀족은 어디를 가나 균형을 이루고 있는 모습을 보여 주기 때문에, 평범한 일에도 어느 정도 격식을 갖춘 우아함과 진지하고 중요한 일에도 일종의 명랑한 우아함이 그 귀족에게 잘 어울리는 것이지. 귀족은 공공에 드러나 있는 사람이어서, 자신의 행동에 더 많은 교양을 쌓을수록, 목소리가 더 낭랑할수록, 행동 전체가 더 절도 있고 신중할수록, 그만큼 더 완벽해지는 것이지. 귀족은 높은 사람이나 낮은 사람을 상대하거나, 친구나 친척에게도 언제나 그냥 똑같이 대할 수 있다면, 그런 사람에게는 비난거리를 하나도 찾을 수 없네. 그리고 사람들은 그 귀족이 다르게 행동하길 바라서도 안 된다네. 귀족은 차갑지만 사려 깊고, 행동이나 말은 가식적이지만 신중하다고들 말하지. 만약 귀족이 살아가면서 매순간 겉으로 자신을 통제하는 모습을 보일 줄 안다면, 아무도 그 사람에게 그 이상을 요구하지 않네. 자신과 자기 주위에 가지고 있는 능력, 재능, 부귀 같은 모든 것은 부수적인 것처럼 보인단 말일세.

이제 어느 평민이 주제넘게 저런 장점들을 갖추려는 야망을 품었다고 생각해 보게. 그 사람은 확실히 실패하고야 마네. 그리고 그렇게 될 수 있는 능력과 욕망을 천성적으로 더 많이 부여받았을수록, 그 사람은 더 비통해질 것이 틀림없다네.

귀족은 일상생활에서 그 어떤 제한도 받지 않고, 사람들이 그 귀족을 왕이나 왕과 비슷한 인물이라고 생각할 수 있으니, 어디에서나 말은 하지 않더라도 의식적으로 자신과 동등한 사람들 앞에 나타나도 되고,

어디에서든지 앞으로 밀고 나아가도 되네. 반면에 평민은 자신에게 그어져 있는 신분의 경계선을 있는 그대로 말없이 느끼는 것보다 더 어울리는 것이 없네. 귀족은 자신에게 '너는 어떤 사람이냐'라고 물어서는 안 되고, 그냥 '네가 가진 것이 무엇이냐? 어떤 통찰력, 어떤 전문 지식, 어떤 능력, 얼마만큼의 재산을 가지고 있느냐' 하고 물어야 한다네. 귀족이 자신을 드러냄으로써 모든 것을 보여 준다면, 평민은 자기 개성으로 아무것도 드러내지 못하고, 드러내서도 안 되네. 귀족은 눈에 띄어도 괜찮고 또한 그래야 하지만, 평민은 그냥 그대로 있어야 하네. 그래서 다른 사람의 눈에 띄려는 행동은 어리석거나 멍청한 짓이네. 귀족은 활동하며 다른 이에게 영향을 주어야 하지만, 평민은 능력을 발휘하고 창조해 내야 하네. 그래서 평민은 자신이 유용하게 쓰이기 위해선 개별적인 능력들을 개발해야 하는데, 한 가지 능력으로 자신을 유용하게 만들기 위해서는 나머지 모든 것들을 포기해야 하기 때문에, 그의 본성 안에 조화로운 균형이 잡혀 있지 않으며 잡혀 있어서도 안 된다는 것이 전제되어 있네.

이런 차별에 책임이 있는 것은 귀족들의 오만불손함이나 평민들의 고분고분함이 아니라, 사회제도 그 자체라네. 언젠가 그런 점에서 무엇이 변화할지 나는 별로 관심이 없네. 어쨌든 지금 상황에서는 나 자신을 생각해야 하고, 그리고 어떻게 나 자신을 구해서 내게 꼭 필요한 것에 도달할지를 생각해 보아야 하네.

내 본성을 조화롭게 양성하고픈 마음을 억누를 수가 없네. 비록 내 신분이 그걸 허용하지는 않지만 말이네. 내가 자네를 떠나온 후로 신체 단련을 통해 얻은 것도 많고, 평소에 당황하던 버릇도 많이 없어졌으며, 사회적인 처신도 제법 잘하고 있다네. 마찬가지로 내 발음과 음성도 수련을 쌓았네. 그래서 잘난 척하는 것이 아니라 사람들에게 나쁜 인상을 주지는 않는다네. 이제 나도 유명한 사람이 되어 많은 사람의 마음에 들고 싶은 욕망, 활동하고 싶은 욕망을 날이 갈수록 이겨 내기 어렵다는 사실을 자네에게 기꺼이 부인하지 않겠네. 여기에는 문학과 문학에 관련된 모든 것에 대한 나의 애착, 그리고 이런 것들을 즐기지 않을 수 없을 때 좋은 것을 정말로 좋다고, 아름다운 것을 아름답다고 평가할 수 있도록 내 정신과 취향에 교양을 쌓고 싶은 욕구가 추가될 수도 있네. 나를 위한 이 모든 것은 오직 무대에서만 찾을 수 있으며, 오로지 이 영역에서만 내가 원하는 대로 활동하고 교양을 쌓을 수 있음을 자네도 잘 알고 있겠지. 무대 위에서도 교양 있는 사람은 마치 상류 사회에 있는 것처럼 개인적인 훌륭함이 나타난다네. 그래서 정신과 육체는 그런 훈련을 할 때 언제나 서로 보조를 맞춰야 하네. 그리고 난 아주 잘할 것이고, 어떤 다른 곳에 있을 때처럼 빛날 수도 있을 거야. 그밖에 또 몰두할 일을 찾는다면 거기에 반드시 따라오는 힘든 일도 충분히 있을 테고, 내 인내심을 매일 단련시킬 수도 있겠지.

이 점에 대해 나와 더 논쟁하지 말게나. 왜냐하면 자네가 내게 답장을 쓰기도 전에 이 발걸음을 이미 내디뎠을 테니까 말일세. 너무 일반적인 선입견 때문에 내 이름을 바꾸려고 하네. 마이스터[56]라는 이름으로 행동하기가 부끄럽기 때문이네. 잘 있게나. 우리 재산은 이렇게 능력 있는 사람 손에 있으니 나는 전혀 걱정하지 않겠네. 내가 필요한 것은 이따금 자네에게 요청하겠네. 그렇게 많은 돈은 아닐 것이네. 내가 하는 예술로 밥은 먹고 살아갈 수 있을 것 같으니 말일세."

---

56 마이스터(Meister)는 대가(大家), 선생, 스승이라는 뜻이다.

이 편지를 부치자마자 빌헬름은 당장 약속을 지켰다. 그래서 불쑥 자신이 배우에 전념하겠으며 적당한 조건이라면 계약을 받아들이겠다고 말하자 제를로와 나머지 사람들은 깜짝 놀랐다. 제를로가 이전에 그런 계약이면 빌헬름과 나머지 사람들이 충분히 만족할 수 있다고 이미 언명한 바 있었기 때문에 사람들은 바로 합의를 보았다. 그렇게 오랫동안 함께 이야기해 온 습격을 당했던 사람들 전부 한꺼번에 극단에 받아들여졌지만, 라에르테스는 혹시 그랬을지 몰라도 어느 한 명도 빌헬름에게 고마움을 표시하는 것 같지는 않았다. 그들은 빌헬름이 할 수 있으리라는 신뢰도 없이 요구하기만 했듯이, 그렇게 고마워하는 마음도 없이 받아들였다. 오히려 자신들의 자리가 필리네의 영향력이 작용한 덕이라고 생각하려고 했고, 그래서 고맙다는 말을 필리네에게 돌렸다. 그러는 동안에 작성된 계약서에 서명하게 되었지만, 빌헬름은 자신의 가명으로 서명하는 그 순간에 여러 생각들이 뭐라 설명할 수는 없이 서로 연결되면서 상처를 입고 필리네의 무릎에 누워 있던 저 숲속의 장면이 머리에 떠올랐다. 아마존 여인과 같은 사랑스러운 여인이 백마를 타고 작은 숲에서 나타나 자기에게 다가와서 말에서 내렸다. 자상하게 걱정해 주며 왔다 갔다 하더니 마침내 빌헬름 앞에 멈춰 섰다. 옷이 그 여인의 어깨에서 벗겨지더니 그 얼굴과 자태가 빛나기 시작했고, 그러더니 사라져 버렸다. 그래서 빌헬름은 자기가 무얼 하는지도 모르고 그냥 기계적으로 자기 이름을 적었고, 서명하고 나서야 비로소 미뇽이 자기 옆에 서서 팔을 붙들고 서명하지 못하게 손을 살짝 끌어당기는 것을 느꼈다.

# 4장

제를로는 빌헬름이 요구한 무대에 서는 조건들 가운데 하나는 절대로 받아들이지 않았다. 빌헬름은 《햄릿》을 토막 내지 않고 완전하게 상연해야 한다고 강력히 요구했고, 제를로는 가능한 범위 내에서만 그 별스러운 요구를 수락해 주었다. 두 사람은 지금까지 이 문제에 대해 여러 번 의견 충돌이 있었는데, 무엇은 가능하고, 무엇은 가능하지 않은지, 작품을 토막 내지 않고 무엇을 생략할 수 있는지에 대한 두 사람의 의견이 너무 달랐다.

빌헬름은 사랑하는 여인과 존경하는 작가에게도 결함이 있을 수 있다는 사실을 이해할 수 없는 행복한 시기를 보내고 있었다. 우리가 빌헬름과 셰익스피어에 대해 느끼는 점도 이와 똑같고, 그 점에 동감하고 있어서 우리는 그들이 완전한 일치를 이루고 있다고 생각해야 한다. 반면에 제를로는 따로 떼어 내는 것을 좋아했고 그것도 너무 지나칠 정도였다. 제를로의 예리한 이해력은 어떤 작품에서 대체로 크든 작든 간에 불완전한 전체를 이루고 있는 것을 식별해 내려고 했다. 그래서 제를로는 작품들을 있는 그대로 판단하면 되지, 그렇게 조심스럽게 다룰 이유가 별로 없으며, 그래서 셰익스피어도 그렇게 해야 하고, 특히 《햄릿》은 많은 손질을 해야 한다고 생각했다.

제를로가 보리에서 왕겨를 가려내야 한다고 했을 때 빌헬름은 들으려고도 하지 않고 이렇게 큰 소리로 말했다. “왕겨와 보리가 섞여 있는 것이 아니라, 그것은 줄기, 큰 가지, 작은 가지, 잎, 꽃봉오리, 꽃잎과 열매입니다. 이것들은 다른 것과 함께 섞여서 하나를 이루고 있지 않습니까?” 제를로가 대답하기를, 사람들은 줄기 전체를 식탁 위에 올려놓지 않으며, 예술가는 자기 손님들에게 황금 사과만을 은쟁반에 받쳐서 내놓아야 한다고 했다. 두 사람은 서로 온갖 비유를 들어 설명했지만, 두 사람의 의견은 점점 더 거리가 멀어지는 것 같았다.

심지어 제를로가 언젠가 긴 논쟁을 벌인 뒤 간단하게 결정 내리기 위해 펜을 들고 비극 작품 중에서 공연에 넣고 싶지도 않고 넣을 수도 없는 부분을 삭제하고, 여러 인물을 한 인물로 모으는 가장 간단한 방법을 권했을 때는 빌헬름은 정말이지 절망하고 싶어졌다. 특히 빌헬름더러 이런 방법을 아직 잘 모르거나 그럴 마음이 없다면, 그 작업을 자기에게 맡기면 곧 끝내 버리겠다고 말할 때 더 그랬다.

"그건 우리가 합의한 내용과 다릅니다." 하고 빌헬름이 대답했다. "당신처럼 고상한 취향을 가진 분이 어찌 그렇게 경솔한 짓을 할 수 있단 말입니까?"

"여보시오." 하고 제를로가 크게 외쳤다. "당신도 틀림없이 그렇게 하게 될 것입니다! 이런 방식이 역겹다는 걸 나도 너무 잘 알고 있고, 세계의 어느 극장에서도 아직 이런 방식을 시도하지 않았을지도 모릅니다. 그러나 우리만큼 돌보지 않아 그렇게 황폐해진 극장이 또 어디에 있습니까? 이렇게 역겹게 잘라 내라고 우리에게 작가들이 강요하는 것이니, 관객도 그것을 용서하겠지요. 극단 인원, 무대 장치, 극장의 기계 장치, 시간, 대화, 배우들의 체력의 한도를 넘어서지 않는 작품이 도대체 몇 개나 되겠어요? 그래도 우리는 공연해야 하고, 끊임없이 그리고 새로운 작품을 보여 줘야 합니다. 우리가 토막 낸 작품으로 완전한 작품을 공연할 때와 같은 성과를 거둘 수 있다면, 우리가 가진 장점들을 활용해야 하지 않겠습니까? 관객들 스스로 우리에게 그런 이점을 제공해 주니 말입니다! 작품 전체에 대한 미학적 감각을 갖춘 독일 사람은 많지 않고, 아마도 현대의 모든 국가에서도 몇 명밖에 없을 것입니다. 관객은 부분만을 칭찬하고 비난할 뿐이고, 부분에만 넋을 잃고 기뻐할 뿐입니다. 그래서 연극 자체가 언제나 베끼고 토막 난 상태로 머물고 있으니 배우들보다 더 큰 행운을 차지할 사람이 누구겠습니까."

"그건 그렇지요!" 하고 빌헬름이 대답했다. "그러나 도대체 왜 연극이 그런 상태를 지속해야 하고, 모든 연극이 그런 상태로 머물러야 합니까? 당신 말이 옳다고 나를 설복시키려 하지 마십시오. 내가 아주 중대한 착오로 맺었을지도 모르는 이 계약을 이행하라고 세상의 어떤 힘도 강제로 나를 설득할 수는 없기 때문입니다."

제를로는 주제를 재미있는 방향으로 돌려《햄릿》에 대해 여러 차례 나눈 두 사람의 대화를 다시 한번 생각해 보고 빌헬름이 성공적으로 개작할 방법을 제안해 달라고 부탁했다.

빌헬름은 며칠을 혼자 보내고 나서 즐거운 표정으로 다시 와서 이렇게 말했다. "내가 아마도 잘못 생각하지 않았다면 작품 전체에 도움이 될 수 있는 방법을 찾아낸 것 같습니다. 예, 셰익스피어 자신도 만약 자신의 천재성을 중요한 줄거리에 그렇게 많이 드러내지 않았고, 자신이 원본으로 삼았던 전해지는 이야기에 혹시 현혹되지 않았다면, 분명히 이렇게 만들었을 것이라고 확신합니다."

"그럼 한번 들어 봅시다." 하고 제를로가 말하면서 엄숙한 태도로 긴 안락의자에 앉았다. "가만히 경청하겠지만, 더 혹독하게 판단할 거요."

빌헬름이 대답했다. "두렵지 않습니다. 들어나 보십시오. 면밀한 연구와 철저한 고찰에 따르면 이 작품의 구성에서 두 가지가 구분된다고 봅니다. 첫 번째는 인물과 사건의 중요한 내면적 관계로, 주인공들의 성격과 행동에서 생겨나는 강력한 효과입니다. 이것은 개별적으로 탁월해서, 그 장면들이 배치되는 순서도 더 손볼 곳이 없습니다. 그래서 어떤 방법으로 손을 대서 깨뜨려 버릴 수도, 모양을 망쳐 놓을 수도 없습니다. 이런 장면들은 모두가 보고 싶어 하고, 아무도 감히 건드릴 수 없으며, 마음에 깊은 인상을 주는 것들입니다. 그래서 내가 듣기에 독일의 모든 무대에서도 이 장면들은 거의 모두 상연되었습니다. 단지 내 생각에는 사람들이 잘못을 저질렀습니다. 즉, 이 작품에서 주의를 기울여야 하는 두 번째 요소인 인물들의 외부적 관계를 말하는데, 이를 통해 인물들이 이 장소에서 저 장소로 이동하게 되거나 이런저런 방식으로 어떤 우연한 사건들에 의해 엮이게 되지만, 이런 것을 너무 하찮게 여겼고, 지나가는 말로만 언급했거나 심지어 생략해 버렸습니다. 물론 이 실들은 가늘고 느슨할 뿐이지만, 작품 전체를 관통하면서 흐트러지지 않고 함께 붙어 있습니다. 그렇지 않으면 사건들은 뿔뿔이 흩어질지도 모르고, 만약 이 실들을 잘라 버리거나 끊긴 끝들을 그대로 두고 충분히 마무리했다고 생각한다면 실제로도 뿔뿔이 흩어질 것입니다.

이런 외부적인 관계로 나는 노르웨이에서의 소요 사태, 노르웨이의 젊은 왕세자 포틴브라스와의 전쟁, 늙은 삼촌에게 보내는 사절단, 분쟁의 중재, 포틴브라스 왕자의 폴란드 출정과 마지막 장면에서의 귀국을 꼽겠고, 마찬가지로 호레이쇼의 비텐베르크에서의 귀국, 햄릿이 그곳으로 가려는 의욕, 레어티즈의 프랑스 여행과 귀국, 햄릿의 영국 파견, 해적에게 포로로 잡힘, 우리아의 편지로 인한 두 신하의 죽음이 있는데, 이 모든 상황과 사건은 소설이라면 세세하게 늘릴 수 있겠지만, 특히 주인공이 아무런 계획이 없는 이 희곡에서는 통일성을 매우 해쳐 아주 많은 결함을 발생시킵니다."

"이제 좀 듣고 싶은 말을 하는군요!" 하고 제를로가 큰 소리로 말했다.

"말을 가로막지 마십시오." 하고 빌헬름이 대답했다. "계속 내 말을 칭찬하고 싶지는 않을 겁니다. 이런 결함들은 건물을 지을 때 단단한 벽을 설치하기 전에 제거해서는 안 되는 임시 지지대와 같은 것입니다. 그러니까 내 제안은 첫 번째 중요한 상황들은 전혀 손대지 않고 가능한 한 전체나 개별적으로 보존하고, 두 번째 외부적이고 개별적으로 산만하고 또 산만하게 하는 모티프는 모두 한꺼번에 빼 버리고 그중에 한 모티프만 대체하자는 것입니다."

"그럼 어떻게 될까요?" 하고 제를로가 편안한 자세로 있다가 일어서면서 물었다.

"그것은 이미 작품 안에 들어 있습니다." 하고 빌헬름이 대답했다. "다만 그것을 올바르게 사용하자는 겁니다. 바로 노르웨이에서의 소요 사태인데, 여기 내 계획을 한번 검토해 보십시오.

햄릿의 아버지가 죽은 후, 얼마 전에 정복당한 노르웨이 사람들은 동요합니다. 그곳의 총독은 자기 아들이자 햄릿의 오랜 친구인 호레이쇼를 덴마크로 보내면서 함대를 보내 무장시켜 줄 것을 촉구하는데, 호레이쇼는 용감함과 처세에 능통하기로는 다른 모든 사람보다 뛰어났습니다. 그런데 그 함대 건조는 향락에 빠진 새로운 왕 치하에서 아주 느리게 진척되고 있었습니다. 호레이쇼는 선왕을 알고 있었는데, 선왕의 마지막 전투에 참여해서 총애를 받았기 때문이죠. 그러니까 첫 번째 망령 장면도 그 의미를 잃지 않게 됩니다. 새로운 왕은 호레이쇼에게 알현을 허락하고, 레어티즈를 함대가 곧 도착한다는 소식과 함께 노르웨이로 보냅니다. 한편 호레이쇼는 함대를 서둘러 무장시키는 임무를 부여받죠. 그런데 왕비는 햄릿이 바라는 대로 호레이쇼와 함께 배를 타고 가겠다는 것을 허락하지 않으려 합니다.”

“다행이군요!” 하고 제를로가 큰 소리로 말했다. “그렇게 하면 내게 항상 귀찮은 걸림돌이었던 비텐베르크나 대학 장면도 필요 없어지니 말이죠. 선생 생각이 아주 마음에 듭니다. 유일하게 멀리 떨어진 노르웨이와 함대 두 장면 외에는 관객들이 생각할 필요가 없고, 다른 모든 일은 눈앞에서 보게 되고, 모두 눈앞에서 일어나니까 말입니다. 그렇지 않으면 관객의 상상력이 전 세계 이곳저곳을 쫓아다녀야 할지도 모르죠.”

“내가 이제 나머지 부분을 어떻게 결합할 수 있는지 쉽게 아실 겁니다.” 하고 빌헬름이 대꾸했다. “햄릿이 계부의 악행을 호레이쇼에게 털어놓자, 호레이쇼는 햄릿에게 함께 노르웨이로 가서 군대를 장악하고 무장해서 돌아오라고 충고하지요. 그때 왕과 왕비에게는 햄릿이 너무 위험한 존재로 생각되어, 햄릿을 떼어 내려면 함대로 보낼 때 로젠크란츠와 길덴스턴을 감시자로 붙여 같이 보내는 방법밖에 없지요. 그러는 사이 레어티즈가 돌아오고, 살인이라도 저지를 만큼 흥분한 이 청년에게 햄릿을 뒤쫓아 가라고 명령합니다. 함대는 불리한 바람 때문에 앞으로 나아가지 못하고, 햄릿은 되돌아옵니다. 햄릿이 묘지를 돌아다니는 장면은 아마도 적당한 동기를 부여할 수도 있겠죠. 오필리아의 무덤에서 레어티즈를 만나는 것은 중요하고 없어서는 안 될 장면입니다. 이 시점에서 왕은 햄릿을 즉시 제거하는 편이 낫다고 생각합니다. 겉으로는 레어티즈와의 화해를 위한 축연이지만, 실질적으로는 이별의 축연이 이제 엄숙하게 열립니다. 그러다 기사들의 검술 시합이 개최되고, 햄릿과 레어티즈도 칼을 들고 싸웁니다. 네 명의 시체를 보지 않고는 이 작품의 막을 내릴 수 없게 됩니다. 아무도 살아남아서는 안 됩니다.

이제 대통을 이을 선거가 시작되어 햄릿은 죽어 가면서 자신의 한 표를 호레이쇼에게 던집니다."

"자, 빨리" 하고 제를로가 말했다. "앉아서 대본을 완성해 주세요. 그 생각에 완전히 동의합니다. 그 의욕이 사라지지만 않았으면 좋겠소!"

## 5장

빌헬름은 《햄릿》을 번역하는 일에 상당히 오랫동안 매달렸다. 그러면서 내용이 충실한 빌란트[57]의 번역을 이용했는데, 셰익스피어를 처음 알게 된 것도 바로 이 번역을 통해서였다. 이 번역에서 빠진 부분을 빌헬름은 추가했고, 제를로와 이 작품을 어떻게 처리할지 의견이 상당히 일치되었던 순간에 완전한 번역 대본을 갖게 되었다. 이제 자기 계획에 따라 떼어 내고 끼워 넣고, 나누고 연결하고, 변경했다 다시 제자리에 두는 작업을 시작했다. 자기 생각대로 되어 만족스러웠지만, 작품을 공연할 때 원작을 망가뜨릴 것만 같은 생각이 항상 들었다.

빌헬름은 작업을 끝마치자마자 제를로와 다른 단원들 앞에서 대본을 읽어 주었고, 사람들은 대단히 만족스러워했다. 특히 제를로는 여러 가지 호의적인 소견을 말했다.

제를로가 특히 이렇게 말했다. "이 작품에 외부적인 상황들이 수반

---

57 크리스토프 마르틴 빌란트(Christoph Martin Wieland, 1733~1813)는 독일 계몽주의 시대의 작가로 바이마르에서 괴테와 함께 지냈다.

되지만, 위대한 작가가 우리에게 남겨 놓은 것들보다 간결해야 한다는 제안은 정말 옳았습니다. 무대 밖에서 일어나는 것, 관객이 보지 못하는 것, 따라서 관객이 상상해야 하는 것은 일종의 무대 배경이라 할 수 있고, 그 앞에서 연기하는 배우들이 움직이는 것이지요. 함대나 노르웨이를 크면서도 간단히 보이도록 한 것은 작품에 좋은 결과를 가져다줄 겁니다. 만약 이 장면을 완전히 빼 버린다면 이 작품은 가정극에 불과하게 됩니다. 이 작품에서 왕가 전체가 내부의 범죄와 서투름으로 파멸한다는 커다란 개념도 위엄을 완전히 갖춘 상태로 보여 주지 못하게 됩니다. 그렇다고 저 배경 자체가 다양하게, 이리저리 바뀌며, 뒤죽박죽 섞여 버린다면 인물들의 인상에 손상을 줄지도 모릅니다."

빌헬름은 다시 셰익스피어의 편을 들어서, 작가가 섬나라 사람들 즉 영국인들을 위해 작품을 썼고, 이 사람들은 무대 배경의 배들이나 항해, 프랑스 해변과 해적들을 보는 데 익숙해져 있어서, 이들에게는 완전히 익숙한 풍경이지만 우리에게는 정신을 분산시키고 혼란스럽게 만들 뿐이라며 지적했다.

제를로는 동의했고, 그래서 두 사람은 이 작품이 언젠가는 독일 무대에 공연되어야 하며, 더 진지하고도 간결하게 만든 이 배경 줄거리가 우리의 공연 방식에 가장 적합할 거라는 데 의견이 일치했다.

배역은 이전에 이미 배분되었고, 제를로가 폴로니어스를, 아우렐리아가 오필리아를, 라에르테스가 자기 이름이 말해 주는 레어티즈 역을, 젊고, 땅딸막한 새로운 친구가 호레이쇼 역을 맡았다. 이제 왕과 망령 역 때문에 조금 곤란한 상황에 빠졌는데, 두 역할에는 호통을 치는 역을 잘 맡는 영감밖에 없었다. 제를로는 융통성 없는 인물 역을 잘 맡는 배우에게 왕 역을 제안했지만 이에 빌헬름이 아주 강하게 반대해서 결정지을 수가 없었다.

더 나아가 빌헬름은 자기 대본에 로젠크란츠와 길덴스턴 두 역을 그대로 두었다. "왜 이 두 인물을 한 인물로 만들지 않았소?" 하고 제를로가 물었다. "이런 축약은 아주 쉽게 할 수 있었을 텐데요."

"의미와 효과를 동시에 없애 버리는 그런 축약은 말도 안 됩니다!" 하고 빌헬름이 대답했다. "이 두 인물이 보여 주는 행동을 한 인물로 나타낼 수 없습니다. 이런 사소한 일에서도 셰익스피어의 위대함을 보여 줍니다. 이들이 조용히 등장해서 바싹 달라붙어 굽실거리고, 항상 네, 네 하면서 어루만지며 아첨하고, 이들의 민첩함, 이들이 아부하는 것, 이들의 포괄적이면서도 텅 비어 있는 짓, 이들의 합법적인 못된 짓, 이들의 무능력함을 어찌 한 인물로 표현할 수 있단 말입니까? 할 수만 있다면 이런 인물이 최소한 한 다스만큼 있었으면 좋겠어요. 왜냐하면 이 두 사람은 함께 있어야만 중요한 의미가 있고, 이들이 상류 사회 그 자체이기 때문입니다. 셰익스피어가 그러한 사람들을 대표하는 두 사람만 등장시킨 것은 매우 분별 있고 현명했기 때문입니다. 더구나 내 대본에서는 이 두 사람을 짝으로 이용해서 착하고 멋진 호레이쇼 한 명과 대비를 이루게 할 겁니다."

"알겠습니다." 하고 제를로가 말했다. "그러면 우리가 이렇게 하면 되겠군요. 한 사람은 엘미레(우리가 호통을 치는 영감이라고 부르는 사람의 큰딸)에게 맡기지요. 두 인물이 예쁘게 생겨도 나쁠 것은 없겠지요, 관객들 마음에 들어야 하니까 내가 어린 여배우들도 분장시키고 훈련도 시킬 겁니다."

필리네는 짧은 극중극에서 왕비 역을 맡게 되어 매우 기뻐하며 이렇게 말했다. "첫 번째 남편을 매우 사랑했다가 어떻게 그렇게도 빨리 두 번째 남편과 결혼하는지를 아주 자연스럽게 연기해 보겠어요. 아주 큰 박수갈채를 받길 바랍니다. 그리고 누구라도 세 번째 남편이 되길 기대해도 좋아요."

아우렐리아는 그 말을 듣고 언짢은 표정을 지었는데, 필리네에 대한 그녀의 반감은 날이 갈수록 더 커졌다.

"우리에게 무용단이 없는 것이 유감이군요." 하고 제를로가 말했다. "필리네 씨가 첫 번째와 두 번째 남편과 발레 파드되[58]를 춰어야 하는데. 그래서 첫 번째 남편이 박자에 맞춰 춤추다가 잠이 들고, 그러면 당신의 발과 종아리가 극중극이 벌어지는 저기 뒤쪽 소무대에서 얼마나 어여쁘게 보이겠어요."

"저의 종아리를 아직 잘 모르실 텐데." 하고 필리네가 새침하게 대꾸했다. "그리고 발로 말할 것 같으면" 하고 말하면서 재빨리 탁자 아래로 손을 넣어 슬리퍼를 벗겨서 제를로 앞에 나란히 놓았다. "여기 신발이 있어요. 단장님께 숙제를 낼 테니 더 귀여운 것이 있나 찾아보세요."

"농담이 아니었네요!" 하고 제를로가 말하면서 귀엽고 예쁜 단화를 쳐다보았다. 정말이지 그보다 더 귀여운 것은 쉽게 볼 수 없었다.

그 신발은 파리에서 만든 것으로, 필리네가 발이 예쁘기로 유명한 백작 부인으로부터 선물로 받은 것이었다.

"아주 예쁜 신발이군요!" 하고 제를로가 큰 소리로 말했다. "신발을 보고 있자니 가슴이 다 뛰네요."

"뭘 그렇게 감탄까지 하세요!" 하고 필리네가 말했다.

---

58 파드되(Pas de deux)는 발레에서 주로 여성과 남성 무용수가 함께 추는 춤으로, '두 사람의 춤'이라는 뜻이다.

“이렇게 세련되고 아름답게 만든 신발이 또 어디에 있겠어요.” 하고 제를로가 큰 소리로 말했다. “그런데 그냥 보는 것보다는 이 신발 소리가 더 매력적이죠.” 제를로는 신발을 집어 들어 몇 번 왼쪽 오른쪽을 번갈아 가며 탁자 위에 떨어뜨려 보았다.

“뭐 하시는 거예요? 이리 주세요.” 하고 필리네가 외쳤다.

“이렇게 말해도 될지 모르지만” 하고 제를로가 겸손한 척하며 장난기 어린 진지한 표정으로 대꾸했다. “대체로 방에 혼자 있는 우리 같은 사람들은 다른 사람들이 그렇듯 사위가 어두워지면 무서워하지요. 누군가 함께 있기를 바라는 다른 총각들은 특히 여관이나 으스스한 낯선 곳에서 마음씨 착한 아가씨가 우리의 말동무가 되어 주고 도와주려 하면 위로를 받는다고 생각해요. 밤이 되어 침대에 누워 있는데, 어디서 바스락거리는 소리가 나면 불안에 떱니다. 그때 문이 열리고, 속삭이는 사랑스러운 목소리가 들립니다. 누군가가 살금살금 걸어오고, 커튼이 살랑거립니다. 털썩! 털썩! 신발이 떨어지고 그러면 재빨리 휙! 이제 더 이상 혼자가 아니죠. 신발 뒤꿈치가 바닥에 닿을 때 나는 더없이 사랑스러운 소리! 신발 뒤꿈치가 귀여울수록 더 고운 소리를 내죠. 사람들은 나이팅게일이나 졸졸거리는 시냇물, 살랑거리는 바람 소리, 오르간이나 피리 연주 소리가 좋다지만 털썩! 털썩! 소리에 끌립니다. 털썩! 털썩! 이 소리야말로 언제나 처음부터 다시 듣고 싶은 가장 아름다운 론도[59]의 주제죠.”

필리네는 제를로의 손에서 신발을 빼앗으며 말했다. “내가 신발을 구부려서 신었네! 신발이 내게 너무 크단 말이야.” 그러고 나서 신발을

---

59 론도(Rondeau)는 후렴이 딸린 짧은 프랑스 시를 말한다.

만지작거리며 신발 밑바닥을 서로 맞대 비벼 댔다. "이렇게 하면 따뜻해지죠!" 하고 말하더니 밑바닥 하나를 자기 뺨에 평평하게 대고는 다시 문질러서 제를로에게 내밀었다. 그러고 "털썩! 털썩!" 하고 외치더니 신발 뒤꿈치로 제를로를 세게 때리자 제를로가 비명을 지르며 손을 움츠렸다. "내 신발을 보고 다른 생각을 품지 않도록 단장님을 가르쳐 드리려고 그랬죠." 하고 필리네가 웃으면서 말했다.

"난 당신에게 늙은 사람들을 애들처럼 대하는 법을 가르쳐 주려고 그랬지." 하고 제를로가 대답하고는 벌떡 일어서더니 필리네를 꼭 껴안고 몇 번 필리네에게 억지로 키스를 했는데, 필리네는 그럴 때마다 심하게 반항하는 체하면서도 그렇게 하도록 내버려두었다. 이렇게 옥신각신하는 사이에 필리네의 긴 머리가 풀려서 아래로 떨어지면서 모여 있던 사람들을 휘감았고, 의자는 바닥에 넘어졌다. 그러자 아우렐리아는 이런 소동에 내심 기분이 상해 불쾌해하며 자리에서 일어섰다.

## 6장

《햄릿》의 대본이 새롭게 구성되며 여러 인물이 생략되었지만, 여전히 등장인물의 숫자가 많이 남아 있어 단원들만으로는 충분하지 않을 것 같았다.

"이렇게 되면" 하고 제를로가 말했다. "우리 프롬프터도 숨어 있는 구멍에서 올라와서 우리 사이를 걸어 다니며 배역을 맡아야 할지도 모릅니다."

"나도 종종 프롬프터 자리에 있는 그 사람에게 감탄했습니다." 하고 빌헬름이 대꾸했다.

"그보다 더 완벽한 프롬프터가 있다고는 생각하지 않습니다." 하고 제를로가 말했다. "어떤 관객도 그의 말을 듣지 못하지만, 우리는 무대에서 음절 하나하나 다 알아듣습니다. 마치 이런 일을 위해 만들어 놓은 듯한 자신만의 목소리로, 난처한 상황에서 마치 수호신처럼 분명하게 들리도록 속삭여 주지요. 그 사람은 배우가 자신의 역할 중 어떤 부분을 잘 외우고 있는지 느끼고, 배우가 외웠던 대사를 잘 기억해 내지 못할 것처럼 보이면 멀리서도 알아차립니다. 나도 내 역할을 대충 읽어만 보고, 그 사람이 내 대사를 하나하나 앞서 불러 줘서 운 좋게 해낸 적이 몇 번 있습니다. 다만 그 사람에게는 배우들을 모두 쓸모없게 만드는 특이한 점이 있는데, 이 사람이 연극에 너무 관심을 보이다 보니 격정적인 대목에서 있는 그대로 낭송하지 않고 감정을 넣어 낭독합니다. 그런 나쁜 버릇 때문에 내가 당황했던 적이 한두 번이 아닙니다."

"마찬가지로 그 사람은" 하고 아우렐리아가 말했다. "언젠가 또 다른 특이한 점으로 매우 조심해야 하는 대목에서 내 대사가 중단되게 했었죠."

"연극에 집중하는 사람이 어떻게 그럴 수가 있었나요?" 하고 빌헬름이 물었다.

"이 사람은" 하고 아우렐리아가 대답했다. "특정 장면에서 너무 감동해서 뜨거운 눈물을 흘리는 바람에 한동안 마음의 평정을 잃어버려요. 그런데 그 사람이 이런 상태로 빠지는 대목들은 원래 이른바 감동적인 장면들이 아니거든요. 그 장면들은 정확하게 말하자면 아름다운 장면들인데, 작가의 순수한 정신이 마치 밝게 열린 눈으로 세상을 내다보고 있는 것 같아서 우리 같은 사람들은 그냥 매우 기뻐하는 대목들이지만 많은 사람은 그냥 넘어가 버리죠."

"그럼 그렇게 감수성이 예민한 사람이 무대에 서지 않는 이유가 무엇입니까?"

"쉰 목소리와 어색한 동작 때문에 무대에 서지 못하고 또 우울한 성격으로 인해 다른 사람들과도 어울리지 못하죠." 하고 제를로가 대답했다. "그 사람과 친해지려고 내가 얼마나 많은 노력을 기울였는지 모릅니다! 그러나 아무 소용이 없었어요. 그 사람이 두 번 읽어야 한 적은 없을 정도로 대본을 읽는 것은 뛰어납니다. 누구도 그 사람처럼 낭송과 감정을 가득 실은 낭독 사이의 그 섬세한 경계선을 유지하지 못합니다."

"찾았군요!" 하고 빌헬름이 큰 소리로 말했다. "찾았어요! 얼마나 좋은 발견입니까! 우리는 저 용맹한 피로스 대목[60]을 낭송할 배우를 보유하고 있군요."

"모든 걸 자신의 최종 목적을 위해 이용하려면 당신처럼 많은 열정이 있어야겠지요." 하고 제를로가 대답했다.

"사실은 이 대목을 삭제할지 말지가 제일 큰 걱정이었습니다. 그러면 작품 전체가 마비될지도 모르니 말입니다." 하고 빌헬름이 큰 소리로 말했다.

"저는 그 말을 이해하지 못하겠어요." 하고 아우렐리아가 대꾸했다.

"곧 내 의견에 동의하게 되리라고 생각합니다." 하고 빌헬름이 말했다. "셰익스피어가 막 도착한 배우들에게 두 가지를 요구합니다. 첫째는 트로이의 마지막 왕 프리아모스의 죽음을 아주 감동적으로 낭송

---

60 《햄릿》 2막 2장에 나오는 대목이다. 피로스(Pyrrhus)는 그리스의 장군으로 나중에 에페이로스의 왕이 되고, 아르고스 내전에 개입했다가 전사한다.

하는 배우가 햄릿 왕자에게 깊은 인상을 주어 우유부단한 청년의 양심에 날을 세우게 합니다. 그래서 이 장면은 짧은 극중극이 왕에게 큰 영향을 미치도록 하는 장면의 서곡이 됩니다. 햄릿은 이 배우가 다른 사람이 허구로 지어낸 고통에 그렇게 동정하는 낭송을 듣고 자신이 부끄럽게 느껴집니다. 그리고 바로 이런 방법으로 양아버지가 된 숙부의 양심을 시험해 보려는 생각이 즉시 그에게 떠오릅니다. 2막을 끝내는 이 독백이 얼마나 훌륭합니까! 저는 그 독백을 암송하기를 학수고대하고 있습니다.

'내가 어쩌면 이렇게도 못난 놈이고 비열한 노예 같은 놈이란 말인가! ― 얼마나 엄청난 일이냐. 이 배우가 여기서 단지 허구로 지어내어, 상상 속의 열정으로 자신의 영혼을 의지대로 움직여 그 영향으로 얼굴 전체는 창백해지고 눈에는 눈물이! 어찌할 바 모르는 행동! 목이 멘 목소리! 그의 행동 전체에 감정이 스며들어 있으니! 이 모든 것은 무엇 때문인가! ― 바로 헤큐바[61] 때문이다! 그럼 헤큐바는 그에게 무엇이며 그는 헤큐바에게 무엇이기에 이 여인 때문에 울어야 하는가?'"

"그 사람을 무대에 올릴 수 있기만 하면 좋으련만!" 하고 아우렐리아가 말했다.

"그 사람을 차츰차츰" 하고 제를로가 대답했다. "끌어넣어야지. 연습 공연을 할 때 그 대목을 읽게 하고, 우리는 그 역을 맡아야 할 사람을 기다린다고 말해서, 우리가 그 사람과 가까워질 수 있을지 두고 봐야지."

사람들은 그렇게 하기로 의견 일치를 보고 나서 유령에 관한 대화

61 헤큐바(Hekuba)는 트로이 전쟁의 영웅 헥토르의 어머니다.

로 넘어갔다. 빌헬름은 살아 있는 왕 역을 융통성 없는 사람 역을 잘 맡는 배우에게 맡길지 결정을 내릴 수 없었다. 아니면 호통치는 영감이 유령 역을 맡을 수는 있겠지만, 차라리 조금 더 기다려서 몇몇 배우가 지원해 오면 그 사람들 가운데 적임자가 있을 수도 있다고 생각했다.

그래서 빌헬름이 자기 예명(藝名)이 쓰인 다음과 같은 편지가 멋진 필체로 봉인된 채 책상 위에서 발견되었을 때 얼마나 놀랐는지 상상할 수 있을 것이다.

"오 별난 젊은이여, 자네가 매우 난처한 상황에 빠져 있다는 것을 우리는 알고 있네. 자네가 대본을 쓴《햄릿》에 출연할 사람들을 찾지 못하고 있는데, 하물며 유령을 맡을 사람이 있겠는가. 자네의 열정은 기적을 만들어 낼 자격이 있네. 그 기적을 우리가 비록 일으킬 수는 없으나 기적 같은 일이 일어나게는 해야겠네. 믿어만 준다면 적절한 시기에 그 유령이 나타날 것일세! 용기를 가지고 태연하게 지내시게! 답장은 필요 없네. 자네의 결정은 우리에게도 알려질 것이네."

이 이상한 편지를 들고 빌헬름은 제를로에게 급히 되돌아갔고, 제를로는 편지를 읽고 또 읽어 보더니 마침내 미심쩍은 표정으로 이 문제는 중요하니, 편지를 쓴 사람이 감히 그렇게 해도 될지 그리고 그렇게 할 수 있을지 잘 생각해 봐야 할 것이라고 잘라 말했다. 사람들은 이런 저런 이야기를 많이 나누었고, 아우렐리아는 아무 말 없이 때때로 미소를 지었다. 며칠이 지난 뒤 이 일에 대해 다시 말이 나오자 아우렐리아는 이 일은 오빠의 장난 같다며 아무 걱정하지 말고 유령을 기다리라고 말했다.

전반적으로 제를로는 기분이 아주 좋았다. 극단을 떠나는 배우들은 자신들이 떠나는 것이 정말로 아쉽게 여겨지도록 훌륭한 연기를 위해 최선의 노력을 기울였고, 또한 새로운 극단에 대한 관객들의 호기심을 이용해 최고의 수입을 기대할 수 있었기 때문이었다.

게다가 제를로는 빌헬름과 교제하면서 빌헬름의 영향을 받아 예술을 주제로 더 많이 이야기하기 시작했는데, 자신도 결국엔 독일인이고, 또한 이 독일 민족은 자신이 하는 일을 스스로에게 설득하길 좋아하기 때문이었다. 빌헬름은 그런 대화들을 여러 번 기록해 두었다. 그러나 이야기가 여기서 또 중단되면 안 되니 다른 기회에 이 대화에 관심이 있는 우리 독자들에게 그런 연극론적 시론(試論)들을 내놓을 예정이다.

특히 제를로는 어느 날 저녁 자신이 폴로니어스 역을 어떻게 파악했는지 말할 때 매우 기분이 좋았다. "이번에 정말 품위 있는 남자 역을 최고로 연기하겠다고 약속합니다." 하고 제를로가 말했다. "그 인물에 적합한 침착함과 자신감, 공허함과 의미심장함, 호감을 불러일으키지만 멋없는 성격, 자유로움과 소심함, 순진한 교활함과 날조된 진실함을 적재적소에서 매우 섬세하게 표현할 겁니다. 성실하고, 끈기 있으며, 주어진 시간에 충실한 백발의 악한 역을 궁정 법도에 맞게 연기하고 낭독하려 합니다. 이렇게 하는데 우리 작가의 다소 거칠고 조잡한 펜 놀림이 큰 도움을 줄 겁니다. 그래서 내가 준비가 다 되면 책을 읽듯 말할 것이고, 기분이 좋을 때면 바보처럼 말하겠어요. 아무에게나 아첨하듯 맞장구칠 만큼 어리석어질 것이고, 그리고 사람들이 나를 놀려도 그걸 모르는 척할 정도로 교활해지겠습니다. 이런 즐거움과 짓궂은 생각을 가지고 배역 하나하나를 가볍지 않은 마음으로 맡았습니다."

"제 역할에 대해서도 저만큼 많은 희망을 품을 수만 있어도 좋을 텐데." 하고 아우렐리아가 말했다. "이 캐릭터에서 저라고 공감할 만한 젊음이나 부드러움을 가지지 못했겠어요. 다만 안타깝게도 한 가지 사실만은 알고 있어요. 오필리아를 미치게 하는 그 감정은 절대로 놓치지 않을 겁니다."

"그걸 너무 엄격하게 지키실 필요는 없습니다." 하고 빌헬름이 말했다. "왜냐하면 내가 햄릿 역을 맡으려고 이 작품을 연구하고 또 연구하고 있었을 때 극도로 혼란스러웠기 때문입니다. 그 배역을 연구하면 할수록 셰익스피어가 자신의 햄릿을 묘사하는 특징들이 내 모습 안에는 하나도 없음을 알게 되었습니다. 모든 것이 이 역을 중심에 두고 서로 연결되어 있다는 것을 곰곰이 생각해 보니, 괜찮은 효과를 만들어 낼 용기가 나지 않았습니다."

"그래도 아주 성실하게 배우의 길에 들어서고 계시는군요." 하고 제를로가 대답했다. "배우는 가능한 한 자신을 배역에 맞추고, 또 배역도 마치 그래야 하듯 그 배우를 따르게 되지요. 그런데 셰익스피어는 자신의 햄릿을 어떤 모습으로 설정했죠? 선생과는 전혀 닮지 않았나요?"

"우선 햄릿은 금발입니다." 하고 빌헬름이 대답했다.

"쓸데없이 지나치게 파고드시는 것 같은데요." 하고 아우렐리아가 말했다. "선생님은 어떻게 그런 사실을 미루어 짐작하세요?"

"북유럽의 덴마크 사람은 태어날 때부터 금발이죠. 눈은 푸릅니다."

"셰익스피어가 그 사실을 생각했었다는 말씀이세요?"

"그런 표현을 분명하게 찾아낼 수는 없으나 여러 대목을 연결해 보면 부인할 수도 없어 보입니다. 펜싱으로 햄릿이 기진맥진해져 얼굴에 땀이 흐르자 왕비가 말합니다. '몸이 뚱뚱하니, 숨 좀 돌리게 하세요.' 그러니 햄릿이 금발에 살이 쪄 둔하다고밖에 생각할 수 없지 않겠습니까? 갈색 머리의 사람들은 젊은 시절에 그렇게 살이 찌는 경우가 드뭅니다. 햄릿의 오락가락하는 우울증, 연약한 비애, 눈에 띌 정도의 우유부단함도 그런 햄릿의 체격에 어울리지 않습니까? 날씬한 갈색 머리의 젊은이를 생각하면 더 많은 결단력이나 민첩함을 그 사람한테서 기대하게 되니 말입니다."

"선생님이 저의 상상을 다 깨뜨려 버리셨어요." 하고 아우렐리아가 큰 소리로 말했다. "선생님의 뚱뚱한 햄릿은 치워 버리세요! 그런 뚱뚱한 왕자를 우리에게 소개하지 마세요! 차라리 우리 마음을 끌고 감동을 줄 햄릿에 대한 어떤 착각 같은 것이 있다면 말해 주세요. 우리에게는 작가의 의도가 우리의 즐거움보다 더 중요하지는 않아요. 그리고 우리가 필요한 것은 우리에게도 똑같이 작용하는 매력적인 자극입니다."

## 7장

어느 날 저녁 단원들은 소설과 희곡 중 어느 쪽이 더 뛰어난지 논쟁을 벌였다. 제를로는 이런 논쟁은 쓸데없는 오해의 소지가 있는 논쟁이고, 양쪽 다 각각의 방식으로 훌륭하다고 할 수 있으며, 단지 그 장르의 경계를 넘어서는 안 된다고 주장했다.

"나는 그 점을 아직 완전히 확신하지 못하고 있습니다." 하고 빌헬름이 대답했다.

"누구나 다 그렇지 않겠어요." 하고 제를로가 말했다. "하지만 이 문제에 좀 더 가까이 다가가 볼 가치는 있을 겁니다."

사람들은 이런저런 사실을 두고 많은 이야기를 나누었고, 마침내 대략 다음과 같은 결론을 얻게 되었다.

소설에서도 드라마에서처럼 인간의 본성과 행동을 볼 수 있다. 두 문학 장르의 차이는 외형적인 형태에만 있는 것이 아니고, 또한 드라마에서는 인물들이 말하고, 소설에서는 보통 인물들에 대해 이야기된다는 점에 있는 것도 아니다. 유감스럽게도 많은 드라마는 대화로만 이루어진 소설 같은 형태도 있어, 드라마를 편지 형식으로 쓰는 것도 불가능하지만은 않다.

소설에서는 주로 인물의 생각과 사건이 묘사되어야 하며, 드라마에서는 인물의 성격과 행동이 묘사되어야 한다. 소설은 서서히 진행되어야 하며, 또한 주인공의 성향은 어떤 방법으로든 소설 전체가 전개되기 위해 앞으로 나아가는 것을 막아야 한다. 드라마는 급히 진행되어야 하고, 주인공의 성격은 결말을 향해 밀고 나아가야 하지만 저지를 당하게 될 뿐이다. 소설의 주인공은 수동적이어야 하며, 최소한 너무 능동적이어서는 안 된다. 드라마의 주인공에게는 적극적인 행동이 요구된다. 《그랜디스》, 《클라리사》, 《파멜라》, 《웨이크필드의 시골 부목사》, 《톰 존스》와 같은 작품 자체는 수동적은 아니지만, 느릿느릿한 인물들로 모든 사건이 어느 정도 그들의 생각에 따라 변화된다. 드라마에서는 주인공이 아무것도 자신에 맞추어 변화시키지 못하고, 모든 것이 주인공에게 저항한다. 그래서 주인공은 장애물을 제거하거나 그것에 굴복하고 만다.

따라서 사람들은 다음 사실에 대해 의견의 일치를 보았다. 즉, 소설에서는 우연한 사건이 일어나도 괜찮지만, 그 사건은 언제나 어느 정도 인물들의 생각에 따라 유도되고 이끌어져야 한다. 이와는 반대로 운명에는 인물들이 관여하지 못하고, 아무런 연관성 없는 외부 환경이 운명을 예측하지 못하는 파국으로 몰고 가는데, 이런 운명적 사건은 드라마에서만 일어난다. 또한 우연은 격정적인 상황이기는 하나 결코 비극적인 상황을 만들어 내서는 안 되지만, 운명적 사건은 이와 반대로 항상 끔찍해야 하며, 죄를 지은 행위나 죄가 없는 행위 또는 이와 아무런 상관없는 행위들이 불행과 연결될 때 최고로 비극적인 것이 된다.

이런 고찰들은 다시금 기이한 햄릿이라는 인물과 이 드라마의 특성들로 이어졌다. 사람들이 말하기를 이 주인공은 원래 생각만 갖고 있어, 그에게 부딪히는 것은 사건들뿐이다. 그래서 이 작품은 소설을 늘여 놓은 듯한 뭔가가 들어 있다. 그러나 운명이 계획을 이미 정해 놓았기 때문에, 또한 이 작품이 어떤 끔찍한 행위에서 시작되었고, 주인공이 항상 끔찍한 행위를 하도록 독촉을 받기 때문에, 이 작품은 최고도로 비극적이며, 비극적 결말밖에 허용하지 않는다.

이제 대본 읽기를 해야 했는데, 빌헬름은 이 작업을 정말 잔치처럼 생각했다. 역할들을 미리 검토해 보았기 때문에, 그런 면에서 충돌이 있을 수 없었다. 모든 배우가 이 작품을 잘 알고 있었지만, 빌헬름은 읽기 연습을 하기 전에 이 작업의 중요성을 배우들에게 설득하려고 했다. 빌헬름은 마치 음악가에게 어느 정도까지 악보를 보고 연주할 수 있기를 요구하듯, 배우들도 각자 잘 교육받은 사람으로서 대본을 읽고, 드라마나 시 그리고 소설에서 바로 그 인물들의 성격을 파악하여 능숙하게 연기할 수 있도록 연습해야 한다고 말했다. 만약에 배우가 연기하기 전에 훌륭한 작가의 정신과 감각에 몰입되어 있지 않으면, 아무리 외워도 전혀 소용이 없어서 대본의 글자는 어떤 효과도 발휘할 수 없다고도 덧붙였다.

제를로는 배우들이 대본 읽기를 제대로만 해 준다면 다른 연습이나 심지어 최종 연습도 관대히 넘기겠다고 단언했다. "일반적으로" 하고 제를로가 말했다. "배우들이 연구하고 있는 것을 이야기할 때보다 더 재미있는 건 없기 때문입니다. 프리메이슨 회원들이 사업에 관해 말할 때와 똑같다는 생각이 드니까요."

대본 읽기는 바라던 대로 진행되었고, 극단의 명성과 많은 수업은 짧으나마 훌륭하게 보낸 시간을 증명했다.

"잘하셨어요." 하고 제를로가 두 사람만 남게 되자 말했다. "우리 동료들이 당신이 원하는 바를 충족시키기 어려울 거라고 나도 똑같이 걱정하고 있을 때 당신이 그렇게 진지하게 말해 주었어요."

"왜요?" 하고 빌헬름이 대꾸했다.

"사람들의 상상력을 그렇게 쉽게 움직일 수 있음을 알게 되었습니다." 하고 제를로가 말했다. "사람들은 동화를 듣기 좋아하지만, 어떤 생산적인 상상력을 그들에게서 찾아보기는 힘듭니다. 배우들은 그렇습니다. 누구나 아름답고 칭찬받을 만하고 화려한 배역을 맡으면 대단히 만족해합니다. 그러나 우쭐하는 마음에 주인공의 입장이 되어 보는 것 이상으로 행동하는 사람은 거의 없습니다. 다른 사람이 자신을 그렇게 보고 있는지는 조금도 신경을 쓰지 않으니까 말입니다. 작가가 작품을 쓸 때 무얼 생각했는지, 하나의 역을 만족스럽게 해내기 위해 자신의 개성에서 무엇을 희생시켜야 하는지, 어떻게 하면 자신이 완전히 다른 사람이 되었다는 확신을 갖고 관객도 똑같이 그런 확신으로 매료시킬지, 어떻게 하면 마음속의 사실을 그대로 묘사하는 힘으로 이 무대를 사원으로, 이 종이 판지를 숲으로 바꿀지 열심히 생각해 보는 사람은 별로 없습니다. 이런 정신, 즉 내면의 힘만이 관객을 현혹하고, 이렇게 허구를 사실로 보이게 했을 때만 효과를 발생시키며, 오로지 그림으로써만 관객들에게 환상을 끌어내는데, 누가 이런 것들을 이해하고 있겠습니까?

그러니 우리 극단 사람들에게 정신이나 느낌을 너무 지나치게 요구하지는 맙시다! 가장 확실한 방법은 우리가 침착하게 단원들에게 우선 글자의 의미를 설명해 그들의 이해력을 열어 주는 것입니다. 그러면 소질이 있는 사람은 스스로 재치 있고 감정이 풍부한 표현을 서둘러 찾을 테고, 소질이 없는 사람도 최소한 완전히 엉터리로 연기하거나 낭송하지는 않을 겁니다. 우리 배우들 가운데 대본을 분명하고 능숙하게 파악하기도 전에 정신을 운운하며 주장하는 것보다 주제넘은 나쁜 짓을 본 적이 없습니다."

## 8장

첫 번째 무대 연습을 위해 빌헬름은 아주 일찍 왔지만, 무대에는 아무도 없었다. 무대 공간은 빌헬름을 깜짝 놀라게 하고 가장 멋진 추억들이 떠오르게 했다. 숲과 마을의 무대 배경은 자기 고향의 무대와 똑같이 서 있었고, 또한 마리아네가 그날 아침에 열렬히 사랑을 고백하면서 첫 번째 행복한 밤을 빌헬름에게 약속했던 것도 연습 공연할 때였다. 무대 위의 농가들은 시골에 있는 농가들과 비슷했다. 아침 햇살이 반쯤 열린 창의 덧문들 사이로 쏟아져 들어와 문 옆에 아무렇게나 붙여 놓은 벤치 일부를 비췄는데, 유감스럽게도 햇살이 그 당시처럼 마리아네의 무릎과 가슴을 비추지는 않았다. 빌헬름은 자리에 앉아서 이 이상한 일치에 대해 곰곰이 생각해 보았고, 이 장소에서 마리아네를 곧 다시 볼 수 있을 것 같은 예감이 들었다. 아, 그러나 그 당시 독일 극장에서는 그런 무대 배경이 들어가는 연극의 에필로그 공연이 아주 흔했다는 사실 이외에는 아무 의미도 없었다.

이렇게 생각에 잠겨 있을 때 나머지 배우들이 도착해서 빌헬름을 방해했다. 이들과 함께 연극 애호가와 의상실에 자주 드나드는 애호가 두 명이 들어와 빌헬름에게 열광적으로 인사를 했다. 한 사람은 멜리나 부인과 대체로 친하게 지내는 듯했고, 다른 한 사람은 완전히 순수한 연극 애호가였다. 두 사람 모두 좋은 사교 모임에서 만났다면 친구로 사귀고 싶은 그런 부류의 사람이었다. 그렇지만 두 사람이 연극을 더 많이 알고 있는지 아니면 그저 좋아하는 것인지 알 수는 없었다. 연극을 제대로 안다기에는 연극을 너무 좋아했으며, 또 좋은 점을 높이 평가하고 잘못된 점을 몰아낼 만큼 연극을 너무나도 잘 알고 있었다.

그러나 두 사람은 연극에 가진 애착으로 그저 그런 연극도 참고 볼 수 있었으며, 그전에나 그 후에 훌륭한 공연을 보고 느낀 멋진 즐거움은 이루 다 말로 표현할 수 없을 정도였다. 기계적인 대목도 두 사람에겐 즐거움을 주었고, 정신적인 대목도 황홀할 따름이었다. 그리고 그들은 부분적으로 하는 연습에도 환상에 잠길 정도로 큰 애착을 가지고 있었다. 두 사람은 단점들에 대해서는 별 신경을 쓰지 않았고, 좋은 점은 가까이 있는 물건처럼 그들의 마음에 감동을 주었다. 간단히 말해서 두 사람은 예술가가 자기 전문 분야에서 원하는 그런 애호가들이었다. 그들은 측면 무대에서 관람석으로, 관람석에서 측면 무대로 돌아다니는 것을 제일 좋아했고, 의상실에서 가장 즐겁게 머물렀으며, 배우들의 자세, 의상, 암송과 낭송을 조금 다듬어 주는 일을 가장 열심히 했다. 배우들이 만들어 낸 연기의 효과에 대해 왕성하게 대화를 나누었고, 배우들이 활발하게 움직이고 정확성을 유지하도록 끊임없이 도와주었으며,

또한 배우들을 위해 호의를 베풀어 단원들이 돈을 쓰지 않아도 여러 가지를 즐길 수 있도록 마련해 주려고 애썼다. 두 사람은 배우들이 연습할 때나 공연할 때 무대에 올라와도 되는 특권을 가지고 있었다. 그러나《햄릿》공연에 관해 두 사람은 빌헬름과 모든 장면에서 의견이 일치하지는 않았다. 몇몇 장면에서는 빌헬름이 양보했지만, 대부분은 자신의 의견을 굽히지 않았다. 그리고 이런 대화는 전반적으로 빌헬름의 취향을 발전시키는 데 많은 도움이 되었다. 빌헬름은 자신이 두 사람을 얼마나 높이 평가하는지 보여 주었고, 두 사람은 이런 공동의 노력이 독일 연극계의 새로운 시대를 열 거라고 예언하기도 했다.

연습 공연을 할 때 두 사람이 함께 있어 주는 것은 아주 큰 도움이 되었다. 특히 그들은 배우들이 실제 공연처럼 연습할 때도 자세나 동작을 계속 대사와 연결해서 하고, 이 모든 것이 습관이 되어 기계적으로 하나가 되지 않으면 안 된다고 우리 배우들을 설득했다. 특히 비극을 연습할 때는 손으로 절대 천한 동작을 해서는 안 된다며, 비극을 연기하는 배우가 연습 때 담배를 들이마시면 그들은 항상 불안해진다고 했는데, 왜냐하면 그 배우가 십중팔구는 실제 공연 때 바로 그 대목에서 담배 한 모금을 들이마시고 싶어질 거라고 했다. 심지어 단화를 신고 연기해야 할 역이라면 누구도 장화를 신고 연습해서도 안 된다고 생각했다. 그러나 무엇보다도 여배우들이 연습할 때 두 손을 치맛자락에 집어 넣는 게 자신들의 마음을 가장 아프게 한다고 말했다.

그 밖에도 이 두 남자의 충고로 매우 좋은 일이 생겼는데, 모든 남자 배우들이 검술 교육을 받게 되었다. "이번에 군인이 많이 등장하게 되는데" 하고 두 사람이 말했다. "최소한의 검술 훈련도 받지 않은 사람들이 대위나 소령 복장으로 무대 위를 이리저리 돌아다니는 모습을 보여 주는 것보다 더 속상한 일은 없겠죠.”

빌헬름과 라에르테스는 맨 먼저 어느 부사관의 교육을 받았고, 아주 열심히 검술 연습을 계속 이어 나갔다.

그래서 두 사람은 다행히도 함께 모여 있던 단원들의 훈련을 위해 많이 노력했고, 단원들의 만족스러운 미래를 위해 애썼다. 하지만 단원들은 이 두 사람의 연극에 대한 열정적인 취미를 때때로 비난하기도 했다. 단원들은 두 사람에게 고마워해야 이유가 얼마나 많은지 잘 몰랐는데, 특히 이 두 사람은 관객이 알아듣도록 크게 말하는 게 배우의 중요한 의무임을 배우들에게 자주 주입했고, 이 과정에서 두 사람은 처음 생각했던 것보다 더 많은 저항과 불만에 봉착했다. 대개는 자신들이 했던 대로 대사를 해도 잘 들린다고 주장하면서, 관객이 알아들을 수 있도록 크게 소리 내려고 노력하는 사람이 별로 없었다. 몇몇은 그 결점의 원인을 건물로 돌렸고, 다른 사람들은 자연스럽게, 은밀하거나 다정하게 말해야 할 때 크게 소리를 지를 수는 없지 않으냐고도 했다.

이 연극 애호가들은 대단한 인내심을 가지고 모든 방법을 동원해서 이 혼란스러운 상황을 해결하고 이런 고집을 꺾어 보려고 했다. 그들은 온갖 이유를 대고 감언이설도 아끼지 않아 마침내 자신들의 최종 목적을 달성했는데, 이때 빌헬름의 훌륭한 시범이 그들에게 도움이 되었다. 빌헬름은 그들에게 연습 공연 때 가장 멀리 떨어진 구석에 앉아서 자기가 하는 대사가 완전히 알아들을 수 없을 때는 즉시 열쇠로 벤치를 두드려 주면 좋겠다고 부탁했다. 빌헬름은 분명하게 잘 발음했고, 적당한 음량으로 말하다가 음성을 점차 올렸으며, 가장 격렬한 여러 대목에서도 소리를 너무 질러 목이 쉬는 일은 없었다. 연습이 거듭될수록 열쇠를 두드리는 소리가 점점 줄어들었다. 다른 배우들도 점차 이런 시도를 받아들였고, 그래서 마침내 극장 어느 구석에서 그 누구라도 이 작품을 들을 수 있겠다고 기대했다.

이런 예에서 보이는 것처럼 사람들은 자기 방식대로만 자신의 목적을 달성하길 좋아한다. 또한 사람들에게 원래는 너무나 자명한 일을 이해시키기는 대단히 힘들며, 뭔가를 성취하려는 사람에게 자신의 계획을 유일하게 가능하게 할 첫 번째 조건을 깨닫게 하는 것도 아주 어려운 일이다.

## 9장

이제 무대 장치와 의상, 그리고 그 밖의 꼭 필요한 작업이 계속 진행되었다. 빌헬름은 몇몇 장면과 대목에 특별한 생각이 있었는데, 그것에 관해서는 제를로가 양보했다. 계약을 고려하는 한편, 이런 호의를 베풀어 빌헬름의 마음을 얻어 놓은 다음에 그만큼 더 자신이 의도하는 대로 유도하겠다는 기대에서 비롯된 양보였다.

예를 들어 빌헬름이 생각하기에 왕과 왕비는 첫 번째 접견 장면에서 옥좌에 앉아 있는 상태로 등장해야 하고, 신하들은 그 옆에 그리고 햄릿은 그들 사이에서 눈에 띄지 않게 서 있어야 한다. "햄릿은 조용히 있어야 합니다." 하고 빌헬름이 말했다. "햄릿의 검은 옷만으로도 이미 충분히 구분되니까요. 그래서 드러나는 것보다 차라리 숨어 있어야 합니다. 그러고 있다가 접견이 끝나고 왕이 햄릿을 아들처럼 여기며 말하는 그때 걸어 나오면서 장면을 진행시킬 수 있습니다."

햄릿이 자기 어머니와 있는 장면을 매우 격정적으로 만드는 두 개의 초상화는 여전히 가장 큰 어려운 문제였다. "내 생각에는 이 실물 크기의 두 그림이 문 옆에 방의 배경으로 보이도록 해야 합니다. 더욱이 햄릿의 부왕 초상화는 망령과 마찬가지로 완전 무장을 한 상태로 망령이 나타나는 바로 그쪽에 걸어 두어야 합니다. 그 모습은 오른손으로 명령을 내리는 자세를 취해야 하고 약간 옆으로 돌아서서 어깨 너머로 쳐다보도록 해서 이 망령이 문으로 나가는 순간의 모습과 완전히 똑같으면 좋겠습니다. 그 순간에 햄릿이 망령을 쳐다보고, 왕비가 이 그림을 바라본다면 아주 큰 효과를 낼 것입니다. 그러나 숙부는 왕의 복장을 하고는 있어도 부왕보다는 눈에 띄지 않게 보여 주어야 합니다."

이 밖에도 여러 가지 문제점들이 있었으나 그 점에 대해선 나중에 언급할 기회가 있을지 모른다.

"햄릿이 마지막에 죽어야 한다는 사실에는 선생의 생각도 확고합니까?" 하고 제를로가 물었다.

"어찌 내가 햄릿을 살려둘 수가 있겠습니까?" 하고 빌헬름이 말했다. "작품 전체가 햄릿을 죽음으로 몰아가고 있는데 말입니다. 그 점에 대해서는 우리가 이미 자세하게 논의하지 않았습니까."

"그렇지만 관객은 햄릿이 살아 있기를 바랍니다."

"나도 관객에게 어떤 호의라도 다 베풀고 싶지만, 이 경우만은 불가능합니다. 우리는 성실하고 유능한 사람이 고질병으로 죽어 가고 있어도 좀 더 오래 살기를 바랍니다. 가족들은 울면서 그 환자를 살려낼 수 없는 의사에게 애원해 보지만, 의사도 자연의 법칙에 거스를 수는 없듯이 우리도 예술의 필연적인 법칙을 마음대로 할 수가 없습니다. 대중이 가져야 할 감정이 아니라 가지고 싶은 감정을 불러일으키게 하는 것은 대중에 대한 잘못된 양보입니다."

"그래도 돈을 가지고 오는 사람은 자기 마음에 드는 물건을 원할 수는 있잖습니까."

"어느 정도는 그렇죠. 그러나 많은 관객은 존중받을 자격이 있고, 그들의 돈을 받되 관객을 어린이처럼 취급하려고 해서는 안 됩니다. 우리는 관객에게 점차 계속해서 작품으로 좋은 작품은 무엇인지 느낌과 취향을 길러 주어야 합니다. 그러면 관객은 이렇게 돈을 지출해도 자신의 이해력으로 심지어 이성으로조차 작품에 비난할 것이 아무것도 없으므로 두 배의 즐거움을 가지고 돈을 내놓게 되는 법입니다. 우리는 관객을 마치 사랑하는 아이 대하듯 기분 좋게 할 수 있고, 관객들의 수준을 향상시키기 위해, 그리고 지금부터 관객을 계몽하기 위해 비위를 맞춰 줄 수는 있어도, 귀족이나 부자를 대하듯 우리의 잘못을 오래 이용해 먹으려고 관객의 비위를 맞춰서는 안 됩니다."

이처럼 사람들은 여러 문제를 논의했는데, 특히 작품에서 무엇을 변경해도 되는지, 무엇을 손대지 않고 그대로 두어야 하는지와 관련되어 있었다. 그러나 우리는 이런 문제를 그만 다루겠다. 오히려《햄릿》을 새롭게 개작한 부분을 혹시 관심이 있을 독자들에게 다음에 내놓으려 한다.

## 10장

엄청나게 길게 이어진 총연습이 끝났다. 제를로와 빌헬름은 여전히 처리해야 할 일이 많았다. 준비에 많은 시간을 들였음에도 불구하고 가장 중요한 준비를 마지막 순간까지 미루어 놓았기 때문이었다.

예를 들어 두 왕의 초상화는 아직 완성되지 않았다. 큰 감동을 기대하는 햄릿과 어머니 장면이 유령과 실물 크기의 초상화가 마련되지 않아 아직 매우 빈약해 보였다. 제를로는 이런 상황에서 농담조로 이렇게 말했다. "만약 유령이 나타나지 않아 보초병이 실제로 허공에 대고 칼로 싸우고, 우리 프롬프터가 무대 측면에서 나와 유령의 대사를 대신 말해야 한다면 우린 철저히 우롱당한 것일지도 모르겠소."

"그 사람이 올지 불확실하다고 그 불가사의한 친구를 빼 버리고 싶지는 않습니다." 하고 빌헬름이 대답했다. "그 사람은 틀림없이 제시간에 와서 우리와 관객을 깜짝 놀라게 할 것입니다."

"내일 연극이 상연되고 나면 확실히 기쁘겠지만, 생각보다 성가신 일이 더 많이 생기고 있으니."

"내일 연극이 상연되면 나보다 더 기쁜 사람은 이 세상에 없을 거예요." 하고 필리네가 대꾸했다. "제 배역이 그다지 부담되지 않으니 말예요. 한 가지 사실을 두고 언제나 똑같은 말을 듣자니 제 인내심의 한계를 느끼려고 해요. 그렇게 해 봐야 결과로 남는 건 다른 많은 일과 마찬가지로 언젠가 잊어버릴 공연뿐인데 말입니다. 그러니 제발 귀찮은 일을 그렇게 많이 벌이지 마세요! 식탁에서 일어나는 손님들은 나중에 어떤 요리라도 뭔가 트집을 잡는 법이죠. 심지어 집에 가서 하는 말을 들으면 자신들이 그런 괴로운 일을 어떻게 견뎌낼 수 있었는지 이해할 수 없다고 말하죠."

"당신이 든 비유를 내게 유리하게 활용해 보지요." 하고 빌헬름이 대답했다. "잔치를 한 번 베푸는 데 자연과 예술, 상업과 수공업과 제조업이 함께 해야 한다는 것을 생각해 보세요. 사슴과 생선은 우리 식탁에 적당히 차려질 때까지 얼마나 많은 세월을 숲에서 그리고 강이나 바다에서 보내야 합니까! 그리고 가정주부와 요리사는 부엌에서 많은 일을 해야 하지 않습니까! 아주 먼 곳에 있는 포도 따는 사람, 선원, 양조장 감독이 돌보고 애쓴 포도주를 우리는 얼마나 무관심하게 후식으로 당연한 듯 홀짝홀짝 마십니까! 그러나 즐거움은 결국 일시적인 감정일 뿐이니 이 사람들이 모두 일하지도 만들어 내지도 준비하지도 않아야 하나요? 집주인이 이 모든 것을 정성 들여 마련하고 나란히 식탁에 차리는 일은 쓸모없나요? 즐거움은 결코 일시적이지 않습니다. 즐기고 나서 남는 인상은 오래 지속되니까요. 그리고 열심히 노력한 날들은 관객들에게 눈에 보이지 않는 힘으로 전달되어 그 힘이 얼마나 강하게 작용하는지 헤아릴 수 없을 정도입니다."

"저는 아무래도 상관없어요." 하고 필리네가 대답했다. "다만 이번에 남자들이 항상 자기 자신과 모순된다는 사실만은 분명히 알게 되었어요. 두 분이 위대한 작가의 작품을 토막 내지 않으려고 너무 양심적으로 작업하느라 작품에서 제일 좋은 생각을 빼 버리시네요."

"제일 좋은 생각이라니요?" 하고 빌헬름이 큰 소리로 말했다.

"확실히 햄릿 자신이 자랑스러워하는 제일 좋은 생각이죠."

"그래, 그것이 뭐요?" 하고 제를로가 크게 외쳤다.

"단장님이 가발을 쓰고 계셨다면" 하고 필리네가 대꾸했다. "제가 아주 깔끔하게 벗겨드릴 거예요. 왜냐하면 그렇게라도 해서 단장님의 이해력을 넓혀드릴 필요가 있을 것 같기 때문이죠."

다른 사람들은 그 말이 무슨 뜻인지 곰곰이 생각해 보았고, 대화는 중단되었다. 사람들은 일어섰는데, 밤도 이미 깊어서 이제 헤어지고 싶어 하는 것 같았다. 이렇게 망설이며 서 있을 때 필리네가 매우 우아하고 기분 좋은 멜로디로 다음과 같은 노래를 부르기 시작했다.

애절한 음조로 노래하지 말아요
밤은 외롭다고!
아니, 사랑스러운 사람들이여, 서로
어울리기 위해 밤은 만들어졌어요.

여자는 남자에게 가장 아름다운
반쪽으로 주어졌듯이,
밤도 인생의 절반이요,
가장 아름다운 반쪽이죠.

그대들, 기쁨만 방해하는
낮에 즐거울 수 있나요?
낮은 다른 생각 하는 데 좋지만,
그 외에는 아무 쓸모가 없어요.

그러나 밤의 시간 찾아와
달콤한 등불 빛 쏟아지고,
또 입에서 그 옆의 입으로
농담과 사랑이 흘러 나가면,

재빠르고 자유분방한 젊은이
평소엔 거칠고 불같이 급해도,

가끔 몇 푼 안 되는 돈으로
가벼운 놀이 즐기며 머물고,

밤꾀꼬리 사랑하는 연인들에겐
애정 듬뿍 담긴 노래 불러 주고,
그 노래, 죄수와 우울한 사람에겐
그냥 한탄과 탄식으로만 울리면,

얼마나 쉽게 마음 흔들리며
그대들 종소리 듣지 않으리.
유유히 울리는 열두 번의 종소리
평화와 안전을 약속해 주는데!

그러니 기나긴 낮 동안에는
당신 사랑스러운 가슴에 담아 두세요,
낮에는 낮의 괴로움이 있으며,
밤에는 밤의 즐거움이 있음을.

필리네는 노래를 마치자 가볍게 허리를 굽혀 인사했고, 제를로는 큰 소리로 브라보를 외쳤다. 필리네는 문으로 뛰어나가더니 깔깔 웃으며 급히 사라져 버렸는데, 계단을 내려가며 부르는 노랫소리와 신발 뒤꿈치로 계단을 쿵쾅거리는 소리가 들렸다.

제를로는 옆방으로 갔고, 아우렐리아는 밤 인사를 하려는 빌헬름 앞에 서서 이렇게 말했다.

"필리네가 너무 싫어요! 정말이지 마음에 들지 않아요! 아주 사소한 우연한 일까지 말예요. 오빠는 금발 머리에 갈색 속눈썹을 너무 매력적으로 생각하지만, 저는 쳐다보기도 싫어요. 그리고 이마에 난 긁힌 상처도 어쩐지 거슬리고 천해 보여서 언제나 열 걸음 떨어져서 있고 싶을 정도예요. 저번에 필리네는 농담처럼 말했는데, 어렸을 때 아버지가 던진 접시에 머리를 맞아 흉터가 아직도 남아 있다더군요. 그 여자를 조심하라고 눈과 이마에 표시가 만들어진 모양이에요."

빌헬름은 아무 대답도 하지 않았고, 아우렐리아는 더욱 불쾌한 듯 말을 계속해 나갔다.

"저는 필리네와 다정하고 정중하게 말을 주고받을 수 없어요. 내가 자기를 그렇게 싫어하는데도 저한테 달라붙다시피 해요. 우리 극단이 그 여자를 내쫓았으면 좋으련만. 제 친구인 당신까지도 그 여자에게 호감을 느끼고 계시고, 제 마음이 아플 정도로 대해 주시면서, 절대 그럴 가치도 없는 여자에게 존중에 가까운 관심마저 보여 주고 계시니!"

"그 여자가 어떻든 나는 고마워해야 합니다." 하고 빌헬름이 대답했다. "그 여자의 행동거지는 비난할 수야 있겠지만, 성격은 올바르게 평가해 주어야 합니다."

"성격이라고요!" 하고 아우렐리아가 큰 소리로 말했다. "그런 여자한테 성격이 있다고 생각하세요? 오, 남자들이란, 그런 점으로 제가 남자들을 알아보죠! 그런 여자들에게 당신 같은 남자들이 어울린단 말이죠!"

"아니, 당신이 나를 의심한단 말입니까?" 하고 빌헬름이 대꾸했다. "내가 그 여자와 함께 보낸 모든 순간을 설명할 수 있습니다."

"아뇨, 됐습니다." 하고 아우렐리아가 말했다. "시간이 늦었고, 말다툼하고 싶지는 않아요. 이러나저러나 모두 마찬가지죠! 잘 주무세요, 선생님. 안녕히 주무세요, 멋진 극락조(極樂鳥)[62]님!"

빌헬름은 어째서 자신이 그런 영예로운 칭호를 얻게 되는지 물었다.

"다음 기회에요." 하고 아우렐리아가 대답했다. "다음에. 극락조는 발이 없어 공중에만 떠돌아다니며 하늘의 정기인 에테르를 마시고 산다고 합니다. 이건 옛날이야기예요. 시적으로 꾸민 허구죠. 안녕히 주무세요. 운이 좋으시면 좋은 꿈이나 꾸세요."

아우렐리아는 그렇게 말하고 자기 방으로 가 버렸다. 혼자 남은 빌헬름도 서둘러 자기 방으로 갔다.

빌헬름은 언짢은 마음으로 방안을 왔다 갔다 했다. 아우렐리아가 농담조로 말했지만 그 단호한 어조에 빌헬름은 모욕감을 느꼈고, 아우렐리아가 자신을 얼마나 부당하게 대했는지 깊이 느껴졌다. 자신은 필리네에게 악의를 품고 적대적으로 만날 수는 없었고, 필리네가 자신에게 나쁜 짓을 한 적도 없었다. 자신이 필리네에 대해 애정을 느낀 적이 없으니 그런 자신이 정말 꿇릴 것이 없다고 당당하고 확고하게 말할 수 있었다.

빌헬름이 막 옷을 벗고 침대에 들려고 커튼을 걷으려고 했을 때 침대 앞에서 여성용 실내화 한 짝을 발견하고 너무나 놀랐다. 한 짝은 세워져 있었고, 다른 한 짝은 바닥에 놓여 있었다. — 이 실내화는 빌헬름도 너무 잘 알고 있는 필리네의 것이었다. 커튼도 흐트러진 것 같았고, 심지어 움직이는 듯이 보였다. 빌헬름은 가만히 서서 뚫어지게 쳐다보

62 여기서 극락조(Paradiesvogel)는 '천국에 사는 새'라는 의미로 주로 오스트레일리아 북쪽의 뉴기니에 서식하는 현란한 깃털을 가진 새를 말하는데, '드물고 특이한 사람'이라는 의미다.

았다. 불쾌하지만 새롭게 흥분되는 감정으로 숨이 막힐 지경이었다. 잠시 정신을 차린 후에 각오한 듯 외쳤다.

"필리네, 일어나요! 뭐 하는 겁니까? 영리하고 예의 바른 당신이 말이오? 내일 온 여관의 얘깃거리가 되자는 말이요?"

아무것도 움직이지 않았다.

"농담이 아니요." 하고 빌헬름이 계속 말했다. "나한테 이런 몹쓸 장난을 치다니."

아무 소리도 없었다! 움직임도 없었다!

빌헬름은 마침내 결심한 듯 불쾌한 표정으로 침대 쪽으로 다가가서 커튼을 열어젖히고는 "일어나요." 하고 말했다. "오늘 밤 당신이 이 방을 쓰도록 허락하지 않았으니 말이오."

그러나 너무나 놀랍게도 침대는 텅 비어 있었고, 베개와 이불도 손 하나 대지 않은 상태로 있었다. 주위를 둘러보고 살펴보며 샅샅이 찾아보았지만, 장난꾸러기 필리네의 흔적을 찾지는 못했다. 침대 뒤에도, 난로와 옷장 뒤에도 아무것도 보이지 않았다. 빌헬름은 더욱 열심히 찾아보았다. 정말이지, 짓궂은 사람이 보고 있었다면 빌헬름이 필리네를 발견하고 싶어 찾고 있다고 생각했을 수도 있다.

잠이 오지 않았다. 빌헬름은 실내화를 탁자 위에 올려놓고 이리저리 걸어 다니다가 가끔 탁자 옆에 멈춰 서 있기도 했다. 그래서 익살스러운 수호신이 몰래 엿보고 있었다면 빌헬름이 밤의 대부분을 너무나 귀여운 실내화에 몰두해서 어느 정도 관심을 가지고 자세히 살펴보고, 만져보며 장난도 쳤다가 아침이 되어서야 옷을 입은 채 침대에 쓰러져 아주 이상한 환상을 품고 잠이 들었다고 장담했을 것이다.

빌헬름이 아직 자고 있을 때 제를로가 들어와 큰 소리로 말했다.

"어디 있어요? 아직도 자고 있어요? 말도 안 돼! 극장에서 당신을 찾아 돌아다녔어요. 그곳에는 할 일이 너무 많은데."

## 11장

오전과 오후는 바쁘게 지나갔다. 극장은 이미 꽉 차 있었고 빌헬름은 급히 무대 의상으로 갈아입었다. 지금은 의상을 처음 입어볼 때처럼 평안한 마음으로 입을 수는 없었다. 의상을 입는 것이 준비의 마지막 단계였다. 여배우 대기실로 가보니 모두 이구동성으로 빌헬름에게 제대로 맞는 것이 하나도 없다느니, 예쁜 깃털 장식이 잘못 달렸다느니, 혁대가 맞지 않는다느니하며 한마디씩 늘어놓았다. 그래서 다시 뜯어내고 바느질하고 핀을 꽂아 고정하기 시작했다. 관현악단의 음악이 시작되었는데도 필리네는 소매 주름이 마음에 들지 않는다고 투덜댔고, 아우렐리아는 외투에 많은 트집을 잡았다. "그대로 내버려둡시다, 여러분!" 하고 빌헬름이 외쳤다. "이런 소홀함이 비로소 나를 더욱 햄릿답게 만들어 줄 겁니다." 그래도 여배우들은 빌헬름을 놓아 주지 않고 계속 의상을 다듬어 주었다. 음악이 멈추고 공연이 시작되었다. 빌헬름은 거울을 들여다보며 모자를 얼굴에 더 깊이 눌러쓰고 화장을 고쳤다.

그 순간 누군가 달려 들어와 "유령! 유령!" 하고 크게 외쳤다.

빌헬름은 온종일 가장 큰 근심거리였던 유령 역을 맡은 사람이 정말 올지 생각할 시간이 없었다. 이제 그런 근심거리가 없어졌고 이 기괴한 객원 배우의 역할에 기대를 걸어야 했다. 그 무대 감독이 와서 이것저것 물어보았다. 빌헬름은 유령을 찾아가 볼 시간도 없어 그냥 옥좌에 나가 있으려고 달려갔더니 벌써 왕과 왕비가 궁정 신하들에게 둘러싸여 아주 화려한 모습으로 번쩍이고 있었다. 빌헬름은 호레이쇼의 마지막 대사만 들었는데, 호레이쇼는 망령이 나타난 것에 대해 대사를 완전히 뒤죽박죽 섞어 말하는 바람에 본래 자신의 역은 거의 잊어버린 것처럼 보였다.

막간용 막이 올라가자 빌헬름 앞에 관객으로 가득 찬 극장이 보였다. 호레이쇼가 자기 대사를 끝마치고 왕 앞에서 물러나 햄릿에게 가까이 다가가서 마치 유령이 햄릿 왕자에게 나타난 것처럼 "갑옷 안에 유령이 악마처럼 들어 있습니다! 그리고 우리 모두를 공포에 몰아넣었습니다." 하고 말했다.

그러는 사이에 두 명의 키가 큰 남자가 흰 망토와 후드를 쓰고 무대 세트 뒤에 서 있는 것이 보였다. 빌헬름은 정신이 하나도 없어 불안하고 당황해서 자신의 첫 번째 독백이 실패로 돌아갔다고 생각했고 퇴장할 때 열렬한 박수갈채를 받았음에도 불구하고 그 무시무시한 극적인 겨울밤 장면에 상당히 불편한 마음으로 등장했다. 그래도 마음을 가다듬고 덴마크 사람들이 먹고 마시는 생활을 아주 적절하게 보여 주는 대목을 상당히 평온한 마음으로 말했고, 관객과 마찬가지로 유령에 대한 것을 잊고 있었는데, 호레이쇼가 "저기 보세요, 유령이 옵니다!" 하고 외쳤을 때 빌헬름은 정말이지 깜짝 놀랐다. 빌헬름은 놀라며 격하게 몸을 돌렸고, 그러자 유령의 고귀하고 커다란 모습, 들리지도 않을 만큼 조용한 발걸음, 무겁게 보이는 갑옷을 입고 있음에도 가벼운 움직임이 빌헬름에게 매우 강한 인상을 주어 빌헬름은 거의 돌이 된 것처럼 서 있으면서, 기어들어 가는 목소리로 "천사들이여, 하늘의 정령들이여 우리를 보호하소서!" 하고 외칠 수 있었다. 빌헬름은 유령을 뚫어지게 쳐다보며 몇 번 크게 숨을 쉬고는 유령 때문에 너무 당황한 상태에서 떠듬거리며 억지로 꾸민 듯이 말을 붙였는데, 그 어떤 훌륭한 연기로도 그렇게 뛰어나게 표현해 낼 수 없을 정도였다.

이 대목을 직접 번역했던 것이 빌헬름에게 큰 도움이 되었다. 원문에 가깝게 번역하려 했었고, 원문의 어순이 깜짝 놀라 경악하고 겁에 질린 마음의 상태를 더할 나위 없이 완벽하게 표현했다.

"그대가 선한 정령이든, 저주받은 마귀든, 천국의 향기를 가져오든, 지옥의 연기를 가져오든, 그대의 의도가 선하든 착하든, 그대는 그렇게 위엄 있는 모습으로 찾아오니 그래, 내가 그대에게 말을 거노라. 그대를 햄릿, 왕, 아버지라고 부르겠으니. 오, 내게 대답해 다오!" —

관객들의 호응이 대단했다. 유령이 손짓했고, 왕자는 떠나갈 듯한 박수를 받으며 유령을 따라갔다.

무대가 바뀌었다. 두 사람이 외딴 광장으로 왔을 때 유령은 뜻밖에 멈춰 서서 몸을 돌렸다. 햄릿이 유령에 약간 가까이 다가가 섰다. 빌헬름은 즉시 이 배우가 누군지 알고 싶은 욕구와 호기심으로 내려진 투구의 사이 얼굴 부분을 들여다보았지만, 움푹 들어간 두 눈에 잘생긴 코밖에는 볼 수 없었다. 겁을 먹고 엿보기만 하면서 유령 앞에 서 있었다. 그런데 투구 안에서 처음으로 목소리가 울려 나왔는데, 듣기는 좋았지만 약간 거친 목소리로 "나는 네 아버지의 망령이다."라는 말이 들렸을 때 빌헬름은 몸을 부들부들 떨며 몇 걸음 뒤로 물러났다. 그러자 관객 전체가 전율에 휩싸였다. 그 목소리는 어쩐지 귀에 익었고, 빌헬름은 자기 아버지의 목소리와 닮은 점이 있다고 생각했다. 이런 놀라운 느낌, 기억들, 이 묘한 배우의 정체를 알고 싶은 호기심, 그리고 이 사람에게 불쾌감을 주어서는 안 된다는 걱정과 배우로서 이 상황에 이 사람에게 너무 가까이 다가가는 것은 무례한 짓이라는 생각에 빌헬름은 반대

쪽으로 물러섰다. 유령이 길게 이야기하는 동안 빌헬름은 자세를 자주 바꾸며 너무 불안해서 당황하는 모습, 주의 깊게 듣고 있으면서도 정신이 나간 듯 멍한 모습을 보여 주는 연기로 모든 관객의 감탄을 자아냈고, 마찬가지로 유령도 관객 모두를 경악으로 몰아넣었다. 유령은 애처로운 감정보다는 깊은 분노의 감정을 더 많이 넣어 말했다. 그것은 유령답게 완곡하지만 그냥 듣고 넘길 수 없는 분노의 감정이었다. 그 감정은 모든 현세적인 것에서 벗어나 있지만, 끊임없이 고통을 받는 혼령의 원통함이었다. 드디어 유령이 아래로 사라졌는데, 아주 교묘한 방법이었다. 아주 가벼운 속이 비치는 회색 베일이 마치 연기처럼 상하로 이동하는 무대에서 올라오는 듯 보이더니 망령 위를 덮어서 함께 아래로 내려가 버렸다.

이때 햄릿의 친구들이 돌아와 칼을 걸고 맹세했다. 그러자 무대 밑에서 늙은 두더지 같은 사람이 따라와 이 친구들이 어디에 서 있어도 발치에서 계속 “맹세하세요!” 하고 외쳤고, 친구들은 무대 바닥에 불이 날 정도로 재빨리 이곳에서 저곳으로 급히 위치를 옮겼다. 또한 그들이 멈춰 설 때마다 바닥에서 작은 불꽃이 나타나서 효과가 더욱 커졌고 모든 관객에게도 아주 깊은 인상을 남겼다.

연극은 아무 실수도 없이 멈추지 않고 잘 진행되었다. 관객은 만족을 표시했고, 배우들의 기쁨과 용기는 장면이 바뀔 때마다 더 커지는 듯이 보였다.

# 12장

막이 내렸고, 매우 열렬한 박수갈채가 극장의 모든 구석과 뒷좌석에서 울려 퍼졌다. 시체로 있던 네 명의 고귀한 왕족 역을 맡았던 배우들도 날쌔게 벌떡 일어나 기뻐서 서로를 껴안았다. 폴로니어스와 오필리아도 무덤에서 나왔고, 호레이쇼가 다음 연극을 예고하려고 나왔을 때 우레와 같은 박수가 터지자 대단히 기쁜 마음으로 함께 들었다. 관객들은 호레이쇼가 다른 작품을 예고하게 두려 하지 않았고, 오히려 오늘의 공연이 되풀이되길 열렬히 바랐다.

"이만하면 성공이야." 하고 제를로가 큰 소리로 외쳤다. "오늘 저녁에는 공연에 관한 평가는 하지 맙시다! 모든 것이 첫인상에 달렸어요. 첫 무대에서 신중하게 자기 생각대로 연기하는 배우를 누가 나쁘다고 하겠어요."

매표소의 직원이 와서 제를로에게 묵직한 돈 상자를 건네주며 외쳤다. "첫 공연이 좋았어요. 속단일지 몰라도 앞으로 인기를 끌게 될 겁니다. 그런데 약속하신 저녁 식사는 어디서 합니까? 오늘 저녁은 마음껏 즐겨도 됩니다."

단원들은 무대 의상을 입은 채로 함께 모여 연회를 열기로 했다. 빌헬름은 장소를 마련하고, 멜리나 부인은 음식을 마련하는 일을 맡았다.

평소엔 무대 배경을 그리는 곳으로 쓰던 방을 아주 깨끗하게 정리하고 온갖 무대 장치를 주위에 세워 화려하게 장식해서 방은 정원 같기도 하고 주랑(柱廊)처럼 보이기도 했다. 단원들이 그 방에 들어서자 수많은 촛불의 광채에 눈이 부셨는데, 아끼지 않고 켜 놓은 덕에 매우 달콤한 향을 발하고 있는 촛불이 예쁘게 장식되어 잘 차려진 식탁 위로 품위 있는 빛을 퍼뜨리고 있었다. 사람들은 감탄하며 이런 준비를 칭찬했고, 제대로 예의를 갖추고 자리에 앉았다. 마치 왕족의 가족이 저승에 모두 모인 것 같았다. 빌헬름은 아우렐리아와 멜리나 부인 사이에 앉았고, 제를로는 필리네와 엘미레 사이에 앉았다. 그리고 자기 자신과 자기 자리에 불만인 사람은 아무도 없었다.

연극 애호가 두 사람도 마찬가지로 나타나서 단원들의 즐거움을 더해 주었다. 이 두 사람은 공연 중에도 몇 번 무대 위로 올라와서 자신들과 관객들이 만족스러워한다고 말해 주는 데 여념이 없었다. 이제 개별적인 연기에 대한 평이 시작되자 모두 자기 몫에 대한 보상을 충분히 받았다.

공을 세운 사람에 대한 칭찬이 엄청 활발하게 잇달아 나왔고, 명장면도 차례차례 언급되었다. 식탁 끝자락에 얌전하게 앉아 있던 프롬프터에게도 '사나운 피라스' 역에 대한 큰 칭찬이 쏟아졌다. 사람들은 햄릿과 라에르테스의 검술 연습을 칭찬하느라 여념이 없었고, 오필리아의 애절한 연기도 이루 표현하기 어려울 정도로 아름답고 뛰어났다고 입을 모아 말했다. 폴로니어스의 연기는 아무도 이야기조차 할 수 없을 정도로 대단했다. 거기에 있던 모든 사람은 서로 칭찬하는 다른 사람을 통해 자기를 칭찬하는 말을 들었다.

또한 저녁 식사에 참석하지 않은 망령도 자기 몫의 칭찬과 감탄을 받았다. 망령을 연기한 사람은 아주 좋은 목소리로 의미가 훌륭하게 드러나도록 대사를 외웠으며, 가장 놀라운 사실은 극단에서 일어났던 모든 일을 알고 있는 듯 보였다는 것이었다. 그리고 마치 화가 앞에 서 있었던 것처럼 그 초상화와 완전히 닮았었다. 그래서 두 연극 애호가는 그 유령이 초상화에서 멀지 않은 곳에서 나타나 똑같이 닮은 초상화를 지나갈 때 얼마나 무시무시하게 보였는지 모른다고 칭찬하기 바빴다. 그때 실제와 착각이 너무나 묘하게 뒤섞여서 왕비에게는 유령의 모습이 보이지 않는다고 관객 모두 실제로 확신했다는 것이었다. 이들의 말이 계기가 되어 멜리나 부인은 크게 칭찬을 받았는데, 햄릿이 아래로 망령을 가리키는 장면에서 부인이 위쪽으로 초상화를 응시했다는 것이었다.

그런데 유령이 어떻게 극장으로 몰래 들어올 수 있었는지 누군가 물었고, 무대 감독이 말하기를, 평소에는 항상 무대 장치로 막혀 있었지만, 오늘 저녁에는 고딕식 방이 필요해서 장치를 치워 두었던 뒷문으로 흰 망토와 두건을 쓰고 있어 서로 분간하기 어려운 큰 키의 두 사람이 들어왔고, 3막이 끝나자 아마도 그곳으로 나간 모양이라 했다.

제를로는 특히 유령이 그렇게 겁쟁이처럼 한탄하지 않았으며, 게다가 마지막에는 위대한 영웅에게나 더 어울리는 그런 대사로 자기 아들을 격려하려 했던 것을 칭찬했다. 빌헬름은 그 구절을 기억해 두었다가 대본 원고에 추가하겠다고 약속했다.

사람들은 잔치의 즐거움에 빠져 아이들과 하프 타는 노인이 그 자리에 없다는 것을 깨닫지 못하고 있었다. 그런데 그들이 곧 아주 기분 좋은 모습으로 나타났다. 세 사람이 함께 들어왔는데 아주 괴상하게 치장하고 있었다. 펠릭스는 트라이앵글을, 미뇽은 탬버린을, 그리고 노인은 무거운 하프를 몸에 매달고 앞에 받쳐 들고 연주했다. 세 사람은 식탁을 돌면서 여러 가지 노래를 불렀다. 사람들은 이들에게 먹을 것을 주었고, 두 연극 애호가는 아이들이 뭘 마시려고 하면 아주 달콤한 포도주를 주는 것이 친절을 베푸는 일이라고 여겼다. 왜냐하면 연극 애호가들의 선물로 이날 저녁에 몇 바구니에 담겨 도착한 맛 좋은 포도주를 단원들 자신들도 아끼지 않고 마셨기 때문이었다. 아이들은 껑충껑충 뛰면서 노래를 계속 불렀고, 특히 미뇽은 매우 신이 났는데, 이런 모습을 지금까지 본 적이 없었다. 미뇽은 있는 힘껏 탬버린을 아주 섬세하면서도 활기차게 쳤다. 한번은 손가락을 헤드 위에 빠르게 이리저리 두드리며 소리를 내기도 하고, 한번은 손등으로, 혹은 손가락 마디로 두드리기도 했다. 게다가 리듬을 바꾸어 가면서 탬버린 헤드를 한번은 무릎에 또 머리에 부딪히기도 했고, 한번은 방울만 흔들어 소리를 내기도 했다. 그래서 그렇게 간단한 악기에서 아주 여러 가지 소리를 만들어 냈다. 아이들은 오랫동안 떠들고 난 뒤 빌헬름 바로 맞은편에 비어 있는 의자에 앉았다.

"그 의자에 앉으면 안 돼!" 하고 제를로가 큰 소리로 말했다. "아마도 유령 손님을 위한 의자 같은데, 그 손님이 오면 너희들이 혼날 수 있어."

"저는 유령이 무섭지 않아요." 하고 미뇽이 말했다. "만약 오면 일어서면 되죠. 유령은 저의 아저씨니까 저한테 해코지하지 않아요." 이 말은 미뇽이 자기 아버지로 추정되는 사람을 "대장 악마"라고 불렀던 것을 아는 사람을 제외하고 아무도 이해하지 못했다.

단원들은 서로를 쳐다보았고 제를로가 유령이 나타날 것을 알고 있으리라는 의심을 더욱 굳혔다. 사람들은 이야기를 나누며 마셨지만, 젊은 여배우들은 겁을 먹고 때때로 문 쪽을 바라보았다.

큰 의자에 앉아 있던 아이들은 상자에서 꺼낸 어릿광대 인형처럼 식탁 위로 머리를 내밀고 있었는데, 이런 자세로 인형극 놀이를 시작했다. 미뇽은 그르렁거리는 목소리를 매우 잘 흉내 냈고, 아이들은 결국 머리를 서로 부딪치고 식탁 모서리에도 부딪쳤는데, 이런 놀이는 나무 인형쯤이나 되어야 아픔을 견딜 수 있을 듯했다. 미뇽은 화가 날 정도로 즐거워 어쩔 줄 몰랐고, 단원들은 처음에 그런 장난을 보고 웃기만 했지만, 마침내 못 하게 막을 수밖에 없었다. 그러나 그렇게 하지 말라고 해도 별로 소용이 없었다. 아이들은 이제 껑충껑충 뛰면서 탬버린을 손에 들고 식탁 주위를 뛰어다녔다. 미뇽이 머리카락을 날리면서 머리를 뒤로 젖히고 몸 전체를 마치 공중으로 내던지는 모습이 바쿠스 신의 시중을 드는 광란하는 여자와 비슷해 보였다. 옛 기념비 같은 것에서 볼 수 있는 이 광란하는 여자의 절제되지 않은, 거의 취할 수 없는 자세는 아직도 우리를 자주 놀라게 한다.

아이들의 재주와 소란에 자극을 받아 사람들은 각자 나름대로 서로에게 즐거움을 주려고 했다. 여자들은 돌림 노래를 몇 곡 불렀고, 라에르테스는 밤꾀꼬리 소리를 냈으며, 융통성 없는 역을 잘하는 배우는 말발굽처럼 생긴 구금(口琴)을 불어 협주곡을 매우 부드럽게 연주했다. 그러는 동안 옆에 있던 사람들은 여러 가지 놀이를 했는데, 손을 마주치기도 하고 엮기도 해서 기대에 찬 애정을 표현하는 쌍도 여럿 있었다. 멜리나 부인은 특히 빌헬름에 대한 열렬한 애정을 숨기지 않는 듯이 보였다. 밤이 깊었고, 지금까지 혼자서 자제하며 가만히 앉아 있던 아우렐리아는 일어서면서 사람들에게 이제 각자의 숙소로 돌아가자고 재촉했다.

제를로는 헤어질 때 폭죽을 쏘았는데, 입으로 폭죽을 쏘아 올리는 소리와 폭죽이 터지고 불꽃 바퀴가 돌아가는 소리를 매우 훌륭하게 흉내 낼 줄 알았다. 눈만 감으면 진짜 불꽃놀이라고 감쪽같이 속아 넘어갈 정도였다. 그러는 동안 남자들은 모두 일어나서 여자들에게 숙소로 데려다주겠다며 팔을 내밀었다. 빌헬름은 마지막에 아우렐리아와 함께 가게 되었다. 계단에서 무대 감독을 만났더니 이렇게 말했다. "유령이 뒤집어쓰고 사라졌던 베일인데, 무대 밑으로 내려가는 기계에 걸린 모양입니다. 이 베일을 조금 전에야 발견했습니다." — "멋진 기념품이군요!" 하고 빌헬름이 큰 소리로 말하고 받았다.

순간 빌헬름은 왼팔이 잡힘과 동시에 왼팔에서 심한 통증을 느꼈다. 미뇽이 숨어 있다가 빌헬름을 붙잡고 팔을 물어뜯은 것이었다. 미뇽은 빌헬름을 지나쳐 계단을 내려가 사라졌다.

극단 일행은 바깥으로 나왔고 거의 모두가 오늘 저녁에 좋은 음식과 술을 너무 많이 먹고 마셨음을 알았다. 헤어지는 인사도 없이 사람들은 각자 사라졌다.

빌헬름은 자기 방에 도착하자마자 옷을 벗어 던지고 촛불을 끈 다음 급히 침대 안으로 들어갔다. 잠이 금방이라도 쏟아질 듯했는데, 난로 뒤에서 무슨 소리가 들리는 것 같아 정신이 번쩍 들었다. 자신의 흥분된 환상 앞에 갑옷을 입은 부왕의 모습이 떠돌고 있는 것 같았다. 빌헬름이 유령에게 말을 걸려고 일어나는 바로 그때 부드러운 팔에 안겨 열렬한 키스로 입이 막혔으며, 어떤 여자 가슴이 자기 가슴에 맞닿은 것을 느꼈지만, 그 가슴을 떼어낼 용기는 나지 않았다.

## 13장

빌헬름이 다음 날 아침 불편한 마음으로 일어나 보니 침대에는 아무도 없었다. 잠을 충분히 자지 못해 취기가 남아 있어 머리가 맑지 않았고, 밤에 누군지 모르는 사람이 찾아왔다는 기억으로 마음이 불안했다. 필리네가 제일 먼저 의심이 갔지만, 자기가 품에 안았던 사랑스러운 육체는 필리네의 몸이 아닌 것 같기도 했다. 열렬한 애무를 하는 사이에 빌헬름은 이상하고 말 없는 방문객 옆에서 잠이 들었고, 이제는 그 흔적을 찾을 수 없었다. 빌헬름은 벌떡 일어나 옷을 입으면서 평소에는 빗장으로 잠가 놓던 문이 약간 열려 있는 것을 보았다. 그래서 어젯밤에 문을 잠갔는지 기억이 나지 않았다.

그러나 침대 위에서 발견한 유령의 베일이 가장 이상하게 보였다. 자기가 그 베일을 가지고 올라와서 아마도 거기에 던져 놓은 모양이었다. 회색 망사였는데 가장자리에 검은 글자가 수놓여 있는 것이 보였다. 글씨를 펼쳐서 읽어 보니 "처음이자 마지막으로 말한다! 달아나라! 젊은이여, 달아나라!"라고 적혀 있었다. 빌헬름은 깜짝 놀라 무슨 말을 해야 할지 몰랐다.

바로 그때 미뇽이 아침 식사를 들고 방으로 들어왔다. 빌헬름은 미뇽의 모습을 보고 놀랐다. 아니 놀라 자빠질 뻔했다고도 할 수 있었다. 미뇽은 하룻밤 사이에 부쩍 자란 것 같았다. 아주 단정하고 고상한 태도로 빌헬름 앞으로 걸어와 매우 진지한 표정으로 빌헬름의 눈을 들여다보았는데, 빌헬름은 그 눈빛을 견딜 수 없을 정도였다. 미뇽은 평소와는 다르게 빌헬름에게 손을 대지도 않았는데, 보통은 빌헬름의 손을 잡고 뺨이나 입, 팔이나 어깨에 입을 맞추었었다. 그런데 오늘은 자신이 할 일을 다 한 다음 아무 말도 하지 않고 나가 버렸다.

예정된 대본 읽기 시간이 다가와서 사람들이 모였는데 모두 어젯밤의 잔치로 아주 멀쩡한 상태는 아니었다. 빌헬름은 자신이 그렇게 열렬히 호소했던 기본 원칙들을 처음부터 어기고 싶지 않아서 될 수 있는 대로 정신을 가다듬었다. 그동안 열심히 연습한 것이 도움이 되었는데,

모든 예술 분야에서 그렇듯 연습과 습관은 천부적 재능과 변덕스러운 기분이 흔히 남겨 놓는 결함을 메워 주는 법이다.

그러나 사실 좀 더 오래 지속되어야 하는 일, 즉 직업이나 생활 수단이 되어야 하는 일을 축제로 시작해서는 안 된다는 말이 정말 옳다는 사실을 이번 기회에 깨달을 수 있었다. 마침내 완벽하게 성취했을 때만 잔치를 벌여야 한다. 어떤 잔치든 먼저 하고 나면 우리가 노력을 기울이며 계속 정성을 쏟아붓는 데 도움이 되는 의욕과 힘을 소모해 버리는 법이다. 모든 잔치 중에서 가장 꼴사나운 잔치는 결혼식 잔치로, 이보다 더 조용하고 겸허하며 희망에 차서 치러야 하는 잔치가 또 어디에 있을까.

이렇게 하루도 저물었는데 빌헬름에게는 하루가 이렇게 평범하게 여겨진 적이 없었다. 저녁에는 평소처럼 대화를 나누는 대신에 사람들은 하품을 했다. 《햄릿》에 관심도 사라져서, 다음 날 햄릿을 다시 공연하는 게 오히려 귀찮아졌다. 빌헬름은 망령의 베일을 꺼내 보였고, 사람들은 그것을 보고 망령이 다시는 나타나지 않을 거라고 짐작했다. 특히 제를로가 그렇게 생각했는데 이 불가사의한 인물의 충고를 간파한 듯 보였다. 그렇지만 "달아나라! 젊은이여, 달아나라!"라는 말이 무슨 뜻인지 밝힐 수 없었다. 자기 극단에서 가장 뛰어난 배우를 멀리 보내 버리려는 사람과 제를로가 어떻게 같은 생각을 할 수 있단 말인가.

이제 어쩔 수 없이 망령 역할을 호통 잘 치는 영감에게, 왕 역할을 융통성 없는 역을 잘하는 배우에게 맡겼다. 두 사람은 이미 대사를 외워 두었다고 했는데, 왜냐하면 단원 모두가 이 작품을 많이 연습했고 상세하게 논의했기 때문에 모든 대사를 잘 알고 있어 단원들 전체가 배역을 서로 쉽게 바꿀 수 있을 정도가 되었다고 해도 이상하지 않았다.

그래도 몇 장면은 빠르게 연습해 보았고, 밤이 깊어서야 해산하게 되었을 때 필리네가 헤어지며 빌헬름에게 낮은 목소리로 "실내화를 가져가야 하니 문을 잠가 두지는 않으시겠죠."라고 속삭였다. 빌헬름은 방으로 돌아가려다가 그 말에 상당히 당황했다. 어젯밤에 찾아온 사람이 필리네였으리라는 추측이 그 말로 더 확실해졌다. 그리고 우리도 이 의견에 동의하지 않을 수 없다. 이 추측에 특별히 의심할 만한 부분이나 더 의혹을 제기할 만한 지점은 딱히 발견할 수 없기 때문이다. 빌헬름은 몇 번 방을 이리저리 서성였지만 정말 방의 빗장을 아직 걸어 잠그지 않고 있었다.

갑자기 미뇽이 방으로 뛰어 들어와 빌헬름을 붙잡고 외쳤다. "마이스터 씨! 여관에서 대피해야 해요! 불이 났어요!" 빌헬름이 문 앞으로 뛰어나가 보니 엄청난 연기가 위층 계단을 타고 아래로 자기를 향해 밀려 내려왔다. 골목에서는 벌써 불이야 하고 외치는 소리가 들렸다. 그러자 하프너가 악기를 손에 든 채 연기를 뚫고 숨을 헐떡이며 내려왔다. 아우렐리아는 자기 방에서 뛰쳐나와 빌헬름의 팔에 어린 펠릭스를 안기며 큰 소리로 말했다.

"이 아이를 데리고 나가세요! 우리는 가져올 수 있는 게 있나 찾아볼게요."

빌헬름은 그렇게 위험한 상황은 아니라고 여겼고 초기에 불을 끌 수 있을지도 모른다는 생각으로 우선 화재가 발생한 곳으로 달려 갔다. 빌헬름은 아이를 노인에게 맡기고는 노인더러 나선형 돌계단을 내려가 작은 아치를 지나면 정원으로 통할 테니 아이들과 함께 여관 밖에 있으라고 급히 일러 주었다. 미뇽은 촛불을 들고 노인에게 길을 비춰주었다. 그런 후 아우렐리아에게도 바로 이 길로 물건들을 가지고 나오라고 부탁했다. 그리고 자신은 연기를 뚫고 위로 올라갔지만 아무 소용 없이 빌헬름은 위험에 처했다. 불꽃이 옆집에서 밀려 들어오는 것 같았고, 이미 다락방의 판자벽과 간이 층계에 불이 붙어 있었다. 구조하려고 급히 달려온 다른 사람들도 빌헬름처럼 연기와 불꽃에 괴로워했다. 그래도 빌헬름은 다른 사람들에게 용기를 내라고 격려했고 물을 가져오라고 외쳤다. 그리고 한 걸음씩 불길에서 물러서라고 하면서 자신도 함께 그 자리에 있겠다고 약속했다. 그 순간 미뇽이 뛰어 들어와 "마이스터 씨! 펠릭스를 구해 주세요!" 하고 외쳤다. "할아버지가 미친 것 같아요! 펠릭스를 죽이려고 해요!" 하고 외쳤다. 빌헬름은 생각할 사이도 없이 계단을 뛰어 내려갔고, 미뇽이 뒤를 바싹 따라갔다.

정원 아치로 통하는 마지막 계단에서 빌헬름은 깜짝 놀라 멈춰 섰다. 그곳에 쌓아 두었던 큰 묶음의 짚단과 나뭇가지들이 밝은 불꽃을 일으키며 타고 있었다. 펠릭스는 바닥에 누워 소리를 지르고 있었고, 노인은 고개를 떨구고 벽 쪽에 서 있었다. "도대체 뭘 하고 계신 겁니까?" 하고 빌헬름이 소리를 질렀으나 노인은 아무 말이 없었다. 미뇽이 펠릭스를 일으켜 세워 겨우 아이를 정원으로 끌고 나갔다. 그사이에 빌헬름은 불을 서로 갈라놓아 불꽃을 억눌러 보려고 했으나 그렇게 하니 불꽃의 위세가 더 강렬해질 뿐이었다. 그래서 자신도 끝내는 눈썹과 머리카락을 태운 채 노인도 함께 불꽃에서 빼내어 정원으로 피하는 수밖에 없었는데, 노인은 불에 수염까지 태우고 마지못해 따라오는 듯했다.

빌헬름은 아이들을 정원에서 급하게 찾아보았다. 조금 떨어진 정자 문턱에서 아이들을 발견했고, 미뇽이 최선을 다해 어린 펠릭스를 달래고 있었다. 빌헬름은 펠릭스를 품에 안고 물어도 보고 쓰다듬어 주기도 했지만 두 아이한테서 무슨 일이 있었는지를 알아낼 수 없었다.

그러는 사이에 불은 맹렬하게 여러 집으로 옮겨붙어 주위 전체를 훤하게 비췄다. 빌헬름은 붉은 불꽃에 아이를 눈여겨 살펴보았으나 어떤 상처나 피난 흔적 또는 부딪힌 자국을 발견할 수 없었다. 아이의 온몸을 만져보았으나 통증은 없는 것 같았고, 오히려 차츰 진정되면서 불꽃에 놀라기도 하고, 심지어 아름다운 서까래와 들보가 무대의 조명처럼 순서대로 불에 타는 광경을 보고 기뻐했다.

빌헬름은 옷이나 그 밖에 잃어버릴 수 있는 것에 대해 생각하지 않았고, 이 두 아이가 이렇게 큰 위험에서 빠져나온 것을 보고 자신에게 그들이 얼마나 소중한지를 뼈저리게 느꼈다. 그래서 어린 펠릭스를 새삼스럽게 가슴에 꼭 껴안으면서 미뇽도 기쁜 마음으로 다정하게 껴안으려고 했지만, 미뇽은 완곡하게 거부하면서 빌헬름의 손을 붙잡고 꼭 쥐었다.

"마이스터 씨." 하고 미뇽이 말했다. (미뇽이 빌헬름을 이렇게 불렀던 것은 오늘 저녁 외에는 아직 한 번도 없었는데, 처음에는 주인님, 나중에는 아버지라고 부르곤 했기 때문이었다.) "마이스터 씨! 우리는 큰 위험에서 빠져나왔어요. 펠릭스는 죽을 뻔했어요."

많은 질문 끝에 마침내 알게 된 전말은, 하프를 타는 노인이 정원으로 통하는 아치로 들어갔을 때 미뇽의 손에서 촛불을 빼앗아서 바로 짚에 불을 붙였다는 것이었다. 그러고 나서 펠릭스를 아래로 내려놓고는 괴상한 표정을 지으며 두 손을 아이의 머리에 얹고는 마치 아이를 희생제물로 바치려는 듯 칼을 꺼냈다고 했다. 미뇽이 달려들어 칼을 노인의 손에서 빼앗고 소리를 질렀으며, 자기 물건을 여관에서 정원으로 나르던 어떤 사람이 도와주러 왔는데, 그 사람도 당황했는지 노인과 아이를 그대로 놓아둘 수밖에 없었다는 것이었다.

두세 집이 완전히 불꽃에 싸여 있었다. 정원 아치에 붙은 불 때문에 아무도 정원으로 대피할 수 없었다. 빌헬름은 자기 물건보다 친구들 때문에 당황스러웠다. 아이들만 남겨 둘 엄두가 나지 않아 화재가 점점 더 커지는 것을 바라보고만 있었다.

걱정스러운 마음으로 몇 시간이 지났다. 펠릭스는 그의 품에서 잠들었고, 미뇽은 옆에 누워서 손을 꼭 잡고 있었다. 마침내 적절한 대처로 불이 진화되었다. 다 타 버린 건물들은 무너졌고, 아침 녘이 되자 아이들은 추위에 떨기 시작했으며, 빌헬름조차 옷을 얇게 입고 있어 떨어지는 이슬을 견디기 어려웠다. 그래서 아이들을 무너진 건물 잔해 쪽으로 데리고 갔더니, 타다 남은 숯덩이와 잿더미 옆에서 아주 기분 좋은 따뜻함이 느껴졌다.

날이 밝자 동료들과 아는 사람들이 차츰차츰 모여들었다. 모두가 빠져나왔고, 손해를 많이 입은 사람은 아무도 없었다.

빌헬름의 가방도 다시 찾았고, 열 시쯤 되었을 때 제를로는 《햄릿》 총연습을, 최소한 새로운 배우로 채워진 몇몇 장면을 연습하자고 재촉했다. 그런 후 제를로는 경찰과 여러 가지를 논의했다. 성직자들은 그런 하느님의 심판이 있었으니 극장이 계속 문을 닫고 있어야 한다고 요구했고, 제를로는 한편으로 전날 밤의 손실을 보충하기 위해, 다른 한편으로는 깜짝 놀란 사람들의 기분을 풀어 주기 위해 흥미로운 작품을 공연하는 것이 그 어느 때보다 적합하다고 주장했다. 이 마지막 주장이 관철되었고 극장은 꽉 찼다. 배우들은 예전에 없던 열정으로 첫 번째 공연보다 더 열의 있고 거리낌 없이 연기했다. 관객들의 감정은 전날 밤의 끔찍했던 광경으로 더욱 고조되었고, 멍하니 헛되게 보낸 하루의 지루함으로 인해 흥미로운 오락 거리를 기대하고 있던 터라 특별한 것에 더 민감하게 반응했다. 대부분은 작품의 명성을 듣고 새로 몰려온 관객들이어서 첫날 저녁 공연 때와 비교할 수 없었다. 호통 잘 치는 영감은 첫 공연 때 누군지 모르는 망령 역이 했던 그대로 연기했고, 융통성 없는 인물 역을 잘 맡는 배우도 마찬가지로 자기 전임자의 연기를 잘 살펴 두었었다. 그 밖에도 이 배우의 가련한 모습이 매우 도움이 되었는데, 자주색 망토를 걸치고 모피 옷깃을 하고 있었음에도 햄릿이 자신에게 조각을 대고 기운 옷을 입은 거지왕이라고 욕했을 때 전혀 부당하게 느껴지지 않았다.

아마도 이 사람보다 더 묘하게 왕 역을 잘 해낸 사람도 없을 것이다. 그리고 나머지 배우들, 특히 필리네는 이 배우가 새로 얻은 왕의 지위를 마구 놀려 댔지만, 이 사람은 훌륭한 전문가인 백작이 자기를 처음 봤을 때 이렇게 될 자신과 또 그 밖에 자신에 대해 훨씬 더 많은 것을 예언하지 않았느냐고 말하기도 했다. 이에 대해 필리네는 그 사람에게 더 겸손해야 한다고 충고했고, 그 배우가 백작의 성에서 봉변을 당했던 밤을 기억하며 그 왕관을 겸손하게 쓰고 다닐 수 있도록 이따금 옷소매에 분가루를 뿌려 주겠노라고 맹세했다.

## 14장

단원들은 서둘러 숙소를 찾아보러 다니느라 서로 뿔뿔이 흩어지고 말았다. 빌헬름은 밤을 보냈던 정원에 있는 정자 집이 차츰 마음에 들었고, 어렵지 않게 그곳의 열쇠를 얻어 숙소로 꾸몄다. 그러나 아우렐리아가 새로 정한 숙소가 너무 좁아서 빌헬름은 펠릭스를 자기 곁에 데리고 있어야 했고, 미뇽도 펠릭스와 떨어지지 않으려고 했다.

아이들은 2층의 예쁜 방을 차지했고, 빌헬름은 1층의 넓은 홀에서 지내게 되었다. 아이들은 잠이 들었지만 빌헬름은 잠을 이룰 수 없었다. 막 떠오른 보름달 빛이 멋지게 비치는 아담한 정원 옆 처참한 폐허 여기저기서 아직 연기가 솟아오르고 있었다. 공기는 쾌적했으며 밤은 유난히 아름다웠다. 필리네가 극장에서 나올 때 빌헬름을 팔꿈치로 툭 스치면서 몇 마디를 속삭였는데 무슨 말인지 알아듣지 못했다. 그래서 마음이 혼란스러웠고 짜증이 났으며 기다리고 있어야 할지 아니면 무엇을 해야 할지 몰랐다. 필리네는 요 며칠 동안 빌헬름을 피해 왔고, 오늘 저녁에 다시 신호를 준 것뿐이었다. 유감스럽게도 이제 잠그지 말라던 문도 불타 버렸고 실내화도 완전히 타 버렸다. 그 아름다운 여인이 그때 했던 말대로 실행할 의도가 있다고 해도 어떻게 정원으로 들어오려고 하는지 도대체 알 수가 없었다. 빌헬름은 차라리 필리네를 보지 않는 게 낫겠다 싶었지만 또 한편으로는 자기 마음을 밝힐 수만 있으면 좋겠다는 생각도 들었다.

그러나 그의 마음을 점점 더 무겁게 하는 것은 화재 이후 아무도 다시 보지 못했던 하프 타는 노인의 운명이었다. 불이 난 곳을 정리할 때 잿더미 아래에서 죽은 채로 발견되지나 않을지 걱정되었다. 그 노인에게 화재의 책임이 있다고 의심을 품고는 있었으나 누구에게도 말하지 않았다. 왜냐하면 불이 붙어 연기가 나고 있는 다락방에서 맨 먼저 그 노인이 자기에게 달려왔고, 그리고 정원으로 통하는 아치에서의 절망적인 모습은 그런 불행한 사건의 결과로 보이기 때문이었다. 그러나 곧 착수된 경찰 조사에서 이 화재가 자신들이 지내고 있던 건물에서 일어난 것이 아니라, 그 옆 옆 집에서 시작되어 불길이 바로 지붕 아래로 서서히 퍼졌음이 드러났다.

정자에 앉아서 이런 사실을 곰곰이 생각해 보고 있을 때 가까운 통로에서 누가 살금살금 걸어오는 소리가 들렸다. 곧바로 부르기 시작하는 구슬픈 노래로 하프 타는 노인임을 알아차렸다. 아주 분명하게 알아들을 수 있는 그 노래에는 완전히 광기에 사로잡혀 있다고 생각되는 어느 불행한 남자를 위로하는 내용이 담겨 있었다. 그러나 아쉽게도 빌헬름은 그 노래의 마지막 소절만 기억났다.

문 옆으로 가만히 다가가서
말없이 얌전히 서 있으리라.
경건한 손이 음식 건네주리니,
그러면 나는 계속 가게 되리라.
누구든 행복하게 보이리라,
자기 앞에 내 모습 본다면.
눈물 흘리며 울어 주어도
왜 우는지 나는 모르리라.

이 노래를 부르는 동안 하프너는 외진 거리로 통하는 정원 외짝 문으로 왔는데 그 문이 닫혀 있자 울타리를 뛰어넘으려고 했다. 그러나 빌헬름이 그 노인을 붙잡고 다정하게 말을 걸었다. 노인은 도망가고 싶고 도망가야 하니 문을 열어 달라고 간청했다. 빌헬름은 노인에게 정원에서는 빠져나갈 수 있을지 몰라도 도시에서 도망칠 수는 없다고 말해 주었고, 그렇게 행동하면 의심을 살지도 모른다고 솔직하게 말해 주었다. 하지만 소용없었다! 노인은 자기 생각을 굽히지 않았다. 빌헬름도 물러서지 않았고 결국 반강제로 노인을 정자 안으로 떠밀어 넣고 문을 잠가 노인과 함께 그곳에서 묘한 대화를 나누었다. 그러나 앞뒤가 안 맞는 생각과 불안한 감정으로 우리 독자들을 괴롭히지 않기 위해 노인의 이야기를 상세하게 전하기보다 차라리 침묵하기로 한다.

## 15장

빌헬름은 그렇게 분명한 광기의 징조가 보이는 이 불쌍한 노인을 어떻게 해야 할지 몰라 아주 곤란한 상황에 빠져 있었는데, 라에르테스가 그날 아침에 고민을 덜어 주었다. 라에르테스는 옛 버릇대로 어디든 가보곤 했고, 커피집에서 얼마 전부터 몹시 심한 우울증 발작을 겪는 사람을 만나게 되었다. 사람들은 이 남자를 어느 시골 목사에게 맡겼는데, 그 목사는 이런 사람들을 다루는 특별한 일을 하고 있었다. 이번에도 목사는 성공을 거두었고, 아직 시내에 있으며, 회복한 사람의 가족이 목사에게 큰 예우를 표시하더라는 것이었다.

빌헬름은 그 목사를 찾으러 급히 달려가 사정을 모두 털어놓고 목사와 합의를 보았다. 그리고 적당한 구실을 대고 그 목사에게 노인을 맡길 수 있었다. 빌헬름은 노인과 헤어지는 것이 무척 괴로웠지만, 치유된 노인을 다시 만날 수 있다는 희망으로 어느 정도 견뎌낼 수 있었다. 그만큼 그 노인을 자기 곁에 두고 정신적으로 깊이 있고 진심에서 우러난 노랫소리를 듣는 일상에 익숙해져 있었다. 하프는 불에 타 버려서 다른 새것을 구해 길을 떠날 때 노인에게 들려 주었다.

미뇽의 몇 개 되지 않는 옷도 화재로 타 버려서 새 옷을 만들어 주려고 했을 때 아우렐리아는 미뇽이 이제 여자 옷을 입었으면 좋겠다고 제안했다.

“절대로 안 돼요!” 하고 미뇽이 외치며 옛날 옷 그대로 입겠다고 완강하게 고집을 부려서 그 소원을 들어줄 수밖에 없었다.

단원들은 딴생각을 할 시간이 없었고, 공연은 계속 이어졌다.

빌헬름은 자주 관객들의 말을 엿들었지만, 자신이 듣고 싶은 말을 거의 듣지 못했다. 심지어 슬프고 짜증이 나는 말만 더 자주 들렸다. 예를 들면 《햄릿》 첫 공연이 끝난 직후 어떤 젊은 남자가 그날 저녁 극장에서 얼마나 만족스러웠는지 매우 활기차게 말했다. 빌헬름이 귀를 기울여 들어 보니 대단히 수치스러웠는데, 그 젊은 남자가 뒷좌석에 앉은 사람이 불쾌하게 생각하는데도 계속 모자를 쓰고 있었고, 연극이 끝날 때까지 모자를 벗지 않았다는 걸 자신의 영웅담마냥 매우 즐겁게 이야기했다.

그러자 다른 사람은 빌헬름이 레어티즈 역을 아주 잘 연기했는데, 반대로 햄릿을 맡은 배우는 그만큼 만족스럽지 않았다고 확신했다. 빌헬름과 라에르테스가 비록 혈연관계는 아니었지만 비슷하게 생겼기 때문에 이런 혼동은 완전히 이상한 일도 아니었다.

또 다른 사람은 빌헬름의 연기를 칭찬하면서, 특히 어머니와 함께 있는 장면에서 연기가 아주 대단했는데, 다만 바로 불같이 달아오르는 그 순간에 하얀 끈이 조끼 밑으로 삐져나와 환상을 깨뜨려 버리고 만 것이 아쉽다고 했다.

극단 내부에서는 그동안 여러 가지 변화가 일어났다. 필리네는 화재가 일어난 밤 이후로 빌헬름과 가까워지려 하지 않았다. 마치 의도적인 것처럼 멀리 떨어진 곳에 숙소를 정했고, 엘미레와 사이좋게 지내면서 제를로를 찾아오는 경우도 훨씬 드물어져서 아우렐리아가 아주 만족스러워했다. 필리네에게 언제나 호의적이었던 제를로는 가끔 필리네를 찾아갔고, 특히 필리네 집에서 엘미레를 만날 희망이 있을 때 그렇게 했다. 어느 날 밤에는 빌헬름을 함께 데리고 갔다. 두 사람이 방으로 들어갔을 때 깜짝 놀랐다. 필리네가 건넛방에서 어느 젊은 장교의 품에 안겨 있었다. 그 장교는 붉은 제복과 흰 셔츠를 입고 있었는데, 돌아서 있어 얼굴을 볼 수는 없었다. 필리네가 자기를 찾아온 친구들을 맞으러 곁방으로 나오면서 안방 문을 닫았다. "멋진 사랑의 모험을 하고 있을 때 갑자기 찾아오셔서 저를 놀라게 하시는군요!" 하고 필리네가 큰 소리로 말했다.

"그렇게 놀라운 일도 아니요." 하고 제를로가 말했다. "부러울 만큼 젊고 멋진 양반을 보여 주시오. 어차피 우리가 질투해선 안 될 정도로 이미 우리를 길들여 놓지 않았소."

"한동안 그렇게 의심하도록 내버려둘 수밖에 없네요." 하고 필리네가 농담하듯 말했다. "하지만 며칠 동안 아무도 모르게 저의 집에 머물려는 좋은 여자 친구일 뿐이라고 맹세할 수 있어요. 나중에 이 친구가 살아온 이야기를 아시게 될 거예요. 게다가 이 흥미로운 아가씨를 직접 만나게 될지도 몰라요. 그러면 아마도 제가 겸손과 관용을 베풀 이유가 생길 겁니다. 남자분들이 새로운 여인을 알게 되면 옛 여자 친구를 잊어버릴까 염려되니까요."

빌헬름은 돌이 된 듯이 서 있었는데, 그 빨간 제복을 얼핏 보았을 때 바로 마리아네가 제일 좋아했던 재킷이 생각났기 때문이었다. 마리아네의 모습이었고, 마리아네처럼 금발이었지만, 단지 방에 있는 장교가 조금 더 키가 큰 것처럼 보였다.

“제발!” 하고 빌헬름이 큰 소리로 말했다. “당신 여자 친구에 관해 더 알려 주십시오. 변장한 아가씨를 만나게 해 주세요! 우리가 일단 당신의 비밀을 알게 되었으니, 약속하고 맹세할 테니 제발 그 아가씨를 만나게 해 주세요!”

“오, 이분이 열을 올리시네!” 하고 필리네가 외쳤다. “그냥 가만히 계세요. 조금만 참아요. 오늘은 안 됩니다.”

“그럼 이름이라도 알려 주세요.” 하고 빌헬름이 말했다.

“자, 그럼 좋은 수수께끼가 되겠네요.” 하고 필리네가 대꾸했다.

“최소한 이름만이라도.”

“그렇다면 한번 맞춰 보세요. 세 번의 기회를 주겠지만 그 이상은 안 돼요. 그렇지 않으면 달력에 나오는 이름 전체를 댈 수 있을 테니까요.”

“좋아요.” 하고 빌헬름이 말했다. “그렇다면 체칠리아?”

“체칠리아는 전혀 아니에요!”

“헨리에테?”

“전혀요! 조심하세요! 당신의 호기심이 다음 날까지 참고 기다려야 될지 몰라요.”

빌헬름은 망설이며 두려워했다. 입을 열고는 싶었으나 말이 나오지 않았다. “마리아네?” 하고 더듬거리다가 마침내 “마리아네!” 하고 말했다.

“브라보! 맞았어요!” 하고 필리네가 외치면서 늘 그렇게 하듯 뒤꿈치로 몸을 한 바퀴 돌렸다.

빌헬름은 한마디도 할 수 없었다. 그러나 빌헬름의 감정 변화를 눈치채지 못한 제를로는 필리네에게 문을 열라고 재촉했다.

그러나 빌헬름이 필리네가 놀리는 말을 격하게 가로막고 필리네의 발아래에 엎드려 격렬하게 열정을 드러내며 간청하고 애원했을 때 두 사람은 얼마나 놀랐는지 모른다. "그 아가씨를 보여 주십시오." 하고 빌헬름이 소리쳤다. "그 사람은 내 여자이고, 내 마리아네입니다! 그 여자를 날마다 그리워했고, 아직도 내게는 여전히 세상에서 다른 모든 여성도 대신할 수 없는 사람입니다. 적어도 그 사람에게 들어가서 내가 여기 있다고, 첫사랑과 청춘의 모든 행복을 그녀에게 걸었던 남자가 여기에 있다고 말해 주세요. 그 사람을 무자비하게 내버린 사람이 변명하려 한다고, 용서를 빌려고 한다고, 그 남자에게 무슨 잘못을 저질렀어도 용서해 주려 한다고, 한 번만 더 만날 수 있다면, 그 사람이 살아 있고 행복한 모습을 볼 수만 있다면 아무런 요구도 더 이상 하지 않겠다고 말입니다!"

필리네는 고개를 흔들면서 말했다. "여봐요, 조용히 말하세요! 나서서 일을 그르치지는 말아야죠. 만약 저 여자가 정말로 당신의 옛 여자 친구라면 우리가 조심해서 보호해야 하지 않을까요. 저 여자는 당신이 여기에 와 있다고 전혀 예상치도 못할 텐데요. 저 사람은 완전히 다른 용무로 여기에 왔어요. 잘 아시다시피 때가 아닐 때 눈앞에서 옛 연인을 만나기보다 차라리 도깨비를 만나는 게 나아요. 제가 저 여자에게 물어보고 마음의 준비를 시키겠어요. 그러니 우리가 무엇을 해야 할지 잘 생각해 보도록 하죠. 내일 몇 시에 오시면 좋을지 아니면 오셔도 되는지 쪽지를 보내드릴 테니 제 말을 정확히 따르셔야 해요. 맹세컨대 저와 제 친구의 뜻에 어긋나게 이 사랑스러운 여자를 누구도 봐서는 안 되기 때문입니다. 제 방문을 더 확실하게 잠가 두겠어요, 그렇다고 도끼 같은 걸 들고 저를 찾아오고 싶지는 않겠죠."

빌헬름은 필리네에게 애원해 보았고, 제를로도 설득해 보았지만 아무 소용이 없었다! 두 친구는 마침내 굴복하고 그 방과 집에서 나오는 수밖에 없었다.

빌헬름이 얼마나 불안한 밤을 보냈는지 누구나 예상할 수 있을 것이다. 또한 필리네의 쪽지를 기다리면서 보낸 하루가 얼마나 더디게 지나갔는지도 이해할 수 있을 것이다. 일이 안 되려니 빌헬름은 그날 저녁에 무대에 올라야 했고, 이때보다 더 큰 고통을 겪어 본 적이 없었다. 공연이 끝나고 빌헬름은 자기를 오라고 했는지 물어보지도 않고 필리네에게로 급히 달려갔다. 문은 잠겨 있었고, 그 집 사람들은 그 아가씨가 아침 일찍 어느 젊은 장교와 마차를 타고 떠났으며, 며칠 후에 돌아오겠다고는 했으나 이미 숙박비를 다 냈고 짐을 모두 가지고 갔기 때문에 그 말을 믿지 않는다고 했다.

이런 소식을 듣고 빌헬름은 제정신이 아니었다. 라에르테스를 급히 찾아가 필리네를 찾으러 따라가자고 제안했다. 빌헬름은 비용이 얼마나 들더라도 필리네와 함께 간 사람의 정체를 알아야 했다. 반면에 라에르테스는 친구의 격정과 경솔함을 꾸짖었다. "내기해도 좋아요." 하고 라에르테스가 말했다. "그 사람은 다른 사람이 아니라 바로 프리드리히요. 내가 잘 알고 있는데 그 젊은 친구는 좋은 집안에서 태어났어요. 그 아가씨를 미치도록 사랑해서 아마도 일가친척들을 구워삶아 한동안 다시 함께 살 수 있을 만큼의 돈을 얻어 냈을 겁니다."

이런 반론에 빌헬름이 완전히 설득되지는 않았지만 의심스러워지기는 했다. 라에르테스는 필리네가 그럴듯하게 믿게 했을 뿐 빌헬름이 찾는 그 아가씨는 아닌 것 같고, 그 모습이나 머리카락이 프리드리히와 꼭 맞아떨어지며, 12시간이나 앞서 출발했으니 그렇게 쉽게 따라잡을 수 없을지도 모르고, 무엇보다도 자기들 두 사람은 제를로와 마찬가지로 공연에서 빠질 수 없다고 말해 주었다.

이 모든 이유로 빌헬름은 마침내 직접 필리네를 쫓아가는 것을 포기하기에 이르렀다. 라에르테스는 그날 밤 그 일을 믿고 맡길 수 있는 유능한 사람을 구했다. 신중한 사람으로 여행 중인 여러 신사 숙녀들을 위해 메신저 역할이나 길 안내를 하던 사람이었는데, 마침 그때 일이 없어 놀고 있었다. 그래서 그 남자에게 돈을 주며 상황 전체를 알려 주고는 도망친 여자를 쫓아가서 찾아내면 절대 놓치지 말고 어디서 어떻게 지내는지 바로 알려 달라고 부탁했다. 그 남자는 당장 말에 올라 관계가 모호한 두 사람을 뒤쫓아 갔다. 최소한 이런 조치를 하고 나서야 빌헬름은 어느 정도 마음이 진정되었다.

## 16장

필리네의 이탈은 무대에서나 관객에게 별다른 이목을 끌지 않았다. 필리네는 무슨 일이든 별로 진지하게 생각하지 않아서 여자들은 필리네를 대체로 미워했고 남자들은 차라리 무대에서보다는 단둘이서만 만나기를 바랐다. 그래서 필리네는 무대에서 성공할 가능성이 충분한 자신의 훌륭한 재능조차 썩히고 말았다. 극단의 다른 사람들은 한층 더 노력을 기울였는데, 특히 멜리나 부인은 정신을 집중해서 열심히 노력한 덕에 대단히 눈에 띄게 발전했다. 평소처럼 빌헬름이 말하는 원칙을 빨리 알아차리고 빌헬름의 이론과 본보기를 따랐으며, 그 이후로 부인의 태도에 알 수 없는 뭔가가 깃들어 더욱 관심을 끌었다. 그래서 금방 제대로 된 연기 수준에 다다랐고 대화하는 어투도 완벽히 자연스러워졌으며 감정을 표현하는 어투도 어느 정도까지 습득했다. 멜리나 부인은 제를로의 기분도 맞춰 줄 줄 알아 즐겁게 해 주려고 노래도 열심히 연습해서 드디어 모임의 분위기를 띄우는 데 필요한 수준까지 도달했다.

몇몇 새로운 배우가 와서 극단은 더욱 완전한 체제를 갖추었다. 그리고 빌헬름과 제를로가 각자 자신의 방식으로 활약했는데, 빌헬름은 작품마다 전체적 의미와 기본 분위기를 강조했고, 제를로는 작품의 개별 장면들을 면밀하게 연구했다. 이런 칭찬받을 만한 열의는 배우들에게도 활기를 불어넣어 주었고, 관객은 그들에게 지대한 관심을 보여 주었다.

"우리는 올바른 길을 가고 있습니다." 하고 한번은 제를로가 말했다. "그리고 이렇게 계속해 간다면 관객들도 금방 올바른 길로 가게 될 겁니다. 어처구니없고 엉터리 같은 공연으로 사람들을 아주 쉽게 현혹할 수는 있습니다만, 관객들에게는 제대로 된 것을 흥미롭게 보여 줘야 하는 법이죠. 그래야 관객도 분명히 그런 공연에 달려들게 될 것입니다.

우리 연극계에 무엇보다도 아쉬운 점이자 배우나 관객이 자각하지 못하는 점은 우리 연극계가 전체적으로 뒤죽박죽해 너무 난잡해 보여서 자기 판단의 근거로 삼을 수 있는 무대의 경계선이 없다는 사실입니다. 우리 무대를 마치 무한한 야외극 무대로 넓힌 것은 내 생각에 장점이 아닙니다. 하지만 이제 무대 감독이나 배우들도 좁은 곳으로 들어갈 수 없습니다. 혹시 우리 민족의 취향이 앞으로 적당한 범위를 직접 표시해 줄 때까지는 말입니다. 모든 훌륭한 사회 공동체는 일정한 조건에서만 존재합니다. 훌륭한 연극도 마찬가지죠. 특정한 태도나 어투, 특정한 주제나 행동 방식은 배격되어야 합니다. 집안 살림을 줄인다고 더 가난해지지는 않는 법입니다."

단원들은 이런 점에 어느 정도 의견이 일치했지만 그렇지 않기도 했다. 빌헬름과 대부분의 단원은 영국 극을 지지했고, 제를로와 몇몇 단원들은 프랑스 연극을 더 선호했다.

그래서 배우에게는 아까운 유휴 시간이 많으니 그때 두 나라에서 가장 유명한 연극들을 면밀하게 검토해서 그중에 가장 좋고 모방할 가치가 있는 작품을 알아보자는 데 모두 동의했다. 그래서 정말로 프랑스 극 몇 편을 읽기 시작했다. 낭독이 시작되자마자 아우렐리아는 매번 나가 버렸는데 사람들은 아우렐리아가 아파서 그런 줄로만 알았다. 그런데 한번은 빌헬름이 그런 행동을 이상하게 여겨 아우렐리아에게 물어보았다.

"그런 작품을 낭독한다면 저는 그 자리에 있지 않을 거예요." 하고 아우렐리아가 말했다. "제 가슴이 찢어지는데 어떻게 듣고 판단을 내릴 수 있겠어요? 저는 프랑스어가 정말 너무 싫어요."

"자신이 쌓은 교양의 대부분이 그 언어의 혜택을 입고 있으며, 우리의 태도가 제대로 형태를 갖출 수 있을 때까지 여전히 큰 도움이 될 그런 언어를 어찌 적대할 수 있습니까?" 하고 빌헬름이 말했다.

"그건 절대 편견에 빠져 하는 말이 아닙니다!" 하고 아우렐리아가 대답했다. "저를 버리고 떠난 남자에 대한 불행한 인상과 역겨운 기억이 이 아름답고 교양 있는 언어에 대한 흥미를 앗아 가고 말았어요. 그래서 지금은 이 언어를 진심으로 싫어합니다! 우리가 서로 다정한 관계로 지내는 동안에는 그 사람이 독일어로 편지를 썼어요. 그리고 진심에서 우러나는 얼마나 참되고 힘 있는 독일어였는지 몰라요! 그런데 저와 헤어지려 했을 때는 프랑스어로 편지를 쓰기 시작했죠. 이전에는 농담으로만 가끔 프랑스어로 쓰기도 했지만요. 저는 그것이 무엇을 의미하는지 느끼고 깨닫게 되었습니다. 모국어로 쓰기에는 얼굴이 붉어지는 말을 프랑스어로는 양심의 가책 없이 쓸 수 있었죠. 나중으로 미루며 어중간하게 말하고, 거짓말하기에 딱 좋은 언어죠. 프랑스어는 배신할 때 쓰는 언어예요! 다행히도 독일어에는 배신한다는 뜻의 프랑스어 'perfide'를 완벽히 대체할 만한 단어가 없어요. 'treulos'라는 독일어는 프랑스어에 비하면 가엾고 순진한 어린애 같은 단어죠. 'perfide'는 향락과 오만과 남의 불행을 즐기는 마음이 담긴 'treulos'입니다. 오, 한 단어로 그렇게 섬세한 뜻의 차이를 표현할 수 있는 민족의 교육이 부러워요! 프랑스어는 정말 세계적인 언어입니다. 그 언어로 모든 사람이 서로 속이고 거짓말할 수 있으니 세계 공용어가 될 자격이 있죠. 그 사람이 보낸 프랑스 편지들은 아직도 항상 기분 좋게 읽을 수 있어요. 어떻게 생각하면 그 편지들은 따뜻하고 열정적으로 들리기도 하죠. 하지만 자세히 들여다보면 그건 빈말들이었어요. 저주받을 빈말들이었죠! 그 사람은 제게 프랑스어 전체와 프랑스 문학에 대한 기쁨을, 그리고 이 언어로 된 고귀한 사람들이 쓴 아름답고 귀중한 책에서 느낄 수 있는 기쁨마저 망쳐 놓고 말았습니다. 프랑스어를 듣기만 해도 소름이 돋습니다!"

이렇게 아우렐리아는 몇 시간 동안 자신의 불평을 털어놓고 다른 이야기를 중단시키거나 분위기를 깨면서 계속 이야기했다. 제를로는 적당한 때에 상당히 신랄한 말로 아우렐리아의 변덕스러운 불평을 막았지만, 그런 저녁에는 보통 대화가 끝나고 말았다.

대체로 무언가를 만드는 데 여러 사람과 여건이 필요하다면 그것은 유감스럽게도 오랫동안 지속되지 못하는 법이다. 국가에서뿐만 아니라 극단에서도, 군대에서뿐만 아니라 친구들 모임에서도 사람들은 그 완벽함, 일치단결, 만족과 활동의 정점에 이른 순간을 보통 잘난 체하며 떠벌리곤 한다. 그러나 자주 사람이 바뀌고 새 인원이 들어오면서, 이 사람들이 그 분위기에 맞지 않고, 그 분위기가 그 사람들에게 맞지 않게 되면, 모든 것이 바뀐다. 이전에 느꼈던 결속은 곧 무너진다. 제를로의 극단도 독일 극단으로서 자랑스러워할 수 있을 만큼 한동안은 완벽했다고 말할 수 있었다. 배우들도 자신에게 적합한 자리에 있었고, 모두 할 일이 충분했으며, 모두가 해야 할 일을 기꺼이 했었다. 배우들 사이 인간적인 관계도 그럭저럭 괜찮았으며, 각자 열성적으로 활기차게 첫발을 내디뎠기 때문에 연극 분야에서 유망해 보였다. 그러나 곧 일부 배우들이 기계 인형처럼 감정도 없이 자신이 해낼 수 있는 것만 해 왔다는 사실이 밝혀졌고, 게다가 곧 거기에 지나친 열정이 뒤섞이고 말았는데, 이 열정은 보통 좋은 단합에도 방해가 되고, 분별 있고 사려 깊은 사람들이 함께 유지하고자 하는 것을 갈기갈기 찢어발기고 만다.

필리네의 부재도 생각보다 사람들에게 적지 않은 영향을 주었다. 필리네는 아주 능숙하게 제를로를 즐겁게 만들고 다른 단원들을 어느 정도 자극할 줄 알았다. 아우렐리아의 격렬한 성품을 대단한 인내심으로 참아 냈고, 빌헬름의 기분을 맞추어 주는 것이 가장 주된 일이었다. 필리네는 극단 전체를 묶는 일종의 끈과도 같아서, 필리네가 없는 것이 금방 아쉬워졌다.

제를로는 작은 연애라도 하지 않고는 살 수 없는 사람이었다. 엘미레는 어느덧 어른이 되었고, 예뻐졌다고도 말할 수 있었는데, 제를로는 오래전부터 엘미레에게 눈독을 들이고 있었다. 필리네는 아주 영리해서 제를로의 이런 욕정을 눈치채고 부추기기까지 했다. "늦지 않게 제

때 짝을 맺으려고 노력해야 해요. 늙으면 우리에게 남는 건 아무것도 없어요." 하고 말하곤 했다. 그런 식으로 제를로와 엘미레는 점점 가까워졌고, 필리네가 떠나고 난 뒤 곧 가까운 사이가 되었다. 엘미레의 아버지는 이런 비정상적인 만남을 농담으로도 이해하지 못할 게 분명해서 두 사람은 이 만남을 비밀로 해야 했고 덕분에 이 작은 로맨스는 더욱 재밌어졌다. 엘미레의 여동생도 그 비밀을 알고 있던 터라 제를로는 두 자매에게 많은 것을 관대히 봐줘야 했다. 두 자매의 가장 나쁜 습관은 엄청난 군것질이었다. 아니 말하자면 감당하기 힘들 정도의 대식가였는데, 이런 점에서 필리네와는 비교가 되지 않았다. 필리네는 마치 공기를 먹고 사는 듯 아주 조금만 먹었고 샴페인 한 잔을 마셔도 거품만 아주 귀엽게 홀짝홀짝 마셔서 사랑스러워 보였다.

그런데 제를로가 아름다운 두 아가씨의 마음에 들려면 아침 식사가 끝나면 점심을, 점심이 끝나면 간식으로 저녁 식사와 연결해야 했다. 그러면서 제를로는 계획을 하나 세웠는데, 실현하자니 걱정되었다. 빌헬름과 아우렐리아 사이에 어느 정도 끌리는 마음이 있는 것을 알아차리고는 이 감정이 뜨거워졌으면 하고 대단히 바랐다. 그래서 극장 살림에서 기계적으로 진행되는 부분 전체를 빌헬름에게 떠맡겨 버리고, 먼젓번 매부처럼 빌헬름을 충실하고 부지런한 도구로 삼고 싶었다. 이미 빌헬름에게 점차 극단의 일 처리 대부분을 자연스럽게 넘겨 버렸고, 아우렐리아는 회계를 맡았으며, 제를로 자신은 다시 옛날처럼 완전히 자기 하고 싶은 대로 살았다. 하지만 자신과 누이 동생에게도 남몰래 마음을 상하게 하는 뭔가가 있었다.

관객은 나름대로 공로를 인정받은 대중적인 사람들을 대하는 방식이 있었다. 즉, 관객은 점차 이 사람들에게 무관심해졌고, 그 대신에 훨씬 보잘것없지만 새로 나타난 재능들을 총애했는데, 전자에게는 과도한 요구를 하면서도 후자에게는 모든 것을 관대히 봐주었다.

제를로와 아우렐리아도 이런 일을 목격할 기회가 많았다. 새로 온 배우들, 특히 젊고 몸매가 준수한 배우들은 모든 주목과 박수갈채를 한몸에 받았지만, 두 남매는 대부분 열심히 최선을 다하고 나서도 두 손이 부딪치는 완벽한 박수 소리도 없이 퇴장해야 했다. 물론 여기에는 특별한 여러 이유가 있었다. 아우렐리아의 자만심은 눈에 띌 정도였고, 관객을 멸시한다는 소문이 많이 퍼져 있었다. 제를로는 비록 누구에게나 개인적으로는 호의를 가지고 대해 주었으나 관객을 신랄하게 비판하는 말을 주위에 자주 하고 다녔다. 새로 온 단원들은 이와 반대로 생소하고 모르는 사람들이거나, 젊고 귀여울 뿐 아니라 도움이 필요한 사람들이어서 모두 후원자를 얻게 되었다.

그런데 곧 극단의 내부적 불안과 여러 불만이 생겼다. 빌헬름이 연출가 일을 떠맡았다는 사실이 알려지자마자 배우 대부분이 더욱 무례하게 행동하기 시작했는데, 빌헬름이 자기 방식대로 극단 전체에 뭔가 더 질서와 정확성을 부여하고 싶어 했고, 또한 무엇보다도 기계적으로 이루어지는 모든 일이 정확하고도 질서정연하게 진행되어야 한다고 주장했기 때문이었다.

한동안 정말 이상적으로 유지되던 모든 상황은 삽시간에 어느 유랑극단에서나 볼 수 있을 정도로 아주 저속하게 변했다. 빌헬름은 근면 성실하게 노력해서 필요한 모든 전문 지식을 습득하고, 자신이 이곳과 맡은 일에 적응할 수 있는 환경을 완벽히 마련했으나 바로 그 순간 안타깝게도 절망적인 날들이 찾아왔다. 그래서 빌헬름은 이 직업이 다른 직업보다 시간과 노력을 쏟아부을 가치가 별로 없다는 생각이 들었다. 일은 성가시면서도 보상은 적었다. 그래서 기계적인 일을 힘들게 견뎌 내고도 정신과 감정을 최고조로 끌어 올려야 목표에 도달할 수 있는 이런 직업보다는 차라리 일단 일이 끝나면 그래도 정신의 휴식을 즐길 수 있는 어떤 다른 직업을 가졌으면 좋았을지도 모르겠다고 생각했다. 또한 아우렐리아가 오빠의 낭비를 불평하는 소리도 들어야 했고, 제를로가 아우렐리아와 자신을 결혼시키고 싶어 멀리서 던지는 은근한 눈짓들을 빌헬름은 이유도 모른 채 받아야 했다. 이와 동시에 빌헬름은 자신을 아주 심하게 압박하는 근심을 감추고 있어야 했는데, 그 수상한 장교를 뒤쫓으라고 보냈던 심부름꾼이 아직 돌아오지 않았고 아무런 소식도 들을 수 없어 마리아네를 또다시 놓쳐 버린 게 아닐까 걱정스러웠다.

때마침 국장(國葬)이 시작되어 극장도 몇 주 문을 닫아야 했다. 빌헬름은 그사이에 하프너가 지내고 있는 목사 댁을 찾아가기로 했다. 하프너는 쾌적한 곳에서 지내고 있었다. 빌헬름이 목사관에 도착해 처음 본 것은 어느 소년에게 자기 악기를 가르쳐 주고 있는 노인의 모습이었다. 노인은 빌헬름을 다시 만나게 되어 매우 기뻐하면서 일어나서 손을 내밀며 말했다. “내가 아직은 세상에 쓸모가 있다는 게 보이시겠죠. 괜찮으시다면 하던 일을 계속하겠습니다. 일과표가 정해져 있어서요.”

목사는 빌헬름을 아주 정답게 맞이하고는 하프너가 아주 잘 지내고 있으며 완쾌할 가망도 있다고 했다.

두 사람의 대화가 자연스럽게 정신병자를 치료하는 방법에 이르자 목사는 이렇게 말했다.

“육체적으로 병든 환자는 극복하기 힘든 어려움에 직면해서 전문의사에게 조언을 구하기도 합니다만, 정신병 환자를 치료하는 방법은 아주 간단하다고 생각합니다. 그것은 건강한 사람들이 정신 이상이 되지 않도록 방지하는 것과 똑같은 방법이지요. 그들 스스로 일하도록 자극하고, 질서를 익히게 하여 자신들의 존재와 운명이 평범한 사람들과 다르지 않으며, 그래서 비범한 재능, 최고의 행복과 최대의 불행이 평범한 일상에서 약간 변화된 것에 불과하다는 사실을 깨닫게 해야 합니다. 그러면 어떤 광기도 몰래 숨어들지 않게 될 것입니다. 그리고 광기가 나타나더라도 점차 다시 사라지게 될 겁니다. 노인에게 일과표를 정해 주었더니 몇몇 아이에게 하프를 가르치고, 정원 일을 도우면서 벌써 이전보다 훨씬 밝아졌습니다. 배추 가꾸기를 즐기고, 또한 자기가 죽고 나면 우리 아들에게 하프를 넘겨주겠다며 아들도 연주할 수 있도록 정말 열심히 가르쳐 주고 싶어 합니다. 저는 성직자로서 그 노인의 알 수 없는 양심의 가책에 대해선 될 수 있는 대로 언급하지 않으려고 하지만, 활동적인 생활이 많은 일을 하게끔 만들어 어떤 의혹이라도 오로지 몸을 움직이는 것만으로 극복할 수 있다고 곧 느낄 겁니다. 저는 일을 서두르지 않습니다. 그런데 저 수염과 두건을 벗게 할 수만 있다면 많은 성과를 거둔 겁니다. 자신을 다른 사람들보다 눈에 띄게 드러내는 것보다 우리를 광기에 더 가까워지게 하는 일도 없습니다. 그리고 평범한 생각으로 다른 사람들과 함께 살아가는 것이 바로 상식을 잘 유지하는 일입니다. 그러나 유감스럽게도 우리 교육이나 시민 관습에는 우리 자신과 자녀들을 그런 광기에 빠져들게 하는 것이 얼마나 많은지 모릅니다!"

빌헬름은 이렇게 타당한 말을 하는 사람의 집에 며칠 머물면서 매우 흥미로운 이야기들을 들었는데, 미친 사람들에 관해서뿐만 아니라 영리하고 현명하다고 여겨지곤 하면서도 거의 정신병자에 가까운 특성을 보여 주는 사람들에 관한 이야기였다.

그때 친구인 목사를 자주 찾아와 그의 자선 사업을 늘 도와주는 의사가 오자 대화는 세 배로 활기를 띠게 되었다. 상당히 나이 든 사람이어서 신체는 허약한 편이었으나 매우 고귀한 직무를 여러 해 동안 수행해 오고 있었다. 또한 전원생활을 대단히 좋아해서 교외가 아니면 다른 곳에서는 살 수 없을 정도였다. 그러면서도 매우 사교적이고 활동적이어서 수년 전부터 모든 시골 목사들과 친교를 맺는 데 특별한 관심을 보였다. 누가 유익한 일을 하고 있다는 사실을 알게 되면 모든 방법을 동원해 그 사람을 도와주려 했으며, 아직 무슨 일을 할지 정하지 못한 사람들에게는 취미를 갖도록 설득하려고 했다. 또한 귀족들, 관리들이나 판사들과도 친분을 맺고 있었기 때문에 20년이라는 세월 동안 묵묵히 여러 농업 분야의 발전에도 크게 이바지했는데, 농지나 가축 그리고 사람에게 유익한 것이라면 모든 방법을 다 써 보면서 진정한 의미의 농촌 계몽을 촉진했다. 그 사람이 말하기를 인간에게 단 한 가지 불행한 일은 활동적인 삶으로 나아가는 데 아무런 영향을 주지 못하는 고정관념에 사로잡히는 것이며 심지어 그 고정관념은 사람의 주의력을 활동적인 삶에서 다른 데로 돌려놓기까지 한다고 했다. "현재 어떤 부유한 귀족 부부가 그런 경우에 처해 있는데, 지금까지 저의 모든 처방이 실패로 돌아갔습니다. 이 경우는 목사님의 전문 분야에 속할 듯한데 이 젊은 분이 이 이야기를 다른 사람에게 말하지는 않겠지요.

이 귀족이 집에 없는 사이에, 별로 칭찬할 만한 이야기도 아니지만 어떤 젊은 남자에게 귀족의 실내복을 입혀서 귀족의 부인을 속여 보려고 했답니다. 비록 장난이었을 뿐이라고 이야기했지만, 저는 그래도 이 고귀하고 칭찬받을 만한 귀부인을 나쁜 길로 인도하려는 의도가 있지 않았나 매우 염려됩니다. 뜻밖에 남편이 일찍 돌아왔고, 자기 방에 들어간 귀족은 자신의 유령을 보고 있다고 착각해 그때 이후로 우울증에 빠져서 자신이 곧 죽게 되리라는 확신을 키웠답니다.

이 귀족은 종교적 사상으로 듣기 좋은 말을 하는 사람들에게 자신을 맡겨 버리고, 결국 자기 아내와 함께 헤른후트파(派) 교단[63]에 들어가, 어차피 자식도 없으니 자기 재산의 대부분도 친척들에게 물려주지 않으려고 하는데, 그것을 어떻게 막을 수 있을지 모르겠습니다."

"자기 아내와 함께 말입니까?" 하고 이 이야기에 적지 않게 놀란 빌헬름이 격한 목소리로 외쳤다.

"그런데 아쉽게도" 하고 빌헬름이 단지 동정심에 이렇게 외쳤다고 생각한 의사가 대답했다. "그 귀부인은 더 깊은 근심에 시달리고 있어 세상과 멀어지려 합니다. 젊은 남자가 귀부인에게 막 작별 인사를 할 때 귀부인은 자신에게 싹트고 있던 애정을 숨길 만큼 신중하지 못했습니다. 젊은 남자는 과감해져서 귀부인을 자기 팔로 껴안고 귀부인의 남편 초상화가 들어 있고 다이아몬드가 박힌 커다란 목걸이 메달을 부인 가슴에다 강하게 눌렀습니다. 귀부인은 심한 통증을 느꼈지만, 그 통증은 점차 사라지고 처음에는 가슴에 작은 빨간 점이 남아 있었으나 그 뒤로는 흔적도 남지 않게 되었습니다. 저는 사람으로서 이 부인이 자신을 비난할 거리는 하나도 없다고 확신합니다. 그리고 그렇게 누른다고 해서 건강에 큰 이상이 생기지 않는다는 사실을 의사로서 확신할 수 있습니다만, 그 가슴에 그저 딱딱하게 굳어진 것이 생겼을 뿐이라고 이 귀부인을 설득할 수가 없습니다. 단지 느낌일 뿐이라고 그 망상을 없애

63 헤른후트파 교단(die Herrnhuter)은 18세기 초에 독일의 종교 지도자 친첸도르프(Zinzendorf, 1700~1760) 백작이 창립한 경건주의 일파다. 이어지는 6권 〈아름다운 영혼의 고백(Bekenntnisse einer schönen Seele)〉도 경건주의에 심취한 한 여성의 고백록이다.

주려 해도 이 귀부인은 그 순간에만 느낄 수 없을 뿐이라고 주장합니다. 그리고 그 병이 끝내 암과 같은 악성 종양이 될 것이라고 잘못 믿어 버려서, 그 자신을 위해서나 다른 사람들을 위해서나 안타깝게도 귀부인의 젊고 사랑스러운 모습을 완전히 잃고 말았습니다."

"내가 못난 놈이었구나." 하고 빌헬름이 자기 이마를 치며 외치고는 밖으로 뛰쳐나가 버렸다. 빌헬름은 이런 상황에 빠져 본 적이 아직 한 번도 없었다.

의사와 목사는 이런 뜻밖의 모습을 보고 매우 놀랐고, 저녁에 빌헬름이 다시 돌아와 이 사건을 자세하게 자백하고 자신을 몹시 책망했을 때 빌헬름과 충분한 대화를 나누었다. 특히 빌헬름이 그때 그 순간의 심정으로 그 밖의 자기 처지를 어둡고 비관적으로 말했을 때 두 사람은 아주 많은 동정심을 보여 주었다.

다음 날 빌헬름은 의사에게 같이 시내로 가 자신과 함께 머무르며 걱정스러운 상태로 남겨 두고 온 아우렐리아를 혹시 돌봐 줄 수 있는지 부탁하자 의사는 바로 동의했다.

두 사람은 아우렐리아의 상태가 예상보다 더 심각하다고 생각했다. 아우렐리아는 하루걸러 열이 나는 일종의 간헐열(間歇熱)을 앓고 있었는데, 아우렐리아가 일부러 발열을 지속시키고 더 키우는 바람에 이 병을 이겨 내기가 더 어려웠다. 함께 온 낯선 사람은 스스로 의사라고 소개하지는 않았지만 매우 친절하고 지혜롭게 행동했다. 그래서 사람들이 아우렐리아의 몸과 정신 상태에 대해 말하자 이곳에 처음 온 의사는 여러 가지 사례를 들어 이야기하면서 허약한 체질임에도 고령까지 버텨낼 수 있는 사람들이 있으며, 이런 경우에 격한 감정을 고의로 자꾸 일으키는 행동보다 더 해로운 것은 없다고 했다. 특히 완전히 회복하기 어려운 허약한 체질이면서도 진정으로 신앙심을 가지려는 사람들이 정말 행복한 사람이라고 생각한다는 말도 빼놓지 않았다. 이런 말을 의사는 아주 겸손하게 해서, 마치 그런 사람을 실제로 알고 있는 것 같았다. 그러면서 지금은 고인이 된 훌륭한 여성의 손에서 건네받은 원고를 새로운 친구들이 아주 흥미롭게 읽을 수 있게 해 주겠다고 약속했다. "그 원고는 제게 너무 소중합니다." 하고 그 의사가 말했다. 그러나 여러분에게 그 원본 자체를 믿고 맡기겠습니다. 제목만은 제 손으로 썼는데 "아름다운 영혼의 고백"입니다.

의사는 빌헬름에게 불행히도 과도하게 흥분한 아우렐리아를 위한 식이요법과 의학적 치료와 관련해 최선을 다해 조언해 주었고, 편지를 쓰거나 가능하면 직접 다시 오겠다고 약속했다.

빌헬름이 없는 사이에 상상도 할 수 없었던 변화가 일어났다. 빌헬름은 자기가 연출자로 있는 동안에 모든 일을 어느 정도 자유롭고 공평하게 처리했고, 무엇보다 일 자체를 중요시해서 특히 의상이나 무대 장치 그리고 소도구 같은 것을 모두 풍족하고 충분하게 장만했으며, 단원들의 호의를 얻기 위해 단원들이 그것들을 개인적으로 이용해도 기분 좋게 눈감아 주었는데, 아무리 좋은 이유들을 내세워도 그들의 요구를 이겨낼 수 없었기 때문이었다. 그리고 제를로도 자신이 검소한 주인이라고 주장하지 않았고, 무대가 훌륭하다는 칭찬을 듣고 싶어 했다. 살림 전체를 도맡고 있던 아우렐리아가 모든 경비를 빼고도 빚이 하나도 없다고 자신 있게 말하면서, 제를로가 예쁜 아가씨들에게 너무 잘 베푼 탓에 진 빚이나 그 밖에 다른 빚이 있으면 필요한 만큼 갚도록 돈을 내놓겠다고 말했을 때 제를로가 만족했던 것을 보고 빌헬름은 더욱 자신이 그렇게 하길 잘했다고 생각했다.

그동안 의상을 책임지고 있던 멜리나는 원래 그랬듯이 냉정하고도 교활하게 이 정세를 말없이 관망하고 있었는데, 빌헬름이 없고 아우렐리아의 병이 심해지자 제를로에게 지금보다 더 많이 벌어들이고 더 적게 지출해서 약간 저축을 하든지 아니면 차라리 그 돈으로 마음대로 더 즐겁게 살아갈 수 있지 않겠느냐며 꾀어냈다. 제를로는 기꺼이 그 말을 받아들였고, 멜리나는 자신의 과감한 계획을 내놓았다.

"저는 여기 있는 우리 배우들 가운데 한 사람이 너무 많은 보수를 받는다고 주장하고 싶지는 않습니다." 하고 멜리나가 말했다. "배우들은 능력을 인정받을 만한 사람들이고, 어디를 가나 환영을 받을 겁니다. 다만 극단이 여기서 벌어들이는 수입에 비해서 너무 많이 받고 있습니다. 저의 제안은 오페라를 시작해 보자는 것입니다. 연극에 관해 말하자면 당신은 혼자서 전체를 해 나갈 수 있는 분이라고 말씀드려야겠습니다. 당신의 능력이 제대로 인정받지 못하고 있다는 것을 이제 스스로 아셔야 하지 않겠습니까. 동료 배우들의 실력이 뛰어나서가 아니라 관객들은 그저 그 배우들이 좋아서 당신의 비범한 재능에 합당한 반응을 보이지 않는 것입니다.

평소에 하시던 대로 그냥 혼자서 해 나가세요. 그러면서 적은 보수로 일할 평범한 수준의, 아니 말하자면 능력이 조금 모자라는 배우들을 끌어모아 보세요. 당신은 평소에 사람들을 능숙하게 잘 다루니, 그 배우들도 기계적으로 하는 연기에 맞게 다듬고, 나머지 사람들은 오페라로 돌리십시오. 그러면 똑같은 노력과 똑같은 경비로 더 많은 만족을 얻고 지금까지와는 비교도 안 되는 돈을 벌게 된다는 것을 아시게 될 겁니다."

몇 가지 반론을 강하게 제기하기에 제를로의 귀에는 이 말이 너무 솔깃했다. 그래서 자기도 음악을 좋아해서 오래전부터 그러한 것을 원했다고 흔쾌히 인정했다. 하지만 자기가 보기에 그렇게 하면 관객들의 취향이 더 잘못된 길로 빠져서 참다운 오페라도 아니고, 참다운 연극도 아닌 이것이 혼합된 연극이 될 때 어쩔 수 없이 그나마 충실한 특정 작품에 대한 남아 있는 그들의 취향조차 완전히 없어지고 말 것이 틀림없다고 했다.

그러자 멜리나는 빌헬름의 그런 현학적인 이상과 관객에게서 배워야 할 것을 관객에게 가르치겠다는 오만함에 대해 야비할 정도로 비웃었다. 그래서 두 사람은 크게 확신하면서 돈을 벌어들여서 부자가 되거나 즐겁게 살기만 하면 된다는 데 의견의 일치를 보았다. 그리고 자신들의 계획에 방해가 되는 사람들을 어떻게 해서라도 떼 내어 버리고 싶다는 생각도 감추지 않았다. 멜리나는 아우렐리아가 몸이 너무 약해서 오래 살 가망이 없어 보인다며 아쉬워했지만, 사실은 정반대로 생각했다. 또한 빌헬름이 노래를 부를 줄 몰라 유감스럽다는 제를로의 말은 곧 빌헬름을 없어도 되는 존재로 여기겠다는 것을 암시했다.

멜리나는 절감할 수 있는 것들을 정리한 전체 목록을 가지고 나타났고, 제를로는 멜리나에게서 첫 번째 매부가 세 배로 보충된 모습을 보았다. 두 사람은 이 대화를 비밀에 부쳐야 한다는 사실에 기분이 좋았고, 그럼으로써 더욱 유대감을 형성했다. 그들은 기회가 나는 대로 몰래 앞으로 일어날 모든 일을 논의했고, 아우렐리아와 빌헬름이 하던 일을 비난했으며, 자신들이 생각하고 있는 새로운 프로젝트를 점점 더 발전시켰다.

두 사람은 자신들의 계획을 철저히 비밀로 하고 생각을 말로 드러내지 않으려고 노력했지만, 자신들이 생각하는 바를 행동에서까지 완전히 감출 만큼 노련하지 못했다. 멜리나는 빌헬름이 담당하고 있는 여러 가지 일에 반대했다. 물론 이전에도 제를로는 자기 여동생에게 단 한 번도 관대하게 굴지 않았지만, 적어도 동생의 병세가 악화되고 불규칙적으로 격정적인 변덕을 부릴 때만큼은 동생을 더 조심스럽게 대하고 달래 주어야 마땅했다. 그러나 제를로는 아우렐리아를 더 모질게 대했다.

바로 이 무렵에 《에밀리아 갈로티》[64] 공연을 준비하기 시작했다. 이 작품은 배역도 아주 잘 짜져서, 모두가 이 비극의 제한된 범위 안에서 자신들의 연기를 정말 다양하게 보여 줄 수 있었다. 제를로는 간신 마리넬리 역이 제격이었고, 에밀리아의 아버지 오도아르도 역도 아주 훌륭하게 연기해 냈다. 멜리나 부인은 뛰어난 이해력으로 어머니 역을 잘 연기했으며, 엘미레는 에밀리아 역을 하면서 자신의 장점을 발휘해 두각을 나타냈다. 라에르테스는 아피아니 백작 역을 아주 품위 있게 연기했고, 그리고 빌헬름은 수개월 동안 연구하며 왕자 역에 공을 들였다. 이 기회를 이용해서 빌헬름은 자기 혼자만이 아니라 제를로와 아우렐리아와 함께 고귀한 행동과 품격 높은 행동 사이에 무슨 차이가 나타나는지, 그리고 어느 정도 후자의 행동에서 전자에 포함되지만, 후자가 전자에 포함되지 않아도 되는지에 대한 문제를 깊이 있게 토론했었다.

---

64 《에밀리아 갈로티(Emilia Galotti)》는 레싱(Lessing, 1729~1781)이 1772년에 쓴 비극이다. 이탈리아를 배경으로 하는 이 드라마에서 구아스탈라 왕자는 늙은 오도아르도의 딸인 아름답고 정숙한 에밀리아에 대한 열정에 불타오른다. 에밀리아는 그러나 아피아니 백작과 약혼한 사이였는데, 결혼식이 임박해 있었다. 왕자는 에밀리아를 차지하려 하고, 이기적인 궁정 관리인 마리넬리가 왕자를 도와준다. 마리넬리는 도적들에게 돈을 주고 마차를 타고 결혼식장으로 가고 있는 아피아니 백작을 습격해서 죽이게 한다. 마리넬리는 마치 구원자인 것처럼 에밀리아를 왕자의 별장으로 데리고 간다. 오르시나 백작 부인은 에밀리아의 아버지를 찾아가 이 끔찍한 사실을 알려 준다. 오르시나 백작 부인은 왕자의 정부였으나 에밀리아 때문에 왕자에게 버림을 받았던 것이다. 그래서 이 백작 부인은 늙은 오도아르도를 이용해 왕자에게 앙갚음을 하려는 것이었고, 왕자는 살해의 위험을 모면한다. 에밀리아의 아버지는 딸의 순결이 위협받는 것을 보고 딸과 담판을 짓는다. 에밀리아는 왕자의 유혹과 부도덕한 행위를 인식하지만 계속해서 왕자의 유혹에 맞설 수 없음도 알고 있다. 그래서 순결한 에밀리아는 유일한 탈출구로 아버지에게 자신을 죽여 달라고 부탁하고 아버지의 품에서 죽는다.

제를로는 마리넬리 역을 맡아 과장되지 않고 순수하게 궁정 관리 역을 연기했는데, 이 점에 대해 여러 가지 좋은 생각을 피력했다. “품격 높은 행동이란” 하고 제를로가 말했다. “흉내 내기 어렵습니다. 이런 행동은 원래 모순적이어서 지속적인 연습이 전제됩니다. 왜냐하면 자신의 행동에 뭔가 위엄을 보여 주어서는 안 되기 때문이고, 또한 그렇게 하다 보면 형식적이고 거만한 행동을 하기 쉽기 때문이죠. 그래서 위엄을 손상하거나 야비한 행동을 일체 피해야 하고, 자제력을 잃지 않고 언제나 자신과 다른 사람에게 주의를 기울여야 합니다. 그리고 자신을 용서해서는 안 되고, 다른 사람을 너무 과하지도 너무 덜하지도 않게 대해야 하며, 어떤 것에도 마음이 흔들리는 모습을 보여서도 안 되고, 어떤 일에도 마음이 바뀌어서도 안 되며, 결코 너무 서두르지 않고 매 순간 침착할 줄 알아야 하고, 그래서 마음속에서는 폭풍이 일어날지언정 겉으로는 평정심을 유지해야 합니다. 고귀한 사람은 가끔 자신에게 신경을 쓰지 않을 수도 있지만, 품격 높은 사람은 절대 그렇지 않습니다. 품격 높은 사람은 옷을 아주 잘 차려입은 사람과도 같아서, 절대로 어디에 기대지도 않을 것이며, 모든 사람이 그 사람과 스치는 것을 조심하게 될 겁니다. 그 사람은 다른 사람들과 구분되지만 그렇다고 혼자 있어도 안 됩니다. 왜냐하면 모든 예술에서도 그렇듯 여기서도 결국엔 가장 어려운 일이 가장 쉽게 실행되어야 하기 때문입니다. 그래서 품격 높은 사람은 아무리 따로 떨어져 있어도 언제나 다른 사람들과 관련을 맺고 있는 듯이 보여야 하며, 절대 뻣뻣해서는 안 되고, 어디서나 노련하게 행동해서 항상 가장 먼저 나타나는 사람이어야 하지만 그렇다고 결코 그런 사람으로서 부담을 느껴서는 안 됩니다.

그래서 품격 높은 사람으로 보이기 위해서는 실제로도 품격 높은 사람이 되어야 한다는 사실을 알 수 있습니다. 또한 왜 여성들이 평균적으로 보면 남성들보다 오히려 이런 모습을 잘 보여 주는지, 왜 궁정 관리들이나 군인들이 이런 품격 높은 예의범절을 가장 빨리 습득하는지 알 수 있습니다."

빌헬름은 자기가 맡은 역에 대해 거의 자포자기하고 있었는데, 제를로가 다시 용기를 불어넣어 주었고, 세부 사항에 대해 아주 상세하게 의견을 말해 주고 또한 충분히 준비시켰기 때문에 빌헬름이 공연할 때는 많은 관객의 눈에 정말 고상한 왕자 연기를 해냈다.

제를로는 공연이 끝나면 빌헬름의 연기에 대해 평을 해 주겠다고 약속했었다. 그런데 남매간의 불쾌한 언쟁으로 인해 어떤 대화도 나눌 수 없었다. 아우렐리아는 오르시나 백작 부인 역을 사람들이 아마도 다시는 보지 못할 정도로 훌륭하게 연기했었다. 자기 역을 특히 너무 잘 알고 있었고 연습 공연 때는 덤덤하게 해냈지만, 공연할 때는 말하자면 마치 자기 개인적인 근심의 수문을 모두 열어 버린 듯해서, 아마 어떤 작가도 상상할 수 없을 감정의 불꽃에 휩싸인 그런 연기가 되어 버렸다. 관객은 엄청난 박수갈채로 아우렐리아의 가슴 아픈 노력에 보답했지만, 공연이 끝나고 아우렐리아를 찾아보니 반쯤 혼수상태로 의자에 누워 있었다.

제를로는 이미 자기가 그렇게 말했듯 아우렐리아의 과장된 연기에 대해, 아우렐리아의 불행한 이야기를 어느 정도 알고 있는 관객 앞에서 자기 속마음을 다 드러내는 것에 대해 불만을 드러냈었고, 그리고 화가 나면 늘 그렇듯 이를 갈면서 발을 굴렀다. 제를로는 아우렐리아가 다른 사람들에게 둘러싸여 의자에 누워 있는 것을 보고 "그냥 내버려두세요." 하고 말했다. "재는 머지않아 완전히 벌거벗고 무대에 오를 겁니다. 그러면 더할 나위 없는 대단한 박수갈채를 받겠지요."

"배은망덕한 사람!" 하고 아우렐리아가 외쳤다. "비인간적인 사람! 사람들은 나를 곧 벌거벗긴 채 박수 소리도 귀에 들리지 않는 곳으로 짊어지고 갈 거예요!" 그렇게 말하고 아우렐리아는 벌떡 일어나서 문 쪽으로 달려갔다. 하녀는 아우렐리아에게 외투를 가져다줄지 우물쭈물했고, 타고 갈 가마도 아직 도착하지 않았다. 비가 내렸었기 때문에 거리로 매우 거센 바람이 불고 있었다. 아우렐리아가 열이 너무 나서 가마가 올 때까지 조금 기다리라고 설득해 보았지만 소용없었다. 아우렐리아는 일부러 천천히 걸어가면서 찬 공기가 좋다며 마음껏 들이마시는 듯이 보였다. 집에 도착하자마자 목이 쉬어 한마디도 할 수 없었고, 목과 어깨 밑으로 뻣뻣해지는 것이 느껴졌지만 솔직하게 말하지 않았다. 오래 있지 않아 혀가 마비되는 듯한 증세가 나타나 무슨 말을 하는지 도무지 알 수가 없을 정도였다. 그래서 아우렐리아를 침대에 눕히고 자주 해 보던 수단으로 병세를 가라앉혔지만 그러는 사이에 다른 병세가 나타났다. 열이 치솟으면서 위독한 상태가 되었다.

다음 날 아침에 아우렐리아의 상태는 한동안 안정을 찾았다. 그래서 빌헬름을 불러 편지를 맡기며 말했다. "이 편지를 맡기려고 이미 오래전부터 이 순간을 기다려 왔어요. 제 생명이 다하는 날이 곧 가까이 다가오는 것을 느껴요. 이 편지를 직접 전해 주시겠다고, 저를 버린 그 사람에게 저의 고통을 몇 마디 말로 복수해 주시겠다고 약속해 주세요. 그 사람도 무정하지는 않을 거예요. 최소한 내가 죽었다는 말에 잠시라도 그 사람이 괴로워할 거예요."

빌헬름은 편지를 건네받으면서도 아우렐리아를 위로하며 죽는다는 생각을 떨쳐 버리게 해 주고 싶었다.

"아니에요." 하고 아우렐리아가 대답했다. "가장 가까이 찾아온 제 희망을 빼앗지 마세요. 저는 죽음을 오랫동안 기다려 왔고 이제 기쁜 마음으로 껴안으려 합니다."

그러고 나서 곧 의사가 약속했던 수기(手記)가 도착했다. 아우렐리아는 빌헬름에게 그 수기를 읽어 달라고 부탁했고, 그 효과가 어땠는지는 다음 권을 읽어 본 독자가 제일 잘 판단할 수 있게 될 것이다. 이 가엾은 여자의 격렬하고 고집이 센 성격이 갑자기 누그러졌다. 아우렐리아는 편지를 되돌려받았고, 아주 평안한 마음으로 다시 편지를 쓰는 듯했다. 또한 빌헬름에게 만약 자기 남자 친구가 자기가 죽은 소식을 접하고 슬퍼하면 위로해 주고 아우렐리아 자신은 그 사람을 용서했으며 언제나 행복하길 바란다고 꼭 그 사람에게 전해 달라고 부탁했다.

그때부터 아우렐리아는 전혀 말을 하지 않았고, 빌헬름이 때때로 읽어 주어야 했던 그 원고에서 자신이 얻은 몇 가지 생각에 몰두하는 것처럼 보였다. 기력을 잃어 가는 기색은 보이지 않았다. 그런데 빌헬름이 어느 날 아침에 찾아가 보니 뜻밖에도 아우렐리아가 죽어 있는 것을 발견했다.

아우렐리아에게 가졌던 존경심과 같이 지냈던 날들로 인해 아우렐리아의 죽음은 빌헬름에게 매우 고통스러웠다. 그리고 빌헬름에게 호감을 가졌던 유일한 사람이기도 했다. 최근에 빌헬름은 제를로의 냉대를 너무 뼈저리게 느꼈다. 그래서 편지를 전해 달라는 부탁을 빨리 수행할 겸 한동안 그곳을 떠나 있고 싶었다. 다른 한편으로 빌헬름이 여행을 떠나는 것은 멜리나가 매우 바라던 바였다. 멜리나는 그동안 유지해 오던 폭넓은 서신 교환으로 남녀 가수 한 명씩과 계속 연락을 주고받고 있었는데, 이 배우들을 앞으로 막간극을 통해 장차 공연될 오페라를 대비토록 할 셈이었기 때문이었다. 아우렐리아의 죽음과 빌헬름이 멀리 떨어져 있는 상황의 빈 자리를 이런 방법으로 당분간 메우려고 했다. 그리고 우리의 친구 빌헬름으로서도 몇 주 동안 휴가를 보내는 데 부담을 덜어 주는 일이라면 전혀 이의가 없었다.

빌헬름은 이상하게도 자신의 임무가 중요하다는 생각이 들었다. 아우렐리아의 죽음에 마음이 심하게 흔들렸으며, 또한 아우렐리아가 생각보다 일찍 연극 무대에서 사라지는 것을 보았기 때문에, 그녀의 수명을 단축시키고 그 짧은 삶을 그렇게 고통스럽게 만든 사람에게 적의를 품지 않을 수 없었다.

아우렐리아가 죽어 가면서 마지막으로 관대한 말을 남겼음에도 빌헬름은 편지를 전해 줄 때 변심한 이 친구에게 가혹한 심판을 내려야겠다고 마음을 먹었다. 그리고 그때의 기분에 따라 두서없이 속마음을 털어놓고 싶지 않았기 때문에 할 말을 미리 정리하려다 보니 필요 이상으로 더 격정에 찼다. 자신이 할 말이 훌륭한 문장으로 구성되었다고 확신한 후에 그 문장을 외우면서 여행 떠날 준비를 했다. 미뇽은 짐을 꾸릴 때 옆에서 빌헬름이 남쪽으로 가는지 북쪽으로 가는지 물었다. 그리고 북쪽으로 간다는 말을 듣고는 "다시 돌아오실 때까지 저는 여기서 기다리겠어요." 하고 말했다. 그리고 마리아네의 진주 목걸이를 달라고 부탁했는데, 빌헬름은 이 사랑스러운 아이의 청을 거절할 수 없었다. 미뇽은 마리아네의 목도리를 이미 가지고 있었다. 그 대신 미뇽은 유령의 베일을 빌헬름의 짐에 넣었는데, 빌헬름이 이 베일을 어디다 쓰겠냐고 말해도 소용없었다.

멜리나는 무대 감독이 되었고, 빌헬름이 아이들을 뿌리치고 떠나고 싶지 않아 하자, 멜리나 부인은 아이들을 엄마처럼 보살피겠다고 약속했다. 펠릭스는 작별할 때 매우 명랑했고, 무엇을 선물로 사 왔으면 좋겠느냐고 물었을 때 "잘 들으세요! 아버지를 제게 선물로 가져오세요." 하고 말했다. 미뇽은 떠나는 사람의 손을 잡고 발뒤꿈치를 들고 천진난만하게 열렬한 입맞춤을 했는데 애정이 깃들어 있지는 않았다. 그러고는 "마이스터 씨! 우리를 잊지 말고 곧장 다시 돌아오세요." 하고 말했다.

이렇게 해서 우리는 빌헬름이 수많은 생각과 감정을 안고 여행길에 오르는 모습을 보게 되는데, 여기서 마지막으로 미뇽이 멋진 감정 표현과 함께 여러 번 낭송했던 시 한 편을 적어본다. 이전에 여러 이상한 일에 쫓겨 이 시를 소개하지 못했었다.

제게 말하라 하지 말고, 말하지 말라 하세요,
저의 비밀은 저의 의무니까요.
당신께 저의 속마음 모두 보여 드리고 싶지만,
다만 운명이 그걸 원치 않네요.

때맞춰 해가 떠올라 어두운 밤을
몰아내니, 밤은 밝아져야 하지요.
단단한 바위도 가슴을 열어젖히고,
땅에 깊이 묻힌 샘물 아낌없이 흘려보내지요.

누구나 친구의 팔에 안겨 마음의 안정을 찾고,
거기서 가슴에 찬 슬픔을 쏟아 낼 수 있으련만,
하지만 맹세로 내 입술 다물어야 하니,
어느 신만이 그 입술 열어 줄 수 있으리.

# 6권

## 아름다운 영혼의 고백

여덟 살까지 나는 건강한 아이였습니다. 그 시절에 대해서는 내가 태어나던 날만큼이나 별로 기억나지 않습니다. 여덟 살이 되었을 때 객혈을 했는데, 그 순간 내 영혼은 완전한 느낌과 기억을 갖게 되었습니다. 뜻밖에 일어난 이 일은 아주 사소한 부분까지 마치 어제 일어났던 것처럼 아직도 눈앞에 선합니다.

병상에 누워 있는 아홉 달을 잘 참고 견뎠으며, 그동안 내 정신이 마음껏 커갈 수 있는 토대가 마련되었습니다. 그때 내 모든 사고방식의 기초가 갖추어 졌다고 생각합니다.

나는 괴로워했고 사랑하기도 했는데, 그것이 내 마음의 진실한 모습이었습니다. 매우 심한 기침과 기진맥진하게 만드는 고열에 시달리면서 나는 껍질 속에 숨은 달팽이처럼 조용히 있었습니다. 어느 정도 숨을 돌릴만하면 바로 뭔가 기분 좋은 일을 느껴 보려고 했습니다. 그러나 기쁨을 줄 수 있는 모든 게 내게는 금지되어 있었기 때문에 건강에 해롭지 않고 눈과 귀로 즐길 수 있는 무언가를 찾으려 했습니다. 내게 인형이나 그림책을 갖다주기도 했고, 내 침대 옆에 앉아 있는 사람은 나에게 무슨 이야기라도 해 주어야 했습니다.

어머니에게 성경 이야기를 재미있게 들었고, 아버지는 자연의 여러 사물에 관한 이야기로 나를 즐겁게 해 주었습니다. 아버지는 상당한 규모의 진열실을 갖고 있었는데, 그곳에서 이따금 서랍을 차례차례 갖고 내려와 여러 가지 물건을 내게 보여 주면서 사실 그대로 설명해 주었습니다. 말린 식물과 곤충 표본들과 여러 종류의 해부학 표본, 인간의 피부, 뼈, 미라와 같은 것들이 어린 딸의 병상으로 왔습니다. 사냥 때 잡은 새들과 동물들도 부엌으로 가기 전에 내게 먼저 보여 주었고, 숙모님은 여러 사랑 이야기와 요정 이야기를 해 주셔서, 세상의 제후도 이 수집품에 한몫 낄 수 있게 되었습니다. 나는 이 모든 것을 받아들여 내 것으로 만들었고, 또 이것들은 내게 뿌리를 내렸습니다. 눈에 보이지 않는 존재와 활발하게 대화를 나누던 시간도 있었습니다. 그 당시 어머니에게 적어 달라고 했던 몇몇 시구들도 아직 기억납니다.

나는 아버지에게서 배웠던 것을 자주 아버지에게 다시 이야기해 주었습니다. 이 약들이 만들어진 풀들이 어디서 자랐으며, 어떻게 생겼고, 이름이 뭔지를 물어보지 않고는 약을 하나라도 먹지 않았습니다. 숙모님의 이야기들도 그냥 돌 위에 떨어진 것처럼 헛되지는 않았습니다. 내가 아름다운 옷을 입고 아주 매력적인 왕자님들을 만난다고 생각했습니다. 왕자들은 이 이름 모르는 아가씨가 누군지 알아내려고 전전긍긍했습니다. 하얀 옷에 황금색 날개를 달고 내 주위를 열심히 날아다니는 귀여운 작은 천사와 사랑의 모험 비슷한 체험을 오랫동안 했습니다. 그동안 나의 상상력은 점점 풍부해져 그 천사의 모습이 환상으로 나타날 정도였습니다.

1년이 지난 후 나는 상당히 회복되었습니다. 그러나 어린 시절의 활달한 모습은 하나도 남아 있지 않았습니다. 인형은 갖고 놀지도 않았고, 내가 사랑하는 만큼 그 사랑을 되돌려 주는 동물들을 갖고 싶었습니다. 개, 고양이, 새와 같은 다양한 종류의 동물들을 키우고 있었는데, 나를 매우 행복하게 해 주었습니다. 하지만 숙모님이 해 주시던 어떤 이야기에서 매우 중요한 역할을 했던 동물을 어떻게 해서라도 꼭 갖고 싶었습니다. 그것은 어떤 농부의 딸이 숲에서 붙잡아 먹이를 주며 키웠던 작은 양이었는데, 이 얌전한 양은 원래 엄청난 마법이 걸린 왕자였고, 마침내 잘생긴 젊은이의 모습으로 다시 나타나서 자신의 은인인 그 농부의 딸과 결혼해 은혜를 갚았습니다. 그러니 내가 그런 어린 양을 얼마나 갖고 싶어 했겠습니까! 그런데 그런 양이 있을 리도 없었으며, 내 주위의 모든 일이 아주 자연스럽게 흘러가서 그런 근사한 동물을 갖고 싶다는 마음은 차츰차츰 사라졌습니다. 그러는 사이에 놀라운 일들을 서술해 놓은 책들을 읽으면서 자신을 달랬습니다. 그중에서 《기독교도인 독일의 헤르클레스》[65]라는 책이 제일 마음에 들었습니다. 이 경건한 사랑 이야기는 내 취향에 꼭 맞았습니다. 발리스카 공주에게는 무시무시한 일들이 벌어졌습니다. 공주에게 무슨 일이 벌어지면 헤르클레스는 공주를 구하러 달려가기 전에 먼저 기도를 드렸는데, 그 기도들

---

65 안드레아스 하인리히 부흐홀츠(Andreas Heinrich Buchholz)가 1659/1660년에 쓴 바로크 시대의 소설로 독일의 헤르클레스(Herkles) 대공과 보헤미아의 발리스카(Valiska) 공주의 종교적이고 도덕적인 이야기를 담고 있다.

이 책에 자세하게 적혀 있었습니다. 그 기도가 얼마나 내 마음에 들었는지 모릅니다! 내가 항상 어렴풋하게 느끼던 '보이지 않는 분'에게 끌리는 내 애착이 더욱 커져만 갔습니다. 신이란 확실히 나와 가장 친한 친구 같은 존재여야 했기 때문이었습니다.

나는 계속해서 자랐고, 아무것도 모르고 닥치는 대로 책을 읽었습니다. 무엇보다도 《로마의 옥타비아》[66]가 읽을 만했습니다. 소설로 된 초기 기독교도 박해가 아주 큰 흥미를 끌었던 겁니다.

그렇게 계속 책만 읽는 것을 어머니가 꾸짖기 시작했습니다. 아버지는 어머니를 생각해 하루 동안 내게서 책들을 빼앗아 다음 날 다시 돌려주었습니다. 어머니는 정말 현명한 분이셨고 이런 방식은 안 되겠다고 생각하고는 성경책도 그만큼 열심히 읽으라고 요구했습니다. 나는 성경을 억지로 읽지는 않았고 아주 흥미롭게 읽었습니다. 그런 동안 어머니는 내 마음을 유혹할 책들이 내 눈에 띄지 않도록 언제나 주의를 기울였는데, 나 자신도 그런 해로운 책들에 손을 대지 않았을 겁니다. 내가 생각하는 왕자님들과 공주님들은 모두 너무 품행이 단정했고, 게다가 남녀 간의 자연스러운 이야기를 나는 보기보다 더 많이 알고 있었기 때문입니다. 그리고 대부분의 이런 이야기는 성경에서 배웠습니다. 미심쩍은 대목들은 내 지적 욕구와 연상력으로 눈앞에서 떠오르는 사물이나 아는 단어로 연결해 다행히도 원래의 의미를 알아낼 수 있었습니다. 내가 마녀에 대해 들었다면 분명히 마술도 배우려 들었을 겁니다.

내가 엄청난 독서욕에 빠졌을 때 어머니와 나의 지적 욕구 덕분에 요리를 배우기도 했습니다. 내 요리 솜씨는 상당히 괜찮았습니다. 닭이

---

**66** 안톤 울리히(Anton-Ulrich)가 1677~1679년에 쓴 초기 기독교 박해를 다룬 소설이다.

나 돼지를 작은 조각으로 자르는 일을 하는 날은 내게 잔칫날과 같았습니다. 내장을 아버지께 가져다드리면 내게 마치 젊은 대학생과 이야기하듯 설명해 주셨고 내심 기뻐하시면서도 나를 쓸데없는 짓 하는 아들 같다고 말하곤 했습니다.

이제 열세 살이 되었습니다. 나는 프랑스어와 무용 그리고 그림 그리기를 배웠고, 평범한 종교 교육도 받았습니다. 종교 교육을 받을 때는 여러 가지 느낌과 생각들이 많이 떠올랐지만 내 상황과 연결할 만한 것은 없었습니다. 나는 하느님에 대해 듣기를 좋아했으며, 내 또래 아이들보다 하느님에 대해 더 잘 말할 수 있는 것을 자랑스럽게 여겼습니다. 그때부터 나는 종교에 대해 말할 수 있도록 해 줄 여러 책을 열심히 읽었습니다. 그러나 그것이 나와 무슨 관계에 있는지, 내 영혼도 그렇게 되어 있는지, 내 영혼도 영원한 태양이 반사되어 반짝일 수 있는 거울과 같은지는 한 번도 생각해 보지 않았습니다. 이런 사실들은 내게 이미 확실하게 전제되어 있었습니다.

나는 프랑스어를 매우 열심히 배웠습니다. 내 어학 선생님은 성실한 분으로 경박한 경험주의자도 무미건조한 문법 학자도 아니었습니다. 학문의 깊이도 있었고 세상 구경도 많이 한 사람이었습니다. 선생님은 프랑스어 수업을 하면서 동시에 내 지적 욕구도 여러 가지 방법으로 충족시켜 주었습니다. 그래서 나는 선생님을 매우 좋아해서 선생님이 도착하기를 언제나 가슴을 두근거리며 기다렸습니다. 미술도 그렇게 어렵지 않았는데, 만약 미술 선생님이 머리와 지식을 가졌었더라면 내가 훨씬 더 많은 발전을 거두었을지도 모릅니다. 하지만 미술 선생님은 손으로 연습만 하는 사람일 뿐이었습니다.

무용은 처음에 별로 즐겁지 않았습니다. 내 몸이 너무 예민한 탓에 여동생하고만 연습할 수 있었는데, 무용 선생님이 자신이 가르치는 모든 남녀 학생들을 위한 무도회를 여는 묘안을 내자 무용 연습은 활기를 띠기 시작했습니다.

많은 소년 소녀 가운데 궁내 대신의 두 아들이 두각을 나타냈습니다. 동생은 내 나이와 비슷했고, 형은 두 살이 많았는데, 두 아이 모두 누구나 인정할 만큼 잘 생겨서 모두가 지금까지 이렇게 잘생긴 아이들을 본 적이 없다고 말할 정도였습니다. 나도 두 소년을 보자마자 다른 아이들은 전혀 눈에 들어오지도 않았습니다. 그 순간부터 나는 주의를 기울여 예쁘게 춤을 추려고 했습니다. 어찌 된 일인지 그 형제도 다른 모든 아이 중에서 내게 특히 관심을 보이는 것이었습니다. ― 어쨌든 만나자마자 우리는 가장 친한 친구가 되었고, 그 즐겁고 짧은 수업이 끝나지도 않았는데 우리는 벌써 다음에 어디서 다시 만날지를 정했습니다. 내겐 큰 기쁨이었습니다! 다음 날 아침 두 아이가 각자 꽃다발과 함께 정중한 편지로 내 안부를 물었을 때 나는 기뻐서 어쩔 줄 몰랐습니다. 그때 느낀 기분을 그 후로 다시는 느끼지 못했습니다! 친절한 인사말을 하면 친절한 인사말로, 편지가 오면 편지로 나는 응대했습니다. 교회와 산책길은 그때부터 만남의 장소가 되었고, 친구들은 우리 셋을 언제나 함께 초대했습니다. 그러나 우리는 너무 현명해서 부모님들이 우리가 서로를 좋게 생각한다는 것밖에는 알아차리지 못할 정도로 우리 관계를 비밀로 해 두었습니다.

그렇게 나는 갑자기 두 명의 애인을 얻게 되었지만, 어느 쪽으로도 결정하지 못했습니다. 두 아이 모두 내 마음에 들었고 우리는 함께 매우 잘 지냈습니다. 그러다가 갑자기 두 아이 중 형이 중병에 걸렸습니다. 나 자신이 이미 여러 번 중병에 걸려 보았었기 때문에 병으로 괴로워하는 아이에게 여러 가지 위로의 말을 전하고 환자가 먹을 수 있을 만한 맛있는 과자를 보내 즐겁게 해 주었습니다. 그 아이의 부모님은 이런 친절한 행동을 고맙게 생각하고 사랑하는 아들의 부탁으로 그 아이가 병석에서 일어나자마자 나와 내 여동생들을 모두 집으로 초대했습니다. 나를 맞이하던 그 아이의 다정함은 어린이 같은 태도가 아니었고, 그날부터 나는 그 아이를 택하기로 마음먹었습니다. 그리고 그 아이는 이 사실을 자기 동생에게는 비밀로 하자고 말했습니다. 그러나 서로 좋아하는 뜨거운 마음은 더 이상 감출 수가 없었고, 동생의 질투는 우리의 사랑을 더욱 완전하게 만들어 주었습니다. 동생은 온갖 장난으로 우리를 방해하며 즐거워했지만, 그건 오히려 동생이 깨뜨리려고 했던 우리의 열정을 더 커지게 할 뿐이었습니다.

이제 내가 그렇게도 원했던 작은 양을 실제로 찾아냈는데, 이 열정은 이전의 병처럼 내게 영향을 주었고, 나는 다소곳해져서 열광적인 기쁨을 포기하게 되었습니다. 나는 외롭다는 감정에 사로잡혀 하느님이 다시 생각났습니다. 하느님은 여전히 나의 가장 친한 친구였습니다. 그리고 계속 앓고 있던 그 소년을 위해 얼마나 눈물을 흘리며 기도를 드렸는지 아직도 기억납니다.

그 과정에서 어리석은 일도 있었지만 그만큼 내 마음을 수양하는 데는 많은 도움이 되었습니다. 우리는 프랑스어 수업 시간에 보통 하던 번역 대신 매일 프랑스어 선생님께 우리 자신의 생각이 담긴 편지를 써야 했습니다. 나는 《필리스와 다몬》이라는 제목으로 나의 사랑 이야기를 공개했습니다. 늙은 선생님은 곧 알아챘고, 내가 내 마음을 솔직하게 드러내 쓴 것을 대단히 칭찬해 주었습니다. 나는 점점 더 대담해져서 숨김없이 속마음을 털어놓았고 자세한 내용까지 사실에 충실하게 써냈습니다. 언젠가 선생님이 어떤 대목을 염두에 두고 말한 것인지는 잘 모르겠지만 이렇게 말했습니다. "글이 얼마나 아름답고 얼마나 자연스러운지 모르겠구나! 하지만 착한 여자아이인 필리스는 조심해야 할 거야. 일이 곧 진지해질 수도 있으니까."

선생님이 그 일을 전혀 진지하게 여기고 있지 않다는 사실에 화가 나고 마음이 언짢아서 진지하다는 말이 무슨 뜻인지 물었습니다. 선생님은 내가 두 번 물어볼 필요도 없이 너무나 노골적으로 설명해 주어서 나는 놀라움을 감출 수 없었습니다. 그리고 바로 그 뒤에 불쾌감이 들면서 선생님이 그런 생각을 했다는 사실에 모욕감까지 느꼈지만, 마음을 가다듬고 나의 아름다운 필리스를 변명해 주고 싶어서 뺨을 붉히면서 말했습니다. "하지만 선생님, 필리스는 정숙한 여자입니다!"

그런데 선생님은 너무 심술궂어서 나의 정숙한 여주인공을 두고 나를 놀려 댔는데, 우리가 프랑스어로 말하고 있었기 때문에 프랑스어로 정숙하다는 의미의 "honnête"라는 단어를 가지고 놀이하듯 필리스의 정숙함을 온갖 의미로 해석하는 것이었습니다. 나는 어처구니가 없다고 느껴졌지만 동시에 매우 당황스러웠습니다. 나를 겁먹게 하고 싶지는 않았던 선생님은 그런 대화를 중단했지만, 기회가 되면 다시 그 대화를 끄집어냈습니다. 내가 번역했던 드라마들이나 여러 단편소설을 선생님 옆에서 읽을 때 이른바 정조가 욕정의 요구를 막기에 얼마나 연약한 방패인지를 말하는 계기가 되었던 것입니다. 나는 더 이상 항변하지 않았지만 내심 늘 화가 났고, 선생님의 해설은 내게 부담이 되었습니다.

나의 착한 다몬과도 점점 연락이 소원해졌습니다. 동생의 심술이 우리의 관계를 끊어 놓았던 것입니다. 그리고 오래지 않아 두 형제는 꽃다운 나이에 죽었습니다. 마음이 아팠지만, 두 사람은 곧 잊혔습니다.

필리스는 성장해서 완전히 건강해졌고 세상 물정을 알기 시작했습니다. 왕세자는 결혼했고 부왕이 돌아가시자 곧 정무를 맡아보기 시작했습니다. 궁정과 도시는 활기차게 움직였습니다. 이제 내 호기심도 많은 먹잇감을 얻었습니다. 희극이나 무도회 그리고 거기에 관계된 행사들이 개최되었는데, 부모님은 될 수 있는 대로 우리를 붙잡아 두었지만, 내가 이미 소개가 되어 있던 궁정에는 모습을 드러내지 않을 수 없었습니다. 다른 지방 사람들이 몰려들어 모든 집마다 귀족들로 넘쳐 났습니다. 우리 집에도 몇몇 귀족들이 소개되었고, 다른 귀족들도 인사를 왔습니다. 그리고 삼촌 댁에서는 모든 나라의 사람들을 만날 수 있을 정도였습니다.

나의 충실한 멘토였던 선생님은 사려 깊고 적절하게 내게 주의하라고 타일렀고, 나는 항상 그런 선생님이 내심 못마땅했습니다. 여자란 어떤 경우에도 약한 존재라는 선생님의 주장이 사실인지 전혀 확신하지 못했습니다. 그 당시에는 내가 옳았고, 선생님이 잘못 생각했을지도 모르지요. 그러나 선생님은 집요하게 말씀하셔서 선생님이 옳을지도 모른다는 불안한 마음이 한때 들기도 할 정도였습니다. 그래서 선생님에게 매우 강한 어조로 말했습니다. "위험이 그렇게 크고 사람의 마음은 그렇게 약하기 때문에 저는 하느님께 저를 보호해 달라고 기도드리겠어요."

이 순진한 대답에 선생님이 기뻐하는 듯 보였고 내 결심을 칭찬해 주었습니다. 그러나 내 말은 전혀 진정이 아니었고 빈말에 지나지 않았습니다. 왜냐하면 '보이지 않는 분'에 대한 느낌이 내게서 거의 완전히 사라져 버렸기 때문이었습니다. 무리를 지어 나를 둘러싸고 있던 사람들로 내 정신이 산만해졌고 그들은 거센 물결처럼 내 마음도 휩쓸어 가버리고 말았습니다. 그때는 내 삶에서 가장 공허한 세월이었습니다. 온종일 아무 말도 하지 않고, 건전한 생각도 하지 않으면서 그냥 들떠서 돌아다니는 일이 나의 일과였습니다. 심지어 내가 좋아했던 책들도 생각나지 않았습니다. 내 주위의 사람들은 학문에 대해 아무것도 몰랐는데, 독일의 궁정 사람들은 대부분 이런 상태로, 이 계급은 당시 최소한의 문화도 가지고 있지 않았습니다.

그러한 교류가 나를 타락의 언저리까지 끌고 갈 수밖에 없었다고 생각해도 무리가 아닙니다. 나는 관능적으로 쾌활하게 그냥저냥 살아가면서 생각을 가다듬지도 않았고 나 자신은 물론이고 더욱이 하느님은 생각해 보지도 않았습니다. 그러나 그렇게도 잘생기고, 부유하고, 멋지게 차려입은 남자들 가운데 아무도 내 마음에 들지 않았다는 사실이 나는 '보이지 않는 분'의 이끄심이라고 생각했습니다. 그 사람들은 난봉꾼들이었고, 그리고 그 사실을 숨기지도 않았기 때문에 나는 종종 놀라 뒤로 물러나곤 했습니다. 그들은 대화를 나눌 때도 말을 모호하게 꾸몄고, 나는 이런 대화에 모욕감을 느끼고 그들을 냉정하게 대했습니다. 또한 그들의 무례함은 때때로 상상을 초월해서 나도 내 멋대로 그들을 거칠게 대했습니다.

게다가 한번은 나의 늙은 선생님이 내가 이런 불쾌한 젊은이들과 함께 지내면 처녀의 정조뿐 아니라 건강까지 해칠 것이라고 솔직하게 말해 주었습니다. 나는 이제 그 사람들이 두려워지기 시작했고, 어떤 젊은이가 내게 지나치게 가까이 다가오려 하면 염려되었습니다. 나는 술잔이나 찻잔뿐 아니라 그 사람이 앉았다 일어났던 의자조차 경계했습니다. 그렇게 하다 보니 나는 정신적으로나 육체적으로 완전히 고립

되어 버려 그 사람들이 내게 하는 듣기 좋은 말을 모두 당연한 찬사로 받아들이고 자랑스러워했습니다.

그 당시에 우리 집에 머물던 다른 지방에서 온 사람들 가운데 한 젊은이가 특별히 눈에 띄었는데, 우리는 장난으로 그 사람을 나르치스[67]라고 불렀습니다. 그이는 외교관 경력도 있었고 평판이 좋았습니다. 그리고 우리의 새로운 궁전에서 여러 가지 변화가 일어날 때 자신이 좋은 지위를 차지하기를 기대하고 있었습니다. 그는 나의 아버지와 곧 친해졌으며, 자신의 지식과 태도를 활용해 명망 있는 사람들만 가입할 수 있는 모임에 들어가기도 했습니다. 아버지는 그 사람 칭찬을 많이 하셨는데, 만약 그 사람의 태도 전체에서 일종의 자아도취적인 부분만 없었더라면 그 잘생긴 외모가 더 좋은 인상을 주었을지도 모릅니다. 나도 그 사람을 만나보았고 좋은 사람이라고 생각했지만 한 번도 말을 나눠 본 적은 없었습니다.

큰 무도회가 열렸을 때 그이도 거기에 참여했고, 우리는 함께 미뉴에트를 추었습니다. 그것도 두 사람이 더 가까워지지 않은 채 끝나 버렸습니다. 격렬한 춤이 시작됐을 때 내 건강을 염려하는 아버지의 뜻에 따라 춤추는 것을 피해 옆방에서 카드놀이를 하며 앉아 있던 나보다 나이가 많은 여자 친구들과 이야기를 나누었습니다.

한동안 함께 춤추며 뛰어다녔던 나르치스도 내가 있던 방으로 들어와 춤을 추다 흘린 코피를 멋게 한 뒤 다양한 주제로 이야기를 나누기 시작했습니다. 삼십 분도 안 되어 대화는 재미있어졌고, 비록 그사이에

---

67 "나르치스(Narziss)"는 그리스 신화에 나오는 나르시스로, 병적으로 자기도취에 빠져 잘난 체하는 사람의 대명사다.

애정이 싹틀 기미가 보이지는 않았지만 우리 두 사람은 춤을 더 출 생각을 할 수 없었습니다. 우리는 곧 다른 사람들에게 놀림을 받았지만 크게 신경쓰지 않았습니다. 다음 날 저녁에 우리는 대화를 다시 이어갈 수 있었고 건강에 매우 유념하자는 이야기를 나누었습니다.

이제 우리는 친한 사이가 되었습니다. 나르치스는 나와 내 여동생들을 찾아왔으며, 그리고 나도 내가 지금까지 알고 있던 것, 생각하고 느낀 것을 대화를 나누며 표현할 수 있다는 사실을 비로소 다시 깨닫기 시작했습니다. 그전부터 상류 사회에 있었던 나의 새 친구는 자신이 완벽하게 이해하고 있던 역사나 정치 분야 외에도 대단히 폭넓은 문학적 지식도 갖추고 있었습니다. 특히 프랑스에서 새로 출간된 책은 모르는 것이 없었습니다. 나한테도 재미있는 책을 여러 권 갖다주거나 보내 주었습니다. 그러나 그런 일은 비밀스러운 연애보다 더 비밀에 부쳐 두어야 했습니다. 사람들은 박학다식한 여성을 비웃었고, 배운 여성을 가만히 놔두려고 하지 않았기 때문이었습니다. 아마도 무식한 남자들을 부끄럽게 만드는 게 무례한 짓이라고 생각했기 때문일지도 모르겠습니다. 아버지조차 내 정신에 교양을 쌓는 이 새로운 기회를 대단히 반기면서도 이런 문학적 교류는 계속 비밀로 해야 한다고 단호하게 요구할 정도였습니다.

이렇게 우리의 교제는 한참 동안 계속되었습니다. 그러나 나르치스가 어떤 방법으로든 내게 사랑이나 애정을 표시했다고는 말할 수 없습니다. 그 사람은 점잖고 친절했어도 격정을 보이지는 않았습니다. 오히려 그 당시에 대단히 예뻤던 내 막내 여동생의 매력에 그 사람도 무관심할 수 없는 것 같았습니다. 그래서 농담으로 온갖 다정한 여러 외국어 이름을 동생에게 붙여 주었는데 그 사람은 여러 외국어를 아주 잘 구사했고, 여러 고유한 외국어 관용구를 독일어 대화에 섞기를 좋아했습니다. 여동생은 그 사람의 친절함에 별다른 반응을 보이지 않았는데 다른 생각에 사로잡혀 있었기 때문입니다. 여동생은 대체로 성격이 아주 급한 편이었고 나르치스는 예민해서 사소한 일에도 두 사람의 의견이 일치하지 않는 경우가 많았습니다. 그래도 그이는 어머니와 이모나 숙모와는 잘 지낼 줄 알아서 차차 가족의 일원처럼 되어 버렸습니다.

우리의 관계가 묘하게 발생한 우연한 일로 갑자기 바뀌지 않았더라면 우리가 얼마나 오래 이런 식으로 계속 살았을지 누가 알겠습니까. 나는 동생들과 어느 집에 초대되었는데, 사실 그 집으로 별로 가고 싶지 않았습니다. 모이는 사람들이 너무 뒤섞여 있었고, 그 모임에는 거칠다고까지는 할 수 없지만 그래도 아주 몰취미한 사람들도 자주 나타나곤 했습니다. 이번에는 나르치스도 초대를 받아서 그 사람 때문에 나도 가 보려는 마음이 들었습니다. 내 방식대로 대화를 나눌 수 있는 누군가를 만날 거라고 확신했기 때문입니다. 이미 식사 때부터 우리는 여러 가지 일을 참아 내야 했는데, 남자 몇 명이 심하게 취해 있었기 때문이었습니다. 식사를 마치고는 어쩔 수 없이 벌칙 놀이를 해야 했습니다. 그 놀이는 아주 떠들썩하고 활기차게 진행되었습니다. 나르치스가 벌칙을 받게 되었는데 모든 사람의 귀에다 각각 좋아할 말을 하라는 것이었습니다. 나르치스가 내 옆에 앉아 있던 어느 대위의 부인 옆에 너무 오래 머물러 있었던지, 갑자기 이 대위가 나르치스의 뺨을 때려 머리에 뿌렸던 분가루가 바로 옆에 앉아 있던 내 눈에 날아들어 올 정도였습니다. 놀라서 눈을 닦아 내고 어느 정도 정신을 차리고 보니 두 사람이 날이 시퍼런 칼을 들고 있었습니다. 나르치스는 피를 흘리고 있었고, 대위는 술과 분노와 질투심에 정신이 나가 나머지 사람들도 도저히 말릴 수 없었습니다. 나는 나르치스의 팔을 붙잡고 문밖으로 끌고 나와 계단을 올라 다른 방으로 데리고 갔습니다. 그리고 나르치스가 광분한 상대방으로부터 안전하지 않다고 생각되어 바로 문을 잠갔습니다.

우리 두 사람은 상처가 그렇게 심각하지 않다고 생각했습니다. 손등에 가벼운 상처만 보였기 때문이었습니다. 그러나 곧 피가 등을 타고 흘러내리는 것을 알게 되었는데, 머리에 커다란 상처가 보였습니다. 도움을 청하러 사람을 보내기 위해 급히 층계참으로 달려 나갔지만 아무도 보이지 않았습니다. 모두가 미쳐 날뛰는 대위를 진정시키려고 아래층에 머물러 있었기 때문이었습니다. 마침내 그 집의 딸이 뛰어올라 왔지만 미친 듯한 광경과 역겨운 코미디에 배꼽이 빠질 만큼 웃어 댔기 때문에, 나는 그 명랑한 모습에 오히려 불안해졌습니다. 그래도 그 딸에게 응급 의사를 불러 달라고 간절하게 부탁했고, 그 딸은 활달한 성격대로 직접 의사를 불러오려고 바로 계단을 뛰어 내려갔습니다.

나는 다시 상처를 입은 나르치스에게 가서 내 손수건으로 손을, 그리고 문에 걸려 있던 수건으로 머리를 감아 맸습니다. 그러나 여전히 출혈은 심했습니다. 부상을 입은 그이는 창백해져 거의 실신해서 쓰러질 것 같았습니다. 나를 도와줄 수 있는 사람은 주위에 아무도 없었습니다. 나는 아주 자연스럽게 그 사람을 팔에 안고 쓰다듬으며 기분 좋게 들릴 말로 기운을 내게 해 주려고 했습니다. 이런 정신적 치유 수단이 효과를 발휘하는 듯 그이는 정신을 잃지는 않았지만 죽은 사람처럼 핏기가 하나도 없이 앉아 있었습니다.

그러자 마침내 그 집의 여주인이 왔습니다. 그런데 이런 모습으로 남자가 내 팔에 안겨 누워 있고, 두 사람 모두 피투성이가 되어 있는 것을 보았을 때 얼마나 놀랐겠습니까. 왜냐하면 나르치스가 부상을 당했다고는 아무도 생각하지 못했고, 모두 내가 다행히도 그 사람을 데리고 나갔다고만 생각하고 있었기 때문이었습니다.

이제 포도주, 방향제, 그리고 원기를 북돋우고 회복해 줄 만한 것들을 넘쳐 나게 가져왔고 때마침 의사도 도착했습니다. 나는 이제 물러날 수도 있었지만 나르치스가 내 손을 꼭 잡고 있었습니다. 붙들지 않았어도 나는 그대로 머물러 있었을 겁니다. 붕대를 감는 동안에도 나는 계속 포도주로 그의 입술을 적셔 주었고, 손님들이 모두 주위에 서 있는 것에도 별로 신경 쓰지 않았습니다. 외과 의사가 치료를 마치자 부상자는 말은 못 했지만 내게 정중하게 작별 인사를 했고 집으로 옮겨졌습니다.

그러고 나서 그 집의 여주인이 나를 자기 침실로 데리고 가서 내 옷을 다 벗겨야 했습니다. 여기서 내가 숨겨서는 안 되는 사실은 내 몸에 묻은 나르치스의 피를 모두 닦아낼 때 우연히 거울에 비친 내 모습을 보고 아무것도 입지 않고도 내 몸이 아름답게 보인다는 것을 처음으로 알게 되었다는 겁니다. 내 옷은 다시 입을 수 있는 상태가 아니라 다른 옷을 빌려 입어야 했습니다. 그러나 그 집 사람은 모두 나보다 작거나 컸기 때문에 난 괴상한 옷차림으로 집에 돌아왔고 부모님은 그런 내 모습을 보고 무척 놀랐습니다. 부모님은 내가 놀랐던 것, 나르치스의 부상, 대위의 행패 등의 사건 전체에 대해 대단히 불쾌해하셨습니다. 하마터면 아버지가 당장에 친구를 위해 복수하겠다며 대위에게 결투를 신청했을지도 몰랐습니다. 아버지는 그곳에 있던 사람들이 누군가를 죽일 수도 있는 일을 즉각 벌하지 않았다고 나무랐습니다. 왜냐하면 대위가 뺨을 때린 다음 칼을 뽑아 나르치스를 뒤에서 내리쳐 상처를 입힌 것이 너무나 명백했기 때문이었습니다. 손에 칼을 맞은 상처는 나르치스가 그 칼을 잡으려 했을 때 생긴 것이었습니다. 나도 말할 수 없이 화가 나고 흥분되었습니다. 아니 그때의 내 심정을 이렇게 표현할 수밖에 없습니다. 마음속 깊이 가만히 있던 감정이 바람을 맞은 불꽃처럼 갑자기 타올랐습니다. 즐거움과 기쁨이 능숙하게 먼저 사랑을 싹 틔우고 남몰래 마음속에서 키운다면, 본질적으로 진심 어린 사랑은 놀란 가슴으로 아주 쉽게 결정을 내리고 마음을 고백하도록 만듭니다. 부모님은 그런 어린 딸에게 약을 먹이고 침대에 눕혔습니다. 다음 날 아침 일찍 아버지는 다친 사람을 급히 찾아갔는데, 그 사람은 부상에 따른 고열로 중태에 빠져 있었습니다.

아버지는 나르치스와 이야기를 나눈 뒤 내게 별다른 말을 하지 않았습니다. 그리고 이 사건으로 일어날 수 있는 결과와 관련하여 나를 진정시키려고 했습니다. 사과만으로 만족할 수 있느냐, 아니면 법적으로 고소해야 하느냐 또는 그런 것 이상으로 무엇이 있느냐는 말이 오갔다는 겁니다. 나는 아버지의 성격을 너무 잘 알고 있어서 아버지가 결투라도 하지 않고서는 이 사건을 마무리 짓지 않으리라 생각했습니다. 그러나 나는 어릴 때부터 여자들은 이런 일에 끼어들어서는 안 된다고 아버지에게 배웠기 때문에 아무 말 없이 조용히 있었습니다. 그 밖에 두 사람 사이에서는 나와 관련된 어떤 말도 없었던 것 같았습니다. 하지만 곧 아버지는 어머니에게 나르치스와 이야기한 더 자세한 내용을 털어놓았습니다. 아버지의 말에 의하면 나르치스가 내 도움에 깊이 감동해서 아버지를 껴안고 자신이 나에게 영원히 빚을 진 사람이라고 하고는 장차 나와 함께 나눌 수 있는 행복밖에는 바라는 것이 없으며, 아버지라고 부를 수 있게 허락해 달라고 간청했다는 것이었습니다. 어머니는 이 말을 한 마디도 빠트리지 않고 그대로 내게 다시 이야기해 주면서도 감동에 사로잡혀 나온 말을 너무 믿어서는 안 된다는 선의의 충고도 덧붙였습니다. "그야 물론이지요." 하고 나는 기분 나쁘지 않은 듯 냉담하게 대답했지만, 하늘만이 어느 정도 알고 있다는 느낌이 들었습니다.

나르치스는 두 달 동안 병석에 누워 있었고, 더구나 오른손에 난 상처로 인해 글을 쓸 수가 없었습니다. 그래도 그러는 사이에 내게 아주 친절한 관심을 보여 줌으로써 나를 생각하고 있음을 나타냈습니다. 나는 예사롭지 않은 이 모든 친절한 행동을 어머니에게 들었던 이야기와 결부시켜 보았고, 머리는 끊임없이 혼란스러운 생각으로 가득 차 있었습니다. 도시 전체가 이 사건에 대해 이야기했고, 사람들은 나와 그 사건에 관해 이야기할 땐 특별한 어조로 말했으며, 내가 아무리 아니라고 해도 항상 나와 아주 밀접하게 연관된 결론을 내렸습니다. 이전에는 장난이나 습관적으로 하던 말이 이제 진지한 사실이자 애정이 되어 버린 것이었습니다. 나는 불안한 마음으로 살았고, 그것을 모든 사람 앞에서 더 면밀하게 숨기려고 할수록 더 심해졌습니다. 나르치스를 잃어버린다고 생각만 해도 무서웠지만, 더욱 가깝게 맺어질 가능성이 있다고 생각하면 마음이 떨렸습니다. 결혼은 아직 세상 경험이 부족한 처녀에게는 분명히 뭔가 두려운 일이었습니다.

이런 격렬한 마음의 동요로 나 자신을 다시 생각해 보게 되었습니다. 지난날 내 눈앞에서 밤낮으로 아른거리던 아무 생각 없이 살던 생활의 다채로웠던 모습들이 갑자기 사라져 버렸고, 내 영혼이 다시 서서히 움직이기 시작했습니다. 그러나 보이지 않는 분과의 거의 끊어져 버린 관계는 그렇게 쉽게 회복되지 않았습니다. 우리는 상당히 멀리 떨어져 있었으며, 뭔가 있기는 했어도 옛날과는 큰 차이가 있었습니다.

결투는 끝났고 대위가 심하게 상처를 입었지만, 나는 그것에 대해 아무것도 모르고 있었습니다. 여론은 어쨌든 내 애인의 편이었고, 마침내 그 사람도 다시 나타났습니다. 무엇보다도 먼저 그이는 머리와 손에 붕대를 감고 우리 집으로 실려 왔습니다. 그이가 찾아왔을 때 내 가슴이 얼마나 두근거렸겠습니까! 온 가족이 모여 있는 자리에서 우리는 서로 평범한 감사와 의례적인 말을 나누었지만, 그 사람은 기회가 있을 때 내게 은밀하게 몇 차례 애정을 표현했는데 그럴수록 내 불안한 마음은 점점 커져만 갔습니다. 그 사람이 완전히 회복한 뒤에는 한겨울 내내 예전처럼 자기 발로 걸어서 우리 집을 찾아왔고, 그리고 은근히 내게 감정과 사랑의 표시를 보냈을 때도 모든 일은 논의조차 되지 않은 상태였습니다.

이런 식으로 나는 끊임없이 연습을 계속해 나갔습니다. 나는 어떤 사람도 믿을 수 없었고, 하느님과는 너무 멀리 떨어져 있었습니다. 나는 이 황량한 4년 동안 하느님을 완전히 잊고 있었습니다. 이제는 간간이 하느님을 생각하기는 해도 하느님과 나의 관계는 식어 있었습니다. 내가 하느님을 찾아가는 것도 의례적인 예배 참석에 불과했습니다. 그 외에도 내가 그분 앞에 나타날 때면 언제나 좋은 옷을 입고 나의 순결과 정직함 그리고 다른 사람들보다 우월하다고 생각하는 장점들을 그분께 만족스러운 듯 과시했으나, 그분은 그렇게 치장된 내게 전혀 관심이 없는 것 같았습니다.

군주로부터 행운을 얻길 기대하는 신하는 군주가 자신에게 등을 돌린다면 대단히 걱정하겠지만, 나는 그런 것을 나쁘게 생각하지 않았습니다. 내가 필요한 것들, 즉 건강과 안락함을 갖추고 있어서 하느님이 내 기억을 마음에 들어 하신다면 다행이지만, 그렇지 않더라도 내가 당연히 해야 할 일을 했다고 생각했습니다.

물론 그 당시에는 자신에 대해 생각해 보지 않았습니다. 이것이 내 마음의 진정한 모습이었지만, 내 생각을 바꾸고 정화할 준비 또한 이미 되어 있었습니다.

봄이 다가왔습니다. 나르치스는 내가 집에 혼자 있을 만할 때 연락도 없이 나를 찾아오곤 했습니다. 이제 애인으로 나타나서 내 마음을 줄 수 있을지 그리고 언젠가 자기가 명예롭고 보수가 좋은 자리를 얻으면 결혼을 허락해 줄 것인지 물었습니다.

나르치스는 우리 지방에서 근무하게 되었지만, 처음에는 그의 야심을 두려워해 빨리 승진시키기보다는 더 많이 억눌렀고, 그리고 재산이 있다는 이유로 봉급도 적게 주었습니다.

나르치스에 대한 내 모든 애정에도 불구하고 이 사람이 아주 솔직하게 상대할 수 있는 남자가 아님을 알고 있었습니다. 그래서 나는 생각을 가다듬고 그와의 일을 아버지에게 맡겼는데, 그 사람은 아버지가 허락하실 것을 의심치 않는 것 같았지만, 일단 나와 당장에 결혼을 약속하고 싶어 했습니다. 마침내 나도 부모님의 허락을 절대 조건으로 해서 동의했습니다. 그러자 나르치스는 부모님에게 정식으로 청혼한다고 말했고, 부모님은 만족을 표시했습니다. 그리고 그가 곧 승진하게 되리라는 희망에 찬 일에 대해 서로 말을 주고받았습니다. 여동생들과 이모와 숙모들에게 이 소식을 전하면서 절대 비밀로 하고 있으라고 신신당부했습니다.

이제 그 사람은 연인에서 약혼자가 되었습니다. 이 둘의 차이는 아주 컸습니다. 모든 마음씨 착한 처녀들의 애인들을 약혼자로 바꾸어 놓을 수 있다면, 비록 이런 관계에서 결혼으로 이어지지는 않더라도 우리 여성들에게 커다란 은혜를 베푸는 일일지도 모릅니다. 두 사람 사이의 사랑은 그렇다고 줄어들지 않고 더 분별 있게 됩니다. 수많은 사소한 어리석은 일들, 모든 교태와 변덕이 바로 없어집니다. 약혼자가 우리더러 매우 아름답게 치장한 머리보다 집에서 쓰는 머릿수건이 더 마음에 든다고 한다면, 마음씨 착한 아가씨는 분명히 머리 단장에 신경을 쓰지 않게 될 것입니다. 그리고 약혼자도 견실해져서 자연스럽게 부인이 세상에 보여 주기 위한 예쁜 옷을 입은 인형보다는 차라리 가정주부가 되기를 바랍니다. 어느 분야에서나 다 그렇게 흘러가고 있습니다.

그런 여자의 약혼자가 다행히도 분별력과 학식까지 갖추고 있다면 그 여자는 고등 교육 기관이나 여러 외국에서보다 더 많이 배우게 될 것입니다. 그 남자가 주는 교육을 모두 기꺼이 받아들일 뿐만 아니라, 이런 방식으로 점점 더 나아가려고 노력할 것입니다. 사랑은 많은 불가능한 일을 가능하게 만들어 줍니다. 그리고 마침내 여성에게 그토록 필요하고 바람직한 순종이 가능해집니다. 약혼자는 남편처럼 지배하지는 않고 단지 부탁할 뿐이며, 여자는 약혼자가 부탁하기 전에 그 남자가 원하는 것을 알아차려서 실천하려고 합니다.

내가 놓치고 싶지 않은 많은 것을 경험으로 알았습니다. 나는 행복했습니다. 비록 짧은 시간이긴 해도 정말 세상에서 제일 행복했습니다.

이런 고요한 기쁨을 느끼며 여름이 지나갔습니다. 나르치스는 내가 불평할 만한 원인을 조금도 제공하지 않았습니다. 나는 그 사람이 점점 더 사랑스러워졌고, 내 마음은 완전히 그이에게 매달리게 되었습니다. 그이도 그 사실을 알았고 고마워했습니다. 그런 사이에 사소해 보이는 일들로 뭔가가 은연 중에 움텄고 우리의 관계를 해치기 시작했습니다.

나르치스는 약혼자로서 나를 대해 주었고, 그리고 아직 우리에게 금지된 것을 한 번도 감히 내게 요구하지 않았습니다. 그러나 도덕과 정숙함의 경계에 대한 우리의 생각은 대단히 달랐습니다. 나는 한 점의 의혹도 없이 확실하게 대비하려 했고, 그래서 기껏해야 모든 세상이 알아도 괜찮은 자유 외에는 어떤 자유도 허락하지 않았습니다. 단 것에 익숙한 그 사람은 그것을 절제하는 건강식이 너무 가혹하다며 끊임없이 반대 의견을 제기했습니다. 그 사람은 내 행동을 칭찬하면서도 동시에 내 결심을 꺾으려고 했습니다.

나는 프랑스어 선생님의 '진지하다'는 말이 다시 떠올랐습니다. 그리고 동시에 내가 그때 말했던 보조 수단도 생각났습니다.

나는 다시 하느님과 약간 더 가까워졌습니다. 내게 사랑하는 약혼자를 주셨으니 하느님께 고마운 마음도 가지고 있었습니다. 지상의 사랑이 내 정신을 집중시켜 움직이게 했으니, 내가 하느님에 몰두하는 것은 그 사랑과 모순되지 않았습니다. 아주 자연스럽게 나는 하느님께 내 마음을 불안하게 만드는 것에 대해 하소연했지만, 나 자신이 내 마음을 불안하게 만드는 것을 원하고 갈망하고 있다는 사실을 깨닫지는 못했습니다. 나는 내 자신이 매우 강하다고 생각해서 예를 들면 "유혹에서 저를 지켜 주소서!"라고 기도하지 않았습니다. 나는 유혹을 훨씬 넘어섰다고 생각했습니다. 나 자신의 정숙함을 이렇게 느슨하고 번드레하게 치장하고서 하느님 앞에 뻔뻔하게 나타났습니다. 그래도 하느님은 나를 밀쳐 내지 않으시고 자신에게로 조금이라도 다가오려는 모습에 대해 부드러운 인상을 제 마음에 남겨 주셨습니다. 그리고 이러한 느낌은 제 마음을 움직여 언제나 다시 하느님을 찾게 되었습니다.

나에게는 세상 전체가 나르치스 외에는 아무 소용이 없었고, 나르치스 외에는 어떤 것에도 매력을 느끼지 못했습니다. 내가 치장을 좋아하는 것도 단지 나르치스의 마음에 들기 위해서였습니다. 그 사람이 나를 봐 주지 않는다는 것을 알았다면 옷치장에 정성을 쏟지도 않았을 겁니다. 나는 춤추기를 좋아했지만 만약 나르치스가 그 자리에 없으면 움직이는 것조차 견뎌낼 수 없을 듯했습니다. 화려한 무도회에 나르치스가 가지 않으면 나는 새 옷을 장만하지도 않고 낡은 옷을 유행에 맞춰 손질하지도 않았습니다. 누구나 다 좋았다고나 할까, 아니면 누구든지 내게는 부담스러웠다고 말하는 게 차라리 더 낫겠습니다. 내가 비교적 나이가 많은 사람들과 카드놀이라도 한 번 끝마칠 수 있으면 난 그날 저녁을 꽤 알차게 잘 보냈다고 생각했습니다. 전에는 그렇게 할 의욕이 조금도 없었으며, 오래 알고 지내던 친한 친구가 그러고 있던 나를 놀리기라도 했다면 난생처음으로 밤새 미소를 짓고 있었을지도 모릅니다. 산책이나 생각할 수 있는 모든 사교적인 놀이도 마찬가지였습니다.

나는 오로지 그이를 선택했으니,
오직 그이를 위해 태어난 것 같고,
그이의 사랑밖에 원하는 것 없네.

그래서 나는 모임에서 자주 외톨이가 되었습니다, 그리고 완전히 외톨이가 되는 것이 보통은 오히려 더 좋았습니다. 그러나 바쁘게 돌아가는 내 정신은 잠을 잘 수도 꿈을 꿀 수도 없었습니다. 나는 느끼고 생각했으며, 차츰 그런 느낌과 생각에 대해 하느님과 이야기하는 능력을 갖추게 되었습니다. 그때 다른 종류의 느낌들이 내 마음속에 서서히 생겨났는데, 이 느낌은 이전의 느낌과 모순되지 않았습니다. 왜냐하면 나르치스에 대한 내 사랑은 창조주의 의도에 완전히 부합해서 나의 본분과 조금도 부딪히지 않았기 때문이었습니다. 사랑과 본분이 서로 모순되지는 않았지만 차이는 매우 컸습니다. 나르치스는 내 눈앞에 아른거리는 유일한 모습이었고, 그 모습에 내 사랑 전체가 연결되어 있었습니다. 그러나 또 다른 감정은 어떤 모습과 연결되지는 않았지만 말할 수 없이 기분이 좋았습니다. 이제는 그런 느낌을 더는 느끼지 못하며 앞으로도 가질 수 없을 것입니다.

내 애인은 이전에는 나의 비밀을 모두 알고 있었지만 이런 감정에 대해선 아무것도 모르고 있었습니다. 나는 곧 그 사람이 다르게 생각하고 있다는 것을 알아차렸습니다. 그 사람은 '보이지 않는 분'과 관련될 수 있는 모든 것을 가벼운 논리나 무거운 논리로 부정하는 글들을 자주 보내 주었습니다. 나는 그 책들을 그 사람이 보내 주었으니 읽어 보기는 했지만 결국 그 책에 적혀 있는 모든 내용을 한 마디도 이해하지 못했습니다.

학문이나 전문 지식에 관해서도 이의를 제기하지 않고는 넘어가지 않았습니다. 그 사람은 다른 모든 남자처럼 유식한 여자들을 비웃으면서도 계속해서 내게 여러 가지를 알려 주었습니다. 법학을 제외한 모든 주제로 나와 토론하곤 했으며, 끊임없이 내게 온갖 종류의 글들을 보내면서 여성은 자신의 지식을 칼뱅파 신자가 가톨릭 국가에서 자신의 신앙을 비밀로 해야 하는 것보다 더 비밀리에 유지해야 한다는 미심쩍은 훈계를 자주 반복했습니다. 실제로 나는 아주 자연스럽게 예전보다 더 똑똑해지지도 더 교육을 받지도 않은 척해 왔기 때문에, 오히려 그 사람이 먼저 가끔 나의 우수한 점을 말하고 싶은 허영심을 억누를 수 없어 했습니다.

그 당시에 세상 경험이 많아 그 영향력과 재능 그리고 명민함으로 아주 높이 평가되던 어느 유명한 사람이 우리의 궁정에서 갈채를 받았습니다. 이 사람은 나르치스를 특별히 우대해서 언제나 자기 주위에 두었습니다. 두 사람은 여성의 정조에 대해서도 논쟁을 벌였고, 나르치스는 내게 자신들의 대화를 장황하게 털어놓았습니다. 나도 가만히 있지 않고 내 의견을 내놓았더니 나더러 이 문제에 관해 글을 써 보라고 권유했습니다. 나는 늙은 프랑스어 선생님과 함께 기초를 훌륭하게 다졌기 때문에 능숙하게 프랑스어로 글을 썼고, 나르치스와의 서신 교환도 프랑스어로 했습니다. 그리고 그 당시에는 대체로 프랑스어로 된 책으로만 훨씬 고상한 교양을 쌓을 수 있었습니다. 내 글은 백작의 마음에 들었고, 최근에 썼던 몇 편의 짧은 시도 건네주어야 했습니다. 어쨌든 나르치스는 자기 애인을 대놓고 자랑하고 싶어 하는 것 같았습니다. 그리고 이 일은 백작이 여행을 떠나며 보낸 프랑스어 운문으로 된 종교성이 짙은 긴 편지 한 통을 받고 그 사람이 대단한 만족감을 표하면서 끝났습니다. 그 편지는 두 사람의 우정 어린 논쟁을 회고하면서 편지 말미에 나르치스가 그렇게 많은 회의와 오류에 빠지고 나서도 매혹적이고도 정숙한 신부의 품에 안겨 정조가 무엇인지를 가장 확실하게 알게 되어 행복하다며 칭찬했습니다.

나르치스는 이 시를 우선 내게 보여 준 후 거의 모든 사람에게 보여 주었는데, 누구나 그가 원하는 바를 알고 있었습니다. 다른 많은 경우에도 그 사람은 이렇게 했고, 그래서 그의 의도를 존중하는 낯선 사람들도 모두 우리 집과 아는 사이가 되지 않을 수 없었습니다.

어느 백작 가족이 우리 지역의 유능한 의사 때문에 한동안 이곳에서 머물렀습니다. 이 집에서도 나르치스는 아들처럼 여겨졌고, 그이는 나를 그 집에 인사시켰습니다. 이런 품위 있는 사람들의 집에서 정신과 마음을 즐겁게 하는 담소를 나누곤 했습니다. 모임에서 평범하게 시간을 보내는 것조차 이 집에서는 다른 집에서처럼 공허하게 느껴지지 않았습니다. 누구나 우리가 어떤 사이인지 알고 있어서 상황에 맞게 우리를 대해 주었지만 애정 관계에 대해선 건드리지 않았습니다. 이 가족을 알게 된 사실을 언급하는 이유는 그 후 이 가족이 내 인생에 여러모로 영향을 주었기 때문입니다.

이제 우리 두 사람의 관계도 거의 1년이 지나갔습니다. 이 일 년과 함께 우리의 봄날도 지나가 버렸습니다. 여름이 왔고, 그러자 모든 일이 더 진지해지고 위험해졌습니다.

몇몇 사람이 예기치 않게 사망해서 나르치스가 얻을 수 있는 관공서 자리가 몇 군데 비어 있는 상황이었습니다. 내 모든 운명이 결정되는 순간이 가까이 다가온 것입니다. 나르치스와 친구들이 궁정에서 그에게 불리하게 작용할 수 있는 인상들을 지워 버리고 원하는 자리를 얻을 수 있도록 최선의 노력을 하는 동안에, 나는 '보이지 않는 분'에게 내 소원을 들어 달라고 도움을 청했습니다. 그분은 나를 다정하게 맞아주셨고 나는 즐거운 마음으로 다시 찾아갈 수 있었습니다. 나는 아주 솔직하게 나르치스가 그 자리를 얻을 수 있길 바란다는 내 소원을 고백했지만, 막무가내로 부탁하지는 않았습니다. 그리고 내 기도 덕분에 그렇게 되게 해 달라고 요구하지도 않았습니다.

그 자리는 훨씬 못한 경쟁자가 차지하게 되었습니다. 나는 그 소식을 듣고 너무나 놀라서 내 방으로 뛰어 들어가 방문을 꼭 걸어 잠갔습니다. 먼저 슬픔이 눈물에 녹아 흘렀고, "이 일은 우연히 일어난 것이 아니다."라는 생각이 바로 들었습니다. 그리고 겉으로 보이는 불행이 내게는 가장 좋은 결과를 가져다줄지도 모른다는 생각에 이 일을 받아들이기로 곧 결심했습니다. 그러자 근심의 먹구름이 흩어지는 아주 평화로운 느낌이 몰려왔습니다. 이렇게 하면 모든 일을 참고 견딜 수 있다고 느꼈습니다. 나는 밝은 마음으로 식탁으로 갔는데 집안 식구들은 놀라워했습니다.

나르치스는 나보다 마음이 약해서 내가 그 사람을 위로해야 했습니다. 또한 그 사람의 집안에서도 성가신 일이 일어나 그 사람을 매우 괴롭혔습니다. 우리 두 사람 사이에는 깊은 신뢰가 자리 잡고 있어서 그 사람은 내게 모든 사실을 털어놓았습니다. 다른 지방에서 공직을 얻으려는 협상들도 결국 성공하지 못했던 것입니다. 이 모든 사실은 그 사람뿐만 아니라 내게도 가슴 아픈 일이었습니다. 그래서 마침내 내 소원을 잘 들어 주시는 분이 있는 곳으로 이 모든 사실을 가지고 갔습니다.

이런 경험이 내 마음을 평화롭게 할수록 나는 더 자주 새롭게 이 느낌을 경험해 보려고 했으며, 그분을 그렇게 자주 만나는 그곳에서 위안을 찾으려고 했습니다. 그러나 그분을 항상 만나지는 못했습니다. 그것은 마치 햇볕을 쬐려는 사람을 뭔가가 가로막아 그늘이 만들어지는 것 같은 느낌이었습니다. "도대체 무슨 일이지?" 하고 자문해 보았습니다. 나는 열심히 문제를 알아내려고 노력했고, 그리고 그 모든 일이 내 영혼의 특성에서 비롯되었음을 분명히 깨달았습니다. 내 영혼이 완전히 하느님을 향해 올바른 방향을 잡고 있지 않았을 때 나는 아주 냉정했습니다. 그리고 하느님의 반응도 느끼지 못했으며 대답도 듣지 못했습니다. 이제 "그럼 무엇이 이 방향을 방해하고 있을까?"가 두 번째 질문이었습니다. 여기서 나는 넓은 벌판에 서 있는 느낌으로 내 연애의 두 번째 해에 끊임없이 계속된 탐색에 빠져들었습니다. 나는 곧 단서를 발견했기 때문에 그 분석을 훨씬 일찍 끝낼 수도 있었지만, 그 사실을 고백하고 싶지 않아 수많은 핑곗거리를 찾았습니다.

내 영혼이 어리석게도 어수선한 마음과 하찮은 일에 몰두함으로써 똑바른 방향으로 향하는 데 방해를 받았다는 사실을 금방 알게 되었습니다. "어떻게 해서" 그리고 "어디서"라는 질문도 곧 분명해졌습니다. 그러나 모든 일이 무관심하게 그리고 미친 듯이 돌아가는 세상에서 어떻게 빠져나올 수 있을까요? 나는 기꺼이 그 문제를 그 자리에 그대로 두고 다른 사람들처럼 되는 대로 살아가고 싶기도 했습니다. 사람들은 그렇게 해도 잘 살아가는 것처럼 보였기 때문입니다. 그러나 그럴 수는 없었습니다. 그러려는 나에게 내 마음은 너무 자주 반론을 제기했습니다. 모임과 관계를 끊고 내 상황을 바꿔 보고 싶었지만 그렇게 할 수 없었습니다. 나는 일단 원에 갇혀 있어서 특정한 인간관계에서 벗어날 수 없었습니다. 그리고 내게 너무나 중요한 일에 불행이 쌓여 가고 있었습니다. 나는 여러 번 눈물을 흘리면서 잠자리에 들었지만 잠을 이루지 못하고 다시 일어나곤 했습니다. 내게는 든든하게 의지할 것이 필요했는데 어리석게도 광대가 쓰는 방울 달린 모자나 쓰고 돌아다니니 하느님은 나를 지원해 주시지 않았습니다.

그래서 내 모든 행동을 하나하나 저울질해 보기 시작했습니다. 춤을 추고 게임을 하는 것을 제일 먼저 분석해 보았습니다. 이와 관련해 뭔가 긍정적으로나 부정적으로 말했거나 생각했거나 글로 쓴 것은 모조리 찾아내서 읽어 보고 평가해 보고 검토해서 확대해 보기도 하고 비판도 해 보면서 끊임없이 나 자신을 괴롭혔습니다. 내가 이런 것들을 그만둔다면 나르치스의 감정을 상하게 할 것이 틀림없었습니다. 왜냐하면 그 사람은 우리가 양심의 가책으로 불안해하는 모습을 세상에 보여 주어 웃음거리가 되는 일을 극도로 두려워했기 때문입니다. 그러나 내가 어리석다고, 해로울 정도로 어리석다고 여기는 그런 일을 나를 위해서가 아니라 오로지 그 사람을 위해 했으니 나로서는 그럴 때마다 엄청나게 힘들었습니다.

내 마음을 어수선하게 만들고 내 마음의 평화를 깨뜨리는 그런 행동들을 하면서도 '보이지 않는 분'이 작용하도록 마음을 열어 놓기 위해 얼마나 노력했는지, 그리고 이렇게 하고도 나르치스와의 언쟁을 원만하게 끝낼 수 없어 얼마나 고통스러웠는지 즐겁지도 않은 일을 장황하게 반복적으로 말하지 않고는 설명할 수 없을 것입니다. 내가 어리석음의 옷을 입자마자 그것이 가면으로만 머물러 있지 않고, 어리석음이 나를 뚫고 들어와 마음속 깊이 스며들었기 때문입니다.

여기서 단순히 사실만을 서술해야 하는 원칙을 어기고 내 마음속에 무슨 생각이 들었는지 고찰을 해도 괜찮겠습니까? 내 취향과 내 사고방식을 그렇게 바꾸어 놓아 내가 스물두 살이 되던 해에, 그것도 생각보다 빨리 내 나이의 사람들이 순수하게 즐길 수 있는 것에 아무런 즐거움도 느끼지 못하도록 한 원인이 무엇이었겠습니까? 왜 내게는 그 사람들이 순수하게 보이지 않았을까요? 나는 대답할 수 있습니다. 바로 그 사람들이 순수하게 보이지 않았기 때문이었고, 또한 내가 내 또래의 다른 사람들과는 다르게 내 영혼을 모르고 있지 않았기 때문이었습니다. 오히려 나는 사람들이 유흥을 즐기면서 헛되게 찾는 즐거움을 가져다주는 더 숭고한 느낌들이 있다는 사실을, 그리고 이런 자연스럽게 얻게 된 경험을 통해 더 숭고한 기쁨 속에 불행해져도 강한 마음을 먹게 해 주는 은밀한 보물이 보관되어 있다는 사실을 알게 되었습니다.

그러나 젊은 시절의 사교적인 즐거움과 오락은 어쩔 수 없이 내게도 강한 매력을 줄 수밖에 없었습니다. 내가 마치 그런 것들을 하지 않는 척하면서 그런 것들을 할 수는 없었기 때문입니다. 지금이야 내가 마음먹기만 하면 여러 가지 일을 얼마든지 아주 냉정하게 대할 수 있지만, 그 당시에는 그런 일들이 나를 당황하게 만들고 심지어 감히 나를 지배하려고 했습니다. 여기서 중도를 유지할 수는 없었습니다. 나는 매력적인 즐거움 아니면 기분을 상쾌하게 해 주는 내적인 감정 중에서 하나를 포기해야 했습니다.

그러나 내 마음의 갈등은 나도 모르게 이미 결론이 정해져 있었습니다. 비록 마음속에 감각적인 즐거움을 그리워하는 무언가가 있었지만, 그것을 더는 즐길 수 없었습니다. 포도주를 아무리 좋아하는 사람이라도 퀴퀴한 냄새로 질식할 것만 같은 지하창고에 술통이 가득 차 있다면 마시고 싶은 마음이 싹 사라져 버리게 됩니다. 신선한 공기가 포도주보다 더 좋은 것입니다. 이런 사실을 나는 너무나 생생하게 느꼈습니다. 나르치스의 사랑을 잃는다는 두려움이 나를 막지 않았다면 나는 처음부터 별로 생각해 보지 않고도 바로 매력적인 것보다 선한 것을 더 좋아했을지도 모릅니다. 그러나 나와 나르치스를 꼭 묶고 있던 끈을 날카롭게 바라보며 계속 반복해서 성찰하고 수없이 마음의 갈등을 겪고 나서 마침내 그 끈이 아주 약해서 끊어질 수도 있다는 사실을 깨달았습니다. 나는 갑자기 이런 끈은 단지 나를 공기가 없는 공간에 가두는 종 모양의 유리 덮개에 불과함을 알게 되었습니다. 이런 유리 덮개를 깨뜨려 버릴 힘만 있으면 나는 구원받을 수 있다는 사실을 말입니다!

그런 생각이 들자 곧 과감하게 실행했습니다. 나는 가면을 벗고 내 마음이 원하는 대로 행동했습니다. 나는 나르치스를 깊이 사랑했습니다. 그러나 이전에 뜨거운 물 속에 있던 온도계가 이제 정상적인 공기 속에 걸려 있는 셈이 되었습니다. 따라서 이 온도계의 온도가 대기의 온도보다 더 높아질 수는 없게 된 것입니다.

불행하게도 온도는 너무 차가워졌습니다. 나르치스는 움츠러들어서 이상하게 행동하기 시작했습니다. 그것은 나르치스의 자유였지만, 그 사람이 움츠러드는 만큼 내 온도계의 온도도 내려갔습니다. 우리 가족은 그 사실을 알아차리고 이상하게 여겨 내게 무슨 일이 있는지 물어보았습니다. 그래서 나는 남자처럼 당당하게 지금까지 나 자신을 충분히 희생해 왔으며 앞으로도 그리고 내 삶이 끝날 때까지 모든 고난도 그 사람과 함께 나눌 각오가 되어 있다고 해명해 주었습니다. 그러나 내 행동에 대해서는 완전한 자유를 요구하며, 따라서 내 확신에 따라 행동하는 것뿐이라고 말했습니다. 결코 내 의견만 고집스럽게 주장하려는 게 아니고, 오히려 타당한 이유가 있다면 기꺼이 들으려고 하겠지만 나 자신의 행복에 관한 일이라면 나 스스로 결정을 내릴 것이며 어떤 강요도 허용하지 않을 것이라고 천명했습니다. 커피를 예로 들 수 있을 듯합니다. 평소에는 건강에 좋다고 여겨져 많은 사람에게 사랑받는 음식을 아주 훌륭한 의사가 나에게 섭취하라고 권해도 그것이 내게는 언제나 해롭다는 걸 내 경험이 증명하고 있으니 나를 설득하지 못할 것입니다. 그러므로 나를 혼란에 빠뜨리는 그 어떤 행동도 내가 경험한 바가 있는 한 내게 도덕적으로 유익하다고 주장하거나 내가 그 행동을 하게끔 강요하지는 못합니다.

나는 오랫동안 마음속으로 준비를 해 왔기 때문에 이 문제에 대한 논쟁은 내게 불쾌하기보다는 기분이 좋았습니다. 내 속마음을 다 털어놓고 보니 내 결정의 진정한 가치가 느껴졌습니다. 나는 머리카락 한 올 만큼도 물러나지 않았고, 어릴 때의 존경심을 여전히 보여야 할 필요가 없는 사람은 누구라도 거칠게 대했습니다. 우리 집에서 나는 곧 승리를 거두었습니다. 어머니는 어린 시절부터 나와 비슷한 성향이 있었으나 그런 성향이 무르익을 정도로 진척되지는 않았을 뿐이었습니다. 어머니를 그렇게 몰아가서 자신의 확신을 관철할 용기를 끌어 올려 줄 힘든 상황도 없었습니다. 어머니는 나를 통해 자신이 남몰래 품고 있던 바람이 성취되는 것을 보고 기뻐했습니다. 바로 아래 여동생은 나와 같은 생각인 것처럼 보였지만 둘째 여동생은 말없이 주의 깊게 지켜보았습니다. 숙모가 가장 반대했습니다. 숙모가 제시한 근거들은 숙모 자신에게만 반박할 수 없는 듯했습니다. 그 근거들이 완전히 일반적인 것들이었기 때문에 그렇기도 했습니다. 나는 마침내 숙모가 이 문제에 관해 의견을 내봤자 아무 의미도 없다고 말할 수밖에 없었습니다. 그러자 숙모는 그 이후로 자신의 의견을 별로 고집하지 않았습니다. 이런 일을 가까이에서 보고서도 완전히 아무런 느낌도 없었던 사람은 숙모뿐이었습니다. 그래서 내가 숙모는 감정도 없고 생각에 한계가 있다고 하더라도 너무 지나친 말은 아닐 겁니다.

아버지는 전적으로 자신의 사고방식에 따라 행동했습니다. 말은 많이 하지 않는 편이었지만 이 문제에 대해서는 나와 자주 이야기를 나누었습니다. 아버지가 내세우는 근거들은 합리적이었고 또한 아무래도 아버지의 의견이다 보니 반박할 수도 없었습니다. 하지만 내가 옳다고 깊이 느끼고 있어 아버지와 논쟁을 벌일 힘을 얻었습니다. 그러나 곧 상황이 바뀌고 말았습니다. 나는 아버지의 마음에 호소해야 했습니다. 아버지의 이해력에 밀려서 매우 감상적인 격정을 터뜨리는 모습을 보였던 것입니다. 하고 싶은 말은 다 하고 눈물도 실컷 흘렸습니다. 아버지에게 내가 얼마나 나르치스를 사랑하는지, 그리고 2년 동안 나 자신에게 어떤 제약을 가해 왔는지, 또한 내가 제대로 행동하고 있다고 얼마나 확신하고 있는지, 그리고 사랑하는 약혼자와 가시적인 행복을 잃어버리더라도 이러한 확신을 굳건하게 지킬 준비가 되어 있다고, 심지어 필요하다면 이를 위해 가지고 있는 모든 것을 포기할 수도 있다고, 그래서 내 인식에 반하게 행동하기보다 차라리 조국과 부모와 친구들을 버리고 타지에서 내가 먹고 살아갈 빵을 벌고자 한다고 솔직하게 말했습니다. 아버지는 측은한 마음을 숨기고 한동안 아무 말이 없다가 마침내 자신도 내 생각에 찬성한다고 분명하게 밝혔습니다.

나르치스는 그 후로 우리 집으로 오는 것을 꺼렸고, 그러자 아버지는 그 사람도 참석하던 매주 열리는 사교적인 모임도 중단했습니다. 이런 사실은 궁정과 시내에서도 관심을 끌었습니다. 사람들이 보통 이런 경우에 대단한 관심을 보이듯 이제 우리를 두고 떠들어 댔습니다. 왜냐하면 대중은 약한 사람들의 결심에 어느 정도 영향을 미치려는 나쁜 버릇이 있기 때문입니다. 나도 세상을 충분히 잘 알고 있었고, 어떻게 할 것인지 조언을 구했던 바로 그 사람들에게 나의 이런 행동이 종종 비난받는다는 사실도 잘 알고 있었습니다. 또한 그렇지 않았더라도 결심한 나에게는 그런 모든 일시적인 의견이 아무 의미도 없었을 것입니다.

그렇지만 나르치스를 향한 내 애정만은 단념하지 않았습니다. 나르치스가 내 앞에 모습을 드러내지는 않았지만, 그 사람에 대한 내 마음은 변하지 않았습니다. 그 사람을 애정 어린 마음으로 마치 새로운 듯 그래서 이전보다 훨씬 더 사려 깊게 사랑했습니다. 그 사람이 내 확신을 꺾으려고 하지만 않는다면 나는 그의 여자였습니다. 이런 조건이 없다면 나는 왕국을 그이와 함께 주더라도 거부했을지도 모릅니다. 몇 달을 이런 느낌과 생각을 품고 있었습니다. 그리고 마침내 편안한 마음으로 침착하게 일을 할 만한 충분한 여유와 힘이 생겼다고 느껴졌을 때 그 사람에게 정중하지만 다정하지는 않은 편지를 써서 왜 우리 집에 오지 않는지 물어보았습니다.

사소한 일에는 자기 의견을 밝히려 하지 않고, 좋다고 생각되면 아무 말 없이 실행하는 그 사람의 성격을 알고 있었기 때문에 이번에는 의도적으로 그 사람에게 대답을 촉구하듯 말했습니다. 그러자 장황한 문체와 별 내용 없는 문구로 길게는 썼지만 무미건조해 보이는 답장을 받았습니다. 지금보다 더 나은 자리를 얻지 못하면 가정을 꾸리거나 내게 청혼할 수 없으며, 지금까지 자신이 얼마나 힘든 일을 겪었는지는 내가 가장 잘 알고 있으리라 생각하고, 오랫동안 이어졌지만 아무 결실도 보지 못한 자신과의 관계가 내 평판을 해칠 듯해 지금까지처럼 멀리 떨어져 있도록 허락해 달라는 것이었습니다. 나를 행복하게 해 줄 수 있는 상황이 되면 즉시 자신이 내게 했던 말을 엄숙하게 지키겠다고 했습니다.

나는 즉시 답장을 썼습니다. 우리 일은 온 세상이 다 알고 있으니 내 평판을 소중하게 생각하는 것은 너무 늦었을지도 모르며, 내 양심과 순결이 내 평판을 위한 가장 확실한 보증이기 때문에 그가 했던 약속을 주저 없이 없었던 것으로 할 테니 자신의 행복을 찾기 바란다고 썼습니다. 내가 편지를 보내자마자 바로 짧은 답장을 받았는데 첫 번째 답장과 비슷했습니다. 좋은 직책을 얻은 후에 내가 그이의 행복을 함께 나누고 싶을지를 다시 물어보겠다는 내용이었습니다.

이런 말은 내게 아무 의미도 없었습니다. 나는 친척들과 친지들에게 우리의 관계는 끝났다고 선언했고 실제로도 그랬습니다. 그 사람이 아홉 달 뒤에 원하던 자리로 승진했을 때 다시금 내게 청혼했는데, 내가 가정을 꾸려야 하는 남편의 아내로서 내 신조를 고쳐야 한다는 조건이었습니다. 나는 정중하게 감사의 마음을 전하고 마치 막이 내리면 극장에서 빠져나가려는 심정처럼 곧바로 이 이야기에서 빠르게 떠나 버렸습니다. 그리고 얼마 지나지 않아 마음이 아주 가벼워진 그 사람은 어느 부유하고 훌륭한 배우자를 만났고, 그리고 나는 그 사람이 어느 정도 행복해한다는 것을 알게 되어 완전히 안정을 찾았습니다.

그 사람이 직책을 얻기 전에 그리고 그 후에도 몇 번 내게도 훌륭한 청혼이 들어왔었다는 사실을 말하지 않고 넘어갈 수는 없습니다. 부모님은 내 쪽에서 더 많이 굽히길 원하셨지만 나는 망설임 없이 모두 거절하고 말았습니다.

이제 폭풍이 몰아치는 3월과 4월이 지나가고 제일 아름다운 5월의 날씨가 내게 찾아왔습니다. 건강도 좋아져 말로 표현할 수 없는 마음의 안정을 즐겼습니다. 내 마음대로 세상을 둘러볼 수 있었고, 그래서 잃어버린 것도 있었지만 또 그렇기 때문에 얻은 것도 있었습니다. 세상 만물은 젊고 감정이 풍부했던 내가 아름다운 정원에서 너무 오랜 시간을 보내지 않으려고 사교 모임에 참석하고 카드놀이를 해야만 했던 때보다 수천 배 더 아름다웠습니다. 나의 경건한 마음이 부끄럽지 않았기 때문에 예술과 학문에 대한 내 애정과 사랑을 감출 필요가 없었습니다. 나는 스케치를 하고 그림도 그리고 책을 읽으면서 내게 도움이 될 사람들을 많이 만났습니다. 내가 버렸다고 해야 할지 아니면 나를 버렸다고 할 수 있는 넓은 세상 대신에 훨씬 더 풍족하고 재미있는 작은 세계가 내 주위에 만들어졌습니다. 나는 사교적인 생활을 좋아해서 비교적 오래 알고 지내던 사람들과의 관계를 끊었을 때 느낄 외로움이 두려웠음을 부인할 수는 없습니다. 이제 충분한 아니 아마도 너무 과분한 보상을 받았다고 느껴집니다. 내가 알고 있는 사람들의 범위는 이제 상당히 폭넓어져서 나와 의견을 같이하는 이 고장 사람들뿐 아니라 다른 고장 사람들도 포함되어 있습니다. 내 이야기가 소문으로 퍼져 자기 신랑감보다 하느님을 더 소중하게 생각하는 처녀를 보고 싶은 호기심에 찾아온 사람들도 많았습니다. 그 당시 독일에서는 특히 모종의 종교적 분위기가 사람들의 관심을 끌었습니다. 여러 후작이나 백작 집안에서도 영혼의 치유에 관한 관심이 활발해졌습니다. 똑같은 관심을 마음에 품고 있던 귀족들도 적지 않았고, 비교적 낮은 신분의 사람들에게도 이런 분위기가 완전히 퍼져 있었습니다.

나는 앞에서 언급했던 백작 가족에게 이제 더 끌리기 시작했습니다. 그 사이에 몇몇 친척도 도시로 찾아와 백작 집안에 사람들이 많아졌습니다. 이런 훌륭한 사람들이 나와 교류하고자 했고 나도 그렇게 하길 바랐습니다. 그 사람들은 친척이 많아서 나는 그 댁에서 여러 후작과 백작 그리고 제국의 고관을 사귀게 되었습니다. 내 성향은 누구에게도 비밀이 아니었고, 사람들은 내 신념을 존중해 주거나 아껴 주어서 나는 내 목적을 달성했고 아무런 공격도 받지 않았습니다.

나는 다른 방식으로 세상으로 되돌아와야 했습니다. 바로 그즈음에 아버지의 배다른 동생분이 찾아왔습니다. 평소에는 우리 집에 그냥 잠깐 들르는 정도였지만, 이번에는 비교적 오랫동안 머물렀습니다. 이분은 궁정 관료로 있었는데 존경도 받고 영향력도 있었지만 모든 일이 자기 뜻대로 되지 않는다는 이유로 그 직책을 던져 버렸습니다. 옳은 판단력과 강직한 성격의 소유자로 그런 점은 아버지와 매우 닮았었습니다. 그러나 아버지보다는 어느 정도 부드러운 점도 있어서 일을 처리할 때 양보도 하고, 자기 확신에 어긋나는 일은 하지 않으면서도 눈감아 주기도 했으며, 그런 일에 대한 분노를 말없이 마음속으로나 아니면 자기 가족들에게 솔직하게 말하면서 삭였습니다. 숙부는 훨씬 젊었고, 외부 조건도 자신이 독립적으로 활동하는 데 적지 않게 작용했습니다. 그분의 어머니는 엄청난 부자였고, 게다가 가깝고 먼 친척들에게 상당한 재산을 물려받을 가능성도 있었습니다. 그래서 다른 곳에서 추가로 돈을 벌 필요가 없었지만, 그렇지 않은 우리 아버지는 재산도 대단하지 않아 봉급을 받으며 공직에 꼭 묶여 있었습니다.

숙부는 가정의 불행을 겪으며 더욱 완고해졌습니다. 사랑하는 아내와 장래가 유망했던 아들을 일찍 잃고 나서부터 자기 뜻에 맞지 않는 일에는 완전히 거리를 두려고 하는 것 같았습니다.

집안에서는 가끔 숙부가 아마도 다시 결혼하지는 않을 것이고, 그렇게 되면 우리가 숙부의 그 많은 재산을 상속받을 수도 있다며 약간 자기도취적으로 서로 귀에다 속삭이곤 했습니다. 나는 그 일에 별로 신경을 쓰지 않았지만, 나머지 동생들은 이런 희망을 품고 행동했습니다. 숙부는 성격이 강직했어도 대화를 나눌 때는 누구에게도 반론을 제기하지 않으면서 오히려 다른 사람의 의견을 친절하게 들어 주었고, 다른 사람이 어떤 문제에 대해 생각하는 방식을 자신의 논거와 실례를 들어 칭찬하는 데 익숙해져 있었습니다. 숙부를 모르는 사람은 숙부가 계속해서 자기와 같은 의견이라고 생각하게 되는데, 숙부는 이해력이 뛰어나 자기 생각을 어떤 사고방식으로든 바꾸어 접근할 수 있기 때문이었습니다, 그러나 나와는 그렇게 잘 맞지 않았습니다. 여기서 문제가 되었던 것은 '느낌'이었는데 숙부는 이에 대해 전혀 아는 바가 없었습니다. 그래도 나를 아껴 주면서 동정하는 마음으로 사려 깊게 나와 내 신조에 관해 이야기했지만 내 모든 행동의 근거를 명백하게 이해하지 못하는 점에 나는 놀랐습니다.

그건 그렇고 숙부는 자신의 속마음을 잘 드러내지 않는 사람이었지만 이례적으로 우리 집에 오래 머물렀던 목적이 얼마 후 밝혀졌습니다. 나중에야 알게 된 사실이지만 숙부는 우리 자매들 가운데 막내 여동생을 자기 뜻대로 결혼시켜 행복하게 해 주기 위해서였습니다. 확실히 막내 여동생은 육체적으로나 정신적으로 건강했고 거기에 상당한 재산까지 더해진다면 1등 신랑감들을 기대할 수 있었습니다. 나에 대한 숙부의 생각도 무언중에 알 수 있었는데 내게는 귀족 출신이 맡는 수도원 회원[68] 자리를 마련해 주었고 나는 곧 수입도 생기게 되었습니다.

여동생은 숙부의 배려에 만족하지 않았고 나만큼 고마워하지도 않았습니다. 동생은 지금까지 지혜롭게 숨겨 왔던 자신의 속마음을 내게 털어놓았습니다. 여동생이 좋아하지 말아야 할 남자와 결혼하는 것을 내가 온갖 방법을 동원해 말리는 일이 두려웠기 때문이었는데, 실제로 그런 일이 벌어졌습니다. 나는 할 수 있는 모든 것을 했고, 그리고 결국 성공을 거두었습니다. 숙부의 의도는 너무 진지하고도 명확했고, 세상 물정에 밝은 내 여동생도 자신의 미래가 너무 매력적으로 보여서 자신의 이성조차 찬성하지 않는 그 의도에 끌리는 마음을 포기할 힘이 없었던 모양입니다.

그래서 동생은 지금까지와는 다르게 숙부의 차분한 인도를 피하지 않았고, 그래서 숙부의 계획에 곧 기초가 마련되었습니다. 동생은 인접한 궁정의 궁녀가 되었고, 그곳에서 숙부는 궁정 부인[69] 실장으로 높은 명성을 누리고 있던 잘 아는 부인에게 동생의 감독과 훈련을 맡길 수 있었습니다. 나는 동생의 새로운 거처지로 따라갔습니다. 우리 두 사람은 우리를 맞아들이는 접대에 매우 만족했고, 그리고 나는 이제 수도원

68 "귀족 출신이 맡는 수도원 회원(Stiftsdame)"은 18세기에 높은 명성을 얻었던 귀족 여성들이 설립한 기독교 여성 교단이었다. 이 교단의 회원은 정절을 맹세하고 원장에게 복종해야 했다. 그 외에는 자기가 원하는 대로 자유롭게 살 수 있는 재속(在俗) 회원이었다. 이 단체에서 평생 금전적 지원을 받았는데, 그 대신에 이 단체에 입회할 때 집안에서 상당한 액수의 기부금을 냈다.

69 궁정 부인(Hofdame)은 귀족 출신으로 궁정에서 왕후의 시중을 드는 궁정 귀족 부인을 말한다.

회원으로, 그것도 젊고 독실한 회원으로 세상에서 행동하는 자신을 보며 때때로 남몰래 미소를 짓지 않을 수 없었습니다.

옛날에는 이럴 때면 스스로 무척 당황해서 심지어 머리가 돌아 버릴지도 몰랐는데, 이제는 나를 둘러싸고 벌어지는 어떤 상황에도 매우 침착하게 대응했습니다. 몇 시간이나 아주 조용히 있으면서 머리를 다듬게 하고 치장을 했으며 내 상황에서는 이렇게 신분에 어울리는 우아한 차림으로 옷을 입고 나타나는 것이 당연하다는 생각밖에 하지 않았습니다. 꽉 들어찬 넓은 홀에서 모든 사람과 누구라도 상관없이 이야기를 나누었지만, 그 어떤 모습이나 성격도 내게 강한 인상을 남기지 못했습니다. 집에 다시 돌아왔을 때, 가지고 온 것이라곤 대개 피곤한 다리뿐이라는 느낌이 전부였습니다. 내가 본 많은 사람이 나의 판단력에 도움이 되었습니다. 그리고 나는 아주 인정미 넘치는 덕성과 훌륭하고 고귀한 행동의 본보기가 되는 몇몇 부인들을 사귀게 되었고, 특히 동생이 그 밑에서 교육받는 행운을 누렸던 궁정 부인 실장과도 알게 되었습니다.

그러나 이 여행을 끝내고 돌아올 때 내 몸 상태가 그렇게 좋지 않았습니다. 매우 엄격한 절제와 철저한 식단에도 불구하고 나는 평소처럼 시간과 힘을 내 마음대로 쓸 수가 없었습니다. 식사, 운동, 기상, 취침, 옷을 입고 외출하는 일이 집에 있을 때처럼 내 마음대로 되지 않았습니다. 사교적 모임에서도 무례를 범하지 않으려면 대화를 멈춰서는 안 되기에 필요하다면 어떤 대화라도 기꺼이 나눴습니다. 그렇게 하는 것이 의무라고 생각했고, 그런 일도 곧 지나가리라 여겼으며 또한 내가 그 어느 때보다 건강하다고 느꼈기 때문입니다. 그런데도 이런 낯설고 불안한 삶은 내가 느끼던 것 이상으로 내게 영향을 줄 수밖에 없었습니다. 간신히 집에 도착해서 만족스러웠던 여행 이야기를 하며 부모님을 즐겁게 해드리고 있을 때 갑자기 각혈을 하고 말았던 것입니다. 이 각혈은 위험할 정도는 아니라 금방 멈추기는 했어도 오랫동안 눈에 띄게 허약해졌습니다.

여기서 나는 다시 새로운 과제를 열심히 익히지 않을 수 없었습니다. 그리고 그 일을 즐겁게 해냈습니다. 세상과 나를 묶는 것은 아무것도 없었고, 이렇게 해서는 올바른 것을 결코 찾을 수 없으리라는 확신이 들었습니다. 그래서 나는 아주 쾌활하고 안정된 상태에 있었고, 삶을 포기한 상태였으면서도 삶을 유지하게 되었던 것입니다.

그런데 새로운 시련을 견뎌 내야 했습니다. 어머니에게 갑자기 괴로운 통증이 찾아와 5년 동안 고생하시다가 자연에 진 빚을 갚으러 돌아가셨기 때문입니다. 이 시기에 몇 가지 이별 연습이 있었습니다. 어머니는 불안이 너무 커지면 밤에 우리 모두를 자기 침상으로 불러서 우리가 함께 있음으로써 비록 병세가 호전되지는 않더라도 불안한 마음을 떨쳐 버리려고 하셨습니다. 그런데 아버지마저 건강 상태가 나빠지기 시작하자 압박감은 더 심해져 거의 견딜 수 없었습니다. 아버지는 젊은 시절부터 비교적 자주 심한 두통에 시달리셨는데, 길어야 3일 정도 지속되었습니다. 하지만 이번에는 지속적으로 계속되었고 고통이 심할 때는 그 괴로워하시는 소리에 내 마음이 찢어질 것 같았습니다. 이런 폭풍이 몰아치는 것 같은 일을 겪으면서 내 몸이 무척 약해짐을 느꼈습니다. 육체적으로 약해지다 보니 가장 신성하고 소중한 내 의무를 다하는 데 지장을 주거나 의무를 수행하는 것이 극도로 어려워졌습니다.

이제 내가 선택한 길이 올바른지 아니면 환상인지, 혹시 그냥 다른 사람들처럼 생각하지는 않았는지, 내 신앙의 대상에 실체가 있는지 나 자신을 시험해 볼 수 있었습니다. 그런데 내 신앙의 대상이 가장 든든

한 지원자임을 깨달았습니다. 하느님을 향한 내 마음의 곧은 방향과 "사랑받으시는 분"과의 교류를 추구했고 찾았던 것입니다. 그래서 어떤 일에도 내 마음은 안심이 되었습니다. 마치 방랑자가 나무 그늘을 찾아들듯 내 영혼은 외부의 모든 것으로부터 압박을 받을 때마다 이 피난처로 급히 달려갔고 한 번도 빈손으로 돌아온 적이 없었습니다.

최근에 종교적인 감정을 실감하기보다는 열성을 더 많이 보이는 듯한 종교 옹호자들이 신자들에게 하느님이 자기 기도를 실제로 들어준 예를 소개해 달라고 요구했는데, 아마도 자신들을 반대하는 사람들과 전략적으로나 법적으로 싸우기 위해 편지와 인장을 원했습니다. 이런 사람들은 종교의 진정한 느낌을 모르고 있음이 틀림없었는데, 어떻게 스스로 이런 참된 경험을 해 볼 수 있었겠습니까!

감히 말하건대 나는 압박받는 어려운 상황에서 하느님을 찾아갔을 때 한 번도 소득 없이 돌아온 적이 없었습니다. 이런 경우는 무수히 많지만, 나는 이 이상 말할 수 없으며 말해서도 안 됩니다. 내가 위기에 처했던 순간의 모든 경험은 내게 너무나 소중했고, 이런 경험을 개별적으로 열거하려 들면 이 이야기는 너무 빛이 바래 무의미해져 거짓처럼 들릴지도 모릅니다. 숨 쉬는 것이 내가 살아 있다는 분명한 표시이듯, 수많은 작은 일들이 모여 하느님 없이는 내가 세상에 존재하지 않는다는 사실을 내게 증명해 주었으니 나는 얼마나 행복했는지 모릅니다. 하느님은 내 가까이에 계셨고, 나는 하느님 앞에 있었습니다. 이것은 바로 내가 신학적 전문 용어를 의도적으로 쓰지 않으면서 최대한 숨김없이 말할 수 있는 것입니다.

그 당시에도 나는 종파를 완전히 벗어나서 지내길 얼마나 바랐는지 모릅니다. 그러나 외부의 형식을 빌리지 않고 자기 자신을 하느님과 직접 관련지어 자각하는 행복에 일찍 이르는 사람이 어디 있겠습니까? 하느님의 축복이 내게는 진지했습니다. 그래서 다른 사람들의 권위 있는 판단을 신뢰하기로 했습니다. 나는 할레의 신앙심 강화파[70]에 완전히 몰입했지만, 내 성향과는 전체적으로 어쩐지 맞지 않는 것 같았습니다.

이 교파의 가르침에 따르면 죄악에 대한 깊은 두려움으로 마음의 변화가 시작되어야 합니다. 이런 고통 속에서 마음은 많든 적든 자신이 받아야 할 형벌을 인식하고 지옥을 미리 맛봄으로써 죄악을 저지르려는 욕망에 환멸을 느낍니다. 그러면 마침내 매우 분명하게 알 수 있는 은총의 약속을 체험할 수밖에 없는데, 그러나 그 하느님의 은총도 실행되는 과정에서 종종 눈에 보이지 않게 숨어 있어서 진지한 마음으로 다시 찾아보아야 한다는 것입니다.

이런 모든 것이 내 경우에는 멀게든 가깝게든 적용되지 않았습니다. 내가 진심으로 하느님을 찾으면 하느님은 나타나셨고, 내게 지나간 일을 꾸짖지 않으셨습니다. 그런 뒤에 내가 하느님과 마주할 자격이 없었음을 깨달았고, 아직도 여전히 자격이 없음을 알고 있습니다. 하지만 내 결함을 알아도 두려움은 조금도 없었습니다. 한순간도 지옥의 두려움이 엄습하지 않았고, 심지어 악령이나 죽은 후 처벌을 받고 괴로워하는 장소 같은 개념은 내 마음에 존재하지 않습니다. 나는 하느님을 모르고 살아가면서 "보이지 않는 분"에 대한 믿음과 사랑에 자신들의 마

70 할레의 신앙심 강화파(das Hallesche Bekehrungssystem)는 독일 할레(Halle)의 경건주의자 아우구스트 헤르만 프랑케(August Hermann Franke, 1663~1727)가 제시한 세 단계(일상생활-통회하기-내면의 깨달음과 행복)로 완성되는 내면의 발전 시스템이다. 프랑케는 기독교인이라면 자신의 구원에 대해 확신할 수 있어야 하며 과거의 죄로 물든 본성에서 회심하여 거듭남을 체험해야 한다고 가르치면서 슈페너(Phillip Jakob Spener, 1635~1705)의 사상을 계속 발전시켰는데 경건주의의 금욕적인 특성을 강조했다.

음을 닫아 버린 사람들이 너무나 불쌍하게 여겨져서, 지옥이나 외부적 형벌이 그런 사람들에게는 더 엄한 처벌을 받으리라 위협하기보다 처벌의 경감을 약속해 주지는 않을까 생각했습니다. 나는 이 세상에서 자기 가슴에 증오의 감정을 품고 어떤 식으로든 선하게 살아가기를 완강히 거부하면서 자신과 다른 사람에게 악한 것을 강요하려는 사람들을 볼 수밖에 없었는데, 이들은 태양이 스스로 빛을 발하지 않는다고 주장하기 위해 그저 낮에도 눈을 감아 버리니 내게는 그들이 얼마나 형언할 수 없을 정도로 비참하게 보였겠습니까! 누가 그런 사람들의 상태를 더 악화시키려고 지옥을 만들 수나 있었겠습니까!

이런 마음이 하루 이틀을 지나 10년 동안 지속되었습니다. 그리고 많은 시련을 겪고도, 가장 가슴 아팠던 어머니의 임종 때도 이런 상태가 유지되었습니다. 이런 상황에서도 나의 쾌활한 마음을 경건하면서도 규범에 따르는 사람들에게 숨기지 않고 털어놓았는데, 이에 대한 우정 어린 질책도 여러 번 받아야 했습니다. 건강할 때 훌륭한 기초를 다지기 위해서는 얼마나 진지해야 하는지를 내게 말해 줄 가장 적당한 때라고 말입니다.

나도 진지함에 부족함이 없고 싶었습니다. 일시적으로는 다른 사람들에게 설득당해 내 삶을 슬퍼해 보기도 하고 완전히 두려움에 싸여 있어 보려고도 했습니다. 그러나 그것이 전혀 불가능했을 때 얼마나 놀랐는지 모릅니다! 하느님을 생각하면 즐겁고 행복했습니다. 사랑하는 어머니가 고통스럽게 죽음을 맞이할 때도 나는 죽음이 두렵지 않았습니다. 하지만 이런 중대한 시간에 주제넘게 간섭하는 선생님들의 생각과는 완전히 다르게 난 많은 것들을 배우게 되었습니다.

나는 그렇게 많은 유명한 사람의 통찰력을 점차 의심하게 되었고 내 생각을 남몰래 간직하고 있었습니다. 한 친구는 내가 처음에 그녀의 의견을 너무 많이 수용했는지 언제나 내 일에 간섭하려고 들었습니다. 그래서 이 친구에게서 벗어나기 위해 한 번은 아주 단호하게 그런 수고를 하지 않아도 되고, 그런 충고는 필요 없으며, 나는 내 하느님을 알고 있고 그분의 인도만을 전적으로 따르고 싶다고 말해 주었습니다. 그 친구는 매우 기분이 상했고 나를 완전히 용서하지 않을 것 같습니다.

정신적인 일에서 내 친구들의 충고나 영향에서 벗어나겠다는 내 결심은 어떠한 외부의 상황에서도 나 자신의 길을 갈 수 있는 용기를 얻는 결과를 낳았습니다. 내가 신뢰하는 "보이지 않는 분"의 도움이 없었다면 내게 나쁜 상황이 벌어졌을 수도 있어서 지금도 이분의 현명하고 적절한 인도에 놀라지 않을 수 없습니다. 내 마음이 무엇에 좌우되는지 사실 아무도 몰랐으며, 나 자신도 모르고 있었습니다.

우리가 생명의 덕을 입고 있는 그분, 그분이 있기에 생명이라고 불러야 하는 모든 것이 즐겁게 지내야 하는데, 그분과 우리를 떼어 놓는 아직 설명되지 않은 악한 일, 우리가 죄악이라고 부르는 일을 나는 그때까지 전혀 모르고 있었습니다.

"보이지 않는 분"과의 교제에서 나는 내 모든 생명력에서 오는 매우 달콤한 기쁨을 느꼈습니다. 이 행복을 끊임없이 즐기고 싶은 욕망이 너무 커서 이 교제를 방해하는 것이라면 모두 흔쾌히 내려놓았고, 이러한 결정을 할 때는 경험을 가장 훌륭한 스승으로 삼았습니다. 그런데 이건 환자가 약 없이 식이요법으로만 자신의 병을 치료하려는 격이었습니다. 약간의 효과는 있었지만 그렇게 오래 지속되지는 않았습니다.

고독 속에 지내는 것이 내 생각이 산만해지는 버릇을 방지하는 최고의 약이라고 생각했지만, 언제나 고독하게 지낼 수는 없었습니다. 그래서 결국 사람들이 북적거리는 곳으로 가면 더 큰 흔적이 남았습니다.

나에게는 내가 제일 좋아하는 조용한 곳으로 결국에는 돌아오는 것이 가장 이로웠습니다. 마치 황혼 속에 있듯이 처량하고 허약한 나 자신을 깨닫고 내 몸을 아껴서 방치하지 않음으로써 자구책을 마련하려고 노력했습니다.

7년 동안 나는 식이요법에 주의를 기울였습니다. 내 건강 상태가 나쁘다고 생각되지는 않았고 오히려 내가 바라던 상태라고 느꼈습니다. 만약 묘한 상황이 벌어지지 않았더라면 나는 이 단계에서 머물러 버렸을지도 모릅니다. 그러나 나는 이 이상한 길을 계속 걸어가게 되었습니다. 친구들의 충고와는 반대로 나는 새로운 인연을 맺게 되었습니다. 친구들의 반대 때문에 처음에는 조금 주저하기도 했지만 "보이지 않는 분"에게 당장 여쭈어보았더니 허락해 주셔서 망설이지 않고 그 길을 계속 걸어갔습니다.

명민함과 따뜻한 마음 그리고 재능을 갖춘 어떤 남자가 우리 집 근처에 땅을 샀는데 내가 사귀게 된 낯선 사람들 가운데 그 사람과 그 가족도 있었습니다. 우리는 예절이나 집안 기질과 관습이 매우 비슷해서 곧 서로 함께 어울리기 시작했습니다.

필로는, 그 사람을 이렇게 부르겠습니다, 이미 어느 정도 나이가 있었고, 기력이 점점 떨어지기 시작하는 우리 아버지의 일에 큰 도움이 되었습니다. 그 사람은 곧 우리 집의 소중한 친구가 되었고, 그 사람이 말하는 바에 따르면 나에게서 상류 사회의 사치와 공허함을 보지 못했으며, 그렇다고 시골에서 조용히 사는 무미건조함이나 소심함도 없다고 생각해서 우리는 이내 흉금을 털어놓는 친구가 되었습니다. 그 사람은 만나면 매우 기분 좋고 나와도 잘 어울리는 분이었습니다.

나는 세상일에 개입하거나 어떻게든 영향을 미치려고 하는 기질이나 애착은 조금도 없었음에도 그런 이야기를 듣는 것은 좋아해서 가깝고 먼 곳에서 일어나는 일을 알고 싶어했습니다. 세상에서 일어나는 일을 감정이 배제된 상태에서 냉정하고 명확하게 파악하고 싶었고, 마음속 감정이나 애착은 나의 하느님과 내 가족들 그리고 내 친구들을 위해 간직해 두었습니다.

그런데 친구들은 말하자면 내가 필로와 새로운 친분을 맺은 것을 질투했는데, 이런 사실에 대해 내게 위험을 알려 주었던 것은 여러모로 옳았습니다. 나 자신도 이들의 반대가 완전히 허무맹랑하다거나 이기적인 생각이라고 여길 수 없어서 남몰래 많이 괴로워했습니다. 나는 그전부터 내 의견을 일단 제쳐 두는 데 익숙했지만, 이번만은 나의 이런 신념을 따르고 싶지 않았습니다. 그래서 하느님께 경고해 주시든, 방해하시든, 인도해 주시든 해 달라고 애원했습니다. 그런데 내 마음이 이번 일을 그만둘 수 없어서 내가 가던 길을 계속 가게 되었습니다.

필로는 나르치스와 약간 닮은 점이 있었습니다. 단지 경건한 교육을 받아 자신의 감정을 흩트리지 않아서 더 활기에 차 있었습니다. 자만심은 더 적었어도 성격은 더 뚜렷했습니다. 그리고 나르치스가 세상일에 예민하고 정확했으며 끈기 있고 지칠 줄 모르게 임했다면, 필로는 명확하고 날카로우면서도 신속해서 믿을 수 없을 정도로 일을 쉽게 처리했습니다. 거의 모든 상류 사회 사람들이 겉으로 드러내는 모습을 나도 사교 모임에서 알고 있었지만, 필로를 통해 이 사람들의 가장 은밀한 내부 사정까지 알게 되었습니다. 그래서 내가 보는 관점으로 이 북적거리는 사람들을 멀리서 바라보는 것이 즐거웠습니다. 필로는 이제 내게 더는 아무것도 숨길 수 없어 차츰 자신의 개인적이거나 외부적인 인간관계를 털어놓았습니다. 그러나 나는 어떤 사정이나 상황이 예견되어서 그 사람을 염려했습니다. 그런데 나쁜 일이 생각보다 빨리 찾아왔습니다. 그 사람은 언제나 하고 싶은 말이 있어도 주저했기 때문에 결국 내가 최악의 상황을 추측할 수 있을 정도로만 이야기를 들을 수 있었습니다.

내 마음은 얼마나 충격을 받았겠습니까! 이건 지금껏 해 보지 못한 완전히 새로운 경험이었습니다. 저 델피의 숲속에서 자라나 수업료도 아직 내지 못하고, 밀린 거액의 이자와 함께 갚고 있는 아가톤 같은 사람을 이루 형용할 수 없는 슬픈 마음으로 보고 있는 것 같았습니다.[71] 이런 아가톤이 나와 가까운 친구였습니다. 내 연민은 더할 나위 없이 대단히 컸습니다. 나는 그 사람과 함께 괴로워했고, 우리 두 사람은 매우 이상한 상태에 빠졌습니다.

오랫동안 그 사람의 마음 상태에 몰두하고 나서 나 자신을 돌아보았습니다. "너도 그 사람보다 더 나은 게 없다."라는 생각이 마치 작은 구름처럼 내 앞에 떠올라서 점점 퍼지더니 내 영혼 전체를 어둡게 만들어 버리고 말았습니다.

이제 "너도 그 사람보다 더 나은 게 없다."라고 생각하는 것을 넘어서 그렇게 느끼게 되었습니다. 그렇게 느껴지다 보니 계속 이 상태를

---

71 아가톤(Agathon)은 독일 작가 빌란트(Wieland, 1733~1813)의 소설에 등장하는 주인공이다. (고대 비극 작가와는 관련이 없다) 이 소설에서 아가톤은 델피의 사원에서 엄격한 예절 교육을 받으며 성장해서 감각의 세계를 경험하지 못했다. 그러나 나중에 괴변 철학가 히피아스(Hippias)의 집에 살면서 고급 창녀인 다나에(Danae)의 품에 안기게 되어 이런 삶을 만끽하게 된다. 아가톤은 다시 이런 삶에서 빠져나오려고 노력하는데, 여기서 말하는 암시는 《아가톤》의 초판본(1766/67)이나 개정판(1773)과 관련 있다. (1794년에 《빌헬름 마이스터의 수업시대》가 출판되기 바로 전에 나온 세 번째 수정본과는 관련이 없다)

지속하고 싶지는 않았습니다. 그러나 그렇게 빠르게 바뀌지는 않았습니다. 1년 넘도록 느껴야 했지만, “보이지 않는 분”의 손이 나를 막지 않았다면 나는 지라르 같은 사람이나 카르투슈, 데미앙 또는 그 밖에도 사람들이 쉽게 떠올리는 악인이 될 수 있었을지도 몰랐습니다.[72] 이런 악인이 될 성향을 내 마음속에서 분명하게 느꼈습니다. 맙소사, 정말 얼마나 놀라운 발견입니까!

지금까지의 경험으로는 내 마음속 죄악의 실체를 조금도 깨닫지 못했었지만 이제 그 가능성을 분명하게 예감하게 되어 얼마나 무서웠는지 모릅니다. 하지만 나는 죄악을 알지 못했고 단지 두려워할 따름이었습니다. 나도 죄를 지을 수 있다고 느끼기는 했지만 그렇다고 나 자신을 비난할 필요는 없었습니다.

나 자신이 인정하지 않을 수 없는 그러한 마음의 상태가 내가 죽은 후 기대하는 가장 높으신 분과의 합일에 합당하지 않을 수 있다고 깊이 확신하고 있어서 그분과의 헤어짐을 별로 두려워하지 않았습니다. 내 마음속에서 발견한 모든 죄악에도 불구하고 나는 그분을 사랑했고, 내가 느끼고 있는 것을 증오했습니다. 심지어 더욱 심하게 증오하려 했습니다. 그리고 이런 병과 병적 성향에서 해방되기를 간절히 소망했습니다. 또한 위대한 의사인 그분이 도움을 거절하지 않으리라 확신하고 있었습니다.

무엇이 이 결함을 치유해 줄 것인가가 유일한 문제였습니다. 도덕적 수양인가? 이런 수양으로 내 결함이 치유되리라고는 생각조차 할

---

72 지라르(Jean Baptiste Girard, 1680~1733)는 고해하러 온 여인을 유혹한 죄로 처형당한 인물이고, 카르투슈(Louis-Dominique Cartouche, 1693~1721)는 악명 높은 강도단의 두목으로 처형당했으며, 데미앙(Robert-François Demiens, 1714~1757)은 1757년 루이 15세를 암살하려고 시도했던 인물이다.

수 없었습니다. 왜냐하면 이미 10년 동안이나 단순한 도덕 이상의 수양을 쌓아 왔지만 이제야 깨닫게 된 끔찍한 생각들이 내 마음속 깊숙이 숨겨져 있었기 때문이었습니다. 이런 생각들이 다윗이 바세바[73]를 쳐다봤을 때처럼 터져 나올 수도 있지 않았겠습니까? 그래도 다윗은 하느님의 친구이기도 했는데 그는 하느님이 자신의 친구라고 마음속 깊이 확신하고 있지 않았습니까?

그렇다면 이런 생각은 피할 수 없는 인간의 약점이 아니겠습니까? 우리는 언젠가 한 번은 반드시 이런 성향을 알아차릴 수밖에 없으며, 아무리 노력해도 우리가 저지르는 잘못을 혐오하고 다시 또 이와 비슷한 경우에 빠져드는 수밖에 없지 않겠습니까?

나는 윤리적 가르침으로도 위안을 찾을 수 없었습니다. 우리의 성향을 지배하려는 그 가르침의 엄격함도, 우리의 성향을 도덕적으로 인도하려는 그 선의도 내게는 충분하지 않았습니다. "보이지 않는 분"과의 교제로 불러일으킨 근본 개념은 내게는 이미 훨씬 더 결정적인 가치가 있었습니다.

다윗이 저 추악한 죄악을 저지르고 나서 쓴 노래들[74]을 예전에 연구하면서 자기 안에 도사리고 있는 죄악이 이미 현재 자신의 몸을 차치해 버렸지만 그런 죄악을 씻어 내고 순결한 마음을 얻고자 간절하게 빌었다는 사실에 매우 놀랐습니다.

그러나 어떻게 하면 그렇게 할 수 있겠습니까? 여러 사도신경[75]에

---

73 바세바는 구약성서 사무엘 후서 11장에서 나오는 우리아의 아내이자 솔로몬 왕의 어머니로, 다윗은 목욕하고 있는 바세바에 마음이 끌려 정을 통한 후 우리아를 전사시킬 계획을 꾸며 실행에 옮긴다.

74 시편 32절과 51절을 말한다.

75 사도신경(die symbolischen Bücher)은 교회에서 인정하는 신앙고백(Symbolum)을 말한다.

서 나는 그 해답을 찾았습니다. 예수의 피가 우리의 모든 죄악을 깨끗하게 씻으셨다는 것은 내게 성경의 진리이기도 했습니다. 하지만 나는 자주 반복되는 이 말을 한 번도 이해하지 못했음을 비로소 깨달았습니다. 그것이 무슨 말인지, 어떻게 해야 그렇게 되는지를 스스로 물으며 밤낮을 보냈습니다. 마침내 그 영원한 말씀으로 만물과 우리를 창조하신 분의 강생 속에서 내가 찾는 것을 얻을 수 있으리라 미미하게나마 느꼈습니다. 태초에 계시던 분이 우리가 갇힌 이 깊은 곳을 들여다보며 껴안고 계시다가 오래전에 그곳에 사는 사람으로 오셨고, 우리 인간의 단계를 밟아 가며 수태와 출생과 무덤에 이르기까지 걸어가셨다는 사실, 그리고 이런 이상한 우회로를 거쳐 우리가 행복하려면 도달해야 할 저 빛나는 높은 하늘나라로 다시 올라가셨다는 사실이 마치 멀리서 동이 트듯 어렴풋이 내게 밝혀졌습니다.

오! 이런 사실을 말하는 데 왜 우리는 외부적인 상황만 알려 주는 비유들을 사용해야 하는 겁니까! 그분 앞에 하늘과 땅, 어둠과 광명 같은 것이 어디 있겠습니까? 바로 그래서 그분은 우리와 닮은 인간이 되셨는데, 그렇지 않으면 우리가 그분과 함께 할 수 없을지도 모르기 때문입니다.

그런데 우리는 어떻게 이런 귀중한 은혜를 누릴 수 있을까요? “믿음으로”라고 성서는 우리에게 대답합니다. 그렇다면 믿음이란 무엇입니까? 일어난 일에 관한 이야기를 사실이라고 믿는다고 내게 무슨 도움이 됩니까? 그 이야기의 효과와 그 결과를 내 것으로 만들 수 있어야 합니다. 이렇게 내 것으로 만들어진 믿음은 평범한 사람에게는 진기해 보이나 자신에게는 그저 내 것이 된 고유한 마음일 뿐입니다.

“전능하신 주님, 제게 믿음을 주소서!” 하고 언젠가 나는 가슴이 터질 듯이 간절히 빌었습니다. 작은 탁자 앞에 앉아 팔을 그 위에 기대고 눈물에 젖은 얼굴을 손으로 가렸습니다. 이때는 드문 경우이긴 하지만 하느님이 우리의 기도를 들어주시려고 할 때 우리에게 벌어지는 바로 그런 상태였습니다.

정말이지 이때 내가 느낀 것을 누가 묘사할 수 있겠습니까! 내 영혼은 일찍이 예수께서 숨을 거두신 십자가로 끌려가는 듯했습니다. 그건 분명히 끌어당긴다고 밖에는 표현할 수 없는 감각이었습니다. 우리의 영혼이 그곳에 없는 연인에게로 이끌리는 것이었으며, 아마도 우리의 추측보다 더 본질적이고 참되게 주님께로 다가가는 것이었습니다. 그래서 내 영혼은 인간이 되었다가 십자가에서 돌아가신 분께 가까이 다가갔는데, 그 순간 믿음이 무엇인지 깨닫게 되었습니다.

이것이 믿음이다!라고 말하며 나는 깜짝 놀라 벌떡 일어났습니다. 이제 내 느낌과 내 직관에 확신을 가지려고 노력했습니다. 그러자 머지않아 내 영혼이 날아오를 수 있는 능력을 얻었음을 확신했는데, 완전히 새로운 경험이었습니다.

이런 느낌은 어떤 말로도 표현할 수가 없습니다. 그것은 모든 환상과 분명히 구분할 수 있었고, 환상이나 이미지가 전혀 섞여 있지 않았습니다. 하지만 마치 상상력이 먼 곳에 있는 애인의 모습을 그려 내듯이 나는 그 느낌으로 어떤 대상에 확신을 가졌습니다.

처음의 황홀했던 감정이 사라지자 내 영혼의 이런 상태를 이미 이전에도 알고 있었음을 깨닫게 되었습니다. 다만 이런 상태를 이번처럼 강하게 느끼지 못했고, 한 번도 꼭 붙들어서 내 것으로 만들 수 없었을 뿐이었습니다. 어떤 사람의 영혼이라도 언젠가 한 번쯤은 이와 비슷한 상태를 느껴 보았으리라 확신합니다. 이것은 의심할 여지 없이 모든 사람에게 신이 존재하심을 가르쳐 주는 바로 그런 것입니다.

이전에 때때로 나를 사로잡았던 이런 힘에 지금까지는 대단히 만족하며 지내 왔습니다. 그리고 기구한 운명으로 인해 몇 년 전부터 예상치 못했던 괴로운 일이 내게 들이닥치지만 않았더라면, 그래서 내 힘과 능력에 대한 신뢰를 스스로 잃어버리지만 않았더라면 아마도 그런 상태로 늘 만족하며 지냈을지도 몰랐습니다.

그러나 이제 저 위대한 순간부터 나는 날개를 얻었습니다. 그래서 이전에는 나를 위협하던 것들 위로 날아오를 수 있었는데, 이것은 마치 매우 빨리 흐르는 강을 새가 노래를 부르며 아무 어려움 없이 날아서 건너가는 듯한 느낌이었습니다. 강아지는 그 강물 앞에서 겁을 먹고 짖으며 그대로 서 있겠지만 말입니다.

내 기쁨은 이루 형언할 수 없을 정도였습니다. 그리고 비록 아무에게도 그 사실을 말하지 않았어도 우리 가족들은 내 즐거움의 원인이 무엇인지도 알지 못한 채 내가 평소와는 다르게 명랑하다는 것을 알아차리게 되었습니다. 그래도 계속 말하지 않고 이런 내 기분을 내 마음속에만 간직했어야 했는데! 내 비밀을 말하고 싶은 상황들에 유혹당하지 않았으면 좋았을 것을! 그랬다면 또 다시 먼 길을 돌아올 필요는 없었겠지요.

지난 10년간 신앙생활에 꼭 필요한 힘이 내 마음속에 없었기 때문에 나도 성실하게 신앙생활을 하는 다른 사람들과 같은 상태에 있었습니다. 나는 언제나 환상을 하느님과 연결되는 모습들로 채웠는데, 해로운 상상이나 이로 인한 나쁜 결과들을 멀리하는 데 도움이 됩니다. 그러면 우리의 영혼은 자주 이런저런 이미지들을 포착해서 마치 어린 새가 이 가지에서 저 가지로 날아다니듯 어느 정도 날개를 흔들며 날아오르게 됩니다. 뭔가 더 좋은 방법이 없는 한 이런 훈련을 완전히 포기할 수는 없습니다.

하느님을 암시하는 모습이나 인상은 우리에게 교회, 종, 오르간, 찬송가 그리고 특히 목사님의 설교를 떠올리게 합니다. 나는 이런 것을 말할 수 없을 정도로 간절히 원했습니다. 날씨가 어떻든, 몸이 어떻든 내가 교회에 가는 것을 막지 못했지만, 일요일의 교회 종소리만은 병상에 누워 있는 내 마음을 초조하게 만들었습니다. 우리의 훌륭한 수석 궁정 목사님의 설교를 나는 매우 좋아했고, 그 동료 목사님들의 설교도 소중하게 여겼습니다. 나는 사기그릇에 담긴 평범한 과일들 가운데서 하느님의 말씀이 든 황금 사과를 찾아낼 줄 알았습니다. 이런 공개적인 수련에는 말하자면 개인적으로 가능한 모든 수양이 더해졌고, 그럼으로써 환상과 섬세한 감각 또한 키워졌습니다. 나는 이렇게 해 나가는 것에 너무 익숙해졌고, 그 가치를 너무 인정하다 보니 지금도 이보다 더 나은 건 떠오르지 않습니다. 내 영혼은 촉각만 가지고 있을 뿐 눈을 가지고 있지 않기 때문에 더듬기만 하고 보지는 못합니다. 아! 눈을 갖게 되어 바라볼 수 있게 된다면 얼마나 좋겠습니까!

요즘도 욕망에 가득 차서 설교를 들으러 갔습니다. 그렇지만 이게 어떻게 된 일인지! 내가 이전에 느끼던 것을 더는 느끼지 못했습니다. 나는 과일의 핵심을 음미하고 있는데 이 목사님들은 껍질에 이빨을 무디게 하고 있었습니다. 나는 그 목사님들의 설교에 곧 싫증이 나지 않을 수 없었습니다. 그래도 내가 찾아낼 수 있는 것에 매달려야 했지만 그러기에는 내가 요구하는 수준이 너무 까다로웠습니다. 난 이미지, 외형적인 인상이 필요했습니다. 그래서 순수하고도 영적인 욕구를 느낀다고 생각했습니다.

필로의 부모님은 헤른후트파(派) 신앙 공동체에 속해 있었습니다. 그 사람의 장서 중에는 그 신앙 공동체를 창설한 친첸도르프 백작[76]의 책들이 많았습니다. 필로는 몇 번 그 책들의 내용을 내게 아주 분명하고 쉽게 이야기해 주었고, 그 심리적인 현상만을 알기 위해서라도 이 책들 가운데 몇몇 책을 읽어 보라고 권했습니다. 나는 이 백작을 나쁜 이단자라고 여기고 있어서 필로가 그 백작의 사상과 비슷한 내용이 담겼으니 읽어 보라던 에버스도르프 찬송가 책을 손에 대지도 않았습니다.

외부에서 나를 자극하는 것이 전혀 없던지라 우연히 생각난 그 찬송가 책을 손에 쥐게 되었는데, 찬송가들이 물론 형식은 아주 색달랐지만 놀랍게도 내가 느끼던 것을 똑같이 말하고 있는 듯 보였습니다. 그 표현의 독창성과 소박함이 내 마음을 끌었습니다. 특유한 감정이 독특한 방식으로 표현되어 있었고, 전문적인 용어가 딱딱하거나 저속하지도 않았습니다. 내가 느끼는 것을 다른 사람들도 느낀다고 확신하게 되어 그런 구절을 기억해 두었다가 며칠 동안 외우며 돌아다닐 수 있어 매우 행복했습니다.

참된 진실을 선물 받은 이후 대략 석 달이 흘렀습니다. 마침내 나는 친구인 필로에게 모든 사실을 털어놓고, 이제 굉장히 궁금해진 친첸도르프 백작의 모든 글을 부탁하려고 결심했습니다. 비록 내 내면에서는 간곡히 말렸지만 나는 정말로 그걸 해 버리고 말았습니다.

나는 필로에게 모든 이야기를 자세하게 해 주었고, 필로는 자신이 그 이야기의 주요 인물로 등장한다는 점과 내 이야기에 자신에 대한 엄격한 참회를 권하는 설교가 들어 있다는 점에 대단히 당황하면서도 감

76 친첸도르프(Zinzendorf) 백작(1700~1760)은 경건주의(Pietismus)를 표방하는 헤른후트(Herrnhut)파를 설립한 지도자였다.

동반아 눈물을 흘렸습니다. 나는 기뻐하며 그 사람에게도 근본적인 마음의 변화가 일어났다고 생각했습니다.

필로는 내가 요구하기만 하면 책을 갖다주었습니다. 그래서 내 상상력은 과도한 영양분을 섭취했습니다. 그래서 나는 모든 것을 친첸도르프식으로 생각하고 말하는 큰 발전을 이루었습니다. 사람들은 이제 내가 친첸도르프 백작의 방식을 여전히 높이 평가할 줄 모른다고 생각하지는 않을 것입니다. 나는 백작의 방식이 옳다고 기꺼이 인정합니다. 백작은 결코 공허한 몽상가가 아니고, 과감한 상상의 날개를 달고 위대한 진리를 말합니다. 그래서 백작을 비방했던 사람들은 백작의 특성을 평가하거나 구별할 줄도 몰랐습니다.

나는 말할 수 없이 백작을 좋아하게 되었습니다. 내가 만약 내 마음대로 할 수 있는 상황이었다면 분명히 조국과 친구들을 내버리고 백작에게 갔을지도 모릅니다. 우리는 틀림없이 서로를 잘 이해했겠지만, 오랫동안 함께 잘 지냈을지는 모르겠습니다.

다행히도 내 수호신이 나를 집안 사정으로 집에 꼭 붙들어 두었습니다. 정원에 나갈 수 있는 것도 내게는 이미 큰 여행이었습니다. 늙고 허약한 아버지를 간호하는 일로도 내게는 충분했습니다. 그리고 휴식 시간에는 고귀한 환상이 내 소일거리였습니다. 내가 만난 유일한 사람이 아버지가 매우 사랑하셨던 필로였습니다. 그러나 최근에 내 마음을 털어놓은 일로 그와 터놓고 지냈던 사이가 약간 틀어졌습니다. 필로의 마음에는 감동이 그렇게 깊이 스며들지 않았고, 또한 나처럼 숨김없이 말하려는 시도가 몇 번 실패로 돌아가자, 필로는 자신의 폭넓은 지식을 이용해 끊임없이 새로운 대화 주제를 끄집어내어 이런 주제를 아주 쉽게 피해 버렸습니다.

그래서 나는 스스로 헤른후트파 교인이 되었습니다. 그러나 내 마음과 끌림의 새로운 변화를 특히 수석 궁정 목사님에게는 숨겨야만 했습니다. 그분을 나의 참회 목사님으로 여겨야 할 충분한 이유가 있었고, 현재 그분이 보여 주는 헤른후트 교파에 대한 심한 반감에도 불구하고 그분의 훌륭한 업적들이 내 눈에는 조금도 축소되어 보이지 않았습니다. 그러나 유감스럽게도 이 훌륭한 분은 나와 다른 사람들로 인해 많은 심적 고통을 겪어야 했습니다!

이 목사님은 수년 전에 다른 지방에서 어느 정직하고 경건한 귀족을 알게 되어 진지하게 하느님을 찾는 그 사람과 끊임없이 서신을 주고받았습니다. 그런데 이 귀족이 결국 헤른후트 교파와 교류하면서 그 신자들 사이에서 오랫동안 머물렀을 때 그 귀족의 정신적 지도자였던 이 목사님은 얼마나 고통스러웠겠습니까! 그러다가 이 귀족이 신자들과 사이가 나빠져서 다시 목사님 가까이에서 살기로 하고, 자신을 새로이 목사님의 지도에 완전히 맡기려 했을 때 얼마나 기분이 좋았겠습니까!

새로 온 이 귀족은 마치 개선장군처럼 수석 목사님이 특히 사랑하는 모든 어린 양들에게 소개되었습니다. 다만 우리 아버지는 아무도 만나려 하지 않았기 때문에 우리 집에는 오지 않았습니다. 그 귀족은 크게 인정을 받았는데, 궁정의 예법과 신앙 공동체의 호감을 불러일으키는 태도와 타고난 아름다운 성품을 갖추고 있어서 그 사람을 만난 모든 사람에게는 금방 '위대한 성인'으로 보이게 되었습니다. 그래서 그 귀족의 정신적 후원자인 수석 목사님도 대단히 기뻐했습니다. 그런데 유감스럽게도 그 귀족은 단지 외부 상황으로 인해 이전의 신자들과 사이가 나빠졌던 것뿐이고 마음은 아직도 완전히 헤른후트 교파 신자였습니다. 비록 이 현실이 정말 만족스러웠지만, 친첸도르프 백작이 많이 사용했던 허튼소리 같은 말[77]이 자신에게는 오히려 잘 맞았습니다. 그 백작이 생각하거나 말하는 방식에 일단 익숙해졌고, 지금까지 자기 옛 친구들에게는 그런 자신을 조심스럽게 숨겨야 했는데, 주위에 친한 사람들의 무리를 보면 자신이 부르는 찬송가 구절들이나 기도문 그리고 생각들이 어쩔 수 없이 튀어나왔고, 상상할 수 있듯이 그때마다 큰 갈채를 받았습니다.

나는 이런 일을 전혀 모르고 있었고, 내 방식대로 계속 그렇게 살아갔습니다. 우리는 오랫동안 서로를 모르고 지냈습니다.

언젠가 한번 내가 시간이 있었을 때 아픈 여자 친구를 찾아갔습니다. 거기서 아는 사람 여럿을 만났는데 내가 그들의 대화를 방해하고 있다는 걸 금방 알아차렸습니다. 나는 그런 사실을 내색하지 않고 있었으나 너무나 놀랍게도 벽에는 예쁜 액자에 든 헤른후트 교파의 그림 몇 점이 걸려 있었습니다. 나는 내가 이 집에 오기 전에 무슨 일이 있었는지 얼른 간파하고는 여기에 어울리는 몇몇 시구로 이 새로운 광경에 반갑다는 인사를 전했습니다.

그 자리에 있던 친구들이 얼마나 놀랐을지 상상할 수 있을 겁니다. 우리는 서로의 처지를 밝히고 그 자리에서 의기투합해 마음을 터놓는 사이가 되었습니다.

이제 비교적 자주 외출할 기회를 엿보았습니다. 아쉽게도 3주나 4주에 한 번 겨우 나갈 수 있었지만, 그 '귀족 사도'라는 분과 그 비밀 교도들

77 "허튼소리 같은 말(das Tandelwerk)"은 바로 이어서 설명하고 있지만, 헤른후트파의 글에 신학 이론을 이미지로 표현하기 위해 과장법 등을 이용하는 어투를 말하는데, 예를 들어 '예수님이 죄 많은 인간을 위해 돌아가셨다'라는 말을 "옆구리 상처 구멍 속에 영면하신다"라고 표현하는 것을 말한다. 이 말은 예수가 십자가에 못 박혀 있을 때 옆구리를 창으로 찔리게 되고 부활하고 나서 토마스가 손가락을 그 상처에 넣고 확인하는 내용을 담고 있다.

전체를 점차 알게 되었습니다. 될 수 있는 대로 그 교도들의 모임에 참석했는데, 지금까지 마음속으로 혼자만 하던 생각을 다른 사람들에게서 듣고 또 그 다른 사람에게 전할 수 있다는 게 너무나 즐거웠습니다.

그러나 그런 섬세한 말이나 표현의 의미를 느끼는 사람이 얼마나 적던지. 그래서 이전에 교회에서 상징적인 말을 들었을 때 단지 그 정도가 그 사람들의 신앙심에 도움이 되는 한계임을 알아차리지 못할 만큼 그 모임에 사로잡혀 있지는 않았습니다. 그런데도 그 사람들과 함께 계속해 나갔고 현혹되지는 않았습니다. 다른 사람들의 마음을 탐구하거나 떠보는 것은 나의 소임이 아니라고 생각했지만, 여러 가지 악의 없는 훈련으로 더 나아질 준비는 되어 있었습니다. 나는 내 몫을 다했는데, 내게 말할 기회가 오면 섬세한 문제의 경우 말로 암시하기보다는 그 속에 숨겨져 있는 의미를 파고들었고 그 밖의 것은 각자 자기 방식대로 생각하도록 가만히 참으며 내버려두었습니다.

얼마 가지 않아 이런 조용하고도 즐거운 비밀 모임에 공개적인 논쟁과 불쾌한 일들이 거센 폭풍처럼 몰아쳐 궁정과 시내에서 큰 소동이 일어났습니다. 아니, 거의 스캔들이라고 말하고 싶습니다. 헤른후트 교파를 맹렬하게 반대하던 우리의 수석 궁정 목사님을 가장 잘 따르던 훌륭한 신자들이 모두 그 교파로 쏠렸으며, 수석 궁정 목사님이 그 사실을 알고 엄청난 굴욕감을 느끼지 않을 수 없는 시간이 오고야 말았습니다. 목사님은 극도로 마음이 상해서 처음에는 완전히 절제하지 못했고 그 후로는 물러나고 싶어도 물러날 수 없는 상황이 되었습니다. 맹렬한 논쟁이 벌어졌지만, 다행히도 내 이름은 언급되지 않았습니다. 그렇게 심하게 미움받는 모임에 우연히 회원이 되었을 뿐이고, 이 격정적인 목사님이 우리 아버지와 내 친구인 필로의 도움을 받지 않고는 교회 밖의 일을 처리할 수 없었기 때문입니다. 나는 조용히 중립을 지키며 마음 편히 지켜보았습니다. 아무리 호의적인 사람들이라도 깊은 의미를 이해하지도 못하고 피상적인 부분에 머무르고 있다면 이런 사람들과 그런 느낌이나 주제에 관해 이야기하는 것이 불쾌했기 때문이었습니다. 그런데 친하다고 해도 서로 이해하지 못하는 문제를 두고 자신과 반대되는 의견을 가진 사람과 논쟁을 벌이는 건 소용없는 일이며 심지어 내게는 이런 일이 해롭게 느껴졌습니다. 이번 경우에 반감과 증오에서 순수한 마음을 지킬 수 없었던 배려심 있는 귀족들조차 외부적인 형식을 옹호하기 위해 순식간에 불의에 빠져서 자신들의 가장 소중한 내면을 하마터면 파괴할 뻔했다는 것을 나는 곧 알아차릴 수 있었기 때문이었습니다.

이번 사태에 품위 있는 수석 목사님이 아무리 부당했다고 해도, 또 사람들이 목사님과 나와의 사이를 이간질하려고 해도 나는 그분에 대한 진심 어린 존경을 한 번도 포기할 수 없었습니다. 나는 그분을 잘 알고 있었고, 이 일을 바라보는 그분의 방식을 그분의 관점에서 생각해 볼 수도 있었습니다. 약점이 없는 사람을 지금껏 본 적 없었고, 단지 훌륭한 사람일수록 그런 약점이 더 눈에 띄는 법입니다. 그런 대단한 특권을 가진 사람들은 세금이나 공과금도 낼 필요가 없기를 우리는 원하고 바랍니다. 나는 그 목사님을 훌륭한 분으로 존경했고, 내가 가만히 지켜보고만 있는 중립적인 태도가 영향을 미쳐 평화까지는 아니더라도 휴전하는 데 사용되기를 기대했습니다. 내가 무슨 작용을 했는지 모르겠지만 하느님이 그 문제를 더 짧게 끝내시려고 그분을 데려가셨습니다. 조금 전까지 그분과 말로 싸웠던 모든 사람이 그분의 관 옆에서 눈물을 흘렸으며, 그분의 올바름과 하느님을 향한 경외심을 아무도 의심하지 않았습니다.

또한 나는 이즈음에 이런 다툼의 결과로 어느 정도 다른 인상을 주던 무가치한 유흥거리에서 손을 떼야 했습니다. 숙부는 내 여동생을 결혼시키려는 계획을 남몰래 진행해 왔었습니다. 그래서 신분도 높고 재산도 많은 어떤 젊은이를 신랑감으로 여동생에게 소개하고 누구나 기대할 수 있었듯이 넉넉한 혼수를 준비해서 나타났습니다. 우리 아버지는 기쁜 마음으로 동의했으며 여동생도 이미 마음의 준비가 되어 있어 거리낌 없이 자신의 신분을 바꿔 버렸습니다. 결혼식은 숙부의 성에서 거행되었고, 가족들과 친구들은 초대를 받아 우리는 모두 즐거운 마음으로 갔습니다.

내가 어느 집에 들어가면서 이렇게까지 감탄한 건 난생처음이었습니다. 숙부의 취향과 그 집을 설계한 이탈리아 건축가, 수집물과 장서에 관한 이야기는 자주 들었습니다만 그 모든 것을 내가 보아 왔던 것과 비교해서 매우 다채로운 모습을 상상했었습니다. 그래서 이 집으로 들어올 때 느껴졌던 근엄하고도 조화로운 인상이 홀과 방에 들어설 때마다 더 커졌으니 얼마나 놀랐겠습니다! 예전에는 화려한 장식을 보고 정신이 산만해졌다면, 여기서는 오히려 정신이 집중되고 나 자신으로 되돌아간 느낌을 받았습니다. 축하 잔치를 위해 마련된 화려하고 품위 있는 모든 행사도 은근한 기쁨을 불러일으켰습니다. 어떻게 한 사람이 이 모든 일을 생각해 내고 지시를 할 수 있었는지, 어떻게 여러 사람이 이렇게 큰 뜻으로 하나가 된 듯 함께 일할 수 있는지도 상상하기 어려웠습니다. 그리고 주인과 그 식솔들이 모든 면에서 너무나 자연스러워 뻣뻣한 태도나 공허하게 격식을 차리는 모습은 전혀 보이지 않았습니다.

결혼식 자체는 의외로 화기애애하게 진행되었습니다. 성악곡이 훌륭해서 우리를 놀라게 했으며 목사님은 이 예식에 참다운 엄숙함을 더

해 주었습니다. 나는 필로 옆에 서 있었는데 나한테 축하의 말을 하는 대신에 깊은 한숨을 내쉬면서 "여동생이 신랑에게 손을 건네주는 장면은 마치 끓는 물을 내게 끼얹는 것 같습니다." 하고 말했습니다. — "왜요?" 하고 내가 물었더니, "결혼식을 볼 때면 언제나 그런 생각이 듭니다." 하고 대답했습니다. 나는 그 말을 웃어넘겼지만 그 후로 자주 이 말이 생각났습니다.

결혼식에는 젊은 사람이 많이 참석해 분위기가 밝았고, 우리 주위의 모든 것이 진지하고 품위가 있어 더욱 빛나 보였습니다. 가구, 식탁의 식기 세트, 식탁 장식들이 모두 전체적인 분위기와 잘 어울렸습니다. 다른 집에서는 건축가와 케이크를 만드는 사람이 같은 학교 출신처럼 보였지만, 여기서는 케이크를 만드는 사람과 식사를 준비하는 사람이 건축가에게서 훈련을 받은 것 같았습니다.

그렇게 며칠 동안 손님들이 함께 지냈습니다. 재치 있고 현명한 주인이라면 사람들이 오락을 아주 다양하게 즐길 수 있도록 마련해 놓습니다. 많은 사람이 섞여 있으면 불쾌한 일이 벌어지고 또한 그냥 그대로 내버려두면 너무 뻔하고 재미없이 시간을 보내야만 해서 놀 줄 모르는 사람은 그렇다 치더라도 좋은 취미를 가진 사람들은 놀거리가 부족하다고 느끼는 경험을 자주 했었는데, 이곳에서는 이런 유감스러운 일이 반복되지 않았습니다.

숙부는 이 일을 완전히 다르게 준비해 놓았습니다. 말하자면 두 명에서 세 명까지 진행하는 사람을 두어서 그중 한 사람은 젊은 사람들을 살피도록 했는데, 춤을 추거나 마차로 드라이브할 수 있도록 마련해 놓았으며 또 작은 게임들을 고안해서 사람들을 이끌었습니다. 그리고 젊은 사람들은 바깥에서 지내길 좋아해서 바깥바람의 영향 따위는 마다 하지 않기 때문에 정원이나 널찍한 정자를 내주었습니다. 이를 위해 몇몇 회랑이나 정자를 확장했는데, 비록 판자와 천막으로만 되어 있었어도 아주 우아한 분위기를 연출해서 돌이나 대리석으로 지은 듯 느껴졌습니다.

손님들을 초대한 주인이 손님의 바람과 편의를 위해 모든 방법을 동원해 배려하고 또한 그것을 자신의 의무로 느끼는 잔치는 흔하지 않습니다!

사냥과 카드놀이 그리고 짧은 산책이나 허물없이 조용히 대화를 나눌 기회는 비교적 나이가 든 사람들을 위해 마련되어 있었습니다. 그리고 일찍 잠자리에 드는 사람에게는 어떤 소음에서도 제일 멀리 떨어져 있을 수 있는 숙소가 배정되었습니다.

이렇게 준비가 잘되어 있어서 우리가 거처하는 공간은 각자의 작은 세계인 듯 보였습니다. 하지만 자세히 관찰해 보면 숙부의 저택은 크지 않았기 때문에, 이런 식의 손님 접대에 대한 정확한 지식이 없거나 주인의 이런 마음가짐이 없었다면 이렇게 많은 손님을 그 집에 숙박시키고 자기 방식대로 접대하기는 쉽지 않았을지도 모릅니다.

우리는 체격이 좋은 사람을 보면 기분이 좋듯이, 집안의 전체적인 배치를 보고 사려 깊고 분별 있는 사람이 그곳에 있다고 느끼면 기분이 좋아집니다. 깨끗하게 정리된 집에 들어가면 비록 집이 멋없이 지어지거나 장식되어 있더라도 즐겁습니다. 왜냐하면 그 집에서 최소한 교양 있는 사람들의 일면을 볼 수 있기 때문입니다. 그러니 만약 어떤 사람의 집에서 비록 감각적이더라도 더욱 고상하고 세련된 정신을 엿볼 수 있을 때 우리는 이중으로 기분이 좋아지겠죠.

숙부의 성에서 이런 것이 아주 생생하게 보였습니다. 나도 예술에 관해 많은 것을 들었고 또 읽었습니다. 필로는 그림을 아주 좋아해서 훌륭한 그림들을 수집하는 사람이었습니다. 나 자신도 그림을 많이 그렸지만, 한편으로는 내 감정에 너무 지나치게 사로잡히다 보니 꼭 필요한 한 가지만 잘 완성하려고 했으며, 다른 한편으로는 세상의 다른 것들과 마찬가지로 내가 본 모든 사물이 내 정신을 산만하게 만드는 것 같았습니다. 그런데 이제 처음으로 외부의 무언가로 인해 나 자신에게로 되돌아오게 되었고, 밤꾀꼬리의 자연스럽고 아름다운 노래와 감정이 넘쳐흐르는 인간의 목에서 울려 나오는 "할렐루야" 4중창의 차이를 알게 되어 나 자신도 무척 놀랐습니다.

이렇게 새로운 시야를 얻은 기쁨을 나는 숙부에게 감추지 않았습니다. 숙부는 다른 사람들이 모두 각자의 숙소로 가고 나면 각별하게 나와 대화를 나누곤 했습니다. 삼촌은 자신이 소유하고 있는 것이나 내놓은 것을 아주 겸손하게 말했지만, 그것들을 모으고 배치해 놓은 의미에 대해서는 대단한 자부심을 드러냈습니다. 숙부가 나를 위해 조심스럽게 말한다는 것을 알아차릴 수 있었는데 선한 일이라면 자신을 따를 사람이 없다고 생각해도 자신의 오랜 방식대로 내가 옳고 최선이라고 확신하는 일보다 하위에 놓으려는 듯이 보였기 때문이었습니다.

"만약 우리가" 하고 숙부가 말했습니다. "세상의 창조주께서 몸소 자기 피조물의 형상을 하시고 이 세상에 머무셨던 것을 가능한 일이라고 생각한다면, 이 피조물도 우리에게는 완전무결하게 보여야 할 거야. 왜냐하면 조물주께서 자신의 피조물과 그렇게도 밀접하게 하나가 될 수 있으셨으니까 말이다. 따라서 인간이라는 개념에는 신이라는 개념과 모순이 있어서는 안 되지. 비록 우리가 자주 신과 분명한 차이나 거리감을 느낄지라도 그럴수록 악마의 대변인처럼 항상 우리 본성의 결점과 약점만을 보려 하지 않고, 오히려 우리가 신을 닮을 권리를 증명할 수 있는 그 모든 완벽함을 찾아내는 것이 우리의 의무란다."

나는 미소를 지으며 대답했습니다. "친절하시게도 제가 하던 말을 해 주셔서 너무 부끄럽네요, 숙부님! 숙부님이 제게 해 주시는 말씀은 제게 너무나 중요하니까 차라리 숙부님만이 하실 수 있는 말씀을 듣고 싶습니다. 그런 다음 제가 완전히 이해할 수 없는 부분을 다른 말로 바꾸어라도 보겠습니다."

그러자 숙부님이 말했습니다. "말하는 방식을 바꾸지 않고도 내 나름대로 말을 계속 이어 갈 수 있단다. 인간의 가장 위대한 업적은 아마도 가능한 한 주변 상황들을 지배하고, 될 수 있는 대로 그 상황에 지배를 받지 않는 것일지도 몰라. 세상은 우리 앞에 마치 건축가 앞 커다란 채석장처럼 놓여 있어, 그 건축가는 이 우연한 자연의 덩어리들로 자기 정신에서 솟아 나오는 독창적인 이미지를 최대한 경제적으로, 목적에 맞게, 확고부동한 자세로 짜 맞출 때 비로소 명성을 얻는단다. 우리 외부에 있는 모든 것, 아니 말하자면 우리와 관련된 모든 것은 단지 재료에 불과해. 그러나 있어야 할 것을 만들어 낼 수 있는 창조적인 힘은 우리 내면 깊은 곳에 있고, 우리가 그것을 우리 밖으로나 어떤 방식으로든 나타내기까지는 쉬지 않고 노력하게 된단다. 그러니 조카야, 너는 제일 좋은 몫을 선택했을지도 몰라. 너는 네 도덕적 성품과 깊이 있고 사랑스러운 성격을 너 자신과 그리고 가장 높으신 분과 일치시키려고 해 왔지. 그렇다고 우리와 같은 다른 사람들이 쾌락적인 인간을 속속들이 이해하고 그 사람과 활동하며 조화를 이루려 한다고 해서 비난받을 필요는 없을 거야."

이런 대화를 나누면서 우리는 점점 속마음을 털어놓는 사이가 되었습니다. 나는 숙부님에게 격식을 차리지 않고 자신에게 말하듯 이야기해 달라고 부탁했습니다. "내가 너의 생각과 행동 방식을 칭찬한다고 해서 너한테 아첨하는 거라 생각하지 말아라." 하고 숙부가 내게 말했습니다. "나는 자신이 하려는 것을 분명하게 아는 사람, 부단히 앞으로 나아가면서 자기 목적을 달성할 수단을 알고 그것을 붙잡아 이용할 줄 아는 사람을 존경한단다. 자신의 목표가 큰지 작은지, 칭찬이나 비난을 받을 만한지의 문제를 나는 일단 나중에 고려해 본단다. 얘야, 불행이나 세상에서 악이라고 부르는 대부분이 발생하는 이유는 단지 사람들이 자신의 목표를 제대로 알아내는 데, 그리고 만약 그걸 알아냈다면 그 목표를 위해 진지하게 일하기 시작하는 데 너무나 소홀하기 때문이야. 내가 보기에 그런 사람들은 마치 탑을 세울 수 있고 세워야 한다고 생각은 하고 있으면서도 그 토대를 닦는 데 기껏해야 오두막을 지을 정도의 돌이나 노동을 투입하는 사람들처럼 보인단다. 너는 네 내면의 도덕적 성품과 네 자신이 일치되기를 가장 바라고 있는데, 만약에 네가 크고 과감한 희생을 겪는 대신에 가족들과 약혼자, 혹은 남편 사이에서 그냥 그럭저럭 지내 왔다면 자기 자신과의 영원한 모순으로 한 번도 만족스러운 순간을 즐기지 못했을지도 모르지."

"숙부님이 희생이라는 말을 쓰셨는데" 하고 내가 대답했습니다. "저는 가끔 이렇게 생각했습니다. 우리가 신적인 것처럼 더 숭고한 목적을 위해 비록 우리에겐 중요한 것이라고 해도 훨씬 보잘것없는 것을 희생물로 바친다고 말예요. 마치 사랑하는 아버지의 건강을 위해 기꺼이 정들었던 양을 제단에 바치듯 말입니다."

"그것이 뭐든 간에" 하고 숙부가 말했습니다. "그것이 이성이든 아니면 감정이든 다른 것을 위해 하나를 희생하게 하고, 다른 것보다 먼저 하나를 선택하게 하지. 그래서 내 생각에 결단과 결과는 인간에게서 가장 존중해야 마땅한 것이야. 우리는 물건과 돈을 동시에 가질 수는 없어. 물건을 손에 들고 산 것을 후회하는 사람이나, 돈을 건네줄 마음도 없으면서 항상 물건을 탐내는 사람이나 나쁘기는 마찬가지야. 하지만 그렇다고 그 사람들을 비난하고 싶지는 않아. 왜냐하면 그것은 원래 그 사람들의 잘못이 아니라, 자신들이 처해 있는 복잡한 상황에서 스스로 자기 마음을 어떻게 다스릴지 모르기 때문이지. 그래서 예를 들어 평균적으로 도시보다 시골에 돈만 생각하는 못된 사람들이 더 드물고, 또 대도시보다는 소도시에 더 드물다는 걸 알게 되는데 그건 왜 그럴까? 인간은 제한된 조건에 맞게 태어났기에 단순하고, 임박하며, 정해진 목적을 잘 파악할 수 있기 때문이야. 그래서 쉽게 손에 잡히는 수단을 사용하는 데 익숙해진단 말이다. 그러나 넓은 곳으로 나오자마자 자기가 무엇을 하려고 하는지, 무엇을 해야 하는지 모르게 된단다. 대상물이 너무 많다 보니 주의가 산만해지든지, 아니면 수준 높고 품위 있는 그 대상물에 압도되든지 매한가지지. 만약 규칙적인 자기 활동을 통해 자신과 닿을 수 없는 어떤 것을 위해 노력하도록 부추겨진다면 어쨌든 그건 그 사람의 불행이야."

"사실 이 세상에서 진지함 없이는 아무 일도 되지 않는단다." 하고 숙부가 말을 이어 갔습니다. "우리가 교양 있다고 부르는 사람 가운데에서도 진지한 이는 별로 찾아볼 수 없단다. 내가 하고 싶은 말은, 그 사람들은 일이나 사업을 하거나 예술이나 심지어 오락을 즐기는 것조차 자기를 방어하는 식으로 하지. 마치 신문 한 뭉치를 읽듯이 살아가는데, 단지 그 일을 해치워 버리려는 듯이 말이야. 말을 하다 보니 로마의 어느 젊은 영국인이 생각나는구나. 저녁에 여러 사람 앞에서 자기가 오늘 성당 여섯 곳과 미술관 두 곳을 해치웠다고 매우 만족스럽게 이야기했다는 거야. 사람들은 여러 가지를 알고 경험하려고 애쓰지. 자기와 조금도 상관없는 것조차 말이다. 공기를 마셔봐야 배고픔을 달랠 수 없다는 것을 깨닫지 못하는 것이지. 내가 어떤 사람을 알게 되면 당장 무슨 일을 하고 있는지, 어떻게 되고 있는지, 결과는 어떨지 묻게 되고, 그 질문에 대한 대답으로 평생에 걸친 그 사람에 대한 내 관심도 결정되어 버리고 만단다."

"숙부님, 숙부님이 너무 완고하신지도 모르겠어요. 숙부님이 도움을 주실 수도 있는 여러 좋은 사람들에게서 도움의 손길을 떼어 버리시는지도 모르겠어요."

"그렇게 오랫동안 그들의 편이 되어 그들을 위해 헛되이 일해 온 사람을 그렇게 나쁘게 평가할 수 있니?" 하고 숙부가 대답했습니다. "우리가 젊은 시절에 우리를 다나이데스[78]나 시시포스 무리로 데려다줄

78 다나이데스(Danaides)는 그리스 신화에 나오는 다나오스 왕의 50명이나 되는 딸들이다. 아프리카에서 넓은 왕국을 다스리던 벨로스는 쌍둥이 아들 아이깁토스와 다나오스에게 각각 아라비아와 리비아 땅을 다스리게 했다. 아이깁토스는 멜람포데스를 정복하여 자신의 이름을 따서 이집트라고 이름을 지었다. 아이깁토스에게는 50명의 아들이 있었는데, 다나오스의 딸 50명과 결혼시키자고 제의했다. 다나오스는 이것을 자신의 왕국을 빼앗기 위한 계략으로 생각하여 딸들과 함께 아르고스로 피신했다. 당시 아르고스는 포세이돈의 노여움을 사서 물이 모자랐는데, 다나이데스 중 한 명인 아미모네를 사랑하게 된 포세이돈이 샘을 솟게 해 주었다. 아미모네는 포세이돈의 아들 나우플리오스를 낳았다. 다나오스는 아르고스의 왕이 되었으나, 아이깁토스의 아들 50명이 그곳까지 찾아와 다나이데스와의 결혼을 강요하였다. 하는 수 없이 청혼을 수락한 다나오스는 결혼식을 치른 첫날 밤에 딸들에게 단검을 주면서 남편들의 목을 베라고 명령했다. 49명의 다나이데스는 아버지의 명령을 따랐지만, 맏딸 히페름네스트라는 자신의 처녀성을 존중해 준 남편 린케우스를 살려 주었다. 린케우스는 다나오스를 죽이고 왕위에 오른 뒤 히페름네스트라를 제외한 49명의 다나이데스를 모두 죽였다. 다나이데스는 지옥에서도 구멍 뚫린 항아리에 영원히 물을 채워야 하는 형벌을 받았다고 한다. 다른 이야기로는 다나오스가 린케우스를 사위로 인정하고 화해했으며, 49명의 다나이데스는 헤르메스와 아테나에게 남편을 살해한 죄를 용서받았다고 한다. 그리고 다나오스는 걷기 경주를 열어 승리한 자들에게 딸들을 선택하게 하여 모두 결혼시켰다고 한다. 다나이데스가 낳은 아이는 다나오이라고 불렸는데, 호메로스는 이를 그리스인을 통틀어 이르는 말로 사용했다.

것이 뻔한데도 우리를 즐거운 파티에 초대한다고 생각하는 사람들 때문에 얼마나 많은 어려움을 겪었니. 다행히도 나는 그런 사람들과 관계를 끊었고, 운이 없게 어떤 사람이 내 주위로 들어오면 나는 그럴듯한 구실을 대고 아주 정중하게 쫓아내려 한단다. 그런 사람들은 세상의 얽히고설킨 다툼이나 학문의 피상성, 예술가의 경박함 그리고 시인의 공허함이나 그 이상의 것들에 대해 매우 혹독한 불평만 늘어놓기 때문이야. 이런 사람들은 자신들이 요구하는 대로 쓴 책조차 읽지 않는 사람이 바로 그들 자신이고 그들과 많이 닮은 사람이라는 사실을 조금도 생각하지 않고, 참된 문학 작품은 자신들에게는 낯설기만 하며, 아무리 훌륭한 예술 작품도 오직 자신들의 견해에 따라서만 칭찬받을 수 있다고 우긴단다. 하지만 이런 이야기는 그만두자. 지금 여기서 꾸짖고 한탄할 때가 아니다."

숙부는 벽에 걸려 있는 이런저런 그림들에 내가 관심을 가지도록 유도했습니다. 내 눈은 보기에 매력적이고 주목할 만한 주제를 그린 그림에 쏠렸습니다. 숙부는 한동안 가만히 있다가 이윽고 다음과 같이 말했습니다. "이제 이런 작품들을 만들어 낸 창조적인 인간에게도 약간 주의를 기울여 보려무나. 마음이 고운 사람은 자연에서 하느님의 손길을 즐겁게 보게 되지. 그러니 하느님의 손길을 모방하는 사람의 손도 어느 정도 관찰할 만하지 않겠니?" 숙부는 눈에 띄지 않는 그림들을 주목해 보라고 하면서 예술의 역사만이 우리에게 예술 작품의 가치와 품위에 대한 개념을 줄 수 있다는 사실, 그리고 보기만 해도 현기증을 일으키는 정상급의 천재적 재능을 가진 예술가가 자유자재로 거리낌 없이 손을 움직이는 것이 어떻게 가능한지를 이해하기 위해서는 우선 능력 있는 사람이 수 세기 동안 힘들게 쌓아 올린 기계적인 작업과 수작업의 힘든 단계를 알아야 한다고 내게 이해시키려고 노력했습니다.

숙부는 그런 의미에서 일련의 그림들을 수집했던 것입니다. 숙부가 내 앞에 그 그림들을 진열해 놓자 나는 어쩔 수 없이 다가갔고 그림들은 흔한 비유처럼 마치 도덕적인 교양을 여기 바로 눈앞에서 보는 것 같았습니다. 이런 생각을 말하자 숙부가 대답했습니다. "네 말이 전적으로 맞다. 이것을 보면서 우리는 혼자 자기 자신 안에 갇혀 도덕적 수양에 매달리는 것은 좋지 않음을 알게 된단다. 오히려 도덕적인 교양을 얻기 위해 노력하는 사람은 동시에 자신의 섬세한 감각을 개발해야 할 충분한 이유가 있다는 사실을 알게 되지. 그래야 도덕적으로 높은 꼭대기에서 미끄러져 아래로 떨어질 위험에 빠지지 않게 되는데, 그렇지 않으면 규칙이 없는 환상의 유혹에 굴복해서 뭔가 더 나쁜 것으로 스스로 품위를 떨어뜨리지는 않더라도, 고상하지 못한 사소한 것에 기쁨을 느낌으로써 자신의 훨씬 고상한 성품을 깎아내리는 경우가 있기 때문이지."

숙부가 나를 두고 이런 말을 했다고는 조금도 의심하지 않았습니다. 그러나 돌이켜 생각해 보니 내게 깊은 신앙심을 길러 준 노래 중 몇몇은 고상하지 않을 수도 있었고, 또 종교적 생각과 연결된 이미지들도 숙부의 눈에 차지 않을 듯해 정곡을 찔린 것 같았습니다.

그러는 동안 필로는 비교적 자주 서재에 머물렀고, 나를 그곳으로 안내해 주기도 했습니다. 우리는 서적들의 종류와 그 양에 놀랐습니다. 그 책들은 각각 주제에 맞게 광범위하게 수집되어 있었는데, 우리를 분명한 인식으로 인도해 주거나 올바른 원칙으로 안내하는 책들, 적당한 자료들을 제공하거나 우리 정신의 일치를 증명해 주는 그런 책들만 볼 수 있었습니다.

나도 살아오면서 수도 없이 많은 책을 읽었고 특정 분야에서는 내가 모르는 책이 거의 없을 정도였습니다. 그러나 여기서 그 전체에 대한 개요를 말할 수 있고, 내가 이전에는 편협하고 혼란을 가중하는 책들이나 혹은 끝도 없이 범위가 넓은 책들만을 봤다는 결점을 깨닫게 되는 것이 한층 더 즐거웠습니다.

또한 우리는 아주 재미있고 조용한 사람을 알게 되었습니다. 그 사람은 의사이자 자연을 연구하는 사람이었고 그 집에 사는 사람이라기보다는 그 집의 수호신처럼 보였습니다. 우리에게는 박물표본실을 보여 주었는데 표본은 마치 서재처럼 닫혀 있는 유리 진열장에 들어 있어 벽을 장식하고 있었고 공간을 차지하지 않으면서도 방의 품위를 고상하게 만들어 주었습니다. 그곳에서 나는 즐겁게 어린 시절을 회상했습니다. 옛날에 아버지가 이제 겨우 세상을 바라보는 눈을 갖게 된 내가 누워 있던 병상으로 가져온 여러 가지를 다시 꺼내서 아버지께 보여 드리곤 했습니다. 이런 말을 듣고 이어지는 대화에서 그 의사는 종교적 성향이 나와 비슷하다는 사실을 별로 숨기지 않았고, 숙부의 관대함과 더불어 숙부가 인간 본성의 가치와 조화를 보여 주고 촉진하는 것은 무엇이든 높이 평가한다는 점을 대단히 칭찬했습니다. 다른 사람들도 물론 똑같이 그렇게 하기만을 바라며, 개인적인 자만심이나 배타적인 편협함보다 더 나쁘고 멀리해야 하는 것은 없다고 했습니다.

여동생의 결혼식 이후 숙부의 눈에는 기쁨이 넘쳐흘렀습니다. 그리고 여러 번 나와 이야기하면서 자신이 앞으로 여동생과 그 자식들을 위해 무엇을 해 주려 하는지 말했습니다. 숙부는 자신이 직접 관리하는 기름진 농장이 있었는데, 그것을 최고의 상태로 자기 조카들에게 물려주고 싶어 했습니다. 지금 우리가 머무는 장원은 작아서 특별한 생각을 품고 있는 듯이 보였습니다. 숙부가 이렇게 말했습니다. "이 장원은 이 땅이 무얼 담고 있는지를 잘 알고 평가하고 즐길 줄 알며, 특히 독일에서 부유한 사람이나 귀족이 모범이 되어야 한다는 것을 잘 깨닫고 있는 사람에게만 물려줄 것이다."

이미 손님 대부분은 떠나갔고 우리도 떠날 준비를 하면서 결혼식 잔치의 마지막 광경을 목격했다고 생각하고 있을 때 우리에게 어울리는 즐거움을 마련해 주려는 숙부의 배려로 또다시 뜻밖의 경험을 하게 되었습니다. 여동생의 결혼식에서 아무런 악기의 반주도 없이 사람의 목소리로만 부르는 합창을 들었을 때 우리가 느꼈던 매혹적인 기쁨을 숙부에게 감출 수 없었습니다. 그래서 우리는 숙부에게 그런 즐거움을 다시 한번 즐길 수 있도록 해 달라고 여러 번 졸랐으나 숙부는 별로 관심을 보이지 않는 것 같았습니다. 그러니 어느 날 저녁 숙부가 우리에게 이렇게 말했을 때 얼마나 놀랐겠습니까. "춤곡을 연주하는 사람들은 가 버렸단다. 성급한 젊은 친구들은 다 가 버렸고 신랑 신부조차 며칠 전보다는 훨씬 차분해진 듯이 보이는구나. 그런데 이제 헤어지면 아마도 우리가 다시는 만나지 못하거나 적어도 이런 식으로는 만나지 못할 테니 어쩐지 엄숙한 기분이 드는구나. 이런 기분을 너희가 얼마 전에 다시 듣고 싶어 했던 음악으로밖에는 더 고상하게 즐길 방법이 없겠구나."

숙부는 그사이에 인원도 늘어났고 조용히 더 많은 연습을 했던 합창단에게 4부 및 8부 합창을 부르게 했는데 이 노래는 정말이지 우리에게 천상 축복을 미리 맛보게 했다고 감히 말할 수 있습니다. 나는 지금까지 경건한 노래만 알고 있었고, 이런 노래에는 착한 사람들이 스스로 기분 좋은 즐거움을 느끼기 때문에 숲속의 작은 새들처럼 쉰 목소리로 하느님을 찬양한다고 생각하는 경우가 자주 있습니다. 게다가 연주회의 공허한 음악은 기껏해야 가수의 훌륭한 재능에 감탄할 뿐이고 일시적인 즐거움에 푹 빠지게 되는 경우도 거의 없습니다. 그런데 이번에 들은 음악은 가장 뛰어난 인간의 본성이 지닌 매우 깊은 감각에서 솟아나와 정확하고 숙련된 목소리로 조화롭게 화음을 이루며 다시금 인간의 아주 심오하고 훌륭한 감각에 말을 걸어서 이 순간에 참으로 자신이 신과 닮았다는 사실을 생생하게 느끼게 해 주었습니다. 모두 라틴어 성가였는데 교양 있는 비종교적 모임에서 끼는 황금 반지에 박힌 보석처럼 빛났고, 이른바 신앙심의 고양을 요구하지는 않아도 나를 매우 정신적으로 끌어올려 행복하게 해 주었습니다.

출발할 때 우리는 모두 아주 귀한 선물을 받았습니다. 숙부는 내게 평소에 보던 것보다 더 정교하고 아름답게 제작되고 에나멜 칠이 된 내가 속한 수도원의 십자 메달을 건네주었습니다. 그것은 리본에 고정된 커다란 다이아몬드에 매달려 있었는데, 이 다이아몬드는 숙부가 자연 수집물 중에서 가장 귀중하게 여기는 보석이었습니다. 여동생은 신랑과 함께 남편의 장원으로 갔고 우리도 모두 각자의 집으로 돌아갔습니다. 외부적인 상황만 보면 우리는 완전히 평범한 생활로 되돌아간 것 같았습니다. 마치 요정의 성에서 평평한 땅에 떨어진 것 같아 다시 우리의 방식대로 행동하며 그럭저럭 살아가야 했습니다.

새로운 모임에서 겪은 기묘한 경험들은 내게 아름다운 인상을 남겼습니다. 숙부가 이런 인상을 계속 간직하고 되새기게 해 주려고 이따금 내게 자신이 가장 아끼고 마음에 드는 예술 작품을 보내 주기도 하고 내가 충분히 즐기고 나면 다시 다른 작품으로 바꿔 주기도 했지만, 이 새로운 인상도 오랫동안 아주 생생하게 유지되지는 못했습니다.

자신의 문제에 몰두하고 내 마음과 감정을 가다듬으며 또 나와 같은 생각을 하는 사람들과 대화하는 것에 너무 익숙해져서, 주의 깊게 예술 작품을 들여다보지 못하고 곧 나 자신의 문제로 되돌아오고 말았던 것입니다. 나는 그림이나 동판화를 습관적으로 마치 책의 글자처럼 바라보았습니다. 아름다운 인쇄는 아주 마음에 들었지만 누가 인쇄 때문에 책을 손에 들겠습니까? 그래서 그림으로 묘사하는 것이라도 내게 뭔가를 말해 주고, 가르침을 주고, 감동을 주고, 내 행실을 고치게 해 주기를 바랐습니다. 그러니 숙부가 자기 그림들을 설명한 여러 편지에 자신이 하고 싶은 말을 무엇이든 할 수 있었지만, 내 생각은 옛날 그대로 변한 것이 없었습니다.

그러나 이런 내 천성보다는 외부적인 사건들, 즉 우리 집안의 변화가 그런 예술 작품의 관찰로부터, 심지어 한동안 나 자신으로부터 다른 곳으로 내 주의를 돌리게 했습니다. 나는 내 약한 힘이 견딜 수 있어 보이는 것보다 더 많이 인내하며 움직여야 했습니다.

아직 결혼하지 않은 막내 여동생이 지금까지 내 오른팔 노릇을 해 주었습니다. 건강하고 튼튼하고, 말할 수 없이 착해서 집안일을 맡았고 나는 늙으신 아버지를 직접 돌봐드리는 데 전념했습니다. 그런데 막내 여동생이 감기에 걸리더니 감기가 폐병이 되어 3주 후에 죽고 말았습니다. 여동생의 죽음은 내게 상처를 남겼고, 나는 아직도 그 상처를 쳐다보기 싫습니다.

여동생이 땅에 묻히기도 전에 나는 아파서 침상에 누워 있었습니다. 옛날에 앓았던 폐병이 재발한 것 같았습니다. 나는 심하게 기침을 했고 목이 너무 쉬어 큰 소리조차 내지 못할 정도였습니다.

결혼한 여동생은 놀람과 슬픔 때문에 예정일보다 너무 일찍 아기를 낳았습니다. 늙으신 아버지는 자기 자식들과 후손에 대한 희망을 한꺼번에 잃어버리게 되지 않을까 걱정했습니다. 흐르는 아버지의 눈물은 나의 슬픔을 더해 주어, 하느님께 웬만큼만이라도 건강을 회복시켜 주셔서 아버지가 돌아가실 때까지만이라도 내 생명을 이어 가게 해 달라고 빌었습니다. 나는 회복되었고, 나름대로 건강해져서 비록 미흡하나마 다시 내 의무를 다할 수 있었습니다.

내 여동생이 다시 임신했습니다. 이런 경우에 어머니가 하게 되는 여러 가지 일들이 내게 맡겨졌습니다. 여동생은 남편과 그렇게 행복하게 지내지는 않았지만, 그 사실을 아버지에게는 숨겨야 했습니다. 내가 중재자가 되어야 했는데, 다행히 동생의 남편이 나를 신뢰하고 있었고 또 두 사람이 정말 착한 사람이었기 때문에 그 일을 할 수 있었습니다. 다만 두 사람이 서로 관대하게 대해 주는 대신에 누가 옳은지를 다투었고, 서로 생각이 완전히 일치된 상태에서 살고자 열망했으나 한 번도 의견의 일치를 볼 수 없을 뿐이었습니다. 이렇게 하여 나는 세속적인 일도 진지하게 다루고, 평소에는 노래로만 부르던 것을 실제로 수행하는 법을 배웠습니다.

여동생은 아들을 낳았습니다. 아버지는 몸 상태가 안 좋았지만, 해산한 딸을 만나러 가는 여행을 막을 수 없었습니다. 아기를 본 아버지는 엄청나게 즐겁고 행복해했으며, 세례식 때는 평소의 아버지와는 다르게 감격한 듯이 보였습니다. 아니 두 개의 얼굴을 가진 수호신처럼 보였다고 말하고 싶을 정도였습니다. 한쪽 얼굴로는 자신이 곧 들어가길 희망하는 저편의 세상을 기쁜 마음으로 바라보고, 다른 쪽 얼굴로는 자기 후손인 아기에게서 솟아 나오는 희망에 넘치는 새로운 지상의 삶을 바라보는 것 같았습니다. 돌아오는 길에도 아버지는 그 아이에 관한 이야기를 지치지도 않고 내게 하면서 아이의 생김새, 건강함 그리고 새로 세상의 일원이 된 이 아이의 재능을 잘 개발해 주었으면 좋겠다고 하는 것이었습니다. 이에 대한 아버지의 생각은 우리가 집에 도착해서도 계속되었는데, 며칠이 지나서야 식사 후에 오한은 없지만 다소 더위에 지쳐 나타나는 일종의 열병에 걸린 것을 알게 되었습니다. 그래도 아버지는 자리에 눕지 않고 아침에 마차를 타고 나가서 자신의 공무를 충실히 수행했지만, 심각한 증세가 계속되어 결국 그 일을 못 하게 되었습니다. 아버지가 집안일이며 자신의 장례식을 어떻게 행할지를 마치 다른 사람의 일처럼 순서에 맞게 당부하며 보여 주신 침착함, 명료함과 분명함을 나는 결코 잊지 못할 것입니다.

평소답지 않게 생기 넘치는 기쁨에 차서 아버지는 쾌활하게 내게 말했습니다. "평소에 느껴지던 죽음에 대한 두려움이 어디로 갔을까? 죽는 것을 두려워해야 할까? 내게는 자비로운 하느님이 계셔서 무덤이 두렵지 않구나. 내게는 영원한 생명이 있으니 말이다."

그러고 나서 아버지는 곧 돌아가셨습니다. 그때를 떠올리는 건 내가 고독한 순간에 받을 수 있는 가장 즐거운 위로 중 하나입니다. 그때 더 높은 힘이 분명하게 작용했다는 사실을 아무도 내게 꼬치꼬치 따지며 부정하지는 못할 것입니다.

사랑하는 아버지의 죽음은 지금까지의 내 삶의 방식을 바꾸어 놓았습니다. 절대적인 복종과 엄청난 속박에서 벗어나 매우 자유롭게 지내며 마치 오랫동안 먹지 못했던 음식을 먹는 것처럼 그 생활을 즐기게 되었습니다. 이전에는 두 시간 동안 외출하는 일이 거의 드물었지만 이제 내 방에서만 지내는 일은 거의 하루도 없었습니다. 평소에 간헐적으로 찾아올 수 있던 친구들은 나와 지속해서 만나고 싶어 했고, 나도 그 사람들을 만나는 것이 즐거웠습니다. 자주 식사에 초대받았고 마차를 타고 드라이브를 가거나 짧은 유람 여행에도 참석하는 등 어떤 곳에도 빠지지 않았습니다. 그러나 막상 이런 모임에 두루 참석하다 보니 자유라는 소중한 행복은 하고 싶은 일을 상황이 허락하는 대로 모두 하는 것이 아니라, 우리가 옳고 적절하다고 생각하는 일을 방해받지 않고 거리낌 없이 솔직하게 할 수 있음을 의미한다는 걸 알았습니다. 이런 사실을 수업료도 내지 않고 멋지게 확신할 수 있을 만큼 저도 충분히 나이가 들었던 것입니다.

내가 거부할 수 없었던 건 가능한 한 빨리 헤른후트 교파의 신도들과 교제를 계속해 나가서 더욱 긴밀한 관계를 구축하는 것이었습니다. 그래서 나는 서둘러 가장 가까이에 있는 교회 가운데 한 곳을 찾아갔습니다. 그러나 그곳에서 내가 상상했던 것을 하나도 찾지 못했습니다. 나는 내 생각을 다른 사람이 눈치챌 만큼 숨김없이 말했고, 사람들은 이와는 반대로 그 교회의 상태가 제대로 잘 조직된 공동체와는 비교도 안 된다는 사실을 내게 알려 주려고 했습니다. 그것은 내가 받아들일 수 있었습니다. 내 확신에 따르면 참다운 정신은 작은 규모의 교회에서도 큰 규모의 교회에서와 마찬가지로 나타나야 한다는 것이었습니다.

주교님들 가운데 한 분이 그 자리에 있었는데, 그분은 친첸도르프 백작의 직속 제자로 내게 많은 관심을 보여 주었습니다. 그 주교님은 영어를 완벽하게 구사했고, 내가 영어를 조금 알아듣자 우리가 함께할 징조라고 했습니다. 그러나 나는 전혀 그렇게 생각하지 않았고, 사람을 다루는 주교님의 태도가 조금도 마음에 들지 않았습니다. 주교님은 칼을 만드는 대장장이였고, 모라비아[79] 태생이었는데, 직공다운 사고방

79 현재 체코의 동쪽 지방으로 북쪽은 폴란드의 슐레지엔, 남쪽은 오스트리아와 접한다.

식을 버리지 못했습니다. 나는 프랑스 군대의 소령이었다는 폰 L＊이라는 사람과 더 의견이 잘 맞았습니다. 그러나 그 사람이 지닌 자기 상관에 대한 복종적인 태도는 나에게 불가능해 보였습니다. 게다가 소령의 부인과 그 밖의 어느 정도 명문 가문의 부인들이 주교의 손에 입을 맞추는 것을 보았을 땐 누가 내게 따귀를 때리는 듯했습니다. 그러는 동안에 네덜란드로 여행하기로 약속했지만, 내게는 천만다행으로 그 여행은 한 번도 이루어지지 않았습니다.

여동생은 딸을 낳았습니다. 이제 우리 부인네들이 즐거워할 차례가 되어 앞으로 어떻게 해야 이 아이가 우리와 비슷하게 자랄지를 생각하게 되었습니다. 그런데 여동생의 남편은 다음 해에 또다시 딸을 낳게 되자 대단히 불만스러워했는데, 훗날 자신의 많은 재산을 관리할 때 자기 옆에서 도와줄 수 있는 아들들을 보고 싶어 했습니다.

나는 건강이 좋지 않아서 조용히 지내고 있었고, 생활이 평온하다 보니 마음의 평정도 잘 유지했습니다. 죽음은 두렵지 않았으며, 심지어 죽기를 바라기도 했습니다. 그러나 하느님께서 내게 내 영혼을 성찰할 시간, 그분께 더 가까이 다가갈 시간을 주고 계신다고 은연중에 느꼈습니다. 수많은 잠 못 이루는 밤이면 특히 분명하게 설명할 수는 없는 뭔가를 느끼곤 했습니다.

내 영혼이 마치 육체와 짝을 이루지 못하고 있는 듯했고, 육체 자체가 마치 입고 있는 옷을 바라보듯 나와 다른 존재로 여겨졌습니다. 과거의 시간이나 일들이 매우 생생하게 그려지면서 앞으로 일어날 일이 느껴졌습니다. 이런 시절은 모두 지나갔고 앞으로 일어날 일들도 지나가게 될 겁니다. 육체는 마치 옷처럼 갈기갈기 찢어질 것이지만 나라는 사람은, 내가 잘 아는 나라는 사람은, 나인 것입니다.

나와 점점 더 가까워진 어느 좋은 친구는 이런 위대하고 숭고하며 위안을 주는 느낌에 가능하면 빠지지 말라고 가르쳐 주었습니다. 그 친구는 숙부의 집에서 알게 된 의사였는데 내 몸과 정신의 상태를 잘 알고 있었습니다. 우리가 외부의 대상과 관계없이 우리의 마음에만 귀를 기울여 이러한 감정을 느끼면, 우리 속은 텅 비고 우리 존재의 근거가 심하게 허물어질 거라 경고했습니다. "활동하는 것이" 하고 의사가 말했습니다. "인간의 사명입니다. 그리고 휴식이 필요한 그사이의 시간은 모두 외부 사물에 대한 명확한 인식을 얻기 위해 사용해야 합니다. 이런 인식은 장차 자신이 활동할 때 다시금 도움이 될 것입니다."

이분은 내가 내 몸을 외부의 대상으로 보는 습관을 알고 있었고, 또 내가 내 체질과 내가 앓고 있는 병 그리고 치료제를 상당히 잘 알고 있다는 것을 숙지하고 있었으며, 게다가 사실 나 자신과 다른 사람들이 병으로 오래 고생해 봐서 나는 반의사가 되어 버렸기 때문에, 그분은 내 관심을 인체나 치료제에 대한 지식에서 주위에 있는 자연의 다른 대상물로 돌려 주었습니다. 그래서 나를 마치 천국에 있는 것처럼 여기저기 안내해 주었습니다. 계속 비유적으로 말하자면, 서늘한 저녁에 정원에서 거닐고 있는 창조주를 멀리서 느낄 수 있게 해 주었던 것입니다.

내가 그런 확신으로 창조주를 내 마음속에 지니게 되었으니 자연에서 이제 그분을 얼마나 기쁘게 바라보았겠으며, 그분의 손으로 빚어진 작품이 얼마나 흥미로웠고, 그분께서 자신의 입에서 나온 숨결로 내게 생기를 불어넣고 싶어 하시는 것에 얼마나 감사했겠습니까!

여동생이 다시 임신해서 우리는 아기 아버지가 그토록 간절히 기다렸던 아들이기를 바랐지만 안타깝게도 아기 아버지는 출산을 보지 못했습니다. 건장하던 남자가 불행하게도 말에서 떨어져 그 후유증으로 세상을 떠나고 말았던 것입니다. 내 여동생도 예쁜 아들을 세상에 남기고 난 후 남편을 따라갔습니다. 여동생이 남겨 둔 네 명의 아이들을 보면 애처롭기 짝이 없었습니다. 그렇게 건강했던 사람들이 병자인 나보다 먼저 갔습니다. 내가 혹시 이 희망에 찬 꽃봉오리 몇 개가 떨어지는 것마저 보아야 하는 것은 아닐까요? 나도 세상을 충분히 경험해 본 터라 아이가, 특히 상류 사회의 아이가 자라면서 얼마나 많은 위험에 직면하는지 알고 있었고, 내가 보기에 어렸을 때부터 현재 세상이 직면하는 그런 위험이 이제 와서는 점점 더 많아진 것 같았습니다. 내가 몸이 약하기 때문에 아이들을 위해 할 수 있는 일이 거의 아니 아무것도 없다는 생각이 들었습니다. 그럴수록 숙부의 사고방식에서 자연스럽게 나온 결심, 즉 이 사랑스러운 아이들의 교육에 자신의 모든 관심을 쏟겠다는 결심은 내가 더욱 바라던 것이었습니다. 그리고 확실히 이 아이들은 모든 면에서 그럴 자격이 있었습니다. 모두 용모가 준수하고 성격은 달랐지만 전부 온순하고 총명한 사람이 될 거라 기대되었습니다.

나의 좋은 친구인 의사가 내게 관심을 기울이고 난 후부터 나는 아이들이나 친척들 사이 가족으로서 닮은 점을 즐겁게 관찰하곤 했습니다. 우리 아버지는 선조들의 초상화를 고이 간직해 오면서 자기 자신과 자기 자식들의 초상화도 상당히 훌륭한 화가들에게 그리게 했고, 우리 어머니와 그 가족들의 초상화도 잊지 않고 간직하고 있었습니다. 우리는 가족 전체의 성격을 정확하게 잘 알고 있었고 자주 서로 비교해 보기도 했었기 때문에 이제 아이들의 생김새와 성격의 유사점을 다시 찾아보았습니다. 여동생의 맏아들은 자기 친할아버지를 닮은 것 같았습니다. 아주 잘 그려진 이분의 젊은 시절 초상화가 우리 숙부의 소장품에 들어 있었습니다. 이분은 늘 용감한 장교로서의 모습을 보여 주셨는데 여동생의 맏아들도 총을 무엇보다 좋아해서 나를 찾아올 때마다 언제나 그런 것으로 시간을 보냈습니다. 우리 아버지도 소총을 넣어 두는 아주 훌륭한 장을 남겨 두셔서 이 아이는 내가 권총이나 엽총 몇 자루를 꺼내 주면 독일제 총의 잠금장치를 어떻게 푸는지 알아낼 때까지 가만히 있지 않았습니다. 그런데 그 아이의 행동이나 전체적인 성품은 전혀 거칠지 않았고 오히려 온순하고 분별이 있었습니다.

맏딸은 내 사랑을 독차지했습니다. 아마도 나를 닮아서 그랬을 수도 있지만 네 명의 아이 중에서 나를 제일 따랐기 때문입니다. 그러나 이 아이가 성장하는 모습을 자세히 지켜볼수록 나 자신이 더욱 부끄러워졌습니다. 나는 이 아이를 볼 때마다 놀라지 않을 수 없고, 심지어 거의 존경하는 마음 없이는 바라볼 수 없다고 감히 말합니다. 고귀한 자태와 차분한 심성 그리고 언제나 한결같이 어떤 대상이라도 구애받지 않고 활동하는 모습은 쉽게 보기 힘든 것이었습니다. 그 아이는 한순간도 아무 일도 하지 않은 적이 없었고, 모든 일은 그 아이의 손이 닿으면 가치 있는 행위가 되었습니다. 그리고 어떤 일을 자신이 제때 그 자리에서 처리할 수 있기만 하면 무슨 일이든 상관없어 보였습니다. 마찬가지로 비록 할 일을 아무것도 못 찾는다고 해도 조바심을 내지 않고 태연한 마음을 유지할 수 있었습니다. 꼭 일할 필요가 없는데도 이렇게 활동하는 사람을 나는 살아오면서 본 적이 없습니다. 어렸을 때부터 곤궁에 처한 사람들과 도움이 필요한 사람들을 대하는 그 아이의 행동은 아무도 따를 수 없을 정도였습니다. 나는 착한 일을 하려고 어떤 일을 도모할 만한 재능은 전혀 없었다고 솔직하게 고백합니다. 가난한 사람들에게 인색하지는 않았고, 자주 내 형편에 비해 너무 많이 주어 버린 적은 있었습니다. 하지만 나는 내 마음 편하자고 그 값을 치렀을 뿐이었고, 또한 내 보살핌을 받고 싶어 하는 사람은 나와 친척관계에 있어야 했습니다. 그래서 바로 그 반대되는 내 질녀를 칭찬하는 것입니다. 그 아이가 가난한 사람에게 돈을 주는 것은 한 번도 본 적이 없고, 그 대신 나한테서 얻어 낸 돈을 언제나 가장 필요한 물건으로 먼저 바꾸었습니다. 그 아이가 내 옷장이나 서랍장을 뒤질 때보다 더 사랑스럽게 보인 적은 없었습니다. 내가 입지 않거나 사용하지 않는 옷들을 찾아 이 낡은 옷들을 수선해 너덜너덜한 옷을 입은 아이에게 맞춰 입히는 것이 그 아이의 제일 큰 행복이었습니다.

그 아이의 여동생은 완전히 다른 성향이었습니다. 자기 엄마를 많이 닮아서 이미 어렸을 때부터 예쁘고 매력적인 아이가 될 것 같았고, 그런 기대를 저버리지 않으려는 듯이 보였습니다. 외모에 아주 관심이 많아서 어릴 때부터 눈에 띄게 꾸미고 다닐 줄 알았습니다. 그 아이가 아직 어렸을 때 우리 집에 와서 우리 어머니가 물려주신 아름다운 진주 목걸이를 우연히 찾아내기에 내가 목에 걸어 주었더니 기뻐서 어쩔 줄 모르며 거울을 들여다보던 모습이 지금도 기억납니다.

이렇게 서로 다른 성향을 눈여겨볼 때마다 내가 죽은 다음 내 소유물이 이 아이들에게 나누어져서 이 아이들로 인해 다시 생생하게 살아나게 된다고 생각하면 기분이 좋았습니다. 아버지의 사냥용 엽총이 벌써 조카의 어깨에 짊어져 들판을 돌아다니고, 사냥 포대에서 날짐승들이 쏟아지는 것을 보았습니다. 또 부활절 첫 성찬식 때 정말 많은 어린 소녀들이 내 옷들을 자신에게 맞게 만들어 입고 교회에서 나오고, 그리고 제일 좋은 직물로 만든 내 옷을 어느 얌전한 처녀가 결혼식 날 입고 있는 것도 보았습니다. 맏딸 나탈리에는 그런 아이들이나 행실은 바르나 가난한 처녀들에게 옷을 입혀 주는 일을 특히 좋아했기 때문이었습니다. 여기서 말하지 않을 수 없는 것은 내가 어렸을 때 그렇게도 열렬히 "보이는 분"이나 "보이지 않는 분"께 보여 주었던 일종의 사랑이나, 이렇게 말해도 될진 모르지만, 그분을 추종할 필요성마저 이 아이는 어떤 식으로든 보여 주지 않았다는 사실입니다.

막내딸이 바로 그날에 내 진주 목걸이와 보석들을 하고 궁정으로 갈 것을 생각하면 이제 내 소유물도 내 몸처럼 다시 본래의 영역으로 되돌아간 것을 편안한 마음으로 바라봅니다.

아이들은 어른이 되었고, 만족스럽게도 모두 건강하고 아름답고 성실한 사람이 되었습니다. 숙부님이 그 아이들을 내게서 멀리 떨어져 있도록 하는 것을 참고 견디고 있고, 이 아이들이 근처로 오거나 시내로 왔을 때는 어쩌다 만나보기도 합니다.

사람들이 프랑스 신부라고 여기지만 출신도 제대로 알려지지 않은 어떤 이상한 사람이 이 아이들의 관리를 맡고 있는데, 아이들은 여러 곳에서 교육받으며 이곳저곳에서 기숙하고 있습니다.

처음에는 이런 방식의 교육에 대해 그 의도를 알 수 없었는데, 그 의사분이 내게 알려 주기를 숙부가 그 프랑스 신부에게 이렇게 설득당했다는 것이었습니다. 즉, 인간의 교육에서 뭔가를 달성하려면 그 사람의 성향과 욕구가 어디로 향하는지 알아야 하며, 그러고 나서 그 성향을 가능한 한 빨리 만족시키고 그 욕구를 가능한 한 빨리 이루어질 수 있도록 해 주어야 하는데, 그래야 그 사람이 설사 잘못 생각했더라도 충분히 그 오류를 일찍 알아차리게 되고, 만약 자신에게 맞는 것을 만났다면 열심히 그것을 붙들고 더욱 열심히 정진해 나간다는 것이었습니다. 나는 이런 특이한 시도가 성공하길 바랍니다. 아이들의 성품이 모두 착하니 아마도 이런 방식이 성공할지도 모르겠습니다.

그러나 내가 이런 교육자들에게 동의할 수 없는 점은 아이들이 자기 자신과 "보이지 않는" 유일하게 마음을 털어놓을 수 있는 친구 같은 분과 교류하게 만들 수 있는 모든 것을 이 아이들에게서 멀리 떼어 놓으려 한다는 점입니다. 정말이지 숙부님이 그런 이유로 나를 아이들에게 위험한 존재로 여기는 데 종종 화가 나기도 합니다. 현실적인 일에 관대한 사람은 없습니다! 왜냐하면 누구에게나 나름의 방식을 허용한다고 단언하는 사람도 자기처럼 생각하지 않는 사람들의 활동을 줄곧 못 하게 하려고 하기 때문입니다.

아이들을 내게서 떼어 놓는 이런 방식은 내 믿음의 현실성을 확신하면 할수록 내 마음을 더욱 슬프게 합니다. 그 믿음이 현실적인 일에 그렇게 작용한다고 입증되는데 왜 이런 믿음이 신적인 것에 근원을 두고, 실제적인 대상을 가진다고 할 수 없단 말입니까? 우리가 실제적인 일을 통해 우리 자신의 존재를 확신하게 된다면, 왜 모든 착한 일을 위해 우리에게 손을 내미시는 그분을 왜 같은 방법으로 확신할 수 있으면 안 된단 말입니까?

나는 항상 앞으로 나아가고 결코 뒤로 물러서지 않는다는 사실, 내가 완벽하다고 생각해 냈던 이념과 내 행동이 점점 더 비슷해진다는 사실, 비록 내가 몸이 약해서 해야 하는 여러 일을 다 하지는 못하지만 옳다고 생각하는 일을 하는 것이 날이 갈수록 더 쉽게 느껴진다는 사실, 이런 모든 사실을 그토록 깊이 타락해 가는 것을 보아 온 인간의 본성으로 어떻게 설명할 수 있겠습니까? 나로서는 어쨌든 못 하겠습니다.

그런 계명이 거의 하나도 기억나지도 않고, 어떤 법칙의 형태로 나타나는 것은 아무것도 없습니다. 나를 인도하고 언제나 올바르게 이끄는 것은 본능적인 충동입니다. 나는 자유롭게 내 신조를 따라서 속박도 후회도 느끼지 않습니다. 다행스럽게도 이런 행복이 누구의 덕인지, 이런 특권에 오로지 겸허하게 감사해야 마땅함을 잘 알고 있습니다. 만약 더 높은 분의 힘이 우리를 지켜 주시지 않는다면 어떤 괴물이 모든 인간의 가슴에 생겨나 자라날 수 있다는 사실을 내가 너무나 분명하게 알고 있기 때문에 나 자신의 능력이나 힘을 자랑스럽게 여기는 위험에 절대 빠지지 않을 겁니다.

# 7권

# 1장

봄은 완연해 멋진 자태를 드러내고 있었다. 종일 겁을 주던 때아닌 뇌우도 격심한 바람과 비를 뿌리며 산기슭으로 사라지고 비는 들판으로 몰려가더니, 이윽고 태양이 다시 환하게 비치며 나오고 저 먼 어두운 대지 위에 아름다운 무지개가 나타났다. 빌헬름은 무지개를 향해 말을 타고 가면서 슬픈 마음으로 바라보았다. "아!" 하고 빌헬름은 자기 자신에게 말했다. "도대체 가장 아름다운 인생의 색깔들은 왜 저 어두운 대지 위에만 나타나는 것일까? 그리고 우리가 무지개를 보고 기뻐하려면 꼭 그 전에 비가 와서 물방울이 떨어져야만 하는 걸까? 저 무지개를 아무런 감동 없이 바라본다면 화창한 날이나 암울한 흐린 날이나 마찬가지겠지. 우리 마음의 타고난 끌림이 어떤 대상 없이는 유지되지 않는다는 남모르는 희망 말고 무엇이 또 우리 마음을 움직일 수 있을까? 모든 선한 행동에 관한 이야기에 우리는 감동하고, 조화를 이루는 대상물을 볼 때마다 우리는 감동한다. 그러면서 완전히 낯선 곳에 와 있는 것이 아니라는 느낌을 받고, 조바심을 내며 마음속 깊이 최선을 다해 찾아가는 고향에 더 가까이 가고 있다고 잘못 믿게 된다."

그런 사이에 걸어가던 어떤 사람이 빌헬름을 따라잡더니 힘차게 발걸음을 내디디며 빌헬름의 말 옆에 머물면서 동행하게 되었다. 아무렇지도 않게 몇 마디를 주고받은 뒤 말을 탄 빌헬름에게 이렇게 말했다. "내가 잘못 생각하는 것이 아니라면, 이미 어디선가 꼭 뵌 분 같습니다."

"저도 기억이 납니다." 하고 빌헬름이 대답했다. "우리가 즐겁게 배를 함께 탄 적이 있지 않았습니까?" — "맞습니다!" 하고 걸어가는 사람이 대꾸했다.

빌헬름은 그 사람을 좀 더 자세히 쳐다보고는 잠시 가만히 있다가 말했다. "선생님께 무슨 변화가 일어났는지는 모르지만, 그때 저는 루터파 교회의 시골 목사님인 줄 알았는데 지금 보니 오히려 가톨릭 신부님처럼 보이십니다."

"오늘은 착각하지 않으시는군요." 하고 그 사람이 말하고 모자를 벗어 머리 중앙부에 삭발한 부분을 보여 주었다. "일행들은 다 어디로 갔습니까? 그 사람들과 더 오래 계셨습니까?"

"필요 이상으로 오래 있었지요. 그 사람들과 함께 보냈던 시간을 돌이켜 생각해 보면 안타깝게도 끝없는 공허함을 들여다보는 것 같습니다. 지금 저에게는 그 시절 중에 남아 있는 것이 하나도 없습니다."

"잘못 생각하시는 겁니다. 우리가 만나는 모든 것은 흔적을 남기고, 우리 자신을 형성하는 데 눈에 띄지 않게 영향을 미칩니다. 하지만 그것에 대해 자신에게 변명하려고 드는 것은 위험합니다. 그렇게 하면 우리는 의기양양해져 다른 사람을 무시하게 되거나 의기소침해져 소심해집니다. 어느 경우든 결과적으로는 똑같이 부정적인 영향을 미칩니다. 가장 안전한 것은 언제나 바로 우리 앞에 놓여 있는 일을 하는 데 있습니다. 그리고 지금은" 하고 그 사람이 미소를 지으며 말했다. "우리가 서둘러 숙소로 가는 일이지요."

빌헬름은 로타리오의 장원까지 가는 길이 얼마나 되는지 물었고, 그 사람은 저 산 너머에 있다고 대답했다. "거기서 선생을 다시 뵐지도 모르겠군요." 하고 그 사람이 계속 말했다. "저는 이웃 마을에서 아직 처리해야 할 일이 있습니다. 안녕히 가십시오." 이렇게 말하고 그 사람은 산 너머로 더 빨리 이어지는 것처럼 보이는 가파른 길로 걸어갔다.

"그래, 저 사람 말이 옳아." 하고 빌헬름이 계속 말을 타고 가며 혼자서 말했다. "가장 가까이 있는 일을 생각해야 해. 내가 수행해야 하는 이 슬픈 임무보다 지금 더 가까이 있는 일은 아마도 없을 거야. 그 잔인한 친구를 부끄럽게 할 말을 내가 아직 기억하고 있는지 한번 확인해 봐야겠군!"

그리고 빌헬름은 다듬어 놓은 문구를 혼자서 암송하기 시작했다. 한 마디도 빠뜨리지 않았고, 기억이 생생해질수록 열정과 용기도 더 커졌다. 아우렐리아의 고통과 죽음이 빌헬름의 마음에 생생하게 떠올랐다.

"내 친구 아우렐리아의 영혼이여!" 하고 빌헬름은 큰 소리로 외쳤다. "내 주위에 떠돌아라! 그리고 가능하다면 그대의 마음이 진정되었다고, 그 사람과 화해했다는 신호를 내게 보내다오!"

이렇게 말하고 생각하는 사이에 빌헬름은 산의 정상에 도달했고 산의 다른 쪽 중턱에 훌륭한 건물이 있는 것을 보고 당장 로타리오의 집이라고 생각했다. 몇 개의 탑과 합각머리로 이루어진 오래되고 변칙적으로 지어진 성은 처음부터 있던 건물인 듯했고, 새로 지은 건물들은 더 불규칙하게 지어져 있었는데, 새 건물들은 가까이, 혹은 멀리 떨어져 지어져 있었고 회랑이나 지붕을 덮은 통로로 본건물과 연결되어 있었다. 외적인 대칭이나 건축학적인 겉모습은 모두 내부의 편의를 위해 희생된 것처럼 보였다. 장벽이나 해자(垓字)의 흔적은 찾아볼 수 없었고, 마찬가지로 인공적으로 꾸민 정원이나 가로수 길도 없었다. 채소밭과 과수원이 집까지 닿아 있었으며, 작고 쓸모없는 정원들조차 집 사이 공간에 조성되어 있었다. 밝은 분위기의 작은 마을이 조금 떨어진 곳에 있었고, 정원들과 들판은 전체적으로 잘 가꾸어진 상태인 듯했다.

빌헬름은 특유의 깊은 생각에 빠져들어 자신이 본 것을 별로 생각하지 않고 계속 말을 타고 가다가, 말을 어느 여관 마당에 맡기고는 두근거리는 마음으로 서둘러 성으로 갔다.

한 늙은 하인이 문에서 빌헬름을 맞이하면서 오늘은 아마도 주인을 만나기 어려울 거라고 아주 친절하게 알려 주었다. 주인이 많은 편지를 써야 해서 사업상 찾아온 몇몇 사람들을 이미 돌려보냈다는 것이었다. 빌헬름은 더욱 절박하게 부탁했고 그러자 노인이 마침내 물러서서 주인에게 알려야 했다. 늙은 하인은 돌아와서 빌헬름을 오래된 넓은 홀로 안내하고는 주인이 혹시 한동안 나오지 않을지도 모르니 참고 기다려 달라고 부탁했다. 빌헬름은 마음이 불안해서 이리저리 홀을 거닐면서 벽 주위에 걸려 있는 기사와 부인들의 오래된 초상화들에 몇 번 눈길을 던졌다. 그리고는 자기가 처음에 할 말을 반복해 보았는데 이렇게 갑옷 차림의 사람들과 옷깃을 단 차림의 여성들 앞에서 그런 말을 하는 게 어쩐지 더 어울리는 것 같았다. 무슨 소리가 날 때마다 빌헬름은 자신의 적을 근엄하게 맞이하려고 자세를 취했고, 그 사람에게 먼저 아우렐리아의 편지를 건네주고 나서 비난의 화살을 무기로 공격하려고 했다.

빌헬름은 여러 번 그런 소리에 속았고 이제는 정말 기분이 나쁘고 불쾌해지기 시작했다. 그럴 무렵에 마침내 장화를 신고 간단한 외투를 걸친 잘생긴 남자가 옆문에서 방으로 들어와 "무슨 좋은 소식을 가지고 오셨습니까?" 하고 다정한 목소리로 빌헬름에게 말했다. "기다리시게 해서 죄송합니다."

그 사람은 이렇게 말하면서 손에 들고 있던 편지를 접었다. 다소 당황했던 빌헬름은 아우렐리아의 편지를 건네주면서 말했다. "어떤 여자 친구의 마지막 유언을 가져왔는데 감동 없이 읽으실 수는 없을 겁니다."

로타리오는 그 편지를 받고 바로 방으로 돌아갔는데, 열려 있는 문을 통해 빌헬름은 안쪽을 잘 볼 수 있었다. 그 사람은 우선 편지 몇 통을 봉인하고 받는 사람의 이름을 쓰고 나서 아우렐리아의 편지를 열고 읽었다. 그리고 그 편지를 여러 번 끝까지 다 읽어 보는 것 같았다. 빌헬름은 이렇게 자연스럽게 자신을 맞이한 상황에서 비장한 말을 하는 것이 어울리지 않을 거라고 느껴졌지만, 생각을 가다듬고 문턱으로 걸어가서 준비한 말을 시작하려고 했다. 바로 그때 벽과 같은 벽지를 바른 문이 열리더니 신부가 들어왔다.

"세상에서 가장 이상한 급보를 받았습니다." 하고 로타리오가 신부를 향해 큰 소리로 말했다. "죄송합니다." 하고 로타리오는 빌헬름 쪽으로 몸을 돌리며 계속 말했다. "지금은 선생님과 계속 이야기할 기분이 아닙니다. 오늘 밤은 우리 집에 머물러 주십시오! 그리고 신부님께서 이 손님분께 부족함이 없도록 보살펴 주십시오."

이 말을 하면서 로타리오는 빌헬름에게 몸을 숙이며 인사를 했다. 신부는 우리 친구의 손을 붙잡았고, 이 친구도 마지못해 따라갔다.

아무 말 없이 두 사람은 이상하게 생긴 복도들을 지나서 아주 멋진 방으로 들어왔다. 신부는 빌헬름을 안으로 안내하더니 아무런 양해도 구하지 않고 나가 버렸다. 그러고 얼마 되지 않아 쾌활해 보이는 젊은 사람이 자신을 하인이라고 소개하면서 저녁을 가져왔다. 이 하인은 시중을 들면서 이 집의 생활 방식에 대해 여러 가지를 이야기했는데, 어떻게 아침 식사를 하고, 점심과 저녁을 먹으며, 어떻게 일하고 즐겁게 지내곤 하는지 말해 주었고, 특히 로타리오의 명성에 대해 많은 이야기를 해 주었다.

이 젊은 하인이 유쾌하긴 했지만, 빌헬름은 빨리 내보내고 싶었다. 빌헬름은 혼자 있고 싶었는데 자기가 처한 상황에서 극도의 압박감과 불안감을 느꼈기 때문이었다. 빌헬름은 자신의 계획을 그처럼 형편없이 수행함으로써 임무를 절반만 완수한 자신을 질책했다. 그래서 오늘 제대로 하지 못한 일을 내일 아침에 해야겠다고 마음을 먹었다가도, 다른 한편으로는 로타리오 앞에 서면 완전히 다른 감정이 들 것임을 알고 있었다. 자기가 있는 이 집도 너무 이상하게 여겨졌다. 그래서 자신이 처한 이 상황에 어떻게 적응해야 할지 몰랐다. 빌헬름은 옷을 벗으려고 짐가방을 열었다. 잠옷과 함께 그 '유령의 베일'도 끄집어냈는데 미뇽이 챙겨 준 것이었다. 그 베일을 보니 씁쓸한 기분만 더해졌다. "달아나라! 젊은이여, 달아나라!" 하고 빌헬름은 외쳤다. "이 수수께끼 같은 말이 무슨 뜻이란 말인가? 왜 달아나란 말인가? 어디로 달아나란 말인가? 그 유령이 내게 '너 자신으로 돌아가라!'라고 외쳤으면 더 좋았을 텐데 말이다." 빌헬름은 액자를 끼워 벽에 건 영국 동판화를 눈여겨 바라보았다. 대충 무관심하게 그림들을 대강 훑어 보다가 어떤 그림에 폭풍을 만나 좌초하고 있는 배가 그려져 있는 것을 발견했다. 한 아버지가 예쁜 딸들과 함께 밀어닥치는 파도 앞에서 죽음을 기다리고 있었다. 여러 여인 가운데 한 여인은 산에서 빌헬름을 구해 준 저 '아마존 여인'과 비슷한 것 같았다. 이루 말할 수 없는 연민의 정이 우리 친구 빌헬름의 마음을 사로잡았고, 자기 마음을 털어놓고 싶은 억제할 수 없는 욕구를 느꼈다. 눈에서 눈물이 쏟아졌고 졸음에 못 이겨 잠이 들 때까지 다시 정상적인 상태로 돌아올 수 없었다.

새벽녘에 빌헬름은 이상한 꿈을 꾸었다. 어느 정원에 있었는데 어린 시절에 여러 번 찾아갔던 곳이었다. 익숙한 가로수 길과 울타리 그리고 화단을 즐거운 마음으로 다시 바라보았다. 마리아네를 만나서 사랑스럽게 말을 건넸지만, 그 어떤 지난날의 불행했던 일들은 기억나지 않았다. 그러자 바로 아버지가 집에서 입는 옷차림으로 두 사람 쪽으로 오셔서 평소에는 보기 드물었던 다정한 표정을 지으시며 아들에게 정원 뒤채에 가서 의자 두 개를 가져오라고 말씀하시고는 마리아네의 손을 잡고 정자로 데려가셨다.

빌헬름은 정원 뒤채로 급히 달려가 보았지만, 그곳은 완전히 텅 비어 있었다. 다만 아우렐리아가 맞은편 창 옆에 서 있는 것을 보았다. 빌헬름은 가서 말을 걸려고 했지만 아우렐리아는 돌아서지 않고 그대로 있었다. 그래서 아우렐리아 옆에 서 보았으나 얼굴은 볼 수 없었다. 빌헬름은 창밖을 내다보았는데, 낯선 정원에 많은 사람이 모여 있었다. 그 가운데는 금방 알아볼 수 있는 사람도 몇몇 있었다. 멜리나 부인은 나무 아래에 앉아서 손에 들고 있던 장미 한 송이를 만지작거리고 있었고, 라에르테스는 그 옆에서 돈을 한 손에서 다른 쪽 손으로 옮기며 세고 있었다. 미뇽과 펠릭스는 풀밭에 누워 있었다. 미뇽은 몸을 쭉 뻗고 등을 대고 누워 있었고, 펠릭스는 얼굴을 땅에 대고 엎드려 있었다. 필리네가 나타나서 아이들 위에서 손뼉을 쳤는데, 미뇽은 꼼짝도 하지 않고 그대로 있었지만 펠릭스는 벌떡 일어나 필리네에게서 달아났다. 필리네가 따라가자 펠릭스는 처음에는 뛰어가면서 웃었으나 하프너가 큰 걸음으로 천천히 자기를 따라오자 무서워서 비명을 질렀다. 그 아이는 연못이 있는 방향으로 곧장 달려가기 시작해서 빌헬름이 급히 쫓아갔다. 그러나 너무 늦어 그 아이가 그만 물에 빠지고 말았다! 빌헬름은 그 자리에 뿌리를 박은 듯 서 있었다. 이때 아름다운 아마존 여인이 연못 건너편에 있는 것이 보였는데 자기 오른손을 아이에게 쭉 내밀면서 둑을 따라 걸었고, 아이는 손가락이 가리키는 직선 방향으로 물을 건너가 그 여인이 걸어가는 대로 따라가더니, 드디어 그 여인이 아이에게 손을 내밀어 아이를 연못에서 건져 냈다. 빌헬름은 그러는 사이에 아주 가까이 와 있었다. 아이는 완전히 불처럼 뜨거워지더니 몸에서 불꽃 같은 물방울이 떨어졌다. 빌헬름의 걱정은 더욱 커졌으나 아마존 여인이 재빨리 머리에서 하얀 베일을 벗어 아이를 덮어 주었더니 불은 이내 꺼졌다. 아마존 여인이 그 베일을 벗기자 두 명의 소년이 뛰어나와 함께 이리저리 천연덕스럽게 뛰어놀았다. 그러자 빌헬름은 아마존 여인의 손을 잡고 정원을 가로질러 걸었고, 그리고 멀리서 아버지와 마리아네가 큰 나무들이 정원 전체를 둘러싸고 있는 듯이 보이는 가로수 길을 산책하는 것이 보였다. 빌헬름은 두 사람 쪽으로 난 길로 걸어가며 아름다운 동반자와 함께 정원을 가로질렀다. 그때 갑자기 금발의 프리드리히가 두 사람의 길을 막아서더니 큰 웃음소리와 온갖 익살스러운 말로 두 사람의 발길을 멈추게 했다. 그럼에도 두 사람은 걸어가던 길을 계속 가려고 했다. 그때 프리드리히는 멀리 떨어져 있는 아버지와 마리아네 쪽으로 급히 달려갔고, 아버지와 마리아네는 프리드리히를 피해 달아나는 듯이 보였다. 프리드리히는 그럴수록 더 빨리 뛰어갔다. 그러자 빌헬름은 마리아네가 거의 날아가듯 가로수 길을 가볍게 걸어가는 것을 보았다. 빌헬름의 천성이나 심정으로는 두 사람을 도와주려고 발걸음을 재촉했으나 아마존 여인의 손이 자기를 붙들고 있었다. 빌헬름은 이렇게 붙잡혀 있다는 게 얼마나 기뻤는지 모른다! 이렇게 여러 감정이 섞인 상태에서 잠에서 깨어나 보니 방에는 벌써 밝은 햇빛이 비치고 있었다.

## 2장

젊은 하인이 아침 식사를 하라고 빌헬름을 불렀다. 홀에는 신부가 벌써 와 있었고 로타리오는 말을 타고 나갔다고 했다. 신부는 별로 말이 없으나 신중한 사람인 듯이 보였다. 신부는 아우렐리아의 죽음에 관해 물었고 빌헬름이 하는 이야기에 연민의 정을 표시하며 귀를 기울였다. "아!" 하고 신부가 큰 소리로 말했다. "교양 있는 사람이 되기까지 자연과 예술이 얼마나 끝없이 작동해야 하는지 지금 생생하게 느낄 수 있으나, 동료의 교양을 위해 가능한 한 많이 살피던 사람은 실망하고 싶어질 겁니다. 인간이 얼마나 무모하게 자신을 망치는지, 죄가 있거나 없거나 얼마나 자신을 망치기 쉬운 상황에 빠지는지를 보면 말입니다. 나도 그런 생각을 하면 인생 자체가 우연한 선물처럼 여겨져, 이것을 그렇게 높게 평가하지 않는 사람을 칭찬해 주고 싶을 정도입니다."

신부가 말을 채 마치기도 전에 문이 거칠게 열리더니 한 젊은 부인이 뛰어 들어와 자기 앞을 가로막는 늙은 하인을 밀쳐 냈다. 그 부인은 곧장 신부에게 달려가 팔을 붙잡고 울고 흐느끼느라 말도 제대로 할 수 없었다. "그이는 어디에 있지요? 어디에 뒀어요? 그건 끔찍한 배신이에요! 숨김없이 말해 주세요! 무슨 일이 일어나고 있는지 저도 알고 있어요! 그이를 찾겠어요! 어디에 있는지 알고 싶어요!"

"진정하세요, 부인." 하고 신부가 침착한 척하며 말했다. "부인의 방으로 가시죠. 모두 말씀드리겠습니다. 다만 알려 달라고 하셨으니 내가 이야기할 때 가만히 듣고 계실 수 있어야 합니다." 신부는 부인을 데리고 가겠다는 뜻으로 손을 내밀었다. "제 방으로는 가지 않겠어요." 하고 그 부인이 큰 소리로 말했다. "당신들이 저를 이미 그토록 오랫동안 가두어 두었던 그 방의 벽들이 싫어요. 하지만 저도 모든 사실을 알고 있어요. 그 대령이 결투를 신청했고, 그래서 상대를 만나기 위해 말을 타고 나갔잖아요. 어쩌면 바로 이 순간에 — 몇 번 총소리가 들리는 것 같아요. 그러니 마차를 준비하라고 해서 저와 함께 가세요. 그렇지 않으면 이 집과 온 동네가 떠나가도록 소리를 지르겠어요."

부인은 뚝뚝 눈물을 흘리며 급히 창가로 달려갔고, 신부가 부인을 붙잡고 진정시키려고 했으나 아무 소용이 없었다.

마차 소리가 들리자 부인이 창문을 열고 소리쳤다. "그이가 죽었어요! 저기 시체를 가지고 왔어요." — "마차에서 내리고 있습니다." 하고 신부가 말했다. "보십시오. 살아 있잖습니까." — "상처를 입었어요." 하고 부인이 급하게 말했다. "그렇지 않으면 말을 타고 왔겠지요! 사람들이 그이를 데리고 오고 있어요. 위태로울 정도로 다쳤어요!" 부인은 문으로 달려가 계단을 내려갔고, 신부가 부인을 급히 쫓아갔다. 그리고 빌헬름도 두 사람을 따라갔더니 그 아름다운 여인이 마차에서 내리고 있는 사랑하는 사람을 만나는 것이 보였다.

로타리오는 자기와 동행하는 사람에게 몸을 의지했는데, 빌헬름은 그 사람이 옛날 자신의 후견인이었던 야르노임을 바로 알아봤다. 로타리오는 어쩔 줄 몰라 하는 부인에게 정말 친절하고도 다정하게 말했다. 그리고 부인에게도 몸을 의지해서 계단을 천천히 올라갔다. 로타리오는 빌헬름에게 인사하고 자기 방으로 부축을 받으며 들어갔다.

그리고 오래 지나지 않아 야르노가 다시 그 방에서 나와 빌헬름에게 다가와 말했다. "보아하니 당신은 어디를 가나 연극과 극장을 만날 운명을 타고나신 것 같군요. 우리가 막 아주 재미없는 연극을 하나 했었거든요."

"이런 이상한 때 다시 뵙게 되어 반갑습니다." 하고 빌헬름이 대답했다. "저는 뜻밖이라 깜짝 놀랐습니다. 이렇게 무사하게 계신 걸 보니 마음이 놓이고 안심이 됩니다. 말씀해 주시겠습니까. 생명이 위독합니까? 남작이 심한 상처를 입었나요?" — "내 생각에 그렇지는 않을 겁니다." 하고 야르노가 대꾸했다.

그리고 조금 있으니 젊은 외과 의사가 방에서 나오자 야르노는 의사에게 큰 소리로 말했다. "그래, 어떻습니까?" — "아주 위험한 상태입니다." 하고 의사가 대답하고 몇 가지 의료용 기구를 가죽 가방에 넣었다. 빌헬름은 가방에 매달린 리본을 유심히 바라보았는데 전에도 본 적이 있는 것 같았다. 생동감 넘치는 상반된 색깔, 이상한 무늬, 금색과 은색으로 된 기묘한 도안으로 세상의 모든 리본과도 구별되는 눈에 띄는 리본이었다. 빌헬름은 예전에 저 숲에서 자신에게 붕대를 감아 주었던 그 늙은 외과 의사의 가방을 보고 있다는 확신이 들었다. 그래서 그렇게 많은 시간이 흐른 뒤에도 아마존 여인의 흔적을 다시 찾을 수 있는 희망이 마치 불꽃처럼 자신의 온 전신을 뚫고 지나갔다.

"그 가방을 어디서 구하셨습니까?" 하고 빌헬름이 큰 소리로 말했다. "이전에 누가 가지고 있던 것입니까? 부탁이니 제발 말씀해 주십시오." — "경매에서 산 것입니다." 하고 의사가 대답했다. "누가 가지고 있었든 무슨 상관입니까?" 그렇게 말하고 의사는 나가 버렸다. 그러자 야르노가 말했다. "저 젊은 사람의 입에서 단 한 마디라도 바른 말이 나왔으면 좋으련만!" — "그렇다면 저 사람이 이 가방을 산 게 아니라는 말인가요?" 하고 빌헬름이 대꾸했다. "로타리오가 위독하다는 말과 마찬가지로 가능성이 희박합니다." 하고 야르노가 대답했다.

빌헬름은 여러 가지 생각에 잠겨 서 있었다. 그때 야르노가 그 이후로 어떻게 지냈는지 빌헬름에게 물었다. 빌헬름은 자기 이야기를 대충 설명했고, 마지막에는 아우렐리아의 죽음과 자신의 임무에 대해 말하자 야르노가 이렇게 외쳤다. "참 이상하군요. 정말 이상해요!"

신부가 방에서 나오더니 야르노에게 자기 대신 방으로 들어가 보라고 손짓하고는 빌헬름에게 말했다. "남작님은 선생께서 여기에 머무시고, 며칠 동안 함께하며 이런 상황에 부닥친 자기를 위로해 주셨으면 하십니다. 만약 가족분께 뭔가 소식을 전해야 한다면 편지를 즉시 보내드리겠습니다. 그리고 방금 목격하신 이 이상한 사건을 이해하시도록 꼭 이 이야기는 해드려야겠습니다. 이 이야기는 사실 비밀도 아닙니다. 남작님이 어느 부인과 짧은 연애를 한 사건이 있었습니다. 이 사건은 보통 이상으로 세간의 주목을 받았는데, 그 부인이 어느 연적에게 남작님을 빼앗은 승리감을 너무 지나치게 즐기려고 했기 때문이었습니다. 그러나 안타깝게도 남작님은 얼마 후 그 부인에게서 이전과 같은 즐거움을 발견하지 못했고 그 부인을 피하게 되었습니다. 그러나 부인은 격한 성격 때문에 자신의 운명을 담담하게 참고 받아들일 수 없었습니다. 어느 무도회에서 공개적인 절교 선언이 있었고, 그 부인은 극도로 모욕을 당했다고 생각하고 복수를 하고 싶어 했습니다. 그러나 그 부인의 복수를 떠맡으려는 기사는 한 명도 나타나지 않았습니다. 그러다 마침내 오랫동안 헤어져 있던 남편이 이 사실을 듣고 그 부인의 복수를 떠맡아서 남작님에게 결투를 신청했고 오늘 상처를 입혔던 것입니다. 하지만 그 대령은 내가 듣기로 더 심하게 다쳤다고 합니다."

이 순간부터 우리의 친구는 이 집에서 마치 한 가족처럼 대접을 받았다.

## 3장

사람들은 아픈 로타리오를 위해 몇 번 책을 읽어 주었는데 빌헬름도 그곳 사람들과 함께 이런 힘들지 않은 일을 해 주었다. 뤼디에는 침대 곁에서 떠나지 않고 상처 입은 사람을 돌보는 데 자신의 모든 정성을 쏟아부었다. 그런데 오늘은 로타리오도 마음이 뒤숭숭해 보이더니 책을 읽지 말라고 부탁했다.

"오늘따라 기분이 너무 상쾌하네요. 사람들은 얼마나 바보처럼 자신의 시간을 낭비하는지 모르겠습니다! 나도 많은 일을 계획했었고, 여러 가지를 매우 곰곰이 생각해 봤지만, 사람들은 최선의 결단을 내려야 하는 순간 얼마나 주저하는지 모릅니다! 나도 내 재산에 변화를 주려는 제안서들을 읽어 보았습니다. 이 때문에 총알이 치명적인 곳을 비켜 지나가서 기쁘다고 말할 수 있습니다."

뤼디에는 눈에 눈물을 가득 머금은 채 로타리오를 다정하게 바라보았다. 마치 자신이나 주변 사람들도 로타리오가 느끼는 삶의 기쁨에 함께할 수 없는지 묻고 싶은 것 같았다. 야르노가 로타리오의 말에 대꾸했다. "당신이 계획하고 있는 변화를 결정하기 전에 우선 모든 면을 합당하게 고려해 보아야 합니다."

"길게 고려한다는 건" 하고 로타리오가 말했다. "그 사람이 문제의 중요한 점을 제대로 파악하지 못한다는 뜻입니다. 그리고 급하게 일을 서두른다면 중요한 점을 전혀 모르고 있다는 거겠죠. 내 재산을 처리할 때 여러 측면에서 내 소작인들의 도움 없이는 어렵다는 것을 분명하게 잘 알고 있습니다. 그리고 확실한 권리를 빈틈없이 엄격하게 지켜야 한다는 사실도 알고 있습니다. 비록 내게 유리한 몇몇 특권이 있지만, 이것들이 내게 필수적이지는 않다고 생각합니다. 그래서 그중에 일부를 내 소작인들에게 베풀어 줄 수도 있습니다. 포기한다고 해서 항상 손해를 보는 건 아닙니다. 내 재산을 아버지보다 훨씬 더 잘 이용하지 않았나요? 수입이 훨씬 더 늘어나지 않았습니까? 그런데 이렇게 늘어난 이익을 나 혼자서 즐기란 말입니까? 진보하는 시대가 제공하는 확장된 지식이 가져다주는 이익을 나를 위해 함께 일하는 사람의 재산으로 베풀어서는 안 된단 말입니까?"

"사람은 원래 그런 겁니다." 하고 야르노가 크게 외쳤다. "그리고 나도 그런 성품을 가졌더라면 나 자신을 꾸짖지 않을 겁니다. 사람은 모든 것을 자기한테로 긁어모아 자기 마음대로 처리하려고 합니다. 자신이 직접 지출하지 않은 돈은 잘 썼다고 생각하는 경우가 아마 드물 것입니다."

"아, 물론이죠!" 하고 로타리오가 대꾸했다. "우리가 이자를 제멋대로 쓰지 않는다면 자본이 그렇게 많지 않아도 될 수 있습니다."

"내가 지적해야 할 유일한 점은" 하고 야르노가 말했다. "그리고 적어도 순간적으로는 손해를 보는 그런 개혁을 바로 지금 하라고 권유하지 못하는 이유는 남작께서 아직도 빚을 지고 계시고, 그 빚을 갚고 나면 자금 압박을 받게 된다는 겁니다. 그러니 빚을 완전히 갚을 때까지 그 계획을 연기하시라고 권유하는 것입니다."

"그리고 그러는 사이에 내 인생과 활동의 결과들을 영원히 없애 버릴지를 총알이나 지붕의 기왓장에 맡겨 버리란 말씀이지요! 오, 여보세요!" 하며 로타리오가 말을 계속 이어 갔다. "그게 바로 교양 있는 사람들이 저지르는 가장 큰 실수입니다. 이런 사람들은 모든 것을 어떤 이념에 돌리길 좋아하고 실제적인 대상에는 거의 또는 조금도 적용하고 싶어 하지 않는다는 것이죠. 내가 왜 빚을 졌습니까? 내가 왜 숙부님과 사이가 나빠졌고, 내 형제자매들을 그토록 오랫동안 관심도 없이 내버려두었겠습니까? 오직 하나의 이념 때문이었습니다. 미국에서 나는 성공하리라 생각했습니다. 해외에서 쓸모 있고 꼭 필요한 사람이 되리라 믿었습니다. 어떤 일을 하면서 수많은 위험에 둘러싸이지 않는다면 내게는 아무 의미도 없고 가치도 없어 보였습니다. 지금은 얼마나 달라 보입니까. 그리고 지금 바로 해야 하는 일이 내게 얼마나 가치 있고 소중해졌습니까!"

"나는 바다 건너온 편지를 잘 기억하고 있습니다." 하고 야르노가 대꾸했다. "남작님이 이렇게 쓰셨죠. '나는 돌아가게 될 겁니다. 그래서 내 집에서, 내 과수원에서, 내 가족들이 있는 가운데서 이렇게 말하게 될 겁니다. 여기가 아니면 다른 곳에 미국은 없다!'"

"예, 그렇습니다. 아직도 계속 같은 말을 되풀이합니다. 그러나 동시에 내가 여기서 그곳에서만큼 활동적이지 못하다고 스스로 질책합니다. 어느 정도 일정하고 지속적인 현재의 생활을 위해서는 이성적인 판단력이 필요합니다. 그리고 우리가 이성적으로만 판단하는 탓에 매일매일 무관심하게 흘려보내는 생활에서는 우리가 바라는 특별한 일을 더는 알지 못하며, 그리고 그것을 인식한다 해도 그런 일을 하지 않을 수많은 구실을 찾습니다. 이성적으로 판단하는 사람은 자신을 위해서는 많이 생각하지만, 전체를 위해서는 별로 하는 일이 없습니다."

"우리는 이성적인 판단을 깎아내리고 싶지 않습니다." 하고 야르노가 말했다. "그러나 특별한 일이 일어나면 대부분 어리석은 일이라고 인정하려는 것뿐입니다."

"그렇습니다. 그렇지만 그것은 바로 사람들이 그 특별한 일을 아무렇게나 하기 때문이지요. 그래서 제 매부는 매각할 수 있는 자기 재산을 모두 팔아서 헤른후트파 교단에 기부하면 자기 영혼이 구제되리라 믿고 있습니다. 만약 자기 수입 가운데 작은 일부분만 희생했더라면 많은 사람을 행복하게 만들어 주었을지 모르고, 자신과 그 사람들을 위해 지상에 천국을 만들 수 있었을지도 모릅니다. 우리가 적극적으로 희생하는 경우는 드뭅니다. 우리가 뭔가를 넘겨주면 우리는 그것에 대해 즉시 단념해 버립니다. 우리가 가진 것을 단념하는 이유도 단호한 결심에서가 아니라 절망적인 마음에서입니다. 솔직하게 말해서 요즘 백작의 모습이 늘 내 눈앞에 아른거립니다. 그래서 나는 두려운 망상으로 백작의 마음을 움직이게 했던 바로 그 일을 확고한 신념을 가지고 실행하겠다고 굳게 결심했습니다. 내가 회복될 때까지 기다릴 수 없습니다. 여기 서류들이 있으니 정리만 하면 됩니다. 변호사와 같이 가세요. 우리 손님도 도와주실 겁니다. 무엇이 중요한지 저만큼 잘 알고 계시잖아요. 나는 여기서 낫든지 죽든지 그 일을 계속 진행하려고 합니다. 그리고 이렇게 외치면서 말이죠. 여기가 아니면 다른 곳에 헤른후트파는 없다!"

뤼디에는 로타리오가 죽는다는 말을 듣고 침대 앞에 쓰러지며 그의 팔에 매달려 슬피 울었다. 외과 의사가 들어왔고, 야르노는 빌헬름에게 서류들을 건네주고는 뤼디에더러 나가 달라고 부탁했다.

"도대체 무슨 일입니까!" 하고 빌헬름이 홀에 야르노와 두 사람만 남게 되자 큰 소리로 말했다. "백작과 관련된 것이 무슨 일입니까? 어느 백작이 헤른후트파 교단에 들어 있단 말입니까?"

"선생도 아주 잘 아는 백작님입니다." 하고 야르노가 대답했다. "선생이 백작님을 경건파 교단으로 쫓아낸 유령이 아닙니까. 그리고 그분의 아름다운 부인이 남편을 따라가도 괜찮다고 여기도록 몰아넣은 악당이 바로 선생입니다."

"그렇다면 그 백작 부인이 로타리오 씨의 여동생이란 말입니까?" 하고 빌헬름이 외쳤다.

"바로 그렇습니다."

"그럼, 로타리오 씨도 그 사실을 알고 있나요?"

"다 알고 있습니다."

"도망쳐야겠습니다." 하고 빌헬름이 큰 소리로 말했다. "어떻게 내가 남작님 앞에 설 수 있겠습니까? 그분이 제게 뭐라고 하겠습니까?"

"아무도 다른 사람에게 던지려고 돌을 들어서는 안 되고, 아무도 사람들에게 창피를 주려고 말을 길게 지어내서는 안 됩니다. 그 말은 거울에나 대고 해야 할 것입니다."

"선생님도 그 사실을 알고 계십니까?"

"다른 여러 가지 사실들도요." 하고 야르노가 미소를 지으며 말했다. "하지만 이번에는" 하고 계속 말했다. "지난번처럼 그렇게 쉽게 선생을 놓아주지 않을 겁니다. 그렇다고 내가 징집관 급료를 받는다고 두려워하실 것 없습니다. 나는 이제 군인도 아니고 비록 그렇다고 해도 선생께 이런 의심을 불러일으켜서는 안 되겠지요. 선생과 헤어진 이후 많은 것이 변했습니다. 내 유일한 친구이자 은인이셨던 후작님이 돌아가신 후 나는 세상에서 그리고 세상일에서 벗어났습니다. 나는 합리적인 일은 기꺼이 후원해 주었고, 황당무계한 일이라고 생각되면 가만히 있지 않았습니다. 그래서 사람들은 언제나 내 머리가 정상이 아니라거나 입이 거칠다고 말하곤 했지요. 사람들은 이성적인 판단을 제일 두려워합니다. 무엇이 두려워할 만한 것인지 깨달았다면 우둔함을 두려워해야 하는데 말입니다. 그러나 이성적인 판단은 본래 불편한 것입니다. 사람들은 그것을 치워 버려야 합니다. 우둔함은 다만 부패하기 쉬운 것이니 기다려 줄 수 있지요. 하지만 눈감아 줄 수도 있습니다. 나도 살아가야 하는데 이런 내 계획에 대해선 나중에 말씀드리겠습니다. 마음에 드신다면 그 계획에 참여해 주시기 바랍니다. 그런데 지금까지 어떻게 지내셨는지 말씀해 주세요. 보아하니 선생은 어딘가 변하신 듯합니다. 집시 극단과 뭔가 아름답고 훌륭한 것을 만들어 내겠다는 선생의 옛날 환상은 어떻게 되어 갑니까?"

"저는 이미 벌을 받았습니다." 하고 빌헬름이 크게 말했다. "내가 어디서 와서 어디로 가는지 생각나게 하지 마십시오. 연극에 대해 많이 말들을 합니다만, 직접 거기에 참여해 보지 않은 사람은 연극의 실상을 상상도 할 수 없을 겁니다. 그 사람들은 전혀 자기 자신도 제대로 파악하지 못하고, 신중하게 생각해 보지도 않고 일을 해 나가며, 요구는 또 얼마나 한도 끝도 없는지 모릅니다. 누구나 자기가 제일 잘난 사람일 뿐만 아니라 이 정도의 인물은 자기밖에 없다고 생각합니다. 그래서 서로를 배척하려 드는데, 자기가 그 사람들과 함께 뭔가를 이루지도 못할 사람이라는 것조차 모릅니다. 각자 놀랍도록 스스로 독창적이라고 생각하지만 구태의연하지 않고 창의적인 뭔가를 잘하는 능력도 없습니다. 그러면서 뭔가 새로운 것이 나타나면 끊임없이 불안해합니다. 그런 사람들이 서로에게는 얼마나 과격하게 대하는지 모릅니다! 그리고 아주 사소한 이기심과 아주 제한적일 뿐인 자기 이익만이 서로를 하나로 뭉치게 합니다. 상대를 대하는 태도는 심지어 말할 수도 없습니다. 교활한 속임수와 비열한 말로 불신이 끊임없이 지속됩니다. 그래서 사람들은 방탕하게 살거나 어리석게 살아갑니다. 누구나 최고의 존경을 받을 권리가 있다고 주장하면서 아주 사소한 질책에도 민감하게 반응합니다. 이 모든 것을 스스로 더 잘 알고 있다고는 합니다! 그렇다면 왜 항상 그 반대로 행동할까요? 언제나 궁핍하고, 항상 다른 사람을 신뢰하지 못해서 이성적인 판단과 훌륭한 취향을 무엇보다 두려워하는 것 같습니다. 그래서 자신들이 마음대로 할 수 있는 개인적 절대 권리만을 그렇게도 유지하려고 노력하는 것 같습니다."

빌헬름이 지루한 이야기를 계속 늘어놓으려고 숨을 돌리고 있을 때 야르노가 지나칠 정도로 크게 웃는 바람에 말을 중단하고 말았다. "불쌍한 배우들!" 하고 야르노가 크게 외치며 소파에 몸을 던지고는 계속 웃었다. "배우들은 불쌍하지만 착한 사람들이에요! 알고 계십니까." 하고 야르노가 어느 정도 웃음을 그치고 나서 계속 말을 이어 나갔다. "선생이 방금 연극계가 아니라 세상을 묘사했다는 걸 말입니다. 그리고 선생의 거친 붓 터치에 걸맞은 인물들이나 행동들을 모든 계급에서 내가 찾아낼 수 있다는 것을 말입니다. 죄송하지만 이런 훌륭한 특성들이 무대 사람들에게만 있다고 생각하시니 다시 웃지 않을 수가 없군요."

빌헬름은 야르노가 너무 지나치게 시도 때도 없이 터뜨리는 웃음에 불쾌해지려는 마음을 진정시키며 말했다. "그런 잘못들을 어디에서나 볼 수 있는 것이라고 주장하시다니 인간을 혐오하고 계신 것을 완전히 감추지는 못하시는군요."

"이런 현상이 연극계에만 만연해 있다고 평가하신다면 선생이 세상을 잘 모른다는 증거입니다. 정말이지 나는 자기기만과 관객의 마음에 들고 싶은 욕심에서 생겨나는 배우의 어떤 결점이라도 용서하겠습니다. 왜냐하면 배우가 다른 사람들에게 자신이 뭔가 잘난 것처럼 행동하지 않으면 배우는 아무것도 아니기 때문입니다. 뭐라도 된 듯 보여주는 것이 배우의 직분이고, 배우는 순간순간 터지는 박수갈채를 아주 소중하게 생각해야 합니다. 왜냐하면 달리 보상받지 못하기 때문입니다. 배우는 빛나기 위해 노력해야 합니다. 배우는 그러기 위해 거기에 있기 때문입니다.

"죄송하지만" 하고 빌헬름이 대꾸했다. "이번에는 어쨌든 제가 웃어야겠습니다. 저는 지금껏 선생님이 그렇게 관대하고 그렇게 너그러우실 수 있는지 미처 생각지 못했습니다."

"아니, 절대 그렇지 않습니다! 이것은 충분히 심사숙고해서 내린 진지한 생각입니다. 나는 배우의 인간적인 결점은 모두 용서해도, 배우와 같은 결점을 가진 사람은 용서하지 않습니다. 이에 대한 내 한탄은 그만두도록 합시다. 그건 선생의 한탄보다 더 심하게 들릴지도 모릅니다."

외과 의사가 나왔다. 환자의 상태가 어떠냐는 물음에 힘차고 다정하게 "아주 좋습니다. 곧 완전히 회복하시리라 생각됩니다." 하고 말했다. 빌헬름이 다시 한번 그리고 더 간절하게 그 가방에 관해 물어보려고 입을 벌리고 있었지만, 의사는 그 질문을 기다리지 않고 바로 홀을 급히 나가 버렸다. 아마존 여인에 대해 뭐라도 듣고 싶은 마음에 빌헬름은 야르노를 한번 믿어보기로 했다. 빌헬름은 야르노에게 자신의 사정을 털어놓고 옆에서 도와 달라고 부탁했다. "선생님은 많은 것을 알고 계시니" 하고 빌헬름이 말했다. "이것도 모르실 리는 없겠죠?"

야르노는 잠시 생각해 보더니 이 젊은 친구에게 말했다. "안심하십시오. 그리고 다른 사람이 눈치를 채지 못하게 하십시오. 우리는 분명히 그 아름다운 여인이 있는 곳을 알아낼 겁니다. 지금은 단지 로타리오 씨의 상태가 걱정입니다. 상황이 아주 심각합니다. 외과 의사가 나를 다정하게 위로해 주는 게 그걸 말해 줍니다. 뤼디에를 다른 곳에 머무르게 했으면 좋겠어요. 여기에 있어 봐야 아무런 도움이 안 됩니다. 하지만 이 일을 어떻게 처리해야 할지 모르겠습니다. 오늘 저녁에 우리의 나이 지긋한 의사가 오시기로 했으니 협의해 보도록 하지요."

## 4장

그 의사가 왔는데 우리가 이미 알고 있는 바로 그 착하고 키가 작은 늙은 의사였다. 우리가 흥미로운 원고를 전달받은 것도 이 사람 덕분이었다. 의사는 무엇보다 먼저 환자를 찾아갔고 환자의 상태에 전혀 만족하지 않는 것 같았다. 그런 다음 야르노와 긴 대화를 나누었지만, 두 사람은 저녁 식사를 할 때 아무런 말도 비치지 않았다.

빌헬름은 의사에게 아주 다정하게 인사하면서 하프를 타는 노인의 안부를 물었다. ― "그 불행한 사람을 회복시킬 희망이 우리에게 아직 있습니다." 하고 의사가 대답했다. ― "그 사람은 의사 선생님처럼 제한되고 특이한 생활을 하시는 분에게는 달갑지 않은 혹이었는데 그 후로 그 노인은 어떻게 지내고 있습니까?" 하고 야르노가 말했다.

의사는 야르노의 호기심을 만족시키고 나서 계속 말했다. "그렇게 이상한 정신 상태에 빠진 사람을 지금껏 본 적이 없습니다. 수년 전부터 그 사람은 외부에서 일어나는 일에 조금의 관심도 보이지 않았으며, 심지어 어떤 것에도 주의를 기울이지 않았습니다. 단지 깊은 생각에 잠긴 채 속이 텅 빈 자신만 바라볼 뿐인데, 그런 자신이 끝도 없는 낭떠러지로 보이는 것 같습니다. 그 노인이 이런 애처로운 상황을 이야기할 때는 눈물이 날 정도였습니다! '제 앞에 아무것도 보이지 않고 제 뒤에도 아무것도 보이지 않습니다.' 하고 그 노인이 큰 소리로 말했습니다. '끝이 없는 밤밖에는 없습니다. 그 어둠 속에서 저는 너무 지독한 외로움을 느끼며 살아가고 있습니다. 죄책감 외에 다른 감정은 남아 있지 않고, 그 죄책감은 형태를 알 수 없는 유령처럼 멀리 등 뒤에서 보일 뿐입니다. 거기에는 높이나 깊이도, 앞이나 뒤도 없습니다. 언제나 똑같은 이 상태를 달리 표현할 말이 없습니다. 가끔 저는 이 냉담한 유령을 보고 괴로워서 격하게 부르짖곤 합니다. 영원히! 영원히!라고 말입니다. 그리고 이상하고 이해할 수 없는 이 말은 암울하고 비참한 내 심정에 비하면 그래도 밝고 분명한 말입니다. 하느님의 어떤 빛도 이 어두운 밤에 있는 저에게 나타나지 않고, 저는 눈물을 흘리며 저 자신이 불쌍해서 웁니다. 제게는 우정과 사랑보다 더 잔인한 것이 없습니다. 이것만이 저를 둘러싼 현상들이 현실이길 바라는 소망을 자극하기 때문입니다. 그러나 이 두 개의 유령도 단지 나를 불안에 떨게 하려고, 그리

고 마침내 이 괴물 같은 존재의 소중한 의식마저 빼앗아 가기 위해 저 심연에서 올라왔던 것뿐입니다.'

여러분도 그 노인이 하는 말을 들어 봐야 합니다." 하고 의사가 말을 이어 갔다. "그 노인이 이렇게 자신의 속마음을 털어놓고 마음이 가벼워질 때를 말입니다. 저는 몇 번 아주 크게 감동하며 그 노인의 말을 귀 기울여 들었습니다. 어느 순간 시간이 흘러갔다는 것을 인정하게 되는 어떤 생각이 떠오르면 그 노인은 깜짝 놀란 듯이 보이다가 다시 그런 상황 변화를 여러 현상 가운데 하나라고 말을 돌려 버리고 맙니다. 어느 날 밤에 그 노인은 자신의 백발 머리에 대한 노래를 불렀는데 우리는 모두 주위에 둘러앉아서 눈물을 흘렸습니다."

"오, 제게도 그 노래를 들려주십시오." 하고 빌헬름이 외쳤다.

"그런데" 하고 야르노가 물었다. "그 노인이 자신이 저지른 죄라고 부르는 것이 무엇인지, 입고 있는 이상한 옷이나 불이 났을 때 자신의 행동, 어린아이에 대한 자신의 분노에 대해선 아무것도 알아내지 못하셨습니까?"

"우리는 그저 추측으로만 그 노인의 운명에 가까이 다가갈 수 있을 뿐입니다. 그 노인에게 직접 묻는 것은 우리의 원칙을 거스르게 될지도 모릅니다. 그 노인이 가톨릭 신자로 자랐다는 것을 알고 고해 성사를 보게 해서 고통을 덜어 줄 수 있다고 생각했습니다. 그러나 우리가 그 노인을 신부님께 데려가려고 할 때마다 이상하게도 사라져 버렸습니다. 그래서 그 노인에 대해 알고 싶어 하는 여러분의 바람을 완전히 충족시켜 드리지는 못하더라도 최소한 우리의 추측을 말씀드리겠습니다. 그 노인은 젊은 시절 아마 신부님이었던 것 같습니다. 그래서 자신의 긴 옷이나 수염을 계속 간직하려는 것 같이 보입니다. 살아가는 오랜 세월 동안 사랑의 기쁨은 모르고 지내 온 듯합니다. 그러다 비로소 늦게 아주 가까운 인척 관계의 여인과 잘못된 관계를 맺었고, 그 여자가 불행하게 태어난 아이를 남기고 죽자 노인의 머리를 완전히 돌아 버리게 만들었을 수도 있습니다.

그 노인의 가장 큰 망상은 자신이 어디를 가나 불행을 가져다주고, 순진무구한 소년의 손에 죽게 된다는 것입니다. 미뇽이 여자아이임을 알기 전까지 처음에는 미뇽을 두려워했는데, 이제 펠릭스를 무서워하고 있습니다. 이런 아주 비참한 상황에도 불구하고 삶을 너무 사랑하기 때문에, 어린아이에 대한 혐오감이 생겨난 것처럼 보입니다."

"그렇다면 그 노인이 회복될 가망은 있다고 보십니까?" 하고 빌헬름이 물었다.

"조금씩 나아지고 있습니다." 하고 의사가 대답했다. "그래도 악화하지는 않고 있습니다. 정해진 일을 계속 수행하고 있고, 우리가 신문 읽는 데 익숙해지도록 해 주었더니 이제는 읽고 싶은 마음이 커져서 언제나 신문을 기다릴 정도입니다."

"그 노인의 노래가 궁금합니다." 하고 야르노가 말했다.

"그 가운데 몇 가지를 알려드릴 수 있습니다." 하고 의사가 말했다. "목사님의 장남이 아버지의 설교를 받아쓰는 버릇이 있는데 노인이 눈치채지 못하게 여러 구절을 적어 두었고, 여러 곡을 짜 맞춰 놓았습니다."

다음 날 아침에 야르노가 빌헬름에게 와서 말했다. "우리 부탁을 하나 들어주셔야겠습니다. 뤼디에를 얼마간 다른 곳에 있게 해야겠는데, 그녀의 열렬한 그리고, 이렇게 말해도 될지 모르지만, 귀찮을 정도의 사랑과 열정이 남작의 회복에 방해가 되고 있습니다. 남작은 말을 잘 들으니 상처가 더 벌어져서 상태가 위중해지지는 않겠지만 휴식과 안정이 필요합니다. 선생도 보셨다시피 뤼디에가 너무 심하게 걱정하고 자제할 수 없을 정도로 불안해하며, 마를 줄 모르는 눈물을 흘리며 남작을 괴롭히지 않습니까. 그리고 — 이것으로도 충분합니다." 야르노는 잠시 쉬었다가 미소를 지으며 말을 이어 갔다. "의사 선생님이 뤼디에는 당분간 이 집을 떠나 있는 게 좋겠다고 특별히 요구하십니다. 우리는 뤼디에의 제일 친한 여자 친구가 이 근처에 머물면서 지금이라도 당장 자기를 만나길 기다리고 있다고 믿게 해 놓았습니다. 뤼디에에게도 여기서 두 시간 정도 떨어진 곳에 사는 변호사에게 가보라고 설득해 놓았습니다. 이 변호사는 이 상황을 다 알고 있어서, 테레제 양이 막 떠나 버린 것을 대단히 아쉬워하는 척할 겁니다. 그리고 변호사는 아마도 테레제 양을 뒤좇아 가면 만날 수 있을 거라고 할 것이고, 뤼디에는 그 친구를 급히 좇아가게 되겠지요. 그래서 만약 운이 좋으면 이곳저곳을 돌아다니게 될 겁니다. 뤼디에가 결국 다시 돌아가겠다고 고집하면 반대해서는 안 됩니다. 그래서 밤을 이용해야 하는데, 마부가 재치 있는 사람이니 사전에 말을 맞추면 문제가 없을 겁니다. 선생은 뤼디에와 함께 마차에 앉아서 대화도 나누며 이 모험을 지휘해 주시면 됩니다."

"제게 이상하고도 걱정스러운 임무를 주시는군요." 하고 빌헬름이 대꾸했다. "마음에 상처를 받고도 변치 않고 연인을 사랑하여 곁을 지키는 여인의 심정이 어떻겠습니까! 그렇다고 저더러 이를 해결하기 위한 도구가 되란 말입니까? 저는 이런 식으로 다른 사람을 속이기는 지금까지 살아오면서 처음입니다. 선의의 유익한 목적을 위해서라도 한번 속이기 시작하면 언젠가 도가 지나칠 수도 있다고 믿었기 때문입니다."

"우리는 아이들도 이런 식으로밖에 키울 수 없지 않습니까." 하고 야르노가 대답했다.

"아이들한테는 그런대로 허용될 수도 있겠지요." 하고 빌헬름이 말했다. "우리가 아이들은 애정을 담아 사랑하고 확실하게 돌보고 있으니까 그렇다고 치더라도, 우리 같은 어른들은 아이들처럼 마음을 소중하게 다루어 달라고 늘 큰 소리로 부탁하지는 않으니 위험해지기 쉽습니다. 그렇다고" 하고 빌헬름이 잠시 생각하고 나서 말을 이었다. "제가 그 때문에 이 임무를 거절한다고 생각하지는 마십시오. 당신의 이성적 판단력이 제게 불러일으키는 존경심에서, 당신의 훌륭한 친구에게서 느껴지는 좋은 감정에서, 어떤 수단을 써서라도 그분의 회복을 원하는 간절한 바람에서 저는 저 자신을 생각하지 않겠습니다. 친구를 위해 목숨을 걸 수 있다고 말하는 것만으로는 충분치 않습니다. 긴급한 상황에서는 그 친구를 위해 자신의 신념마저도 부인해야 하겠지요. 그 친구를 위해 우리가 가장 사랑하는 열정과 가장 바라는 소원도 희생해야 마땅합니다. 그 임무를 맡겠습니다. 비록 뤼디에의 눈물과 절망을 참아내야 하는 고통이 벌써 느껴지지만 말입니다."

"그 대신에 적지 않은 보상이 선생을 기다리고 있을 겁니다." 하고 야르노가 말했다. "테레제 양을 아시게 될 텐데 좀처럼 보기 드문 여성입니다. 수많은 남자를 부끄럽게 만드는 사람입니다. 그래서 나는 진정한 아마존 여인이라고 부르고 싶습니다. 다른 여성들은 단지 얌전한 자웅동체처럼 모호한 옷을 입고 돌아다니고 있을 뿐입니다."

빌헬름은 깜짝 놀랐고 자신이 찾는 아마존 여인을 다시 보게 되리라는 기대에 찼다. 빌헬름이 몇 가지 정보를 부탁했으나 야르노가 갑자기 말을 중단하고 나가 버려 그런 기대감이 더욱 커졌다.

그렇게도 연모하고 그리워하던 아마존 여인을 다시 만날 수도 있는 새로운 기대는 빌헬름의 마음에 아주 이상한 흥분을 불러일으켰다. 자신에게 주어진 임무가 명백한 운명으로 여겨졌다. 그리고 자신이 불쌍한 처녀를 그 여인이 아주 진심으로 열렬히 사랑하는 대상에게서 떼어내려 한다는 생각도 마치 새의 그림자가 밝은 땅 위를 날아 지나가는 것처럼 일시적일 뿐이라고 생각했다.

마차가 문 앞에 서 있었고, 뤼디에는 마차에 오르기를 잠시 망설였다. "주인님께 다시 한번 인사를 전해 주세요." 하고 뤼디에가 늙은 하인에게 말했다. "저녁 전에는 돌아올 거예요." 마차가 출발하자 뤼디에는 눈에 눈물이 가득한 채로 몸을 돌려 뒤돌아보았다. 그러고 나서 빌헬름 쪽으로 다시 몸을 돌려 정신을 차리며 말했다. "테레제 양을 보시면 아주 흥미로운 사람이라고 생각하실 거예요. 어쩌다 이곳으로 왔는지 너무 궁금해요. 테레제 양과 남작은 서로 열렬히 사랑했었던 것을 선생님도 아시게 될 겁니다. 멀리 떨어져 있었음에도 로타리오 씨는 자주 테레제 양을 찾아가곤 했습니다. 그때 저는 테레제 양 주변에서 살았고, 두 사람이 서로를 위해 함께 살게 될 것처럼 보였습니다. 그런데 갑자기 사이가 깨져 버렸는데 아무도 그 이유를 알 수 없었어요. 그분은 이미 저를 알고 계셨고, 제가 테레제 양을 진심으로 시샘했던 것을 부인하지 않겠습니다. 그리고 남작님에 대한 애정을 거의 감추지 못했고, 남작님이 테레제 양 대신에 저를 선택하는 듯 보였을 때 거절하지 않았다는 사실도 말입니다. 제가 그렇게 소중한 연인을 거의 빼앗았다고 여길 게 틀림없는데도 제게 더 바랄 나위 없을 정도로 잘해 주었습니다. 그러나 얼마나 많은 눈물과 고통을 제가 이 사랑을 위해 치렀는지 모릅니다! 처음에 우리는 가끔 다른 곳에서 만났습니다. 그러나 그런 생활을 오래 견딜 수가 없었습니다. 그분이 내 앞에 있을 때만 저는 행복했고 정말 행복했습니다! 그분과 멀리 떨어져 있으면 눈물이 마를 날이 없었고, 맥박이 조용히 뛸 때도 없었습니다. 한번은 그분이 며칠 동안 보이지 않았는데 저는 절망감에 빠졌고 길을 나서 여기까지 오는 바람에 그분이 깜짝 놀라신 일도 있었죠. 그래도 그분은 저를 다정하게 맞아 주셨습니다. 만약 그사이에 이런 불행한 결투만 벌어지지 않았더라면 저는 천국 같은 생활을 즐겼을 겁니다. 그분의 생명이 위독해져 괴로워하시는 모습을 보며 제가 견뎌 내야 했던 것은 말하지 않겠습니다. 이 순간 제가 단 하루라도 그분을 떠나 있다는 사실에 저 자신을 몹시 꾸짖고 있습니다."

빌헬름이 막 테레제에 관해 물어보려고 했을 때 두 사람은 변호사 집 앞에 도착했다. 그는 마차까지 와서 테레제 양이 이미 출발해 버렸다며 진심으로 아쉬워했다. 그러면서 두 사람을 위해 아침 식사를 마련해 놓았으며 다음 마을에서 그 마차를 따라잡을 수 있을 거라고 말했다. 마차를 바로 뒤쫓아 가기로 결정이 내려지자 마부는 주저하지 않고 출발했다. 여러 마을을 이미 지나왔지만 아무도 만나지 못했다. 그러자 뤼디에는 돌아가야 한다고 고집을 부렸다. 마부는 아무 말도 못 들은 척 마차를 계속 몰았다. 뤼디에가 끝끝내 아주 격하게 되돌아갈 것을 요구했고 빌헬름은 마부를 큰 소리로 불러 약속된 신호를 주었다. 그러자 마부가 "같은 길로 돌아갈 필요는 없습니다. 더 가깝고 동시에 훨씬 편안한 길을 하나 알고 있습니다." 하고 대꾸했다. 마부는 샛길로 숲을 지나고 긴 목초지를 가로질러 마차를 몰았다. 그러나 끝내 익숙한 광경이 나타나지 않았다. 마부는 유감스럽게도 길을 잘못 왔다고 솔직하게 털어놓았고, 그렇지만 저기 마을이 하나 보이니 곧 다시 제대로 길을 찾을 수 있다고 했다. 밤이 찾아오자 마부는 자기가 맡은 일을 능숙하게 처리했다. 마부는 가는 곳마다 길을 물어보았지만, 대답을 기대하지는 않았다. 일행은 밤새 마차를 타고 돌아다녔으나 뤼디에는 눈을 붙이지 않았다. 달빛에 어디를 가도 비슷하게 보였지만 언제나 비슷하게 보이던 것은 다시 사라져 버리고 말았다. 아침이 되자 주위가 낯익었다. 그러나 그럴수록 더 기대에 미치지 못했다. 마차가 어느 작지만 예쁘게 지어진 시골집 앞에 멈췄다. 어떤 여자가 문에서 나와 마차 문을 열어주었다. 뤼디에는 그 여자를 뚫어지게 바라보더니 주위를 둘러보고 다시 그 여자를 쳐다보고는 의식을 잃고 빌헬름의 팔에 쓰러졌다.

## 5장

빌헬름은 지붕에 창이 난 작은 방으로 안내되었다. 이 집은 가능한 한 작게 새로 지어졌지만 아주 깨끗하고 잘 정돈되어 있었다. 빌헬름과 뤼디에를 마차까지 나와 맞이했던 테레제는 빌헬름이 찾던 아마존 여인은 아니었고, 하늘과 땅만큼이나 다른 여자였다. 체격이 좋고 크지는 않았지만 아주 활기차게 움직였다. 그리고 그 맑고 푸른 큰 눈에는 무슨 일이든지 아무것도 숨기지 못할 것 같았다.

테레제는 빌헬름의 방으로 들어와 필요한 것이 없는지 물었다. "아직 칠 냄새가 심한 방에 머무시게 해서 죄송합니다." 하고 테레제가 말했다. "이 작은 집이 얼마 전에 완공되어서 손님용으로 마련한 이 방을 선생님이 처음으로 쓰시게 되었습니다. 기분 좋은 일로 이곳에 오셨더라면 좋았을 텐데! 저 불쌍한 뤼디에가 우리를 편하게 놔두지는 않을 거예요. 어쨌든 견디셔야만 할 겁니다. 우리 집의 여자 요리사가 하필이면 지금 그만두었고, 하인 한 명도 손을 으스러질 정도로 심하게 다쳤습니다. 제가 혼자서 모든 일을 해야 하는 상황입니다. 준비만 잘한다면 결국 어떻게든 해내게 되겠지요. 그런데 하인이 제일 골칫거리입니다. 누구도 시중을 들려고 하지 않고 심지어 자기 일도 제대로 못 한답니다."

테레제는 그 밖에도 여러 가지 이야기를 했는데 대체로 말하는 것을 좋아하는 듯했다. 빌헬름은 착한 뤼디에를 만나서 사과라도 할 수 없을지 물어보았다.

"지금은 그래 봐도 뤼디에한테 통하지 않을 거예요." 하고 테레제가 대답했다. "시간이 지나면 이해도 하고 마음이 가라앉을 겁니다. 말은 이 두 가지 경우에 별로 효과가 없습니다. 뤼디에는 선생님을 만나려 하지 않을 겁니다. 제가 뤼디에를 두고 나올 때 뤼디에가 '그분이 내 눈앞에 나타나지 않게 해 주세요.' 하고 외쳤거든요. '그 인간성을 참을 수 없어요. 그렇게 정직해 보이는 얼굴로 그렇게 천연덕스럽게 행동하더니 이런 은밀한 술책을 부릴 줄이야!'라고 했어요. 뤼디에는 로타리오 씨를 완전히 용서했습니다. 로타리오 씨가 이 착한 아가씨에게 보낸 편지에 '친구들이 날 설득했고, 친구들이 강요해서 어쩔 수 없었소!'라고 했거든요. 이 친구들에 선생님도 속한다고 뤼디에가 생각하고 다른 친구들과 함께 선생님도 비난하는 겁니다."

"뤼디에 양이 나를 책망한다면 오히려 내게는 너무 영광입니다." 하고 빌헬름이 대꾸했다. "저는 아직 이 훌륭한 분의 우정을 요구할 자격이 없고, 이번에는 그냥 악의가 없는 도구에 불과합니다. 저의 행동을 잘했다고 하고 싶지는 않지만, 제가 그렇게 할 수 있었다는 것만으로 만족합니다! 제가 이전에 알고 있던 누구보다 높이 평가해야 하는 분의 건강과 생명에 관계된 일이었으니까요. 얼마나 대단한 분입니까! 그리고 그분을 둘러싸고 있는 분들은 또 얼마나 훌륭하십니까! 이분들과 저는, 감히 말하자면, 처음으로 대화다운 대화를 나누었고, 처음으로 제가 한 말의 의미가 다른 사람의 입에서 더 풍부하게, 더 충실하게, 더 폭넓은 의미로 제게 들려왔습니다. 제가 어렴풋이 알고 있던 것이 분명해졌고, 제가 생각하고 있던 것을 실제로 볼 수 있게 되었습니다. 아쉽게도 이런 즐거움이 처음에는 온갖 걱정과 근심으로, 그다음에는 이 불유쾌한 임무로 중단되고 말았습니다. 저는 복종하는 뜻으로 이 임무를 받아들였는데, 이런 훌륭한 분들을 위해 저의 감정을 희생함으로써 일종의 수업료를 낼 의무가 있다고 생각합니다."

테레제는 빌헬름이 이 말을 하는 동안 그를 매우 다정하게 바라보고 있었다. "자신의 신념을 다른 사람의 입에서 듣게 되는 것이 얼마나 기분 좋겠어요?" 하고 테레제가 큰 소리로 말했다. "다른 사람이 우리 말을 전적으로 옳다고 해 주면 비로소 진정한 우리 자신이 되는 것이 아니겠습니까. 로타리오 씨에 대해서 저도 완전히 선생님과 같은 생각입니다. 모두가 그분이 옳다고 보지는 않지만, 그분을 더 잘 아는 사람들은 모두 그분에게 빠져듭니다. 그리고 내 가슴에 그분과 함께한 추억으로 괴로운 감정이 뒤섞여 있어도 매일 그분이 생각나지 않을 때가 없습니다." 테레제는 이 말을 하면서 가슴을 펴고 긴 한숨을 내쉬었는데 오른쪽 눈에는 고운 눈물이 반짝였다. "그렇다고" 하고 테레제가 계속 말을 이어 갔다. "제가 연약해서 쉽게 마음이 흔들리는 거라 생각하지는 마세요! 이 눈물은 단지 생리적인 현상입니다. 아래 눈꺼풀 밑에 작은 반점이 있었는데 다행히도 떼어 냈습니다. 그런데 그 눈이 그때부터 점점 약해져서 걸핏하면 눈물이 나옵니다. 여기에 작은 점이 있었는데 지금은 그 자국이 보이지 않으실 겁니다."

빌헬름은 아무런 자국도 보지 못했지만, 수정처럼 맑은 테레제의 눈을 바라보니 마음의 밑바닥까지 비치는 듯했다.

"우리는 이제 서로 친분을 표시한 셈이니까" 하고 테레제가 말했다. "가능한 한 빨리 서로를 잘 알아 가도록 하지요. 사람이 살아온 이야기는 바로 그 사람의 성격을 말해 줍니다. 선생님께 제가 어떻게 살아왔는지 이야기해 드릴 테니 저에게도 똑같은 믿음을 보내 주시고, 비록 멀리 떨어져 계시더라도 연락을 이어 가도록 하지요. 산이나 강 그리고 도시만 생각하면 이 세상은 너무 공허하지만, 비록 말하지 않더라도 우리와 함께 살아가는 누군가가 우리와 뜻을 같이한다는 것을 알고 있으면 이 세상도 우리에게 사람이 사는 낙원이 될 겁니다."

테레제는 곧 산책하기 위해 빌헬름을 데리러 오겠다고 약속하고 급히 사라졌다. 테레제와 함께 있으면 빌헬름의 기분이 좋아져 빌헬름은 이내 테레제와 로타리오의 관계가 궁금해졌다. 빌헬름더러 오라고 부르더니 테레제가 방에서 나와 맞이했다.

한 사람씩 내려가야 할 것 같은 좁고 가파른 계단을 내려오면서 테레제가 말했다. "제가 선생님의 아량 넓은 친구의 제안을 따랐더라면 이 모든 것을 좀 더 넓고 여유 있게 만들 수 있었을지도 모릅니다. 하지만 내가 그분에게 소중한 존재로 머무르려면 그분이 내게서 가치 있게 여기는 것을 유지하고 있어야 합니다. 관리인이 어디로 갔을까요?" 하고 테레제가 계단을 다 내려와서 물었다. "제가 관리인이 필요할 만큼 부자라고 생각하실 필요는 없습니다." 하고 테레제가 말을 이어 갔다. "얼마 안 되는 제 소유의 땅은 저 혼자서도 경작할 수 있습니다. 관리인은 새로 이사 온 이웃인데 제가 속속들이 잘 알고 있는 좋은 땅을 샀죠. 그런데 이 착한 노인이 족부 통풍에 걸려 아파서 누워 있습니다. 그 집 사람들은 이 지역에 처음 살다 보니 제가 잘 적응할 수 있도록 도와주고 있습니다."

두 사람은 산책하면서 경작지와 목초지 그리고 몇몇 과수원을 지나갔다. 테레제는 관리인에게 일일이 설명해 주었고 아무리 사소한 일이라도 세세하게 말해 주었다. 그래서 빌헬름은 그녀의 지식과 정확성 그리고 어떤 경우라도 능숙하게 그 방법을 알려 주는 모습에 놀라지 않을 수 없었다. 테레제는 어디를 가도 오래 머무르지 않았고 언제나 중요한 점을 재빨리 파악하다 보니 문제는 금방 해결되었다. "주인님께 인사 전해 주세요." 하고 테레제가 관리인에게 작별 인사를 하면서 말했다. "제가 가능한 한 빨리 찾아뵐 것이며 완전한 회복을 기원한다고요." 관리인이 떠나자 테레제가 미소를 지으며 말했다. "저도 곧 많은 것을 가진 부자가 될 수 있을지 모릅니다. 마음씨 착한 제 이웃이 제게 청혼하고 싶은 듯하니 말입니다."

"족부 통풍에 걸린 그 노인 말씀입니까?" 하고 빌헬름이 크게 소리쳤다. "어떻게 당신 나이에 그렇게 절망적인 결심을 하실 수 있는지 저는 모르겠습니다." — "제가 자청한 일은 전혀 아닙니다." 하고 테레제가 대답했다. "각자 자기가 소유한 것에 책임을 질 줄 안다면 부유해지지 않겠어요. 그러나 그것을 제대로 관리하지 못하면 많이 가지고 있는 것도 귀찮은 일이겠죠."

빌헬름은 재산 관리에 대한 테레제의 지식에 놀라움을 표시했다. — "관심을 가지고 빠르게 기회를 포착하는 것, 외부의 자극을 느끼고 유용한 일에 지속해서 몰두하는 것이 세상에서 훨씬 더 많은 일을 할 수 있도록 만들어 줍니다.” 하고 테레제가 대꾸했다. “그리고 그렇게 되기 위해 무엇이 저에게 활기를 불어넣었는지 선생님이 아시게 된다면 이상하게 보이는 이 재능에 더는 놀라시지도 않게 될 겁니다.”

두 사람이 집에 도착했을 때 테레제는 빌헬름을 조그만 정원으로 데리고 갔는데 그곳은 몸도 돌릴 수 없을 만큼 길이 좁게 나 있었고 모든 종류의 식물이 아주 많이 심겨 있었다. 빌헬름은 마당으로 다시 돌아왔을 때 미소를 짓지 않을 수 없었다. 그곳에는 장작을 톱으로 썰고 쪼개서 서로 교차시켜 반듯하게 쌓아 두었는데 마치 건물의 일부인 양 언제나 그 자리를 차지하고 있을 듯했다. 통들도 모두 깨끗하게 제자리에 놓여 있었고, 작은 집은 흰색과 붉은색으로 칠해져 보기에도 즐거웠다. 그 집에 잘 어울리는지는 몰라도 손으로 만들 수 있으며 필요하고 오래 쓸 수 있어 즐거움을 주는 것은 모두 그 장소에 모아 놓은 것 같았다. 식사를 방으로 갖다주어서 빌헬름은 생각할 시간을 충분히 가질 수 있었다. 특히 로타리오와 아주 가까운 사이였으며 흥미롭기까지한 여성을 여기서 또 한 명 알게 되었다는 사실이 이상했다. “뛰어난 남자는 뛰어난 여성의 마음도 끌어당긴다는 말이 맞아!” 하고 빌헬름은 혼자 중얼거렸다. “남자다움과 품위가 얼마나 크게 영향을 미치는 것인가! 다만 다른 사람들이 너무 하찮게 보이지 않으면 좋으련만! 그래, 너의 두려움을 고백해라! 네가 언젠가 모든 여인 중의 여인인 아마존 여인을 만나게 되리라고 아무리 바라고 꿈을 꿔도 결국에는 네가 부끄러운 굴욕감을 느끼며 저 남작의 신부로 그 여인을 보게 될 거라고 말이다!”

# 6장

빌헬름은 불안한 마음으로 좀 지루한 오후를 보냈다. 저녁 무렵에 방문이 열리더니 사냥꾼 옷을 입은 얌전해 보이는 청년이 인사를 하며 들어왔다. “산책이나 하시겠습니까?” 그 젊은이가 말했는데 그 순간 빌헬름은 아름다운 눈을 보고 젊은이가 테레제임을 알아보았다.

“이렇게 변장을 한 걸 용서하세요.” 하고 테레제가 말했다. “이것은 이제 단지 가면에 불과하기 때문이에요. 제가 이 조끼를 즐겨 입던 시절을 선생님께 한번 이야기해 드린다고 했는데 온갖 방법을 동원해서라도 지난날을 생생하게 그려 보려고 합니다. 가시죠! 사냥이나 산책하다가 자주 쉬었던 곳도 기억을 불러 내는 데 도움을 줄 겁니다.”

두 사람은 나갔다. 걸어가면서 테레제가 빌헬름에게 말했다. “저 혼자만 떠들도록 두시면 안 돼요. 저에 대해 충분히 알고 계시지만 저는 선생님에 대해서 아는 것이 조금도 없어요. 그러니 선생님에 대해서도 이야기해 주세요. 그래서 저도 제 이야기나 제 상황을 말씀드릴 용기가 나도록 말입니다.” — “아쉽게도 저는” 하고 빌헬름이 대답했다. “실수에 실수를 저지르고 반복해서 길을 벗어난 것밖엔 이야기해 드릴 것이 없습니다. 그리고 제가 처했었고 지금도 처해 있는 뒤죽박죽한 삶을 당신한테만큼은 차라리 숨기고 싶을지도 모르겠습니다. 당신의 시선, 당신을 둘러싼 모든 것, 당신의 성품, 당신의 행동은 지난 삶이 즐거웠음을 보여 줍니다. 그리고 아름답고 깨끗한 길을 올바른 순서대로 걸어오셨고 그래서 시간을 허비하지 않아 아무것도 자신을 책망할 것이 없어 보입니다.”

테레제는 미소를 지으며 대답했다. “선생님이 제 이야기를 듣고도 계속 그렇게 생각하실지 한번 두고 봐야겠네요.” 두 사람은 계속 걸어갔고, 평범한 이야기를 나누다가 테레제가 물었다. “아직 혼자세요?” — “그렇다고 생각합니다.” 하고 빌헬름이 대답했다. “그런데 그걸 바라는 것은 아닙니다.” — “좋아요!” 하고 테레제가 말했다. “그 말씀은 어떤 복잡한 연애 소설이 있다는 이야긴데, 뭔가 하실 이야기가 있으시면 제게 해 주세요.”

이런 말을 나누면서 두 사람은 언덕을 올라 사방으로 넓게 그늘을 드리우고 있던 커다란 떡갈나무 옆에 앉았다. “여기” 하고 테레제가 말했다. “이 독일 나무 아래에서 어느 독일 처녀의 이야기를 해 드리겠습니다. 제 말을 참고 들어 주세요.

제 아버지는 이 지방의 부유한 귀족이셨습니다. 쾌활하고, 분별 있고, 활동적이며 용감하신 분으로 자상한 아버지이자 성실한 친구가 되어 주셨고 집안 살림도 뛰어나게 이끄셨습니다. 제가 알고 있던 유일한 결점이라면 자신을 존중할 줄 모르던 여성에게 너무 관대하셨다는 점입니다. 유감스럽게도 저의 어머니 이야기를 꺼내야겠네요. 어머니의 성품은 아버지와 정반대였습니다. 어머니는 성격이 급하고 마음이 수시로 변해서 가정이나 유일한 자식인 저에게도 관심이 없었고 돈을 헤프게 쓰셨습니다. 하지만 아름답고 재치 있고 재능이 많아 자기 주위에 몰려든 사람들의 마음을 사로잡았습니다. 어머니의 사교 모임은 물론 크지도 않았고 오래 유지되지도 않았습니다. 이 모임의 구성원은 대부분 남자였는데 어느 여자도 어머니 옆에서는 마음이 편치 않았으며, 더욱이 어머니는 어떤 다른 여자가 모임에서 잘난 척하는 것을 용납할 만한 사람은 아니었기 때문입니다. 저는 아버지의 외모와 성향을 닮았습니다. 오리 새끼가 금방 물을 찾듯이 제가 아주 어렸을 적부터 부엌, 창고, 곳간과 다락방이 저의 활동 영역이었습니다. 제가 거기서 놀더라도 집을 정돈하고 깨끗하게 하는 것이 저의 본능이자 유일한 목표인 것 같았습니다. 아버지는 그런 점을 기뻐하셨고 어린 저의 노력에 점차 적절한 일거리들을 주셨습니다. 어머니는 그 반대로 저를 사랑하지 않으셨으며 한순간도 그 사실을 감추지 않았습니다.

저는 자랐고, 세월이 흐르면서 저와 제가 하는 일에 대한 아버지의 사랑도 커져 갔습니다. 아버지와 단둘이 있을 때, 들판을 함께 거닐 때, 계산하시는 아버지를 도와드릴 때면 저는 아버지가 얼마나 행복해하시는지 진정으로 느낄 수 있었습니다. 제가 아버지의 눈을 들여다볼 때면 나 자신을 들여다보는 것 같았습니다. 왜냐하면 저와 아버지가 빼놓은 듯 닮은 것이 바로 눈이었기 때문입니다. 그러나 아버지는 어머니가 있으면 그런 사실을 말할 용기가 없어 표현도 못 하셨습니다. 어머니가 부당하게 저를 심하게 꾸짖으면 저를 위해 부드럽게 변명을 해 주셨습니다. 아버지는 제 편을 들어 주셨는데, 저를 보호할 수 있어서가 아니라 저의 좋은 특성들은 아무 잘못이 없다는 점을 단지 이해시키려는 것처럼 보였습니다. 아버지는 어머니가 하려는 것을 하나도 방해하지 않았습니다. 어머니는 대단한 열정으로 연극에 몰두하기 시작했습니다. 연극 무대가 세워졌습니다. 온갖 연령대와 다양한 생김새의 남자들은 충분했고 어머니와 함께 무대 위에 등장했습니다. 이와 반대로 여자 배우는 자주 부족했습니다. 저와 함께 자란 얌전한 소녀였던 뤼디에는 어렸을 적부터 매력적인 미인이 될 것이라고들 했는데 조연을 맡아야 했습니다. 그리고 나이 든 하녀는 어머니나 아주머니를 연기해야 했습니다. 어머니는 자신을 위해 각종 애인 역, 여주인공 역, 양치기 소녀 역을 남겨 두었습니다. 제가 정말 잘 아는 사람들이 무대 의상으로 갈아입고 무대 위에 서서 평소의 자신들과는 뭔가 다른 사람의 모습으로 보이려고 하는 게 제게는 얼마나 우습게 여겨졌는지 모릅니다. 저의 눈에는 언제나 어머니와 뤼디에로, 남작과 저 고위 관리가 군주나 백작 또는 농부로 보이고 싶어 해도 그 남작이나 고위 관리로밖에 보이지 않았습니다. 그 사람들이 무대에서 행복하다거나 고통스럽다고 할 때, 사랑에 빠졌다거나 무관심하다고 할 때, 또 인색하거나 잘 베푼다고 말해도 그 사람들이 정반대로 행동한다는 걸 누구보다 잘 알고 있는 제가 그것을 믿으리라고 기대한다니 이해할 수가 없었습니다. 그래서 저는 관객 속에 섞여 머물지 않았습니다. 그래도 뭔가라도 하지 않을 수 없어 언제나 조명을 청소했고, 저녁을 차리고, 다음 날 아침에 사람들이 아직 자고 있으면 전날 밤에 아무렇게나 벗어 놓은 의상들을 정돈해 두었습니다.

어머니는 그렇게 하는 것에 만족하는 것 같았습니다. 그러나 어머니의 사랑은 얻을 수 없었습니다. 어머니는 저를 업신여기셨고, 여러 번 씁쓸한 표정을 지으며 하신 말씀이 아직도 생생히 기억납니다. '어머니도 아버지도 누군지 불확실하다면 사람들이 이 아이를 내 딸이라고 여기기 어려울지도 모르겠다.' 이런 어머니의 태도가 저를 어머니에게서 점차 완전히 멀어지게 했다는 것을 부인하진 않겠습니다. 저는 어머니의 행동을 마치 낯선 여인의 행동처럼 생각했고, 제가 매처럼 하인을 감시하는 버릇이 있었기 때문에, 지나가는 말이지만 집안 살림의 기본이니까요, 자연스럽게 어머니와 어울리는 사람들과 어머니의 행동이 제 눈에 띄었습니다. 어머니가 모든 남자를 똑같은 시선으로 보지 않는다는 사실을 곧 알아차릴 수 있었습니다. 나는 더 주의를 기울였고, 곧 뤼디에가 어머니의 가장 친한 사람이며, 뤼디에 자신이 어린 시절부터 자주 상상해 왔던 자신의 욕정을 이 기회에 더 잘 알게 되었다는 사실도 알아차리게 되었습니다. 저는 어머니와 뤼디에가 다른 남자를 만난다는 사실을 다 알고 있었지만 아무 말도 하지 않았고, 아버지를 슬프게 하고 싶지 않아 아버지에게도 말하지 않았습니다. 그러나 결국 말하지 않을 수 없었습니다. 두 사람은 하인들을 매수하는 것밖에 할 수 있는 일이 없었습니다. 하인들은 제게 대들기 시작했고, 아버지의 지시도 무시했으며, 제 명령도 듣지 않았습니다. 이렇게 해서 생기는 혼란을 저는 더 이상 두고 볼 수 없어서 아버지께 모든 사실을 털어놓고 한탄했습니다.

아버지는 제 말을 침착하게 들으시더니 마침내 미소를 지으시며 말씀하셨습니다. '애야, 나도 다 알고 있단다. 그냥 가만히 참고 있거라. 내가 참고 있는 것은 다 너를 위해서란다.'

저는 가만히 있을 수 없었고 참지도 않았습니다. 저는 속으로 아버지를 원망했습니다. 아버지가 어떠한 이유로든 참을 필요가 없다고 생각했습니다. 저는 정상적인 상태를 주장했고 이 일을 극단으로 몰아가기로 결심했습니다.

어머니는 자기 재산이 많았지만, 자신이 써야 할 돈보다 더 많이 낭비해 버렸습니다. 이런 일로, 제가 알아차린 바로는 부모님 사이에 여러 차례 해명이 오갔습니다. 어머니의 열정이 모종의 전개를 맞이할 때까지 이 문제는 오랫동안 손을 쓸 수가 없습니다.

어머니의 첫 번째 애인은 눈에 띄게 불성실했습니다. 어머니는 집도 동네도 그리고 자신의 상황도 역겨워했습니다. 어머니는 다른 지역으로 이사하고 싶어 했으나 또 그곳은 너무 외롭다며 도시로 가기를 원하셨습니다. 그러나 그곳에서는 어머니는 존재감이 없었습니다. 아버지와 어머니 사이에 무슨 일이 있었는지 저는 모르지만 어쨌든 아버지는 어머니가 프랑스 남부로 여행하겠다는 것을 제가 모르는 어떤 조건을 달아 결국 동의하셨습니다.

우리는 이제 자유로워졌고, 마치 천국에서 사는 것 같았습니다. 네, 비록 아버지가 상당한 돈을 지불하고 어머니를 집에서 나가게 했음에도 손해 본 것은 아무것도 없다고 저는 생각합니다. 쓸데없는 하인들은 모두 해고해 버렸고, 행운의 여신도 우리 집이 정상적으로 돌아가도록 도와주는 것 같았습니다. 우리는 몇 년 동안 아주 행복하게 지냈고 모든 일이 뜻하는 대로 돌아갔습니다. 그러나 이렇게 즐거운 상태는 아쉽게도 오래가지 않았습니다. 뜻밖에도 아버지가 뇌졸중으로 오른쪽 몸이 마비되어 말도 제대로 못 하게 되었습니다. 아버지는 하고 싶은 대로 말을 내뱉지 못하셨기 때문에 우리는 아버지가 원하시는 것을 추측해서 알아내야 했습니다. 아버지가 분명히 나와 단둘이 있고 싶어 하실 때가 여러 번 있었는데 그때 저는 자신이 없었습니다. 다른 사람들은 나가라고 강렬한 몸짓으로 나타내시지만, 막상 우리끼리만 있으면 제대로 말씀하실 수 없었으니까요. 아버지의 조급함은 극에 달했고 이런 상태를 보는 저는 마음속 깊이 이루 말할 수 없이 슬펐습니다. 아버지가 제게 특히 저와 관계된 뭔가를 털어놓으려 하신다는 것이 제게는 너무도 확실해 보였거든요. 그 말을 듣고 싶은 욕망이 얼마나 컸겠습니까! 평소에는 아버지의 눈을 보고 모든 것을 알아차릴 수 있었지만, 이제는 아무 소용이 없었습니다! 아버지의 눈조차 더는 말하지 못했습니다. 내가 분명하게 알아차릴 수 있었던 사실은 아버지가 이제 아무것도 바라지 않으며 단지 내게 뭔가를 털어놓고 싶어 한다는 것이었지만 저는 아쉽게도 끝내 그 무언가를 듣지 못했습니다. 아버지는 회복되었다가도 다시 증세를 보이기를 반복했고 곧 완전히 거동도 못 하시고 아무것도 하실 수 없게 되셨습니다. 그러고 얼마 안 가 돌아가셨습니다. 아버지가 자신이 죽고 난 뒤 어머니보다 제게 물려주시려고 어떤 보물을 어딘가에 고이 보관하고 계셨다는 생각이 제게 어떻게 해서 들었는지 모르겠습니다. 저는 아버지가 살아계실 때 이미 샅샅이 찾아보았으나 아무것도 발견하지 못했습니다. 아버지가 돌아가시고 난 뒤에는 모든 물건이 봉인되었습니다. 저는 어머니에게 편지를 써서 재산 관리인으로 집에 계셔 달라고 제안했습니다. 어머니는 그 제안을 거절하셨고, 저는 재산을 내놓을 수밖에 없었습니다. 양측이 합의한 유언장이 제시되었는데 이에 따르면 어머니가 모든 재산의 소유권과 처분할 권리를 가지며 그리고 저는 적어도 어머니가 살아계실 때까지는 어머니에게 매인다는 것이었습니다. 저는 그제야 비로소 아버지의 눈빛을 제대로 이해했습니다. 저는 아버지가 돌아가신 뒤에도 저를 공평하게 대해 주시지 못할 만큼 그렇게 연약하셨다는 사실이 유감스러웠습니다. 제 친구 몇 명은 아버지가 저의 상속권을 거의 박탈한 것이나 다름없다고 주장하면서 유언장에 이의를 제기하라고 요구했지만 저는 결정할 수 없었습니다. 저에게는 아버지에 대한 추억이 너무나 소중했고 운명을 신뢰했으며 저 자신을 믿었습니다.

저는 큰 재산을 가진 어느 이웃 부인과 늘 좋은 관계를 유지하고 있었습니다. 그 부인은 저를 기쁘게 맞이해 주었고, 곧 어렵지 않게 그 집의 살림을 돌보게 되었습니다. 그 부인은 아주 규칙적으로 살아서 모든 일이 정상적으로 돌아가는 것을 좋아했습니다. 그리고 그 집의 관리인과 하인들이 그 부인과 다툼을 벌여도 충실하게 그 부인 편을 들었습니다. 저는 인색하거나 시기하지는 않았지만, 여자들은 아무것도 낭비해서는 안 된다는 점을 남자들보다 훨씬 더 엄정하게 요구했습니다. 어떤 착복도 용서할 수 없으며, 각자 정당한 권리가 있는 한에서만 그것을 즐기도록 했습니다.

이제 다시 제가 하던 일을 하다 보니 아버지의 죽음에 남모르게 슬퍼하기도 했습니다. 저의 보호자인 그 부인은 저를 만족스러워했습니다. 어떤 사소한 일이 저의 평안한 생활을 망가뜨렸습니다. 뤼디에가 돌아온 것입니다. 어머니는 뤼디에가 속속들이 철저하게 썩었다며 아주 매정하게 그 불쌍한 처녀를 내쳤습니다. 뤼디에는 어머니한테서 욕정을 숙명으로 여기도록 배웠습니다. 그래서 어떤 일이고 자제할 줄 모르는 데 익숙해져 있었습니다. 뤼디에가 갑작스레 나타났을 때 저의 보호자인 그 부인은 뤼디에도 받아 주었습니다. 뤼디에는 저의 일을 도와주려고 했지만 아무 일도 제대로 해낼 수 없었습니다.

그즈음 그 부인의 친척분들과 미래의 상속자들이 자주 이 집을 방문해 사냥을 하며 즐거운 시간을 보냈습니다. 로타리오 씨도 가끔 그 사람들과 함께 있었습니다. 저는 그분이 다른 사람들보다 얼마나 더 출중한지 금방 알아보았습니다. 하지만 저 자신과는 어떠한 관계도 생각해 보지 않았습니다. 그분은 모든 사람에게 공손했는데, 뤼디에가 그분의 관심을 끈 것 같았습니다. 저는 항상 할 일이 있어서 사람들이 모인 곳에는 거의 끼지 못했습니다. 그분이 있는 자리에서 저는 평소에 비해 말도 별로 하지 않았습니다. 저는 옛날부터 활발하게 대화를 나누는 일은 단지 삶의 양념일 뿐이라고 생각해 왔습니다. 저는 아버지와 있었던 모든 일에 대해 많이 이야기했습니다. 이야기해 보지 않으면 제대로 생각해 보지도 않으니 말입니다. 로타리오 씨의 여행담이나 참전했던 이야기보다 더 재미있는 이야기는 들어 본 적이 없었습니다. 제가 살림을 돌보고 있는 이 지역처럼, 이 세상은 그분에게 그렇게 명확했고 또 열려 있었습니다. 로타리오 씨의 이야기는 예를 들어 기묘한 운명을 마주했다는 모험가나 소견이 좁은 여행가가 반쯤 사실인 이야기를 과장해서 늘어놓는 것과는 달랐습니다. 이런 여행가는 항상 그 지방의 모습을 묘사할 것처럼 기대하게 해 놓고는 그 지방의 경치 대신에 자기 자신을 전면에 내세우죠. 그러나 로타리오 씨는 그렇게 이야기하는 것이 아니라 우리를 직접 그 장소로 안내해 주었습니다. 그렇게 순수한 즐거움을 이렇게 쉽게 느껴 본 적은 없었습니다.

그런데 어느 날 저녁 그분이 여성에 대해 하는 말을 들었을 때 저의 만족감은 이루 말할 수 없었습니다. 대화는 자연스럽게 이루어졌습니다. 이웃의 몇몇 부인들이 우리 집을 찾아왔고 여성의 교양을 주제로 평범한 대화를 나누었습니다. 거기서 나온 말이 우리 여성들한테는 불공평하다, 남자들은 고급 교양을 자기들만 소유하려고 한다, 여자들에게는 학문을 허락하지 않으려 하며, 단지 장난감 인형이나 살림만 하는 사람이 되길 요구한다는 것이었습니다. 로타리오 씨는 이 모든 사실을 듣고 별로 말이 없더니 모인 사람이 적어지자 솔직하게 자신의 의견을 말했습니다. '여성들이 차지할 수 있는 최고의 위치에 앉히려는 남자들을 나쁘게 생각하는 것은 이상합니다. 어떤 위치가 집안을 돌보는 것보다 더 높겠습니까? 남자는 외부의 일로 괴로워하고, 재산을 마련해서 지켜야 합니다. 게다가 국가의 행정에도 관여한다면 어디를 가나 격식에 메이게 됩니다. 제가 말하고 싶은 건, 자기는 다스린다고 믿지만 사실상 지배하는 것이 하나도 없습니다. 자신은 이성적으로 처리하고 싶어도 언제나 정략적으로 처리할 수밖에 없고, 자신은 솔직해지고 싶어도 숨겨야 하며, 정직하고 싶어도 위선적인 사람이 됩니다. 결코 도달할 수 없는 목표를 위해 가장 아름다운 목표인 자기 마음과 일치된 행동을 매 순간 포기해야 합니다. 이에 반해 분별력 있는 주부는 집안을 실질적으로 지배하면서 온 가족이 모든 활동과 모든 만족을 누릴 수 있게 해 줍니다. 우리가 옳고 훌륭하다고 생각하는 일을 수행하는 것보다, 우리의 목적을 위한 수단을 실제로 지배하는 것보다 더 큰 인간의 행복이 어디 있겠습니까? 그리고 우리의 최우선적인 목표가 집 안에 있지 않으면 어디에 있어야 하고 또 있을 수 있겠습니까? 반복적으로 사용되는 모든 필수품을 우리가 일어나고 눕는 집안에서, 부엌이나 지하 창고 또는 우리와 우리 가족을 위해 언제나 마련되어 있는 곳에서가 아니면 도대체 어디서 구하고 찾겠습니까? 이렇게 늘 반복되는 정상적인 생활을 흔들림 없이 활기차게 순서대로 해 나가기 위해 얼마나 규칙적인 활동이 필요하겠습니까? 그런데 마치 별자리처럼 규칙적으로 다시 돌아오고 낮이나 밤이나 집안일에 책임을 떠맡는 남자는 얼마나 적습니까! 집안에 필요한 도구들을 갖추고, 나무를 심고, 과일을 수확해서 잘 보관하고 나눠 주면서, 항상 평안하고 사랑하는 마음으로 유용함을 생각하며 그 자리에서 원을 돌듯 걸어 다니는 남자가 몇이나 되겠습니까! 만약 아내가 일단 이렇게 집안에서 지배권을 쥐면 비로소 사랑하는 남편을 한 집안의 주인으로 만듭니다. 아내는 자기가 관심 있는 분야의 모든 지식을 습득해 그 지식을 모든 활동에 이용합니다. 그래서 그 아내는 누구에게도 의지하지 않고 자기 남편에게 가정 안에서의 진정한 독자성을 마련해 줍니다. 그럼 남편은 자기가 소유하고 있는 것이 안전하게 보호받고 있다고 여겨, 자기가 얻은 것을 잘 이용하면서 자기 마음을 큰 대상들로 돌릴 수 있고, 만약 운이 좋으면 가정에서 자기 아내에게 잘 어울리는 일이 있는 것처럼 국가에 적합한 일을 할 수 있을 것입니다.'

로타리오 씨는 이렇게 말하고 나서 자신이 원하는 여자에 대해 설명했습니다. 저는 얼굴이 붉어졌는데, 로타리오 씨가 바로 저를, 제가 살아가는 방식을 말씀하셨기 때문이었습니다. 저는 내심 승리감을 만끽했습니다. 모든 정황을 살펴봤을 때 그분이 일부러 제 이야기를 하신 것은 전혀 아니며, 또 엄밀히 말해 저를 모르고 계신다는 사실을 제가 이미 알고 있었기 때문에 그 기쁨은 한층 더했습니다. 제가 높이 평가하는 남자가 저라는 개인이 아니라 저의 내면 깊숙이 자리 잡은 본성이 훌륭하다고 평가했을 때보다 더 기분 좋았던 적은 제가 살아오면서 한 번도 없었습니다. 제가 얼마나 보상받았다고 느꼈겠습니까! 제 기분이 얼마나 좋아졌겠습니까!

사람들이 모두 가 버리자 저의 소중한 이웃집 부인이 미소를 지으며 제게 말했습니다. '남자들이 실행도 못 할 일을 종종 생각하고 말하다니 애석한 일이야. 그렇지 않으면 우리 사랑스러운 테레제라는 멋진 짝을 만났을 텐데 말이야.' 저는 그 부인의 말을 농담이라고 놀려 대며 이렇게 덧붙였습니다. 남자들은 합리적인 판단으로 집안을 관리할 여자를 찾겠지만 머릿속에서는 다른 특성을 가진 여자들을 동경하고 감정적으로 끌리는 법이며 또한 집안 살림을 관리하는 우리는 본래 사랑스럽고 매력적인 젊은 여자와 대적하기는 어렵다고 했습니다. 저는 이 말을 뤼디에더러 들으라고 했습니다. 뤼디에는 로타리오 씨가 자기에게 깊은 인상을 주었다는 사실을 감추지 않았고, 또한 로타리오 씨도 방문할 때마다 점점 뤼디에를 눈여겨보는 것 같았습니다. 뤼디에는 가난했고, 신분도 귀족이 아니어서 그분과의 결혼을 생각조차 할 수 없었습니다. 그러나 뤼디에는 유혹하고 유혹받는 기쁨을 뿌리칠 수 없었습니다. 저는 누구를 사랑해 본 적도 없고 지금도 사랑하는 사람이 없습니다. 그렇게 존경하는 남자가 저의 본성을 어떻게 보고 어떻게 평가하는지 보는 것이 저로서는 한없이 즐거운 일이었지만, 그것만으로 완전히 만족할 수 없었음을 부인하지 않겠습니다. 저는 이제 그분이 저를 자세히 알고 싶어 하고, 개인적으로 저에게 관심을 가져 주기를 바랐습니다. 그다음에 무슨 일이 뒤따를지는 확실하게 생각해 보지도 않은 채 그런 바람이 제게 생겼습니다.

저의 은인과도 같은 그 부인을 위해 제가 세웠던 가장 큰 공은 부인이 소유한 재산 가운데 아름다운 넓은 숲 지대를 정리하려는 시도였습니다. 이런 소중한 재산은 시간이 지나고 상황이 변하면 가치가 크게 올라가겠지만, 아쉽게도 있던 그대로 늘 그냥 내버려져 있었고, 아무런 계획이나 원칙도 없이 도벌과 횡령 사건이 끊이지 않았습니다. 여러 산이 황폐해졌고, 가장 오래된 벌채 구역들의 나무만이 고르게 성장하고 있었습니다. 저는 경험 많은 산림지기 한 사람과 직접 모든 일을 하기 시작했습니다. 저는 숲의 면적을 측량하게 했고, 나무를 베어 내고 씨를 뿌리고 새로 나무도 심게 했는데, 얼마 지나지 않아 진척이 보였습니다. 저는 쉽게 말을 타고 다닐 수 있고 걸어 다닐 때 방해를 받지 않기 위해 남자 옷을 맞추기도 했습니다. 많은 곳을 돌아다녔고 어디를 가나 사람들은 저를 두려워했습니다.

젊은 친구들 모임에서 로타리오 씨와 함께 다시 사냥을 준비한다는 소식을 들었습니다. 저는 난생처음 그 훌륭한 분의 눈에 띄고 싶었고, 저 자신에게 정직하지 못한 행동은 제가 하지 않는다는 것을 그분의 눈에 제 본연의 모습으로 보여 주고 싶다는 생각이 떠올랐습니다. 저는 남자 옷을 입고 엽총을 등에 메고 우리 사냥꾼과 함께 일행을 경계 지역에서 기다리기 위해 나갔습니다. 일행이 왔고, 로타리오 씨는 나를 바로 알아보지 못했습니다. 저의 은인인 부인의 조카 중 한 사람이 저를 그분에게 유능한 산림관이라고 소개했습니다. 저의 젊은 혈기를 놀려 대기도 하고 저를 칭찬하는 장난을 너무 오래 쳤는데, 로타리오 씨가 마침내 나를 알아보았습니다. 그 조카는 마치 우리가 미리 말을 맞춘 것처럼 제 의도를 지지해 주었고, 자기 이모의 재산을 위해, 결국 자기를 위해 제가 했던 일을 장황하게 이야기하며 고마움을 표시했습니다.

로타리오 씨는 주의 깊게 들었고 나와 대화를 나누면서 토지와 이 지역에 대한 상황을 물었습니다. 저는 제 지식을 그분 앞에 펼칠 수 있어 기뻤습니다. 그리고 시험을 아주 잘 본 셈이 되었지요. 저는 몇몇 정해진 개선책을 검토해 볼 요량으로 제안했습니다. 그분은 그 제안들에 동의하면서 제게 비슷한 예들을 이야기해 주었고 제가 내세우는 근거들과 관련을 지으며 제 의견을 든든하게 뒷받침해 주었습니다. 그래서 제 행복감은 매 순간 커졌습니다. 그러나 다행히도 나는 그분이 나를 알아주길 바랐을 뿐 사랑해 주길 바라지는 않았습니다. 왜냐하면 우리는 집으로 돌아왔고, 저는 훨씬 이전부터 그분이 뤼디에에게 보이는 관심이 은밀한 호감을 품고 있음을 알아차렸기 때문입니다. 저는 저의 궁극적인 목적을 달성했지만, 마음은 편안하지 않았습니다. 그분은 그날 이후로 저를 진정으로 존중하며 깊은 신뢰를 보내 주었습니다. 그리고 사람들이 모인 자리에서도 익숙하게 저에게 말을 걸고 제 의견을 묻기도 했으며, 특히 집안 관리에 대해서는 마치 제가 모든 걸 알고 있다는 듯 저를 믿는 것 같았습니다. 그분의 관심은 저를 대단히 즐겁게 해 주었습니다. 심지어 일반적인 농업 경영이나 재정이 화제에 오르면 저를 대화에 끌어들였고, 그러면 나는 그분이 안 계실 때 이 지방에 대해, 심지어 나라 전체에 대한 지식을 쌓으려고 노력했습니다. 제가 작은 분야의 일에서 정확하게 알고 있는 것이 큰 분야에서 그냥 반복되기 때문에 이 일은 제게 쉬웠습니다.

그분은 그때부터 우리 집으로 더 자주 찾아와서 많은 이야기를 나누었습니다. 그러나 대화는 대체로 마지막에는 비록 원래의 의도는 그렇지 않았지만 늘 경제 문제로 돌아갔습니다. 인간은 자신의 힘과 시간과 돈을 일관되게 사용함으로써, 또 대수롭지 않은 수단으로도 엄청난 효과를 불러일으킬 수 있다는 것을 두고 많은 이야기를 나누었습니다.

저는 그분에게 끌리는 마음을 거부하지 않았습니다. 그리고 그분이 자주 찾아오는 이유는 저 때문이 아니라 뤼디에 때문이라는 것을 점점 더 깨닫게 되면서 저의 사랑이 얼마나 깊고, 진심이고, 순수하고 진실한지를 안타깝게도 곧 느끼게 되었습니다. 뤼디에는 적어도 이 사실을 아주 분명하게 믿고 있었고, 저에게 자신의 속마음을 털어놓았습니다. 그래서 저도 어느 정도 위로를 받을 수 있었습니다. 뤼디에가 자신의 장점이라고 내세우는 것이 내가 보기에는 전혀 대단하지 않았습니다. 진지하게 지속적인 관계를 유지하려는 의도는 전혀 없이 어떻게 해서라도 일단 그분의 여자가 되려는 그 열정적인 뤼디에의 애착을 저는 더욱 확실하게 알았습니다.

상황이 이런 상태에 있을 때 부인이 제게 전해 준 뜻밖의 청혼 소식에 깜짝 놀랐습니다. 그 부인이 이렇게 말했습니다. '로타리오가 아가씨한테 청혼했어요. 평생 아가씨를 자기 곁에 두고 싶대요.' 그 부인은 내 특성들을 장황하게 늘어놓으면서 로타리오 씨가 그렇게 오랫동안 찾아왔던 사람을 저한테서 발견했다고 확신하고 있다고 말했는데 제가 듣고 싶었던 말이었습니다.

이제 저는 최고의 행복을 얻었습니다. 제가 그렇게 높이 평가하던 남자가 저를 원했으니까 말입니다. 그분 곁에서 저의 타고난 성향과 경험으로 얻은 재능이 완전하게, 자유롭고 광범위하며, 유용하게 발휘되는 모습이 눈앞에 보였습니다. 제 존재 전체의 총합이 무한대로 늘어난 것 같았습니다. 저는 승낙했습니다. 그분이 직접 오셔서 단둘이 이야기를 나누었고, 저에게 손을 내밀며 제 눈을 들여다보셨습니다. 저를 껴안고는 제 입술에 키스를 해 주셨습니다. 그것이 처음이자 마지막 키스였습니다. 그분은 제게 자신의 모든 상황을 털어놓으셨습니다. 미국 원정으로 자신이 얼마나 많은 대가를 치렀는지, 자기 재산에 어떤 빚들을 지고 있는지, 그리고 작은할아버지와 그 일로 꽤 사이가 나빠졌으며, 이 품위 있는 할아버지는 자기를 돌봐 주시려고 생각하지만, 고집스러운 면이 있어 현명한 남자에게는 집안 살림만 하는 여자가 도움이 된다며 부유한 여자를 아내로 삼아 주려고 하니 자기 누이가 이 노인을 잘 설득하길 기대하고 있다는 것이었습니다. 그리고 제게 재산 상태와 계획들 그리고 전망을 밝히면서 저의 협조를 요청했습니다. 그리고 작은할아버지의 동의가 있을 때까지 이 사실을 비밀로 했으면 좋겠다고 했습니다.

그분이 가자마자 뤼디에가 자기에 대해 무슨 말을 했는지 물었습니다. 저는 그런 말을 나누지 않았다고 했고 경제적인 주제로 뤼디에가 지루해할 정도로 이야기했습니다. 뤼디에는 안절부절못했고 우울해 보였습니다. 그분이 다시 오셔서 보여 준 태도도 뤼디에를 안심시켜 주지는 못했습니다.

그런데 해가 저물어 가네요! 선생님에게는 다행입니다. 그렇지 않다면 제가 하고 싶은 만큼 이야기의 세세한 부분들까지 모두 다 들으셔야 했을지도 모릅니다. 제 이야기를 빨리 끝마치겠습니다! 더 머물 필요가 없는 시점에 이야기가 이르렀으니까요.

로타리오 씨는 제게 멋진 누이를 소개해 주셨습니다. 그리고 그 여동생은 저를 적당한 때에 그분의 숙부님께 인사시켜 줄 수 있었습니다. 저는 그 노인의 마음에 들었고 노인은 우리의 소원을 승낙해 주셨습니다. 그래서 저는 행복한 소식을 가지고 저의 은인인 부인에게 돌아왔습니다. 이 일은 집안에서 이제 더는 비밀이 아니었습니다. 뤼디에도 그 소식을 알게 되었는데 그럴 리가 없는 소문이라고 생각했습니다. 뤼디에가 마침내 그 사실을 더는 의심할 수 없게 되자 갑자기 사라져 버렸고, 아무도 뤼디에가 어디로 갔는지 몰랐습니다.

우리의 결혼식 날이 점점 다가왔습니다. 저는 그분에게 몇 번 초상화를 달라고 부탁했었는데 그분이 마침 말을 타고 떠나려고 했을 때 다시 한번 그분에게 초상화를 주겠다고 약속하지 않았었냐고 물었습니다. '당신이 그 초상화를 맞춰 넣길 원하는 케이스를 내게 주기로 한 것을 잊어버렸구려' 하고 그분이 말했습니다. 사실은 그랬습니다. 제가 여자 친구한테서 선물을 하나 받았는데 아주 소중하게 간직하고 있었습니다. 그 친구의 머리카락으로 쓴 이름이 바깥 유리에 붙어 있었고, 그 안에는 그 친구의 초상화를 그려 넣으려 했던 상아만 텅 빈 채 남아 있었는데 그 무렵 그 친구가 불행하게도 죽어서 제 곁을 떠나고 말았습니다. 그 친구를 잃은 엄청난 고통이 채 가시지도 않았던 그때 로타리오 씨의 애정이 저를 행복하게 해 주었습니다. 그래서 저는 그 친구가 선물로 남겨 놓고 간 공간을 그분의 초상화로 채우고 싶었습니다.

저는 제 방으로 급히 달려가 보석 상자를 가지고 와서 그분 앞에 열어 보였습니다. 그분이 그 상자 속을 들여다보자마자 어떤 부인의 초상화가 들어 있는 메달을 쳐다보더니 그것을 손에 들고 유심히 살피고는 급히 물었습니다. '이 초상화는 누구를 그린 것입니까?' — '제 어머님이세요' 하고 제가 대답했습니다. — '이분은 제가 몇 년 전 스위스에서 만났던 생 알방(Saint Alban) 부인이 분명합니다.' — '같은 분이에요' 하고 저는 미소를 지으며 대답했습니다. '그러니까 아무것도 모른 채 장모님을 알게 된 셈이네요. 생 알방이라는 이름은 여행하실 때 사용하는 가짜 이름입니다. 저희 어머님은 아직도 그 이름으로 프랑스에서 지내고 계십니다.'

'나처럼 불행한 사람이 세상 어디에 있겠습니까!' 그분이 크게 외쳤습니다. 그러고는 그 초상화를 상자에 다시 집어넣고는 손으로 눈을 가리고 급히 방에서 나갔습니다. 그분은 말에 올라탔고, 저는 발코니로 뛰어가 그분을 뒤에서 불렀습니다. 그분은 돌아보시고 제게 손을 흔들고는 급히 떠나가 버렸습니다. — 그리고 그분을 다시 만나지 못했습니다."

해가 지고 있었다. 테레제는 지고 있는 붉은 태양에 시선을 고정했다. 두 눈에는 눈물이 가득 고여 있었다.

테레제는 아무 말 없이 새로 만난 친구의 손 위에 자기 손을 올려놓았다. 빌헬름은 동정 어린 마음으로 그 손에 입을 맞추었다. 테레제는 눈물을 닦고 일어났다. "자 돌아가시죠. 우리 집 사람들을 돌봐야지요." 하고 테레제가 말했다.

돌아오는 길에 나눈 대화는 생기가 없었다. 두 사람은 정원의 문으로 들어왔고, 벤치에 앉아 있는 뤼디에가 보였다. 뤼디에는 일어서서 두 사람을 피해 집 안으로 들어가 버렸다. 뤼디에는 손에 편지를 들고 있었고, 두 명의 어린 소녀들이 그 옆에 있었다. "제가 보기에" 하고 테레제가 말했다. "뤼디에는 자신의 유일한 위안인 로타리오 씨의 편지를 늘 몸에 지니고 있는 것 같네요. 그분은 그 편지에 자기 몸이 회복되기만 하면 곧 뤼디에를 다시 자기 옆에서 지내게 하겠다고 약속하고 있으니 말입니다. 그때까지 우리 집에서 조용히 지내고 있으라고 부탁했습니다. 그 말만을 의지하며 편지에 쓰인 몇 줄로 자신을 위로하지만, 그분의 친구들이 야속하게 느껴지는 건 어쩔 수 없겠죠."

그런 사이에 두 아이는 다가와서 테레제에게 인사하고는 테레제가 없는 사이 집에서 일어났던 모든 일을 보고했다. "지금 제 일의 일부를 보고 계십니다." 하고 테레제가 말했다. "저는 로타리오 씨의 훌륭한 누이와 협력해 많은 아이를 함께 키우고 있습니다. 저는 아이들을 활기차게 일을 척척 해내는 가정주부로 키우고 있고, 그 누이는 보다 차분하고 섬세한 재능을 보여 주는 아이들을 맡고 있습니다. 당연히 어떤 방법으로든 남편과 가정을 보살펴야 하기 때문이죠. 저의 훌륭한 친구를 선생님이 아시게 되면 새로운 삶을 시작하시게 될 겁니다. 그분의 미모나 착한 성품은 온 세상의 흠모를 받을 만하니까요." 빌헬름은 자신이 이미 유감스럽게도 이 백작 부인을 알고 있으며, 그 백작 부인과 맺은 짧은 한때의 인연으로 자신은 영원히 고통스러울 것이라 말할 용기는 감히 나지 않았다. 빌헬름은 테레제가 대화를 계속 이어 가지 않고 일 때문에 집으로 다시 들어가야 했던 것을 다행으로 생각했다. 빌헬름은 이제 혼자 있게 되었는데, 젊고 아름다운 백작 부인이 자기 행복에 부족한 점을 채우려고 어쩔 수 없이 좋은 일을 하며 보상받고 있다는 방금 들은 소식에 대단히 슬펐다. 백작 부인으로서는 즐거운 삶을 즐기는 대신에 생각을 다른 데로 쏠리게 해서 다른 사람의 행복에 희망을 걸 수밖에 없었다고 느껴졌다. 빌헬름은 그렇게 뜻밖의 슬픈 변화를 겪고 나서도 자기 자신에게는 아무런 변화도 일어나게 할 필요가 없는 테레제가 행복하다고 생각했다. "얼마나 행복한가." 하고 빌헬름은 외쳤다. “무엇보다도 자신의 운명에 순응하기 위해 앞서 살아왔던 삶 전체를 던져 버릴 필요가 없는 사람은 말이야!”

테레제가 빌헬름의 방으로 와서 방해해서 미안하다고 했다. “여기 벽에 있는 책장에” 하고 테레제가 말했다. “제가 가진 책 전체가 꽂혀 있습니다. 제가 보관하고 있는 책이라기보다는 버리지 않은 책들이지요. 뤼디에가 종교 서적을 하나 원하는데, 여기 있는 책 가운데 아마 한두 권 있을 겁니다. 일 년 내내 세상일에 시달린 사람들은 어려운 상황이 닥쳤을 땐 종교적인 사람이 되어야 한다고 생각하죠. 이런 사람들이 어려운 상황에 직면하면 선하고 도덕적인 것을 싫지만 먹어야 하는 약으로 여깁니다. 그리고 성직자나 도덕 선생님을 의사로 여기고 집에서 빨리 쫓아내지 못합니다. 그러나 저는 솔직히 말해서 도덕이라는 개념을 식이요법의 개념으로 파악하고 있습니다. 제가 식이요법을 일상생활의 법칙으로 삼아서 일 년 내내 명심하고 있으니 도덕 또한 그냥 식이요법과 같은 것입니다.”

두 사람은 책들을 뒤져서 소위 신앙 서적 몇 권을 찾아냈다. “이런 책으로 현실에서 도망가는 것을” 하고 테레제가 말했다. “뤼디에는 제 어머니에게 배웠습니다. 애인의 마음이 변치 않는 동안은 희곡과 소설이 어머니 삶이었죠. 애인이 떠나면 곧 이런 책들을 다시 의지하셨죠. 저는 도대체 이해할 수가 없어요.” 하고 테레제가 말을 계속 이어 나갔다. “하느님이 책이나 역사를 통해 우리에게 말씀한다고 어떻게 믿을 수 있는지 말입니다. 세상과 자신이 어떤 관계를 맺고 있는지를 세상에서 직접 깨닫지 못하는 사람이나, 자신과 다른 사람에게 어떤 빚을 지고 있는지를 자기 가슴으로 느끼지 못하는 사람은 우리의 잘못을 분명히 해 주는 데만 적합한 이런 책에서 진정한 하느님의 말씀을 이해하기가 아마 어려울 겁니다."

테레제는 빌헬름을 혼자 두고 나갔고, 빌헬름은 저녁 시간을 조그만 장서들을 살펴보며 보냈다. 정말 되는대로 모아 놓은 책들이었다.

빌헬름이 머무른 며칠 동안 테레제의 태도는 언제나 그대로였다. 테레제는 그 사이에 벌어졌던 일련의 일을 자세하게 이야기해 주었는데, 날짜와 시간, 장소와 이름이 기억 속에 생생하게 남아 있었다. 우리는 여기서 독자들이 알아야 하는 것만 짧게 요약하겠다.

로타리오가 급히 떠난 이유는 유감스럽게도 간단하게 밝혀졌다. 로타리오는 테레제의 어머니가 여행하는 중에 만났고, 어머니의 매력에 끌리게 되었는데, 어머니도 매정하게 대하지는 않았다. 이 잠깐의 연애는 불행하게도 로타리오를 위해 하늘이 직접 마련한 듯한 어떤 여인과의 결합을 망쳐 버렸다. 테레제는 자기 일과 의무의 범위 안에서 순수하게 살고 있었다. 뤼디에가 몰래 이웃 동네에 머물고 있다는 소식이 들렸다. 뤼디에는 이 결혼이 이유는 모르지만 이루어지지 않게 되었다는 걸 알고 기뻐했다. 그래서 다시 로타리오에게 가까워지려고 애썼는데, 로타리오가 뤼디에의 소원을 들어준 일은 애정이 아닌 절망에서 비롯되었고, 깊게 생각하고 내린 결정이 아니라 그저 놀란 탓에, 확고한 의도 없이 단지 지루해서 그랬던 것처럼 보였다.

테레제는 이 일에 대해 태연했다. 로타리오에게 더 이상 요구하지도 않았고, 설사 로타리오가 남편이었다고 해도 집안이 정상적으로 돌아가는 것을 깨트리지만 않는다면 그런 관계를 참아 낼 수 있는 용기를 충분히 가지고 있었을지도 몰랐다. 어쨌든 테레제는 집안을 흐트러지지 않게 유지하려는 주부는 남편의 사소한 환상을 너그럽게 봐주고 언제라도 남편이 돌아오리라고 확신할 수 있어야 한다고 자주 말했었다.

테레제의 어머니는 얼마 가지 않아 재산에 관계된 일을 엉망으로 처리하고 말았다. 그런 처리를 감수해야 했던 딸 테레제는 어머니로부터 별로 받은 것이 없었다. 테레제를 돌봐 주던 이웃의 노부인이 죽으면서 테레제에게 조그만 토지와 상당한 금액의 돈을 유산으로 남겨 주었다. 테레제는 곧 노부인의 조카들 모임에 들어갈 수 있었고, 로타리오가 더 많은 토지를 주겠다고 제안했고 야르노가 중재자 역할을 했지만, 테레제는 그 제안을 거절했다. "작은 땅으로도 제가 그분과 큰 땅을 함께 경영할 자격이 있었음을 보여 드리겠어요." 하고 테레제가 말했다. "그러나 제가 우연히 저 자신이나 다른 사람으로 인해 곤경에 빠졌을 때 제일 먼저 주저 없이 저의 소중한 분의 은신처를 찾을 수 있다는 가능성은 제게 남겨 두려고 합니다."

유용한 활동보다 더 눈에 잘 띄고 도움이 되는 것도 없다. 테레제가 자신의 작은 땅에 정착하자마자 많은 이웃 사람이 테레제와 좋은 관계를 맺고 조언을 구하려고 했다. 새로 이사 온 바로 이웃의 땅 주인은 테레제에게 청혼하면서 자기 재산 대부분을 상속받을 수 있느냐 없느냐는 오로지 테레제 마음에 달려 있다고 분명하게 밝히기도 했다. 테레제는 이미 빌헬름에게 이런 사정을 말한 적이 있었는데, 그런 사람에게 어울리는 결혼과 어울리지 않는 결혼에 대해 농담을 주고받기도 했었다.

"일단 결혼이 이루어지면 사람들은 자기 방식에 어울리지 않는 결혼이라고 말하는 것 외에는 할 말이 없습니다. 하지만 어울리지 않는 결혼이 어울리는 결혼보다 훨씬 일상적입니다. 유감스럽게도 결혼한 지 얼마 지나지 않아 대부분의 부부에게는 문제가 발생합니다. 신분이 다른 사람끼리 결혼했다면 다른 한쪽의 습관이 되어 버려 거의 필요 불가결해진 생활 방식에 한쪽이 공감할 수 없을 때만 맞지 않는 결혼이라고 부를 만합니다. 신분이 다르면 생활 방식도 다르기 때문에 서로 나눌 수도, 교환할 수도 없습니다. 이런 이유로 이 결합은 차라리 맺어지지 않는 것이 더 낫습니다. 그러나 예외도 있고, 정말 행복한 예외도 가능합니다. 그래서 젊은 처녀와 나이가 많은 남자의 결혼은 문제가 없지는 않지만 종종 두 사람이 정말 잘 살아가는 모습도 보았습니다. 저로서는 제가 연회만 열고 신분에 맞게 점잖게만 행동해야 하는 결혼이라면 잘못된 결혼이라고 생각합니다. 그럴 바에는 차라리 이웃의 정직한 소작인의 아들이라면 누구든, 그 사람과 결혼하는 게 낫겠습니다."

빌헬름은 이제 돌아가려고 생각하고 뤼디에에게 작별 인사를 할 기회를 마련해 달라고 테레제에게 부탁했다. 격정적인 성격의 그 아가씨는 승낙했고, 빌헬름이 다정하게 몇 마디 했더니 다음과 같이 대꾸했다. "처음의 고통은 이제 극복했어요. 로타리오 씨의 마음은 영원히 변치 않을 겁니다. 하지만 그 친구분들을 저는 잘 알고 있어서, 그 사람들이 그분 주위에 있는 것이 싫습니다. 신부님은 기발한 생각으로 어려움을 당한 사람들을 그대로 내버려두거나 심지어 그 어려움에 빠뜨릴 수 있는 사람일지도 모르고, 의사 선생님은 모든 일을 해결하고 싶어 하시고, 야르노 씨는 감정이 없는 사람입니다. 그리고 선생님은 — 특성도 없는 분이세요! 그러니 어서 가셔서 그 세 분의 도구로 이용이나 당하세요. 선생님께 여러 일을 수행하라는 임무가 주어질 겁니다. 저도 잘 알고 있지만 그분들은 제가 머무르는 걸 오랫동안 싫어했어요. 제가 그분들의 비밀을 발설하지는 않았지만, 그분들이 어떤 비밀을 감추고 있다는 것은 눈치챘습니다. 왜 그 방들을 굳게 잠가 두었을까요? 그 이상한 복도들은요? 왜 아무도 그 큰 탑에는 갈 수 없는 거죠? 왜 사람들은 저를 계속 방에 가두어 두려고 했을까요? 솔직히 말해 처음에는 호기심으로 이런 사실들을 알아내려고 했어요. 어떤 행복한 연적이 어딘가에 숨어 있지나 않을까 걱정했어요. 이제는 그렇게 생각하지 않아요. 저는 로타리오 씨가 저를 사랑하시고 저에게 그 말을 정직하게 하신다는 것을 확신해요. 그러나 교활하고 음험한 친구분들에게 그분이 속고 있다는 것도 확실하게 알고 있습니다. 선생님이 그분을 위해 봉사하고 싶으시다면, 저에게 어리석게 저지르신 일을 용서받고 싶으시다면 그런 사람들의 손아귀에서 그분을 빼내 주세요. 하지만 제가 무엇을 기대하겠어요! 그분께 이 편지나 전해 주시고, 그 편지에 있는 말대로 제가 그분을 영원히 사랑할 것이며, 그분의 말씀을 믿고 있다고 다시 말씀해 주세요. 아!" 하고 뤼디에는 말하더니 일어서서 테레제의 목을 껴안고 울었다. "그분은 저의 적들에게 둘러싸여 계세요. 그분들은 제가 그분을 위해 아무것도 희생한 것이 없다고 설득하려 들 거예요. 오! 그분은 어떤 희생이라도 받을 가치가 있다는 말도 고맙게 여기지 않아도 되는 분이세요."

테레제와의 작별은 훨씬 명랑했다. 테레제는 곧 다시 만나기를 바랐다. "저를 이제 완전히 알고 계시겠지요!" 하고 테레제가 말했다. "제가 혼자만 말하게 하셨는데, 다음번에는 저의 솔직한 말에 보답하는 것이 선생님의 의무입니다."

돌아오는 길에 빌헬름은 새로 만난 이 밝은 여성을 기억 속에 생생하게 떠올릴 충분한 시간이 있었다. 얼마나 큰 신뢰를 빌헬름에게 심어주었던가! 빌헬름은 미뇽과 펠릭스를 생각했고, 그 아이들이 그런 보살핌 아래 얼마나 행복해질 수 있는지 생각해 보았다. 그러고 나서 자기 자신을 생각해 보았고, 이렇게 매우 사려 깊은 사람과 가까이 사는 것이 얼마나 기쁠지 느껴졌다. 로타리오의 성에 가까이 다가오자 많은 복도와 별채들이 있는 탑이 어느 때보다 눈에 띄었다. 빌헬름은 기회가 되면 바로 야르노나 신부에게 그것에 관해 설명을 들어 봐야겠다고 마음먹었다.

## 7장

빌헬름이 성에 도착했을 때 고귀한 로타리오가 완전히 회복되어 가고 있음을 알았다. 의사와 신부는 그곳에 없었고 야르노만 남아 있었다. 회복 중이던 로타리오는 얼마 가지 않아 다시 혼자서 혹은 친구들과 함께 말을 타고 나갔다. 로타리오는 진지하고 호의적으로 대화를 나누었고, 함께 있는 시간도 교훈적이고 생기 넘쳤다. 그리고 자주 예민함의 흔적이 엿보였는데, 로타리오는 감추려고 애썼고 본의 아니게 그런 감정이 드러나면 못마땅해했다.

어느 날 저녁 로타리오는 비록 명랑하게는 보였으나 아무 말 없이 식탁에 앉아 있었다.

"오늘 분명히 어떤 여자를 만났군요." 하고 야르노가 마침내 말했다. "그것도 기분 좋은 여자를."

"사람의 마음을 어떻게 그렇게 잘 아십니까!" 하고 로타리오가 대답했다. "네, 아주 기분 좋은 여자를 만났습니다. 아마 다른 때 같았으면 그 여자가 그렇게 매력적으로 느껴지지 않았을지도 모르지만, 오늘은 제 마음이 그 여자에게 쉽게 끌리더군요. 저녁에 강 건너 여러 마을을 지나 제가 이전에 자주 갔었던 길로 말을 타고 갔습니다. 다쳤던 내 몸이 생각보다 확실히 약해졌었는지 힘이 쭉 빠지는 느낌이었는데 점점 새로운 힘을 얻어 다시 태어난 듯 상쾌해졌습니다. 모든 풍경이 옛날과 똑같은 인상을 주었는데도 모두 어찌나 사랑스럽고 우아하고 매력적으로 보이던지. 오랫동안 그런 인상을 받지 못했었는데 말입니다. 저는 그것이 아마 제 몸이 쇠약해져 그렇다고 생각했습니다. 그래도 기분 좋게 생각하고 천천히 말을 몰았습니다. 그래서 병이 우리에게 그런 달콤한 감정을 주니 사람들이 좋아할 수도 있다는 것을 잘 이해하게 되었습니다. 제가 왜 예전에 그 길로 그렇게 자주 다녔는지 잘 알고 계시겠지요?"

"제가 제대로 기억한다면" 하고 야르노가 대답했다. "어느 소작농의 딸과 싹트기 시작했던 작은 연애 사건 때문이었지요."

"큰 연애 사건이라고 불러도 아마 괜찮을 겁니다." 하고 로타리오가 대꾸했다. "우리 두 사람은 서로를 매우 사랑했고, 그 사랑은 정말 진지하게 또 상당히 오래 지속되었으니까요. 오늘 우연하게도 우리의 사랑이 진지했던 시절이 정말 생생하게 그려지는 일이 벌어졌습니다. 아이들은 똑같이 나무를 흔들어 풍뎅이를 떨어뜨렸고, 물푸레나무 잎은 제가 그 아가씨를 처음 봤던 날보다 더 자라지도 않았습니다. 마르가레테를 못 본 지도 오래되었지요. 멀리 시집을 갔는데 친정아버지를 만나러 몇 주 전에 아이들과 왔다는 소식을 우연히 들었습니다."

"그럼 이번에 말을 타고 바람 쐬러 갔던 것이 완전히 우연은 아니었군요?"

"제가 그 여자를 만나고 싶었다는 걸 부인하지는 않겠습니다." 하고 로타리오가 말했다. "그 집에서 그렇게 멀지 않은 곳에 있었을 때 그 여자의 아버지가 문 앞에 앉아 있는 것을 보았습니다. 한 살쯤 되는 아이가 그 옆에 서 있었습니다. 더 가까이 다가가니 어떤 여자가 급히 창문을 내다보았습니다. 제가 문 쪽으로 다가가자 어떤 사람이 계단을 뛰어 내려오는 소리가 들렸습니다. 저는 분명히 그 여자라고 생각했습니다. 솔직히 말씀드려서 그 여자가 저를 알아보고 저에게 급히 달려오고 있다고 기분 좋게 생각했습니다. 그러나 그 여자가 문에서 뛰쳐나와 가까이 다가오는 말들을 피해 아이를 붙잡아 집 안으로 데리고 들어갔을 때 제가 얼마나 부끄러웠는지 모릅니다. 기분이 좋지는 않았지만, 그 여자가 급히 뛰어 들어갔을 때 그녀의 목덜미와 훤히 드러난 귀언저리가 눈에 띄게 붉어진 듯 보여 저의 자만심이 약간은 위안을 받았습니다. 저는 말을 멈추고 아버지와 이야기를 나누면서 혹시 그 여자가 나타나지나 않을지 창문들을 두루 살펴보았으나 흔적도 발견하지 못했습니다. 물어보고 싶지는 않아서 말을 타고 그냥 지나가 버렸습니다. 저의 불쾌한 심정은 놀라움으로 어느 정도 진정되었는데, 얼굴은 거의 보지 못했어도 그 여자가 전혀 변하지 않은 듯이 보였기 때문이었습니다. 하지만 10년은 긴 세월이 아닙니까! 그런데도 더 젊어 보였고, 여전히 날씬하고 발걸음도 가벼웠습니다. 목덜미는 이전보다 더 귀여웠고, 또한 뺨도 쉬이 사랑스럽게 붉어질 정도였습니다. 그러고도 여섯 아이의 엄마라니, 아니 아이가 더 많을지도 모르지요. 그 모습이 저를 둘러싼 나머지, 마법의 세계와도 같은 매력적인 광경에 잘 어울려서 한층 젊어진 느낌으로 계속 말을 타고 갔고, 해가 지고 있을 때야 비로소 다음 숲에 이르러 돌아올 정도였습니다. 떨어지는 이슬방울에 의사의 주의가 생각났고, 바로 집으로 돌아가는 것이 더 바람직했을지 모릅니다. 하지만 저는 다시 그 소작인 농장 옆으로 난 길로 되돌아갔습니다. 엉성한 울타리로 둘러싸인 정원에서 어떤 여자가 이리저리 걸어 다니는 모습이 보였습니다. 그래서 말을 타고 좁은 길로 향했고 그 울타리 쪽으로 다가가 제가 보고 싶었던 사람과 그리 멀지 않은 곳에 있게 되었습니다.

저녁 해가 제 눈에 비치고 있었지만, 그 여자가 자신을 살짝만 가리고 있는 울타리에서 뭔가를 열심히 하는 모습이 보였습니다. 저는 옛 애인이 틀림없다고 생각했습니다. 그래서 그 여자에게로 다가가 말을 멈췄을 때 마음이 적지 않게 흥분되었습니다. 높이 자란 들장미 가지 몇 개가 산들바람에 이리저리 흔들려 그 여자의 모습이 분명하게 보이지 않았습니다. 저는 말을 걸면서 어떻게 지내느냐고 물었더니 낮은 목소리로 '아주 잘 지냅니다.' 하고 대답했습니다. 그러는 사이에 한 아이가 울타리 뒤에서 열심히 장미꽃을 따고 있는 것을 보고는, 그 기회에 나머지 아이들은 어디에 있느냐고 물어보았습니다. '얘는 제 아이가 아닙니다.' 하고 그 여자가 말했습니다. '그러기에는 제가 너무 어릴지도 모르죠!' 그 순간에 가지들 사이로 그 여자의 얼굴을 또렷이 볼 수 있었습니다. 그런데 이 여자에게 제가 무슨 말을 해야 할지 몰랐습니다. 분명히 저의 옛 애인이라 생각했는데 아니었습니다. 제가 10년 전에 알았던 모습보다 훨씬 더 어리고 더 아름다웠습니다. '소작인의 딸이 아니십니까?' 하고 제가 어리둥절해져 물었습니다. '아뇨, 저는 그분의 조카예요.' 하고 그 여자가 말했습니다.

'하지만 서로 너무 닮았습니다.' 하고 제가 대꾸했습니다.

'10년 전에 그분을 알던 사람들은 다들 그렇게 말씀하세요.'

저는 계속 말을 걸며 여러 가지를 물어보았습니다. 비록 제가 착각했다는 것을 깨달았지만 그런 착각이 기분 좋았습니다. 저는 제 앞에서 있는 생생하게 기억나는 지난날의 행복했던 모습에서 눈을 뗄 수 없었습니다. 그 아이는 그러는 사이에 그 여자에게서 멀어져서 꽃을 따려고 연못으로 가고 있었습니다. 그 여자는 작별 인사를 하고는 그 아이에게 급히 달려갔습니다.

그런 사이에 저의 옛 애인이 아버지 집에 정말 와 있다는 것을 알게 되었고, 그래서 제가 말을 타고 오면서 봤던 아이를 말들에게서 안전하게 떨어뜨려 놓은 사람이 그 여자였는지 아니면 조카였는지 열심히 추측해 보았습니다. 그리고 마음속으로 이 일 전체를 여러 번 거듭 생각해 보았지만, 어느 쪽이 제게 더 나았을지 쉽게 알 수는 없었습니다. 그러나 제가 아직 몸이 성치 못한 것이 느껴지니, 의사 선생님께 아직 남아 있는 이런 기분에서 벗어나게 해 달라고 부탁드리려고 합니다."

허물없이 고백하는 우아한 사랑 이야기는 마치 괴담 같다. 한 사람이 일단 이야기를 꺼내기만 하면 나머지 이야기들은 저절로 흘러나오는 법이다.

거기에 있던 사람들은 지난 시절을 회상하면서 그런 이야기 소재를 많이 찾아냈다. 로타리오가 제일 많이 이야기했고, 야르노의 이야기에는 모두 독특한 특성이 있었으며, 빌헬름이 고백해야 했던 것은 우리가 이미 알고 있다. 그 와중에 빌헬름은 사람들이 백작 부인과 자신의 이야기를 떠올리지 않을까 걱정했는데, 다행히 아무도 그 일을 떠올리지는 않는 듯했다.

"아무 생각 없이 쉬고 있다가 새로운 대상에 대한 사랑에 다시 마음이 열릴 때보다 더 기분 좋은 일은 세상에 없는 것 같습니다." 하고 로타리오가 말했다. "하지만 저는 운명이 저를 테레제와 맺어 주려 했었다면 이런 행복을 평생 포기하고 살고 싶었습니다. 우리가 언제나 젊은이로 머무는 것도 아니고, 항상 어린아이처럼 살아서도 안 됩니다. 세상을 잘 알고, 자기가 세상에서 무엇을 해야 하는지, 또 세상에 무엇을 바라야 하는지 알고 있는 남자가 어디서나 자신과 함께 활동하고, 자신을 위해 모든 것을 준비할 줄 알며, 남편이 못 하는 일을 떠맡고, 남편이 오직 곧은 길로만 계속 갈 수 있도록 사방으로 부지런히 활동 영역을 넓혀 가는 아내를 발견한다면 더 바랄 것이 없지 않겠습니까. 제가 테레제와 함께하는 천국을 꿈꾸지 않았습니까! 공상에 찬 행복한 천국이 아니라 이 지상에서의 확실한 삶의 천국을 꿈꿨습니다. 행복할 때도 질서를 바로 잡고, 불행할 때도 용기를 가지며, 사소한 일과 사람을 배려하고, 아주 큰 일을 파악해서 진행할 능력을 갖춘 여자와 말입니다. 오! 역사상 남성보다 훨씬 뛰어난 여성들이 그런 소질을 계발하는 것을 보면 감탄이 나오는데, 이런 소질을 저는 테레제에게서 보았습니다. 상황을 정확히 파악하고, 어떤 경우에서든 기민함을 유지하며, 미리 생각해 본 적이 없더라도 전체 상황을 항상 괜찮게 관리할 수 있도록 자신감 있게 각각의 일을 처리합니다. 선생님도 아마" 하고 로타리오는 미소를 지으며 빌헬름 쪽으로 몸을 돌리며 계속 말했다. "테레제가 저를 아우렐리아에게서 빼앗아 갔다고 하면 용서하실 수 있을 겁니다. 테레제와는 즐거운 삶을 기대할 수 있었어도 아우렐리아와는 행복한 시간을 생각할 수 없었습니다."

"제가 가슴에" 하고 빌헬름이 대꾸했다. "당신에 대해 엄청난 분노를 품고 여기로 왔다는 것을 부인하지는 않습니다. 그래서 아우렐리아에게 취했던 당신의 태도를 매우 엄하게 질책하려고 마음을 먹었었습니다."

"비난을 받을 만하지요." 하고 로타리오가 말했다. "저는 아우렐리아와의 우정을 사랑이라는 감정과 혼동하지 말았어야 했습니다. 그리고 아우렐리아가 마땅히 받아야 할 존중 대신에 그 사람이 일으킬 수도, 유지할 수도 없던 애정으로 달려들지 말았어야 했습니다. 아! 아우렐리아가 사랑할 때도 사랑스럽지 않았습니다. 이건 한 여성에게 닥칠 수 있는 가장 큰 불행입니다."

"그래서" 하고 빌헬름이 대답했다. "우리는 비난받을 일을 항상 피할 수 없고, 우리의 생각이나 행동이 이상하게도 자연스럽고 좋은 방향에서 벗어나는 일도 피할 수 없을지 모릅니다. 그러나 특정한 의무들을 결코 도외시해서는 안 됩니다. 우리의 친구 아우렐리아가 부디 편히 잠들길 바랍니다! 우리를 욕하거나 아우렐리아를 꾸짖지 말고 동정의 꽃을 그 무덤 위에 뿌렸으면 합니다. 그러나 불행한 엄마가 잠들어 있는 무덤의 명예를 걸고 묻고 싶은데 왜 로타리오 씨는 그 아이를 떠맡으려 하시지 않습니까? 누구나 기뻐할 그런 아들을 말입니다. 당신은 그 아들을 완전히 등한히 하시는 것 같습니다. 어떻게 순수하고 섬세한 감정의 소유자이신 당신이 아버지의 마음을 완전히 저버릴 수 있단 말입니까? 그 아이의 애교에 대해 얼마나 이야기할 것이 많을 텐데, 어떻게 지금껏 이 귀한 아이에 대해 한마디도 하지 않을 만큼 생각조차 하지 않습니까."

"누구를 두고 하는 말씀입니까?" 하고 로타리오가 대꾸했다. "무슨 말씀인지 이해를 못 하겠습니다."

"바로 당신의 아들이자 아우렐리아의 아들이지요. 다정한 아버지가 맡아서 돌보면 부족할 것 없이 행복할 그 귀여운 아이 말입니다."

"잘못 알고 계십니다, 선생님." 하고 로타리오가 큰 소리로 말했다. "아우렐리아는 아들이 없습니다. 어쨌든 제 아들은 아닙니다. 아이에 대해 전혀 아는 게 없습니다. 제가 알았다면 기쁘게 그 아이를 받아들였을 겁니다. 그러나 지금이라도 그 어린아이를 아우렐리아가 남기고 간 유산으로 생각하고 아이의 교육을 맡고 싶습니다. 혹시 아우렐리아가 그 아이가 자기 아이라거나 제 아이라고 그 어떤 언질을 준 적이 있습니까?"

"아우렐리아로부터 분명한 말을 들었다는 기억은 나지 않습니다만, 그땐 그렇다고 생각했고 한순간도 그 사실을 의심하지 않았습니다."

"내가 그 사실에 관련해 몇 가지 정보를 줄 수 있습니다." 하고 야르노가 끼어들었다. "선생도 분명히 자주 보았던 어느 할멈이 그 아이를 아우렐리아에게 데리고 왔고, 아우렐리아가 무척 좋아하며 그 아이를 받아들였는데, 자신의 괴로움이 그 아이와 함께 있으며 덜어지기를 바랐습니다. 또 그 아이도 아우렐리아에게 많은 즐거운 순간을 안겨 주었습니다."

빌헬름은 이 새로운 사실을 알고 매우 불안해졌다. 착한 미뇽과 예쁜 펠릭스의 모습이 아주 생생하게 떠올랐다. 그래서 이 두 아이를 지금 처해 있는 상황에서 벗어나게 해 주고 싶은 바람을 말했다.

"빨리 그렇게 합시다." 하고 로타리오가 대꾸했다. "그 묘한 여자아이는 테레제에게 맡기면 그보다 더 잘 돌봐 줄 수 있는 사람은 없을 겁니다. 그리고 남자아이는 제 생각에 선생이 직접 맡아 주면 좋겠습니다. 부인들이 교육하지 못하고 우리 몫으로 남겨 놓은 것을 우리가 아이들과 함께 있어 주면 아이들이 배울 수 있을 테니 말입니다."

"어쨌거나" 하고 야르노가 말했다. "선생은 간단히 말해 연극을 스스로 체념하는 것이 좋을 듯합니다. 선생은 연극에 전혀 소질이 없습니다."

빌헬름은 당황해서 생각을 가다듬어야 했다. 왜냐하면 야르노의 말이 자신의 자존심을 적지 않게 상하게 했기 때문이었다. "그 말을 제가 확신하도록 해 주신다면" 하고 빌헬름은 억지로 미소를 지으며 대답했다. "저에게 한 가지 도움을 주시는 겁니다. 비록 즐거운 꿈에서 흔들어깨우는 슬픈 도움일 뿐이긴 하지만 말입니다."

"그에 대해서는 더 이상 말하지 말고" 하고 야르노가 대꾸했다. "먼저 어서 가서 아이들을 데려왔으면 좋겠습니다. 나머지 일은 저절로 해결될 겁니다."

"저도 그럴 준비가 되어 있습니다." 하고 빌헬름이 대답했다. "제가 그 아이의 출생에 대해 뭔가 더 자세한 사실을 알아낼 수 없을지 걱정도 되고 궁금하기도 합니다. 그리고 아주 특이하게도 저를 따랐던 여자아이도 다시 보고 싶습니다."

그러자 빌헬름이 곧 떠나는 게 좋겠다고 의견의 일치를 보았다.

다음 날 빌헬름은 떠날 준비를 했고 말에는 안장이 얹혀 있었지만, 로타리오와 작별 인사를 나누고 싶었다. 식사 시간이 되자 사람들은 평소처럼 이 집 주인을 기다리지 않고 식탁에 앉았고, 집주인은 늦게야 들어와서 사람들과 함께 식사했다.

"내기를 하고 싶군요." 하고 야르노가 말했다. "당신의 애정 어린 마음을 다시 시험해 보셨군요. 옛날 애인을 다시 만나고 싶은 욕구를 뿌리칠 수 없으셨나 봅니다."

"맞추셨어요!" 하고 로타리오가 대답했다.

"한번 들어 봅시다." 하고 야르노가 말했다. "어떻게 되었죠? 대단히 궁금합니다."

"솔직히 말해서" 하고 로타리오가 대답했다. "그 여자와의 일이 생각 이상으로 마음에 걸렸습니다. 그래서 다시 한번 그곳으로 말을 타고 가서 젊어진 모습이 제게 기분 좋은 환상을 불러일으켰던 그 여자를 실제로 보려고 결심했습니다. 저는 그 집에서 약간 떨어진 곳에 말을 세우고 문 앞에서 놀고 있는 아이들을 방해하지 않기 위해 말들을 다른 곳으로 데려가라고 했습니다. 집에 들어갔다가 우연히 어떤 여인과 마주쳤는데 바로 그 사람이었습니다. 그 사람은 많이 변했음에도 불구하고 저는 바로 알아보았습니다. 이전보다 더 튼튼해졌고 키도 더 커진 것처럼 보였습니다. 침착한 행동에는 우아함이 엿보였고, 옛날의 쾌활함은 조용히 숙고하는 모습으로 변해 있었습니다. 가볍고 자유롭게 움직이던 머리를 약간 숙이고 있었고, 이마에는 가는 주름들이 나 있었습니다.

저를 보자 그 사람은 눈길을 떨구었지만, 얼굴이 붉어지지 않아 마음속의 동요는 일지 않는 듯했습니다. 그 사람에게 손을 내밀자 그 사람은 제게 손을 주었습니다. 남편은 어디 있냐고 물어보니 출타 중이라고 했습니다. 아이들은 어디 있냐고 물었더니 그 사람은 문 쪽으로 가서 아이들을 불렀습니다. 아이들이 모두 와서 그 사람 옆에 모였습니다. 아이를 팔에 안고 있는 어머니의 모습보다 더 기분 좋은 것은 없고 많은 자식 사이에 끼어 있는 어머니보다 더 소중한 모습은 없습니다. 저는 무슨 말이라도 하려고 어린아이들의 이름을 물었습니다. 그 사람이 저에게 집으로 들어가서 자기 아버지를 잠시 기다려 달라고 부탁하기에 저는 그렇게 했습니다. 그 사람이 저를 데리고 안으로 들어갔을 때 제가 보기에 모든 것이 거의 예전의 그 자리에 그대로 있었습니다. 그리고 — 정말 진기했습니다. 그 사람과 꼭 닮은 조카가 물레 뒤 걸상에 앉아 있었는데, 제가 자주 보았던 옛날 애인의 모습과 똑같았습니다. 엄마와 꼭 닮은 어린 딸아이가 우리를 따라왔습니다. 그래서 저는 과거와 미래 사이 아주 묘한 현재에 서 있게 되었습니다. 마치 좁은 범위 안에서 꽃과 과일이 단계적으로 나란히 있는 오렌지 나무숲 속에 있는 것 같았습니다. 조카는 약간 바람을 쐬며 쉬려고 나갔고, 저는 옛날에 그렇게 사랑했던 사람에게 손을 내밀고 말했습니다. '다시 만나서 정말 기쁩니다.' — '그렇게 말씀해 주셔서 대단히 감사해요.' 하고 그 사람이 말했습니다. '솔직히 말씀드려서 저도 말할 수 없이 기뻐요. 제 평생 다시 한번 당신을 만날 수 있기를 얼마나 자주 바랐는지 모릅니다! 저는 마지막이라고 생각했던 순간마다 그렇게 되길 바랐었습니다.' 그 사람은 침착한 목소리로 감정의 동요도 없이 옛날 그 사람을 그렇게 매력적으로 느끼게 했던 자연스러운 태도로 그렇게 했습니다. 조카가 다시 돌아왔고, 그 사람 아버지도 들어왔습니다. — 그래서 제가 어떤 심정으로 거기에 있었고, 어떤 심정으로 그곳을 떠났는지는 여러분의 생각에 맡기겠습니다."

## 8장

빌헬름은 도시로 돌아가는 길에 자기가 알고 있거나 들었던 아름다운 여성들을 떠올려 보았다. 기쁜 일이 별로 없었던 그 여인들의 운명이 비통하게 느껴졌다. "아!" 하고 빌헬름은 소리쳤다. "불쌍한 마리아네! 이제 당신에 관한 어떤 소식을 듣게 되겠지? 그리고 멋진 아마존 여인이여, 고귀한 수호신 그대에게 나는 많은 빚을 지고 있는데 어디를 가든 만날 수 있을까 기대해 보지만 아쉽게도 만날 수가 없구려. 혹시 언젠가 그대를 만나게 된다면 얼마나 슬픈 상황에서 마주치게 될지!"

시내에는 빌헬름이 아는 사람은 아무도 집에 없었다. 사람들이 연습 공연을 하고 있다고 생각하고 극장으로 달려가 보았지만, 쥐 죽은 듯 조용했고 극장에는 아무도 없어 보였다. 그런데 창의 덧문이 하나 열려 있었다. 무대로 가보니 아우렐리아의 늙은 하녀가 새로운 무대 장치에 쓸 아마포 천을 열심히 꿰매고 있었다. 일하고 있는 곳을 밝혀 줄 만큼의 빛만 들어오고 있었다. 펠릭스와 미뇽은 그 옆에 바닥에 앉아서 미뇽이 책을 크게 읽어 주면 펠릭스는 마치 글자를 알아서 글을 읽을 줄 아는 것처럼 한 마디도 빼지 않고 따라 말했다.

아이들이 벌떡 일어나 막 도착한 빌헬름을 반갑게 맞이했고, 빌헬름은 아이들을 아주 다정하게 안아 주고는 늙은 하녀 곁으로 데리고 갔다. "이 아이를 아우렐리아에게 데리고 갔던 사람이 할머니입니까?" 하고 진지한 표정으로 물었다. 늙은 하녀는 일손을 멈추고 올려다보며 빌헬름 쪽으로 얼굴을 돌렸다. 빌헬름은 밝은 빛에 그 늙은 하녀를 보고 깜짝 놀라서 몇 걸음 뒤로 물러섰다. 늙은 바르바라였던 것이다.

"마리아네는 어디에 있습니까?" 하고 빌헬름이 크게 외쳤다. ― "여기서 먼 곳에 있어요." 하고 늙은 바르바라가 대답했다.

"그럼 펠릭스는?…"

"당신이 너무나도 사랑했던 그 불쌍한 여자의 아들이지요. 당신이 우리에게 어떤 희생을 치르게 했는지 전혀 모르실 겁니다. 당신께 맡기는 이 보물이 우리를 불행하게 만들어 준 만큼 당신을 행복하게 만들어 주었으면 합니다!"

할멈은 그렇게 말하고 나가려고 일어섰다. 그러자 빌헬름이 꽉 붙들었다. "도망갈 생각은 없습니다." 하고 할멈이 말했다. "당신을 기쁘게도 고통스럽게도 할 문서를 가져오겠어요." 할멈이 사라지자 빌헬름은 괴롭고도 기쁜 감정으로 그 아이를 바라보았다. 아직 그 아이를 자기 아이라고 할 권리는 없었다. "얘는 아빠 아이예요." 하고 미뇽이 말하고는 그 아이를 빌헬름의 무릎으로 떠밀었다.

할멈이 와서 빌헬름에게 편지를 건네주면서 “여기에 마리아네의 마지막 말이 들어 있어요.” 하고 말했다.

“그럼 죽었단 말인가!” 하고 빌헬름이 소리쳤다.

“죽었어요!” 하고 할멈이 말했다. “당신에게 모든 비난을 퍼붓고 싶지는 않아요!”

빌헬름은 너무 놀라 정신이 없이 편지를 뜯었다. 그러나 첫마디를 읽자마자 쓰라린 고통에 사로잡히고 말았다. 빌헬름은 편지를 떨어뜨리고 잔디로 덮인 의자에 털썩 주저앉아 한동안 누워 있었다. 미뇽이 빌헬름을 돌봐 주었고, 그러는 사이에 펠릭스는 편지를 주워서 자기 동무인 미뇽에게 읽어 달라고 떼를 쓰자 미뇽은 어쩔 수 없이 펠릭스 옆에 꿇어앉아 읽어 주었다. 펠릭스는 미뇽이 읽어 주는 것을 모두 따라 말했고, 빌헬름은 그 편지를 두 번씩이나 들어야 했다. “이 편지가 언젠가 당신에게 전해지면 당신의 불행한 연인을 불쌍히 여겨 주세요. 당신의 사랑이 그 여자에게 죽음을 안겨 주었답니다. 태어난 지 며칠 안 됐지만 두고 가는 이 아이는 당신의 아들입니다. 겉으로는 제가 나쁘게 보일지 모르나 저는 죽는 순간까지 당신에게 정절을 지켰습니다. 당신이 떠남으로써 저를 삶에 묶어 두었던 것을 모두 잃어버렸습니다. 이 아이가 건강해서 앞으로 잘 자랄 거라고 사람들이 저에게 확실히 말해 주니 저는 그것으로 만족하고 눈을 감겠습니다. 바르바라 할멈의 말을 들어 주시고, 할멈을 용서해 주세요. 잘 사세요. 그리고 저를 잊지 마세요.”

그 얼마나 비통하고 위안을 주면서도 또한 수수께끼 같은 편지란 말인가! 아이들이 떠듬거리며 읽고 다시 반복될 때야 비로소 그 내용이 제대로 느껴졌다.

“이제 다 아셨죠!” 하고 빌헬름의 마음이 진정될 때까지 기다리지 않고 할멈이 외쳤다. "그렇게 착한 여자를 잃은 뒤에 이렇게 멋진 아이가 당신에게 남겨져 있으니 하느님께 감사하세요. 그 착한 아가씨는 숨을 거둘 때까지 당신에게 정절을 지켰어요. 그래서 그녀 자신이 얼마나 불행해졌는지를, 그녀가 당신을 위해 모든 걸 희생했다는 사실을 아신다면 당신의 고통스러운 마음 정도는 비교도 안 되겠죠."

"비통함과 기쁨의 잔을" 하고 빌헬름이 소리쳤다. "한꺼번에 마시게 해 주시오! 그 사람이 정말 착한 여자였다고, 내가 존중하고 사랑할 만한 여자였다고 내가 확신하도록 해 보시오! 그러고 나서 무엇과도 바꿀 수 없는 그녀를 잃어 고통스러워하는 나를 그대로 내버려두시오!"

"지금은 그럴 시간이 아니에요." 하고 할멈이 대답했다. "해야 할 일도 있고, 우리 두 사람이 함께 있는 것을 다른 사람이 보는 것도 원하지 않아요. 펠릭스가 당신 아이라는 사실을 비밀로 해 주세요. 내가 지금까지 속여 왔다고 단원들이 분명히 비난을 퍼부을 겁니다. 미뇽은 착하고 말이 없으니 우리 관계를 누설하진 않을 거예요."

"저는 오래전에 알았지만 아무 말도 하지 않았어요." 하고 미뇽이 대꾸했다. — "어떻게 알았어?" 하고 할멈이 큰 소리로 물었다. — "어디서?" 하고 빌헬름이 끼어들었다.

"유령이 제게 말해 줬어요."

"뭐라고? 어디서?"

"노인이 칼을 빼어 들었던 저 둥근 지붕 밑에서 제게 이렇게 외쳤어요. '그 애 아버지를 불러오너라!' 하고 말이죠. 그때 문득 아빠가 떠올랐어요."

"누가 그렇게 소리쳤니?"

"모르겠어요, 마음속에서, 머릿속에서요, 저는 너무 무서워 떨며 기도했어요, 그때 그렇게 외치는 소리가 들렸고 저는 그렇게 알아들었어요.”

빌헬름은 미뇽을 가슴에 꼭 껴안았고, 펠릭스를 미뇽에게 맡기고 나갔다. 그제야 미뇽이 자기와 헤어졌을 때보다 더 많이 창백해지고 야위었다는 사실을 비로소 깨달았다. 빌헬름이 알고 있는 사람 가운데 처음 만난 사람은 멜리나 부인이었는데 아주 다정하게 빌헬름을 맞이해 주었다. “아! 모든 일이 당신이 원했던 대로 되어 가는 것을 보실 수 있었으면 좋았을 텐데!” 하고 멜리나 부인이 크게 말했다.

“저는 그렇게 되리라고 믿지 않습니다.” 하고 빌헬름이 말했다. “기대도 하지 않았습니다. 솔직하게 말해 주세요. 나 없이도 할 수 있는 모든 준비가 되어 있다고 말이죠.”

“왜 가 버리셨어요?” 하고 멜리나 부인이 대꾸했다.

“자기가 세상에 없어도 된다는 것을 일찍 경험할수록 좋죠. 우리는 우리 자신이 얼마나 중요한 인물이라고 생각합니까! 우리는 자기 혼자만 우리가 활동하고 있는 집단에 활기를 준다고 생각하고, 자신이 없을 때는 생명도 영양분도 숨도 분명히 멈출 거라고 착각합니다. 그런데 그렇게 해서 생긴 공백은 거의 눈에도 띄지 않고 재빨리 다시 채워질 뿐 아니라, 심지어 그 공백은 뭔가 더 나은 것을 위한 자리가 아니라 뭔가 더 기분 좋은 것을 위한 자리가 되는 경우가 자주 있습니다.”

“우리 친구들의 슬픔은 고려하지 않나요?”

“우리 친구들도 곧 순응하고 서로에게 ‘그대가 있는 곳에서, 그대가 머무는 곳에서 그대가 할 수 있는 일을 하자, 열심히 그리고 기분 좋게 일하며 현재를 유쾌하게 보내자!’ 하고 말한다면 잘 지내게 될 겁니다.”

더 자세하게 물어보자 빌헬름이 예상했던 대로 흘러가고 있음을 알게 되었다. 오페라가 준비되어 관객들의 관심을 끌고 있었다. 자신의 배역은 그사이에 라에르테스와 호레이쇼 역을 맡았던 배우가 차지했고, 그리고 이 두 사람은 자신이 언젠가 받을 수 있었던 것 이상의 열렬한 갈채를 관객들에게서 끌어냈다.

라에르테스가 들어오자 멜리나 부인이 큰 소리로 말했다, "이 행복한 사람을 보세요. 곧 돈 많은 재산가가 되거나 어떻게 될지 아무도 몰라요!" 빌헬름은 라에르테스를 껴안았는데 재킷이 엄청나게 좋은 천임이 느껴졌다. 라에르테스의 다른 옷도 수수하긴 했지만 모두 최고급 천으로 만들어진 것이었다.

"수수께끼 같은 일인데. 설명해 봐요!" 하고 빌헬름이 외쳤다.

"그걸 알게 될 시간은 넉넉합니다." 하고 라에르테스가 대답했다. "내가 열심히 들락날락했던 일이 이제 보상을 받고 있습니다. 어느 큰 상점의 사장이 내 불안한 마음과 견문과 지인들을 이용해 이익을 취해서 그 일부를 내게 떼어 주겠다는군요. 내가 여자들의 신임을 얻을 수 있다면 어떤 일도 마다하지 않겠습니다. 그 집에 예쁜 조카딸이 하나 있는데 눈치를 보니 내가 원하기만 하면 곧 안정된 생활을 할 수도 있을 것 같기 때문입니다."

"아직 모르시죠?" 하고 멜리나 부인이 말했다. "우리 중에도 그사이에 결혼한 사람이 있어요. 제를로 씨가 아름다운 엘미레와 정말 정식으로 결혼했어요. 엘미레의 아버지가 두 사람의 은밀한 만남을 인정하려 하지 않았거든요."

이렇게 그들은 빌헬름이 없는 사이에 일어났던 여러 가지 일을 이야기했다. 그리고 빌헬름은 단원들의 성향이나 의식을 미루어 보아 실제로 자신이 이미 오래전에 극단을 떠난 사람이 되었음을 잘 알아차릴 수 있었다.

빌헬름은 이상하게도 밤늦게 찾아오겠다고 했던 바르바라 할멈을 초조하게 기다렸다. 할멈은 모두가 잠들면 오겠다고 했고, 마치 젊은 처녀가 연인에게 몰래 찾아오는 것과 똑같이 준비하고 있기를 바랐다. 빌헬름은 그런 사이에 마리아네의 편지를 아마 백 번은 읽었을 것이다. 사랑스러운 손으로 직접 쓴 정절을 지켰다는 말은 이루 말할 수 없이 기쁜 마음으로, 그리고 다가오는 죽음을 두려워하지 않는 듯 자기 죽음을 예고하는 말은 소름 끼치는 마음으로 읽었다.

자정이 지나서야 반쯤 열린 문에서 뭔가 인기척이 났고 할멈이 작은 바구니를 들고 들어왔다. "당신한테 우리의 슬픈 이야기를 해드려야겠어요." 하고 할멈이 말했다. "그러나 거기에 무심하게 앉아서 나를 그렇게 조심스럽게 기다리는 것이 오직 당신의 호기심을 충족하기 위해서이고, 또 우리 가슴은 찢어질 듯 아픈데 당신은 지금도 그때처럼 냉정한 이기심에 싸여 있다고밖에는 생각하지 않아요. 그런데 보세요. 저 행복했던 날 밤에 내가 샴페인 한 병을 가지고 올라와 탁자 위에 유리잔 세 개를 놓으니까 당신이 천진난만했던 어린 시절 이야기로 우리를 속여 잠들게 하려고 했었지요. 그러나 지금은 내가 슬픈 이야기로 당신이 잠 못 들게 해 드려야겠어요."

빌헬름이 무슨 말을 해야 할지 모르고 있을 때 할멈은 정말 마개를 따고 잔 세 개에 샴페인을 가득 따랐다.

"마시세요." 하고 할멈이 거품이 이는 자기 잔을 재빨리 비워 버리고 말했다. "마셔요, 김이 빠지기 전에! 이 세 번째 잔은 불행한 마리아네를 추억하기 위한 것이니 마시지 말고 거품이 일게 내버려둬요. 마리아네가 당신의 건배 제안에 답하며 입술이 얼마나 빨개졌는지! 아! 그런데 이제 영원히 창백하고 뻣뻣하게 굳어 있겠죠!"

"고약하고 잔인한 여자 같으니라고!" 하고 빌헬름이 소리치며 벌떡 일어나 주먹으로 탁자를 내리쳤다. "얼마나 못된 귀신이 붙어서 당신을 부추기는 거요? 나를 뭐로 아는 거요. 마리아네의 죽음과 고통이라는 가장 간단한 말로도 내 가슴은 고통스럽고 아픈데, 나를 얼마나 더 심하게 고문하려고 그딴 지독한 간계가 필요하단 말이요. 장례식 때 마음껏 마시는 것처럼 끝없이 마시겠다면 얼마든지 마시고 지껄여 보시오. 옛날부터 당신이라면 지긋지긋했으니 마리아네와 같이 있었던 당신을 보는 것만으로는 마리아네가 결백하다고 생각할 수 없단 말이요."

"고정하세요." 하고 할멈이 대꾸했다. "나를 화나게 하지 말아요. 당신은 아직도 우리에게 많은 빚을 지고 있어요. 그런데 내가 그 빚쟁이에게 욕을 먹을 수는 없지 않겠어요. 하지만 당신 말도 맞아요. 내가 아주 간단하게 이야기해도 당신에겐 충분한 징벌이 될 거예요. 그러니 마리아네가 당신 사람으로 남기 위해 얼마나 싸우고 어떻게 승리했는지 잘 들어 보세요."

"내 사람으로?" 하고 빌헬름이 크게 외쳤다. "무슨 터무니없는 동화 같은 이야기를 시작하려는 거요?"

"내 말을 끊지 말아요." 하고 할멈이 끼어들어 말했다. "내 이야기를 한번 들어 보고 마음대로 생각하세요. 어차피 지금은 아무래도 상관없으니까. 당신이 우리 집에 들렀던 마지막 저녁, 쪽지 하나를 발견하고 가져가시지 않았나요?"

"집에 돌아와서야 쪽지를 발견했소. 그 쪽지는 목도리에 끼어 있었는데, 내 열정적인 사랑 탓에 그 목도리를 집어 들어 내 주머니에 넣었었소."

"그 쪽지에 뭐라고 적혀 있었어요?"

"내일 밤에는 어제보다 더 좋은 대접을 받고 싶다는 화난 애인의 희망이었소. 그리고 그 사람의 소원을 들어준 것을 내 눈으로 똑똑히 보았소. 그 사람이 아침 동이 트기 전에 그 집에서 몰래 빠져나갔으니까."

"그 사람을 봤을 수도 있어요. 하지만 우리에게 무슨 일이 벌어졌는지, 마리아네가 얼마나 슬프게 그날 밤을 보냈는지 그리고 내가 얼마나 화를 냈는지 이제야 듣게 될 거예요. 속이거나 미화시키지 않고 아주 솔직하게 말하겠어요. 나는 마리아네에게 노르베르크라는 사람의 바람을 들어주라고 설득했습니다. 마리아네는 내 말을 따랐어요. 아니 싫었지만 내 말에 따랐지요. 그 사람은 부자였고, 마리아네에게 반한 것 같았습니다. 그래서 그 사람 마음이 변하지 않을 거라 생각했어요. 그러고 나서 곧 그 사람은 여행을 떠나야 했고 마리아네가 당신을 알게 되었지요. 내가 얼마나 인내해야 했는지! 반대해야 했는지! 또 참아야 했는지 모릅니다! '아!' 하고 마리아네가 가끔 외쳤죠. '할멈이 내 청춘과 순결을 4주 동안만이라도 아껴 주었다면 내가 사랑할 만한 상대를 찾았을 텐데. 그랬다면 그 사람의 여자가 될 가치가 있었을 텐데. 그러면 내가 지금 마지못해 팔아 버린 사랑을 편안한 마음으로 그분에게 바쳐도 됐을 텐데.' 마리아네는 자기 마음이 끌리는 상대에게 자신을 완전히 맡겼고, 당신이 행복했는지 내가 묻지도 않겠습니다. 그러나 나는 마리아네의 합리적 판단력을 지배할 수 있는 절대적인 힘을 가지고 있었습니다. 마리아네가 좋아하는 것이라면 아무리 사소하더라도 완벽하게 만족시킬 수 있는 모든 수단을 알고 있었으니까요. 하지만 마리아네의 마음만은 어쩔 수 없었습니다. 마리아네는 내키지 않으면 내가 마음을 돌려 보려고 무슨 일을 해도 절대 받아들이지 않았으니까요. 어찌

할 수 없는 꼭 필요한 일에는 뜻을 꺾었지만, 그 꼭 필요한 일도 마리아네에게는 곧 답답하고 괴로울 뿐이었습니다. 마리아네가 어렸을 때는 아무것도 부족한 것이 없었습니다. 그런데 집안이 복잡한 사정에 얽히면서 재산을 몽땅 잃고 말았습니다. 이 불쌍한 아가씨는 꼭 필요한 여러 가지에 익숙해져 있었고, 어린 마음에도 어떤 훌륭한 원칙들이 새겨져 있었지만, 이런 원칙들은 마리아네의 마음만 불안하게 만들 뿐 도움이 되지 않았지요. 세상일에는 조금도 능숙하게 대처하지 못해서 문자 그대로 순수하고 순진했었죠. 돈을 주지 않고 물건을 살 수 있다는 것을 생각조차 못 했으니까요. 빚을 지고 있는 것보다 마리아네를 더 불안하게 만드는 것은 없었어요. 그래서 언제나 받기보다는 주려고 했을지도 모릅니다. 사소하고도 많은 빚을 갚기 위해 자신을 희생했던 것도 단지 이런 상황이었기에 가능했지요."

"그런데 당신은" 하고 빌헬름이 화가 나서 소리쳤다. "마리아네를 구할 수 없었단 말이요?"

"오, 네." 하고 할멈이 대꾸했다. "굶주림과 궁핍, 결핍되고 비참한 생활을 각오했다면 말이죠. 하지만 그런 생활에 나는 준비되어 있지 않았어요."

"역겹고 비열한 뚜쟁이 같으니라고! 그래서 그 불쌍한 여자를 희생시켰단 말이오? 그래서 그 여자를 당신의 만족할 줄 모르는 탐욕스러운 목구멍을 위해 희생시켰단 말이요?"

"진정하고 욕설은 그만두는 것이 좋을 거예요." 하고 할멈이 대꾸했다. "만약 욕하고 싶으면 당신이 아는 신분 높고 고귀한 여러 집안에 가서 하시구려. 거기 가면 자신들의 사랑스럽고 천사 같은 딸을 위해 아무리 역겨운 남자라도 돈만 아주 많다면 찾아내려고 정말 불안해하며 걱정하는 엄마들을 보게 될 거예요. 이제 운명 앞에서 두려워 몸을 떠는 가련한 여인을 보세요. 경험 많은 여자 친구라도 있어서 마리아네에게 일단 결혼하고 나면 몸과 마음을 마음대로 할 수 있는 권리를 얻게 된다는 걸 가르쳐 주었으면 좋았을 텐데, 그렇지 못했으니 마음의 위안을 찾지도 못합니다."

"닥쳐요!" 하고 빌헬름이 소리쳤다. "파렴치한 행동이 다른 파렴치한 행동으로 용서받을 수 있다고 생각하시오? 쓸데없는 말 하지 말고 하던 이야기나 계속하시오!"

"그럼 날 힐책하지 말고 들어요. 마리아네는 내 뜻을 어기고 당신의 여자가 되었어요. 이 사랑의 모험에 나는 적어도 비난받을 만한 게 아무것도 없어요. 노르베르크가 돌아와서 급히 마리아네를 만나려 했어요. 마리아네는 그 사람을 차갑고 불쾌한 얼굴로 맞았고, 키스조차 허락하지 않았어요. 나는 마리아네의 이런 태도를 변명하느라 온갖 요령을 다 부렸죠. 고해 신부가 마리아네의 양심을 날카롭게 지적했으니, 양심의 가책을 느끼고 있는 한 존중해 줘야 한다고 말이죠. 나는 그 사람을 돌려보내며 최선을 다하겠다고 약속했어요. 그 사람은 부자였지만 성격이 거칠었어요. 그래도 근본은 선량해서 마리아네를 너무나 사랑했었죠. 그래서 참고 기다리겠노라 내게 약속했고, 나는 그 사람을 너무 애태우지 않으려고 더 적극적으로 애를 썼습니다. 마리아네와는 격렬한 언쟁을 벌이기도 했고, 설득해 보기도 했어요. 심지어 이제야 말할 수 있지만, 마리아네에게 내가 떠나 버리겠다고 위협해서 마리아네는 결국 내가 강요한 대로 그 사람에게 밤에 오라고 편지를 쓸 수 밖에 없었습니다. 그때 당신이 우연히 와서 목도리에 들어 있던 그 사람의 답장을 잡아채 갔던 거예요. 당신이 뜻하지 않게 나타나서 내 계획이 완전히 틀어져 버리고 말았어요. 당신이 나가자마자 마리아네의 고통이 다시 시작되었습니다. 마리아네는 당신에게 정절을 지키지 않을 수 없다고 맹세했고, 너무나 열렬하고 제정신이 아닌 듯해서 진심으로 불쌍한 마음이 들 정도였죠. 그래서 결국 나는 오늘 밤에라도 노르베르크를 달래서 이런저런 핑계를 대고 돌려보내겠다고 약속했습니다. 그러니 이제 잠자리에 들라고 부탁했지만 나를 믿지 못하겠는지 옷도 갈아입지 않고 늘 그랬듯 흥분해서 울다 지쳐서 옷을 입은 채 잠들었어요.

노르베르크가 왔고, 나는 그 사람을 돌아가게 하려고 애썼어요. 마리아네가 느끼는 양심의 가책과 후회를 아주 우울하게 설명했지만, 그 사람은 마리아네를 잠시만이라도 보기를 원했어요. 그래서 내가 마리아네가 맞을 준비를 하도록 방으로 들어갔는데 그 사람이 따라 들어왔어요. 그래서 우리 두 사람은 동시에 마리아네의 침대 곁으로 가게 되었죠. 마리아네가 깨더니 버럭 화를 내며 벌떡 일어나 우리의 팔을 뿌리치고 빠져나가 버렸어요. 마리아네는 애원하고 빌고 사정하고 위협하면서 절대 자기 뜻을 꺾지 않을 것이라고 맹세를 했어요. 그러고는 부주의하게도 자신이 진정 열렬히 사랑하는 것에 관해 몇 마디 했는데, 그 말을 노르베르크가 불행하게도 종교적인 의미로 알아들었는지 결국 나가 버렸어요. 그러자 마리아네가 방문을 잠가 버렸어요. 나는 그 사람을 내 방에 오랫동안 붙들어 놓고 마리아네의 처지를 이야기해 주었습니다. 지금 임신 중이니 그 가련한 여인을 보호해 주어야 한다고 말이죠. 그러자 그 사람은 자기가 아버지가 된다는 사실에 대단한 자부심을 느끼면서 아들이기를 몹시 바랐습니다. 마리아네가 바라는 것은 무엇이든 들어주겠다고 하면서 자기 애인이 불안에 떨며 이런 감정 변화로 건강을 해치지 않게 차라리 당분간 여행을 다녀오겠다고 약속했습니다. 그런 생각으로 그 사람은 아침 일찍 내 방에서 몰래 나갔어요. 당신이 보초를 서고 있었는데, 당신이 그렇게 마리아네의 총애를 받은 행운아라고 여겼던 그 사람이 나오는 모습에 당신은 절망에 빠졌지만, 그 연적의 마음을 들여다보기만 했더라도 당신이 행복해지는 데 필요한 것은 아무것도 없었을지도 몰라요."

"그게 사실이요?" 하고 빌헬름이 말했다.

"정말이에요." 하고 할멈이 말했다. "당신을 절망에 빠뜨릴 이야기가 아직 더 있어요.

그래요, 다음 날 아침 우리의 모습을 정말 생생하게 이야기할 수 있다면 분명히 절망에 빠질지도 몰라요. 마리아네는 정말 상쾌하게 잠에서 깨어났어요! 그리고 아주 명랑하게 나를 방으로 들어오라고 부르고는 나한테 진심으로 고마워하면서 얼마나 다정하게 나를 가슴에 껴안아 주었는지 몰라요! '이제' 하고 마리아네는 미소를 지으며 거울 앞으로 다가가면서 말했어요. '다시 자유로워져 내가 유일하게 사랑하는 사람의 여인이 되었으니 나 자신과 내 모습에 다시 기뻐해도 되네요. 이겨 냈다는 사실이 얼마나 기분 좋은지 몰라요! 그분 마음에 따른다는 것이 얼마나 천국에 와 있는 느낌인지! 할멈이 또 나를 보살펴 주고 할멈의 지혜와 총명함을 내게 유익한 방향으로 써서 전력을 다해 줬다는 게 얼마나 고마운지 몰라요! 내 곁에서 나를 도와주고 어떻게 하면 내가 완전히 행복해질 수 있을지 생각해 줘요!'

나는 마리아네가 하자는 대로 했어요. 자극하려고 하지 않고 마리아네의 기대에 장단을 맞춰 주었지요. 그랬더니 마리아네는 나를 아주 사랑스럽게 쓰다듬어 주었어요. 마리아네가 잠깐 창가에서 떨어지면 내가 대신 지키고 서 있어야 했죠. 당신이 언젠가 지나갈 것이고 어쨌든 잠시라도 당신을 보고 싶어 했으니까요. 그렇게 우리는 그날 하루를 초조하게 보냈어요. 밤이 되고 익숙해진 시간이 되자 우리는 당신이 꼭 오리라 기대하고 기다렸어요. 나는 계단을 살피고 있었는데 시간이 너무 지루해서 다시 마리아네의 방으로 갔어요. 그랬더니 놀랍게도 마리아네가 장교복을 입고 있었죠. 믿을 수 없을 정도로 쾌활하고 매력적으로 보였어요. '오늘은 내가 남장을 할 만하지 않아요?' 하고 마리아네가 말했어요. '용감하게 행동하지 않았나요? 오늘은 내 애인에게 나를 처음 봤을 때의 모습을 보여 주고 싶어요. 그때보다 더 다정하게 그리고 더 마음껏 내 가슴에 껴안아 드릴 거예요. 이런 고결한 결정을 내 마음대로 내릴 수 없었던 그때에 비해 지금은 한층 더 그분의 여자가 되었기 때문이 아니겠어요? 하지만' 하고 마리아네가 잠시 생각하더니 덧붙여 말했어요. '내가 그분의 여인이 될 만한 자격을 갖추기 위해서, 완전히 그분의 여인이 되기 위해서는 아직 최대한 더 노력해야 해요. 그래서 그분에게 모든 것을 털어놓고, 내 모든 상황을 밝히고 나서 나를 계속 만나든지 버리든지는 그분에게 맡겨야 해요. 이 장면은 그분을 위해 그리고 나를 위해 마련하는 거예요. 그분의 감정이 나를 버리는 쪽을 택한다면 나는 완전히 또다시 자유로운 몸이 될지도 몰라요. 내 형벌을 받으며 위로를 찾고, 운명이 내게 요구하는 모든 것을 참고 견뎌야 할지도 몰라요.'

그런 생각으로, 그런 희망으로, 이보세요, 그 사랑스러운 여자가 당신을 기다렸답니다. 그런데 당신은 오지 않았어요. 오! 내가 어찌 그 기다림과 희망의 상황을 다 설명할 수 있겠어요? 아직도 아가씨의 모습이 내 눈앞에 선한데, 어찌 이렇게 무정한 남자인지 알지도 못하고 그렇게 사랑과 열정을 다 바쳐 그 남자 이야기를 했나요!"

"착하고 사랑스러운 바르바라." 하고 빌헬름이 벌떡 일어나 할멈의 손을 잡고 외쳤다. "이제 꾸며 낸 이야기도 충분하고, 서론도 충분해요! 당신의 냉담하고 차분하고 만족스러운 어조로 당신의 마음을 드러냈으니 마리아네를 내게 다시 돌려주시오! 마리아네는 살아 있고 가까운 곳에 있소. 아무런 까닭 없이 당신이 이 늦은 한적한 시간을 골라 찾아오지는 않았을 테고, 아무런 까닭 없이 이렇게 기쁜 이야기를 내게 들려주지는 않았을 테니까. 마리아네는 어디에 있소? 어디다 감춰 두었소? 당신 말을 모두 믿겠소. 마리아네를 내게 보여 주고, 내 품에 다시 안겨 준다면 당신 말을 모두 믿겠다고 약속하리다. 마리아네의 그림자를 벌써 잠시 본 것 같소. 마리아네를 다시 내 품에 안게 해 주오! 내가 그 앞에 무릎을 꿇고 용서를 빌겠소. 그리고 마리아네가 자신과 당신하고 싸워서 승리한 것을 축하해 주겠소. 마리아네에게 내 아들 펠릭스를 데려가겠소. 어서! 마리아네를 어디에 감추었소? 마리아네와 내 마음을 더 오래 졸이게 하지 마시오! 당신의 목적을 이루지 않았소. 어디다 숨겨 놓은 거요? 어서 말해요. 이 촛불로 마리아네를 비추고 다시 그 사랑스러운 얼굴을 보게 말이요!"

빌헬름은 할멈을 잡고 의자에서 일으켰다. 빌헬름을 뚫어지게 바라보던 할멈의 눈에서 눈물이 흘러내렸다. 그리고 엄청난 괴로움에 사로잡혀 말했다. "불행하게도 이렇게 착각하고 있으니 잠시라도 희망을 품을 수 있겠죠! — 그래요, 내가 마리아네를 숨겼어요. 하지만 땅 밑에요. 태양의 빛도 다정한 촛불도 마리아네의 사랑스러운 얼굴을 언제고 다시 비추지 않는 곳에. 착한 펠릭스를 무덤에 데리고 가서 말해 주세요. 저기 네 아빠가 무자비하게 내버린 네 엄마가 누워 있다고. 마리아네의 사랑스러운 심장은 당신을 보려고 안달이 나서 더는 고동치지도 않겠죠. 마리아네가 옆방에서 내 거짓말 같은 이야기가 끝나기를 기다리고 있는 것이 아니에요. 신랑도 따라 들어가지 못하고, 애인을 맞이하러 나오지도 못하는 캄캄한 방에 갇혀 있어요."

할멈은 의자 옆 땅바닥에 털썩 주저앉더니 서럽게 울었다. 빌헬름은 마리아네가 죽었다는 것을 이제야 비로소 완전히 믿었다. 너무나 슬펐다. 할멈이 일어났다. "이제 더 해 줄 이야기가 없습니다." 하고는 상자 하나를 의자 위에 던졌다. "이 편지들을 읽어 보면 당신의 잔인함이 아주 부끄러워질 거예요. 가능하다면 눈물을 흘리지 않고 이 편지들을 다 읽어 보세요." 할멈은 조용히 살금살금 걸어 나갔다. 빌헬름은 그날 밤 이 편지 가방을 열어 볼 마음이 나지 않았다. 이 편지 가방은 빌헬름이 직접 마리아네에게 선물한 것이었다. 마리아네가 빌헬름이 보낸 편지를 모두 소중하게 이 가방 속에 보관하고 있었다는 것을 알고 있었다. 다음 날 아침 마음을 다잡고 끈을 풀었다. 자기가 직접 연필로 쓴 작은 쪽지들이 나왔다. 그러자 마리아네와 처음 우아하게 만난 날부터 무자비하게 헤어진 날까지의 모든 상황이 생생하게 다시 떠올랐다. 그러나 자기에게 보내려고 썼던 편지 뭉치를 읽었을 때는 심한 괴로움을 느끼지 않을 수 없었다. 내용을 보아하니 베르너가 받고 돌려보낸 편지들이었다.

"제 편지 가운데 하나도 당신에게까지 다다를 수가 없었네요. 제 간청과 애원이 당신에게 전달되지 않았어요. 당신이 직접 그런 잔인한 명령을 내리셨나요? 당신을 다시는 만나지 말라는 말인가요? 다시 한번 써 봅니다. 제발 부탁이니 오세요, 와 주세요! 당신을 저의 품에 다시 안을 수만 있다면 당신을 붙잡아 두겠다고 하지 않겠어요."

"지난날 제가 당신 곁에 앉아 당신의 손을 잡고 당신 눈을 들여다보며 사랑과 신뢰로 가득 찬 마음으로 이렇게 말했었죠. '사랑하고, 사랑하는 착한 사람!'이라고요. 그 말을 듣고 당신이 좋아하길래 여러 번 그 말을 되풀이해야 했지요. 저는 지금도 다시 되풀이합니다. 사랑하고, 사랑하는 착한 사람! 옛날의 당신처럼 착한 사람이 되어 내게 오세요. 그리고 비참한 신세에 처한 저를 죽게 내버려두지 마세요!"

"당신은 제가 죄를 지었다고 생각하세요. 그것도 맞지요. 하지만 당신의 생각과는 다릅니다. 돌아와 주세요. 그래서 저를 완전히 이해해 주시는 것만이 저에게 유일한 위로가 될 수 있도록 말이에요. 그다음에는 어떻게 되더라도 저는 상관없습니다."

"저뿐만 아니라 당신을 위해서도 제발 와 달라고 애원합니다. 당신이 저를 떠나서 겪는 참을 수 없는 고통을 저도 느끼고 있습니다. 제발 오셔서 우리의 이별이 덜 잔인해지도록 해 주세요! 저를 끝없이 비참한 상태로 밀어 넣는 이 순간보다 당신의 사랑을 받을 가치가 있던 적은 없을 거예요."

"성스러운 모든 것, 인간의 마음을 울릴 수 있는 모든 것에 대고 맹세하며 당신을 부릅니다! 이것은 영혼에 관한 문제이자, 한 생명에 관한 문제이며 두 생명에 관한 문제이기도 합니다. 그중에 한 생명은 당신에게 영원히 소중한 것임이 틀림없습니다. 의심에 찬 당신은 그 사실을 믿으려 하지 않겠지만, 제가 죽는 순간에 이렇게 말하게 될 겁니다. 제가 임신한 이 아이는 당신의 아이라고 말입니다. 당신을 사랑하고 난 후에는 다른 사람이 제 손도 잡지 않았습니다. 오 당신의 사랑, 당신의 올바름이 제 청춘의 동반자였으면 좋았을 텐데!"

"제 말을 들으려 하지도 않으시겠다면 저는 결국 입을 닫아야겠지요. 그러나 이 편지들을 없애고 싶지는 않아서, 수의가 제 입을 덮고, 후회하는 당신의 목소리가 더는 제 귀에 들리지 않을 때 이 편지들이 제 마음을 당신에게 말해 줄 수 있겠죠. 제가 슬프게 살아가는 내내 마지막 순간까지 저의 유일한 위안은 제가 비록 죄 없는 여인이라고 불릴 자격은 없어도 당신에게는 아무 잘못도 저지르지 않았다는 사실입니다."

빌헬름은 더 읽어 나갈 수 없었고 고통스러운 마음에 완전히 빠져 있었다. 라에르테스가 들어왔을 때 빌헬름은 자신의 감정을 숨기려고 했지만 그럴수록 더 괴로웠다. 라에르테스는 돈지갑을 꺼내 금화를 세어 계산해 보더니, 빌헬름에게 부자가 되어가고 있다는 생각보다 세상에서 더 좋은 일은 없다고 확신에 차 말했다. 부자가 되면 그 무엇도 우리를 방해하거나 제지할 수 없다고 했다. 빌헬름은 자신의 꿈이 생각나서 미소를 지었지만, 동시에 그 꿈속에서 마리아네가 자기를 버리고 돌아가신 자기 아버지를 좇아갔던 모습이나, 두 사람이 마침내 유령처럼 정원을 떠돌아다녔던 장면을 생각하면 소름이 끼치기도 했다.

라에르테스는 빌헬름을 깊은 생각에서 끌어내 어느 커피숍으로 데리고 갔다. 그곳에서 여러 사람이 빌헬름 주위에 몰려들었는데 옛날에 무대 위에 선 빌헬름을 보고 싶어 했던 사람들이었다. 빌헬름이 다시 와서 기뻐하면서도 무대를 다시 떠나려 한다는 소식을 듣고 아쉬워했다. 사람들이 빌헬름의 됨됨이와 연기, 그리고 재능의 수준과 자신들의 기대를 분명하고도 올바르게 말해 주어서 빌헬름은 적지 않게 감동해 마침내 이렇게 외쳤다. "몇 달 전에만 이런 관심을 말씀해 주셨다면 제게 얼마나 소중했겠습니까! 얼마나 유익하고 기뻤겠습니까! 그랬다면 결코 제 마음이 무대에서 떠나지 않았을지도 모릅니다. 결코 관객에게 실망할 지경에 이르지는 않았을지도 모릅니다."

"절대로 그렇게 되어서는 안 됩니다." 하고 약간 늙은 남자가 앞으로 나오면서 말했다. "관객은 많습니다. 올바른 판단과 올바른 감정은 생각하는 것처럼 그렇게 드물지 않습니다. 다만 예술가는 자신이 만들어 내는 것에 무조건 박수갈채만을 요구해서는 안 됩니다. 그런 조건 없는 박수갈채란 거의 가치가 없기 때문이지요. 그런데 조건이 달린 박수갈채를 당신 같은 양반들은 좋아하지 않지요. 내가 알기에 인생에 있어서나 예술에 있어서나 무슨 일을 하고 무엇을 만들어 내려고 하면 반드시 자기 자신을 철저하게 숙고해 보아야 합니다. 그러나 일단 그 일을 했거나 완성하고 나면 많은 사람의 의견을 주의 깊게 들어야 합니다. 이렇게 몇 번 연습하고 나면 많은 사람의 말을 종합해 전체적인 평가를 추려낼 수 있는 겁니다. 이런 우리의 수고를 덜어 줄 수 있는 사람들은 대게 침묵을 지키고 있으니까요."

"그 사람들은 그렇게 하지 말아야 합니다." 하고 빌헬름이 말했다. "좋은 작품에 침묵을 지켰던 사람들도 다른 사람들이 침묵한다고 한탄하고 유감스러워한다고 자주 들었습니다."

"그럼 오늘 터놓고 말해 봅시다." 하고 어떤 젊은 남자가 외쳤다. "꼭 우리와 같이 식사합시다. 그래서 당신과 훌륭했던 아우렐리아에게 우리가 진 빚을 모두 갚을 수 있게 말입니다."

빌헬름은 이 초대를 거절하고 멜리나 부인에게로 갔다. 아이들을 부인한테서 데려오려고 생각하고 있었기 때문에 그 문제를 의논하고 싶었다.

할멈의 비밀을 빌헬름은 잘 지켜 주지 못했다. 사랑스러운 펠릭스를 다시 보자 비밀을 누설하고 말았다. "오, 내 아들아!" 하고 빌헬름이 외쳤다. "사랑하는 아들아!" 빌헬름은 펠릭스를 번쩍 들어 올려 가슴에 꼭 껴안았다. "아버지! 저한테 무얼 가져오셨어요?" 하고 아이가 소리쳤다. 미뇽은 비밀을 누설하지 않게 조심하라고 하려는 듯 두 사람을 바라보았다.

"이게 무슨 뚱딴지같은 말이에요?" 하고 멜리나 부인이 말했다. 아이들을 내보내고 빌헬름은 할멈의 비밀을 꼭 지킬 필요는 없다고 생각하고 멜리나 부인에게 모든 정황을 털어놓았다. 멜리나 부인은 미소를 지으며 빌헬름을 바라보았다. "오! 남자들은 너무 쉽게 믿어 버려요!" 멜리나 부인이 외쳤다. "남자들은 걸어갈 때 가로막는 뭔가가 있으면 아주 쉽게 그걸 짊어져요. 그다음에는 오른쪽이나 왼쪽도 보지 않죠. 그리고 자신들이 제멋대로 열정이라는 도장을 찍은 것 외에는 아무것도 높이 평가할 만하다고 여기지 않죠." 멜리나 부인은 한숨을 쉬지 않을 수 없었다. 그리고 빌헬름이 완전히 눈이 멀지 않았다면 부인의 행동에서 자신에 대한 애정이 완전히 사라지지 않았음을 분명히 알아냈을지도 몰랐다.

빌헬름은 아이들을 어떻게 할 예정인지 부인과 이야기를 나누었다. 펠릭스는 자신이 데리고 있고, 미뇽은 시골로 보낼 생각이라고 말했다. 멜리나 부인은 두 아이와 한꺼번에 헤어지는 것이 싫었지만, 그 제안이 괜찮을 뿐만 아니라 어쩔 수 없다고 생각했다. 펠릭스는 부인과 함께 있으면서 거칠어졌고, 미뇽은 시골의 공기와 다른 환경이 필요해 보였다. 이 착한 아이는 몸이 허약했고 아직 회복되지 않았다.

"오해하지 마세요." 하고 멜리나 부인이 말을 이어 갔다. "저 사내아이가 정말 당신 아이냐고 경솔하게도 약간 의심스럽게 말했던 것을 말예요. 하지만 그 할멈은 믿을 수 없어요. 자기 이익을 위해 거짓말을 꾸며 내는 사람은 자신에게 이롭게 보일 때만 진실을 말할 수도 있어요. 그 할멈은 펠릭스가 로타리오의 아들이라고 아우렐리아를 그럴듯하게 속였었어요. 그러나 우리 여자들은 연인의 아이라면 그 어머니를 알지도 못하거나 진심으로 미워하더라도 그 아이를 정말 진심으로 사랑하는 이상한 버릇이 있습니다." 펠릭스가 뛰어 들어왔고, 멜리나 부인이 평소와는 달리 아주 강렬하게 그 아이를 껴안아 주었다.

빌헬름은 급히 집으로 가서 할멈을 부르러 사람을 보냈는데, 할멈은 어둡기 전에는 찾아오지 않겠다고 약속한 바 있었다. 빌헬름은 잔뜩 화가 나서 할멈을 맞이했다. "세상에서 거짓말로 꾸며 내는 것보다 더 파렴치한 일은 없는 법이오! 그렇게 해서 이미 많은 나쁜 짓을 저질렀고, 그리고 당신 한 마디가 내 인생의 행복을 결정할 수도 있는 이 순간에도 나는 의심스러워하며 이 아이가 순수한 내 소유물이라면 더할 나위 없이 행복할 텐데도 이 아이를 품에 안지도 못하고 있으니. 비열한 인간 같으니. 증오와 멸시 없이는 당신을 볼 수조차 없소."

"솔직하게 말하자면 당신의 행동은" 하고 할멈이 대꾸했다. "도저히 참을 수가 없어요. 그리고 설사 그 아이가 당신 아들이 아니라고 해도, 그 아이는 언제나 자기 주위에 두기 위해 어떤 대가라도 치르고 싶은 세상에서 제일 예쁘고 사랑스러운 아이입니다. 그 아이가 당신이 받아 줄 가치가 없다는 말이에요? 내가 세심하게 돌보고 정성을 다해 키웠는데 남은 생을 보낼 약간의 생활비를 받을 자격도 없단 말이에요?

오! 아무것도 부족한 것 없는 당신네 남정네들은 진실이니 정직함이니 잘들 말하지만, 최소한의 생필품마저 해결하지 못하는 불쌍한 여자는 곤경에 빠져도 친구도 해결책도 도움도 받지 못하니, 이기적인 사람들을 헤쳐 나가며 말없이 굶주리며 살아야 합니다. — 만약 더 듣고 싶고 들을 수 있다면 아직 할 말이 많습니다. 마리아네의 편지들을 읽어 봤어요? 마리아네가 불행했던 시기에 쓴 것들이에요. 당신 가까이 가서 당신에게 이 편지들을 전달하려던 노력이 아무 보람도 없어요. 당신의 그 무정한 매부가 당신을 에워싸고 있어서 어떤 영리한 꾀를 써도 소용없었어요. 그래서 마침내 그 사람이 나와 마리아네를 감옥에 넣겠다고 위협했을 땐 나는 모든 희망을 접어야 했어요. 모든 것이 내가 이야기한 것과 일치하지 않나요? 그리고 노르베르크의 편지가 모든 이야기의 의심을 풀어 주지 않나요?"

"무슨 편지 말이요?" 하고 빌헬름이 물었다.

"편지 가방에서 그 편지를 보지 못했어요?" 하고 할멈이 물었다.

"편지들을 아직 다 읽지 못했소."

"그 편지 가방을 이리 줘 봐요! 이 편지로 모든 일이 밝혀질 거예요. 노르베르크의 이 재수 없는 편지로 일이 이렇게 슬프게 꼬였지만, 아직도 뭔가 실이 꼬여 있다면 그 사람이 쓴 다른 편지로 그 매듭을 풀 수 있을 거예요." 할멈은 편지 가방에서 편지 하나를 꺼냈고, 빌헬름은 꼴도 보기 싫은 그 사람의 필체임을 알아 보고는 마음을 가다듬고 읽었다.

"내게 말해 봐요, 어떻게 나한테 그럴 수 있소? 여신이라도 나를 이렇게 한숨 쉬는 연인으로 바꿔 놓을 수 있다고는 생각하지 못했소. 당신은 두 팔을 벌리고 내게 급히 달려오기는커녕 뒤로 물러나는군요. 당신이 했던 행동은 정말이지 나를 싫어한다고밖에 생각할 수 없구려. 내가 밤에 바르바라 할멈과 방에서 그것도 여행 가방 위에서 보내야 해도 괜찮단 말이요? 사랑하는 내 애인은 거기서 두 문짝 뒤에 있는데 정말 너무하잖소! 당신에게 약간 생각할 시간을 주겠다고, 당신에게 바로 조르지는 않겠다고 약속했었소. 하지만 15분이 흐를 때마다 나는 미칠 것 같았소. 내가 알고 있고 할 수 있는 모든 것을 당신에게 해 주지 않았소? 그런데도 아직 내 사랑을 의심하는 것이오? 무엇을 갖고 싶은지 내게 말해 보시오! 당신에게 아낌없이 다 드리리다. 그런 쓸데없는 생각을 당신 머릿속에 집어넣은 목사라는 작자는 입을 다물고 눈을 멀게 해야 하오! 하필이면 그런 사람에게 갔어야 했단 말이오! 젊은 사람들을 약간 관대하게 봐줄 줄 아는 목사도 그렇게 많은데 말이오. 그건 그렇고 내가 말하는데, 당신은 이제 달라져야 하오. 며칠 뒤에 대답을 들어야겠소. 내가 곧 다시 떠나기 때문이오. 당신이 다시 다정해지고 상냥해지지 않는다면 당신을 다시 만나지 않겠소…"

이런 식으로 그 편지는 더 길게 이어졌고, 항상 같은 지점을 맴돌면서 바르바라 할멈에게 들었던 이야기가 사실임을 증명해 주어 빌헬름의 마음은 괴로우면서도 만족스러웠다. 두 번째 편지는 마리아네가 그 후에도 뜻을 굽히지 않았음을 분명히 입증해 주었다. 그리고 빌헬름은 여러 편지에서 그 가엾은 여자가 숨을 거둘 때까지의 이야기를 알아내고 극심한 고통을 느끼지 않을 수 없었다.

할멈은 성격이 거친 노르베르크에게 마리아네의 죽음을 알리고 펠릭스가 그의 아들이라고 믿도록 해서 점차 진정시켰다. 노르베르크는 할멈에게 몇 번 돈을 보냈지만, 할멈은 자기가 보관하고 있었는데, 아우렐리아가 그 아이를 돌보고 교육하도록 그럴듯하게 거짓말로 구워삶았기 때문이었다. 그러나 이런 비밀 수입은 오래가지 못했다. 노르베르크는 방탕한 생활로 자신의 재산 대부분을 탕진해 버렸고, 거듭된 연애로 인해 자신의 친아들인지도 잘 모르는 첫 번째 아들에 대한 마음이 식어 버렸기 때문이었다.

이 모든 이야기가 너무 그럴듯하게 들렸고 또 멋지게 맞아 들어 갔지만, 빌헬름은 맘껏 기뻐할 용기가 나지 않았다. 어떤 고약한 유령이 내민 선물처럼 보여 아직 두려운 것 같았다.

"당신의 의심은" 할멈이 빌헬름의 기분을 알아채고 말했다. "시간이 흐르기만 하면 풀릴 수 있을 거예요. 저 아이를 남의 아이라고 여기고 보세요. 그리고 그 아이를 더 자세하게 살펴서 그 아이의 재능과 천성과 소질에 관심을 가져 보세요. 그래서 당신 자신의 모습을 차츰 발견하지 못한다면 당신 눈이 나쁜 거예요. 당신한테 장담하건대 내가 남자라면 아무도 내게 이 아이를 떠넘기지는 못할 거예요. 남자들이 이런 경우에 눈이 예리하지 못한 것이 여자들에게는 다행이란 말이죠."

이런 이야기를 모두 나누고 빌헬름은 할멈과 논의해서 이렇게 하기로 했다. 즉 자신은 펠릭스를 데리고 가고 싶으며, 할멈은 미뇽을 테레제에게 데려다주었으면 했다. 그런 다음에 빌헬름이 할멈에게 약간의 연금을 약속할 테니 그 돈으로 어디든 살고 싶은 곳에서 먹고 살도록 했다.

빌헬름은 미뇽을 불러 이런 변화에 대비하라고 했다. — "마이스터 씨." 하고 미뇽이 말했다. "같이 있게 해 주세요! 내게 좋은 일이든 나쁜 일이든 상관없어요."

빌헬름은 미뇽이 이제 다 자랐으니 앞으로 뭔가 더 교육을 받아야 한다고 했다. — "저는 사랑하고 슬퍼할 만큼 충분히 배웠어요." 하고 미뇽이 대꾸했다.

빌헬름은 미뇽의 건강 상태를 생각해 보라고 하면서 지속적인 보살핌과 유능한 의사의 치료가 필요하다고 했다. — "왜 내가 보살핌을 받아야 해요." 하고 미뇽이 말했다. "돌봐야 할 일이 그렇게도 많은데요."

빌헬름은 지금은 데리고 갈 수 없지만 자주 만날 수 있는 사람들한테 데려다주려고 하는 거라며 미뇽을 설득하기 위해 열심히 노력했지만, 미뇽은 아무 말도 못 들은 척 굴었다. "나하고 같이 있기 싫으세요?" 하고 미뇽이 말했다. "어쩌면 이게 더 나을지 몰라요. 저를 하프 타는 노인에게 보내 주세요! 그 불쌍한 할아버지는 너무 외로우실 거예요!"

빌헬름은 그 노인이 잘 지내고 있다고 미뇽을 이해시키려고 노력했지만, 미뇽은 "저는 매시간 그분이 그리워요." 하고 대꾸했다.

"그 노인이 우리와 같이 있을 때 네가 그 노인을 그렇게 좋아하는지 몰랐었다."

"그분이 깨어 있을 땐 나도 무서웠어요. 그분의 눈조차 쳐다볼 수가 없었어요. 하지만 그분이 잠들면 그분 옆에 앉아 있는 것을 좋아했어요. 파리도 쫓아 드리곤 했는데, 그분을 아무리 쳐다보고 있어도 싫지 않았어요. 오! 그분은 끔찍했던 순간마다 저를 도와주셨어요. 그래서 내가 그분에게 얼마나 신세를 지고 있는지 아무도 몰라요. 제가 길만 알았더라도 그분께 당장 달려갔을 거예요."

빌헬름은 미뇽에게 지금의 상황을 장황하게 설명하며 미뇽은 분별 있는 아이니까 이번에도 자기가 바라는 대로 따라 주었으면 좋겠다고 말했다. — "분별력은 잔인해요." 하고 미뇽이 대꾸했다. "마음 가는 대로 하는 게 더 나아요. 원하시는 대로 하겠지만 펠릭스는 저와 같이 있게 해 주세요!"

이런저런 말을 해 보아도 미뇽은 자기 뜻을 계속 고수했다. 그래서 빌헬름은 결국 두 아이를 할멈에게 맡기고 함께 테레제 양에게 보내게 할 수밖에 없었다. 빌헬름은 아직도 예쁜 펠릭스를 자기 아들로 받아들이기 두려워 이렇게 하는 것이 훨씬 더 마음이 편했다. 빌헬름은 펠릭스를 팔에 안고 이리저리 걸어 다녔다. 아이는 거울 앞에서 올려 주는 것을 좋아했고, 빌헬름도 말은 하지 않았어도 그 아이를 거울 앞에 데리고 가서 자기와 그 아이 사이의 닮은 점을 찾아내려고 노력했다. 어느 순간 닮은 점이 정말 그럴듯하게 나타나기만 하면 빌헬름은 그 아이를 자기 가슴에 꼭 껴안았다가도 갑자기 자기가 착각했을 수도 있다는 생각에 깜짝 놀라 아이를 내려놓고 걸어 다니게 내버려두었다. "오!" 하고 빌헬름이 외쳤다. "이 귀중한 보물 같은 아이가 진짜 내 아이라면 좋을 텐데, 내게서 이 아이를 빼앗아 가 버린다면 나는 세상에서 가장 불행한 사람이 되겠지!"

아이들은 떠났다. 빌헬름이 이제 정식으로 극단과 작별 인사를 나누려고 했을 때 자신이 이미 극단에서 떨어져 나왔고 그저 떠나기만 하면 된다는 느낌이 들었다. 마리아네는 이제 세상에 없고 자기 수호신 같은 두 아이는 떠나 버렸으니 빌헬름의 마음은 그 아이들에게로 급히 달려갔다. 예쁜 소년이 상상 속에서 어렴풋이 귀여운 모습으로 아른거렸다. 빌헬름은 그 아이가 테레제의 손을 잡고 벌판과 숲을 뛰어다니고, 바깥 공기를 마시며 편견 없고 밝은 안내자 테레제 옆에서 자라나는 모습을 상상했다. 그 아이가 테레제와 같이 머문다고 생각한 이후로 테레제가 빌헬름에게는 더욱 소중해졌다. 관객으로 극장에서 연극을 보고 있을 때조차 테레제를 떠올리면 미소가 지어졌다. 빌헬름이 테레제 생각에 빠져 있다 보니, 보고 있던 연극조차 전혀 환상을 불러일으키지 못했다.

제를로와 멜리나는 빌헬름이 자신의 예전 자리를 더는 요구하지 않을 것을 알아차리자 아주 정중한 태도를 보였다. 일부 관객은 다시 무대에 오른 빌헬름을 보고 싶어 했지만, 빌헬름으로서는 거의 불가능한 일이었으며 단원들 가운데 그걸 원하는 사람은 기껏해야 멜리나 부인 외에는 아무도 없었다.

빌헬름은 이 부인과도 진짜 작별 인사를 나누었고 마음이 울컥해서 이렇게 말했다. "감히 미래에 대해 아무것도 약속하려고들 하지 않죠! 아주 사소한 것도 지킬 수 없고, 하물며 확고한 뜻으로 의미 있게 한 약속도 마찬가지니까요. 우리가 강도를 만났던 날 밤에 다 빼앗기고, 아프고, 다쳐 상처를 입고 어느 초라한 술집으로 몰려 갔을 때 내가 부인과 모든 사람에게 약속했던 것을 생각하면 얼마나 부끄러워지는지 모릅니다. 그때의 그 비참한 상황에 제가 얼마나 용기가 났었는지, 좋은 의도만 있으면 어떤 보물이라도 찾을 수 있을 줄 알았지요. 그런데 지금 아무것도, 이 모든 일 가운데 아무것도, 전혀 아무것도 이루어지지 않았습니다! 이제 당신에게 빚을 진 채 떠납니다. 그런데 아무도 내 약속을 더는 가치 있게 여기지도 않고, 이에 대해 제게 독촉하지도 않는 것은 다행한 일입니다."

"너무 자책하지 마세요!" 하고 멜리나 부인이 대답했다. "당신이 우리를 위해 해 주셨던 일을 아무도 알아주지 않아도 저만은 잘 알고 있어요. 당신이 계시지 않았다면 우리의 상황은 완전히 달라졌을 거예요. 우리가 바라던 대로 되어 가고 있지 않나요? 계획은 실행되고 성취되고 나면 더는 원래의 모습이 보이지 않아서, 우리는 아무것도 이루어지지 않았으며, 아무것도 성취하지 못했다고 생각하는 것이죠."

"부인이" 하고 빌헬름이 대답했다. "그렇게 친절하게 해석해 주셔도 제 양심을 달래지는 못하십니다. 언제나 부인에게 빚을 졌다고 생각할 겁니다.”

“그렇게 생각하실 수도 있어요.” 하고 멜리나 부인이 대꾸했다. “그러나 당신이 생각하는 그런 식으로는 아닐 겁니다. 우리는 자기 입으로 한 약속을 지키지 못하는 것을 수치로 생각합니다. 오, 여보세요, 좋은 사람은 그 자리에 함께 있다는 사실만으로도 언제나 너무 많은 것을 기대하게 하죠! 그 사람에게서 솟아나는 신뢰감, 그 사람이 불러일으키는 관심, 그 사람이 주는 희망은 굉장하죠. 그 사람은 그런 사실도 모르고 언제나 빚진 사람으로 남아 있게 될 겁니다. 잘 가세요! 우리가 겉으로는 당신의 지도로 정말 다행스럽게도 이만한 모습을 갖추게 되었어도 당신이 떠나고 나면 제 마음속에는 쉽게 다시 채워질 수 없는 공백이 생길 겁니다.”

빌헬름은 도시를 떠나기 전에 베르너에게 장황하게 편지를 썼다. 두 사람은 몇 통의 편지를 주고받았지만 서로 의견이 맞지 않아 결국 편지 쓰는 것을 중단하고 말았다. 이제 빌헬름은 다시 베르너에게 가까이 다가가서 그가 그렇게도 원하는 것을 할 작정이었다. 그래서 이렇게 말할 수 있었다. “나는 이제 연극을 그만두었네. 그리고 어떤 의미로나 내가 순수하고 확실한 일을 할 수 있도록 분명히 이끌어 줄 사람들과 관계를 맺고 교류할 것이네.” 빌헬름은 자기 재산에 대해서도 물었다. 그러자 지금까지 그렇게 오랫동안 그런 것에 관심을 두지 않았던 것이 이상하게 생각될 정도였다. 내면의 교양에만 신경을 쓰는 모든 사람은 외부 상황을 완전히 무시하는 특성이 있다는 것을 빌헬름은 모르고 있었다. 빌헬름이 바로 이런 경우였다. 빌헬름은 지속적인 영향을 끼치는 일을 하기 위해서는 외부로부터의 도움이 필요하다는 사실을 이제 처음으로 깨달은 것 같았다. 그래서 처음과는 완전히 다른 마음으로 길을 떠났다. 눈앞에 나타나는 희망으로 기분이 좋았고 가는 길에 뭔가 즐거운 일을 만날 것 같은 희망에 차 있었다.

## 9장

로타리오의 장원으로 돌아왔을 때 큰 변화가 있음을 목격했다. 야르노는 빌헬름에게 다가와 백작이 돌아가셨고 로타리오가 자신에게 남겨 놓은 유산을 받으러 갔다는 소식을 전해 주었다. "때마침 잘 오셨습니다." 하고 야르노가 말했다. "나와 신부님을 좀 도와주세요. 로타리오가 우리에게 이 근처에 있는 중요한 토지를 사들이라고 부탁했었죠. 오랫동안 그 일을 준비해 왔었는데 이제야 딱 맞는 시간에 돈을 마련하고 신용 대출을 받게 된 겁니다. 다만 유일하게 걱정되는 일은 다른 지역의 상인도 이 땅을 사들이려고 한다는 것입니다. 간단히 말해서 우리는 이번에 그 사람과 공동으로 그 땅을 구입하기로 했습니다. 그렇지 않으면 우리는 아무런 이유도 없이 가격만 올리게 될 테니까요. 보아하니 우리가 꽤 똑똑한 사람을 상대하고 있는 것 같습니다. 이제 우리가 잘 따져 보고 견적을 내야 할 텐데, 토지를 어떻게 분배하면 각자 좋은 토지를 가질 수 있을지 경제적으로 고려해 봐야 합니다." 그러고는 서류들을 빌헬름에게 내놓았는데, 밭과 목초지와 큰 집들도 있었다. 야르노와 신부는 이 일을 아주 빈틈없이 잘 파악하고 있는 것처럼 보였지만 그래도 빌헬름은 테레제 양이 이 사람들과 함께할 수 있으면 좋을 텐데 하고 바랐다.

이런 일로 며칠을 보내다 보니 빌헬름은 자기가 겪은 일과 의심스러운 부자 관계에 관해 친구들에게 이야기해 줄 시간이 거의 없었다. 그 친구들은 빌헬름에게는 그렇게 중요한 일을 무관심하고 가볍게 대했다.

빌헬름은 사람들이 식사 때나 산책할 때 가끔 허물없이 대화를 나누다가도 갑자기 중단하고 말을 다른 방향으로 돌리는 것을 보고, 자기에게는 알리지 않고 자신들끼리만 해결해야 할 여러 가지 일이 있음을 알아차렸다. 빌헬름은 뤼디에가 한 말이 생각났다. 그리고 눈앞에 있는 성의 한 곳에는 한 번도 들어가지 못했기 때문에 그 말을 더욱 믿게 되었다. 특정한 복도나 밖에서는 그렇게도 잘 보이는 오래된 탑으로 가는 길이나 입구를 지금까지 찾아봤지만 헛수고였다.

어느 날 저녁 야르노가 빌헬름에게 말했다. "이제 당신은 확실한 우리 사람으로 여겨지기 때문에 당신에게 우리의 더 깊은 비밀을 털어놓지 않는다면 부당한 일이겠지요. 세상에 첫발을 내딛는 사람이 자신을 소중하게 생각하고, 많은 장점을 갖추려고 하면서 모든 일을 가능하게 하려고 노력하는 것은 좋은 일입니다. 그러나 자신의 교양이 어느 수준에 이르렀다면 그다음에는 더 큰 집단에서 자기 자신을 내세우지 않는 것을 배우고, 또 다른 사람을 위해 의무로 주어진 일을 하면서 자신을 잊어버리는 것을 배우게 된다면 좋겠지요. 그때 비로소 자기 자신을 잘 알게 됩니다. 왜냐하면 우리는 원래 다른 사람들과 행동으로 비교되기 때문입니다. 당신 가까이에 얼마나 작은 세계가 있는지, 그리고 이 작은 세계에서 당신이 얼마나 잘 알려져 있는지 곧 알게 될 겁니다. 내일 아침 일찍 해가 뜨기 전에 옷을 입고 준비하고 계십시오!"

야르노는 예정된 시간에 와서 빌헬름이 성에서 알고 있는 방들과 처음 가 보는 방들을 지나 몇 군데 복도를 거쳐서 마침내 튼튼하게 쇠를 덧붙인 크고 오래된 문 앞에 이르렀다. 야르노가 문을 두드리니 한 사람이 살짝 들어갈 수 있을 정도로 문이 약간 열렸다. 야르노는 빌헬름을 안으로 떠밀었고 따라 들어오지 않았다. 빌헬름은 자신이 어떤 어둡고 좁은 용기 안에 들어 있다고 느껴졌다. 주위는 어두웠고 한 걸음 앞으로 걸어가려고 했을 때 뭔가에 그만 부딪히고 말았다. 그러자 그렇게 낯설지 않은 목소리가 빌헬름에게 "들어오시오!" 하고 소리쳤다. 빌헬름은 비로소 자기가 있는 공간의 측면은 융단으로만 드리워져 있음을 알았다. 그리고 그 융단들 사이로 약한 불빛이 희미하게 새어 나왔다. "들어오시오!" 하고 다시 한번 외치는 소리가 들렸다. 빌헬름은 융단을 들어 올리고 안으로 들어갔다.

빌헬름이 있는 큰 홀은 옛날에 작은 예배당이었던 것처럼 보였다. 몇 계단 위에는 제단 대신에 탁자가 있었는데 녹색 테이블보가 드리워져 있었다. 그 위에는 어떤 그림을 가려 놓은 듯 커튼이 쳐져 있었다. 양쪽 옆에는 아름답게 만들어진 장들이 서재에서 보곤 했던 정교한 철망으로 막혀 있었다. 그런데 책 대신에 많은 두루마리 문서가 놓여 있는 것이 보였다. 그 홀에는 아무도 없었고 채색된 창으로 떠오르는 해가 빛을 비추며 빌헬름을 다정하게 맞이해 주었다.

"앉으시오!" 하고 제단 쪽에서 들려오는 듯한 목소리가 외쳤다. 빌헬름은 입구에 드리워져 있던 융단 쪽의 작은 팔걸이의자에 앉았다. 방 안에는 그 의자밖에 없었다. 빌헬름은 아침 햇빛에 눈이 부셨지만 그대로 있어야 했다. 의자가 고정되어 있어서 손으로 눈을 가릴 수밖에 없었다.

제단 위에 걸려 있던 커튼이 낮은 소리를 내며 열리자 액자 안에 텅 빈 어두운 구멍이 보였다. 평상복을 입은 한 사람이 걸어 나와 빌헬름에게 인사하며 말했다. "나를 다시 알아볼 수 있으시겠죠? 당신이 알고 싶어 하는 다른 것도 많겠지만 당신 할아버지께서 수집한 예술품들이 지금 어디에 있는지 알고 싶지 않으시오? 당신이 너무나 좋아했던 그림이 기억나지 않으시오? '병든 왕자'가 지금 어디서 허덕이고 있을까요?" — 빌헬름은 이 낯선 사람을 쉽게 생각해 냈다. 그 중대했던 밤에 자신과 여관 식당에서 이야기를 나누었던 사람이었다. 이 사람은 말을 이어 갔다. "아마 우리는 이제 운명과 성격에 관해 의견의 일치를 볼 수 있게 될 것입니다."

빌헬름이 막 대답하려고 했을 때 커튼이 다시 급히 닫혀 버렸다. "이상하군!" 하고 빌헬름은 혼자 중얼거렸다. "우연한 일들이 어찌 이렇게 연관성이 있을 수 있단 말인가? 그리고 우리가 운명이라고 부르는 것이 단순히 우연이란 말인가? 할아버지의 수집품들은 지금 어디에 있을까? 그런데 왜 이 엄숙한 순간에 내게 그걸 상기시켜 주는 걸까?"

빌헬름은 더 생각할 시간도 없었다. 커튼이 다시 열리더니 한 사람이 눈앞에 서 있었기 때문이다. 그 사람은 즐거워하던 사람들과 함께 배를 타고 갔던 시골 목사임을 즉시 알아볼 수 있었다. 신부님과 같은 사람 같지는 않았지만 닮아 보였다. 그리고 밝은 얼굴과 품위 있는 표정으로 말했다. "사람을 가르치는 사람의 의무는 오류로부터 그를 보호하는 것이 아니라 오류에 빠진 사람을 인도하는 것입니다. 심지어 그 사람이 저지른 오류의 잔을 완전히 마셔 버리게 하는 것이 스승들의 지혜입니다. 자신의 오류를 맛보는 사람은 오랫동안 그럭저럭 지내다가 그 오류를 드문 행운으로 여겨 기뻐합니다. 그러나 그 오류의 잔을 완전히 다 마시는 사람은 정신이 나가지 않는 한 그 오류를 잘 알고 있어야 합니다." 커튼이 다시 닫혔고, 빌헬름은 곰곰이 생각해 볼 시간을 가졌다. "저 사람은 어떤 오류를 말하는 것인가?" 하고 빌헬름은 혼자 중얼거렸다. "지금까지 살면서 나를 끈질기게 따라다녔던 오류에 대해 말하는 것인가? 지금껏 구할 수 없는 곳에서 교양을 쌓으려 애썼고, 내게는 조금의 소질도 없는 재능을 얻을 수 있다고 자만했던 것이 바로 오류가 아니겠는가!"

커튼이 조금 빨리 열렸고 장교복을 입은 누군가가 걸어 나오더니 그냥 지나가면서 말했다. "신뢰할 수 있는 사람들과 사귀도록 하세요!" 커튼이 다시 닫혔다. 빌헬름은 이 장교가 전에 백작의 정원에서 자신을 껴안아 주었고 야르노를 징병관으로 여기는 실수를 저질렀던 바로 그 사람임을 알아보는 데 그렇게 오래 걸리지 않았다. 어떻게 해서 이 사람이 여기에 왔으며 그리고 누구인지는 빌헬름에게 완전히 수수께끼였다. ─ "그렇게 많은 사람이 나에게 관심이 있어서 내가 살아온 길을 잘 알고 있고, 앞으로 무슨 일을 할 것인지도 안다면 왜 나를 더 엄격하게 아니 더 진지하게 이끌어 주지 않았을까? 왜 이 사람들은 내 어리석은 장난에서 나를 떼 놓는 대신에 그대로 내버려두었을까?"

"우리와 논쟁하지 마시오!" 하고 어떤 목소리가 소리쳤다. "당신은 구원받았소. 그리고 목적지로 가는 중이오. 당신의 어리석은 일들을 하나도 후회하지도 되찾으려고도 하지 않을 것이며, 한 사람에게 더 행복한 운명은 찾아오지 않을 것이오." 커튼이 양쪽으로 걷히더니 덴마크의 늙은 왕이 완전 무장을 하고 방안에 서 있었다. "나는 네 아버지의 망령이다." 하고 초상화에서 말이 나왔다. "너에 대한 내 소망이 내가 생각했던 것 이상으로 이루어졌으니 나는 안심하고 떠난다. 가파른 산들은 우회해서만 오를 수 있고, 평지에 난 곧은 길은 한 곳에서 다른 곳으로 이어진다. 잘 있거라, 그리고 내가 너를 위해 마련해 놓은 것을 맛보거든 나를 생각해 다오!"

빌헬름은 너무 놀랐다. 꼭 아버지의 목소리를 듣는 것만 같았다. 하지만 아버지의 목소리는 아니었다. 현재의 일과 기억으로 인해 빌헬름은 아주 혼란한 상황에 빠져 있었다.

빌헬름은 오래 생각에 잠겨 있을 수 없었는데 신부가 나타나서 녹색 탁자 뒤에 섰기 때문이었다. 그는 "앞으로 나오시오!" 하고 깜짝 놀란 빌헬름에게 소리쳤다. 빌헬름은 다가가서 계단을 올라갔다. 융단 위에 조그만 두루마리가 놓여 있었다. "여기 당신의 수업기가 있소." 하고 신부가 말했다. "이것을 잘 명심해 두시오. 중요한 내용이 들어 있습니다." 빌헬름은 수업기를 받고 열어서 읽었다.

## 수업기

예술은 길고 인생은 짧다. 판단은 어렵고 기회는 덧없다. 행동은 쉬우나 생각은 힘드니, 생각대로 행동하기는 불편하다. 모든 시작은 즐겁고, 문턱은 기대의 장소다. 소년은 경탄하고, 인상은 소년에게 영향을 미치니, 소년은 놀면서 배우고, 진지함이 소년을 깜짝 놀라게 한다. 모방은 우리가 타고난 능력이지만 무엇을 모방할지 아는 것은 그렇게 쉽지 않다. 뛰어난 것은 좀처럼 발견되지 않고, 높게 평가받는 일은 더욱 드물다. 높은 산은 우리에게 매혹적이지만, 계단은 그렇지 않다. 우리는 정상을 바라보며 평지를 걷는 것을 좋아한다. 예술의 일부만 배우게 되지만, 예술가는 예술 전체가 필요하다. 예술을 부분적으로만 아는 사람은 늘 잘못을 저지르고 말을 많이 한다. 예술을 완전히 터득한 사람은 예술 작업을 수행만 할 뿐 거의 말을 하지 않거나 나중에 한다. 전자에게는 비밀이 없고 힘도 없어 그 가르침은 구워 낸 빵처럼 맛있지만, 하루만 배부르게 할 뿐이고 밀가루를 씨로 뿌릴 수 없으니 종자로 쓸 씨앗을 갈아서는 안 된다. 말은 유익하나 최선의 것은 아니고, 최선의 것은 말로 분명해지지 않는다. 우리를 행동하게 하는 정신이 가장 소중하다. 행동은 정신에 의해서만 이해되어 다시 나타난다. 올바르게 행동할 때는 자신이 하는 일을 아무도 모르지만, 올바르지 못한 일을 우리는 항상 잘 알고 있다. 상징적 기호만으로 영향을 미치는 사람은 삶과 동떨어진 현학자이거나 위선자 아니면 사기꾼이다. 이런 사람들은 많고 함께 잘 어울리는 법이다. 그들의 허튼소리는 제자를 붙잡아 두고, 그들의 지속적인 평범함은 가장 뛰어난 사람들을 불안에 떨게 한다. 진정한 예술가의 가르침은 그 의미를 알려 주니, 말이 통하지 않을 때는 행동이 말해 주기 때문이다. 진정한 제자는 이미 알고 있는 것에서 미지의 것을 개발해서 스승에 가까워진다.

"그만하면 충분합니다." 하고 신부가 외쳤다. "나머지 부분은 시간이 있을 때 읽어 보시오. 이제 저기 있는 장을 들여다보세요."

빌헬름은 그쪽으로 가서 두루마리들의 제목을 읽었다. 놀랍게도 로타리오의 수업시대, 야르노의 수업시대 그리고 이름도 모르는 많은 다른 사람들 사이에 자신의 수업시대가 그곳에 있는 것을 보았다.

"이 두루마리들을 잠시 살펴봐도 될까요?"

"이제부터 이 방에서 당신한테 숨길 것은 아무것도 없습니다."

"한 가지 여쭤 봐도 되겠습니까?"

"주저하지 마시고 물어보세요. 당신한테 무엇보다 중요하고 가장 중요하게 생각해야 할 일에 관계된다면 결정적인 대답을 기대하셔도 됩니다."

"그렇다면 좋습니다! 여러분처럼 특이하고 현명한 분들의 눈은 많은 비밀도 꿰뚫어 보시니 펠릭스가 진짜로 제 아들인지 말씀해 주실 수 있습니까?"

"잘 물어보셨습니다." 하고 신부가 기뻐서 손뼉을 치며 말했다. "펠릭스는 당신의 아들입니다! 우리 가운데 보이지 않는 가장 거룩하신 분께 맹세하지만, 펠릭스는 당신의 아들입니다! 그리고 죽은 그 아이의 엄마도 마음가짐으로 보면 당신에게 가치 있는 사람이었습니다. 그러니 그 사랑스러운 아이를 우리 손에서 받아 돌아가시오. 그리고 두려워 말고 행복해지려고 하시오!"

빌헬름이 뒤에서 소리가 들려서 뒤를 돌아보니 입구를 가리고 있던 융단 사이로 누군가 장난꾸러기같이 얼굴을 빠끔히 내밀고 안을 들여다보고 있었다. 펠릭스였다. 그 아이는 발각되자마자 장난을 치듯 숨어 버렸다. "이리로 나오너라!" 하고 신부가 크게 말했다. 그 아이가 달려 나오자 아버지는 아이에게로 달려가 두 팔로 아이를 가슴에 꼭 껴안으며 외쳤다. "그래, 이제는 느껴지는구나. 넌 내 아들이다! 내 친구들 덕에 정말 하늘의 선물을 받았구나! 펠릭스야, 어디서 오는 길이니? 바로 이 순간에 말이다!"

"묻지 마시오!" 하고 신부가 말했다. "행복하게 지내시오, 젊은 양반! 당신의 수업시대는 끝났소. 자연이 당신에게 그 수업의 종료를 선언했소."

# 8권

# 1장

펠릭스는 정원으로 뛰어나갔고, 빌헬름은 아주 기쁜 마음으로 뒤따라갔다. 너무나 아름다운 아침이 만물을 매력적인 빛으로 새롭게 비추고 있어 빌헬름은 더없는 유쾌한 순간을 즐겼다. 펠릭스는 이 자유롭고 멋진 세상을 처음 접하면서 끊임없이 자기가 보는 것들이 무엇인지 물어보았지만 아버지는 그것에 대해 아는 것이 별로 없었다. 그래서 두 사람은 결국 정원사에게 가서 여러 식물의 이름과 용도를 상세하게 들었다. 빌헬름은 새로운 눈으로 자연을 바라보았고 아이의 호기심과 지식욕을 보고 자신이 자기 자신 외의 다른 사물들에 얼마나 관심이 없었으며, 자세하게 아는 것이 얼마나 없는지 비로소 느꼈다. 바로 이날, 지금까지! 살아오면서 가장 기분 좋은 날에 자신의 교양이 비로소 시작되는 것 같았다. 가르쳐 달라고 요청을 받음으로써 처음으로 배울 필요를 느꼈던 것이다.

야르노와 신부는 다시 모습을 나타내지 않더니 저녁에 낯선 사람을 한 명 데리고 왔다. 빌헬름은 놀라서 그 사람을 향해 다가갔다. 자기 눈을 믿을 수 없었는데 바로 베르너였다. 베르너도 마찬가지로 빌헬름을 단번에 알아보지는 못했다. 두 사람은 아주 다정하게 껴안았고, 서로 변한 모습을 찾아내려고 애썼다. 베르너는 빌헬름이 키도 더 커지고, 더 건장해지고, 체격이 더 반듯해졌으며 풍기는 인품에는 더 교양이 있어 보이고 행동도 더 호감을 주게 되었다고 말했다. — "그런데 뭔가 옛날의 순진함이 사라진 듯이 보여 아쉬운데." 하고 베르너가 덧붙여 말했다. — "우리가 처음에 깜짝 놀란 것이 가시고 나면 그것도 다시 나타나게 될 걸세." 하고 빌헬름이 말했다.

베르너가 빌헬름이 그랬듯 똑같이 괜찮은 인상을 주기에는 부족한 부분이 많았다. 그 좋은 사람은 더 좋아졌다기보다는 오히려 퇴보한 듯 보였다. 예전보다 더 여위었고, 뾰족했던 얼굴은 더 날카로워졌으며, 코는 더 길어진 것 같았다. 이마와 정수리에는 머리가 다 빠져 있었지만 목소리만은 맑고 활기에 넘치는 듯했다. 하지만 움푹 들어간 가슴과 앞쪽으로 굽은 어깨 그리고 핏기 없는 뺨은 빌헬름 앞에 서 있는 사람이 열심히 일하는 우울증 환자라는 데 의심의 여지가 없었다.

그러나 빌헬름은 이런 큰 변화에 관해 적당하게만 의견을 말할 정도로 충분히 사려 깊었다. 반면에 상대방은 자신의 우정어린 기쁨을 있는 그대로 쏟아 냈다. "정말이지" 하고 베르너가 큰 소리로 말했다. "자네가 시간을 제대로 활용하지 못해 내 짐작대로 아무것도 얻은 것이 없었어도, 그 사이에 자신의 행운을 만들어 낼 수 있고 또 만들어야 하는 인물이 되었네. 다만 다시는 빈둥거리며 헛되이 지내지는 말게나! 자네가 이런 모습이라면 상속을 많이 받은 부유하고 아름다운 여자를 사업 상대로 내게 소개해 줄 수도 있겠어." — "자네는" 하고 빌헬름이 미소를 지으며 대꾸했다. "자네 성격을 속이지 못하는군! 오랜만에 친구를 만났는데 무슨 상품이나 뭔가 이득을 얻을 수 있는 투자의 대상으로만 보니 말일세."

야르노와 신부는 이런 말에 전혀 놀라는 기색을 보이지 않았고 두 친구가 마음대로 과거와 현재의 이야기를 늘어놓도록 내버려두었다. 베르너는 빌헬름의 주위를 돌며 이리저리 돌려 보았는데 빌헬름이 거의 당황할 정도였다. "아니야! 아니야!" 하고 베르너가 외쳤다. "이렇게까지는 생각하지 않았지만 잘못 봤다고 생각하진 않아! 자네 눈은 더 깊어졌고, 이마는 넓어졌으며 코는 더 가늘어지고 입은 더 사랑스러워졌어. 이렇게 서 있는 모습을 한번 보세요! 모두 얼마나 알맞게 서로 균형 잡혀 있는지를 보세요! 게으르고도 이렇게 멋있어지다니! 이 불쌍한 녀석은 그 반대인데." 베르너는 거울에 자신을 비춰보고 말했다. "내가 그동안 많은 돈을 벌지 못했더라면 내게 남은 것이 아무것도 없을지 모르지."

베르너는 빌헬름이 보낸 마지막 편지를 받지 못했었다. 로타리오가 낯선 집안과 토지를 공동으로 구매하려고 거래했었는데, 이 일로 베르너가 여기로 오게 되었지만, 오는 길에 빌헬름을 만나게 되리라고는 생각조차 하지 못했었다. 변호사가 와서 서류들을 내놓았다. 베르너는 제안들이 적당하다고 생각되어 말했다. "제가 보기에 여러분들이 이 젊은 양반을 좋게 생각하시는 것 같으니 우리의 몫이 줄어들지 않도록 배려해 주십시오. 이 토지를 구입하고 자기 재산의 일부를 거기에 투자할지는 이 친구한테 달려 있습니다." 야르노와 신부는 그런 경고는 필요 없다고 확실하게 말했다. 이 일에 관한 협상이 대충 끝이 나자 베르너는 카드놀이를 하고 싶어 했다. 이에 당장 신부와 야르노가 함께 자리에 앉았는데, 베르너는 저녁에 카드놀이를 하지 않고는 살 수 없을 정도로 습관이 되어 있었다.

두 친구는 식사를 마친 후에 둘만 남게 되자 서로 말하고 싶었던 모든 것을 아주 활발하게 이야기했다. 빌헬름은 이렇게 훌륭한 사람들이 자신을 받아 준 상황과 행운을 자랑했다. 베르너는 이와 반대로 머리를 가로저으며 말했다. "눈으로 보는 것 외에 아무것도 믿어서는 안 돼! 남의 일에 관심이 많은 여러 친구가 내게 확실하다며 했던 말인데, 자네가 어느 방탕한 귀족과 지내면서 여배우들을 소개해 주고 돈을 탕진하게 해서 그 귀족이 가족 전체와 다툼을 벌이게 한 책임이 있다고 하더군." — "우리가 그런 오해를 받는다는 게 나나 저 좋은 사람에게 불쾌한 일이 될지도 모르겠군. 만약 내 연극 경력이 이 모든 나쁜 험담을 그냥 받아들이도록 해 주지 않았더라면 말일세. 어떻게 사람들은 우리의 행동을 단편적으로밖에 보지 못하고, 또 그걸 전혀 보지 못했으면서도 판단할 수 있단 말인가? 선과 악은 남이 모르게 일어나고 겉으로 드러나는 일은 대개 중요하지 않은 현상뿐인데 말일세. 하지만 남녀 배우들이 높은 무대 위로 올라가고 사방에서 조명이 켜지면 불과 몇 시간 안에 작품 전체가 끝나는데, 실제로 거기서 무슨 일이 벌어지는지 아는 사람은 거의 없단 말일세."

이제 이야기는 가족과 어린 시절 친구들 그리고 고향의 도시에 관해 질문하기에 이르렀다. 베르너는 그동안 달라진 것, 아직 그대로인 것과 일어난 모든 일을 몹시 서둘러 이야기했다. "집안의 여자들은" 하고 베르너가 말했다. "즐겁고 행복하다네. 한 번도 돈이 부족한 적이 없으니. 그래서 시간의 절반은 화장하고 치장하는 데 보내고, 그 절반은 치장한 자기 모습을 보여 주는 데 보내고 있네. 살림은 적절할 정도로 잘하고들 있네. 우리 집 아이들은 영리한 애들로 성장할 것 같네. 내 마음속으로는 아이들이 벌써 앉아서 글을 쓰고 셈하고 뛰어다니고 거래하거나 중고품 장사 놀이하는 것을 상상한다네. 모든 아이가 가능한 한 빨리 자기 진로를 준비할 수 있도록 교육해 줄 생각이네. 우리 재산에 관해서 자네는 즐거워해도 될 걸세. 토지 문제가 해결되면 자네는 바로 함께 집으로 가야 하네. 자네가 자신의 분별력으로 일반 사람들이 하는 사업에 끼어들 수 있을 듯하기 때문이지. 자네의 새 친구들이 자네를 이렇게 올바른 길로 인도해 주었으니 칭찬해 주고 싶네. 나는 정말 멍청한 놈이야. 내가 자네를 얼마나 좋아하는지를 이제야 알았으니 말일세. 이렇게 편안하고 멋지게 보이는 자네를 아무리 봐도 싫증이 나지 않네. 지금의 자네 모습은 자네가 언젠가 자네 누이에게 보내 준 초상화와는 완전히 다른 모습이네. 그때 집에서는 큰 난리가 났었지. 모녀가 그 젊은 신사의 드러난 목, 반쯤 열어젖힌 가슴, 넓은 옷깃, 늘어뜨린 머리카락, 둥근 모자, 짧은 조끼, 헐렁한 긴 바지 차림의 모습이 너무도 좋다는 거였네. 그에 반해 나는 그런 복장은 중세 어릿광대의 의상과 별로 차이가 없다고 주장했지. 그러나 이제 자네는 사람처럼 보이는군. 다만 머리를 묶지 않았는데 부탁이지만 머리를 묶어서 틀도록 하게나. 그렇지 않으면 자네가 여행하는 도중에 유대인으로 알고 통행세와 여행증을 자네한테 요구할 것이네."

그러는 사이에 펠릭스가 방으로 들어왔고 아무도 신경을 쓰지 않자 소파에 누워 있다가 잠이 들었다. "이 아이는 누구야?" 하고 베르너가 물었다. 빌헬름은 순간적으로 사실을 말할 용기가 나지 않았고, 천성적으로 남의 말을 믿지 않는 사람에게 아직도 여전히 모호한 이야기를 들려주고 싶지도 않았다.

모두가 토지를 둘러보고 매매계약을 체결하기 위해 나갔다. 빌헬름은 펠릭스를 자기 곁에서 떼어 놓지 않았고 아이를 위해서라도 이 땅을 소유한다는 사실이 정말 기뻤다. 이제 곧 익을 버찌와 딸기를 아이가 탐낼 것을 생각하면 자신의 어린 시절이 떠올랐고 자기 가족들에게 그런 즐거움을 마련하고 만들어 주고 유지해야 하는 아버지의 의무가 생각났다. 빌헬름은 묘목원(苗木園)과 건물을 얼마나 관심 있게 바라보았는지 모른다! 지금까지 돌보지 않은 것을 다시 손질하고 무너진 것을 수리하는 것을 얼마나 열심히 궁리했는지! 빌헬름은 이제 더는 철새처럼 세상을 보지 않았고 어떤 건물도 너무 허술하게 지어서 떠나기도 전에 낡아서 무너지는 정자로 보이지 않았다. 자신이 하려고 계획하는 모든 것은 이 어린아이에 맞춰 생겨나야 하며, 자신이 짓는 모든 것은 몇 세대에 걸친 수명을 가져야 했다. 이런 의미에서 자신의 수업시대는 끝났으며, 이렇게 아버지가 된 느낌으로 시민으로서의 모든 미덕을 갖추게 되었다. 빌헬름은 이렇게 느껴지자 그 기쁨은 무엇과도 비교할 수 없었다. "오, 쓸데없는 도덕의 엄격함이여!" 하고 빌헬름은 외쳤다. "자연은 사랑스러운 손길로 우리를 우리가 되어야 할 모습으로 모두 만들어 주니까. 오, 시민 사회의 이상한 요구는 우리를 처음에는 어찌할 바 모르게 해서 잘못된 길로 빠지게 하다가, 그러고 나서 자연이 직접 우리에게 요구하는 것보다 더 많은 것을 요구하지 않는가! 그 어떤 교육이 무슨 소용이 있나! 참다운 교육의 가장 효과적인 수단을 파괴하고, 우리가 걸어가는 동안 행복하게 해 주는 대신에 우리가 다다라야 하는 종착지만 가리키니 말이다!"

빌헬름도 살아오면서 이미 많이 봐 왔지만 인간의 본성은 자식을 관찰하면서 더 분명하게 파악할 수 있는 듯했다. 연극은 빌헬름에게 세상과 마찬가지로 던져진 주사위들의 합산으로만 여겨졌다. 각 주사위의 윗면에 어떨 땐 큰 숫자가 어떨 땐 작은 숫자가 나타나지만, 그 숫자들을 합하면 때에 따라서는 같은 합계가 나오기도 한다. 여기 있는 아이에게도 말하자면 주사위가 하나 있어서, 여러 면에 가치 있고 가치 없는 인간 본성이 너무나 분명하게 새겨져 있는 것이다.

아이의 알고 싶어 하는 욕구는 나날이 커졌다. 사물이 이름을 갖고 있다는 것을 한 번 알고 나서는 모든 것의 이름을 알려고 했다. 자기 아버지는 분명히 모든 것을 알고 있으리라 생각하고는 자주 질문을 하며 아버지를 들볶아서 빌헬름은 이를 계기로 삼아 평소에는 별 관심을 기울이지 않았던 것들을 조사해 보게 되었다. 사물들의 기원과 종말을 알려는 타고난 욕구도 이 아이에게 일찍 나타났다. 아이가 바람이 어디서 불어오고, 불꽃은 어디로 가 버리는지 물으면 아버지는 비로소 자신의 지식이 빈약함을 생생하게 느꼈다. 빌헬름은 인간이 자신의 사고를 감히 어디까지 확장할 수 있는지, 자신과 다른 사람들에게 무엇을 설명해도 좋은지 알고 싶었다. 어떤 생명체가 괴롭힘을 당하는 일이 벌어지면 아이는 격렬하게 반응했는데 아버지는 이것을 아주 선한 마음씨의 징조로 보고 대단히 기뻐했다. 펠릭스는 부엌에서 요리하던 식모가 비둘기 몇 마리를 자르자 격분해서 때린 적도 있었다. 이런 아름다운 생각은 아이가 개구리를 무자비하게 죽이고 나비의 날개를 뜯는 것을 보고 물론 곧 다시 깨지고 말았다. 빌헬름은 이런 성향을 보면서, 아무런 열정이 없다가도 다른 사람의 행동을 관찰할 때만큼은 아주 정의로워 보이는 많은 사람이 생각났다.

이 아이가 그처럼 아름답고 참된 영향을 자신에게 주었다는 이 기분 좋은 느낌은 자신이 아이를 가르치는 것보다 실제로는 이 아이가 자신에게 더 많은 것을 가르쳐 준다는 것을 깨달았을 때 잠시 깨어지고 말았다. 빌헬름은 아이에게 야단칠 것이 없었고, 아이가 스스로 선택하지 않은 방향을 제시해 줄 수도 없었다. 그리고 아우렐리아가 그렇게도 고쳐 주려고 노력했던 못된 버릇조차 아우렐리아가 죽자 모두 다시 옛날 그대로 나타나는 듯이 보였다. 아직도 펠릭스는 한 번도 문을 닫고 들어오는 법이 없고, 깨끗이 다 먹어 접시를 비우지 않았으며 잔소리를 하지 않으면 그릇에 직접 입을 대고 음식을 먹고, 가득 찬 컵은 두고 병째로 물을 마시는 것을 무엇보다 좋아했다. 아직 글자를 구분할 수도 없었고 또 하려고도 하지 않으면서도 책을 들고 구석에 앉으면서 진지한 표정으로 "이제 학교에서 배우는 거 공부해야지!" 하고 말할 때는 너무 귀여웠다.

빌헬름은 지금까지 아이를 위해 얼마나 해 준 것이 없으며, 해 줄 수 있는 것이 얼마나 적은지 생각하다가 지금 느끼는 행복함과 맞먹는 불안함을 느꼈다. "도대체 우리 남자들이란" 하고 빌헬름은 중얼거렸다. "자신 외에 다른 사람을 돌보는 게 불가능할 정도로 이기적으로 태어났단 말인가? 내가 지금 미뇽과 걸어온 길과 똑같은 길을 이 아이와 가고 있는 것은 아닌가? 그 사랑스러운 아이에게 마음이 끌렸고, 그 아이가 있으면 즐거웠지만 그러면서도 너무 지나치게 그 아이를 돌봐 주지 않았다. 그 아이가 그토록 애타게 바라던 교육을 위해 나는 무엇을 했단 말인가? 아무것도 하지 않았다! 그냥 그대로 내버려두고 교양 없는 사회에서나 일어날 수 있는 모든 우연한 일에 아이를 내맡겨 버렸다. 그렇다면 너에게 이렇게 소중한 존재가 되기 전에는 그토록 낯설었던 이 아들을 위해 네 마음이 언제 한 번 아주 작은 일이라도 하라고 말한 적이 있었나? 이제 너 자신의 세월과 다른 사람의 세월을 허비할 때가 아니다. 정신을 바짝 차려서 너를 위해서, 그리고 천성과 성향이 너와 너무나 꼭 묶여 있는 이 착한 아이들을 위해 무엇을 해야 하는지 생각해라."

이 혼잣말은 자신이 이미 생각하고, 걱정하고, 애쓰고, 선택했음을 인정하는 서론에 불과했다. 더는 이런 고백을 망설일 수 없었다. 마리아네를 잃은 아픔이 헛되이 자주 반복되고 나서 아이를 위해 어머니를 찾아야 하며, 테레제 외에는 더 확실하게 어머니 역할을 할 사람은 찾을 수 없을 거라는 게 너무나 분명했다. 빌헬름은 이 훌륭한 여성을 잘 알고 있었고, 자신과 자기 가족을 맡길 수 있는 유일한 사람은 이런 배우자이자 조력자여야 할 것 같았다. 테레제가 품고 있는 로타리오에 대한 고결한 애정은 염려되지 않았다. 두 사람은 기구한 운명으로 영원히 결합할 수 없는 상태에 있고, 테레제도 자신이 그런 구속에서 벗어났다고 여기고 있으며, 결혼에 대해서는 비록 무관심한 듯 보이지만 당연한 일로 말했었다.

빌헬름은 이 문제를 오랫동안 숙고해 보고 나서 테레제에게 자신의 모든 것을 말해 주기로 결심했다. 자신이 테레제를 알고 있는 것만큼 자신을 알려 주고 싶었다. 그래서 자신의 이야기를 처음부터 끝까지 생각해 보기 시작했다. 그러나 자신의 이야기는 아무런 사건도 없는 것처럼 보였고, 대체로 어떤 고백을 하더라도 자신에게는 별로 유리하게 작용하지 않을 것 같았다. 그래서 몇 번 이 계획을 그만두려고 했다. 결국 탑에 있는 자신의 수업시대 두루마리를 보여 달라고 야르노에게 요청하기로 마음먹었다. 야르노는 "딱 적절한 때 오셨군요."라고 말했고,

빌헬름은 그것을 받았다.

아무리 고결한 사람이라도 의식적으로 자기 자신이 밝혀지는 시점에 서 있다면 끔찍한 느낌이 드는 법이다. 모든 변화는 위기이고, 위기는 병이 아니겠는가? 병을 앓고 난 다음 거울 앞에 서기가 얼마나 싫은가! 병이 호전되는 것을 느끼지만, 지나간 병의 결과만을 보게 된다. 빌헬름은 그렇지만 충분히 각오가 되어 있었다. 모든 상황이 이미 빌헬름에게 생생하게 말해 주었고, 친구들도 자기를 관대하게 봐주지 않았다. 빌헬름은 양피지로 쓴 자신의 수업시대를 약간 급하게 펴 읽어 나갈수록 점점 더 침착해졌다. 자기 삶의 장황한 이야기가 대체로 굵지만 날카로운 필치로 묘사되어 있다고 느껴졌다. 개별 사건이나 일방적인 감정도 읽고 있는 빌헬름의 시선을 혼란스럽게 하지 않았다. 애정을 듬뿍 담은 일반적인 관찰은 빌헬름을 부끄럽게 하지 않으면서도 훈계조의 암시를 주었다. 그래서 빌헬름은 처음으로 외부에서 바라본 자신의 모습을 보았고, 거울에 비치는 또 다른 자기 모습이 아닌 초상화에 나타나는 것 같은 또 다른 자신을 보았다. 즉 모든 면을 비록 인정하지는 못하겠지만, 어느 신중한 사람이 우리를 그렇게 파악하려 했고, 훌륭한 재능을 가진 사람이 우리를 그렇게 묘사하려 했으며, 그래서 과거의 우리 모습이 여전히 유지되고 또 우리 자신보다 더 오래 지속될 수 있다는 사실은 기뻐할 일이다.

빌헬름은 이제 이 기록물로 모든 상황이 다시 기억에 되살아나서 자기 삶의 역사를 테레제에게 보여 주려고 열심히 적어 두었다. 그리고 테레제의 훌륭한 미덕에 비해 자신의 유용한 활동을 증명할 수 있는 것으로 내세울 만한 게 아무것도 없어 부끄러워졌다. 자신의 삶을 기록한 글이 너무 장황했던 만큼 테레제에게 보내는 편지에는 간단하게 썼다.

빌헬름은 테레제에게 가능한 만큼의 우정과 사랑을 요청하고 청혼하면서 빨리 결정을 내려 달라고 부탁했다.

이 중요한 일을 그래도 먼저 친구들인 야르노와 신부와 상의해 보아야 할지를 몇 번 마음속으로 고민해 보았지만 아무런 말도 하지 않기로 했다. 이 일을 아주 현명하고 뛰어난 사람의 판단에 맡기기에는 자신의 결심이 너무 단호했고, 자신에게는 너무나 중대한 일이었다. 그래서 빌헬름은 조심할 필요가 있어 편지를 가장 가까운 우체국에서 직접 부쳤다. 지금까지 살아오는 그렇게 많은 상황에서 자유롭고도 남모르게 행동했다고 믿었으나 다른 사람에 의해 관찰을 당했고, 두루마리에 적혀 있는 글에서 분명해 보이듯 심지어 끌려다녔다는 생각에 일종의 불쾌감이 느껴졌다. 그래서 적어도 테레제에게는 순수하게 마음에서 우러난 말을 해서 테레제의 결심과 결정에 자기 운명을 맡기려고 했다. 그래서 이런 중요한 시점에 자신을 감시하고 감독해 오던 사람들을 어쨌든 피해 가더라도 양심에 꺼릴 것이 없었다.

## 2장

편지를 보내고 나서 곧 로타리오가 돌아왔다. 준비해 오던 중요한 사업이 체결되어 곧 끝맺을 것으로 보이자 모두가 기뻐했다. 그리고 빌헬름은 얼마나 많은 실타래가 새롭게 연결되었다 풀렸다 할지 그래서 이제 자신의 미래가 어떻게 결정될지 궁금해하며 기다렸다. 로타리오는 그들 모두에게 매우 따뜻하게 인사했다. 몸도 완전히 회복되어 쾌활해졌고, 자신이 무엇을 해야 할지 알고 있었고 또한 자신이 하고자 하는 모든 일을 거침없이 해 나가는 그런 남자의 모습을 하고 있었다.

빌헬름은 로타리오의 다정한 인사에 답할 수 없었고 속으로 이렇게 말해야 했다. "이 사람은 바로 테레제의 친구이자, 연인이요, 약혼자다. 그 자리에 내가 밀고 들어가려 하고 있다. 언젠가 이런 감정을 지우고 없앨 수 있다고 생각하는가?" — 편지를 아직 보내지 않았더라면 아마 편지를 보낼 생각도 감히 하지 못했을 것이다. 다행히도 주사위는 이미 던져졌고, 테레제가 벌써 결정을 내렸을 것이다. 단지 두 사람이 멀리 떨어져 있어서 어떤 행복한 결말이 아직 베일에 싸여 있을 뿐이었다. 이기든 지든 결정 날 것이 틀림없었다. 빌헬름은 이런 생각을 하면서 마음을 진정시키려고 노력했지만, 심장은 이상하게도 달아오르는 것 같아 어쩌면 자신의 전 재산이 걸린 중요한 일에 별로 주의를 기울일 수 없었다. 아! 감정이 격해지는 순간에는 자신을 둘러싸고 있는 모든 것, 자신에게 속한 모든 것이 얼마나 중요하지 않게 보이는지!

로타리오는 다행스럽게도 이 일을 신중하게 처리했고, 베르너는 가볍게 처리했다. 베르너는 토지를 얻고자 하는 강한 소유욕으로 인해 자신이나 친구의 소유가 될 좋은 토지를 소유하게 되어 대단히 기뻐했지만, 로타리오 쪽에서는 완전히 다르게 생각하는 듯이 보였다. "나는 토지를 소유하는 것이 기쁘다기보다 그 토지 소유의 적법성이 오히려 기쁩니다."

"그렇다면, 맙소사" 하고 베르너가 외쳤다. "우리가 토지를 소유한 것이 적법하지 않다는 것입니까?"

"완전히 그런 것은 아니죠!" 하고 로타리오가 대꾸했다.

"우리가 이를 위해 현금을 내지 않습니까?"

"맞아요!" 하고 로타리오가 말했다. "내 지적을 허무맹랑한 양심의 가책이라고 여길지도 모릅니다만, 어떤 재산이든 국가에 합당한 세금을 내지 않고서는 완전히 합법적이며 또 완전히 순수한 소유가 아니라고 생각합니다."

"뭐라고요?" 하고 베르너가 말했다. "그렇다면 우리가 자유롭게 매입한 토지가 차라리 과세 대상이 되길 원하시는 겁니까?"

"그렇습니다." 하고 로타리오가 대꾸했다. "어느 정도까지는요. 모든 기타 소유물과 형평을 맞춰야만 소유의 확실성이 완전히 생기니까요. 모든 개념이 불확실하게 흔들리는 요즈음 농부들이 귀족의 토지가 자기 토지보다 덜 확고하다고 생각하는 주된 원인이 무엇이겠습니까? 그것은 단지 귀족에게는 부담이 없는데 자기들에게는 부담이 지워지기 때문이죠."

"하지만 우리 자본에 대한 이자는 어떻다고 보십니까?" 하고 베르너가 대꾸했다.

"국가가 우리에게 규칙적으로 합당한 세금을 부과하는 대신에 봉건적 횡포를 부리지 않고 우리 토지를 마음대로 처리하도록 허락해 준다면 나쁜 것이 아니죠. 그러면 우리가 그렇게 큰 토지를 한데 붙여 놓을 필요가 없으니 우리 자식들에게 좀 더 공평하게 분배해 줄 수 있고, 그럼으로써 모두 활발하고 자유롭게 활동하도록 할 수 있죠. 아이들에게 제한적인 특권만 물려주는 대신에 말입니다. 이런 특권을 누리려면 우리는 항상 조상들의 혼령을 불러내야 하겠죠. 남자와 여자들이 편견 없는 눈으로 주위를 둘러보며 다른 것은 고려하지 않은 채 자신들이 배우자를 선택하고 자식들을 품위 있는 처녀와 훌륭한 청년으로 키울 수 있다면 얼마나 더 행복하겠습니까. 국가는 더 많은, 아마도 더 나은 국민을 갖게 될 것이고, 인재와 일손이 부족한 경우가 그렇게 자주 발생하지는 않을 것입니다."

"확실하게 말씀드릴 수 있는데" 하고 베르너가 말했다. "나는 살아오면서 국가에 대해 한 번도 생각해 본 적이 없습니다. 세금, 관세, 통행세는 예전부터 도입되어 내려오고 있기 때문에 그냥 내는 겁니다."

"그래서" 하고 로타리오가 말했다. "내가 당신을 훌륭한 애국자로 만들어 드릴 생각입니다. 식사할 때 자기 자식들에게 먼저 음식을 놓아 주는 사람만이 훌륭한 아버지이듯이 다른 모든 지출에 앞서 국가에 내야 할 것을 남겨 놓는 사람만이 훌륭한 국민이니까요."

이런 일반적인 고려 사항이 그들의 특별한 일을 방해하는 것이 아니라 오히려 빨리 해결되게 했다. 일이 거의 끝나 갈 무렵에 로타리오가 빌헬름에게 말했다. "선생을 이제 여기보다 더 필요한 곳으로 보내야겠어요. 내 누이가 당신을 가능한 한 빨리 자기한테 보내 달라고 부탁하는군요. 불쌍한 미뇽이 쇠약해지는 것처럼 보인답니다. 그래서 그곳 사람들은 당신이 거기에 있다면 혹시 악화되는 걸 막아 줄 수 있지 않을까 생각한답니다. 내 누이가 뒤이어 이 편지를 보냈는데 읽어 보시면 누이에게 얼마나 중요한 일인지 아실 수 있을 겁니다." 로타리오는 빌헬름에게 쪽지를 건네주었다. 크게 당황하며 듣고 있던 빌헬름은 급히 연필로 쓴 글씨가 그 백작 부인의 손으로 쓴 것임을 곧 알아차렸지만 뭐라고 대답해야 할지 몰랐다.

"펠릭스를 데리고 가세요." 하고 로타리오가 말했다. "그래야 아이들 둘 다 기분이 좋아질 겁니다. 우리 집 사람들이 거기서 타고 온 누이의 마차는 아직 여기에 있고, 내가 선생에게 말을 드릴 테니 중간 지점까지 타고 가시고, 그다음에는 우편 마차를 타고 가세요. 그럼 안녕히 가세요. 그리고 안부를 전해 주세요. 그리고 누이에게 내가 곧 그곳으로 간다고, 그리고 손님 몇 명을 대접할 준비를 좀 해 놓으라고 말해 주세요. 우리 작은할아버지의 친구분인 치프리아니 후작이 여기로 오고 계신 중인데, 그 노인이 아직 살아계실 때 만나 뵙고 싶어 하시거든요. 두 분이 함께 지난 시절의 일들을 회상하며 예술에 대한 사랑을 함께 즐기고자 하십니다. 후작은 우리 작은할아버지보다는 훨씬 젊은데, 자신의 가장 훌륭한 교양을 작은할아버지의 덕으로 여기고 있습니다. 그래서 그분이 부족한 점을 느끼시겠지만, 온 힘을 다해서 그 부족함을 메워야 합니다. 그렇게 하려면 비교적 큰 파티를 여는 것이 제일 좋겠지요."

그런 후 로타리오는 신부와 함께 자기 방으로 들어갔고, 야르노는 그보다 앞서 말을 타고 나갔다. 빌헬름도 급히 자기 방으로 갔지만 속마음을 털어놓을 수 있는 사람이 아무도 없었고, 내딛기가 너무나 두려운 발걸음을 막아 줄 수 있는 사람도 없었다. 어린 시종이 와서 날이 밝자마자 출발하려면 오늘 밤에 마차에 짐을 실어 묶어 놓고 싶으니 지금 짐을 꾸려 달라고 부탁했다. 빌헬름은 어떻게 해야 할지 몰라 마침내 자신에게 이렇게 외쳤다. "너는 단지 이 집에서 나가고 싶어 한다. 가면서 어떻게 해야 할지 곰곰이 생각해 보자. 아마도 중간쯤 갔을 때 사람을 이곳으로 보내서 감히 말로 못 하는 사실을 글로 쓰자. 그런 다음에는 될 대로 되라지." 이런 결심에도 불구하고 빌헬름은 뜬눈으로 밤을 보냈다. 다만 고이 잠자고 있는 펠릭스를 바라보는 것이 유일한 위안을 주었다. "오!" 하고 빌헬름이 말했다. "어떤 시련이 나를 기다리고 있을지 누가 알 것이며, 내가 저지른 잘못이 얼마나 나를 괴롭힐지 또 미래를 위한 훌륭하고 합리적인 계획들이 얼마나 자주 실패할지 누가 알겠는가! 그러나 내가 데리고 있는 이 소중한 아이만은 내게 남겨 주길, 그대 관대하지만 냉혹한 운명이여! 나의 가장 소중한 부분인 이 아이가 내 앞에서 짓밟히고, 이 아이의 심장을 내 심장에서 뜯어내는 일이 벌어질지 모른다면 그땐 이성도 분별력도 끝장이고, 어떤 신중함이나 주의도 소용없고, 삶을 보존하려는 본능도 사라지리라! 우리를 짐승과 구분해 주는 모든 것은 사라지리라! 그리고 자신의 슬픈 나날들을 스스로 끝맺는 것이 허락되지 않는다면 영원히 의식을 파괴하는 죽음이 긴 밤의 세계로 끌고 가기 전에 광기여 이 의식을 차라리 없애 다오!"

빌헬름은 아이를 팔에 안고 입을 맞추고는 가슴에 꼭 껴안았다. 그리고 많은 눈물로 아이를 적셨다. 그러자 아이가 깨어났다. 아이의 맑은 눈, 다정한 눈빛이 아버지의 마음에 매우 깊은 감동을 주었다. "너를 아름다운 백작 부인에게 데려가서 네 아버지가 그렇게 깊이 상처를 주었던 그 백작 부인이 너를 가슴에 껴안으면 내 앞에 과연 어떤 광경이 펼쳐질까! 너와의 접촉으로 자신의 실제 또는 가상의 고통이 되살아나서 비명을 지르며 너를 다시 밀쳐 내 버리지나 않을까 두려워할 필요는 없을까!"

마부는 빌헬름이 계속 생각하거나 선택할 시간을 주지 않고 동이 트기 전에 마차에 올라타도록 했다. 그래서 빌헬름은 펠릭스를 잘 감싸 주었는데 아침은 추웠으나 하늘은 맑았다. 아이는 태어나서 처음으로 해가 뜨는 것을 보았다. 펠릭스가 처음 떠오르는 해의 불처럼 붉은 광채와 점점 강렬해지는 그 빛의 엄청난 위력에 놀라고 기뻐하며 내뱉는 기이한 말이 아버지를 기쁘게 했고, 해가 아이 앞에 떠올라 마치 맑고 고요한 호수 위에 떠 있는 것 같은 아이의 마음을 들여다볼 수 있게 해 주었다.

마부는 어느 작은 도시에서 말을 마차에서 풀어내고 그 말을 타고 돌아갔다. 빌헬름은 바로 방을 하나 얻었지만, 거기에 머물러야 할지 아니면 계속 가야 할지 의문이 들었다. 이렇게 결정을 내리지 못하면서 지금껏 감히 다시 볼 엄두가 나지 않던 그 편지를 과감하게 꺼냈다. 그 편지에는 다음과 같은 내용이 들어 있었다. "제게로 오빠의 젊은 친구분을 보내 주세요. 빨리요. 미뇽의 상태가 최근 며칠 사이에 나빠졌어요. 이런 기회로 만나는 것이 유감스럽기는 하지만 그래도 그분을 알게 되면 기쁘겠지요."

마지막 말을 처음 봤을 때는 무슨 말인지 깨닫지 못했었다. 빌헬름은 이 말에 깜짝 놀라서 가지 말아야겠다고 바로 결심했다.

"뭐라고?" 하고 빌헬름이 소리쳤다. "우리의 관계를 알고 있는 로타리오 씨가 백작 부인에게 내가 누구인지 알려 주지 않았다고? 만나고 싶지 않은 사람을 이렇게 침착한 마음으로 기다리는 것이 아니라, 어느 낯선 사람을 기다리고 있는데 내가 나타나는 것이다! 나는 무서워서 뒤로 물러서며 얼굴이 붉어지는 백작 부인을 보게 될 것이다! 아니다, 이런 장면을 무릅쓰고 가기란 불가능하다." 바로 그때 말들이 마차에 매어졌다. 빌헬름은 짐을 풀고 여기에 머물기로 했다. 대단히 흥분한 상태였다. 여관의 하녀가 준비가 다 되어 있다고 알리러 계단을 올라오는 소리가 들리자 빌헬름은 여기에 머물러야 하는 구실을 재빨리 생각해 냈다. 그사이 눈은 자기도 모르게 손에 들고 있는 편지에 머물렀다. "세상에!" 하고 빌헬름이 소리쳤다. "이게 뭐야? 이건 백작 부인의 글씨가 아니라 그 아마존 여인의 글씨잖아!"

하녀가 들어와서 내려오라고 하고는 펠릭스를 데리고 갔다. "이럴 수가 있나?" 하고 빌헬름이 소리쳤다. "이것이 사실인가? 어떻게 해야 하지? 여기에 있어야 하나 아니면 기다리면서 해명을 해야 하나? 아니면 급히 달려가야 하나? 일을 수습하기 위해 급히 그쪽으로 달려가야 하나? 지금 그 사람에게 가고 있는데 망설일 수 있는가? 오늘 저녁에 그 사람을 만나게 될 텐데 제 발로 감옥에 갇히고 싶은 것이냐? 이것은 그 사람의 필체다. 그래 바로 그 사람 필체야. 그 사람의 손이 너를 부르고 있고, 그 사람 마차가 말을 매달고 너를 그 사람에게 데려다주려고 한다. 이제 수수께끼가 풀린다. 로타리오는 누이가 둘 있다. 그중에 한 명과 나와의 관계는 알고 있지만, 다른 한 명에게 내가 얼마나 신세를 지고 있는지는 모르고 있다. 그리고 이 누이도 내 목숨까지는 아니더라도 몸 상태를 돌봐 주었던 상처 입은 방랑자가 자기 오빠의 집에서 별로 하는 일도 없이 이렇게 호의적인 접대를 받고 있다는 사실을 모르고 있다."

아래 마차 안에서 몸을 흔들어 대던 펠릭스가 큰 소리로 불렀다. "아버지! 와 봐요! 빨리 와 봐요! 아름다운 구름 좀 보세요, 색깔이 너무 아름다워요!" — "그래, 내려간다." 하고 빌헬름이 계단을 뛰어 내려가면서 외쳤다. "네가 크게 감탄하는 하늘의 모습은 내가 기다리는 광경에 비하면 아무것도 아니란다!"

마차에 앉아서 빌헬름은 이제 모든 상황을 기억 속에 떠올려 보았다. "그러니까 이 나탈리에라는 여자는 테레제의 친구다! 이 무슨 놀라운 발견이고 희망이며 기대란 말인가! 한쪽 누이에 대한 말을 듣는 두려움으로 다른 누이의 존재를 내가 완전히 모를 수 있었다니 참으로 이상한 일이 아닌가!" 빌헬름은 펠릭스를 바라보고 얼마나 기뻤는지 몰랐고, 이 아이뿐만 아니라 자신도 좋은 환대를 받게 되길 기대했다.

저녁이 다가왔고 해가 졌다. 길도 좋지 않아서 우편 마차는 천천히 달렸다. 펠릭스는 잠이 들었고, 빌헬름의 가슴에는 근심과 의혹이 떠올랐다. "어떤 헛된 망상과 생각에 네가 사로잡혀 있단 말인가!" 하고 빌헬름은 혼자 중얼거렸다. "확신도 없이 필체가 비슷하다고 갑자기 자신감 있게 정말 황당무계한 일을 생각해 낼 기회로 삼는 것이냐." 빌헬름이 다시 편지를 꺼내서 어두워지고 있는 저녁 햇살에 비춰 보니 이번에는 백작 부인의 필체로 보였다. 하지만 눈으로 하나하나 자세히 뜯어본 필체는 자신이 처음 받았던 느낌대로 갑자기 말해 버렸던 필체와는 다른 듯했다. — "그렇다면 이 말들은 너를 끔찍한 현장으로 끌고 가고 있다! 이 말들이 몇 시간 뒤에 너를 이 길로 다시 데려다줄지 누가 알겠는가? 그리고 네가 차라리 혼자 그 사람을 만난다면 좋았을 텐데! 하지만 그 사람의 남편이 그 자리에 있을지도 모르고, 그 남작 부인도 있을지도 모른다! 그 사람은 얼마나 변했을까! 그 사람 앞에서 내가 두 발로 서 있을 수나 있을까?"

그러면서도 자기가 생각하는 아마존 여인을 향해 가고 있다는 실낱같은 희망이 우울한 생각들을 뚫고 가끔 비치기도 했다. 밤이 되었고 마차가 딸랑딸랑 소리를 내며 저택으로 들어가더니 멈춰 섰다. 하인 한 명이 횃불을 들고 화려하게 장식된 현관에서 나오더니 넓은 계단을 내려와 마차까지 왔다. "오래전부터 기다리고 계십니다." 하고 마차 문을 열면서 말했다. 빌헬름은 내리고 나서 잠들어 있는 펠릭스를 팔에 안았는데, 맨 먼저 나온 하인이 등불을 들고 문에 서 있던 다른 하인에게 "이분을 바로 남작 부인께 안내해 드리세요." 하고 소리쳤다.

번개처럼 빠르게 빌헬름의 마음에 이런 생각이 스쳐 지나갔다. "얼마나 다행이냐! 이것이 의도적이든 우연이든 남작 부인이 여기에 있다니! 일단 먼저 만나봐야겠다. 아마 백작 부인은 벌써 자고 있을 것이다. 선한 신령들이여, 너무나 당혹스러운 순간이 제발 무사히 지나가게 도와주소서!"

빌헬름은 집 안으로 들어갔다. 자신이 지금까지 발을 들여놓은 곳 중에 가장 엄숙하고 가장 성스럽게 느껴지는 곳에 와 있다는 생각이 들었다. 매달려 있는 눈부신 등불이 넓고 완만한 계단을 밝게 비추고 있었는데, 빌헬름 맞은편에 있는 계단은 위로 굽어지면서 양쪽으로 갈라졌다. 대리석 동상들과 흉상들이 받침대 위와 벽감(壁龕)에 가지런히 놓여 있었는데, 빌헬름에게 낯익은 것도 몇 개 있었다. 어린 시절 받았던 인상은 사라지지 않고 아주 작은 부분이라도 남는 법이다. 빌헬름은 할아버지가 갖고 있던 뮤즈 여신상을 알아보았는데, 그 여신상의 모습이나 가치로 알아본 것이 아니라 보수한 팔과 옷에 새로 이어 맞춘 부분으로 알아본 것이었다. 마치 자신이 동화 속에 살고 있는 것 같았다. 빌헬름은 안고 있던 아이가 무거워져 계단에서 머뭇거리다가 아이를 좀 더 편하게 안으려는 듯 무릎을 꿇었다. 그러나 실제로는 잠깐의 휴식이 필요했던 것이었다. 빌헬름은 거의 다시 일어날 수가 없었다. 앞에서 불을 비추던 하인이 그 아이를 받아 들려고 했으나 빌헬름은 그 아이를 자기에게서 떼 놓을 수가 없었다. 그런 후에 응접실로 들어갔는데 너무나 놀랍게도 낯익은 '병든 왕자' 그림이 벽에 걸려 있는 것이 눈에 들어왔다. 그러나 그 그림을 쳐다볼 겨를도 없이 하인을 따라 여러 방을 지나 어느 작은 방으로 들어가야 했다. 어떤 여자가 자신을 가리고 있는 램프 갓 뒤에 앉아 책을 읽고 있었다. "오, 제발 그 여자였으면!" 하고 빌헬름은 이 결정적인 순간에 혼잣말로 중얼거렸다. 빌헬름은 깨어나려는 듯한 아이를 내려놓고 그 여인에게로 가까이 가 보려고 생각했지만, 아이가 그만 다시 잠에 취해 축 처져 버렸다. 그러자 그 여인이 일어나서 빌헬름 쪽으로 다가왔다. 바로 그 아마존 여인이었다. 빌헬름은 가만히 있을 수 없어 무릎을 꿇고 "바로 당신이군요." 하고 소리쳤다. 빌헬름은 그 여인의 손을 잡고 무한한 기쁨으로 손에 입을 맞추었다. 아이는 이 두 사람 사이의 양탄자 위에 누워 고이 자고 있었다.

펠릭스를 소파 위에 누이자 나탈리에가 그 옆에 앉더니 빌헬름더러 바로 옆에 있던 안락의자에 앉으라고 했다. 나탈리에는 몇 가지 마실 것을 권했지만 빌헬름은 사양했다. 빌헬름은 이 여인이 바로 그 사람이 맞는지 확인하느라, 램프 갓에 그늘진 모습을 다시 자세히 바라보면서 확실하게 다시 살피는 데 여념이 없었다. 나탈리에는 미뇽의 병세를 대략 이야기해 주었다. 그 아이가 마음속 깊이 받은 감정의 상처 때문에 차츰 쇠약해지고 있으며, 그 아이는 숨기려 하지만 아주 예민하게 반응해서 그 불쌍한 아이의 심장에 경련이 자주 격렬하게 일어나 목숨이 위험할 정도로 괴로워하고, 생명을 유지하는 첫 번째 신체 기관인 심장이 뜻밖의 감정 변화를 겪을 때는 갑자기 멎기도 해서 이 착한 아이의 가슴에서 생명의 고동이 건강하게 뛰고 있는 흔적을 느낄 수도 없다는 것이었다. 이런 걱정스러운 경련이 지나가면 자연의 힘이 다시 강력한 맥박으로 나타나, 이전에는 부족함으로 고통을 받았다면 이제는 과잉으로 아이를 불안에 떨게 한다고도 했다.

빌헬름은 그러한 발작을 일으켰던 장면이 기억났다. 나탈리에는 미뇽을 치료했던 의사가 한 말을 언급하면서, 이 의사가 빌헬름과 이 문제에 대해 계속 이야기할 것이며, 이 아이의 친구이자 후원자를 이곳으로 부르게 된 이유를 좀 더 자세하게 설명하게 될 거라고 했다. "정말 이상한 변화를" 하고 나탈리에가 계속 말을 이었다. "이 아이에게서 보시게 될 거예요. 미뇽이 전에는 그렇게도 싫어하는 것 같았던 여자 옷을 입고 다녀요."

"어떻게 그렇게 하도록 하셨어요?" 하고 빌헬름이 물었다.

"그것이 바랄 만한 일이었다면 단지 우연의 덕분입니다. 어떻게 된 일인지 들어 보세요. 알고 계시겠지만 저는 늘 제 주위에 어린 여자아이들을 많이 데리고 있습니다. 그 아이들을 제 옆에서 자라게 하면서 착하고 올바른 마음을 길러 주려고 하고 있어요. 그래서 아이들은 제 입에서 저 자신이 실제로 그렇다고 생각하는 말만 듣게 됩니다. 하지만 아이들이 다른 사람들에게서 세상에서 벌어지거나 벌어질 수도 있는 과오나 편견을 듣지 못하도록 할 수도 없고 그렇게 하고 싶지도 않습니다. 아이들이 그런 것을 제게 물어 오면 저는 가능한 대로 그 낯설고 부적절한 개념들을 옳은 개념과 연결해 설명해서 비록 그 개념들이 아이들에게 유용하지는 않더라도 적어도 해를 끼치지는 않게 하려고 노력합니다. 이미 얼마 전부터 우리 아이들은 농부의 아이들에게서 천사들이나 나쁜 아이를 벌주는 악마의 모습을 한 산타클로스 이야기 그리고 그리스도에 대한 여러 이야기를 들었어요. 그래서 이 사람들이 언젠가 사람의 모습으로 나타나 착한 아이들에게는 상을 주고 못된 아이들에게는 벌을 준다고 생각하고 있어요. 아이들은 이런 사람들이 틀림없이 변장하고 나타날 것으로 추측하는 것 같아서 저도 아이들이 더욱 그렇게 생각하도록 해 주려고, 설명을 자세하게 해 주지 않고 기회가 닿으면 그런 종류의 연극을 보여 주기로 작정했습니다. 마침 늘 아주 얌전하게 지내던 쌍둥이 자매의 생일이 가까워졌습니다. 그래서 제가 이번에는 천사가 나타나 자매들이 마땅히 받아야 할 작은 선물을 가져올 거라고 희망을 주었어요. 아이들은 이 일이 어떻게 벌어질지 매우 기대에 부풀어 있었어요. 저는 이 역할을 할 사람으로 미뇽을 택했고, 약속된 날 미뇽에게 길고 얇은 흰옷을 단정하게 입혔습니다. 가슴에 황금 띠를 두르고, 머리에도 이와 비슷한 띠를 매게 했습니다. 처음에 저는 날개를 달아 주지 않으려고 했는데, 미뇽에게 옷 치장을 해 주던 여자들이 자신들의 솜씨를 제대로 보여 주려는 듯이 한 쌍의 황금 날개를 달아 주자고 고집을 부렸습니다. 그래서 미뇽이 한 손에는 백합을 들고, 다른 손에는 작은 바구니를 든 이상한 모습으로 여자아이들 가운데로 걸어 나오는 모습에 저 자신도 깜짝 놀랄 정도였습니다. '저기 천사가 오신다.' 하고 제가 말했더니 아이들이 모두 뒤로 물러섰습니다. 그리고 마침내 아이들이 '미뇽이잖아!' 하고 소리쳤지만, 그 놀라운 모습에 감히 가까이 다가가려 하지 않았습니다.

'여기 너희들 줄 선물이야.' 하고 미뇽이 말하고 바구니를 건네주었어요. 아이들은 미뇽 주위에 몰려들어 쳐다보고 만져 보며 물었어요.

'네가 천사야?' 하고 한 아이가 물었더니

'그랬으면 좋겠어.' 하고 미뇽이 대꾸했어요.

'그런데 왜 백합을 들고 있어?'

'내 마음도 이렇게 순수하게 피어 있다면 행복할 것 같아서.'

'날개는 어떻게 된 거야? 보여 줘 봐!'

'아직 펼쳐지지 않아서 더 아름다운 날개로 보이는 거야.'

이렇게 미뇽은 아이들의 순진무구하고 대수롭지 않은 질문마다 의미심장하게 대답했습니다. 어린아이들의 호기심이 충족되어 이 모습에서 받은 인상이 무뎌지기 시작했을 때 우리는 미뇽의 옷을 다시 벗기려고 했어요. 그랬더니 미뇽이 거부하면서 자기 치터를 들고 여기 이 높은 책상 위에 앉아서 믿어지지 않을 정도로 우아하게 노래를 불렀어요.

> 이 모습 그대로 내버려두세요. 이렇게 될 때까지요,

내게서 이 하얀 옷을 벗기지 마세요!
나는 서둘러 이 아름다운 지상을 떠나
저 돌아오지 못하는 집으로 간답니다.

거기서 잠시 조용히 쉬고 나면
새로운 광경이 펼쳐지게 되겠죠,
그럼 난 이 깨끗한 옷 벗어 버리고,
이 띠와 이 화관도 놓아두렵니다.

그리고 저 천상의 사람들은
남자든 여자든 개의치 않고,
또한 어떤 옷도 어떤 주름도
죽어 변용된 몸에 두르지 않죠.

내가 근심도 걱정도 없이 살았어도,
깊은 슬픔은 그래도 족히 느꼈었죠.
슬픔으로 너무 일찍 시들어 버렸어도,
나를 영원히 다시 젊게 해 주세요!

저는 바로 그 아이에게 옷을 입혀 두기로 마음먹었습니다." 하고 나탈리에가 말했다. "그리고 그런 종류의 옷을 몇 벌 더 사 주기로 했습니다. 미뇽이 이제 그 옷을 입고 다닐 것이고 그런 옷을 입고 있으면 제가 보기에 완전히 다른 사람처럼 보입니다."

이미 시간이 늦었기 때문에 나탈리에는 막 도착한 손님을 쉬도록 했고, 빌헬름은 적잖게 걱정스러운 마음으로 나탈리에와 헤어졌다. "이 여자는 결혼을 했을까 안 했을까?" 하고 속으로 생각했다. 무슨 움직이는 소리가 들릴 때마다 혹시 문이 열리고 남편이 들어오지나 않을지 두려웠었다. 하인이 빌헬름을 방으로 안내하고는 결혼 여부를 물어볼 용기를 낼 틈도 주지 않고 금방 나가 버렸다. 불안한 마음으로 한동안 잠을 이루지 못하고, 아마존 여인의 모습과 새로 만난 여인의 모습을 열심히 비교해 보았지만 서로 합쳐지지 않았다. 아마존 여인의 모습은 말하자면 자신이 만들어 낸 모습이었고, 이 여인의 모습은 자신이 만든 그 모습을 변형시키려는 것만 같았다.

## 3장

다음 날 아침 모든 것이 고요하고 조용할 때 빌헬름은 집안을 둘러보기 위해 나왔다. 이 집은 자기가 보아 왔던 집 가운데 가장 깨끗하고 아름답고 품위 있는 건축물이었다. 빌헬름은 말했다. "진정한 예술은 좋은 사회와도 같아서, 우리의 가장 깊은 마음이 표준에 따라 그리고 표준을 지향해 형성되어 있다는 사실을 아주 기분 좋게 인식하도록 만드는구나." 자기 할아버지의 동상과 흉상이 주는 인상은 믿을 수 없을 만큼 좋았다. 빌헬름은 '병든 왕자' 그림이 보고 싶어 급히 가 보았더니 여전히 매력적이고 감동적이었다. 하인이 여러 다른 방을 열어 주었는데 도서관, 자연표본실, 물리기구실도 있었다. 빌헬름은 이 모든 것이 그렇게 낯설게 느껴졌다. 그런 사이에 펠릭스도 깨어나서 뒤좇아 뛰어왔다. 테레제가 보낸 편지를 자신이 언제 어떻게 받게 될지 생각하니 걱정되었다. 또한 미뇽을 보기가 두려웠고, 나탈리에를 보는 것도 어느 정도는 그랬다. 테레제에게 보내는 편지를 봉하고 기쁘고 용기 있게 그렇게 고결한 사람만을 생각할 때와 지금의 상황은 얼마나 다른가.

나탈리에가 아침 식사를 하자고 빌헬름을 불렀다. 빌헬름이 어느 방으로 들어가자 깨끗하게 차려입은 열 살이 안 된 듯한 소녀들이 식탁을 차리고 있었고, 좀 나이가 든 여자가 여러 가지 음료를 가지고 들어왔다.

빌헬름은 소파 위에 걸려 있는 그림을 유심히 바라보았다. 마음에 별로 들지는 않았지만 나탈리에의 초상화가 틀림없었다. 나탈리에가 들어오자 그림과 비슷한 점이 완전히 사라지는 듯했다. 그래도 위안이 됐던 것은 가슴에 달린 결사단의 십자가였는데, 똑같은 것을 나탈리에의 가슴에서도 볼 수 있었다.

"여기 있는 초상화를 보았습니다만" 하고 빌헬름이 나탈리에에게 말했다. "한 화가가 너무나 사실대로 동시에 너무나 사실과 다르게 그릴 수 있다는 데 놀랐습니다. 저 그림은 당신과 대체로 많이 닮았으면서도 당신의 모습이나 특성이 드러나지 않는군요."

"그렇게 많이 닮았다는 것이 오히려 놀라운 일이죠." 하고 나탈리에가 대꾸했다. "저 그림은 제 초상화가 아니고 저희 이모님 초상화이기 때문이에요. 제가 아직 어렸을 때 이모님이 지금의 저와 닮았었어요. 그래서 이모님이 지금의 내 나이 때 그린 것인데, 처음 보면 누구나 저라고 생각하죠. 선생님도 이 훌륭한 분을 만났더라면 좋으셨을 텐데. 저는 그분께 너무 많은 빚을 지고 있어요. 몸이 아주 허약했음에도 자기 자신에 너무 몰두했고, 게다가 아마 도덕적이나 종교적으로 너무 엄격하셔서 세상에서 다른 상황이었다면 될 수도 있었던 그런 사람이 되지 못하셨습니다. 그분은 단지 몇몇 친구분과 특히 저를 비춰 주던 등불이셨습니다."

갑자기 여러 가지 상황이 들어맞는 것 같아서 빌헬름은 잠시 생각해 보더니 이렇게 말했다. "저도 그 잔잔한 고백을 읽었던 아름답고 훌륭한 영혼이 혹시 당신의 이모님이 아니십니까?"

"그 고백기를 읽으셨어요?" 하고 나탈리에가 물었다.

"네!" 하고 빌헬름이 대답했다. "많은 연민을 느끼며 읽었는데 제 인생에 적지 않은 영향을 주었습니다. 그 글에서 특히 그분 자신뿐만 아니라 그분을 둘러싼 모든 것이 순수하다는 것, 그분이 천성적으로 자립적이라는 것, 그리고 그분이 자신의 고귀하고 자상한 정서와 조화를 이루지 못하는 것은 받아들이지 못했다는 부분이 인상적이었다고 말씀드리고 싶습니다."

"그러시다면 선생님은 그 원고를 읽어 보았던 여러 다른 사람들보다 이분의 아름다운 본성을 훨씬 관대하게 아니 말하자면 더 합당하게 보셨네요." 하고 나탈리에가 대답했다. "교양 있는 사람은 누구나 자신이나 다른 사람에게 나타나는 조야한 태도와 얼마나 싸워야 하는지, 그렇게 하려면 얼마나 많은 교양이 필요한지 알고 있습니다. 그렇지만 어떤 경우에는 너무나 자기 자신만 생각하고 자신이 다른 사람에게 신세를 지고 있다는 사실을 잊어버립니다. 착한 사람도 자신이 매우 섬세하게 행동하지 않았다고 얼마나 자주 자신을 꾸짖습니까. 그러나 착한 성품의 사람이 너무 섬세하게, 너무 양심적으로 교양을 쌓으면, 아니 다르게 말해서 지나치게 교양을 쌓으면 이런 사람들에게는 세상에 관용도 관대함도 없는 것처럼 보입니다. 그래도 외부에서 보이는 이런 사람들은 내면에 어떤 이상을 가지고 있든, 모방할 대상이 아니라 본받으려고 노력해야 할 모범입니다. 네덜란드 여자들의 정결함을 비웃습니다만 저의 친구 테레제 양이 집안일에 이런 비슷한 생각을 늘 염두에 두지 않았다면 현재의 테레제 양이 되었을까요?"

"그래서 제가" 하고 빌헬름이 대꾸했다. "테레제 양의 친구 모습에서, 저 훌륭한 이모님의 마음이 그렇게도 애착을 느끼던 그 나탈리에 양을, 어린 시절부터 너무나 동정심 많고 자애롭고 도움을 많이 베풀던 그 나탈리에 양을 제 앞에서 보고 있습니다. 이러한 성품은 그런 가문에서만 태어날 수 있습니다! 제가 한꺼번에 당신의 조상과 당신이 속한 가족 모두를 알게 되어 제 앞에 희망이 펼쳐지는군요!"

"그래요!" 하고 나탈리에가 대꾸했다. "어떤 의미에선 우리를 저희 이모님의 글을 통해 아시는 것보다 더 좋은 것은 없을 겁니다. 물론 이모님이 저를 아끼신 나머지 그 아이에 대해 너무 좋은 말을 많이 하셨어요. 일반적으로 아이에 대해 말할 땐 그 아이에 대해 한 번도 말하지 않고 언제나 자신의 희망만을 말하니까요."

빌헬름은 그러는 동안에 로타리오의 혈통과 어린 시절에 대해서도 잘 알고 있다는 생각이 빠르게 들었다. 아름다운 백작 부인은 이모의 진주 목걸이를 목에 걸고 있는 아이의 모습으로 떠올랐고, 백작 부인의 부드럽고 다정한 입술이 자기 입술에 비스듬히 기울어졌을 때 자신도 이 목걸이에 아주 가까이 있었던 셈이었다. 빌헬름은 이런 아름다운 추억들을 다른 생각으로 쫓아 버리려고 애썼다. 그래서 그 수기에서 알게 되었던 사람들을 샅샅이 생각해 보았다. "그러니까 제가" 하고 빌헬름이 크게 말했다. "그 훌륭하신 숙부님의 댁에 있군요! 이곳은 집이 아니라 사원입니다. 그리고 당신은 거기에 걸맞은 여사제, 아니 수호신 그 자체입니다. 어제저녁에 이 집으로 들어와서 제가 아주 어렸을 때 보았던 옛 그림들이 제 앞에 다시 걸려 있는 모습을 보고 받았던 인상이 평생 기억날 겁니다. 미뇽의 노래에 나오는 동정심 많은 대리석 동상도 생각났지만, 여기에 있는 그림들은 저의 마음을 슬프게 하지 않았고, 저는 매우 진지하게 바라보면서 제가 아주 어렸을 때를 직접 이 순간과 연결할 수 있었습니다. 우리 집안의 이 옛 보물들, 저희 할아버지 삶의 기쁨이 여기에 이렇게 많은 다른 훌륭한 예술품들 사이에 전시된 것을 보고, 또한 자연의 은혜로 이 훌륭한 할아버지의 사랑하는 손자가 되었던 제가, 아니 자격도 없는 제가 이곳에도 와 보고, 맙소사! 이렇게 훌륭한 분들 사이에 있으면서 친분도 맺게 되었습니다!"

어린 소녀들은 자신들이 맡은 작은 일들을 하려고 차차 방을 나갔다. 나탈리에와 단둘이 남게 된 빌헬름은 자기가 한 마지막 말을 더 분명하게 설명해야 했다. 여기에 전시된 예술품의 상당 부분이 자기 할아버지의 소유였다는 사실을 알게 되자 아주 밝고 즐거운 기분이 되었다. 그래서 그 원고를 통해 이 집안을 알게 되었듯이 마치 자신이 상속받은 물건들 가운데 다시 와 있는 듯이 느껴졌다. 이제 미뇽이 보고 싶다고 했고, 나탈리에는 이웃 마을로 불려 간 의사가 다시 돌아올 때까지 참고 기다려 달라고 부탁했다. 이 의사는 우리가 이미 알고 있는 키가 작은 유능한 사람으로 '아름다운 영혼의 고백'에서도 언급된 사람임을 쉽게 생각할 수 있을 것이다.

"제가 그 가족 모임 가운데 있으니" 하고 빌헬름이 계속 말을 이어갔다. "그 수기에 언급된 신부님도 아마 그런 진기한 사건이 있고 나서 당신 오빠 댁에서 다시 만났던 그 놀랍고도 불가사의한 분이시겠죠? 혹시 제게 그분에 대해 몇 가지 더 자세한 정보를 주시겠습니까?"

나탈리에가 대답했다. "그분에 대해 많이 말씀드릴 수 있을지도 모르겠습니다. 제가 가장 정확하게 알고 있는 것은 그분이 우리 교육에 끼치신 영향입니다. 그분은 적어도 한동안 교육은 오직 그 아이의 성향에 맞추어야만 한다고 확신하고 계셨죠. 지금은 어떻게 생각하시는지 말씀드릴 수 없습니다만, 그분은 사람에게 무엇보다 제일 중요한 것은 활동이라고 주장하셨습니다. 그 활동에 맞는 소질이 없거나, 그렇게 활동하도록 하는 본능이 없으면 아무 일도 할 수 없다는 것입니다. 그분은 또 이렇게 말씀하시곤 했습니다. '시인들은 타고 난다고 사람들은 인정한다. 이런 사실은 모든 예술 분야에서도 인정되고 있는데, 그렇게 인정하지 않을 수 없기 때문일 뿐 아니라, 인간 본성의 그런 작용을 겉으로 보기에 거의 흉내 낼 수 없기 때문이다. 그러나 그것을 자세히 관찰해 보면 각자의 능력, 심지어 아주 사소한 능력이라도 우리는 타고나는 것이어서 정해지지 않은 능력이란 없다. 다만 우리의 모호하고 산만한 교육이 사람들을 불확실하게 만들 뿐이다. 이런 교육은 본능을 활성화하는 대신에 욕망을 자극하고, 실제의 소질을 길러 주는 대신에 본성이 찾아가려는 대상과 일치하지 않는 대상을 향해 노력하도록 만들어 준다. 나는 자신의 길이 아닌 다른 사람들의 길을 똑바로 걸어가는 사람들보다 자신이 걸어가는 길에서 방황하는 아이나 젊은이를 더 좋아한다. 이런 사람들은 스스로나 아니면 다른 사람의 안내로 올바른 길을 찾게 되고, 이 길은 자신들의 본성에 맞는 길이어서 그 길을 절대 벗어나지 않지만, 반면에 자신의 길이 아닌 길을 가는 사람들은 매 순간 자신에게 맞지 않은 속박에서 벗어나서 끝도 없는 방종에 자신을 맡겨 버리는 위험에 빠진다.'라고 말입니다."

"이 놀랄 만한 분이" 하고 빌헬름이 말했다. "저의 일에도 관여하셔서 자신의 방식대로 저를 인도하시지는 않았어도 최소한 한동안은 잘못 생각하고 있던 저에게 더 힘을 실어 주신 것 같아 정말 이상합니다. 여러 사람과 합세해서 저를 우롱한 것에 그분이 어떻게 책임을 지시려고 하는지 참고 기다려 봐야겠습니다."

"그런 기이한 생각에 설사 그런 일이 있다 해도 저는 불만을 표시하지 않겠어요." 하고 나탈리에가 말했다. "저는 우리 형제들 가운데 그런 일을 가장 잘 겪어 냈으니까요. 로타리오 오빠가 더 좋은 교양을 쌓을 수 있었을지는 모르지만, 백작 부인인 제 착한 여동생은 혹시 다르게 교육받았다면 어땠을까 생각해요. 여동생의 성격에 진지함과 강인함을 약간 더 불어넣어 주었더라면 더 좋았을 수도 있었을지 모릅니다. 동생 프리드리히는 앞으로 어떻게 될지 상상하기 어렵습니다만, 이 교육의 희생물이 될까 두렵습니다."

"또 다른 동생분이 있으십니까?" 하고 빌헬름이 외쳤다.

"네!" 하고 나탈리에가 대답했다. "쾌활하고 경솔한 성격이어서 세상을 떠돌아다니는 것을 내버려두었더니 이 자유분방하고 느슨한 아이가 무엇이 될지 모르겠어요. 오래전부터 그 아이를 보지 못했어요. 그래도 저 신부님과 특히 오빠의 친구분들이 그 아이가 어디서 머물고 있고 무엇을 하는지 알고 있어서 유일하게 안심이 됩니다."

빌헬름은 신부의 모순적인 교육관에 대한 나탈리에의 생각을 규명해 보고 또한 비밀에 가득 찬 오빠 친구들의 모임에 대한 정보를 막 얻어 내려고 했을 때 의사가 들어와 서로 첫인사를 나눈 다음 바로 미뇽의 상태에 대해 말하기 시작했다.

그러자 나탈리에는 펠릭스의 손을 잡고 미뇽에게 데려다 주겠다면서 빌헬름이 올 테니 준비하라고 미뇽에게 일러 주겠다고 말했다.

의사는 빌헬름과 둘만 남게 되자 말을 계속 이어 갔다. "당신이 상상도 하지 못할 놀라운 일들을 이야기해 드리겠습니다. 나탈리에 양은 우리가 더 마음 놓고 그 이야기를 할 수 있도록 자리를 피해 주는 겁니다. 이 이야기를 나탈리에 양을 통해 알게 되었지만 그녀가 있는 자리에서는 마음 놓고 말하기가 거북할지도 모릅니다. 우리가 지금 이야기하는 그 착한 미뇽의 이상한 성격은 깊은 동경에서 비롯하고 있습니다. 자기 고향을 다시 보고 싶은 갈망과 당신에 대한 욕망은 미뇽이 이 세상에서 유일하게 바라는 것이라고 말하고 싶습니다. 이 두 가지 소망을 붙잡으려니 무한히 먼 곳으로 손을 뻗어야 하고, 이 아이가 유일하게 마음 붙일 수 있는 이 두 가지 대상은 도달할 수 없는 곳에 있습니다. 미뇽은 밀라노 지방이 고향인 듯하고, 아주 어린 시절에 줄 타는 곡예사 무리에게 유괴당해 부모와 떨어졌습니다. 더 자세한 사실은 미뇽한테서 알아낼 수 없었는데, 그 지역과 이름을 정확하게 말하기에는 너무 어렸기 때문이고, 특히 살아 있는 사람에게는 누구에게도 자기 집 주소와 태생을 자세히 말하지 않겠다고 스스로 맹세했기 때문이랍니다. 왜냐하면 길을 잃은 미뇽을 발견한 바로 그 사람들에게 미뇽이 자기를 집으로 데려다 달라고 간절하게 애원하면서 자기 집을 정확하게 설명하니까 그럴수록 더 급히 끌고 가 버렸고, 그 유괴범들은 밤에 숙소에서 미뇽이 벌써 자는 줄 알고 좋은 수확물을 얻었다고 농담하면서 이 아이가 돌아가는 길을 다시 찾지 못할 거라고 장담했기 때문이었습니다. 이 불쌍한 아이는 끔찍한 절망에 빠졌는데, 성모님이 마침내 이 아이에게 나타나 이 아이를 받아 주시겠노라고 약속하셨습니다. 그러자 이 아이는 자기는 앞으로 아무도 믿지 않을 것이고, 아무에게도 자기 과거를 이야기하지 않을 것이며, 하느님이 직접 도와주실 것을 기대하며 살다 죽겠다고 자신에게 성스러운 맹세를 했습니다. 지금 이렇게 말씀드리는 것조차 미뇽이 나탈리에 양에게 명확하게 털어놓은 것이 아니라, 나탈리에 양이 미뇽이 한 번씩 한 말이나 노래에서, 그리고 미뇽이 숨기고는 싶었으나 순진하게 아무 생각 없이 내뱉은 말에서 가지런히 모아 정리한 것입니다."

빌헬름은 이제 이 착한 아이의 여러 노래와 말에 자신의 의견을 말할 수 있었다. 그러고는 의사에게 이 특이한 아이의 이상한 노래나 고백으로 알게 된 것을 자신에게 하나도 숨기지 말아 달라고 아주 간곡하게 부탁했다.

"오!" 하고 의사가 말했다. "특이한 고백을 들을 마음의 준비를 하시고, 기억이 나시지는 않겠지만 당신도 많이 관여되어 있는 이야기인데, 이 착한 아이의 생사를 결정할지도 모르는 이야기여서 두렵습니다."

"들려주십시오." 하고 빌헬름이 대답했다. "몹시 궁금합니다."

"기억나십니까?" 하고 의사가 말했다. "《햄릿》 공연이 끝나고 밤에 어떤 여인이 몰래 찾아왔던 것 말입니다."

"네, 잘 기억납니다." 하고 빌헬름이 부끄러운 듯 말했다. "하지만 이 순간에 그때의 일을 기억해 내게 되리라고는 생각지 못했습니다."

"그때 그게 누구였는지 아십니까?"

"아뇨! 저를 놀라게 하시는군요! 맙소사, 미뇽은 아니었겠죠? 누구였는지 말씀해 주십시오!"

"저도 모릅니다."

"그럼 미뇽은 아니었죠?"

"아닙니다. 분명히 아닙니다! 미뇽은 막 당신에게로 몰래 살금살금 다가갈 참이었어요. 그래서 한 구석에서 다른 연적이 자기보다 앞서 나타나는 것을 깜짝 놀라 지켜봐야 했습니다."

"연적이라고요!" 하고 빌헬름이 소리쳤다. "계속 말씀하세요! 저를 완전히 혼란스럽게 만드시는군요."

"결과를 제 입에서 쉽게 알 수 있으니 기뻐하십시오." 하고 의사가 말했다. "나탈리에와 나는 이 일과 별로 상관은 없지만, 우리가 도와주려는 이 착한 아이의 복잡한 심경을 분명하게 알게 될 때까지는 여간 고생한 것이 아닙니다. 필리네와 다른 여자들이 경솔하게 하는 말과 어떤 노래를 귀담아들었던 미뇽은 사랑하는 사람 곁에서 하룻밤을 보내는 일이 아주 기분 좋을 거라 생각했습니다. 그러면서 은밀하고 행복하게 쉬며 잠을 잔다는 생각밖에 없었습니다. 당신에 대한 애정은, 빌헬름 씨, 그 착한 마음에 이미 활발하고도 강렬했고, 당신의 팔에 안기면 이 착한 아이는 수많은 고통에서 벗어나 마음이 편했습니다. 그런데 이번에는 이런 행복감을 마음껏 누려 보려고 했었죠. 한번은 당신에게 그렇게 해 달라고 다정하게 부탁해 볼까 마음먹었다가도 은밀한 두려움이 그런 생각을 다시 말리기도 했습니다. 그러다가 결국 그 즐거운 밤에 거듭 마신 포도주에 취해 고무되어 대담한 행동을 할 용기를 얻었습니다. 그래서 그날 밤 당신 방으로 몰래 들어가려고 했지요. 그러나 열려 있는 방에 숨어 있기 위해 먼저 달려가려고 막 계단을 올라갔을 때 무슨 소리가 들려 숨어 있었더니 하얀 옷을 입은 여자가 당신 방으로 몰래 들어가는 장면을 본 것입니다. 그러고 나서 당신도 곧 들어와 큰 문고리가 잠기는 소리가 났던 겁니다.

미뇽은 말할 수 없는 괴로움과 강한 질투심을 느꼈고, 어두운 욕망 같은 알 수 없는 열망과 뒤섞여 설익은 아이의 마음을 엄청나게 사로잡아 버렸습니다. 지금까지 동경과 기대로 활발하게 뛰던 아이의 심장은 갑자기 멎기 시작했고 무거운 납덩이처럼 가슴이 억눌려서 숨을 쉴 수조차 없었습니다. 미뇽은 어떻게 해 볼 방법이 없었습니다. 그때 노인의 하프 소리가 들려 그 다락방으로 급히 달려가 노인의 발밑에서 끔찍한 경련을 일으키면서 밤을 보냈습니다."

의사는 잠시 말을 멈추었고, 빌헬름도 아무 말이 없자 계속 말을 이어 갔다. "나탈리에 양은 맹세코 지금까지 살아오면서 미뇽이 이 이야기를 할 때의 상태보다 자신을 더 놀라게 하고 동정을 느끼게 한 적이 없었다고 했습니다. 심지어 그 고귀한 여성은 자신이 질문하고 유도해서 이런 고백을 하도록 꾀어내어, 이 착한 소녀가 기억을 떠올리는 동시에 너무 심한 괴로움을 그렇게 잔인하게 되풀이하게 한 자신을 꾸짖었습니다.

'이 착한 아이가' 하고 나탈리에 양이 이야기했습니다. '여기까지 이야기했을 때 아니 점점 파고드는 제 질문에 대답하자마자 갑자기 제 앞에서 쓰러졌어요. 그리고 손을 가슴에 대고 끔찍했던 그 밤의 괴로움이 되살아난다고 슬퍼하면서 지렁이처럼 바닥에서 몸부림쳤어요. 그래서 저는 정신을 바짝 차리고 이런 상황에 있는 사람의 몸과 마음을 위해 해 줄 수 있는 제가 아는 방법을 생각해 내서 적용해야 했어요.'라고 말입니다."

"선생님은 저를 불안한 상태로 빠뜨리시는군요." 하고 빌헬름이 외쳤다. "제가 이 사랑스러운 아이를 다시 만나려고 하는 바로 이 순간에 그 아이에 대한 저의 여러 그릇된 행동을 이처럼 생생하게 느끼게 해 주시니 말입니다. 그 아이를 만나도 되겠습니까? 마음 놓고 그 아이에게 다가갈 용기를 제게서 왜 빼앗으시는 겁니까? 솔직하게 말씀드려서 그 아이의 기분이 그렇다면 제가 나타나도 무슨 소용이 있을지 모르겠습니다. 선생님이 의사로서 미뇽의 두 가지 동경이 자신의 마음을 그렇게 깊이 파 뒤집어 놓아 죽을 위험이 있을 정도라고 확신하신다면, 왜 제가 나타남으로써 그 아이의 고통을 되살아나게 해서 그 아이를 더 빨리 죽게 해야 합니까?"

"보세요." 하고 의사가 대꾸했다. "우리가 설사 도와줄 수는 없더라도 고통을 들어 줄 의무는 있습니다. 그리고 사랑하는 사람이 나타나면 그 아이의 망상에서 삶을 파괴하려는 엄청난 힘을 빼낼 수 있으며, 그리움을 차분한 마음으로 바꿀 수 있다는 아주 중요한 실례들을 알고 있습니다. 모든 것은 정도껏 그리고 목적이 있어야지요! 당신이 나타나면 사그라들던 열정이 다시 불붙을 수도 있으니까요. 그 아이를 한번 만나보시고 다정하게 대해 주세요. 그리고 어떤 결과가 나올지 기다려 봅시다."

이때 나탈리에가 막 돌아와서 빌헬름에게 미뇽을 보러 따라오라고 했다. "미뇽은 펠릭스를 보고 무척 행복한 것 같습니다. 그래서 바라건대 당신도 반갑게 맞아 줄 겁니다." 빌헬름은 내키지는 않았지만 따라갔다. 지금까지 들었던 이야기에 깊은 충격을 받았지만, 격정적인 장면이 벌어지지나 않을까 두려웠다. 빌헬름이 들어가자 정반대의 일이 벌어졌다.

미뇽은 길고 흰 여자 옷을 입고 풍성한 갈색 곱슬머리를 반쯤은 묶고 반쯤은 늘어뜨리고 앉아서 펠릭스를 무릎에 안고 가슴에 꼭 껴안고 있었다. 마치 완전히 넋이 나간 사람처럼 보였고, 펠릭스가 생명 그 자체인 것 같았다. 그래서 하늘과 땅이 서로 껴안고 있는 듯이 보였다. 미뇽은 빌헬름에게 미소를 지으며 손을 내밀며 말했다. "이 아이를 다시 돌려보내 주셔서 고마워요. 이 아이를 왜 데려갔는지 모르겠어요. 그 후로 저는 살 수가 없었어요. 이 세상에서 제 마음에 그래도 무언가 필요하다면 이 아이가 그 빈 곳을 메워 줄 거예요."

미뇽이 빌헬름을 이렇게 편안하게 맞이해서 사람들에게 큰 만족감을 안겨 주었다. 의사는 빌헬름더러 미뇽을 비교적 자주 만나보라고 했고, 미뇽이 육체적으로나 정신적으로 균형을 잡게 해 주어야 한다고 했다. 그리고 자신도 조만간 다시 오겠다고 약속하고 떠났다.

빌헬름은 이제 나탈리에를 가까이에서 관찰해 볼 수 있었다. 그녀 옆에 사는 것보다 더 좋은 것을 바랄 수 없을지도 몰랐다. 나탈리에가 그곳에 있다는 것은 그 집에 살고 있거나 이웃에서 찾아오는 어린 소녀들이나 다양한 나이의 부인들에게 가장 맑은 영향을 미쳤다.

"당신이 살아온 과정은" 하고 빌헬름이 언젠가 나탈리에에게 말했다. "언제나 매우 비슷했겠지요? 이모님이 당신이 어렸을 적에 대해 쓰신 것을 보니 제가 잘못 생각하지 않는다면 지금도 여전하신 듯합니다. 한 번도 흐트러진 적이 없다고 당신에게서 느껴집니다. 한 발짝 물러서도록 강요받으신 적도 없겠지요."

"그것은 숙부님과 신부님 덕분이에요." 하고 나탈리에가 대꾸했다. "그분들은 저의 성품을 잘 판단하실 수 있었어요. 저는 어렸을 때부터 언제나 사람들에게 필요한 것을 채워 주고 싶은 강한 욕구를 느꼈던 게 생생하게 기억납니다. 제 발로 설 수 없는 아이나 두 발로 자신을 더는 지탱하지 못하는 노인, 부유한 가정의 자녀에 대한 열망, 아이를 키울 수 없는 가난한 가정, 직업을 구하고자 하는 모든 말 없는 바람, 어떤 재능에 대한 충동, 사소하지만 꼭 필요한 수많은 일을 할 수 있는 소질들, 이런 일들을 언제나 발견해 낼 수 있는 눈이 선천적으로 타고난 듯합니다. 아무도 저더러 눈여겨보라고 하지 않아도 저는 이런 것들을 보았고, 그런 것을 보기 위해 태어난 것만 같았습니다. 생명이 없는 자연의 매력은 그렇게 많은 사람이 아주 민감하게 받아들이지만, 저에게는 아무 영향도 끼치지 못했습니다. 예술의 매력은 더욱 그러했습니다. 저에게 가장 기분 좋은 느낌은 옛날이나 지금이나 세상에서 어떤 결핍이나 필요가 보이면 바로 머릿속으로 그걸 보충해 주고, 도와줄 방도를 찾아보는 것입니다.

허름한 옷을 입은 가난한 사람을 보면 우리 가족들의 옷장에 입지 않고 걸려 있던 옷들이 머리에 떠올랐습니다. 세심한 돌봄도 받지 못하고 병들어 가는 아이를 보면 돈이 많고 편안해서 지루해하던 이런저런 부인들이 생각났었습니다. 좁은 공간에 많은 사람이 비좁게 사는 것을 보면 그 사람들을 여러 저택이나 궁전의 넓은 방에서 살게 해야겠다는 생각이 났어요. 세상을 보는 이런 시선은 성찰에서 비롯된 것이 전혀 아니었으며 제게는 그저 너무나 자연스러운 일이었습니다. 그 때문에 어렸을 때 세상에서 가장 이상한 짓을 하기도 하고 아주 엉뚱한 제안을 해서 사람들을 난처하게 만든 적이 한두 번이 아니었습니다. 또 한 가지 특이했던 점은 필요를 충족시키는 수단이 돈이라는 사실을 나중에야 겨우 알 수 있었다는 것입니다. 제가 자선을 베푼 것은 모두 물건이었고, 그래서 내가 자주 비웃음을 받았다는 것도 잘 알고 있습니다. 신부님만은 저를 이해하시는 것 같았고, 언제나 제 뜻을 받아 주시면서 저 자신과 저의 소망과 성향을 제가 깨닫도록 도와주셨으며, 그런 것들을 적절하게 충족시키는 법을 제게 가르쳐 주셨습니다.

"그렇다면" 하고 빌헬름이 물었다. "어린 소녀들을 교육할 때도 저 이상한 사람들의 원칙을 받아들였습니까? 아니면 아이들 각자가 스스로 자기 소질을 계발하도록 내버려둡니까? 당신의 아이들에게도 찾아

보게 하고, 방황하게 하고, 실수를 저지르게 해서 다행히 목표에 도달하게 하거나 불행하게도 방황하며 길을 잃게 내버려두십니까?"

"아닙니다!" 하고 나탈리에가 말했다. "사람을 그렇게 다루는 방법은 제 생각과 완전히 반대일지도 모릅니다. 필요한 순간에 도와주지 않는 사람은 결코 저를 도와주지 않을 것 같습니다. 필요할 때 조언해 주지 않는 사람은 절대 조언하지 않습니다. 마찬가지로 삶에 버팀목이 되는 법칙들을 아이들에게 말해 주고 엄하게 가르치는 일도 꼭 필요한 것 같습니다. 변덕스러운 본성대로 우리가 이리저리 움직일 때 되는 대로 방황하기보다 규칙에 따라 방황하는 것이 낫다고 주장하고 싶습니다. 사람들을 보면 천성에는 언제나 빈틈이 있어서 결정적이고도 분명한 법칙으로 채워질 수 있는 듯이 보입니다."

"그렇다면 당신의 행동 방식은" 하고 빌헬름이 말했다. "저 친구분들이 따르는 방식과는 완전히 다릅니까?"

"그렇습니다!" 하고 나탈리에가 대답했다. "하지만 저분들은 제가 가는 길을 저의 길로 인정해 주며 전혀 방해하지 않으시고, 오히려 제가 원하기만 하면 무엇이든 다 들어주셨습니다. 이것으로 저분들의 엄청난 관용을 짐작하실 수 있을 겁니다."

나탈리에가 자기 아이들을 어떻게 다루었는지 자세한 이야기는 다음 기회로 미루기로 한다.

미뇽은 자주 사람들과 함께 있고 싶어 했다. 그래서 미뇽이 차츰차츰 빌헬름과 다시 가까워져 마음을 열고 더 명랑하게 삶을 즐기는 듯 보였을 때 더욱 기쁘게 그 청을 들어주었다. 미뇽은 산책할 때 쉽게 피로를 느끼며 빌헬름의 팔에 매달리려고 했다. 그러면서 이렇게 말했다. "이제 미뇽은 기어오르거나 껑충껑충 뛰지 않을 거예요. 그래도 여전히 항상 저 산꼭대기 위를 걸어 올라가고 싶고, 이 집에서 저 집으로, 이 나무에서 저 나무로 풀쩍 넘어가고 싶어요. 새들이 특히 그 예쁘고 은밀한 둥지를 지을 때는 너무나 부러워요!"

곧 미뇽은 빌헬름을 하루에도 여러 번 정원으로 초대하는 것이 습관이 되었다. 빌헬름이 바쁘거나 없으면 펠릭스가 그 자리를 대신해야 했다. 그리고 이 착한 아이가 여러 번 세상에서 완전히 떠나 버릴 듯한 순간이 오면 아이는 다시 아버지와 아들에게 꼭 매달렸고 이들과 헤어지는 일을 무엇보다 두려워하는 듯 보였다.

나탈리에는 걱정스러워 했다. "우리는 당신이 오시면" 하고 나탈리에가 말했다. "저 불쌍하고 착한 아이의 마음이 다시 열릴 수 있기를 바랐었는데 과연 우리가 잘한 것인지 모르겠습니다." 나탈리에는 아무 말 없이 빌헬름이 뭐라고 말해 주길 기다리는 것 같았다. 빌헬름도 현재 상황에서 테레제와 결혼하면 미뇽의 마음을 극도로 상하게 할 것이 틀림없다는 생각이 들었다. 그러나 확신이 없는 상태에서 감히 이 계획을 말할 용기가 없었다. 그리고 나탈리에가 그 사실을 알고 있으리라고는 상상도 하지 못했다.

또한 이 고귀한 여인이 자기 여동생인 백작 부인에 대해 말하면서 착한 성품을 칭찬하고 지금의 처지를 불쌍히 여겼을 때는 마음 편히 그 이야기를 따라갈 수 없었다. 나탈리에가 빌헬름이 곧 백작 부인을 여기서 보게 될 것이라고 알려 주었을 때 빌헬름은 적지 않게 당혹스러웠다. "그 남편은" 하고 나탈리에가 말했다. "이제 이 공동체 안에서 돌아가신 백작님의 뜻을 계승해서 우리의 식견과 활동으로 이 큰 조직을 후원하고 더 키워 나갈 생각뿐입니다. 지금 일종의 작별 인사를 하기 위해 여동생과 여기로 오고 있습니다. 그다음에 우리 공동체가 자리를 잡은 여러 곳을 돌아보게 될 겁니다. 사람들도 백작이 바라는 대로 해 줄 모양입니다. 그리고 아마도 자기 부친을 꼭 닮기 위해 가엾은 제 여동생을 데리고 미국 여행을 감행할 거라고 저는 믿고 있습니다. 자신이 성인(聖人)이 되기에 그렇게 많이 부족하지 않다고 거의 확신하고 있어서 가능하면 마지막에는 순교자로서 빛나고 싶은 소망이 가끔 이 백작의 영혼 앞에 떠돌아다닐 수도 있습니다."

## 4장

두 사람은 지금까지 테레제 양에 대해 충분히 자주 이야기했고, 대화 중에 자주 언급하기도 했다. 그래서 빌헬름은 그때마다 새로 알게 된 나탈리에에게 자신이 이 훌륭한 여성에게 청혼했다고 고백하려고 했었다. 그러나 뭐라 설명할 수 없는 어떤 감정이 빌헬름을 말렸다. 그래서 오랫동안 망설이고 있었는데, 마침내 나탈리에가 직접 천사처럼 겸손하고도 밝은 미소를 지으며 말했다. 이런 미소를 빌헬름은 나탈리에게서 보는 데 익숙해져 있었다. "이렇게 제가 결국 침묵을 깨고 선생님이 감추고 계신 마음속으로 강제로 파고 들어가야겠네요. 선생님께도 그렇게 중대하고 저 자신과도 그토록 밀접하게 관련된 일을 왜 제게 비밀로 하세요? 선생님이 제 친구에게 청혼하셨다는 사실을 말입니다. 제가 아무 까닭 없이 이 일에 끼어드는 것이 아닙니다. 여기 신임장이 있습니다! 테레제 양이 선생님에게 쓴 편지가 여기 있는데 저더러 선생님께 전해 달라고 보냈습니다."

"테레제 양에게서 편지가 왔다고요!" 하고 빌헬름이 크게 말했다.

"그렇습니다, 선생님! 그리고 선생님의 운명이 결정되었습니다. 행복하시겠어요. 선생님과 제 친구의 행복을 기원합니다."

빌헬름은 아무 말 없이 앞만 쳐다보았다. 나탈리에는 빌헬름을 바라보았고 그가 창백해지는 것을 알아차렸다. "선생님의 기쁨이 너무 커서 놀라시고는 말도 못 하시는군요." 하고 나탈리에가 말을 이어 갔다. "제가 여전히 이렇게 말씀드릴 수 있는 것은 저도 이 일에 적지 않게 진심 어린 마음으로 관여했기 때문이에요. 제가 테레제 양의 결심에 적지 않은 영향을 미쳤으니 제게 감사하게 되실 겁니다. 테레제 양이 제게 조언을 구했고, 묘하게도 당신이 여기에 계셨으니 제 친구가 품고 있던 몇 가지 의문을 다행히도 풀어 줄 수 있었습니다. 심부름꾼들이 활발하게 왔다 갔다 했고 여기에 테레제 양의 결심이 있습니다! 여기 그 해답입니다! 이제 테레제 양이 보내 온 편지를 모두 읽어 보시고 신부의 아름다운 마음을 편견 없이 있는 그대로 보시기 바랍니다."

빌헬름은 나탈리에가 개봉된 채로 건네주는 편지를 펴 보았다. 편지에는 다정한 말이 담겨 있었다.

"저는 지금 있는 그대로 당신이 알고 계신 그대로 당신의 사람입니다. 저도 당신을 지금 있는 그대로 제가 아는 그대로 저의 사람이라 부르겠습니다. 결혼이 우리 자신과 우리의 관계를 변화시킬 것을 우리는 이성적으로, 즐거운 마음으로, 선의로 함께 나눌 수 있게 되겠죠. 우리를 하나로 묶는 것은 열정이 아니라 애정과 신뢰이기에 수많은 다른 사람들보다 희생을 각오할 일도 별로 없을 겁니다. 제가 가끔 저의 옛 친구를 여전히 다정하게 생각하더라도 저를 틀림없이 용서해 주시겠죠. 그 대신 저는 당신의 아들을 엄마처럼 품에 꼭 껴안겠습니다. 당신이 저의 작은 집에 저와 함께 살고 싶으시다면 당신은 이 집의 주인이요

대장입니다. 그사이에 토지 매입은 마무리되겠지요. 저 없이 그곳에 새로운 시설을 설치하지 않으시길 바랍니다. 당신이 제게 보내 주시는 신뢰를 받을 자격이 있음을 제가 즉시 보여 드리기 위해서 말입니다. 안녕히 계세요! 사랑하고, 사랑하는 분이여! 사랑하는 신랑, 존경하는 남편분! 희망과 삶의 기쁨으로 테레제는 당신을 품에 안습니다. 제 친구가 당신에게 더 자세한 것을, 모든 것을 말씀드릴 겁니다."

이 편지로 자신이 아는 테레제의 모습이 다시 생생하게 떠올랐던 빌헬름은 완전히 마음의 안정을 찾았다. 편지를 읽으면서 여러 생각이 머릿속에서 아주 빠르게 스치고 지나갔고 놀랍게도 자기 마음속에는 나탈리에에 대한 어떤 애정의 흔적이 생생하게 느껴졌다. 그래서 그런 자신을 나무라면서 그런 생각은 모두 터무니없는 것으로 여겼다. 그래서 완벽한 모습의 테레제를 떠올리며 편지를 다시 읽어 보았다. 기분이 밝아졌다. 아니 명랑해 보일 정도로 마음의 안정을 되찾았다. 나탈리에는 주고받았던 편지들을 더 내놓았는데 우리는 몇 대목만 뽑아내 보기로 한다.

테레제는 자기 신랑이 될 사람을 자신의 방식대로 세세하게 서술한 다음 이렇게 계속 글을 이어 갔다.

"그래서 이제 내게 청혼한 분을 생각해 보고 있어요. 그분이 자신에 대해 어떻게 생각하고 있는지를 아주 솔직한 심정으로 적은 편지를 읽어 보세요. 나는 그분과 행복하게 지내게 되리라 확신하고 있어요."

"신분에 대해서는 내가 옛날부터 어떻게 생각해 왔는지 이미 알고 있으리라 생각해요. 몇몇 사람들은 외부적인 신분의 불균형을 끔찍하게 느끼고 받아들일 수 없어 하죠. 나는 누구도 설득하고 싶지 않고, 내 신념에 따라 행동하려 해요. 나도 누구의 모범을 따라 행동하지만 그렇다고 모범이 되고 싶은 생각은 없어요. 내가 두려워하는 것은 다만 내 마음의 불균형인데, 그릇이 그 안에 담겨야 할 내용물에 어울리지 못하는 것입니다. 매우 화려하지만 별로 즐겁지 않고, 부유하지만 인색하며, 고상하지만 거칠고, 젊지만 융통성 없고, 필요한 것이 있어도 격식을 차리는 이런 상황들일지도 몰라요. 이런 불균형들을 세상이 마음대로 인정하고 존중해 주더라도 나는 참을 수 없을 것 같아요."

"우리가 잘 어울리게 되리라고 기대한다면 무엇보다 그분이 내가 무한히 존경하고 좋아하는 나탈리에 당신을 닮았다는 사실을 근거로 삼고 싶어요. 게다가 그분은 당신처럼 더 나은 것을 찾아내 추구하려는 고귀한 마음을 갖고 계셔서, 우리가 찾아냈다고 생각하는 좋은 일들을 만들어 낼 겁니다. 당신이 이 사람이나 저 사람을 나와는 다르게 대하고, 이런저런 경우에 나와는 다르게 행동하는 것을 마음속으로 얼마나 자주 비난했는지 몰라요. 그러나 결과는 대부분 당신이 옳았다는 것이 밝혀졌어요. 당신이 이렇게 말했죠. '만약 우리가 사람들을 있는 그대로 받아들인다면 그들을 더 좋지 않게 만드는 겁니다. 우리가 그들을 그렇게 할 수밖에 없는 사람으로 대한다면 그들이 할 수 있는 것만큼 하게 만듭니다.'라고 말이죠. 나는 그렇게 생각하고 행동하지 못한다는 것을 잘 알고 있어요. 감독과 질서, 훈육과 명령이 내가 하는 일입니다. 야르노 씨가 말했던 것을 아직도 잘 기억하고 있어요. '테레제 양은 아이들을 길들이고, 나탈리에 양은 아이들을 계발시킨다.'라고 말입니다. 더 나아가서 언젠가 내게는 믿음, 사랑, 희망이라는 세 가지 아름다운 덕목이 아예 없다고 한 적도 있었어요. 또 이렇게 말했죠. '테레제 양은 믿음 대신에 감독을, 사랑 대신에 확고함을, 희망 대신에 신뢰감을 가지고 있다.'라고 말이죠. 나도 고백하자면 당신을 알기 전에는 세상에서 명석하고 현명한 것을 가장 높이 평가했었어요. 하지만 당신은 내게 확신과 활력을 주고 나 자신을 극복하게 해 주었어요. 그리고 당신의 아름답고 고상한 영혼에 우선순위를 넘겨주고 싶어요. 또한 같은 의미로 그분도 존경합니다. 그분은 자신의 삶을 영원히 찾아도 찾을 수 없는 무언가로 기술하고 계시지만, 그건 헛되이 쓴 시간이 아니라 놀랍도록 선량한 시도였습니다. 그리고 그분은 자신이 그릇된 행동을 하면 다른 사람들이 분명히 그것을 지적해 줄 수 있다고 잘못 생각하고 계십니다. 그렇다고 그게 이번 일에서 내 확신에 나쁜 영향을 주지는 않습니다. 나는 남편 될 사람을 그분이 자신을 아는 것보다 더 잘 알고 있어요. 그래서 더욱 그분을 존경하게 됩니다. 내가 그분을 봐도 속속들이 파악하지 못하고, 내 통찰력을 다 동원해도 그분이 무엇을 해낼 수 있는지 예감하기에 부족합니다. 그분을 생각하면 언제나 그분의 모습과 당신의 모습이 뒤섞여서, 내가 이 두 분과 친구로 지낼 자격이 있는지 모르겠어요. 그러나 내 의무를 다함으로써, 사람들이 내게서 기대하고 희망하는 것을 충족시킴으로써 그럴 자격을 얻고자 합니다."

"내가 로타리오 씨를 생각하고 있느냐고요? 열렬히 그리고 매일같이 생각해요. 나를 정신적으로 둘러싸고 있는 그 모임에서 한순간도 그분을 그리워하지 않을 수 없어요. 오, 그런 훌륭한 분이 젊은 시절의 실수로 나와 이런 관계가 되었지만, 자연이 그분을 당신과 그토록 가까운 관계로 두길 바랐던 것이 대단히 아쉽습니다! 참으로 당신과 같은 사람은 그분에게 나보다 더 가치가 있으니 말입니다. 당신에게 그분을 양보할 수 있고 또한 해야 할지도 모르겠어요. 그분이 훌륭한 아내를 찾을 때까지 우리가 할 수 있는 일을 다 하고, 그런 다음에도 계속 친하게 지내게 해 주세요."

"그런데 다른 친구분들한테는 뭐라고 말하죠?" 하고 나탈리에가 말하기 시작했다. — "당신 오빠는 이 사실을 모르고 있나요?" — "네! 선생님 가족처럼 모르고 있죠. 이 일은 이번에 우리 여자들끼리 협의했어요. 뤼디에가 테레제 양에게 어떤 이상한 생각을 불러일으키게 했는지는 몰라도 신부님과 야르노 씨를 믿지 않는 것 같아요. 뤼디에가 테레제 양에게 제가 대략 알고만 있고 한 번도 자세히 알려고 하지 않았던 어떤 비밀스러운 접촉과 계획에 대해 최소한 의심을 품게 해 주었습니다. 그래서 이번에 자기 인생의 중요한 단계에서 저 외에는 누구도 끼어들지 못하게 하고 싶어 했어요. 저희 오빠와는 이미 오래전에 각자 결혼하면 알리기만 하되 그 일에 대해 상의하지 않기로 합의를 보았습니다."

그래서 나탈리에는 이제 오빠에게 편지를 썼는데 테레제가 부탁했다며 빌헬름더러 몇 자 적어 넣으라고 했다. 편지를 막 봉인하려고 했을 때 뜻밖에도 야르노가 찾아왔다. 두 사람은 아주 반갑게 맞이했고, 야르노도 아주 즐겁고 명랑한 듯 보였는데 결국 참지 못하고 말했다. "당신에게 놀랍고도 기분 좋은 소식을 전해 주려고 여기에 왔습니다. 테레제 양에 관한 소식입니다. 나탈리에 양은 우리가 너무 많은 일에 마음을 쓴다고 가끔 꾸짖었지요. 그러나 이제 곳곳에 첩보원을 두고 있으면 얼마나 좋은지 알게 될 겁니다. 알아맞혀 보세요. 당신의 총명함을 한번 보여 주세요!"

이렇게 말하면서 야르노가 보여 준 의기양양함, 그리고 빌헬름과 나탈리에를 바라보는 장난기 어린 표정 때문에 두 사람은 자신들의 비밀이 탄로 났다고 확신했다. 나탈리에가 미소를 지으며 대답했다. "우리는 생각하시는 것보다 훨씬 영리합니다. 우리가 그 수수께끼를 듣기도 전에 그 해답을 이미 글로 써 놓았어요."

나탈리에는 이렇게 말하면서 로타리오에게 보낼 편지를 야르노에게 건네주었고, 야르노가 두 사람에게 주려던 약간의 놀라움과 창피함에 이런 방법으로 대응하는 것이 기분 좋았다. 야르노는 약간 의아해하며 편지를 받아서 훑어보고는 놀라서 손에서 편지를 떨어뜨렸다. 눈을 크게 뜨고, 뜻밖이라는 표정으로, 아니 야르노의 얼굴에서 거의 보기 힘든 깜짝 놀란 표정으로 두 사람을 바라보았다. 야르노는 아무 말도 하지 못했다.

빌헬름과 나탈리에는 적지 않게 당황스러웠다. 야르노는 방 안을 왔다 갔다 하더니 큰 소리로 말했다. "무슨 말을 해야 할까요? 아니면 이 말을 해야 할까요? 이것은 비밀로 남아 있을 수도 없고, 혼란도 피할 수 없게 되었어요! 그러니까 비밀 대 비밀! 놀라움 대 놀라움이군요! 테레제 양은 자기 어머니의 딸이 아닙니다! 장애물이 제거되었으니, 저는 나탈리에 양에게 이 고귀한 아가씨와 로타리오 씨의 결혼을 준비해 달라고 부탁드리러 여기로 온 것입니다."

야르노는 충격을 받아 땅만 내려다보고 있는 두 사람을 보면서 말했다. "이런 일은 모여 있으면 가장 견디기 힘든 일 중 하나입니다. 각자 이 일을 두고 생각해야 할 것을 혼자 생각하는 게 제일 좋습니다. 내게 최소한 한 시간만 여유를 주세요." 야르노는 정원으로 급히 나갔고, 빌헬름은 기계적으로 야르노를 따라갔지만 멀리 떨어져 있었다.

한 시간이 흐른 후 사람들이 다시 모였다. 빌헬름이 발언권을 얻어 말했다. "옛날에 제가 아무런 목적이나 계획도 없이 쉽게, 아니 분별없이 살고 있을 때 친구들이 사랑과 관심과 신뢰로 팔을 벌리고 저를 맞아 주었고, 게다가 제게 몰려왔었습니다. 상황이 심각해지는 지금 운명은 나와 함께 다른 길을 가려는 것 같습니다. 테레제 양에게 청혼했던 제 결정은 어쩌면 전적으로 저 스스로 내린 첫 번째 결정입니다. 숙고해서 그 계획을 세웠고, 저의 이성도 그 계획과 완전히 일치했습니다. 그래서 그 훌륭한 여성의 승낙으로 저의 모든 희망이 성취되었습니다. 이제 너무나 기구한 운명이 제가 내민 손을 내리게 하고 있습니다. 테레제 양은 멀리서 내게 손을 내밀고 있지만, 마치 꿈속처럼 저는 그 손을 잡을 수 없고 그 아름다운 모습도 내게서 영원히 떠나려고 합니다. 그래서 아름다운 모습과도 이별입니다! 그리고 그 주변에 모인 여러분의 무척 행복한 모습과도 이별입니다!"

빌헬름은 잠시 아무 말 없이 앞을 바라보았다. 그러자 야르노가 말하려고 했는데 빌헬름이 가로막으며 말했다. "몇 마디 더 말하게 해 주세요. 이번에 제 운명 전체가 결정되고 말 테니까요. 이 순간 제가 로타리오 씨를 처음 봤을 때 제게 새겨져 계속 남아 있는 그분의 인상이 도움이 되는군요. 이분은 모든 애정과 우정을 받을 자격이 있습니다. 그리고 희생 없이는 우정도 생각할 수 없습니다. 그분을 위해서 저 불행한 뤼디에 양도 쉽게 속였고, 그분을 위해서라면 너무나 소중한 신부를 체념할 수도 있어야 합니다. 가셔서 그분께 이 이상한 이야기를 해 주시고, 저는 그럴 준비가 되어 있다고 말씀해 주세요."

그러자 야르노가 이렇게 대답했다. "이런 경우에는 너무 서두르지만 않으면 모든 일이 순조롭게 진행되리라고 생각합니다. 로타리오 씨의 동의 없이 한 발짝도 떼지 마십시오! 내가 로타리오 씨에게 가볼 테니, 내가 다시 돌아오거나, 그렇지 않으면 로타리오 씨의 편지를 차분히 기다려 주세요."

야르노는 말을 타고 떠났고, 아주 침통한 심정에 빠진 두 사람만 남았다. 두 사람은 이 일을 여러 면에서 다시 생각해 보고 이에 대한 자신들의 의견을 말해 볼 여유가 있었다. 처음에 두 사람은 이 이상한 말을 야르노가 말한 그대로 받아들였고 좀 더 자세한 사정을 알아보지 않았다는 생각이 떠올랐다. 심지어 빌헬름은 약간의 의심이 들기도 했다. 하지만 다음 날 아침에 테레제가 보낸 사람이 도착해서 다음과 같은 이상한 편지를 나탈리에에게 전해 주자 두 사람의 놀람, 아니 두 사람의 당황스러움은 최고조에 달했다.

"정말 이상하게 보일지도 모르지만, 지난번 편지에 이어서 또 편지를 보내 내 약혼자를 급히 내게 보내 달라고 부탁드려야겠어요. 사람들이 그분을 내게서 빼앗아 가려는 무슨 계획을 세우고 있더라도 그분은 내 남편이 될 분입니다. 동봉한 편지를 그분에게 전해 주세요! 누가 거기에 있든 상관없이 보는 사람 없이 전해 주세요!"

빌헬름에게 보낸 편지의 내용은 다음과 같았다. "만약 제가 아주 차분한 마음으로 시작된 것 같은 이 결합을 갑자기 열정적으로 서두르자고 하면 당신의 테레제를 어떻게 생각하실 거예요? 아무것도 주저하지 마시고 이 편지를 받으시는 즉시 저에게 와 주세요. 오세요, 사랑하고 사랑하는 분, 이제는 세 번씩이나 사랑한다고 말하는 분이여, 저의 남자를 제게서 빼앗거나 이 결혼을 어렵게 하려는 사람들이 있으니 제발 와 주세요!"

"어떻게 해야 하나요?" 하고 빌헬름이 이 편지를 읽고 외쳤다.

"이번 경우처럼" 하고 나탈리에가 잠시 생각하고 나서 말했다. "저의 마음과 판단력이 이렇게 침묵을 지킨 적이 없었어요. 무엇을 해야 할지 모르겠고, 무슨 말씀을 드려야 할지도 모르겠어요."

"로타리오 씨는 이 일에 대해 아무것도 모르고 있을 가능성도 있지 않아요?" 하고 빌헬름이 격한 어조로 말했다. "설사 알고 있다고 해도 우리와 같이 비밀 계획의 놀잇감일지도 모릅니다. 야르노 씨가 우리의 편지를 읽고 즉흥적으로 꾸며 낸 이야기 아닐까요? 우리가 그렇게 급하게 서두르지만 않았더라도 우리에게 다른 이야기를 했을 수 있지 않겠어요? 무얼 원하는 거죠? 그들이 가질 만한 의도는 뭘까요? 테레제 양이 말하는 계획이 도대체 무엇일까요? 로타리오 씨가 은밀하게 연결되어 활동하는 사람들로 둘러싸여 있다는 것은 부인할 수 없는 사실입니다. 그 사람들이 활동하고 있고, 어떤 의미에선 여러 사람의 행동과 운명을 염려해 주고 이끌어 주고 있음을 나도 직접 경험했습니다. 이런 비밀 활동들의 궁극적인 목적을 모르겠지만 내게서 테레제 양을 빼내겠다는 최근의 새로운 계획은 너무나 분명히 알겠습니다. 한편으로는 로타리오 씨가 얻을 수 있는 행복이 겉으로 보기에 그럴싸하게 내게도 보이고, 다른 한편으로는 내가 사랑하는 여인이, 존경하는 나의 신부가 자기 품으로 나를 부르고 있습니다. 나는 어떻게 해야 하나요? 내가 무엇을 단념해야 하나요?"

"조금만 더 참아 보세요!" 하고 나탈리에가 말했다. "조금만 더 생각해 볼 시간을 가지세요! 제가 알고 있는 것은 이렇게 일이 이상하게 얽혀 있을 때 되돌릴 수 없는 일을 우리가 너무 급하게 처리해서는 안 된다는 겁니다. 꾸며 낸 이야기나 교활한 계획에는 인내와 분별력이 우리에게 도움이 됩니다. 이 일이 사실이든 아니면 꾸며 낸 것이든 틀림없이 곧 밝혀질 겁니다. 오빠가 정말 테레제 양과 결혼하길 바란다면 행복이 오빠에게 그렇게 다정하게 손짓하는 바로 그 순간에 그 행복을 영원히 오빠에게서 빼앗아 가는 게 너무 잔인할지도 모르겠어요. 오빠가 이 일에 대해 알고 있는지, 스스로 그렇게 생각하고 바라는지 우리 그냥 기다려 봐요."

이런 나탈리에의 조언에 근거를 마련하는 데 도움이 될 편지가 도착했다. "나는 야르노 씨를 다시 돌려보내지 않겠다."라고 적힌 로타리오의 편지였다. "내 손으로 직접 너에게 한 줄 쓰는 것이 사람을 보내 장황하게 말하는 것보다 낫겠지. 나는 테레제 양이 그 어머니의 친딸이 아닌 것을 확신하고 있으니, 테레제 양도 이런 확신을 가진 뒤에 나와 그분을 두고 차분하게 숙고하여 결정할 때까지는 나도 그녀를 얻을 수 있다는 희망을 가질 수 있다. 그래서 부탁하는데 그분을 너의 곁에서 떠나지 않도록 해라! 네 오빠의 행복과 생명이 거기에 달렸다. 이런 불확실한 상황이 오래 지속되지 않도록 하겠다고 네게 약속하마."

"상황이 어떻게 돌아가는지 아시겠죠." 하고 나탈리에가 빌헬름에게 다정하게 말했다. "이 집에서 떠나지 않겠다고 제게 선생님의 명예를 걸고 약속해 주세요!"

"약속드립니다!" 하고 빌헬름은 큰 소리로 말하면서 나탈리에에게 손을 내밀었다. "당신 뜻을 거역해 가면서까지 이 집을 떠나지 않겠습니다. 내가 이번에 무엇보다 당신의 인도를 받게 된 것을 하느님과 내 착한 수호신에게 감사드립니다."

나탈리에는 테레제에게 이 일이 전체적으로 어떻게 진행되고 있는지를 편지에 쓰면서 빌헬름을 자기 집에서 떠나보내지 않겠다고 명백하게 밝히고 로타리오의 편지와 함께 보냈다.

테레제가 답장을 보내왔다. "로타리오 씨조차 그 사실을 확신하신다니 적지 않게 놀랍습니다. 자기 여동생을 이 정도까지 속이지는 않겠지요. 나는 기분이 나쁘고, 매우 불쾌합니다. 내가 더는 아무 말을 하지 않는 것이 낫겠습니다. 내가 당신 집으로 가서 맨 먼저 그 가련한 뤼디에를 안정시킬 수만 있다면 제일 좋은데 말입니다. 사람들이 뤼디에를 너무 지나치게 대하고 있어요. 우리 모두 속고 있으며, 결국 진실이 밝혀지지 않고 속게 되지나 않을지 두렵습니다. 그분도 나와 같은 생각이라면 당신 집에서 살그머니 달아나서 그분의 여자인 테레제의 가슴에 자신을 던지신다면 좋으련만. 그러면 아무도 테레제를 그분에게서 빼앗지 못할 텐데 말입니다. 그러나 내가 그분을 잃게 되고 로타리오 씨를 다시 만나지 못할까 두렵습니다. 사람들이 로타리오 씨에게 나와 결혼할 수 있다는 희망을 어렴풋이 심어 주면서 그이에게서 뤼디에를 뺏어 가고 있습니다. 더 말하지 않겠습니다. 일이 더욱 혼란스러워질 겁니다. 그러는 사이에 매우 아름다웠던 인연들은 점점 연기되면서 훼손되어 산산조각이 나고, 모든 사실이 비록 명확해져도 다시는 아무런 도움이 되지 않을지는 시간이 가르쳐 줄 수 있겠지요. 그분이 뿌리치고 나올 수 없다면 내가 며칠 뒤에 당신 집으로 그분을 찾아가서 꼭 붙들려고 합니다. 이런 열정이 어째서 당신이 아는 테레제를 사로잡았는지 놀라시겠지요. 이것은 열정이 아니라 로타리오 씨가 내 남자가 될 수 없었기 때문에 이 새로 오신 분이 내 삶에 행복을 가져다주리라는 확신입니다. 이 말을 그분과 함께 저 참나무 아래 앉아서 그분과 함께 있던 것을 기뻐했던 아들의 이름으로 그분께 전해 주세요. 그리고 그분의 청혼을 정말 열린 마음으로 받아들였던 테레제의 이름으로 이 말을 그분께 전해 주세요. 내가 로타리오 씨와 살게 되리라는 첫 번째 꿈은 제 마음에서 멀리 밀려나 버렸습니다. 그러나 새로 오신 그분과 함께하려고 생각했던 꿈은 아직도 눈앞에 아주 생생하게 남아 있습니다. 사람들이 이 사람을 저 사람으로 즉흥적으로 다시 바꾸는 것은 경솔한 행동이라고 생각하고 나를 무시하지 않을까요?"

"저는 당신을 믿겠습니다." 하고 나탈리에가 빌헬름에게 말하면서 테레제의 편지를 건네주었다. "선생님은 여기서 떠나지 않으시겠죠. 제 인생의 행복이 당신의 손에 달려 있다는 것을 고려해 주세요! 저의 삶은 제 오빠의 삶과 너무 긴밀하게 연결되어 있고 뿌리처럼 얽혀 있어 제가 느끼지 않는 아픔을 오빠가 느낄 수 없고, 내가 느끼지 못하는 행복과 기쁨도 오빠는 느낄 수 없을 정도입니다. 게다가 저는 오빠를 통해서만 마음이 감동하고 고양되었고, 세상에는 기쁨과 사랑 그리고 모든 물질적 욕구를 초월해서 내적인 만족을 주는 어떤 느낌이 있을 수 있다는 것을 깨닫게 되었다고 확실하게 말할 수 있습니다."

나탈리에가 말을 멈추자 빌헬름이 손을 잡으며 크게 말했다. "오, 계속 말하세요! 지금이 진정으로 서로를 신뢰하고 속마음을 털어놓을 때입니다. 우리는 서로를 더 잘 알 필요가 지금보다 더 큰 적이 없었습니다."

"네, 선생님." 하고 나탈리에가 미소를 지으며 조용하고, 부드럽고, 말로 표현할 수 없을 정도로 품위 있게 말했다. "그렇게 많은 책에서 우리에게 사랑이라고 부르며 보여 주는 세상의 많은 것들이 제게는 언제나 동화로만 보였다고 선생님께 말씀드린다 해도 지금 나누는 대화에서 벗어나는 것은 아니겠지요."

"사랑을 해 본 적이 아직 없으십니까?" 하고 빌헬름이 외쳤다.

"한 번도, 아니면 지금까지는요!" 하고 나탈리에가 대답했다.

## 5장

두 사람은 이런 대화를 나누면서 정원을 이리저리 거닐었다. 나탈리에는 이상한 모양의 여러 꽃을 꺾었는데 빌헬름은 그 꽃들을 전혀 몰라 이름을 물어보았다.

"누구를 위해 이 꽃다발을 만드는지 모르시죠?" 하고 나탈리에가 말했다. "우리가 찾아가려는 제 숙부님께 드리는 거예요. 햇빛이 막 숙부님이 계신 '과거의 홀'을 잘 비춰 주고 있으니 지금 선생님을 그곳으로 안내해 드려야겠어요. 저는 숙부님이 특히 좋아하시는 몇 송이 꽃을 꼭 가지고 가죠. 숙부님은 특이한 분이셨는데, 자신만의 아주 독특한 인상들을 남길 수 있으셨죠. 어떤 식물이나 동물, 어떤 사람이나 어떤 지방, 심지어 몇 가지 광물에 대해서는 거의 이해할 수 없을 정도로 확고한 애착을 갖고 계셨어요. 그래서 종종 이렇게 말씀하시곤 했죠. '내가 젊은 시절부터 내 성향을 그렇게 많이 거스르면서까지 내 이해력을 넓게 일반적인 정도로 기르려고 노력하지 않았더라면, 아주 편협하고 참을 수 없는 사람이 되었을 것이다. 왜냐하면 순수하고 적절한 활동을 요구할 수 있는 사람에게 제한된 특성보다 더 참을 수 없는 것이 없기 때문이다.' 하고 말이죠. 하지만 항상 자랑하거나 변명할 수 없는 것일지라도 자신이 때때로 열정적으로 즐기는 것을 스스로 관대하게 보아 넘기고 그냥 내버려두지 않았더라면 생명과 호흡이 끊어질 것 같았다고 고백하셔야만 했어요. 그래서 이렇게 말씀하셨죠. '내 본능적 성향과 지적 능력이 완전한 조화를 이룰 수 없었던 것은 내 잘못이 아니다.'라고 말이죠. 그럴 때면 주로 저를 놀리시며 이렇게 말씀하시곤 했어요. '나탈리에는 본성이 세상이 원하고 필요한 것 외에는 아무것도 요구하지 않으니까 평생 살아가면서 행복하다는 칭찬을 들을 수 있을 거야.'"

이런 말을 하면서 두 사람은 다시 집으로 들어왔다. 나탈리에는 빌헬름을 넓은 복도를 지나 어느 문 앞으로 데리고 갔는데, 거기에는 대리석으로 만든 두 개의 스핑크스가 놓여 있었다. 문 자체는 이집트풍으로 아래보다 위가 약간 좁아 보였고, 청동으로 된 문짝은 엄숙하게, 심지어 무시무시하게 보이도록 만들어져 있었다. 그렇기 때문에 홀 안에 전시된 예술품과 삶의 흔적이 죽음과 무덤에 대한 모든 기억을 씻어 주어 빌헬름의 예상과는 다르게 그 홀이 매우 순수하고 명랑한 분위기로 바뀌었을 때 빌헬름이 얼마나 놀랐는지 모른다. 모든 벽에는 똑같은 비율의 아치형 공간이 움푹 들어가 있었고, 그곳에 비교적 큰 석관들이 놓여 있었다. 그 사이의 기둥들에도 비교적 작은 구멍이 나 있었는데, 유골함과 항아리들로 장식되어 있었다. 나머지 벽면과 둥근 천장은 규칙적으로 나뉘어져 있었고, 밝은색의 다양한 테두리와 화관과 장식 사이에 중요한 인물들이 다양한 크기로 그려져 있었는데, 밝은 표정으로 들판에 서 있는 그림들이었다. 건축의 골격은 불그스레한 빛을 띠는 아름다운 대리석으로 덮여 있었고, 화학적 성분을 성공적으로 혼합한 연푸른 줄무늬들은 파란 수정을 모방한 것 같았다. 눈에는 대조적인 만족감을 주어 건물 전체에 통일성과 연관성을 부여했다. 이 모든 화려한 장식은 건축술로만 표현되어서, 그 안으로 들어오는 사람은 누구나 원래의 자신보다 훨씬 고상하게 느껴지는 듯했는데, 이 건축술과 조화를 이루고 있는 예술 작품을 통해서 비로소 인간이 어떤 존재이며 어떤 존재가 될 수 있는지를 알게 되기 때문이었다.

문 맞은편에 있는 화려한 석관 위에는 대리석으로 조각된 어느 위엄 있는 사람이 쿠션에 기대고 있는 모습이 보였다. 그 사람은 두루마리 문서를 앞에 들고 조용히 주의 깊게 들여다보고 있는 것 같았다. 그 문서는 사람들이 그 안에 들어 있는 말을 편안하게 읽을 수 있도록 향해 있었다. 거기엔 "산다는 것을 생각하라."라고 쓰여 있었다.

나탈리에는 시든 꽃다발을 치우고 신선한 새 꽃다발을 숙부의 조각 앞에 놓았다. 숙부가 바로 그 형상에 묘사된 사람이었다. 빌헬름은 자기가 상처를 입고 숲에 누워 있을 때 보았던 그 늙은 숙부의 모습이 기억났다. — "이 방이 다 만들어지기 전에 우리는 여기서 몇 시간을 보내곤 했어요." 하고 나탈리에가 말했다. "숙부님은 돌아가시기 몇 년 전부터 숙련된 예술가들을 불러 모으시고는 이 그림들의 도안과 소묘를 고안해 내고 결정하는 것을 도와주는 일을 제일 큰 즐거움으로 여기셨어요."

빌헬름은 자신을 둘러싸고 있는 것들을 보고 기쁘지 않을 수 없었다. "이 '과거의 홀'에는 얼마나 멋진 삶이 살아 숨 쉬고 있습니까!" 하고 빌헬름이 외쳤다. "이 홀을 현재와 미래의 홀이라고도 부를 수 있을 것 같습니다. 모든 것이 이랬듯이, 모든 것이 또 그렇게 될 것입니다! 이것을 즐기고 바라보는 사람보다 덧없는 것은 없습니다. 아이를 가슴에 안고 있는 이 어머니의 그림은 행복한 어머니들보다 몇 세기는 더 오래 살아남을 겁니다. 수염을 기른 남자가 자신의 근엄함을 벗어던지고 자기 아들과 장난치는 그림을 수백 년이 지난 후에 보게 되면 아마 어느 아버지라도 즐거울 겁니다. 이 신부는 아무리 세월이 흘러도 이렇게 수줍어하며 앉아서 누가 자신을 위로해 주고 말을 걸어 주기를 말없이 바라고 있을 겁니다. 그리고 신랑은 들어가도 되는지 문지방에서 초조하게 귀를 기울이게 될 겁니다."

빌헬름은 이리저리 수많은 그림에 눈길을 돌렸다. 그저 팔다리를 장난하는 데 이용하고 움직여 보는 어린 시절의 첫 번째 즐거운 본능에서 시작해서, 현자가 되어 조용하고 한적한 진지함에 이르기까지를 아름답고 생동감 넘치는 순서로 볼 수 있었다. 인간이 필요하지도 않고 사용도 하지 않는 타고난 성향과 재능은 하나도 없는 듯했다. 소녀가 맑은 물에서 물동이를 다시 들어 올리려고 물가에 머무르며 그사이에 물에 비친 자기 모습을 만족스럽게 바라보고 처음으로 은근한 자부심을 느끼는 그림부터 왕들과 여러 민족이 제단에 있는 신들에게 자신들 결혼의 증인이 되어 달라고 간청하는 저 엄숙한 축제에 이르기까지 모든 그림이 힘차고 의미심장한 인상을 주었다.

이곳에서 예술 작품을 보고 있는 사람을 둘러싸고 있는 것은 하나의 세계였고, 하나의 천국이었다. 여기에 조각된 인물들이 불러일으키는 생각 외에도, 이 인물들에게서 흘러나오는 느낌 외에도 사람의 마음을 완전히 사로잡는 뭔가 다른 것이 거기에 있는 것 같았다. 빌헬름도 뭐라 설명할 수는 없어도 그런 것을 알아차렸다. 그래서 이렇게 말했다. "모든 의미를 떠나서, 인간의 일과 운명이 우리에게 불러일으키는 공감과 무관하게 이렇게 강하고 동시에 이렇게 우아하게 내게 영향을 줄 수 있는 이것은 도대체 무엇이란 말인가? 이것을 전체가 내게 말해 주고, 각 부분이 말해 준다. 내가 전체를 파악할 수 없고, 이 부분들도 내 것으로 만들 수 없는데 말이다! 이런 평면들, 이런 선들, 이런 높이와 넓이, 이런 부피와 색깔들에서 그 어떤 마력이 느껴지지 않는가! 이 형상들을 얼핏 바라만 보아도 단지 장식일 뿐인데 이렇게 마음을 즐겁게 만들어 주는 것은 무엇일까? 그래, 나는 이렇게 느껴진다. 사람들이 여기 머물면서 휴식을 취하고, 모든 것을 눈으로 파악하고는 자신이 행복하다고 생각하며, 눈앞에 보이는 것과는 완전히 다르게 느끼고 생각할 수 있다고 말이다."

그리고 분명한 사실은, 얼마나 성공적으로 모든 것이 구분되어 있었는지, 모든 것이 연결 혹은 대조, 단색이나 화려한 색으로 결정되어, 꼭 그렇게 보여야 하는 바로 그대로 보였는지, 그리고 그렇게도 완벽하고도 분명한 효과를 불러일으켰는지 우리가 서술할 수 있으려면 독자를 너무 빨리 떠나고 싶어 하지 않을 이곳으로 데려가면 될 것이다.

홀의 구석에는 대리석으로 만든 네 개의 촛대가 서 있었고, 홀 가운데는 아주 정교하게 조각된 석관 주위에 그보다 작은 네 개의 촛대가 있었는데 그 석관의 크기로 보아 중간 키 정도의 젊은 사람이 그 안에 들어 있는 듯했다.

나탈리에는 그 석관 옆에 멈춰 서서 손을 그 위에 얹으며 말했다. "저의 숙부님은 이 고대 유물을 특히 좋아하셨죠. 그래서 가끔 이렇게 말씀하셨어요. '나무 위의 저 작은 공간에 잘 붙어 있을 수 있는 꽃들만 떨어지는 것이 아니라, 가지에 매달려 있으면서 우리에게 그렇게 오랫동안 매우 아름다운 희망을 주는 과일들도 떨어지는데, 그사이에 눈에 보이지 않는 벌레가 그 과일들을 예정보다 빠르게 익게 하고 썩게 하는 것이다.' 하고 말입니다. 저는 두려워요." 하고 나탈리에가 말을 이어갔다. "숙부님이 저 사랑스러운 미뇽의 미래를 예감하게 해 준 것 같거든요. 그 아이가 차츰 우리의 보호에서 벗어나서 이 평화로운 집을 좋아하는 것처럼 보이니까요."

두 사람이 막 나가려고 했을 때 나탈리에가 말했다. "선생님께 더 알려드려야 할 것이 있어요. 양쪽 위에 높이 있는 반원형의 구멍을 잘 보세요! 여기서 합창대가 몸을 숨기고 서 있을 수 있어요. 천장 버팀대 아래의 청동 장식이 장막을 고정하는 역할을 하는데, 숙부님의 지시로 장례식이 있을 때마다 장막을 달게 하셨어요. 숙부님은 음악 없이는, 특히 노래 없이는 살 수 없으셨고, 그러다 보니 노래 부르는 사람을 보고 싶어 하지 않는 이상한 버릇이 생기셨어요. 그래서 이렇게 말씀하시곤 했죠. '극장은 우리에게 너무 나쁜 버릇을 들이지. 거기서 음악은 마치 눈의 역할을 해서 배우들의 움직임을 따라가도 감정을 따라가지는 않아. 성악곡이나 연주회에서는 언제나 연주자의 모습이 우리를 방해한단 말이야. 진정한 음악은 오직 귀를 위한 것이고, 아름다운 목소리는 가장 피상적이라고 볼 수 있는데, 연주하거나 노래하는 사람의 외모와 움직임 또는 옷차림이 눈에 보이면 그 피상성의 효과를 깨뜨려 버린단다. 나는 내가 이야기를 나누기로 되어 있는 사람이라면 모두 만나보고 싶단다. 왜냐하면 그 대화를 가치 있게 또는 가치 없게 만드는 것이 그 개개인의 모습과 성격이기 때문이지. 이와는 반대로 내게 노래를 불러 주는 사람은 보이지 않아야 하는데, 그 모습에 내 마음이 사로잡히거나 현혹당해서는 안 되니까. 여기서는 오로지 목소리가 귀에다 대고 말하는 것이지 정신과 정신이 대화하는 것도 아니고, 수없이 다양한 세계가 눈에다 말을 거는 것도 아니며, 천국이 인간에게 말하는 것도 아니다.' 하고 말이죠. 마찬가지로 숙부님은 기악곡이 연주될 때 오케스트라의 모습을 가능한 한 보이지 않게 하려고 하셨어요. 왜냐하면 기계적으로 열심히 연주하는 모습과 악기 연주자들이 어쩔 수 없이 늘 이상하게 짓는 동작 때문에 정신이 분산되고 산만해진다고 하셨거든요. 그래서 눈을 감고 음악을 들으시려고 했어요. 자신의 온 존재를 귀가 주는 단 하나의 즐거움에 집중시키기 위해서였죠."

두 사람이 막 홀을 나서려고 할 때 아이들이 복도를 너무 급하게 달려왔는데 "아냐, 내가! 아냐, 내가!" 하고 외치는 소리가 들렸다.

미뇽이 먼저 열려 있는 문으로 뛰어 들어왔고 숨이 차서 아무 말도 못 했다. 뒤에 있던 펠릭스가 멀리서 "테레제 엄마가 왔어요!" 하고 외쳤다. 보아하니 아이들이 이 소식을 누가 먼저 전하나 달리기 시합을 한 것 같았다. 미뇽은 나탈리에의 팔에 안겨 있었는데 심장이 심하게 뛰고 있었다.

"이러면 안 돼!" 하고 나탈리에가 말했다. "이렇게 심하게 움직이지 말라고 하지 않았니? 네 심장이 뛰는 게 보이니?"

"터지게 놔두세요!" 하고 미뇽이 깊은 한숨을 쉬며 말했다. "심장이 이미 너무 오래 뛰었어요."

사람들이 이런 소동과 일종의 충격에서 겨우 정신을 차리자마자 테레제가 들어왔다. 테레제는 나탈리에에게로 달려가 나탈리에와 미뇽을 껴안았다. 그러고는 빌헬름 쪽으로 몸을 돌리고 맑은 눈으로 바라보며 말했다. "어떠세요, 당신은 속지 않으셨겠죠?" 빌헬름은 테레제 쪽으로 한 걸음 다가갔다. 그러자 테레제가 벌떡 일어서더니 빌헬름의 목에 매달렸다. "오, 나의 테레제!" 하고 빌헬름이 크게 외쳤다.

"나의 친구! 나의 연인! 나의 남편! 그래요, 영원히 당신 여자예요." 하고 테레제가 열렬한 키스를 퍼부으며 외쳤다.

펠릭스가 테레제의 치마를 당기며 큰 소리로 말했다. "테레제 엄마, 나도 여기 있어요!" 나탈리에가 일어나서 앞을 바라보고 있었는데, 미뇽이 갑자기 왼손으로 가슴을 움켜잡고 오른팔을 쭉 뻗더니 비명을 지르며 마치 죽은 듯이 나탈리에 발아래 쓰러졌다.

사람들은 매우 놀랐고, 미뇽의 심장과 맥박은 어떤 움직임도 느껴지지 않았다. 빌헬름은 미뇽을 팔에 안고 급히 뛰어나갔지만 흔들리는 미뇽의 몸은 빌헬름의 어깨 위로 축 늘어져 있었다. 마침 의사가 그곳에 있어 약간 안심되었다. 그 의사와 우리가 알고 있는 젊은 외과 의사가 애써 보았지만 허사였다. 사랑스러운 미뇽을 다시 소생시킬 수는 없었다.

나탈리에가 테레제에게 눈짓을 주었다. 그러자 테레제는 빌헬름의 손을 잡고 방을 나갔다. 빌헬름은 벙어리처럼 말이 없었고, 테레제의 눈을 마주칠 용기가 나지 않았다. 그래서 테레제 옆 자리에 앉았는데, 나탈리에를 처음 만났을 때 앉아 있던 소파였다. 빌헬름은 아주 빠르게 일련의 운명들을 죽 생각해 보았다. 아니 생각했다기보다 자기가 뿌리칠 수 없는 감정이 자기 마음에 영향을 미치도록 내버려두었다. 살아가다 보면 과거의 일들이 마치 날개를 단 듯한 베틀의 북처럼 우리 눈앞에서 이리저리 움직여서 어느 정도 우리 자신이 실을 자아서 베틀에 올려놓은 천을 쉬지 않고 완성하는 순간들이 있다. "나의 친구! 나의 연인!" 하고 테레제가 침묵을 깨고 빌헬름의 손을 잡으며 말했다. "이 순간에 우리는 단단히 한마음이 되어야 해요. 우리가 앞으로 혹시 이와 비슷한 경우가 있더라도 자주 이렇게 해야 하듯 말이에요. 이번 같은 일은 세상에서 두 사람이 함께 견뎌 내야 하는 일들입니다. 그러니 당신 혼자가 아니라고 생각하시고 느껴 주세요. 그리고 무엇보다 먼저 당신의 아픔을 저에게 나눠 주심으로써 당신이 당신의 테레제를 사랑한다는 것을 보여 주세요!" 테레제는 빌헬름을 껴안고 가슴에 부드럽게 품었다. 빌헬름도 테레제를 팔에 안고 품에 꼭 끌어안았다. "저 불쌍한 아이가" 하고 빌헬름이 외쳤다. "슬플 때는 믿지 못할 내 품에서 보호와 피난처를 찾았습니다. 믿을 수 있는 당신 품이 이 끔찍한 순간에 내게 도움이 되게 해 주세요!" 두 사람은 서로를 꼭 껴안았다. 빌헬름은 자기 가슴에 닿은 테레제의 심장이 뛰는 것이 느껴졌지만, 마음속은 황량하고 공허했다. 미뇽과 나탈리에의 모습만이 상상 속에서 마치 유령처럼 떠돌아다녔다.

나탈리에가 들어왔다. "우리를 축복해 주세요!" 하고 테레제가 외쳤다. "이 슬픈 순간에 우리가 당신 앞에서 하나가 되게 해 줘요." — 빌헬름은 얼굴을 테레제의 목에 가리고 있었다. 그리고 울 수 있어서 정말 행복했다. 빌헬름은 나탈리에가 오는 소리를 듣지 못했다. 그래서 나탈리에를 보지 못했고, 나탈리에의 목소리가 들렸을 때 눈물이 두 배로 쏟아졌다. — "하느님이 짝지어 주시는 것을 내가 나누지 아니하리라." 하고 나탈리에가 미소를 지으며 말했다. "하지만 저는 두 분을 맺어 줄 수 없어요. 그리고 아픔과 애정이 두 분의 마음에서 제 오빠에 대한 기억을 완전히 지우려고 하는 것도 좋게만 바라볼 수는 없어요." 빌헬름은 이 말에 곧 테레제의 팔에서 빠져나왔다. "어디로 가시려 하세요?" 하고 두 여자가 큰 소리로 말했다. "그 아이를 보게 해 주세요." 하고 빌헬름이 외쳤다. "내가 죽인 겁니다! 저 불행한 일을 우리가 눈으로 직접 보는 게 우리의 상상력이 그 불행을 억지로 우리 마음에 깊이 오래도록 새겨 놓는 것보다 충격을 덜어 줄 겁니다. 세상을 떠난 그 천사를 보러 갑시다! 그 명랑한 얼굴이 자기는 편안하다고 우리에게 말해 줄 겁니다!" — 두 여자는 그 흥분한 사나이를 말릴 수 없어서 따라갔지만, 마음씨 착한 의사가 외과 의사와 맞은편에서 걸어오더니 세 사람이 죽은 아이에게 가까이 가는 것을 막으며 말했다. "불쌍한 아이에게서 멀리 떨어져 계십시오. 이 특이한 아이의 시신에 내 기술로 할 수 있는 만큼 약간의 방부 처리를 하도록 허락해 주세요. 시체를 방부 처리할 뿐 아니라 살아 있는 모습을 유지하는 훌륭한 기술을 이 사랑스러운 아이에게 바로 시도해 보려고 합니다. 그 아이의 죽음을 예견했기 때문에 모든 준비를 해 놓았습니다. 그리고 여기 이 사람이 도와주면 성공할 수 있을 것 같습니다. 그래서 며칠만 시간을 주십시오. 그리고 우리가 그 아이를 '과거의 방'으로 옮겨 놓을 때까지 그 사랑스러운 아이를 다시 보게 해 달라고 하지 마세요."

젊은 외과 의사가 그 이상한 의료 가방을 다시 손에 들고 있었다. "저 가방을 저 사람이 누구한테서 받았을까요?" 하고 빌헬름이 늙은 의사에게 물어보았다. "제가 저 가방을 아주 잘 알고 있어요." 하고 나탈리에가 대답했다. "그때 숲에서 당신에게 붕대를 감아 주었던 자기 아버지한테서 저 가방을 받았어요."

"오, 그렇다면 내가 잘못 생각하지 않았군요." 하고 빌헬름이 말했다. "저 리본을 바로 알아봤으니까요. 리본을 내게 주세요! 저 리본이 내게 은혜를 베푼 여인을 다시 찾는 단서를 맨 먼저 주었습니다. 저 생명 없는 물건이 얼마나 많은 행복과 아픔을 견뎌 왔겠습니까! 그 수많은 고통을 겪을 때 리본도 그 자리에 있지 않았겠습니까만 실오라기는 아직 여전히 그대로입니다! 얼마나 많은 사람의 마지막 순간을 리본이 함께했을 텐데 색은 아직 바래지 않았습니다! 그리고 내 인생의 가장 아름다웠던 순간에도 그 자리에 있어 주었지요. 그때 내가 상처를 입고 땅에 누워 있었는데 도와주려는 당신의 모습이 내 앞에 나타났었고, 지금 우리가 너무 이른 나이에 죽은 것을 슬퍼하는 미뇽이 그때 머리카락이 피투성이가 된 채 아주 정성스럽게 보살피며 내가 생명을 잃을까 걱정하고 있었습니다."

이 슬픈 사건에 관해 이야기를 나누고, 테레제 양에게 미뇽에 대해 그리고 이 예기치 않은 죽음에 예상되는 원인을 설명해 줄 시간이 없었다. 낯선 사람들이 찾아왔다고 알려 왔는데, 그 사람들이 나타나고 보니 전혀 낯설지도 않았다. 로타리오와 야르노 그리고 신부가 들어왔기 때문이었다. 나탈리에는 오빠에게로 갔고, 나머지 사람들 사이에는 잠시 침묵이 흘렀다. 그러자 테레제가 미소를 지으며 로타리오에게 말했다. “여기서 저를 만나리라고는 아마 생각지 못하셨겠죠. 어쨌든 우리가 이럴 때 서로를 만나러 간다는 것은 바람직하지 않아요. 그렇지만 오랜만에 오신 것을 환영합니다!”

로타리오는 테레제에게 손을 내밀고 대답했다. “우리가 일단 참고 서로 떨어져 지내야 한다 해도, 적어도 모두가 사랑하고 아끼는 저 착한 아이가 있는 곳에서는 만날 수 있을 테죠. 그렇다고 당신의 결심에 어떤 영향을 미치기를 바라지는 않겠습니다. 당신의 마음, 당신의 판단 그리고 당신의 순수한 뜻에 대한 내 신뢰는 아직도 크기 때문에 내 운명과 내 친구의 운명을 당신 손에 맡깁니다.”

대화는 바로 일반적인 화제로, 아니 별 의미도 없다고 말해도 될 만한 화제로 넘어갔다. 사람들은 곧 산책하기 위해 두 사람씩 나누어졌다. 나탈리에는 로타리오와 테레제는 신부와 걸어갔고, 빌헬름은 야르노와 성에 남아 있었다.

무거운 슬픔이 빌헬름의 가슴을 짓누르고 있는 순간에 나타난 이 세 친구는 기분을 풀어 주기보다 감정을 자극해서 더 불편하게 만들었다. 빌헬름은 기분이 나빴고 의심이 갔다. 그래서 야르노가 언짢은 얼굴로 말이 없는 빌헬름에게 왜 그러냐고 물었을 때 불편한 심기를 숨기려 하지 않았다. “말할 필요가 뭐 있겠습니까!” 하고 빌헬름이 큰 소리로 말했다. “로타리오 씨가 자기를 도와줄 사람들과 왔는데, 항상 그렇게 바쁜 탑 사람들의 저 불가사의한 힘이 지금은 우리에게 작용하지 않는다고 해도, 우리와 함께 아니면 우리에게 무슨 목적을 실행하려고 하는지 모르겠습니다. 내가 이 성스러운 남자들을 알고 있는 바로는 언제나 결합한 사람들을 떼어 놓고, 떨어져 있는 것을 결합하는 것이 자신들의 칭찬받을 의도로만 보입니다. 그렇게 해서 어떤 직물이 만들어질 수 있는지는 성스럽지 못한 우리 눈에는 아마도 영원히 수수께끼로 남을 겁니다."

"당신은 불쾌해서 화가 나셨군요." 하고 야르노가 말했다. "그러시는 것도 당연합니다. 정말 그렇게 화를 내시면 기분이 훨씬 나아질 겁니다."

"도움이 될 수 있겠죠." 하고 빌헬름이 대답했다. "그러나 누군가가 내 타고난 그리고 길러진 인내심을 자극하고 싶어 할까 매우 두렵습니다."

"그렇지만 우리의 이야기가 어떻게 끝날지 알게 될 때까지" 하고 야르노가 말했다. "당신이 아직도 그렇게 큰 불신을 품고 있는 것 같은 저 탑 사람들에 대해 조금 말씀드리고 싶습니다."

"마음대로 하세요." 하고 빌헬름이 대꾸했다. "내 기분을 풀어 주시려고 그렇게 해 보시겠다면 말입니다. 내 마음이 여러 가지 일로 바쁘고 복잡해서 이 품위 있는 모험에 제대로 참여할 수 있을지 모르겠습니다."

"당신 기분이 지금 좋지 않더라고 하더라도 이 점만은 꼭 설명해 드려야겠습니다. 당신은 나를 똑똑하다고만 여기시는 것 같은데, 정직한 사람으로도 생각해 주시길 바랍니다. 게다가 이번에는 부탁을 받고 왔습니다." — "당신이 차라리 자발적으로 나를 깨우쳐 주려는 좋은 의도로 말씀해 주셨으면 하고 바랍니다. 내가 당신 말을 의심하지 않고는 들을 수 없는데 왜 들어야 합니까?" — 이 말에 야르노가 대꾸했다. "내가 지금 동화보다 더 나을 것이 없는 이야기를 해드려야 해도 이 이야기에 약간 관심을 기울일 시간은 아마 있으실 겁니다. 혹시 제가 처음부터 이렇게 말하면 당신이 좀 더 귀를 기울일지도 모르겠군요. 당신이 탑에서 보셨던 모든 것이 사실은 어떤 젊은 시절에 시도했던 일의 유물들이고, 대부분의 구성원이 처음에는 이 일을 상당히 진지하게 생각했지만, 지금은 모두 그 일에 대해 그냥 웃고 맙니다."

"그러니까 이 품위 있는 표식이나 말을 가지고 그냥 장난을 친다는 말이죠." 하고 빌헬름이 크게 소리쳤다. "우리에게 경외심을 불러일으키는 장소로 엄숙하게 우리를 데려가서 아주 이상한 모습들을 보여 주고, 뜻도 이해하지 못할 훌륭하고 비밀로 가득 찬 격언이 들어 있는 두루마리를 주면서 우리가 지금까지 도제(徒弟)였음을 알려 주고 우리에게 그 기간이 끝났다고 선언하지만, 우리는 옛날에 비해 지금 더 현명해지지도 않았습니다." — "그 양피지 두루마리를 지금도 가지고 있습니까?" 하고 야르노가 물었다. "거기에 좋은 말이 많이 들어 있습니다. 왜냐하면 그 일반적인 격언들은 그냥 만들어진 것이 아니기 때문이죠. 물론 그걸 읽으면서도 자신의 경험이 생각나지 않는 사람에게는 애매하고 공허하게 느껴지겠죠. '수업기'라고 부르는 것을 지금 갖고 있다면 내게 보여 줘 보세요." — "분명히 아주 가까이에 있을 겁니다." 하고 빌헬름이 대답했다. "그런 부적은 항상 가슴에 지니고 다녀야지요." — "그렇다면" 하고 야르노가 미소를 지으며 말했다. "그 내용이 심지어 당신의 머리와 마음속에 자리를 잡게 될지 누가 알겠어요."

야르노는 그 수업기를 들여다보더니 절반 정도 눈으로 대충 훑어보았다. "이 부분은" 하고 야르노가 말했다. "예술에 대한 감각을 양성하는 것과 관련되어 있군요. 이것에 대해선 다른 사람들이 말할 수 있을지도 모르겠어요. 두 번째 부분은 삶에 관해 다루고 있는데, 이것이 바로 내 전문 분야입니다."

그런 다음 야르노는 몇 구절을 읽기 시작하더니 중간중간 말을 하면서 부연 설명과 이야기를 덧붙였다. “젊은이들이 비밀과 격식 그리고 허풍 떠는 것을 좋아하는 경향은 대단하고, 종종 성격의 어떤 깊이를 나타내는 표시가 되기도 합니다. 이 시기에는 비록 자신의 존재 전체가 정해지지 않아 모호할지언정 어느 정도 파악하고 있다고 느끼게 됩니다. 많은 것을 어렴풋이 알고 있는 그 젊은이는 비밀 속에서 많은 것을 찾아내고, 비밀 안에 많은 의미를 두고 그 비밀을 헤쳐 나가야 한다고 생각하지요. 그런 생각으로 저 신부님도 젊은이들을 더 강하게 밀어붙였는데, 일부는 자신의 원칙에 따라 일부는 취향과 습관에서 그랬던 것입니다. 신부님이 예전에 어느 단체와 관계를 맺고 있었는데, 그 단체가 주로 비밀리에 활동했습니다. 저는 그런 활동에 조금도 끼일 수 없었습니다. 내가 다른 사람들보다 나이도 많았고, 어렸을 때부터 세상을 정확하게 파악했으며, 모든 일에서 명확함만을 원했습니다. 그래서 세상을 있는 그대로 인식하려고만 했고, 이런 취미를 가장 친한 사람들에게 전염시켰습니다. 그 결과 우리의 교육 전체가 거의 잘못된 방향으로 흘러갈 뻔했습니다. 왜냐하면 우리가 다른 사람들의 잘못과 어리석음만 보고 우리 자신을 훌륭한 존재로 여기기 시작했기 때문입니다. 신부님이 우리를 도우러 오셔서, 우리가 그 사람들의 교양에 관심이 없으면 그들을 꼭 관찰할 필요가 없으며, 그리고 우리는 본래 우리 자신이 활동할 때만 자신을 관찰하고 자신의 특성을 파악할 수 있다고 가르쳐주셨습니다. 그분은 우리에게 그 모임의 처음 형태를 계속 유지하라고 충고하셨습니다. 그래서 우리 모임에 규칙 같은 것도 유지되었습니다. 전체 구조를 보면 처음에는 신비로운 인상을 주었고, 그런 뒤에 비유적으로 말하자면 예술의 수준까지 올라간 수공업 형태를 취했던 것이죠. 그래서 도제, 조수 그리고 장인이라는 명칭이 나온 것입니다. 우리는 우리 자신의 눈으로 보고 세상에 대한 우리의 지식을 보관하는 우리만의 문서실을 만들고 싶었습니다. 그래서 고백기가 많이 생겨났는데, 우리가 직접 쓴 것도 있고, 다른 사람에게 쓰도록 한 것도 있습니다. 이 고백기를 모은 것이 나중에 수업시대가 됩니다. 원래는 모든 사람에게 자신들의 교양이 문제가 되는 것은 아닙니다. 많은 사람은 집에서 편하게 지내는 방법이나 부자가 되는 비법이나 어떤 방법으로든 행복하게 사는 처방전을 원합니다. 자기 힘으로 일어서고 싶지 않은 모든 사람을 우리의 정체를 숨기고 다른 엉뚱한 말로 붙들어 두거나 쫓아 버리기도 했습니다. 우리는 자신이 태어난 목적을 확실하고도 분명하게 느끼는 사람들, 힘들이지 않고 즐겁게 자신의 길을 추구할 만큼 충분히 단련된 사람에게만 수업시대의 종료를 선언해 주었습니다."

"그런데 당신은 나에 대해서는 지나치게 서두르셨습니다." 하고 빌헬름이 대꾸했다. "왜냐하면 내게 종료를 선언하던 바로 그 순간부터 내가 무엇을 할 수 있고, 해야 하거나 하려고 하는지 조금도 모르고 있으니까요." — "그런 혼란에 빠진 것은 우리 잘못이 아닙니다." 하고 야르노가 말했다. "멋진 행운이 다시 우리를 이 혼란에서 빠져나오도록 도와줄 것입니다. 그렇지만 이 말을 들어나 보세요. '많이 발전할 수 있는 사람은 나중에 자신과 세상에 대해 깨닫게 될 것이다. 뜻을 가진 사람 가운데 바로 행동으로 옮길 수 있는 사람은 소수에 불과하다. 그 뜻은 확장되어도 활력을 잃게 되고, 행동은 활발해져도 제한받게 된다.'"

"제발 그런 이상한 말은 그만 읽어 주세요." 하고 빌헬름이 끼어들며 말했다. "이 문구들로 이미 너무 혼란스러웠습니다." — "그렇다면 내 이야기나 계속하지요." 하고 야르노가 두루마리를 반쯤 말고는 가끔 눈길을 거기에 던지며 말했다. "나 자신은 그 모임과 사람들에게 제일 도움이 되지 못했습니다. 매우 나쁜 선생님이어서, 누가 서투른 시도를 하는 것을 보면 참을 수가 없었거든요. 저는 잘못하고 있는 사람에게 바로 소리를 질렀습니다. 금방 목이라도 부러질 위험에 처해 있는 몽유병자를 보듯이 말이죠. 이런 점 때문에 나는 신부님과 항상 어려움을 겪었습니다. 신부님은 오류는 오류를 통해 치유될 수 있다고 주장하십니다. 당신에 관해서도 우리는 자주 논쟁을 벌였습니다. 그분은 당신을 특별히 좋아하셨는데, 당신이 그분의 관심을 그 정도로 받았다는 사실은 벌써 뭔가를 의미한다는 것입니다. 내가 당신을 만났을 때 당신한테 사실을 있는 그대로 말했음을 당신도 인정해야 합니다." — "나를 별로 아껴 주시지는 않으셨죠." 하고 빌헬름이 말했다. "그리고 당신의 원칙만을 충실히 지키시는 것 같습니다." — "그 상황에서 도대체 무엇을 아껴 줄 수 있다는 겁니까?" 하고 야르노가 대꾸했다. "여러 가지 좋은 재능을 가진 젊은이가 완전히 잘못된 방향으로 가고 있는데 말입니까?" — "죄송합니다만 당신은 내게 배우가 될 능력이 없다고 너무 단호하게 말했습니다. 솔직하게 말씀드려 내가 연극을 완전히 체념은 했어도 나 자신에게 연극에 완전히 재능이 없다고 선언할 수는 없습니다." — "그렇지만 나로서는" 하고 야르노가 말했다. "자기 자신밖에 연기할 수 없는 사람은 배우가 아니라고 확신하고 있습니다. 심성이나 외모에 따라 여러 인물로 변할 수 없는 사람은 배우라는 이름을 얻을 자격이 없습니다. 그래서 예를 들어 당신은 햄릿이나 다른 역할을 정말 잘 연기했지만, 그때 당신의 성격과 당신의 모습 그리고 그 순간의 기분이 거기에 유리했기 때문이지요. 아마추어 연극 동호인이나 앞으로 나아갈 다른 길이 보이지 않는 사람에게는 그런 연기만으로도 충분할지 모릅니다. '완벽하게 발휘할 희망이 없는 재능을 경계해야 하느니라.'" 하고 야르노가 두루마리를 보면서 계속 읽어 나갔다. "'그 재능을 원하는 만큼 발휘할 수는 있겠지만 언젠가 우리가 대가의 업적을 깨닫게 되면 그런 서툰 짓에 쏟아부었던 시간과 노력을 언제나 괴로운 마음으로 후회하게 되리라.'"

"그만 읽으세요!" 하고 빌헬름이 말했다. "간절히 부탁드리는데 계속 하던 이야기만 이어 가시고 알아듣도록 설명해 주세요! 신부님이 《햄릿》을 상연할 때 저를 도와주셨는데 유령을 데리고 오셨나요?" — "그렇습니다. 당신을 구제할 수 있다면 그게 당신을 구제할 유일한 방법이라고 확신하셨으니까요." — "그래서 그분이 내게 베일을 남겨 놓고 나더러 도망치라고 하셨나요?" — "그래요. 그분은 게다가 당신이 《햄릿》을 공연함으로써 당신의 욕망이 완전히 사라지길 바랐습니다. 당신이 다시는 무대 위에 올라가지 않을 거라고 주장하셨습니다. 나는 그 반대로 생각했고 어디까지나 내가 옳았어요. 그날 밤 우리는 공연이 끝난 뒤 그 점에 관해 논쟁을 벌였지요." — "그럼 당신은 내 연기를 보셨습니까?" — "오, 물론이죠!" — "그럼 누가 유령을 연기했습니까?" — "그것은 나도 말할 수 없습니다. 신부님 아니면 그분의 쌍둥이 동생일 겁니다. 나는 동생이라고 생각하는데 키가 조금 더 컸으니까요." — "당신들한테도 그러니까 서로 비밀이 있군요?" — "친구들 사이에도 서로 비밀을 갖고 있을 수 있고 또 있어야 합니다. 하지만 그런 것은 서로에게 비밀도 아닙니다."

"이런 불분명한 것을 생각만 해도 벌써 혼란스럽습니다. 내게 그렇게 많은 은혜를 주었지만 내가 그렇게 많이 비난했던 그분이 누군지 밝혀 주십시오."

"그분을 우리에게 그토록 소중한 존재로 만들고" 야르노가 대답했다. "어느 정도 우리 모두를 통제할 지배권을 그분에게 부여하는 것은 자연이 그분에게 부여한 모든 힘을 거리낌 없이 바라볼 수 있는 날카로운 판단력입니다. 이 힘은 인간에게 있기는 한데 각자 자기 방식으로 계발할 수 있지요. 대개의 사람은 아무리 뛰어난 사람이라도 한계가 있기 마련입니다. 그래서 모두 자신이나 다른 사람이 가진 어떤 특성만을 존중하게 되고, 이 특성만을 장려해서 계발하길 원할 뿐입니다. 신부님은 이와 정반대로 행동하십니다. 그분은 모든 특성에 의미를 두시고, 이 모든 특성을 알아내고 촉진하고 싶어 하셨습니다. 이런 점에서 다시 두루마리를 봐야겠습니다!" 하고 야르노가 말하고 두루마리를 읽어 나갔다. "'모든 사람이 인류를 형성한다. 그리고 모든 힘이 합쳐져 세상을 이룬다. 그러나 이 힘들은 자주 서로 충돌하고, 또한 서로 파괴하려 들기에 자연이 그 힘들을 하나로 결속하여 다시 만들어 낸다. 손으로 아주 보잘것없는 뭔가를 만들려는 동물적인 본능에서 최고 수준의 매우 정신적인 예술 활동에 이르기까지, 아이의 옹알거림이나 환성에서 연설자나 가수의 뛰어난 표현에 이르기까지, 소년의 첫 번째 싸움질에서 나라를 유지하고 정복하는 거대한 시도에 이르기까지, 가장 단순한 선의나 스쳐 지나가는 사랑에서 가장 강렬한 열정과 가장 엄숙한 결속에 이르기까지, 감각적인 현재에서 느끼는 가장 순수한 감정에서 가장 멀리 떨어진 정신적 미래에 대한 매우 희미한 예감과 희망에 이르기까지, 이 모든 것과 그 이상의 것들이 인간에게 있고 또 길러져야 한다. 그러나 한 사람에게만 있는 것이 아니라 많은 사람에게 있다. 각 재능은 소중하며 계발되어야 한다. 만약 한 사람이 아름다운 것만, 다른 사람은 유용한 것만 선호한다면 이 두 가지가 합쳐져야 비로소 하나의 인간이 만들어진다. 유용한 것은 스스로 촉진되는데, 많은 사람이 이것을 만들어 내고, 모든 사람이 이것 없이 살 수 없기 때문이다. 아름다운 것은 촉진되어야 하는데, 소수의 사람만이 이를 표현하지만 많은 사람에게 이것이 필요하기 때문이다.'"

"그만 하세요!" 하고 빌헬름이 크게 외쳤다. "나도 모두 읽었습니다." — "몇 줄밖에 남지 않았어요." 하고 야르노가 대답했다. "이 대목은 신부님 말처럼 생각됩니다. '하나의 힘이 다른 힘들을 지배하지만, 어떤 힘도 다른 힘들을 만들어 내지 못한다. 자신을 완성하는 힘도 각자의 소질 안에만 들어 있다. 이것을 이해하는 사람은 너무 적지만, 이 사람들이 가르치고 영향을 미치려고 한다.'" — "나도 이해하지 못하고 있습니다." 하고 빌헬름이 대꾸했다. — "이 본문에 대해서는 신부님의 말을 자주 듣게 될 겁니다. 그러니 우리는 단지 우리에게 무슨 소질이 있는지, 그리고 우리에게서 무엇을 계발할 수 있는지 명확하게 파악해 두도록 합시다. 우리가 다른 사람을 높이 평가할 줄 아는 만큼 다른 사람의 존중을 받을 수 있으니까요." — "맙소사! 그런 격언들은 그만 읽으세요! 그런 격언들은 상처받은 가슴에 별로 도움이 안 되는 나쁜 치료제 같습니다. 차라리 당신이 잔인하리만큼 확실하게 내게서 무얼 기대하고 싶으며, 어떻게 그리고 어떤 방법으로 나를 희생양으로 삼으려는지 말해 주세요." — "확실하게 말해 두는데, 이런 모든 의심에 대해 나중에 우리에게 사과하게 될 겁니다. 검토해 보고 선택하는 것은 당신의 일이고, 당신을 도와주는 것은 우리의 일입니다. 자신의 조건 없는 노력이 그 한계를 스스로 정할 때까지 인간은 행복하지 않습니다. 나한테 의지하지 말고, 신부님께 의지하세요. 당신 자신을 생각하지 말고, 당신을 둘러싸고 있는 것을 생각하세요. 예를 들어 로타리오 씨의 훌륭한 점을 파악해 보세요. 그 통찰력과 활동이 어떻게 불가분하게 서로 연결되어 있는지, 그리고 항상 얼마나 성큼성큼 나아가고 있는지, 얼마나 자신의 활동 영역을 넓혀 나가며 모든 사람의 마음을 사로잡는지 말입니다. 그분은 어디에 있든 자기가 있는 세계를 이끌어 가고, 자신이 그곳에 있으면 활기에 차도록 용기를 북돋아 줍니다. 그런데 저 착한 우리의 의사 선생님을 보세요. 겉으로 보기에 정반대의 성격 같죠. 로타리오 씨가 전체에 그리고 멀리에 이르기까지 영향을 미친다면, 이 의사 선생님은 바로 앞에 있는 일에 자신의 밝은 눈빛을 던집니다. 그래서 활동을 만들어 내고 활기를 띠게 한다기보다는 활동을 위한 수단을 만들어 내는 것이죠. 그래서 이분의 행동은 가계를 잘 돌보는 것과 매우 비슷해 보이고, 이분의 활동은 조용하지만 자기 주위의 모든 사람을 뒤에서 도와줍니다. 이분은 지식을 끊임없이 수집해서 나눠 주시고, 작은 것이라도 습득해서 함께 나누십니다. 이분이 수년에 걸쳐 쌓아 놓은 것을 로타리오 씨는 아마도 하루 만에 무너뜨릴 수 있을지도 모릅니다. 그러나 로타리오 씨도 혹시 어느 순간에 파괴된 것을 백 배나 낫게 다시 세우는 힘을 다른 사람들에게 나누어 줄지도 모릅니다." — "결심하지 못하고 있을 때 다른 사람의 순수한 장점만을 생각해야 한다는 건 슬픈 일입니다." 하고 빌헬름이 말했다. "그런 고찰은 차분한 사람에게는 잘 어울리겠지만, 열정과 불확실성에 사로잡힌 사람에게는 적합하지 않습니다." — "차분하게 이성적으로 고찰하는 것은 절대 해롭지 않습니다. 그리고 다른 사람의 장점을 생각하는 게 익숙해지면 우리도 모르게 우리의 장점들도 저절로 그 자리에 있게 됩니다. 그리고 환상이 유혹하는 모든 잘못된 활동도 그래서 우리는 기꺼이 포기하게 됩니다. 그러니 가능한 한 당신의 모든 의심과 두려움을 마음에서 내쫓아 버리세요! 저기에 신부님이 오시는군요. 제발 저분에게 다정하게 대하세요. 당신이 얼마나 많이 저분의 은혜를 입고 있는지 더 많이 알게 될 때까지는 말입니다. 저런 장난꾸러기가 있나! 저기 나탈리에 양과 테레제 양 사이에 걸어오고 있군요. 저분이 지금 무엇을 머릿속에 꾸미고 있는지 내기를 하고 싶네요. 저분이 특히 운명을 다루기 좋아하시니, 가끔 결혼을 성사시키는 취미도 포기하지 않으십니다."

자신의 격하고 불쾌한 기분이 야르노의 현명하고 훌륭한 모든 말로도 나아지지 않았던 빌헬름은 이런 순간에 결혼을 언급한다는 것이 매우 신중하지 못하다고 생각되었다. 그래서 미소를 지었으나 어느 정도 비꼬듯 말했다. "결혼을 성사시키는 취미는 서로 사랑하는 사람들에게 맡겨 두는 편이 좋다고 생각합니다."

## 6장

사람들이 다시 모이자 두 사람은 대화를 중단할 수밖에 없었다. 얼마 지나지 않아 어떤 사람이 찾아와서 로타리오에게 직접 편지를 전하겠다고 알려 왔다. 그 사람을 데리고 왔는데 건장하고 성실해 보였고, 입고 있는 제복도 매우 화려하고 미적 감각이 있었다. 빌헬름은 자신이 어쩐지 그 사람을 알고 있다는 생각이 들었다. 잘못 생각하지 않는다면 옛날에 필리네와 자신이 마리아네라고 착각한 여자를 찾으러 보냈으나 다시 돌아오지 않았던 바로 그 사람이었다. 빌헬름이 막 이 사람에게 말을 붙이려 했을 때 로타리오가 편지를 읽고 진지하게 그러나 거의 불쾌한 듯이 물었다. "당신의 주인 이름이 어떻게 되십니까?"

"그 질문에는 제가 대답드릴 수 없습니다." 하고 이 사람이 대답했다. "편지에 용건이 담겨 있으리라 기대합니다. 구두로 전달하라고는 아무 부탁도 받지 않았습니다."

"그건 그렇다 하더라도" 하고 로타리오가 미소를 지으며 대꾸했다. "당신 주인이 내게 이렇게 기이한 편지를 쓸 만큼 나를 신뢰하신다니 우리로서는 반가워해야 하겠죠." — "그분은 그렇게 오래지 않아 오실 겁니다." 하고 말하며 그 남자는 인사를 하고 떠났다.

"이 믿을 수 없고 재미없는 소식을 한번 들어 보세요." 하고 로타리오가 말했다. "잘 모르는 사람이 이런 글을 보냈습니다. '훌륭한 유머 감각으로 모든 손님 중에서 가장 기분 좋은 손님이 되어야 하기에 그런 사람이 나타나면, 그리고 제가 그런 유머 감각을 늘 길동무해서 돌아다니고 있으니 제가 귀하를 방문하는 것을 불쾌하게 생각하지 않으시리라 확신하는 바입니다. 오히려 저는 고귀하신 모든 가족분과 완벽한 만족을 이루고 적절할 때 다시 떠나게 되길 기대합니다. 저는 저를, 기타 등등, 폰 슈네켄푸스 백작.'"

"처음 듣는 가문입니다." 하고 신부가 말했다.

"제국 섭정이 임명한 백작[80]일 수도 있습니다." 하고 야르노가 대꾸했다.

"그 비밀은 쉽게 풀 수 있어요." 하고 나탈리에가 말했다. "내기하겠어요. 그건 동생 프리드리히예요. 숙부님이 돌아가신 이후로 계속 우리

---

80 '제국 섭정이 임명한 백작(Vikariatsgraf)'은 황제의 유고로 제국 섭정(Reichsvikar)이 임시로 정부를 이끌었는데, 이때 백작과 귀족들을 임명했었다. 괴테가 《빌헬름 마이스터의 수업시대》를 쓸 당시에도 레오폴트 2세 황제가 1792년에 사망하자 후임인 프란츠 2세 황제가 선출되기 전까지 선제후 카를 테오도르 폰 바이에른(Karl Theodor von Bayern)이 제국 섭정으로 국정을 이끌면서 귀족 칭호를 수여했었다. 이때 백작이 된 사람은 900에서 1000굴덴(금화)을 지불했다고도 전해진다.

한테 찾아오겠다고 하고 있으니까요."

"맞았어요! 아름답고 현명한 누나!" 하고 누가 가까운 숲에서 외치더니 바로 유쾌하고 명랑한 젊은이가 걸어 나왔다. 빌헬름은 하마터면 비명을 지를 뻔했다. "어떻게" 하고 빌헬름이 소리쳤다. "우리 금발의 장난꾸러기가 여기 내 앞에 나타날 수가 있나요?" 프리드리히는 그 말을 듣고 빌헬름을 눈여겨 바라보더니 외쳤다. "여러 은혜를 베풀어 주셨던 옛 친구 당신을 보게 되다니. 정말이지 아직도 이집트에 확고하게 서 있는 유명한 피라미드들이나 사람들이 내게 확신시켰듯 더는 존재하지 않는 마우솔루스 왕의 무덤을 여기 숙부님의 정원에서 봤다면 내가 오히려 덜 놀랐을지도 모르겠습니다. 저로서는 특별히 진심 어린 인사를 드립니다!"

프리드리히는 주위의 모든 사람들에게 환영의 인사를 받으며 키스를 나눈 후 빌헬름에게로 다시 뛰어와 큰 소리로 말했다. "나를 생각해서라도 이분을 따뜻하게 대해 주세요. 영웅이자 군대를 통솔하는 사령관이며 연극의 철학자인 이분을! 우리가 처음 알게 되었을 때 내가 이분의 머리를 엉망으로, 말하자면 심지어 아마(亞麻)를 훑는 빗으로 빗겨드린 셈인데, 내가 나중에 심하게 얻어맞을 뻔했을 때도 이분이 면하게 해 주셨어요. 이분은 스키피오처럼 아량이 넓고, 알렉산더 대왕처럼 잘 베풀어 주며, 이따금 사랑도 하지만 연적을 증오하지는 않죠. 적들의 머리 위에 숯불을 쌓아 둔다는 것은 아니고,[81] 누군가에게 할 수도 있는 해를 끼치려는 그런 일은 하지 않다는 겁니다. 오히려 자기 여인을 빼앗아 간 친구에게 착하고 충성스러운 하인들을 뒤쫓아 보내서 그 친구

81 관용을 베풀어 원수로 하여금 뉘우치게 한다는 의미이다. 로마서 12장 20절, 잠언 25장 22절 참조.

의 발이 돌에 부딪히지 않도록 합니다."

이런 식으로 프리드리히는 쉬지 않고 말을 이어 갔는데 아무도 이를 말릴 수 없는 듯 보였고 아무도 이런 프리드리히에게 대꾸할 수 없어서 거의 혼자서만 말했다. "내가 성서와 세속적인 작가의 책을 많이 읽었다고 여러분 놀라지는 마세요. 내가 어떻게 지식을 얻게 되었는지 말씀해 드리지요." 하고 프리드리히가 크게 말했다. 사람들은 프리드리히가 어떻게 지내는지, 어디서 오는 길인지 알고 싶어 했다. 그러나 온갖 도덕적 격언과 옛날이야기들로 가득 차서 분명한 설명이 될 수 없었다.

나탈리에가 나지막이 테레제에게 말했다. "저 아이의 익살스러움에 나는 괴로워요. 확신하건대 잘 지내고 있지 않을 거예요."

프리드리히는 자신의 익살에 야르노가 대꾸했던 몇 마디 농담 외에는 사람들로부터 아무런 호응도 얻지 못하자 이렇게 말했다. "이렇게 진지한 가족과 함께 있으니 나도 진지하게 될 수밖에 없겠군요. 이렇게 엄숙한 분위기에서 내 모든 죄의 무거운 짐이 무겁게 내 영혼을 짓누르니 간단하게 총체적 고백을 하려고 합니다. 그러나 여기에 계신 신사숙녀 분들은 이 고백을 들으실 필요는 없습니다. 여기 계신 귀한 친구분은 내 삶과 행동을 약간 알고 계시니까 이분에게만 말씀드리겠습니다. 더욱이 이분만이 그것에 대해 물어볼 이유가 있기 때문입니다. 궁금하지 않으세요?" 하고 프리드리히가 빌헬름을 향해 계속 말을 이어 갔다. "어떻게 그리고 어디서? 언제 그리고 왜? 그리스어 동사 Philéo나 Philoh[82]의 활용형이 어떻게 되는지? 그리고 매우 사랑스러운 이 동사의 파생어는 어떻게 되는지 궁금하지 않으세요?"

---

82 그리스어 동사 Philéo는 '나는 사랑한다' 그리고 Philoh는 '나는 사랑했다'라는 의미다.

그러고는 빌헬름의 팔을 잡더니 갖은 방법으로 눌러 보고 키스를 하며 다른 곳으로 데리고 갔다.

프리드리히는 빌헬름의 방으로 오자마자 "나를 생각해 주세요!"라는 문구가 새겨진 분을 털어 내는 작은 칼이 창가에 있는 것을 보았다. "소중한 물건을 잘 간직하고 계시군요." 하고 프리드리히가 말했다. "내가 당신의 머리를 쥐어뜯던 그날 필리네가 당신에게 선물했던 칼이 확실하군요. 이 칼을 보며 그 아름다운 여자를 열심히 생각하셨겠지요. 확실히 말씀드리는데 필리네도 당신을 아직까지 잊지 못했습니다. 내가 질투심을 흔적도 없이 이미 오래전에 마음에서 지워 버리지 않았더라면 시기심 없이 당신을 보고 있지 못할 겁니다."

"그 여자에 대해서는 말하지 마세요." 하고 빌헬름이 대꾸했다. "그 사람과 기분 좋게 함께 있었던 기억을 오래도록 지울 수 없었던 것은 부정하지 않겠지만, 그것이 전부였소."

"쳇! 부끄러운 줄 아세요." 하고 프리드리히가 소리쳤다. "애인을 부정하는 사람이 어디 있겠어요? 당신은 누구나 원하는 만큼 그 여자를 완전히 사랑했어요. 그 여자에게 뭔가 선물을 하지 않은 날이 없었어요. 독일 사람이 선물할 때는 분명히 사랑한다는 의미이지요. 그래서 결국 그 여자를 당신에게서 빼앗을 수밖에 없었고, 그래서 빨간 장교복을 입고 마침내 성공하게 되었죠."

"뭐라고요? 우리가 필리네 방에서 만났고, 필리네와 함께 떠나 버린 그 장교가 당신이었다고요?"

"그렇습니다." 하고 프리드리히가 대답했다. "당신이 마리아네라고 생각했던 사람입니다. 그 착각을 듣고 우리가 얼마나 웃었던지."

"잔인한 사람들 같으니!" 하고 빌헬름이 외쳤다. "나를 그렇게 불확실한 상태로 내몰아 버리다니 말이요."

"게다가 당신이 우리를 뒤쫓으라고 보낸 사람도 바로 우리가 매수했었죠!" 하고 프리드리히가 대꾸했다. "그 사람은 상당히 성실한 사람이어서 그때는 우리 곁을 떠나지 못하게 했었죠. 그리고 그 여인을 나는 지금도 예전처럼 미친 듯이 사랑하고 있어요. 내게 아주 특별하게 마법을 걸어서 내가 신화 속 거물에 갇힌 듯이 날마다 변신이나 하지 않을까 날마다 걱정할 정도랍니다."

"당신이 어디서 어떻게 폭넓은 지식을 얻어 박학다식하게 되었는지나 말해 주세요." 하고 빌헬름이 물었다. "옛날 역사나 우화와 연관해서 이야기하는 드문 화법에 경탄하며 듣고 있습니다."

"아주 재미있는 방법으로 여러 지식을 습득하게 되었지요." 하고 프리드리히가 말했다. "게다가 대단히 박식해졌죠. 필리네는 지금 나와 함께 있는데, 우리는 기사 영지에 있는 오래된 성을 어떤 임차인에게 빌려서 개구쟁이와 말괄량이처럼 아주 즐겁게 살고 있어요. 그곳에는 간결하나마 잘 정선된 장서가 있었는데 2절판의 성경책과 고트프리트의 연대기, 두 권으로 된《유럽 무대》,《아체라 도서 목록》, 그리피우스의 저서[83] 그리고 몇몇 일반적인 책들이 있었습니다. 우리가 실컷 놀

83 "2절판 성경책"은 큰 판형의 책으로 18세기에 인기가 있었다. 고트프리트의 연대기(Gottfrieds Chronik)는 요한 루트비히 고트프리트(Johann Ludwig Gottfried, 1584~1633)가 쓴《역사적 연대기. 세상의 시작부터 1619년까지》로 17세기의 시각에서 쓴 세계사를 담은 책이었다.《유럽 극장(Theatrum Europaeum)》은 1633년부터 1738년까지 21권으로 출판된 책으로 독일어권 지역의 역사 저널이었다. "아체라 도서 목록(Acerra philologica)"은 페터 라우렘베르크(Peter Lauremberg)가 1637년에 출판한 고대 그리스와 로마의 가장 유명한 작가들의 유용하고 재미있고 기억에 남을 만한 이야기 200편을 엄선해서 모아 놓은 책이었다. Acerra는 라틴어로 '작은 분향 상자'라는 뜻이다. 이 책은 17세기부터 널리 읽히던 책이었다. 안드레아스 그리피우스(Andreas Gryphius, 1616~1664)는 독일 바로크 시대를 대표하는 작가인데, 프리드리히의 재치 있는 말은 바로크 시대의 재치 있는 유머와 연결되어 있다.

고 나서 가끔 지루해지면 그때 책을 읽으려고 했으나 생각보다 일찍 지루해졌습니다. 마침내 필리네에게 멋진 생각이 떠올라 책들을 모두 커다란 탁자 위에 펼쳐 놓고 마주 보고 앉아서 서로에게 책을 읽어 주기로 했습니다. 그러나 항상 이 책 저 책에서 부분적으로만 읽었습니다. 이런 방법이 정말 재미있었어요! 우리가 훌륭한 사교 모임에 있는 것처럼 생각되었죠. 어떤 소재 하나를 너무 오래 계속하거나 너무 철저하게 파헤치는 것은 부적절하다고 여기는 그런 사교 모임 말입니다. 그리고 누구도 다른 사람에게 발언권을 주지 않는 활기찬 모임에 있는 듯했습니다. 이런 즐거움을 매일 규칙적으로 가졌고, 그러다 보니 차츰 이렇게 박식해져 우리 자신도 놀라울 정도입니다. 정말이지 세상에서 새로운 것은 아무것도 없다고 생각할 정도로 모든 사실을 우리의 지식이 증명해 주었죠. 그리고 우리가 공부하는 방법도 다양하게 변화시키고 있습니다. 가끔 몇 분이면 끝나는 낡아서 못 쓸 것 같은 모래시계에 맞춰 읽기도 합니다. 다른 사람이 재빨리 모래시계를 돌려 놓고 어떤 책에서 한 구절을 읽기 시작하고, 모래가 다시 아래 유리에 떨어지자마자 다른 사람이 벌써 다시 읽기 시작합니다. 그렇게 우리는 대학에서 하는 방법으로 공부하고 있는데 다만 우리가 공부하는 시간이 훨씬 짧고 공부하는 것이 매우 다양합니다."

"이렇게 재미있는 두 사람이 함께 쌍을 이루고 같이 있으니" 하고 빌헬름이 말했다. "이런 믿을 수 없는 일을 이해할 것도 같습니다. 하지만 자유분방한 두 사람이 어떻게 그토록 오랫동안 함께 있을 수 있는지는 금방 이해되지 않는군요."

"그것은 행복이자 불행입니다." 하고 프리드리히가 대답했다. "필리네가 다른 사람에게 자기 모습을 보여서는 안 되는 상황이고, 자기가 자기 모습을 보는 것조차 싫어합니다. 임신 중이니까요. 몸매가 일그러져 자신보다 더 우스꽝스러운 꼴이 세상에 없다는 거예요. 내가 떠나기 바로 전에 필리네가 거울 앞으로 가더니 '제기랄, 빌어먹을!'이라고 하면서 얼굴을 돌리고는 '멜리나 부인의 모습과 똑같잖아! 끔찍한 모습이야! 완전히 천해 보이잖아!'라고 말했답니다."

"솔직하게 말해서" 빌헬름이 미소를 지으며 말했다. "당신들이 아버지와 엄마로 함께 있는 모습을 보면 분명히 우스울 겁니다."

"내가 마침내 아빠가 되어야 하다니 참 어리석은 장난이에요." 하고 프리드리히가 말했다. "필리네가 그렇다고 우겨 대고 있고, 기간도 맞아떨어집니다. 처음에는 《햄릿》 공연이 끝난 뒤 필리네가 당신을 찾아갔던 그 빌어먹을 일 때문에 약간 미심쩍기도 했었죠."

"누굴 찾아갔다는 겁니까?"

"설마 그때의 기억을 완전히 잊어버리신 것은 아니겠죠? 그날 밤 아주 사랑스러웠던 유령이 아직 누군지 모르신다니 그건 필리네였어요. 그 이야기는 물론 내게는 참기 힘든 지참금이었지만, 그런 일을 참으려고 하지 않으면 사랑할 필요도 없는 것이죠. 친자 관계는 무엇보다 확신에 달려 있습니다. 나는 확신하고 있고, 따라서 내가 아버지입니다. 내가 적절한 상황에서 논리를 사용할 줄 아는 것을 보셨죠. 그리고 이 아이가 태어나자마자 죽을 만큼 계속 웃어 대지만 않는다면 유용하지는 않더라도 즐거운 세계시민은 될 수 있겠죠."

두 사람이 이렇게 익살맞게 즐거운 주제로 이야기를 나누는 동안에 나머지 사람들은 진지한 대화를 시작했다. 프리드리히와 빌헬름이 나가자마자 신부가 사람들을 슬쩍 정원으로 향하는 넓은 마루로 데리고 갔고, 사람들을 자리에 앉히고 설명하기 시작했다.

"우리는 테레제 양이 그 어머니의 딸이 아니라고 대체로 확신하고 있습니다만, 이 사실에 대해 이제 좀 더 자세하게 설명할 필요가 있을 것 같습니다. 이제 내가 모든 방법으로 입증할 수 있는 이야기를 하겠습니다.

○○○부인은 결혼하고 수년 동안 남편과 아주 사이좋게 지냈습니다. 그러나 안타깝게도 몇 번 희망을 품었던 아이들이 사산되는 불행을 겪었습니다. 세 번째로 임신했을 때 의사들은 부인에게 한 번 더 아기를 낳는다면 죽음을 면할 수 없다고 예견하며 엄중하게 죽음을 경고할 정도였습니다. 그래서 결정하지 않을 수 없었고, 이혼은 하고 싶지 않았습니다. 생활도 전반적으로 매우 편안했습니다. ○○○부인은 자기 정신을 수양하고, 어느 정도 체면을 유지하며, 허영심을 만족시키면서 자신에게는 거부당한 어머니로서의 행복에 대한 일종의 보상을 찾으려 했습니다. 그래서 온 집안 살림을 책임지고 있던 몸매도 좋고 아주 굳건한 성격의 여자에게 남편의 마음이 쏠렸을 때도 아주 유쾌하게 보아 넘어가 주었습니다. ○○○부인은 얼마 후 스스로 그 착한 여자에게 합의를 보자며 손을 내밀었는데, 그 합의에 따라서 그 여자는 테레제의 아버지에게 몸을 맡기고 집안 살림을 돌보는 일을 계속했으며, 여주인에 대해서는 이전보다 더 많은 봉사와 헌신을 보여 주었습니다.

그러고 얼마 안 가서 이 여자가 임신한 것이 밝혀졌습니다. 그러자 이 부부는 비록 전혀 다른 이유이긴 하지만 똑같이 생각하게 되었습니다. ○○○ 씨는 자기 정부의 아이를 집안에서 친자식으로 받아들이길 원했고, ○○○부인은 의사가 부주의하게 자신이 아이를 못 낳는 상태임을 이웃에게 알린 것에 화가 났지만, 아이를 슬쩍 바꿔치기해서 다시 자신의 위신도 세우고, 여차하는 상황에서는 잃어버릴지도 모르는 집안에서의 우위를 이런 양보로 유지하려고 생각했습니다. 부인은 남편보다 더 적극적으로 나서지는 않았지만, 남편이 바라는 것을 알아차리고, 남편과 타협하지 않고도 남편의 고백을 쉽게 끌어낼 줄 알았습니다. 부인은 조건들을 제시했고, 부인의 요구는 거의 모두 받아들여졌습니다. 그래서 유언장이 만들어졌는데, 그 유언장의 내용은 아이를 위한 부분은 별로 고려되지 않은 것처럼 보였습니다. 그사이에 늙은 의사는 죽었고, 그래서 유능하고 영리한 젊은 의사의 조언을 받게 되었는데, 이 의사는 보상도 두둑이 받았고, 죽은 동료 의사가 서투르게 속단했음을 세상에 밝히고 바로잡음으로써 자신의 명예도 얻을 수 있었습니다. 친모도 싫지는 않아서 동의했고, 사람들은 연기를 훌륭하게 해냈습니다. 이렇게 해서 테레제 양이 태어났고, 양엄마에게 넘겨졌습니다. 그러는 사이에 친엄마는 산욕에서 너무 일찍 일어나는 바람에 이 속임수의 희생양이 되어 마음 달랠 길 없는 이 착한 남자만 남기고 죽고 말았습니다.

○○○부인은 그럼으로써 자신의 목적을 완전히 달성했고, 세상 앞에 사랑스럽게 아이를 내놓으며 과도하게 자랑했는데, 동시에 사랑의 연적마저 제거되었습니다. 그동안 그 여자와의 관계를 질투의 눈으로 보아 왔고 적어도 미래에는 그녀의 영향력을 남몰래 걱정해 왔었는데 말입니다. 부인은 아이에게 애정을 쏟아부었고, 두 사람만 있는 시간에는 남편이 연인을 잃어버린 상실감을 진정으로 동정해 주며 마음을 자신에게로 끌어올 줄 알아서, 남편은 부인에게 말하자면 완전히 잡혀 버렸고 자기 행복뿐 아니라 아이의 행복도 부인의 손에 맡겨 버렸으며 죽기 얼마 전까지도 어느 정도 성장할 딸은 있었지만, 다시 그 집안의 주인이 되지 못할 정도였습니다. 이것이, 테레제 양, 병드신 부친이

당신에게 그렇게 알려 주고 싶어 하시던 비밀이었습니다. 세상의 아주 묘한 인연으로 당신의 남편감인 젊은 분이 여기에 없으니 지금 자세하게 말씀드리고 싶었습니다. 여기 내 주장을 아주 정확하게 증명해 주는 서류들입니다. 그 서류를 읽어 보면 내가 이러한 사실을 밝혀 줄 흔적을 얼마나 오랫동안 찾고 다녔는지, 그리고 어떻게 이제 비로소 확신할 수 있었는지 바로 알게 될 겁니다. 그러나 로타리오 씨에게는 행복의 가능성에 대해 무슨 말을 감히 하지 못했습니다. 그 희망이 또 한 번 사라지게 된다면 그분에게 너무 깊은 상처를 주기 때문이었습니다. 이제 뤼디에의 의심을 이해하시게 될 겁니다. 솔직하게 말씀드립니다만 로타리오 씨가 테레제 양과의 결혼이 다시 가능해진 것을 본 이후로 나는 이 착한 아가씨에 대한 로타리오 씨의 애정을 전혀 부추기지 않았기 때문입니다."

이런 이야기에 아무도 대꾸하지 않았다. 여성들은 며칠 후 서류들을 되돌려 주면서 그것에 대해 더는 언급하지 않았다.

사람들이 함께 있을 때 마음을 끄는 것들은 주위에 얼마든지 있었다. 주변 경치도 무척 매력적이어서 사람들은 때론 혼자서, 때론 함께 말이나 마차를 타거나 걸어서 둘러보기도 했다. 야르노는 그런 기회가 있으면 빌헬름에게 자신의 임무를 알려 주고 서류를 내놓았으나 빌헬름에게 결정을 계속 요구하는 것 같지는 않았다.

그래서 빌헬름이 이렇게 말했다. "내가 처해 있는 너무나 묘한 이런 상황에 처음에 나탈리에 양이 있던 자리에서 분명히 순수한 마음으로 했던 말을 반복할 뿐입니다. 즉, 로타리오 씨와 그 친구분들이 내게 어떠한 체념도 요구할 수 있고, 나는 그럼으로써 테레제 양에 대한 내 모든 권리를 당신의 손에 맡깁니다. 그 대신에 나를 공식적으로 떠나게 해 주십시오. 오! 보세요, 내가 이런 결심을 하는 데 무슨 많은 고민이 필요하겠습니까. 요즘 테레제 양이 여기서 처음 나를 맞이할 때의 활기찬 모습을 겉으로나마 유지하려고 애쓰는 것을 벌써 느꼈습니다. 나에 대한 애정이 이미 떠났거나 오히려 내가 한 번도 그 애정을 얻은 적이 없었을 겁니다."

"이런 경우에는 말없이 차츰 정리되는 상황을 기다리는 것이 더 좋을 것 같습니다." 하고 야르노가 대답했다. "말을 많이 해서 곤란한 일이나 흥분되는 일이 빈번히 발생하는 것보다는 말이죠."

"나는 오히려" 하고 빌헬름이 말했다. "바로 이런 경우에 아주 편안하게 순수한 결정을 내릴 수 있다고 생각합니다. 나는 우유부단해서 결정을 내리지 못한다고 자주 비난을 받아 왔었는데, 내가 결심한 이때 사람들이 나를 꾸짖었던 바로 그 잘못을 나한테 저지르려고 하십니까? 세상이 우리를 교육하려고 그렇게 열심히 노력하는 것은 단지 세상 스스로는 우리를 교육하지 못한다는 것을 우리가 느끼도록 하려는 걸까요? 그래요, 세상에서 가장 순수한 생각으로 내가 맺은 부적절한 관계에서 빠져나올 수 있다는 이 즐거운 느낌을 하루 빨리 누릴 수 있게 해 주세요."

이런 부탁에도 불구하고 며칠이 흘러갔고, 그런 사이에 빌헬름은 이 일에 대해 아무런 말도 듣지 못했으며 친구들에게서도 별다른 변화를 눈치채지 못했다. 사람들은 오히려 별로 중요하지 않은 일반적인 이야기만 나눌 뿐이었다.

# 7장

한번은 나탈리에와 야르노 그리고 빌헬름이 함께 앉아 있었는데 나탈리에가 말하기 시작했다. "생각에 잠겨 있으시군요. 야르노 씨. 얼마 전부터 알아차리고 있었어요."

"그렇습니다." 하고 야르노가 대답했다. "중대한 사업을 앞두고 있는데, 우리가 오랫동안 준비해 왔었고, 지금 바로 착수해야 할 사업입니다. 당신도 이미 대충은 알고 계시겠지만 우리의 젊은 친구분께 말씀드려도 될 듯합니다. 이 사업에 참여하고 싶은지는 이분에게 달려 있으니까요. 오랫동안 나를 보지 못하게 되실 겁니다. 곧 미국으로 건너갈 예정이기 때문입니다."

"미국으로요?" 하고 빌헬름이 미소를 지으며 대꾸했다. "당신이 그런 모험을 하시리라고는 예상하지 못했고, 나를 함께 갈 사람으로 선택하리라고는 더더욱 생각하지 못했습니다."

"당신이 우리 계획을 완전히 아시게 되면" 하고 야르노가 대답했다. "혹시 그 계획에 더 좋은 이름을 붙여 주고 마음이 끌릴지도 모르겠습니다. 내 말을 잘 들어 보세요! 세계 무역에 대해 어느 정도는 알고 있을 필요가 있습니다. 우리 앞에 커다란 변화가 임박해 있으며, 어떤 소유물도 완벽히 안전하게 보관할 장소가 거의 없다는 것을 깨닫기 위해서라도 말입니다."

"세계 무역에 관해 분명하게 아는 바는 없습니다만" 하고 빌헬름이 야르노의 말에 끼어들었다. "불과 얼마 전부터 내 소유물에 대해 비로소 관심을 가지게 되었습니다. 아마도 한동안 그것을 잊고 지냈던 것이 잘한 일이었는지도 모르겠습니다. 그것을 지키려는 걱정으로 우울증에 빠지게 된다는 것을 깨달아야만 하니까 말입니다."

"말을 다 들어 보세요!" 하고 야르노가 말했다. "걱정은 노인에게나 어울리고, 젊은이는 한동안 걱정 없이 살 수 있습니다. 인간 활동의 균형은 유감스럽게도 반대되는 것들을 통해서만 이루어질 수 있습니다. 현재로서는 한 곳에서만 재산을 소유하거나 한 곳에서만 돈을 맡겨 두는 것은 별로 바람직하지 못합니다. 그렇다고 여러 곳에 두면 이를 관리하기도 역시 어렵습니다. 그래서 우리는 뭔가 다른 것을 생각해 냈습니다. 즉 결사단이 우리의 오래된 탑에서 나와서 세계 전역으로 퍼져나가 어디에서나 결사단에 가입할 수 있도록 해야 한다는 것입니다. 그럼으로써 어떤 나라에서 혁명이 일어나 어느 사람의 재산을 완전히 빼앗기는 경우에만 그 생활 근거를 서로 보장해 주는 겁니다. 나는 이제 로타리오 씨가 미국에서 머무는 동안 만들어 놓은 좋은 관계들을 활용하기 위해 미국으로 건너갑니다. 신부님은 러시아로 가시려고 하고, 당신이 우리와 합류하고 싶으시다면 독일에서 로타리오 씨를 도와드리거나 나와 함께 가실 선택권을 드리겠습니다. 아마도 후자를 선택하시리라고 생각되는데, 큰 여행은 젊은 사람에게 매우 유용하니까요."

빌헬름은 생각을 가다듬고 대답했다. "그 제안은 충분히 고려할 가치가 있습니다. 나의 좌우명은 결국 '멀수록 더 좋다'가 될 테니까요. 바라건대 당신의 계획을 더 자세히 알려 주세요. 내가 세상을 잘 몰라서 그럴 수도 있겠지만, 그런 단체와 관계를 맺는 일은 내게 극복하기 힘든 어려움을 안겨 줄 것만 같습니다."

"대부분 지금까지" 하고 야르노가 대답했다. "우리가 사람도 적고 또 모두 성실하고 합리적이며 결단력 있는 사람들이어서 그것을 극복할 수 있었습니다. 모두가 공동 의식을 가지고 있으니 함께 어울리는 마음이 생겨날 수 있지 않겠습니까."

지금까지 듣고만 있던 프리드리히가 대꾸했다. "내게도 좋은 약속을 해 주신다면 나도 같이 가겠습니다."

야르노는 고개를 흔들었다.

"이런, 나한테 무슨 불만이 있나요?" 프리드리히가 말을 이어 갔다. "새로운 식민지에 젊은 개척자들도 필요하지 않습니까. 그들을 함께 데리고 갈 것입니다. 또한 즐거움을 주는 개척자들도 필요하다면 데려가겠다고 확실하게 말씀드릴 수 있습니다. 이 자리에는 없는 또 다른 좋은 아가씨를 알고 있는데 바로 귀엽고 매력적인 뤼디에 양입니다. 비참하게 고통스러워하는 이 불쌍한 아이가 가끔 깊은 바다에 자신의 고통과 비애를 던져 버리지 못한다든가, 좋은 남자가 받아 주지 않는다면 도대체 어디로 가야 한단 말입니까? 내 생각인데, 빌헬름 씨, 당신은 계속해서 버림받은 사람들을 위로해 주시니 결심하시지요. 그래서 각자 자기 여자와 팔짱을 끼고 이 노신사를 따라갔으면 좋겠습니다."

이런 제안에 빌헬름은 불쾌했지만 침착한 척하며 대답했다. "뤼디에 양에게 다른 남자가 있는지 나는 모르겠고, 내가 구혼해도 성사될 것 같지 않아서 그런 시도는 하고 싶지 않습니다."

나탈리에가 이 말을 듣고 말했다. "프리드리히야! 네가 네 생각만 하고 그렇게 경솔하게 행동하면 다른 사람도 틀림없이 너와 같은 뜻일 거라고 생각하는구나. 이분께서는 다른 사람과의 추억이 있어도 마음이 동요되지 않고 이분에게 완전히 헌신할 여인의 마음을 얻을 충분한 자격이 있으셔. 테레제 양과 같은 아주 이성적이고 순수한 성격의 여성하고만 그런 대단한 모험을 권할 수 있지."

"대단한 모험이라고요!" 프리드리히가 크게 외쳤다. "사랑할 때는 모든 것이 대단한 모험이죠. 정자 아래에서나 제단 앞에서, 포옹이나 금반지와 함께, 귀뚜라미 소리나 트럼펫과 북 소리를 들으면서, 모든 일이 대단한 모험이고, 그리고 우연한 것이 모든 일을 해내지요."

"나는 항상 봐 왔어." 하고 나탈리에가 대꾸했다. "우리의 원칙들이 우리 삶의 부록에 불과하다는 걸 말이야. 우리의 잘못들을 적당한 법칙이라는 옷으로 덮어씌우기를 너무 좋아하지. 그 예쁜 여자가 너를 어떤 길로 끌고 갈지 조심하렴. 네 마음을 강하게 사로잡아 너를 꼼짝도 못하게 하고 있으니까."

"그 사람은 스스로 아주 좋은 길을 걸어가고 있어요." 하고 프리드리히가 대답했다. "매우 경건한 길을 말이죠. 물론 조금 돌아가는 길이긴 하지만 그만큼 더 즐겁고 안전하죠. 막달라 마리아도 그 길을 걸었어요. 그리고 얼마나 많은 사람이 그 길을 걸었는지 누가 알겠어요. 누나, 특히 사랑에 대해 말할 때 누나는 거기에 아예 끼어들면 안 돼요. 내 생각에 누나는 어디서 신부감이 한 명 부족할 때까지는 결혼하지 않을 것이고, 평소의 착한 마음으로 어떤 사람의 삶에 보충적 존재가 되어 헌신하겠죠. 그러니 이제 이 징병 모집관에게 우리 일을 맡겨 처리하게 하고 우리 여행단에 대해 합의를 보도록 하죠."

"당신의 제안은 너무 늦었어요." 하고 야르노가 말했다. "뤼디에 양을 위한 준비는 다 되어 있습니다."

"아니, 어떻게요?" 하고 프리드리히가 물었다.

"내가 뤼디에 양에게 직접 청혼했습니다." 하고 야르노가 대답했다.

"노인 양반께서" 하고 프리드리히가 말했다. "장난을 치고 계시니 그 장난에 그 양반을 명사로 본다면 여러 형용사가, 그리고 주어로 본다면 여러 술어가 붙을 수도 있겠어요."

"솔직하게 말하자면" 하고 나탈리에가 말했다. "다른 남자에 대한 사랑 때문에 절망하고 있는 바로 그 순간에 그 여자를 자기 사람으로 만들려는 것은 위험한 시도예요."

"나는 과감하게 시도했고" 하고 야르노가 대답했다. "뤼디에 양은 특정한 조건 아래 내 사람이 될 것입니다. 그리고 내 말을 믿으세요. 세상에서 사랑과 열정에 빠질 수 있는 마음보다 더 소중한 것은 없습니다. 사랑을 받았는지, 아직도 사랑하는지는 문제가 되지 않습니다. 다른 사람이 받은 사랑이 내가 받을 수 있는 사랑보다 내게는 더 매력적입니다. 나는 아름다운 마음의 힘과 위력을 잘 보지만, 이기심으로 내 눈을 흐리게 하지는 않습니다."

"뤼디에에게 벌써 말씀하셨나요?" 하고 나탈리에가 대꾸했다.

야르노는 미소를 지으며 고개를 끄덕였다. 나탈리에가 머리를 저으며 일어서더니 말했다. "이제는 당신을 어떻게 생각해야 할지 모르겠어요. 하지만 저를 곤혹스럽게 만들지는 마세요."

나탈리에가 막 방을 나서려고 했을 때 신부가 손에 편지 한 통을 들고 들어와 말했다. "기다리세요. 여기 제안이 하나 왔는데 당신의 조언을 부탁드립니다. 당신의 돌아가신 숙부님의 친구이신 후작님을 우리가 얼마 전부터 기다리고 있었는데, 며칠 후면 여기에 분명히 도착하신답니다. 그분이 내게 보낸 편지에 쓰시기를, 자신이 생각했던 것보다 독일어를 유창하게 하지 못해서 몇 가지 다른 외국어와 독일어를 완벽하게 구사하는 파트너가 필요하시답니다. 그리고 정치적인 접촉보다는 학문적인 접촉을 더 원하기 때문에 그런 통역사가 꼭 필요하시다는군요. 그래서 나는 여기 계신 우리의 젊은 친구 빌헬름 씨보다 이 일에 더 적합한 사람은 없다고 봅니다. 이 언어에도 정통하시고 그 밖에 많은 것도 알고 계시니까요. 이렇게 훌륭한 분과 함께 좋은 조건에서 독일을 둘러보는 것은 빌헬름 씨 자신에게도 크게 유익할 겁니다. 자기 조국도 잘 모르는 사람에게는 외국을 평가할 척도가 없을 테니까요. 어떻게 생각하세요, 여러분들? 어떻게 생각해요, 나탈리에 양은?"

아무도 이 제안에 뭔가 이의를 제기할 수 없었다. 야르노는 미국으로 가자는 자신의 제안에도 별다른 지장을 주지 않는다고 생각하는 듯 보였는데, 그렇지 않아도 바로 출발할 생각은 없는 것 같았다. 나탈리에는 아무 말 없었지만, 프리드리히는 여러 가지 격언을 인용해 여행의 이점을 나열했다.

빌헬름은 이 새로운 제안을 듣고 마음속으로 너무 화가 치밀어 올라서 거의 숨길 수가 없었다. 자기를 한시바삐 여기서 내보내려고 약속한 것이 너무 분명하게 보였다. 그리고 가장 참을 수 없었던 것은 그런 의도를 너무 명확하게, 가차 없이 보여 준다는 사실이었다. 또한 뤼디에가 자기에게 품게 된 의심도, 그리고 자신이 경험했던 모든 일도 새로 다시 생생하게 떠올랐다. 그리고 야르노가 자기에게 전부 설명해 주었던 그 자연스러운 태도가 단지 인위적인 연기였을 뿐이라고 생각했다.

빌헬름은 마음을 가다듬고 대답했다. "이 제안은 어쨌든 신중하게 고려해 볼 만합니다."

"빠른 결정이 필요해 보입니다." 하고 신부가 대답했다.

"지금은 그럴 준비가 되어 있지 않습니다." 하고 빌헬름이 대답했다. "그분이 도착할 때까지 기다릴 수 있고, 그런 다음 우리가 서로 어울리는지 봐도 되겠지요. 하지만 내가 펠릭스를 데려가서 어디든 함께 다녀도 된다는 한 가지 중요한 조건은 미리 받아 주셔야겠습니다."

"그 조건은 받아들여지기 어려울 겁니다." 하고 신부가 대답했다.

"그렇다면 내가 왜 다른 사람의 제안을 받아들여야 하는지 모르겠습니다." 빌헬름이 소리쳤다. "내가 우리 조국을 둘러보려고 하는데 이탈리아 사람과 동행할 필요가 있습니까?"

"왜냐하면 젊은 사람은" 하고 신부가 약간 위엄 있는 진지한 표정으로 대답했다. "언제나 다른 사람들 틈에 끼여 있을 이유가 있으니까요."

빌헬름은 나탈리에가 앞에 있었기에 자신의 마음 상태를 어느 정도 진정시킬 수 있었지만 더는 참고 있을 수 없다고 생각하고 다소 성급하게 대답했다. "나한테 짧게라도 생각할 시간을 주세요. 내가 계속 다른 사람들 틈에 낄 이유가 있는지, 아니면 내 마음과 분별력이 나를 영원히 비참한 포로로 만들지도 모를 수많은 속박에서 벗어나라는, 거부할 수 없는 명령을 내릴지 곧 결정될 것 같습니다."

이렇게 상당히 흥분한 채 말하고 나탈리에를 바라보니 어느 정도 마음이 가라앉았는데, 이렇게 격정적인 순간일수록 나탈리에의 모습과 가치가 더 깊이 자신에게 새겨졌기 때문이었다.

빌헬름은 혼자 있게 되자 혼잣말로 이렇게 말했다. "그래. 그 여자를 사랑한다고 그냥 고백해라. 그리고 인간이 온 힘을 다해 사랑할 수 있다는 게 어떤 것인지 너는 다시 느끼고 있다. 그렇게 나는 마리아네를 사랑했지만 그만큼 끔찍하게 그 사람을 의심하게 되었다. 필리네를 사랑했지만 경멸해야 했고, 아우렐리아를 존중은 했으나 사랑할 수는 없었다. 테레제를 높이 평가는 했으나 펠릭스에게 어머니를 만들어 주려는 아버지의 사랑이 그녀에 대한 애정의 형태를 취했을 뿐이었다. 그러나 네 마음속에 인간을 행복하게 만들어 주어야 할 모든 감정이 함께하는 지금 너는 도망쳐야 한다! 아, 왜 이러한 느낌과 이런 깨달음에 이겨 내기 어려운 소유의 욕망이 뒤따라오는 것인가? 그리고 왜 소유하지도 못하면서 이런 느낌과 이런 확신이 다른 모든 행복을 완전히 파괴해 버리는 것일까? 내가 앞으로 태양, 세계 그리고 사람들과의 교류 혹은 그 어떤 행복이라도 즐길 수 있을 것인가? '나탈리에는 이제 없어' 하고 언제나 혼잣말을 하게 되는 것은 아닐까? 하지만 나탈리에는 슬프게도 언제나 너의 눈앞에 있을 텐데. 눈을 감으면 나타날 것이고, 눈을 뜨면 눈부신 모습이 눈에 남기는 잔상처럼 모든 물체 앞에 떠돌아다닐 것이다. 이전에는 빠르게 스쳐 지나가는 아마존 여인의 모습이 항상 너의 상상 속에 떠오르지 않았던가? 그리고 그 여자를 그냥 보기만 했지 제대로 알지도 못했다. 이제 이렇게 잘 알고 있으며, 이렇게 가까운 사이가 되었고, 너에게 이렇게 많은 관심을 보여 주었는데, 언젠가 그 사람의 모습이 너의 감각에 새겨졌던 것만큼이나 이제 그 성품이 네 마음에 깊이 새겨져 있다. 언제나 찾으러 다니는 것은 괴로운 일이지만, 찾아내고도 떠나야 한다면 더욱 괴롭다. 이제 세상에서 무엇을 찾아야 한단 말인가? 무엇을 계속 찾으러 다녀야 한단 말인가? 어떤 지역, 어떤 도시가 이와 같은 보물을 간직하고 있단 말인가? 항상 이보다 못한 것을 찾으려고 여행을 계속해야 한단 말인가? 인생이란 그저 달리기 경주장 같아서 맨 끝 지점에 도달하자마자 다시 재빨리 돌아와야 하지 않는가? 그리고 선한 것, 탁월한 것이 확고부동한 목표처럼 서 있으면 거기에 도달했다고 생각되는 순간 날쌘 말을 타고 재빨리 떠나야 하는가? 반면에 지상의 재물을 탐하는 다른 모든 사람은 사방팔방에서 아니면 큰 시장이나 연말 대목장에서 그것을 얻을 수 있는데 말이다."

그때 막 펠릭스가 뛰어 들어오자 빌헬름은 이렇게 외쳤다. "어서 이리 오너라! 너는 나의 모든 것이니 앞으로도 그렇게 있어 다오! 너는 네 사랑하는 엄마를 대신해 내게 왔으니 내가 너를 위해 정했던 두 번째 엄마를 대신해서 더 커진 틈을 메워 주어야겠다. 내 마음을 어루만져 주고, 예쁘고 사랑스러운 네 모습으로, 지적인 호기심과 재능으로 내 마음에 활력을 불어넣어 다오!"

펠릭스는 새 장난감을 갖고 노느라 정신이 없었는데 아버지가 그 장난감을 더 좋게, 더 제대로 목적에 맞게 작동하도록 맞춰 주려고 했다. 그러나 그 순간 아이는 장난감에 대한 흥미를 잃어버렸다. "너도 진정한 인간이구나!" 하고 빌헬름이 외쳤다. "이리 오너라, 아들아! 어서 오너라, 얘야. 우리 아무런 목표도 없이 그저 세상에서 우리가 할 수 있는 한 즐겁고 편하게 살아가자꾸나!"

아이를 데리고 함께 떠나 세상이 돌아가는 모습을 보고 기분을 풀면서 즐기려는 빌헬름의 결심은 이제 확고해졌다. 그래서 베르너에게 편지를 써서 돈과 신용장을 요청했고, 프리드리히의 심부름꾼에게 이번에는 꼭 다시 돌아오라는 엄한 지시와 함께 보냈다. 빌헬름은 다른 친구들에게 매우 불쾌한 감정을 느꼈지만, 나탈리에와의 관계만은 순수하게 유지했다. 그래서 자신의 의도를 털어놓았고, 나탈리에도 빌헬름이 갈 수 있고 또 가야만 한다고 익히 생각하고 있었다. 그래서 나탈리에의 이런 무관심해 보이는 태도가 빌헬름의 마음을 아프게 했어도 그녀의 호의적인 태도 덕분에 그곳에 있는 것만으로도 마음이 완전히 진정되었다. 나탈리에는 빌헬름에게 여러 도시를 둘러보면서 그곳에 사는 몇몇 자기 친구들을 만나 보라고 권했다. 심부름꾼이 빌헬름이 요구했던 것을 가지고 다시 돌아왔는데, 베르너는 이 새로운 여행을 달갑지 않게 받아들이는 듯했다. "자네가 분별력이 있어지리라는 내 희망은" 하고 베르너가 편지에 썼다. "이제 다시 상당 기간 연기되어 버렸네. 자네의 살림을 도와줄 것이라고 내게 희망을 주었던 그 여성은 지금 어디에 있나? 나머지 친구들도 이곳에 없어 모든 일을 변호사와 내가 처리하고 있다네. 다행히도 그분은 훌륭한 법률가이고, 나 또한 재무에 밝은 편이어서 우리 두 사람이 꾸려 나가는 데 익숙해졌네. 잘 지내게나! 지나치게 불안정한 자네의 떠돌이 생활도 용서받을 만하겠지, 그렇지 않다면 이 지역에서 우리의 사정도 잘 굴러가지 못할 테니까."

외적인 상황으로 보면 빌헬름은 언제든지 출발할 수 있었지만, 마음은 아직 두 가지 장애물에 묶여 있었다. 미뇽의 유해를 빌헬름에게 장례식 전에는 한 번이라도 보여 주지 않으려 했고, 그 장례 미사를 신부가 거행할 생각이었는데 아직 모든 준비가 되지 않았다. 또한 의사도 시골 목사의 이상한 편지를 받고 불려 갔다. 하프 타는 노인 때문이었는데 빌헬름도 그의 근황을 더 자세히 알고 싶었다.

이런 상황에서 빌헬름은 낮이나 밤이나 몸과 마음이 편치 못했다. 모두가 잠들면 집안을 이리저리 걸어 다녔고, 옛날부터 알고 있던 그림들이 마음을 끌기도 했다가 밀어내기도 했다. 자신의 주위에 있는 무엇 하나라도 붙잡을 수도 그대로 놓아 버릴 수도 없었다. 무엇을 보아도 기억이 되살아났다. 그래서 고리처럼 이어진 자기 삶 전체를 돌아보았지만 아쉽게도 고리가 끊어진 채 눈앞에 나타나 영원히 연결될 것 같지 않았다. 아버지가 팔아 버리셨던 이 예술 작품들은 세상에서 바라던 것을 마음 편히 완전하게 소유하지 못하게 되거나, 자신이나 다른 사람의 잘못으로 빼앗기게 될 거라는 상징으로 보였다. 이런 묘하고 슬픈 생각에 너무 깊이 빠져 있다 보니 자신이 마치 유령 같았고, 자신의 외부에 있는 물건을 쓰다듬고 만져 보아도 자기가 실제로 살아서 그곳에 존재하는지 의심스럽지 않을 수 없었다.

자신이 찾아냈고, 다시 발견했던 모든 것을 이렇게 경솔하지만 어쩔 수 없이 남겨 두고 떠나야 한다는 생각에 가끔 격렬하게 괴로워하며 흘리는 눈물만이 자신이 살아 있다는 느낌을 들게 해 주었다. 자신이 실제로 겪었던 행복했던 시절을 기억에 불러내려 해도 허사였다. 그래서 이렇게 외쳤다. "사람에게 다른 모든 것과 바꿀 수 있는 한 가지가 없다면 모든 것이 아무런 가치도 없구나!"

신부가 사람들에게 후작이 도착했다고 알리면서 빌헬름에게 말했다. "보아하니 아들하고만 떠나려고 결정한 모양이군요. 그래도 이분을 한번 만나 보세요. 여행 중에 이분을 만나면 어쨌든 도움이 될 수 있을 겁니다." 후작이 나타났다. 그렇게 늙은 고령도 아니었고 보기 좋은 체격에 호감이 가는 롬바르디아 사람 가운데 한 사람이었다. 후작은 젊은 시절에 자기보다 훨씬 나이가 많은 로타리오의 숙부와 함께 군대에서, 그 후에는 사업을 하면서 인연을 맺게 되었다. 두 사람은 나중에 이탈리아 대부분을 함께 두루 여행했고, 후작이 다시 여기서 보게 된 미술 작품들은 대부분 자기가 있는 자리에서 아직도 기억에 생생한 운이 좋은 여러 상황에서 사들였거나 주문해서 만들도록 한 것들이었다.

이탈리아 사람은 대체로 다른 나라 사람들보다 예술의 높은 품위에 더 깊은 감각을 지니고 있다. 무엇이든 열심히 몰두하는 사람은 누구나 예술가 혹은 대가나 교수라고 불러 주길 바란다. 그리고 최소한 이런 칭호를 탐내는 것으로 미루어 보아, 전통을 통해 뭔가를 배우거나 연습을 통해 능숙함에 이르게 되는 것은 충분하지 않다고 솔직하게 말한다. 그래서 각자가 자신이 하는 일을 탐구하고 원칙을 세우고 왜 이런저런 일을 하는지에 대한 근거를 자신과 다른 사람들에게 분명하게 설명할 수 있어야 한다는 것이다.

후작은 소장자가 세상을 떠나 버린 이렇게 아름다운 소장품들을 다시 보게 되어 가슴이 뭉클했고, 이 훌륭한 유물에서 친구의 영혼이 하는 말을 듣는 것 같아서 기뻤다. 사람들은 여러 작품을 지나가며 의견이 서로 통한다는 데 매우 편안함을 느꼈다. 후작과 신부가 주로 말을 했고, 나탈리에는 마치 숙부가 다시 그 자리에 있는 듯이 느껴져 두 사람의 의견과 생각을 아주 잘 이해할 수 있었다. 빌헬름은 그 말을 좀 이해하기 위해 연극 용어로 바꿔 보아야 했다. 사람들은 프리드리히의 농담이 도를 넘지 않도록 막아야 했고, 야르노는 거의 말을 하지 않았다.

최근에는 훌륭한 예술 작품들이 매우 드물다는 의견에 후작이 말했다. "상황이 예술가에게 어떤 영향을 미치는지 생각하고 파악하는 일은 쉽지 않습니다. 아주 위대한 천재나 뛰어난 재능을 가진 사람이라면 자신에게 해야 하는 요구는 끝이 없으며, 수련에 필요한 노력은 이루 말할 수 없을 정도입니다. 만약 상황이 예술가에게 별로 영향을 미치지 못하고, 세상을 아주 쉽게 만족시킬 수 있어서 단지 단순하고 마음을 끄는 편안하게 보이는 것만을 원한다고 예술가가 생각한다면, 안일함과 자기도취에 빠져 평범한 수준에 매달리게 되는 것도 놀랄 일이 아닐지 모릅니다. 예술가를 어느 정도 빈곤한 순교자로 이끄는 올바른 길을 택하기보다 차라리 유행에 맞는 상품으로 돈과 칭찬을 얻으려는 일도 드물지 않을 것입니다. 그런 까닭에 요즘의 예술가들은 언제나 팔려고 내놓기만 하고 절대 누구에게 작품을 주는 일이 없습니다. 항상 자극하려고만 하고 만족을 주는 일은 없으며, 모든 것이 암시만 되어 있어 어디에도 작품의 근거나 완성미를 찾을 수 없습니다. 하지만 갤러리에 잠시 조용히 머물면서 어떤 작품이 많은 관람객을 끌어모으는지, 어떤 작품이 호평을 받고, 어떤 작품이 외면을 당하는지 관찰해 본다면 지금의 예술에 대한 흥미도 별로 느끼지 못하고 미래에 대한 희망도 거의 품지 않을 겁니다."

"그렇습니다." 하고 신부가 대답했다. "애호가와 예술가는 함께 성장해 가는 것이죠. 애호가는 그저 평범하고 막연한 즐거움만을 찾고, 예술 작품은 대략 자연처럼 그 사람 마음에 들어야 합니다. 그래서 사람들은 예술 작품을 즐기는 신체 기관이 혀나 입천장같이 저절로 발달하는 것처럼 생각합니다. 예술 작품을 음식처럼 음미한다는 것이죠. 진정한 예술 감상이 가능한 상태까지 자신의 교양을 끌어올리기 위해 무슨 다른 교양이 필요한지도 모릅니다. 특히 자기가 교양을 쌓으려면 자기 안에서 작용해야 하는 일종의 추상 능력이 가장 어렵다고 생각합니다. 그러므로 우리는 그렇게 편협한 교양을 가진 사람들이 주제넘게도 예술 전체를 혹평하는 것을 보게 됩니다."

"당신이 하시는 말씀을 완전히 이해하지 못했습니다." 하고 막 대화에 끼어든 야르노가 말했다.

"짧은 시간에 이에 관해 설명하기는 어렵습니다." 하고 신부가 대꾸했다. "다만 이렇게는 말할 수 있습니다. 다양한 활동이나 즐거움을 즐기려 한다면 자신의 다양한 감각 기관을 말하자면 따로따로 훈련을 시킬 수 있어야 합니다. 이것저것을 모두 해 보거나 즐기려는 사람이나 자기 외부의 모든 것을 그런 즐거움에 연결하려는 사람은 영원히 불만족스러운 노력에만 자기 시간을 보내게 될 것입니다. 예를 들어 훌륭한 조각상, 뛰어난 그림을 그 자체로 관찰하고, 노래를 그 노래만을 생각하며 듣고, 배우를 단지 연기하는 배우만을 보고 감탄하고, 어떤 건물을 두고 그 자체의 조화로움과 영구성에만 즐거움을 느끼는 것이 그렇게 자연스럽게 보이지만 얼마나 어려운 일입니까! 하지만 사람들은 대부분 분명한 예술 작품을 심지어 마치 연한 점토인 듯 다루는 것이 보여요. 자신들의 취향, 의견이나 변덕스러운 기분에 따라 조각된 대리석 모양을 즉시 다시 새롭게 바꾸려 하고, 단단하게 벽으로 막아 놓은 건물을 확장하거나 축소하려 하며, 그림에는 가르침이 있어야 하고 연극은 관객들의 행실을 고쳐 주어야 한다고 하니, 모든 것이 다 요구하는 그대로 되게 하려고만 합니다. 그러나 사람들 대부분은 원래 형체가 없기 때문에, 즉 자신이나 자기 존재에 어떤 형태를 부여할 수 없기 때문에 외부의 대상에서 자신들의 모습을 취하려고 합니다. 그럼으로써 모든 것이 자신들과도 같이 느슨하고 단단하지 않은 재료가 되어 버립니다. 결국에 그들은 모든 것을 소위 효과라는 것으로 단순화시키고, 그러면 모든 것이 상대적이니, 모든 것이 상대적으로 되어 버립니다. 다만 무의미한 것과 몰취미한 것은 예외여서 완전히 절대적인 지배력을 갖게 됩니다."

"이해하겠습니다." 야르노가 대답했다. "더 정확하게 말하자면 말씀하시는 것이 평소에 그렇게 고수하시는 원칙들과 얼마나 연결되어 있는지 잘 알 수 있습니다. 인간이라는 불쌍한 존재에게 그런 원칙을 지키라고 그렇게 엄격하게 굴 수는 없습니다. 물론 자연이나 예술의 위대한 작품들을 대하면 곧 자신들의 보잘것없는 갈망을 생각해 내는 사람들을 많이 알고 있습니다. 이런 사람들은 오페라에 갈 때도 자신들의 양심과 도덕을 가지고 가며, 주랑(柱廊)을 보고도 자신들의 사랑과 미움을 내려 놓지 못하는 사람이 있으니까요. 그리고 외부에서 가져다가 그들에게 보여 줄 수 있는 최고의 작품이나 가장 위대한 작품도 자신들의 궁색한 존재와 어느 정도나마 연결하려고 먼저 자신들이 생각하는 방식대로 가능한 한 축소시켜야 합니다."

# 8장

저녁에 신부가 미뇽의 장례식에 참석하라고 빌헬름을 불렀다. 사람들은 '과거의 방'으로 갔는데 그곳은 아주 기묘하게 불이 밝혀져 있었고 또한 장식되어 있었다. 벽들은 파란 하늘색 양단으로 거의 위에서 아래까지 덮여 있어서 기둥 받침대와 천장 굽도리만이 드러나 보일 뿐이었다. 구석마다 있는 네 개의 촛대에는 큰 촛불이 횃불처럼 타고 있었고, 가운데 관을 둘러싸고 있는 네 개의 작은 촛대에는 크기에 맞는 촛불이 켜져 있었다. 이 관 옆에 은빛이 섞인 하늘색 옷을 입은 네 명의 소년이 서서 석관 위에서 영면하고 있는 조각 형상에 타조 깃털로 만든 넓은 부채로 바람을 보내 주는 것 같았다. 사람들이 자리에 앉았고, 그러자 눈에 보이지 않는 두 개의 합창단이 감미로운 노래로 묻기 시작했다. "너희들은 조용히 모여 있는 우리에게 누구를 데려오느냐?" 네 명의 소년이 사랑스러운 목소리로 대답했다. "지친 동무를 그대들에게 데리고 가니, 장차 천국의 형제자매들이 환성을 지르며 다시 깨울 때까지 그대들 가운데 쉬게 하여 주오."

### 합창

"우리 모임에 처음 들어온 젊은이를 환영하노라! 슬픔에 잠긴 채 환영하노라! 너를 어떤 소년도 따르지 말고, 어떤 소녀도 따르지 말지어다! 오직 늙은이만이 기꺼이 그리고 태연하게 이 고요한 홀로 다가올지어다. 그리고 사랑스럽고 사랑스러운 아이는 이 엄숙하게 모인 사람들 안에서 쉴지어다!"

**소년들**

"아! 얼마나 마지못해 이 사람을 여기로 데려왔던가! 그러나 그는 이곳에 머물러야 하리라! 우리도 이곳에 머물며 울게 해 주오. 이 관 옆에서 울게 해 주오!"

**합창**

"저 대단한 날개를 보아라! 저 가볍고도 정결한 옷을 보아라! 머리에 황금빛 띠가 얼마나 빛나고 있는지! 보아라, 이 아름답고 품위 있게 안식하고 있는 모습을!"

**소년들**

"아! 저 날개는 들어 올리지 못하고, 즐거운 놀이를 할 때조차 옷은 나부끼지 않네. 머리에 장미 화환 둘러 주었을 때 우리를 귀엽고 다정하게 바라보았었네."

**합창**

"영혼의 눈으로 바라보아라! 그대들 안에는 창조력이 살아 있어, 가장 아름답고, 가장 숭고한 것을 끌어 올려 저 별들 위로 이 생명을 데리고 가리라."

**소년들**

"그러나, 아! 우리는 이제 그녀를 그리워하노라. 정원에서 뛰놀지도 않고, 풀밭의 꽃들을 더는 모으지 않으니. 울게 해 주오, 우리가 그녀를 여기에 두었으니! 울면서 그녀 곁에 머물게 해 주오!"

합창

"아이들아! 삶으로 되돌아가거라! 너희들의 눈물을 굽이쳐 흐르는 강물 주위에서 부는 신선한 바람이 말려 주리라. 밤에서 빠져나가라! 낮과 즐거움과 지속되는 시간은 살아 있는 사람들의 운명이니라."

소년들

"일어나라! 우리는 삶으로 되돌아가련다. 저녁이 우리에게 안식을 줄 때까지 낮은 일과 즐거움을 주나니, 밤에 자고 나면 생기를 얻게 되리라."

합창

"아이들아! 서둘러 삶으로 돌아가거라! 아름답고 깨끗한 옷을 입고 사랑은 천상의 눈빛으로 불멸의 화관을 쓰고 그대들에게 나타나리라!"

소년들은 이미 멀리 물러났고, 신부가 의자에서 일어나더니 관 뒤로 걸어가서 말했다. "이곳에 새로 도착하는 사람을 엄숙한 예식으로 맞이해야 한다는 것이 이 조용한 안식처를 마련하셨던 분의 분부였습니다. 이 집을 지으셨고, 이 장소를 만드셨던 분 다음으로 우리는 처음 한 어린 외부인을 이곳으로 모셨습니다. 그래서 이 좁은 공간은 벌써 엄격하고 독단적이며 무자비한 죽음의 여신의 완전히 다른 두 희생양을 받아들이게 되었습니다. 우리는 정해진 법칙에 따라 생명을 시작합니다. 빛을 바라보며 우리가 성숙해지는 날들은 정해져 있지만 수명에는 법칙이 없습니다. 가장 약한 생명의 실이 의외로 길게 이어지기도 하고, 모순을 우쭐대며 과시하는 운명의 여신의 가위에 가장 질긴 실이 강제로 잘리기도 합니다. 우리는 여기서 장례를 치르는 이 아이에 대해 알고 있는 것이 거의 없습니다. 어디서 왔는지도 아직 모르고, 부모가 누구인지도 모르며, 나이는 추측만 할 뿐입니다. 굳게 닫힌 마음 때문에 깊숙이 숨겨 놓았던 일들을 우리는 추측도 거의 할 수 없었습니다. 이 아이에게서 분명하게 알 수 있는 것이 하나도 없었고, 이 아이를 어떤 못된 사람으로부터 구해 주었던 남자에게 품은 사랑 이외에는 아무것도 드러나는 것이 없습니다. 이 여린 사랑, 이 강렬한 고마움의 표현에 이 아이의 생명의 기름을 다 써 버린 것 같습니다. 의사의 능숙한 솜씨도 이 아름다운 생명을 지킬 수 없었고, 아무리 사려 깊은 우정도 그 생명을 이어 가게 할 수 없었습니다. 그러나 어떤 요령으로도 떠나가는 영혼을 붙잡을 수는 없었다고 해도, 그 육체를 보존해서 부패하지 않도록 하는 모든 기술을 다 썼습니다. 대량의 향유가 모든 혈관 속으로 스며들게 해서 그렇게 빨리 창백해졌던 뺨에 피를 대신해 색을 띠도록 했습니다. 여러분, 가까이 오셔서 이 놀라운 기술의 면밀함을 보시기 바랍니다!"

신부가 베일을 걷어 올리자 미뇽이 천사 옷을 입고 잠을 자듯 편안한 자세로 누워 있었다. 모두가 가까이 다가가서 살아 있는 듯한 모습을 보고 감탄했다. 빌헬름만은 자기 의자에 앉아 있었는데 마음을 가라앉힐 수가 없었다. 자신이 느끼는 감정을 생각해서도 안 되었고, 무슨 생각을 하든지 자신의 감정을 흩뜨려 버릴 것만 같았다. 추도사는 후작을 위해 프랑스어로 진행되었다. 후작은 다른 사람들과 함께 다가가서 미뇽의 모습을 주의 깊게 바라보았다. 신부가 말을 이어 갔다. "이 착한 마음은 다른 사람들에게는 비록 닫혀 있었지만 거룩한 믿음을 가지고 끊임없이 자기 하느님께로 향했습니다. 겸손한 마음, 심지어 자신을 겉으로 낮추려는 마음은 타고난 듯이 보였습니다. 가톨릭교를 열심히 믿었고, 그런 환경에서 태어났고 또한 자랐습니다. 그 축복받은 땅에 묻히고 싶다는 은밀한 소망을 자주 밝힌 적이 있었기에 우리는 교회의 관습에 따라 이 대리석 관과 약간의 흙을 축성해서 그 흙을 미뇽의 베개 속에 보이지 않게 넣어 두었습니다. 미뇽이 마지막 순간에도 그 연약한 팔에 수많은 점으로 아주 멋지게 그려져 있던 십자가에 못 박히신 예수님상에 얼마나 열렬히 입을 맞추었는지 모릅니다!" 신부는 이렇게 말하면서 미뇽의 오른팔을 걷어 올렸는데, 여러 가지 글씨와 기호가 덧붙여진 십자가가 하얀 피부 위에 푸르스름하게 보였다.

후작은 이 새로운 광경을 아주 가까이에서 지켜보다가 벌떡 일어나 손을 하늘로 들어 올리며 큰 소리로 외쳤다. "오 하느님! 불쌍한 아이야! 가엾은 조카야! 너를 여기서 다시 보게 되다니! 우리는 이미 포기하고 이렇게 착하고 사랑스러운 아이의 몸이 호수에서 물고기들의 밥이 되었다고 오랫동안 생각했었는데, 비록 죽었어도 그 모습 그대로 여기서 너를 다시 보게 되니 이 얼마나 고통스럽지만 기쁜 일이란 말이냐! 내가 너의 장례식에 참석하고 보니, 그 모습이 아름답게 보이고, 너의 안식처까지 동행하는 좋은 분들로 인해 더욱 아름다워지는구나. 그리고 내가 한 말씀 드린다면" 하고 후작은 목이 멘 목소리로 말했다. "여러분께 감사합니다."

후작은 눈물이 넘쳐흘러 더 이상 말을 잇지 못했다. 신부가 용수철을 누르자 미뇽의 유해가 대리석 관 속으로 내려갔다. 앞에서 노래를 불렀던 네 명의 소년과 같은 옷을 입은 네 명의 청년들이 융단 뒤에서 나와 아름답게 조각된 무거운 관 뚜껑을 관 위로 들어 올리고 바로 노래하기 시작했다.

“이제 보물과 과거의 아름다운 모습은 잘 보존되어 있네! 여기 대리석 속에 그 모습은 고이 잠자고 있네. 그대들의 마음속에도 살아서 계속 생각이 나리라. 그대들은 돌아가라, 삶으로 돌아가라! 거룩하고 엄숙한 마음을 지니고 나가라. 엄숙한 마음만이, 거룩하고 엄숙한 마음만이 삶을 영원하게 만들어 주기에.”

눈에 보이지 않던 합창단이 이 마지막 말에 함께 참여해 노래를 불렀지만 모여 있던 사람 가운데 아무도 이 격려의 말을 듣지 못했다. 모두가 이 놀라운 사실의 발견과 자신들의 감정에 몰두해 있었던 것이었다. 신부와 나탈리에는 후작을 밖으로 안내했고, 테레제와 로타리오가 빌헬름을 데리고 나갔다. 노랫소리가 완전히 사라지자 사람들은 비로소 온갖 상상력을 발동하며 슬픔과 성찰과 생각과 호기심에 다시 사로잡혔다. 그래서 다시 저 죽음의 공간으로 되돌아가고 싶은 마음이 간절해졌다.

# 9장

후작은 그 일에 관해 이야기하기를 피했어도 신부와는 은밀하게 긴 대화를 나누었다. 후작은 사람들이 함께 모였을 때는 비교적 자주 음악을 부탁했다. 모두가 대화에서 해방되는 것에 만족했기 때문에 그 청을 기꺼이 들어주었다. 이렇게 한동안 지냈을 때 후작이 떠날 준비를 한다는 것을 알게 되었다. 어느 날 후작이 빌헬름에게 이렇게 말했다. “이 착한 아이의 유해가 불편할 수 있기에 이탈리아로 가지고 가겠다고 요구하지는 않겠습니다. 이 아이가 그렇게 사랑했고 괴로워했던 곳에 그대로 놓아 두어야 하겠죠. 하지만 이 아이의 고향으로, 태어나고 자란 곳으로 나를 찾아오겠다고 내 친구들인 여러분이 약속해 주셔야겠습니다. 그곳에서 이 아이의 마음에 희미하게나마 남아 있던 원기둥들과 조각상들을 보셔야만 합니다.

이 아이가 그렇게 즐겁게 조약돌을 주워 모았던 여러 호숫가에도 당신을 모셔다드리려고 합니다. 젊으신 당신께 그렇게 많은 은혜를 입은 우리 가족의 감사한 마음을 뿌리치지는 못할 겁니다. 내일 나는 떠납니다. 신부님께 전부 말씀드렸고, 신부님이 다시 당신께 이야기해 드릴 겁니다. 마음이 아파서 내가 말을 중단해도 그분은 참아 주셨습니다. 그분이 제삼자의 입장에서 일어났던 일을 더 많은 사실과 관련지어 설명해 주실 겁니다. 만약 신부님이 제안하셨듯이 내가 독일을 두루 여행할 때 따라와 주시겠다면 대환영입니다. 아드님도 혼자 두지 말고 데리고 오십시오. 그 아이가 우리를 약간 불편하게 한다면 그때마다 당신이 내 불쌍한 조카를 돌봐 주셨던 것을 다시 기억에 떠올리도록 하지요."

같은 날 저녁 백작 부인이 도착해 사람들을 놀라게 했다. 빌헬름은 백작 부인이 집 안으로 들어왔을 때 온몸이 부들부들 떨렸다. 마음의 준비는 하고 있었으나 백작 부인은 자기 언니 곁을 떠나지 않았고, 나탈리에는 곧 의자를 내밀었다. 백작 부인의 옷은 이상할 정도로 소박했고, 모습도 얼마나 변해 있었는지 몰랐다! 빌헬름은 백작 부인을 감히 쳐다보지도 못했으나 부인은 빌헬름에게 다정하게 인사하고는 누구에게나 할 수 있는 몇 마디를 했지만, 자신의 심정과 감정을 숨길 수는 없었다. 후작은 늦지 않게 자러 갔지만 다른 사람들은 서로 헤어지고 싶어 하지 않았다. 그때 신부가 원고를 꺼내더니 이렇게 말했다. "내게 털어놓은 이상한 이야기를 들은 그대로 바로 종이에 적어 놓았습니다. 잉크와 펜을 가장 아끼지 말아야 할 때가 이런 진지하게 벌어진 일들의 세부적인 상황을 기록할 때입니다." 사람들은 백작 부인에게 무엇에 관한 말인지 알려 주었고, 그러자 신부가 그 원고를 읽어 나갔다.

"후작이 이렇게 말했습니다. 내가 세상을 많이 봐 왔지만, 우리 아버님은 아주 묘한 사람 중 한 분이셨습니다. 성격은 고귀하셨고 곧으셨으며, 이상은 넓으셨는데 위대하셨다고 말씀드려도 될 것입니다. 자신에게는 엄격하셨고, 자신의 모든 계획을 확고하게 진행하셨으며, 자신의 모든 행동을 중단하지 않고 차근차근 이어 가셨습니다. 그래서 한편으로는 사람들이 아버님과 잘 사귀고 사업도 협상할 수 있었지만, 아버님 자신의 이런 성격 때문에 세상에 별로 적응하실 수는 없었습니다. 자신에게 스스로 부과했던 규칙들을 모두 준수하라고 국가, 이웃, 자식들과 하인들에게도 요구하셨기 때문이었습니다. 가장 정당한 요구들은 당신의 엄격함으로 인해 과도한 것이 되어 버렸습니다. 그래서 당신의 생각처럼 되는 일이 하나도 없었기 때문에 한 번도 즐거움을 누릴 수 없으셨습니다. 아버님이 궁전 같은 집을 지으시고 정원을 만드시면서 매우 좋은 위치에 있던 대규모 땅을 새로 사들이셨을 때 운명이 자신에게 절제하면서 참고 살도록 강요한다고 마음속으로는 대단히 분노하시면서도 확신하고 계신 모습을 나는 보았습니다. 겉으로는 아주 위엄 있어 보이시려고 노력하셨는데, 농담을 하시더라도 자신의 월등한 분별력을 보여 주실 뿐이었습니다. 다른 사람에게 비난받는 것을 참을 수 없어 하셨는데, 내가 살아오면서 딱 한 번 누군가 아버님이 지은 건물 가운데 하나를 어처구니없이 지었다며 평가했는데 그걸 들으시고 엄청나게 화를 내셨습니다. 아버님은 이런 마음으로 자식을 대하고 재산을 처리하셨습니다. 내 맏형은 장차 큰 재산을 얻을 사람으로 가르침을 받았고, 나는 성직자, 그리고 막냇동생은 군인이 되라고 하셨습니다. 나는 활기차고, 성격이 불같고, 활동적이며 민첩해서 모든 운동에 능했습니다. 막내는 조용히 공상에 잠기기를 더 좋아해서 학문과 음악 그리고 문학에 몰두하는 듯 보였습니다. 그래서 아버지는 막내와 심한 갈등을 겪고 나서 막내가 군인이 되는 것이 불가능하다고 확신하신 뒤에야 못마땅해하시면서도 동생과 내가 직업을 바꿔도 된다고 마침내 동의해 주셨습니다. 그래서 우리 두 사람 모두 만족해하는 것을 보셨음에도 그 사실을 감내하실 수 없으셔서 그렇게 해서 좋은 일은 하나도 없을 거라 단언하셨습니다. 아버님이 나이가 드실수록 모든 모임으로부터 더욱 단절되었다고 느끼셨습니다. 그래서 마침내는 거의 혼자가 되셨습니다. 독일군에 복무했던 한 친구분이 전쟁 중에 아내를 잃고 약 열 살쯤 된 딸 하나를 데리고 다녔었는데 유일하게 아버지와 교류하는 사람으로 남아 있었습니다. 이분은 우리 집 근처에 좋은 토지를 사서 매주 정해진 날짜와 시간에 아버지를 보러 오셨고, 그때 가끔 따님도 데리고 오셨습니다. 이분은 아버지의 말에 한 번도 이의를 제기하지 않아서, 아버님은 마침내 이분과 가까워졌고 유일하게 그럭저럭 만날 만한 말동무로 허용하셨습니다. 아버님이 돌아가시고 나서 우리는 이분이 우리 아버님으로부터 상당한 지원을 받았고 또한 자신의 시간을 헛되이 보낸 게 아니었다는 사실을 알게 되었습니다. 이분은 자신의 토지도 넓혔고, 그 딸은 꽤 많은 결혼지참금을 기대할 수 있었습니다. 이 소녀는 자라서 묘한 아름다움을 지니게 되었습니다. 그래서 형이 내게 가끔 그 처녀에게 청혼해야 할 거라고 농담하기도 했습니다.

그 사이에 동생 아우구스틴은 수도원에서 아주 이상한 상태로 여러 해를 보냈습니다. 하느님에 대한 성스러운 열광에, 앞에서 언급한 반은 정신적이고 반은 육체적인 감정에 완전히 빠지다 보니, 이런 감정이 한동안 동생을 천국에서 맛보는 황홀한 감정으로 높이 들어 올려 주다가도 곧 무기력함의 심연과 공허한 비참함으로 빠져들게 했습니다. 아버님이 살아계실 때는 진로를 바꾸는 일은 생각조차 할 수 없었으니 무엇을 바라고 제안할 수 있었겠습니까? 아버님이 돌아가시고 난 후 동생은 우리를 열심히 찾아왔습니다. 처음에는 우리 마음을 아프게 했던 동생의 상태도 차츰 많이 견딜 만해졌는데 동생의 이성이 승리했기 때문입니다. 다만 자연의 순수한 치료를 받으며 완전한 만족과 치유가 더 확실하게 기대되면 될수록 우리더러 자기가 수도원에 들어갈 때 했던 서약을 풀게 해 달라고 강력하게 요구했습니다. 그리고 동생은 우리 이웃 처녀인 스페라타와 결혼할 마음이 있음을 분명히 밝혔습니다.

형은 아버님의 엄격함에 너무 많은 고통을 받았던지라 막내의 상황에 마음이 흔들리지 않을 수 없었습니다. 우리 가족의 고해 신부님인 늙고 존경할 만한 분과 이야기하면서 그분께 우리 동생의 두 가지 계획을 털어놓고 이 일을 맡아서 잘 되게 해 달라고 부탁드렸습니다. 그런데 그 신부님은 평소와는 다르게 주저하셨습니다. 그런데 기어이 동생이 우리에게 졸라 댔고, 그래서 우리가 이 문제를 신부님에게 더 강력하게 부탁하자 신부님은 우리에게 이상한 이야기를 털어놓으시기로 결심할 수밖에 없었습니다.

스페라타는 우리의 여동생이었습니다. 우리와 같은 아버지와 어머니에게서 태어났던 것입니다. 부부관계도 이미 사그라진 듯한 늙은 나이에 다시 한번 애정과 정욕이 남자를 사로잡아 버렸던 것입니다. 바로 얼마 전에 그 지역에서 이와 비슷한 일로 놀림을 당한 사람이 있어서 아버님은 자신도 똑같이 조롱당하지 않으시려고 옛날에 결혼도 하기 전에 우연히 생긴 사랑의 열매를 감추곤 하던 것과 똑같이 주도면밀하게 늦게 본 이 합법적인 사랑의 결실을 숨기기로 하셨습니다. 어머니는 몰래 출산하셨고, 아이는 시골로 보내졌습니다. 고해 신부님 외에 유일하게 이 비밀을 알고 있던 사람은 옛날부터 우리 집안과 친한 분이셨는데 이 아이를 자기 딸이라고 말하도록 그분을 설득할 수 있었습니다. 다만 고해 신부님은 어쩔 수 없는 경우에는 이 비밀을 밝혀도 된다는 조건을 제시했습니다. 아버지는 돌아가시고, 그 귀여운 아이는 어느 나이 많은 여자의 보살핌을 받고 살았습니다. 동생이 그 아이에게 노래와 음악을 가르쳐 주었다는 것을 우리가 알게 되었고, 동생이 새로운 인연을 맺기 위해 수도원과의 이전 사슬을 끊게 해 달라고 반복해서 요청하니 동생이 직면한 위험을 가능한 한 빨리 알려 주지 않을 수 없었습니다.

동생은 사납게 우리를 경멸하는 듯한 눈빛으로 바라보고는 이렇게 소리를 질렀습니다. '아이들이나 쉽게 속는 멍청이들에게나 하는 터무니없는 이야기는 그만 둬요! 스페라타를 내 가슴에서 떼어 내지는 못해요. 스페라타는 내 여자예요. 그냥 나를 겁주려고 만든 그 역겨운 허깨비 같은 이야기는 아무 소용없으니 당장 집어치워요! 스페라타는 내 여동생이 아니라 내 아내입니다!' — 동생은 너무 기뻐하며 이 천사 같은 아이를 사람들에게서 인위적으로 고립된 상태에서 자신이 참다운 생활로 이끌어 주었으며, 두 사람의 마음이 얼마나 한목소리가 되어 일치하는지, 지금까지 모든 여성을 멀리한 덕분에 사랑스러운 이 처녀에게 자신을 완전히 맡길 수 있어 자신이 겪었던 모든 괴로움과 잘못을 얼마나 다행스럽게 여기는지 말했습니다. 우리는 이런 사실을 듣고서는 깜짝 놀랐고 동생의 처지가 가련해 보였지만 어찌해야 할지 몰랐습니다. 동생은 스페라타가 자기 아이를 배고 있다고 강렬한 어조로 잘라 말했습니다. 고해 신부님은 자신의 의무로 맡겨진 모든 수단을 다 써 봤지만, 그럴수록 좋지 않은 상황이 더 악화되어 갈 뿐이었습니다. 자연의 법칙과 종교의 관계, 도덕과 민법의 관계에 관해 동생은 아주 열렬하게 논쟁을 벌이면서 자기 생각을 밀고 나갔습니다. 동생에게는 스페라타와의 관계보다 더 신성한 것이 없었고, 아버지, 아내라는 이름보다 자기에게 더 가치 있는 건 없어 보였습니다. 동생이 이렇게 소리쳤습니다. '이런 아버지와 아내라는 관계만이 자연의 법칙에 따르는 것이고, 그 밖의 다른 관계는 엉뚱한 생각이자 의견에 불과한 것입니다. 여동생과의 결혼을 허용했던 고귀한 민족들이 없었나요? 신들은 말하지도 마세요.' 하고 동생이 소리쳤습니다. '그런데 우리를 현혹해 자연 상태의 길에서 벗어나게 하려고 가장 고귀한 욕망을 비열하게 강요하여 범죄로 일그러뜨리려 할 때만 사람들은 신의 이름을 들먹이지요. 사람들은 산 채로 묻어 버릴 희생 제물에게 정신이 완전히 나가서 육체를 아주 파렴치하게 오용하도록 만듭니다.

나는 말할 수 있어요. 왜냐하면 내가 누구보다 큰 고통을 겪었으니까요. 열광적인 몽상에 최고로 도취된 상태에서 무기력함, 공허함, 죽음과 절망의 끔찍한 황야에 이르기까지, 지상을 초월한 존재들을 향한 가장 숭고한 예감에서 신에 대한 완전한 불신, 자신에 대한 불신에 이르기까지 말입니다. 가장자리까지 기분 좋게 찰랑거리는 술잔의 이 끔찍한 침전물까지 다 마셔 버렸기 때문에 내 몸은 뼛속 깊이 독이 스며들고 말았어요. 그러나 이제 자비로운 자연이 가장 훌륭한 선물인 사랑으로 나를 다시 회복시켜 주어, 천사처럼 아름다운 여인의 품에서 내가 존재하고, 그녀가 존재하며, 우리가 한 몸이 되어 이 생동적인 결합에서 제삼의 생명이 생겨나 우리에게 미소를 지으려 할 때, 형들은 병든 상상력이나 태울 수 있을 뿐인 지옥과 연옥의 불길을 지펴서 순수한 사랑을 생생하게, 참되게, 확고부동하게 즐기려는 사람에게 들이대고 있어요! 우리를 만나시려거든 근엄하게 하늘을 향해 뻗어 있는 저 측백나무들 아래로 오시고, 우리를 찾아오시려거든 레몬과 유자가 우리 옆에서 꽃피고 예쁜 은매화가 그 귀여운 꽃들을 선사하는 저 울타리로 오세요. 그러고 나서 당신들의 우울하고, 암담하고, 인간들이 짠 그물로 우리를 감히 위협해 보세요!'

이렇게 동생은 오랫동안 완고하게 우리의 말을 믿으려 하지 않았습니다. 그래서 마침내 우리가 한 말이 사실이라고 맹세했고, 고해 신부님도 직접 그 말이 사실이라고 확인해 주셨지만, 동생은 그런 말에도 생각을 바꾸지 않고 오히려 소리쳤습니다. '당신들의 수도원 회랑에서 울리는 소리나 썩어 곰팡이 핀 양피지, 당신들의 근심이나 규정에 물어보지 말고, 자연과 당신들 가슴에 물어보세요. 그러면 당신들이 무엇을 무서워해야 할지 가르쳐 줄 겁니다. 그리고 무엇을 영원히 최종적으로 저주하는지 아주 엄중하게 손가락으로 가르쳐 줄 겁니다. 백합꽃을 보세요! 수술과 암술이 한 꽃자루에서 생겨나지 않나요? 양쪽이 낳은 꽃을 감싸고 있지 않나요? 남매간의 결합으로 열매를 맺는데, 그러고도 백합은 여전히 순결의 상징이 아닌가요? 만약 자연이 윤리적인 혐오감을 느낀다면 이렇게 큰 소리로 외치겠죠. 존재해서는 안 될 생물은 생길 수 없고, 잘못 살아가는 생물은 일찌감치 죽게 될 거라고요. 열매를 맺지 못하는 것, 겨우겨우 살아가는 것, 일찍 죽는 것, 이 모든 것은 자연의 저주이자 그 엄격함의 표시입니다. 다만 자연은 즉각적으로 처벌

합니다. 이제! 주위를 둘러보세요. 그러면 금지되어 있고, 저주받고 있는 것이 눈에 보일 겁니다. 적막한 수도원에서, 세상의 소음 속에서 수많은 행동이 신성시되어 있고 영광스럽게 여겨지지만 실은 거기에 자연의 저주가 내려지고 있습니다. 자연은 슬픈 눈으로 나태함과 과도한 노동을, 전횡과 과잉은 물론 고난과 결핍도 내려다보고 있다가 절도(節度)를 지키라고 요구합니다. 자연의 모든 것은 본래 그대로의 상태이고, 자연의 모든 것은 조용히 작용하니까요. 그래서 나처럼 고통을 겪어 본 사람은 자유롭게 살 권리가 있어요. 스페라타는 내 여자입니다. 죽음만이 내게서 빼앗아 갈 수 있어요. 어떻게 하면 내가 스페라타와 함께할 수 있을지, 어떻게 하면 내가 행복해질 수 있을지를 형님들이 걱정해 주셔야 합니다! 다시는 스페라타와 떨어지지 않기 위해 지금 바로 그녀에게 가겠습니다.'

동생은 그녀에게 건너가기 위해 배가 있는 쪽으로 가려고 했습니다. 우리는 동생을 붙들고 무서운 결과를 가져올 수 있는 걸음을 내딛지 말라고 간청했습니다. 동생에게 우리는 생각을 자유롭게 할 수 있는 세계에 살고 있는 것이 아니라, 자연의 법칙과도 같은 극복하기 어려운 법과 관계들을 받아들인 상태에서 살고 있다는 사실을 잘 생각해 보라고 했습니다. 그리고 우리는 고해 신부님에게 동생에게 눈을 떼지 않고 감시해서 성 밖으로 동생을 내보내지 않겠다고 약속해야 했습니다. 이 말에 신부님은 며칠 뒤에 다시 오겠다고 하시면서 가셨습니다. 그런데 우리가 예상했던 일이 벌어지고 말았습니다. 이성이 동생의 마음을 강하게 해 주기는 했지만, 마음은 아직 연약했습니다. 이전에 새겨진 종교에 가진 느낌이 생생하게 되살아나면서 엄청난 회의가 동생을 사로잡았습니다. 동생은 끔찍한 이틀 밤낮을 보냈고, 고해 신부님이 다시 동생을 도와주러 오셨지만 아무 소용이 없었습니다! 속박되지 않은 자유로운 이성은 동생의 모든 죄를 사면해 주었으나, 자신의 감정, 자신의 종교, 익숙해진 모든 생각은 자신을 범죄자라고 선고했던 것입니다.

어느 날 아침에 우리는 텅 빈 동생의 방을 발견했고, 책상 위에는 종이 한 장이 놓여 있었습니다. 그 종이에 동생은 우리가 자기를 강제로 꼼짝도 못 하게 하니 자신의 자유를 찾을 권리가 있다. 그래서 도망쳐서 스페라타에게로 가 함께 달아날 생각이다. 두 사람을 떼어 놓으려 한다면 모든 각오가 되어 있다고 밝혔습니다.

우리는 적지 않게 놀랐지만, 고해 신부님은 우리를 진정시켰습니다. 불쌍한 동생은 가까이에서 철저하게 감시를 받고 있었는데, 뱃사공들이 동생을 건너편 강가로 건네주는 대신에 수도원으로 데려다주었던 것입니다. 마흔 시간 동안 잠을 못 자 피곤했던 동생은 배가 달빛에 자신을 흔들어 주자 곧 잠이 들었고, 자신이 수도원 형제들 손에 들려 있는 것을 볼 때까지 깨어나지 못했습니다. 그래서 수도원의 문이 뒤에서 닫히는 소리를 들었을 때야 정신을 차렸습니다.

우리는 동생의 운명에 마음이 아플 정도로 울컥해 고해 신부님께 아주 심하게 비난을 퍼부었습니다. 그러나 이 훌륭하신 분은 우리의 동정심이 이 불쌍한 환자를 죽이는 것이라는 외과 의사의 말을 근거로 들어 우리를 곧 설득하시면서, 자신이 멋대로 행동하는 것이 아니라 주교님과 최고 위원회의 명령에 따르고 있다고 말씀하셨습니다. 사회적 공분을 피하고 이 슬픈 사건을 보이지 않는 교회의 규율이라는 베일로 덮어 버리려는 의도였다고 말입니다. 스페라타는 잘 보호받아야 하고, 그녀에겐 애인이 사실 자기 오빠였다는 사실을 알지 못하도록 하기로 했습니다. 스페라타는 자신의 상태를 이미 털어놓았던 어떤 신부님에게 맡겨졌습니다. 그래서 스페라타의 임신과 출산을 숨길 수 있었습니다. 스페라타는 어린 아기를 키우는 어머니로서 매우 행복했습니다. 대부분의 여자처럼 스페라타도 글을 쓸 수도 읽을 수도 없어서 자기 애인에게 하고 싶은 말을 신부님께 대신 전해 달라고 부탁드렸습니다. 그러자 이 신부님은 젖먹이 어머니를 신부가 속이는 것도 죄가 된다고 생각하고 자기는 한 번도 본 적이 없는 우리 동생의 소식을 전해 주고는 동생을 봐서라도 조용히 지내라고 타이르면서 아이와 산모를 잘 보살피고 미래는 하느님께 의지하라고 당부했습니다.

스페라타는 천성적으로 종교에 호감을 느끼고 있었습니다. 자신의 처지나 외로움이 이런 본성을 더 많이 드러나게 했고, 신부님은 이런 본성을 더욱 부추겨 동생과의 영원한 결별을 준비시켜 주려고 하셨습니다. 아기가 젖을 떼자마자, 그래서 산모의 몸도 매우 걱정스러운 정신적 고통을 참아낼 만큼 튼튼해졌다고 신부님이 생각하자마자 스페라타가 성직자에게 몸을 맡겼던 잘못된 행위를 끔찍한 색깔로 칠하기 시작해서, 자연의 법칙을 거스르는 일종의 죄악이자 근친상간으로 취급하셨습니다. 왜냐하면 신부님은 스페라타가 그 아이의 아버지와 자신이 실제로 어떤 관계인지를 알게 되면 느끼게 될 후회로 자신의 잘못을 뉘우치게 하려는 이상한 생각을 하고 계셨기 때문입니다. 이렇게 함으로써 신부님은 스페라타의 마음에 엄청난 비참함과 슬픔을 안겨 주셨습니다. 신부님은 교회와 교회 우두머리의 생각을 아주 높이 두시고는 만약 이런 사건을 덮으려 하고 죄를 받아 마땅한 사람들을 심지어 합법적으로 맺어 주려 한다면 모든 신자의 영혼의 안녕에 끔찍한 결과를 초래할 거라며 스페라타를 이해시키셨습니다. 이러한 잘못을 속죄하고, 그 대신 장차 영광스러운 왕관을 얻는 것이 얼마나 좋은지 신부님의 의견을 솔직하게 밝히자, 스페라타는 마침내 가련한 죄인처럼 자기 목을 기꺼이 도끼 앞에 내놓겠다며 영원히 우리 동생에게서 멀리 떨어져 살게 해 달라고 간절하게 애원했습니다. 스페라타가 이런 상태에까지 이르자 어느 정도의 감시하에 자신이 원하는 대로 자기 집에 있거나 수녀원에 있을 자유가 허락되었습니다.

아이는 자라나서 곧 특이한 성품을 보였습니다. 어린아이일 때부터 뛰어다녔으며 몸을 아주 민첩하게 움직일 수 있었습니다. 그리고 곧 노래도 잘 불렀고 치터를 스스로 배우다시피 했습니다. 다만 말로 자기 생각을 표현할 수 없었는데, 이런 장애는 발성 기관의 문제가 아닌 생각하는 방식에서 비롯한 듯했습니다. 불쌍한 어머니는 그러는 사이에 자신과 이 아이와의 관계가 슬프게 느껴졌습니다. 신부님이 이 일을 처리하는 방식이 스페라타의 생각을 너무 혼란스럽게 만들어서, 정신 이상이라고까지는 할 수 없어도 스페라타는 아주 이상한 상태에 있었습니다. 자신이 저지른 잘못이 점점 더 끔찍하고 벌을 받아 마땅하다고 여기는 것 같았습니다. 신부님이 자주 반복해서 말했던 근친상간에 대한 비유가 너무 깊이 마음에 새겨져 마치 자신도 이미 그 사실을 알고 있었던 것 같은 혐오감을 느꼈습니다. 고해 신부님은 불쌍한 여자의 마음을 찢어 버린 계략에 적지 않은 자부심을 가지고 계셨습니다. 하지만 아이의 존재에 진심으로 기뻐하는 모성애와 이 아이가 거기 살아 있으면 안 된다는 끔찍한 죄책감이 싸우는 것을 지켜보는 일은 고통스러웠습니다. 때로는 이 두 감정이 서로 충돌하기도 했고, 가끔은 혐오감이 사랑을 엄청나게 압도해 버리기도 했습니다.

사람들은 아이를 이미 오래전에 어머니에게서 떼어 내어 호숫가 아래에 사는 좋은 사람들에게 맡겼는데, 아이는 훨씬 자유롭게 뛰어놀면서 어딘가에 올라가는 것을 특별히 좋아했습니다. 제일 높은 산봉우리까지 올라가는 것, 배의 가장자리를 뛰어다니는 것, 마을에서 가끔 볼 수 있었던 줄타기하는 사람들의 아주 기묘한 재주를 흉내 내는 것이 아이의 자연스러운 성향이었습니다.

이 모든 것을 더 쉽게 연습하려고 남자아이들과 옷을 바꿔 입기를 좋아했습니다. 양부모님은 아주 꼴사납다며 허락할 수 없다고 했지만, 우리는 그 아이가 가능한 한 하고 싶은 대로 하게 해 달라고 요청했습니다. 이상한 길로 걸어가고 뛰어오르다 너무 멀리까지 가기도 했는데, 길을 잃었다가도 항상 다시 돌아왔습니다. 그렇게 돌아오면 대개는 이웃의 별장 앞에 있는 정문의 둥근 기둥 아래 앉아 있었습니다. 그래서 그 아이를 더는 찾지 않고 돌아오기를 기다렸습니다. 그곳의 계단에서 쉬는 것 같았고 그러고 나서는 커다란 홀로 뛰어가서 조각상들을 들여다보았다가 자기를 특별히 방해하는 사람이 없으면 집으로 급히 달려왔습니다.

그런데 결국 우리의 바람이 잘못되고 말았습니다. 우리의 관대함이 벌을 받았던 것입니다. 아이가 돌아오지 않았습니다. 호수 위에는 그 아이의 모자가 떠 있었고, 호수로 떨어지는 급류가 거기서 멀지 않았습니다. 그 아이가 바위 사이를 올라가다가 떨어져 죽었으리라 추측하고 샅샅이 찾아봤지만 시체를 발견할 수 없었습니다.

그 아이의 동무들이 경솔하게 떠들어 대는 말을 스페라타가 듣고 자기 아이가 죽었다는 사실을 곧 알게 되었습니다. 스페라타는 침착하고 평온해 보였습니다. 그리고 하느님이 그 불쌍한 아이를 데려가셔서 더 큰 불행을 당하거나 일으키지 않도록 지켜 주셨다고 기뻐하기까지 했습니다.

이런 일이 벌어지자 그 호수에 전해져 내려오는 온갖 동화 같은 이야기들이 사람들의 입에 오르내리게 되었습니다. 이야기인즉, 호수는 매년 순진무구한 아이를 데려가야 하는데 시체를 좋아하지 않아서 조만간 호숫가로 뱉어 낼 것이며, 심지어 호수 밑바닥까지 가라앉았어도 마지막 뼛조각까지 반드시 다시 나온다는 것이었습니다. 아이가 호수에 빠져 죽어서 위로할 수 없을 정도로 슬퍼했던 어머니의 이야기가 있었는데 그 어머니는 작은 뼛조각이라도 묻게 해 달라고 하느님과 성인들에게 간청했다고 합니다. 그랬더니 곧이어 불어온 태풍에 두개골이, 그다음 태풍에 몸통뼈가 호숫가로 밀려 나와서 모든 뼈를 모은 후에 그 어머니는 그 뼈를 모두 보자기에 싸서 성당으로 가져갔다고 합니다. 그런데 놀랍게도! 성당으로 들어섰을 때 보자기가 점점 무거워졌고, 마침내 그것을 제단 계단에 놓았을 때 그 아이가 울기 시작하더니 놀랍게도 보자기에서 나왔다고 했습니다. 다만 오른손 조그만 손가락의 뼛조각이 없었는데, 그 어머니는 나중에 그 뼛조각을 꼼꼼하게 찾아보다가 결국 발견했다고 합니다. 그래서 이 뼛조각은 기념하기 위해 성당에 다른 유골들과 함께 보관되어 있다는 것이었습니다.

이 이야기는 불쌍한 스페라타에게 깊은 감명을 주었습니다. 자기 상상력이 새로이 용솟음치는 것을 느꼈고, 마음에도 좋은 영향을 미쳤습니다. 그 아이가 이제 자신과 자기 부모를 위해 죗값을 치렀다고, 그래서 지금까지 자신들에게 덮어씌워졌던 저주가 풀리고 모든 처벌을 받았으니 이제 중요한 것은 그 아이의 뼈들을 다시 찾아내 로마로 가지고 가 그 아이를 성 베드로 성당의 거대한 제단 계단 위에 두는 일이었습니다. 그럼 다시 아름다운 새 피부가 생겨나 모든 사람 앞에 서 있게 되리라고 기대했습니다. 그래서 그 아이가 자기 눈으로 다시 아버지와 어머니를 바라보게 되리라고, 그러면 교황님이 하느님과 성인들의 동의를 얻었다고 확신하시고 모든 사람이 큰 환호성을 지르는 가운데 그 부모의 죄를 용서하고 사면해 주시며 결혼을 허락해 주시리라 희망했습니다.

이제 스페라타의 눈은 언제나 주의 깊게 호수와 호숫가로 향했습니다. 달이 밝은 밤마다 물결이 일렁이면 반짝이는 거품마다 자기 아이를 싣고 온다고 믿었고, 그 아이를 들어올리기 위해 누군가 달려 내려와야 한다고 생각했습니다.

그래서 스페라타는 낮에도 자갈로 덮인 호숫가가 평평하게 호수로 이어지는 곳에 지치지도 않고 서성거리면서 조그만 바구니에 발견하는 뼈를 모두 담아 모았습니다. 누구도 그것이 동물의 뼈라고 말할 수 없었습니다. 큰 뼈는 땅에 묻어 주었고, 작은 뼈들은 집어 들었습니다. 이런 일을 쉬지 않고 계속하며 살았습니다. 자신의 의무를 수행함으로써 불가피하게 스페라타를 이런 상태에 이르게 했던 신부님은 이제 온 힘을 다해 그녀를 보살펴 주었습니다. 이런 신부님의 영향으로 스페라타는 미친 여자가 아니라 황홀경에 빠진 여자로 여겨져, 사람들은 스페라타가 지나가면 두 손을 모으고 서 있었고, 아이들은 그녀의 손에 입을 맞추었습니다.

스페라타와 친구처럼 함께 살아온 노부인이 불행하게도 두 사람을 맺어 주며 저질렀던 잘못을 고해 신부님은 앞으로 평생토록 이 불행한 스페라타와 마음 변치 않고 항상 함께 지내야 한다는 조건으로 사해 주었습니다. 그리고 노부인도 놀라울 정도로 인내하며 양심적으로 자신의 의무를 마지막까지 다했습니다.

우리는 그러는 동안 동생에게서 눈을 떼지 않았습니다. 수도원의 의사들이나 신부님들은 우리가 동생 앞에 나타나는 것을 허락하지 않으려 했습니다. 단지 동생이 자기 나름대로 잘 지내고 있다는 것을 우리가 믿을 수 있도록 우리가 원할 때는 언제나 정원이나 수도원 안뜰 회랑에서 또는 동생의 방 천장에 있는 창문을 통해 동생을 몰래 볼 수 있게 해 주었습니다. 자세한 이야기는 넘어갑니다만, 수많은 끔찍하고도 이상한 시기가 지난 후 동생은 정신적으로는 안정되고 육체적으로는 불안정한 진기한 상태에 빠지게 되었습니다. 하프를 들고 연주할 때를 제외하고 거의 앉은 적이 없었는데 연주할 때는 대부분 노래를 함께 불렀습니다. 그렇지 않을 때는 항상 가만히 앉아 있지 못했지만 무슨 일에나 온순하고 순종적이었습니다. 동생의 모든 열정이 죽음에 대한 유일한 두려움 때문에 없어져 버린 것 같았습니다. 심각한 병이나 죽음으로 동생을 위협하기만 하면 세상에서 무슨 일이든 하게 할 수 있었습니다.

이렇게 쉬지 않고 수도원을 이리저리 돌아다녀서, 산과 계곡을 돌아다니면 훨씬 더 좋아질 수 있음을 분명하게 암시하는 동생의 이런 이상한 행동 외에도, 환상이 나타나서 평소에 자신을 불안하게 만든다고도 했습니다. 동생은 밤에 눈을 뜨면 언제나 예쁘게 생긴 소년이 침대 아래에 서서 번쩍이는 칼로 자신을 위협한다고 주장했습니다. 그래서 다른 방으로 옮겼음에도 거기서도 그런 환상이 나타난다고 했고, 마지막에는 그 소년이 수도원의 다른 곳에도 숨어 있다고 우겼습니다. 그래서 더욱 불안하게 이리저리 돌아다니게 되었고, 사람들이 나중에 기억하기로 그때는 그 이전보다 더 자주 창가에 서서 호수를 바라보았다고 합니다.

불쌍한 우리 여동생은 그러는 사이에 오로지 하나의 생각에, 그 어리석은 일에 점점 힘을 소모해 지쳐 가는 것처럼 보였습니다. 의사는 스페라타가 주워 모은 뼈에다가 다른 아이의 두개골 뼈를 섞어 희망을 더 북돋워 주자고 제안했습니다. 그렇게 하는 것에 회의는 들었지만 모든 뼈가 모이면 적어도 스페라타가 끝없이 뼈를 찾는 일을 멈추고 로마로 갈 희망을 품을 수 있다는 사실만으로 괜찮았습니다.

그래서 그렇게 했습니다. 스페라타와 함께 사는 노부인이 자신에게 맡겨진 나머지 작은 뼈들을 발견된 뼈들과 몰래 바꿔 놓았고, 뼈들이 차츰 짜 맞춰져서 아직 부족한 뼛조각들이 무엇인지 식별할 수 있게 되었을 때 가련하게도 병든 스페라타의 얼굴에 말할 수 없는 기쁨이 퍼져나갔습니다. 스페라타는 매우 세심하게 각각의 뼈를 알맞은 자리에 실과 끈으로 고정했습니다. 그리고 사람들이 성인들의 유해에 경의를 표시할 때 하듯이 명주실과 자수로 뼈 사이의 빈 곳을 채웠습니다.

이렇게 해서 사지를 다 맞추었는데, 머리 맨 끝부분의 뼈 몇 조각만 부족해 보였습니다. 어느 날 아침에 스페라타가 아직 자고 있을 때 의사가 안부를 물으러 왔습니다. 그러자 노부인이 의사에게 아픈 스페라타가 얼마나 열심히 주워 모았는지 보여 주려고 침실에 놓아둔 작은 상자에서 소중한 뼈들을 꺼내 왔습니다. 그러고 잠시 후 스페라타가 침대에서 황급히 뛰어나오는 소리가 들렸습니다. 스페라타는 보자기를 들어 보고 비어 있는 작은 바구니를 보았습니다. 그러더니 무릎을 꿇었는데, 사람들은 스페라타가 기쁨에 넘쳐 열렬히 기도하는 소리를 들었습니다. '그래! 사실이었어.' 하고 스페라타가 외쳤습니다. '꿈이 아니라 사실이야! 여러분 나와 함께 기뻐해 주세요! 착하고 예쁜 아이가 다시 살아난 것을 보았어요. 그 아이가 일어서서 베일을 벗어 던지더니 그 광채가 온 방을 환히 비추었고, 아름다운 모습으로 변했어요. 그런데 그 아이는 땅을 디디려고 했지만 그럴 수가 없었어요. 그리고 가볍게 날아올랐으나 내게 자기 손을 뻗을 수는 없었어요. 그때 아이가 나더러 자기 쪽으로 오라고 소리쳤어요. 그러면서 내가 가야 할 길을 알려 주었어요. 나는 그 아이를 따라가게 될 겁니다. 그것도 곧 따라갈 겁니다. 그리고 그렇게 느껴지니 내 마음이 훨씬 가벼워집니다. 내 근심도 사라졌고, 내 아이의 부활을 보았으니 벌써 나는 천국의 기쁨을 미리 맛본 것입니다.'

그때부터 스페라타의 마음은 매우 즐거운 희망으로 가득 차 있었습니다. 세상의 일에는 전혀 관심도 두지 않았고 음식도 거의 먹지 않았으며 정신도 점차 육체의 속박에서 벗어나게 되었습니다. 마침내 사람들은 스페라타가 창백해지며 감각이 없음을 알게 되었습니다. 스페라타는 다시 눈을 뜨지 않았고 우리가 죽었다고 부르는 사람이 되었습니다.

스페라타가 본 환상이 곧 사람들 사이에 소문으로 퍼져 나갔습니다. 스페라타가 살아 있었을 때 누렸던 고귀한 명성은 죽은 뒤에는 곧 스페라타를 복자(福者)[84]로, 심지어 성인으로 모셔야 한다는 주장으로 이어졌습니다.

스페라타를 무덤에 매장하려고 했을 때 수많은 사람이 대단히 흥분해서 몰려들었는데 스페라타의 손이나 하다못해 옷이라도 만지려고 했습니다. 이렇게 열정적으로 숭배되는 가운데 많은 환자가 평소에 괴로워하던 아픔을 느끼지 않아 자신들이 다 나았다고 생각하고 이 사실을 알려 주면서 하느님과 자신들의 새로운 성녀를 찬양했습니다. 그래서 신부님은 유해를 성당 안으로 옮길 수밖에 없었고, 신자들은 기도

---

84 복자(福者)는 가톨릭교회에서 죽은 사람의 덕행과 신앙을 근거로 공경할 만하다고 교황청에서 공식적으로 지정하여 발표한 사람에게 붙이는 존칭을 말한다.

할 수 있는 기회를 달라고 요구했습니다. 믿을 수 없을 정도로 많은 사람이 몰려왔습니다. 그렇지 않아도 신앙심이 강한 산악 주민들은 자신들이 살던 골짜기에서 이곳으로 몰려들었습니다. 기도하는 사람들, 놀라는 사람들, 경배하는 사람들이 날이 갈수록 늘어만 갔습니다. 그래서 주교님이 그들을 위한 새로운 미사를 점차 줄이다가 끝내도록 하라고 지시하셨지만 실행할 수가 없었습니다. 사람들은 그런 지시에 매번 맹렬하게 저항했고 이런 기적을 믿지 않는 사람들에 맞서 싸울 준비가 되어 있었습니다. 사람들은 이렇게 외쳤습니다. '성 보로메오[85]도 우리 조상들 사이에 계시지 않는가? 그분의 어머니는 그분이 시복될 때 기쁨을 느끼시지 않았는가? 사람들이 아로나 근처 바위에 새겨진 저 거대한 초상화로 그분의 영적 위대함을 우리에게 너무나 생생하게 보여 주려 하지 않았던가? 그분의 후손들이 아직도 우리 사이에 살고 있지 않은가? 그리고 하느님께서는 믿음이 두터운 사람들에게 언제나 기적을 새로이 보여 주시겠다고 약속하시지 않았나?'라고 말입니다.

유해가 며칠이 지나도 부패의 표식도 나타나지 않고 오히려 더 하얗게 변해 마치 투명해지는 것처럼 보이자, 사람들의 믿음은 점점 더 커져만 갔고, 많은 사람 중에는 병이 나았다는 사람도 여러 명 나타났습니다. 하지만 아무리 그들을 주의 깊게 관찰해 본 사람이라도 어떻게 치료되었는지 설명할 수는 없었지만, 그렇다고 바로 사기라고 말할 수도 없었습니다. 그 지역 전체가 술렁였고, 직접 오지 못하는 사람도 어쨌든 한동안은 이 일에 관해 말하는 것밖에 듣지 못했습니다.

---

85 성 가롤로 보로메오(Sanctus Carolus Borromaeus, 1538~1584)는 이탈리아의 성인이자 로마 가톨릭교회의 추기경이었다. 종교 개혁 시대에 활동했던 인물로, 성직자들의 교육을 위한 신학교 창립을 비롯하여 가톨릭교회에 상당한 개혁을 달성하였다. 성 보로메오 기념일은 11월 4일이다.

동생이 있던 수도원에도 다른 지역과 마찬가지로 이런 놀라운 일들에 대한 소문이 퍼졌습니다. 동생이 평소에는 아무 일에도 주의를 기울이지 않았고 또 이 사건에 동생이 관련되어 있다는 사실을 아무도 몰랐기 때문에 사람들은 별로 신경 쓰지 않고 동생이 있는 자리에서 그 놀라운 일들을 이야기했습니다. 그런데 동생이 이번에는 매우 유심히 들었던 것 같았습니다. 동생은 교묘하게 도망쳤는데 어떻게 수도원을 빠져나갔는지 아무도 알 수 없었습니다. 나중에야 알게 된 사실이지만, 동생은 많은 순례자와 함께 물을 건너갈 수 있었고 사공들도 동생에게서 아무런 이상한 말을 듣지 못했는데 단지 배가 뒤집히지 않도록 매우 조심하라고 부탁했다는 것이었습니다. 밤이 깊어지자 동생은 불행한 연인이 고통에서 벗어나 고요히 잠들어 있는 작은 예배당으로 들어갔습니다. 몇 안 되는 기도하는 사람만이 구석에서 무릎을 꿇고 있었고, 스페라타와 친구처럼 살아온 노부인은 유해의 머리 쪽에 앉아 있었습니다. 동생은 다가가서 인사하고 노부인의 여주인은 상태가 어떠냐고 물었습니다. '보시는 대로입니다.' 하고 노부인은 적지 않게 당황하며 대답했습니다. 동생은 시체를 옆에서만 바라보았습니다. 동생은 약간 망설이더니 스페라타의 손을 잡아 보고는 차가움에 깜짝 놀라 바로 다시 놓아 버렸습니다. 그러고 불안하게 주위를 둘러보고는 노부인에게 말했습니다. '지금은 스페라타 옆에 머물 수 없습니다. 게다가 먼 길을 떠나야만 합니다. 하지만 때가 되면 꼭 다시 돌아올 겁니다. 스페라타가 깨어나면 그렇게 말씀해 주십시오.'

이렇게 말하고 동생은 가 버렸습니다. 우리는 나중에야 이런 사실을 전달받았고, 동생이 어디로 갔는지 알아보았지만 허사였습니다. 동생이 어떻게 산과 계곡을 뚫고 간신히 넘어갈 수 있었는지는 상상할 수도 없습니다. 오랜 시간이 지나서야 우리는 스위스의 그라우뷘덴에서 동생의 흔적을 다시 발견할 수 있었지만, 이미 너무 늦어 그 흔적은 곧 사라지고 말았습니다. 우리는 동생이 독일로 갔으리라 추측했지만, 전쟁이 그런 희미한 발자취마저 완전히 지워 버리고 말았습니다."

## 10장

신부는 읽기를 중단했다. 아무도 눈물 없이 들을 수 없었다. 백작 부인은 손수건을 눈에서 떼지 못하다가 결국 자리에서 일어나서 나탈리에와 함께 방을 나갔다. 나머지 사람들은 아무런 말도 하지 않았다. 그러자 신부가 말했다. "후작님에게 우리의 비밀을 알려 드리지도 않고 떠나시도록 두어야 하는지가 문제입니다. 그분의 동생 아우구스틴과 우리의 하프 타는 노인이 동일 인물이라는 사실을 누가 한순간이라도 의심하겠습니까? 저 불행한 노인뿐만 아니라 그 가족을 위해서라도 우리가 어떻게 해야 할지 신중히 생각해 보아야 합니다. 내 제안은 너무 서두르지 말고, 거기서 곧 돌아오실 의사 선생님이 어떤 소식을 들고 올지 기다려 보자는 것입니다."

모두가 같은 의견이어서 신부가 계속 말했다. "또 다른 문제가 동시에 생겼는데 더 신속하게 처리될 수 있을지도 모르겠습니다. 후작님은 자기 조카딸이 우리 집에서, 특히 우리의 젊은 친구분인 빌헬름 씨한테서 받았던 친절에 무척 감동하셨습니다. 나는 그분께 모든 이야기를 자세하게, 게다가 반복해서 말씀드려야 했는데 그분은 진심으로 감사하다는 마음을 전하시면서 말씀하셨습니다. '그 젊은 분이 우리 사이의 관계를 알기도 전에 나와의 여행을 거절했습니다. 내가 이제 그분한테 낯선 사람도 아니고, 내가 살아가는 방식이나 취향을 모르지는 않을 텐데 말입니다. 나는 그분에게 감사해야 하는 사람이고, 그분이 원한다면 친척이 될 수도 있습니다. 처음에는 그분의 아들을 혼자 남겨 두고 싶지 않아서 나와의 동행을 꺼렸겠지만, 이제 신부님이 이 아이가 우리를 서로 더욱 단단하게 맺어 주는 아름다운 끈이 되게 해 주십시오. 내가 이미 그분께 지고 있는 빚 외에도 그분은 이번 여행에 여전히 내게 도움이 되어 주실 겁니다. 그리고 나와 함께 고향으로 돌아가면 형님이 그분을 기쁘게 맞이하실 것이고, 자기 수양딸처럼 여겨 온 미뇽의 유산을 그분이 받으시는 것을 거절하지는 않을 겁니다. 저희 아버님이 친구분과 은밀히 맺으신 합의에 따라 아버님이 스페라타에게 물려준 재산은 다시 우리에게 돌아왔는데, 우리는 그 재산을 우리 조카딸의 은인에게 받으시고 싶은 만큼 드리고 싶습니다.'"

테레제가 빌헬름의 손을 잡고 말했다. "우리는 지금 사심 없이 베푼 선행이 가장 아름다운 최고의 보상을 받는 좋은 경우를 보고 있습니다. 이 특별한 요청을 받아들이세요. 그리고 후작님을 위해 다시 한번 수고해 주시면서 아름다운 나라로 빨리 가 보세요. 그곳이 당신의 상상력과 마음을 몇 번이나 사로잡았잖아요."

"저는 모든 일을 여러분께 맡기고 이끄시는 대로 하겠습니다." 하고 빌헬름이 말했다. "이 세상에서 자기 뜻대로 하려는 것은 아무 소용이 없습니다. 내가 꼭 붙잡고 싶은 것은 놓아 주어야 하고, 받을 자격이 없는 과분한 은혜는 내게 굴러오니 말입니다."

빌헬름은 테레제의 손을 꼭 쥐었다가 자기 손을 빼고 신부에게 말했다. "저에 대해 어떤 결정을 내리실지는 완전히 신부님께 맡기겠습니다. 제가 펠릭스를 제게서 떼어 놓을 필요가 없다면 저는 만족하고 어디든 가서 여러분이 옳다고 생각하시는 무슨 일이든 하겠습니다."

이 말에 신부는 바로 자신이 생각하는 계획의 초안을 잡아 주었다. 신부가 말하기를, 후작은 출발하도록 하고, 빌헬름은 의사의 소식을 기다렸다가 어떻게 해야 할지 심사숙고한 다음에 빌헬름이 펠릭스를 데리고 뒤따라 가도 된다는 것이었다. 그리고 빌헬름의 여행 준비로 후작이 여기에 반드시 머물 필요가 없다는 구실을 대면서 후작에게도 그사이에 도시의 볼만한 곳들을 둘러보라고 권했다. 후작은 반복해서 진심으로 감사하다는 마음을 사람들에게 확인시켜 주고 떠났는데, 선물로 두고 간 귀금속과 가공된 보석들 그리고 섬세하게 짠 옷감들이 그 감사의 마음을 충분히 표시해 주었다.

빌헬름도 이제 완전히 여행을 떠날 준비가 되었지만, 의사로부터 소식이 올 기미가 보이지 않자 사람들은 몹시 당황했다. 사람들이 그 불쌍한 하프 타는 노인의 처지를 더 낫게 완전히 바꿔 주려고 기대하고 있는 바로 이때 무슨 불행한 일을 당하지 않았나 염려가 되었다. 그래서 심부름꾼을 보냈는데, 이 사람이 떠나자마자 저녁에 의사가 낯선 사람과 함께 돌아왔다. 그 사람의 모습과 행동은 독특하고 근엄해서 눈에 띄었는데, 아무도 그가 누구인지 몰랐다. 도착한 두 사람은 한동안 아무 말이 없었다. 마침내 낯선 사람이 빌헬름에게 다가와서 악수를 청하며 말했다. "당신의 옛 친구를 못 알아보십니까?" 분명 하프 타는 노인의 목소리였는데, 옛 모습은 하나도 남아 있지 않은 듯이 보였다. 평범한 여행자 옷을 입고 있던 노인은 깨끗하고 단정했으며, 수염이 없어졌고 곱슬머리도 약간 손질했음을 알아차릴 수 있었다. 이 노인을 완전히 알아볼 수 없었던 이유는 독특한 얼굴에 노인의 특징들이 드러나지 않앉기 때문이다. 빌헬름은 무척 기뻐하며 노인을 껴안았고 다른 사람에게 소개했다. 노인은 아주 신중하게 행동했지만 바로 얼마 전에 이 사람들이 자신에 대해 알게 되었다는 사실을 모르고 있었다. "여러분도 이런 사람을 너그럽게 봐주시게 될 겁니다." 하고 노인이 아주 침착하게 말했다. "이렇게 다 자란 어른으로 보이지만 오랫동안 아픔을 겪고 난 뒤 비로소 아무 경험이 없는 어린아이처럼 세상에 발을 내딛는 사람을 말입니다. 이 훌륭한 분의 은혜를 입어 제가 다시 인간 사회에 나타날 수 있게 되었습니다."

사람들이 노인을 환영했고, 그리고 의사는 대화를 중단시키고 평범한 화제로 돌리기 위해 바로 산책하러 나가자고 부추겼다.

노인이 빠지고 다른 사람들만 있게 되었을 때 의사가 다음과 같이 설명했다. "저 사람을 치유하는 일은 아주 우연하고도 묘하게 성공할 수 있었습니다. 우리는 이 사람을 우리의 확신에 따라 오랫동안 정신적으로 또 육체적으로 치료해 왔습니다. 그리고 어느 정도까지는 잘 진행되었습니다. 다만 죽음의 공포는 이 사람에게 여전히 컸고, 우리가 아무리 말해도 수염과 긴 옷을 포기하려 하지 않았습니다. 그 밖에는 세상사에 더 많은 관심을 가지게 되었고, 부르는 노래와 생각도 다시 현실에 가까워지는 듯이 보였습니다. 신부님이 어떤 묘한 편지로 저를 여기에서 불러내셨던 것을 여러분도 알고 계실 겁니다. 제가 가 보니 이 사람이 완전히 변해 있었습니다. 자기 수염을 자발적으로 깎으라고 맡겼고 머리도 통상적인 형태로 자르는 것을 허용했습니다. 그리고 평범한 옷들을 달라고 했는데 갑자기 완전히 다른 사람이 된 듯이 보였습니다. 우리는 이런 변화의 원인을 규명하고 싶었으나 이 사람과 직접 그 문제에 관해 이야기하려고 시도하지는 않았습니다. 마침내 우리는 우연히 그 묘한 사정을 알게 되었습니다. 그 신부님의 약장에 액체 아편 한 병이 없어졌는데, 아주 엄격한 조사를 해 봐야 했습니다. 모두가 의심에서 벗어나려 했고, 함께 지내는 사람들 사이에 격렬하게 말다툼하는 장면도 벌어졌습니다. 마침내 이 남자가 나타나서 자기가 그 병을 가지고 있다고 실토했습니다. 혹시 그 아편을 마셨는지 물어보았더니 '아닙니다!' 하고 대답하고는 말을 이어 갔습니다. '내 이성이 되돌아온 것은 이 약병을 가지고 있었던 덕분입니다. 내게서 이 약병을 빼앗아 가느냐는 여러분에게 달렸지만, 그러면 여러분은 아무런 희망도 없이 옛날 상태로 되돌아가는 나를 보시게 될 겁니다. 죽음으로써 이 지상의 고통을 끝내는 것이 바람직하다는 심정이 나를 이렇게 회복의 길로 인도해 주었습니다. 곧 자살로 이 지상의 고통을 끝내자는 생각이 들어서 그런 의도로 이 병을 꺼내 왔습니다. 곧 엄청난 고통에서 영원히 벗어날 가능성이 이 고통을 참을 수 있는 힘을 내게 주었습니다. 그래서 나는 부적 같은 이 병을 갖고 나서부터는 죽음의 문턱 가까이를 지나쳐 다시 나를 삶으로 밀어 넣었습니다. 그러니 내가 저 약을 사용하리라고 걱정하진 마십시오.' 하고 노인이 말했습니다. '대신에 인간의 마음을 잘 아는 전문가이신 여러분이 내가 살아 있음에 연연해하지 않는다는 걸 인정해 주심으로써 비로소 삶에 제대로 매어 있게 결정해 주십시오.' 우리는 충분히 숙고한 후에 더는 이 노인을 압박하지 않고 있고, 그래서 이제 이 노인은 단단하고 세련된 유리병에 이 독약을 담아 아주 진기한 해독제로 지니고 다닙니다."

의사는 사람들이 그동안 알게 된 모든 사실을 들었다. 그리고 아우구스틴에게는 철저하게 함구하기로 했다. 신부는 아우구스틴의 곁을 떠나지 않기로 하고 그 노인이 이미 들어선 좋은 길로 그를 계속 이끌어 주기로 마음먹었다.

그러는 사이에 빌헬름은 후작과 함께 독일을 두루 다녀올 예정이었다. 사람들은 아우구스틴에게 조국에 대한 애정을 다시 불어넣는 것이 가능해 보인다면 그 친척들에게 상황을 알려 주려고 했고, 그러면 빌헬름이 그를 가족들에게 데리고 가 주길 바랐다.

빌헬름은 이제 여행을 다녀올 모든 준비를 마쳤다. 그런데 아우구스틴이 자신의 오랜 친구이자 은인이 바로 떠나야 한다는 사실을 듣자 기뻐하는 모습이 처음에는 이상하게 여겨졌지만, 신부는 이런 묘한 감정 변화의 이유를 바로 알아차렸다. 아우구스틴은 펠릭스에 대한 두려움을 극복할 수가 없었고, 그래서 될 수 있으면 빨리 펠릭스가 멀리 떠나기를 더 바랐던 것이었다.

이제 점점 더 많은 사람이 도착해서 성과 옆 건물에도 이들에게 모두 숙소를 제공할 수 없을 정도가 되었다. 더욱이 처음부터 이렇게 많은 손님을 맞이할 준비가 되어 있지 않았기 때문에 더 그랬다. 사람들은 함께 아침 식사를 했는데, 비록 내심 어느 정도 따로 떨어져 있기를 바랐지만 즐겁게 한 식구처럼 살고 있다고 생각하고 싶을지도 몰랐다. 테레제는 가끔 로타리오와 함께 그러나 혼자 더 자주 말을 타고 나갔고 벌써 그 이웃의 농부들과 아는 사이가 되었다. 이웃 사람들과 사이좋게 지내면서 끊임없이 호감을 서로 주고받는 것이 테레제가 살림을 꾸려 나가는 원칙이었고, 이런 자신이 틀렸다고 생각하지는 않는 것 같았다. 자신과 로타리오와의 결혼은 심지어 중요하게 생각하지도 않는 듯했다. 나탈리에와 백작 부인은 할 이야기가 많았고, 신부는 하프 타는 노인의 상대가 되어 주려고 하는 것 같았고, 야르노는 의사와 비교적 자주 의논했으며, 프리드리히는 빌헬름 곁에 붙어 있었다. 펠릭스는 마음에 드는 곳이 있으면 어디든지 돌아다녔다. 사람들이 뿔뿔이 떨어져 있다가도 산책할 때는 대부분 이렇게 짝이 되어 모였다가, 모두 함께 있어야 할 때는 각자 혼자 하던 생각을 접어 두고 모두와 하나가 되기 위해 재빨리 음악에 심취했다.

뜻밖에도 백작이 도착해 사람이 늘었다. 자기 아내를 데려가려고 왔는데 보아하니 속세의 친척들과 격식을 갖춰 작별 인사를 하려는 듯했다. 야르노가 급히 마차까지 달려가서 맞이했고, 백작이 어떤 손님들이 있느냐고 묻자, 야르노가 백작을 보면 흔히 그렇게 하듯 고약한 심보가 발동해서 말했다. “세상의 모든 귀족이 함께 모여 있는 것을 보실 겁니다. 이탈리아 후작, 프랑스 후작, 영국 귀족, 남작이 계시지만 아직 백작 한 분이 빠졌습니다.” 그러고는 사람들이 2층으로 올라갔는데 빌헬름이 백작을 맞이하는 첫 번째 사람이었다. “귀하!” 하고 백작이 빌헬름을 잠시 쳐다보고 나서 프랑스어로 말했다. “뜻밖에도 귀하를 또 다시 만나 뵙게 되어 대단히 기쁩니다. 제가 잘못 생각하고 있는 것이 아니라면 왕자님을 수행해서 오셨을 때 저의 성에서 뵀던 것 같습니다.” — “그때 각하를 찾아뵐 행운을 누렸습니다.” 하고 빌헬름이 대답했다. “하지만 저를 영국인으로 그것도 제일 높은 영국 귀족으로 생각하시니 제가 너무 황송할 따름입니다. 저는 독일 사람입니다. 그리고” — “게다가 훌륭한 청년이지요.” 하고 야르노가 바로 끼어들었다. 백작은 미소를 지으며 빌헬름을 바라보고는 바로 무슨 말을 하려고 했을 때 나머지 일행이 들어와서 백작에게 아주 다정하게 인사했다. 사람들은 백작에게 당장 번듯한 방을 지정해 줄 수 없음에 용서를 청하고 필요한 방을 당장 마련하겠다고 약속했다.

“아니, 아니” 하고 백작이 미소를 지으며 말했다. “보아하니 군대 배급표 작성도 되는대로 하셨던 것 같은데, 꼼꼼하게 잘 조정하면 어느 만큼은 가능하지 않겠어요! 부탁드리지만 지금 당장은 저를 위해 슬리퍼 하나라도 그 자리에서 손대지 마십시오. 그렇지 않으면 대혼란이 벌어지기 때문입니다. 그러면 모두 불편하게 지내시게 될 것인데 아무도 저 때문에 한 시간이라도 그렇게 지내서는 안 됩니다. 당신은 보셔서 알고 계실 겁니다." 하고 백작이 야르노에게 말하고는 빌헬름 쪽으로 돌아서서 "그리고 당신께서도 그러시죠, 선생님. 그때 저희 성에 얼마나 많은 사람이 편하게 지냈었는지를 말입니다. 여기에 계신 분들과 하인들의 명단을 저에게 주시고, 모두 현재 어떻게 숙소가 지정되어 있는지 알려 주시면, 제가 방 이동 계획을 만들어서 최소한의 노력으로 모두가 널찍한 방을 얻도록 하고 우연히 이곳에 찾아올 수도 있는 손님을 위한 방이 남아 있도록 해 보겠습니다."

야르노는 당장 백작의 조수가 되어 필요한 모든 자료를 제공했고, 이 늙은 백작을 이따금 어쩔 줄 모르게 만들 수 있을 때면 자기 나름대로 아주 재미있어했다. 그러나 백작은 곧 성공을 거두었다. 조정이 끝나자 백작은 자기가 있는 자리에서 모든 방문에 이름을 쓰도록 했다. 그래서 사람들은 약간의 수고와 변동으로 목적이 완전히 달성되었음을 부정할 수 없었다. 야르노 또한 무엇보다도 현재 서로에게 관심이 있는 사람들이 함께 지낼 수 있도록 조정해 주었다.

모든 일이 정리되고 나서 백작이 야르노에게 말했다. "당신이 마이스터 씨라고 부르고 독일 사람이라고 하는 젊은 분에 관해 내게 좀 알려 주십시오." 야르노는 아무 말을 하지 않았는데, 백작이 질문을 하면서도 실제로는 상대를 가르치려 드는 사람 중 하나라는 사실을 야르노는 너무 잘 알고 있었기 때문이었다. 그러자 백작이 대답을 기다리지 않고 자기 말을 이어 갔다. "당신은 그 당시 저 젊은 분을 내게 소개하셨고 왕자님의 이름으로 강력히 추천하셨지요. 그분 어머니가 독일 분이라면 그분 아버지는 분명히 영국 분이라고 장담합니다. 더욱이 신분도 높다고 말입니다. 30년 전부터 독일인의 혈관에 흐르고 있는 영국인의 피를 모두 따져 보시겠습니까! 더는 캐묻지 않겠습니다. 여러분들한테도 항상 그런 혈통의 비밀이 있으니까 말입니다. 하지만 이번 경우에는 내게 아무것도 그럴싸하게 꾸며 대지 못할 겁니다." 그러고 나서 그때 자신의 성에서 빌헬름에게 일어났던 여러 가지 일들을 더 이야기했지만, 야르노는 백작이 완전히 착각해서 왕자의 수행원으로 있던 젊은 영국인과 빌헬름을 여러 번 혼동했어도 마찬가지로 아무 말도 하지 않았다. 이 사람 좋은 백작은 이전에는 뛰어난 기억력을 가지고 있어 자기 어린 시절의 아주 사소한 일까지 기억할 수 있다는 데 항상 자부심을 가지고 있었다. 그러나 이제 기억력이 점점 약해지면서 착각으로 자신이 한번 그렇다고 잘못 생각한 이상한 추측이나 스스로 생각해 낸 이야기를 확신하며 사실이라고 단정했다. 그 밖에는 아주 부드럽고 호감을 주는 사람이 되었다. 그래서 백작이 이곳에 있는 것도 사람들에게 상당히 좋은 영향을 미쳤다. 백작은 우리에게 뭔가 유용한 책을 함께 읽자고 했고, 더 나아가 가끔 간단한 게임을 하자고도 했다. 이 게임을 함께 하지는 않았지만 아주 세심하게 이끌어 주었다. 그리고 자신을 낮추는 모습에 사람들이 놀라면, 세상의 중요한 일에 자기처럼 거리를 두는 사람의 의무는 그럴수록 사소한 일에도 더욱 자신을 세상에 맞추는 것이라고 했다.

빌헬름은 이런 놀이를 하는 동안 여러 번 불안하고 불쾌한 순간을 느꼈다. 경솔한 프리드리히가 여러 기회를 틈타 빌헬름이 나탈리에에게 가진 애정을 암시했기 때문이었다. 어떻게 그런 생각을 떠올릴 수 있었을까? 무엇을 근거로 그런 말을 할 자격이 있는 것인가? 그리고 두 사람이 함께 있을 때가 많았으니 빌헬름이 프리드리히에게 실수로 경솔하게 속마음을 털어놓았다고 사람들이 생각하지 않을까?

그러던 어느 날 사람들이 평소보다 즐겁게 농담을 주고받고 있을 때 아우구스틴이 갑자기 문을 열어젖히고 끔찍한 표정으로 뛰어 들어왔다. 얼굴은 창백했고 눈은 미친 사람 같았다. 뭔가를 말하려고 하는 것 같았지만 말이 나오지 않았다. 사람들은 깜짝 놀랐고, 로타리오와 야르노는 광기가 다시 재발한 것으로 추측하고 그에게로 뛰어가서 붙잡았다. 아우구스틴은 말을 더듬으며 웅얼거리더니 그다음에는 다급하고도 엄청나게 큰 소리로 말하며 소리를 질렀다. “나를 잡지 말고, 빨리 가서 살려 주세요! 아이를 살려 주세요! 펠릭스가 독약을 먹었어요!”

아우구스틴은 두 사람이 놓아주자 급히 문밖으로 뛰어나갔다. 그리고 사람들도 깜짝 놀라 우르르 따라갔다. 의사를 불렀다. 아우구스틴은 신부의 방으로 발걸음을 옮겼다. 거기에 펠릭스가 있었는데 “무슨 짓을 한 거니?” 하고 멀리서부터 소리치자 아이는 겁에 질려 어쩔 줄 몰라 하는 것 같았다.

“아버지, 병째로 마시지 않았어요.” 하고 펠릭스가 소리쳤다. “저는 잔으로 마셨어요. 목이 너무 말랐어요.”

아우구스틴은 두 손을 마주 잡고 “이제 이 아이는 죽을 겁니다!” 하고 소리치면서 주위에 서 있던 사람을 헤치고 급히 뛰어나갔다.

탁자 위에 아몬드밀크가 든 잔이 있었고 그 옆에 배가 불룩한 유리병이 반쯤 비어 있었다. 의사가 와서 자초지종을 들었는데 탁자 위에 잘 알려진 액체 아편이 들어 있는 작은 병이 비어 있는 것을 보고 깜짝 놀랐다. 의사는 식초를 가져오라고 해서 자기 의술의 모든 수단을 동원했다.

나탈리에는 아이를 방으로 데려가게 하고는 세심하게 돌봐 주었다. 신부는 아우구스틴을 찾아서 어떻게 된 일인지 알아보기 위해 뛰어나갔다. 비통한 심정의 아버지 빌헬름도 마찬가지로 정황을 알아보려고 노력했지만 허사였다. 돌아와서 보니 모든 사람의 얼굴에는 불안과 근심이 가득 차 있었다. 의사는 그사이에 컵에 들어 있던 아몬드밀크를 검사해 보았고, 상당량의 아편이 섞여 있음이 드러났다. 펠릭스는 긴 소파에 누워 있었는데 심하게 아픈 것 같았다. 아이는 아버지에게 다시는 사람들이 자기한테 약을 먹이지도 괴롭히지도 않게 해 달라고 애원했다. 로타리오는 도망간 아우구스틴의 흔적을 찾으러 자기 사람들을 보냈고 자신도 말을 타고 나갔다. 나탈리에는 아이 옆에 앉아 있었고 아이는 그 무릎 위로 기어 올라가더니 자기를 지켜 달라고 간절히 애원하면서 식초가 너무 시었다며 설탕 한 조각을 달라고 간청했다! 의사는 허락해 주었다. 그리고 아이가 매우 흥분했으니 잠시 쉬게 해 주어야 한다면서, 모든 유익한 방법을 다 해 보았고 앞으로도 가능한 방법을 써 보겠다고 했다. 백작이 언짢아 보이는 얼굴로 들어왔다. 아주 진지하고 엄숙하게 보였는데 아이 머리 위에 손을 올려놓고 하늘을 쳐다보고는 한동안 그 자세로 있었다. 암담한 마음으로 의자에 앉아 있던 빌헬름은 벌떡 일어나서 절망에 가득 찬 눈길을 나탈리에에게 던지고는 문밖으로 나가 버렸다.

얼마 지나지 않아 백작도 방을 나갔다.

"이해할 수가 없어요." 하고 의사가 잠시 후 말했다. "아이에게서 위중한 상태라는 증상이 조금도 나타나지 않아요. 또 한 모금만이라고 해도 엄청난 양의 아편을 마셨음이 틀림없는데 지금 아이의 맥박에는 내가 먹인 약과 우리한테서 받은 두려움 때문이라고 생각되는 것 외에 별다른 움직임이 느껴지지 않습니다."

곧이어 야르노가 들어와서 아우구스틴이 다락방에서 피투성이로 발견되었는데 그 옆에 면도칼이 있는 걸 보니 아마 목을 그은 것 같다고 말했다. 의사는 급히 그곳으로 갔고 아우구스틴을 아래층으로 옮기려고 계단을 내려오는 사람들을 만났다. 아우구스틴을 침대에 누이고 자세히 살펴보니 기관(氣管)이 잘려서 출혈이 심해 혼수상태에 빠져 있었다. 그러나 아직 생명이 남아 있다는 것, 그래서 살아날 희망이 있다는 것을 곧 알 수 있었다. 의사는 환자를 알맞은 자세로 뉘어 놓고 잘린 부분들을 봉합했고 그 위에 붕대를 감았다. 모두가 잠을 이루지 못하고 걱정에 찬 밤을 보냈다. 펠릭스는 나탈리에에게서 떨어지려 하지 않았다. 빌헬름은 나탈리에 앞의 의자에 앉아서 아이의 두 발을 자기 무릎 위에 올려놓았고, 머리와 가슴은 나탈리에의 무릎에 올려놓았다. 이렇게 두 사람은 즐거운 짐과 고통스러운 근심을 나누면서 불편하고 슬픈 자세로 날이 밝을 때까지 그대로 있었다. 나탈리에가 빌헬름에게 손을 내밀었고, 두 사람은 아무 말도 하지 않고 아이를 쳐다보다 서로를 바라보았다. 로타리오와 야르노는 방의 반대편 끝 쪽에 앉아서 대단히 중요한 이야기를 나누었다. 만약 사건이 매우 급박하게 돌아가지만 않았더라도 이 대화 내용을 여기에 우리 독자들에게 전했을지도 모른다. 아이는 편안하게 잠을 자다가 아침 일찍 깨어났는데 무척 명랑했으며 벌떡 일어나더니 버터 바른 빵을 달라고 했다.

아우구스틴이 어느 정도 회복되자마자 사람들은 그에게서 몇 가지 자세한 이야기를 들으려고 했다. 애쓴 보람이 있어 조금씩 다음과 같은 사실을 알게 되었다. 백작의 방 배정으로 불행하게도 자기가 신부와 한 방에 들어가게 되었는데 신부님의 원고와 그 안에 들어 있던 자신의 이야기를 발견했다는 것이었다. 그 이야기에 너무 경악해서 자기는 더 이상 살아서는 안 된다고 확신하게 되었고 당장 평소처럼 아편으로 피난처를 찾으려 했다는 것이었다. 그래서 아편을 아몬드밀크가 담긴 컵에 타서 입에 댔으나 두려움을 느꼈고, 다시 한번 정원을 거닐면서 세상을 보려고 그 잔을 그대로 두고 나왔는데, 돌아와 보니 마침 그 아이가 그 잔을 다 마신 뒤에 다시 가득 채우고 있는 모습을 보았다고 했다.

사람들은 이 불행한 사람에게 진정하라고 부탁했고, 이 사람은 빌헬름의 팔을 온 힘을 다해 잡으며 말했다. "아! 내가 왜 오래전에 당신에게서 떠나지 않았을까요? 내가 저 아이를 죽이든지 아니면 저 아이가 나를 죽이리라는 것을 잘 알고 있었습니다." — "그 아이는 살아 있어요!" 하고 빌헬름이 말했다. 유심히 듣고 있던 의사가 아우구스틴에게 음료에 전부 독약이 들어 있었는지 물었다. "아닙니다!" 하고 아우구스틴이 대답했다. "그 잔에만 들어 있었습니다." — "그렇다면 정말 다행스럽게도 우연히" 하고 의사가 크게 말했다. "아이가 아몬드밀크를 병째로 마셨던 것입니다! 착한 수호신이 손을 써서 아이가 그토록 가까이 다가와 있던 죽음의 잔을 잡지 않도록 해 주신 겁니다." — "아닙니다! 아니에요!" 하고 빌헬름이 두 손으로 눈을 가리면서 소리쳤다. "그런 말만 들어도 얼마나 끔찍한지 모르겠습니다! 아이는 분명히 병째 마신 것이 아니라 잔으로 마셨다고 했습니다. 아이가 괜찮아 보여도 단지 겉으로 그런 것뿐입니다. 아이는 우리가 손에 안고 있는 동안 갑자기 죽어 버릴지도 모릅니다." 빌헬름은 급히 방을 나가 버렸다. 의사도 아래로 내려가서 아이를 쓰다듬으며 물었다. "그렇지 않니, 펠릭스야, 잔에 든 걸 마신 게 아니라 병에 든 걸 마셨지?" 아이는 울기 시작했다. 의사는 나탈리에에게 일이 어떻게 돌아가고 있는지 몰래 이야기해 주었고, 나탈리에도 아이에게서 사실을 알아내려고 노력해 보았으나 헛수고였다. 아이는 그럴수록 더욱 울기만 하더니 결국 잠이 들고 말았다.

빌헬름은 펠릭스 곁에서 주의 깊게 지켜보았다. 밤은 조용히 지나갔다. 다음 날 아침 사람들이 침대에서 죽어 있는 아우구스틴을 발견했다. 겉으로 편안한 척하며 자신을 지키고 있는 사람의 주의를 속이고는 붕대를 몰래 풀어서 피를 많이 흘려 죽었던 것이다. 나탈리에는 펠릭스와 산책하러 나갔고, 아이는 행복하게 놀던 때와 같이 명랑했다. "아줌마는 착해요." 하고 펠릭스가 나탈리에에게 말했다. "야단치지도 않고, 때리지도 않으니까요. 그래서 아줌마한테만 말하는 건데 사실은 병에 든 음료를 마셨어요! 아우렐리아 엄마는 내가 병을 잡으면 항상 손가락을 때렸거든요. 아버지도 너무 화가 난 것 같아서 아빠가 나를 때릴지도 모른다고 생각했어요."

나탈리에는 발에 날개를 단 듯한 걸음으로 성으로 급히 달려갔다. 빌헬름은 근심에 가득 찬 채 나탈리에를 맞았다. "행복한 아버지" 하고 나탈리에가 펠릭스를 안아 올려 빌헬름의 품에 안겨 주면서 말했다. "아드님을 다시 얻으셨습니다. 병에 든 것을 마셨답니다. 펠릭스의 잘못된 버릇이 자신을 구했어요."

이 행복한 결과를 백작에게 이야기했다. 그러나 백작은 단지 미소를 지으며 아무 말 없이 분명히 그렇게 되리라 확신했다는 듯이 귀를 기울이고 들었다. 마치 그런 확신으로 사람들이 착한 이들의 잘못을 참아 줄 수 있을지도 모른다는 듯 말이다. 모든 일에 눈치가 빠른 야르노였지만 이번에 백작의 이런 자기만족을 뭐라 설명할 수 없었는데 몇 사람을 거쳐서 마침내 백작의 생각을 알게 되었다. 사실인즉슨, 백작은 아이가 실제로 독약을 먹었으나 자신의 기도와 함께 자기 손을 아이의 머리에 얹어줌으로써 자신이 기적적으로 그 아이를 살렸다고 확신하고 있다는 것이었다. 백작은 이제 즉시 떠나기로 했다. 모든 짐이 평소대로 순식간에 꾸려졌고, 아름다운 백작 부인은 작별 인사를 할 때 나탈리에의 손을 놓기도 전에 빌헬름의 손을 잡고는 두 사람의 손을 함께 잡게 하고 재빨리 돌아서서 마차에 올랐다.

이렇게 끔찍하고도 놀라운 사건들이 연달아 일어나서 평소와는 다르게 생활할 수밖에 없었고, 그래서 모든 것이 뒤죽박죽되고 혼란에 빠져 이 집안사람들에게 일종의 엄청난 동요를 가져왔다. 잠자고 깨어 있는 시간, 먹고 마시고 서로 함께 보내는 시간이 뒤죽박죽되거나 뒤바뀌기도 했다. 테레제를 제외하고 아무도 자신이 살아가던 대로 생활하지 않았다. 남자들은 술을 마심으로써 기분 좋은 상태로 다시 돌아가려고 했지만, 그렇게 인위적인 기분을 만들어 내려다 보니 진정한 즐거움과 활동을 가져다 주는 자신의 타고난 기분에서 멀리 벗어나고 말았다.

빌헬름은 격하게 흥분된 감정으로 마음이 요동치고 혼란스러웠다. 예고도 없이 끔찍하게 불쑥 찾아오는 이런 감정 때문에 그의 속마음은 자신을 엄청나게 사로잡았던 격정을 뿌리칠 수 있는 평정심을 완전히 잃고 흔들렸다. 펠릭스는 다시 돌아왔지만 모든 사람이 자기한테서 사라진 것 같았다. 수표가 들어 있는 베르너의 편지가 도착해서 이제 떠날 수 있는 용기를 제외하고는 여행하는 데 부족한 것이 없었다. 모두가 빌헬름에게 여행을 떠나라고 재촉했다. 로타리오와 테레제도 결혼하기 위해 자신이 떠나가길 기다리고 있는 것 같았다. 야르노는 평소와는 다르게 아무 말이 없었다. 그래서 뭔가 평소의 쾌활함을 잃어버린 것처럼 보였다. 다행히도 의사가 우리의 친구 빌헬름이 떠날 수밖에 없는 난처한 상황에서 빠져나오도록 도와주었는데 빌헬름이 아프다고 진단하고 약을 처방해 주었다.

사람들은 언제나 저녁에 함께 모였다. 자유분방한 프리드리히는 보통 적당량 이상으로 포도주를 마시고는 대화를 주도해 나가면서 늘 그렇듯 수많은 명언과 오일렌슈피겔[86] 같은 짓궂은 익살로 사람들을 웃게 했다. 그러나 제멋대로 생각나는 대로 지껄이다 보니 사람들을 난처하게 만들기 일쑤였다.

빌헬름이 병이 났다는 것도 프리드리히는 전혀 믿지 않는 것 같았다. 한번은 모두가 모인 자리에서 큰 소리로 이렇게 말했다. "의사 선생님, 우리 친구분이 걸린 병을 뭐라 부르시겠습니까? 선생님의 무지를 꾸밀 3천 가지 병명 중 어느 것도 이 병에 들어맞지 않는단 말입니까? 적어도 이와 비슷한 예들이 없지는 않을 겁니다. 그러한 사례는 고대 이집트나 바빌론의 역사에도 나타납니다." 하고 프리드리히가 단호한 어조로 말을 이어 갔다.

사람들은 서로를 쳐다보며 미소를 지었다.

"어느 왕이었지요?" 하고 프리드리히가 크게 외치면서 잠시 말을 멈추었다. "제게 가르쳐 주시지 않겠다면" 하고 말을 이어 나갔다. "저 스스로 알 수 있게 되겠죠." 하고 말하더니 문을 열고 앞방 홀에 걸려 있던 큰 그림을 가리켰다. "왕관을 쓰고 침대 옆에서 자신의 병든 아들

---

86 틸 오일렌슈피겔(Till Eulenspiegel)은 북독일의 농부 아들로 태어나 여러 직장을 전전했는데, 장난꾸러기인데다가 일을 제멋대로 해서 사람들을 곤경에 빠뜨리거나 웃기는 짓을 잘했다. 오일렌슈피겔의 이야기는 16세기 초에 민중본(Volksbuch)으로 출판되었다.

을 애타게 걱정하고 있는 염소수염을 한 왕이 누구입니까? 정숙하지만 사랑하는 여인의 눈빛으로 독약과 해독제를 동시에 가지고 들어온 저 아름다운 여인의 이름은 무엇일까요? 이 순간에 비로소 깨닫게 되어 평생 처음으로 제대로 된 처방을 해서 원인을 치료하고 맛도 좋을 뿐 아니라 치료에도 유익한 약을 건네줄 기회를 얻은 이 돌팔이 의사는 누구입니까?"[87]

프리드리히는 이런 어조로 계속해서 장황하게 말을 이어 나갔다. 사람들은 생각을 가능한 대로 잘 가다듬어 보고는 자신들의 당혹스러움을 억지로 지은 미소 뒤로 감추었다. 나탈리에의 뺨은 약간 붉어지더니 마음의 동요를 감추지 못했다. 다행히도 나탈리에가 야르노와 방을 이리저리 걷고 있었는데, 문에 다다르자 잽싸게 몸을 움직여 빠져나가 홀에서 몇 번 왔다 갔다 하더니 자기 방으로 갔다.

사람들은 아무 말이 없었다. 프리드리히는 춤을 추며 노래를 부르기 시작했다.

"오, 여러분은 기적을 보게 되리라!
일어난 일은 이미 일어난 일,
한번 한 말은 이미 말한 것.
날이 새기 전에

---

87 안토니오 벨루치(Antonio Bellucci)가 1700년에 그린 "병든 왕자(Der kranke Königssohn)"라는 그림에는 셀레우코스 1세 니카토르의 아들인 젊은 안티오코스 1세 소테르가 병상에 누워 있는 모습이 그려져 있는데, 왕자가 병든 원인은 그림 오른쪽에 있는 젊은 계모 스트라토니케에 대한 은밀한 사랑 때문이었다. 셀레우코스는 두 사람의 이런 은밀한 사랑을 알게 된 후 아내 스트라토니케를 자기 아들에게 내놓는다. 이 그림에는 의사가 스트라토니케를 향한 안티오코스의 사랑을 알게 되는 순간을 묘사하고 있고, 셀레우코스 왕의 몸짓은 이미 아들을 위해 아내를 포기한다는 뜻을 나타내고 있다. 괴테는 카셀에서 이 그림을 철저하게 연구했고, 《젊은 베르테르의 슬픔》에 지속적인 영감을 주었다.

여러분은 기적을 보게 되리라!"

테레제는 나탈리에를 찾으러 나갔다. 프리드리히는 의사를 큰 그림 앞으로 데리고 가서 의학에 대한 우스꽝스러운 찬사를 보내더니 슬그머니 그 자리를 떠났다.

로타리오는 지금까지 창문이 있는 오목한 곳에 서서 움직이지 않고 정원을 내려다보고 있었다. 빌헬름은 매우 곤란한 상황에 처해 있었다. 로타리오와 단둘이 있게 되었을 때도 한동안 아무 말도 하지 않았다. 지나간 일들을 대충 되짚어 보았고 마지막으로 자신의 현재 상황을 생각해 보고는 몸서리를 쳤다. 마침내 빌헬름은 벌떡 일어나서 큰 소리로 말했다. "지금 일어나고 있는 일에, 나와 당신이 당하는 일에 내가 책임이 있다면 나를 벌해 주십시오! 내게 다른 고통을 더 주시려면 내게서 당신의 우정마저 거두어 가십시오. 그리고 나를 위로도 받지 못한 채 저 넓은 세상으로 걸어가게 하십시오. 그곳에서 내가 오랫동안 길을 잃고 방황해야 할지도 모릅니다. 그러나 내가 나 스스로 벗어날 수 없었던 저 잔혹하고도 우연히 얽혀 들어간 일의 희생물이 되었다고 생각하시면 당신의 사랑과 우정의 보증을 내가 더 미룰 수 없는 여행에 함께 보내 주십시오. 요즘 내 마음에 무슨 일이 일어났는지 당신에게 말할 수 있는 시간이 올 것입니다. 내가 지금 벌을 받고 있는지도 모릅니다. 당신에게 좀 더 일찍 내 마음을 드러내지 않았기 때문이고, 내가 어떤 사람인지 당신에게 전부 보이기를 너무 망설였기 때문입니다. 그렇지 않았다면 당신이 나를 도와주셨을지도 모르고 제때 나를 구해 주셨을지도 모르는데 말입니다. 몇 번이나, 몇 번이나 나 자신이 누구인지 눈을 떠 보지만 언제나 너무 늦었고, 언제나 소용이 없었습니다. 얼마나 야르노 씨의 훈계를 들어 마땅했는지 모릅니다! 나는 그 훈계를 잘 알아들었다고 생각하고, 그 훈계를 이용해서 새로운 삶을 얻기를 얼마나 바랐는지 모릅니다! 내가 그렇게 할 수 있었을까요? 그렇게 해야만 했을까요? 우리 인간은 우리 자신을, 운명을 헛되이 한탄하는 법입니다! 우리 인간은 원래 비참하고, 비참한 운명을 타고났습니다. 그래서 자신의 잘못이든, 더 높은 분의 영향력이나 우연이든, 미덕이나 악덕이든, 현명함이든 광기든 우리를 파멸에 몰아넣는 것은 마찬가지 아니겠습니까? 안녕히 계십시오! 내가 부득이하게 손님의 권리를 이렇게 끔찍하게 훼손한 이 댁에서 한순간도 더 길게 머무르지 않으려고 합니다. 당신 동생분의 무분별한 실언은 용서할 수가 없습니다. 그 말은 내 불행한 마음을 최악으로까지 몰아넣어 나를 절망에 빠뜨립니다."

"그런데 만약" 하고 로타리오가 빌헬름의 손을 잡으며 말했다. "내 여동생과 당신의 결합이 테레제 양이 나와 결혼하기로 결심한 은밀한 조건이었다면요? 그 고귀한 여자는 당신에게 그런 보상을 주려고 생각했어요. 그래서 우리 두 쌍이 같은 날 교회 제단 앞으로 걸어가야 한다고 맹세까지 했습니다. 테레제가 이렇게 말했습니다. '그분의 이성은 저를 선택했어요. 하지만 그분의 마음은 나탈리에를 요구합니다. 그래서 내 이성이 그분의 마음을 도와드리려고 합니다.' 우리는 나탈리에와 당신을 지켜보기로 합의하고, 신부님께 우리의 계획을 털어놓았습니다. 그리고 이 결합을 위해 어떤 조치도 취하지 않고 모든 것을 되어 가는 대로 그대로 두겠다고 신부님께 약속해야 했습니다. 우리는 그렇게 했습니다. 자연이 영향력을 발휘해 잘 되어 가고 있었는데 저 고약한 동생이 다 익은 열매를 흔들어 떨어뜨려 버리고 만 것입니다. 우리가 일단 이렇게 묘하게 서로 결합하게 되었으니 평범한 삶을 살지 말고 우리 함께 가치 있는 활동을 해 봅시다! 교양 있는 사람이 다른 사람을 지배하려 하지 않고 많은 사람의 후견인이 되려는 마음을 먹는다면, 자신과 다른 사람을 위해 할 수 있는 일은 상상도 할 수 없을 만큼 많습니다. 많은 사람이 모두 하고 싶어 하는 일을 적시에 하도록 도와주면서, 대부분 잘 알고는 있으나 그 길을 찾지 못하는 목표로 인도해 준다면 말입니다. 이런 일을 하기 위해 우리 동맹을 맺읍시다! 이것은 망상이 아니라 정말 잘 실천할 수 있는 이념이고, 항상 분명한 의도를 가지고 하는 것은 아니지만 비교적 자주 훌륭한 사람들이 실행하고 있습니다. 내 누이 나탈리에는 이에 대한 생생한 예입니다. 자연이 이 아름다운 영혼에 규정해 놓은 행동 방식은 좀처럼 우리가 다다를 수 없을 것입니다. 게다가 우리의 고매하셨던 이모님은 저 훌륭한 의사 선생님이 이모님의 수기에 제목을 붙였던 당시에 우리 주위에서 알고 있던 가장 아름다운 성품을 가지고 계셨지만, 나탈리에는 다른 사람들보다, 이렇게 말해도 된다면 그 이모님보다 더 이 명예로운 칭호를 받아 마땅합니다. 그 사이에 나탈리에도 자신을 계발해 왔고, 또한 모든 사람도 그런 존재의 출현을 기뻐하고 있습니다."

로타리오는 계속 말하려고 했으나 프리드리히가 크게 소리를 지르며 뛰어 들어왔다. "내가 상을 받을 만한 공을 세우지 않았나요? 내게 어떤 상을 주시렵니까? 미르테 관, 월계수 관, 담쟁이덩굴 관, 떡갈나무 관, 여러분이 찾을 수 있는 가장 싱싱한 잎들을 모두 함께 엮으세요. 그만한 공로면 내게 관을 씌워 주셔야지요. 나탈리에는 당신의 여자입니다. 나는 이런 보물을 발굴한 마술사입니다."

"정신이 나갔군." 빌헬름이 말했다. "나는 가겠습니다."

"누가 너에게 그렇게 말하라고 부탁을 하더냐?" 하고 로타리오가 빌헬름을 붙잡으며 프리드리히에게 말했다.

“저 스스로 말한 겁니다.” 프리드리히가 대답했다. “이런 걸 원하신다면 하느님의 은총으로 말하는 겁니다. 내가 문에서 엿들었는데, 누나가 신부님께 자신의 마음을 완전히 털어놓았어요.”

“부끄러움도 모르는 녀석 같으니라고!” 하고 로타리오가 말했다. “누가 너더러 엿들으라고 했니.”

“그럼 누가 누나를 방에 틀어박혀 있게 했나요!” 하고 프리드리히가 대꾸했다. “나는 모든 말을 정확하게 들었어요. 나탈리에 누나는 매우 흥분해 있었어요. 펠릭스가 아파 보여서 반쯤 누나 무릎에서 자고 있던 그날 밤 당신이 누나 앞에 앉아서 사랑스러운 짐을 함께 나누고 있을 때 만약 아이가 죽게 된다면 당신에게 사랑을 고백하고 당신에게 청혼하기로 맹세했답니다. 그런데 지금 아이가 살아 있는데 왜 누나가 자기 마음을 바꾸어야겠어요? 사람이 한번 약속한 것은 무슨 조건에서라도 지켜야지요. 이제 신부님이 오실 텐데 자기가 무슨 기적 같은 새로운 소식을 가지고 오신다고 생각하실 겁니다.”

신부가 방으로 들어왔다. “우리는 모두 알고 있어요.” 하고 프리드리히가 신부를 향해 말했다. “짧게 말하세요. 신부님은 형식적인 절차를 위해 오신 것뿐이니까요. 이 신사분들은 그 밖에 아무것도 원하시는 것이 없습니다.”

“동생이 엿들었답니다.” 하고 로타리오 남작이 말했다. — “예의도 모르는 사람 같으니!” 신부가 소리쳤다.

“자, 빨리요.” 하고 프리드리히가 말했다. “결혼식은 어떻게 하실 겁니까? 그것도 손가락으로 일일이 셀 수도 있어요. 당신은 여행을 떠나야 하는데, 후작님의 초대가 당신에겐 훌륭한 도움이 될 겁니다. 알프스를 넘어가기만 하면 여기서는 모든 일이 순조롭게 진행될 겁니다. 당신이 뭔가 멋진 일을 도모하신다면 사람들은 감사해할 겁니다. 당신은 사람들이 대가를 치를 필요가 없는 즐거움을 마련해 주는 거니까요. 마치 당신이 누구나 참여하는 가장무도회를 베풀어 주는 것처럼 모든 계층의 사람이 그 즐거움을 누릴 수 있지 않겠습니까."

"당신은 이미 대중을 위한 축제와 같은 연극 공연들로 우리 관객들에게 아주 큰 공헌을 해 오셨습니다." 하고 신부가 대꾸했다. "나는 오늘 아무 말도 더 못할 것 같습니다."

"모든 것이 내가 말하는 것과 다르다면" 하고 프리드리히가 대답했다. "더 좋은 것을 우리에게 알려 주세요. 건너갑시다. 어서요! 두 사람이 같이 있는 것을 보고 기뻐해야 합니다."

로타리오가 빌헬름을 껴안고 자기 누이에게 데리고 갔고, 나탈리에는 테레제와 함께 빌헬름을 향해 다가왔다. 모두 아무 말이 없었다.

"주저하지 마세요!" 하고 프리드리히가 외쳤다. "이틀이면 두 사람이 여행 준비를 마칠 수 있어요. 어떻게 생각하세요, 친구 양반." 하고 프리드리히는 빌헬름 쪽으로 몸을 돌리며 계속 말을 이어 갔다. "우리가 처음 알게 되었을 때 내가 당신한테 아름다운 꽃다발을 달라고 했었죠. 당신이 그때 이렇게 아름다운 꽃을 내 손에서 받게 되리라 누가 생각할 수 있었겠어요?"

"가장 행복한 이 순간에 그때를 내게 떠올리게 하지 말아요!"

"그런 일을 부끄러워해서는 안 됩니다. 자기 가문을 부끄러워해서는 안 되는 것처럼 말이죠. 그 시절이 좋았어요. 당신을 보면 웃지 않을 수 없어요. 나는 당신이 마치 사울 같습니다. 키스 왕의 아들 사울이 아버지의 당나귀를 찾으러 나갔다가 왕국을 얻었으니 말입니다."

"내가 왕국의 가치는 모르지만" 하고 빌헬름이 대답했다. "받을 자격이 없는 행복을 얻었다는 것만은 잘 알고 있습니다. 그리고 이 행복을 세상의 어느 것과도 바꾸고 싶지 않습니다."

## 작품 해설[1]

### "연극적 사명"에서 "수업시대"로

1777년 2월 10일에 쓴 괴테의 일기에 "빌헬름 마이스터"라고 적혀 있다. 이 기록이 이 작품의 생성에 관한 첫 번째 기록이다. 괴테는 1774년에 《젊은 베르테르의 슬픔》을 완성하고 나서 다시 소설을 쓰기 시작했고, 1782년 11월 21일에 친구인 크네벨(Knebel)에게 보낸 편지에 이 소설의 제목을 "빌헬름 마이스터의 연극적 사명(Wilhelm Meisters theatralische Sendung)"이라고 붙였다. 그 이후 수년에 걸쳐 편지와 일기에는 이 소설이 서서히 진행되는 과정이 기록되어 있다. 1782년 11월에는 3권이 완성되었는데 괴테는 매년 한 권씩 완성할 계획이었다. 실제로도 1783년 11월에 4권, 1784년 11월에 5권, 그리고 1785년 11월에 6권이 완성되었다. 그리고 계속해서 7권을 작업해 나갔으나 결국 완성하지는 못했다. 왜냐하면 1786년 9월에 시작된 이탈리아 여행으로 이 작업이 완전히 중단될 수밖에 없었기 때문이었다. 그 당시에 괴테는 드라마 《이피게니에》와 《토르크바토(토르콰토) 타소》를 완성했고, 그때까지 쓴 많은 시를 수정했는데, 1787년부터 1790년까지 총 8권으로 된 자신의 첫

1 Johann Wolfgang von Goethe, Werke in 14 Bden. Bd. 7. (Hamburger Ausgabe), hrsg. v. Erich Trunz, München 1982, pp. 689~708.

번째 전집을 출판하였다. 그러나 "빌헬름 마이스터의 연극적 사명"(이하 《연극적 사명》)은 이 전집에 수록되지 않았다. 1791년 1월에 쓴 일기에 다시 이 작품에 몰두한다고 적혀 있으나 그 후 3년 동안 아무 소식도 기록되어 있지 않다. 1792년과 1793년에는 프랑스와의 전쟁에 바이마르의 카를 아우구스트(Karl August) 공작을 보필해 참전했고, 《여우 라이네케(Reineke Fuchs)》와 프랑스 혁명을 다룬 드라마들을 썼으며, 그 이후 동물과 식물에 관한 형태론과 광학에 관한 방대한 연구에 집중한 나머지 소설 집필이 미루어졌다. 또한 괴테는 이 미완성 상태인 "연극 소설(Theaterroman)"을 완성하는 데 매력을 느끼지 못했다. 한편으로 괴테는 이 소설의 소재에 애착을 느꼈지만, 이 소재를 "연극 소설"로 만들기보다는 그 안에 담긴 인간 내면의 성장 가능성에 더 큰 애착을 느꼈다. 그래서 이 소설에 대한 괴테의 생각은 완전히 바뀌고 말았다. 즉 괴테는 '이상적인 교양'과 '인간의 교양'에 관심을 가지게 되었고, 이때부터 소설을 새롭게 쓰기 시작했다. 그때가 1794년이었는데 1777년에 시작한 작업을 17년이 지나고 나서야 완성하려고 마음먹은 것이다. 소설을 쓰기 시작했을 때는 그 당시 사람들 사이에서 활발하게 논의되던 연극을 통한 국민의 '미학 교육'이라는 주제가 괴테의 마음을 사로잡았지만, 이제는 새로운 시대의 인간이 어떻게 살아가고 생각해야 하는가에 대한 일반적인 문제가 주요 관심사였기 때문에 이 작품은 "교양소설(Bildungsroman)"이 되었다. 그러나 바로 이런 맥락에서 원래 계획했던 연극적 주제를 이 새로운 소설에 많이 담을 수 있었는데, 예술을 통한 교육과 더 높은 수준의 교양이 새로운 시대를 살아가는 인간의 교육 문제에 내재해 있는 근본 주제 그 자체였기 때문이었다. 그래서 연극이라는 주제를 더 높은 관점에서 풀어 낼 수 있었고, 소설 전체를 새롭게 처음부터 끝까지 검토해서 새로 구성할 수 있었다. 또한 이제 괴테는《연극적 사명》을 쓰기 시작했을 때보다 세상을 훨씬 넓게 알게 되었다. 1791년부터는 자신이 바이마르 궁정 극장을 직접 맡아 운영하면서 1792년과 1793년에 셰익스피어 드라마 세 편을 연출하기도 했는데 그중 하나가《햄릿》이었다. 1796년부터는 바이마르 공국의 최고 의결기관인 "추밀원(Geheimes Consilium)"의 일원이 되어 소설에서 로타리오가 제기하는 것과 같은 사회의 공익적 문제를 경험을 통해 알고 있었다(7권 3장). 이때부터 괴테는 자신과 바이마르의 아우구스트 공작을 위해 예술 작품을 수집했고, 그래서 "아름다운 영혼"의 숙부가 수집한 예술 작품에 관해 전문가적 견해를 서술할 수 있었다(6권 그리고 8권 3장). 괴테는 또한 1789년부터 바이마르 공국의 건설위원회 위원이 되어 아우구스트 공작의 성을 신축하는 책임을 맡았는데, 여기서 얻은 지식이 숙부의 성을 묘사하는 바탕이 되었다. 그리고 괴테는 수많은 귀족과 교류하고 다양한 상황을 겪으면서 귀족과 시민 계급의 지위 문제에 대해서도 풍부한 경험을 쌓을 수 있었다. 또한 이 소설에서 묘사된 경건주의를 신봉하는 헤른후트(Herrnhut)파 교단에서 시작해서 이탈리아 가톨릭 신자들의 깊은 신앙심에 이르기까지 수많은 경험을 쌓았다. 그래서 괴테는 이 소설에 언급된 사실에 전문적 지식을 갖추고 있었고, 세상에 대한 이런 폭넓은 지식은 그 시대의 다른 모든 독일 작가를 능가했다.

## 실러와의 공동 작업

소설의 제목도 "빌헬름 마이스터의 수업시대(Wilhelm Meisters Lehrjahre)"(이하《수업시대》)로 바뀌었다. 그리고 소설의 도입부도 완전히 새롭게 구성했다. 괴테는 이 소설을 억지로라도 완성하기 위해 소설이 완성되기 전에 소설의 1권과 2권을 우선 출간했다. 그 당시의 출판 기술로는 두꺼운 소설을 한 권으로 출간할 수 없었다. 출판이 진행되는 동안 실러는 괴테에게 자신이 새롭게 출판하는 문예 잡지 "호렌(Horen, 계절의 여신)"을 함께 작업하겠느냐고 제안했고, 괴테는 그 제안을 승낙했다. 그래서 1794년 7월에 두 거장의 역사적 공동 작업이 시작되었다. 괴테가 실러에게 자신이 그 당시에 소설을 쓰고 있다고 이야기했더니 실러는 1794년 8월 23일 자 편지에 자신의 잡지 《호렌》에 그 소설을 게재해도 되겠느냐고 물었다. 아쉽게도 그렇게 하기에는 너무 늦었었다. 괴테가 이미 출판사로부터 완성된 1차 교정 원고를 받았기 때문이었다. 그래서 괴테는 그 원고를 실러에게 보내면서 이 소설에 대한 비평을 부탁했다. 그리고 앞으로도 계속 교정 원고가 나오면 보내 주겠다고 했다. 그래서 계속 매 권의 교정본이 나올 때마다 예나(Jena)에 있던 실러에게 보내 주었다. 실러는 괴테의 소설에 열광하고 또한 괴테의 신뢰를 받으려는 마음으로 이 작품을 집중적으로 분석해서 다른 사람이 줄 수 없는 평가를 해 주었다. 실러가 편지에 상세하게 평가한 내용은 이 작품의 가장 중요한 자료가 되었다. 그리고 오늘날까지 이 작품을 이해하는 촉진제로 남아있다. 그래서 괴테는 소설이 출판되기 전, 실러의 평가를 소설을 수정하는 데에 유용하게 이용했다. 이 소설은 2권씩 하나의 책으로 묶어서 네 권의 책으로 출판되었는데, 7권과 8권이 수록된 마지막 책은 1796년 가을에 출판되었다.

### “연극적 사명”과 “수업시대”

괴테는 1794년부터 이 소설을 개작할 때 그동안 자신이 썼던 원고를 파기했다. 그런데 괴테는 이미 1778년과 1785년 사이에 자신과 아주 가까운 사람들에게 자신이 쓰고 있던 소설의 내용을 알려 주었다. 가장 가까이 지냈던 슈타인 부인에게는 원고를 읽어 주었고, 타지에 있던 친구들에게는 복사본을 보내 주었다. 친구인 크네벨과 베르턴(Werthern) 백작 부인, 프랑크푸르트의 어머니, 취리히의 바르바라 슐테스(Barbara Schultheß)가 바로 그런 사람들이었다. 바르바라 슐테스는 이해심 많고 감정의 기복이 없는 사람으로, 1775년 괴테가 릴리 쇠네만(Lili Schönemann)과 약혼한 뒤 결혼 문제로 가족과 갈등을 빚게 되자 릴리가 있는 프랑크푸르트를 벗어나 스위스로 여행을 떠났을 때 알게 되었으며 괴테보다 4살 연상의 유부녀였다. 두 사람은 상대의 세계를 드나들며 친해졌는데, 괴테에게 부족한 면을 이 부인이 갖고 있어서 두 사람 사이에 좋은 우정이 맺어질 수 있었다. 괴테가 1779년 다시 스위스에 갔을 때 그녀를 만나기 위해 일정을 조정할 정도였고, 1788년 세 번째 스위스 여행 때는 그녀를 만나려고 길을 우회하기도 했다. 그녀는 괴테로부터 《연극적 사명》 원고를 매년 차례차례 받았다. 그녀가 그 원고를 괴테에게 돌려 주어야 했을 때 그녀의 딸과 함께 그 원고를 베껴 써 두었다. 이 사본이 1910년 다시 세상에 나오게 되었고, 1911년에 출판되었다. 그 이후로 《수업시대》의 첫 번째 텍스트를 알게 되었는데, 이 텍스트는 6권 마지막 부분까지 이어진다. 《연극적 사명》의 이야기는 6권의 내용보다 약간 더 진척되지만 바르바라 슐테스는 이 마지막 원고를 받지 못했다.

《연극적 사명》에서는 연극이 다양한 형태로 소설의 배경을 이루고 있다. 빌헬름도 연극을 자신의 사명으로 생각하며 살아간다. 그러나 《수업시대》에서의 연극은 빌헬름이 교양을 쌓는 요소들 가운데 하나에 불과하다. 《연극적 사명》의 서술 방법은 《수업시대》보다 훨씬 생생하고 직접적이다. 《수업시대》는 벌어지는 사건에 어느 정도 거리를 두고 서술한다. 《연극적 사명》은 빌헬름의 어린 시절부터 시작되고, 《수업시대》는 젊은 빌헬름이 부모의 집을 떠나서 자신의 삶을 어떻게 살아야 할 것인지 생각하는 시점부터 시작된다. 인간이 성장하는 과정에서는 일어났던 일이 계속해서 영향을 미치고, 앞으로 일어날 일이 암시되며, 그러는 가운데 자아는 생각하고 활동하고, 또한 주변 사람들은 자신들 나름대로 생각하고 활동하게 되는 것처럼, 《수업시대》에서도 과거의 일(빌헬름의 인형극, 아우렐리아와 테레제)을 이야기하고, 보충해서 채우고(하프너와 미뇽의 이야기), 앞으로의 일을 예견하고 동시에 그 일을 처리하면서 일들이 서로 얽히게 된다. 《연극적 사명》의 주인공은 천부적인 재능을 가진 젊은 작가로 작품을 쓰고 연극 연출가가 된다. 그러나 《수업시대》는 예술가 소설이 아니다. 예술은 작품 속에서 교양의 요소일 따름이다. 그리고 소설 전체는 처음부터 삶의 방식과 세계관에 맞춰져 있다. 그래서 《수업시대》에서는 《연극적 사명》에서 빠져 있는 모티프가 삽입되는데 예를 들어 신부(Abbé)와의 대화들이다. 두 작품을 자세하게 들여다보면 다양한 차이점을 발견할 수 있다. 《연극적 사명》에서 빌헬름의 집안은 소시민적으로 그려져 있고, 부모의 관계도 행복하지 않다. 마리아네(Mariane)도 노련하고 이해타산적이다. 미뇽을 곡예단에 돈을 주고 데려오는 사람도 빌헬름이 아니라 유랑 극단을 이끄는 마담 드 레티(Madame de Retti)인데 이 인물은 《수업시대》에는 아예 등장하지 않는다. 빌헬름은 백작 부인 근처에도 가지 못하고 독자는 귀족들이 연극을 즐기는 문화의 의미를 알게 될 뿐이다. 그러나 괴테는《수업시대》에서는《연극적 사명》에 서술된 유랑 극단과 귀족 문화를 강조할 가치가 없다고 생각했던 것 같다. 그래서 괴테는 소설의 구조 전체를 바꾸었고 17년 후에 새로운 목표를 향해 분명하게 달려간다.

### 교양(Bildung)

괴테 시대에 사람들은 인간이 세상을 인식할 힘이 있을 때 세상을 파악할 수 있다고 생각했다. 그래서 인간의 목표는 느끼고, 생각하고, 행동하고, 또한 어떤 일이든 할 수 있는 힘을 최대한 길러 내는 것이어야 했다. 도덕적인 것은 여기서 일부에 불과했다. 중세에는 성자가 인간의 본보기였고, 성자와 비슷하면 비슷할수록 더 훌륭한 사람이며 그런 사람만이 하느님의 은총을 받을 수 있다고 생각했다. 그러나 괴테 시대의 최고의 인간이란 교양을 완벽하게 갖춘 사람이었다. 하지만 그 인간도 세상에 살고 있으며, 세상을 통해 그래서 세상에서 신의 계시를 믿게 된다. 그럼으로써 인간은 세상을 더 잘 살펴볼수록 더 높은 수준에 다다른다. 따라서《수업시대》도 이렇게 세상을 경험하며 자아를 계발해 나가는 과정과 그러면서 발생하는 세상과 나의 상호 작용을 서술한다.

괴테가《연극적 사명》을 쓰면서 이러한 삶의 프로그램이 머릿속에 만들어지고 있을 때 1789년 9월에 스위스의 친구이자 목사인 라바터(Lavater)에게 보낸 편지에 이렇게 썼다. "내게 부여된 하루의 일과는 깨어 있든 꿈을 꾸든 내가 그 자리에 있기를 요구한다네. 이 의무는 날마다 내게 소중해진다네. (…) 내 근본 성향으로 확립되어 내 존재라는 피라미드를 가능한 한 높이 공중으로 뾰족하게 만들려는 욕구가 다른 욕구를 압도한다네(…).” 괴테의 머리에 깔려 있던 이런 생각은 괴테 이후 시대의 문화에도 수용되어 자명한 사실이 되었다. 역사적 관점에서 보면 괴테 이전 시대에는 이런 생각을 거의 하지 않았다는 것을 알 수 있다. 이러한 사실을 인식한다면 이 소설의 핵심 개념이 얼마나 대단한지를 느끼게 된다. 이것은 괴테가 서구 사회에 남긴 위대한 사상 가운데 하나다. 즉, 인간의 “근본 성향”은 운명적으로 주어지는 것이고, 더 높은 교양을 쌓고자 하는 마음은 개인의 욕구일 뿐만 아니라 또한 의무이기도 하다는 것이다. 종교적 의무감이나 이런 모습의 활력은 전형적인 서구적 요소이고, 세속적인 주제와 자연에 대한 배려는 전형적으로 근대적이다. 따라서 《수업시대》는 교양을 쌓는다는 관점으로 본 개인과 세상의 상호 작용을 보여 주는 작품이다. 그 가운데 한 개인이 서 있고, 이 개인은 세상을 많이 경험할 수 있다. 여기서 작가로서 괴테의 특이한 점이 나타나는데, 서술하는 재능은 다른 작가들도 가지고 있었겠지만, 괴테처럼 다방면의 광범위한 지식이나 세상에 대한 인식은 어느 작가에게서도 찾아 보기 어렵다. 괴테는 예술뿐만 아니라 국가 경제나 자연 과학에도 관심을 보였다. 그래서 괴테는 테레제(Therese)처럼 실용적인 재능의 의미를 알고 있었고, 신부가 가진 지적인 재능의 의미도 알고 있었지만, 미뇽(Mignon)처럼 과도한 감정에 휩쓸리고 사회에서 소외된 사람들의 의미도 배제하지 않았다. 괴테는 자신의 넓은 마음과 세상에 대한 인식에 힘입어 아주 다양한 세계를 묘사할 수 있었고 자신의 주인공을 그 안으로 들여놓는다. 이 모습을 실감 나게 표현하기 위해 서술 형태는 서사적일 수밖에 없었지만 또 한편으로 현대적인 형태를 취했다. 그래서 소설이 된 것이었다.

### 주인공 빌헬름 마이스터

소설 초반의 빌헬름은 세상에 대해 아무것도 모른다. 다만 자신 안에 힘과 동경과 좋은 의지만 느껴질 뿐이다. 세상을 경험하고 나서야 비로소 세상과 자기 자신을 생각하게 된다. 이런 다양한 경험을 바탕으로 소설 마지막 부분에서 탑의 사람들이 인간의 일반적인 모습을 말하게 된다. 즉, 소설은 살아가면서 스스로 인생을 이해하도록 하는데, 그런 인생의 경험들이 그 배후에 존재하는 절대적인 것에 비치게 된다. 그것은 세속적인 인간으로서의 살아가는 모습과 세속적인 문화이지만 종교적이지는 않다. 이런 문화를 이끌어가는 사람은 성인도 영웅도 아닌 새로운 시대의 지적인 인간이고, 일상의 시민 생활을 가장 높은 기준에서 파악하려고 노력하는 사람이다. 그래서 《수업시대》도 빌헬름이 활동하는 사람들 무리에서 세상과 연결된 사람이 되기로 하면서 끝을 맺는다.

빌헬름이 베르너(Werner)에게 보내는 편지에 "현재 이대로 있는 나 자신을 수련하는 것이 어렴풋하나마 어린 시절부터 내 소망이었고 내 목표였네"(5권 3장)라고 한 말은 이런 길을 처음 걸어가려는 자기 생각을 대표적으로 보여준다. 나중에는 이런 말을 하지 않는데, 야르노(Jarno)가 빌헬름에게 다음과 같이 말한다. "세상에 첫발을 내딛는 사람이 자신을 소중하게 생각하고, 많은 장점을 갖추려고 하면서 모든 일을 가능하게 하려고 노력하는 것은 좋은 일입니다. 그러나 자신의 교양이 어느 수준에 이르렀다면 그다음에는 더 큰 집단에서 자기 자신을 내세우지 않는 것을 배우고, 또 다른 사람을 위해 의무로 주어진 일을 하면서 자신을 잊어버리는 것을 배우게 된다면 좋겠지요. 그때 비로소 자기 자신을 잘 알게 됩니다. 왜냐하면 우리는 원래 다른 사람들과 행동으로 비교되기 때문입니다."(7권 9장) 그러니까 괴테는 여기서 우리의 생각이 "의무로 주어진 활동(pflichtmäßige Tätigkeit)"이라는 주제로 이어지게 하려고 한다. 작가는 자기 주인공이 가졌던 어린 시절의 이상을 거리를 두고 보고 있는데, 심지어 비꼬기도 하지만 한편으로 공감하기도 한다. 빌헬름이 앞에서 말했던 자신을 "수련한다(ausbilden)"라는 말에는 '피라미드를 가능한 한 높이 공중으로 뾰족하게 만들려는 노력'이 담겨 있다. 그래서 무엇이 되든 뭔가를 더욱 수련하는 이런 노력이 세상에 살아가면서 자기 능력을 개발시킨다. 그런 까닭에 이 소설은 사람들과 함께하여 자신의 힘을 기르는 작품이 되었다. 빌헬름이 마주치는 모든 일이 자신에게 교양을 쌓는 요소로 작용하고, 자신도 의식적으로 그런 요소라고 평가한다. 빌헬름은 아무 계획 없이 돌아다니려고 하지는 않는다. 빌헬름은 "선한 것과 아름다운 것을 (…) 점점 더 계발하려는 욕망"(4권 19장)을 가지고 있다. "교양(Bildung)"은 받아들이는 것으로 형성된다. 그러면서 어떤 열매를 맺느냐가 중요하다. 그래서 빌헬름에게 교양의 요소들은 부모의 집, 사랑, 남자들의 모임, 자기 아들 등과 같은 사람과 사람 사이의 관계다. 그리고 예술(연극, 셰익스피어), 경건주의라는 정신적 흐름과 귀족의 사교 방식이다. 개성을 자유롭게 가꾸어 나가는 것을 빌헬름은 특히 귀족만 가능하다고 여긴다(5권 3장). 빌헬름은 귀족이 아니기 때문에 다른 길을 찾게 되고 자신이 예술가임을 인식하게 된다. 그래서 빌헬름은 평범한 시민에서 더 높은 의미를 찾아 시민 계급의 외부적인 속박을 모두 던져버림으로써 발전해 나간다. 그러나 마지막 7권과 8권에서 등장하는 사람들은 한계를 두는 것의 긍정적인 측면을 보여 준다. 비로소 소설의 마지막 부분에서 빌헬름은 자신과 다른 사람들과의 화합을 경험하게 되는데, 처음에는 현실성이 없는 것을 무조건 동경하다가(그 대표적인 예가 미뇽이다), 테레제가 등장함으로써 이야기는 현실성을 띠게 된다. 나탈리에(Natalie)는 동경과 현실의 균형을 이루고 있다.

빌헬름이 자신에게 일어나는 모든 일을 교양의 요소로 경험하기 위해서는 제한 없이 받아들일 능력이 있어야 한다. 소설의 다른 모든 인물은 빌헬름보다 훨씬 제한적이고 좁으며 확실한 궤도 안에서 움직인다. 빌헬름만이 미뇽과 필리네(Philine)와 테레제와 같은 모든 사람과 관계를 맺는다. 빌헬름은 뭔가를 배우고 소화할 준비가 되어 있고, 순수하지 않은 주변 환경에서도 순수한 사람으로 머문다. 빌헬름은 미뇽과 하프 타는 노인(하프너)을 도와주는데, 칸트가 주장하는 의미의 의무감에서 그렇게 하는 것이 아니라 빌헬름 자체가 그런 사람이기 때문이다. 그리고 빌헬름에게는 물질적인 목표도 없다. 고마워할 줄 알고, 존경하는 마음도 있으며, 심성이 올바르다. 빌헬름은 그 당시 독일 최고의 극단을 이끌고 있던 제를로(Serlo)에게 "자기 나름대로 장황하고 상세하게" 설명하기도 하고(4권 13장), 아우렐리아(Aurelia)가 죽고 나서 그녀의 유언에 따라 편지를 전해줄 때 변심한 친구에게 가혹한 도덕적 심판을 내려야겠다고 마음먹기도 한다(5권 16장, 7권 1장). 이런 의미에서 연극과 귀족은 빌헬름을 시민의 굴레에서 벗어나게 해 주는 적합한 요소들이다. 그래서 소설의 마지막에 빌헬름은 자유롭고도 지적인 사람들 영역 안에 서 있게 된다.

### 인간과 인간 사이의 관계

특히 인간과 인간 사이의 관계가 창조적인 힘으로 작용한다. 이 힘은 다양한 형태로 나타나는데, 여러 여인과의 사랑, 가족과의 결합, 아들에 대한 사랑, 젊은 시절의 우정, 연민과 배려 그리고 활동적인 사람들과의 단결 등이다. 사람들과의 이 모든 결합에서 빌헬름은 자신의 진정한 모습으로 성장한다. 나탈리에에 관해서는 이렇게 말한다. "아마존 여인의 모습은 말하자면 자신이 만들어 낸 모습이었고, 이 여인의 모습은 자신이 만든 그 모습을 변형시키려고 하는 것만 같았다."(8권 2장) "아름다운 영혼(eine schöne Seele)"에 대해서 빌헬름은 이렇게 말한다. "이런 사람들은 내면에 어떤 이상을 가지고 있든, 모방할 대상이 아니라 본받으려고 노력해야 할 모범입니다(8권 3장)." 그러면서 이 "아름다운 영혼"의 "고백(Bekenntnis)"이 자신의 "인생에 적지 않은 영향"을 주었다고 인정한다(8권 3장). 빌헬름만 배우는 사람이 아니라, 아들 펠릭스(Felix)도 마찬가지다. 펠릭스는 아우렐리아와 있을 때는 버릇없이 굴지만, 나탈리에와는 원만하게 지낸다. 이렇게 다양한 사람들과의 관계들이 고독하게 사는 하프너(Harfner)와 대비를 이룬다. 이 고독으로 아무도 들어가지 못하고, 하프 타는 노인도 그 고독에서 빠져나올 수 없다. 그래서 이 고독은 죽음으로 끝나고, 함께 하는 사람들은 창조적 힘을 얻어 공동의 활동을 하면서 끝난다.

### 예술과 연극

추가적인 교양 요소들은 정신적 영역에서 작용한다. 이 소설에서는 예술과 연극이다. 왜냐하면 이 예술의 소재가 인간이기 때문이며, 빌헬름은 인간으로서 자신을 수련하고 넓혀나가려고 하기 때문이다. 그래서 그 당시에 사람들은 예술에 가장 중요한 임무를 부여했고, 바로 예술을 통해 문화의 재창조, 국민의 미학 교육을 기대했었다. 대중과 귀족의 취향에 맞춘 유랑 극단이나 궁정 극장으로는 만족하지 못해서 고대 그리스 연극과 같은 수준의 연극을 열망했다. 즉, 뛰어난 연기자가 이끄는 전 국민을 위한 연극으로 인생의 참모습을 보여 주는 작품이 공연되기를 바랐다. 그런 공연은 관객이 "가지고 싶은 감정이 아니라 가져야 할 감정"(5권 10장)을 자극한다. 그래서 당대의 사람들은 연극을 문학의 최고 장르라고 생각했다. 레싱(Lessing)과 실러는 "민족 극장(Nationaltheater)" 설립에 대한 희망을 말했다. 여러 제후와 도시는 작가들의 이런 희망에 부응하기 시작했다. 사회가 이런 새로운 목표를 향해 출발하는 시점이 "다양한 사람들로부터 한숨짓는 소리를 들어 왔던 미래에 세울 민족 극장의 창시자"(1권 9장)가 되려는 빌헬름의 동경과 일치한다. 이렇게 교육열에 불탔던 18세기는 예술을 통한 교육이라는 청사진을 제시했고, 준비도 제대로 안 된 상태에서 이를 급하게 추진하면서도 큰 성공을 기대했다. 빌헬름에게 연극은 자기 묘사이자 시민의 교육이라는 의미가 있고, 전문 배우인 제를로에게는 세상의 묘사이자 직업이다. 소설에서는 연극계의 모습들이 체계적으로 완벽하게 묘사되며 줄거리에 완전히 녹아 들어가 있다. 인형극(1권 2장), 광부들의 공연(2권 4장), 곡예단 공연(2권 4장), 산골 공장 직공들의 축하극(2권 3장), 종교극(4권 18장), 유랑 극단(1권 2장), 궁정 극장(3권 6장), 상설 극장에서 공연되는 연극(4권 14장), 즉흥극(2권 9장), 희곡론(2권 4장), 대본 읽기(5권 7장), 연습 공연(5권 8장), 오케스트라 연주와 지휘에 비교되는 연극 공연론(4권 2장), 프롬프터(5권 6장), 음악과 배우의 동작과 낭송(2권 11장) 등등이다.

### 셰익스피어

예술을 통한 빌헬름의 내적 성장은 셰익스피어를 경험하는 순간 정점에 다다른다. 세계문학에서도 이런 경험을 묘사한 작품은 일찍이 없었다. 이런 종류의 경험은 괴테 시대에 와서야 완전히 가능했기 때문이었다. 이런 예술적 경험은 또한 교회가 모든 문제를 해결해 주는 것이 아니라 인간이 인생의 스핑크스 앞에 서서 자신이 찾은 최고의 해석을 예술로 표현하는 세계에서야 비로소 가능하게 되었다. 인간에게 세계를 열어 주는 이런 예술 경험은 새로운 시대의 교양 요소가 되었고, 그것도《수업시대》이후부터였다. 또한 이런 종류의 예술 경험은 여유롭게 감정을 느끼는 감상주의(Empfindsamkeit — 이런 문예사조의 대표적인 작품이《젊은 베르테르의 슬픔》이다)를 통해 그리고 이와 동시에 시작된 천재 개념(Geniebegriff)을 통해 발전할 수 있었다. 이 천재 개념은 교회에서의 성인(聖人) 개념처럼 18세기 후반 문화에 속한다. 같은 맥락에서 천재 개념과 같은 의미로 빌헬름의 예술에 대한 열광이 나타나게 된다. 세속적인 문화에서 '절대적인 존재'가 비유적으로 드러나는 방식에는 자연이나 이념과 사랑 외에도 예술이 있었다. 그래서 예술 경험은 교양 소설인《수업시대》에서 중요한 역할을 한다. 여러 모티프가 앞에서 변주를 울리는 가운데 셰익스피어에서 정점을 이룬다. 셰익스피어는 세상에서 거의 볼 수 없는 천재적 존재 그 자체다. 세상을 그렇게 다양하게 묘사할 때 셰익스피어는 마치 신처럼 행동한다. 그리고 셰익스피어에게는 아무것도 감춰진 것이 없고, 불가능한 것도 없다. 다른 어느 작가도 셰익스피어만큼 세상을 넓게 알지 못하는데, 셰익스피어의 이런 면이 바로 빌헬름이 찾던 것이다. 셰익스피어는 종교적이지만 종교에 얽매이지 않았고, 내면의 세계에 집중하면서도 독단적이지 않았다. 따라서 세상의 경험을 통해 비로소 세상의 모습을 보여 주는 새로운 시대의 문화에 셰익스피어가 꼭 맞았다. 그래서 빌헬름이 선택한 것이 바로 "햄릿"인데 혼자서 세상을 상대하며 '해야 하는 일(Sollen)'과 '할 수 있는 일(Können)' 사이에서 고민한다. 이것이 현대 인간의 초기 형태가 아닌가! 그래서 빌헬름이 독일 연극을 위해 이 천재를, 세계의 창조자 셰익스피어를 정복하는 데 성공한다면, 즉 새로운 시대에 맞게 사고하는 이 햄릿을 연기하는 데 성공한다면, 빌헬름은 무대가 한 작품에 그 예술적 가치만을 위해 생명을 불어넣고 예술이 하나의 세계상을 전달하는 영역으로, 즉 그렇게도 갈망하던 "민족 극장"의 영역으로 들어서게 된다. 극단 사람들과 혼란스럽게 생활하는 가운데에서도 빌헬름은 햄릿 해석에 정신을 집중한다. 빌헬름의 햄릿 해석은 소설의 진행에 그냥 삽입된 것이 아니라, 빌헬름에게는 본질적으로 중요한 것으로 이 작품에 파고들 수 있는 자신의 힘을 증명해 주는 것이다. 다른 예술가 소설에서는 대체로 주인공이 작업을 하면서 열정에 도취해 있는 사실만 보여주는 데 반해, 이 소설에서는 그 주인공이 작업하는 내용과 열광에 빠진 내용 그 자체를 보여준다. 바로 이런 점에 이 작품의 맵시와 설득력이 들어 있다.

### 귀족의 모습

예술의 영역 옆에 귀족의 영역이 등장한다. 교양의 요소로서 이 두 영역이 합쳐져 더 깊은 동기를 유발하는 것을 빌헬름 스스로 잘 알고 있다(5권 3장). 귀족이란 존재가 어떤 것인지는 오직 이런 형태로 묘사할 줄 아는 작품을 통해서만 말할 수 있다. 왜냐하면 귀족이라는 존재가 개인적인 존재이기 때문이다. 빌헬름의 발전은 처음부터 끝까지 아주 다양한 귀족들과 평민인 빌헬름이 교류하는 데서 감지할 수 있다. 마치 주된 모티프처럼 귀족 문제가 모든 부분에서 이어진다(3권 8~9장, 4권 2장, 5권 3장, 7권 6장). 종교 개혁 이후로 태생적인 귀족과 나란하게 정신의 귀족도 나타났는데 바로 중요한 신학자들이나 학자들이었다. 《수업시대》의 시대 배경인 18세기에는 이런 귀족과 나란히 예술가 귀족도 등장한다. 빌헬름은 귀족 문화의 대표자인 숙부(Oheim)를 "아름다운 영혼의 고백"을 통해서 간접적으로 알게 된다. 그는 존경할 만한 현명한 인물이다. 빌헬름이 개인적으로 알게 되는 로타리오(Lothario)는 세상을 잘 아는 사람이자 과감하게 미래를 멀리 내다보는 계획으로 머릿속이 가득 차 있는 정치가다(8권 2장). 로타리오의 계획을 빌헬름은 잘 모르지만, 로타리오의 연애 사건에 대해서는 더 많이 알게 된다. 빌헬름에게는 차라리 도덕적인 말을 전파하고 금욕주의자처럼 살아가는 어떤 사회 개혁자를 보며 감탄하는 일이 어렵지 않을지도 모른다. 그러나 로타리오는 테레제와의 결혼을 목표로 노력하면서도, 집에는 애인을 두고 있고, 소작농의 딸에게 일시적으로 다정다감한 연정을 품는데 빌헬름이 그래도 감탄할 수 있을까? 만약 빌헬름이 인습에 젖은 시민의 잔재가 남아 있다면 분개해서 그 자리를 떠나야만 하지만 여기서는 그 잔재를 떨쳐 버려야 한다. 숙부는 빌헬름에게 문제가 아니지만, 그 조카는 빌헬름에게 문제가 되어야 한다. 그러나 화자는 분명히 이것을 즐기는 것처럼 보인다. 그러나 이 소설의 화자는 로타리오의 이런 면면을 상세하고 생동감 넘치게 묘사하면서 빌헬름이 이에 대해 어떻게 생각하는지 독자에게 맡기는 것으로 만족한다.

## 다양한 형태의 삶

빌헬름은 인생길을 걸어가면서 다양한 형태의 삶을 경험한다. 로타리오는 정치적이고 계획적인 삶을, 신부는 박애 정신으로 봉사하는 삶을, 테레제는 집안 살림살이를 맡아 활동적인 삶을, 미뇽은 고향을 그리워하며 무조건 자기 마음에 따르는 삶을, 필리네는 놀기를 좋아하는 가벼운 삶을 살아간다. 베르너가 점점 속물근성에 젖는 사이에 빌헬름은 마리아네와 필리네의 영향을 받아 점점 그런 속물근성에서 벗어나게 된다. 이런 인물들은 빌헬름이 생각했던 것보다 자신의 "교양"에 더 많은 몫을 하고 있다. 아우렐리아는 "모든 일을 너무 진지하게 생각해 자신을 힘들게 하는 것이 바로 독일인의 성격"(4권 20장)이라고 말한다. 그렇다면 필리네와 괴테도 독일인이 아닌가? 그 당시의 어떤 작가도 필리네라는 인물을 생각해 내서 그렇게 사랑스럽게 만들어 낼 수 없었을 것이다. 이 소설의 주제가 '사랑의 기술'이라면 이 소설에서 아주 독특한 방식으로 완벽하게 그려내고 있다. 특히 필리네가 지나가는 길에는 그녀에게 달라붙는 것이 아무것도 없다. 필리네는 항상 깔끔하고 가볍게 걸어간다. 다른 사람들이 걸어갈 때 필리네는 춤을 추며 살아가는 것처럼 보인다. 빌헬름이 필리네에게서 배울 수 있는 것은 가볍게 살아가는 가치와 아름다움이다. 타락한 여자에게서 빌헬름은 아무것도 배울 수 없었을지도 모른다. 이와 비슷한 여성이 소설의 언저리에 잠시 나타나는데 아우렐리아를 키워 준 이모다(4권 15장). 이 소설에 등장하는 일련의 여성들이 한편으론 나탈리에로 끝나고 다른 한편으로는 아우렐리아의 이모와 같은 여성이 아니라 필리네에서 끝나지만, 그런 여성 인물들의 묘사에는 얼마나 예술적 솜씨와 애정이 담겨 있는가? 나탈리에는 자신의 도덕 기준에 따라 행동하고 옳지 못한 일을 거부하겠지만 필리네에게는 이런 것들이 중요하지 않다. 신부가 행동을 대표하고, 나탈리에가 선행을, 미뇽이 동경을 대표한다면 필리네는 나비처럼 아름답고도 가볍게 삶을 살아가는 것을 대표한다. 빌헬름은 항상 장기적인 목표와 이상을 갖고 살아가지만, 필리네는 단기적인 목표와 현실을 안고 살아간다. 그러면서도 필리네는 절대 이기적이지 않고 현실적 이익만을 추구하지 않는다. 그렇지 않았다면 필리네는 성에서 자신의 행운을 잡을 수도 있었을지도 모른다(3권 7장). 그러나 필리네는 그렇게 하지 않고 자기 스타일대로 자신에게 충실하다. 이와 반대되는 여성이 미뇽인데, 빌헬름은 미뇽에게서 시민적 도덕 잣대로만 미뇽의 모든 행동을 충분히 설명할 수 없다는 것을 배운다. 로타리오나 셰익스피어에게서 배울 수 있는 것도 마찬가지이다.

### 탑의 사람들

유랑 극단 배우들은 제멋대로 살아가면서 외부적 동기가 있어야 뭉치는데, 이는 이상적인 목표를 가지고 결합하여 조화롭게 공동 활동을 하는 탑의 사람들과 대조된다. 탑 사람의 모임에는 인간에 대한 믿음이 가장 분명하게 나타난다. 이것이 바로 18세기의 믿음이다. 숙부의 경우에는 자신의 존재를 완성하기 위한 활동적인 삶이 새로운 시대 인간의 합당한 형태라는 생각이 살아 숨 쉰다. 그래서 이 소설에서는 사람들이 어떻게 자신의 삶을 올바른 상태로 돌릴 수 있는지를 보여줌과 동시에 자신들이 가진 능력의 한계도 보여 준다. 그러나 이들은 한 가지 특정한 합리주의적 생각을 극복하지 못하는데, 로타리오가 미국에 있었고 미국은 이미 1776년부터 모든 국민이 법 앞에서는 평등한 나라가 되었다. 그러나 로타리오가 하는 말에는 그 시대의 중요한 사회 문제가 들린다(7권 3장). 작가는 이 대목에서 몇 가지 암시만 주지만, 독자가 그것이 무슨 문제인지를 눈치채기에는 충분하다. 소설 마지막에 탑의 사람들이 중심에 서 있는 것이 아니라 나탈리에의 천성적인 선함이 이 소설을 장식한다. 탑의 사람들은 함께 일할 조직을 만들고 다른 사람들을 도와주기 위한 통찰력을 원한다. 그래서 이 사람들의 세계에서 운명은 인생 이야기가 되고, 이 이야기는 의사의 환자 진료 카드처럼 기록된다. 이것이 새로운 시대의 위대함이자 한계이기도 하다. 이들은 미뇽의 삶을 연구할 수는 있어도 미뇽의 마음에 도움을 줄 수 없다. 그래서 미뇽의 죽음이 이들의 세계를 반박하지는 못할지언정 이들의 한계를 보여 줄 수는 있다. 탑 사람들의 생각이 옳아도 모든 일을 하기에는 충분하지 못하다. 나탈리에의 생각도 옳고, 미뇽의 생각도 옳지만 각자 자신의 영역에서만 그럴 따름이다. 누구도 모든 일을 다 껴안지 못한다. 이것이 인간의 운명이다. 그래서 이 소설은 바로 인간 그 자체의 모습을 제시해 준다. 여기에도 좋은 사람들, 저기에도 좋은 사람들이 있어도 한쪽이 다른 한쪽을 거부한다. 맑은 정신, 교화할 수 있는 정신, 그리고 인간성에 대한 믿음이라는 모든 훌륭함을 담은 18세기의 소설이 바로《수업시대》다. 그러나 동시에 모든 인간의 형태나 생각 또는 이념이 완벽하지 않음을 드러내기도 한다. 이 두 가지 요소 즉, 긍정적인 생각과 비극적 운명이 균형 있게 연결되어 이론이 아닌 그런 인물과 운명으로 나타날 뿐이다.

## 미뇽과 하프너

계몽주의 시대인 18세기의 밝은 분위기 속 침울한 모습이 끼어들어 있다. 바로 마리아네의 죽음과 아우렐리아의 죽음, 특히 미뇽과 하프 타는 노인의 운명과 죽음이다. 수십 년 동안 사람들은 합리주의를 신뢰했다. 자연의 깊은 곳을 들여다보는 사람들은 이런 합리주의에 대항하는 거역할 수 없는 힘을 예감하기 시작했다. 괴테는 1770년대 초의 "질풍노도(Sturm und Drang)" 시대부터 특히 자신의 발라드 시에서 이런 초자연적인 힘을 예감했다. 이것이 바로 미뇽의 세계다. 미뇽도 스스로 이 사실을 잘 알고 있어서 이렇게 말한다. "분별력은 잔인해요. 마음 가는 대로 하는 것이 더 나아요."(7권 8장) 그러나 빌헬름은 8권에서 탑 사람들 집단의 일원으로 성장해 나간다. 그러면서 절대적으로 자기 마음만을 따라서 마지막 종착지인 죽음으로 이어지는 미뇽과 하프너의 세계에서 벗어난다. 빌헬름은 살아야 하고 또한 살려고 한다. 괴테는 삶의 균형을 중재해 주는 나탈리에의 세계를 선택했다. 그리고 나탈리에는 작품에서 최고의 문학적 광채를 구현하는 위대함을 누리게 된다. 따라서 소설 전체는 삶이 끊임없이 진행되고 있음을 알린다. 빌헬름에게 삶의 다양한 집단들은 순서대로 교양을 쌓는 요소들일 뿐만 아니라, 서로 분리될 수 없는 상황으로 삶 그 자체를 서로 나란히 묘사한다. 그래서 결국 서로 다른 영역들이 하나로 합쳐져 만나게 된다. 미뇽은 로타리오와 나탈리에 주변의 사람들이 사는 영역으로 들어온다. 이 사람들에게서 한편으론 제약의 긍정적인 면이 그려져 있는데, 다른 한편으론 그만큼의 한계도 나타난다. 야르노는 미뇽에게 심한 거부를 나타내고(3권 11장), 나탈리에에게도 미뇽은 교육해야 할 과제로 남는다. 즉 미뇽은 어디에서나 낯선 존재다. 그러나 빌헬름만은 유일하게 미뇽과 가깝다. 이런 사실이 빌헬름에게 얼마나 많은 것을 말해 주는가! 미뇽은 어리고, 하프 타는 노인(하프너)은 비교적 완숙한 나이의 사람이다. 미뇽의 어두운 면은 그 성격이고, 하프너의 어두운 면은 운명이다. 두 사람 모두 바깥세상과 교류하지 않은 채 고독하게 혼자서 살아간다. 그러나 이 소설에서는 사람과 사람 사이의 관계와 교양의 요소를 다루고 있다. 이 두 사람에게는 이런 인간관계가 없다. 인간과의 교류란 나탈리에 주위에 있는 사람들의 모습으로 이루어지지, 미뇽이나 하프너 주변의 사람들로 이루어지지 않는다. 그래서 이 두 사람은 예외로 남는다. 그러나 미뇽은 최고의 목표이자 꼭 하고 싶은 것에 대한 동경을 품고 있다. 이런 동경에서 미뇽의 노래들이 생겨난다. 이 순수한 마음에서 올리는 소리는 언제나 예외의 경우로 남는다. 미뇽은 노래하고, 하프너도 노래한다. 이밖에는 소설에서 거의 노래를 부르지 않는다. 필리네의 노래가 가벼운 사교적 노래라면 미뇽의 노래는 영혼의 노래다. 소설 전반부에서 미뇽에게는 자기 동경이 성취되리라는 희망이 있었다. 바로 이탈리아나 빌헬름에 대한 동경이다. 미뇽이 8권 2장에서 나탈리에의 집에서 천사 옷을 입고 "이 모습 그대로 내버려두세요(…)"라고 부르는 노래에는 현세에 대한 희망이 아니라 내세에 대한 동경이 담겨 있다. 그러나 마음속 깊은 곳에는 이 두 가지 희망이 연결되어 있다. 이 희망은 사랑과 죽음의 합일이자 자아의 한계를 넘어서려는 미뇽이 마음에만 품고 있는 마지막 동경이다. 미뇽의 죽음은 베르테르의 죽음처럼 필연적이다. '과거의 홀(Saal der Vergangenheit)'에 있는 사람들이 이런 죽음을 이해할 수 있을까? 미뇽은 완전히 자신 안에 제한되어 있어서 억제할 수 없는 동경 때문에 죽었다. 그래서 하프너도 죽는다. 반면에 다른 사람들은 세상과 상호 소통하면서 활동하는 사람으로 계속 살아간다. 그러나 사랑이 무엇인지를 그 누구도 아닌 미뇽만이 알고 있다. 그리고 사랑이 인간을 더 높은 세계로 끌어 올려 자유롭게 해 준다는 점에 있어서 미뇽은 신부보다 신이 무엇인지 더 잘 알고 있을지도 모른다. 그래서 미뇽은 아무도 부르지 않는 노래를 부른다. 그럼으로써 다른 모든 사람보다 더 풍성하게 베풀어 준다. 미뇽의 세계는 초자연적인 힘이자 비운의 세계이며 동시에 최고 수준의 문학적 정취라고 볼 수 있다.

### 경건주의

《수업시대》는 젊은 주인공의 성장을 다룬 소설일 뿐만 아니라, 주인공이 그 시대의 교양 집단들을 만난다는 점에서 18세기 전체 교양의 역사이기도 하다. 빌헬름은 오래된 시민 문화를 경험하고, 그러고 나서 귀족의 생활 형태와 18세기 계몽주의의 정신적 흐름 그리고 이 흐름과 연결된 프리메이슨을 만나게 되는데, 이 비밀 결사대의 요소들이 탑의 사람들에게 영향을 미치고 있다. 더 나아가 경건주의(Pietismus)도 경험하는데 이를 위해 작가는 6권 "아름다운 영혼의 고백" 전체를 할애한다. 18세기에 이 글에서처럼 마음의 성찰이 전개되었던 적이 없었다. "아름다운 영혼"은 외부적으로 활동하지 않고 살아가면서 경건주의 공동체와 느슨한 관계를 맺고 있다. 경건주의에서는 처음부터 루터교에 잠재되어 있던 개인주의가 발달했을지도 모른다. 그래서 경건주의는 개인의 도덕적이고 종교적인 책임감을 증대시켰으나, 교단 문화의 구속력 있는 통일성에 손상을 가져왔다. 이 새로운 박애주의 정신의 소유자인 "아름다운 영혼"은 경건주의의 좋은 점을 받아들이려고 했으나 그럼으로써 교단에 얽매이는 위험을 피하려고 한다. 이런 경건주의 여신도의 개인주의와 반대편에 있는 인물이 신부(Abbé)다. 소설에서는 이 신부의 개인적인 사실에 대해서 아무런 언급이 없고 단지 신분과 역할만 서술되어 있다. "아름다운 영혼"이 걸어가는 길에는 경건주의와 루터교 요소를 인정 많은 사람에게 촉구한다면, 신부가 걸어가는 길에는 모든 것을 연결하고, 세계를 넓게 파악하며, 책임감에 충실하고, 자신의 기능을 수행하여 개인주의를 초월할 것을 촉구한다. 그래서 신부는 언제나 자신과 다른 사람들을 연결하는 공동의 과제를 수행한다. 그럼으로써 박애주의와 종교와의 관계가 소설에서는 균형 잡힌 상태로 이어진다. 결국에는 사랑과 행동, 이념과 예술이 절대적인 것을 반영하는 종교적 성격을 띠게 된다. 칸트의 철학과 괴테와 실러가 주도한 독일 고전주의에서 정점을 이루는 이런 믿음으로 18세기의 영광이 이 책 위에 비친다.

## 소설의 구조와 서술 방법

그렇다면 《수업시대》는 어떤 소설인가? 18세기의 독일 연극사의 개요, 여러 삶의 형태가 연속되는 모습, 18세기 교양의 역사를 담은 소설일 뿐만 아니라, 매력적인 서술로 각 권의 장마다 새로운 일들이 벌어져서 어떻게 그 많은 사건이 해결될지 완전히 독자를 긴장시키는 소설이다. 그렇게 많은 교양 소재를 가득 실은 이 배가 가볍고 즐겁게 항해하며 그 매력을 완전히 발휘한다. 그래도 개별 주제들은 모두 서로 얽혀있다. 그러나 오랫동안 독자는 교양 이념과 관련된 분야에 거의 주목하지 못하다가, 6권 "아름다운 영혼의 고백"에 가서 이 주제들은 분명하게 나타난다. 물론 소설의 전체적인 구성은 처음부터 이 이념을 겨냥하고 있다. 젊은 빌헬름이 부모의 집을 떠나서 자신의 운명을 스스로 개척해 보려고 마음먹기 시작하는 대목에서 이 작품은 본격적으로 시작된다. 그리고 소설의 권마다 빌헬름은 자신이 가야 할 길의 방향와 목표에 대해 심사숙고한다. 모르는 사람과 나누는 대화마저 이런 쪽으로 흘러간다(1권 17장, 2권 9장). 처음에는 유랑 극단 배우들과의 이야기가 많이 나오지만, 6권부터는 이와는 정반대되는 "아름다운 영혼"과 숙부, 탑의 사람들의 세계에 관한 이야기다. 5권에서도 이미 제를로라는 위대한 배우는 다른 배우들보다 눈부시게 돋보인다. 그러나 이 위대한 예술가도 자신의 삶이 완전히 외부로 향해 있다는 점에서는 다른 배우들과 똑같다. "아름다운 영혼"의 삶은 반대로 완전히 내면으로 향해 있다. 그래서 5권과 6권은 마치 명제와 반대 명제처럼 나란히 놓여 있다. 그렇게 우리는 긴장한 채 이 두 명제를 종합해야 하는 이야기 속으로 들어가게 된다. 8권 초반부에서 베르너와의 재회는 빌헬름이 얼마나 변했는지 분명하게 보여 준다. 이 에피소드는 빌헬름이 자신의 '수업기(Lehrbrief)'를 받은 바로 직후에 벌어지는데, 우리는 빌헬름이 이 수업기를 받을 자격이 있음을 느끼게 된다. 그래서 소설의 구조를 한번 전체적으로 들여다보면 각각의 권마다 주된 주제가 있고, 매번 마지막에는 상징적인 의미의 결정이 내려지고 있음을 알 수 있다. 2권의 마지막에 빌헬름은 가야 할지 머물러야 할지 망설인다. 그때 미뇽의 병이 발작을 일으키는데 빌헬름은 미뇽을 팔에 껴안는다. 이것은 상징적인 행동으로 빌헬름이 머물기로 결정했음을 의미한다. 빌헬름이 현실적인 생각을 버리고 마음에서 우러난 결정을 할 수 있는 성격이기 때문이다. 생생하게 벌어지는 그 많은 사건 속에서 이 소설이 궁극적으로 그런 세계관을 보여 주려고 얼마나 노력하는지를 나중에야 알게 된다. 신부와의 대화, 숙부가 하는 말들, 빌헬름의 수업기가 격언풍으로 이루어져 있지만, 이러한 정신적인 생각은 빌헬름이 직관적으로 생각하는 구체적인 모습을 압도한다. 이 사람들의 생활 방식과 가르침은 함께 인간답게 살아가는 새로운 세계의 모습을 제시한다.

여기서 눈에 띄는 점은 괴테의 탁월한 서술 방법과 균형감이다. 괴테는 이 소설에서 정치가와 같은 활동과 경제 활동에 관해 이야기하지만, 계몽주의 시대의 정치 소설처럼 절대 일방적인 시선으로 말하지 않는다. 괴테는 꿈을 서술하더라도 이후의 낭만주의자들처럼 지나치게 의미심장하게 표현하지 않는다. 그래서 모든 것이 균형이 잘 잡혀 있는 하나의 풍요로운 세상으로 보인다. 그리고 빌헬름은 이 모든 것을 수용해서 처리하는 데 적합한 인물이다. 빌헬름은 꿈과 환상을 가지고 있는데, 괴테 이전의 어떤 소설에도 등장인물의 영혼을 통찰할 수 있는 꿈의 상징들이 들어 있지 않았다. 빌헬름의 감각은 민감해도 그런 점에선 미뇽에게 한참 뒤처진다. 미뇽은 말수는 적지만 말을 하지 않고 자기 생각을 전달할 수 있다(2권 4장). 화자는 그 비밀을 밝히지 않은 채 묘사하고 있어, 그 비밀은 일상생활 속에 있다. 이렇게 소설에서는 객관적으로 계획된 영역에서부터 비밀로 가득 찬 정신적인 영역에 이르기까지 다양한 영역들이 존재한다.

이 소설은 수많은 인물과 넓은 세상을 보여주는 책이다. 그리고 1770년대와 1780년대를 보여주는 철저한 시대소설이다. 수많은 인물이 등장하지만 못된 인물이나 타락으로 유혹하는 극단적인 인물은 없다. 그리고 전형화된 경험들도 없다. 미뇽에 대한 빌헬름의 감정은 사랑과 동정 그리고 빌헬름이 생각하는 것과 다를 수 있는 보살핌이 섞여 있는 감정이며, 테레제에 대한 빌헬름의 감정은 우정과 사랑과 머물 곳을 찾고 싶은 동경이 결합하여 있는데, 이 모든 감정은 인생 그 자체처럼 오직 한 번만 느끼는 감정이다. 화자는 가끔 자기 주인공을 빈정대기도 하는데(1권 9장, 1권 14장, 7권 1장 등등), 이 화자가 고루한 특성을 계속 보여 주고 있어 이상한 일도 아니다. 빌헬름은 배우들의 난잡한 생활을 얼마나 자주 원망하며 바라보는가! 하지만 화자는 그런 생활을 아주 즐겁게 서술한다. 그러면서 해학적인 반전도 빠뜨리지 않는다. 펠릭스가 죽지 않고 버터 발린 빵을 먹는 장면이나, 백작이 아프지도 않은 펠릭스의 이마에 손을 대고 건강하길 기원하는 장면, 임신한 필리네가 거울 앞에 서서 "멜리나 부인의 몸매"(8권 6장)라고 말하는 장면 등등이다. 경솔함과 우울함이 번갈아 나타나는데 한쪽만 옳은 것은 아니다. 또한 겉모습과 속마음이 번갈아 가며 바뀌는데, 독자는 나탈리에를 오랫동안 간접적으로 바라 보게 되고, 빌헬름은 실신한 상태에서 나탈리에를 환상처럼 바라 본다. 그래서 나탈리에는 빌헬름이 꿈꾸는 동경의 대상이 된다. 그러고 나서 한참 뒤에 나탈리에가 젊은 귀족 부인으로 현실에 나타나, 소녀들을 교육하면서 자신의 지위가 제공하는 수단을 잘 이용한다.

## 상징성

이 소설에는 전통적으로 내려오는 소설 주제들이 거리낌 없이 녹아들어 있다. 강도들의 습격, 납치, 근친상간, 오랫동안 헤어졌던 인연의 기묘한 재회 등등의 모티프들이다. 또한 사실주의적 요소는 전혀 문제가 되지 않는다. 예를 들어 미뇽이 단지 떠듬거리며 독일어를 할 수 있을 뿐인데 어떻게 노래 부르는 시들을 쓸 수 있는지를 물어볼 필요가 없다. 여기서는 이 노래들이 무엇을 의미하는지만 중요할 뿐이다. 마치 탑 사람들을 표현하는 것이 수업기에 적힌 도덕적 격언인 것처럼, 미뇽을 표현하는 것이 노래이기 때문이다. 이런 상징성이 다음과 같은 태도에서 특징적으로 나타난다. 《연극적 사명》 3권 12장에서는 빌헬름이 어린 시절에 쓴 드라마에 들어 있는 노래를 미뇽이 외워서 "제게 말하라고 하지 마세요(…)"라고 노래 부르지만, 《수업시대》에서는 이 노래가 완전히 화자에 의해 전달되고(5권 16장), 미뇽이 불렀던 "이 모습 그대로 내버려두세요(…)"라는 노래도 나탈리에가 전해 준다(8권 2장). 다만 미뇽이 이탈리아어로 부르는 "당신은 아시나요, 그 나라를?"(3권 1장)이라는 노래는 빌헬름이 독일어로 옮겨 놓은 것이다. 그 밖에도 《수업시대》에서는 그런 현실적인 동기화를 의도적으로 피한다. 미뇽이 노래를 부르면, 그 노래 안에 미뇽의 영혼이 들어 있다. 예술은 자유롭게 현실의 영역에서 상징의 영역으로 넘어가고, 상징적인 언어는 곧 꿈이기도 하다. 탑의 사람들이 꿈에 대해 말하는 대목은 없어도 빌헬름이 자신의 꿈을 말하는 대목은 있다(1권 12장, 7권 1장). 이 꿈들은 빌헬름의 마음에 깊은 인상을 남긴다. 헛된 공상이나 어린 시절의 추억도 마찬가지로 상징적인 꿈이 된다. 그리고 이 꿈들은 특히 아픈 상태에서(4권 9장) "아마존 여인(die Amazone)", "크롤린데(Chlorinde)", "아픈 왕자"로 나타난다. 이런 이미지들을 빌헬름은 성격과 운명의 관계를 푸는 열쇠로 해석한다(4권 9장). 하지만 이런 상징성은 꿈이나 환상에 제한되어 있지는 않고 서술되고 있는 현실에도 나타난다. 나탈리에는 세 번이나 상징적인 상황에 나타나는데, 한번은 펠릭스를 물에서 끌어올려 주고 빌헬름과 정원을 이리저리 걸어 다니고(7권 1장), 빌헬름이 나탈리에를 만나고 펠릭스는 두 사람 사이에 누워 있으며(8권 2장), 마지막으로 빌헬름이 나탈리에 옆에 앉아 있고, 펠릭스가 두 사람을 연결하듯 두 사람의 무릎 위에 누워 있다(8권 10장). 이 세 가지 상황에서 첫 번째 상황은 꿈을 꾼 것이고, 나머지 두 상황은 실제로 벌어진 것인데 이 모든 상황이 마찬가지로 상징적이다. 그리고 소설의 진행은 이러한 상징적 이미지 속에 순간적으로 머무른다. 그리고 이런 생생한 상징적 이미지들은 '과거의 홀'에 그려진 상징적인 이미지들에 의해 보충된다(8권 5장). 《수업시대》에서는 직접적인 가르침들이 중요한 것이 아니라, 괴테가 실러에게 1796년 7월 9일에 쓴 편지에서 직접 말했듯이 이런 상징적인 모습들이 중요하다. "이념"은 어디에도 그런 형태로 말하지 않았는데 어떤 가르치는 말로도 그런 이념을 만족시킬 수 없기 때문이다. 인생은 비밀에 가득 찬 채 남는다. 인생은 정신에 의해 관리되지만 절대 완전하게 지배되지 않는다. 로타리오 주변 사람들이 이렇게 성공할 가능성이 가장 큰데, 특히 나탈리에가 그렇다. 그러나 나탈리에도 완전히 지배당하지 않는다. 미뇽이 그것을 보여준다. 미뇽의 천성은 자기 마음을 무조건 따르려고 하므로 파멸한다. 테레제는 자기 생각을 관철하려는 천성을 가졌지만 "천상 축복에 대한 동경(selige Sehnsucht)"이라는 측면은 없다. 이 두 대립하는 천성을 합쳐놓은 천성을 나탈리에가 가지고 있다. 그래서 나탈리에는 목표가 있고, 그 결말은 상징적이다. 그렇다면 빌헬름은 무엇을 얻게 되는가? 빌헬름은 직업도 없고, 명확하게 밝히는 세계관도 없다. 하지만 나탈리에가 빌헬름을 선택한다. 그리고 많은 말을 하지 않고 이 소설은 끝난다. 커다란 사건도 없이, 거의 희극처럼 가볍게 말이다. 빌헬름은 속으로 압도당한 채 친구들 사이에 서 있다. 이전 같았으면 열정적으로 말했을지도 모른다. 지금은 내면에 있는 생각을 말할 뿐이다. 그러나 동시에 단순하고 우아하고 짧게. "내가 왕국의 가치는 모르지만, 받을 자격이 없는 행복을 얻었다는 것만은 잘 알고 있습니다. 그리고 이 행복을 세상의 어느 것과도 바꾸고 싶지 않습니다.”(8권 10장) 빌헬름이 나탈리에의 세계에 들어맞는 이 마지막 말보다 더 분명하게 보여주는 것은 없다. 이 결말은 이전에 세웠던 ‘민족 극장’의 설립과 같은 외형적인 목표에 도달했음을 보여 주지는 않아도 내면의 성숙에 다다랐음을 보여 주기는 한다. 괴테는 1793년에 작성한 메모에 내면의 성장에 대한 문제를 다음과 같이 말했었다. “젊은 시절에 그토록 많이 기대하는 사람은 누구도 그 기대를 이루지 못한다. 그러나 자기 마음속에서 느낀 것처럼 그 사람은 또한 자신의 외부가 아닌 마음속에서 성취감을 찾아야 한다.” 이 글은 괴테가 《연극적 사명》을 새로 쓰려고 계획하던 시기에 썼다. 그리고 바로 이 글을 메모해 놓은 곳에 새로운 소설의 틀을 도식으로 작성해 두었다. “빌헬름: 미학적이고 도덕적인 탑 — 로타리오: 영웅적이고 활동적인 꿈 등등”. 그러니까 이렇게 메모해 둔 글은 내용뿐만 아니라 생성과 관련해서도 《수업시대》와 관련이 있다.

### 실러의 조언

《수업시대》와 같은 소설은 독일에서 이전에는 볼 수 없었다. 주인공의 감정을 묘사한 소설은 겔러트(Gellert)의 《스웨덴 G.백작 부인의 인생(Das Leben der schwedischen Gräfin von G.)》(1746)에서 시작해서 괴테의 《젊은 베르테르의 슬픔》(1774)으로 정점에 이르지만, 이 괴테의 초기 소설에도 다양한 세상이나 인물들을 보여 주지는 않는다. 괴테가 이 소설에서 주인공이 마주치는 모든 것을 주인공이 교양을 쌓는 요소로 경험하게 하고 그 자아를 일반적인 문화의 이상과 관계를 맺게 해서, 이 이상을 다시 인물의 삶과 경험으로 나타나게끔 묘사했다는 점은 소설의 역사에서 특별한 공헌으로 남아 있다. 《젊은 베르테르의 슬픔》이 '감상주의'의 정점이자 극복을 보여 주는 작품으로 그 당시를 지배하던 정신에 대항하며 곧바로 전 유럽에서 유명해졌다면, 18세기에 한 인간을 교육하는 힘들을 요약하고 있는 《수업시대》는 출간 직후 즉시 독일에서 영향을 미쳤고, 그 후에도 지속적인 영향을 미치고 있다. 이 작품을 처음 읽은 사람은 실러다. 그래서 실러와 괴테가 주고받은 많은 편지에 이 소설에 관한 언급들이 이 작품에 흘러 들어갔다. 만약 편지에서 이 부분들을 추려내면 두 사람이 전개해 나가는 방향을 보여 주는 놀라울 만큼 훌륭한 자료가 된다. 괴테는 처음에 집필을 주저했으나 실러가 작품에 대해 자세히 피력하자 괴테의 마음을 사로잡았다. 그래서 괴테는 실러의 제안을 받아들여 원고를 완성했다. 실러가 1796년 7월 7일에 괴테에게 보낸 편지에 자신이 지금 그리고 가까이서 그렇지 않으면 문학사에서만 알 수 있는 사실을 경험한다고 생각해 점점 더 열광하게 된다고 썼다. 그리고 실러는 작품을 해석하는 두 통의 긴 편지를 보냈고, 괴테도 평소의 엄격하게 절제된 자신의 언어를 괴롭지만 다듬었다. 이렇게 문학사에서 유래를 찾아볼 수 없는 두 천재 작가의 정신적 결합에 절제된 환희가 뒤따랐다. 실러는 수정하라는 요구를 담은 해설을 계속해 주었고, 괴테는 주의를 기울여 새로 수정하려고 애썼다. 실러는 몇몇 대목을 고치는 성과를 거두었으나, 괴테는 자기 능력의 한계에 다다랐다. 그래서 실러에게 원고를 두 번 다시 보여 주지 않았다. 실러도 이점을 이해했는데, 이 소설을 그 당시 두 사람이 함께 작업하던 풍자시 모음집 《크세니엔(Xenien)》과는 다르게 공동으로 작업할 수 없기 때문이었다. 그래도 그 당시에 외롭게 지내던 괴테는 실러를 통해 작품을 완성할 용기를 얻었다고 느꼈다. 그러나 동시에 두 사람은 자신들 특유의 창작 방식에 한계가 있음을 서로 인정했다. 1796년 가을에 4권이 출판되고 나자마자《수업시대》에 관한 편지 교환은 중단된다.

## 동시대 사람들의 평가 및 영향

동시대 사람들은 이 작품을 두고 훌륭한 평가를 많이 했고, 오늘날에도 실러나 훔볼트(Humboldt) 그리고 프리드리히 슐레겔(Friedrich Schlegel)과 다른 사람들이 쓴 글은 여전히 읽어 볼 가치가 있다. 이들은 이 소설의 내용과 형식에 관한 모든 문제를 다루었는데, 특히 낭만주의를 시작한 프리드리히 슐레겔은 낭만주의 강령을 모은《단상집(Fragment)》에서 이 소설을 중요하게 다루었을 뿐 아니라 이런 작품은 지금까지 독일에 없었다며 자세한 비평을 쓰기도 했다. 프리드리히 슐레겔은 이 소설에 이야기, 시와 대화가 유기적으로 연결되어 넓은 내부 공간을 형성하고 있음을 알아보았다. 그리고 소설의 정교한 구조 그리고 현실과 상징이 결합된 모습도 보았다. 반면에 노발리스(Novalis)는 인간이 사랑으로 무한한 것에 다가가야 하고, 내면으로 향하는 길을 통해 자신이 더욱 완전해지고 그럼으로써 마법사가 되어야 한다는 자신의 이념에서 출발하는데, 이를 위해서라도 처음에는 자신이 감탄했던《수업시대》를 거부한다. 자신의 목표인 한 차원 높은 피안의 세계와 빌헬름 마이스터가 걸어가는 인생길은 모순으로 보인다는 것이다. 왜냐하면 이 소설이 노발리스 자신의《하인리히 폰 오프터딩겐(Heinrich von Ofterdingen)》 일명 〈푸른 꽃(Die blaue Blume)〉에서에서 묘사하려고 했던 것처럼 인간의 한계를 벗어나는 결말 대신에 자신의 활동을 스스로 제한하는 이승의 사람들로 끝나기 때문이라는 것이다. 이렇게 노발리스가 《수업시대》에 관해 신랄하게 비판하는 글을 썼지만, 현명한 장 파울(Jean Paul)은 이런 관점에 균형을 잡아 주려고 노력한다.

교육의 요소들은 변했어도 교육 사상은 그대로 유지되었다. 심지어 이런 교육 사상은 비로소 요즘 일반화되었다. 괴테는 자신이 가진 시적 역량으로 소설에 노래들을 삽입했고, 영혼의 전문가로서 꿈을 이야기했다. 이런 사실이 낭만주의자들을 사로잡았는데 이 소설이 마치 자신들을 위해 특별히 창작된 것처럼 보였다. 그래서 이 소설은 이어지는 시대에 나온 티크(Tieck)의 《슈테른발트(Sternbald)》, 브렌타노(Brentano)의 《고트비(Godwi)》, 장 파울(Jean Paul)의 《거인(Titan)》, 아이헨도르프(Eichendorff)의 《예감과 현재(Ahnung und Gegenwart)》, 뫼리케(Mörike)의 《화가 놀텐(Maler Nolten)》에 영향을 주었다. 그리고 임머만(Immermann)의 《모방자들(Epigonen)》, 슈티프터(Stifter)의 《늦여름(Spätsommer)》, 켈러(Keller)의 《초록의 아인리히(Der grüne Heinrich)》와 같은 19세의 사실주의 소설에도 계속 영향을 미쳤다. 후세의 작가들은 이 작품에 삶이 다양하게 그려져 있는 데 감탄했고, 20세기에 이 작품에 대해 언급한 가장 아름다운 말은 이 작품을 통찰하고 자신의 창작력과 연결했던 호프만스탈(Hofmannsthal), 헤세(Hesse), 카프카(Kafka)와 같은 작가들에게서 나왔다. 사람들은 돌이켜보면서 이런 소설류를 '성장소설(Entwicklungsroman)' 또는 '교양소설(Bildungsroman)'이라고 불렀다. 그리고 가장 대표적인 작품으로 《수업시대》가 여전히 언급되는데, 수많은 모티프가 매우 단순하게 시작해서 아주 풍성하게 끝나며, 많은 영역을 관통하면서도 그 영역들이 모두 예술적으로 연결되는 것이 마치 훌륭한 교향곡처럼 느껴지기 때문이다.

# 줄거리 요약

## 1권

1장 마리아네(Mariane)는 빌헬름(Wilhelm)을 사랑하지만, 하녀인 바르바라(Barbara) 할멈은 마리아네의 마음을 젊고 부유한 상인 노르베르크(Norberg)에게로 돌리려고 시도함 – 노르베르크가 마리아네와 할멈에게 선물을 보냄 – 마리아네는 붉은 장교복을 입고 연극을 공연하고 늦게 집으로 돌아와 노르베르크가 보낸 편지에는 눈길도 돌리지 않고 불안해함

2장 빌헬름의 아버지는 빌헬름이 자주 연극을 보러 가는 것을 매우 못마땅하게 생각함 – 어머니는 아들에게 어릴 때 인형극 세트를 선물했는데, 빌헬름은 어머니에게 자기가 어릴 때 인형극을 했던 이야기를 해 줌

3장 빌헬름은 마리아네에게 어린 시절 보았던 인형극에 관해 이야기해 주기 시작함 – 요나단, 사울 왕, 다윗과 골리앗 – 빌헬름은 마리아네와 행복한 시간을 보냄 – 마리아네와 빌헬름의 만남 – 마리아네가 과거 남자관계를 빌헬름에게 들킬까 불안했던 것이 빌헬름에게는 더욱 매력적으로 보임

4장 인형극을 처음 볼 때 기쁘고 즐거웠지만 두 번째 볼 때는 이 인형극에 주의를 집중해서 탐구해 보려는 욕망이 커짐 – 막후극을 준비할

때 커튼 뒤로 사람들이 인형들을 정리하는 모습을 보고 환상이 깨짐

5장 집안에서 식품 창고 앞에서 군것질거리를 훔쳐 나오면서 “다윗과 골리앗” 대본을 함께 갖고 나와 인형극을 연습해 보면서 완전히 대사를 외움 – 아버지는 아들의 좋은 기억력에 매우 흐뭇해함

6장 빌헬름이 어린 시절 포병 장교와 인형극을 공연했던 이야기를 마리아네에게 이야기해줌 – 첫 공연에서 요나단의 실을 놓쳐 떨어뜨렸던 이야기 –《다윗과 골리앗》을 여러 번 공연하다 보니 재미가 없어져 오페라를 인형극으로 공연하며 준비했던 이야기 – 인형들의 의상을 여동생들과 만들어 훌륭한 의상실을 갖추게 된 이야기 – 빌헬름이 졸린 마리아네에게 과거 이야기를 해달라고 하자, 바르바라 할멈은 오히려 빌헬름이 어떻게 연극을 하게 되어 훌륭한 배우가 되었는지 이야기해 달라고 함

7장 빌헬름이 코펜이 번역한《해방된 예루살렘》을 읽고 주인공 탄크레드(Tankred)와 여주인공 클로린데(Chlorinde)를 매력적으로 생각한 이야기 – 친구들과《해방된 예루살렘》공연을 준비하는 이야기와 아이들이 대사를 외우지 못해 공연에 실패한 이야기

8장 빌헬름의 이야기를 들으며 마리아네는 졸려 죽을 것 같음 – 그래도 이것을 눈치채지 못하고 빌헬름은 아이들과 연극을 공연했던 이야기를 계속함 – 아이들이 연극 공연에 필요한 도구들을 만드는 이야기 – 소년 소녀들이 연극을 공연하다 서로 사랑하게 되고, 다른 아이들이 질투하는 이야기 – 빌헬름이 비극의 여신 멜포메네(Melphomene)와 자신이 만든 상업의 여신이 빌헬름의 장래를 두고 다투는 시의 내용을 말해 줌 – “뮤즈 여신은 자기 황금 베일을 던져 벌거벗은 나를 덮어 주었다.” – 마리아네는 빌헬름이 말한 마지막 부분을 졸려서 거

의 듣지 못함.

9장 빌헬름은 마리아네와 행복하게 밤들을 보냄 – 마리아네는 자신이 살아왔던 과거를 되돌아보며 반성해 봄 – 빌헬름은 배우가 되어 "민족극장"의 창시자가 되려는 꿈을 가짐

10장 빌헬름은 친구인 베르너(Werne)와 상업과 예술에 대해 논쟁을 벌임 – 상업의 여신을 예술의 여신보다 우위에 두는 베르너의 태도에 빌헬름은 마음이 언짢았지만 참음 – 대도시에서 활발하게 거래되는 상업(무역), 대규모 물류의 순환, 항구에서 만선으로 귀환하는 배들의 비유

11장 빌헬름의 아버지와 베르너의 아버지 이야기 – 빌헬름의 아버지는 할아버지가 돌아가시자 할아버지의 예술품을 팔아서 베르너의 아버지 사업에 투자하여 큰돈을 벌어들임 – 그래서 집안을 사치스럽게 꾸미고 살았지만, 손님은 없음 – 반면에 베르너의 아버지는 검소하게 생활하면서도 많은 사람을 초대해서 즐겁게 살고 있음 – 두 아버지는 빌헬름을 출장 보내기로 했고, 그렇지 않아도 부모의 집을 나올 생각이었던 빌헬름은 자신의 꿈을 이룰 기회로 삼아 마리아네와 떠날 결심을 함 – 마리아네는 빌헬름의 이런 말을 듣고 근심에 차지만, 빌헬름이 마리아네가 임신한 아이의 아버지로 생각해도 되냐고 물었을 때 마리아네는 아무 말도 하지 못함

12장 빌헬름이 출장 여행을 떠나자, 마리아네는 슬퍼짐 – 빌헬름이 떠나면서 마리아네를 데리러 오겠다고 했지만, 마리아네는 따라갈 생각이 없고, 사랑하는 빌헬름과 헤어져야 한다고 생각함 – 그래서 할멈에게 어떻게 해야 할지 조언을 구하고, 할멈은 두 애인을 가지라고 충고함 – 마리아네는 임신한 상태임 – 할멈은 노르베르크가 온다니

품에 안겨 빌헬름을 생각하라고 하고, 아이는 부유한 아버지를 만나야 한다고 하자 마리아네는 아무런 대꾸도 못 함

13장 빌헬름이 출장 여행을 갔다가 멜리나(Melina)를 만나는 이야기 – 멜리나가 극단에서 나와 어느 지방에서 프랑스어와 춤을 가르치며 살고 있었는데, 머물고 있던 집의 딸과 눈이 맞아 달아남 – 지참금을 마련해 주기 싫은 새엄마 때문에 결혼을 할 수 없었음 – 그 집 딸이 법정에서 논리정연하게 진술함 – 서로를 위하는 마음에 빌헬름이 감탄함

14장 빌헬름은 멜리나와 대화를 나누면서 멜리나가 연극을 떠나 공무원을 해 보고 싶다는 말에 논쟁을 벌임 – 배우와 극단의 현황에 대한 멜리나의 비판 – 멜리나와 헤어지고 숙소로 돌아온 빌헬름은 멜리나에 대한 자신의 불만을 장황하게 토로 – 다음 날 빌헬름은 그 처녀의 부모를 방문해서 멜리나와 처녀의 결혼 허락을 받아 내고, 멜리나를 위해 공무원 자리를 알아보았지만, 마땅한 자리가 없어, 멜리나는 결국 아내와 함께 극단을 찾아 떠남

15장 빌헬름이 연극과 극장에 빠져 마리아네의 연극을 무대 뒤에서 지켜보며 황홀해하던 일 – 빌헬름과 마리아네의 개인적 만남 – 빌헬름의 개인 생활(부유한 시민 계급의 정리 정돈된 삶)과 마리아네의 어질러진 방 묘사 – 매제가 될 친구 베르너의 성격 – 빌헬름이 여행에서 돌아왔을 때 베르너는 마리아네에 대한 나쁜 소문을 듣고 빌헬름을 공격하고, 빌헬름은 부정함 – 마리아네의 집으로 가서 처음 만났을 때의 이야기를 나누며 마음이 풀어짐 – 부모의 집을 나와 마리아네와 떠날 계획을 즉각 실천하기로 함

16장 빌헬름이 출장을 떠나면서 마리아네에게 쓴 편지 – 빌헬름은 출장에서 돌아오면 마리아네와 결혼해서 연극을 위해 살겠다는 결심을 밝

히고, 마리아네도 자기 계획에 따라 줄 것을 부탁함

17장 빌헬름은 편지를 마리아네에게 전해 주려고 갔다가 밤에 다시 오겠다고 말하고 나가면서 마리아네의 목도리를 주머니에 넣고 나옴 – 그러나 길에서 낯선 사람을 만나는데 알고 보니 할아버지가 수집했던 미술품을 팔도록 권유했던 사람으로, 빌헬름의 집안을 잘 알고 있음 – 그 사람과 대화하던 중 빌헬름은 우연과 운명과 종교를 같은 시각에서 바라보며 말했고, 그 낯선 사람은 그렇게 보는 것은 잘못된 것으로, 자신이 가진 유용한 재능을 실제로 수행해야 한다고 말함 – 헤어진 후 빌헬름은 악사들을 데리고 마리아네의 집 아래에서 음악 연주를 부탁하는데, 어둠 속에서 어떤 형태가 마리아네의 집에서 나오는 것을 목격함 – 착각으로 여기고 마음을 진정시켜 보지만, 마리아네의 목도리에서 떨어진 쪽지로 노르베르크가 밤에 온다는 소식을 알게 됨

## 2권

1장 화자는 이 사건으로부터 몇 년 후 빌헬름이 다시 정상 생활로 돌아간 상태에서 2권을 시작하겠다고 함 – 빌헬름이 마리아네의 배신으로 당한 고통을 되돌아보면서 회복하는 과정 이야기 – 빌헬름은 절망했고 젊은 만큼 그 고통이 더 컸음 – 열병과 심한 후유증과 절망감 – 빌헬름은 이 고통을 자기 인생에서 마지막으로 겪는 것으로 생각함

2장 빌헬름은 여행을 떠나기 위해 가방 밑에 넣어 두었던 자신의 원고를 불태움 – 베르너에게 자신이 생각하는 시인에 대해 장황하게 말함

3장 빌헬름이 출장을 떠남 – 산악 지대인 호흐도르프(Hochdorf)에서 벽지

공장 직원들이 《성실한 목동(Pastor Fido)》를 공연하는 것을 봄

4장 어느 도시에서 필리네(Philine)와 라에르테스(Leartes)를 만남 – 줄타기 곡예단의 공연 홍보 행진 – 필리네의 방에서 빌헬름이 머리 손질을 받음 – 필리네로부터 '분을 털어내는 작은 칼'을 선물 받음 – 칼 손잡이에 "나를 기억해 주세요"라는 문구가 적혀 있음 – 광부들의 즉흥극 – 필리네와 라에르테스와 함께 소풍을 감 – 돌아와서 곡예단의 공연을 봄 – 미뇽(Mignon)과 처음 대화를 나눔 – 다음 날 필리네와 수렵관으로 소풍을 감 – 필리네가 빌헬름에게 키스함 – 곡예단의 두 번째 공연을 보러 돌아와 미뇽을 30탈러를 주고 곡예단 단장에게서 사게 됨 – 나르치스(Narziss)와 란트리네테(Landrinette)의 뛰어난 공연에 대한 빌헬름의 생각 (배우나 작가나 관중으로부터 이런 정도의 환호를 받을 수만 있다면…)

5장 그 도시에서 멜리나 부부를 만남 – 멜리나의 계산적인 성격과 멜리나 부인의 성격 ("자기에게 어떤 친구의 관심이 중요하면 특별한 관심을 가지고 그 사람에게 듣기 좋은 말을 해줄 줄 알았다")

6장 멜리나는 떠난 극단의 여단장이 담보로 잡아 둔 연극 도구들을 빌헬름이 돈을 내서 담보를 풀어 주면 극단을 조직해 연극을 하겠다고 빌헬름을 조름 – 그러나 빌헬름은 연극을 단념했기 때문에 떠나고자 함 – 미뇽이 빌헬름에게 봉사 – 미뇽이 각각의 사람들에게 하는 특이한 인사법 – 미뇽이 아침에 미사에 가서 묵주 기도하는 모습

7장 그곳에 예전 마리아네와 같이 공연하던 호통치는 역을 하던 배우가 두 딸과 함께 옴 – 배우 자리를 찾으러 다니다가 이곳으로 왔는데 빌헬름은 마리아네의 소식을 들으려 함 – 마리아네가 임신한 사실을 단장에게 들켜서 극단에서 쫓겨남 – 이 영감은 마리아네가 출산했다

는 소식을 듣고 도와주었으나 그 후 연락이 없어 대단히 화가 나 있었음

8장 미뇽의 달걀 춤

9장 일행은 뱃놀이하면서 즉흥극을 함 – 도중에 성직자 같은 남자(나중에 신부로 드러남)가 타서 즉흥극 놀이에 참여함 – 빌헬름은 이 남자와 산책하면서 즉흥극과 그 효과에 관해 대화를 나눔 – 우연과 운명 – 이 남자는 어린 시절에 인형극을 했다고 자신이 훌륭한 배우가 될 수 있다고 생각하는 착각을 들어 운명과 우연은 다르다고 주장함 – 오히려 인간 스승의 말을 따라야 한다고 주장함

10장 일행은 소풍에서 돌아와 빌헬름의 방에서 독일 기사극을 낭독함 – 낭독으로 흥이 오른 일행은 펀치를 마시며 술잔을 깨뜨림 – 순찰대가 와서야 일행의 흥분은 진정되고, 빌헬름은 방에 들어와 바로 잠에 들지만, 아침에 일어나 자기 방이 난장판이 된 모습을 보고 불쾌해짐

11장 일행이 저녁을 먹고 있는데 하프 타는 노인(Harfner)이 찾아와 노래를 부름 – 가수가 왕궁에 초대받아 부르는 노래 – 음악과 연극의 유사성과 차이점으로 빌헬름과 라에르테스 및 멜리나가 논쟁을 벌임

12장 연극 도구를 사달라고 조르는 멜리나의 말에 불쾌해진 빌헬름은 그곳을 떠나려 하지만 필리네가 따라 나와 키스하며 말림 – 필리네가 여관으로 들어가자, 빌헬름이 따라가다가 여관 입구에서 필리네 옆에서 시중을 들던 프리드리히(Friedrich)를 만나 더 불쾌해 짐 – 이때 여관에 승마 교관이 도착해 빌헬름을 곁눈질로 쳐다봄 – 빌헬름은 그곳을 떠나 거리를 배회함

13장 빌헬름은 하프너의 방을 찾아가고, 하프너는 하프를 타며 노래를 부름 – "한 번도 눈물 젖은 빵을…" – 노래에 감동한 빌헬름은 하프너

와 대화를 나눔

14장 멜리나가 연극 도구를 빌헬름의 돈 300탈러로 삼 – 승마 교관이 필리네와 저녁을 먹음 – 시중들던 프리드리히가 음식을 쏟음 – 프리드리히와 승마 교관의 싸움 – 빌헬름은 떠나야 할지 머물러야 할지 고민하다 떠나기로 함 – 미뇽의 경련 – 빌헬름이 미뇽을 딸로 삼기로 함

## 3권

1장 미뇽의 노래 "당신은 아시나요, 그 나라를…" – 멜리나가 극단을 만듦 – 백작이 도착해서 이 극단에게 왕자를 위한 공연을 부탁함 – 백작 부인과 빌헬름이 처음 만남

2장 남작의 희곡 낭독 – 남작은 백작의 성에서 최고의 대접을 받을 것이라고 약속함 – 귀족에 대한 빌헬름의 성찰 – 공연 준비 – 배역 분배 – 빌헬름은 출연하지 않고 뒤에서 지원함 – 멜리나는 작품을 무자비하게 잘라서 관객들의 취향에 맞춰 인기를 얻음

3장 백작의 성으로 단원들은 출발했으나, 비가 오기 시작했고, 왕자가 며칠 일찍 도착하는 바람에 단원들은 머물 방도 없어 아무도 살지 않는 옛 성으로 들어가게 됨 – 어둡고, 춥고, 아무 먹을 것도 없는 곳에서 단원들은 고생함

4장 백작이 다음 날 아침에 와서 지난밤의 일을 사과함 – 단원들을 소개시킴 – 백작을 따라온 야르노(Jarno)라는 사람이 빌헬름에게 질문함 – 연습 공연을 했으나 장난을 치는 젊은 장교들과 워낙 많은 사람이 찾아와 방해받음

5장 남작은 빌헬름더러 백작 부인에게 따로 소개해 줄 테니 좋은 작품을

읽어 주라고 말해 줌 – 빌헬름이 준비를 마침 – 귀족 앞에서 자신을 과시하고자 함 – 백작 부인이 불렀을 때 머리 치장, 장교들의 작별 인사, 화장품 상인 등으로 방해를 받아 결국 읽지 못하고 나옴 – 남작 부인이 빌헬름 주머니에 몰래 영국제 지갑을 넣었고, 나중에 예쁘게 짠 조끼도 갖다줌

6장 왕자를 찬양하는 연극 – 백작의 계획 – 빌헬름의 구상 및 계획 – 밤에 몰래 백작 부인과 남작 부인에게 자신의 계획을 설명함 – 백작 부인의 눈빛

7장 왕자를 위한 축하극 준비 – 백작의 의도(은유적 표현)에 따르지 않은 빌헬름의 계획 – 달걀 춤을 추지 않으려는 미뇽

8장 왕자가 빌헬름에게 프랑스의 작가 라신(Racine)을 아느냐고 질문함 – 빌헬름은 왕과 작가의 관계를 라신을 예로 들어 프랑스 드라마를 칭찬함 – 야르노가 이런 무례를 알아차리고 빌헬름을 따로 불러 셰익스피어를 소개함 – 셰익스피어의 세계에 빠진 빌헬름

9장 배우들과 남작과의 관계 – 처음에는 후견인으로 좋아했으나 특정 배우만 편애하자 다른 배우들과 사이가 벌어짐 – 남작을 비꼬는 시가 성에서 떠돌아다님 – 이 시를 쓴 사람을 색출하려고 했으나 밝혀 내지 못함 – 빌헬름은 셰익스피어의 세계에 빠짐(마술사가 자기가 건 마법/유령들을 풀지 못하는 상황과 비교) – 프리드리히가 밤에 성을 넘어오다 잡힘 – 빌헬름이 애써서 풀려나게 되고 미뇽, 하프너와 함께 빌헬름의 세 번째 식구가 됨

10장 남작 부인은 백작이 사냥을 나간 사이에 백작 부인을 놀려 주려고 빌헬름을 불러 백작의 잠옷 가운을 입으라고 함 – 필리네가 빌헬름에게 자신을 반성하면서 잘 지내자고 함 – 남작 부인은 변장하고 남을

놀라게 해 주는 것을 즐김 – 빌헬름이 백작의 잠옷 가운을 입고 있을 때 사냥을 나갔던 백작이 갑자기 돌아와 거울에 비친 빌헬름의 모습을 자신의 모습을 한 유령으로 착각함 – 말이 없어진 백작은 빌헬름을 불러 모험 소설을 읽어 달라고 부탁함

11장 빌헬름의 셰익스피어에 대한 칭찬 – "언젠가 운이 좋다면 수수한 자연의 거대한 바다에서 몇 잔을 떠서, 바로 저 위대한 영국의 극작가에게 바치듯 무대 위에서 우리 조국의 목말라하는 관객들에게 기꺼이 베풀어 주고자 합니다." – 야르노가 빌헬름더러 미뇽과 하프너 그리고 극단을 떠나라고 충고함 – 야르노는 진정한 조언자인가 아니면 냉혈한 모략꾼인가? – 야르노가 시를 쓴 장본인이라고 추정함

12장 우울해진 백작 – 백작 부인은 빌헬름의 작품을 베껴 써 달라고 부탁함 – 왕자가 떠나고 백작도 시내로 돌아가려고 함 – 빌헬름이 백작 부인에게 자기 원고를 전달함 – 백작 부인의 팔찌에 빌헬름의 이니셜이 들어 있음 – 빌헬름과 백작 부인은 자신들도 모르게 키스함

## 4권

1장 백작이 빌헬름에게 금화를 남기고 감 – 빌헬름은 금화를 받기 주저함 – 남작이 수고에 대한 당연한 보답이라고 설득함 – 빌헬름이 받고 그동안 쓴 돈을 보충할 수 있어 아버지에게 떳떳하게 소식을 전할 수 있어 기뻐함 – 하프너가 떠나겠다고 하자 빌헬름이 만류함 – 하프너의 비밀(불행의 정령이 자신을 따라다니며 주위 사람을 불행하게 한다고 믿음)

2장 단원들이 백작의 성을 떠남 – 빌헬름은 셰익스피어의 《헨리 4세》에

나오는 왕자에 심취해 왕자의 신세와 자신의 신세를 동일시함 – 옷차림도 신경을 씀 – 단원들이 무료함을 달래기 위해 즉흥극을 하기로 함 – 필리네가 백작의 흉내를 냄 – 빌헬름이 필리네가 은인을 조롱하는 것을 나무람 – 빌헬름이 귀족들의 습성과 자신들의 처지를 비유해서 자신들은 귀족에게 없는 우정과 충성심과 사랑이 있다고 역설함 – 단원들이 대본을 연습함 – 빌헬름이 오케스트라와 배우들을 비교함 – 서로 조화를 이루어야 함을 강조 – 여행을 앞두고 극단을 공화제로 운영하기로 함 – 초대 극단 단장으로 빌헬름이 뽑힘

3장 빌헬름이 배우가 작품을 이해하는 방법에 대해 말함 – 햄릿의 성격 분석

4장 라에르테스가 여자를 혐오하게 된 이야기 – 적이 출몰한다는 소식에 백작이 써준 통행증에 적힌 위험한 지름길로 가느냐 아니면 멀어도 안전한 길로 우회하느냐로 논쟁 – 빌헬름은 위험해도 지름길로 가자고 함 – 일행이 무장하고 출발 – 숲속의 빈터에 도착함

5장 도중에 산의 경치 좋은 곳에서 휴식을 취하면서 모두 즐거워함 – 빌헬름과 라에르테스가 진지하게 칼싸움 장면을 연습하는 중에 도적 떼가 습격함 – 총을 쏘고 칼로 방어를 해 보지만 빌헬름은 의식을 잃고 쓰러짐 – 빌헬름은 상처를 입고 필리네의 품에 안겨 있음

6장 백마를 탄 “아마존 여인(die Amazone)”이 나타나 빌헬름을 도와줌 – 외과 의사가 빌헬름을 치료해 줌 – 외투를 벗어 빌헬름을 덮어 줄 때 그녀의 몸매가 석양에 비침

7장 부상을 입은 빌헬름을 마을로 데리고 감 – 단원들이 묵는 여관에 방이 없어 한 방에 모두 모여 있었으나 빌헬름 때문에 도적 떼의 습격을 당했다고 모두 투덜거림 – 아마존 여인이 남겨 놓은 사냥꾼이 나

서 빌헬름이 누울 자리를 마련함 – 필리네가 빌헬름의 금화가 든 가방을 도적 떼의 두목을 매수해 무사히 지켜냄

8장 배우들의 비난 – 멜리나 부인의 사산(死産) – 빌헬름의 자기 변호 – 그들이 잃어버린 것의 두 배, 세 배로 더 많이 보상받을 때까지 그들과 함께 있겠다고 함

9장 사냥꾼이 빌헬름을 목사관으로 데리고 감 – 사냥꾼이 어제 도와준 여인의 이름을 말해 줌 – 필리네가 빌헬름을 돌봐줌 – 아마존 여인이 생각남

10장 배우들이 떠남 – H. 도시의 극단 단장 제를로(Serlo)에게 보일 추천서와 여행 경비를 빌헬름에게 요구함 – 미뇽이 도적 떼와 싸울 때 다친 사실을 뒤늦게 앎 – 필리네가 빌헬름을 간호하다 잠든 모습과 빌헬름의 야릇한 마음 – 필리네가 떠남

11장 빌헬름은 자신을 구해 준 여인을 찾으려고 목사와 열심히 찾아봄 – 하프너를 보내 소식을 알아보라고 했지만 허탕을 침 – 백작 부인과 아름다운 여인의 필체가 닮은 것을 발견함 – 하프너와 미뇽이 "그리움 아는 사람만이…"를 부름

12장 빌헬름은 목사관에서 혹시 새로운 소식을 듣게 되지 않을지 설레어하며 기다리지만 아무런 소식도 오지 않음 – 빌헬름이 단원들에게 주제넘게 약속한 무모함을 성찰함 – 단원들을 돕기 위해 서둘러 제를로에게 떠남

13장 제를로와 그의 여동생 아우렐리아(Aurelia)를 만남 – 빌헬름은 고기가 물을 만난 듯 자기 "본연의 영역"에 온 듯이 예술가이자 예술 전문가인 두 사람과 햄릿의 성격에 대해 이야기를 나눔 – "사랑스러운 꽃만을 심어야 하는 근사한 화분에 떡갈나무 한 그루가 심어지는데, 뿌리

들이 퍼지자 그 화분은 깨어지고 맙니다."

14장 아우렐리아와 오필리아의 역할에 대해 이야기함 – 아우렐리아의 처지도 오필리아와 비슷함을 빌헬름은 눈치채지 못함 – 필리네가 제를로와 들어옴 – 필리네가 이곳 사정을 이야기해 줌 – 필리네가 빌헬름을 바보처럼 좋아한다고 말함 – 아우렐리아가 세 살 정도된 아들이 있는데 해님같이 예쁘다고 함

15장 제를로 극단의 공연을 관람함 – 아우렐리아가 빌헬름을 부름 – 방에는 필리네가 말했던 아이가 놀고 있음 – 아우렐리아가 자라 온 이야기 – 정숙하지 못한 아주머니한테서 성장함 – 남자에 대한 나쁜 선입관이 생김 – 제를로가 들어와 《햄릿》의 3막 이후에 대해 물음 – "주인공은 계획이 없지만, 작품은 계획대로 진행됩니다."

16장 빌헬름은 아우렐리아에게 오필리아의 성격에 관해 설명 – 아우렐리아가 가지고 있던 비수를 제를로가 빼앗으려 하자 몸싸움이 벌어짐 – 아우렐리아가 빌헬름이 사람을 제대로 파악하지 못한다고 함 – 아우렐리아의 과거 이야기 – 어린 시절 아주머니 집에 살면서 겪었던 남자들에 대한 선입관/자신을 개인적으로 찾아오는 독일 민족에 대한 원망/결혼과 남편의 사망/로타르(Lothar – 7권의 로타리오와 동일 인물)와의 사랑

17장 빌헬름은 가족에게 보낼 여행 일지를 라에르테스와 함께 다른 자료를 모아 씀

18장 제를로가 걸어온 길 – 훌륭한 배우가 되기 위해 걸어온 길

19장 제를로가 빌헬름이 무대에 서는 것을 조건으로 극단 사람들을 받아들이겠다고 제안 – 빌헬름은 무대와 상인의 길 사이에서 성찰함

20장 회의와 절망에 잠긴 아우렐리아 – 위로하는 빌헬름은 마리아네와의

사랑을 비유로 들며 다시는 어떤 여인에게도 사랑을 고백하지 않겠다고 맹세함 – 아우렐리아가 그 말을 듣고 비수를 꺼내 빌헬름의 손을 그음

## 5권

1장 미뇽은 펠릭스와 잘 놀아 줌 – 빌헬름의 아버지가 죽음 – 결정을 내리지 못하고 불안한 빌헬름의 마음

2장 베르너의 편지 – 상업적 이익만을 추구하는 베르너의 소시민적 관점 (특히 예술 작품에 대한 평가 – 빌헬름의 집을 팔 계획) – 반대로 생각하는 빌헬름 (연극에 진출할 마음을 굳힘)

3장 빌헬름의 답장 – "현재 이대로 있는 나 자신을 수련하는 것이 어렴풋하나마 어린 시절부터 내 소망이었고 내 목표" – 이 수련은 귀족만이 할 수 있고, 평민은 오직 예술을 통해 할 수 있음 – 연극에 발을 내딛기로 하고 계약서에 이름을 바꿔 서명함 – 이때 도적 떼의 습격을 당하고 필리네의 품에 안겨 있을 때 나타난 아마존 여인이 떠오름

4장 빌헬름은 햄릿 상연을 위한 수정 각본을 제를로에게 제시함 – 중요한 인물의 줄거리는 그대로 유지하고, 부수적인 상황과 사건들 가운데 노르웨이 소요 사태만 부각해서 햄릿과 호레이쇼를 부각시키고자 함 – 제를로가 동의함

5장 빌헬름이 《햄릿》을 빌란트의 번역본을 토대로 다시 번역하고, 각색한 대로 대본을 정리함 – 배역을 나눔 – 필리네의 실내화를 두고 제를로와 필리네가 벌이는 장난 – 아우렐리아는 불쾌해서 방을 나감

6장 프롬프터가 감정을 살려서 제대로 역할을 하고 있음을 칭찬함 – 유

령을 맡을 배우가 없어 빌헬름은 고민하는데 편지가 와서 걱정하지 말라고 함 – 빌헬름이 배우가 되기 위해 결심하기까지 – 금발에 뚱뚱한 햄릿

7장 드라마와 소설에 대한 대화 – 드라마 주인공과 소설 주인공의 차이점

8장 연습 공연 – 두 명의 연극 애호가가 찾아와 연습 공연하는 배우들을 지도해 줌 – 발음(음량)과 연기(자세와 동작) 그리고 무술(군인) 연습

9장 《햄릿》 연습 공연 때의 개별적인 사항들 [햄릿의 등장 시점 – 부왕의 초상화 위치 – 관객이 원하는 대로 각본을 각색하는 것에 관하여 (예를 들어 햄릿을 살리는 것 등)]

10장 필리네의 노래 – 아우렐리아는 필리네를 혐오함 – 빌헬름의 방에 필리네의 실내화가 있어 필리네를 찾아보았지만 없음 – 빌헬름의 필리네에 대한 이상한 마음

11장 《햄릿》 초연 – 유령이 나타남 – 빌헬름의 인상적인 연기

12장 성공적인 공연 후 연회 – 미뇽의 광란에 가까운 탬버린 연주 – 빌헬름의 침대에 알 수 없는 여자가 누워 있음 (나중에 8권에서 프리드리히가 필리네였다고 말함)

13장 다음 날 아침 일어나 보니 빌헬름의 방에는 아무도 없고 침대 위에 유령의 베일이 발견되었는데 가장자리에 "처음이자 마지막으로 말한다! 달아나라! 젊은이여, 달아나라!"라고 적혀 있음 – 여관에 화재가 발생함 – 하프너가 정신이 나가 펠릭스를 칼로 찌르려 함 – 빌헬름을 대하는 미뇽의 태도가 달라짐 (격식을 차려서 "마이스터 씨"라고 부름)

14장 빌헬름은 여관의 화재로 숙소를 구하지 못해 정원의 정자에 들어가 지냄 – 하프너가 "문 옆으로 가만히 다가가서…"라는 노래를 부름 –

떠나려는 하프너를 빌헬름이 간신히 말림

15장 제를로와 빌헬름이 필리네 집으로 찾아갔을 때 붉은 장교복을 입은 사람이 있음 – 필리네가 여자 친구라고 하자 빌헬름은 마리아네라고 생각하고 만나게 해달라고 애원함 – 다음 날 아침에 두 사람이 떠남 – 라에르테스는 그 사람이 프리드리히일 것이라고 함 – 라에르테스의 제안으로 수소문해 볼 사람을 보냄

16장 제를로 극단의 전성기와 몰락 – 빌헬름이 극단의 연출을 맡음 – 하프너를 치료하고 있던 시골 목사를 방문 – 그곳을 찾아온 늙은 의사로부터 백작과 백작 부인의 이야기를 들음 – 멜리나와 제를로가 비밀리에 오페라를 상연할 계획을 세움 – '고귀한 사람'과 '품격 높은 사람'을 묘사하는 것에 관한 대화 – 아우렐리아의 위독한 건강 상태와 죽음 – 아우렐리아가 부탁한 편지를 들고 그 남자를 찾아가기로 결심

## 6권 아름다운 영혼의 고백(Bekenntnisse einer schönen Seele)

어린 시절 – 8살 때 객혈을 함 – 어머니는 성경을 읽어 주고 아버지는 자연 채집물을 보여줌 – 1년 뒤 상당히 회복됨 (479) –《기독교인 독일의 헤르클레스》–《로마의 옥타비아》– '보이지 않는 존재'에 끌림 – 13살이 됨 (481) – 열심히 책을 읽음 – 첫사랑 (482) – 형을 애인으로 결정 – 프랑스어로 쓴 고백 "필리스와 다몬" – 형이 중병에 걸림 – 프랑스어 선생이 경고 "진지해지지 마라" (484) – 두 형제가 곧 모두 죽음 – 외교관이었던 나르치스(Narziss)를 만남 (487) – 이웃집에 나르치스와 초대를 받아 갔다가 나르치스가 대위와 싸우다 부상을 입음 (489) – 나르치스와 약혼 (495) – 종교적 내면의 삶 (497) –

자기 마음대로 생각하고, 하고 싶은 일만 하기로 결심함 (505) – 나르치스와 멀어지고 헤어짐 (506~510) – 내적으로 조화로운 생활 – 귀족들과의 사교 생활 (511) – 아버지의 배다른 동생 (511) – 숙부가 교단 재속 회원이 되도록 돌봐 줌 – 여동생을 결혼시켜려고 함 – 동생을 궁정에 바래다줌 – 과로와 객혈 (515) – 어머니 간호와 어머니의 죽음 – 하느님과의 정신적 교류(516) – 할레(Halle)의 신앙심 강화파 – 7년간 식이요법으로 건강을 회복 (520) – 필로(Philo)와의 우정 (521) – 필로의 심정 토로와 아가톤(Agathon)의 비유 (522) – 나 자신 안에 숨어 있는 죄악을 발견 – 이념으로써 죄를 짓는다는 것 (523) – 그리스도의 탄생과 죽음의 의미를 이해함 – 이 순간 믿음을 깨닫게 됨 (526) – 필로를 통해 친첸도르프(Zinzendorf) 백작의 글을 읽고 감명을 받음 (529) – 헤른후트(Herrnhut) 교파 교인이 됨 (531) – 궁정 수석 목사와 헤른후트 교파의 갈등 (533) – 궁정 목사 죽음 – 여동생 결혼 (535) – 숙부가 사는 성은 숙부 정신의 표현 (537) – 숙부의 인생관은 도덕적인 활동 (539) – 예술에 관한 대화 (544) – 숙부댁의 의사 – 합창을 감상함 (음악의 작용과 본질) (547) – 막내 여동생의 갑작스러운 죽음 (548) – 결혼한 여동생이 아들(로타리오)를 낳음 – 아버지의 죽음 (550) – 헤른후트파 교인들과 다시 교류 – 동생이 딸(나탈리에)를 낳음 – 다음 해 또 딸(백작 부인)을 낳음 – 동생 남편의 죽음과 여동생도 막내아들(프리드리히)을 낳고 죽음 (554) – 네 조카의 어린 시절 (555) – 나탈리에의 성격 – 백작 부인의 성격 (556) – 자신의 패물을 하고 궁정으로 들어가는 막내딸의 모습 상상 – 신부(der Abbé)의 교육관에 대한 비판 (558) – 믿음의 현실성 – 자신의 의무를 즐겁게 수행함 (559)

## 7권

1장 빌헬름이 로타리오의 성으로 가는 도중에 신부를 만남 – 로타리오를 만남 – 빌헬름의 꿈

2장 다음 날 아침에 뤼디에(Lydie)가 옴 – 로타리오가 대결을 벌여 상처를 입음 – 빌헬름이 그 성에서 아마존 여인의 흔적을 발견함

3장 로타리오의 농지 개혁 계획 – 로타리오는 백작 부인의 오빠 – 빌헬름은 야르노에게 극단 사람들의 습성에 대해 날카롭게 비판함 – 야르노는 그런 모습은 어느 계층에서나 볼 수 있다고 함 – 빌헬름이 아마존 여인에 관해 묻자, 야르노는 곧 있는 곳을 알 수 있을 거라고 함

4장 하프너의 치료에 대해 늙은 의사가 전해 줌 – 정해진 일을 하며 일상을 되찾고 있으나, 과거의 일로 여전히 괴로워함 – 빌헬름은 뤼디에를 로타리오에게서 떼어 놓으려고 마차를 타고 테레제 양에게로 감

5장 테레제의 집에 도착 – 테레제와 주변을 산책하며 테레제의 살림 경영에 놀람

6장 테레제의 과거 이야기 – 로타리오와 헤어진 이유 – 테레제의 어머니와 로타리오와의 연애 사건 때문

7장 로타리오와 소작인 딸 이야기 – 빌헬름이 미뇽과 펠릭스를 데리고 오려고 함

8장 바르바라 할멈이 빌헬름에게 펠릭스가 빌헬름의 아들이라고 말함 – 마리아네에 대한 이야기(노르베르크를 멀리한 이야기 – 노르베르크가 마리아네를 떠난 이야기) – 마리아네의 편지들 – 펠릭스와 미뇽을 테레제에게 보냄 – 극단과 최종 결별

9장 빌헬름이 탑 결사단에 들어감 – 수업기(Lehrbrief) – 탑 결사단이 펠릭스가 빌헬름의 아들임을 증명함

## 8권

1장 펠릭스를 통한 빌헬름의 교양 수련이 시작됨 – 베르너를 만남 (그동안 서로 변한 모습에 놀람) – 빌헬름이 테레제와 결혼하려고 함

2장 로타리오가 봉건 제도의 해체에 관해 말함 (토지 취득 후 국가에 세금을 납부해야 완전한 소유가 된다고) – 로타리오의 여동생이 미뇽이 아프니 빌헬름을 자기한테 보내달라고 쪽지를 보냄 – 빌헬름은 백작 부인의 필체임을 알아보고 당황하고 망설임 – 빌헬름의 출발 – 나탈리에(아마존 여인)의 저택에 도착 – 미뇽의 변한 상태를 마주함 (심한 마음의 충격) – 미뇽이 여자아이 옷을 입게 된 사연 – 미뇽의 노래 "이 모습 그대로 내버려두세요…"

3장 "아름다운 영혼"과 숙부의 영향이 서려 있는 저택 – 의사가 《햄릿》이 상연되던 날 밤의 상황을 설명해 줌 – 미뇽을 다시 만남 – 미뇽의 병과 천사 옷 – 나탈리에의 본성과 활동 – 신부의 교육관과 다름

4장 테레제가 빌헬름의 청혼에 동의함 – 야르노가 와서 로타리오와 테레제의 결혼에 방해가 되는 사실이 없다는 소식을 전함(테레제의 어머니가 친어머니가 아님이 밝혀짐) – 일대 혼란이 벌어짐 – 나탈리에가 시간을 가지고 지켜보자고 조언함 – 나탈리에는 지금까지 사랑해 본 적이 없음

5장 나탈리에와 숙부의 석관이 안치된 '과거의 방'을 둘러봄 – 테레제의 도착과 미뇽의 죽음 – 로타리오의 도착 – 미뇽을 방부 처리하려 함 – 야르노가 빌헬름에게 '탑 결사단'과 빌헬름의 수업기에 대해 설명함

6장 로타리오의 동생 프리드리히가 도착함 – 임신한 필리네와 함께 살고 있음 – 프리드리히가 교양을 쌓은 방법 – 필리네와의 독서 방법 – 테레제 어머니에 대한 보고 – 테레제의 어머니는 여러 번 사산(死産)했

고, 아버지와 가정부 사이에서 태어난 딸이 테레제였음 – 빌헬름이 테레제를 단념함

7장 탑 결사단의 미국 이주 계획 – 빌헬름은 나탈리에를 사랑함 – 빌헬름은 떠나려고 함 – 이탈리아에서 후작이 도착 – 신부는 빌헬름에게 후작과 함께 독일 전역을 여행하라고 권유함 – 빌헬름은 자신을 떼어 놓으려는 술책으로 생각하고 불쾌함 – 예술에 대한 대화 – 후작, 신부, 야르노의 예술에 관한 생각

8장 미뇽의 장례식 – 미뇽이 후작의 실종되었던 조카임이 확인됨

9장 후작이 빌헬름을 미뇽의 고향 이탈리아로 초대함 – 백작 부인이 도착함 – 미뇽의 부모(하프너) 이야기(근친상간) – 미뇽이 호수에 빠져 죽었다고 생각하고 스페라타(Sperata)는 뼛조각을 모음

10장 변한 모습의 하프너 – 백작의 도착 – 펠릭스가 액체 아편을 마셨다는 소동이 벌어짐 – 하프너가 자살하려고 가지고 다니는 액체 아편을 마신 것으로 추정됨 – 하프너의 자살 – 빌헬름과 로타리오의 대화 – "우리가 일단 이렇게 묘하게 결합하게 되었으니 평범한 삶을 살지 말고 우리 함께 가치 있는 활동을 해봅시다!" – 빌헬름과 나탈리에의 결혼이 성사됨

## 괴테에 대해

### 괴테의 어린 시절(1749~1765)

요한 볼프강 폰 괴테(Johann Wolfgang von Goethe)는 1749년 8월 28일 마인강 변의 프랑크푸르트에서 부유한 집안의 장남으로 태어났다. 괴테의 친할아버지인 프리드리히 게오르크 괴테(Friedrich Georg Göthe, 1657~1730)는 튀링겐(Thüringen)에서 이주해 온 프랑크푸르트의 유명한 재단사였으며, 괴테가 태어나기 훨씬 전에 죽으면서 상당한 재산을 남겨 놓았다. 그리고 성(姓)의 표기를 "Goethe"로 고쳤다. 괴테의 아버지 요한 카스파 괴테(Johann Caspar Goethe, 1710~1782)도 법학 박사로 변호사이자 황실 추밀원 고문이었고, 많은 재산을 유산으로 물려받아 자식들을 넉넉하게 교육할 수 있었다. 괴테의 아버지는 엄격하고 꼼꼼해서 집안에 불화를 자주 발생시켰다. 괴테의 외할아버지인 요한 볼프강 텍스토어(Johann Wolfgang Textor, 1693~1771)는 프랑크푸르트 시장을 지낸 최고위직 법원 관리였으며, 괴테의 어머니 카타리나 엘리자베트(Catharina Elisabeth, 1731~1808)는 쾌활하고 인자로운 성품을 지니고 있었다. 괴테는 5명의 동생 중에서 유일하게 살아남은 바로 아래 여동생 코르넬리아(Cornellia, 1750~1777)와 함께 어린 시절부터 8명의 가정 교사에게 철저한 교육을 받으며 성장했다. 괴테는 어렸을 때 라틴어와 그리스어, 불어와 이탈리아어 그리고 영어와 히브리어를 배웠고, 미술과 종교 수업뿐만 아니라 피아노와 첼로 그리고 승마와 사교춤도 배웠다. 괴테는 아버지의 서재에서 2,000권에 달하는 법률 서적을 비롯한 각종 문학 서적을 거의 다 읽었다고 한다. 어머니에게는 성경을 배우면서 자랐다. 특히 어린 괴테에게 영향을 준 것은 네 살 때 할머니에게 크리스마스 선물로 받았던 인형극이었다. 괴테는 인형극 놀이를 하면서 대본을 완전히 외웠고, 친구들과 함께 인형극 놀이를 열심히 했다. 이것이 괴테의 문학적 판타지를 키울 수 있는 첫 번째 자극이었다. 특히 어린 시절에 읽은 16세기에 출판된 《파우스트 박사 이야기》와 프랑크푸르트 크리스마스 장터에서 유랑극단이 영국 작가 말로(Marlowe)의 드라마 《파우스트》를 공연하는 것을 본 것이 훗날 자신의 《파우스트》 작품을 쓰게 되는 바탕이 되었다. 또한 1759년에서 1761년까지 프랑크푸르트가 프랑스군에게 점령당했을 때 괴테의 집에 프랑크푸르트시의 사령관 토랑(Thoranc) 백작이 거주하게 되었는데, 이런 계기로 괴테는 프랑스어를 자유자재로 구사할 수 있었고, 프랑스 드라마와 예술을 접할 수 있는 기회를 얻을 수 있었다. 괴테는 외국어를 쉽게 습득했으며, 어린이답지 않게 능숙하게 시를 쓰는 재능을 보였다. 괴테의 성격은 활달하면서도 급하며 고집스러웠다.

### 라이프치히 시절(1765~1768)

괴테는 아버지의 바람에 따라 1765년부터 1768년까지 당시 "작은 파리"라고 부르던 유행의 도시 라이프치히에서 법학 공부를 시작했다. 괴테는 이 도시에서 "촌놈" 취급을 당했기 때문에, 아버지로부터 매달 보통 학생들이 쓰는 돈의 두 배를 받아 쓰면서 의상부터 이 도시의 유행에 맞추고 사교적인 에티켓을 배워야만 했다. 괴테는 라이프치히에서 전공인 법학 강의보다 문학 강의를 더 열심히 들었다. 특히 인기가 있던 겔러트(Gellert) 교수의 수업을 듣고 자신의 작품을 직접 써 보는 시도를 할 수 있었다. 또한 독일 문학의 "교황"이라고 불리던 고트셰트(Gottsched)의 강의를 듣고 나서 그 감격을 친구에게 보낸 편지에 쓰기도 했다. 그 밖에도 괴테는 프리드리히 외저(Friedrich Oeser)로부터 미술 지도를 받기도 했는데, 특히 고대 미술에 대한 이해와 예술가적인 판단 능력을 배울 수 있었다.

부모의 집으로부터 멀리 떨어진 라이프치히에서 괴테는 훨씬 자유롭게 생활했다. 연극 공연도 보고, 저녁마다 친구들과 시간을 보내거나 근교에 놀러 나가기도 했다. 괴테는 여관 주인의 딸이었던 카타리나 쇤코프(Katharina Schönkopf, 1746~1810)를 열렬히 사랑해 〈안네테에게(An Annetten)〉를 비롯한 19편의 아나크레온풍의 달콤한 서정시를 썼으며, 그 경험을 바탕으로 프랑크푸르트로 돌아와서는 희곡 《연인의 변덕(Die Laune des Verliebten)》과 《공범자들(Die Mitschuldigen)》을 쓰기도 했다. 그러나 괴테는 너무 자유분방하게 대학 생활을 한 탓에(당시 대학생들의 자유분방했던 생활은 《파우스트》에 등장하는 〈라이프치히의 아우에어바흐 지하 술집〉 장면에 잘 묘사되어 있다) 건강을 해쳐 1768년 자신의 19번째 생일을 보내자마자 고향인 프랑크푸르트로 돌아 와야 했다. 그러나 이 시절에 쓴 시들은 괴테의 어릴 적 친구인 베리슈(Behrisch, 1738~1809)에 의해 정리되어 1769년 《새로운 노래(Neue Lieder)》라는 제목으로 출판되기도 했다.

## ‘슈트룸 운트 드랑(질풍노도)’ 시대(1770~1775)

### 슈트라스부르크 시절(1770~1771)

죽음의 고비를 넘길 만큼 오랫동안 중병을 앓았던 괴테는 어머니의 친구인 폰 클레텐베르크(Henriette Susanne von Klettenberg, 1723~1774)를 만나면서 ‘경건주의(Pietismus)’를 접하게 된다(이 경험은 훗날 《빌헬름 마이스터의 수업 시대》 6장 〈아름다운 영혼의 고백〉에 자세하게 서술된다). 부모님 집에서 서서히 건강을 회복한 괴테는 1770년 4월에 지금은 프랑스령인 엘자스 지역에 있는 슈트라스부르크(Straßburg)로 가서 법학 공부를 계속한다. 그곳에서 괴테는 눈병을 치료하기 위해 와 있던 헤르더(Johann Gottfried Herder, 1744~1803)를 만나 호메로스와 셰익스피어뿐만 아니라 독일 민요와 언어, 그리고 역사에 기초를 둔 예술관에 결정적으로 큰 영향을 받는다. 괴테는 슈트라스부르크 근교 제젠하임(Sessenheim) 목사의 딸이었던 프리데리케 브리온(Friederike Brion, 1752~1813)을 알게 되어 사랑에 빠진다. 괴테는 그녀에 대한 넘쳐흐르는 사랑의 열정을 자연에 녹여 〈오월의 축제〉, 〈만남과 헤어짐〉 등과 같은 “제젠하임의 시”를 써서 그녀에게 바쳤는데, 이 시들은 독일 최고의 서정시로 여겨지고 있다. 그러나 괴테는 1771년 8월에 “국가와 교회 간의 관계”에 대한 주제로 법학 박사 학위를 취득하자 그녀를 버리고 다시 고향인 프랑크푸르트로 돌아온다.

### 프랑크푸르트 시절(1771~1775)

괴테는 아버지의 도움을 받아 프랑크푸르트에서 작은 변호사 사무실을 열었지만, 문학에 대한 열정에 더 사로잡혀 있었다. 이때 쓴 작품은 ‘질풍노도’ 시대를 여는 작품으로 《괴츠 폰 베를리힝겐》과 《초고 파우스트》와 같은 드라마와, 문학의 전통적인 규범을 뛰어넘는 찬가들(Hymnen)을 쓰게 된다. '질풍노도' 시대를 여는 작품《괴츠 폰 베를리힝겐》이 1773년 발표되자 독일에서는 뜨거운 논쟁이 벌어졌는데, 독일에서 드라마의 전통적인 규범으로 여기고 있던 프랑스 고전주의극을 따르지 않고 최초로 영국의 셰익스피어 극을 모방했기 때문이었다. 프로이센의 왕까지 가세한 이 논쟁으로 인해 괴테는 독일에서 일약 유명해졌다.

1772년 봄에 괴테는 아버지의 권유로 베츨라어(Wetzlar)의 고등 법원에서 법률 실습을 하게 된다. 거기서 괴테는 친구가 된 외교관 케스트너(Kestner)의 약혼자 샤를로테 부프(Charlotte Buff, 1753~1823)를 마음에 두게 되어 괴로워하다 그해 겨울에 다시 프랑크푸르트로 돌아온다. 샤를로테가 괴테에게 "우정 이상의 것을 기대해선 안 된다"고 말했고, 괴테 자신도 더 이상 기대할 것이 없는 상황임을 인식했기 때문이었다. 이곳에서의 생활과 체험이 나중에 그곳에서 예루살렘(Jerusalem)이라는 외교관의 자살 사건이 발생했을 때《젊은 베르테르의 슬픔(Die Leiden des jungen Werthers)》(1774)을 쓰는 계기가 되기도 했다. 천재적 재능을 갖추고는 있지만 감수성이 예민한 한 젊은이가 현실에 적응하지 못하고 자살하는 이 소설로 괴테는 단번에 유럽에서 유명 작가가 되었다. 그리고 전국에서 수많은 사람이 이 젊은 작가를 만나기 위해 프랑크푸르트로 몰려들었다. 1775년 4월에 괴테는 프랑크푸르트에서 은행가의 딸인 릴리 쇠네만(Elisabeth Schönemann, 1758~1827)과 약혼을 한다. 그러나 괴테는 곧 결혼을 통한 가정의 행복과 좀 더 자유로운 생활 사이에서 방황하기 시작한다. 그래서 친구 메르크(Merck)에게 "자유를 동경하는 마음의 소용돌이가 가정의 행복한 항구로 가까이 가려는 생활의 배를 먼바다로 밀어낸다"라고 토로하기도 했다. 괴테의 아버지도 은행가의 딸과 결혼하는 것을 반대했기 때문에 괴테의 고민은 더욱 깊어졌다. 괴테는 친구들과 스위스 여행을 다녀오게 되는데, 거기서 쓴 〈취리히 호수 위에서〉라는 시로 자신을 성찰해 볼 기회를 갖는다. 이 시기에 쓴 "릴리의 시"에서는 도망치려고 해 보지만 연인의 "마법"과도 같은 "비단실"에 이끌려 다시 그녀의 곁으로 가게 되는 괴테의 심정이 잘 나타나 있다. 괴테의 '질풍노도' 시대라고 부르는 이 프랑크푸르트 시기는 괴테의 일생에서 가장 왕성하게 작품을 썼던 시기에 속한다. 괴테는 〈방랑자의 폭풍 노래〉, 〈프로메테우스〉, 〈가니메트〉와 같은 위대한 인물과 예술가를 소재로 한 찬가를 썼을 뿐만 아니라, 사랑의 서정시와 《클라비고(Clavigo)》, 《스텔라(Stella)》와 같은 드라마도 발표해 주목을 끌었다. 사랑과 배신을 주제로 한 이 두 "시민 비극(Das bürgerliche Trauerspiel)"은 지금도 독일에서 가장 자주 공연되고 있는 작품에 속한다.

### 바이마르에서의 첫 번째 체류(1776~1786)

자신의 장래에 대해 어떤 결정도 내리지 못하고 망설이던 괴테를 18세에 불과했던 바이마르(Weimar)의 카를 아우구스트(Karl August, 1757~1828) 공작이 초청했다. 1775년 10월에 바이마르로 떠나기 직전 릴리와 파혼한 괴테는 그곳에 잠시 체류하면서 자신의 미래를 생각해 보고 아버지의 권유대로 이탈리아로 여행을 다녀올 예정이었다. 그러나 괴테는 이미 유럽에 널리 알려진 유명 작가로 바이마르에서 극진한 환대를 받았고, 당시 인구수 6,000명에 불과한 작은 도시였지만, 공작의 어머니인 안나 아말리아(Anna Amalia, 1739~1807)의 노력으로 빌란트

(Wieland)를 비롯해 많은 예술가들이 모여 있는 바이마르의 예술적 분위기와 첫눈에 반해 버린 슈타인 부인(Charlotte von Stein, 1742~1827)의 영향을 받아 괴테는 그곳에 머무르게 된다. 그리고 1786년 이탈리아로 여행을 떠나기까지 약 10년간 슈타인 부인에게 열렬한 사랑을 바쳤다. 괴테보다 일곱 살 연상이었던 슈타인 부인은 일곱 아이를 낳았지만, 세 아들만 살아남았다. 괴테는 슈타인 부인에게 1,600통이 넘는 많은 편지를 보냈고(슈타인 부인이 괴테에게 보낸 편지는 괴테가 이탈리아 여행에서 돌아온 후 돌려받아 갔기 때문에 전해지지 않는다), 슈타인 부인은 괴테에게 궁중 예법을 가르쳐 주었을 뿐만 아니라 그의 불안을 위로해 주었으며 자신의 욕구를 자제하는 법도 배우게 해 주었다. 이런 슈타인 부인의 영향은 어린 아우구스트 공작을 가르치는 입장에 있던 괴테에게도 나타났다. 프로이센 왕 프리드리히 2세의 손자인 아우구스트 공작은 문학과 예술, 자연 과학에 넓은 교양을 갖추고 있었을 뿐만 아니라, 호탕하고 열정적인 성품을 지녀서 프랑크푸르트 시절 괴테의 '질풍노도' 기질과 잘 어울렸다. 그래서 괴테는 공작과 더불어 유쾌하고 호탕한 생활을 함께 즐기면서도, 공작에게 보낸 시나 편지를 통해서도 알 수 있듯이 공작의 지나친 용기를 억제시키고 군주로서의 책무를 다하도록 일깨워 주는 데도 노력을 아끼지 않았다. 그래서 괴테에 대한 공작의 신임이 두터워져 공국의 많은 일들을 그에게 맡겼다. 1779년에 괴테는 공작과 함께 스위스로 여행을 다녀왔고, 그 후부터는 국정에 참여해 내각의 일원이 되어 1782년에 귀족 호칭인 폰(von)을 받게 된다. 괴테도 전력을 다해 공국을 위해 정치가로서 교육, 재정, 군사, 광산, 산림, 토목 등의 분야에 재능을 발휘해 많은 성과를 거두었다. 하지만 그러는 사이에 문학적인 성과는 뒤로 밀려나게 되었다. 그러나 그렇게 바쁘게 공적인 생활을 하면

서도 괴테는 《이피게니에(Iphigenie)》[2]의 산문 원고를 썼고, 〈왜 그대는 우리에게 그 깊은 눈빛을 주어…〉, 〈달에게(An den Mond)〉와 같은 슈타인 부인에게 보내는 많은 시를 쓰기도 했다. 이 시기에 쓴 시로는 〈방랑자의 밤 노래(Wandrers Nachtlied)〉, 〈겨울 하르츠 여행(Harzreise im Winter)〉, 〈인간의 한계(Grenzen der Menschheit)〉 등의 주옥과 같은 서정시와 찬가들이 있다. 이런 시들을 살펴보면 프랑크푸르트 시대의 질풍노도와 같았던 격정이 바이마르에서의 정무와 사교 그리고 자연 과학의 연구, 무엇보다도 이성적인 슈타인 부인과의 교류를 통해 많이 진정되었고, 보다 깊이 있는 인생관을 갖게 되었음을 엿볼 수 있다. 그리고 여러 해에 걸친 국정 수행으로 인한 피로와 중압감으로 지친 심신이 슈타인 부인을 통해 위로와 격려를 얻기도 했으나, 작가로서의 내적 충동으로 차츰 이런 현실을 감당하기 어려운 상황에까지 이르게 되었다. 괴테의 마음은 조화와 질서의 아름다움으로 눈을 돌리게 되었고, 이탈리아를 동경하는 마음이 간절해졌다. 또한 10년간 지속되었던 슈타인 부인과의 관계도 그에게는 부담스러웠다. 그래서 괴테는 1786년 9월 3일 보헤미아의 카를스바트(Karlsbad, 현재 체코의 카를로비바리)에서 슈타인 부인에게 알리지도 않은 채 이탈리아로 여행을 떠나게 된다. 이번의 도주는 연인으로부터 다섯 번째 도주였지만, 괴테 자신에게는 풍성한 수확을 얻는 중대한 계기가 되었다.

2 그리스 신화의 이피게네이아를 주인공으로 한 희곡. 이피게니에는 이피게네이아의 독일식 표기다. 에우리피데스의 《타우리스의 이피게네이아》에서 소재를 얻었다.

## 이탈리아 여행(1786~1788)

괴테가 이탈리아로 떠나게 되었던 결정적인 계기는 1786년 출판업자 괴센(Göschen)이 괴테에게 전집 출간을 제안했던 일이다. 그동안 이렇다 할 작품을 내놓지 못했던 괴테는 이피게네이아(Iphigeneia)를 비롯해 파우스트와 에그몬트(Egmont) 그리고 타소(Tasso)를 소재로 작품을 쓰고 있었지만 공국의 일을 수행하느라 완성할 수가 없었다. 행정가와 예술가라는 이중생활을 하며 괴테의 회의는 더 강해졌는데, 이 모순은 《토르크바토 타소》에서 정치가인 안토니오(Antonio)와 시인인 타소라는 인물의 대립으로 나타나 서로 화해하지 못한다. 괴테는 이 대립된 현실에 균형을 잡고 싶었다. 그래서 작가로서의 침체기를 극복하기 위해 바이마르 궁정을 벗어나 이탈리아로 여행을 감행했던 것이다. 괴테는 아우구스트 공으로부터 무기한 휴가를 받아 여행을 떠났는데, 괴테라는 이름은 벌써 이탈리아에서도 '베르테르' 작가로 유명했기 때문에 화가 요한 필리프 묄러(Johann Philipp Möller)라는 가명을 썼다. 그래야 자유롭게 돌아다닐 수가 있었기 때문이었다. 괴테는 베로나와 베네치아를 거쳐 11월에 로마에 도착해서 1787년 2월까지 머물렀다. 그 후 넉 달에 걸쳐 나폴리와 시칠리아를 여행했고, 1787년 6월에 다시 로마로 돌아와 1788년 4월 말까지 머무른다. 독일로 돌아오는 길에 시에나, 피렌체, 파르마와 밀라노를 거쳐 두 달 후인 1788년 6월 18일 다시 바이마르로 돌아온다.

로마에서 괴테는 유명한 〈캄파냐의 괴테〉를 그린 독일 화가 빌헬름 티슈바인(Wilhelm Tischbein)의 집에서 살았다. 그리고 로마에서 살고 있던 여러 독일 화가들과도 교류했는데 특히 여성 화가인 앙겔리카 카우프만(Angelika Kauffmann)은 괴테의 《이피게니에》 장면을 그리기도 했다. 또한 괴테는 로마에서 《안톤 라이저(Anton Reiser)》의 작가인 카를 필리프 모리츠(Karl Philipp Moritz)와 친분을 쌓고 예술의 본질에 대해 많은 대화를 나누었는데, 이 대화가 괴테의 고전주의적 예술관의 기초가 되기도 했다. 또한 지금까지 슈트라스부르크의 대성당과 같은 독일적 건축 양식으로 그토록 칭송했던 중세 고딕식 건축 양식보다는 이탈리아의 르네상스 양식을 찬미하기에 이르렀다. 괴테는 특히 라파엘로의 그림과 비첸차(Vicenza)에서 본 건축가 안드레아 팔라디오(Andrea Palladio)가 고대 건축 양식에 새로운 생명을 불어넣은 건축물에 감동을 받기도 했다. 괴테는 로마에 있던 독일 화가들에게 자극을 받아 850점에 달하는 스케치를 남기기도 했다. 그러나 괴테는 자신이 화가가 아니라 작가로 태어났음을 이번 기회에 분명히 인식하게 된다.

괴테가 자기 비서와 아우구스트 공작에게만 알렸을 뿐 슈타인 부인에게는 목적지도 알리지 않고 이탈리아로 여행을 떠났기에 부인은 감정과 자존심이 극도로 상했다. 괴테가 자신이 체험한 이탈리아 기행을 꼬박꼬박 편지로 정리해서 보냈지만 그녀는 괴테가 이탈리아 여행에서 돌아오자 절교를 선언했다. 그러나 1년 9개월 동안 이탈리아에 체류하면서 "나는 마치 이 나라에서 태어나서 여기서 자란 사람 같은 기분이다"라고 말할 정도로 괴테가 느꼈던 고대 예술에 대한 감동은 대단했다. 괴테는 이탈리아에서 안정과 균형을 찾았고, 바이마르에서 느꼈던 불안과 초조를 말끔히 씻어낼 수 있었다. 이제 베르테르를 죽음으로 몰고 갔던 '오시안'과 같은 음울한 감정은 더 이상 찾아볼 수가 없었고, 자신의 질풍노도 시대에 모든 기존 예술 규범을 타파하는 데 모범이 되었던 셰익스피어의 자리를 호머와 소포클레스가 차지했다. 그래서 바이마르에서 완성하지 못했던 네덜란드 독립의 영웅을 소재로 한《에그몬트》와 그리스 신화에서 저주받은 가문의 딸로 태어나 비극적 운명을 겪는《이피게니에》를 운문으로 완성했고, 이탈리아 르네상스 시대의 천재 시인을 다룬《토르크바토 타소》의 초고를 거의 완성했다. 괴테는 이탈리아 여행으로 얻은 고대 미술의 조화와 균형, 그리고 절도와 절제의 정신을 자기 문학을 조절하는 규범으로 삼아 자신의 고전주의(Klassik)를 열 수 있었다. 괴테는 훗날 슈타인 부인에게도 보낸 자신의 이탈리아 여행 일지를 바탕으로《이탈리아 여행(Italienische Reise)》(1813~1817)을 쓰게 된다.

### 고전주의 시대(1789~1805)

괴테는 1788년 6월에 이탈리아에서 돌아와서도 계속해서 공적인 업무를 수행했다. 그럼에도 불구하고 이탈리아에서 경험했던 풍부한 체험을 문학 작품으로 승화시켜 나갔다. 특히 어느 젊은 로마 여인과의 에로틱한 경험들은 23세의 크리스티아네 불피우스(Christiane Vulpius, 1765~1816)라는 젊은 여인과의 동거로 이어지고,《로마 비가(Römische Elegien)》로 탄생하게 된다. 독일 문학사에서는 괴테가 이탈리아에서 돌아온 1788년부터 실러가 죽은 1805년까지를 독일 문학의 최고 전성기인 "고전주의" 시대라고 부른다. 이 시기에 괴테와 실러는 바이마르를 중심으로 자신들의 고전주의 이상을 실현하는 활동을 했는데, 개인의 "개성"을 존중하면서도 "유형(類型)"을 통해 "유형적인 개성"으로 고양되는 과정을 추구했던 것이다. 이러한 '고전주의 정신'은 괴테의 이탈리아 여행이 계기가 되어 그 결과를《토르크바토 타소》나《이피게니에》와 같은 작품으로 완성될 수 있었다. 1805년 실러가 죽은 후부터

1832년 괴테가 죽을 때까지는 독일에서 낭만주의(Romantik)가 전성기를 누리는 시기였다. 따라서 이 고전주의 시기는 괴테의 전체 작품 활동 시기에서 중간에 해당하는 부분으로, 이전의 '질풍노도' 시대의 격정에 비해서는 단아함과 우아함이, 후기의 낭만주의적 자유분방한 환상(Phantasie)과 비교해서는 '양식적인 균형의 미'가 드러난다. 그러나 《이피게니에》에서 이피게니에의 동생 오레스테스(Orestes)가 저주의 여신에 쫓기면서 '악령(Dämon)'에 사로잡힌 모습에, 그리고 《토르크바토 타소》에서 타소의 현실 도피적인 공상 속에 떠도는 모습에 여전히 베르테르의 주관적 감정에 가득 찬 격정적인 모습이 담겨 있다. 그러나 이피게니에로부터는 '보편적인 인류애'의 정신이 흘러나오고 있다.

### 크리스티아네 불피우스(1765~1816)

카를 아우구스트 공은 괴테가 이탈리아에서 돌아오자 모든 정무에서 벗어나 예술과 자연 과학에 몰두할 수 있도록 그를 무임소 장관에 임명했다. 1788년 7월에 괴테는 실직한 오빠의 작품을 추천해 달라고 찾아온 23세의 크리스티아네의 청순한 모습에 이끌려 곧 동거를 시작하게 된다(18년 후인 1806년 나폴레옹이 바이마르 근처 예나에서 전투를 벌일 때 프랑스군들에게 생명의 위협을 느꼈던 괴테는 그때 자신을 용감하게 구해 준 크리스티아네와 정식으로 결혼식을 올린다). 이듬해인 1789년 12월에 장남인 아우구스트가 태어나고, 괴테는 비로소 가정적인 행복을 느낄 수 있게 되었다. 그러나 크리스티아네는 신분의 차이 때문에 괴테와 함께 살 수 없었다. 괴테는 임신한 그녀를 자기 집으로 들어오게 하고 싶었으나, 공작의 뜻과 바이마르 궁정 사람들을 고려해 크리스티아네와 함께 시 외곽에 있는 집으로 들어간다. 그 이후에도 4명의 아이가 태어났지만 모두 출생 한 지 얼마 되지 않아 죽었다. 1792년 아우구스트 공작은 괴테 가족이 다시 바이마르에 있는 괴테의 집으로 들어가 살도록 허락했다.

크리스티아네는 높은 수준의 교육을 받지는 않았지만 매우 영리한 여인이었다. 괴테의 성격을 잘 파악해서 집안일을 잘 처리했고, 괴테의 자연 과학 연구에도 많은 도움을 주었다. 괴테와 정식으로 결혼을 하지 않은 상태였기 때문에 궁중에 괴테와 함께 초대되는 일은 없었지만, 항상 복잡하게 손님들로 들끓는 집안 살림을 훌륭하게 처리해 나갔다. 그러면서도 자기 자신은 항상 겸손하게 드러내지 않으면서 괴테의 시 〈발견(Gefunden)〉에서처럼 매우 이상적인 주부로서 괴테 곁을 지켜주었다. 그러나 크리스티아네와의 동거는 슈타인 부인을 더욱 격분시켜 완전히 절교 상태에 이르게 했고, 바이마르의 사교계는 그렇게 신분이 낮은 여인과 동거하는 것에 비난을 보냈다. 그래서 괴테는 외부 세계로부터 더욱 고립되었고, 한층 더 자신의 내면적 세계에 빠지게 되었다. 이 시기에 쓴 작품으로 《토르크바토 타소》와 〈식물의 변형(Metamorphose der Pflanzen)〉(1790)이라는 시가 있다. 이 시는 괴테가 자연 과학을 연구한 결과로 탄생한 것인데, 시와 자연 과학을 결합하는 데 성공한 시로 평가받고 있다. 그리고 괴테의 자연 과학 연구는 1780년부터 50년간 체계적으로 이어진다. 괴테는 이때부터 광학에 관한 《색채론(Farbenlehre)》을 연구하기 시작해서 거의 생을 마감할 때까지 이어간다.

프랑스 혁명이 발발하고 이듬해인 1790년 3월에 괴테는 두 번째 이탈리아 여행을 떠난다. 이번에는 이탈리아 여행을 갔다가 돌아오는 안나 아말리아(아우구스트 공작의 모친)를 마중하기 위해 베네치아로 향했다. 그러나 이번 여행은 첫 번째 여행만큼 만족하지 못하고 2개월 만에 돌아왔는데, 괴테는 프랑스 혁명 이후에 미학적으로나 도덕적으로 참을 수 있는 한계를 넘어서는 혼란스러운 시대 조류를 풍자한 시들을 《베네치아 에피그람(Venezianische Epigramme)》에 담아내기도 했다. 이번 여행에서는 이탈리아의 지저분함만이 괴테의 눈에 들어왔기 때문에 "독일인의 청결함"을 그리워할 정도였다. 다른 한편으로 괴테는 1791년부터 바이마르에 설립된 '궁정 극장(Hoftheater)'의 총감독직에 임명되어 1817년까지 이 직책을 26년간 수행했는데, 자신과 실러의 작품을 포함해 수많은 작품을 상연함으로써 궁정 극장을 독일에서 선도적인 극장으로 성장시키는 데 큰 공을 세웠다.

### 프랑스 혁명과 나폴레옹 전쟁(1789~1816)

1789년에 일어난 프랑스 혁명은 처음부터 괴테에게 반감을 불러일으켰다. 괴테도 물론 그 무렵 대부분의 지식인들처럼 전제 군주의 횡포와 잘못을 지적했고, 앞으로 새로운 세계가 도래해야 한다고 믿고 있었지만(《파우스트》 2부의 마지막 4막에서 괴테의 정치적 비전이 예견된다), 민중의 폭력으로 그것을 쟁취하려는 행동에는 반대의 입장을 취했다. 괴테는 계몽주의적인 측면에서 "점진적인 개혁"을 찬성하는 입장이었다. 특히 혁명의 과정과 결과로 나타난 "무자비한 폭력"에 환멸을 느꼈다. 바이마르의 아우구스트 공은 1792년과 1793년에 프로이센군의 기갑부대장으로 프랑스군과 싸우기 위해 출전하게 되었고, 괴테도 공을 수행해서 전투지를 전전하게 된다. 그런 와중에도 괴테는 《색채론》을 계속 집필해 나갔고, 프랑스의 승리로 끝난 전쟁의 경험을 《프랑스 종군기(Campagne in Frankreich)》에, 그리고 프랑스군과 독일의 자코뱅 당원들이 점령하고 있던 마인츠시를 오스트리아와 프로이센 연합군이 탈환하는 과정을 《마인츠 종군기(Belagerung von Mainz)》에 기록했다. 괴테가 혁명과 관련해 쓴 작품으로 《시민 장군(Bürgersgeneral)》이 있는데, 주인공인 이발사가 우연히 혁명군의 옷을 입수해 스스로 '시민 장군'이라고 사칭하고 농부를 위협해 음식을 빼앗아 먹었으나 나중에 귀족에게 붙들려 혼이 나는 내용을 담고 있다. 그 밖에도 미완성 정치극 《선동된 사람들(Die Aufgeregten)》(1793~1794)이 있으며, 풍자 서사시 《여우 라이네케(Reinecke Fuchs)》(1793)에서는 혁명을 지지하는 측과 반대하는 측을 동시에 풍자하고 있는데, 동물의 세계를 빗대어 인간의 잔혹함과 기만 그리고 악함을 드러내고 있다. 《서출의 아가씨(Die natürliche Tochter)》(1803)는 원래 3부작으로 계획했으나 1부만 완성되었으며 공작의 서녀(庶女) 오이게니에(Eugenie)를 중심으로 순수하고 고귀한 인간성이 아름답게 표현되어 있다. 괴테는 지금까지 인간의 내면적인 도덕성만을 너무 높이 평가해 왔기 때문에 혁명과 같은 복잡하고 혼란한 사회를 그려 내기에는 이런 혁명적 소재가 어색했는지도 모른다. 그래서 혁명보다는 단순한 희극이나 가극과 같은 오락 문학 위주로 집필하는 경향을 보이며 과거와 같은 걸작을 내놓지 못하고 있었는데, 이때 괴테를 다시 소생시켜서 "새로운 시인의 봄"을 맞이하게 한 사람이 바로 실러(Friedrich Schiller, 1759~1805)였다.

### 실러와의 교류(1794~1805)

괴테가 1788년 가을 실러를 루돌슈타트(Rudolstadt)에서 개인적으로 처음 만나기 전에도 두 사람은 서로 작품을 통해 알고 있었다. 슈투트

가르트의 '카를스슐레(Karlsschule)'의 학생이었던 실러는 황제군의 기사로서 교활한 제후들과 전투를 벌이는 괴테의 《괴츠 폰 베를리힝겐》을 읽고 열광했으며, 1780년 괴테가 아우구스트 공작을 수행해서 슈투트가르트의 카를 오이겐(Karl Eugen) 공작과 함께 실러의 졸업식에 참여했을 때도 그를 보았던 것이다. 괴테도 실러의 《군도(Die Rüber)》(1781)에 들어 있는 폭력성에는 거부감을 느꼈지만, 이탈리아에서 돌아온 후 몰라보게 성장한 실러의 명성을 듣고 놀라워했고, 실러의 사상시와 역사에 관한 글들을 높게 평가하게 되었다. 실러는 1794년 괴테에게 자신이 발행하던 잡지 《호렌(Horen)》에서 함께 일하자고 제안하고, 괴테가 수락함으로써 실질적인 우정을 맺게 된다. 그 후로 두 사람은 자주 만나 생각을 교환했지만, 그들은 문학과 예술에 본질적으로 다른 견해를 갖고 있었다. 괴테는 관조에서 출발하기 때문에 자신이 직접 경험한 것이 아니면 아무것도 쓸 수 없었던 것에 비해, 실러는 직접 경험하지 않았더라도 자유로운 공상의 세계를 마음대로 표현했다. 실러는 이미 1785/1786년에 자신의 미학 논문인 〈소박 문학과 감상 문학에 대해(Über naive und sentimentalische Dichtung)〉에서 이런 경향을 '문학의 유형'으로 논한 바 있는데, 인생의 모든 현상을 봄소 체험하고 자기 자신이 완전히 소화해서 거기서 우러난 체험을 다시 예술로 형성하는 "소박 문학"과, 반대로 관념을 미리 형성해 놓고 그다음 거기에 적합한 표본을 찾아 현상을 전개하는 "감상 문학"으로 구분했던 것이다. 이런 두 사람의 상이한 창작 방식은 상대의 부족한 면을 보충해 주어 결과적으로 위대한 성과를 올릴 수 있게 해 주었다.

이런 두 사람의 본질적인 차이로 인해 1788년부터 1794년까지는 각각 예나와 바이마르에 가까이 있었지만 서로 친해질 수 없었다. 그러나

1794년 예나에서 자연 과학 학회가 열렸을 때 실러가 사람들이 자연 과학을 연구할 때 자연을 너무 세분화해서 조각조각으로 다루는 경향에 불만을 표시했고, 괴테도 자연을 쪼개어 개별화하지 않고 그 생명의 움직임 같은 전체적인 면을 관찰하는 것이 중요하다고 말하면서 자신의 "식물 변형론"를 설명해 주었다. 당시 괴테는 인간도 부분적인 측면으로만 연구할 것이 아니라, 전체로 파악해 일종의 인간의 전형(典型)을 탐구해 보려고 했으며 구체적인 것을 통해 보편적인 것에 도달하려고 노력했다. 그러나 실러에게는 그런 과정을 거치지 않고 일단 '관념(Idee)'으로 먼저 나타났다. 그 후 괴테와 실러의 만남은 빈번해졌고, 괴테의 창작력은 실러의 격려와 영향으로 새로워져 괴테가 실러에게 "그때 예나에서 만난 그날은 참으로 우리의 새로운 시대를 기약한 날이었다"고 말할 정도였다. 심지어 4년 후에 괴테는 실러에게 보낸 편지에 "그대는 내게 제2의 청춘을 부여해서 나를 다시 시인으로 소생시켜 주었소"라고 쓰게 된다. 실러의 격려와 자극으로 괴테는 소설《빌헬름 마이스터의 수업시대(Wilhelm Meisters Lehrjahre)》를 1796년에 완성하고, 프랑스 혁명을 피해 떠나온 피난민들을 소재로 한《헤르만과 도로테아(Hermann und Dorothea)》를 1797년 발표해 대성공을 거두었으며, 미완성 상태의《파우스트》 작업도 계속 진행해 1808년 드디어 1부를 완성하게 된다. 1777년부터 써 오다 1785년에 중단된《빌헬름 마이스터의 연극적 사명(Wilhelm Meisters theatralische Sendung)》을 바탕으로 이탈리아 여행을 다녀온 후에 다시 쓴《빌헬름 마이스터의 수업시대》에서 괴테는 자신의 어린 시절 경험뿐만 아니라, 자신의 연극론, 셰익스피어관(觀)을 드러낸다. 그리고 6권 〈아름다운 영혼의 고백〉에서는 종교에 대한 경건한 태도, 이탈리아를 그리워하는 미뇽(Mygnon)의 아름다운 모습에서는 자신이 가진 이탈리아에 대한 동경을 보여 주고 있다. 낭만주의를 태동시킨 프리드리히 슐레겔(Friedrich Schlegel)은 이 소설을 "비길 데 없는 아름다운 작품"이라고 극찬했다. 그래서 낭만주의의 젊은 작가들은 괴테의 《빌헬름 마이스터의 수업시대》를 모범으로 삼아 이를 뛰어넘는 작품을 쓰는 것을 목표로 삼을 정도였다.

실러가 발행하던 잡지 《호렌》이 사람들로부터 많은 비난을 받고 있었는데, 특히 발행 첫 해 괴테의 《로마 비가》가 익명으로 발표되자 바이마르의 "모든 고상한 부인들"이 격분하는 사태가 발생했다. 그만큼 이 비가가 너무 에로틱하고, 게다가 섹슈얼리티까지 과감하게 묘사하고 있기 때문이었다. 그래서 이 잡지의 이름을 "호렌(Horen : 그리스 신화에 나오는 시간의 여신들)"에서 "o"를 "u"로 바꾸어 "후렌(Huren : 매춘부들)"으로 바꾸어야 한다는 말까지 들어야 했다. 이에 괴테는 실러와 함께 쓴 《크세니엔(Xenien)》을 1797년 발표해 더욱 파문을 일으켰다. "크세니엔"은 "손님에 대한 선물"이라는 뜻인데 그 속에 조소와 독설, 그리고 농담과 기지로 당시 학계와 문단에서 성행하던 평범함과 무능함, 허식과 속물근성에 준엄한 비판을 가하고 있다. 비판이 심해지자 두 사람은 이런 2행시(二行詩) 발표를 그만두고 작품 창작에 몰두했다. 실러는 《발렌슈타인(Wallenstein)》(1800), 《메리 스튜어트(Maria Stuart)》(1800), 《오를레앙의 처녀(Die Jungfrau von Orleans)》(1802), 《메시나 신부(Die Braut von Messina)》(1803), 그리고 《빌헬름 텔(Wilhelm Tell)》(1804)과 같은 뛰어난 고전주의 역사극을 연달아 내놓으면서 독일 연극의 신기원을 장식했다. 그러나 지나친 의욕과 격무로 인해 1805년 5월 46세의 나이로 쓰러지고 말았다. 실러의 죽음은 괴테에게도 커다란 충격이었으며, 동시에 새로운 계기이기도 했다.

### 만년의 괴테(1805~1820)

실러는 병석에 누운 지 일주일 만에 죽었지만, 괴테는 그때 4년째 안면 홍조 증세와 신장염 그리고 심장 발작과 같은 중병을 앓고 있었고, 여러 번 생사의 고비를 넘기고 겨우 회복하기 시작할 무렵이었다. 그래서 괴테가 정신적으로 충격을 받을 것을 우려해서 아무도 그에게 실러의 죽음을 알려 줄 용기가 없었다. 나중에 그 소식을 접한 괴테는 음악가인 첼터(Zelter)에게 보낸 편지에 "그 친구를 잃음으로써 나는 내 인생의 절반을 잃어 버린 것입니다"라고 썼다. 괴테는 1806년 또 한 번의 위기를 맞이한다. 프로이센과 동맹을 맺고 있던 바이마르는 나폴레옹 군대와 싸우고 있었는데, 그해 10월 14일에 바이마르가 프랑스군에게 점령당하자 술에 취한 프랑스 군인 두 명이 괴테의 침실에 침입해 그에게 해를 가하려고 했던 것이다. 이때 크리스티아네가 용감하게 그들을 쫓아내어 괴테는 생명을 건질 수 있었다. 그리고 닷새 후인 19일에 괴테는 크리스티아네와 정식으로 결혼식을 올린다. 자신의 생명을 구해 준 크리스티아네에게 고마운 마음이 들었고, 그녀가 그동안 사람들에게 "가정부"니 "첩"이니 하는 험담을 들어 가면서도 한결같이 그를 위해 일해 주었기 때문에 그녀를 정식 아내로 맞이할 결심이 섰다. 이때가 그녀와 동거하기 시작한 지 19년째 되는 해였으며, 아들 아우구스트가 열일곱 살이 되던 해였다.

그다음 해인 1807년에 괴테는 바이마르를 떠나 근처의 예나에 머무르면서 친분이 있던 서점 주인 프로만(Frommann)의 집을 자주 방문해, 그 집의 양녀로 있던 빌헬미네 헤르츠리프(Wilhelmine Herzlieb, 1789~1865)에게 갑작스런 애정을 품게 된다. 그녀를 어릴 적부터 보아 왔던 괴테는 성숙하고 아름다워진 그녀의 모습을 보고 갑자기 솟아오르는 혈기를 느꼈다. 그러나 괴테는 스스로 그녀의 집을 멀리하고, 결국 예나를 떠나 바이마르로 돌아오게 된다. 그는 1809년에 빌헬미네에게 느꼈던 자신의 열정을《친화력(Die Wahlverwandtschaften)》이라는 소설로 표현하는데, 여기에는 괴테 만년의 지혜로 여겨지는 "체념(Entsagung)"의 미덕이 담겨 있다. 친화력(親和力)이란 원래 화학 용어로, A와 B의 화합물 속으로 C와 D라는 새로운 원소가 들어가면 각각의 원소들은 서로 더 많이 끌리는 원소와 결합하기 위해 A와 B의 화합물은 해체되고, 새로운 AC와 BD라는 화합물이 생성되는 현상을 의미한다. 괴테는 이 소설에서 이런 경향을 인간의 성적 매력을 느끼는 관계에 적용해 미묘한 사각관계로 묘사했던 것이다. 이 소설이 발표되었을 때 도덕적으로 많은 비난을 받았지만, 이것은 괴테의 진의를 제대로 이해하지 못한 데서 비롯한 것이었다. 이 소설을 비판하는 사람들은 이 소설이 신성한 부부 관계를 파괴하는 책으로 보았지만, 나중에는 오히려 부부 생활의 중요성을 일깨우는 것이 괴테의 의도임을 깨닫게 되었다. 물론 인간은 결혼한 후에도 다른 상대에게 애욕을 느끼게 되지만 그런 경우에 "체념"할 수 있어야 한다는 사실을 말하고 있다. 이것은 동양의 극기복례(克己復禮) 사상과 유사하다고 볼 수 있다. 이 소설은 원래 "체념한 사람들"이라는 부제로 집필을 계획하고 있던《빌헬름 마이스터의 편력시대(Wilhelm Meisters Wanderjahre)》에 삽입할 이야기로 예정되어 있었으나 괴테는 이를 확대해 하나의 독립된 소설로 미리 발표했다. 그러나 이 소설은 모든 것이 상징적인 모습으로 나타나기 때문에 최근까지도 독일에서 가장 현대적인 소설의 하나로 관심을 불러 모을 정도로 당시로서는 획기적인 작품이었다.

### 나폴레옹과 베토벤과의 만남(1808/1812)

1808년 괴테는 나폴레옹을 개인적으로 두 번 만났다. 처음에는 1808년 10월 2일 에르푸르트 궁전에서 나폴레옹의 초청으로 작가인 빌란트(Wieland)와 함께 만났다. 그 자리에서 나폴레옹은 괴테를 존경과 호의로 맞이했는데, 괴테를 처음 보자 "여기 인간이 있다(Voilà un homme)"고 말하면서 자신이 《젊은 베르테르의 슬픔》을 일곱 번 읽었다고 털어놓기도 했다. 두 번째 만남도 10월 4일 빌란트와 함께 바이마르의 궁중 연회에서 이루어졌는데, 나폴레옹이 괴테를 "명예 기사"로 임명하기도 했다. 괴테도 인간미 넘치는 황제 나폴레옹에게 호감을 가졌고 그를 칭찬했기 때문에 나폴레옹에 대한 적의로 가득했던 당시 일부 편협한 애국주의자들에게 공격받기도 했다. 나폴레옹이 전쟁에서 승리하고 개선하자 괴테는 축제극을 쓰라는 위임을 받고 《에피메니데스의 각성(Des Epimenides Erwachen)》(1815)을 쓰기도 했다.

괴테는 베토벤을 1812년 7월 19일 보헤미아(지금의 체코)의 테플리츠(Teplitz)에서 만났다. 이때 베토벤은 이미 괴테의 여러 시들을 작곡했고, 빈(Wien) 궁정 극장의 요청으로 괴테의 비극 《에그몬트》의 서곡(1809~1810)을 작곡한 상태였다. 이 서곡은 영웅적인 인간상의 표본으로서 드라마를 쓴 괴테에게 베토벤이 바치는 오마주였다. 그리고 괴테에게 베토벤은 존경의 표시로 그 악보를 보냈다. 테플리츠에서의 여러 차례 만남에 괴테는 매료되었고, 베토벤은 직접 피아노를 연주해 주기도 했다. 괴테는 음악가 첼터(Zelter)에게 보낸 편지에 자신의 소감을 이렇게 썼다. "그의 재능은 놀라웠습니다. 단지 성격이 조금 거친 면이 있었는데, 만약 그가 세상을 저주스럽게 생각한다면 그렇게 틀린 것도 아닙니다. 그러나 그렇게 한다고 그 성격으로 자신이나 다른 사람들을 더 즐겁게 해 주지는 못하겠지요." 이렇게 괴테는 베토벤에 대해 그렇게 호의적으로 생각하지는 않았다. 그래서 두 사람 사이에 편지도 오고 갔으나 대부분 형식적인 것에 그치고 말았다.

정치적으로 불안했던 이 시기에 괴테는 자신의 유년 시절부터 바이마르로 오기 전까지를 기록해 놓으려는 계획으로 자서전인 《내 삶에서. 시와 진실(Aus meinem Leben. Dichtung und Wahrheit)》 집필에 몰두한다. 또한 《이탈리아 여행(Italienische Reise)》을 계속 써 나가면서 동방에도 관심을 가지게 되어 아라비아와 페르시아, 심지어 인도와 중국의 문화와 예술에 관심을 보이기도 했다.

### 《서동시집》(1819)

괴테는 나폴레옹에 대한 독일 애국주의자들의 반동에 거리를 두면서 정신적으로 동방의 세계로 도피를 떠난다. 괴테는 1814년 요제프 폰 하머(Joseph von Hammer)가 번역한 14세기의 페르시아 시인 하피즈(Hafiz)의 시집(Divan)을 접하게 되었고, 시대와 지역을 초월한 그의 이국적인 정서에 매력을 느끼고 《서동시집(西東詩集, West-östlicher Divan)》을 쓰기 시작한다. 이 시집의 이름은 서방의 시인이 쓰는 동방의 시라는 의미였다. 이 시집에 들어 있는 〈줄라이카 편(Das Buch Suleika)〉은 프랑크푸르트 은행가의 양녀였던 마리아네 폰 빌레머(Marianne von Willemer, 1784~1860)에 대한 열정의 소산이었다. 괴테가 빌레머의 집을 방문했던 것은 1814년 가을이었는데, 그때 아름다움의 절정에 있었던 마리아네를 사랑하게 되었다. 이를 눈치챈 빌레머는 아내가 죽자 자기 딸과도 같은 그녀와 결혼해 버렸다. 그러나 괴테는 이듬해 가을에도 다시 빌레머를 방문해 마리아네와 친하게 지냈고, 남편도 그들의 교류를 방해하지 않았다. 그녀 또한 서정시에 뛰어난 재능을 소유하고 있어, 괴테가 보낸 사랑의 시에 그녀도 시로 답을 했다. 그래서 그녀의 시도 〈줄라이카 편〉에 수록되었다. 그러나 65세의 괴테는 내심 고통스러웠지만 그녀를 단념하고 "이제 보름달이 뜰 때마다 서로를 생각하자"고 약속하고 그녀를 떠나왔다. 《서동시집》에서는 이런 줄라이카에 대한 열정 외에도 괴테의 인생관과 사상을 엿볼 수 있는데, 그중에서 〈천상 축복에 대한 동경(Selige Sehnsucht)〉은 괴테의 궁극적인 인생관과 종교관, 그리고 내세관과 사랑을 보여 주고 있다.

### 노년의 괴테(1820~1832)

1815년 나폴레옹이 권좌에서 물러나자 바이마르 공국은 영토가 크게 확장되어 대공국이 되었다. 괴테는 1816년 아내 크리스티아네의 죽음을 지켜보아야 했다. 그러나 괴테는 아내의 장례식에 참석하지 않았다. 괴테는 그때까지 자기와 가까운 사람들의 죽은 모습을 보는 것을 철저하게 피해 왔다. 그 이듬해에 아들 아우구스트가 결혼하자, 며느리인 오틸리에(Ottilie)가 주변에서 괴테를 돌보게 된다. 그러나 아내와 사별한 지 몇 년 지나지 않은 1821년 괴테는 또다시 새로운 사랑을 경험하는데, 이번에도 보헤미아의 마리엔바트(Marienbad, 현재 체코의 마리안스케 라즈네)라는 휴양지에서 17세의 소녀 울리케 폰 레베초(Ulrike von Levetzow, 1804~1899)를 만나게 된 것이다. 괴테는 계속해서 여름 때마다 울리케의 가족들과 만났고, 1823년에 74세의 괴테는 19세의 울리케에게 카를 아우구스트 공을 통해 청혼한다. 그러나 괴테의 구혼은 정중하게 거절당하고, 바이마르로 돌아오는 길에 《마리엔바트의 비가(Marienbader Elegien)》(1823)가 탄생했다. 그 이후로 괴테는 대외 활동을 자제하고 저술과 자연 연구에 몰두해 대작 《빌헬름 마이스터의 편력시대(Wilhelm Meisters Wanderjahre)》(1829)와 《파우스트 2부》(1831)를 집필한다. 괴테는 엄청난 양의 편지와 작품을 직접 손으로 쓰는 것이 너무 힘들었기 때문에 대부분 비서에게 받아쓰게 했다. 그래서 젊은 작가 에커만(Johann Peter Eckermann)에게 자신의 인식과 삶의 지혜가 담긴 방대한 대화록을 남길 수 있었다.

《빌헬름 마이스터의 편력시대》는 1796년에 발표한 《빌헬름 마이스터의 수업시대》의 속편으로 1807년에 쓰기 시작해서 22년 후인 1829년에 완성했다. 1777년에 《빌헬름 마이스터의 연극적 사명》을 쓰기 시작했으니 무려 52년에 걸친 작업을 마무리한 것이었다. 따라서 60년에 걸쳐 완성한 《파우스트》와 더불어 이 소설은 괴테의 평생에 걸친 체험과 지혜가 담긴 작품이라고 할 수 있다. 이 소설에는 부제인 "체념하는 사람들"을 테마로 한 여러 단편 소설들이 삽입되어 내용 면에서도 일관된 줄거리로 구성되어 있지 않고 다방면에 걸친 체험과 사상적 요소들이 혼합되어 있다. 따라서 이 소설에서는 주인공 빌헬름의 이야기는 뒤로 밀려나고, 그 대신에 교훈적이고 보편적인 가치를 전면에 내세우고 있다. 즉, 개인이 아니라 여러 사람들이 활동하는 공동체가 중심에 놓여 있는 것이다. 이것은 괴테가 이미 19세기의 초기 사회주의를 예감하고 있음을 보여 주지만, 부분적으로는 기계화된 산업 사회의 측면도 보여 줌으로써 자본주의에 의한 산업 혁명을 예견하고 있기도 하다. 그러나 괴테가 《빌헬름 마이스터의 편력시대》에서 일방적이고 획일적인 교육을 통해 개인의 어떤 열정도 '체념'하도록 요구하고 있다고 보면 안 된다. 괴테는 오히려 이 소설에서 인간이 "열정"과 "체념"이라는 두 가지 대립된 상태를 어떻게 변증법적으로 조화롭게 극복해 나가는지를 보여 주고자 했다. 다시 말해서 괴테는 체념이 '사회의 원리', '노년의 지혜'라는 차원에서 "체념하는 사람들"의 예를 이 소설에서 보여 주고자 했던 것이 아니라, 인간관계의 한 원리인 '감성–열정–사랑'과 대립을 이루고 있는 또 다른 원리인 '체념'을 사회 발전과 그 진행을 위한 또 다른 하나의 축으로 제시하고자 했던 것이다.

다른 한편으로 괴테는 1825년부터 《파우스트 2부》 작업에 착수한다. 그러나 이 작품은 형태로 보면 드라마지만 당시의 상황에서는 거의 무대에 올릴 수 없는 환상적인 "그림책"과 같았다. 그래서 괴테는 자신의 《파우스트 2부》를 동시대 사람들이 이해하지 못할 것으로 예상하고, 1831년 8월에 2부를 완성했을 때 자신이 죽은 후 출판하기 위해 봉인해 버렸다. 1827년에 괴테가 한때 온 마음을 바쳐 열렬히 사랑했던 슈타인 부인이 죽었고, 1828년에는 괴테의 친구이자 후원자였던 카를 아우구스트 대공이 사망했다. 게다가 1830년 10월에는 아들 아우구스트마저 이탈리아를 여행하던 중 로마에서 죽는다. 이렇듯 82세의 괴테 곁에서 지난날 가까이 지냈던 사람들이 모두 먼저 세상을 떠나가고 말았다. 괴테는 죽기 1년 전인 1831년에 젊은 시절 자신의 자연 과학 연구에 많은 자극을 주었던 바이마르 근교의 일메나우(Ilmenau) 숲을 다녀온다. 그리고 51년 전 〈방랑자의 밤 노래〉를 벽에 써 놓았던 사냥꾼의 오두막집을 찾아가기 위해 키켈한(Kickelhahn)산을 올라가기도 했다. 이렇게 괴테는 죽는 순간까지 쉬지 않았다. 그의 삶이 바로 그의 작품이고, 그의 작품이 바로 그의 삶이었던 것이다. 1832년 3월 22일 낮 1시 반에 괴테는 심장 발작으로 사망한다. 그는 죽을 때 "더 많은 빛을(Mehr

Licht)" 하고 말했다고 전한다. 그리고 3월 26일 바이마르의 카를 아우구스트 공작이 누워 있는 왕릉에 나란히 안치되었다.

괴테는 젊은 시절에 독일 문학에서 새로운 전기를 마련했던 '슈투름 운트 드랑' 시대를 열었고, 그 후에는 실러와 함께 독일 '고전주의' 문학을 화려하게 장식해 독일 문학이 세계 문학이 되는 전환점을 마련했다. 또한 노년에도 끊임없이 집필을 계속해 자서전《시와 진실》과 위대한 드라마《파우스트》1, 2부 그리고 독일의 최고 소설이라고 평가되는《빌헬름 마이스터의 수업시대》와《빌헬름 마이스터의 편력시대》를 내놓았다. 괴테는 83년이라는 긴 생애 동안 문학과 예술뿐만 아니라 철학, 신학, 자연 과학에 대해서도 방대한 저술을 남겨 놓았다. 그가 내놓은 시, 소설, 드라마는 독일에서 최초이자 최고의 작품으로 평가받았다. 그리고 그의 삶과 작품에서 보여 주는 사상 또한 동시대인이 이해하거나 따라올 수 없이 한 시대 이상 앞선 것이었다. 그래서 괴테는 주변 사람들로부터 많은 비난을 받기도 했다. 지금으로부터 200년도 훨씬 전에 한 젊은 여성과 결혼하지 않고 20여 년을 동거하며 가정을 꾸리고 살았던 사실이나,《로마 비가》나《파우스트》에 담긴 노골적인 성묘사,《친화력》에 당당하게 묘사되고 있는 불륜, 심지어 젊은이들의 자살을 부추긴다는 비난을 받았던《젊은 베르테르의 슬픔》,《파우스트》에 담긴 수많은 비유와 알레고리 등등을 고려해 본다면, 괴테의 삶과 작품은 당시 사람들의 인식을 뛰어넘어 21세기에나 맞는 것일지도 모른다. 그래서 괴테는 항상 자신의 작품을 읽고 비난하는 사람들에게 한 번만 읽고 판단하지 말고 다시 한번 읽어 볼 것을 부탁했다고 한다. 다시 말해서 괴테 문학을 선과 악, 열정과 체념, 정의와 불의와 같은 이원론적인 관점으로 접근해서는 그 문학이 지니고 있는 영원한 생명력을 발견하기 어렵다. 오히려 '양극'으로, 다시 말해서 서로 대립하는 감정과 사상이 나란히 존재하면서도 어떻게 서로 갈등하고 또 그 속에서 조화를 이루어 가는지를 찾아보아야 한다. 마치 파우스트가 "두 개의 영혼이 내 마음 안에 살고" 있다고 고백하듯이 말이다. 괴테의 문학은 이런 점에서 시간과 공간을 초월해 모든 인류에게 '인간과 삶'을 성찰해 볼 수 있는 기회를 제공하고 있기 때문에 '세계 문학'이라는 평가를 받고 있는 것이다. 그렇기 때문에 독일에서는 괴테가 태어난 18세기 중반부터 세상을 떠난 19세기 중반까지의 100년 동안을, 비록 독일에서 칸트와 헤겔, 모차르트와 베토벤과 같은 수많은 천재들이 태어나고 활동했지만, "괴테 시대(Goethezeit)"라고 부르는 것이다.

## 옮긴이의 말

독일의 대문호 괴테의 대표적인 작품을 꼽으라면 사람들은 《젊은 베르테르의 슬픔》과 《파우스트》를 먼저 언급한다. 그러나 독문학자들이라면 여기에 《빌헬름 마이스터의 수업시대》(이하 《수업시대》)를 추가로 넣을 것이다. 독일에서는 《수업시대》를 대표적인 "교양소설"로 평가한다. 이 소설에 자주 등장하는 "교양(Bildung)"이라는 말은 단순히 지식이나 기술을 익히거나 기존 사회의 질서나 규범을 습득하는 것이 아니라, 인간 스스로 갖추어야 할 모습을 형성해 나가는 것을 뜻한다. 해석학의 권위자인 딜타이(Dilthey)에 의하면 교양이란 인간이 지향해야 할 목표로서, 완성된 인성과 그 과정을 포함한다. 《수업시대》에서 시민 계급 출신인 주인공 빌헬름은 18세기에는 귀족에게나 허락된 이러한 교양을 쌓기 위해 자신의 제한된 사회적 지위에서 유일하게 귀족 사회를 직접 경험해 볼 수 있는 연극을 선택했다(5권 3장). 그러나 빌헬름을 그동안 관심 있게 지켜보고 있던 "탑 사람들"은 연극의 세계가 빌헬름이 지향해야 할 인생의 목표가 아님을 여러 차례 암시하지만, 빌헬름은 그 사실을 깨닫지 못한다. 심지어 "탑 사람들"이 빌헬름의 "수업시대"가 끝났다고 선언해도, 빌헬름 자신은 그것이 무슨 의미인지 그리고 자신이 앞으로 무엇을 해야 하는지 깨닫지 못하며, 결국 소설의 마지막까지도 빌헬름이 무엇을 하게 될지 분명하게 정해지지 않은 상태로 소설은 끝난다. 이처럼 괴테의 소설은 항상 '열린 결말'의 형식을 취한다.

괴테는 작품에서 완결된 형태를 취해 독자들에게 자신의 생각을 강요하는 경우가 드물다. 오히려 '당신이라면 이런 상황에서 어떤 결정을 내리시겠습니까?'하고 넌지시 되물으며 독자에게 결정을 맡긴다. 왜냐하면 괴테가 정의한 인간은 각자 자신의 길을 스스로 결정해서 걸어가야 하는 존재이기 때문이다. 그래서 그의 파우스트는 항상 '방황하는 사람'이자, '노력하는 사람'이며, '완성을 향해 성장해 가는 사람'이다. 《수업시대》의 빌헬름도 자신의 소명을 깨닫기 위해 수많은 사람을 만나고, 여러 사람과 어울리며 다양한 경험을 쌓는다. 빌헬름이 만나는 여인만 하더라도 손으로 다 꼽을 수 없을 정도다. 하지만 마침내 빌헬름은 꿈에도 그리던 "아마존 여인"인 나탈리에를 만나 결합하게 되는데, 이 순간부터 빌헬름의 제2의 인생이 시작됨이 암시된다. 과연 빌헬름이 어떤 일을 하게 될지는 《수업시대》가 출간되고 30년이 훨씬 지난 1829년에 완성되는 《빌헬름 마이스터의 편력시대》를 읽어 보면 알 수 있을 것이다. 《편력시대》에서 빌헬름은 《수업시대》에서보다 더 많은 곳을 돌아다닌다. 빌헬름은 많은 곳을 다니며 진정한 삶의 가치와 교육, 산업화 시대에 대한 예언, 대자연에 대한 공경심 등 인간과 세상에 대해 수많은 질문을 던지게 된다.

이렇게 독일의 대문호 괴테가 인간에 대해 던지는 질문들이 총망라된 《빌헬름 마이스터의 수업시대》가 한국외국어대학교 외국어문연구센터에서 발간하는 "세계인문고전 시리즈"의 첫 번째 책으로 나오게 되어 기쁘기 그지없다. 괴테를 연구해 온 역자로서 독자에게 부디 이 소설을 끈기 있게 읽어 보기를 꼭 부탁드리고 싶다. 괴테의 어린 시절 경험을 그대로 서술하고 있는 1권의 인형극, 2권부터 자주 언급되는 예술(연극, 시인)에 관한 생각들, 4권과 5권에서 이어지는 《햄릿》 해석과 연출에 관한 빌헬름의 생각들, 6권에서 "아름다운 영혼"이 숙부와 나누는 예술관, 8권에서 이탈리아 후작의 예술에 관한 생각 등은 이 소설을 읽을 때 독자의 집중을 요구하는 대목들이다. 괴테는 자기 작품을 읽고 잘 이해할 수 없다고 불평하는 독자들에게 한 번만 읽고 작품을 이해하려고 하기보다 두 번 읽어 볼 것을 부탁했었다고 한다. 《수업시대》의 줄거리 전체는 흥미롭게 전개되지만, 앞에서 언급한 대목들은 약간의 집중력이 필요한 탓에 독자들이 다소 지루하게 느낄 수도 있다. 그러나 이런 대목들을 끈기 있게 읽어 냈을 때 비로소 괴테 문학의 진가를 알 수 있다. 이번에 출판되는 《수업시대》가 많은 독자들에게 괴테 문학을 이해하게 되는 좋은 계기가 되길 기대한다.

이 소설을 흥미롭게 읽을 수 있는 요소 가운데 하나는 빌헬름이 만나는 여인들과의 이야기다. 빌헬름은 고향에서 연극을 통해 만난 마리아네를 사랑했지만, 그녀가 자신 몰래 다른 남자를 만나는 것을 발견한 후 그녀와 헤어진다. 그리고 고향을 떠나 우연히 유랑극단을 알게 되고, 아름답지만 경박한 필리네를 만난다. 빌헬름은 그녀에게서 마리아네와 같은 사랑을 느끼지는 못하지만, 소설에서는 그녀에게 젊은 남자가 느낄 수 있는 정욕을 숨기지 않고 묘사하고 있다. 특히 빌헬름이 부상을 당하고 자신을 지극정성으로 돌봐주던 필리네가 그의 침대에 잠들어 있는 모습을 바라볼 때는 더욱 그렇다(4권 10장). 그 후 도적떼의 습격을 당하고 심한 부상을 입었을 때 숲에서 나와 자신을 도와준 "아름다운 아마존 여인(schöne Amazone)"은 7권과 8권에 나탈리에로 등장하지만, 그때까지 빌헬름의 머릿속에서 떠나지 않고 그에게는 거의 '성스럽게'까지 느껴지기도 한다. 여기서 빌헬름에게 가장 강렬한 인상을 주었던 결정적인 장면은 그녀가 입고 있던 숙부의 외투를 벗어 자신을 덮어줄 때인데, 빌헬름의 관심은 그녀가 외투를 벗었을 때 드러난 그녀의 "아름다운 몸매"였다(4권 6장). 이외에도 빌헬름은 극단에서는 멜리나 부인과 극단장 제를로의 여동생 아우렐리아로부터, 그리고 백작의 성에서는 백작 부인과 남작 부인으로부터 극진한 관심과 사랑을 받게 된다. 그리고 7권부터 등장하는 살림꾼 테레제의 모습에서 아들 펠릭스를 잘 키울 수 있는 여인이라고 생각되어 결혼을 결심하는데, 이 결심은 빌헬름이 스스로 내린 최초의 결정이었다. 무엇보다도 빌헬름의 관심을 은밀하게 자극하는 여성은 남장 소녀인 미뇽이다. 과연 이 많은 여인들 가운데 빌헬름의 마음을 가장 끌었던 여성은 누구였을지를 추측하는 재미를 독자들이 누릴 수 있기를 기대한다. 또한 빌헬름이 걸어가는 여정을 함께 따라가며 '나라면 이 상황에서 과연 어떤 결정을 내렸을지'를 생각해 보는 것도 이 소설을 흥미롭게 읽는 방법이다.

이 책은 《Johann Wolfgang von Goethe, Werke in 14 Bden. Bd. 7. (Hamburger Ausgabe), hrsg. v. Erich Trunz, München 1982》를 참고하여 번역했다. 이번 번역본은 괴테나 독일 문학을 처음 접하는 독자들을 위해 원문에 너무 충실하기보다 자연스러운 번역에 초점을 맞추었다. 이는 앞으로 이 번역본을 읽을 젊은 독자들이 쉽고 편하게 이 소설을 이해하기를 바랐기 때문이다.

끝으로 정년 퇴임을 앞둔 역자를 위해 《빌헬름 마이스터의 수업시대》 출판에 노력을 아끼지 않은 한국외국어대학교 지식출판콘텐츠원 담당자분들, 특히 박미현 님께 감사의 뜻을 전하는 바이다.

2024년 12월

임우영

## 발간사

한국외국어대학교 외국어문연구센터와 지식출판콘텐츠원은 '세계인문고전' 총서를 기획하여 우리 삶의 정신적 토대가 되는 세계의 주요 인문학 고전을 번역, 간행합니다.

"고전"은 단순히 오래된 옛 문헌이 아니라 우리 현대 사회에 인간 존중의 보편적 가치를 보다 심화하고 확대할 수 있는 인문학의 높은 정신을 담은 글을 의미합니다. 그렇기 때문에 '세계인문고전'은 그 고전의 가치를 확보한 것이라면 현대 작품도 포함하고자 합니다.

또한 문학뿐만 아니라 언어학, 통번역학, 역사학, 철학 등 모든 인문학 분야 작품과 함께 이론서까지 그 대상으로 삼아 고전의 지평을 넓히게 될 것입니다.

이미 고전으로 평가되는 많은 도서들이 번역되어 있습니다. 그러나 고전은 시대에 따른 언어의 변화에 상응하여 현대 독자에게 맞는 새로운 번역이 꾸준히 이어져야 합니다. 그 과정에서 고전은 새로운 시대에 새롭게 다시 살아날 것입니다. 이는 나날이 눈에 보이는 실용적 가치만 부각되고 있는 현시대의 가벼움에 맞서 인간을 중심으로 한 정신적 위의(威儀)를 지키는 매우 중요한 일입니다. 외국어문연구센터와 지식출판콘텐츠원은 그 의미있는 작업을 적극적으로 추진하고자 합니다.

세계인문고전 총서 발간은 세계 주요 언어를 기반으로 하는 학문의 중심 역할을 맡고 있는 한국외국어대학교만 실천할 수 있는 일이며, 학문에 대한 대학의 본질적 기능을 다시금 깊이 생각하게 될 의미있는 기획입니다. 이에 큰 관심과 적극적인 참여를 부탁드립니다.

2025년 1월

한국외국어대학교 외국어문연구센터장 정민영

한국외국어대학교 지식출판콘텐츠원장 박연관

**세계인문고전 01**

# 빌헬름 마이스터의 수업시대

**초판 인쇄** 2025년 1월 24일
**초판 발행** 2025년 1월 31일

**지은이** 요한 볼프강 폰 괴테
**옮긴이** 임우영
**발행인** 박연관
**기획** 신선호
**편집장** 장혜정
**도서편집** 박미현
**디자인** 최재영
**인사행정** 김지은
**재무회계** 강재린 박민영
**출판행정** 김가은
**캐릭터** 김세원
**발행처** 한국외국어대학교 지식출판콘텐츠원
02450 서울특별시 동대문구 이문로 107
전화 02)2173-2494~7
FAX 02)2173-3363
홈페이지 http://press.hufs.ac.kr
전자우편 press@hufs.ac.kr
출판등록 제6-6호(1969. 4. 30)
**표지 디자인** 엔드디자인 02)338-3055
**인쇄 · 제본** (주)케이프린텍 02)2272-1084

**ISBN** 979-11-7199-285-0 [03850] **정가** 35,000원

* 잘못된 책은 교환하여 드립니다.



---

HUEBOOKS는 한국외국어대학교 지식출판콘텐츠원의 인문학도서 Sub Brand이다. 한국외대의 영문명인 HUFS, 사람을 위하는 Humanism, 교육의 Education, 색조의 Hue의 다의적인 뜻으로 해석할 수 있으며, 인문학도서 출판에 대한 의지가 담겨있다.